WINKLER
WELTLITERATUR
DÜNNDRUCK
AUSGABE

FRIEDRICH HÖLDERLIN

WERKE · BRIEFE DOKUMENTE

WINKLER VERLAG MÜNCHEN

Nach dem Text der von Friedrich Beißner besorgten Kleinen Stuttgarter Hölderlin-Ausgabe. Ausgewählt und mit einem Nachwort versehen von Pierre Bertaux. Mit Anmerkungen und Literaturhinweisen von Christoph Prignitz.

ISBN Leinen 3538051100 Leder 3538056102

4., revidierte und erweiterte Auflage

Druck und Bindung: Friedrich Pustet, Regensburg. Gedruckt auf Dünndruckpapier der Papierfabrik Bolloré Technologies, Thonon-les-Bains.
Printed in Germany

GEDICHTE BIS 1800

DIE STILLE

Die du schon mein Knabenherz entzücktest,
Welcher schon die Knabenträne floß,
Die du früh dem Lärm der Toren mich entrücktest,
Besser mich zu bilden, nahmst in Mutterschoß,

Dein, du Sanfte! Freundin aller Lieben!
Dein, du Immertreue! sei mein Lied!
Treu bist du in Sturm und Sonnenschein geblieben,
Bleibst mir treu, wenn einst mich alles, alles flieht.

Jene Ruhe – jene Himmelswonne –
O ich wußte nicht, wie mir geschah,
Wann so oft in stiller Pracht die Abendsonne
Durch den dunklen Wald zu mir heruntersah –

Du, o du nur hattest ausgegossen
Jene Ruhe in des Knaben Sinn,
Jene Himmelswonne ist aus dir geflossen,
Hehre Stille! holde Freudengeberin!

Dein war sie, die Träne, die im Haine
Auf den abgepflückten Erdbeerstrauß
Mir entfiel – mit dir ging ich im Mondenscheine
Dann zurück ins liebe elterliche Haus.

Fernher sah ich schon die Kerzen flimmern,
Schon wars Suppenzeit – ich eilte nicht!
Spähte stillen Lächelns nach des Kirchhofs Wimmern,
Nach dem dreigefüßten Roß am Hochgericht.

War ich endlich staubigt angekommen,
Teilt ich erst den welken Erdbeerstrauß,
Rühmend, wie mit saurer Müh ich ihn bekommen,
Unter meine dankende Geschwister aus,

Nahm dann eilig, was vom Abendessen
An Kartoffeln mir noch übrig war,
Schlich mich in der Stille, wann ich satt gegessen,
Weg von meinem lustigen Geschwisterpaar.

O! in meines kleinen Stübchens Stille
War mir dann so über alles wohl,
Wie im Tempel, war mirs in der Nächte Hülle,
Wann so einsam von dem Turm die Glocke scholl.

Alles schwieg, und schlief, ich wacht alleine;
Endlich wiegte mich die Stille ein,
Und von meinem dunklen Erdbeerhaine
Träumt ich, und vom Gang im stillen Mondenschein.

Als ich weggerissen von den Meinen
Aus dem lieben elterlichen Haus
Unter Fremde irrte, wo ich nimmer weinen
Durfte, in das bunte Weltgewirr hinaus,

O wie pflegtest du den armen Jungen,
Teure, so mit Mutterzärtlichkeit,
Wann er sich im Weltgewirre müdgerungen,
In der lieben, wehmutsvollen Einsamkeit.

Als mir nach dem wärmern, vollern Herzen
Feuriger itzt stürzte Jünglingsblut,
O! wie schweigtest du oft ungestüme Schmerzen,
Stärktest du den Schwachen oft mit neuem Mut.

Jetzt belausch ich oft in deiner Hütte
Meinen Schlachtenstürmer Ossian,
Schwebe oft in schimmernder Seraphen Mitte
Mit dem Sänger Gottes, Klopstock, himmelan.

Gott! und wann durch stille Schattenhecken
Mir mein Mädchen in die Arme fliegt
Und die Hasel, ihre Liebenden zu decken,
Sorglich ihre grüne Zweige um uns schmiegt –

Wann im ganzen segensvollen Tale
Alles dann so stille, stille ist,

Und die Freudenträne, hell im Abendstrahle,
Schweigend mir mein Mädchen von der Wange wischt –

Oder wann in friedlichen Gefilden
Mir mein Herzensfreund zur Seite geht,
Und mich ganz dem edlen Jüngling nachzubilden,
Einzig vor der Seele der Gedanke steht –

Und wir bei den kleinen Kümmernissen
Uns so sorglich in die Augen sehn,
Wann so sparsam öfters, und so abgerissen
Uns die Worte von der ernsten Lippe gehn.

Schön, o schön sind sie! die stille Freuden,
Die der Toren wilder Lärm nicht kennt,
Schöner noch die stille gottergebne Leiden,
Wann die fromme Träne von dem Auge rinnt.

Drum, wenn Stürme einst den Mann umgeben,
Nimmer ihn der Jugendsinn belebt,
Schwarze Unglückswolken drohend ihn umschweben,
Ihm die Sorge Furchen in die Stirne gräbt,

O so reiße ihn aus dem Getümmel,
Hülle ihn in deine Schatten ein,
O! in deinen Schatten, Teure! wohnt der Himmel,
Ruhig wirds bei ihnen unter Stürmen sein.

Und wann einst nach tausend trüben Stunden
Sich mein graues Haupt zur Erde neigt
Und das Herz sich mattgekämpft an tausend Wunden
Und des Lebens Last den schwachen Nacken beugt:

O so leite mich mit deinem Stabe –
Harren will ich auf ihn hingebeugt,
Bis in dem willkommnen, ruhevollen Grabe
Aller Sturm, und aller Lärm der Toren schweigt.

ZORNIGE SEHNSUCHT

Ich duld es nimmer! ewig und ewig so
  Die Knabenschritte, wie ein Gekerkerter

Die kurzen, vorgemeßnen Schritte
Täglich zu wandeln, ich duld es nimmer!

Ists Menschenlos – ists meines? ich trag es nicht,
Mich reizt der Lorbeer, – Ruhe beglückt mich nicht,
Gefahren zeugen Männerkräfte,
Leiden erheben die Brust des Jünglings.

Was bin ich dir, was bin ich, mein Vaterland?
Ein siecher Säugling, welchen mit tränendem,
Mit hoffnungslosem Blick die Mutter
In den gedultigen Armen schaukelt.

Mich tröstete das blinkende Kelchglas nie,
Mich nie der Blick der lächelnden Tändlerin,
Soll ewig Trauern mich umwolken?
Ewig mich töten die zornge Sehnsucht?

Was soll des Freundes traulicher Handschlag mir,
Was mir des Frühlings freundlicher Morgengruß,
Was mir der Eiche Schatten? was der
Blühenden Rebe, der Linde Düfte?

Beim grauen Mana! nimmer genieß ich dein,
Du Kelch der Freuden, blinktest du noch so schön,
Bis mir ein Männerwerk gelinget,
Bis ich ihn hasche, den ersten Lorbeer.

Der Schwur ist groß. Er zeuget im Auge mir
Die Trän, und wohl mir, wenn ihn Vollendung krönt,
Dann jauchz auch ich, du Kreis der Frohen,
Dann, o Natur, ist dein Lächeln Wonne.

KANTON SCHWEIZ

An meinen lieben Hiller

Hier, in ermüdender Ruh, im bittersüßen Verlangen,
Da zu sein, wo mein Herz, und jeder beßre Gedank ist,
Reichet doch Erinnerung mir den zaubrischen Becher
Schäumend und voll, und hoher Genuß der kehrenden Bilder
Weckt die schlummernden Fittige mir zu trautem Gesange.

Bruder! dir gab ein Gott der Liebe göttlichen Funken,
Zarten geläuterten Sinn, zu erspähn, was herrlich und schön ist;
Stolzer Freiheit glühet dein Herz, und kindlicher Einfalt –
Bruder! komm und koste mit mir des zaubrischen Bechers.

Dort, wo der Abendstrahl die Westgewölke vergüldet,
Dorthin wende den Blick, und weine die Träne der Sehnsucht!
Ach! dort wandelten wir! dort flog und schwelgte das Auge
Unter den Herrlichkeiten umher! – wie dehnte der Busen,
Diesen Himmel zu fassen, sich aus! – wie brannte die Wange
Süß von Morgenlüften gekühlt, als unter Gesängen
Zürch den Scheidenden schwand im sanfthingleitenden Boote!
Lieber! wie drücktest du mir die heiße, zitternde Rechte,
Sahst so glühend und ernst mich an im donnernden Rheinsturz!
Aber selig, wie du, o Tag am Quelle der Freiheit!
Festlich, wie du, sank keiner auf uns vom rosigen Himmel.

Ahndung schwellte das Herz. Schon war des feiernden Klosters*
Ernste Glocke verhallt. Schon schwanden die friedlichen Hütten
Rund an Blumenhügeln umher, am rollenden Gießbach,
Unter Fichten im Tal, wo dem Ahn in heiliger Urzeit
Füglich deuchte der Grund zum Erbe genügsamer Enkel.
Schaurig und kühl empfing uns die Nacht in ewigen Wäldern,
Und wir klommen hinauf am furchtbarherrlichen *Haken*.
Nächtlicher immer wards und enger im Riesengebürge.
Jäher herunter hing der Pfad zu den einsamen Wallern.
Dicht zur Rechten donnert hinab der zürnende Waldstrom:
Nur sein Donner berauscht den Sinn. Die schäumenden Wogen
Birgt uns Felsengesträuch, und modernde Tannen am Abhang,
Vom Orkane gestürzt. – Nun tagte die Nacht am Gebirge
Schaurig und wundersam, wie Heldengeister am Lego,
Wälzten sich kämpfende Wolken heran auf schneeiger Heide.
Sturm und Frost entschwebte der Kluft. Vom Sturme getragen
Schrie und stürzte der Aar, die Beut im Tale zu haschen.
Und der Wolken Hülle zerriß, und im ehernen Panzer
Kam die Riesin heran, die majestätische Myten.**
Staunend wandelten wir vorüber. – Ihr Väter der Freien!
Heilige Schar! nun schaun wir hinab, hinab, und erfüllt ist,
Was der Ahndungen kühnste versprach; was süße Begeistrung

* Marien-Einsiedel.

** Ein ungeheurer pyramidalischer Fels auf der Spitze des Hakenbergs.

Einst mich lehrt' im Knabengewande, gedacht ich des hohen
Hirten in Mamres Hain und der schönen Tochter von Laban,
Ach! es kehrt so warm in die Brust; – Arkadiens Friede,
Köstlicher, unerkannter, und du, allheilige Einfalt,
Wie so anders blüht in eurem Strahle die Freude! –
Vor entweihendem Prunk, vor Stolz und knechtischer Sitte
Von den ewigen Wächtern geschirmt, den Riesengebirgen,
Lachte das heilige Tal uns an, die Quelle der Freiheit.
Freundlich winkte der See* vom fernen Lager; die Schrecken
Seiner Arme verbarg die schwarze Kluft im Gebirge:
Freundlicher sahn aus der Tiefe herauf, in blühende Zweige
Reizend verhüllt, und kindlichfroh der jauchzenden Herde
Und des tiefen Grases umher, die friedsamen Hütten.
Und wir eilten hinab in Liebe; kosteten lächelnd
Auf dem Pfade des Sauerklees, und erfrischender Ampfer,
Bis der begeisternde Sohn der schwarzen italischen Traube,
Uns mit Lächeln gereicht in der herzerfreuenden Hütte,
Neues Leben in uns gebar, und die schäumenden Gläser
Unter Jubelgesang erklangen, zur Ehre der Freiheit.
Lieber! wie war uns da! – bei solchem Mahle begehret
Nichts auf Erden die Brust, und alle Kräfte gedeihen.

Lieber! er schwand so schnell, der köstliche Tag; in der kühlen
Dämmerung schieden wir; an den Heiligtümern der Freiheit
Wallten wir dann vorbei in frommer seliger Stille,
Faßten sie tief ins Herz, und segneten sie, und schieden!

Lebt dann wohl, ihr Glücklichen dort! im friedsamen Tale
Lebe wohl, du Stätte des Schwurs!** dir jauchzten die Sterne,
Als in heiliger Nacht der ernste Bund dich besuchte.
Herrlich Gebirg! wo der bleiche Tyrann den Knechten vergebens,
Zahm und schmeichlerisch Mut gebot – zu gewaltig erhub sich
Wider den Trotz die gerechte, die unerbittliche Rache –
Lebe wohl, du herrlich Gebirg.*** Dich schmückte der Freien
Opferblut – es wehrte der Träne der einsame Vater.
Schlummre sanft, du Heldengebein! o schliefen auch wir dort

* Der Waldstättersee.

** Rütli, eine Wiese nah am Waldstättersee, dem Mytenstein gegenüber, wo Walther Fürst und seine Gesellen schwuren: „Frei zu leben oder zu sterben!"

*** Morgarten, auf dem Sattelberge.

Deinen eisernen Schlaf, dem Vaterlande geopfert,
Walthers Gesellen und Tells, im schönen Kampfe der Freiheit!

Könnt ich dein vergessen, o Land, der göttlichen Freiheit!
Froher wär ich; zu oft befällt die glühende Scham mich,
Und der Kummer, gedenk ich dein, und der heiligen Kämpfer.
Ach! da lächelt Himmel und Erd in fröhlicher Liebe
Mir umsonst, umsonst der Brüder forschendes Auge.
Doch ich vergesse dich nicht! ich hoff und harre des Tages,
Wo in erfreuende Tat sich Scham und Kummer verwandelt.

AN DIE NATUR

Da ich noch um deinen Schleier spielte,
Noch an dir, wie eine Blüte, hing,
Noch dein Herz in jedem Laute fühlte,
Der mein zärtlichbebend Herz umfing,
Da ich noch mit Glauben und mit Sehnen
Reich, wie du, vor deinem Bilde stand,
Eine Stelle noch für meine Tränen,
Eine Welt für meine Liebe fand,

Da zur Sonne noch mein Herz sich wandte,
Als vernähme seine Töne sie,
Und die Sterne seine Brüder nannte
Und den Frühling Gottes Melodie,
Da im Hauche, der den Hain bewegte,
Noch dein Geist, dein Geist der Freude sich
In des Herzens stiller Welle regte,
Da umfingen goldne Tage mich.

Wenn im Tale, wo der Quell mich kühlte,
Wo der jugendlichen Sträuche Grün
Um die stillen Felsenwände spielte
Und der Aether durch die Zweige schien,
Wenn ich da, von Blüten übergossen,
Still und trunken ihren Othem trank
Und zu mir, von Licht und Glanz umflossen,
Aus den Höhn die goldne Wolke sank –

Wenn ich fern auf nackter Heide wallte,
Wo aus dämmernder Geklüfte Schoß

Der Titanensang der Ströme schallte
Und die Nacht der Wolken mich umschloß,
Wenn der Sturm mit seinen Wetterwogen
Mir vorüber durch die Berge fuhr
Und des Himmels Flammen mich umflogen,
Da erschienst du, Seele der Natur!

Oft verlor ich da mit trunknen Tränen
Liebend, wie nach langer Irre sich
In den Ozean die Ströme sehnen,
Schöne Welt! in deiner Fülle mich;
Ach! da stürzt ich mit den Wesen allen
Freudig aus der Einsamkeit der Zeit,
Wie ein Pilger in des Vaters Hallen,
In die Arme der Unendlichkeit. –

Seid gesegnet, goldne Kinderträume,
Ihr verbargt des Lebens Armut mir,
Ihr erzogt des Herzens gute Keime,
Was ich nie erringe, schenktet ihr!
O Natur! an deiner Schönheit Lichte,
Ohne Müh und Zwang entfalteten
Sich der Liebe königliche Früchte,
Wie die Ernten in Arkadien.

Tot ist nun, die mich erzog und stillte,
Tot ist nun die jugendliche Welt,
Diese Brust, die einst ein Himmel füllte,
Tot und dürftig, wie ein Stoppelfeld;
Ach! es singt der Frühling meinen Sorgen
Noch, wie einst, ein freundlich tröstend Lied,
Aber hin ist meines Lebens Morgen,
Meines Herzens Frühling ist verblüht.

Ewig muß die liebste Liebe darben,
Was wir lieben, ist ein Schatten nur,
Da der Jugend goldne Träume starben,
Starb für mich die freundliche Natur;
Das erfuhrst du nicht in frohen Tagen,
Daß so ferne dir die Heimat liegt,
Armes Herz, du wirst sie nie erfragen,
Wenn dir nicht ein Traum von ihr genügt.

DIE EICHBÄUME

Aus den Gärten komm ich zu euch, ihr Söhne des Berges!
Aus den Gärten, da lebt die Natur geduldig und häuslich,
Pflegend und wieder gepflegt mit dem fleißigen Menschen
zusammen.
Aber ihr, ihr Herrlichen! steht, wie ein Volk von Titanen
In der zahmeren Welt und gehört nur euch und dem Himmel,
Der euch nährt' und erzog, und der Erde, die euch geboren.
Keiner von euch ist noch in die Schule der Menschen gegangen,
Und ihr drängt euch fröhlich und frei, aus der kräftigen Wurzel,
Unter einander herauf und ergreift, wie der Adler die Beute,
Mit gewaltigem Arme den Raum, und gegen die Wolken
Ist euch heiter und groß die sonnige Krone gerichtet.
Eine Welt ist jeder von euch, wie die Sterne des Himmels
Lebt ihr, jeder ein Gott, in freiem Bunde zusammen.
Könnt ich die Knechtschaft nur erdulden, ich neidete nimmer
Diesen Wald und schmiegte mich gern ans gesellige Leben.
Fesselte nur nicht mehr ans gesellige Leben das Herz mich,
Das von Liebe nicht läßt, wie gern würd ich unter euch wohnen!

AN DEN AETHER

Treu und freundlich, wie du, erzog der Götter und Menschen
Keiner, o Vater Aether! mich auf; noch ehe die Mutter
In die Arme mich nahm und ihre Brüste mich tränkten,
Faßtest du zärtlich mich an und gossest himmlischen Trank mir,
Mir den heiligen Othem zuerst in den keimenden Busen.

Nicht von irdischer Kost gedeihen einzig die Wesen,
Aber du nährst sie all mit deinem Nektar, o Vater!
Und es drängt sich und rinnt aus deiner ewigen Fülle
Die beseelende Luft durch alle Röhren des Lebens.
Darum lieben die Wesen dich auch und ringen und streben
Unaufhörlich hinauf nach dir in freudigem Wachstum.

Himmlischer! sucht nicht dich mit ihren Augen die Pflanze,
Streckt nach dir die schüchternen Arme der niedrige Strauch
nicht?
Daß er dich finde, zerbricht der gefangene Same die Hülse,
Daß er belebt von dir in deiner Welle sich bade,

Schüttelt der Wald den Schnee wie ein überlästig Gewand ab.
Auch die Fische kommen herauf und hüpfen verlangend
Über die glänzende Fläche des Stroms, als begehrten auch diese
Aus der Wiege zu dir; auch den edeln Tieren der Erde
Wird zum Fluge der Schritt, wenn oft das gewaltige Sehnen,
Die geheime Liebe zu dir, sie ergreift, sie hinaufzieht.

Stolz verachtet den Boden das Roß, wie gebogener Stahl strebt
In die Höhe sein Hals, mit der Hufe berührt es den Sand kaum.
Wie zum Scherze, berührt der Fuß der Hirsche den Grashalm,
Hüpft, wie ein Zephyr, über den Bach, der reißend hinabschäumt,
Hin und wieder und schweift kaum sichtbar durch die Gebüsche.

Aber des Aethers Lieblinge, sie, die glücklichen Vögel,
Wohnen und spielen vergnügt in der ewigen Halle des Vaters!
Raums genug ist für alle. Der Pfad ist keinem bezeichnet,
Und es regen sich frei im Hause die Großen und Kleinen.
Über dem Haupte frohlocken sie mir, und es sehnt sich auch mein Herz
Wunderbar zu ihnen hinauf; wie die freundliche Heimat
Winkt es von oben herab, und auf die Gipfel der Alpen
Möcht ich wandern und rufen von da dem eilenden Adler,
Daß er, wie einst in die Arme des Zeus den seligen Knaben,
Aus der Gefangenschaft in des Aethers Halle mich trage.

Töricht treiben wir uns umher; wie die irrende Rebe,
Wenn ihr der Stab gebricht, woran zum Himmel sie aufwächst,
Breiten wir über dem Boden uns aus und suchen und wandern
Durch die Zonen der Erd, o Vater Aether! vergebens,
Denn es treibt uns die Lust, in deinen Gärten zu wohnen.
In die Meersflut werfen wir uns, in den freieren Ebnen
Uns zu sättigen, und es umspielt die unendliche Woge
Unsern Kiel, es freut sich das Herz an den Kräften des Meergotts.
Dennoch genügt ihm nicht; denn der tiefere Ozean reizt uns,
Wo die leichtere Welle sich regt – o wer dort an jene
Goldnen Küsten das wandernde Schiff zu treiben vermöchte!

Aber indes ich hinauf in die dämmernde Ferne mich sehne,
Wo du fremde Gestad umfängst mit der bläulichen Woge,
Kömmst du säuselnd herab von des Fruchtbaums blühenden Wipfeln,
Vater Aether! und sänftigest selbst das strebende Herz mir,
Und ich lebe nun gern, wie zuvor, mit den Blumen der Erde.

Einsam stand ich und sah in die afrikanischen dürren
  Ebnen hinaus; vom Olymp regnete Feuer herab.
Fernhin schlich das hagre Gebirg, wie ein wandelnd Gerippe,
  Hohl und einsam und kahl blickt' aus der Höhe sein Haupt.
Ach! nicht sprang, mit erfrischendem Grün, der schattende Wald hier
  In die säuselnde Luft üppig und herrlich empor,
Bäche stürzten hier nicht in melodischem Fall vom Gebirge,
  Durch das blühende Tal schlingend den silbernen Strom,
Keiner Herde verging am plätschernden Brunnen der Mittag,
  Freundlich aus Bäumen hervor blickte kein wirtliches Dach.
Unter dem Strauche saß ein ernster Vogel gesanglos,
  Ängstig und eilend flohn wandernde Störche vorbei.
Nicht um Wasser rief ich dich an, Natur! in der Wüste,
  Wasser bewahrte mir treulich das fromme Kamel.
Um der Haine Gesang, um Gestalten und Farben des Lebens
  Bat ich, vom lieblichen Glanz heimischer Fluren verwöhnt.
Aber ich bat umsonst; du erschienst mir feurig und herrlich,
  Aber ich hatte dich einst göttlicher, schöner gesehn.

Auch den Eispol hab ich besucht; wie ein starrendes Chaos
  Türmte das Meer sich da schröcklich zum Himmel empor.
Tot in der Hülse von Schnee schlief hier das gefesselte Leben,
  Und der eiserne Schlaf harrte des Tages umsonst.
Ach! nicht schlang um die Erde den wärmenden Arm der Olymp hier,
  Wie Pygmalions Arm um die Geliebte sich schlang.
Hier bewegt' er ihr nicht mit dem Sonnenblicke den Busen,
  Und in Regen und Tau sprach er nicht freundlich zu ihr.
Mutter Erde! rief ich, du bist zur Witwe geworden,
  Dürftig und kinderlos lebst du in langsamer Zeit.
Nichts zu erzeugen und nichts zu pflegen in sorgender Liebe,
  Alternd im Kinde sich nicht wiederzusehn, ist der Tod.
Aber vielleicht erwarmst du dereinst am Strahle des Himmels,
  Aus dem dürftigen Schlaf schmeichelt sein Othem dich auf;
Und, wie ein Samenkorn, durchbrichst du die eherne Hülse,
  Und die knospende Welt windet sich schüchtern heraus.
Deine gesparte Kraft flammt auf in üppigem Frühling,
  Rosen glühen und Wein sprudelt im kärglichen Nord.

Aber jetzt kehr ich zurück an den Rhein, in die glückliche Heimat,
  Und es wehen, wie einst, zärtliche Lüfte mich an.

Und das strebende Herz besänftigen mir die vertrauten
Friedlichen Bäume, die einst mich in den Armen gewiegt,
Und das heilige Grün, der Zeuge des ewigen, schönen
Lebens der Welt, es erfrischt, wandelt zum Jüngling mich um.
Alt bin ich geworden indes, mich bleichte der Eispol,
Und im Feuer des Süds fielen die Locken mir aus.
Doch, wie Aurora den Tithon, umfängst du in lächelnder Blüte
Warm und fröhlich, wie einst, Vaterlandserde, den Sohn.
Seliges Land! kein Hügel in dir wächst ohne den Weinstock,
Nieder ins schwellende Gras regnet im Herbste das Obst.
Fröhlich baden im Strome den Fuß die glühenden Berge,
Kränze von Zweigen und Moos kühlen ihr sonniges Haupt.
Und, wie die Kinder hinauf zur Schulter des herrlichen Ahnherrn,
Steigen am dunkeln Gebirg Festen und Hütten hinauf.
Friedsam geht aus dem Walde der Hirsch ans freundliche
Hoch in heiterer Luft siehet der Falke sich um. [Tagslicht;
Aber unten im Tal, wo die Blume sich nährt von der Quelle,
Streckt das Dörfchen vergnügt über die Wiese sich aus.
Still ists hier: kaum rauschet von fern die geschäftige Mühle,
Und vom Berge herab knarrt das gefesselte Rad.
Lieblich tönt die gehämmerte Sens und die Stimme
des Landmanns,
Der am Pfluge dem Stier lenkend die Schritte gebeut,
Lieblich der Mutter Gesang, die im Grase sitzt mit dem Söhnlein,
Das die Sonne des Mais schmeichelt in lächelnden Schlaf.
Aber drüben am See, wo die Ulme das alternde Hoftor
Übergrünt und den Zaun wilder Holunder umblüht,
Da empfängt mich das Haus und des Gartens heimliches Dunkel,
Wo mit den Pflanzen mich einst liebend mein Vater erzog,
Wo ich froh, wie das Eichhorn, spielt auf den lispelnden Ästen,
Oder ins duftende Heu träumend die Stirne verbarg.
Heimatliche Natur! wie bist du treu mir geblieben!
Zärtlichpflegend, wie einst, nimmst du den
Flüchtling noch auf.
Noch gedeihn die Pfirsiche mir, noch wachsen gefällig
Mir ans Fenster, wie sonst, köstliche Trauben herauf.
Lockend röten sich noch die süßen Früchte des Kirschbaums,
Und der pflückenden Hand reichen die Zweige sich selbst.
Schmeichelnd zieht mich, wie sonst, in des Walds unendliche
Aus dem Garten der Pfad, oder hinab an den Bach, [Laube
Und die Pfade rötest du mir, es wärmt mich und spielt mir
Um das Auge, wie sonst, Vaterlandssonne! dein Licht;

Feuer trink ich und Geist aus deinem freudigen Kelche,
Schläfrig lässest du nicht werden mein alterndes Haupt.
Die du einst mir die Brust erwecktest vom Schlafe der Kindheit
Und mit sanfter Gewalt höher und weiter mich triebst,
Mildere Sonne! zu dir kehr ich getreuer und weiser,
Friedlich zu werden und froh unter den Blumen zu ruhn.

AN EINEN BAUM

. . . und die ewigen Bahnen
Lächelnd über uns hin zögen die Herrscher der Welt,
Sonne und Mond und Sterne, und auch die Blitze der Wolken
Spielten, des Augenblicks feurige Kinder, um uns,
Aber in unsrem Innern, ein Bild der Fürsten des Himmels,
Wandelte neidlos der Gott unserer Liebe dahin,
Und er mischte den Duft, die reine, heilige Seele,
Die, von des Frühlinges silberner Stunde genährt,
Oft überströmte, hinaus ins glänzende Meer des Tages,
Und in das Abendrot und in die Wogen der Nacht,
Ach! wir lebten so frei im innig unendlichen Leben,
Unbekümmert und still, selber ein seliger Traum,
Jetzt uns selber genug und jetzt ins Weite verfliegend,
Aber im Innersten doch immer lebendig und eins.
Glücklicher Baum! wie lange, wie lange könnt ich noch singen
Und vergehen im Blick auf dein erbebendes Haupt,
Aber siehe! dort regt sichs, es wandeln in Schleiern die Jung-
Und wer weiß es, vielleicht wäre mein Mädchen dabei; [fraun
Laß mich, laß mich, ich muß – lebwohl! es reißt mich ins Leben,
Daß ich im kindischen Gang folge der lieblichen Spur,
Aber du Guter, dich will, dich will ich nimmer vergessen,
Ewig bist du und bleibst meiner Geliebtesten Bild.
Und käm einmal ein Tag, wo sie die meinige wäre,
O! dann ruht ich mit ihr, unter dir, Freundlicher, aus,
Und du zürnetest nicht, du gössest Schatten und Düfte
Und ein rauschendes Lied über die Glücklichen aus.

AN DIOTIMA

Komm und siehe die Freude um uns; in kühlenden Lüften
Fliegen die Zweige des Hains,

Wie die Locken im Tanz; und wie auf tönender Leier
Ein erfreulicher Geist,
Spielt mit Regen und Sonnenschein auf der Erde der Himmel;
Wie in liebendem Streit
Über dem Saitenspiel ein tausendfältig Gewimmel
Flüchtiger Töne sich regt,
Wandelt Schatten und Licht in süßmelodischem Wechsel
Über die Berge dahin.
Leise berührte der Himmel zuvor mit der silbernen Tropfe
Seinen Bruder, den Strom,
Nah ist er nun, nun schüttet er ganz die köstliche Fülle,
Die er am Herzen trug,
Über den Hain und den Strom, und . . .
. . .
Und das Grünen des Hains, und des Himmels Bild in dem
Dämmert und schwindet vor uns [Strome
Und des einsamen Berges Haupt mit den Hütten und Felsen,
Die er im Schoße verbirgt,
Und die Hügel, die um ihn her, wie Lämmer, gelagert
Und in blühend Gesträuch
Wie in zarte Wolle gehüllt, sich nähren von klaren
Kühlenden Quellen des Bergs,
Und das dampfende Tal mit seinen Saaten und Blumen,
Und der Garten vor uns,
Nah und Fernes entweicht, verliert sich in froher Verwirrung
Und die Sonne verlischt.
Aber vorübergerauscht sind nun die Fluten des Himmels
Und geläutert, verjüngt
Geht mit den seligen Kindern hervor die Erd aus dem Bade.
Froher lebendiger
Glänzt im Haine das Grün, und goldner funkeln die Blumen,
. . .
Weiß, wie die Herde, die in den Strom der Schäfer geworfen,
. . .

DIOTIMA

Jüngere Fassung

Leuchtest du wie vormals nieder,
Goldner Tag! und sprossen mir
Des Gesanges Blumen wieder
Lebenatmend auf zu dir?

Wie so anders ists geworden!
Manches, was ich trauernd mied,
Stimmt in freundlichen Akkorden
Nun in meiner Freude Lied,
Und mit jedem Stundenschlage
Werd ich wunderbar gemahnt
An der Kindheit stille Tage,
Seit ich Sie, die Eine, fand.

Diotima! edles Leben!
Schwester, heilig mir verwandt!
Eh ich dir die Hand gegeben,
Hab ich ferne dich gekannt.
Damals schon, da ich in Träumen,
Mir entlockt vom heitern Tag,
Unter meines Gartens Bäumen,
Ein zufriedner Knabe, lag,
Da in leiser Lust und Schöne
Meiner Seele Mai begann,
Säuselte, wie Zephirstöne,
Göttliche! dein Geist mich an.

Ach! und da, wie eine Sage,
Jeder frohe Gott mir schwand,
Da ich vor des Himmels Tage
Darbend, wie ein Blinder, stand,
Da die Last der Zeit mich beugte,
Und mein Leben, kalt und bleich,
Sehnend schon hinab sich neigte
In der Toten stummes Reich:
Wünscht ich öfters noch, dem blinden
Wanderer, dies Eine mir,
Meines Herzens Bild zu finden
Bei den Schatten oder hier.

Nun! ich habe dich gefunden!
Schöner, als ich ahndend sah,
Hoffend in den Feierstunden,
Holde Muse! bist du da;
Von den Himmlischen dort oben,
Wo hinauf die Freude flieht,
Wo, des Alterns überhoben,
Immerheitre Schöne blüht,

Scheinst du mir herabgestiegen,
Götterbotin! weiltest du
Nun in gütigem Genügen
Bei dem Sänger immerzu.

Sommerglut und Frühlingsmilde,
Streit und Frieden wechselt hier
Vor dem stillen Götterbilde
Wunderbar im Busen mir;
Zürnend unter Huldigungen
Hab ich oft, beschämt, besiegt,
Sie zu fassen, schon gerungen,
Die mein Kühnstes überfliegt;
Unzufrieden im Gewinne,
Hab ich stolz darob geweint,
Daß zu herrlich meinem Sinne
Und zu mächtig sie erscheint.

Ach! an deine stille Schöne,
Selig holdes Angesicht!
Herz! an deine Himmelstöne
Ist gewohnt das meine nicht;
Aber deine Melodien
Heitern mählig mir den Sinn,
Daß die trüben Träume fliehen,
Und ich selbst ein andrer bin;
Bin ich dazu denn erkoren?
Ich zu deiner hohen Ruh,
So zu Licht und Lust geboren,
Göttlichglückliche! wie du? –

Wie dein Vater und der meine,
Der in heitrer Majestät
Über seinem Eichenhaine
Dort in lichter Höhe geht,
Wie er in die Meereswogen,
Wo die kühle Tiefe blaut,
Steigend von des Himmels Bogen,
Klar und still herunterschaut:
So will ich aus Götterhöhen,
Neu geweiht in schönrem Glück,
Froh zu singen und zu sehen,
Nun zu Sterblichen zurück.

SÖMMERRINGS SEELENORGAN UND DAS PUBLIKUM

Gerne durchschaun sie mit ihm das herrliche Körpergebäude,
Doch zur Zinne hinauf werden die Treppen zu steil.

SÖMMERRINGS SEELENORGAN UND DIE DEUTSCHEN

Viele gesellten sich ihm, da der Priester wandelt' im Vorhof,
Aber ins Heiligtum wagten sich wenige nach.

GEBET FÜR DIE UNHEILBAREN

Eil, o zaudernde Zeit, sie ans Ungereimte zu führen,
Anders belehrest du sie nie, wie verständig sie sind.
Eile, verderbe sie ganz, und führ ans furchtbare Nichts sie,
Anders glauben sie dir nie, wie verdorben sie sind.
Diese Toren bekehren sich nie, wenn ihnen nicht schwindelt,
Diese . . . sich nie, wenn sie Verwesung nicht sehn.

GUTER RAT

Hast du Verstand und ein Herz, so zeige nur eines von beiden,
Beides verdammen sie dir, zeigest du beides zugleich.

ADVOCATUS DIABOLI

Tief im Herzen haß ich den Troß der Despoten und Pfaffen,
Aber noch mehr das Genie, macht es gemein sich damit.

DIE VORTREFFLICHEN

Lieben Brüder! versucht es nur nicht, vortrefflich zu werden,
Ehrt das Schicksal und tragts, Stümper auf Erden zu sein;
Denn ist Einmal der Kopf voran, so folget der Schweif auch
Und die klassische Zeit deutscher Poëten ist aus.

DIE BESCHREIBENDE POËSIE

Wißt! Apoll ist der Gott der Zeitungsschreiber geworden
Und sein Mann ist, wer ihm treulich das Faktum erzählt.

FALSCHE POPULARITÄT

O der Menschenkenner! er stellt sich kindisch mit Kindern;
Aber der Baum und das Kind suchet, was über ihm ist.

AN DIOTIMA

Schönes Leben! du lebst, wie die zarten Blüten im Winter,
In der gealterten Welt blühst du verschlossen, allein.
Liebend strebst du hinaus, dich zu sonnen am Lichte des Frühlings,
Zu erwarmen an ihr, suchst du die Jugend der Welt.
Deine Sonne, die schönere Zeit, ist untergegangen
Und in frostiger Nacht zanken Orkane sich nun.

DIOTIMA

Komm und besänftige mir, die du einst Elemente versöhntest,
Wonne der himmlischen Muse, das Chaos der Zeit,
Ordne den tobenden Kampf mit Friedenstönen des Himmels,
Bis in der sterblichen Brust sich das Entzweite vereint,
Bis der Menschen alte Natur, die ruhige, große,
Aus der gärenden Zeit mächtig und heiter sich hebt.
Kehr in die dürftigen Herzen des Volks, lebendige Schönheit!
Kehr an den gastlichen Tisch, kehr in die Tempel zurück!
Denn Diotima lebt, wie die zarten Blüten im Winter,
Reich an eigenem Geist, sucht sie die Sonne doch auch.
Aber die Sonne des Geists, die schönere Welt, ist hinunter
Und in frostiger Nacht zanken Orkane sich nur.

EINLADUNG AN NEUFFER

Dein Morgen, Bruder, ging so schön hervor,
So herrlich schimmerte dein Morgenrot –

Und doch – und doch besiegt ein schwarzer Sturm
Das hehre Licht – und wälzet schreckenvoll
Den grimmen Donner auf dein sichres Haupt!
O Bruder! Bruder! daß dein Bild so wahr,
So schrecklich wahr des Lebens Wechsel deutet!
Daß Disteln hinter Blumengängen lauern –
Und Jammer auf die Rosenwange schielt!
Und bleicher Tod in Jünglingsadern schleicht,
Und bange Trennung treuer Freunde Los
Und edler Herzen Schicksal Druck und Kummer ist!
Da baun wir Plane, träumen so entzückt
Vom nahen Ziel – und plötzlich, plötzlich zuckt
Ein Blitz herab, und öffnet uns die Augen!
Du frägst, warum dies all? – aus heller Laune.
Ich sah im Geist sich deine Stirne wölken,
In deiner Eingezogenheit – da ging
Ich trüben Blicks hinab zu meinem Neckar
Und sah in seine Wogen, bis mir schwindelte –
Und kehrte still und voll der dunklen Zukunft,
Und voll des Schicksals, welches unsrer wartet,
Zurück – und setzte mich, und also ward
Die – freilich nicht erbauliche – Tirade
Vom ungewissen Wechsel unsers Lebens.
Doch – komme du – du scherze mir Tiraden
Und Ahndungen der Zukunft von der Stirne weg,
O komm – es harret dein ein *eigen Deckelglas* –
Stiefmütterlich soll wahrlich nicht mein Fäßchen sein.
Und findst du schon kein Städtermahl, so würzet es
Doch meine Freundschaft, und der Meinen guter Wille.

EINLADUNG

Seinem Freund Neuffer

Dein Morgen, Bruder, ging so schön hervor,
Ein heitres Frührot glänzte dir entgegen,
Den wonnevollsten Lebenstag verheißend.
Die Musen weihten dich zu ihrem Priester,
Die Liebe kränzte dir das Haupt mit Rosen,
Und goß die reinsten Freuden in dein Herz.
Wer war wie du beglückt? Das Schicksal hat
Es anders nun gemacht; ein schwarzer Sturm

Verschlang des Tages Licht; der Donner rollte
Und traf dein sichres Haupt; im Grabe liegt,
Was du geliebt; dein Eden ist vernichtet.

O Bruder, Bruder, daß dein Schicksal mir
So schrecklichwahr des Lebens Wechsel deutet!
Daß Disteln hinter Blumengängen lauern,
Daß giftger Tod in Jugendadern schleicht,
Daß bittre Trennung selbst den Freunden oft
Den armen Trost versagt, den Schmerz zu teilen!
Da baun wir Plane, träumen so entzückt
Vom nahen Ziel, und plötzlich, plötzlich zuckt
Ein Blitz herab, und öffnet uns das Grab.
Ich sah im Geist dein Leiden all. Da ging
Ich trüben Blicks hinab am Maingestade,
Sah in die Wogen, bis mir schwindelte,
Und kehrte still und voll der dunkeln Zukunft,
Und voll des Schicksals, welches unser wartet,
Beim Untergang der Sonn in meine Klause.

O Bruder, komm nach jahrelanger Trennung
An meine Brust! Vielleicht gelingt es uns,
Noch einen jener schönen Abende,
Die wir so oft am Herzen der Natur
Mit reinem Sinn und mit Gesang gefeiert,
Zurück zu zaubern, und noch einmal froh
Hinein zu schauen in das Leben! Komm,
Es wartet dein ein eigen Deckelglas,
Stiefmütterlich soll nicht mein Fäßchen fließen.
Es wartet dein ein freundliches Gemach,
Wo unsre Herzen liebend sich ergießen!
Komm, eh der Herbst der Gärten Schmuck verderbt,
Bevor die schönen Tage von uns eilen,
Und laß durch Freundschaft uns des Herzens Wunden heilen.

AN NEUFFER

Brüderlich Herz! ich komme zu dir, wie der tauende Morgen,
  Schließe du, wie der Kelch zärtlicher Blumen, dich auf;
Einen Himmel empfängst du, der Freude goldene Wolke
  Rieselt in eilenden freundlichen Tönen herab.

Freund! ich kenne mich nicht, ich kenne nimmer den Menschen,
Und es schämet der Geist aller Gedanken sich nun.
Fassen wollt er auch sie, wie er faßt die Dinge der Erde,
Fassen . . .
Aber ein Schwindel ergriff ihn süß, und die ewige Feste
Seiner Gedanken stürzt' . . .

DIE MUSSE

Sorglos schlummert die Brust und es ruhn die strengen Gedanken.
Auf die Wiese geh ich hinaus, wo das Gras aus der Wurzel
Frisch, wie die Quelle, mir keimt, wo die liebliche Lippe der Blume
Mir sich öffnet und stumm mit süßem Othem mich anhaucht,
Und an tausend Zweigen des Hains, wie an brennenden Kerzen
Mir das Flämmchen des Lebens glänzt, die rötliche Blüte,
Wo im sonnigen Quell die zufriednen Fische sich regen,
Wo die Schwalbe das Nest mit den törigen Jungen umflattert,
Und die Schmetterlinge sich freun und die Bienen, da wandl ich
Mitten in ihrer Lust; ich steh im friedlichen Felde
Wie ein liebender Ulmbaum da, und wie Reben und Trauben
Schlingen sich rund um mich die süßen Spiele des Lebens.

Oder schau ich hinauf zum Berge, der mit Gewölken
Sich die Scheitel umkränzt und die düstern Locken im Winde
Schüttelt, und wenn er mich trägt auf seiner kräftigen Schulter,
Wenn die leichtere Luft mir alle Sinne bezaubert
Und das unendliche Tal, wie eine farbige Wolke,
Unter mir liegt, da werd ich zum Adler, und ledig des Bodens
Wechselt mein Leben im All der Natur wie Nomaden den Wohnort.
Und nun führt mich der Pfad zurück ins Leben der Menschen,
Fernher dämmert die Stadt, wie eine eherne Rüstung
Gegen die Macht des Gewittergotts und der Menschen geschmiedet,
Majestätisch herauf, und ringsum ruhen die Dörfchen;
Und die Dächer umhüllt, vom Abendlichte gerötet,
Freundlich der häusliche Rauch; es ruhn die sorglich umzäunten
Gärten, es schlummert der Pflug auf den gesonderten Feldern.

Aber ins Mondlicht steigen herauf die zerbrochenen Säulen
Und die Tempeltore, die einst der Furchtbare traf, der geheime
Geist der Unruh, der in der Brust der Erd und der Menschen
Zürnet und gärt, der Unbezwungne, der alte Erobrer,
Der die Städte, wie Lämmer, zerreißt, der einst den Olympus
Stürmte, der in den Bergen sich regt, und Flammen herauswirft,
Der die Wälder entwurzelt und durch den Ozean hinfährt
Und die Schiffe zerschlägt und doch in der ewigen Ordnung
Niemals irre dich macht, auf der Tafel deiner Gesetze
Keine Silbe verwischt, der auch dein Sohn, o Natur, ist,
Mit dem Geiste der Ruh aus Einem Schoße geboren. –

Hab ich zu Hause dann, wo die Bäume das Fenster umsäuseln
Und die Luft mit dem Lichte mir spielt, von menschlichem
Ein erzählendes Blatt zu gutem Ende gelesen: [Leben
Leben! Leben der Welt! du liegst wie ein heiliger Wald da,
Sprech ich dann, und es nehme die Axt, wer will, dich zu ebnen,
Glücklich wohn ich in dir.

DIE VÖLKER SCHWIEGEN, SCHLUMMERTEN ...

Die Völker schwiegen, schlummerten, da sahe
Das Schicksal, daß sie nicht entschliefen, und es kam
Der unerbittliche, der furchtbare
Sohn der Natur, der alte Geist der Unruh.
Der regte sich, wie Feuer, das im Herzen
Der Erde gärt, das wie den reifen Obstbaum
Die alten Städte schüttelt, das die Berge
Zerreißt, und die Eichen hinabschlingt und die Felsen.

Und Heere tobten, wie die kochende See.
Und wie ein Meergott, herrscht' und waltete
Manch großer Geist im kochenden Getümmel.
Manch feurig Blut zerrann im Todesfeld
Und jeder Wunsch und jede Menschenkraft
Vertobt auf Einer da, auf ungeheurer Walstatt,
Wo von dem blauen Rheine bis zur Tyber
Die unaufhaltsame, die jahrelange Schlacht
In wilder Ordnung sich umherbewegte.

Es spielt' ein kühnes Spiel in dieser Zeit
Mit allen Sterblichen das mächtge Schicksal.

. . .
Und blinken goldne Früchte wieder dir,
Wie heitre holde Sterne, durch die kühle Nacht
Der Pomeranzenwälder in Italien.

BUONAPARTE

Heilige Gefäße sind die Dichter,
Worin des Lebens Wein, der Geist
Der Helden, sich aufbewahrt,

Aber der Geist dieses Jünglings,
Der schnelle, müßt er es nicht zersprengen,
Wo es ihn fassen wollte, das Gefäß?

Der Dichter laß ihn unberührt wie den Geist der Natur,
An solchem Stoffe wird zum Knaben der Meister.

Er kann im Gedichte nicht leben und bleiben,
Er lebt und bleibt in der Welt.

EMPEDOKLES

Das Leben suchst du, suchst, und es quillt und glänzt
Ein göttlich Feuer tief aus der Erde dir,
Und du in schauderndem Verlangen
Wirfst dich hinab, in des Aetna Flammen.

So schmelzt' im Weine Perlen der Übermut
Der Königin; und mochte sie doch! hättst du
Nur deinen Reichtum nicht, o Dichter,
Hin in den gärenden Kelch geopfert!

Doch heilig bist du mir, wie der Erde Macht,
Die dich hinwegnahm, kühner Getöteter!
Und folgen möcht ich in die Tiefe,
Hielte die Liebe mich nicht, dem Helden.

AN DIE PARZEN

Nur Einen Sommer gönnt, ihr Gewaltigen!
Und einen Herbst zu reifem Gesange mir,
Daß williger mein Herz, vom süßen
Spiele gesättiget, dann mir sterbe.

Die Seele, der im Leben ihr göttlich Recht
Nicht ward, sie ruht auch drunten im Orkus nicht;
Doch ist mir einst das Heilge, das am
Herzen mir liegt, das Gedicht, gelungen,

Willkommen dann, o Stille der Schattenwelt!
Zufrieden bin ich, wenn auch mein Saitenspiel
Mich nicht hinab geleitet; Einmal
Lebt ich, wie Götter, und mehr bedarfs nicht.

DIOTIMA

Du schweigst und duldest, und sie verstehn dich nicht,
Du heilig Leben! welkest hinweg und schweigst,
Denn ach, vergebens bei Barbaren
Suchst du die Deinen im Sonnenlichte,

Die zärtlichgroßen Seelen, die nimmer sind!
Doch eilt die Zeit. Noch siehet mein sterblich Lied
Den Tag, der, Diotima! nächst den
Göttern mit Helden dich nennt, und dir gleicht.

AN IHREN GENIUS

Send ihr Blumen und Frücht aus nieversiegender Fülle,
Send ihr, freundlicher Geist, ewige Jugend herab!
Hüll in deine Wonnen sie ein und laß sie die Zeit nicht
Sehn, wo einsam und fremd sie, die Athenerin, lebt,
Bis sie im Lande der Seligen einst die fröhlichen Schwestern,
Die zu Phidias Zeit herrschten und liebten, umfängt.

ABBITTE

Heilig Wesen! gestört hab ich die goldene
Götterruhe dir oft, und der geheimeren,

Tiefern Schmerzen des Lebens
Hast du manche gelernt von mir.

O vergiß es, vergib! gleich dem Gewölke dort
Vor dem friedlichen Mond, geh ich dahin, und du
Ruhst und glänzest in deiner
Schöne wieder, du süßes Licht!

STIMME DES VOLKS

Du seiest Gottes Stimme, so ahndet ich
In heilger Jugend; ja, und ich sag es noch. –
Um meine Weisheit unbekümmert
Rauschen die Wasser doch auch, und dennoch

Hör ich sie gern, und öfters bewegen sie
Und stärken mir das Herz, die gewaltigen;
Und meine Bahn nicht, aber richtig
Wandeln ins Meer sie die Bahn hinunter.

EHMALS UND JETZT

In jüngern Tagen war ich des Morgens froh,
Des Abends weint ich; jetzt, da ich älter bin,
Beginn ich zweifelnd meinen Tag, doch
Heilig und heiter ist mir sein Ende.

LEBENSLAUF

Hoch auf strebte mein Geist, aber die Liebe zog
Schön ihn nieder; das Leid beugt ihn gewaltiger;
So durchlauf ich des Lebens
Bogen und kehre, woher ich kam.

DIE KÜRZE

„Warum bist du so kurz? liebst du, wie vormals, denn
Nun nicht mehr den Gesang? fandst du, als Jüngling, doch,

In den Tagen der Hoffnung,
Wenn du sangest, das Ende nie!“

Wie mein Glück, ist mein Lied. – Willst du im Abendrot
Froh dich baden? hinweg ists! und die Erd ist kalt,
Und der Vogel der Nacht schwirrt
Unbequem vor das Auge dir.

DIE LIEBENDEN

Trennen wollten wir uns, wähnten es gut und klug;
Da wirs taten, warum schröckt' uns, wie Mord, die Tat?
Ach! wir kennen uns wenig,
Denn es waltet ein Gott in uns.

MENSCHENBEIFALL

Ist nicht heilig mein Herz, schöneren Lebens voll,
Seit ich liebe? warum achtetet ihr mich mehr,
Da ich stolzer und wilder,
Wortereicher und leerer war?

Ach! der Menge gefällt, was auf den Marktplatz taugt,
Und es ehret der Knecht nur den Gewaltsamen;
An das Göttliche glauben
Die allein, die es selber sind.

DIE HEIMAT

Froh kehrt der Schiffer heim an den stillen Strom
Von fernen Inseln, wo er geerntet hat;
Wohl möcht auch ich zur Heimat wieder;
Aber was hab ich, wie Leid, geerntet? –

Ihr holden Ufer, die ihr mich auferzogt,
Stillt ihr der Liebe Leiden? ach! gebt ihr mir,
Ihr Wälder meiner Kindheit, wann ich
Komme, die Ruhe noch Einmal wieder?

DER GUTE GLAUBE

Schönes Leben! du liegst krank, und das Herz ist mir
Müd vom Weinen und schon dämmert die Furcht in mir,
Doch, doch kann ich nicht glauben,
Daß du sterbest, solang du liebst.

IHRE GENESUNG

Deine Freundin, Natur! leidet und schläft und du,
Allbelebende, säumst? ach! und ihr heilt sie nicht,
Mächtge Lüfte des Aethers,
Nicht ihr Quellen des Sonnenlichts?

Alle Blumen der Erd, alle die fröhlichen,
Schönen Früchte des Hains, heitern sie alle nicht
Dieses Leben, ihr Götter!
Das ihr selber in Lieb erzogt? –

Ach! schon atmet und tönt heilige Lebenslust
Ihr im reizenden Wort wieder wie sonst und schon
Glänzt das Auge des Lieblings
Freundlichoffen, Natur! dich an.

DAS UNVERZEIHLICHE

Wenn ihr Freunde vergeßt, wenn ihr den Künstler höhnt,
Und den tieferen Geist klein und gemein versteht,
Gott vergibt es, doch stört nur
Nie den Frieden der Liebenden.

AN DIE JUNGEN DICHTER

Lieben Brüder! es reift unsere Kunst vielleicht,
Da, dem Jünglinge gleich, lange sie schon gegärt,
Bald zur Stille der Schönheit;
Seid nur fromm, wie der Grieche war!

Liebt die Götter und denkt freundlich der Sterblichen!
Haßt den Rausch, wie den Frost! lehrt, und beschreibet [nicht!
Wenn der Meister euch ängstigt,
Fragt die große Natur um Rat.

AN DIE DEUTSCHEN

Spottet ja nicht des Kinds, wenn es mit Peitsch und Sporn
Auf dem Rosse von Holz mutig und groß sich dünkt,
Denn, ihr Deutschen, auch ihr seid
Tatenarm und gedankenvoll.

Oder kömmt, wie der Strahl aus dem Gewölke kömmt,
Aus Gedanken die Tat? Leben die Bücher bald?
O ihr Lieben, so nimmt mich,
Daß ich büße die Lästerung.

DIE SCHEINHEILIGEN DICHTER

Ihr kalten Heuchler, sprecht von den Göttern nicht!
Ihr habt Verstand! ihr glaubt nicht an Helios,
Noch an den Donnerer und Meergott;
Tot ist die Erde, wer mag ihr danken? –

Getrost ihr Götter! zieret ihr doch das Lied,
Wenn schon aus euren Namen die Seele schwand,
Und ist ein großes Wort vonnöten,
Mutter Natur! so gedenkt man deiner.

DEM SONNENGOTT

Wo bist du? trunken dämmert die Seele mir
Von aller deiner Wonne; denn eben ists,
Daß ich gesehn, wie, müde seiner
Fahrt, der entzückende Götterjüngling

Die jungen Locken badet' im Goldgewölk;
Und jetzt noch blickt mein Auge von selbst nach ihm;
Doch fern ist er zu frommen Völkern,
Die ihn noch ehren, hinweggegangen.

Dich lieb ich, Erde! trauerst du doch mit mir!
Und unsre Trauer wandelt, wie Kinderschmerz,
In Schlummer sich, und wie die Winde
Flattern und flüstern im Saitenspiele,

Bis ihm des Meisters Finger den schönern Ton
Entlockt, so spielen Nebel und Träum um uns,
Bis der Geliebte wiederkömmt und
Leben und Geist sich in uns entzündet.

SONNENUNTERGANG

Wo bist du? trunken dämmert die Seele mir
Von aller deiner Wonne; denn eben ists,
Daß ich gelauscht, wie, goldner Töne
Voll, der entzückende Sonnenjüngling

Sein Abendlied auf himmlischer Leier spielt';
Es tönten rings die Wälder und Hügel nach.
Doch fern ist er zu frommen Völkern,
Die ihn noch ehren, hinweggegangen.

SOKRATES UND ALCIBIADES

„Warum huldigest du, heiliger Sokrates,
Diesem Jünglinge stets? kennest du Größers nicht?
Warum siehet mit Liebe,
Wie auf Götter, dein Aug auf ihn?"

Wer das Tiefste gedacht, liebt das Lebendigste,
Hohe Jugend versteht, wer in die Welt geblickt,
Und es neigen die Weisen
Oft am Ende zu Schönem sich.

AN UNSRE GROSSEN DICHTER

Des Ganges Ufer hörten des Freudengotts
Triumph, als allerobernd vom Indus her
Der junge Bacchus kam, mit heilgem
Weine vom Schlafe die Völker weckend.

O weckt, ihr Dichter! weckt sie vom Schlummer auch,
Die jetzt noch schlafen, gebt die Gesetze, gebt
Uns Leben, siegt, Heroën! ihr nur
Habt der Eroberung Recht, wie Bacchus.

VANINI

Den Gottverächter schalten sie dich? mit Fluch
Beschwerten sie dein Herz dir und banden dich
Und übergaben dich den Flammen,
Heiliger Mann! o warum nicht kamst du

Vom Himmel her in Flammen zurück, das Haupt
Der Lästerer zu treffen und riefst dem Sturm;
Daß er die Asche der Barbaren
Fort aus der Erd, aus der Heimat werfe!

Doch die du lebend liebtest, die dich empfing,
Den Sterbenden, die heilge Natur vergißt
Der Menschen Tun und deine Feinde
Kehrten, wie du, in den alten Frieden.

DER MENSCH

Kaum sproßten aus den Wassern, o Erde, dir
Der jungen Berge Gipfel und dufteten
Lustatmend, immergrüner Haine
Voll, in des Ozeans grauer Wildnis

Die ersten holden Inseln; und freudig sah
Des Sonnengottes Auge die Neulinge,
Die Pflanzen, seiner ewgen Jugend
Lächelnde Kinder, aus dir geboren.

Da auf der Inseln schönster, wo immerhin
Den Hain in zarter Ruhe die Luft umfloß,
Lag unter Trauben einst, nach lauer
Nacht, in der dämmernden Morgenstunde

Geboren, Mutter Erde! dein schönstes Kind; –
Und auf zum Vater Helios sieht bekannt

Der Knab, und wacht und wählt, die süßen
Beere versuchend, die heilge Rebe

Zur Amme sich; und bald ist er groß; ihn scheun
Die Tiere, denn ein anderer ist, wie sie,
Der Mensch; nicht dir und nicht dem Vater
Gleicht er, denn kühn ist in ihm und einzig

Des Vaters hohe Seele mit deiner Lust,
O Erd! und deiner Trauer von je vereint;
Der Göttermutter, der Natur, der
Allesumfassenden möcht er gleichen!

Ach! darum treibt ihn, Erde! vom Herzen dir
Sein Übermut, und deine Geschenke sind
Umsonst und deine zarten Bande;
Sucht er ein Besseres doch, der Wilde!

Von seines Ufers duftender Wiese muß
Ins blütenlose Wasser hinaus der Mensch,
Und glänzt auch, wie die Sternenacht, von
Goldenen Früchten sein Hain, doch gräbt er

Sich Höhlen in den Bergen und späht im Schacht,
Von seines Vaters heiterem Lichte fern,
Dem Sonnengott auch ungetreu, der
Knechte nicht liebt und der Sorge spottet.

Denn freier atmen Vögel des Walds, wenn schon
Des Menschen Brust sich herrlicher hebt, und der
Die dunkle Zukunft sieht, er muß auch
Sehen den Tod und allein ihn fürchten.

Und Waffen wider alle, die atmen, trägt
In ewigbangem Stolze der Mensch; im Zwist
Verzehrt er sich und seines Friedens
Blume, die zärtliche, blüht nicht lange.

Ist er von allen Lebensgenossen nicht
Der seligste? Doch tiefer und reißender
Ergreift das Schicksal, allausgleichend,
Auch die entzündbare Brust dem Starken.

HYPERIONS SCHICKSALSLIED

Ihr wandelt droben im Licht
Auf weichem Boden, selige Genien!
Glänzende Götterlüfte
Rühren euch leicht,
Wie die Finger der Künstlerin
Heilige Saiten.

Schicksallos, wie der schlafende
Säugling, atmen die Himmlischen;
Keusch bewahrt
In bescheidener Knospe,
Blühet ewig
Ihnen der Geist,
Und die seligen Augen
Blicken in stiller
Ewiger Klarheit.

Doch uns ist gegeben,
Auf keiner Stätte zu ruhn,
Es schwinden, es fallen
Die leidenden Menschen
Blindlings von einer
Stunde zur andern,
Wie Wasser von Klippe
Zu Klippe geworfen,
Jahr lang ins Ungewisse hinab.

DA ICH EIN KNABE WAR . . .

Da ich ein Knabe war,
Rettet' ein Gott mich oft
Vom Geschrei und der Rute der Menschen,
Da spielt ich sicher und gut
Mit den Blumen des Hains,
Und die Lüftchen des Himmels
Spielten mit mir.

Und wie du das Herz
Der Pflanzen erfreust,
Wenn sie entgegen dir
Die zarten Arme strecken,

So hast du mein Herz erfreut,
Vater Helios! und, wie Endymion,
War ich dein Liebling,
Heilige Luna!

O all ihr treuen
Freundlichen Götter!
Daß ihr wüßtet,
Wie euch meine Seele geliebt!

Zwar damals rief ich noch nicht
Euch mit Namen, auch ihr
Nanntet mich nie, wie die Menschen sich nennen,
Als kennten sie sich.

Doch kannt ich euch besser,
Als ich je die Menschen gekannt,
Ich verstand die Stille des Aethers,
Der Menschen Worte verstand ich nie.

Mich erzog der Wohllaut
Des säuselnden Hains
Und lieben lernt ich
Unter den Blumen.

Im Arme der Götter wuchs ich groß.

ACHILL

Herrlicher Göttersohn! da du die Geliebte verloren,
Gingst du ans Meergestad, weintest hinaus in die Flut,
Weheklagend hinab verlangt' in den heiligen Abgrund,
In die Stille dein Herz, wo, von der Schiffe Gelärm
Fern, tief unter den Wogen, in friedlicher Grotte die blaue
Thetis wohnte, die dich schützte, die Göttin des Meers.
Mutter war dem Jünglinge sie, die mächtige Göttin,
Hatte den Knaben einst liebend, am Felsengestad
Seiner Insel, gesäugt, mit dem kräftigen Liede der Welle
Und im stärkenden Bad ihn zum Heroën genährt.

Und die Mutter vernahm die Weheklage des Jünglings,
  Stieg vom Grunde der See, trauernd, wie Wölkchen, herauf,
Stillte mit zärtlichem Umfangen die Schmerzen des Lieblings,
  Und er hörte, wie sie schmeichelnd zu helfen versprach.

Göttersohn! o wär ich, wie du, so könnt ich vertraulich
  Einem der Himmlischen klagen mein heimliches Leid.
Sehen soll ich es nicht, soll tragen die Schmach, als gehört ich
  Nimmer zu ihr, die doch meiner mit Tränen gedenkt.
Gute Götter! doch hört ihr jegliches Flehen des Menschen,
  Ach! und innig und fromm liebt ich dich heiliges Licht,
Seit ich lebe, dich Erd und deine Quellen und Wälder,
  Vater Aether, und dich fühlte zu sehnend und rein
Dieses Herz – o sänftiget mir, ihr Guten, mein Leiden,
  Daß die Seele mir nicht allzu frühe verstummt,
Daß ich lebe und euch, ihr hohen himmlischen Mächte,
  Noch am fliehenden Tag danke mit frommem Gesang,
Danke für voriges Gut, für Freuden vergangener Jugend,
  Und dann nehmet zu euch gütig den Einsamen auf.

MEINER VEREHRUNGSWÜRDIGEN GROSSMUTTER

zu ihrem 72. Geburtstag

Vieles hast du erlebt, du teure Mutter! und ruhst nun
  Glücklich, von Fernen und Nahn liebend beim Namen genannt,
Mir auch herzlich geehrt in des Alters silberner Krone
  Unter den Kindern, die dir reifen und wachsen und blühn.
Langes Leben hat dir die sanfte Seele gewonnen
  Und die Hoffnung, die dich freundlich in Leiden geführt.
Denn zufrieden bist du und fromm, wie die Mutter, die einst den
  Besten der Menschen, den Freund unserer Erde, gebar. –
Ach! sie wissen es nicht, wie der Hohe wandelt' im Volke,
  Und vergessen ist fast, was der Lebendige war.
Wenige kennen ihn doch und oft erscheinet erheiternd
  Mitten in stürmischer Zeit ihnen das himmlische Bild.
Allversöhnend und still mit den armen Sterblichen ging er,
  Dieser einzige Mann, göttlich im Geiste, dahin.
Keines der Lebenden war aus seiner Seele geschlossen
  Und die Leiden der Welt trug er an liebender Brust.
Mit dem Tode befreundet' er sich, im Namen der andern
  Ging er aus Schmerzen und Müh siegend zum Vater zurück.

Und du kennest ihn auch, du teure Mutter! und wandelst
  Glaubend und duldend und still ihm, dem Erhabenen, nach.
Sieh! es haben mich selbst verjüngt die kindlichen Worte,
  Und es rinnen, wie einst, Tränen vom Auge mir noch;
Und ich denke zurück an längst vergangene Tage,
  Und die Heimat erfreut wieder mein einsam Gemüt,
Und das Haus, wo ich einst bei deinen Segnungen aufwuchs,
  Wo, von Liebe genährt, schneller der Knabe gedieh.
Ach! wie dacht ich dann oft, du solltest meiner dich freuen,
  Wann ich ferne mich sah wirkend in offener Welt.
Manches hab ich versucht und geträumt und habe die Brust mir
  Wund gerungen indes, aber ihr heilet sie mir,
O ihr Lieben! und lange, wie du, o Mutter! zu leben
  Will ich lernen; es ist ruhig das Alter und fromm.
Kommen will ich zu dir; dann segne den Enkel noch Einmal,
  Daß dir halte der Mann, was er, als Knabe, gelobt.

GÖTTER WANDELTEN EINST ...

Götter wandelten einst bei Menschen, die herrlichen Musen
  Und der Jüngling, Apoll, heilend, begeisternd wie du.
Und du bist mir, wie sie, als hätte der Seligen Einer
  Mich ins Leben gesandt, geh ich, es wandelt das Bild
Meiner Heldin mit mir, wo ich duld und bilde, mit Liebe
  Bis in den Tod, denn dies lernt ich und hab ich von ihr.

Laß uns leben, o du, mit der ich leide, mit der ich
  Innig und glaubig und treu ringe nach schönerer Zeit.
Sind doch wirs! und wüßten sie noch in kommenden Jahren
  Von uns beiden, wenn einst wieder der Genius gilt,
Sprächen sie: es schufen sich einst die Einsamen liebend
  Nur von Göttern gekannt ihre geheimere Welt.
Denn die Sterbliches nur besorgt, es empfängt sie die Erde,
  Aber näher zum Licht wandern, zum Aether hinauf
Sie, die inniger Liebe treu, und göttlichem Geiste
  Hoffend und duldend und still über das Schicksal gesiegt.

HÖRT ICH DIE WARNENDEN ITZT ...

Hört ich die Warnenden itzt, sie lächelten meiner und dächten,
  Früher anheim uns fiel, weil er uns scheute, der Tor.

Und sie achtetens keinen Gewinn, . . .
. . .
Singt, o singet mir nur, unglückweissagend, ihr Furchtbarn,
Schicksalsgötter, das Lied immer und immer ums Ohr.
Euer bin ich zuletzt, ich weiß es, doch will zuvor ich
Mir gehören und mir Leben erbeuten und Ruhm.

ABSCHIED

Wenn ich sterbe mit Schmach, wenn an den Frechen nicht
Meine Seele sich rächt, wenn ich hinunter bin,
Von des Genius Feinden
Überwunden, ins feige Grab,

Dann vergiß mich, o dann rette vom Untergang
Meinen Namen auch du, gütiges Herz! nicht mehr,
Dann erröte, die du mir
Hold gewesen, doch eher nicht!

Aber weiß ich es nicht? Wehe! du liebender
Schutzgeist! ferne von dir spielen zerreißend bald
Auf den Saiten des Herzens
Alle Geister des Todes mir.

O so bleiche dich denn, Locke der mutigen
Jugend! heute noch, du, lieber als morgen mir,

. . . hier, wo am einsamen
Scheidewege der Schmerz mich,
Mich der Tötende niederwirft.

EMILIE VOR IHREM BRAUTTAG

Emilie an Klara

Ich bin im Walde mit dem Vater draus
Gewesen, diesen Abend, auf dem Pfade,
Du kennest ihn, vom vorgen Frühlinge.
Es blühten wilde Rosen nebenan,
Und von der Felswand überschattet' uns
Der Eichenbüsche sonnenhelles Grün;
Und oben durch der Buchen Dunkel quillt

Das klare flüchtige Gewässer nieder.
Wie oft, du Liebe! stand ich dort und sah
Ihm nach aus seiner Bäume Dämmerung
Hinunter in die Ferne, wo zum Bach
Es wird, zum Strome, sehnte mich mit ihm
Hinaus – wer weiß, wohin?

Das hast du oft
Mir vorgeworfen, daß ich immerhin
Abwesend bin mit meinem Sinne, hast
Mirs oft gesagt, ich habe bei den Menschen
Kein friedlich Bleiben nicht, verschwende
Die Seele an die Lüfte, lieblos sei
Ich öfters bei den Meinen. Gott! ich lieblos?

Wohl mag es freudig sein und schön, zu bleiben,
Zu ruhn in einer lieben Gegenwart,
Wenn eine große Seele, die wir kennen,
Vertraulich nahe waltet über uns,
Sich um uns schließt, daß wir, die Heimatlosen,
Doch wissen, wo wir wohnen.

Gute! Treue!
Doch hast du recht. Bist du denn nicht mir eigen?
Und hab ich ihn, den teuern Vater, nicht,
Den Heiligjugendlichen, Vielerfahrnen,
Der, wie ein stiller Gott auf dunkler Wolke,
Verborgenwirkend über seiner Welt
Mit freiem Auge ruht, und wenn er schon
Ein Höhers weiß, und ich des Mannes Geist
Nur ahnen kann, doch ehrt er liebend mich,
Und nennt mich seine Freude, ja! und oft
Gibt eine neue Seele mir sein Wort.

Dann möcht ich wohl den Segen, den er gab,
Mit einem, das ich liebte, gerne teilen,
Und bin allein – ach! ehmals war ichs nicht!

Mein Eduard! mein Bruder! denkst du sein
Und denkst du noch der frommen Abende,
Wenn wir im Garten oft zusammensaßen
Nach schönem Sommertage, wenn die Luft

Um unsre Stille freundlich atmete,
Und über uns des Aethers Blumen glänzten;
Wenn von den Alten er, den Hohen, uns
Erzählte, wie in Freude sie und Freiheit
Aufstrebten, seine Meister; tönender
Hub dann aus seiner Brust die Stimme sich,
Und zürnend war und liebend oft voll Tränen
Das Auge meinem Stolzen! ach! den letzten
Der Abende, wie nun, da Großes ihm
Bevorstand, ruhiger der Jüngling war,
Noch mit Gesängen, die wir gerne hörten,
Und mit der Zithar uns, die Trauernden,
Vergnügt'!

Ich seh ihn immer, wie er ging.
Nie war er schöner, kühn, die Seele glänzt'
Ihm auf der Stirne, dann voll Andacht trat
Er vor den alten Vater. Kann ich Glück
Von dir empfangen, sprach er, heilger Mann!
So wünsche lieber mir das größte, denn
Ein anders, und betroffen schien der Vater.
Wenns sein soll, wünsch ich dirs, antwortet' er.
Ich stand beiseit, und wehemütig sah
Der Scheidende mich an und rief mich laut;
Mir bebt' es durch die Glieder, und er hielt
Mich zärtlich fest, in seinen Armen stärkte
Der Starke mir das Herz, und da ich aufsah
Nach meinem Lieben, war er fortgeeilt.

„Ein edel Volk ist hier auf Korsika;"
Schrieb freudig er im letzten Briefe mir,
„Wie wenn ein zahmer Hirsch zum Walde kehrt
Und seine Brüder trifft, so bin ich hier,
Und mir bewegt im Männerkriege sich
Die Brust, daß ich von allem Weh genese.

Wie lebst du, teure Seele! und der Vater?
Hier unter frohem Himmel, wo zu schnell
Die Frühlinge nicht altern, und der Herbst
Aus lauer Luft dir goldne Früchte streut,
Auf dieser guten Insel werden wir
Uns wiedersehen; dies ist meine Hoffnung.

Ich lobe mir den Feldherrn. Oft im Traum
Hab ich ihn fast gesehen, wie er ist,
Mein Paoli, noch eh er freundlich mich
Empfing und zärtlich vorzog, wie der Vater
Den Jüngstgebornen, der es mehr bedarf.

Und schämen muß ich vor den andern mich,
Den furchtbarstillen, ernsten Jünglingen.
Sie dünken traurig dir bei Ruh und Spiel;
Unscheinbar sind sie, wie die Nachtigall,
Wenn von Gesang sie ruht; am Ehrentag
Erkennst du sie. Ein eigen Leben ists! –
Wenn mit der Sonne wir, mit heilgem Lied
Heraufgehn übern Hügel, und die Fahnen
Ins Tal hinab im Morgenwinde wehn,
Und drunten auf der Ebne fernher sich,
Ein gärend Element, entgegen uns
Die Menge regt und treibt, da fühlen wir
Frohlockender, wie wir uns herrlich lieben;
Denn unter unsern Zelten und auf Wogen
Der Schlacht begegnet uns der Gott, der uns
Zusammenhält.

Wir tun, was sich gebührt,
Und führen wohl das edle Werk hinaus.
Dann küßt ihr noch den heimatlichen Boden,
Den trauernden, und kommt und lebt mit uns,
Emilie! – Wie wirds dem alten Vater
Gefallen, bei den Lebenden noch Einmal
Zum Jüngling aufzuleben und zu ruhn
In unentweihter Erde, wenn er stirbt.

Denkst du des tröstenden Gesanges noch,
Emilie, den seiner teuern Stadt
In ihrem Fall der stille Römer sang,
Noch hab ich einiges davon im Sinne.

Klagt nicht mehr! kommt in neues Land! so sagt' er.
Der Ozean, der die Gefild umschweift,
Erwartet uns. Wir suchen selige
Gefilde, reiche Inseln, wo der Boden
Noch ungepflügt die Früchte jährlich gibt,

Und unbeschnitten noch der Weinstock blüht,
Wo der Olivenzweig nach Wunsche wächst,
Und ihren Baum die Feige keimend schmückt,
Wo Honig rinnt aus hohler Eich und leicht
Gewässer rauscht von Bergeshöhn. – Noch manches
Bewundern werden wir, die Glücklichen. –
Es sparte für ein frommes Volk Saturnus Sohn
Dies Ufer auf, da er die goldne Zeit
Mit Erze mischte. – Lebe wohl, du Liebe!"

Der Edle fiel des Tags darauf im Treffen
Mit seiner Liebsten Einem, ruht mit ihm
In Einem Grab.

In deinem Schoße ruht
Er, schönes Korsika! und deine Wälder
Umschatten ihn, und deine Lüfte wehn
Am milden Herbsttag freundlich über ihm,
Dein Abendlicht vergoldet seinen Hügel.

Ach! dorthin möcht ich wohl, doch hälf es nicht.
Ich sucht ihn, so wie hier. Ich würde fast
Dort weniger, wie hier, mich sein entwöhnen.
So wuchs ich auf mit ihm, und weinen muß ich
Und lächeln, denk ich, wie mirs ehmals oft
Beschwerlich ward, dem Wilden nachzukommen,
Wenn nirgend er beim Spiele bleiben wollte.
Nun bist du dennoch fort und lässest mich
Allein, du Lieber! und ich habe nun
Kein Bleiben auch, und meine Augen sehn
Das Gegenwärtige nicht mehr, o Gott!
Und mit Phantomen peiniget und tröstet
Nun meine Seele sich, die einsame.
Das weißt du, gutes Mädchen! nicht, wie sehr
Ich unvernünftig bin. Ich will dirs all
Erzählen. Morgen! Mich besucht doch immer
Der süße Schlaf, und wie die Kinder bin ich,
Die besser schlummern, wenn sie ausgeweint.

Der Vater schwieg im Leide tagelang,
Da ers erfuhr; und scheuen mußt ich mich,
Mein Weh ihn sehn zu lassen; lieber ging
Ich dann hinaus zum Hügel und das Herz
Gewöhnte mir zum freien Himmel sich.
Ich tadelt oft ein wenig mich darüber,
Daß nirgend mehr im Hause mirs gefiel.
Vergnügt mit allem war ich ehmals da,
Und leicht war alles mir. Nun ängstigt' es
Mich oft; noch trieb ich mein Geschäft, doch leblos,
Bis in die Seele stumm in meiner Trauer.

Es war, wie in der Schattenwelt, im Hause.
Der stille Vater und das stumme Kind!

Wir wollen fort auf eine Reise, Tochter!
Sagt' eines Tags mein Vater, und wir gingen,
Und kamen dann zu dir. In diesem Land,
An deines Neckars friedlichschönen Ufern,
Da dämmert' eine stille Freude mir
Zum erstenmale wieder auf. Wie oft
Im Abendlichte stand ich auf dem Hügel
Mit dir, und sah das grüne Tal hinauf,
Wo zwischen Bergen, da die Rebe wächst,
An manchem Dorf vorüber, durch die Wiesen
Zu uns herab, von luftger Weid umkränzt,
Das goldne ruhige Gewässer wallte!
Mir bleibt die Stelle lieb, wo ich gelebt.

Ihr heiterfreien Ebenen des Mains,
Ihr reichen, blühenden! wo nahe bald
Der frohe Strom, des stolzen Vaters Liebling,
Mit offnem Arm ihn grüßt, den alten Rhein!

Auch ihr! Sie sind wie Freunde mir geworden,
Und aus der Seele mir vergehen soll
Kein frommer Dank, und trag ich Leid im Busen,
So soll mir auch die Freude lebend bleiben.

Erzählen wollt ich dir, doch hell ist nie
Das Auge mir, wenn dessen ich gedenke.

Vor seinen kindischen, geliebten Träumen
Bebt immer mir das Herz.

Wir reisten dann
Hinein in andre Gegenden, ins Land
Des Varustals, dort bei den dunkeln Schatten
Der wilden heilgen Berge lebten wir,
Die Sommertage durch, und sprachen gern
Von Helden, die daselbst gewohnt, und Göttern.

Noch gingen wir des Tages, ehe wir
Vom Orte schieden, in den Eichenwald
Des herrlichen Gebirgs hinaus, und standen
In kühler Luft auf hoher Heide nun.

„Hier unten in dem Tale schlafen sie
Zusammen," sprach mein Vater, „lange schon,
Die Römer mit den Deutschen, und es haben
Die Freigebornen sich, die stolzen, stillen,
Im Tode mit den Welteroberern
Versöhnt, und Großes ist und Größeres
Zusammen in der Erde Schoß gefallen.
Wo seid ihr, meine Toten all? Es lebt
Der Menschengenius, der Sprache Gott,
Der alte Braga noch, und Hertha grünt
Noch immer ihren Kindern, und Walhalla
Blaut über uns, der heimatliche Himmel;
Doch euch, ihr Heldenbilder, find ich nicht."

Ich sah hinab und leise schauerte
Mein Herz, und bei den Starken war mein Sinn,
Den Guten, die hier unten vormals lebten.

Itzt stand ein Jüngling, der, uns ungesehn,
Am einsamen Gebüsch beiseit gesessen,
Nicht ferne von mir auf. O Vater! mußt
Ich rufen, das ist Eduard! – Du bist
Nicht klug, mein Kind! erwidert' er und sah
Den Jüngling an; es mocht ihn wohl auch treffen,
Er faßte schnell mich bei der Hand und zog
Mich weiter. Einmal mußt ich noch mich umsehn.
Derselbe wars und nicht derselbe! Stolz und groß,
Voll Macht war die Gestalt, wie des Verlornen,
Und Aug und Stirn und Locke; schärfer blickt'

Er nur, und um die seelenvolle Miene
War, wie ein Schleier, ihm ein stiller Ernst
Gebreitet. Und er sah mich an. Es war,
Als sagt' er, gehe nur auch du, so geht
Mir alles hin, doch duld ich aus und bleibe.

Wir reisten noch desselben Abends ab,
Und langsamtraurig fuhr der Wagen weiter
Und weiter durchs unwegsame Gebirg.
Es wechselten in Nebel und in Regen
Die Bäum und des Gebüsches dunkle Bilder
Im Walde nebenan. Der Vater schlief,
In dumpfem Schmerze träumt ich hin, und kaum
Nur eben noch, die lange Zeit zu zählen,
War mir die Seele wach.

Ein schöner Strom
Erweckt' ein wenig mir das Aug; es standen
Im breiten Boot die Schiffer am Gestad;
Die Pferde traten folgsam in die Fähre,
Und ruhig schifften wir. Erheitert war
Die Nacht, und auf die Wellen leuchtet'
Und Hütten, wo der fromme Landmann schlief,
Aus blauer Luft das stille Mondlicht nieder;
Und alles dünkte friedlich mir und sorglos,
In Schlaf gesungen von des Himmels Sternen.

Und ich sollt ohne Ruhe sein von nun an,
Verloren ohne Hoffnung mir an Fremdes
Die Seele meiner Jugend! Ach! ich fühlt
Es itzt, wie es geworden war mit mir.
Dem Adler gleich, der in der Wolke fliegt,
Erschien und schwand mir aus dem Auge wieder,
Und wieder mir des hohen Fremdlings Bild,
Daß mir das Herz erbebt' und ich umsonst
Mich fassen wollte. Schliefst du gut, mein Kind!
Begrüßte nun der gute Vater mich,
Und gerne wollt ich auch ein Wort ihm sagen.
Die Tränen doch erstickten mir die Stimme,
Und in den Strom hinunter mußt ich sehn,
Und wußte nicht, wo ich mein Angesicht
Verbergen sollte.

Glückliche! die du
Dies nie erfahren, überhebe mein
Dich nicht. Auch du, und wer von allen mag
Sein eigen bleiben unter dieser Sonne?
Oft meint ich schon, wir leben nur, zu sterben,
Uns opfernd hinzugeben für ein anders.
O schön zu sterben, edel sich zu opfern,
Und nicht so fruchtlos, so vergebens, Liebe!
Das mag die Ruhe der Unsterblichen
Dem Menschen sein.

Bedaure du mich nur!
Doch tadeln, Gute, sollst du mir es nicht!
Nennst du sie Schatten, jene, die ich liebe?
Da ich kein Kind mehr war, da ich ins Leben
Erwachte, da aufs neu mein Auge sich
Dem Himmel öffnet' und dem Licht, da schlug
Mein Herz dem Schönen; und ich fand es nah;
Wie soll ichs nennen, nun es nicht mehr ist
Für mich? O laßt! Ich kann die Toten lieben,
Die Fernen; und die Zeit bezwingt mich nicht.
Mein oder nicht! du bist doch schön, ich diene
Nicht Eitlem, was der Stunde nur gefällt,
Dem Täglichen gehör ich nicht; es ist
Ein anders, was ich lieb; unsterblich
Ist, was du bist, und du bedarfst nicht meiner,
Damit du groß und gut und liebenswürdig
Und herrlich seist, du edler Genius!

Laßt nur mich stolz in meinem Leide sein,
Und zürnen, wenn ich ihn verleugnen soll;
Bin ich doch sonst geduldig, und nicht oft
Aus meinem Munde kömmt ein Männerwort.
Demütigt michs doch schon genug, daß ich,
Was ich dir lang verborgen, nun gesagt.

Emilie an Klara

Wie dank ich dir, du Liebe, daß du mir
Vertrauen abgewonnen, daß ich dir
Mein still Geheimnis endlich ausgesprochen.

Ich bin nun ruhiger – wie nenn ichs dir?
Und an die schönen Tage denk ich, wenn ich oft
Hinausging mit dem Bruder, und wir oben
Auf unserm Hügel beieinander saßen,
Und ich den Lieben bei den Händen hielt,
Und mirs gefallen ließ am offnen Feld
Und an der Straß, und ins Gewölb hinauf
Des grünen Ahorns staunt, an dem wir lagen.
Ein Sehnen war in mir, doch war ich still.
Es blühten uns der ersten Hoffnung Tage,
Die Tage des Erwachens.

Holde Dämmerung!
So schön ists, wenn die gütige Natur
Ins Leben lockt ihr Kind. Es singen nur
Den Schlummersang am Abend unsre Mütter.
Sie brauchen nie das Morgenlied zu singen.
Dies singt die andre Mutter uns, die gute,
Die wunderbare, die uns Lebenslust
In unsern Busen atmet, uns mit süßen
Verheißungen erweckt.

Wie ist mir, Liebe!
Ich kann an Jugend heute nur, und nur
An Jugend denken.

Sieh! ein heitrer Tag
Ists eben auch. Seit frühem Morgen sitz ich
Am lieben Fenster, und es wehn die Lüfte,
Die zärtlichen, herein, mir blickt das Licht
Durch meine Bäume, die zu nahe mir
Gewachsen sind, und mählig mit den Blüten
Das ferne Land verhüllen, daß ich mich
Bescheiden muß, und hie und da noch kaum
Hinaus mich find aus diesem freundlichen
Gefängnis; und es fliegen über ihnen
Die Schwalben und die Lerchen, und es singen
Die Stunde durch genug die Nachtigallen,
Und wie sie heißen, all die Lieblinge
Der schönen Jahrszeit; eigne Namen möcht
Ich ihnen geben, und den Blumen auch,
Den stillen, die aus dunklem Beete duften,
Zu mir herauf wie junge Sterne glänzend.

Und wie es lebt und glücklich ist im Wachstum,
Und seiner Reife sich entgegen freut!

Es findet jedes seine Stelle doch,
Sein Haus, die Speise, die das Herz ihm sättigt,
Und jedes segnest du mit eignem Segen,
Natur! und gibst dich ihnen zum Geschäft,
Und trägst und nährst zu ihrer Blütenfreud
Und ihrer Frucht sie fort, du Gütige!

Und klagtest du doch öfters, trauernd Herz!
Vergaßest mir den Glauben, danktest nicht,
Und dachtest nicht, wenn dir dein Tun zu wenig
Bedeuten wollt, es sei ein frommes Opfer,
Das du, wie andre, vor das Leben bringest,
Wohlmeinend, wie der Lerche Lied, das sie
Den Lüften singt, den freudegebenden –

Nun geh ich noch hinaus und hole Blumen
Dem Vater aus dem Feld, und bind ihm sie
In Einen Strauß, die drunten in dem Garten,
Und die der Bach erzog; ich wills schon richten,
Daß ihms gefallen soll. Und dir? dir bring ich
Genug des Neuen. Da ists immer anders.
Itzt blühn die Weiden; itzt vergolden sich
Die Wiesen; itzt beginnt der Buche Grün,
Und itzt der Eiche – nun! leb wohl indessen!

Emilie an Klara

Ihr Himmlischen! das war er. Kannst du mir
Es glauben? – Beste! – wärst du bei mir! – Er!
Der Hohe, der Gefürchtete, Geliebte! –
Mein bebend Herz, hast du so viel gewollt?

Da ging ich so zurück mit meinen Blumen,
Sah auf den Pfad, den abendrötlichen,
In meiner Stille nieder, und es schlief
Mir sanft im Busen das Vergangene,
Ein kindlich Hoffen atmete mir auf;
Wie wenn uns zwischen süßem Schlaf und Wachen

Die Augen halb geöffnet sind, so war
Ich Blinde. Sieh! da stand er vor mir, mein
Heroë, und ich Arme war, wie tot,
Und ihm, dem Brüderlichen, überglänzte
Das Angesicht, wie einem Gott, die Freude.

„Emilie!" – das war sein frommer Gruß.
Ach! alles Sehnen weckte mir und all
Das liebe Leiden, so ich eingewiegt,
Der goldne Ton des Jünglings wieder auf!
Nicht aufsehn durft ich! keine Silbe durft
Ich sagen! O, was hätt ich ihm gesagt!

Was wein ich denn, du Gute? – laß mich nur!
Nun darf ich ja, nun ists so töricht nimmer,
Und schön ists, wenn der Schmerz mit seiner Schwester,
Der Wonne, sich versöhnt, noch eh er weggeht.

O Wiedersehn! das ist noch mehr, du Liebe!
Als wenn die Bäume wieder blühn, und Quellen
Von neuem fröhlich rauschen –

Ja! ich hab
Ihn oft gesucht und ernstlich oft es mir
Versagt, doch wollt ich sein Gedächtnis ehren.

Die Bilder der Gespielen, die mit mir
Auf grüner Erd in stummer Kindheit saßen,
Sie dämmern ja um meine Seele mir,
Und dieser edle Schatte, sollt er nicht?
Das Herz im Busen, das unsterbliche,
Kann nicht vergessen, sieh! und öfters bringt
Ein guter Genius die Liebenden
Zusammen, daß ein neuer Tag beginnt,
Und ihren Mai die Seele wieder feiert.

O wunderbar ist mir! auch er! – daß du
Hinunter mußtest, Lieber! ehe dir
Das deine ward, und dich die frohe Braut
Zum Männerruhme segnete! Doch starbst
Du schön, und oft hab ich gehört, es fallen
Die Lieblinge des Himmels früh, damit

Sie sterblich Glück und Leid und Alter nicht
Erfahren. Nimmermehr vergeß ich dich,
Und ehren soll er dich. Dein Bild will ich
Ihm zeigen, wenn er kömmt; und wenn der Stolze
Sich dann verwundert, daß er sich bei mir
Gefunden, sag ich ihm, es sei ein andrer,
Und den er lieben müsse. O, er wirds!

Emilie an Klara

Da schrieb er mir. Ja! teures Herz! er ists,
Den ich gesucht. Wie dieser Jüngling mich
Demütiget und hebt! Nun! lies es nur!
„So bist dus wieder, und ich habe dich
Gegrüßt, gefunden, habe dich noch Einmal
In deiner frommen Ruh gestört, du Kind
Des Himmels! – Nein Emilie! du kanntest
Mich ja. Ich kann nicht fragen. Wir sinds,
Die Längstverwandten, die der Gott getraut,
Und bleiben wird es, wie die Sonne droben.
Ich bin voll Freude, schöne Seele! bin
Der neuen Melodieen ungewohnt.
Es ist ein anders Lied, als jenes, so
Dem Jünglinge die Parze lehrend singt,
Bis ihm, wie Wohllaut, ihre Weise tönt;
Dann gönnt sie ihm, du Friedliche! von dir
Den süßern Ton, den liebsten, einzigen
Zu hören. Mein? o sieh! du wirst in Lust
Die Mühe mir und was mein Herz gebeut,
Du wirst es all in heilge Liebe wandeln.
Und hab ich mit Unmöglichem gerungen,
Und mir die Brust zu Treu und Ruh gehärtet,
Du wärmest sie mit frommer Hoffnung mir,
Daß sie vertrauter mit dem Siege schlägt.
Und wenn das Urbild, das, wie Morgenlicht,
Mir aus des Lebens dunkler Wolke stieg,
Das himmlische, mir schwindet, seh ich Dich,
Und eine schöne Götterbotin, mahnst
Du lächelnd mich an meinen Phoebus wieder;
Und wenn ich zürne, sänftigest du mich.
Dein Schüler bin ich dann, und lausch und lerne.

Von deinem Munde nehm ich, Zauberin,
Des Überredens süße Gabe mir,
Daß sie die Geister freundlich mir bezwingt,
Und wenn ich ferne war von dir, und wund
Und müd dir wiederkehre, heilst du mich
Und singst in Ruhe mich, du holde Muse!

Emilie! daß wir uns wiedersahn!
Daß wir uns einst gefunden, und du nun
Mich nimmer fliehst und nahe bist! Zu gern,
Zu gern entwich dein stolzes Bild dem Wandrer,
Das zarte, reine, da du ferne warst,
Du Heiligschönes! Doch ich sah dich oft,
Wenn ich des Tags allein die Pfade ging,
Und abends in der fremden Hütte schwieg.

O heute! grüße, wenn du willst, den Vater!
Ich kenn ihn wohl; auch meinen Namen kennt er;
Und seiner Freunde Freund bin ich. Ich wußte nicht,
Daß er es war, da wir zuerst einander
Begegneten, und lang erfuhr ichs nicht.
Bald grüß ich schöner dich. – Armenion."

Emilie an Klara

Er woll ihn morgen sprechen, sagte mir
Mein Vater, morgen! und er schien nicht freundlich.
Nun sitz ich hier und meine Augen ruhn
Und schlummern nicht – ach! schämen muß ich mich,
Es dir zu klagen – will ich stille werden,
So regt ein Laut mich auf; ich sinn und bitte,
Und weiß nicht, was? und sagen möcht ich viel,
Doch ist die Seele stumm – o fragen möcht ich
Die sorgenfreien Bäume hier, die Strahlen
Der Nacht und ihre Schatten, wie es nun
Mir endlich werden wird.

Zu still ists mir
In dieser schönen Nacht, und ihre Lüfte
Sind mir nicht hold, wie sonst. Die Törin!
Solang er ferne war, so liebt ich ihn;

Nun bin ich kalt, und zag und zürne mir
Und andern. – Auch die Worte, so ich dir
In dieser bösen Stunde schreibe, lieb
Ich nicht, und was ich sonst von ihm geschrieben,
Unleidlich ist es mir. Was ist es denn?
Ich wünsche fast, ich hätt ihn nie gesehn.
Mein Friede war doch schöner. Teures Herz!
Ich bin betrübt, und anders, denn ichs war,
Da ich um den Verlornen trauerte.
Ich bin es nimmer, nein! ich bin es nicht.
Ich bin nicht gut, und seellos bin ich auch.
Mich läßt die Furcht, die häßliche, nicht ruhn.

O daß der goldne Tag die Ruhe mir,
Mein eigen Leben wiederbrächt! –

Ich will
Geduldig sein, und wenn der Vater ihn
Nicht ehrt, mir ihn versagt, den Teuren,
So schweig ich lieber, und es soll mir nicht
Zu sehr die Seele kränken; kann ich still
Ihn ehren doch, und bleiben, wie ich bin.

Emilie an Klara

Nun muß ich lächeln über alles Schlimme,
Was ich die vorge Nacht geträumt; und hab
Ich dir es gar geschrieben? Anders bin
Ich itzt gesinnt.

Er kam und mir frohlockte
Das Herz, wie er herab die Straße ging,
Und mir das Volk den fremden Herrlichen
Bestaunt'! und lobend über ihn geheim
Die Nachbarn sich besprachen, und er itzt
Den Knaben, der an ihm vorüberging,
Nach meinem Hause fragt'; ich sahe nicht
Hinaus, ich konnt, an meinem Tische sitzend,
Ihn ohne Scheue sehn – wie red ich viel?
Und da er nun herauf die Treppe kam,
Und ich die Tritte hört und seine Türe
Mein Vater öffnete, sie draußen sich

Stillschweigend grüßten, daß ich nicht
Ein Wort vernehmen konnt, ich Unvernünftge,
Wie ward mir bange wieder? Und sie blieben
Nicht kurze Zeit allein im andern Zimmer,
Daß ich es länger nicht erdulden konnt,
Und dacht: ich könnte wohl den Vater fragen
Um dies und jenes, was ich wissen mußte.
Dann hätt ichs wohl gesehn in ihren Augen,
Wie mir es werden sollte. Doch ich kam
Bis an die Schwelle nur, ging lieber doch
In meinen Garten, wo die Pflanzen sonst,
In andrer Zeit, die Stunde mir gekürzt.

Und fröhlich glänzten, von des Morgens Tau
Gesättiget, im frischen Lichte sie
Ins Auge mir, wie liebend sich das Kind
An die betrübte Mutter drängt, so waren
Die Blumen und die Blüten um mich rings,
Und schöne Pforten wölbten über mir
Die Bäume.

Doch ich konnt es itzt nicht achten,
Nur ernster ward und schwerer nur, und bänger
Das Herz mir Armen immer, und ich sollte
Wie eine Dienerin von ferne lauschen,
Ob sie vielleicht mich riefen, diese Männer.
Ich wollte nun auch nimmer um mich sehn,
Und barg in meiner Laube mich und weinte,
Und hielt die Hände vor das Auge mir.

Da hört ich sanft des Vaters Stimme nah,
Und lächelnd traten, da ich noch die Tränen
Mir trocknete, die beiden in die Laube:
„Hast du dich so geängstiget, mein Kind!
Und zürnst du," sprach der Vater, „daß ich erst
Vor mich den edeln Gast behalten wollt?
Ihn hast du nun. Er mag die Zürnende
Mit mir versöhnen, wenn ich Unrecht tat."

So sprach er; und wir reichten alle drei
Die Händ einander, und der Vater sah
Mit stiller Freud uns an –

„Ein Trefflicher
Ist dein geworden, Tochter!“ sprach er itzt,
„Und dein, o Sohn! dies heiligliebend Weib.
Ein freudig Wunder, daß die alten Augen
Mir übergehen, seid ihr mir, und blüht,
Wie eine seltne Blume, mir, ihr Beiden!

Denn nicht gelingt es immerhin den Menschen,
Das Ihrige zu finden. Großes Glück
Zu tragen und zu opfern gibt der Gott
Den Einen, weniger gegeben ist
Den Andern; aber hoffend leben sie.

Zwei Genien geleiten auf und ab
Uns Lebende, die Hoffnung und der Dank.
Mit Einsamen und Armen wandelt jene,
Die Immerwache; dieser führt aus Wonne
Die Glücklichen des Weges freundlich weiter,
Vor bösem Schicksal sie bewahrend. Oft,
Wenn er entfloh, erhuben sich zu sehr
Die Freudigen, und rächend traf sie bald
Das ungebetne Weh.

Doch gerne teilt
Das freie Herz von seinen Freuden aus,
Der Sonne gleich, die liebend ihre Strahlen
An ihrem Tag aus goldner Fülle gibt;
Und um die Guten dämmert oft und glänzt
Ein Kreis voll Licht und Lust, so lang sie leben.

O Frühling meiner Kinder, blühe nun,
Und altre nicht zu bald, und reife schön!“

So sprach der gute Vater. Vieles wollt
Er wohl noch sagen, denn die Seele war
Ihm aufgegangen; aber Worte fehlten ihm.

Er gab ihn mir und segnet’ uns und ging
Hinweg.

Ihr Himmelslüfte, die ihr oft
Mich tröstend angeweht, nun atmetet
Ihr heiligend um unser goldnes Glück!

Wie anders wars, wie anders, da mit ihm,
Dem Liebenden, dem Freudigen, ich itzt,
Ich Freudige, zu unsrer Mutter auf,
Zur schönen Sonne sah! nun dämmert' es
Im Auge nicht, wie sonst im sehnenden,
Nun grüßt ich helle dich, du stolzes Licht!
Und lächelnd weiltest du, und kamst und schmücktest
Den Lieben mir, und kränztest ihm mit Rosen
Die Schläfe, Freundliches!

Und meine Bäume,
Sie streuten auch ein hold Geschenk herab,
Zu meinem Fest, vom Überfluß der Blüten!

Da ging ich sonst; ach! zu den Pflanzen flüchtet
Ich oft mein Herz, bei ihnen weilt ich oft
Und hing an ihnen; dennoch ruht ich nie,
Und meine Seele war nicht gegenwärtig.

Wie eine Quelle, wenn die jugendliche
Dem heimatlichen Berge nun entwich,
Die Pfade bebend sucht, und flieht und zögert,
Und durch die Wiesen irrt und bleiben möcht,
Und sehnend, hoffend immer doch enteilt:
So war ich; aber liebend hat der stolze,
Der schöne Strom die flüchtige genommen,
Und ruhig wall ich nun, wohin der sichre
Mich bringen will, hinab am heitern Ufer.

DIE LAUNISCHEN

Hör ich ferne nur her, wenn ich für mich geklagt,
Saitenspiel und Gesang, schweigt mir das Herz doch gleich;
Bald auch bin ich verwandelt,
Blinkst du, purpurner Wein! mich an

Unter Schatten des Walds, wo die gewaltige
Mittagssonne mir sanft über dem Laube glänzt;
Ruhig sitz ich daselbst, wenn
Zürnend schwerer Beleidigung

Ich im Felde geirrt – Zürnen zu gerne doch
Deine Dichter, Natur! trauern und weinen leicht,
Die Beglückten; wie Kinder,
Die zu zärtlich die Mutter hält,

Sind sie mürrisch und voll herrischen Eigensinns;
Wandeln still sie des Wegs, irret Geringes doch
Bald sie wieder; sie reißen
Aus dem Gleise sich sträubend dir.

Doch du rührest sie kaum, Liebende! freundlich an,
Sind sie friedlich und fromm; fröhlich gehorchen sie;
Du lenkst, Meisterin! sie mit
Weichem Zügel, wohin du willst.

DER TOD FÜRS VATERLAND

Du kömmst, o Schlacht! schon wogen die Jünglinge
Hinab von ihren Hügeln, hinab ins Tal,
Wo keck herauf die Würger dringen,
Sicher der Kunst und des Arms, doch sichrer

Kömmt über sie die Seele der Jünglinge,
Denn die Gerechten schlagen, wie Zauberer,
Und ihre Vaterlandsgesänge
Lähmen die Kniee den Ehrelosen.

O nimmt mich, nimmt mich mit in die Reihen auf,
Damit ich einst nicht sterbe gemeinen Tods!
Umsonst zu sterben, lieb ich nicht, doch
Lieb ich, zu fallen am Opferhügel

Fürs Vaterland, zu bluten des Herzens Blut
Fürs Vaterland – und bald ists geschehn! Zu euch,
Ihr Teuern! komm ich, die mich leben
Lehrten und sterben, zu euch hinunter!

Wie oft im Lichte dürstet ich euch zu sehn,
Ihr Helden und ihr Dichter aus alter Zeit!
Nun grüßt ihr freundlich den geringen
Fremdling und brüderlich ists hier unten;

Und Siegesboten kommen herab: Die Schlacht
Ist unser! Lebe droben, o Vaterland,
Und zähle nicht die Toten! Dir ist,
Liebes! nicht Einer zu viel gefallen.

DER ZEITGEIST

Zu lang schon waltest über dem Haupte mir,
Du in der dunkeln Wolke, du Gott der Zeit!
Zu wild, zu bang ists ringsum, und es
Trümmert und wankt ja, wohin ich blicke.

Ach! wie ein Knabe, seh ich zu Boden oft,
Such in der Höhle Rettung von dir, und möcht,
Ich Blöder, eine Stelle finden,
Alleserschüttrer! wo du nicht wärest.

Laß endlich, Vater! offenen Augs mich dir
Begegnen! hast denn du nicht zuerst den Geist
Mit deinem Strahl aus mir geweckt? mich
Herrlich ans Leben gebracht, o Vater! –

Wohl keimt aus jungen Reben uns heilge Kraft;
In milder Luft begegnet den Sterblichen,
Und wenn sie still im Haine wandeln,
Heiternd ein Gott; doch allmächtger weckst du

Die reine Seele Jünglingen auf, und lehrst
Die Alten weise Künste; der Schlimme nur
Wird schlimmer, daß er bälder ende,
Wenn du, Erschütterer! ihn ergreifest.

ABENDPHANTASIE

Vor seiner Hütte ruhig im Schatten sitzt
Der Pflüger, dem Genügsamen raucht sein Herd.
Gastfreundlich tönt dem Wanderer im
Friedlichen Dorfe die Abendglocke.

Wohl kehren itzt die Schiffer zum Hafen auch,
In fernen Städten, fröhlich verrauscht des Markts
Geschäftger Lärm; in stiller Laube
Glänzt das gesellige Mahl den Freunden.

Wohin denn ich? Es leben die Sterblichen
Von Lohn und Arbeit; wechselnd in Müh und Ruh
Ist alles freudig; warum schläft denn
Nimmer nur mir in der Brust der Stachel?

Am Abendhimmel blühet ein Frühling auf;
Unzählig blühn die Rosen und ruhig scheint
Die goldne Welt; o dorthin nimmt mich,
Purpurne Wolken! und möge droben

In Licht und Luft zerrinnen mir Lieb und Leid! –
Doch, wie verscheucht von töriger Bitte, flieht
Der Zauber; dunkel wirds und einsam
Unter dem Himmel, wie immer, bin ich –

Komm du nun, sanfter Schlummer! zu viel begehrt
Das Herz; doch endlich, Jugend! verglühst du ja,
Du ruhelose, träumerische!
Friedlich und heiter ist dann das Alter.

DES MORGENS

Vom Taue glänzt der Rasen; beweglicher
Eilt schon die wache Quelle; die Buche neigt
Ihr schwankes Haupt und im Geblätter
Rauscht es und schimmert; und um die grauen

Gewölke streifen rötliche Flammen dort,
Verkündende, sie wallen geräuschlos auf;
Wie Fluten am Gestade, wogen
Höher und höher die Wandelbaren.

Komm nun, o komm, und eile mir nicht zu schnell,
Du goldner Tag, zum Gipfel des Himmels fort!
Denn offner fliegt, vertrauter dir mein
Auge, du Freudiger! zu, solang du

In deiner Schöne jugendlich blickst und noch
Zu herrlich nicht, zu stolz mir geworden bist;
Du möchtest immer eilen, könnt ich,
Göttlicher Wandrer, mit dir! – doch lächelst

Des frohen Übermütigen du, daß er
Dir gleichen möchte; segne mir lieber dann
Mein sterblich Tun und heitre wieder
Gütiger! heute den stillen Pfad mir.

DER MAIN

Wohl manches Land der lebenden Erde möcht
Ich sehn, und öfters über die Berg enteilt
Das Herz mir, und die Wünsche wandern
Über das Meer, zu den Ufern, die mir

Vor andern, so ich kenne, gepriesen sind;
Doch lieb ist in der Ferne nicht Eines mir,
Wie jenes, wo die Göttersöhne
Schlafen, das trauernde Land der Griechen.

Ach! einmal dort an Suniums Küste möcht
Ich landen, deine Säulen, Olympion!
Erfragen, dort, noch eh der Nordsturm
Hin in den Schutt der Athenertempel

Und ihrer Götterbilder auch dich begräbt;
Denn lang schon einsam stehst du, o Stolz der Welt,
Die nicht mehr ist! – und o ihr schönen
Inseln Ioniens, wo die Lüfte

Vom Meere kühl an warme Gestade wehn,
Wenn unter kräftger Sonne die Traube reift,
Ach! wo ein goldner Herbst dem armen
Volk in Gesänge die Seufzer wandelt,

Wenn die Betrübten itzt ihr Limonenwald
Und ihr Granatbaum, purpurner Äpfel voll,
Und süßer Wein und Pauk und Zithar
Zum labyrinthischen Tanze ladet –

Zu euch vielleicht, ihr Inseln! gerät noch einst
Ein heimatloser Sänger; denn wandern muß
Von Fremden er zu Fremden, und die
Erde, die freie, sie muß ja, leider!

Statt *Vaterlands* ihm dienen, solang er lebt,
Und wenn er stirbt – doch nimmer vergeß ich dich,
So fern ich wandre, schöner Main! und
Deine Gestade, die vielbeglückten.

Gastfreundlich nahmst du, Stolzer! bei dir mich auf
Und heitertest das Auge dem Fremdlinge,
Und still hingleitende Gesänge
Lehrtest du mich und geräuschlos Leben.

O ruhig mit den Sternen, du Glücklicher!
Wallst du von deinem Morgen zum Abend fort,
Dem Bruder zu, dem Rhein, und dann mit
Ihm in den Ozean freudig nieder!

ΠΡΟΣ ΕΑΥΤΟΝ

Lern im Leben die Kunst, im Kunstwerk lerne das Leben,
Siehst du das eine recht, siehst du das andere auch.

SOPHOKLES

Viele versuchten umsonst das Freudigste freudig zu sagen,
Hier spricht endlich es mir, hier in der Trauer sich aus.

DER ZÜRNENDE DICHTER

Fürchtet den Dichter nicht, wenn er edel zürnet, sein Buchstab
Tötet, aber es macht Geister lebendig der Geist.

DIE SCHERZHAFTEN

Immer spielt ihr und scherzt? ihr *müßt!* o Freunde! mir geht dies
In die Seele, denn dies müssen Verzweifelte nur.

WURZEL ALLES ÜBELS

Einig zu sein, ist göttlich und gut; woher ist die Sucht denn
Unter den Menschen, daß nur Einer und Eines nur sei?

MEIN EIGENTUM

In seiner Fülle ruhet der Herbsttag nun,
Geläutert ist die Traub und der Hain ist rot
Vom Obst, wenn schon der holden Blüten
Manche der Erde zum Danke fielen.

Und rings im Felde, wo ich den Pfad hinaus,
Den stillen, wandle, ist den Zufriedenen
Ihr Gut gereift und viel der frohen
Mühe gewähret der Reichtum ihnen.

Vom Himmel blicket zu den Geschäftigen
Durch ihre Bäume milde das Licht herab,
Die Freude teilend, denn es wuchs durch
Hände der Menschen allein die Frucht nicht.

Und leuchtest du, o Goldnes, auch mir, und wehst
Auch du mir wieder, Lüftchen, als segnetest
Du eine Freude mir, wie einst, und
Irrst, wie um Glückliche, mir am Busen?

Einst war ichs, doch, wie Rosen, vergänglich war
Das fromme Leben, ach! und es mahnen noch,
Die blühend mir geblieben sind, die
Holden Gestirne zu oft mich dessen.

Beglückt, wer, ruhig liebend ein frommes Weib,
Am eignen Herd in rühmlicher Heimat lebt,
Es leuchtet über festem Boden
Schöner dem sicheren Mann sein Himmel.

Denn, wie die Pflanze, wurzelt auf eignem Grund
Sie nicht, verglüht die Seele des Sterblichen,
Der mit dem Tageslichte nur, ein
Armer, auf heiliger Erde wandelt.

Zu mächtig, ach! ihr himmlischen Höhen, zieht
Ihr mich empor, bei Stürmen, am heitern Tag
Fühl ich verzehrend euch im Busen
Wechseln, ihr wandelnden Götterkräfte.

Doch heute laß mich stille den trauten Pfad
Zum Haine gehn, dem golden die Wipfel schmückt
Sein sterbend Laub, und kränzt auch mir die
Stirne, ihr holden Erinnerungen!

Und daß mir auch, zu retten mein sterblich Herz,
Wie andern eine bleibende Stätte sei,
Und heimatlos die Seele mir nicht
Über das Leben hinweg sich sehne,

Sei du, Gesang, mein freundlich Asyl! sei du,
Beglückender! mit sorgender Liebe mir
Gepflegt, der Garten, wo ich, wandelnd
Unter den Blüten, den immerjungen,

In sichrer Einfalt wohne, wenn draußen mir
Mit ihren Wellen allen die mächtge Zeit,
Die Wandelbare, fern rauscht und die
Stillere Sonne mein Wirken fördert.

Ihr segnet gütig über den Sterblichen,
Ihr Himmelskräfte! jedem sein Eigentum,
O segnet meines auch, und daß zu
Frühe die Parze den Traum nicht ende.

PALINODIE

Was dämmert um mich, Erde! dein freundlich Grün?
Was wehst du wieder, Lüftchen, wie einst, mich an?
In allen Wipfeln rauschts, . . .
. . .

Was weckt ihr mir die Seele? was regt ihr mir
Vergangnes auf, ihr Guten! o schonet mein
Und laßt sie ruhn, die Asche meiner
Freuden, ihr spottetet nur! o wandelt,

Ihr schicksallosen Götter, vorbei und blüht
In eurer Jugend über den Alternden
Und wollt ihr zu den Sterblichen euch
Gerne gesellen, so blühn der Jungfraun

Euch viel, der jungen Helden, und schöner spielt
Der Morgen um die Wange der Glücklichen
Denn um ein trübes Aug und lieblich
Tönen die Sänge der Mühelosen.

Ach! vormals rauschte leicht des Gesanges Quell
Auch mir vom Busen, da noch die Freude mir,
Die himmlische, vom Auge glänzte
. . .

Versöhnung, o Versöhnung, ihr gütigen,
Ihr immergleichen Götter, und haltet ein,
Weil ihr die reinen Quellen liebt . . .

AN EINE FÜRSTIN VON DESSAU

Aus stillem Hause senden die Götter oft
Auf kurze Zeit zu Fremden die Lieblinge,
Damit, erinnert, sich am edlen
Bilde der Sterblichen Herz erfreue.

So kommst du aus Luisiums Hainen auch,
Aus heilger Schwelle dort, wo geräuschlos rings
Die Lüfte sind und friedlich um dein
Dach die geselligen Bäume spielen,

Aus deines Tempels Freuden, o Priesterin!
Zu uns, wenn schon die Wolke das Haupt uns beugt
Und längst ein göttlich Ungewitter
. . . über dem Haupt uns wandelt.

O teuer warst du, Priesterin! da du dort
Im Stillen göttlich Feuer behütetest,
Doch teurer heute, da du Zeiten
Unter den Zeitlichen segnend feierst.

Denn wo die Reinen wandeln, vernehmlicher
  Ist da der Geist, und offen und heiter blühn
    Des Lebens dämmernde Gestalten
      Da, wo ein sicheres Licht erscheinet.

Und wie auf dunkler Wolke der schweigende,
  Der schöne Bogen blühet, ein Zeichen ist
    Er künftger Zeit, ein Angedenken
      Seliger Tage, die einst gewesen,

So ist dein Leben, heilige Fremdlingin!
  Wenn du Vergangnes über Italiens
    Zerbrochnen Säulen, wenn du neues
      Grünen aus stürmischer Zeit betrachtest.

DER PRINZESSIN AUGUSTE VON HOMBURG

Den 28. November 1799

Noch freundlichzögernd scheidet vom Auge dir
  Das Jahr, und in hesperischer Milde glänzt
    Der Winterhimmel über deinen
      Gärten, den dichtrischen, immergrünen.

Und da ich deines Festes gedacht und sann,
  Was ich dir dankend reichte, da weilten noch
    Am Pfade Blumen, daß sie dir zur
      Blühenden Krone, du Edle, würden.

Doch andres beut dir, Größeres, hoher Geist!
  Die festlichere Zeit, denn es hallt hinab
    Am Berge das Gewitter, sieh! und
      Klar, wie die ruhigen Sterne, gehen

Aus langem Zweifel reine Gestalten auf;
  So dünkt es mir; und einsam, o Fürstin! ist
    Das Herz der Freigebornen wohl nicht
      Länger im eigenen Glück; denn würdig

Gesellt im Lorbeer ihm der Heroë sich,
  Der schöngereifte, echte; die Weisen auch,
    Die Unsern, sind es wert; sie blicken
      Still aus der Höhe des Lebens, die ernsten Alten.

Geringe dünkt der träumende Sänger sich,
Und Kindern gleich am müßigen Saitenspiel,
Wenn ihn der Edlen Glück, wenn ihn die
Tat und der Ernst der Gewaltgen aufweckt.

Doch herrlicht mir dein Name das Lied; dein Fest
Augusta! durft ich feiern; Beruf ist mirs,
Zu rühmen Höhers, darum gab die
Sprache der Gott und den Dank ins Herz mir.

O daß von diesem freudigen Tage mir
Auch meine Zeit beginne, daß endlich auch
Mir ein Gesang in deinen Hainen,
Edle! gedeihe, der deiner wert sei.

WOHL GEH ICH TÄGLICH ...

Wohl geh ich täglich andere Pfade, bald
Ins grüne Laub im Walde, zur Quelle bald,
Zum Felsen, wo die Rosen blühen,
Blicke vom Hügel ins Land, doch nirgend,

Du Holde, nirgend find ich im Lichte dich
Und in die Lüfte schwinden die Worte mir,
Die frommen, die bei dir ich ehmals
...

Ja, ferne bist du, seliges Angesicht!
Und deines Lebens Wohllaut verhallt, von mir
Nicht mehr belauscht, und ach! wo seid ihr
Zaubergesänge, die einst das Herz mir

Besänftiget mit Ruhe der Himmlischen?
Wie lang ists! o wie lange! der Jüngling ist
Gealtert, selbst die Erde, die mir
Damals gelächelt, ist anders worden.

Leb immer wohl! es scheidet und kehrt zu dir
Die Seele jeden Tag, und es weint um dich
Das Auge, daß es helle wieder
Dort wo du säumest, hinüberblicke.

GEH UNTER, SCHÖNE SONNE . . .

Geh unter, schöne Sonne, sie achteten
  Nur wenig dein, sie kannten dich, Heilge, nicht,
    Denn mühelos und stille bist du
      Über den Mühsamen aufgegangen.

Mir gehst du freundlich unter und auf, o Licht!
  Und wohl erkennt mein Auge dich, Herrliches!
    Denn göttlich stille ehren lernt ich,
      Da Diotima den Sinn mir heilte.

O du des Himmels Botin! wie lauscht ich dir!
  Dir, Diotima! Liebe! wie sah von dir
    Zum goldnen Tage dieses Auge
      Glänzend und dankend empor. Da rauschten

Lebendiger die Quellen, es atmeten
  Der dunkeln Erde Blüten mich liebend an,
    Und lächelnd über Silberwolken
      Neigte sich segnend herab der Aether.

GEDICHTE NACH 1800

GESANG DES DEUTSCHEN

O heilig Herz der Völker, o Vaterland!
Allduldend, gleich der schweigenden Mutter Erd,
Und allverkannt, wenn schon aus deiner
Tiefe die Fremden ihr Bestes haben!

Sie ernten den Gedanken, den Geist von dir,
Sie pflücken gern die Traube, doch höhnen sie
Dich, ungestalte Rebe! daß du
Schwankend den Boden und wild umirrest.

Du Land des hohen ernsteren Genius!
Du Land der Liebe! bin ich der deine schon,
Oft zürnt ich weinend, daß du immer
Blöde die eigene Seele leugnest.

Doch magst du manches Schöne nicht bergen mir;
Oft stand ich überschauend das holde Grün,
Den weiten Garten hoch in deinen
Lüften auf hellem Gebirg und sah dich.

An deinen Strömen ging ich und dachte dich,
Indes die Töne schüchtern die Nachtigall
Auf schwanker Weide sang, und still auf
Dämmerndem Grunde die Welle weilte.

Und an den Ufern sah ich die Städte blühn,
Die Edlen, wo der Fleiß in der Werkstatt schweigt,
Die Wissenschaft, wo deine Sonne
Milde dem Künstler zum Ernste leuchtet.

Kennst du Minervas Kinder? sie wählten sich
Den Ölbaum früh zum Lieblinge; kennst du sie?
Noch lebt, noch waltet der Athener
Seele, die sinnende, still bei Menschen,

Wenn Platons frommer Garten auch schon nicht mehr
Am alten Strome grünt und der dürftge Mann
Die Heldenasche pflügt, und scheu der
Vogel der Nacht auf der Säule trauert.

O heilger Wald! o Attika! traf Er doch
Mit seinem furchtbarn Strahle dich auch, so bald,
Und eilten sie, die dich belebt, die
Flammen entbunden zum Aether über?

Doch, wie der Frühling, wandelt der Genius
Von Land zu Land. Und wir? ist denn Einer auch
Von unsern Jünglingen, der nicht ein
Ahnden, ein Rätsel der Brust, verschwiege?

Den deutschen Frauen danket! sie haben uns
Der Götterbilder freundlichen Geist bewahrt,
Und täglich sühnt der holde klare
Friede das böse Gewirre wieder.

Wo sind jetzt Dichter, denen der Gott es gab,
Wie unsern Alten, freudig und fromm zu sein,
Wo Weise, wie die unsre sind? die
Kalten und Kühnen, die Unbestechbarn!

Nun! sei gegrüßt in deinem Adel, mein Vaterland,
Mit neuem Namen, reifeste Frucht der Zeit!
Du letzte und du erste aller
Musen, Urania, sei gegrüßt mir!

Noch säumst und schweigst du, sinnest ein freudig Werk,
Das von dir zeuge, sinnest ein neu Gebild,
Das einzig, wie du selber, das aus
Liebe geboren und gut, wie du, sei –

Wo ist dein Delos, wo dein Olympia,
Daß wir uns alle finden am höchsten Fest? –
Doch wie errät der Sohn, was du den
Deinen, Unsterbliche, längst bereitest?

DER FRIEDEN

Wie wenn die alten Wasser, die
in andern Zorn,
In schröcklichern verwandelt wieder
Kämen, zu reinigen, da es not war,

So gählt' und wuchs und wogte von Jahr zu Jahr
Rastlos und überschwemmte das bange Land
Die unerhörte Schlacht, daß weit hüllt
Dunkel und Blässe das Haupt der Menschen.

Die Heldenkräfte flogen, wie Wellen, auf
Und schwanden weg, du kürztest, o Rächerin!
Den Dienern oft die Arbeit schnell und
Brachtest in Ruhe sie heim, die Streiter.

O du, die unerbittlich und unbesiegt
Den Feigern und den Übergewaltgen trifft,
Daß bis ins letzte Glied hinab vom
Schlage sein armes Geschlecht erzittert,

Die du geheim den Stachel und Zügel hältst,
Zu hemmen und zu fördern, o Nemesis,
Strafst du die Toten noch, es schliefen
Unter Italiens Lorbeergärten

Sonst ungestört die alten Eroberer.
Und schonst du auch des müßigen Hirten nicht,
Und haben endlich wohl genug den
Üppigen Schlummer gebüßt die Völker?

Wer hub es an? wer brachte den Fluch? von heut
Ists nicht und nicht von gestern, und die zuerst
Das Maß verloren, unsre Väter
Wußten es nicht, und es trieb ihr Geist sie.

Zu lang, zu lang schon treten die Sterblichen
Sich gern aufs Haupt, und zanken um Herrschaft sich,
Den Nachbar fürchtend, und es hat auf
Eigenem Boden der Mann nicht Segen.

Und unstät wehn und irren, dem Chaos gleich,
Dem gärenden Geschlechte die Wünsche noch
Umher und wild ist und verzagt und kalt von
Sorgen das Leben der Armen immer.

Du aber wandelst ruhig die sichre Bahn,
O Mutter Erd, im Lichte. Dein Frühling blüht,
Melodischwechselnd gehn dir hin die
Wachsenden Zeiten, du Lebensreiche!

Komm du nun, du der heiligen Musen all,
Und der Gestirne Liebling, verjüngender
Ersehnter Friede, komm und gib ein
Bleiben im Leben, ein Herz uns wieder.

Unschuldiger! sind klüger die Kinder doch
Beinahe, denn wir Alten; es irrt der Zwist
Den Guten nicht den Sinn, und klar und
Freudig ist ihnen ihr Auge blieben.

Und wie mit andern Schauenden lächelnd ernst
Der Richter auf der Jünglinge Rennbahn sieht,
Wo glühender die Kämpfenden die
Wagen in stäubende Wolken treiben,

So steht und lächelt Helios über uns
Und einsam ist der Göttliche, Frohe nie,
Denn ewig wohnen sie, des Aethers
Blühende Sterne, die Heiligfreien.

AN DIE DEUTSCHEN

Spottet nimmer des Kinds, wenn noch das alberne
Auf dem Rosse von Holz herrlich und viel sich dünkt,
O ihr Guten! auch wir sind
Tatenarm und gedankenvoll!

Aber kommt, wie der Strahl aus dem Gewölke kommt,
Aus Gedanken vielleicht, geistig und reif die Tat?
Folgt die Frucht, wie des Haines
Dunklem Blatte, der stillen Schrift?

Und das Schweigen im Volk, ist es die Feier schon
  Vor dem Feste? die Furcht, welche den Gott ansagt?
    O dann nimmt mich, ihr Lieben!
      Daß ich büße die Lästerung.

Schon zu lange, zu lang irr ich, dem Laien gleich,
  In des bildenden Geists werdender Werkstatt hier,
    Nur was blühet, erkenn ich,
      Was er sinnet, erkenn ich nicht.

Und zu ahnen ist süß, aber ein Leiden auch,
  Und schon Jahre genug leb ich in sterblicher
    Unverständiger Liebe
      Zweifelnd, immer bewegt vor ihm,

Der das stetige Werk immer aus liebender
  Seele näher mir bringt, lächelnd dem Sterblichen,
    Wo ich zage, des Lebens
      Reine Tiefe zu Reife bringt.

Schöpferischer, o wann, Genius unsers Volks,
  Wann erscheinest du ganz, Seele des Vaterlands,
    Daß ich tiefer mich beuge,
      Daß die leiseste Saite selbst

Mir verstumme vor dir, daß ich beschämt ,
  Eine Blume der Nacht, himmlischer Tag, vor dir
    Enden möge mit Freuden,
      Wenn sie alle, mit denen ich

Vormals trauerte, wenn unsere Städte nun
  Hell und offen und wach, reineren Feuers voll
    Und die Berge des deutschen
      Landes Berge der Musen sind,

Wie die herrlichen einst, Pindos und Helikon,
  Und Parnassos, und rings unter des Vaterlands
    Goldnem Himmel die freie,
      Klare, geistige Freude glänzt.

Wohl ist enge begrenzt unsere Lebenszeit,
  Unserer Jahre Zahl sehen und zählen wir,

Doch die Jahre der Völker,
Sah ein sterbliches Auge sie?

Wenn die Seele dir auch über die eigne Zeit
Sich, die sehnende, schwingt, trauernd verweilest du
Dann am kalten Gestade
Bei den Deinen und kennst sie nie,

Und die Künftigen auch, sie, die Verheißenen,
Wo, wo siehest du sie, daß du an Freundeshand
Einmal wieder erwarmest,
Einer Seele vernehmlich seist?

Klanglos,   ists in der Halle längst,
Armer Seher! bei dir, sehnend verlischt dein Aug
Und du schlummerst hinunter
Ohne Namen und unbeweint.

ROUSSEAU

Wie eng begrenzt ist unsere Tageszeit.
Du warst und sahst und stauntest, schon Abend ists,
Nun schlafe, wo unendlich ferne
Ziehen vorüber der Völker Jahre.

Und mancher siehet über die eigne Zeit,
Ihm zeigt ein Gott ins Freie, doch sehnend stehst
Am Ufer du, ein Ärgernis den
Deinen, ein Schatten, und liebst sie nimmer,

Und jene, die du nennst, die Verheißenen,
Wo sind die Neuen, daß du an Freundeshand
Erwarmst, wo nahn sie, daß du einmal,
Einsame Rede, vernehmlich seiest?

Klanglos ists, armer Mann, in der Halle dir,
Und gleich den Unbegrabenen, irrest du
Unstät und suchest Ruh und niemand
Weiß den beschiedenen Weg zu weisen.

Sei denn zufrieden!   der Baum entwächst
  Dem heimatlichen Boden, aber es sinken ihm
    Die liebenden, die jugendlichen
      Arme, und trauernd neigt er sein Haupt.

Des Lebens Überfluß, das Unendliche,
  Das um ihn   und dämmert, er faßt es nie.
    Doch lebts in ihm und gegenwärtig,
      Wärmend und wirkend, die Frucht entquillt ihm.

Du hast gelebt!   auch dir, auch dir
  Erfreuet die ferne Sonne dein Haupt,
    Und Strahlen aus der schönern Zeit. Es
      Haben die Boten dein Herz gefunden.

Vernommen hast du sie, verstanden die Sprache der
  Gedeutet ihre Seele! Dem Sehnenden war [Fremdlinge,
    Der Wink genug, und Winke sind
      Von alters her die Sprache der Götter.

Und wunderbar, als hätte von Anbeginn
  Des Menschen Geist das Werden und Wirken all,
    Des Lebens Weise schon erfahren,

Kennt er im ersten Zeichen Vollendetes schon,
  Und fliegt, der kühne Geist, wie Adler den
    Gewittern, weissagend seinen
      Kommenden Göttern voraus,

HEIDELBERG

Lange lieb ich dich schon, möchte dich, mir zur Lust,
  Mutter nennen, und dir schenken ein kunstlos Lied,
    Du, der Vaterlandsstädte
      Ländlichschönste, so viel ich sah.

Wie der Vogel des Walds über die Gipfel fliegt,
  Schwingt sich über den Strom, wo er vorbei dir glänzt,
    Leicht und kräftig die Brücke,
      Die von Wagen und Menschen tönt.

Wie von Göttern gesandt, fesselt' ein Zauber einst
Auf die Brücke mich an, da ich vorüber ging,
Und herein in die Berge
Mir die reizende Ferne schien,

Und der Jüngling, der Strom, fort in die Ebne zog,
Traurigfroh, wie das Herz, wenn es, sich selbst zu schön,
Liebend unterzugehen,
In die Fluten der Zeit sich wirft.

Quellen hattest du ihm, hattest dem Flüchtigen
Kühle Schatten geschenkt, und die Gestade sahn
All ihm nach, und es bebte
Aus den Wellen ihr lieblich Bild.

Aber schwer in das Tal hing die gigantische,
Schicksalskundige Burg nieder bis auf den Grund,
Von den Wettern zerrissen;
Doch die ewige Sonne goß

Ihr verjüngendes Licht über das alternde
Riesenbild, und umher grünte lebendiger
Efeu; freundliche Wälder
Rauschten über die Burg herab.

Sträuche blühten herab, bis wo im heitern Tal,
An den Hügel gelehnt, oder dem Ufer hold,
Deine fröhlichen Gassen
Unter duftenden Gärten ruhn.

DIE GÖTTER

Du stiller Aether! immer bewahrst du schön
Die Seele mir im Schmerz, und es adelt sich
Zur Tapferkeit vor deinen Strahlen,
Helios! oft die empörte Brust mir.

Ihr guten Götter! arm ist, wer euch nicht kennt,
Im rohen Busen ruhet der Zwist ihm nie,
Und Nacht ist ihm die Welt und keine
Freude gedeihet und kein Gesang ihm.

Nur ihr, mit eurer ewigen Jugend, nährt
  In Herzen, die euch lieben, den Kindersinn,
    Und laßt in Sorgen und in Irren
      Nimmer den Genius sich vertrauern.

DER NECKAR

In deinen Tälern wachte mein Herz mir auf
  Zum Leben, deine Wellen umspielten mich,
    Und all der holden Hügel, die dich
      Wanderer! kennen, ist keiner fremd mir.

Auf ihren Gipfeln löste des Himmels Luft
  Mir oft der Knechtschaft Schmerzen; und aus dem Tal,
    Wie Leben aus dem Freudebecher,
      Glänzte die bläuliche Silberwelle.

Der Berge Quellen eilten hinab zu dir,
  Mit ihnen auch mein Herz und du nahmst uns mit,
    Zum stillerhabnen Rhein, zu seinen
      Städten hinunter und lustgen Inseln.

Noch dünkt die Welt mir schön, und das Aug entflieht
  Verlangend nach den Reizen der Erde mir,
    Zum goldenen Paktol, zu Smyrnas
      Ufer, zu Ilions Wald. Auch möcht ich

Bei Sunium oft landen, den stummen Pfad
  Nach deinen Säulen fragen, Olympion!
    Noch eh der Sturmwind und das Alter
      Hin in den Schutt der Athenertempel

Und ihrer Gottesbilder auch dich begräbt,
  Denn lang schon einsam stehst du, o Stolz der Welt,
    Die nicht mehr ist. Und o ihr schönen
      Inseln Ioniens! wo die Meerluft

Die heißen Ufer kühlt und den Lorbeerwald
  Durchsäuselt, wenn die Sonne den Weinstock wärmt,
    Ach! wo ein goldner Herbst dem armen
      Volk in Gesänge die Seufzer wandelt,

Wenn sein Granatbaum reift, wenn aus grüner Nacht
  Die Pomeranze blinkt, und der Mastixbaum
    Von Harze träuft und Pauk und Cymbel
      Zum labyrinthischen Tanze klingen.

Zu euch, ihr Inseln! bringt mich vielleicht, zu euch
  Mein Schutzgott einst; doch weicht mir aus treuem Sinn
    Auch da mein Neckar nicht mit seinen
      Lieblichen Wiesen und Uferweiden.

DIE HEIMAT

Froh kehrt der Schiffer heim an den stillen Strom,
  Von Inseln fernher, wenn er geerntet hat;
    So käm auch ich zur Heimat, hätt ich
      Güter so viele, wie Leid, geerntet.

Ihr teuern Ufer, die mich erzogen einst,
  Stillt ihr der Liebe Leiden, versprecht ihr mir,
    Ihr Wälder meiner Jugend, wenn ich
      Komme, die Ruhe noch einmal wieder?

Am kühlen Bache, wo ich der Wellen Spiel,
  Am Strome, wo ich gleiten die Schiffe sah,
    Dort bin ich bald; euch traute Berge,
      Die mich behüteten einst, der Heimat

Verehrte sichre Grenzen, der Mutter Haus
  Und liebender Geschwister Umarmungen
    Begrüß ich bald und ihr umschließt mich,
      Daß, wie in Banden, das Herz mir heile,

Ihr treugebliebnen! aber ich weiß, ich weiß,
  Der Liebe Leid, dies heilet so bald mir nicht,
    Dies singt kein Wiegensang, den tröstend
      Sterbliche singen, mir aus dem Busen.

Denn sie, die uns das himmlische Feuer leihn,
  Die Götter schenken heiliges Leid uns auch,
    Drum bleibe dies. Ein Sohn der Erde
      Schein ich; zu lieben gemacht, zu leiden.

DIE LIEBE

Wenn ihr Freunde vergeßt, wenn ihr die Euern all,
O ihr Dankbaren, sie, euere Dichter schmäht,
Gott vergeb es, doch ehret
Nur die Seele der Liebenden.

Denn o saget, wo lebt menschliches Leben sonst,
Da die knechtische jetzt alles, die Sorge, zwingt?
Darum wandelt der Gott auch
Sorglos über dem Haupt uns längst.

Doch, wie immer das Jahr kalt und gesanglos ist
Zur beschiedenen Zeit, aber aus weißem Feld
Grüne Halme doch sprossen,
Oft ein einsamer Vogel singt,

Wenn sich mählich der Wald dehnet, der Strom sich regt,
Schon die mildere Luft leise von Mittag weht
Zur erlesenen Stunde,
So ein Zeichen der schönern Zeit,

Die wir glauben, erwächst einziggenügsam noch,
Einzig edel und fromm über dem ehernen,
Wilden Boden die Liebe,
Gottes Tochter, von ihm allein.

Sei gesegnet, o sei, himmlische Pflanze, mir
Mit Gesange gepflegt, wenn des ätherischen
Nektars Kräfte dich nähren,
Und der schöpfrische Strahl dich reift.

Wachs und werde zum Wald! eine beseeltere,
Vollentblühende Welt! Sprache der Liebenden
Sei die Sprache des Landes,
Ihre Seele der Laut des Volks!

LEBENSLAUF

Größers wolltest auch du, aber die Liebe zwingt
All uns nieder, das Leid beuget gewaltiger,

Doch es kehret umsonst nicht
Unser Bogen, woher er kommt.

Aufwärts oder hinab! herrschet in heilger Nacht,
Wo die stumme Natur werdende Tage sinnt,
Herrscht im schiefesten Orkus
Nicht ein Grades, ein Recht noch auch?

Dies erfuhr ich. Denn nie, sterblichen Meistern gleich,
Habt ihr Himmlischen, ihr Alleserhaltenden,
Daß ich wüßte, mit Vorsicht
Mich des ebenen Pfads geführt.

Alles prüfe der Mensch, sagen die Himmlischen,
Daß er, kräftig genährt, danken für Alles lern,
Und verstehe die Freiheit,
Aufzubrechen, wohin er will.

IHRE GENESUNG

Sieh! dein Liebstes, Natur, leidet und schläft und du,
Allesheilende, säumst? oder ihr seids nicht mehr,
Zarte Lüfte des Aethers,
Und ihr Quellen des Morgenlichts?

Alle Blumen der Erd, alle die goldenen
Frohen Früchte des Hains, alle sie heilen nicht
Dieses Leben, ihr Götter,
Das ihr selber doch euch erzogt?

Ach! schon atmet und tönt heilige Lebenslust
Ihr im reizenden Wort wieder, wie sonst und schon
Glänzt in zärtlicher Jugend
Deine Blume, wie sonst, dich an,

Heilge Natur, o du, welche zu oft, zu oft,
Wenn ich trauernd versank, lächelnd das zweifelnde
Haupt mit Gaben umkränzte,
Jugendliche, nun auch, wie sonst!

Wenn ich altre dereinst, siehe, so geb ich dir,
Die mich täglich verjüngt, Allesverwandelnde,
Deiner Flamme die Schlacken,
Und ein anderer leb ich auf.

DER ABSCHIED

Erste Fassung

Trennen wollten wir uns? wähnten es gut und klug?
Da wirs taten, warum schröckte, wie Mord, die Tat?
Ach! wir kennen uns wenig,
Denn es waltet ein Gott in uns.

Den verraten? ach ihn, welcher uns alles erst,
Sinn und Leben erschuf, ihn, den beseelenden
Schutzgott unserer Liebe,
Dies, dies Eine vermag ich nicht.

Aber anderen Fehl denket der Menschen Sinn,
Andern ehernen Dienst übt er und anders Recht,
Und es fodert die Seele
Tag für Tag der Gebrauch uns ab.

Wohl! ich wußt es zuvor. Seit der gewurzelte
Allentzweiende Haß Götter und Menschen trennt,
Muß, mit Blut sie zu sühnen,
Muß der Liebenden Herz vergehn.

Laß mich schweigen! o laß nimmer von nun an mich
Dieses Tödliche sehn, daß ich im Frieden doch
Hin ins Einsame ziehe,
Und noch unser der Abschied sei!

Reich die Schale mir selbst, daß ich des rettenden
Heilgen Giftes genug, daß ich des Lethetranks
Mit dir trinke, daß alles,
Haß und Liebe, vergessen sei!

Hingehn will ich. Vielleicht seh ich in langer Zeit
Diotima! dich hier. Aber verblutet ist
Dann das Wünschen und friedlich
Gleich den Seligen, fremd sind wir,

Und ein ruhig Gespräch führet uns auf und ab,
Sinnend, zögernd, doch itzt faßt die Vergessenen
Hier die Stelle des Abschieds,
Es erwarmet ein Herz in uns,

Staunend seh ich dich an, Stimmen und süßen Sang,
Wie aus voriger Zeit, hör ich und Saitenspiel,
Und befreiet, in Lüfte
Fliegt in Flammen der Geist uns auf.

DER ABSCHIED

Zweite Fassung

Trennen wollten wir uns? wähnten es gut und klug?
Da wirs taten, warum schröckte, wie Mord, die Tat?
Ach! wir kennen uns wenig,
Denn es waltet ein Gott in uns.

Den verraten? ach ihn, welcher uns alles erst,
Sinn und Leben erschuf, ihn, den beseelenden
Schutzgott unserer Liebe,
Dies, dies Eine vermag ich nicht.

Aber anderen Fehl denket der Weltsinn sich,
Andern ehernen Dienst übt er und anders Recht,
Und es listet die Seele
Tag für Tag der Gebrauch uns ab.

Wohl! ich wußt es zuvor. Seit die gewurzelte
Ungestalte, die Furcht Götter und Menschen trennt,
Muß, mit Blut sie zu sühnen,
Muß der Liebenden Herz vergehn.

Laß mich schweigen! o laß nimmer von nun an mich
Dieses Tödliche sehn, daß ich im Frieden doch
Hin ins Einsame ziehe,
Und noch unser der Abschied sei!

Reich die Schale mir selbst, daß ich des rettenden
Heilgen Giftes genug, daß ich des Lethetranks
Mit dir trinke, daß alles,
Haß und Liebe, vergessen sei!

Hingehn will ich. Vielleicht seh ich in langer Zeit
Diotima! dich hier. Aber verblutet ist
Dann das Wünschen und friedlich
Gleich den Seligen, fremde gehn

Wir umher, ein Gespräch führet uns ab und auf,
Sinnend, zögernd, doch itzt mahnt die Vergessenen
Hier die Stelle des Abschieds,
Es erwarmet ein Herz in uns,

Staunend seh ich dich an, Stimmen und süßen Sang,
Wie aus voriger Zeit, hör ich und Saitenspiel,
Und die Lilie duftet
Golden über dem Bach uns auf.

DIOTIMA

Du schweigst und duldest, denn sie verstehn dich nicht,
Du edles Leben! siehest zur Erd und schweigst
Am schönen Tag, denn ach! umsonst nur
Suchst du die Deinen im Sonnenlichte,

Die Königlichen, welche, wie Brüder doch,
Wie eines Hains gesellige Gipfel sonst
Der Lieb und Heimat sich und ihres
Immerumfangenden Himmels freuten,

Des Ursprungs noch in tönender Brust gedenk;
Die Dankbarn, sie, sie mein ich, die einzigtreu
Bis in den Tartarus hinab die Freude
Brachten, die Freien, die Göttermenschen,

Die zärtlichgroßen Seelen, die nimmer sind;
Denn sie beweint, so lange das Trauerjahr
Schon dauert, von den vorgen Sternen
Täglich gemahnet, das Herz noch immer

Und diese Totenklage, sie ruht nicht aus.
Die Zeit doch heilt. Die Himmlischen sind jetzt stark,
Sind schnell. Nimmt denn nicht schon ihr altes
Freudiges Recht die Natur sich wieder?

Sieh! eh noch unser Hügel, o Liebe, sinkt,
Geschiehts, und ja! noch siehet mein sterblich Lied
Den Tag, der, Diotima! nächst den
Göttern mit Helden dich nennt, und dir gleicht.

RÜCKKEHR IN DIE HEIMAT

Ihr milden Lüfte! Boten Italiens!
Und du mit deinen Pappeln, geliebter Strom!
Ihr wogenden Gebirg! o all ihr
Sonnigen Gipfel, so seid ihrs wieder?

Du stiller Ort! in Träumen erschienst du fern
Nach hoffnungslosem Tage dem Sehnenden,
Und du mein Haus, und ihr Gespielen,
Bäume des Hügels, ihr wohlbekannten!

Wie lang ists, o wie lange! des Kindes Ruh
Ist hin, und hin ist Jugend und Lieb und Lust;
Doch du, mein Vaterland! du heilig-
Duldendes! siehe, du bist geblieben.

Und darum, daß sie dulden mit dir, mit dir
Sich freun, erziehst du, teures! die Deinen auch
Und mahnst in Träumen, wenn sie ferne
Schweifen und irren, die Ungetreuen.

Und wenn im heißen Busen dem Jünglinge
Die eigenmächtgen Wünsche besänftiget
Und stille vor dem Schicksal sind, dann
Gibt der Geläuterte dir sich lieber.

Lebt wohl dann, Jugendtage, du Rosenpfad
Der Lieb, und all ihr Pfade des Wanderers,
Lebt wohl! und nimm und segne du mein
Leben, o Himmel der Heimat, wieder!

DAS AHNENBILD

Ne virtus ulla pereat!

Alter Vater! Du blickst immer, wie ehmals, noch,
  Da du gerne gelebt unter den Sterblichen,
    Aber ruhiger nur, und
      Wie die Seligen, heiterer

In die Wohnung, wo dich, Vater! das Söhnlein nennt,
  Wo es lächelnd vor dir spielt und den Mutwill übt,
    Wie die Lämmer im Feld, auf
      Grünem Teppiche, den zur Lust

Ihm die Mutter gegönnt. Ferne sich haltend, sieht
  Ihm die Liebende zu, wundert der Sprache sich
    Und des jungen Verstandes
      Und des blühenden Auges schon.

Und an andere Zeit mahnt sie der Mann, dein Sohn;
  An die Lüfte des Mais, da er geseufzt um sie,
    An die Bräutigamstage,
      Da der Stolze die Demut lernt.

Doch es wandte sich bald: Sicherer, denn er war,
  Ist er, herrlicher ist unter den Seinigen
    Nun der Zweifachgeliebte,
      Und ihm gehet sein Tagewerk.

Stiller Vater! auch du lebtest und liebtest so;
  Darum wohnest du nun, als ein Unsterblicher,
    Bei den Kindern, und Leben,
      Wie vom schweigenden Aether, kommt

Öfters über das Haus, ruhiger Mann! von dir,
  Und es mehrt sich, es reift, edler von Jahr zu Jahr,
    In bescheidenem Glücke,
      Was mit Hoffnungen du gepflanzt.

Die du liebend erzogst, siehe! sie grünen dir,
  Deine Bäume, wie sonst, breiten ums Haus den Arm,
    Voll von dankenden Gaben;
      Sichrer stehen die Stämme schon;

Und am Hügel hinab, wo du den sonnigen
Boden ihnen gebaut, neigen und schwingen sich
Deine freudigen Reben,
Trunken, purpurner Trauben voll.

Aber unten im Haus ruhet, besorgt von dir,
Der gekelterte Wein. Teuer ist der dem Sohn,
Und er sparet zum Fest das
Alte, lautere Feuer sich.

Dann beim nächtlichen Mahl, wenn er, in Lust und Ernst,
Von Vergangenem viel, vieles von Künftigem
Mit den Freunden gesprochen,
Und der letzte Gesang noch hallt,

Hält er höher den Kelch, siehet dein Bild und spricht:
Deiner denken wir nun, dein, und so werd und bleib
Ihre Ehre des Hauses
Guten Genien, hier und sonst!

Und es tönen zum Dank hell die Kristalle dir;
Und die Mutter, sie reicht, heute zum erstenmal,
Daß es wisse vom Feste,
Auch dem Kinde von deinem Trank.

AN EINE VERLOBTE

Des Wiedersehens Tränen, des Wiedersehns
Umfangen, und dein Auge bei seinem Gruß, –
Weissagend möcht ich dies und all der
Zaubrischen Liebe Geschick dir singen.

Zwar jetzt auch, junger Genius! bist du schön,
Auch einsam, und es freuet sich in sich selbst,
Es blüht von eignem Geist und liebem
Herzensgesange die Musentochter.

Doch anders ists in seliger Gegenwart,
Wenn an des Neugefundnen Blicke dein Geist sich kennt,
Wenn friedlich du vor seinem Anschaun
Wieder in goldener Wolke wandelst.

Indessen denk, ihm leuchte das Sonnenlicht,
Ihn tröst und mahne, wenn er im Felde schläft,
Der Liebe Stern, und heitre Tage
Spare zum Ende das Herz sich immer.

Und wenn er da ist, und die geflügelten,
Die Liebesstunden schneller und schneller sind,
Dann sich dein Brauttag neigt und trunkner
Schon die beglückenden Sterne leuchten –

Nein, ihr Geliebten! nein, ich beneid euch nicht!
Unschädlich, wie vom Lichte die Blume lebt,
So leben, gern vom schönen Bilde
Träumend, und selig und arm, die Dichter.

ERMUNTERUNG

Zweite Fassung

Echo des Himmels! heiliges Herz! warum,
Warum verstummst du unter den Lebenden,
Schläfst, freies! von den Götterlosen
Ewig hinab in die Nacht verwiesen?

Wacht denn, wie vormals, nimmer des Aethers Licht?
Und blüht die alte Mutter, die Erde nicht?
Und übt der Geist nicht da und dort, nicht
Lächelnd die Liebe das Recht noch immer?

Nur du nicht mehr! doch mahnen die Himmlischen,
Und stillebildend weht, wie ein kahl Gefild,
Der Othem der Natur dich an, der
Alleserheiternde, seelenvolle.

O Hoffnung! bald, bald singen die Haine nicht
Des Lebens Lob allein, denn es ist die Zeit,
Daß aus der Menschen Munde sie, die
Schönere Seele, sich neuverkündet,

Dann liebender im Bunde mit Sterblichen
Das Element sich bildet, und dann erst reich,
Bei frommer Kinder Dank, der Erde
Brust, die unendliche, sich entfaltet

Und unsre Tage wieder, wie Blumen, sind,
  Wo sie, des Himmels Sonne, sich ausgeteilt
    Im stillen Wechsel sieht und wieder
      Froh in den Frohen das Licht sich findet,

Und er, der sprachlos waltet und unbekannt
  Zukünftiges bereitet, der Gott, der Geist
    Im Menschenwort, am schönen Tage
      Kommenden Jahren, wie einst, sich ausspricht.

NATUR UND KUNST
oder
SATURN UND JUPITER

Du waltest hoch am Tag und es blühet dein
  Gesetz, du hältst die Waage, Saturnus Sohn!
    Und teilst die Los' und ruhest froh im
      Ruhm der unsterblichen Herrscherkünste.

Doch in den Abgrund, sagen die Sänger sich,
  Habst du den heilgen Vater, den eignen, einst
    Verwiesen und es jammre drunten,
      Da, wo die Wilden vor dir mit Recht sind,

Schuldlos der Gott der goldenen Zeit schon längst:
  Einst mühelos, und größer, wie du, wenn schon
    Er kein Gebot aussprach und ihn der
      Sterblichen keiner mit Namen nannte.

Herab denn! oder schäme des Danks dich nicht!
  Und willst du bleiben, diene dem Älteren,
    Und gönn es ihm, daß ihn vor allen,
      Göttern und Menschen, der Sänger nenne!

Denn, wie aus dem Gewölke dein Blitz, so kömmt
  Von ihm, was dein ist, siehe! so zeugt von ihm,
    Was du gebeutst, und aus Saturnus
      Frieden ist jegliche Macht erwachsen.

Und hab ich erst am Herzen Lebendiges
  Gefühlt und dämmert, was du gestaltetest,

Und war in ihrer Wiege mir in
Wonne die wechselnde Zeit entschlummert:

Dann kenn ich dich, Kronion! dann hör ich dich,
Den weisen Meister, welcher, wie wir, ein Sohn
Der Zeit, Gesetze gibt und, was die
Heilige Dämmerung birgt, verkündet.

AN EDUARD

Zweite Fassung

Euch alten Freunde droben, unsterbliches
Gestirn, euch frag ich, Helden! woher es ist,
Daß ich so untertan ihm bin, und
So der Gewaltige sein mich nennet.

Nicht vieles kann ich bieten, nur weniges
Kann ich verlieren, aber ein liebes Glück,
Ein einziges, zum Angedenken
Reicherer Tage zurückgeblieben,

Und dies, so ers geböte, dies Eine noch,
Mein Saitenspiel, ich wagt es, wohin er wollt,
Und mit Gesange folgt ich, selbst ins
Ende der Tapfern, hinab dem Teuern.

„Mit Wolken“, säng ich, „tränkt das Gewitter dich,
Du dunkler Boden, aber mit Blut der Mensch;
So schweigt, so ruht er, der sein Gleiches
Droben und drunten umsonst erfragte.

Wo ist der Liebe Zeichen am Tag? wo spricht
Sich aus das Herz? wo ruhet es endlich? wo
Wirds wahr, was uns, bei Nacht und Tag, zu
Lange der glühende Traum verkündet?

Hier, wo die Opfer fallen, ihr Lieben, hier!
Und schon tritt hin der festliche Zug! schon blinkt
Der Stahl! die Wolke dampft! sie fallen und es
Hallt in der Luft und die Erde rühmt es!“

Wenn ich so singend fiele, dann rächtest du
Mich, mein Achill! und sprächest: „Er lebte doch
Treu bis zuletzt!“ Das ernste Wort, das
Richtet mein Feind und der Totenrichter!

Zwar hab ich dich in Ruhe noch itzt; dich birgt
Der ernste Wald, es hält das Gebirge dich,
Das mütterliche, noch den edlen
Zögling in sicherem Arm, die Weisheit

Singt dir den alten Wiegengesang, sie webt
Ums Aug ihr heilig Dunkel, doch sieh! es flammt
Aus fernetönendem Gewölk die
Mahnende Flamme des Zeitengottes.

Es regt sein Sturm die Schwingen dir auf, dich ruft,
Dich nimmt der Herr der Helden hinauf; o nimm
Mich du! mit dir! und bringe sie dem
Lächelnden Gotte, die leichte Beute!

DIE DIOSKUREN

Ihr edeln Brüder droben, unsterbliches
Gestirn, euch frag ich, Helden, woher es ist,
Daß ich so untertan ihm bin und
So der Gewaltige sein mich nennet.

Denn wenig, aber Eines hab ich daheim, das ich,
Da niemand mag, soll tauschen, ein gutes Glück,
Ein lichtes, reines, zum Gedächtnis
Lebender Tage zurückgeblieben.

So aber er gebietet, dies Eine doch,
Wohin ers wollte, wagt ich mein Saitenspiel,
Samt dem Gesange folgt ich, selbst ins
Dunkel der Tapferen, ihm hinunter.

„Mit Wolken“, säng ich, „tränkt das Gewitter dich,
Du spöttischer Boden, aber mit Blut der Mensch,
So schweigt, so heiligt, der sein Gleiches
Droben und drunten umsonst erfragte.“

UNTER DEN ALPEN GESUNGEN

Heilige Unschuld, du der Menschen und der
Götter liebste vertrauteste! du magst im
Hause oder draußen ihnen zu Füßen
Sitzen, den Alten,

Immerzufriedner Weisheit voll; denn manches
Gute kennet der Mann, doch staunet er, dem
Wild gleich, oft zum Himmel, aber wie rein ist,
Reine, dir alles!

Siehe! das rauhe Tier des Feldes, gerne
Dient und trauet es dir, der stumme Wald spricht
Wie vor alters, seine Sprüche zu dir, es
Lehren die Berge

Heilge Gesetze dich, und was noch jetzt uns
Vielerfahrenen offenbar der große
Vater werden heißt, du darfst es allein uns
Helle verkünden.

So mit den Himmlischen allein zu sein, und
Geht vorüber das Licht, und Strom und Wind, und
Zeit eilt hin zum Ort, vor ihnen ein stetes
Auge zu haben,

Seliger weiß und wünsch ich nichts, so lange
Nicht auch mich, wie die Weide, fort die Flut nimmt,
Daß wohl aufgehoben, schlafend dahin ich
Muß in den Wogen;

Aber es bleibt daheim gern, wer in treuem
Busen Göttliches hält, und frei will ich, so
Lang ich darf, euch all, ihr Sprachen des Himmels!
Deuten und singen.

DICHTERBERUF

Des Ganges Ufer hörten des Freudengotts
Triumph, als allerobernd vom Indus her

Der junge Bacchus kam, mit heilgem
Weine vom Schlafe die Völker weckend.

Und du, des Tages Engel! erweckst sie nicht,
Die jetzt noch schlafen? gib die Gesetze, gib
Uns Leben, siege, Meister, du nur
Hast der Eroberung Recht, wie Bacchus.

Nicht, was wohl sonst des Menschen Geschick und Sorg
Im Haus und unter offenem Himmel ist,
Wenn edler, denn das Wild, der Mann sich
Wehret und nährt! denn es gilt ein anders,

Zu Sorg und Dienst den Dichtenden anvertraut!
Der Höchste, der ists, dem wir geeignet sind,
Daß näher, immer neu besungen
Ihn die befreundete Brust vernehme.

Und dennoch, o ihr Himmlischen all, und all
Ihr Quellen und ihr Ufer und Hain' und Höhn,
Wo wunderbar zuerst, als du die
Locken ergriffen, und unvergeßlich

Der unverhoffte Genius über uns
Der schöpferische, göttliche kam, daß stumm
Der Sinn uns ward und, wie vom
Strahle gerührt, das Gebein erbebte,

Ihr ruhelosen Taten in weiter Welt!
Ihr Schicksalstag', ihr reißenden, wenn der Gott
Stillsinnend lenkt, wohin zorntrunken
Ihn die gigantischen Rosse bringen,

Euch sollten wir verschweigen, und wenn in uns
Vom stetigstillen Jahre der Wohllaut tönt,
So sollt es klingen, gleich als hätte
Mutig und müßig ein Kind des Meisters

Geweihte, reine Saiten im Scherz gerührt?
Und darum hast du, Dichter! des Orients
Propheten und den Griechensang und
Neulich die Donner gehört, damit du

Den Geist zu Diensten brauchst und die Gegenwart
Des Guten übereilest, in Spott, und den Albernen
Verleugnest, herzlos, und zum Spiele
Feil, wie gefangenes Wild, ihn treibest?

Bis aufgereizt vom Stachel im Grimme der
Des Ursprungs sich erinnert und ruft, daß selbst
Der Meister kommt, dann unter heißen
Todesgeschossen entseelt dich lässet.

Zu lang ist alles Göttliche dienstbar schon
Und alle Himmelskräfte verscherzt, verbraucht
Die Gütigen, zur Lust, danklos, ein
Schlaues Geschlecht und zu kennen wähnt es,

Wenn ihnen der Erhabne den Acker baut,
Das Tagslicht und den Donnerer, und es späht
Das Sehrohr wohl sie all und zählt und
Nennet mit Namen des Himmels Sterne.

Der Vater aber decket mit heilger Nacht,
Damit wir bleiben mögen, die Augen zu.
Nicht liebt er Wildes! Doch es zwinget
Nimmer die weite Gewalt den Himmel.

Noch ists auch gut, zu weise zu sein. Ihn kennt
Der Dank. Doch nicht behält er es leicht allein,
Und gern gesellt, damit verstehn sie
Helfen, zu anderen sich ein Dichter.

Furchtlos bleibt aber, so er es muß, der Mann
Einsam vor Gott, es schützet die Einfalt ihn,
Und keiner Waffen brauchts und keiner
Listen, so lange, bis Gottes Fehl hilft.

STIMME DES VOLKS

Zweite Fassung

Du seiest Gottes Stimme, so glaubt ich sonst
In heilger Jugend; ja, und ich sag es noch!
Um unsre Weisheit unbekümmert
Rauschen die Ströme doch auch, und dennoch,

Wer liebt sie nicht? und immer bewegen sie
Das Herz mir, hör ich ferne die Schwindenden,
Die Ahnungsvollen meine Bahn nicht,
Aber gewisser ins Meer hin eilen.

Denn selbstvergessen, allzubereit, den Wunsch
Der Götter zu erfüllen, ergreift zu gern,
Was sterblich ist, wenn offnen Augs auf
Eigenen Pfaden es einmal wandelt,

Ins All zurück die kürzeste Bahn; so stürzt
Der Strom hinab, er suchet die Ruh, es reißt,
Es ziehet wider Willen ihn, von
Klippe zu Klippe, den Steuerlosen,

Das wunderbare Sehnen dem Abgrund zu;
Das Ungebundne reizet und Völker auch
Ergreift die Todeslust und kühne
Städte, nachdem sie versucht das Beste,

Von Jahr zu Jahr forttreibend das Werk, sie hat
Ein heilig Ende troffen; die Erde grünt
Und stille vor den Sternen liegt, den
Betenden gleich, in den Sand geworfen,

Freiwillig überwunden die lange Kunst
Vor jenen Unnachahmbaren da; er selbst,
Der Mensch, mit eigner Hand zerbrach, die
Hohen zu ehren, sein Werk, der Künstler.

Doch minder nicht sind jene den Menschen hold,
Sie lieben wieder, so wie geliebt sie sind,
Und hemmen öfters, daß er lang im
Lichte sich freue, die Bahn des Menschen.

Und, nicht des Adlers Jungen allein, sie wirft
Der Vater aus dem Neste, damit sie nicht
Zu lang ihm bleiben, uns auch treibt mit
Richtigem Stachel hinaus der Herrscher.

Wohl jenen, die zur Ruhe gegangen sind,
Und vor der Zeit gefallen, auch die, auch die

Geopfert, gleich den Erstlingen der
Ernte, sie haben ein Teil gefunden.

Am Xanthos lag, in griechischer Zeit, die Stadt,
Jetzt aber, gleich den größeren, die dort ruhn,
Ist durch ein Schicksal sie dem heilgen
Lichte des Tages hinweggekommen.

Sie kamen aber, nicht in der offnen Schlacht,
Durch eigne Hand um. Fürchterlich ist davon,
Was dort geschehn, die wunderbare
Sage von Osten zu uns gelanget.

Es reizte sie die Güte von Brutus. Denn
Als Feuer ausgegangen, so bot er sich,
Zu helfen ihnen, ob er gleich, als Feldherr,
Stand in Belagerung vor den Toren.

Doch von den Mauern warfen die Diener sie,
Die er gesandt. Lebendiger ward darauf
Das Feuer und sie freuten sich und ihnen
Strecket' entgegen die Hände Brutus

Und alle waren außer sich selbst. Geschrei
Entstand und Jauchzen. Drauf in die Flamme warf
Sich Mann und Weib, von Knaben stürzt' auch
Der von dem Dach, in der Väter Schwert der.

Nicht rätlich ist es, Helden zu trotzen. Längst
Wars aber vorbereitet. Die Väter auch,
Da sie ergriffen waren, einst, und
Heftig die persischen Feinde drängten,

Entzündeten, ergreifend des Stromes Rohr,
Daß sie das Freie fänden, die Stadt. Und Haus
Und Tempel nahm, zum heilgen Aether
Fliegend, und Menschen hinweg die Flamme.

So hatten es die Kinder gehört, und wohl
Sind gut die Sagen, denn ein Gedächtnis sind
Dem Höchsten sie, doch auch bedarf es
Eines, die heiligen auszulegen.

DER BLINDE SÄNGER

Ελυσεν αινον αχος απ' ομματων Αρης

Sophokles

Wo bist du, Jugendliches! das immer mich
Zur Stunde weckt des Morgens, wo bist du, Licht!
Das Herz ist wach, doch bannt und hält in
Heiligem Zauber die Nacht mich immer.

Sonst lauscht ich um die Dämmerung gern, sonst harrt
Ich gerne dein am Hügel, und nie umsonst!
Nie täuschten mich, du Holdes, deine
Boten, die Lüfte, denn immer kamst du,

Kamst allbeseligend den gewohnten Pfad
Herein in deiner Schöne, wo bist du, Licht!
Das Herz ist wieder wach, doch bannt und
Hemmt die unendliche Nacht mich immer.

Mir grünten sonst die Lauben; es leuchteten
Die Blumen, wie die eigenen Augen, mir;
Nicht ferne war das Angesicht der
Meinen und leuchtete mir und droben

Und um die Wälder sah ich die Fittige
Des Himmels wandern, da ich ein Jüngling war;
Nun sitz ich still allein, von einer
Stunde zur anderen, und Gestalten

Aus Lieb und Leid der helleren Tage schafft
Zur eignen Freude nun mein Gedanke sich,
Und ferne lausch ich hin, ob nicht ein
Freundlicher Retter vielleicht mir komme.

Dann hör ich oft die Stimme des Donnerers
Am Mittag, wenn der eherne nahe kommt,
Wenn ihm das Haus bebt und der Boden
Unter ihm dröhnt und der Berg es nachhallt.

Den Retter hör ich dann in der Nacht, ich hör
Ihn tötend, den Befreier, belebend ihn,
Den Donnerer vom Untergang zum
Orient eilen und ihm nach tönt ihr,

Ihm nach, ihr meine Saiten! es lebt mit ihm
Mein Lied und wie die Quelle dem Strome folgt,
Wohin er denkt, so muß ich fort und
Folge dem Sicheren auf der Irrbahn.

Wohin? wohin? ich höre dich da und dort,
Du Herrlicher! und rings um die Erde tönts.
Wo endest du? und was, was ist es
Über den Wolken und o wie wird mir?

Tag! Tag! du über stürzenden Wolken! sei
Willkommen mir! es blühet mein Auge dir.
O Jugendlicht! o Glück! das alte
Wieder! doch geistiger rinnst du nieder,

Du goldner Quell aus heiligem Kelch! und du,
Du grüner Boden, friedliche Wieg! und du,
Haus meiner Väter! und ihr Lieben,
Die mir begegneten einst, o nahet,

O kommt, daß euer, euer die Freude sei,
Ihr alle, daß euch segne der Sehende!
O nimmt, daß ichs ertrage, mir das
Leben, das Göttliche mir vom Herzen.

CHIRON

Wo bist du, Nachdenkliches! das immer muß
Zur Seite gehn, zu Zeiten, wo bist du, Licht?
Wohl ist das Herz wach, doch mir zürnt, mich
Hemmt die erstaunende Nacht nun immer.

Sonst nämlich folgt ich Kräutern des Walds und lauscht
Ein weiches Wild am Hügel; und nie umsonst.
Nie täuschten, auch nicht einmal deine
Vögel; denn allzubereit fast kamst du,

So Füllen oder Garten dir labend ward,
Ratschlagend, Herzens wegen; wo bist du, Licht?
Das Herz ist wieder wach, doch herzlos
Zieht die gewaltige Nacht mich immer.

Ich wars wohl. Und von Krokus und Thymian
Und Korn gab mir die Erde den ersten Strauß.
Und bei der Sterne Kühle lernt ich,
Aber das Nennbare nur. Und bei mir

Das wilde Feld entzaubernd, das traurge, zog
Der Halbgott, Zevs Knecht, ein, der gerade Mann;
Nun sitz ich still allein, von einer
Stunde zur anderen, und Gestalten

Aus frischer Erd und Wolken der Liebe schafft,
Weil Gift ist zwischen uns, mein Gedanke nun;
Und ferne lausch ich hin, ob nicht ein
Freundlicher Retter vielleicht mir komme.

Dann hör ich oft den Wagen des Donnerers
Am Mittag, wenn er naht, der bekannteste,
Wenn ihm das Haus bebt und der Boden
Reiniget sich, und die Qual Echo wird.

Den Retter hör ich dann in der Nacht, ich hör
Ihn tötend, den Befreier, und drunten voll
Von üppgem Kraut, als in Gesichten,
Schau ich die Erd, ein gewaltig Feuer;

Die Tage aber wechseln, wenn einer dann
Zusiehet denen, lieblich und bös, ein Schmerz,
Wenn einer zweigestalt ist, und es
Kennet kein einziger nicht das Beste;

Das aber ist der Stachel des Gottes; nie
Kann einer lieben göttliches Unrecht sonst.
Einheimisch aber ist der Gott dann
Angesichts da, und die Erd ist anders.

Tag! Tag! Nun wieder atmet ihr recht; nun trinkt,
Ihr meiner Bäche Weiden! ein Augenlicht,
Und rechte Stapfen gehn, und als ein
Herrscher, mit Sporen, und bei dir selber

Örtlich, Irrstern des Tages, erscheinest du,
Du auch, o Erde, friedliche Wieg, und du,

Haus meiner Väter, die unstädtisch
Sind, in den Wolken des Wilds, gegangen.

Nimm nun ein Roß, und harnische dich und nimm
Den leichten Speer, o Knabe! Die Wahrsagung
Zerreißt nicht, und umsonst nicht wartet,
Bis sie erscheinet, Herakles Rückkehr.

TRÄNEN

Himmlische Liebe! zärtliche! wenn ich dein
Vergäße, wenn ich, o ihr geschicklichen,
Ihr feurgen, die voll Asche sind und
Wüst und vereinsamet ohnedies schon,

Ihr lieben Inseln, Augen der Wunderwelt!
Ihr nämlich geht nun einzig allein mich an,
Ihr Ufer, wo die abgöttische
Büßet, doch Himmlischen nur, die Liebe.

Denn allzudankbar haben die Heiligen
Gedienet dort in Tagen der Schönheit und
Die zorngen Helden; und viel Bäume
Sind, und die Städte daselbst gestanden,

Sichtbar, gleich einem sinnigen Mann; itzt sind
Die Helden tot, die Inseln der Liebe sind
Entstellt fast. So muß übervorteilt,
Albern doch überall sein die Liebe.

Ihr weichen Tränen, löschet das Augenlicht
Mir aber nicht ganz aus; ein Gedächtnis doch,
Damit ich edel sterbe, laßt ihr
Trügrischen, Diebischen, mir nachleben.

AN DIE HOFFNUNG

O Hoffnung! holde! gütiggeschäftige!
Die du das Haus der Trauernden nicht verschmähst,
Und gerne dienend, Edle! zwischen
Sterblichen waltest und Himmelsmächten,

Wo bist du? wenig lebt ich; doch atmet kalt
Mein Abend schon. Und stille, den Schatten gleich,
Bin ich schon hier; und schon gesanglos
Schlummert das schaudernde Herz im Busen.

Im grünen Tale, dort, wo der frische Quell
Vom Berge täglich rauscht, und die liebliche
Zeitlose mir am Herbsttag aufblüht,
Dort, in der Stille, du Holde, will ich

Dich suchen, oder wenn in der Mitternacht
Das unsichtbare Leben im Haine wallt,
Und über mir die immerfrohen
Blumen, die blühenden Sterne, glänzen,

O du des Aethers Tochter! erscheine dann
Aus deines Vaters Gärten, und darfst du nicht,
Ein Geist der Erde, kommen, schröck, o
Schröcke mit anderem nur das Herz mir.

VULKAN

Jetzt komm und hülle, freundlicher Feuergeist,
Den zarten Sinn der Frauen in Wolken ein,
In goldne Träum und schütze sie, die
Blühende Ruhe der Immerguten.

Dem Manne laß sein Sinnen, und sein Geschäft,
Und seiner Kerze Schein, und den künftgen Tag
Gefallen, laß des Unmuts ihm, der
Häßlichen Sorge zu viel nicht werden,

Wenn jetzt der immerzürnende Boreas,
Mein Erbfeind, über Nacht mit dem Frost das Land
Befällt, und spät, zur Schlummerstunde,
Spottend der Menschen, sein schröcklich Lied singt,

Und unsrer Städte Mauren und unsern Zaun,
Den fleißig wir gesetzt, und den stillen Hain
Zerreißt, und selber im Gesang die
Seele mir störet, der Allverderber,

Und rastlos tobend über den sanften Strom
Sein schwarz Gewölk ausschüttet, daß weit umher
Das Tal gärt, und, wie fallend Laub, vom
Berstenden Hügel herab der Fels fällt.

Wohl frömmer ist, denn andre Lebendige,
Der Mensch; doch zürnt es draußen, gehöret der
Auch eigner sich, und sinnt und ruht in
Sicherer Hütte, der Freigeborne.

Und immer wohnt der freundlichen Genien
Noch Einer gerne segnend mit ihm, und wenn
Sie zürnten all, die ungelehrgen
Geniuskräfte, doch liebt die Liebe.

DICHTERMUT

Zweite Fassung

Sind denn dir nicht verwandt alle Lebendigen,
Nährt die Parze denn nicht selber im Dienste dich?
Drum, so wandle nur wehrlos
Fort durchs Leben, und fürchte nichts!

Was geschiehet, es sei alles gesegnet dir,
Sei zur Freude gewandt! oder was könnte denn
Dich beleidigen, Herz! was
Da begegnen, wohin du sollst?

Denn, seitdem der Gesang sterblichen Lippen sich
Friedenatmend entwand, frommend in Leid und Glück
Unsre Weise der Menschen
Herz erfreute, so waren auch

Wir, die Sänger des Volks, gerne bei Lebenden,
Wo sich vieles gesellt, freudig und jedem hold,
Jedem offen; so ist ja
Unser Ahne, der Sonnengott,

Der den fröhlichen Tag Armen und Reichen gönnt,
Der in flüchtiger Zeit uns, die Vergänglichen,
Aufgerichtet an goldnen
Gängelbanden, wie Kinder, hält.

Ihn erwartet, auch ihn nimmt, wo die Stunde kömmt,
Seine purpurne Flut; sieh! und das edle Licht
Gehet, kundig des Wandels,
Gleichgesinnet hinab den Pfad.

So vergehe denn auch, wenn es die Zeit einst ist
Und dem Geiste sein Recht nirgend gebricht, so sterb
Einst im Ernste des Lebens
Unsre Freude, doch schönen Tod!

BLÖDIGKEIT

Sind denn dir nicht bekannt viele Lebendigen?
Geht auf Wahrem dein Fuß nicht, wie auf Teppichen?
Drum, mein Genius! tritt nur
Bar ins Leben, und sorge nicht!

Was geschiehet, es sei alles gelegen dir!
Sei zur Freude gereimt, oder was könnte denn
Dich beleidigen, Herz, was
Da begegnen, wohin du sollst?

Denn, seit Himmlischen gleich Menschen, ein einsam Wild,
Und die Himmlischen selbst führet, der Einkehr zu,
Der Gesang und der Fürsten
Chor, nach Arten, so waren auch

Wir, die Zungen des Volks, gerne bei Lebenden,
Wo sich vieles gesellt, freudig und jedem gleich,
Jedem offen, so ist ja
Unser Vater, des Himmels Gott,

Der den denkenden Tag Armen und Reichen gönnt,
Der, zur Wende der Zeit, uns die Entschlafenden
Aufgerichtet an goldnen
Gängelbanden, wie Kinder, hält.

Gut auch sind und geschickt einem zu etwas wir,
Wenn wir kommen, mit Kunst, und von den Himmlischen
Einen bringen. Doch selber
Bringen schickliche Hände wir.

DER GEFESSELTE STROM

Was schläfst und träumst du, Jüngling, gehüllt in dich,
  Und säumst am kalten Ufer, Geduldiger,
    Und achtest nicht des Ursprungs, du, des
      Ozeans Sohn, des Titanenfreundes!

Die Liebesboten, welche der Vater schickt,
  Kennst du die lebenatmenden Lüfte nicht?
    Und trifft das Wort dich nicht, das hell von
      Oben der wachende Gott dir sendet?

Schon tönt, schon tönt es ihm in der Brust, es quillt,
  Wie, da er noch im Schoße der Felsen spielt',
    Ihm auf, und nun gedenkt er seiner
      Kraft, der Gewaltige, nun, nun eilt er,

Der Zauderer, er spottet der Fesseln nun,
  Und nimmt und bricht und wirft die Zerbrochenen
    Im Zorne, spielend, da und dort zum
      Schallenden Ufer und an der Stimme

Des Göttersohns erwachen die Berge rings,
  Es regen sich die Wälder, es hört die Kluft
    Den Herold fern und schaudernd regt im
      Busen der Erde sich Freude wieder.

Der Frühling kommt; es dämmert das neue Grün;
  Er aber wandelt hin zu Unsterblichen;
    Denn nirgend darf er bleiben, als wo
      Ihn in die Arme der Vater aufnimmt.

GANYMED

Was schläfst du, Bergsohn, liegest in Unmut, schief,
  Und frierst am kahlen Ufer, Gedultiger!
    Denkst nicht der Gnade du, wenns an den
      Tischen die Himmlischen sonst gedürstet?

Kennst drunten du vom Vater die Boten nicht,
  Nicht in der Kluft der Lüfte geschärfter Spiel?

Trifft nicht das Wort dich, das voll alten
Geists ein gewanderter Mann dir sendet?

Schon tönets aber ihm in der Brust. Tief quillts,
Wie damals, als hoch oben im Fels er schlief,
Ihm auf. Im Zorne reinigt aber
Sich der Gefesselte nun, nun eilt er,

Der Linkische; der spottet der Schlacken nun,
Und nimmt und bricht und wirft die Zerbrochenen
Zorntrunken, spielend, dort und da zum
Schauenden Ufer und bei des Fremdlings

Besondrer Stimme stehen die Herden auf,
Es regen sich die Wälder, es hört tief Land
Den Stromgeist fern, und schaudernd regt im
Nabel der Erde der Geist sich wieder.

Der Frühling kömmt. Und jedes, in seiner Art,
Blüht. Der ist aber ferne; nicht mehr dabei.
Irr ging er nun; denn allzugut sind
Genien; himmlisch Gespräch ist sein nun.

MENONS KLAGEN UM DIOTIMA

1

Täglich geh ich heraus, und such ein Anderes immer,
  Habe längst sie befragt, alle die Pfade des Lands;
Droben die kühlenden Höhn, die Schatten alle besuch ich,
  Und die Quellen; hinauf irret der Geist und hinab,
Ruh erbittend; so flieht das getroffene Wild in die Wälder,
  Wo es um Mittag sonst sicher im Dunkel geruht;
Aber nimmer erquickt sein grünes Lager das Herz ihm,
  Jammernd und schlummerlos treibt es der Stachel umher.
Nicht die Wärme des Lichts, und nicht die Kühle der Nacht hilft,
  Und in Wogen des Stroms taucht es die Wunden umsonst.
Und wie ihm vergebens die Erd ihr fröhliches Heilkraut
  Reicht, und das gärende Blut keiner der Zephyre stillt,
So, ihr Lieben! auch mir, so will es scheinen, und niemand
  Kann von der Stirne mir nehmen den traurigen Traum?

2

Ja! es frommet auch nicht, ihr Todesgötter! wenn einmal
  Ihr ihn haltet, und fest habt den bezwungenen Mann,
Wenn ihr Bösen hinab in die schaurige Nacht ihn genommen,
  Dann zu suchen, zu flehn, oder zu zürnen mit euch,
Oder geduldig auch wohl im furchtsamen Banne zu wohnen,
  Und mit Lächeln von euch hören das nüchterne Lied.
Soll es sein, so vergiß dein Heil, und schlummere klanglos!
  Aber doch quillt ein Laut hoffend im Busen dir auf,
Immer kannst du noch nicht, o meine Seele! noch kannst dus
  Nicht gewohnen, und träumst mitten im eisernen Schlaf!
Festzeit hab ich nicht, doch möcht ich die Locke bekränzen;
  Bin ich allein denn nicht? aber ein Freundliches muß
Fernher nahe mir sein, und lächeln muß ich und staunen,
  Wie so selig doch auch mitten im Leide mir ist.

3

Licht der Liebe! scheinest du denn auch Toten, du goldnes!
  Bilder aus hellerer Zeit, leuchtet ihr mir in die Nacht?
Liebliche Gärten seid, ihr abendrötlichen Berge,
  Seid willkommen und ihr, schweigende Pfade des Hains,
Zeugen himmlischen Glücks, und ihr, hochschauende Sterne,
  Die mir damals so oft segnende Blicke gegönnt!
Euch, ihr Liebenden auch, ihr schönen Kinder des Maitags,
  Stille Rosen und euch, Lilien, nenn ich noch oft!
Wohl gehn Frühlinge fort, ein Jahr verdränget das andre,
  Wechselnd und streitend, so tost droben vorüber die Zeit
Über sterblichem Haupt, doch nicht vor seligen Augen,
  Und den Liebenden ist anderes Leben geschenkt.
Denn sie alle, die Tag und Jahre der Sterne, sie waren
  Diotima! um uns innig und ewig vereint;

4

Aber wir, zufrieden gesellt, wie die liebenden Schwäne,
  Wenn sie ruhen am See, oder, auf Wellen gewiegt,
Niedersehn in die Wasser, wo silberne Wolken sich spiegeln,
  Und ätherisches Blau unter den Schiffenden wallt,
So auf Erden wandelten wir. Und drohte der Nord auch,
  Er, der Liebenden Feind, klagenbereitend, und fiel
Von den Ästen das Laub, und flog im Winde der Regen,
  Ruhig lächelten wir, fühlten den eigenen Gott
Unter trautem Gespräch; in Einem Seelengesange,
  Ganz in Frieden mit uns kindlich und freudig allein.
Aber das Haus ist öde mir nun, und sie haben mein Auge
  Mir genommen, auch mich hab ich verloren mit ihr.
Darum irr ich umher, und wohl, wie die Schatten, so muß ich
  Leben, und sinnlos dünkt lange das Übrige mir.

5

Feiern möcht ich; aber wofür? und singen mit Andern,
  Aber so einsam fehlt jegliches Göttliche mir.
Dies ists, dies mein Gebrechen, ich weiß, es lähmet ein Fluch mir
  Darum die Sehnen, und wirft, wo ich beginne, mich hin,

Daß ich fühllos sitze den Tag, und stumm wie die Kinder,
Nur vom Auge mir kalt öfters die Träne noch schleicht,
Und die Pflanze des Felds, und der Vögel Singen mich trüb
[macht,
Weil mit Freuden auch sie Boten des Himmlischen sind,
Aber mir in schaudernder Brust die beseelende Sonne,
Kühl und fruchtlos mir dämmert, wie Strahlen der Nacht,
Ach! und nichtig und leer, wie Gefängniswände, der Himmel
Eine beugende Last über dem Haupte mir hängt!

6

Sonst mir anders bekannt! o Jugend, und bringen Gebete
Dich nicht wieder, dich nie? führet kein Pfad mich zurück?
Soll es werden auch mir, wie den Götterlosen, die vormals
Glänzenden Auges doch auch saßen an seligem Tisch,
Aber übersättiget bald, die schwärmenden Gäste,
Nun verstummet, und nun, unter der Lüfte Gesang,
Unter blühender Erd entschlafen sind, bis dereinst sie
Eines Wunders Gewalt, sie, die Versunkenen, zwingt,
Wiederzukehren, und neu auf grünendem Boden zu wandeln. –
Heiliger Othem durchströmt göttlich die lichte Gestalt,
Wenn das Fest sich beseelt, und Fluten der Liebe sich regen,
Und vom Himmel getränkt, rauscht der lebendige Strom,
Wenn es drunten ertönt, und ihre Schätze die Nacht zollt,
Und aus Bächen herauf glänzt das begrabene Gold. –

7

Aber o du, die schon am Scheidewege mir damals,
Da ich versank vor dir, tröstend ein Schöneres wies,
Du, die Großes zu sehn, und froher die Götter zu singen,
Schweigend, wie sie, mich einst stille begeisternd gelehrt;
Götterkind! erscheinest du mir, und grüßest, wie einst, mich,
Redest wieder, wie einst, höhere Dinge mir zu?
Siehe! weinen vor dir, und klagen muß ich, wenn schon noch,
Denkend edlerer Zeit, dessen die Seele sich schämt.
Denn so lange, so lang auf matten Pfaden der Erde
Hab ich, deiner gewohnt, dich in der Irre gesucht,
Freudiger Schutzgeist! aber umsonst, und Jahre zerrannen,
Seit wir ahnend um uns glänzen die Abende sahn.

8

Dich nur, dich erhält dein Licht, o Heldin! im Lichte,
  Und dein Dulden erhält liebend, o Gütige, dich;
Und nicht einmal bist du allein; Gespielen genug sind,
  Wo du blühest und ruhst unter den Rosen des Jahrs;
Und der Vater, er selbst, durch sanftumatmende Musen
  Sendet die zärtlichen Wiegengesänge dir zu.
Ja! noch ist sie es ganz! noch schwebt vom Haupte zur Sohle,
  Stillherwandelnd, wie sonst, mir die Athenerin vor.
Und wie, freundlicher Geist! von heitersinnender Stirne
  Segnend und sicher dein Strahl unter die Sterblichen fällt,
So bezeugest du mirs, und sagst mirs, daß ich es andern
  Wiedersage, denn auch andere glauben es nicht,
Daß unsterblicher doch, denn Sorg und Zürnen, die Freude
  Und ein goldener Tag täglich am Ende noch ist.

9

So will ich, ihr Himmlischen! denn auch danken, und endlich
  Atmet aus leichter Brust wieder des Sängers Gebet.
Und wie, wenn ich mit ihr, auf sonniger Höhe mit ihr stand,
  Spricht belebend ein Gott innen vom Tempel mich an.
Leben will ich denn auch! schon grünts! wie von heiliger Leier
  Ruft es von silbernen Bergen Apollons voran!
Komm! es war wie ein Traum! Die blutenden Fittige sind ja
  Schon genesen, verjüngt leben die Hoffnungen all.
Großes zu finden, ist viel, ist viel noch übrig, und wer so
  Liebte, gehet, er muß, gehet zu Göttern die Bahn.
Und geleitet ihr uns, ihr Weihestunden! ihr ernsten,
  Jugendlichen! o bleibt, heilige Ahnungen, ihr
Fromme Bitten! und ihr Begeisterungen und all ihr
  Guten Genien, die gerne bei Liebenden sind;
Bleibt so lange mit uns, bis wir auf gemeinsamem Boden
  Dort, wo die Seligen all niederzukehren bereit,
Dort, wo die Adler sind, die Gestirne, die Boten des Vaters,
  Dort, wo die Musen, woher Helden und Liebende sind,
Dort uns, oder auch hier, auf tauender Insel begegnen,
  Wo die Unsrigen erst, blühend in Gärten gesellt,
Wo die Gesänge wahr, und länger die Frühlinge schön sind,
  Und von neuem ein Jahr unserer Seele beginnt.

Einsam stand ich und sah in die afrikanischen dürren
Ebnen hinaus; vom Olymp regnete Feuer herab,
Reißendes! milder kaum, wie damals, da das Gebirg hier
Spaltend mit Strahlen der Gott Höhen und Tiefen gebaut.
Aber auf denen springt kein frischaufgrünender Wald nicht
In die tönende Luft üppig und herrlich empor.
Unbekränzt ist die Stirne des Bergs und beredtsame Bäche
Kennet er kaum, es erreicht selten die Quelle das Tal.
Keiner Herde vergeht am plätschernden Brunnen der Mittag,
Freundlich aus Bäumen hervor blickte kein gastliches Dach.
Unter dem Strauche saß ein ernster Vogel gesanglos,
Aber die Wanderer flohn eilend, die Störche, vorbei.
Da bat ich um Wasser dich nicht, Natur! in der Wüste,
Wasser bewahrte mir treulich das fromme Kamel.
Um der Haine Gesang, ach! um die Gärten des Vaters
Bat ich vom wandernden Vogel der Heimat gemahnt.
Aber du sprachst zu mir: Auch hier sind Götter und walten,
Groß ist ihr Maß, doch es mißt gern mit der Spanne der Mensch.

Und es trieb die Rede mich an, noch Andres zu suchen,
Fern zum nördlichen Pol kam ich in Schiffen herauf.
Still in der Hülse von Schnee schlief da das gefesselte Leben,
Und der eiserne Schlaf harrte seit Jahren des Tags.
Denn zu lang nicht schlang um die Erde den Arm der Olymp hier,
Wie Pygmalions Arm um die Geliebte sich schlang.
Hier bewegt' er ihr nicht mit dem Sonnenblicke den Busen,
Und in Regen und Tau sprach er nicht freundlich zu ihr;
Und mich wunderte des und törig sprach ich: O Mutter
Erde, verlierst du denn immer, als Witwe, die Zeit?
Nichts zu erzeugen ist ja und nichts zu pflegen in Liebe,
Alternd im Kinde sich nicht wieder zu sehn, wie der Tod.
Aber vielleicht erwarmst du dereinst am Strahle des Himmels,
Aus dem dürftigen Schlaf schmeichelt sein Othem dich auf;
Daß, wie ein Samkorn, du die eherne Schale zersprengest,
Los sich reißt und das Licht grüßt die entbundene Welt,
All die gesammelte Kraft aufflammt in üppigem Frühling,
Rosen glühen und Wein sprudelt im kärglichen Nord.

Also sagt ich und jetzt kehr ich an den Rhein, in die Heimat,
Zärtlich, wie vormals, wehn Lüfte der Jugend mich an;

Und das strebende Herz besänftigen mir die vertrauten
Offnen Bäume, die einst mich in den Armen gewiegt,
Und das heilige Grün, der Zeuge des seligen, tiefen
Lebens der Welt, es erfrischt, wandelt zum Jüngling mich um.
Alt bin ich geworden indes, mich bleichte der Eispol,
Und im Feuer des Süds fielen die Locken mir aus.
Aber wenn einer auch am letzten der sterblichen Tage,
Fernher kommend und müd bis in die Seele noch jetzt
Wiedersähe dies Land, noch Einmal müßte die Wang ihm
Blühn, und erloschen fast glänzte sein Auge noch auf.
Seliges Tal des Rheins! kein Hügel ist ohne den Weinstock,
Und mit der Traube Laub Mauer und Garten bekränzt,
Und des heiligen Tranks sind voll im Strome die Schiffe,
Städt und Inseln, sie sind trunken von Weinen und Obst.
Aber lächelnd und ernst ruht droben der Alte, der Taunus,
Und mit Eichen bekränzt neiget der Freie das Haupt.

Und jetzt kommt vom Walde der Hirsch, aus Wolken das Tagslicht,
Hoch in heiterer Luft siehet der Falke sich um.
Aber unten im Tal, wo die Blume sich nähret von Quellen,
Streckt das Dörfchen bequem über die Wiese sich aus.
Still ists hier. Fern rauscht die immer geschäftige Mühle,
Aber das Neigen des Tags künden die Glocken mir an.
Lieblich tönt die gehämmerte Sens und die Stimme des Landmanns,
Der heimkehrend dem Stier gerne die Schritte gebeut,
Lieblich der Mutter Gesang, die im Grase sitzt mit dem Söhnlein;
Satt vom Sehen entschliefs; aber die Wolken sind rot,
Und am glänzenden See, wo der Hain das offene Hoftor
Übergrünt und das Licht golden die Fenster umspielt,
Dort empfängt mich das Haus und des Gartens heimliches Dunkel,
Wo mit den Pflanzen mich einst liebend der Vater erzog;
Wo ich frei, wie Geflügelte, spielt auf luftigen Ästen,
Oder ins treue Blau blickte vom Gipfel des Hains.
Treu auch bist du von je, treu auch dem Flüchtlinge blieben,
Freundlich nimmst du, wie einst, Himmel der Heimat, mich auf.

Noch gedeihn die Pfirsiche mir, mich wundern die Blüten,
Fast, wie die Bäume, steht herrlich mit Rosen der Strauch.

Schwer ist worden indes von Früchten dunkel
mein Kirschbaum,
Und der pflückenden Hand reichen die Zweige sich selbst.
Auch zum Walde zieht mich, wie sonst, in die freiere Laube
Aus dem Garten der Pfad oder hinab an den Bach,
Wo ich lag, und den Mut erfreut am Ruhme der Männer,
Ahnender Schiffer; und das konnten die Sagen von euch,
Daß in die Meer ich fort, in die Wüsten mußt, ihr Gewaltgen!
Ach! indes mich umsonst Vater und Mutter gesucht.
Aber wo sind sie? du schweigst? du zögerst? Hüter des Hauses!
Hab ich gezögert doch auch! habe die Schritte gezählt,
Da ich nahet, und bin, gleich Pilgern, stille gestanden.
Aber gehe hinein, melde den Fremden, den Sohn,
Daß sich öffnen die Arm und mir ihr Segen begegne,
Daß ich geweiht und gegönnt wieder die Schwelle mir sei!
Aber ich ahn es schon, in heilige Fremde dahin sind
Nun auch sie mir, und nie kehret ihr Lieben zurück.

Vater und Mutter? und wenn noch Freunde leben, sie haben
Andres gewonnen, sie sind nimmer die Meinigen mehr.
Kommen werd ich, wie sonst, und die alten,
die Namen der Liebe
Nennen, beschwören das Herz, ob es noch schlage, wie sonst,
Aber stille werden sie sein. So bindet und scheidet
Manches die Zeit. Ich dünk ihnen gestorben, sie mir.
Und so bin ich allein. Du aber, über den Wolken,
Vater des Vaterlands! mächtiger Aether! und du
Erd und Licht! ihr einigen drei, die walten und lieben,
Ewige Götter! mit euch brechen die Bande mir nie.
Ausgegangen von euch, mit euch auch bin ich gewandert,
Euch, ihr Freudigen, euch bring ich erfahrner zurück.
Darum reiche mir nun, bis oben an von des Rheines
Warmen Bergen mit Wein reiche den Becher gefüllt!
Daß ich den Göttern zuerst und das Angedenken der Helden
Trinke, der Schiffer, und dann eures, ihr Trautesten! auch,
Eltern und Freund'! und der Mühn und aller Leiden vergesse
Heut und morgen und schnell unter den Heimischen sei.

DER GANG AUFS LAND

An Landauer

Komm! ins Offene, Freund! zwar glänzt ein Weniges heute
  Nur herunter und eng schließet der Himmel uns ein.
Weder die Berge sind noch aufgegangen des Waldes
  Gipfel nach Wunsch und leer ruht von Gesange die Luft.
Trüb ists heut, es schlummern die Gäng und die Gassen
                                                    und fast will
  Mir es scheinen, es sei, als in der bleiernen Zeit.
Dennoch gelinget der Wunsch, Rechtglaubige zweifeln an Einer
  Stunde nicht und der Lust bleibe geweihet der Tag.
Denn nicht wenig erfreut, was wir vom Himmel gewonnen,
  Wenn ers weigert und doch gönnet den Kindern zuletzt.
Nur daß solcher Reden und auch der Schritt' und der Mühe
  Wert der Gewinn und ganz wahr das Ergötzliche sei.
Darum hoff ich sogar, es werde, wenn das Gewünschte
  Wir beginnen und erst unsere Zunge gelöst,
Und gefunden das Wort, und aufgegangen das Herz ist,
  Und von trunkener Stirn höher Besinnen entspringt,
Mit der unsern zugleich des Himmels Blüte beginnen,
  Und dem offenen Blick offen der Leuchtende sein.

Denn nicht Mächtiges ists, zum Leben aber gehört es,
  Was wir wollen, und scheint schicklich und freudig zugleich.
Aber kommen doch auch der segenbringenden Schwalben
  Immer einige noch, ehe der Sommer, ins Land.
Nämlich droben zu weihn bei guter Rede den Boden,
  Wo den Gästen das Haus baut der verständige Wirt;
Daß sie kosten und schaun das Schönste, die Fülle des Landes,
  Daß, wie das Herz es wünscht, offen, dem Geiste gemäß
Mahl und Tanz und Gesang und Stuttgarts Freude gekrönt sei,
  Deshalb wollen wir heut wünschend den Hügel hinauf.
Mög ein Besseres noch das menschenfreundliche Mailicht
  Drüber sprechen, von selbst bildsamen Gästen erklärt,
Oder, wie sonst, wenns andern gefällt, denn alt ist die Sitte,
  Und es schauen so oft lächelnd die Götter auf uns,
Möge der Zimmermann vom Gipfel des Daches den Spruch tun,
  Wir, so gut es gelang, haben das Unsre getan.

Aber schön ist der Ort, wenn in Feiertagen des Frühlings
  Aufgegangen das Tal, wenn mit dem Neckar herab

Weiden grünend und Wald und all die grünenden Bäume
  Zahllos, blühend weiß, wallen in wiegender Luft,
Aber mit Wölkchen bedeckt an Bergen herunter der Weinstock
  Dämmert und wächst und erwarmt unter dem sonnigen Duft.

STUTTGART

An Siegfried Schmid

1

Wieder ein Glück ist erlebt. Die gefährliche Dürre geneset,
  Und die Schärfe des Lichts senget die Blüte nicht mehr.
Offen steht jetzt wieder ein Saal, und gesund ist der Garten,
  Und von Regen erfrischt rauschet das glänzende Tal,
Hoch von Gewächsen, es schwellen die Bäch und
                                        alle gebundnen
  Fittige wagen sich wieder ins Reich des Gesangs.
Voll ist die Luft von Fröhlichen jetzt und die Stadt und
                                        der Hain ist
  Rings von zufriedenen Kindern des Himmels erfüllt.
Gerne begegnen sie sich, und irren untereinander,
  Sorgenlos, und es scheint keines zu wenig, zu viel.
Denn so ordnet das Herz es an, und zu atmen die Anmut,
  Sie, die geschickliche, schenkt ihnen ein göttlicher Geist.
Aber die Wanderer auch sind wohlgeleitet und haben
  Kränze genug und Gesang, haben den heiligen Stab
Vollgeschmückt mit Trauben und Laub bei sich und der Fichte
  Schatten; von Dorfe zu Dorf jauchzt es, von Tage zu Tag,
Und wie Wagen, bespannt mit freiem Wilde, so ziehn die
  Berge voran und so träget und eilet der Pfad.

2

Aber meinest du nun, es haben die Tore vergebens
  Aufgetan und den Weg freudig die Götter gemacht?
Und es schenken umsonst zu des Gastmahls Fülle die Guten
  Nebst dem Weine noch auch Beeren und Honig und Obst?
Schenken das purpurne Licht zu Festgesängen und kühl und
  Ruhig zu tieferem Freundesgespräche die Nacht?
Hält ein Ernsteres dich, so spars dem Winter und willst du
  Freien, habe Geduld, Freier beglücket der Mai.

Jetzt ist Anderes not, jetzt komm und feire des Herbstes
Alte Sitte, noch jetzt blühet die Edle mit uns.
Eins nur gilt für den Tag, das Vaterland, und des Opfers
Festlicher Flamme wirft jeder sein Eigenes zu.
Darum kränzt der gemeinsame Gott umsäuselnd das Haar uns,
Und den eigenen Sinn schmelzet, wie Perlen, der Wein.
Dies bedeutet der Tisch, der geehrte, wenn, wie die Bienen,
Rund um den Eichbaum, wir sitzen und singen um ihn,
Dies der Pokale Klang, und darum zwinget die wilden
Seelen der streitenden Männer zusammen der Chor.

3

Aber damit uns nicht, gleich Allzuklugen, entfliehe
Diese neigende Zeit, komm ich entgegen sogleich,
Bis an die Grenze des Lands, wo mir den lieben Geburtsort
Und die Insel des Stroms blaues Gewässer umfließt.
Heilig ist mir der Ort, an beiden Ufern, der Fels auch,
Der mit Garten und Haus grün aus den Wellen sich hebt.
Dort begegnen wir uns; o gütiges Licht! wo zuerst mich
Deiner gefühlteren Strahlen mich einer betraf.
Dort begann und beginnt das liebe Leben von neuem;
Aber des Vaters Grab seh ich und weine dir schon?
Wein und halt und habe den Freund und höre das Wort, das
Einst mir in himmlischer Kunst Leiden der Liebe geheilt.
Andres erwacht! ich muß die Landesheroen ihm nennen,
Barbarossa! dich auch, gütiger Christoph, und dich,
Konradin! wie du fielst, so fallen Starke, der Efeu
Grünt am Fels und die Burg deckt das bacchantische Laub,
Doch Vergangenes ist, wie Künftiges, heilig den Sängern,
Und in Tagen des Herbsts sühnen die Schatten wir uns.

4

So der Gewaltgen gedenk und des herzerhebenden Schicksals,
Tatlos selber, und leicht, aber vom Aether doch auch
Angeschauet und fromm, wie die Alten, die göttlicherzognen
Freudigen Dichter ziehn freudig das Land wir hinauf.
Groß ist das Werden umher. Dort von den äußersten Bergen
Stammen der Jünglinge viel, steigen die Hügel herab.

Quellen rauschen von dort und hundert geschäftige Bäche,
  Kommen bei Tag und Nacht nieder und bauen das Land.
Aber der Meister pflügt die Mitte des Landes, die Furchen
  Ziehet der Neckarstrom, ziehet den Segen herab.
Und es kommen mit ihm Italiens Lüfte, die See schickt
  Ihre Wolken, sie schickt prächtige Sonnen mit ihm.
Darum wächset uns auch fast über das Haupt die gewaltge
  Fülle, denn hieher ward, hier in die Ebne das Gut
Reicher den Lieben gebracht, den Landesleuten, doch neidet
  Keiner an Bergen dort ihnen die Gärten, den Wein
Oder das üppige Gras und das Korn und die glühenden Bäume,
  Die am Wege gereiht über den Wanderern stehn.

5

Aber indes wir schaun und die mächtige Freude durchwandeln,
  Fliehet der Weg und der Tag uns, wie den Trunkenen, hin.
Denn mit heiligem Laub umkränzt erhebet die Stadt schon,
  Die gepriesene, dort leuchtend ihr priesterlich Haupt.
Herrlich steht sie und hält den Rebenstab und die Tanne
  Hoch in die seligen purpurnen Wolken empor.
Sei uns hold! dem Gast und dem Sohn, o Fürstin der Heimat!
  Glückliches Stuttgart, nimm freundlich den Fremdling mir auf!
Immer hast du Gesang mit Flöten und Saiten gebilligt,
  Wie ich glaub, und des Lieds kindlich Geschwätz und der Mühn
Süße Vergessenheit bei gegenwärtigem Geiste,
  Drum erfreuest du auch gerne den Sängern das Herz.
Aber ihr, ihr Größeren auch, ihr Frohen, die allzeit
  Leben und walten, erkannt, oder gewaltiger auch,
Wenn ihr wirket und schafft in heiliger Nacht und allein herrscht
  Und allmächtig empor ziehet ein ahnendes Volk,
Bis die Jünglinge sich der Väter droben erinnern,
  Mündig und hell vor euch steht der besonnene Mensch –

6

Engel des Vaterlands! o ihr, vor denen das Auge,
  Seis auch stark, und das Knie bricht dem vereinzelten Mann,
Daß er halten sich muß an die Freund und bitten die Teuern,
  Daß sie tragen mit ihm all die beglückende Last,

Habt, o Gütige, Dank für den und alle die Andern,
  Die mein Leben, mein Gut unter den Sterblichen sind.
Aber die Nacht kommt! laß uns eilen, zu feiern das Herbstfest
  Heut noch! voll ist das Herz, aber das Leben ist kurz,
Und was uns der himmlische Tag zu sagen geboten,
  Das zu nennen, mein Schmid! reichen wir beide nicht aus.
Treffliche bring ich dir und das Freudenfeuer wird hoch auf
  Schlagen und heiliger soll sprechen das kühnere Wort.
Siehe! da ist es rein! und des Gottes freundliche Gaben,
  Die wir teilen, sie sind zwischen den Liebenden nur.
Anderes nicht – o kommt! o macht es wahr! denn allein ja
  Bin ich und niemand nimmt mir von der Stirne den Traum?
Kommt und reicht, ihr Lieben, die Hand! das möge genug sein,
  Aber die größere Lust sparen dem Enkel wir auf.

BROT UND WEIN

An Heinze

1

Rings um ruhet die Stadt; still wird die erleuchtete Gasse,
  Und, mit Fackeln geschmückt, rauschen die Wagen hinweg.
Satt gehn heim von Freuden des Tags zu ruhen die Menschen,
  Und Gewinn und Verlust wäget ein sinniges Haupt
Wohlzufrieden zu Haus; leer steht von Trauben und Blumen,
  Und von Werken der Hand ruht der geschäftige Markt.
Aber das Saitenspiel tönt fern aus Gärten; vielleicht, daß
  Dort ein Liebendes spielt oder ein einsamer Mann
Ferner Freunde gedenkt und der Jugendzeit; und die Brunnen
  Immerquillend und frisch rauschen an duftendem Beet.
Still in dämmriger Luft ertönen geläutete Glocken,
  Und der Stunden gedenk rufet ein Wächter die Zahl.
Jetzt auch kommet ein Wehn und regt die Gipfel des Hains auf,
  Sieh! und das Schattenbild unserer Erde, der Mond,
Kommet geheim nun auch; die Schwärmerische, die Nacht kommt,
  Voll mit Sternen und wohl wenig bekümmert um uns,
Glänzt die Erstaunende dort, die Fremdlingin unter den Menschen,
  Über Gebirgeshöhn traurig und prächtig herauf.

2

Wunderbar ist die Gunst der Hocherhabnen und niemand
  Weiß, von wannen und was einem geschiehet von ihr.
So bewegt sie die Welt und die hoffende Seele der Menschen,
  Selbst kein Weiser versteht, was sie bereitet, denn so
Will es der oberste Gott, der sehr dich liebet, und darum
  Ist noch lieber, wie sie, dir der besonnene Tag.
Aber zuweilen liebt auch klares Auge den Schatten
  Und versuchet zu Lust, eh es die Not ist, den Schlaf,
Oder es blickt auch gern ein treuer Mann in die Nacht hin,
  Ja, es ziemet sich, ihr Kränze zu weihn und Gesang,
Weil den Irrenden sie geheiliget ist und den Toten,
  Selber aber besteht, ewig, in freiestem Geist.
Aber sie muß uns auch, daß in der zaudernden Weile,
  Daß im Finstern für uns einiges Haltbare sei,
Uns die Vergessenheit und das Heiligtrunkene gönnen,
  Gönnen das strömende Wort, das, wie die Liebenden, sei,
Schlummerlos, und vollern Pokal und kühneres Leben,
  Heilig Gedächtnis auch, wachend zu bleiben bei Nacht.

3

Auch verbergen umsonst das Herz im Busen, umsonst nur
  Halten den Mut noch wir, Meister und Knaben, denn wer
Möcht es hindern und wer möcht uns die Freude verbieten?
  Göttliches Feuer auch treibet, bei Tag und bei Nacht,
Aufzubrechen. So komm! daß wir das Offene schauen,
  Daß ein Eigenes wir suchen, so weit es auch ist.
Fest bleibt Eins; es sei um Mittag oder es gehe
  Bis in die Mitternacht, immer bestehet ein Maß,
Allen gemein, doch jeglichem auch ist eignes beschieden,
  Dahin gehet und kommt jeder, wohin er es kann.
Drum! und spotten des Spotts mag gern frohlockender Wahnsinn,
  Wenn er in heiliger Nacht plötzlich die Sänger ergreift.
Drum an den Isthmos komm! dorthin, wo das offene Meer rauscht
  Am Parnaß und der Schnee delphische Felsen umglänzt,
Dort ins Land des Olymps, dort auf die Höhe Cithärons,
  Unter die Fichten dort, unter die Trauben, von wo

Thebe drunten und Ismenos rauscht im Lande des Kadmos,
Dorther kommt und zurück deutet der kommende Gott.

4

Seliges Griechenland! du Haus der Himmlischen alle,
Also ist wahr, was einst wir in der Jugend gehört?
Festlicher Saal! der Boden ist Meer! und Tische die Berge,
Wahrlich zu einzigem Brauche vor alters gebaut!
Aber die Thronen, wo? die Tempel, und wo die Gefäße,
Wo mit Nektar gefüllt, Göttern zu Lust der Gesang?
Wo, wo leuchten sie denn, die fernhintreffenden Sprüche?
Delphi schlummert und wo tönet das große Geschick?
Wo ist das schnelle? wo brichts, allgegenwärtigen Glücks voll,
Donnernd aus heiterer Luft über die Augen herein?
Vater Aether! so riefs und flog von Zunge zu Zunge
Tausendfach, es ertrug keiner das Leben allein;
Ausgeteilet erfreut solch Gut und getauschet, mit Fremden,
Wirds ein Jubel, es wächst schlafend des Wortes Gewalt:
Vater! heiter! und hallt, so weit es gehet, das uralt
Zeichen, von Eltern geerbt, treffend und schaffend hinab.
Denn so kehren die Himmlischen ein, tiefschütternd gelangt so
Aus den Schatten herab unter die Menschen ihr Tag.

5

Unempfunden kommen sie erst, es streben entgegen
Ihnen die Kinder, zu hell kommet, zu blendend das Glück,
Und es scheut sie der Mensch, kaum weiß zu sagen ein Halbgott,
Wer mit Namen sie sind, die mit den Gaben ihm nahn.
Aber der Mut von ihnen ist groß, es füllen das Herz ihm
Ihre Freuden und kaum weiß er zu brauchen das Gut,
Schafft, verschwendet und fast ward ihm Unheiliges heilig,
Das er mit segnender Hand törig und gütig berührt.
Möglichst dulden die Himmlischen dies; dann aber in Wahrheit
Kommen sie selbst und gewohnt werden die Menschen des Glücks
Und des Tags und zu schaun die Offenbaren, das Antlitz
Derer, welche, schon längst Eines und Alles genannt,

Tief die verschwiegene Brust mit freier Genüge gefüllet,
Und zuerst und allein alles Verlangen beglückt;
So ist der Mensch; wenn da ist das Gut, und es sorget mit Gaben
Selber ein Gott für ihn, kennet und sieht er es nicht.
Tragen muß er, zuvor; nun aber nennt er sein Liebstes,
Nun, nun müssen dafür Worte, wie Blumen, entstehn.

6

Und nun denkt er zu ehren in Ernst die seligen Götter,
Wirklich und wahrhaft muß alles verkünden ihr Lob.
Nichts darf schauen das Licht, was nicht den Hohen gefället,
Vor den Aether gebührt Müßigversuchendes nicht.
Drum in der Gegenwart der Himmlischen würdig zu stehen,
Richten in herrlichen Ordnungen Völker sich auf
Untereinander und baun die schönen Tempel und Städte
Fest und edel, sie gehn über Gestaden empor –
Aber wo sind sie? wo blühn die Bekannten, die Kronen des Festes?
Thebe welkt und Athen; rauschen die Waffen nicht mehr
In Olympia, nicht die goldnen Wagen des Kampfspiels,
Und bekränzen sich denn nimmer die Schiffe Korinths?
Warum schweigen auch sie, die alten heilgen Theater?
Warum freuet sich denn nicht der geweihete Tanz?
Warum zeichnet, wie sonst, die Stirne des Mannes ein Gott nicht,
Drückt den Stempel, wie sonst, nicht dem Getroffenen auf?
Oder er kam auch selbst und nahm des Menschen Gestalt an
Und vollendet' und schloß tröstend das himmlische Fest.

7

Aber Freund! wir kommen zu spät. Zwar leben die Götter,
Aber über dem Haupt droben in anderer Welt.
Endlos wirken sie da und scheinens wenig zu achten,
Ob wir leben, so sehr schonen die Himmlischen uns.
Denn nicht immer vermag ein schwaches Gefäß sie zu fassen,
Nur zu Zeiten erträgt göttliche Fülle der Mensch.
Traum von ihnen ist drauf das Leben. Aber das Irrsal
Hilft, wie Schlummer, und stark machet die Not und die Nacht,

Bis daß Helden genug in der ehernen Wiege gewachsen,
Herzen an Kraft, wie sonst, ähnlich den Himmlischen sind.
Donnernd kommen sie drauf. Indessen dünket mir öfters
Besser zu schlafen, wie so ohne Genossen zu sein,
So zu harren, und was zu tun indes und zu sagen,
Weiß ich nicht, und wozu Dichter in dürftiger Zeit.
Aber sie sind, sagst du, wie des Weingotts heilige Priester,
Welche von Lande zu Land zogen in heiliger Nacht.

8

Nämlich, als vor einiger Zeit, uns dünket sie lange,
Aufwärts stiegen sie all, welche das Leben beglückt,
Als der Vater gewandt sein Angesicht von den Menschen,
Und das Trauern mit Recht über der Erde begann,
Als erschienen zuletzt ein stiller Genius, himmlisch
Tröstend, welcher des Tags Ende verkündet' und schwand,
Ließ zum Zeichen, daß einst er da gewesen und wieder
Käme, der himmlische Chor einige Gaben zurück,
Derer menschlich, wie sonst, wir uns zu freuen vermöchten,
Denn zur Freude, mit Geist, wurde das Größre zu groß
Unter den Menschen und noch, noch fehlen die Starken zu höchsten
Freuden, aber es lebt stille noch einiger Dank.
Brot ist der Erde Frucht, doch ists vom Lichte gesegnet,
Und vom donnernden Gott kommet die Freude des Weins.
Darum denken wir auch dabei der Himmlischen, die sonst
Da gewesen und die kehren in richtiger Zeit,
Darum singen sie auch mit Ernst, die Sänger, den Weingott
Und nicht eitel erdacht tönet dem Alten das Lob.

9

Ja! sie sagen mit Recht, er söhne den Tag mit der Nacht aus,
Führe des Himmels Gestirn ewig hinunter, hinauf,
Allzeit froh, wie das Laub der immergrünenden Fichte,
Das er liebt, und der Kranz, den er von Efeu gewählt,
Weil er bleibet und selbst die Spur der entflohenen Götter
Götterlosen hinab unter das Finstere bringt.
Was der Alten Gesang von Kindern Gottes geweissagt,
Siehe! wir sind es, wir; Frucht von Hesperien ists!

Und umsonst nicht steht, wie ein Sohn, am wellenumrauschten
  Tor und siehet und sucht liebende Namen für dich,
Mit Gesang, ein wandernder Mann, glückseliges Lindau!
  Eine der gastlichen Pforten des Landes ist dies,
Reizend hinauszugehn in die vielversprechende Ferne,
  Dort, wo die Wunder sind, dort, wo das göttliche Wild
Hoch in die Ebnen herab der Rhein die verwegene Bahn bricht,
  Und aus Felsen hervor ziehet das jauchzende Tal,
Dort hinein, durchs helle Gebirg, nach Como zu wandern,
  Oder hinab, wie der Tag wandelt, den offenen See;
Aber reizender mir bist du, geweihete Pforte!
  Heimzugehn, wo bekannt blühende Wege mir sind,
Dort zu besuchen das Land und die schönen Tale des Neckars,
  Und die Wälder, das Grün heiliger Bäume, wo gern
Sich die Eiche gesellt mit stillen Birken und Buchen,
  Und in Bergen ein Ort freundlich gefangen mich nimmt.

5

Dort empfangen sie mich. O Stimme der Stadt, der Mutter!
  O du triffest, du regst Langegelerntes mir auf!
Dennoch sind sie es noch! noch blühet die Sonn und die Freud euch,
  O ihr Liebsten! und fast heller im Auge, wie sonst.
Ja, das Alte noch ists! Es gedeihet und reifet, doch keines,
  Was da lebet und liebt, lässet die Treue zurück.
Aber das Beste, der Fund, der unter des heiligen Friedens
  Bogen lieget, er ist Jungen und Alten gespart.
Törig red ich. Es ist die Freude. Doch morgen und künftig,
  Wenn wir gehen und schaun draußen das lebende Feld
Unter den Blüten des Baums, in den Feiertagen des Frühlings
  Red und hoff ich mit euch vieles, ihr Lieben! davon.
Vieles hab ich gehört vom großen Vater und habe
  Lange geschwiegen von ihm, welcher die wandernde Zeit
Droben in Höhen erfrischt, und waltet über Gebirgen,
  Der gewähret uns bald himmlische Gaben und ruft
Hellern Gesang und schickt viel gute Geister. O säumt nicht,
  Kommt, Erhaltenden ihr! Engel des Jahres! und ihr,

6

Engel des Hauses, kommt! in die Adern alle des Lebens,
  Alle freuend zugleich, teile das Himmlische sich!
Adle! verjünge! damit nichts Menschlichgutes, damit nicht
  Eine Stunde des Tags ohne die Frohen und auch
Solche Freude, wie jetzt, wenn Liebende wieder sich finden,
  Wie es gehört für sie, schicklich geheiliget sei.
Wenn wir segnen das Mahl, wen darf ich nennen, und wenn wir
  Ruhn vom Leben des Tags, saget, wie bring ich den Dank?
Nenn ich den Hohen dabei? Unschickliches liebet ein Gott nicht,
  Ihn zu fassen, ist fast unsere Freude zu klein.
Schweigen müssen wir oft; es fehlen heilige Namen,
  Herzen schlagen und doch bleibet die Rede zurück?
Aber ein Saitenspiel leiht jeder Stunde die Töne,
  Und erfreuet vielleicht Himmlische, welche sich nahn.
Das bereitet und so ist auch beinahe die Sorge
  Schon befriediget, die unter das Freudige kam.
Sorgen, wie diese, muß, gern oder nicht, in der Seele
  Tragen ein Sänger und oft, aber die anderen nicht.

DER ARCHIPELAGUS

Kehren die Kraniche wieder zu dir, und suchen zu deinen
Ufern wieder die Schiffe den Lauf? umatmen erwünschte
Lüfte dir die beruhigte Flut, und sonnet der Delphin,
Aus der Tiefe gelockt, am neuen Lichte den Rücken?
Blüht Ionien? ists die Zeit? denn immer im Frühling,
Wenn den Lebenden sich das Herz erneut und die erste
Liebe den Menschen erwacht und goldner Zeiten Erinnrung,
Komm ich zu dir und grüß in deiner Stille dich, Alter!

Immer, Gewaltiger! lebst du noch und ruhest im Schatten
Deiner Berge, wie sonst; mit Jünglingsarmen umfängst du
Noch dein liebliches Land, und deiner Töchter, o Vater!
Deiner Inseln ist noch, der blühenden, keine verloren.
Kreta steht und Salamis grünt, umdämmert von Lorbeern,
Rings von Strahlen umblüht, erhebt zur Stunde des Aufgangs
Delos ihr begeistertes Haupt, und Tenos und Chios
Haben der purpurnen Früchte genug, von trunkenen Hügeln
Quillt der Cypriertrank, und von Kalauria fallen
Silberne Bäche, wie einst, in die alten Wasser des Vaters.
Alle leben sie noch, die Heroenmütter, die Inseln,
Blühend von Jahr zu Jahr, und wenn zu Zeiten, vom Abgrund
Losgelassen, die Flamme der Nacht, das untre Gewitter,
Eine der holden ergriff, und die Sterbende dir in den Schoß sank,
Göttlicher! du, du dauertest aus, denn über den dunkeln
Tiefen ist manches schon dir auf und untergegangen.

Auch die Himmlischen, sie, die Kräfte der Höhe, die stillen,
Die den heiteren Tag und süßen Schlummer und Ahnung
Fernher bringen über das Haupt der fühlenden Menschen
Aus der Fülle der Macht, auch sie, die alten Gespielen,
Wohnen, wie einst, mit dir, und oft am dämmernden Abend,
Wenn von Asiens Bergen herein das heilige Mondlicht
Kömmt und die Sterne sich in deiner Woge begegnen,
Leuchtest du von himmlischem Glanz, und so, wie sie wandeln,

Wechseln die Wasser dir, es tönt die Weise der Brüder
Droben, ihr Nachtgesang, im liebenden Busen dir wieder.
Wenn die allverklärende dann, die Sonne des Tages,
Sie, des Orients Kind, die Wundertätige, da ist,
Dann die Lebenden all im goldenen Traume beginnen,
Den die Dichtende stets des Morgens ihnen bereitet,
Dir, dem trauernden Gott, dir sendet sie froheren Zauber,
Und ihr eigen freundliches Licht ist selber so schön nicht
Denn das Liebeszeichen, der Kranz, den immer, wie vormals,
Deiner gedenk, doch sie um die graue Locke dir windet.
Und umfängt der Aether dich nicht, und kehren die Wolken,
Deine Boten, von ihm mit dem Göttergeschenke, dem Strahle
Aus der Höhe dir nicht? dann sendest du über das Land sie,
Daß am heißen Gestad die gewittertrunkenen Wälder
Rauschen und wogen mit dir, daß bald, dem wandernden Sohn gleich,
Wenn der Vater ihn ruft, mit den tausend Bächen Mäander
Seinen Irren enteilt und aus der Ebne Kayster
Dir entgegenfrohlockt, und der Erstgeborne, der Alte,
Der zu lange sich barg, dein majestätischer Nil itzt
Hochherschreitend aus fernem Gebirg, wie im Klange der Waffen,
Siegreich kömmt, und die offenen Arme der sehnende reichet.

Dennoch einsam dünkest du dir; in schweigender Nacht hört
Deine Weheklage der Fels, und öfters entflieht dir
Zürnend von Sterblichen weg die geflügelte Woge zum Himmel.
Denn es leben mit dir die edlen Lieblinge nimmer,
Die dich geehrt, die einst mit den schönen Tempeln und Städten
Deine Gestade bekränzt, und immer suchen und missen,
Immer bedürfen ja, wie Heroen den Kranz, die geweihten
Elemente zum Ruhme das Herz der fühlenden Menschen.

Sage, wo ist Athen? ist über den Urnen der Meister
Deine Stadt, die geliebteste dir, an den heiligen Ufern,
Trauernder Gott! dir ganz in Asche zusammengesunken,
Oder ist noch ein Zeichen von ihr, daß etwa der Schiffer,
Wenn er vorüberkommt, sie nenn und ihrer gedenke?
Stiegen dort die Säulen empor und leuchteten dort nicht
Sonst vom Dache der Burg herab die Göttergestalten?
Rauschte dort die Stimme des Volks, die stürmischbewegte,

Aus der Agora nicht her, und eilten aus freudigen Pforten
Dort die Gassen dir nicht zu gesegnetem Hafen herunter?
Siehe! da löste sein Schiff der fernhinsinnende Kaufmann,
Froh, denn es wehet' auch ihm die beflügelnde Luft
und die Götter
Liebten so, wie den Dichter, auch ihn, dieweil er die guten
Gaben der Erd ausglich und Fernes Nahem vereinte.
Fern nach Cypros ziehet er hin und ferne nach Tyros,
Strebt nach Kolchis hinauf und hinab zum alten Aegyptos,
Daß er Purpur und Wein und Korn und Vließe gewinne
Für die eigene Stadt, und öfters über des kühnen
Herkules Säulen hinaus, zu neuen seligen Inseln
Tragen die Hoffnungen ihn und des Schiffes Flügel, indessen
Anders bewegt, am Gestade der Stadt ein einsamer Jüngling
Weilt und die Woge belauscht, und Großes ahndet der Ernste,
Wenn er zu Füßen so des erderschütternden Meisters
Lauschet und sitzt, und nicht umsonst erzog ihn der Meergott.

Denn des Genius Feind, der vielgebietende Perse,
Jahrlang zählt' er sie schon, der Waffen Menge, der Knechte,
Spottend des griechischen Lands und seiner wenigen Inseln,
Und sie deuchten dem Herrscher ein Spiel, und noch, wie
ein Traum, war
Ihm das innige Volk, vom Göttergeiste gerüstet.
Leicht aus spricht er das Wort und schnell, wie der flammende
Bergquell,
Wenn er, furchtbar umher vom gärenden Aetna gegossen,
Städte begräbt in der purpurnen Flut und blühende Gärten,
Bis der brennende Strom im heiligen Meere sich kühlet,
So mit dem Könige nun, versengend, städteverwüstend,
Stürzt von Ekbatana daher sein prächtig Getümmel;
Weh! und Athene, die herrliche, fällt; wohl schauen und ringen
Vom Gebirg, wo das Wild ihr Geschrei hört, fliehende Greise
Nach den Wohnungen dort zurück und den rauchenden
Tempeln;
Aber es weckt der Söhne Gebet die heilige Asche
Nun nicht mehr, im Tal ist der Tod, und die Wolke des Brandes
Schwindet am Himmel dahin, und weiter im Lande zu ernten,
Zieht, vom Frevel erhitzt, mit der Beute der Perse vorüber.

Aber an Salamis Ufern, o Tag an Salamis Ufern!
Harrend des Endes stehn die Athenerinnen, die Jungfraun,

Stehn die Mütter, wiegend im Arm das gerettete Söhnlein,
Aber den Horchenden schallt von Tiefen die Stimme
des Meergotts
Heilweissagend herauf, es schauen die Götter des Himmels
Wägend und richtend herab, denn dort an den bebenden Ufern
Wankt seit Tagesbeginn, wie langsamwandelnd Gewitter,
Dort auf schäumenden Wassern die Schlacht, und es glühet
der Mittag,
Unbemerket im Zorn, schon über dem Haupte den Kämpfern.
Aber die Männer des Volks, die Heroenenkel, sie walten
Helleren Auges jetzt, die Götterlieblinge denken
Des beschiedenen Glücks, es zähmen die Kinder Athenes
Ihren Genius, ihn, den todverachtenden, jetzt nicht.
Denn wie aus rauchendem Blut das Wild der Wüste noch einmal
Sich zuletzt verwandelt erhebt, der edleren Kraft gleich,
Und den Jäger erschröckt, kehrt jetzt im Glanze der Waffen,
Bei der Herrscher Gebot, furchtbargesammelt den Wilden,
Mitten im Untergang, die ermattete Seele noch einmal.
Und entbrannter beginnts; wie Paare ringender Männer,
Fassen die Schiffe sich an, in die Woge taumelt das Steuer,
Unter den Streitern bricht der Boden, und Schiffer
und Schiff sinkt.

Aber in schwindelnden Traum vom Liede des Tages gesungen,
Rollt der König den Blick; irrlächelnd über den Ausgang
Droht er, und fleht, und frohlockt, und sendet, wie Blitze,
die Boten.
Doch er sendet umsonst, es kehret keiner ihm wieder.
Blutige Boten, Erschlagne des Heers, und berstende Schiffe,
Wirft die Rächerin ihm zahllos, die donnernde Woge,
Vor den Thron, wo er sitzt am bebenden Ufer, der Arme,
Schauend die Flucht, und fort in die fliehende Menge gerissen,
Eilt er, ihn treibt der Gott, es treibt sein irrend Geschwader
Über die Fluten der Gott, der spottend sein eitel Geschmeid ihm
Endlich zerschlug und den Schwachen erreicht' in der drohen-
den Rüstung.

Aber liebend zurück zum einsamharrenden Strome
Kommt der Athener Volk und von den Bergen der Heimat
Wogen, freudig gemischt, die glänzenden Scharen herunter
Ins verlassene Tal, ach! gleich der gealterten Mutter,
Wenn nach Jahren das Kind, das verlorengeachtete, wieder

Lebend ihr an die Brüste kehrt, ein erwachsener Jüngling,
Aber im Gram ist ihr die Seele gewelkt und die Freude
Kommt der hoffnungsmüden zu spät und mühsam vernimmt sie,
Was der liebende Sohn in seinem Danke geredet:
So erscheint den Kommenden dort der Boden der Heimat.
Denn es fragen umsonst nach ihren Hainen die Frommen,
Und die Sieger empfängt die freundliche Pforte nicht wieder,
Wie den Wanderer sonst sie empfing, wenn er froh
von den Inseln
Wiederkehrt' und die selige Burg der Mutter Athene
Über sehnendem Haupt ihm fernherglänzend heraufging.
Aber wohl sind ihnen bekannt die verödeten Gassen
Und die trauernden Gärten umher und auf der Agora,
Wo des Portikus Säulen gestürzt und die göttlichen Bilder
Liegen, da reicht in der Seele bewegt, und der Treue sich freuend,
Jetzt das liebende Volk zum Bunde die Hände sich wieder.
Bald auch suchet und sieht den Ort des eigenen Hauses
Unter dem Schutt der Mann; ihm weint am Halse, der trauten
Schlummerstätte gedenk, sein Weib, es fragen die Kindlein
Nach dem Tische, wo sonst in lieblicher Reihe sie saßen,
Von den Vätern gesehn, den lächelnden Göttern des Hauses.
Aber Gezelte bauet das Volk, es schließen die alten
Nachbarn wieder sich an, und nach des Herzens Gewohnheit
Ordnen die luftigen Wohnungen sich umher an den Hügeln.
So indessen wohnen sie nun, wie die Freien, die Alten,
Die, der Stärke gewiß und dem kommenden Tage vertrauend,
Wandernden Vögeln gleich, mit Gesange von Berge
zu Berg einst
Zogen, die Fürsten des Forsts und des weitumirrenden
Stromes.
Doch umfängt noch, wie sonst, die Muttererde, die treue,
Wieder ihr edel Volk, und unter heiligem Himmel
Ruhen sie sanft, wenn milde, wie sonst, die Lüfte der Jugend
Um die Schlafenden wehn, und aus Platanen Ilissus
Ihnen herüberrauscht, und neue Tage verkündend,
Lockend zu neuen Taten, bei Nacht die Woge des Meergotts
Fernher tönt und fröhliche Träume den Lieblingen sendet.
Schon auch sprossen und blühn die Blumen mählich,
die goldnen,
Auf zertretenem Feld, von frommen Händen gewartet,
Grünet der Ölbaum auf, und auf Kolonos Gefilden
Nähren friedlich, wie sonst, die Athenischen Rosse sich wieder.

Aber der Muttererd und dem Gott der Woge zu Ehren
Blühet die Stadt itzt auf, ein herrlich Gebild, dem Gestirn gleich
Sichergegründet, des Genius Werk, denn Fesseln der Liebe
Schafft er gerne sich so, so hält in großen Gestalten,
Die er selbst sich erbaut, der immerrege sich bleibend.
Sieh! und dem Schaffenden dienet der Wald, ihm reicht
mit den andern
Bergen nahe zur Hand der Pentele Marmor und Erze,
Aber lebend, wie er, und froh und herrlich entquillt es
Seinen Händen, und leicht, wie der Sonne, gedeiht das
Geschäft ihm.
Brunnen steigen empor und über die Hügel in reinen
Bahnen gelenkt, ereilt der Quell das glänzende Becken;
Und umher an ihnen erglänzt, gleich festlichen Helden
Am gemeinsamen Kelch, die Reihe der Wohnungen, hoch ragt
Der Prytanen Gemach, es stehn Gymnasien offen,
Göttertempel entstehn, ein heiligkühner Gedanke
Steigt, Unsterblichen nah, das Olympion auf in den Aether
Aus dem seligen Hain; noch manche der himmlischen Hallen!
Mutter Athene, dir auch, dir wuchs dein herrlicher Hügel
Stolzer aus der Trauer empor und blühte noch lange,
Gott der Wogen und dir, und deine Lieblinge sangen
Frohversammelt noch oft am Vorgebirge den Dank dir.

O die Kinder des Glücks, die frommen! wandeln sie fern nun
Bei den Vätern daheim, und der Schicksalstage vergessen,
Drüben am Lethestrom, und bringt kein Sehnen sie wieder?
Sieht mein Auge sie nie? ach! findet über den tausend
Pfaden der grünenden Erd, ihr göttergleichen Gestalten!
Euch das Suchende nie, und vernahm ich darum die Sprache,
Darum die Sage von euch, daß immertrauernd die Seele
Vor der Zeit mir hinab zu euern Schatten entfliehe?
Aber näher zu euch, wo eure Haine noch wachsen,
Wo sein einsames Haupt in Wolken der heilige Berg hüllt,
Zum Parnassos will ich, und wenn im Dunkel der Eiche
Schimmernd, mir Irrenden dort Kastalias Quelle begegnet,
Will ich, mit Tränen gemischt, aus blütenumdufteter Schale
Dort, auf keimendes Grün, das Wasser gießen, damit doch,
O ihr Schlafenden all! ein Totenopfer euch werde.
Dort im schweigenden Tal, an Tempes hangenden Felsen,
Will ich wohnen mit euch, dort oft, ihr herrlichen Namen!
Her euch rufen bei Nacht, und wenn ihr zürnend erscheinet,

Weil der Pflug die Gräber entweiht, mit der Stimme des Herzens
Will ich, mit frommem Gesang euch sühnen, heilige Schatten!
Bis zu leben mit euch, sich ganz die Seele gewöhnet.
Fragen wird der Geweihtere dann euch manches, ihr Toten!
Euch, ihr Lebenden auch, ihr hohen Kräfte des Himmels,
Wenn ihr über dem Schutt mit euren Jahren vorbeigeht,
Ihr in der sicheren Bahn! denn oft ergreifet das Irrsal
Unter den Sternen mir, wie schaurige Lüfte, den Busen,
Daß ich spähe nach Rat, und lang schon reden sie nimmer
Trost den Bedürftigen zu, die prophetischen Haine Dodonas,
Stumm ist der delphische Gott, und einsam liegen und öde
Längst die Pfade, wo einst, von Hoffnungen leise geleitet,
Fragend der Mann zur Stadt des redlichen Sehers heraufstieg.
Aber droben das Licht, es spricht noch heute zu Menschen,
Schöner Deutungen voll und des großen Donnerers Stimme
Ruft es: Denket ihr mein? und die trauernde Woge
des Meergotts
Hallt es wider: Gedenkt ihr nimmer meiner, wie vormals?
Denn es ruhn die Himmlischen gern am fühlenden Herzen;
Immer, wie sonst, geleiten sie noch, die begeisternden Kräfte,
Gerne den strebenden Mann und über Bergen der Heimat
Ruht und waltet und lebt allgegenwärtig der Aether,
Daß ein liebendes Volk in des Vaters Armen gesammelt,
Menschlich freudig, wie sonst, und Ein Geist allen gemein sei.
Aber weh! es wandelt in Nacht, es wohnt, wie im Orkus,
Ohne Göttliches unser Geschlecht. Ans eigene Treiben
Sind sie geschmiedet allein, und sich in der tosenden Werkstatt
Höret jeglicher nur und viel arbeiten die Wilden
Mit gewaltigem Arm, rastlos, doch immer und immer
Unfruchtbar, wie die Furien, bleibt die Mühe der Armen.
Bis, erwacht vom ängstigen Traum, die Seele den Menschen
Aufgeht, jugendlich froh, und der Liebe segnender Othem
Wieder, wie vormals oft, bei Hellas blühenden Kindern,
Wehet in neuer Zeit und über freierer Stirne
Uns der Geist der Natur, der fernherwandelnde, wieder
Stilleweilend der Gott in goldnen Wolken erscheinet.
Ach! und säumest du noch? und jene, die Göttlichgebornen,
Wohnen immer, o Tag! noch als in Tiefen der Erde
Einsam unten, indes ein immerlebender Frühling
Unbesungen über dem Haupt den Schlafenden dämmert?
Aber länger nicht mehr! schon hör ich ferne des Festtags
Chorgesang auf grünem Gebirg und das Echo der Haine,

Wo der Jünglinge Brust sich hebt, wo die Seele des Volks sich
Stillvereint im freieren Lied, zur Ehre des Gottes,
Dem die Höhe gebührt, doch auch die Tale sind heilig;
Denn, wo fröhlich der Strom in wachsender Jugend hinauseilt,
Unter Blumen des Lands, und wo auf sonnigen Ebnen
Edles Korn und der Obstwald reift, da kränzen am Feste
Gerne die Frommen sich auch, und auf dem Hügel der Stadt
glänzt,
Menschlicher Wohnung gleich, die himmlische Halle
der Freude.
Denn voll göttlichen Sinns ist alles Leben geworden,
Und vollendend, wie sonst, erscheinst du wieder den Kindern
Überall, o Natur! und, wie vom Quellengebirg, rinnt
Segen von da und dort in die keimende Seele dem Volke.
Dann, dann, o ihr Freuden Athens! ihr Taten in Sparta!
Köstliche Frühlingszeit im Griechenlande! wenn unser
Herbst kömmt, wenn ihr gereift, ihr Geister alle der Vorwelt!
Wiederkehret und siehe! des Jahrs Vollendung ist nahe!
Dann erhalte das Fest auch euch, vergangene Tage!
Hin nach Hellas schaue das Volk, und weinend und dankend
Sänftige sich in Erinnerungen der stolze Triumphtag!

Aber blühet indes, bis unsre Früchte beginnen,
Blüht, ihr Gärten Ioniens! nur, und die an Athens Schutt
Grünen, ihr Holden! verbergt dem schauenden Tage die Trauer!
Kränzt mit ewigem Laub, ihr Lorbeerwälder! die Hügel
Eurer Toten umher, bei Marathon dort, wo die Knaben
Siegend starben, ach! dort auf Chäroneas Gefilden,
Wo mit den Waffen ins Blut die letzten Athener enteilten,
Fliehend vor dem Tage der Schmach, dort, dort von den Bergen
Klagt ins Schlachttal täglich herab, dort singet von Oetas
Gipfeln das Schicksalslied, ihr wandelnden Wasser, herunter!
Aber du, unsterblich, wenn auch der Griechengesang schon
Dich nicht feiert, wie sonst, aus deinen Wogen, o Meergott!
Töne mir in die Seele noch oft, daß über den Wassern
Furchtlosrege der Geist, dem Schwimmer gleich,
in der Starken
Frischem Glücke sich üb, und die Göttersprache, das Wechseln
Und das Werden versteh, und wenn die reißende Zeit mir
Zu gewaltig das Haupt ergreift und die Not und das Irrsal
Unter Sterblichen mir mein sterblich Leben erschüttert,
Laß der Stille mich dann in deiner Tiefe gedenken.

DIE ENTSCHLAFENEN

Einen vergänglichen Tag lebt ich und wuchs mit den Meinen,
Eins ums andere schon schläft mir und fliehet dahin.
Doch ihr Schlafenden wacht am Herzen mir, in verwandter
Seele ruhet von euch mir das entfliehende Bild.
Und lebendiger lebt ihr dort, wo des göttlichen Geistes
Freude die Alternden all, alle die Toten verjüngt.

AN LANDAUER

Sei froh! Du hast das gute Los erkoren,
Denn tief und treu ward eine Seele dir;
Der Freunde Freund zu sein, bist du geboren,
Dies zeugen dir am Feste wir.

Und selig, wer im eignen Hause Frieden,
Wie du, und Lieb und Fülle sieht und Ruh;
Manch Leben ist, wie Licht und Nacht, verschieden,
In goldner Mitte wohnest du.

Dir glänzt die Sonn in wohlgebauter Halle,
Am Berge reift die Sonne dir den Wein,
Und immer glücklich führt die Güter alle
Der kluge Gott dir aus und ein.

Und Kind gedeiht, und Mutter um den Gatten,
Und wie den Wald die goldne Wolke krönt,
So seid auch ihr um ihn, geliebte Schatten!
Ihr Seligen, an ihn gewöhnt!

O seid mit ihm! denn Wolk und Winde ziehen
Unruhig öfters über Land und Haus,
Doch ruht das Herz bei allen Lebensmühen
Im heilgen Angedenken aus.

Und sieh! aus Freude sagen wir von Sorgen;
Wie dunkler Wein, erfreut auch ernster Sang;
Das Fest verhallt, und jedes gehet morgen
Auf schmaler Erde seinen Gang.

LEBENSALTER

Ihr Städte des Euphrats!
Ihr Gassen von Palmyra!
Ihr Säulenwälder in der Ebne der Wüste,
Was seid ihr?
Euch hat die Kronen,
Dieweil ihr über die Grenze
Der Othmenden seid gegangen,
Von Himmlischen der Rauchdampf und
Hinweg das Feuer genommen;
Jetzt aber sitz ich unter Wolken (deren
Ein jedes eine Ruh hat eigen) unter
Wohleingerichteten Eichen, auf
Der Heide des Rehs, und fremd
Erscheinen und gestorben mir
Der Seligen Geister.

DER WINKEL VON HARDT

Hinunter sinket der Wald,
Und Knospen ähnlich, hängen
Einwärts die Blätter, denen
Blüht unten auf ein Grund,
Nicht gar unmündig.
Da nämlich ist Ulrich
Gegangen; oft sinnt, über den Fußtritt,
Ein groß Schicksal
Bereit, an übrigem Orte.

HÄLFTE DES LEBENS

Mit gelben Birnen hänget
Und voll mit wilden Rosen
Das Land in den See,
Ihr holden Schwäne,
Und trunken von Küssen
Tunkt ihr das Haupt
Ins heilignüchterne Wasser.

Weh mir, wo nehm ich, wenn
Es Winter ist, die Blumen, und wo
Den Sonnenschein,
Und Schatten der Erde?
Die Mauern stehn
Sprachlos und kalt, im Winde
Klirren die Fahnen.

WIE WENN AM FEIERTAGE ...

Wie wenn am Feiertage, das Feld zu sehn,
Ein Landmann geht, des Morgens, wenn
Aus heißer Nacht die kühlenden Blitze fielen
Die ganze Zeit und fern noch tönet der Donner,
In sein Gestade wieder tritt der Strom,
Und frisch der Boden grünt
Und von des Himmels erfreuendem Regen
Der Weinstock trauft und glänzend
In stiller Sonne stehn die Bäume des Haines:

So stehn sie unter günstiger Witterung,
Sie, die kein Meister allein, die wunderbar
Allgegenwärtig erzieht in leichtem Umfangen
Die mächtige, die göttlichschöne Natur.
Drum wenn zu schlafen sie scheint zu Zeiten des Jahrs
Am Himmel oder unter den Pflanzen oder den Völkern,
So trauert der Dichter Angesicht auch,
Sie scheinen allein zu sein, doch ahnen sie immer.
Denn ahnend ruhet sie selbst auch.

Jetzt aber tagts! Ich harrt und sah es kommen,
Und was ich sah, das Heilige sei mein Wort.
Denn sie, sie selbst, die älter denn die Zeiten
Und über die Götter des Abends und Orients ist,
Die Natur ist jetzt mit Waffenklang erwacht,
Und hoch vom Aether bis zum Abgrund nieder
Nach festem Gesetze, wie einst, aus heiligem Chaos gezeugt,
Fühlt neu die Begeisterung sich,
Die Allerschaffende, wieder.

Und wie im Aug ein Feuer dem Manne glänzt,
Wenn hohes er entwarf, so ist
Von neuem an den Zeichen, den Taten der Welt jetzt
Ein Feuer angezündet in Seelen der Dichter.
Und was zuvor geschah, doch kaum gefühlt,
Ist offenbar erst jetzt,
Und die uns lächelnd den Acker gebauet,
In Knechtsgestalt, sie sind erkannt,
Die Allebendigen, die Kräfte der Götter.

Erfrägst du sie? im Liede wehet ihr Geist,
Wenn es der Sonne des Tags und warmer Erd
Entwächst, und Wettern, die in der Luft, und andern,
Die vorbereiteter in Tiefen der Zeit,
Und deutungsvoller, und vernehmlicher uns
Hinwandeln zwischen Himmel und Erd und unter den
Des gemeinsamen Geistes Gedanken sind, [Völkern.
Still endend, in der Seele des Dichters,

Daß schnellbetroffen sie, Unendlichem
Bekannt seit langer Zeit, von Erinnerung
Erbebt, und ihr, von heilgem Strahl entzündet,
Die Frucht in Liebe geboren, der Götter und Menschen Werk,
Der Gesang, damit er beiden zeuge, glückt.
So fiel, wie Dichter sagen, da sie sichtbar
Den Gott zu sehen begehrte, sein Blitz auf Semeles Haus
Und die göttlichgetroffne gebar,
Die Frucht des Gewitters, den heiligen Bacchus.

Und daher trinken himmlisches Feuer jetzt
Die Erdensöhne ohne Gefahr.
Doch uns gebührt es, unter Gottes Gewittern,
Ihr Dichter! mit entblößtem Haupte zu stehen,
Des Vaters Strahl, ihn selbst, mit eigner Hand
Zu fassen und dem Volk ins Lied
Gehüllt die himmlische Gabe zu reichen.
Denn sind nur reinen Herzens,
Wie Kinder, wir, sind schuldlos unsere Hände,

Des Vaters Strahl, der reine, versengt es nicht
Und tieferschüttert, die Leiden des Stärkeren
Mitleidend, bleibt in den hochherstürzenden Stürmen

Des Gottes, wenn er nahet, das Herz doch fest.
Doch weh mir! wenn von

Weh mir!

Und sag ich gleich,

Ich sei genaht, die Himmlischen zu schauen,
Sie selbst, sie werfen mich tief unter die Lebenden,
Den falschen Priester, ins Dunkel, daß ich
Das warnende Lied den Gelehrigen singe.
Dort

DER MUTTER ERDE

Gesang der Brüder Ottmar Hom Tello

Ottmar

Statt offner Gemeine sing ich Gesang.
So spielt, von erfreulichen Händen
Wie zum Versuche berühret, eine Saite
Von Anfang. Aber freudig ernster neigt
Bald über die Harfe
Der Meister das Haupt und die Töne
Bereiten sich ihm, und werden geflügelt,
So viele sie sind, und zusammen tönt es unter dem Schlage
Des Weckenden und voll, wie aus Meeren, schwingt
Unendlich sich in die Lüfte die Wolke des Wohllauts.

Doch wird ein anderes noch
Wie der Harfe Klang
Der Gesang sein,
Der Chor des Volks.
Denn wenn er schon der Zeichen genug
Und Fluten in seiner Macht und Wetterflammen
Wie Gedanken hat, der heilige Vater,
unaussprechlich wär er wohl
Und nirgend fänd er wahr sich unter den Lebenden wieder,
Wenn zum Gesange nicht hätt ein Herz die Gemeinde.

Noch aber

Doch wie der Fels erst ward,
Und geschmiedet wurden in schattiger Werkstatt,
die ehernen Feste der Erde,
Noch ehe Bäche rauschten von den Bergen
Und Hain' und Städte blüheten an den Strömen,
So hat er donnernd schon
Geschaffen ein reines Gesetz,
Und reine Laute gegründet.

Hom

Indessen schon', o Mächtiger, des,
Der einsam singt, und gib uns Lieder genug,
Bis ausgesprochen ist, wie wir
Es meinen, unserer Seele Geheimnis.
Denn öfters hört ich
Des alten Priesters Gesänge

und so
Zu danken bereite die Seele mir auch.

Doch wandeln im Waffensaale
Mit gebundener Hand in müßigen Zeiten
Die Männer und schauen die Rüstungen an,
Voll Ernstes stehen sie und einer erzählt,
Wie die Väter sonst den Bogen gespannet
Fernhin des Zieles gewiß,
Und alle glauben es ihm,
Doch keiner darf es versuchen
Wie ein Gott   sinken die Arme
Der Menschen,
Auch ziemt ein Feiergewand an jedem Tage sich nicht.

Die Tempelsäulen stehn
Verlassen in Tagen der Not,
Wohl tönet des Nordsturms Echo
tief in den Hallen,
Und der Regen machet sie rein,
Und Moos wächst und es kehren die Schwalben,
In Tagen des Frühlings, namlos aber ist
In ihnen der Gott, und die Schale des Danks
Und Opfergefäß und alle Heiligtümer
Begraben dem Feind in verschwiegener Erde.

Tello

Wer will auch danken, eh er empfängt,
Und Antwort geben, eh er gehört hat?
Ni   indes ein Höherer spricht,
Zu fallen in die tönende Rede.

Viel hat er zu sagen und anders Recht,
Und Einer ist, der endet in Stunden nicht,
Und die Zeiten des Schaffenden sind,
Wie Gebirg,
Das hochaufwogend von Meer zu Meer
Hinziehet über die Erde,

Es sagen der Wanderer viele davon
Und das Wild irrt in den Klüften,
Und die Horde schweifet über die Höhen,
In heiligem Schatten aber,
Am grünen Abhang wohnet
Der Hirt und schauet die Gipfel.
So

AM QUELL DER DONAU

. . .

Denn, wie wenn hoch von der herrlichgestimmten, der
Im heiligen Saal, [Orgel
Reinquillend aus den unerschöpflichen Röhren,
Das Vorspiel, weckend, des Morgens beginnt
Und weitumher, von Halle zu Halle,
Der erfrischende nun, der melodische Strom rinnt,
Bis in den kalten Schatten das Haus
Von Begeisterungen erfüllt,
Nun aber erwacht ist, nun, aufsteigend ihr,
Der Sonne des Fests, antwortet
Der Chor der Gemeinde: so kam
Das Wort aus Osten zu uns,
Und an Parnassos Felsen und am Kithäron hör ich,
O Asia, das Echo von dir und es bricht sich
Am Kapitol und jählings herab von den Alpen

Kommt eine Fremdlingin sie
Zu uns, die Erweckerin,
Die menschenbildende Stimme.
Da faßt' ein Staunen die Seele
Der Getroffenen all und Nacht

War über den Augen der Besten.
Denn vieles vermag
Und die Flut und den Fels und Feuersgewalt auch
Bezwinget mit Kunst der Mensch
Und achtet, der Hochgesinnte, das Schwert
Nicht, aber es steht
Vor Göttlichem der Starke niedergeschlagen,

Und gleichet dem Wild fast; das,
Von süßer Jugend getrieben,
Schweift rastlos über die Berg
Und fühlet die eigene Kraft
In der Mittagshitze. Wenn aber
Herabgeführt, in spielenden Lüften,
Das heilige Licht, und mit dem kühleren Strahl
Der freudige Geist kommt zu
Der seligen Erde, dann erliegt es, ungewohnt
Des Schönsten, und schlummert wachenden Schlaf,
Noch ehe Gestirn naht. So auch wir. Denn manchen erlosch
Das Augenlicht schon vor den göttlichgesendeten Gaben,

Den freundlichen, die aus Ionien uns,
Auch aus Arabia kamen, und froh ward
Der teuern Lehr und auch der holden Gesänge
Die Seele jener Entschlafenen nie,
Doch einige wachten. Und sie wandelten oft
Zufrieden unter euch, ihr Bürger schöner Städte,
Beim Kampfspiel, wo sonst unsichtbar der Heros
Geheim bei Dichtern saß, die Ringer schaut' und lächelnd
Pries, der gepriesene, die müßigernsten Kinder.
Ein unaufhörlich Lieben wars und ists.
Und wohlgeschieden, aber darum denken
Wir aneinander doch, ihr Fröhlichen am Isthmos,
Und am Cephiß und am Taygetos,
Auch eurer denken wir, ihr Tale des Kaukasos,
So alt ihr seid, ihr Paradiese dort,
Und deiner Patriarchen und deiner Propheten,

O Asia, deiner Starken, o Mutter!
Die furchtlos vor den Zeichen der Welt,
Und den Himmel auf Schultern und alles Schicksal,
Taglang auf Bergen gewurzelt,

Zuerst es verstanden,
Allein zu reden
Zu Gott. Die ruhn nun. Aber wenn ihr,
Und dies ist zu sagen,
Ihr Alten all, nicht sagtet, woher
Wir nennen dich: heiliggenötiget, nennen,
Natur! dich wir, und neu, wie dem Bad entsteigt
Dir alles Göttlichgeborne.

Zwar gehn wir fast, wie die Waisen;
Wohl ists, wie sonst, nur jene Pflege nicht wieder;
Doch Jünglinge, der Kindheit gedenk,
Im Hause sind auch diese nicht fremde.
Sie leben dreifach, eben wie auch
Die ersten Söhne des Himmels.
Und nicht umsonst ward uns
In die Seele die Treue gegeben.
Nicht uns, auch Eures bewahrt sie,
Und bei den Heiligtümern, den Waffen des Worts,
Die scheidend ihr den Ungeschickteren uns,
Ihr Schicksalssöhne, zurückgelassen,

Ihr guten Geister, da seid ihr auch,
Oftmals, wenn einen dann die heilige Wolk umschwebt,
Da staunen wir und wissens nicht zu deuten.
Ihr aber würzt mit Nektar uns den Othem
Und dann frohlocken wir oft oder es befällt uns
Ein Sinnen, wenn ihr aber einen zu sehr liebt,
Er ruht nicht, bis er euer einer geworden.
Darum, ihr Gütigen! umgebet mich leicht,
Damit ich bleiben möge, denn noch ist manches zu singen,
Jetzt aber endiget, seligweinend,
Wie eine Sage der Liebe,
Mir der Gesang, und so auch ist er
Mir, mit Erröten, Erblassen,
Von Anfang her gegangen. Doch Alles geht so.

DIE WANDERUNG

Glückselig Suevien, meine Mutter,
Auch du, der glänzenderen, der Schwester

Lombarda drüben gleich,
Von hundert Bächen durchflossen!
Und Bäume genug, weißblühend und rötlich,
Und dunklere, wild, tiefgrünenden Laubs voll,
Und Alpengebirg der Schweiz auch überschattet
Benachbartes dich; denn nah dem Herde des Hauses
Wohnst du, und hörst, wie drinnen
Aus silbernen Opferschalen
Der Quell rauscht, ausgeschüttet
Von reinen Händen, wenn berührt

Von warmen Strahlen
Kristallenes Eis und umgestürzt
Vom leichtanregenden Lichte
Der schneeige Gipfel übergießt die Erde
Mit reinestem Wasser. Darum ist
Dir angeboren die Treue. Schwer verläßt,
Was nahe dem Ursprung wohnet, den Ort.
Und deine Kinder, die Städte,
Am weithindämmernden See,
An Neckars Weiden, am Rheine,
Sie alle meinen, es wäre
Sonst nirgend besser zu wohnen.

Ich aber will dem Kaukasos zu!
Denn sagen hört ich
Noch heut in den Lüften:
Frei sei'n, wie Schwalben, die Dichter.
Auch hat mir ohnedies
In jüngeren Tagen Eines vertraut,
Es seien vor alter Zeit
Die Eltern einst, das deutsche Geschlecht,
Still fortgezogen von Wellen der Donau,
Am Sommertage, da diese
Sich Schatten suchten, zusammen
Mit Kindern der Sonn
Am schwarzen Meere gekommen;
Und nicht umsonst sei dies
Das gastfreundliche genennet.

Denn, als sie erst sich angesehen,
Da nahten die Anderen erst; dann satzten auch

Die Unseren sich neugierig unter den Ölbaum.
Doch als sich ihre Gewande berührt,
Und keiner vernehmen konnte
Die eigene Rede des andern, wäre wohl
Entstanden ein Zwist, wenn nicht aus Zweigen herunter
Gekommen wäre die Kühlung,
Die Lächeln über das Angesicht
Der Streitenden öfters breitet, und eine Weile
Sahn still sie auf, dann reichten sie sich
Die Hände liebend einander. Und bald

Vertauschten sie Waffen und all
Die lieben Güter des Hauses,
Vertauschten das Wort auch und es wünschten
Die freundlichen Väter umsonst nichts
Beim Hochzeitjubel den Kindern.
Denn aus den heiligvermählten
Wuchs schöner, denn Alles,
Was vor und nach
Von Menschen sich nannt, ein Geschlecht auf. Wo,
Wo aber wohnt ihr, liebe Verwandten,
Daß wir das Bündnis wiederbegehn
Und der teuern Ahnen gedenken?

Dort an den Ufern, unter den Bäumen
Ionias, in Ebenen des Kaysters,
Wo Kraniche, des Aethers froh,
Umschlossen sind von fernhindämmernden Bergen,
Dort wart auch ihr, ihr Schönsten! oder pflegtet
Der Inseln, die mit Wein bekränzt,
Voll tönten von Gesang; noch andere wohnten
Am Tayget, am vielgepriesnen Hymettos,
Die blühten zuletzt; doch von
Parnassos Quell bis zu des Tmolos
Goldglänzenden Bächen erklang
Ein ewiges Lied; so rauschten
Damals die Wälder und all
Die Saitenspiele zusamt
Von himmlischer Milde gerühret.

O Land des Homer!
Am purpurnen Kirschbaum oder wenn

Von dir gesandt im Weinberg mir
Die jungen Pfirsiche grünen,
Und die Schwalbe fernher kommt und vieles erzählend
An meinen Wänden ihr Haus baut, in
Den Tagen des Mais, auch unter den Sternen
Gedenk ich, o Ionia, dein! doch Menschen
Ist Gegenwärtiges lieb. Drum bin ich
Gekommen, euch, ihr Inseln, zu sehn, und euch,
Ihr Mündungen der Ströme, o ihr Hallen der Thetis,
Ihr Wälder, euch, und euch, ihr Wolken des Ida!

Doch nicht zu bleiben gedenk ich.
Unfreundlich ist und schwer zu gewinnen
Die Verschlossene, der ich entkommen, die Mutter.
Von ihren Söhnen einer, der Rhein,
Mit Gewalt wollt er ans Herz ihr stürzen und schwand
Der Zurückgestoßene, niemand weiß, wohin, in die Ferne.
Doch so nicht wünscht ich gegangen zu sein,
Von ihr, und nur, euch einzuladen,
Bin ich zu euch, ihr Grazien Griechenlands,
Ihr Himmelstöchter, gegangen,
Daß, wenn die Reise zu weit nicht ist,
Zu uns ihr kommet, ihr Holden!

Wenn milder atmen die Lüfte,
Und liebende Pfeile der Morgen
Uns Allzugedultigen schickt,
Und leichte Gewölke blühn
Uns über den schüchternen Augen,
Dann werden wir sagen, wie kommt
Ihr, Charitinnen, zu Wilden?
Die Dienerinnen des Himmels
Sind aber wunderbar,
Wie alles Göttlichgeborne.
Zum Traume wirds ihm, will es Einer
Beschleichen und straft den, der
Ihm gleichen will mit Gewalt;
Oft überraschet es einen,
Der eben kaum es gedacht hat.

DER RHEIN

An Isaak von Sinclair

Im dunkeln Efeu saß ich, an der Pforte
Des Waldes, eben, da der goldene Mittag,
Den Quell besuchend, herunterkam
Von Treppen des Alpengebirgs,
Das mir die göttlichgebaute,
Die Burg der Himmlischen heißt
Nach alter Meinung, wo aber
Geheim noch manches entschieden
Zu Menschen gelanget; von da
Vernahm ich ohne Vermuten
Ein Schicksal, denn noch kaum
War mir im warmen Schatten
Sich manches beredend, die Seele
Italia zu geschweift
Und fernhin an die Küsten Moreas.

Jetzt aber, drin im Gebirg,
Tief unter den silbernen Gipfeln
Und unter fröhlichem Grün,
Wo die Wälder schauernd zu ihm,
Und der Felsen Häupter übereinander
Hinabschaun, taglang, dort
Im kältesten Abgrund hört
Ich um Erlösung jammern
Den Jüngling, es hörten ihn, wie er tobt',
Und die Mutter Erd anklagt',
Und den Donnerer, der ihn gezeuget,
Erbarmend die Eltern, doch
Die Sterblichen flohn von dem Ort,
Denn furchtbar war, da lichtlos er
In den Fesseln sich wälzte,
Das Rasen des Halbgotts.

Die Stimme wars des edelsten der Ströme,
Des freigeborenen Rheins,
Und anderes hoffte der, als droben von den Brüdern,
Dem Tessin und dem Rhodanus,
Er schied und wandern wollt, und ungeduldig ihn
Nach Asia trieb die königliche Seele.

Doch unverständig ist
Das Wünschen vor dem Schicksal.
Die Blindesten aber
Sind Göttersöhne. Denn es kennet der Mensch
Sein Haus und dem Tier ward, wo
Es bauen solle, doch jenen ist
Der Fehl, daß sie nicht wissen wohin
In die unerfahrne Seele gegeben.

Ein Rätsel ist Reinentsprungenes. Auch
Der Gesang kaum darf es enthüllen. Denn
Wie du anfingst, wirst du bleiben,
So viel auch wirket die Not,
Und die Zucht, das meiste nämlich
Vermag die Geburt,
Und der Lichtstrahl, der
Dem Neugebornen begegnet.
Wo aber ist einer,
Um frei zu bleiben
Sein Leben lang, und des Herzens Wunsch
Allein zu erfüllen, so
Aus günstigen Höhn, wie der Rhein,
Und so aus heiligem Schoße
Glücklich geboren, wie jener?

Drum ist ein Jauchzen sein Wort.
Nicht liebt er, wie andere Kinder,
In Wickelbanden zu weinen;
Denn wo die Ufer zuerst
An die Seit ihm schleichen, die krummen,
Und durstig umwindend ihn,
Den Unbedachten, zu ziehn
Und wohl zu behüten begehren
Im eigenen Zahne, lachend
Zerreißt er die Schlangen und stürzt
Mit der Beut und wenn in der Eil
Ein Größerer ihn nicht zähmt,
Ihn wachsen läßt, wie der Blitz, muß er
Die Erde spalten, und wie Bezauberte fliehn
Die Wälder ihm nach und zusammensinkend die Berge.

Ein Gott will aber sparen den Söhnen
Das eilende Leben und lächelt,
Wenn unenthaltsam, aber gehemmt
Von heiligen Alpen, ihm
In der Tiefe, wie jener, zürnen die Ströme.
In solcher Esse wird dann
Auch alles Lautre geschmiedet,
Und schön ists, wie er drauf,
Nachdem er die Berge verlassen,
Stillwandelnd sich im deutschen Lande
Begnüget und das Sehnen stillt
Im guten Geschäfte, wenn er das Land baut,
Der Vater Rhein, und liebe Kinder nährt
In Städten, die er gegründet.

Doch nimmer, nimmer vergißt ers.
Denn eher muß die Wohnung vergehn,
Und die Satzung und zum Unbild werden
Der Tag der Menschen, ehe vergessen
Ein solcher dürfte den Ursprung
Und die reine Stimme der Jugend.
Wer war es, der zuerst
Die Liebesbande verderbt
Und Stricke von ihnen gemacht hat?
Dann haben des eigenen Rechts
Und gewiß des himmlischen Feuers
Gespottet die Trotzigen, dann erst
Die sterblichen Pfade verachtend
Verwegnes erwählt
Und den Göttern gleich zu werden getrachtet.

Es haben aber an eigner
Unsterblichkeit die Götter genug, und bedürfen
Die Himmlischen eines Dings,
So sinds Heroen und Menschen
Und Sterbliche sonst. Denn weil
Die Seligsten nichts fühlen von selbst,
Muß wohl, wenn solches zu sagen
Erlaubt ist, in der Götter Namen
Teilnehmend fühlen ein Andrer,
Den brauchen sie; jedoch ihr Gericht

Ist, daß sein eigenes Haus
Zerbreche der und das Liebste
Wie den Feind schelt und sich Vater und Kind
Begrabe unter den Trümmern,
Wenn einer, wie sie, sein will und nicht
Ungleiches dulden, der Schwärmer.

Drum wohl ihm, welcher fand
Ein wohlbeschiedenes Schicksal,
Wo noch der Wanderungen
Und süß der Leiden Erinnerung
Aufrauscht am sichern Gestade,
Daß da und dorthin gern
Er sehn mag bis an die Grenzen,
Die bei der Geburt ihm Gott
Zum Aufenthalte gezeichnet.
Dann ruht er, seligbescheiden,
Denn alles, was er gewollt,
Das Himmlische, von selber umfängt
Es unbezwungen, lächelnd
Jetzt, da er ruhet, den Kühnen.

Halbgötter denk ich jetzt
Und kennen muß ich die Teuern,
Weil oft ihr Leben so
Die sehnende Brust mir beweget.
Wem aber, wie, Rousseau, dir,
Unüberwindlich die Seele,
Die starkausdauernde, ward,
Und sicherer Sinn
Und süße Gabe zu hören,
Zu reden so, daß er aus heiliger Fülle
Wie der Weingott, törig göttlich
Und gesetzlos sie, die Sprache der Reinesten, gibt
Verständlich den Guten, aber mit Recht
Die Achtungslosen mit Blindheit schlägt,
Die entweihenden Knechte, wie nenn ich den Fremden?

Die Söhne der Erde sind, wie die Mutter,
Alliebend, so empfangen sie auch
Mühlos, die Glücklichen, Alles.

Drum überraschet es auch
Und schröckt den sterblichen Mann,
Wenn er den Himmel, den
Er mit den liebenden Armen
Sich auf die Schultern gehäuft,
Und die Last der Freude bedenket;
Dann scheint ihm oft das Beste,
Fast ganz vergessen da,
Wo der Strahl nicht brennt,
Im Schatten des Walds
Am Bielersee in frischer Grüne zu sein,
Und sorglosarm an Tönen,
Anfängern gleich, bei Nachtigallen zu lernen.

Und herrlich ists, aus heiligem Schlafe dann
Erstehen und, aus Waldes Kühle
Erwachend, abends nun
Dem milderen Licht entgegenzugehn,
Wenn, der die Berge gebaut
Und den Pfad der Ströme gezeichnet,
Nachdem er lächelnd auch
Der Menschen geschäftiges Leben,
Das othemarme, wie Segel
Mit seinen Lüften gelenkt hat,
Auch ruht und zu der Schülerin jetzt,
Der Bildner, Gutes mehr
Denn Böses findend,
Zur heutigen Erde der Tag sich neiget. –

Dann feiern das Brautfest Menschen und Götter,
Es feiern die Lebenden all,
Und ausgeglichen
Ist eine Weile das Schicksal.
Und die Flüchtlinge suchen die Herberg,
Und süßen Schlummer die Tapfern,
Die Liebenden aber
Sind, was sie waren, sie sind
Zu Hause, wo die Blume sich freuet
Unschädlicher Glut und die finsteren Bäume
Der Geist umsäuselt, aber die Unversöhnten
Sind umgewandelt und eilen

Die Hände sich ehe zu reichen,
Bevor das freundliche Licht
Hinuntergeht und die Nacht kommt.

Doch einigen eilt
Dies schnell vorüber, andere
Behalten es länger.
Die ewigen Götter sind
Voll Lebens allzeit; bis in den Tod
Kann aber ein Mensch auch
Im Gedächtnis doch das Beste behalten,
Und dann erlebt er das Höchste.
Nur hat ein jeder sein Maß.
Denn schwer ist zu tragen
Das Unglück, aber schwerer das Glück.
Ein Weiser aber vermocht es
Vom Mittag bis in die Mitternacht,
Und bis der Morgen erglänzte,
Beim Gastmahl helle zu bleiben.

Dir mag auf heißem Pfade unter Tannen oder
Im Dunkel des Eichwalds gehüllt
In Stahl, mein Sinclair! Gott erscheinen oder
In Wolken, du kennst ihn, da du kennest, jugendlich,
Des Guten Kraft, und nimmer ist dir
Verborgen das Lächeln des Herrschers
Bei Tage, wenn
Es fieberhaft und angekettet das
Lebendige scheinet oder auch
Bei Nacht, wenn alles gemischt
Ist ordnungslos und wiederkehrt
Uralte Verwirrung.

GERMANIEN

Nicht sie, die Seligen, die erschienen sind,
Die Götterbilder in dem alten Lande,
Sie darf ich ja nicht rufen mehr, wenn aber,
Ihr heimatlichen Wasser! jetzt mit euch
Des Herzens Liebe klagt, was will es anders,
Das Heiligtrauernde? Denn voll Erwartung liegt

Das Land und als in heißen Tagen
Herabgesenkt, umschattet heut,
Ihr Sehnenden! uns ahnungsvoll ein Himmel.
Voll ist er von Verheißungen und scheint
Mir drohend auch, doch will ich bei ihm bleiben,
Und rückwärts soll die Seele mir nicht fliehn
Zu euch, Vergangene! die zu lieb mir sind.
Denn euer schönes Angesicht zu sehn,
Als wärs, wie sonst, ich fürcht es, tödlich ists,
Und kaum erlaubt, Gestorbene zu wecken.

Entflohene Götter! auch ihr, ihr gegenwärtigen, damals
Wahrhaftiger, ihr hattet eure Zeiten!
Nichts leugnen will ich hier und nichts erbitten.
Denn wenn es aus ist, und der Tag erloschen,
Wohl triffts den Priester erst, doch liebend folgt
Der Tempel und das Bild ihm auch und seine Sitte
Zum dunkeln Land und keines mag noch scheinen.
Nur als von Grabesflammen, ziehet dann
Ein goldner Rauch, die Sage, drob hinüber,
Und dämmert jetzt uns Zweifelnden um das Haupt,
Und keiner weiß, wie ihm geschieht. Er fühlt
Die Schatten derer, so gewesen sind,
Die Alten, so die Erde neubesuchen.
Denn die da kommen sollen, drängen uns,
Und länger säumt von Göttermenschen
Die heilige Schar nicht mehr im blauen Himmel.

Schon grünet ja, im Vorspiel rauherer Zeit
Für sie erzogen, das Feld, bereitet ist die Gabe
Zum Opfermahl und Tal und Ströme sind
Weitoffen um prophetische Berge,
Daß schauen mag bis in den Orient
Der Mann und ihn von dort der Wandlungen viele bewegen.
Vom Aether aber fällt
Das treue Bild und Göttersprüche regnen
Unzählbare von ihm, und es tönt im innersten Haine.
Und der Adler, der vom Indus kömmt,
Und über des Parnassos
Beschneite Gipfel fliegt, hoch über den Opferhügeln
Italias, und frohe Beute sucht
Dem Vater, nicht wie sonst, geübter im Fluge

Der Alte, jauchzend überschwingt er
Zuletzt die Alpen und sieht die vielgearteten Länder.

Die Priesterin, die stillste Tochter Gottes,
Sie, die zu gern in tiefer Einfalt schweigt,
Sie suchet er, die offnen Auges schaute,
Als wüßte sie es nicht, jüngst, da ein Sturm
Toddrohend über ihrem Haupt ertönte;
Es ahnete das Kind ein Besseres,
Und endlich ward ein Staunen weit im Himmel,
Weil Eines groß an Glauben, wie sie selbst,
Die segnende, die Macht der Höhe sei;
Drum sandten sie den Boten, der, sie schnell erkennend,
Denkt lächelnd so: Dich, unzerbrechliche, muß
Ein ander Wort erprüfen und ruft es laut,
Der Jugendliche, nach Germania schauend:
„Du bist es, auserwählt,
Alliebend und ein schweres Glück
Bist du zu tragen stark geworden,

Seit damals, da im Walde versteckt und blühendem Mohn
Voll süßen Schlummers, trunkene, meiner du
Nicht achtetest, lang, ehe noch auch geringere fühlten
Der Jungfrau Stolz und staunten, wes du wärst und woher,
Doch du es selbst nicht wußtest. Ich mißkannte dich nicht,
Und heimlich, da du träumtest, ließ ich
Am Mittag scheidend dir ein Freundeszeichen,
Die Blume des Mundes zurück und du redetest einsam.
Doch Fülle der goldenen Worte sandtest du auch,
Glückselige! mit den Strömen und sie quillen unerschöpflich
In die Gegenden all. Denn fast, wie der heiligen,
Die Mutter ist von allem,
Die Verborgene sonst genannt von Menschen,
So ist von Lieben und Leiden
Und voll von Ahnungen dir
Und voll von Frieden der Busen.

O trinke Morgenlüfte,
Bis daß du offen bist,
Und nenne, was vor Augen dir ist,
Nicht länger darf Geheimnis mehr
Das Ungesprochene bleiben,

Nachdem es lange verhüllt ist;
Denn Sterblichen geziemet die Scham,
Und so zu reden die meiste Zeit,
Ist weise auch, von Göttern.
Wo aber überflüssiger, denn lautere Quellen,
Das Gold und ernst geworden ist der Zorn an dem Himmel,
Muß zwischen Tag und Nacht
Einsmals ein Wahres erscheinen.
Dreifach umschreibe du es,
Doch ungesprochen auch, wie es da ist,
Unschuldige, muß es bleiben.

O nenne, Tochter du der heiligen Erd,
Einmal die Mutter. Es rauschen die Wasser am Fels
Und Wetter im Wald und bei dem Namen derselben
Tönt auf aus alter Zeit Vergangengöttliches wieder.
Wie anders ists! und rechthin glänzt und spricht
Zukünftiges auch erfreulich aus den Fernen.
Doch in der Mitte der Zeit
Lebt ruhig mit geweihter
Jungfräulicher Erde der Aether
Und gerne, zur Erinnerung, sind,
Die unbedürftigen, sie
Gastfreundlich bei den unbedürftgen,
Bei deinen Feiertagen,
Germania, wo du Priesterin bist
Und wehrlos Rat gibst rings
Den Königen und den Völkern."

VERSÖHNENDER, DER DU NIMMERGEGLAUBT ...

Erste Fassung

Versöhnender, der du nimmergeglaubt
Nun da bist,   Freundesgestalt mir
Annimmst, Unsterblicher, aber wohl
Erkenn ich   das Hohe,
Das mir die Knie beugt,
Und fast wie ein Blinder muß ich
Dich, Himmlischer, fragen, wozu du mir,
Woher du seiest, seliger Friede!
Dies Eine weiß ich, Sterbliches bist du nichts,

Denn manches mag ein Weiser oder
Der treuanblickenden Freunde einer erhellen, wenn aber
Ein Gott erscheint, auf Himmel und Erd und Meer
Kömmt allerneuende Klarheit.

Einst freueten wir uns auch,
Zur Morgenstunde, wo stille die Werkstatt war
Am Feiertag, und die Blumen in der Stille,
Wohl blühten schöner auch sie und helle quillten lebendige
Brunnen.
Fern rauschte der Gemeinde schauerlicher Gesang,
Wo, heiligem Wein gleich, die geheimeren Sprüche,
Gealtert, aber gewaltiger einst, aus Gottes
Gewittern im Sommer gewachsen,
Die Sorgen doch mir stillten
Und die Zweifel, aber nimmer wußt ich, wie mir geschah,
Denn kaum geboren, warum breitetet
Ihr mir schon über die Augen eine Nacht,
Daß ich die Erde nicht sah und mühsam
Euch atmen mußt, ihr himmlischen Lüfte?

Zuvorbestimmt wars. Und es lächelt Gott,
Wenn unaufhaltsam, aber von seinen Bergen gehemmt,
Ihm zürnend in den ehernen Ufern brausen die Ströme,
Tief wo kein Tag die begrabenen nennt.
Und o, daß immer, Allerhaltender, du auch mich
So haltest, und leichtentfliehende Seele mir sparest,
Drum hab ich heute das Fest, und abendlich in der Stille
Blüht rings der Geist und wär auch silbergrau mir die Locke,
Doch würd ich raten, daß wir sorgten, ihr Freunde,
Für Gastmahl und Gesang, und Kränze genug und Töne,
Bei solcher Zeit unsterblichen Jünglingen gleich.

Sei gegenwärtig, Jüngling, jetzt erst, denn noch ehe du
ausgeredet,
Rief es herab, und schnell verhüllt war jenes Freudige, das
Du reichtest, und weit umschattend breitete sich über dir
Und furchtbar ein Verhängnis,
So ist schnellvergänglich alles Himmlische, aber umsonst nicht.
Des Maßes allzeit kundig rührt mit schonender Hand
Die Wohnungen der Menschen
Ein Gott an, einen Augenblick nur,

Und sie wissen es nicht, doch lange
Gedenken sie des, und fragen, wer es gewesen.
Wenn aber eine Zeit vorbei ist, kennen sie es.

Und menschlicher Wohltat folget der Dank,
Auf göttliche Gabe aber jahrlang
Die Mühn erst und das Irrsal,
Daß milder auf die folgende Zeit
Der hohe Strahl
Durch heilige Wildnis scheine.
Darum, o Göttlicher! sei gegenwärtig,
Und schöner, wie sonst, o sei,
Versöhnender, nun versöhnt, daß wir des Abends
Mit den Freunden dich nennen, und singen
Von den Hohen, und neben dir noch andere sei'n.

Denn versiegt fast, all in Opferflammen
War ausgeatmet das heilige Feuer,
Da schickte schnellentzündend der Vater
Das liebendste, was er hatte, herab,
Damit entbrennend,
Und wenn fortzehrend von Geschlecht zu Geschlecht,
Die Menschen wären des Segens zu voll,
Daß jeder sich genügt' und übermütig vergäße des Himmels,
Dann, sprach er, soll ein neues beginnen,
Und siehe! was du verschwiegest,
Der Zeiten Vollendung hat es gebracht.
Wohl wußtest du es, aber nicht zu leben, zu sterben warst du gesandt,
Und immer größer, denn sein Feld, wie der Götter Gott
Er selbst, muß einer der anderen auch sein.

Wenn aber die Stunde schlägt,
Wie der Meister tritt er, aus der Werkstatt,
Und ander Gewand nicht, denn
Ein festliches, ziehet er an
Zum Zeichen, daß noch anderes auch
Im Werk ihm übrig gewesen.
Geringer und größer erscheint er.
Und so auch du
Und gönnest uns, den Söhnen der liebenden Erde,
Daß wir, so viel herangewachsen

Der Feste sind, sie alle feiern und nicht
Die Götter zählen, Einer ist immer für alle.
Mir gleich dem Sonnenlichte! Göttlicher, sei
Am Abend deiner Tage gegrüßet.
Und mögen bleiben wir nun.

VERSÖHNENDER, DER DU NIMMERGEGLAUBT ...

Zweite Fassung

Versöhnender, der du nimmergeglaubt
Nun da bist,   Freundesgestalt mir
Annimmst, Unsterblicher, aber wohl
Erkenn ich   das Hohe,
Das mir die Knie beugt,
Und fast wie ein Blinder muß ich
Dich, Himmlischer, fragen, wozu du mir,
Woher du seiest, seliger Friede!
Dies Eine weiß ich, Sterbliches bist du nichts,
Denn manches mag ein Weiser oder
Der treuanblickenden Freunde einer erhellen, wenn aber
Ein Gott erscheint, auf Himmel und Erd und Meer
Kömmt allerneuende Klarheit.

Einst freueten wir uns auch,
Zur Morgenstunde, wo stille die Werkstatt war
Am Feiertag, und die Blumen in der Stille,
Wohl blühten schöner auch sie und helle quillten lebendige
Brunnen.
Fern rauschte der Gemeinde schauerlicher Gesang,
Wo, heiligem Wein gleich, die geheimeren Sprüche,
Gealtert, aber gewaltiger einst, aus Gottes
Gewittern im Sommer gewachsen,
Die Sorgen doch mir stillten
Und die Zweifel, aber nimmer wußt ich, wie mir geschah,
Denn kaum geboren, warum breitetet
Ihr mir schon über die Augen eine Nacht,
Daß ich die Erde nicht sah und mühsam
Euch atmen mußt, ihr himmlischen Lüfte?

Zuvorbestimmt wars. Uns es lächelt Gott,
Wenn unaufhaltsam, aber von seinen Bergen gehemmt,

Ihm zürnend in den ehernen Ufern brausen die Ströme,
Tief wo kein Tag die begrabenen nennt.
Und o, daß immer, Allerhaltender, du auch mich
So haltest, und leichtentfliehende Seele mir sparest,
Drum hab ich heute das Fest, und abendlich in der Stille
Blüht rings der Geist und wär auch silbergrau mir die Locke,
Doch würd ich raten, daß wir sorgten, ihr Freunde,
Für Gastmahl und Gesang, und Kränze genug und Töne,
Bei solcher Zeit unsterblichen Jünglingen gleich.

Und manchen möcht ich laden, aber o du,
Der freundlich ernst den Menschen zugetan
Dort unter syrischer Palme,
Wo nahe lag die Stadt, am Brunnen gerne weiltest,
Das Kornfeld rauschte rings, still atmete die Kühlung
Vom Dunkel des geweiheten Gebirgs,
Und die lieben Freunde, das treue Gewölk,
Umschatteten dich auch, damit der reine, kühne
Durch Wildnis mild der Strahl von oben kam, o Jüngling!
Ach! aber dunkler umschattete, mitten im Wort dich
Furchtbar entscheidend ein tödlich Verhängnis. So ist schnell
Vergänglich alles Himmlische; aber umsonst nicht.

Denn schonend rührt, des Maßes allzeit kundig,
Nur einen Augenblick die Wohnungen der Menschen
Ein Gott an, unversehn, und keiner weiß es, wer.
Und drüber hin darf alles Freche gehn,
Und kommen muß zum heilgen Ort das Wilde
Von Enden fern, und blindbetastend, übt den Wahn
Am Göttlichen, und trifft ein Schicksal darin. Dank
Folgt nimmer auf dem Fuße solchem Geschenke.
Zu schwer ist jenes zu fassen,
Denn wäre, der es gibt, nicht sparsam,
Längst wäre vom Segen des Herds
Uns Gipfel und Boden entzündet.

Und menschlicher Wohltat folget der Dank,
Auf göttliche Gabe aber jahrlang
Die Mühn erst und das Irrsal,
Bis Eigentum geworden ist und verdient
Und sein sie darf der Mensch dann auch
Die menschlich göttliche nennen.

So gewann erst empfangend
Ein rätselhaft Geschenk,
Und ringend dann, als er das Gefährliche des
Siegs, das trunkenübermütige mit göttlichem Verstand
überwunden der Mensch, gewann er die Flamme und die Woge
des Meeres und den Boden der Erd und ihren Wald und das
heiße Gebirg,
und den finstern Teich gewann
das unscheinbare aber, das nächste gewann er zuletzt,
die liebste

VERSÖHNENDER, DER DU NIMMERGEGLAUBT ...

Dritte Fassung

Versöhnender, der du nimmergeglaubt
Nun da bist, Freundesgestalt mir
Annimmst, Unsterblicher, aber wohl
Erkenn ich das Hohe,
Das mir die Knie beugt,
Und fast wie ein Blinder muß ich
Dich, Himmlischer, fragen, wozu du mir,
Woher du seiest, seliger Friede!
Dies Eine weiß ich, Sterbliches bist du nichts,
Denn manches mag ein Weiser oder
Der treuanblickenden Freunde einer erhellen, wenn aber
Ein Gott erscheint, auf Himmel und Erd und Meer
Kömmt allerneuende Klarheit.

Drum hab ich heute das Fest, und abendlich in der Stille
Blüht rings der Geist und wär auch silbergrau mir die Locke,
Doch würd ich raten, daß wir sorgten, ihr Freunde,
Für Gastmahl und Gesang, und Kränze genug und Töne,
Bei solcher Zeit unsterblichen Jünglingen gleich.

Des Göttlichen aber empfingen wir
Doch viel. Es ward die Flamm uns
In die Hände gegeben, und Boden und Meersflut.
Denn nur auf menschliche Weise, nimmermehr
Sind jene mit uns, die fremden Kräfte, vertraut
Und es lehret das Gestirn dich, das

Vor Augen dir ist, denn nimmer kannst du ihm gleichen.
Vom Allebendigen aber, von dem
Viele Freuden sind und Gesänge,

Ist einer ein Sohn, ein Ruhigmächtiger ist er,
Denn nun erkennen wir ihn,
Jetzt da wir kennen den Vater,
Und Feiertage zu halten
Der Hohe sich der Geist
Froh zu den Menschen geneigt hat.
Zur Herrschaft war der immer zu groß
Und geringer denn er, so weit es auch gereichet, sein Feld.
Es mag ein Gott auch, Sterblichen gleich,
Erwählen ein Tagewerk und teilen alles das Schicksal,
Daß alle sich einander erfahren, und wenn
Die Stille wiederkehret, eine Sprache unter Lebenden
sei. Wie der Meister tritt er dann, aus der
Werkstatt, geringer und größer, und andres Gewand nicht denn ein festliches ziehet er an. Und alle die wandelnden Menschen

Denn siehe es ist der Abend der Zeit

Die Gesetze aber, die unter Liebenden gelten,
Die schönausgleichenden, sie sind dann allgeltend
Von der Erde bis hoch in den Himmel.
Und der Vater thront nun nimmer oben allein.
Und andere sind noch bei ihm.
Viel hat erfahren der Mensch. Der Himmlischen viele genannt,
Seit ein Gespräch wir sind
Und hören können voneinander.

FRIEDENSFEIER

Ich bitte, dieses Blatt nur gutmütig zu lesen. So wird es sicher nicht unfaßlich, noch weniger anstößig sein. Sollten aber dennoch einige eine solche Sprache zu wenig konventionell finden, so muß ich ihnen gestehen: ich kann nicht anders. An einem schönen Tage läßt sich ja fast jede Sangart hören, und die Natur, wovon es her ist, nimmts auch wieder.

Der Verfasser gedenkt dem Publikum eine ganze Sammlung von dergleichen Blättern vorzulegen, und dieses soll irgend eine Probe sein davon.

Der himmlischen, still widerklingenden,
Der ruhigwandelnden Töne voll,
Und gelüftet ist der altgebaute,
Seliggewohnte Saal; um grüne Teppiche duftet
Die Freudenwolk und weithinglänzend stehn,
Gereiftester Früchte voll und goldbekränzter Kelche,
Wohlangeordnet, eine prächtige Reihe,
Zur Seite da und dort aufsteigend über dem
Geebneten Boden die Tische.
Denn ferne kommend haben
Hieher, zur Abendstunde,
Sich liebende Gäste beschieden.

Und dämmernden Auges denk ich schon,
Vom ernsten Tagwerk lächelnd,
Ihn selbst zu sehn, den Fürsten des Fests.
Doch wenn du schon dein Ausland gern verleugnest,
Und als vom langen Heldenzuge müd,
Dein Auge senkst, vergessen, leichtbeschattet,
Und Freundesgestalt annimmst, du Allbekannter, doch
Beugt fast die Knie das Hohe. Nichts vor dir,
Nur Eines weiß ich, Sterbliches bist du nicht.
Ein Weiser mag mir manches erhellen; wo aber
Ein Gott noch auch erscheint,
Da ist doch andere Klarheit.

Von heute aber nicht, nicht unverkündet ist er;
Und einer, der nicht Flut noch Flamme gescheuet,
Erstaunet, da es stille worden, umsonst nicht, jetzt,
Da Herrschaft nirgend ist zu sehn bei Geistern und Menschen.
Das ist, sie hören das Werk,
Längst vorbereitend, von Morgen nach Abend, jetzt erst,
Denn unermeßlich braust, in der Tiefe verhallend,
Des Donnerers Echo, das tausendjährige Wetter,
Zu schlafen, übertönt von Friedenslauten, hinunter.
Ihr aber, teuergewordne, o ihr Tage der Unschuld,
Ihr bringt auch heute das Fest, ihr Lieben! und es blüht
Rings abendlich der Geist in dieser Stille;

Und raten muß ich, und wäre silbergrau
Die Locke, o ihr Freunde!
Für Kränze zu sorgen und Mahl, jetzt ewigen Jünglingen
ähnlich.

Und manchen möcht ich laden, aber o du,
Der freundlichernst den Menschen zugetan,
Dort unter syrischer Palme,
Wo nahe lag die Stadt, am Brunnen gerne war;
Das Kornfeld rauschte rings, still atmete die Kühlung
Vom Schatten des geweiheten Gebirges,
Und die lieben Freunde, das treue Gewölk,
Umschatteten dich auch, damit der heiligkühne
Durch Wildnis mild dein Strahl zu Menschen kam,
o Jüngling!
Ach! aber dunkler umschattete, mitten im Wort, dich
Furchtbarentscheidend ein tödlich Verhängnis. So ist schnell
Vergänglich alles Himmlische; aber umsonst nicht;

Denn schonend rührt des Maßes allzeit kundig
Nur einen Augenblick die Wohnungen der Menschen
Ein Gott an, unversehn, und keiner weiß es, wenn?
Auch darf alsdann das Freche drüber gehn,
Und kommen muß zum heilgen Ort das Wilde
Von Enden fern, übt rauhbetastend den Wahn,
Und trifft daran ein Schicksal, aber Dank,
Nie folgt der gleich hernach dem gottgegebnen Geschenke;
Tiefprüfend ist es zu fassen.
Auch wär uns, sparte der Gebende nicht,
Schon längst vom Segen des Herds
Uns Gipfel und Boden entzündet.

Des Göttlichen aber empfingen wir
Doch viel. Es ward die Flamm uns
In die Hände gegeben, und Ufer und Meersflut.
Viel mehr, denn menschlicher Weise
Sind jene mit uns, die fremden Kräfte, vertrauet.
Und es lehret Gestirn dich, das
Vor Augen dir ist, doch nimmer kannst du ihm gleichen.
Vom Allebendigen aber, von dem
Viel Freuden sind und Gesänge,

Ist einer ein Sohn, ein Ruhigmächtiger ist er,
Und nun erkennen wir ihn,
Nun, da wir kennen den Vater
Und Feiertage zu halten
Der hohe, der Geist
Der Welt sich zu Menschen geneigt hat.

Denn längst war der zum Herrn der Zeit zu groß
Und weit aus reichte sein Feld, wann hats ihn aber erschöpfet?
Einmal mag aber ein Gott auch Tagewerk erwählen,
Gleich Sterblichen und teilen alles Schicksal.
Schicksalgesetz ist dies, daß Alle sich erfahren,
Daß, wenn die Stille kehrt, auch eine Sprache sei.
Wo aber wirkt der Geist, sind wir auch mit, und streiten,
Was wohl das Beste sei. So dünkt mir jetzt das Beste,
Wenn nun vollendet sein Bild und fertig ist der Meister,
Und selbst verklärt davon aus seiner Werkstatt tritt,
Der stille Gott der Zeit und nur der Liebe Gesetz,
Das schönausgleichende gilt von hier an bis zum Himmel.

Viel hat von Morgen an,
Seit ein Gespräch wir sind und hören voneinander,
Erfahren der Mensch; bald sind wir aber Gesang.
Und das Zeitbild, das der große Geist entfaltet,
Ein Zeichen liegts von uns, daß zwischen ihm und andern
Ein Bündnis zwischen ihm und andern Mächten ist.
Nicht er allein, die Unerzeugten, Ewgen
Sind kennbar alle daran, gleichwie auch an den Pflanzen
Die Mutter Erde sich und Licht und Luft sich kennet.
Zuletzt ist aber doch, ihr heiligen Mächte, für euch
Das Liebeszeichen, das Zeugnis
Daß ihrs noch seiet, der Festtag,

Der Allversammelnde, wo Himmlische nicht
Im Wunder offenbar, noch ungesehn im Wetter,
Wo aber bei Gesang gastfreundlich untereinander
In Chören gegenwärtig, eine heilige Zahl
Die Seligen in jeglicher Weise
Beisammen sind, und ihr Geliebtestes auch,
An dem sie hängen, nicht fehlt; denn darum rief ich
Zum Gastmahl, das bereitet ist,

Dich, Unvergeßlicher, dich, zum Abend der Zeit,
O Jüngling, dich zum Fürsten des Festes; und eher legt
Sich schlafen unser Geschlecht nicht,
Bis ihr Verheißenen all,
All ihr Unsterblichen, uns
Von eurem Himmel zu sagen,
Da seid in unserem Hause.

Leichtatmende Lüfte
Verkünden euch schon,
Euch kündet das rauchende Tal
Und der Boden, der vom Wetter noch dröhnet,
Doch Hoffnung rötet die Wangen,
Und vor der Türe des Hauses
Sitzt Mutter und Kind,
Und schauet den Frieden
Und wenige scheinen zu sterben,
Es hält ein Ahnen die Seele,
Vom goldnen Lichte gesendet,
Hält ein Versprechen die Ältesten auf.

Wohl sind die Würze des Lebens,
Von oben bereitet und auch
Hinausgeführet, die Mühen.
Denn Alles gefällt jetzt,
Einfältiges aber
Am meisten, denn die langgesuchte,
Die goldne Frucht,
Uraltem Stamm
In schütternden Stürmen entfallen,
Dann aber, als liebstes Gut, vom heiligen Schicksal selbst,
Mit zärtlichen Waffen umschützt,
Die Gestalt der Himmlischen ist es.

Wie die Löwin, hast du geklagt,
O Mutter, da du sie,
Natur, die Kinder verloren.
Denn es stahl sie, Allzuliebende, dir
Dein Feind, da du ihn fast
Wie die eigenen Söhne genommen,
Und Satyren die Götter gesellt hast.

So hast du manches gebaut,
Und manches begraben,
Denn es haßt dich, was
Du, vor der Zeit
Allkräftige, zum Lichte gezogen.
Nun kennest, nun lässest du dies;
Denn gerne fühllos ruht,
Bis daß es reift, furchtsamgeschäftiges drunten.

DER EINZIGE

Erste Fassung

Was ist es, das
An die alten seligen Küsten
Mich fesselt, daß ich mehr noch
Sie liebe, als mein Vaterland?
Denn wie in himmlische
Gefangenschaft verkauft
Dort bin ich, wo Apollo ging
In Königsgestalt,
Und zu unschuldigen Jünglingen sich
Herabließ Zevs und Söhn in heiliger Art
Und Töchter zeugte
Der Hohe unter den Menschen.

Der hohen Gedanken
Sind nämlich viel
Entsprungen des Vaters Haupt
Und große Seelen
Von ihm zu Menschen gekommen.
Gehöret hab ich
Von Elis und Olympia, bin
Gestanden oben auf dem Parnaß,
Und über Bergen des Isthmus,
Und drüben auch
Bei Smyrna und hinab
Bei Ephesos bin ich gegangen;

Viel hab ich Schönes gesehn,
Und gesungen Gottes Bild
Hab ich, das lebet unter

Den Menschen, aber dennoch,
Ihr alten Götter und all
Ihr tapfern Söhne der Götter,
Noch Einen such ich, den
Ich liebe unter euch,
Wo ihr den letzten eures Geschlechts,
Des Hauses Kleinod mir
Dem fremden Gaste verberget.

Mein Meister und Herr!
O du, mein Lehrer!
Was bist du ferne
Geblieben? und da
Ich fragte unter den Alten,
Die Helden und
Die Götter, warum bliebest
Du aus? Und jetzt ist voll
Von Trauern meine Seele,
Als eifertet, ihr Himmlischen, selbst,
Daß, dien ich einem, mir
Das andere fehlet.

Ich weiß es aber, eigene Schuld
Ists! Denn zu sehr,
O Christus! häng ich an dir,
Wiewohl Herakles Bruder
Und kühn bekenn ich, du
Bist Bruder auch des Eviers, der
An den Wagen spannte
Die Tiger und hinab
Bis an den Indus
Gebietend freudigen Dienst
Den Weinberg stiftet' und
Den Grimm bezähmte der Völker.

Es hindert aber eine Scham
Mich, dir zu vergleichen
Die weltlichen Männer. Und freilich weiß
Ich, der dich zeugte, dein Vater,
Derselbe der,

Denn nimmer herrscht er allein.

Es hänget aber an Einem
Die Liebe. Diesesmal
Ist nämlich vom eigenen Herzen
Zu sehr gegangen der Gesang,
Gut machen will ich den Fehl,
Wenn ich noch andere singe.
Nie treff ich, wie ich wünsche,
Das Maß. Ein Gott weiß aber,
Wenn kommet, was ich wünsche, das Beste.
Denn wie der Meister
Gewandelt auf Erden,
Ein gefangener Aar,

Und viele, die
Ihn sahen, fürchteten sich,
Dieweil sein Äußerstes tat
Der Vater und sein Bestes unter
Den Menschen wirkete wirklich,
Und sehr betrübt war auch
Der Sohn so lange, bis er
Gen Himmel fuhr in den Lüften,
Dem gleich ist gefangen die Seele der Helden.
Die Dichter müssen auch
Die geistigen weltlich sein.

DER EINZIGE

Zweite Fassung

Was ist es, das
An die alten seligen Küsten
Mich fesselt, daß ich mehr noch
Sie liebe, als mein Vaterland?
Denn wie in himmlischer
Gefangenschaft gebückt, in flammender Luft
Dort bin ich, wo, wie Steine sagen, Apollo ging
In Königsgestalt,
Und zu unschuldigen Jünglingen sich
Herabließ Zevs und Söhn in heiliger Art
Und Töchter zeugte
Der Hohe unter den Menschen.

Der hohen Gedanken
Sind nämlich viel
Entsprungen des Vaters Haupt
Und große Seelen
Von ihm zu Menschen gekommen.
Gehöret hab ich
Von Elis und Olympia, bin
Gestanden oben auf dem Parnaß,
Und über Bergen des Isthmus,
Und drüben auch
Bei Smyrna und hinab
Bei Ephesos bin ich gegangen;

Viel hab ich Schönes gesehn,
Und gesungen Gottes Bild
Hab ich, das lebet unter
Den Menschen, denn sehr dem Raum gleich ist
Das Himmlische reichlich in
Der Jugend zählbar, aber dennoch,
O du der Sterne Leben und all
Ihr tapfern Söhne des Lebens,
Noch Einen such ich, den
Ich liebe unter euch,
Wo ihr den letzten eures Geschlechts,
Des Hauses Kleinod mir
Dem fremden Gaste verberget.

Mein Meister und Herr!
O du, mein Lehrer!
Was bist du ferne
Geblieben? und da
Ich fragte unter den Alten,
Die Helden und
Die Götter, warum bliebest
Du aus? Und jetzt ist voll
Von Trauern meine Seele,
Als eifertet, ihr Himmlischen, selbst,
Daß, dien ich einem, mir
Das andere fehlet.

Ich weiß es aber, eigene Schuld ists! Denn zu sehr,
O Christus! häng ich an dir, wiewohl Herakles Bruder

Und kühn bekenn ich, du bist Bruder auch des Eviers, der
Die Todeslust der Völker aufhält und zerreißet den Fallstrick,
Fein sehen die Menschen, daß sie
Nicht gehn den Weg des Todes und hüten das Maß, daß einer
Etwas für sich ist, den Augenblick,
Das Geschick der großen Zeit auch,
Ihr Feuer fürchtend, treffen sie, und wo
Des Wegs ein anderes geht, da sehen sie
Auch, wo ein Geschick sei, machen aber
Das sicher, Menschen gleichend oder Gesetzen.

Es entbrennet aber sein Zorn; daß nämlich
Das Zeichen die Erde berührt, allmählich
Aus Augen gekommen, als an einer Leiter.
Diesmal. Eigenwillig sonst, unmäßig
Grenzlos, daß der Menschen Hand
Anficht das Lebende, mehr auch, als sich schicket
Für einen Halbgott, Heiliggesetztes übergeht
Der Entwurf. Seit nämlich böser Geist sich
Bemächtiget des glücklichen Altertums, unendlich,
Langher währt Eines, gesangsfeind, klanglos, das
In Maßen vergeht, des Sinnes Gewaltsames. Ungebundenes aber
Hasset Gott. Fürbittend aber

Hält ihn der Tag von dieser Zeit, stillschaffend,
Des Weges gehend, die Blüte der Jahre.
Und Kriegsgetön, und Geschichte der Helden unterhält,
hartnäckig Geschick,
Die Sonne Christi, Gärten der Büßenden, und
Der Pilgrime Wandern und der Völker ihn, und des Wächters
Gesang und die Schrift
Des Barden oder Afrikaners. Ruhmloser auch
Geschick hält ihn, die an den Tag
Jetzt erst recht kommen, das sind väterliche Fürsten. Denn
viel ist der Stand
Gottgleicher, denn sonst. Denn Männern mehr
Gehöret das Licht. Nicht Jünglingen.
Das Vaterland auch. Nämlich frisch

Noch unerschöpfet und voll mit Locken.
Der Vater der Erde freuet nämlich sich des
Auch, daß Kinder sind, so bleibet eine Gewißheit

Des Guten. So auch freuet
Das ihn, daß eines bleibet.
Auch einige sind, gerettet, als
Auf schönen Inseln. Gelehrt sind die.
Versuchungen sind nämlich
Grenzlos an die gegangen.
Zahllose gefallen. Also ging es, als
Der Erde Vater bereitet Ständiges
In Stürmen der Zeit. Ist aber geendet.

DER EINZIGE

Dritte Fassung

Was ist es, das
An die alten seligen Küsten
Mich fesselt, daß ich mehr noch
Sie liebe, als mein Vaterland?
Denn wie in himmlischer
Gefangenschaft gebückt, dem Tag nach sprechend
Dort bin ich, wo, wie Steine sagen, Apollo ging,
In Königsgestalt,
Und zu unschuldigen Jünglingen sich
Herabließ Zevs, und Söhn in heiliger Art
Und Töchter zeugte
Stumm weilend unter den Menschen.

Der hohen Gedanken aber
Sind dennoch viele
Gekommen aus des Vaters Haupt
Und große Seelen
Von ihm zu Menschen gekommen.
Und gehöret hab ich
Von Elis und Olympia, bin
Gestanden immerdar, an Quellen, auf dem Parnaß
Und über Bergen des Isthmus
Und drüben auch
Bei Smyrna und hinab
Bei Ephesos bin ich gegangen.

Viel hab ich Schönes gesehn
Und gesungen Gottes Bild
Hab ich, das lebet unter

Den Menschen. Denn sehr, dem Raum gleich, ist
Das Himmlische reichlich in
Der Jugend zählbar, aber dennoch,
Ihr alten Götter und all
Ihr tapfern Söhne der Götter,
Noch einen such ich, den
Ich liebe unter euch,
Wo ihr den letzten eures Geschlechts,
Des Hauses Kleinod mir
Dem fremden Gaste bewahret.

Mein Meister und Herr!
O du, mein Lehrer!
Was bist du ferne
Geblieben? und da
Ich sahe, mitten, unter den Geistern, den Alten
Die Helden und
Die Götter, warum bliebest
Du aus? Und jetzt ist voll
Von Trauern meine Seele
Als eifertet, ihr Himmlischen, selbst,
Daß, dien ich einem, mir
Das andere fehlet.

Ich weiß es aber, eigene Schuld
Ists, denn zu sehr,
O Christus! häng ich an dir,
Wiewohl Herakles Bruder
Und kühn bekenn ich, du
Bist Bruder auch des Eviers, der einsichtlich, vor alters
Die verdrossene Irre gerichtet,
Der Erde Gott, und beschieden
Die Seele dem Tier, das lebend
Vom eigenen Hunger schweift' und der Erde nach ging,
Aber rechte Wege gebot er mit Einem Mal und Orte,
Die Sachen auch bestellt er von jedem.

Es hindert aber eine Scham
Mich, dir zu vergleichen
Die weltlichen Männer. Und freilich weiß
Ich, der dich zeugte, dein Vater ist
Derselbe. Nämlich Christus ist ja auch allein

Gestanden unter sichtbarem Himmel und Gestirn, sichtbar
Freiwaltendem über das Eingesetzte, mit Erlaubnis von Gott,
Und die Sünden der Welt, die Unverständlichkeit
Der Kenntnisse nämlich, wenn Beständiges das Geschäftige
überwächst
Der Menschen, und der Mut des Gestirns war ob ihm. Nämlich
immer jauchzet die Welt
Hinweg von dieser Erde, daß sie die
Entblößet; wo das Menschliche sie nicht hält. Es bleibet aber
eine Spur
Doch eines Wortes; die ein Mann erhaschet. Der Ort war aber

Die Wüste. So sind jene sich gleich. Voll Freuden, reichlich.
Herrlich grünet
Ein Kleeblatt. Ungestalt wär, um des Geistes willen, dieses,
dürfte von solchen
Nicht sagen, gelehrt im Wissen einer schlechten Gebets, daß sie
Wie Feldherrn mir, Heroen sind. Des dürfen die Sterblichen
wegen dem, weil
Ohne Halt verstandlos Gott ist. Aber wie auf Wagen
Demütige mit Gewalt
Des Tages oder
Mit Stimmen erscheinet Gott als
Natur von außen. Mittelbar
In heiligen Schriften. Himmlische sind
Und Menschen auf Erden beieinander die ganze Zeit. Ein
großer Mann und ähnlich eine große Seele
Wenn gleich im Himmel

Begehrt zu einem auf Erden. Immerdar
Bleibt dies, daß immergekettet alltag ganz ist
Die Welt. Oft aber scheint
Ein Großer nicht zusammenzutaugen
Zu Großem. Alle Tage stehn die aber, als an einem Abgrund
einer
Neben dem andern. Jene drei sind aber
Das, daß sie unter der Sonne
Wie Jäger der Jagd sind oder
Ein Ackersmann, der atmend von der Arbeit
Sein Haupt entblößet, oder Bettler. Schön
Und lieblich ist es zu vergleichen. Wohl tut
Die Erde. Zu kühlen. Immer aber

PATMOS

Dem Landgrafen von Homburg

Nah ist
Und schwer zu fassen der Gott.
Wo aber Gefahr ist, wächst
Das Rettende auch.
Im Finstern wohnen
Die Adler und furchtlos gehn
Die Söhne der Alpen über den Abgrund weg
Auf leichtgebaueten Brücken.
Drum, da gehäuft sind rings
Die Gipfel der Zeit, und die Liebsten
Nah wohnen, ermattend auf
Getrenntesten Bergen,
So gib unschuldig Wasser,
O Fittige gib uns, treuesten Sinns
Hinüberzugehn und wiederzukehren.

So sprach ich, da entführte
Mich schneller, denn ich vermutet,
Und weit, wohin ich nimmer
Zu kommen gedacht, ein Genius mich
Vom eigenen Haus. Es dämmerten
Im Zwielicht, da ich ging,
Der schattige Wald
Und die sehnsüchtigen Bäche
Der Heimat; nimmer kannt ich die Länder;
Doch bald, in frischem Glanze,
Geheimnisvoll
Im goldenen Rauche, blühte
Schnellaufgewachsen,
Mit Schritten der Sonne,
Mit tausend Gipfeln duftend,

Mir Asia auf, und geblendet sucht
Ich eines, das ich kennete, denn ungewohnt
War ich der breiten Gassen, wo herab
Vom Tmolus fährt
Der goldgeschmückte Paktol
Und Taurus stehet und Messogis,
Und voll von Blumen der Garten,

Ein stilles Feuer, aber im Lichte
Blüht hoch der silberne Schnee,
Und Zeug unsterblichen Lebens
An unzugangbaren Wänden
Uralt der Efeu wächst und getragen sind
Von lebenden Säulen, Zedern und Lorbeern,
Die feierlichen,
Die göttlichgebauten Paläste.

Es rauschen aber um Asias Tore
Hinziehend da und dort
In ungewisser Meeresebene
Der schattenlosen Straßen genug,
Doch kennt die Inseln der Schiffer.
Und da ich hörte,
Der nahegelegenen eine
Sei Patmos,
Verlangte mich sehr,
Dort einzukehren und dort
Der dunkeln Grotte zu nahn.
Denn nicht, wie Cypros,
Die quellenreiche, oder
Der anderen eine
Wohnt herrlich Patmos,

Gastfreundlich aber ist
Im ärmeren Hause
Sie dennoch
Und wenn vom Schiffbruch oder klagend
Um die Heimat oder
Den abgeschiedenen Freund
Ihr nahet einer
Der Fremden, hört sie es gern, und ihre Kinder,
Die Stimmen des heißen Hains,
Und wo der Sand fällt, und sich spaltet
Des Feldes Fläche, die Laute,
Sie hören ihn und liebend tönt
Es wider von den Klagen des Manns. So pflegte
Sie einst des gottgeliebten,
Des Sehers, der in seliger Jugend war

Gegangen mit
Dem Sohne des Höchsten, unzertrennlich, denn
Es liebte der Gewittertragende die Einfalt
Des Jüngers und es sahe der achtsame Mann
Das Angesicht des Gottes genau,
Da, beim Geheimnisse des Weinstocks, sie
Zusammensaßen, zu der Stunde des Gastmahls,
Und in der großen Seele, ruhigahnend, den Tod
Aussprach der Herr und die letzte Liebe, denn nie genug
Hatt er von Güte zu sagen
Der Worte, damals, und zu erheitern, da
Ers sahe, das Zürnen der Welt.
Denn alles ist gut. Drauf starb er. Vieles wäre
Zu sagen davon. Und es sahn ihn, wie er siegend blickte,
Den Freudigsten die Freunde noch zuletzt,

Doch trauerten sie, da nun
Es Abend worden, erstaunt,
Denn Großentschiedenes hatten in der Seele
Die Männer, aber sie liebten unter der Sonne
Das Leben und lassen wollten sie nicht
Vom Angesichte des Herrn
Und der Heimat. Eingetrieben war,
Wie Feuer im Eisen, das, und ihnen ging
Zur Seite der Schatte des Lieben.
Drum sandt er ihnen
Den Geist, und freilich bebte
Das Haus und die Wetter Gottes rollten
Ferndonnernd über
Die ahnenden Häupter, da, schwersinnend,
Versammelt waren die Todeshelden,

Itzt, da er scheidend
Noch einmal ihnen erschien.
Denn itzt erlosch der Sonne Tag,
Der Königliche, und zerbrach
Den geradestrahlenden,
Den Zepter, göttlichleidend, von selbst,
Denn wiederkommen sollt es,
Zu rechter Zeit. Nicht wär es gut
Gewesen, später, und schroffabbrechend, untreu,

Der Menschen Werk, und Freude war es
Von nun an,
Zu wohnen in liebender Nacht, und bewahren
In einfältigen Augen, unverwandt
Abgründe der Weisheit. Und es grünen
Tief an den Bergen auch lebendige Bilder,

Doch furchtbar ist, wie da und dort
Unendlich hin zerstreut das Lebende Gott.
Denn schon das Angesicht
Der teuern Freunde zu lassen
Und fernhin über die Berge zu gehn
Allein, wo zweifach
Erkannt, einstimmig
War himmlischer Geist; und nicht geweissagt war es, sondern
Die Locken ergriff es, gegenwärtig,
Wenn ihnen plötzlich
Ferneilend zurück blickte
Der Gott und schwörend,
Damit er halte, wie an Seilen golden
Gebunden hinfort
Das Böse nennend, sie die Hände sich reichten –

Wenn aber stirbt alsdenn,
An dem am meisten
Die Schönheit hing, daß an der Gestalt
Ein Wunder war und die Himmlischen gedeutet
Auf ihn, und wenn, ein Rätsel ewig füreinander,
Sie sich nicht fassen können
Einander, die zusammenlebten
Im Gedächtnis, und nicht den Sand nur oder
Die Weiden es hinwegnimmt und die Tempel
Ergreift, wenn die Ehre
Des Halbgotts und der Seinen
Verweht und selber sein Angesicht
Der Höchste wendet
Darob, daß nirgend ein
Unsterbliches mehr am Himmel zu sehn ist oder
Auf grüner Erde, was ist dies?

Es ist der Wurf des Säemanns, wenn er faßt
Mit der Schaufel den Weizen,
Und wirft, dem Klaren zu, ihn schwingend über die Tenne.
Ihm fällt die Schale vor den Füßen, aber
Ans Ende kommet das Korn,
Und nicht ein Übel ists, wenn einiges
Verloren gehet und von der Rede
Verhallet der lebendige Laut,
Denn göttliches Werk auch gleichet dem unsern,
Nicht alles will der Höchste zumal.
Zwar Eisen träget der Schacht,
Und glühende Harze der Aetna,
So hätt ich Reichtum,
Ein Bild zu bilden, und ähnlich
Zu schaun, wie er gewesen, den Christ,

Wenn aber einer spornte sich selbst,
Und traurig redend, unterweges, da ich wehrlos wäre,
Mich überfiele, daß ich staunt und von dem Gotte
Das Bild nachahmen möcht ein Knecht –
Im Zorne sichtbar sah ich einmal
Des Himmels Herrn, nicht, daß ich sein sollt etwas, sondern
Zu lernen. Gütig sind sie, ihr Verhaßtestes aber ist,
Solange sie herrschen, das Falsche, und es gilt
Dann Menschliches unter Menschen nicht mehr.
Denn sie nicht walten, es waltet aber
Unsterblicher Schicksal und es wandelt ihr Werk
Von selbst, und eilend geht es zu Ende.
Wenn nämlich höher gehet himmlischer
Triumphgang, wird genennet, der Sonne gleich,
Von Starken der frohlockende Sohn des Höchsten,

Ein Losungszeichen, und hier ist der Stab
Des Gesanges, niederwinkend,
Denn nichts ist gemein. Die Toten wecket
Er auf, die noch gefangen nicht
Vom Rohen sind. Es warten aber
Der scheuen Augen viele,
Zu schauen das Licht. Nicht wollen
Am scharfen Strahle sie blühn,
Wiewohl den Mut der goldene Zaum hält.
Wenn aber, als

Von schwellenden Augenbraunen,
Der Welt vergessen
Stilleuchtende Kraft aus heiliger Schrift fällt, mögen,
Der Gnade sich freuend, sie
Am stillen Blicke sich üben.

Und wenn die Himmlischen jetzt
So, wie ich glaube, mich lieben,
Wie viel mehr Dich,
Denn Eines weiß ich,
Daß nämlich der Wille
Des ewigen Vaters viel
Dir gilt. Still ist sein Zeichen
Am donnernden Himmel. Und Einer stehet darunter
Sein Leben lang. Denn noch lebt Christus.
Es sind aber die Helden, seine Söhne,
Gekommen all und heilige Schriften
Von ihm und den Blitz erklären
Die Taten der Erde bis itzt,
Ein Wettlauf unaufhaltsam. Er ist aber dabei. Denn seine Werke sind
Ihm alle bewußt von jeher.

Zu lang, zu lang schon ist
Die Ehre der Himmlischen unsichtbar.
Denn fast die Finger müssen sie
Uns führen und schmählich
Entreißt das Herz uns eine Gewalt.
Denn Opfer will der Himmlischen jedes,
Wenn aber eines versäumt ward,
Nie hat es Gutes gebracht.
Wir haben gedienet der Mutter Erd
Und haben jüngst dem Sonnenlichte gedient,
Unwissend, der Vater aber liebt,
Der über allen waltet,
Am meisten, daß gepfleget werde
Der feste Buchstab, und Bestehendes gut
Gedeutet. Dem folgt deutscher Gesang.

PATMOS

Dem Landgrafen von Homburg

Vorstufe einer späteren Fassung

Voll Güt ist. Keiner aber fasset
Allein Gott.
Wo aber Gefahr ist, wächst
Das Rettende auch.
Im Finstern wohnen
Die Adler und furchtlos gehn
Die Söhne der Alpen über den Abgrund weg
Auf leichtgebaueten Brücken.
Drum, da gehäuft sind rings, um Klarheit,
Die Gipfel der Zeit,
Und die Liebsten nahe wohnen, ermattend auf
Getrenntesten Bergen,
So gib unschuldig Wasser,
O Fittige gib uns, treuesten Sinns
Hinüberzugehn und wiederzukehren.

So sprach ich, da entführte
Mich unermeßlicher, denn ich vermutet,
Und weit, wohin ich nimmer
Zu kommen gedacht, ein Genius mich
Vom eigenen Haus. Es kleideten sich
Im Zwielicht Menschen ähnlich, da ich ging,
Der schattige Wald
Und die sehnsüchtigen Bäche
Der Heimat; nimmer kannt ich die Länder;
Doch bald, in frischem Glanze,
Geheimnisvoll
Im goldenen Rauche blühte
Schnellaufgewachsen
Mit Schritten der Sonne
Von tausend Tischen duftend

Mir Asia auf, und geblendet ganz
Sucht eins ich, das ich kennete, denn ungewohnt
War ich der breiten Gassen, wo herab
Vom Tmolus fährt
Der goldgeschmückte Paktol

Und Taurus stehet und Messogis,
Und schläfrig fast von Blumen der Garten,
Ein stilles Feuer, aber im Lichte
Hoch blüht der silberne Schnee,
Und Zeug unsterblichen Lebens
An unzugangbaren Wänden
Uralt der Efeu wächst und von lebenden Säulen
Getragen sind, von Zedern und Lorbeern,
Die felsenharten,
Die göttlichgebauten Paläste.

Es rauschen aber um Asias Tore
Hinziehend da und dort
In ungewisser Meeresebene
Der schattenlosen Straßen genug,
Doch kennt die Inseln der Schiffer.
Und da ich hörte,
Der nahegelegenen eine
Sei Patmos,
Verlangte mich sehr,
Dort einzukehren und dort
Der dunkeln Grotte zu nahn.
Denn nicht, wie Cypros,
Die quellenreiche, oder
Der anderen eine
Wohnt herrlich Patmos,

Gastfreundlich aber ist
Im menschenlosen Hause
Sie dennoch,
Und wenn vom Schiffbruch oder klagend
Um die Heimat oder
Den abgeschiedenen Freund
Ihr nahet einer
Der Fremden, höret sie gern das; und die Kinder,
Die Stimmen des heißen Hains,
Und wo der Sand fällt und sich spaltet
Des Feldes Fläche, die Laute,
Sie hören ihn, und lieblich widertönt
Es von den Klagen des Manns. Eins Tages diente
Patmos, tiergleich, dem Seher, denn dem war es ein Übel,

Dem menschenliebenden, der im Sausen des Rohrs, war,
in der Jugend,
Gegangen mit
Dem Sohne des Höchsten, unzertrennlich, denn
Nicht gar allein sein mochte, des Geistes wegen,
Der Sohn des Höchsten, doch sahe der Jünger
Wohl, wer er wäre,
Damals da, beim Geheimnisse des Weinstocks, sie
Zusammensaßen, zu der Stunde des Gastmahls,
Und in der großen Seele, ruhigahnend, den Tod
Aussprach der Herr, und die letzte Liebe, denn nie genug
Hatt er, von Güte, zu sagen
Der Worte, damals, und zu schweigen, da
Ers sahe, das Zürnen der Welt.
Denn alles ist gut. Drauf starb er. Vieles wäre liebes
Zu sagen. Und es sahn ihn, wie er siegend blickte,
Den Freudigsten die Freunde noch zuletzt,

Doch trauerten sie, dieweil
Es Abend worden, erstaunt,
Denn Großentschiedenes hatten in der Seele
Die Männer, aber sie liebten unter der Sonne
Das Leben und lassen wollten sie nicht
Vom Angesichte des Herrn
Und der Heimat. Eingeboren war,
Wie Feuer im Eisen, das, und ihnen ging
Zur Seite der Schatte des Lieben.
Darum auch sandt er ihnen
Den Geist, und freilich bebte
Das Haus und die Wetter Gottes rollten
Ferndonnernd über
Die ahnenden Häupter, da, schwersinnend,
Versammelt waren die Todeshelden,

Itzt, da er scheidend
Noch einmal ihnen erschien.
Das heißet, es erlosch der Sonne Tag,
Der Königliche, und zerbrach
Den geradestrahlenden,
Den Zepter, göttlichleidend, von selbst,
Denn wiederkommen sollt es,

Zu rechter Zeit. Nicht wär es gut
Gewesen, später, und schroffabbrechend, untreu,
Der Menschen Werk, und Freude war es
Von nun an,
Zu wohnen in liebender Nacht und bewahren
In einfältigen Augen unverwandt
Abgründe der Weisheit. Manchem ward
Sein Vaterland ein kleiner Raum,

Doch furchtbar wahrhaft ists, wie da und dort
Unendlich hin zerstört das Lebende Gott.
Denn schon das Angesicht
Der teuern Freunde zu lassen
Und fernhin über die Berge zu gehn
Allein, wo zweifach
Besorget, übereins
War himmlischer Geist. Bei jenen aber wars
Ein Zerfall, und das Heiligtum das Spiel des Moria
Und der Zornhügel zerbrach, damals, wenn ihnen plötzlich
Ferneilend zurück blickte
Der Gott und schwörend,
Damit er halte, wie an Seilen golden zusammengenommen,
Gebunden hinfort
Das Böse nennend, sie die Hände sich reichten, –

Wenn aber stirbt alsdenn,
An dem am meisten
Die Schönheit hing, daß an der Gestalt war
Ein Wunder und die Himmlischen gedeutet
Auf ihn, und wenn, ein Rätsel ewig füreinander,
Sie sich nicht fassen können
Einander, die zusammenlebten
Im Gedächtnis, nicht das nur und wenn es den Sand
Wegnimmt und die Weiden und die Tempel
Ergreift, wenn aber die Ehre
Des Halbgotts und der Seinen
Verweht und unerkenntlich, bei ihm selber,
Im Himmel der genannt war,
Ergrimmt, weil nirgend ein
Unsterbliches mehr am Himmel ist zu sehen oder
Auf grüner Erde, was ist dies?

Es ist der Wurf das eines Sinns, der mit
Der Schaufel fasset den Weizen,
Und wirft schwingend dem Klaren zu ihn über die Tenne.
Ein furchtbar Ding, Staub fällt.
Korn aber kommet ans Ende.
Nicht gar ein Übel ists, wenn einiges
Verloren gehet manchmal, von Reden
Verhallet der lebendige Laut.
Denn göttliches Werk auch gleichet dem unsern.
Alles will nicht der Höchste zumal.
Nun Eisen träget der Schacht
Und glühend Harz der Aetna,
So hätt ich auch Reichtum,
Zu bilden ein Bild und ähnlich
Den Christ zu schaun, wie er gewesen.

Wenn aber einer spornet sich selbst,

PATMOS

Dem Landgrafen von Homburg

Bruchstücke der späteren Fassung

Voll Güt ist; keiner aber fasset
Allein Gott.
Wo aber Gefahr ist, wächst
Das Rettende auch.
Im Finstern wohnen
Die Adler, und furchtlos gehn
Die Söhne der Alpen über den Abgrund weg
Auf leichtgebaueten Brücken.
Drum, da gehäuft sind rings, um Klarheit,
Die Gipfel der Zeit,
Und die Liebsten nahe wohnen, ermattend auf
Getrenntesten Bergen,
So gib unschuldig Wasser,
O Fittige gib uns, treuesten Sinns
Hinüberzugehn und wiederzukehren.

So sprach ich, da entführte
Mich künstlicher, denn ich vermutet,

Und weit, wohin ich nimmer
Zu kommen gedacht, ein Genius mich
Vom eigenen Haus. Es kleideten sich
Im Zwielicht, Menschen ähnlich, da ich ging,
Der schattige Wald
Und die sehnsüchtigen Bäche
Der Heimat; nimmer kannt ich die Länder.
Viel aber mitgelitten haben wir, viel Male. So
In frischem Glanze, geheimnisvoll,
In goldenem Rauche blühte
Schnellaufgewachsen,
Mit Schritten der Sonne,
Von tausend Tischen duftend, jetzt,

Mir Asia auf und geblendet ganz
Sucht eins ich, das ich kennete, denn ungewohnt
War ich der breiten Gassen, wo herab
Vom Tmolus fährt
Der goldgeschmückte Paktol
Und Taurus stehet und Messogis,
Und schläfrig fast von Blumen der Garten,

O Insel des Lichts!
Denn wenn erloschen ist der Ruhm, die Augenlust, und gehalten nicht mehr
Von Menschen, schattenlos, die Pfade zweifeln und die Bäume,
Und Reiche, das Jugendland der Augen, sind vergangen
Athletischer,
Im Ruin,   und Unschuld, angeborne,
Zerrissen ist. Von Gott aus nämlich kommt gediegen
Und gehet das Gewissen, Offenbarung, die Hand des Herrn
Reich winkt aus richtendem Himmel, dann und eine Zeit ist
Unteilbar Gesetz, und Amt, und die Hände
Zu erheben, das, und das Niederfallen
Böser Gedanken, los, zu ordnen. Grausam nämlich hasset
Allwissende Stirnen Gott. Rein aber bestand
Auf ungebundnem Boden Johannes. Wenn einer
Für irdisches prophetisches Wort erklärt

Vom Jordan und von Nazareth
Und fern vom See, an Capernaum,

Und Galiläa die Lüfte, und von Cana.
Eine Weile bleib ich, sprach er. Also mit Tropfen
Stillt er das Seufzen des Lichts, das durstigem Wild
War ähnlich in den Tagen, als um Syrien
Jammert der getöteten Kindlein heimatliche
Anmut im Sterben, und das Haupt
Des Täufers, gepflückt, war unverwelklicher Schrift gleich
Sichtbar auf weilender Schüssel. Wie Feuer
Sind Stimmen Gottes. Schwer ists aber,
Im Großen zu behalten das Große.
Nicht eine Weide. Daß einer
Bleibet im Anfang. Jetzt aber
Geht dieses wieder, wie sonst.

Johannes. Christus. Diesen möcht
Ich singen, gleich dem Herkules, oder
Der Insel, welche festgehalten und gerettet, erfrischend,
Die benachbarte mit kühlen Meereswassern aus der Wüste
Der Flut, der weiten, Peleus. Das geht aber
Nicht. Anders ists ein Schicksal. Wundervoller.
Reicher, zu singen. Unabsehlich
Seit jenem die Fabel. Und jetzt
Möcht ich die Fahrt der Edelleute nach
Jerusalem, und das Leiden irrend in Canossa,
Und den Heinrich singen. Daß aber
Der Mut nicht selber mich aussetze. Begreifen müssen
Dies wir zuvor. Wie Morgenluft sind nämlich die Namen
Seit Christus. Werden Träume. Fallen, wie Irrtum,
Auf das Herz und tötend, wenn nicht einer

Erwäget, was sie sind, und begreift.
Es sah aber der achtsame Mann
Das Angesicht des Gottes,
Damals, da, beim Geheimnisse des Weinstocks, sie
Zusammensaßen, zu der Stunde des Gastmahls,
Und in der großen Seele, wohlauswählend, den Tod
Aussprach der Herr, und die letzte Liebe, denn nie genug
Hatt er, von Güte, zu sagen
Der Worte, damals, und zu bejahn Bejahendes. Aber sein Licht war
Tod. Denn karg ist das Zürnen der Welt.
Das aber erkannt er. Alles ist gut. Drauf starb er.

Es sahen aber, gebückt, desungeachtet, vor Gott die Gestalt
Des Verleugnenden, wie wenn
Ein Jahrhundert sich biegt, nachdenklich, in der Freude der
Wahrheit
Noch zuletzt die Freunde,

Doch trauerten sie, da nun
Es Abend worden. Nämlich rein
Zu sein, ist Geschick, ein Leben, das ein Herz hat,
Vor solchem Angesicht, und dauert über die Hälfte.
Zu meiden aber ist viel. Zu viel aber
Der Liebe, wo Anbetung ist,
Ist gefahrreich, triffet am meisten. Jene wollten aber
Vom Angesichte des Herrn
Nicht lassen und der Heimat. Eingeboren
Wie Feuer war in dem Eisen das, und ihnen
Zur Seite ging, wie eine Seuche, der Schatte des Lieben.
Drum sandt er ihnen
Den Geist, und freilich bebte
Das Haus und die Wetter Gottes rollten
Ferndonnernd, Männer schaffend, wie wenn Drachenzähne,
prächtigen Schicksals,

PATMOS

Dem Landgrafen von Homburg

Ansätze zur letzten Fassung

Voll Güt ist; keiner aber fasset
Allein Gott.
Wo aber Gefahr ist, wächst
Das Rettende auch.
Im Finstern wohnen
Die Adler, und furchtlos gehn
Im Tagewerk die Söhne der Alpen über den Abgrund weg
Auf leichtgebaueten Brücken.
Drum, da gehäuft sind rings, um Klarheit,
Die Gipfel der Zeit,
Und die Liebsten nahe wohnen sehnsuchtsvoll, ermattend auf
Getrenntesten Bergen,
So gib unschuldig Wasser,

O Fittige gib uns, treuesten Sinns
Hinüberzugehn und wiederzukehren.

So sprach ich, da entführte
Mich künstlicher, denn ich vermutet,
Und weit, wohin ich nimmer
Zu kommen gedacht, ein Genius mich
Vom eigenen Haus. Es kleideten sich
Im Zwielicht, Menschen ähnlich, da ich ging,
Der schattige Wald
Und die sehnsüchtigen Bäche
Der Heimat; nimmer kannt ich die Länder.
Viel aber mitgelitten erfahren haben wir, Merkzeichen viel. So
In frischem Glanze, geheimnisvoll,
In goldenem Rauche blühte
Schnellaufgewachsen,
Herzlich erkannt, mit Schritten der Sonne,
Von tausend Tischen duftend, jetzt,

Mir Asia auf und geblendet ganz
Sucht eins ich, das ich kennete, denn nie gewöhnt hatt
Ich mich solch breiter Gassen, wo herab
Vom Tmolus aus fährt,
Ein unzerbrechlich Zeug, der goldgeschmückte Paktol
Und Taurus stehet und Messogis, und von Gewürzen
Fast schläfrig der Garten,

Vom Jordan fern und Nazareth
Und fern vom See, an Capernaum, wo sie ihn
Gesucht, und Galiläa die Lüfte, und von Cana.
Eine Weile bleib ich, sprach er. Also wie mit Tropfen, heiligen,
Stillte er das Seufzen des Lichts, das durstigem Tier war oder
Dem Schreien des Huhns ähnlich, jenes Tages, als um Syrien, verblüht,
Gewimmert der getöteten Kindlein heimatliche
Anmut wohlredend im Verschwinden, und des Täufers
Sein Haupt stürzt und, das goldene, lag uneßbarer und unverwelklicher Schrift gleich
Sichtbar auf trockener Schüssel. Wie Feuer, in Städten, tödlichliebend
Sind Gottes Stimmen. Brennend ist aber, gewißlich

Das gleich behalten, im Großen das Große.
Nie eine Weide. Daß einer
Bleibet im Anfang. Jetzt aber
Geht dieses wieder, wie sonst.

Johannes. Christus. Diesen, ein
Lastträger, möcht ich singen, gleich dem Herkules, oder
Der Insel, welche gebannet, und angeblümt, sinnreich,
erfrischend,
Die benachbarte mit kalten Meereswassern aus der Wüste
Der Flut, der weiten, Peleus. Aber nicht
Genug. Anders ist es ein Schicksal. Wundervoller.
Reicher, zu singen. Unabsehlich
Seit dem die Fabel. Und auch möcht
Ich die Fahrt der Edelleute nach
Jerusalem, und wie Schwanen der Schiffe Gang und das
Leiden irrend in Canossa, brennendheiß,
Und den Heinrich singen. Aber daß uranfangs
Der Mut nicht selber mich aussetze. Schauen, müssen wir mit
Schlüssen,
Der Erfindung, vorher. Denn teuer ists,
Das Angesicht des Teuersten. Nämlich Leiden färbt
Die Reinheit dieses, die rein

Ist wie ein Schwert. Damals sah aber
Der achtsame Mann
Das Angesicht des Gottes,
Da, beim Geheimnisse des Weinstocks, sie
Zusammensaßen, zu der Stunde des Gastmahls,
Als in der großen Seele, wohlauswählend, den Tod
Aussprach der Herr, und die letzte Liebe, denn nie genug
Hatt er, von Güte, zu sagen
Der Worte, damals, und zu bejahn schneeweiß. Aber nachher
Sein Licht war Tod. Denn begrifflos ist das Zürnen der Welt,
namlos.
Das aber erkannt er. Alles ist gut. Drauf starb er.
Es sahen aber, gebückt, desunerachtet, vor Gott die Gestalt
Des Verleugnenden, wie wenn
Ein Jahrhundert sich biegt, nachdenklich, in der Freude der
Wahrheit
Noch zuletzt die Freunde,

Doch aber mußten sie trauern, nun, da
Es Abend worden. Nämlich meistens ist rein
Zu sein ein Geschick, ein Leben, das ein Herz hat,
Vor solchem Angesicht, und dauert über die Hälfte.
Zu meiden aber ist viel. Zu viel aber
Der Liebe, wo Anbetung ist,
Ist gefahrreich, triffet am meisten. Aber jene nicht
Von Tränen und Schläfen des Herrn wollten
Lassen und der Heimat. Eingeboren, glühend
Wie Feuer rot war im Eisen das. Und schadend das
Angesicht des Gottes wirklich
Wie eine Seuche ging zur Seite, der Schatte des Lieben.
Drum sandt er ihnen
Den Geist, und freilich bebte
Das Haus und die Wetter Gottes rollten
Ferndonnernd, Männer schaffend, zornige, wie wenn
Drachenzähne, prächtigen Schicksals,

ANDENKEN

Der Nordost wehet,
Der liebste unter den Winden
Mir, weil er feurigen Geist
Und gute Fahrt verheißet den Schiffern.
Geh aber nun und grüße
Die schöne Garonne,
Und die Gärten von Bourdeaux
Dort, wo am scharfen Ufer
Hingehet der Steg und in den Strom
Tief fällt der Bach, darüber aber
Hinschauet ein edel Paar
Von Eichen und Silberpappeln;

Noch denket das mir wohl und wie
Die breiten Gipfel neiget
Der Ulmwald, über die Mühl,
Im Hofe aber wächset ein Feigenbaum.
An Feiertagen gehn
Die braunen Frauen daselbst
Auf seidnen Boden,
Zur Märzenzeit,

Wenn gleich ist Nacht und Tag,
Und über langsamen Stegen,
Von goldenen Träumen schwer,
Einwiegende Lüfte ziehen.

Es reiche aber,
Des dunkeln Lichtes voll,
Mir einer den duftenden Becher,
Damit ich ruhen möge; denn süß
Wär unter Schatten der Schlummer.
Nicht ist es gut,
Seellos von sterblichen
Gedanken zu sein. Doch gut
Ist ein Gespräch und zu sagen
Des Herzens Meinung, zu hören viel
Von Tagen der Lieb,
Und Taten, welche geschehen.

Wo aber sind die Freunde? Bellarmin
Mit dem Gefährten? Mancher
Trägt Scheue, an die Quelle zu gehn;
Es beginnet nämlich der Reichtum
Im Meere. Sie,
Wie Maler, bringen zusammen
Das Schöne der Erd und verschmähn
Den geflügelten Krieg nicht, und
Zu wohnen einsam, jahrlang, unter
Dem entlaubten Mast, wo nicht die Nacht durchglänzen
Die Feiertage der Stadt,
Und Saitenspiel und eingeborener Tanz nicht.

Nun aber sind zu Indiern
Die Männer gegangen,
Dort an der luftigen Spitz
An Traubenbergen, wo herab
Die Dordogne kommt,
Und zusammen mit der prächtgen
Garonne meerbreit
Ausgehet der Strom. Es nehmet aber
Und gibt Gedächtnis die See,
Und die Lieb auch heftet fleißig die Augen,
Was bleibet aber, stiften die Dichter.

DER ISTER

Jetzt komme, Feuer!
Begierig sind wir,
Zu schauen den Tag,
Und wenn die Prüfung
Ist durch die Knie gegangen,
Mag einer spüren das Waldgeschrei.
Wir singen aber vom Indus her
Fernangekommen und
Vom Alpheus, lange haben
Das Schickliche wir gesucht,
Nicht ohne Schwingen mag
Zum Nächsten einer greifen
Geradezu
Und kommen auf die andere Seite.
Hier aber wollen wir bauen.
Denn Ströme machen urbar
Das Land. Wenn nämlich Kräuter wachsen
Und an denselben gehn
Im Sommer zu trinken die Tiere,
So gehn auch Menschen daran.

Man nennet aber diesen den Ister.
Schön wohnt er. Es brennet der Säulen Laub,
Und reget sich. Wild stehn
Sie aufgerichtet, untereinander; darob
Ein zweites Maß, springt vor
Von Felsen das Dach. So wundert
Mich nicht, daß er
Den Herkules zu Gaste geladen,
Fernglänzend, am Olympos drunten,
Da der, sich Schatten zu suchen
Vom heißen Isthmos kam,
Denn voll des Mutes waren
Daselbst sie, es bedarf aber, der Geister wegen,
Der Kühlung auch. Darum zog jener lieber
An die Wasserquellen hieher und gelben Ufer,
Hoch duftend oben, und schwarz
Vom Fichtenwald, wo in den Tiefen
Ein Jäger gern lustwandelt
Mittags, und Wachstum hörbar ist
An harzigen Bäumen des Isters,

Der scheinet aber fast
Rückwärts zu gehen und
Ich mein, er müsse kommen
Von Osten.
Vieles wäre
Zu sagen davon. Und warum hängt er
An den Bergen gerad? Der andre,
Der Rhein, ist seitwärts
Hinweggegangen. Umsonst nicht gehn
Im Trocknen die Ströme. Aber wie? Ein Zeichen braucht es,
Nichts anderes, schlecht und recht, damit es Sonn
Und Mond trag im Gemüt, untrennbar,
Und fortgeh, Tag und Nacht auch, und
Die Himmlischen warm sich fühlen aneinander.
Darum sind jene auch
Die Freude des Höchsten. Denn wie käm er
Herunter? Und wie Hertha grün,
Sind sie die Kinder des Himmels. Aber allzugedultig
Scheint der mir, nicht
Freier, und fast zu spotten. Nämlich wenn

Angehen soll der Tag
In der Jugend, wo er zu wachsen
Anfängt, es treibet ein anderer da
Hoch schon die Pracht, und Füllen gleich
In den Zaum knirscht er, und weithin hören
Das Treiben die Lüfte,
Ist der zufrieden;
Es brauchet aber Stiche der Fels
Und Furchen die Erd,
Unwirtbar wär es, ohne Weile;
Was aber jener tuet, der Strom,
Weiß niemand.

MNEMOSYNE

Erste Fassung

aber es haben
Zu singen
Blumen auch Wasser und fühlen,
Ob noch ist der Gott. Denn schön ist
Der Brauttag, bange sind wir aber

Der Ehre wegen. Denn furchtbar gehet
Es ungestalt, wenn Eines uns
Zu gierig genommen. Zweifellos
Ist aber der Höchste. Der kann täglich
Es ändern. Kaum bedarf er
Gesetz, wie nämlich es
Bei Menschen bleiben soll. Viel Männer möchten da
Sein, wahrer Sache. Nicht vermögen
Die Himmlischen alles. Nämlich es reichen
Die Sterblichen eh an den Abgrund. Also wendet es sich
Mit diesen. Lang ist
Die Zeit, es ereignet sich aber
Das Wahre.

Wie aber Liebes? Sonnenschein
Am Boden sehen wir und trockenen Staub
Und tief mit Schatten die Wälder und es blühet
An Dächern der Rauch, bei alter Krone
Der Türme, friedsam; und es girren
Verloren in der Luft die Lerchen und unter dem Tage weiden
Wohlangeführt die Schafe des Himmels.
Und Schnee, wie Maienblumen
Das Edelmütige, wo
Es seie, bedeutend, glänzet mit
Der grünen Wiese
Der Alpen, hälftig, da ging
Vom Kreuze redend, das
Gesetzt ist unterwegs einmal
Gestorbenen, auf der schroffen Straß
Ein Wandersmann mit
Dem andern, aber was ist dies?

Am Feigenbaum ist mein
Achilles mir gestorben,
Und Ajax liegt
An den Grotten, nahe der See,
An Bächen, benachbart dem Skamandros.
Vom Genius kühn ist bei Windessausen, nach
Der heimatlichen Salamis süßer
Gewohnheit, in der Fremd
Ajax gestorben,
Patroklos aber in des Königes Harnisch. Und es starben

Noch andere viel. Mit eigener Hand
Viel traurige, wilden Muts, doch göttlich
Gezwungen, zuletzt, die anderen aber
Im Geschicke stehend, im Feld. Unwillig nämlich
Sind Himmlische, wenn einer nicht die Seele schonend sich
Zusammengenommen, aber er muß doch; dem
Gleich fehlet die Trauer.

MNEMOSYNE

Zweite Fassung

Ein Zeichen sind wir, deutungslos,
Schmerzlos sind wir und haben fast
Die Sprache in der Fremde verloren.
Wenn nämlich über Menschen
Ein Streit ist an dem Himmel und gewaltig
Die Monde gehn, so redet
Das Meer auch und Ströme müssen
Den Pfad sich suchen. Zweifellos
Ist aber Einer. Der
Kann täglich es ändern. Kaum bedarf er
Gesetz. Und es tönet das Blatt und Eichbäume
wehn dann neben
Den Firnen. Denn nicht vermögen
Die Himmlischen alles. Nämlich es reichen
Die Sterblichen eh an den Abgrund. Also wendet es sich,
das Echo,
Mit diesen. Lang ist
Die Zeit, es ereignet sich aber
Das Wahre.

Wie aber Liebes? Sonnenschein
Am Boden sehen wir und trockenen Staub
Und tief mit Schatten die Wälder und es blühet
An Dächern der Rauch, bei alter Krone
Der Türme, friedsam; und es girren
Verloren in der Luft die Lerchen und unter dem Tage weiden
Wohlangeführt die Schafe des Himmels.
Und Schnee, wie Maienblumen
Das Edelmütige, wo
Es seie, bedeutend, glänzet mit

Der grünen Wiese
Der Alpen, hälftig, da ging
Vom Kreuze redend, das
Gesetzt ist unterwegs einmal
Gestorbenen, auf der schroffen Straß
Ein Wandersmann mit
Dem andern, aber was ist dies?

Am Feigenbaum ist mein
Achilles mir gestorben,
Und Ajax liegt
An den Grotten, nahe der See,
An Bächen, benachbart dem Skamandros.
Vom Genius kühn ist   bei Windessausen, nach
Der heimatlichen Salamis süßer
Gewohnheit, in der Fremd
Ajax gestorben,
Patroklos aber in des Königes Harnisch. Und es starben
Noch andere viel. Mit eigener Hand
Viel traurige, wilden Muts, doch göttlich
Gezwungen, zuletzt, die anderen aber
Im Geschicke stehend, im Feld. Unwillig nämlich
Sind Himmlische, wenn einer nicht die Seele schonend sich
Zusammengenommen, aber er muß doch; dem
Gleich fehlet die Trauer.

MNEMOSYNE

Dritte Fassung

Reif sind, in Feuer getaucht, gekochet
Die Frücht und auf der Erde geprüfet und ein Gesetz ist,
Daß alles hineingeht, Schlangen gleich,
Prophetisch, träumend auf
Den Hügeln des Himmels. Und vieles
Wie auf den Schultern eine
Last von Scheitern ist
Zu behalten. Aber bös sind
Die Pfade. Nämlich unrecht,
Wie Rosse, gehn die gefangenen
Element und alten
Gesetze der Erd. Und immer

Ins Ungebundene gehet eine Sehnsucht. Vieles aber ist
Zu behalten. Und not die Treue.
Vorwärts aber und rückwärts wollen wir
Nicht sehn. Uns wiegen lassen, wie
Auf schwankem Kahne der See.

Wie aber Liebes? Sonnenschein
Am Boden sehen wir und trockenen Staub
Und heimatlich die Schatten der Wälder und es blühet
An Dächern der Rauch, bei alter Krone
Der Türme, friedsam; gut sind nämlich,
Hat gegenredend die Seele
Ein Himmlisches verwundet, die Tageszeichen.
Denn Schnee, wie Maienblumen
Das Edelmütige, wo
Es seie, bedeutend, glänzet auf
Der grünen Wiese
Der Alpen, hälftig, da, vom Kreuze redend, das
Gesetzt ist unterwegs einmal
Gestorbenen, auf hoher Straß
Ein Wandersmann geht zornig,
Fern ahnend mit
Dem andern, aber was ist dies?

Am Feigenbaum ist mein
Achilles mir gestorben,
Und Ajax liegt
An den Grotten der See,
An Bächen, benachbart dem Skamandros.
An Schläfen Sausen einst, nach
Der unbewegten Salamis steter
Gewohnheit, in der Fremd, ist groß
Ajax gestorben,
Patroklos aber in des Königes Harnisch. Und es starben
Noch andere viel. Am Kithäron aber lag
Elevtherä, der Mnemosyne Stadt. Der auch, als
Ablegte den Mantel Gott, das Abendliche nachher löste
Die Locken. Himmlische nämlich sind
Unwillig, wenn einer nicht die Seele schonend sich
Zusammengenommen, aber er muß doch; dem
Gleich fehlet die Trauer.

AUS DEN HYMNISCHEN ENTWÜRFEN

WIE VÖGEL LANGSAM ZIEHN ...

Wie Vögel langsam ziehn –
Es blicket voraus
Der Fürst und kühl wehn
An die Brust ihm die Begegnisse, wenn
Es um ihn schweiget, hoch
In der Luft, reich glänzend aber hinab
Das Gut ihm liegt der Länder, und mit ihm sind
Das erstemal siegforschend die Jungen.
Er aber mäßiget mit
Der Fittige Schlag.

HEIMAT

Und niemand weiß

Indessen laß mich wandeln
Und wilde Beeren pflücken,
Zu löschen die Liebe zu dir
An deinen Pfaden, o Erd

Hier wo – – –
und Rosendornen
Und süße Linden duften neben
Den Buchen, des Mittags, wenn im falben Kornfeld
Das Wachstum rauscht, an geradem Halm,
Und den Nacken die Ähre seitwärts beugt
Dem Herbste gleich, jetzt aber unter hohem
Gewölbe der Eichen, da ich sinn
Und aufwärts frage, der Glockenschlag
Mir wohlbekannt
Fernher tönt, goldenklingend, um die Stunde, wenn
Der Vogel wieder wacht. So gehet es wohl.

AUF FALBEM LAUBE . . .

Auf falbem Laube ruhet
Die Traube, des Weines Hoffnung, also ruhet auf der Wange
Der Schatten von dem goldenen Schmuck, der hängt
Am Ohre der Jungfrau.

Und ledig soll ich bleiben,
Leicht fanget aber sich
In der Kette, die
Es abgerissen, das Kälblein.

Fleißig

Es liebet aber der Sämann,
Zu sehen eine,
Des Tages schlafend über
Dem Strickstrumpf.

Nicht will wohllauten
Der deutsche Mund,
Aber lieblich
Am stechenden Bart rauschen
Die Küsse.

WAS IST GOTT? . . .

Was ist Gott? unbekannt, dennoch
Voll Eigenschaften ist das Angesicht
Des Himmels von ihm. Die Blitze nämlich
Der Zorn sind eines Gottes. Jemehr ist eins
Unsichtbar, schicket es sich in Fremdes. Aber der Donner
Der Ruhm ist Gottes. Die Liebe zur Unsterblichkeit
Das Eigentum auch, wie das unsere,
Ist eines Gottes.

AN DIE MADONNA

Viel hab ich dein
Und deines Sohnes wegen
Gelitten, o Madonna,
Seit ich gehöret von ihm
In süßer Jugend;
Denn nicht der Seher allein,
Es stehen unter einem Schicksal
Die Dienenden auch. Denn weil ich

Und manchen Gesang, den ich
Dem höchsten zu singen, dem Vater,
Gesonnen war, den hat
Mir weggezehret die Schwermut.

Doch, Himmlische, doch will ich
Dich feiern und nicht soll einer
Der Rede Schönheit mir,
Die heimatliche, vorwerfen,
Dieweil ich allein
Zum Felde gehe, wo wild
Die Lilie wächst, furchtlos,
Zum unzugänglichen,
Uralten Gewölbe
Des Waldes,
    das Abendland,

                und gewaltet über
Den Menschen hat, statt anderer Gottheit, sie,
Die allvergessende Liebe.

Denn damals sollt es beginnen
Als

Geboren dir im Schoße
Der göttliche Knabe und um ihn
Der Freundin Sohn, Johannes genannt
Vom stummen Vater, der kühne,
Dem war gegeben
Der Zunge Gewalt,
Zu deuten

Und die Furcht der Völker und
Die Donner und
Die stürzenden Wasser des Herrn.

Denn gut sind Satzungen, aber
Wie Drachenzähne, schneiden sie
Und töten das Leben, wenn im Zorne sie schärft
Ein Geringer oder ein König.
Gleichmut ist aber gegeben
Den Liebsten Gottes. So dann starben jene.
Die Beiden, so auch sahst
Du göttlichtrauernd in der starken Seele sie sterben.
Und wohnst deswegen

und wenn in heiliger Nacht
Der Zukunft einer gedenkt und Sorge für
Die sorglosschlafenden trägt,
Die frischaufblühenden Kinder,
Kömmst lächelnd du, und fragst, was er, wo du
Die Königin seiest, befürchte.

Denn nimmer vermagst du es,
Die keimenden Tage zu neiden,
Denn lieb ist dirs, von je,
Wenn größer die Söhne sind,
Denn ihre Mutter. Und nimmer gefällt es dir,
Wenn rückwärtsblickend
Ein Älteres spottet des Jüngern.
Wer denkt der teuern Väter
Nicht gern und erzählet
Von ihren Taten,

wenn aber Verwegnes geschah,
Und Undankbare haben
Das Ärgernis gegeben,
Zu gerne blickt
Dann zum
Und tatenscheu
Unendliche Reue und es haßt das Alte die Kinder.

Darum beschütze
Du Himmlische sie,

Die jungen Pflanzen, und wenn
Der Nord kömmt oder giftiger Tau weht oder
Zu lange dauert die Dürre
Und wenn sie üppigblühend
Versinken unter der Sense,
Der allzuscharfen, gib erneuertes Wachstum.
Und daß nur niemals nicht
Vielfältig, in schwachem Gezweige,
Die Kraft mir vielversuchend
Zerstreue das frische Geschlecht, stark aber sei,
Zu wählen aus Vielem das Beste.

Nichts ists, das Böse. Das soll
Wie der Adler den Raub
Mir Eines begreifen.
Die Andern dabei. Damit sie nicht
Die Amme, die
Den Tag gebieret,
Verwirren, falsch anklebend
Der Heimat und der Schwere spottend
Der Mutter ewig sitzen
Im Schoße. Denn groß ist,
Von dem sie erben den Reichtum.
Der

Vor allem, daß man schone
Der Wildnis, göttlichgebaut
Im reinen Gesetze, woher
Es haben die Kinder
Des Gotts, lustwandelnd unter
Den Felsen und Heiden purpurn blühn
Und dunkle Quellen
Dir, o Madonna, und
Dem Sohne, aber den anderen auch,
Damit nicht, als von Knechten,
Mit Gewalt das ihre nehmen
Die Götter.

An den Grenzen aber, wo stehet
Der Knochenberg, so nennet man ihn
Heut, aber in alter Sprache heißet
Er Ossa, Teutoburg ist

Daselbst auch und voll geistigen Wassers
Umher das Land, da
Die Himmlischen all
Sich Tempel

Ein Handwerksmann.

Uns aber, die wir
Daß

Und zu sehr zu fürchten die Furcht nicht!
Denn du nicht, holde

                    aber es gibt
Ein finster Geschlecht, das weder einen Halbgott
Gern hört, oder wenn mit Menschen ein Himmlisches oder
In Wogen erscheint, gestaltlos, oder das Angesicht
Des reinen ehrt, des nahen
Allgegenwärtigen Gottes.

Doch wenn unheilige schon
                    in Menge
                      und frech

Was kümmern sie dich,
O Gesang, den Reinen, ich zwar,
Ich sterbe, doch du
Gehest andere Bahn, umsonst
Mag dich ein Neidisches hindern.

Wenn dann in kommender Zeit
Du einem Guten begegnest,
So grüß ihn, und er denkt,
Wie unsere Tage wohl
Voll Glücks, voll Leidens gewesen.
Von einem gehet zum andern

Noch Eins ist aber
Zu sagen. Denn es wäre
Mir fast zu plötzlich

Drum bauen sie Häuser
Und die Werkstatt gehet
Und über Strömen das Schiff.
Und es bieten tauschend die Menschen
Die Händ einander, sinnig ist es
Auf Erden und es sind nicht umsonst
Die Augen an den Boden geheftet.

Ihr fühlet aber
Auch andere Art.
Denn unter dem Maße
Des Rohen brauchet es auch,
Damit das Reine sich kenne.
Wenn aber

Und in die Tiefe greifet,
Daß es lebendig werde,
Der Allerschütterer, meinen die,
Es komme der Himmlische
Zu Toten herab und gewaltig dämmerts
Im ungebundenen Abgrund,
Im allesmerkenden, auf.
Nicht möcht ich aber sagen,
Es werden die Himmlischen schwach,
Wenn schon es aufgärt.
Wenn aber
                    und es gehet

An die Scheitel dem Vater, daß

                    und der Vogel des Himmels ihm
Es anzeigt. Wunderbar
Im Zorne kommet er drauf.

DER ADLER

Mein Vater ist gewandert, auf dem Gotthard,
Da wo die Flüsse, hinab,
Wohl nach Hetruria seitwärts,
Und des geraden Weges

Auch über den Schnee,
Zu dem Olympos und Hämos,
Wo den Schatten der Athos wirft,
Nach Höhlen in Lemnos.
Anfänglich aber sind
Aus Wäldern des Indus,
Starkduftenden,
Die Eltern gekommen.
Der Urahn aber
Ist geflogen über der See
Scharfsinnend, und es wunderte sich
Des Königes goldnes Haupt
Ob dem Geheimnis der Wasser,
Als rot die Wolken dampften
Über dem Schiff und die Tiere stumm
Einander schauend
Der Speise gedachten, aber
Es stehen die Berge doch still,
Wo wollen wir bleiben?

Der Fels ist zu Weide gut,
Das Trockne zu Trank.
Das Nasse aber zu Speise.
Will einer wohnen,
So sei es an Treppen,
Und wo ein Häuslein hinabhängt,
Am Wasser halte dich auf.
Und was du hast, ist
Atem zu holen.
Hat einer ihn nämlich hinauf
Am Tage gebracht,
Er findet im Schlaf ihn wieder.
Denn wo die Augen zugedeckt,
Und gebunden die Füße sind,
Da wirst du es finden.
Denn wo erkennest,

DAS NÄCHSTE BESTE
Dritte Fassung

offen die Fenster des Himmels
Und freigelassen der Nachtgeist,
Der himmelstürmende, der hat unser Land
Beschwätzet, mit Sprachen viel, unbändigen, und
Den Schutt gewälzet
Bis diese Stunde.
Doch kommt das, was ich will,
Wenn
Drum wie die Staren
Mit Freudengeschrei, wenn auf Gasgogne, Orten,
wo viel Gärten sind,
Wenn im Olivenland, und
In liebenswürdiger Fremde,
Springbrunnen an grasbewachsnen Wegen,
Die Bäum unwissend in der Wüste
Die Sonne sticht,
Und das Herz der Erde tuet
Sich auf, wo um
Den Hügel von Eichen
Aus brennendem Lande
Die Ströme und wo
Des Sonntags unter Tänzen
Gastfreundlich die Schwellen sind,
An blütenbekränzten Straßen, stillegehend.
Sie spüren nämlich die Heimat,
Wenn grad   aus falbem Stein,
Die Wasser silbern rieseln
Und heilig Grün sich zeigt
Auf feuchter Wiese der Charente,

Die klugen Sinne pflegend.   wenn aber
Die Luft sich bahnt,
Und ihnen machet wacker
Scharfwehend die Augen der Nordost, fliegen sie auf,
Und Eck um Ecke
Das Liebere gewahrend,
Denn immer halten die sich genau an das Nächste,
Sehn sie die heiligen Wälder und die Flamme, blühendduftend,

Des Wachstums und die Wolken des Gesanges fern und
atmen Othem
Der Gesänge. Menschlich ist
Das Erkenntnis. Aber die Himmlischen
Auch haben solches mit sich, und des Morgens beobachten
Die Stunden und des Abends die Vögel. Himmlischen auch
Gehöret also solches. Wohlan nun. Sonst in Zeiten
Des Geheimnisses hätt ich, als von Natur, gesagt,
Sie kommen, in Deutschland. Jetzt aber, weil, wie die See
Die Erd ist und die Länder, Männern gleich, die nicht
Vorüber gehen können, einander, untereinander
Sich schelten fast, so sag ich. Abendlich wohlgeschmiedet
Vom Oberlande biegt sich das Gebirg, wo auf hoher Wiese
die Wälder sind wohl an
Der bairischen Ebne. Nämlich Gebirg
Geht weit und strecket hinter Amberg sich und
Fränkischen Hügeln. Berühmt ist dieses. Umsonst nicht hat
Seitwärts gebogen Einer von Bergen der Jugend
Das Gebirg, und gerichtet das Gebirg
Heimatlich. Wildnis nämlich sind ihm die Alpen und
Das Gebirg, das teilet die Tale und die Länge lang,
Geht über die Erd. Dort aber

Gehn mags nun. Fast, unrein, hatt sehn lassen und das
Eingeweid
Der Erde. Bei Ilion aber
War auch das Licht der Adler. Aber in der Mitte
Der Himmel der Gesänge. Neben aber
Am Ufer zornige Greise, der Entscheidung nämlich, die alle
Drei unser sind.

VOM ABGRUND NÄMLICH . . .

Vom Abgrund nämlich haben
Wir angefangen und gegangen
Dem Leuen gleich, in Zweifel und Ärgernis,
Denn sinnlicher sind Menschen
In dem Brand
Der Wüste,
Lichttrunken und der Tiergeist ruhet
Mit ihnen. Bald aber wird, wie ein Hund, umgehn

In der Hitze meine Stimme auf den Gassen der Gärten,
In denen wohnen Menschen,
In Frankreich.
Der Schöpfer.
Frankfurt aber, nach der Gestalt, die
Abdruck ist der Natur, zu reden
Des Menschen nämlich, ist der Nabel
Dieser Erde, diese Zeit auch
Ist Zeit, und deutschen Schmelzes.
Ein wilder Hügel aber stehet über dem Abhang
Meiner Gärten. Kirschenbäume. Scharfer Othem aber wehet
Um die Löcher des Felses. Allda bin ich
Alles miteinander. Wunderbar
Aber über Quellen beuget schlank
Ein Nußbaum und   sich. Beere, wie Korall,
Hängen an dem Strauche über Röhren von Holz,
Aus denen
Ursprünglich aus Korn, nun aber zu gestehen, befestigter
Gesang von Blumen als
Neue Bildung aus der Stadt, wo
Bis zu Schmerzen aber der Nase steigt
Zitronengeruch auf und das Öl, aus der Provence, und
es haben diese
Dankbarkeit mir die Gasgognischen Lande
Gegeben. Gezähmet aber, noch zu sehen, und genährt hat mich
Die Rappierlust und des Festtags gebraten Fleisch,
Der Tisch und braune Trauben, braune
und mich leset, o
Ihr Blüten von Deutschland, o mein Herz wird
Untrügbarer Kristall, an dem
Das Licht sich prüfet, wenn   Deutschland

WENN AUS DER FERNE...

Wenn aus der Ferne, da wir geschieden sind,
Ich dir noch kennbar bin, die Vergangenheit,
O du Teilhaber meiner Leiden!
Einiges Gute bezeichnen dir kann,

So sage, wie erwartet die Freundin dich?
In jenen Gärten, da nach entsetzlicher
Und dunkler Zeit wir uns gefunden?
Hier an den Strömen der heilgen Urwelt.

Das muß ich sagen, einiges Gutes war
In deinen Blicken, als in den Fernen du
Dich einmal fröhlich umgesehen,
Immer verschlossener Mensch, mit finstrem

Aussehn. Wie flossen Stunden dahin, wie still
War meine Seele über der Wahrheit, daß
Ich so getrennt gewesen wäre?
Ja! ich gestand es, ich war die deine.

Wahrhaftig! wie du alles Bekannte mir
In mein Gedächtnis bringen und schreiben willst,
Mit Briefen, so ergeht es mir auch,
Daß ich Vergangenes alles sage.

Wars Frühling? war es Sommer? die Nachtigall
Mit süßem Liede lebte mit Vögeln, die
Nicht ferne waren im Gebüsche
Und mit Gerüchen umgaben Bäum uns.

Die klaren Gänge, niedres Gesträuch und Sand,
Auf dem wir traten, machten erfreulicher
Und lieblicher die Hyazinthe
Oder die Tulpe, Viole, Nelke.

Um Wänd und Mauern grünte der Efeu, grünt'
Ein selig Dunkel hoher Alleen. Oft
Des Abends, Morgens waren dort wir,
Redeten manches und sahn uns froh an.

In meinen Armen lebte der Jüngling auf,
Der, noch verlassen, aus den Gefilden kam,
Die er mir wies, mit einer Schwermut,
Aber die Namen der seltnen Orte

Und alles Schöne hatt er behalten, das
An seligen Gestaden, auch mir sehr wert,
Im heimatlichen Lande blühet
Oder verborgen, aus hoher Aussicht,

Allwo das Meer auch einer beschauen kann,
Doch keiner sein will. Nehme vorlieb, und denk
An die, die noch vergnügt ist, darum,
Weil der entzückende Tag uns anschien,

Der mit Geständnis oder der Hände Druck
Anhub, der uns vereinet. Ach! wehe mir!
Es waren schöne Tage. Aber
Traurige Dämmerung folgte nachher.

Du seiest so allein in der schönen Welt,
Behauptest du mir immer, Geliebter! das
Weißt aber du nicht,

AN ZIMMERN

Die Linien des Lebens sind verschieden,
Wie Wege sind, und wie der Berge Grenzen.
Was hier wir sind, kann dort ein Gott ergänzen
Mit Harmonien und ewigem Lohn und Frieden.

DER KIRCHHOF

Du stiller Ort, der grünt mit jungem Grase,
Da liegen Mann und Frau, und Kreuze stehn,
Wohin hinaus geleitet Freunde gehn,
Wo Fenster sind glänzend mit hellem Glase.

Wenn glänzt an dir des Himmels hohe Leuchte
Des Mittags, wann der Frühling dort oft weilt,
Wenn geistige Wolke dort, die graue, feuchte,
Wenn sanft der Tag vorbei mit Schönheit eilt!

Wie still ists nicht an jener grauen Mauer,
Wo drüber her ein Baum mit Früchten hängt;
Mit schwarzen tauigen, und Laub voll Trauer,
Die Früchte aber sind sehr schön gedrängt.

Dort in der Kirch ist eine dunkle Stille
Und der Altar ist auch in dieser Nacht geringe,
Noch sind darin einige schöne Dinge,
Im Sommer aber singt auf Feldern manche Grille.

Wenn einer dort Reden des Pfarrherrn hört,
Indes die Schar der Freunde steht daneben,
Die mit dem Toten sind, welch eignes Leben
Und welcher Geist, und fromm sein ungestört.

HYPERION

HYPERION

ODER

DER EREMIT IN GRIECHENLAND

ERSTER BAND

Non coerceri maximo, contineri minimo, divinum est.

VORREDE

Ich verspräche gerne diesem Buche die Liebe der Deutschen. Aber ich fürchte, die einen werden es lesen, wie ein Kompendium, und um das *fabula docet* sich zu sehr bekümmern, indes die andern gar zu leicht es nehmen, und beede Teile verstehen es nicht.

Wer bloß an meiner Pflanze riecht, der kennt sie nicht, und wer sie pflückt, bloß, um daran zu lernen, kennt sie auch nicht.

Die Auflösung der Dissonanzen in einem gewissen Charakter ist weder für das bloße Nachdenken, noch für die leere Lust.

Der Schauplatz, wo sich das Folgende zutrug, ist nicht neu, und ich gestehe, daß ich einmal kindisch genug war, in dieser Rücksicht eine Veränderung mit dem Buche zu versuchen, aber ich überzeugte mich, daß er der einzig angemessene für Hyperions elegischen Charakter wäre, und schämte mich, daß mich das wahrscheinliche Urteil des Publikums so übertrieben geschmeidig gemacht.

Ich bedaure, daß für jetzt die Beurteilung des Plans noch nicht jedem möglich ist. Aber der zweite Band soll so schnell, wie möglich, folgen.

ERSTES BUCH

Hyperion an Bellarmin

Der liebe Vaterlandsboden gibt mir wieder Freude und Leid.

Ich bin jetzt alle Morgen auf den Höhn des Korinthischen Isthmus, und, wie die Biene unter Blumen, fliegt meine Seele oft hin und her zwischen den Meeren, die zur Rechten und zur Linken meinen glühenden Bergen die Füße kühlen.

Besonders der Eine der beeden Meerbusen hätte mich freuen sollen, wär ich ein Jahrtausend früher hier gestanden.

Wie ein siegender Halbgott, wallte da zwischen der herrlichen Wildnis des Helikon und Parnaß, wo das Morgenrot um hundert überschneite Gipfel spielt, und zwischen der paradiesischen Ebene von Sicyon der glänzende Meerbusen herein, gegen die Stadt der Freude, das jugendliche Korinth, und schüttete den erbeuteten Reichtum aller Zonen vor seiner Lieblingin aus.

Aber was soll mir das? Das Geschrei des Jakals, der unter den Steinhaufen des Altertums sein wildes Grablied singt, schröckt ja aus meinen Träumen mich auf.

Wohl dem Manne, dem ein blühend Vaterland das Herz erfreut und stärkt! Mir ist, als würd ich in den Sumpf geworfen, als schlüge man den Sargdeckel über mir zu, wenn einer an das meinige mich mahnt, und wenn mich einer einen Griechen nennt, so wird mir immer, als schnürt' er mit dem Halsband eines Hundes mir die Kehle zu.

Und siehe, mein Bellarmin! wenn manchmal mir so ein Wort entfuhr, wohl auch im Zorne mir eine Träne ins Auge trat, so kamen dann die weisen Herren, die unter euch Deutschen so gerne spuken, die Elenden, denen ein leidend Gemüt so gerade recht ist, ihre Sprüche anzubringen, die taten dann sich gütlich, ließen sich beigehn, mir zu sagen: klage nicht, handle!

O hätt ich doch nie gehandelt! um wie manche Hoffnung wär ich reicher! –

Ja, vergiß nur, daß es Menschen gibt, darbendes, angefochtenes, tausendfach geärgertes Herz! und kehre wieder dahin, wo du ausgingst, in die Arme der Natur, der wandellosen, stillen und schönen.

Ich habe nichts, wovon ich sagen möchte, es sei mein eigen.

Fern und tot sind meine Geliebten, und ich vernehme durch keine Stimme von ihnen nichts mehr.

Mein Geschäft auf Erden ist aus. Ich bin voll Willens an die Arbeit gegangen, habe geblutet darüber, und die Welt um keinen Pfenning reicher gemacht.

Ruhmlos und einsam kehr ich zurück und wandre durch mein Vaterland, das, wie ein Totengarten, weit umher liegt, und mich erwartet vielleicht das Messer des Jägers, der uns Griechen, wie das Wild des Waldes, sich zur Lust hält.

Aber du scheinst noch, Sonne des Himmels! Du grünst noch, heilige Erde! Noch rauschen die Ströme ins Meer, und schattige Bäume säuseln im Mittag. Der Wonnegesang des Frühlings singt meine sterblichen Gedanken in Schlaf. Die Fülle der allebendigen Welt ernährt und sättiget mit Trunkenheit mein darbend Wesen.

O selige Natur! Ich weiß nicht, wie mir geschiehet, wenn ich mein Auge erhebe vor deiner Schöne, aber alle Lust des Himmels ist in den Tränen, die ich weine vor dir, der Geliebte vor der Geliebten.

Mein ganzes Wesen verstummt und lauscht, wenn die zarte Welle der Luft mir um die Brust spielt. Verloren ins weite Blau, blick ich oft hinauf an den Aether und hinein ins heilige Meer, und mir ist, als öffnet' ein verwandter Geist mir die Arme, als löste der Schmerz der Einsamkeit sich auf ins Leben der Gottheit.

Eines zu sein mit Allem, das ist Leben der Gottheit, das ist der Himmel des Menschen.

Eines zu sein mit Allem, was lebt, in seliger Selbstvergessenheit wiederzukehren ins All der Natur, das ist der Gipfel der Gedanken und Freuden, das ist die heilige Bergeshöhe, der Ort der ewigen Ruhe, wo der Mittag seine Schwüle und der Donner seine Stimme verliert und das kochende Meer der Woge des Kornfelds gleicht.

Eines zu sein mit Allem, was lebt! Mit diesem Worte legt die Tugend den zürnenden Harnisch, der Geist des Menschen den Zepter weg, und alle Gedanken schwinden vor dem Bilde der ewigeinigen Welt, wie die Regeln des ringenden Künstlers vor seiner Urania, und das eherne Schicksal entsagt der Herrschaft, und aus dem Bunde der Wesen schwindet der Tod, und

Unzertrennlichkeit und ewige Jugend beseliget, verschönert die Welt.

Auf dieser Höhe steh ich oft, mein Bellarmin! Aber ein Moment des Besinnens wirft mich herab. Ich denke nach und finde mich, wie ich zuvor war, allein, mit allen Schmerzen der Sterblichkeit, und meines Herzens Asyl, die ewigeinige Welt, ist hin; die Natur verschließt die Arme, und ich stehe, wie ein Fremdling, vor ihr, und verstehe sie nicht.

Ach! wär ich nie in eure Schulen gegangen. Die Wissenschaft, der ich in den Schacht hinunter folgte, von der ich, jugendlich töricht, die Bestätigung meiner reinen Freude erwartete, die hat mir alles verdorben.

Ich bin bei euch so recht vernünftig geworden, habe gründlich mich unterscheiden gelernt von dem, was mich umgibt, bin nun vereinzelt in der schönen Welt, bin so ausgeworfen aus dem Garten der Natur, wo ich wuchs und blühte, und vertrockne an der Mittagssonne.

O ein Gott ist der Mensch, wenn er träumt, ein Bettler, wenn er nachdenkt, und wenn die Begeisterung hin ist, steht er da, wie ein mißratener Sohn, den der Vater aus dem Hause stieß, und betrachtet die ärmlichen Pfennige, die ihm das Mitleid auf den Weg gab.

Hyperion an Bellarmin

Ich danke dir, daß du mich bittest, dir von mir zu erzählen, daß du die vorigen Zeiten mir ins Gedächtnis bringst.

Das trieb mich auch nach Griechenland zurück, daß ich den Spielen meiner Jugend näher leben wollte.

Wie der Arbeiter in den erquickenden Schlaf, sinkt oft mein angefochtenes Wesen in die Arme der unschuldigen Vergangenheit.

Ruhe der Kindheit! himmlische Ruhe! wie oft steh ich stille vor dir in liebender Betrachtung, und möchte dich denken! Aber wir haben ja nur Begriffe von dem, was einmal schlecht gewesen und wieder gut gemacht ist; von Kindheit, Unschuld haben wir keine Begriffe.

Da ich noch ein stilles Kind war und von dem allem, was uns umgibt, nichts wußte, war ich da nicht mehr, als jetzt, nach all den Mühen des Herzens und all dem Sinnen und Ringen?

Ja! ein göttlich Wesen ist das Kind, solang es nicht in die Chamäleonsfarbe der Menschen getaucht ist.

Es ist ganz, was es ist, und darum ist es so schön.

Der Zwang des Gesetzes und des Schicksals betastet es nicht; im Kind ist Freiheit allein.

In ihm ist Frieden; es ist noch mit sich selber nicht zerfallen. Reichtum ist in ihm; es kennt sein Herz, die Dürftigkeit des Lebens nicht. Es ist unsterblich, denn es weiß vom Tode nichts.

Aber das können die Menschen nicht leiden. Das Göttliche muß werden, wie ihrer einer, muß erfahren, daß sie auch da sind, und eh es die Natur aus seinem Paradiese treibt, so schmeicheln und schleppen die Menschen es heraus, auf das Feld des Fluchs, daß es, wie sie, im Schweiße des Angesichts sich abarbeite.

Aber schön ist auch die Zeit des Erwachens, wenn man nur zur Unzeit uns nicht weckt.

O es sind heilige Tage, wo unser Herz zum ersten Male die Schwingen übt, wo wir, voll schnellen feurigen Wachstums, dastehn in der herrlichen Welt, wie die junge Pflanze, wenn sie der Morgensonne sich aufschließt, und die kleinen Arme dem unendlichen Himmel entgegenstreckt.

Wie es mich umhertrieb an den Bergen und am Meeresufer! ach wie ich oft da saß mit klopfendem Herzen, auf den Höhen von Tina, und den Falken und Kranichen nachsah, und den kühnen fröhlichen Schiffen,wenn sie hinunterschwanden am Horizont! Dort hinunter! dacht ich, dort wanderst du auch einmal hinunter, und mir war, wie einem Schmachtenden, der ins kühlende Bad sich stürzt und die schäumenden Wasser über die Stirne sich schüttet.

Seufzend kehrt ich dann nach meinem Hause wieder um. Wenn nur die Schülerjahre erst vorüber wären, dacht ich oft.

Guter Junge! sie sind noch lange nicht vorüber.

Daß der Mensch in seiner Jugend das Ziel so nahe glaubt! Es ist die schönste aller Täuschungen, womit die Natur der Schwachheit unsers Wesens aufhilft.

Und wenn ich oft dalag unter den Blumen und am zärtlichen Frühlingslichte mich sonnte, und hinaufsah ins heitre Blau, das die warme Erde umfing, wenn ich unter den Ulmen und Weiden, im Schoße des Berges saß, nach einem erquickenden Regen, wenn die Zweige noch bebten von den Berührungen des Himmels, und über dem tröpfelnden Walde sich goldne Wolken bewegten, oder wenn der Abendstern voll friedlichen Geistes heraufkam mit den alten Jünglingen, den übrigen Helden des Himmels, und ich so sah, wie das Leben in ihnen in ewiger müheloser Ordnung durch den Aether sich fortbewegte, und die Ruhe der Welt mich umgab und erfreute, daß ich aufmerkte und lauschte, ohne zu wissen, wie mir geschah – hast du mich lieb, guter Vater im Himmel! fragt ich dann leise, und fühlte seine Antwort so sicher und selig am Herzen.

O du, zu dem ich rief, als wärst du über den Sternen, den ich Schöpfer des Himmels nannte und der Erde, freundlich Idol meiner Kindheit, du wirst nicht zürnen, daß ich deiner vergaß! – Warum ist die Welt nicht dürftig genug, um außer ihr noch Einen zu suchen?*

O wenn sie eines Vaters Tochter ist, die herrliche Natur, ist das Herz der Tochter nicht sein Herz? Ihr Innerstes, ists nicht Er? Aber hab ichs denn? kenn ich es denn?

Es ist, als säh ich, aber dann erschreck ich wieder, als wär es meine eigne Gestalt, was ich gesehn, es ist, als fühlt ich ihn, den Geist der Welt, wie eines Freundes warme Hand, aber ich erwache und meine, ich habe meine eignen Finger gehalten.

Hyperion an Bellarmin

Weißt du, wie Plato und sein Stella sich liebten?

So liebt ich, so war ich geliebt. O ich war ein glücklicher Knabe!

Es ist erfreulich, wenn gleiches sich zu gleichem gesellt, aber es ist göttlich, wenn ein großer Mensch die kleineren zu sich aufzieht.

Ein freundlich Wort aus eines tapfern Mannes Herzen, ein Lächeln, worin die verzehrende Herrlichkeit des Geistes sich verbirgt, ist wenig und viel, wie ein zauberisch Losungswort, das Tod und Leben in seiner einfältigen Silbe verbirgt, ist, wie ein geistig Wasser, das aus der Tiefe der Berge quillt, und die geheime Kraft der Erde uns mitteilt in seinem kristallenen Tropfen.

Wie haß ich dagegen alle die Barbaren, die sich einbilden, sie seien weise, weil sie kein Herz mehr haben, alle die rohen Unholde, die tausendfältig die jugendliche Schönheit töten und zerstören, mit ihrer kleinen unvernünftigen Mannszucht!

* Es ist wohl nicht nötig, zu erinnern, daß derlei Äußerungen als bloße Phänomene des menschlichen Gemüts von Rechts wegen niemand skandalisieren sollten.

Guter Gott! Da will die Eule die jungen Adler aus dem Neste jagen, will ihnen den Weg zur Sonne weisen!

Verzeih mir, Geist meines Adamas! daß ich dieser gedenke vor dir. Das ist der Gewinn, den uns Erfahrung gibt, daß wir nichts Treffliches uns denken, ohne sein ungestaltes Gegenteil.

O daß nur du mir ewig gegenwärtig wärest, mit allem, was dir verwandt ist, traurender Halbgott, den ich meine! Wen du umgibst, mit deiner Ruhe und Stärke, Sieger und Kämpfer, wem du begegnest mit deiner Liebe und Weisheit, der fliehe, oder werde, wie du! Unedles und Schwaches besteht nicht neben dir.

Wie oft warst du mir nahe, da du längst mir ferne warst, verklärtest mich mit deinem Lichte, und wärmtest mich, daß mein erstarrtes Herz sich wieder bewegte, wie der verhärtete Quell, wenn der Strahl des Himmels ihn berührt! Zu den Sternen hätt ich dann fliehn mögen mit meiner Seligkeit, damit sie mir nicht entwürdigt würde von dem, was mich umgab.

Ich war aufgewachsen, wie eine Rebe ohne Stab, und die wilden Ranken breiteten richtungslos über dem Boden sich aus. Du weißt ja, wie so manche edle Kraft bei uns zu Grunde geht, weil sie nicht genützt wird. Ich schweifte herum, wie ein Irrlicht, griff alles an, wurde von allem ergriffen, aber auch nur für den Moment, und die unbehülflichen Kräfte matteten vergebens sich ab. Ich fühlte, daß mirs überall fehlte, und konnte doch mein Ziel nicht finden. So fand er mich.

Er hatt an seinem Stoffe, der sogenannten kultivierten Welt, lange genug Geduld und Kunst geübt, aber sein Stoff war Stein und Holz gewesen und geblieben, nahm wohl zur Not die edle Menschenform von außen an, aber um dies wars meinem Adamas nicht zu tun; er wollte Menschen, und, um diese zu schaffen, hatt er seine Kunst zu arm gefunden. Sie waren einmal da gewesen, die er suchte, die zu schaffen, seine Kunst zu arm war, das erkannt er deutlich. Wo sie da gewesen, wußt er auch. Da wollt er hin und unter dem Schutt nach ihrem Genius fragen, mit diesem sich die einsamen Tage zu verkürzen. Er kam nach Griechenland. So fand ich ihn.

Noch seh ich ihn vor mich treten in lächelnder Betrachtung, noch hör ich seinen Gruß und seine Fragen.

Wie eine Pflanze, wenn ihr Friede den strebenden Geist besänftigt, und die einfältige Genügsamkeit wiederkehrt in die Seele – so stand er vor mir.

Und ich, war ich nicht der Nachhall seiner stillen Begeisterung? wiederholten sich nicht die Melodien seines Wesens in mir? Was ich sah, ward ich, und es war Göttliches, was ich sah.

Wie unvermögend ist doch der gutwilligste Fleiß der Menschen gegen die Allmacht der ungeteilten Begeisterung.

Sie weilt nicht auf der Oberfläche, faßt nicht da und dort uns an, braucht keiner Zeit und keines Mittels; Gebot und Zwang und Überredung braucht sie nicht; auf allen Seiten, in allen Tiefen und Höhen ergreift sie im Augenblick uns, und wandelt, ehe sie da ist für uns, ehe wir fragen, wie uns geschiehet, durch und durch in ihre Schönheit, ihre Seligkeit uns um.

Wohl dem, wem auf diesem Wege ein edler Geist in früher Jugend begegnete!

O es sind goldne unvergeßliche Tage, voll von den Freuden der Liebe und süßer Beschäftigung!

Bald führte mein Adamas in die Heroenwelt des Plutarch, bald in das Zauberland der griechischen Götter mich ein, bald ordnet' und beruhigt' er mit Zahl und Maß das jugendliche Treiben, bald stieg er auf die Berge mit mir; des Tags, um die Blumen der Heide und des Walds und die wilden Moose des Felsen, des Nachts, um über uns die heiligen Sterne zu schauen, und nach menschlicher Weise zu verstehen.

Es ist ein köstlich Wohlgefühl ins uns, wenn so das Innere an seinem Stoffe sich stärkt, sich unterscheidet und getreuer anknüpft und unser Geist allmählich waffenfähig wird.

Aber dreifach fühlt ich ihn und mich, wenn wir, wie Manen aus vergangner Zeit, mit Stolz und Freude, mit Zürnen und Trauern an den Athos hinauf und von da hinüberschifften in den Hellespont und dann hinab an die Ufer von Rhodus und die Bergschlünde von Tänarum, durch die stillen Inseln alle, wenn da die Sehnsucht über die Küsten hinein uns trieb, ins düstre Herz des alten Peloponnes, an die einsamen Gestade des Eurotas, ach! die ausgestorbnen Tale von Elis und Nemea und Olympia, wenn wir da, an eine Tempelsäule des vergeßnen Jupiters gelehnt, umfangen von Lorbeerrosen und Immergrün, ins wilde Flußbett sahn, und das Leben des Frühlings und die ewig jugendliche Sonne uns mahnte, daß auch der Mensch einst da war, und nun dahin ist, daß des Menschen herrliche Natur jetzt kaum noch da ist, wie das Bruchstück eines Tempels oder im Gedächtnis, wie ein Totenbild – da saß ich traurig spielend neben ihm, und pflückte das Moos von eines Halbgotts Piedestal, grub eine marmorne Heldenschulter aus dem Schutt, und schnitt den Dornbusch und das Heidekraut von den halbbegrabnen Architraven, indes mein Adamas die Landschaft zeichnete, wie sie freundlich tröstend den Ruin umgab, den Weizenhügel, die Oliven, die Ziegenherde, die am Felsen des Gebirgs hing, den Ulmenwald, der von den Gipfeln in das Tal sich stürzte; und die Lacerte spielte zu unsern Füßen, und die Fliegen umsummten uns in der Stille des Mittags – Lieber Bellarmin! ich hätte Lust, so pünktlich dir, wie Nestor, zu erzählen; ich ziehe durch die Vergangenheit, wie ein Ährenleser über die Stoppeläcker, wenn der Herr des Lands geerntet hat; da liest man jeden Strohhalm auf. Und wie ich neben ihm stand auf den Höhen von Delos, wie das ein Tag war, der mir graute, da ich mit ihm an der Granitwand des Cynthus die alten Marmortreppen hinaufstieg. Hier wohnte der Sonnengott einst, unter den himmlischen Festen, wo ihn, wie goldnes Gewölk, das versammelte Griechenland umglänzte. In Fluten der Freude und Begeisterung warfen hier, wie Achill in den Styx, die griechischen Jünglinge sich, und gingen unüberwindlich, wie der Halbgott, hervor. In den Hainen, in den Tempeln erwachten und tönten in einander ihre Seelen, und treu bewahrte jeder die entzückenden Akkorde.

Aber was sprech ich davon? Als hätten wir noch eine Ahnung jener Tage! Ach! es kann ja nicht einmal ein schöner Traum gedeihen unter dem Fluche, der über uns lastet. Wie ein heulender Nordwind, fährt die Gegenwart über die Blüten unsers Geistes und versengt sie im Entstehen. Und doch war es ein goldner Tag, der auf dem Cynthus mich umfing! Es dämmerte noch, da wir schon oben waren. Jetzt kam er herauf in seiner ewigen Jugend, der alte Sonnengott, zufrieden und mühelos, wie immer, flog der unsterbliche Titan mit seinen tausend eignen Freuden herauf, und lächelt' herab auf sein verödet Land, auf seine Tempel, seine Säulen, die das Schicksal vor ihn hingeworfen hatte, wie die dürren Rosenblätter, die im Vorübergehen ein Kind gedankenlos vom Strauche riß, und auf die Erde säete.

Sei, wie dieser! rief mir Adamas zu, ergriff mich bei der Hand und hielt sie dem Gott entgegen, und mir war, als trügen uns die Morgenwinde mit sich fort, und brächten uns ins Geleite des heiligen Wesens, das nun hinaufstieg auf den Gipfel des Himmels, freundlich und groß, und wunderbar mit seiner Kraft und seinem Geist die Welt und uns erfüllte.

Noch trauert und frohlockt mein Innerstes über jedes Wort, das mir damals Adamas sagte, und ich begreife meine Bedürftigkeit nicht, wenn oft mir wird, wie damals ihm sein mußte. Was ist Verlust, wenn so der Mensch in seiner eignen Welt sich findet? In uns ist alles. Was kümmerts dann den Menschen, wenn ein Haar von seinem Haupte fällt? Was ringt er so nach Knechtschaft, da er ein Gott sein könnte! Du wirst einsam sein, mein Liebling! sagte mir damals Adamas auch, du wirst sein wie der Kranich, den seine Brüder zurückließen in rauher Jahrszeit, indes sie den Frühling suchen im fernen Lande.

Und das ists, Lieber! Das macht uns arm bei allem Reichtum, daß wir nicht allein sein können, daß die Liebe in uns, so lange wir leben, nicht erstirbt. Gib mir meinen Adamas wieder, und komm mit allen, die mir angehören, daß die alte schöne Welt sich unter uns erneure, daß wir uns versammeln und vereinen in den Armen unserer Gottheit, der Natur, und siehe! so weiß ich nichts von Notdurft.

Aber sage nur niemand, daß uns das Schicksal trenne! Wir sinds, wir! wir haben unsre Lust daran, uns in die Nacht des Unbekannten, in die kalte Fremde irgend einer andern Welt zu stürzen, und, wär es möglich, wir verließen der Sonne Gebiet und stürmten über des Irrsterns Grenzen hinaus. Ach! für des Menschen wilde Brust ist keine Heimat möglich; und wie der Sonne Strahl die Pflanzen der Erde, die er entfaltete, wieder versengt, so tötet der Mensch die süßen Blumen, die an seiner Brust gedeihten, die Freuden der Verwandtschaft und der Liebe.

Es ist, als zürnt ich meinem Adamas, daß er mich verließ, aber ich zürn ihm nicht. O er wollte ja wieder kommen!

In der Tiefe von Asien soll ein Volk von seltner Trefflichkeit verborgen sein; dahin trieb ihn seine Hoffnung weiter.

Bis Nio begleitet ich ihn. Es waren bittere Tage. Ich habe den Schmerz ertragen gelernt, aber für solch ein Scheiden hab ich keine Kraft in mir.

Mit jedem Augenblicke, der uns der letzten Stunde näher brachte, wurd es sichtbarer, wie dieser Mensch verwebt war in mein Wesen. Wie ein Sterbender den fliehenden Othem, hielt ihn meine Seele.

Am Grabe Homers brachten wir noch einige Tage zu, und Nio wurde mir die heiligste unter den Inseln.

Endlich rissen wir uns los. Mein Herz hatte sich müde gerungen. Ich war ruhiger im letzten Augenblicke. Auf den Knieen lag ich vor ihm, umschloß ihn zum letzten Male mit diesen Armen; gib mir einen Segen, mein Vater! rief ich leise zu ihm hinauf, und er lächelte groß, und seine Stirne breitete vor den Sternen des Morgens sich aus und sein Auge durchdrang die Räume des Himmels – Bewahrt ihn mir, rief er, ihr Geister besserer Zeit! und zieht zu eurer Unsterblichkeit ihn auf, und all ihr freundlichen Kräfte des Himmels und der Erde, seid mit ihm!

Es ist ein Gott in uns, setzt' er ruhiger hinzu, der lenkt, wie Wasserbäche, das Schicksal, und alle Dinge sind sein Element. Der sei vor allem mit dir!

So schieden wir. Leb wohl, mein Bellarmin!

Hyperion an Bellarmin

Wohin könnt ich mir entfliehen, hätt ich nicht die lieben Tage meiner Jugend?

Wie ein Geist, der keine Ruhe am Acheron findet, kehr ich zurück in die verlaßnen Gegenden meines Lebens. Alles altert und verjüngt sich wieder. Warum sind wir ausgenommen vom schönen Kreislauf der Natur? Oder gilt er auch für uns?

Ich wollt es glauben, wenn Eines nicht in uns wäre, das ungeheure Streben, Alles zu sein, das, wie der Titan des Aetna, heraufzürnt aus den Tiefen unsers Wesens.

Und doch, wer wollt es nicht lieber in sich fühlen, wie ein siedend Öl, als sich gestehn, er sei für die Geißel und fürs Joch geboren? Ein tobend Schlachtroß oder eine Mähre, die das Ohr hängt, was ist edler?

Lieber! es war eine Zeit, da auch meine Brust an großen Hoffnungen sich sonnte, da auch mir die Freude der Unsterblichkeit in allen Pulsen schlug, da ich wandelt unter herrlichen Entwürfen, wie in weiter Wäldernacht, da ich glücklich, wie die Fische des Ozeans, in meiner uferlosen Zukunft weiter, ewig weiter drang.

Wie mutig, selige Natur! entsprang der Jüngling deiner Wiege! wie freut' er sich in seiner unversuchten Rüstung! Sein Bogen war gespannt und seine Pfeile rauschten im Köcher, und die Unsterblichen, die hohen Geister des Altertums führten ihn an, und sein Adamas war mitten unter ihnen.

Wo ich ging und stand, geleiteten mich die herrlichen Gestalten; wie Flammen, verloren sich in meinem Sinne die Taten aller Zeiten in einander, und wie in Ein frohlockend Gewitter die Riesenbilder, die Wolken des Himmels sich vereinen, so vereinten sich, so wurden Ein unendlicher Sieg in mir die hundertfältigen Siege der Olympiaden.

Wer hält das aus, wen reißt die schröckende Herrlichkeit des Altertums nicht um, wie ein Orkan die jungen Wälder umreißt, wenn sie ihn ergreift, wie mich, und wenn, wie mir, das Element ihm fehlt, worin er sich ein stärkend Selbstgefühl erbeuten könnte?

O mir, mir beugte die Größe der Alten, wie ein Sturm, das Haupt, mir raffte sie die Blüte vom Gesichte, und oftmals lag ich, wo kein Auge mich bemerkte, unter tausend Tränen da, wie eine gestürzte Tanne, die am Bache liegt und ihre welke Krone in die Flut verbirgt. Wie gerne hätt ich einen Augenblick aus eines großen Mannes Leben mit Blut erkauft!

Aber was half mir das? Es wollte ja mich niemand.

O es ist jämmerlich, so sich vernichtet zu sehn; und wem dies unverständlich ist, der frage nicht danach, und danke der Natur, die ihn zur Freude, wie die Schmetterlinge, schuf, und geh, und sprech in seinem Leben nimmermehr von Schmerz und Unglück.

Ich liebte meine Heroen, wie eine Fliege das Licht; ich suchte ihre gefährliche Nähe und floh und suchte sie wieder.

Wie ein blutender Hirsch in den Strom, stürzt ich oft mitten hinein in den Wirbel der Freude, die brennende Brust zu kühlen und die tobenden herrlichen Träume von Ruhm und Größe wegzubaden, aber was half das?

Und wenn mich oft um Mitternacht das heiße Herz in den Garten hinuntertrieb unter die tauigen Bäume, und der Wiegengesang des Quells und die liebliche Luft und das Mondlicht meinen Sinn besänftigte, und so frei und friedlich über mir die silbernen Gewölke sich regten, und aus der Ferne mir die verhallende Stimme der Meeresflut tönte, wie freundlich spielten da mit meinem Herzen all die großen Phantome seiner Liebe!

Lebt wohl, ihr Himmlischen! sprach ich oft im Geiste, wenn über mir die Melodie des Morgenlichts mit leisem Laute begann, ihr herrlichen Toten lebt wohl! ich möcht euch folgen, möchte von mir schütteln, was mein Jahrhundert mir gab, und aufbrechen ins freiere Schattenreich!

Aber ich schmachte an der Kette und hasche mit bitterer Freude die kümmerliche Schale, die meinem Durste gereicht wird.

Meine Insel war mir zu enge geworden, seit Adamas fort war. Ich hatte Jahre schon in Tina Langeweile. Ich wollt in die Welt.

Geh vorerst nach Smyrna, sagte mein Vater, lerne da die Künste der See und des Kriegs, lerne die Sprache gebildeter Völker und ihre Verfassungen und Meinungen und Sitten und Gebräuche, prüfe alles und wähle das Beste! – Dann kann es meinetwegen weiter gehn.

Lern auch ein wenig Geduld! setzte die Mutter hinzu, und ich nahms mit Dank an.

Es ist entzückend, den ersten Schritt aus der Schranke der Jugend zu tun, es ist, als dächt ich meines Geburtstags, wenn ich meiner Abreise von Tina gedenke. Es war eine neue Sonne über mir, und Land und See und Luft genoß ich wie zum ersten Male.

Die lebendige Tätigkeit, womit ich nun in Smyrna meine Bildung besorgte, und der eilende Fortschritt besänftigte mein Herz nicht wenig. Auch manches seligen Feierabends erinnere ich mich aus dieser Zeit. Wie oft ging ich unter den immer grünen Bäumen am Gestade des Meles, an der Geburtsstätte meines Homer, und sammelt Opferblumen und warf sie in den heiligen Strom! Zur nahen Grotte trat ich dann in meinen friedlichen Träumen, da hätte der Alte, sagen sie, seine Iliade gesungen. Ich fand ihn. Jeder Laut in mir verstummte vor seiner Gegenwart. Ich schlug sein göttlich Gedicht mir auf und es war, als hätt ich es nie gekannt, so ganz anders wurd es jetzt lebendig in mir.

Auch denk ich gerne meiner Wanderung durch die Gegenden von Smyrna. Es ist ein herrlich Land, und ich habe tausendmal mir Flügel gewünscht, um des Jahres Einmal nach Kleinasien zu fliegen.

Aus der Ebne von Sardes kam ich durch die Felsenwände des Tmolus herauf.

Ich hatt am Fuße des Bergs übernachtet in einer freundlichen Hütte, unter Myrten, unter den Düften des Ladanstrauchs, wo in der goldnen Flut des Paktolus die Schwäne mir zur Seite spielten, wo ein alter Tempel der Cybele aus den Ulmen hervor, wie ein schüchterner Geist, ins helle Mondlicht blickte. Fünf liebliche Säulen trauerten über dem Schutt, und ein königlich Portal lag niedergestürzt zu ihren Füßen.

Durch tausend blühende Gebüsche wuchs mein Pfad nun aufwärts. Vom schroffen Abhang neigten lispelnde Bäume sich, und übergossen mit ihren zarten Flocken mein Haupt. Ich war des Morgens ausgegangen. Um Mittag war ich auf der Höhe des Gebirgs. Ich stand, sah fröhlich vor mich hin, genoß der reineren Lüfte des Himmels. Es waren selige Stunden.

Wie ein Meer, lag das Land, wovon ich heraufkam, vor mir da, jugendlich, voll lebendiger Freude; es war ein himmlisch unendlich Farbenspiel, womit der Frühling mein Herz begrüßte, und wie die Sonne des Himmels sich wiederfand im tausendfachen Wechsel des Lichts, das ihr die Erde zurückgab, so erkannte mein Geist sich in der Fülle des Lebens, die ihn umfing, von allen Seiten ihn überfiel.

Zur Linken stürzt' und jauchzte, wie ein Riese, der Strom in die Wälder hinab, vom Marmorfelsen, der über mir hing, wo der Adler spielte mit seinen Jungen, wo die Schneegipfel hinauf in den blauen Aether glänzten; rechts wälzten Wetterwolken sich her über den Wäldern des Sipylus; ich fühlte nicht den Sturm, der sie trug, ich fühlte nur ein Lüftchen in den Locken, aber ihren Donner hört ich, wie man die Stimme der Zukunft hört, und ihre Flamme sah ich, wie das ferne Licht der geahneten Gottheit. Ich wandte mich südwärts und ging weiter. Da lag es offen vor mir, das ganze paradiesische Land, das der Kayster durchströmt, durch so manchen reizenden Umweg, als könnt er nicht lange genug verweilen in all dem Reichtum und der Lieblichkeit, die ihn umgibt. Wie die Zephyre, irrte mein Geist von Schönheit zu Schönheit selig umher, vom fremden friedlichen Dörfchen, das tief unten am Berge lag, bis hinein, wo die Gebirgskette des Messogis dämmert.

Ich kam nach Smyrna zurück, wie ein Trunkener vom Gastmahl. Mein Herz war des Wohlgefälligen zu voll, um nicht von seinem Überflusse der Sterblichkeit zu leihen. Ich hatte zu glücklich in mich die Schönheit der Natur erbeutet, um nicht die Lücken des Menschenlebens damit auszufüllen. Mein dürftig Smyrna kleidete sich in die Farben meiner Begeisterung, und stand, wie eine Braut, da. Die geselligen Städter zogen mich an. Der Widersinn in ihren Sitten vergnügte mich, wie eine Kinderposse, und weil ich von Natur hinaus war über all die eingeführten Formen und Bräuche, spielt ich mit allen, und legte sie an und zog sie aus, wie Fastnachtskleider.

Was aber eigentlich mir die schale Kost des gewöhnlichen Umgangs würzte, das waren die guten Gesichter und Gestalten, die noch hie und da die mitleidige Natur, wie Sterne, in unsere Verfinsterung sendet.

Wie hatt ich meine herzliche Freude daran! wie glaubig deutet ich diese freundlichen Hieroglyphen! Aber es ging mir fast damit, wie ehemals mit den Birken im Frühlinge. Ich hatte von dem Safte dieser Bäume gehört, und dachte wunder, was ein köstlich Getränk die lieblichen Stämme geben müßten. Aber es war nicht Kraft und Geist genug darinnen.

Ach! und wie heillos war das übrige alles, was ich hört und sah.

Es war mir wirklich hie und da, als hätte sich die Menschennatur in die Mannigfaltigkeiten des Tierreichs aufgelöst, wenn ich umher ging unter diesen Gebildeten. Wie überall, so waren auch hier die Männer besonders verwahrlost und verwest.

Gewisse Tiere heulen, wenn sie Musik anhören. Meine bessergezognen Leute hingegen lachten, wenn von Geistesschönheit die Rede war und von Jugend des Herzens. Die Wölfe gehen davon, wenn einer Feuer schlägt. Sahn jene Menschen einen Funken Vernunft, so kehrten sie, wie Diebe, den Rücken.

Sprach ich einmal auch vom alten Griechenland ein warmes Wort, so gähnten sie, und meinten, man hätte doch auch zu leben in der jetzigen Zeit; und es wäre der gute Geschmack noch immer nicht verloren gegangen, fiel ein anderer bedeutend ein.

Dies zeigte sich dann auch. Der eine witzelte, wie ein Bootsknecht, der andere blies die Backen auf und predigte Sentenzen.

Es gebärdet' auch wohl einer sich aufgeklärt, machte dem Himmel ein Schnippchen und rief, um die Vögel auf dem Dache hab er nie sich bekümmert, die Vögel in der Hand, die seien ihm lieber! Doch wenn man ihm vom Tode sprach, so legt' er stracks die Hände zusammen, und kam so nach und nach im Gespräche darauf, wie es gefährlich sei, daß unsere Priester nichts mehr gelten.

Die Einzigen, deren zuweilen ich mich bediente, waren die Erzähler, die lebendigen Namenregister von fremden Städten und Ländern, die redenden Bilderkasten, wo man Potentaten auf Rossen und Kirchtürme und Märkte sehn kann.

Ich war es endlich müde, mich wegzuwerfen, Trauben zu suchen in der Wüste und Blumen über dem Eisfeld.

Ich lebte nun entschiedner allein, und der sanfte Geist meiner Jugend war fast ganz aus meiner Seele verschwunden. Die Unheilbarkeit des Jahrhunderts war mir aus so manchem, was ich erzähle und nicht erzähle, sichtbar geworden, und der schöne Trost, in Einer Seele meine Welt zu finden, mein Geschlecht in einem freundlichen Bilde zu umarmen, auch der gebrach mir.

Lieber! was wäre das Leben ohne Hoffnung? Ein Funke, der aus der Kohle springt und verlischt, und wie man bei trüber Jahrszeit einen Windstoß hört, der einen Augenblick saust und dann verhallt, so wär es mit uns?

Auch die Schwalbe sucht ein freundlicher Land im Winter, es läuft das Wild umher in der Hitze des Tags und seine Augen suchen den Quell. Wer sagt dem Kinde, daß die Mutter ihre Brust ihm nicht versage? Und siehe! es sucht sie doch.

Es lebte nichts, wenn es nicht hoffte. Mein Herz verschloß jetzt seine Schätze, aber nur, um sie für eine bessere Zeit zu sparen, für das Einzige, Heilige, Treue, das gewiß, in irgend einer Periode des Daseins, meiner dürstenden Seele begegnen sollte.

Wie selig hing ich oft an ihm, wenn es, in Stunden des Ahnens, leise, wie das Mondlicht, um die besänftigte Stirne mir spielte? Schon damals kannt ich dich, schon damals blicktest du, wie ein Genius, aus Wolken mich an, du, die mir einst, im Frieden der Schönheit, aus der trüben Woge der Welt stieg! Da kämpfte, da glüht' es nimmer, dies Herz.

Wie in schweigender Luft sich eine Lilie wiegt, so regte sich in seinem Elemente, in den entzückenden Träumen von ihr, mein Wesen.

Hyperion an Bellarmin

Smyrna war mir nun verleidet. Überhaupt war mein Herz allmählich müder geworden. Zuweilen konnte wohl der Wunsch in mir auffahren, um die Welt zu wandern oder in den ersten besten Krieg zu gehn, oder meinen Adamas aufzusuchen und in seinem Feuer meinen Mißmut auszubrennen, aber dabei blieb es, und mein unbedeutend welkes Leben wollte nimmer sich erfrischen.

Der Sommer war nun bald zu Ende; ich fühlte schon die düstern Regentage und das Pfeifen der Winde und Tosen der Wetterbäche zum voraus, und die Natur, die, wie ein schäumender Springquell, emporgedrungen war in allen Pflanzen und Bäumen, stand jetzt schon da vor meinem verdüsterten Sinne, schwindend und verschlossen und in sich gekehrt, wie ich selber.

Ich wollte noch mit mir nehmen, was ich konnte, von all dem fliehenden Leben, alles, was ich draußen liebgewonnen hatte, wollt ich noch hereinretten in mich, denn ich wußte wohl, daß mich das wiederkehrende Jahr nicht wieder finden würde unter diesen Bäumen und Bergen, und so ging und ritt ich jetzt mehr, als gewöhnlich, herum im ganzen Bezirke.

Was aber mich besonders hinaustrieb, war das geheime Verlangen, einen Menschen zu sehn, der seit einiger Zeit vor dem Tore unter den Bäumen, wo ich vorbei kam, mir alle Tage begegnet war.

Wie ein junger Titan, schritt der herrliche Fremdling unter dem Zwergengeschlechte daher, das mit freudiger Scheue an seiner Schöne sich weidete, seine Höhe maß und seine Stärke, und an dem glühenden verbrannten Römerkopfe, wie an verbotner Frucht mit verstohlnem Blicke sich labte, und es war jedesmal ein herrlicher Moment, wann das Auge dieses Menschen, für dessen Blick der freie Aether zu enge schien, so mit abgelegtem Stolze sucht' und strebte, bis es sich in meinem Auge fühlte und wir errötend uns einander nachsahn und vorüber gingen.

Einst war ich tief in die Wälder des Mimas hineingeritten und kehrt erst spät abends zurück. Ich war abgestiegen, und führte mein Pferd einen steilen wüsten Pfad über Baumwurzeln und Steine hinunter, und, wie ich so durch die Sträuche mich wand, in die Höhle hinunter, die nun vor mir sich öffnete, fielen plötzlich ein paar karabornische Räuber über mich her, und ich hatte Mühe, für den ersten Moment die zwei gezückten Säbel abzuhalten; aber sie waren schon von anderer Arbeit müde, und so half ich doch mir durch. Ich setzte mich ruhig wieder aufs Pferd und ritt hinab.

Am Fuße des Berges tat mitten unter den Wäldern und aufgehäuften Felsen sich eine kleine Wiese vor mir auf. Es wurde hell. Der Mond war eben aufgegangen über den finstern Bäumen. In einiger Entfernung sah ich Rosse auf dem Boden ausgestreckt und Männer neben ihnen im Grase.

Wer seid ihr? rief ich.

Das ist Hyperion! rief eine Heldenstimme, freudig überrascht. Du kennst mich, fuhr die Stimme fort; ich begegne dir alle Tage unter den Bäumen am Tore.

Mein Roß flog, wie ein Pfeil, ihm zu. Das Mondlicht schien ihm hell ins Gesicht. Ich kannt ihn; ich sprang herab.

Guten Abend! rief der liebe Rüstige, sah mit zärtlich wildem

Blicke mich an und drückte mit seiner nervigen Faust die meine, daß mein Innerstes den Sinn davon empfand.

O nun war mein unbedeutend Leben am Ende!

Alabanda, so hieß der Fremde, sagte mir nun, daß er mit seinem Diener von Räubern wäre überfallen worden, daß die beiden, auf die ich stieß, wären fortgeschickt worden von ihm, daß er den Weg aus dem Walde verloren gehabt und darum wäre genötigt gewesen, auf der Stelle zu bleiben, bis ich gekommen. Ich habe einen Freund dabei verloren, setzt' er hinzu, und wies sein totes Roß mir.

Ich gab das meine seinem Diener, und wir gingen zu Fuße weiter.

Es geschah uns recht, begann ich, indes wir Arm in Arm zusammen aus dem Walde gingen; warum zögerten wir auch so lange und gingen uns vorüber, bis der Unfall uns zusammenbrachte.

Ich muß denn doch dir sagen, erwidert' Alabanda, daß du der Schuldigere, der Kältere bist. Ich bin dir heute nachgeritten.

Herrlicher! rief ich, siehe nur zu! an Liebe sollst du doch mich nimmer übertreffen.

Wir wurden immer inniger und freudiger zusammen.

Wir kamen nahe bei der Stadt an einem wohlgebauten Khan vorbei, das unter plätschernden Brunnen ruhte und unter Fruchtbäumen und duftenden Wiesen.

Wir beschlossen, da zu übernachten. Wir saßen noch lange zusammen bei offnen Fenstern. Hohe geistige Stille umfing uns. Erd und Meer war selig verstummt, wie die Sterne, die über uns hingen. Kaum, daß ein Lüftchen von der See her uns ins Zimmer flog und zart mit unserm Lichte spielte, oder daß von ferner Musik die gewaltigern Töne zu uns drangen, indes die Donnerwolke sich wiegt' im Bette des Aethers, und hin und wieder durch die Stille fernher tönte, wie ein schlafender Riese, wenn er stärker atmet in seinen furchtbaren Träumen.

Unsre Seelen mußten um so stärker sich nähern, weil sie wider Willen waren verschlossen gewesen. Wir begegneten einander, wie zwei Bäche, die vom Berge rollen, und die Last von Erde und Stein und faulem Holz und das ganze träge Chaos, das sie aufhält, von sich schleudern, um den Weg sich zu einander zu bahnen, und durchzubrechen bis dahin, wo sie nun ergreifend und ergriffen mit gleicher Kraft, vereint in Einen majestätischen Strom, die Wanderung ins weite Meer beginnen.

Er, vom Schicksal und der Barbarei der Menschen heraus, vom eignen Hause unter Fremden hin und her gejagt, von früher Jugend an erbittert und verwildert, und doch auch das innere Herz voll Liebe, voll Verlangens, aus der rauhen Hülse durchzudringen in ein freundlich Element; ich, von allem schon so innigst abgeschieden, so mit ganzer Seele fremd und einsam unter den Menschen, so lächerlich begleitet von dem Schellenklange der Welt in meines Herzens liebsten Melodien; ich, die Antipathie aller Blinden und Lahmen, und doch mir selbst zu blind und lahm, doch mir selbst so herzlich überlästig in allem, was von ferne verwandt war mit den Klugen und Vernünftlern, den Barbaren und den Witzlingen – und so voll Hoffnung, so voll einziger Erwartung eines schönern Lebens –

Mußten so in freudig stürmischer Eile nicht die beiden Jünglinge sich umfassen?

O du, mein Freund und Kampfgenosse, mein Alabanda, wo bist du? Ich glaube fast, du bist ins unbekannte Land hinübergegangen, zur Ruhe, bist wieder geworden, wie einst, da wir noch Kinder waren.

Zuweilen, wenn ein Gewitter über mir hinzieht, und seine göttlichen Kräfte unter die Wälder austeilt und die Saaten, oder wenn die Wogen der Meersflut unter sich spielen, oder ein Chor von Adlern um die Berggipfel, wo ich wandre, sich schwingt, kann mein Herz sich regen, als wäre mein Alabanda nicht fern; aber sichtbarer, gegenwärtiger, unverkennbarer lebt er in mir, ganz, wie er einst dastand, ein feurig strenger furchtbarer Kläger, wenn er die Sünden des Jahrhunderts nannte. Wie erwachte da in seinen Tiefen mein Geist, wie rollten mir die Donnerworte der unerbittlichen Gerechtigkeit über die Zunge! Wie Boten der Nemesis, durchwanderten unsre Gedanken die Erde, und reinigten sie, bis keine Spur von allem Fluche da war.

Auch die Vergangenheit riefen wir vor unsern Richterstuhl, das stolze Rom erschröckte uns nicht mit seiner Herrlichkeit, Athen bestach uns nicht mit seiner jugendlichen Blüte.

Wie Stürme, wenn sie frohlockend, unaufhörlich fort durch Wälder über Berge fahren, so drangen unsre Seelen in kolossalischen Entwürfen hinaus; nicht, als hätten wir, unmännlich, unsre Welt, wie durch ein Zauberwort, geschaffen, und kindisch unerfahren keinen Widerstand berechnet, dazu war Alabanda zu verständig und zu tapfer. Aber oft ist auch die mühelose Begeisterung kriegerisch und klug.

Ein Tag ist mir besonders gegenwärtig.

Wir waren zusammen aufs Feld gegangen, saßen vertraulich umschlungen im Dunkel des immergrünen Lorbeers, und sahn zusammen in unsern Plato, wo er so wunderbar erhaben vom Altern und Verjüngen spricht, und ruhten hin und wieder aus auf der stummen entblätterten Landschaft, wo der Himmel schöner, als je, mit Wolken und Sonnenschein um die herbstlich schlafenden Bäume spielte.

Wir sprachen darauf manches vom jetzigen Griechenland, beede mit blutendem Herzen, denn der entwürdigte Boden war auch Alabandas Vaterland.

Alabanda war wirklich ungewöhnlich bewegt.

Wenn ich ein Kind ansehe, rief dieser Mensch, und denke, wie schmählich und verderbend das Joch ist, das es tragen wird, und daß es darben wird, wie wir, daß es Menschen suchen wird, wie wir, fragen wird, wie wir, nach Schönem und Wahrem, daß es unfruchtbar vergehen wird, weil es allein sein wird, wie wir, daß es – o nehmt doch eure Söhne aus der Wiege, und werft sie in den Strom, um wenigstens vor eurer Schande sie zu retten!

Gewiß, Alabanda! sagt ich, gewiß es wird anders.

Wodurch? erwidert' er; die Helden haben ihren Ruhm, die Weisen ihre Lehrlinge verloren. Große Taten, wenn sie nicht ein edel Volk vernimmt, sind mehr nicht als ein gewaltiger Schlag vor eine dumpfe Stirne, und hohe Worte, wenn sie nicht in hohen Herzen widertönen, sind, wie ein sterbend Blatt, das in den Kot herunterrauscht. Was willst du nun?

Ich will, sagt ich, die Schaufel nehmen und den Kot in eine Grube werfen. Ein Volk, wo Geist und Größe keinen Geist und keine Größe mehr erzeugt, hat nichts mehr gemein, mit andern, die noch Menschen sind, hat keine Rechte mehr, und es ist ein leeres Possenspiel, ein Aberglauben, wenn man solche willenlose Leichname noch ehren will, als wär ein Römerherz in ihnen. Weg mit ihnen! Er darf nicht stehen, wo er steht, der dürre faule Baum, er stiehlt ja Licht und Luft dem jungen Leben, das für eine neue Welt heranreift.

Alabanda flog auf mich zu, umschlang mich, und seine Küsse gingen mir in die Seele. Waffenbruder! rief er, lieber Waffenbruder! o nun hab ich hundert Arme!

Das ist endlich einmal meine Melodie, fuhr er fort, mit einer Stimme, die, wie ein Schlachtruf, mir das Herz bewegte, mehr brauchts nicht! Du hast ein herrlich Wort gesprochen,

Hyperion! Was? vom Wurme soll der Gott abhängen? Der Gott in uns, dem die Unendlichkeit zur Bahn sich öffnet, soll stehn und harren, bis der Wurm ihm aus dem Wege geht? Nein! nein! Man frägt nicht, ob ihr wollt! Ihr wollt ja nie, ihr Knechte und Barbaren! Euch will man auch nicht bessern, denn es ist umsonst! man will nur dafür sorgen, daß ihr dem Siegeslauf der Menschheit aus dem Wege geht. O! zünde mir einer die Fackel an, daß ich das Unkraut von der Heide brenne! die Mine bereite mir einer, daß ich die trägen Klötze aus der Erde sprenge!

Wo möglich, lehnt man sanft sie auf die Seite, fiel ich ein.

Alabanda schwieg eine Weile.

Ich habe meine Lust an der Zukunft, begann er endlich wieder, und faßte feurig meine beeden Hände. Gott sei Dank! Ich werde kein gemeines Ende nehmen. Glücklich sein, heißt schläfrig sein im Munde der Knechte. Glücklich sein! mir ist, als hätt ich Brei und laues Wasser auf der Zunge, wenn ihr mir sprecht von glücklich sein. So albern und so heillos ist das alles, wofür ihr hingebt eure Lorbeerkronen, eure Unsterblichkeit.

O heiliges Licht, das ruhelos, in seinem ungeheuren Reiche wirksam, dort oben über uns wandelt, und seine Seele auch mir mitteilt, in den Strahlen, die ich trinke, dein Glück sei meines!

Von ihren Taten nähren die Söhne der Sonne sich; sie leben vom Sieg; mit eignem Geist ermuntern sie sich, und ihre Kraft ist ihre Freude. –

Der Geist dieses Menschen faßte einen oft an, daß man sich hätte schämen mögen, so federleicht hinweggerissen fühlte man sich.

O Himmel und Erde! rief ich, das ist Freude! – Das sind andre Zeiten, das ist kein Ton aus meinem kindischen Jahrhundert, das ist nicht der Boden, wo das Herz des Menschen unter seines Treibers Peitsche keucht. – Ja! ja! bei deiner herrlichen Seele, Mensch! Du wirst mit mir das Vaterland erretten.

Das will ich, rief er, oder untergehn.

Von diesem Tag an wurden wir uns immer heiliger und lieber. Tiefer unbeschreiblicher Ernst war unter uns gekommen. Aber wir waren nur um so seliger zusammen. Nur in den ewigen Grundtönen seines Wesens lebte jeder, und schmucklos schritten wir fort von einer großen Harmonie zur andern. Voll herrlicher Strenge und Kühnheit war unser gemeinsames Leben.

Wie bist du denn so wortarm geworden? fragte mich einmal Alabanda mit Lächeln. In den heißen Zonen, sagt ich, näher der Sonne, singen ja auch die Vögel nicht.

Aber es geht alles auf und unter in der Welt, und es hält der Mensch mit aller seiner Riesenkraft nichts fest. Ich sah einmal ein Kind die Hand ausstrecken, um das Mondlicht zu haschen; aber das Licht ging ruhig weiter seine Bahn. So stehn wir da, und ringen, das wandelnde Schicksal anzuhalten.

O wer ihm nur so still und sinnend, wie dem Gange der Sterne, zusehn könnte!

Je glücklicher du bist, um so weniger kostet es, dich zu Grunde zu richten, und die seligen Tage, wie Alabanda und ich sie lebten, sind wie eine jähe Felsenspitze, wo dein Reisegefährte nur dich anzurühren braucht, um unabsehlich, über die schneidenden Zacken hinab, dich in die dämmernde Tiefe zu stürzen.

Wir hatten eine herrliche Fahrt nach Chios gemacht, hatten tausend Freude an uns gehabt. Wie Lüftchen über die Meeresfläche, walteten über uns die freundlichen Zauber der Natur. Mit freudigem Staunen sah einer den andern, ohne ein Wort zu sprechen, aber das Auge sagte, so hab ich dich nie gesehen! So verherrlicht waren wir von den Kräften der Erde und des Himmels.

Wir hatten dann auch mit heitrem Feuer uns über manches gestritten, während der Fahrt; ich hatte, wie sonst, auch diesmal wieder meines Herzens Freude daran gehabt, diesem Geist auf seiner kühnen Irrbahn zuzusehn, wo er so regellos, so in ungebundner Fröhlichkeit, und doch meist so sicher seinen Weg verfolgte.

Wir eilten, wie wir ausgestiegen waren, allein zu sein.

Du kannst niemand überzeugen, sagt ich jetzt mit inniger Liebe, du überredest, du bestichst die Menschen, ehe du anfängst; man kann nicht zweifeln, wenn du sprichst, und wer nicht zweifelt, wird nicht überzeugt.

Stolzer Schmeichler, rief er dafür, du lügst! aber gerade recht, daß du mich mahnst! nur zu oft hast du schon mich unvernünftig gemacht! Um alle Kronen möcht ich von dir mich nicht befreien, aber es ängstiget denn doch mich oft, daß du mir so unentbehrlich sein sollst, daß ich so gefesselt bin an dich; und sieh, fuhr er fort, daß du ganz mich hast, sollst du auch alles von mir wissen! wir dachten bisher unter all der Herrlichkeit und Freude nicht daran, uns nach Vergangenem umzusehn.

Er erzählte mir nun sein Schicksal; mir war dabei, als säh ich einen jungen Herkules mit der Megära im Kampfe.

Wirst du mir jetzt verzeihen, schloß er die Erzählung seines Ungemachs, wirst du jetzt ruhiger sein, wenn ich oft rauh bin und anstößig und unverträglich?

O stille, stille! rief ich innigst bewegt; aber daß du noch da bist, daß du dich erhieltest für mich!

Ja wohl! für dich! rief er, und es freut mich herzlich, daß ich dir denn doch genießbare Kost bin. Und schmeck ich auch, wie ein Holzapfel, dir zuweilen, so keltre mich so lange, bis ich trinkbar bin.

Laß mich! laß mich! rief ich; ich sträubte mich umsonst; der Mensch machte mich zum Kinde; ich verbargs ihm auch nicht; er sah meine Tränen, und weh ihm, wenn er sie nicht sehen durfte!

Wir schwelgen, begann nun Alabanda wieder, wir töten im Rausche die Zeit.

Wir haben unsre Bräutigamstage zusammen, rief ich erheitert, da darf es wohl noch lauten, als wäre man in Arkadien. – Aber auf unser vorig Gespräch zu kommen!

Du räumst dem Staate denn doch zu viel Gewalt ein. Er darf nicht fordern, was er nicht erzwingen kann. Was aber die Liebe gibt und der Geist, das läßt sich nicht erzwingen. Das laß er unangetastet, oder man nehme sein Gesetz und schlag es an den Pranger! Beim Himmel! der weiß nicht, was er sündigt, der den Staat zur Sittenschule machen will. Immerhin hat das den Staat zur Hölle gemacht, daß ihn der Mensch zu seinem Himmel machen wollte.

Die rauhe Hülse um den Kern des Lebens und nichts weiter ist der Staat. Er ist die Mauer um den Garten menschlicher Früchte und Blumen.

Aber was hilft die Mauer um den Garten, wo der Boden dürre liegt? Da hilft der Regen vom Himmel allein.

O Regen vom Himmel! o Begeisterung! Du wirst den Frühling der Völker uns wiederbringen. Dich kann der Staat nicht hergebieten. Aber er störe dich nicht, so wirst du kommen, kommen wirst du, mit deinen allmächtigen Wonnen, in goldne Wolken wirst du uns hüllen und empor uns tragen über die Sterblichkeit, und wir werden staunen und fragen, ob wir es noch seien, wir, die Dürftigen, die wir die Sterne fragten, ob dort uns ein Frühling blühe – frägst du mich, wann dies sein wird? Dann, wann die Lieblingin der Zeit, die jüngste, schönste

Tochter der Zeit, die neue Kirche, hervorgehn wird aus diesen befleckten veralteten Formen, wann das erwachte Gefühl des Göttlichen dem Menschen seine Gottheit, und seiner Brust die schöne Jugend wiederbringen wird, wann – ich kann sie nicht verkünden, denn ich ahne sie kaum, aber sie kömmt gewiß, gewiß. Der Tod ist ein Bote des Lebens, und daß wir jetzt schlafen in unsern Krankenhäusern, dies zeugt vom nahen gesunden Erwachen. Dann, dann erst sind wir, dann ist das Element der Geister gefunden!

Alabanda schwieg, und sah eine Weile erstaunt mich an. Ich war hingerissen von unendlichen Hoffnungen; Götterkräfte trugen, wie ein Wölkchen, mich fort –

Komm! rief ich, und faßt Alabanda beim Gewande, komm, wer hält es länger aus im Kerker, der uns umnachtet?

Wohin, mein Schwärmer, erwidert' Alabanda trocken, und ein Schatte von Spott schien über sein Gesicht zu gleiten.

Ich war, wie aus den Wolken gefallen. Geh! sagt ich, du bist ein kleiner Mensch!

In demselben Augenblicke traten etliche Fremden ins Zimmer, auffallende Gestalten, meist hager und blaß, so viel ich im Mondlicht sehen konnte, ruhig, aber in ihren Mienen war etwas, das in die Seele ging, wie ein Schwert, und es war, als stünde man vor der Allwissenheit; man hätte gezweifelt, ob dies die Außenseite wäre von bedürftigen Naturen, hätte nicht hie und da der getötete Affekt seine Spuren zurückgelassen.

Besonders einer fiel mir auf. Die Stille seiner Züge war die Stille eines Schlachtfelds. Grimm und Liebe hatt in diesem Menschen gerast, und der Verstand leuchtete über den Trümmern des Gemüts, wie das Auge eines Habichts, der auf zerstörten Palästen sitzt. Tiefe Verachtung war auf seinen Lippen. Man ahnete, daß dieser Mensch mit keiner unbedeutenden Absicht sich befasse.

Ein andrer mochte seine Ruhe mehr einer natürlichen Herzenshärte danken. Man fand an ihm fast keine Spur einer Gewaltsamkeit, von Selbstmacht oder Schicksal verübt.

Ein dritter mochte seine Kälte mehr mit der Kraft der Überzeugung dem Leben abgedrungen haben, und wohl noch oft im Kampfe mit sich stehen, denn es war ein geheimer Widerspruch in seinem Wesen, und es schien mir, als müßt er sich bewachen. Er sprach am wenigsten.

Alabanda sprang auf, wie gebogner Stahl, bei ihrem Eintritt.

Wir suchten dich, rief einer von ihnen.

Ihr würdet mich finden, sagt' er lachend, wenn ich in den Mittelpunkt der Erde mich verbärge. Sie sind meine Freunde, setzt' er hinzu, indes er zu mir sich wandte.

Sie schienen mich ziemlich scharf ins Auge zu fassen.

Das ist auch einer von denen, die es gerne besser haben möchten in der Welt, rief Alabanda nach einer Weile, und wies auf mich.

Das ist dein Ernst? fragt' einer mich von den Dreien.

Es ist kein Scherz, die Welt zu bessern, sagt ich.

Du hast viel mit einem Worte gesagt! rief wieder einer von ihnen. Du bist unser Mann! ein andrer.

Ihr denkt auch so? fragt ich.

Frage, was wir tun! war die Antwort.

Und wenn ich fragte?

So würden wir dir sagen, daß wir da sind, aufzuräumen auf Erden, daß wir die Steine vom Acker lesen, und die harten Erdenklöße mit dem Karst zerschlagen, und Furchen graben mit dem Pflug, und das Unkraut an der Wurzel fassen, an der Wurzel es durchschneiden, samt der Wurzel es ausreißen, daß es verdorre im Sonnenbrande.

Nicht, daß wir ernten möchten, fiel ein andrer ein; uns kömmt der Lohn zu spät; uns reift die Ernte nicht mehr.

Wir sind am Abend unsrer Tage. Wir irrten oft, wir hofften viel und taten wenig. Wir wagten lieber, als wir uns besannen. Wir waren gerne bald am Ende und trauten auf das Glück. Wir sprachen viel von Freude und Schmerz, und liebten, haßten beide. Wir spielten mit dem Schicksal und es tat mit uns ein Gleiches. Vom Bettelstabe bis zur Krone warf es uns auf und ab. Es schwang uns, wie man ein glühend Rauchfaß schwingt, und wir glühten, bis die Kohle zu Asche ward. Wir haben aufgehört von Glück und Mißgeschick zu sprechen. Wir sind emporgewachsen über die Mitte des Lebens, wo es grünt und warm ist. Aber es ist nicht das Schlimmste, was die Jugend überlebt. Aus heißem Metalle wird das kalte Schwert geschmiedet. Auch sagt man, auf verbrannten abgestorbenen Vulkanen gedeihe kein schlechter Most.

Wir sagen das nicht um unsertwillen, rief ein anderer jetzt etwas rascher, wir sagen es um euertwillen! Wir betteln um das Herz des Menschen nicht. Denn wir bedürfen seines Herzens, seines Willens nicht. Denn er ist in keinem Falle wider uns, denn es ist alles für uns, und die Toren und die Klugen und die Einfältigen und die Weisen und alle Laster und alle

Tugenden der Roheit und der Bildung stehen, ohne gedungen zu sein, in unsrem Dienst, und helfen blindlings mit zu unsrem Ziel – nur wünschten wir, es hätte jemand den Genuß davon, drum suchen wir unter den tausend blinden Gehülfen die besten uns aus, um sie zu sehenden Gehülfen zu machen – will aber niemand wohnen, wo wir bauten, unsre Schuld und unser Schaden ist es nicht. Wir taten, was das unsre war. Will niemand sammeln, wo wir pflügten, wer verargt es uns? Wer flucht dem Baume, wenn sein Apfel in den Sumpf fällt? Ich habs mir oft gesagt, du opferst der Verwesung, und ich endete mein Tagwerk doch.

Das sind Betrüger! riefen alle Wände meinem empfindlichen Sinne zu. Mir war, wie einem, der im Rauch ersticken will, und Türen und Fenster einstößt, um sich hinauszuhelfen, so dürstet ich nach Luft und Freiheit.

Sie sahn auch bald, wie unheimlich mir zu Mute war, und brachen ab. Der Tag graute schon, da ich aus dem Khan trat, wo wir waren beisammen gewesen. Ich fühlte das Wehen der Morgenluft, wie Balsam an einer brennenden Wunde.

Ich war durch Alabandas Spott schon zu sehr gereizt, um nicht durch seine rätselhafte Bekanntschaft vollends irre zu werden an ihm.

Er ist schlecht, rief ich, ja, er ist schlecht. Er heuchelt grenzenlos Vertrauen und lebt mit solchen – und verbirgt es dir.

Mir war, wie einer Braut, wenn sie erfährt, daß ihr Geliebter insgeheim mit einer Dirne lebe.

O es war der Schmerz nicht, den man hegen mag, den man am Herzen trägt, wie ein Kind, und in Schlummer singt mit Tönen der Nachtigall!

Wie eine ergrimmte Schlange, wenn sie unerbittlich herauffährt an den Knieen und Lenden, und alle Glieder umklammert, und nun in die Brust die giftigen Zähne schlägt und nun in den Nacken, so war mein Schmerz, so faßt' er mich in seine fürchterliche Umarmung. Ich nahm mein höchstes Herz zu Hülfe, und rang nach großen Gedanken, um noch stille zu halten, es gelang mir auch auf wenige Augenblicke, aber nun war ich auch zum Zorne gestärkt, nun tötet ich auch, wie eingelegtes Feuer, jeden Funken der Liebe in mir.

Er muß ja, dacht ich, das sind ja seine Menschen, er muß verschworen sein mit diesen, gegen dich! Was wollt er auch von dir? Was konnt er suchen bei dir, dem Schwärmer? O wär er seiner Wege gegangen! Aber sie haben ihren eigenen Gelust, sich an ihr Gegenteil zu machen! so ein fremdes Tier im Stalle zu haben, läßt ihnen gar gut! –

Und doch war ich unaussprechlich glücklich gewesen mit ihm, war so oft untergegangen in seinen Umarmungen, um aus ihnen zu erwachen mit Unüberwindlichkeit in der Brust, wurde so oft gehärtet und geläutert in seinem Feuer, wie Stahl!

Da ich einst in heitrer Mitternacht die Dioskuren ihm wies, und Alabanda die Hand aufs Herz mir legt' und sagte: Das sind nur Sterne, Hyperion, nur Buchstaben, womit der Name der Heldenbrüder am Himmel geschrieben ist; in uns sind sie! lebendig und wahr, mit ihrem Mut und ihrer göttlichen Liebe, und du, du bist der Göttersohn, und teilst mit deinem sterblichen Kastor deine Unsterblichkeit! –

Da ich die Wälder des Ida mit ihm durchstreifte, und wir herunterkamen ins Tal, um da die schweigenden Grabhügel nach ihren Toten zu fragen, und ich zu Alabanda sagte, daß unter den Grabhügeln einer vielleicht dem Geist Achills und seines Geliebten angehöre, und Alabanda mir vertraute, wie er oft ein Kind sei und sich denke, daß wir einst in Einem Schlachttal fallen und zusammen ruhen werden unter Einem Baum – wer hätte damals das gedacht?

Ich sann mit aller Kraft des Geistes, die mir übrig war, ich klagt ihn an, verteidigt ihn, und klagt ihn wieder um so bittrer an; ich widerstrebte meinem Sinne, wollte mich erheitern, und verfinsterte mich nur ganz dadurch.

Ach! mein Auge war ja von so manchem Faustschlag wund gewesen, fing ja kaum zu heilen an, wie sollt es jetzt gesundere Blicke tun?

Alabanda besuchte mich den andern Tag. Mein Herz kochte, wie er hereintrat, aber ich hielt mich, so sehr sein Stolz und seine Ruhe mich aufregt' und erhitzte.

Die Luft ist herrlich, sagt' er endlich, und der Abend wird sehr schön sein, laß uns zusammen auf die Akropolis gehn!

Ich nahm es an. Wir sprachen lange kein Wort. Was willst du? fragt ich endlich.

Das kannst du fragen? erwiderte der wilde Mensch mit einer Wehmut, die mir durch die Seele ging. Ich war betroffen, verwirrt.

Was soll ich von dir denken? fing ich endlich wieder an.

Das, was ich bin! erwidert' er gelassen.

Du brauchst Entschuldigung, sagt ich mit veränderter Stimme, und sah mit Stolz ihn an, entschuldige dich! reinige dich!

Das war zuviel für ihn.

Wie kommt es denn, rief er entrüstet, daß dieser Mensch mich beugen soll, wies ihm gefällt? – Es ist auch wahr, ich war zu früh entlassen aus der Schule, ich hatte alle Ketten geschleift und alle zerrissen, nur Eine fehlte noch, nur eine war noch zu zerbrechen, ich war noch nicht gezüchtiget von einem Grillenfänger – murre nur! ich habe lange genug geschwiegen!

O Alabanda! Alabanda! rief ich.

Schweig, erwidert' er, und brauche meinen Namen nicht zum Dolche gegen mich!

Nun brach auch mir der Unmut vollends los. Wir ruhten nicht, bis eine Rückkehr fast unmöglich war. Wir zerstörten mit Gewalt den Garten unsrer Liebe. Wir standen oft und schwiegen, und wären uns so gerne, so mit tausend Freuden um den Hals gefallen, aber der unselige Stolz erstickte jeden Laut der Liebe, der vom Herzen aufstieg.

Leb wohl! rief ich endlich, und stürzte fort. Unwillkürlich mußt ich mich umsehn, unwillkürlich war mir Alabanda gefolgt.

Nicht wahr, Alabanda, rief ich ihm zu, das ist ein sonderbarer Bettler? seinen letzten Pfenning wirft er in den Sumpf!

Wenns das ist, mag er auch verhungern, rief er, und ging.

Ich wankte sinnlos weiter, stand nun am Meer und sahe die Wellen an – ach! da hinunter strebte mein Herz, da hinunter, und meine Arme flogen der freien Flut entgegen; aber bald kam, wie vom Himmel, ein sanfterer Geist über mich, und ordnete mein unbändig leidend Gemüt mit seinem ruhigen Stabe; ich überdachte stiller mein Schicksal, meinen Glauben an die Welt, meine trostlosen Erfahrungen, ich betrachtete den Menschen, wie ich ihn empfunden und erkannt von früher Jugend an, in mannigfaltigen Erziehungen, fand überall dumpfen oder schreienden Mißlaut, nur in kindlicher einfältiger Beschränkung fand ich noch die reinen Melodien – es ist besser, sagt ich mir, zur Biene zu werden und sein Haus zu bauen in Unschuld, als zu herrschen mit den Herren der Welt, und wie mit Wölfen, zu heulen mit ihnen, als Völker zu meistern, und an dem unreinen Stoffe sich die Hände zu beflecken; ich wollte nach Tina zurück, um meinen Gärten und Feldern zu leben.

Lächle nur! Mir war es sehr Ernst. Bestehet ja da Leben der Welt im Wechsel des Entfaltens und Verschließens, in Ausflug und in Rückkehr zu sich selbst, warum nicht auch das Herz des Menschen?

Freilich ging die neue Lehre mir hart ein, freilich schied ich ungern von dem stolzen Irrtum meiner Jugend – wer reißt auch gerne die Flügel sich aus? – aber es mußte ja so sein!

Ich setzt es durch. Ich war nun wirklich eingeschifft. Ein frischer Bergwind trieb mich aus dem Hafen von Smyrna. Mit einer wunderbaren Ruhe, recht, wie ein Kind, das nichts vom nächsten Augenblicke weiß, lag ich so da auf meinem Schiffe, und sah die Bäume und Moskeen dieser Stadt an, meine grünen Gänge an dem Ufer, meinen Fußsteig zur Akropolis hinauf, das sah ich an, und ließ es weiter gehn und immer weiter; wie ich aber nun aufs hohe Meer hinauskam, und alles nach und nach hinabsank, wie ein Sarg ins Grab, da mit einmal war es auch, als wäre mein Herz gebrochen – o Himmel! schrie ich, und alles Leben in mir erwacht' und rang, die fliehende Gegenwart zu halten, aber sie war dahin, dahin!

Wie ein Nebel, lag das himmlische Land vor mir, wo ich, wie ein Reh auf freier Weide, weit und breit die Täler und die Höhen hatte durchstreift, und das Echo meines Herzens zu den Quellen und Strömen, in die Fernen und die Tiefen der Erde gebracht.

Dort hinein auf den Tmolus war ich gegangen in einsamer Unschuld; dort hinab, wo Ephesus einst stand in seiner glücklichen Jugend und Teos und Milet, dort hinauf ins heilige trauernde Troas war ich mit Alabanda gewandert, mit Alabanda, und, wie ein Gott, hatt ich geherrscht über ihn, und, wie ein Kind, zärtlich und glaubig, hatt ich seinem Auge gedient, mit Seelenfreude, mit innigem frohlockendem Genusse seines Wesens, immer glücklich, wenn ich seinem Rosse den Zaum hielt, oder wenn ich, über mich selbst erhoben, in herrlichen Entschlüssen, in kühnen Gedanken, im Feuer der Rede seiner Seele begegnete!

Und nun war es dahin gekommen, nun war ich nichts mehr, war so heillos um alles gebracht, war zum ärmsten unter den Menschen geworden, und wußte selbst nicht, wie.

O ewiges Irrsal! dacht ich bei mir, wann reißt der Mensch aus deinen Ketten sich los?

Wir sprechen von unsrem Herzen, unsern Planen, als wären sie unser, und es ist doch eine fremde Gewalt, die uns herumwirft und ins Grab legt, wie es ihr gefällt, und von der wir nicht wissen, von wannen sie kommt, noch wohin sie geht.

Wir wollen wachsen dahinauf, und dorthinaus die Äste und die Zweige breiten, und Boden und Wetter bringt uns doch, wohin es geht, und wenn der Blitz auf deine Krone fällt, und bis zur Wurzel dich hinunterspaltet, armer Baum! was geht es dich an?

So dacht ich. Ärgerst du dich daran, mein Bellarmin! Du wirst noch andere Dinge hören.

Das eben, Lieber! ist das Traurige, daß unser Geist so gerne die Gestalt des irren Herzens annimmt, so gerne die vorüberfliehende Trauer festhält, daß der Gedanke, der die Schmerzen heilen sollte, selber krank wird, daß der Gärtner an den Rosensträuchen, die er pflanzen sollte, sich die Hand so oft zerreißt, o! das hat manchen zum Toren gemacht vor andern, die er sonst, wie ein Orpheus, hätte beherrscht, das hat so oft die edelste Natur zum Spott gemacht vor Menschen, wie man sie auf jeder Straße findet, das ist die Klippe für die Lieblinge des Himmels, daß ihre Liebe mächtig ist und zart, wie ihr Geist, daß ihres Herzens Wogen stärker oft und schneller sich regen, wie der Trident, womit der Meergott sie beherrscht, und darum, Lieber! überhebe ja sich keiner.

Hyperion an Bellarmin

Kannst du es hören, wirst du es begreifen, wenn ich dir von meiner langen kranken Trauer sage?

Nimm mich, wie ich mich gebe, und denke, daß es besser ist zu sterben, weil man lebte, als zu leben, weil man nie gelebt! Neide die Leidensfreien nicht, die Götzen von Holz, denen nichts mangelt, weil ihre Seele so arm ist, die nichts fragen nach Regen und Sonnenschein, weil sie nichts haben, was der Pflege bedürfte.

Ja! ja! es ist recht sehr leicht, glücklich, ruhig zu sein mit seichtem Herzen und eingeschränktem Geiste. Gönnen kann mans euch; wer ereifert sich denn, daß die bretterne Scheibe nicht wehklagt, wenn der Pfeil sie trifft, und daß der hohle Topf so dumpf klingt, wenn ihn einer an die Wand wirft?

Nur müßt ihr euch bescheiden, lieben Leute, müßt ja in aller Stille euch wundern, wenn ihr nicht begreift, daß andre nicht auch so glücklich, auch so selbstgenügsam sind, müßt ja euch hüten, eure Weisheit zum Gesetz zu machen, denn das wäre der Welt Ende, wenn man euch gehorchte.

Ich lebte nun sehr still, sehr anspruchslos in Tina. Ich ließ auch wirklich die Erscheinungen der Welt vorüberziehn, wie Nebel im Herbste, lachte manchmal auch mit nassen Augen über mein Herz, wenn es hinzuflog, um zu naschen, wie der Vogel nach der gemalten Traube, und blieb still und freundlich dabei.

Ich ließ nun jedem gerne seine Meinung, seine Unart. Ich war bekehrt, ich wollte niemand mehr bekehren, nur war mir traurig, wenn ich sah, daß die Menschen glaubten, ich lasse darum ihr Possenspiel unangetastet, weil ich es so hoch und teuer achte, wie sie. Ich mochte nicht gerade ihrer Albernheit mich unterwerfen, doch sucht ich sie zu schonen, wo ich konnte. Das ist ja ihre Freude, dacht ich, davon leben sie ja!

Oft ließ ich sogar mir gefallen, mitzumachen, und wenn ich noch so seelenlos, so ohne eignen Trieb dabei war, das merkte keiner, da vermißte keiner nichts, und hätt ich gesagt, sie möchten mirs verzeihen, so wären sie dagestanden und hätten sich verwundert und gefragt: was hast du denn uns getan? Die Nachsichtigen!

Oft, wenn ich des Morgens dastand unter meinem Fenster und der geschäftige Tag mir entgegenkam, konnt auch ich mich augenblicklich vergessen, konnte mich umsehn, als möcht ich etwas vornehmen, woran mein Wesen seine Lust noch hätte, wie ehmals, aber da schalt ich mich, da besann ich mich, wie einer, dem ein Laut aus seiner Muttersprache entfährt, in einem Lande, wo sie nicht verstanden wird – wohin, mein Herz? sagt ich verständig zu mir selber und gehorchte mir.

Was ists denn, daß der Mensch so viel will? fragt ich oft; was soll denn die Unendlichkeit in seiner Brust? Unendlichkeit? wo ist sie denn? wer hat sie denn vernommen? Mehr will er, als er kann! das möchte wahr sein! O! das hast du oft genug erfahren. Das ist auch nötig, wie es ist. Das gibt das süße, schwärmerische Gefühl der Kraft, daß sie nicht ausströmt, wie sie will, das eben macht die schönen Träume von Unsterblichkeit und all die holden und die kolossalischen Phantome, die den Menschen tausendfach entzücken, das schafft dem Menschen sein Elysium und seine Götter, daß seines Lebens Linie nicht gerad ausgeht, daß er nicht hinfährt, wie ein Pfeil, und eine fremde Macht dem Fliehenden in den Weg sich wirft.

Des Herzens Woge schäumte nicht so schön empor, und würde Geist, wenn nicht der alte stumme Fels, das Schicksal, ihr entgegenstünde.

Aber dennoch stirbt der Trieb in unserer Brust, und mit ihm unsre Götter und ihr Himmel.

Das Feuer geht empor in freudigen Gestalten, aus der dunkeln Wiege, wo es schlief, und seine Flamme steigt und fällt, und bricht sich und umschlingt sich freudig wieder, bis ihr Stoff verzehrt ist, nun raucht und ringt sie und erlischt; was übrig ist, ist Asche.

So gehts mit uns. Das ist der Inbegriff von allem, was in schröckendreizenden Mysterien die Weisen uns erzählen.

Und du? was frägst du dich? Daß so zuweilen etwas in dir auffährt, und, wie der Mund des Sterbenden, dein Herz in Einem Augenblicke so gewaltsam dir sich öffnet und verschließt, das gerade ist das böse Zeichen.

Sei nur still, und laß es seinen Gang gehn! künstle nicht! versuche kindisch nicht, um eine Ehle länger dich zu machen! – Es ist, als wolltest du noch eine Sonne schaffen, und neue Zöglinge für sie, ein Erdenrund und einen Mond erzeugen.

So träumt ich hin. Geduldig nahm ich nach und nach von allem Abschied. – O ihr Genossen meiner Zeit! fragt eure Ärzte nicht und nicht die Priester, wenn ihr innerlich vergeht!

Ihr habt den Glauben an alles Große verloren; so müßt, so müßt ihr hin, wenn dieser Glaube nicht wiederkehrt, wie ein Komet aus fremden Himmeln.

Hyperion an Bellarmin

Es gibt ein Vergessen alles Daseins, ein Verstummen unsers Wesens, wo uns ist, als hätten wir alles gefunden.

Es gibt ein Verstummen, ein Vergessen alles Daseins, wo uns ist, als hätten wir alles verloren, eine Nacht unsrer Seele, wo kein Schimmer eines Sterns, wo nicht einmal ein faules Holz uns leuchtet.

Ich war nun ruhig geworden. Nun trieb mich nichts mehr auf um Mitternacht. Nun sengt ich mich in meiner eignen Flamme nicht mehr.

Ich sah nun still und einsam vor mich hin, und schweift in die Vergangenheit und in die Zukunft mit dem Auge nicht. Nun drängte Fernes und Nahes sich in meinem Sinne nicht mehr; die Menschen, wenn sie mich nicht zwangen, sie zu sehen, sah ich nicht.

Sonst lag oft, wie das ewigleere Faß der Danaiden, vor meinem Sinne dies Jahrhundert, und mit verschwenderischer Liebe goß meine Seele sich aus, die Lücken auszufüllen; nun sah ich keine Lücke mehr, nun drückte mich des Lebens Langeweile nicht mehr.

Nun sprach ich nimmer zu der Blume, du bist meine Schwester! und zu den Quellen, wir sind Eines Geschlechts! ich gab nun treulich, wie ein Echo, jedem Dinge seinen Namen.

Wie ein Strom an dürren Ufern, wo kein Weidenblatt im Wasser sich spiegelt, lief unverschönert vorüber an mir die Welt.

Hyperion an Bellarmin

Es kann nichts wachsen und nichts so tief vergehen, wie der Mensch. Mit der Nacht des Abgrunds vergleicht er oft sein Leiden und mit dem Aether seine Seligkeit, und wie wenig ist dadurch gesagt?

Aber schöner ist nichts, als wenn es so nach langem Tode wieder in ihm dämmert, und der Schmerz, wie ein Bruder, der fernher dämmernden Freude entgegengeht.

O es war ein himmlisch Ahnen, womit ich jetzt den kommenden Frühling wieder begrüßte! Wie fernher in schweigender Luft, wenn alles schläft, das Saitenspiel der Geliebten, so umtönten seine leisen Melodien mir die Brust, wie von Elysium herüber, vernahm ich seine Zukunft, wenn die toten Zweige sich regten und ein lindes Wehen meine Wange berührte.

Holder Himmel Ioniens! so war ich nie an dir gehangen, aber so ähnlich war dir auch nie mein Herz gewesen, wie damals, in seinen heitern zärtlichen Spielen. –

Wer sehnt sich nicht nach Freuden der Liebe und großen Taten, wenn im Auge des Himmels und im Busen der Erde der Frühling wiederkehrt?

Ich erhob mich, wie vom Krankenbette, leise und langsam, aber von geheimen Hoffnungen zitterte mir die Brust so selig, daß ich drüber vergaß, zu fragen, was dies zu bedeuten habe.

Schönere Träume umfingen mich jetzt im Schlafe, und wenn ich erwachte, waren sie mir im Herzen, wie die Spur eines Kusses auf der Wange der Geliebten. O das Morgenlicht und ich, wir gingen nun uns entgegen, wie versöhnte Freunde, wenn sie noch etwas fremde tun, und doch den nahen unendlichen Augenblick des Umarmens schon in der Seele tragen.

Es tat nun wirklich einmal wieder mein Auge sich auf, freilich, nicht mehr, wie sonst, gerüstet und erfüllt mit eigner Kraft, es war bittender geworden, es fleht' um Leben, aber es war mir im Innersten doch, als könnt es wieder werden mit mir, wie sonst, und besser.

Ich sahe die Menschen wieder an, als sollt auch ich wirken und mich freuen unter ihnen. Ich schloß mich wirklich herzlich überall an.

Himmel! wie war das eine Schadenfreude, daß der stolze Sonderling nun Einmal war, wie ihrer einer, geworden! wie hatten sie ihren Scherz daran, daß den Hirsch des Waldes der Hunger trieb, in ihren Hühnerhof zu laufen! –

Ach! meinen Adamas sucht ich, meinen Alabanda, aber es erschien mir keiner.

Endlich schrieb ich auch nach Smyrna, und es war, als sammelt' alle Zärtlichkeit und alle Macht des Menschen in Einen Moment sich, da ich schrieb; so schrieb ich dreimal, aber keine Antwort, ich flehte, drohte, mahnt an alle Stunden der Liebe und der Kühnheit, aber keine Antwort von dem Unvergeßlichen, bis in den Tod geliebten – Alabanda! rief ich, o mein Alabanda! du hast den Stab gebrochen über mich. Du hieltest mich noch aufrecht, warst die letzte Hoffnung meiner Jugend! Nun will ich nichts mehr! nun ists heilig und gewiß!

Wir bedauern die Toten, als fühlten sie den Tod, und die Toten haben doch Frieden. Aber das, das ist der Schmerz, dem keiner gleichkömmt, das ist unaufhörliches Gefühl der gänzlichen Zernichtung, wenn unser Leben seine Bedeutung so verliert, wenn so das Herz sich sagt, du mußt hinunter und nichts bleibt übrig von dir; keine Blume hast du gepflanzt, keine Hütte gebaut, nur daß du sagen könntest: ich lasse eine Spur zurück auf Erden. Ach! und die Seele kann immer so voll Sehnens sein, bei dem, daß sie so mutlos ist!

Ich suchte immer etwas, aber ich wagte das Auge nicht aufzuschlagen vor den Menschen. Ich hatte Stunden, wo ich das Lachen eines Kindes fürchtete.

Dabei war ich meist sehr still und geduldig, hatte oft auch einen wunderbaren Aberglauben an die Heilkraft mancher Dinge; von einer Taube, die ich kaufte, von einer Kahnfahrt, von einem Tale, das die Berge mir verbargen, konnt ich Trost erwarten.

Genug! genug! wär ich mit Themistokles aufgewachsen, hätt ich unter den Scipionen gelebt, meine Seele hätte sich wahrlich nie von dieser Seite kennen gelernt.

Zuweilen regte noch sich eine Geisteskraft in mir. Aber freilich nur zerstörend!

Was ist der Mensch? konnt ich beginnen; wie kommt es, daß so etwas in der Welt ist, das, wie ein Chaos, gärt, oder modert, wie ein fauler Baum, und nie zu einer Reife gedeiht? Wie duldet diesen Herling die Natur bei ihren süßen Trauben?

Zu den Pflanzen spricht er, ich war auch einmal, wie ihr! und zu den reinen Sternen, ich will werden, wie ihr, in einer andren Welt! inzwischen bricht er auseinander und treibt hin und wieder seine Künste mit sich selbst, als könnt er, wenn es einmal sich aufgelöst, Lebendiges zusammensetzen, wie ein Mauerwerk; aber es macht ihn auch nicht irre, wenn nichts gebessert wird durch all sein Tun; es bleibt doch immerhin ein Kunststück, was er treibt.

O ihr Armen, die ihr das fühlt, die ihr auch nicht sprechen mögt von menschlicher Bestimmung, die ihr auch so durch und durch ergriffen seid vom Nichts, das über uns waltet, so gründlich einseht, daß wir geboren werden für Nichts, daß wir lieben ein Nichts, glauben ans Nichts, uns abarbeiten für Nichts, um mählich überzugehen ins Nichts – was kann ich dafür, daß euch die Knie brechen, wenn ihrs ernstlich bedenkt? Bin ich doch auch schon manchmal hingesunken in diesen Gedanken, und habe gerufen, was legts du die Axt mir an die Wurzel, grausamer Geist? und bin noch da.

O einst, ihr finstern Brüder! war es anders. Da war es über uns so schön, so schön und froh vor uns; auch diese Herzen wallten über vor den fernen seligen Phantomen, und kühn frohlockend drangen auch unsere Geister aufwärts und durchbrachen die Schranke, und wie sie sich umsahn, wehe, da war es eine unendliche Leere.

O! auf die Knie kann ich mich werfen und meine Hände ringen und flehen, ich weiß nicht wen? um andre Gedanken. Aber ich überwältige sie nicht, die schreiende Wahrheit. Hab ich mich nicht zwiefach überzeugt? Wenn ich hinsehe ins Leben, was ist das Letzte von allem? Nichts. Wenn ich aufsteige im Geiste, was ist das Höchste von allem? Nichts.

Aber stille, mein Herz! Es ist ja deine letzte Kraft, die du verschwendest! deine letzte Kraft? und du, du willst den Himmel stürmen? wo sind denn deine hundert Arme, Titan, wo dein Pelion und Ossa, deine Treppe zu des Göttervaters Burg hinauf, damit du hinaufsteigst und den Gott und seinen Göttertisch und all die unsterblichen Gipfel des Olymps herabwirfst und den Sterblichen predigest: bleibt unten, Kinder des Augenblicks! strebt nicht in diese Höhen herauf, denn es ist nichts hier oben.

Das kannst du lassen, zu sehn, was über andere waltet. Dir gilt deine neue Lehre. Über dir und vor dir ist es freilich leer und öde, weil es in dir leer und öd ist.

Freilich, wenn ihr reicher seid, als ich, ihr andern, könntet ihr doch wohl auch ein wenig helfen.

Wenn euer Garten so voll Blumen ist, warum erfreut ihr Othem mich nicht auch? – Wenn ihr so voll der Gottheit seid, so reicht sie mir zu trinken. An Festen darbt ja niemand, auch der Ärmste nicht. Aber Einer nur hat seine Feste unter euch; das ist der Tod.

Not und Angst und Nacht sind eure Herren. Die sondern euch, die treiben euch mit Schlägen an einander. Den Hunger nennt ihr Liebe, und wo ihr nichts mehr seht, da wohnen eure Götter. Götter und Liebe?

O die Poeten haben recht, es ist nichts so klein und wenig, woran man sich nicht begeistern könnte.

So dacht ich. Wie das alles in mich kam, begreif ich noch nicht.

Hyperion an Bellarmin

Ich lebe jetzt auf der Insel des Ajax, der teuern Salamis.

Ich liebe dies Griechenland überall. Es trägt die Farbe meines Herzens. Wohin man siehet, liegt eine Freude begraben.

Und doch ist so viel Liebliches und Großes auch um einen.

Auf dem Vorgebirge hab ich mir eine Hütte gebaut von Mastixzweigen, und Moos und Bäume herumgepflanzt und Thymian und allerlei Sträuche.

Da hab ich meine liebsten Stunden, da sitz ich Abende lang und sehe nach Attika hinüber, bis endlich mein Herz zu hoch mir klopft; dann nehm ich mein Werkzeug, gehe hinab an die Bucht und fange mir Fische.

Oder les ich auch auf meiner Höhe droben vom alten herrlichen Seekrieg, der an Salamis einst im wilden klugbeherrschten Getümmel vertobte, und freue des Geistes mich, der das wütende Chaos von Freunden und Feinden lenken konnte und zähmen, wie ein Reuter das Roß, und schäme mich innigst meiner eigenen Kriegsgeschichte.

Oder schau ich aufs Meer hinaus und überdenke mein Leben, sein Steigen und Sinken, seine Seligkeit und seine Trauer und meine Vergangenheit lautet mir oft, wie ein Saitenspiel, wo der Meister alle Töne durchläuft, und Streit und Einklang mit verborgener Ordnung untereinanderwirft.

Heut ists dreifach schön hier oben. Zwei freundliche Regentage haben die Luft und die lebensmüde Erde gekühlt.

Der Boden ist grüner geworden, offner das Feld. Unendlich steht, mit der freudigen Kornblume gemischt, der goldene Weizen da, und licht und heiter steigen tausend hoffnungsvolle Gipfel aus der Tiefe des Hains. Zart und groß durchirret den Raum jede Linie der Fernen; wie Stufen gehn die Berge bis zur Sonne unaufhörlich hinter einander hinauf. Der ganze Himmel ist rein. Das weiße Licht ist nur über den Aether gehaucht, und, wie ein silbern Wölkchen, wallt der schüchterne Mond am hellen Tage vorüber.

Mir ist lange nicht gewesen, wie jetzt.

Wie Jupiters Adler dem Gesange der Musen, lausch ich dem wunderbaren unendlichen Wohllaut in mir. Unangefochten an Sinn und Seele, stark und fröhlich, mit lächelndem Ernste, spiel ich im Geiste mit dem Schicksal und den drei Schwestern, den heiligen Parzen. Voll göttlicher Jugend frohlockt mein ganzes Wesen über sich selbst, über Alles. Wie der Sternenhimmel, bin ich still und bewegt.

Ich habe lange gewartet auf solche Festzeit, um dir einmal wieder zu schreiben. Nun bin ich stark genug; nun laß mich dir erzählen.

Mitten in meinen finstern Tagen lud ein Bekannter von Kalaurea herüber mich ein. Ich sollt in seine Gebirge kommen, schrieb er mir; man lebe hier freier als sonstwo, und auch da blüheten, mitten unter den Fichtenwäldern und reißenden Wassern, Limonienhaine und Palmen und liebliche Kräuter und Myrten und die heilige Rebe. Einen Garten hab er hoch am Gebirge gebaut und ein Haus; dem beschatteten dichte Bäume den Rücken, und kühlende Lüfte umspielten es leise in den brennenden Sommertagen; wie ein Vogel vom Gipfel der Ceder, blickte man in die Tiefen hinab, zu den Dörfern und grünen Hügeln, und zufriedenen Herden der Insel, die alle, wie Kinder, umherlägen um den herrlichen Berg und sich nährten von seinen schäumenden Bächen.

Das weckte mich denn doch ein wenig. Es war ein heiterer blauer Apriltag, an dem ich hinüberschiffte. Das Meer war ungewöhnlich schön und rein, und leicht die Luft, wie in höheren Regionen. Man ließ im schwebenden Schiffe die Erde hinter sich liegen, wie eine köstliche Speise, wenn der heilige Wein gereicht wird.

Dem Einflusse des Meers und der Luft widerstrebt der finstere Sinn umsonst. Ich gab mich hin, fragte nichts nach mir und andern, suchte nichts, sann auf nichts, ließ vom Boote mich halb in Schlummer wiegen, und bildete mir ein, ich liege in Charons Nachen. O es ist süß, so aus der Schale der Vergessenheit zu trinken.

Mein fröhlicher Schiffer hätte gerne mit mir gesprochen, aber ich war sehr einsilbig.

Er deutete mit dem Finger und wies mir rechts und links das blaue Eiland, aber ich sah nicht lange hin, und war im nächsten Augenblicke wieder in meinen eignen lieben Träumen.

Endlich, da er mir die stillen Gipfel in der Ferne wies und sagte, daß wir bald in Kalaurea wären, merkt ich mehr auf, und mein ganzes Wesen öffnete sich der wunderbaren Gewalt, die auf Einmal süß und still und unerklärlich mit mir spielte. Mit großem Auge, staunend und freudig sah ich hinaus in die Geheimnisse der Ferne, leicht zitterte mein Herz, und die Hand entwischte mir und faßte freundlichhastig meinen Schiffer an – so? rief ich, das ist Kalaurea? Und wie er mich drum ansah, wußt ich selbst nicht, was ich aus mir machen sollte. Ich grüßte meinen Freund mit wunderbarer Zärtlichkeit. Voll süßer Unruhe war all mein Wesen.

Den Nachmittag wollt ich gleich einen Teil der Insel durchstreifen. Die Wälder und geheimen Tale reizten mich unbeschreiblich, und der freundliche Tag lockte alles hinaus.

Es war so sichtbar, wie alles Lebendige mehr, denn tägliche Speise, begehrt, wie auch der Vogel sein Fest hat und das Tier.

Es war entzückend anzusehn! Wie, wenn die Mutter schmeichelnd frägt, wo um sie her ihr Liebstes sei, und alle Kinder in den Schoß ihr stürzen, und das Kleinste noch die Arme aus der Wiege streckt, so flog und sprang und strebte jedes Leben in die göttliche Luft hinaus, und Käfer und Schwalben und Tauben und Störche tummelten sich in frohlockender Verwirrung unter einander in den Tiefen und Höhn, und was die Erde festhielt, dem ward zum Fluge der Schritt, über die Gräben brauste das Roß und über die Zäune das Reh, und aus dem Meergrund kamen die Fische herauf und hüpften über die Fläche. Allen drang die mütterliche Luft ans Herz, und hob sie und zog sie zu sich.

Und die Menschen gingen aus ihren Türen heraus, und fühlten wunderbar das geistige Wehen, wie es leise die zarten Haare über der Stirne bewegte, wie es den Lichtstrahl kühlte, und lösten freundlich ihre Gewänder, um es aufzunehmen an ihre Brust, atmeten süßer, berührten zärtlicher das leichte klare schmeichelnde Meer, in dem sie lebten und webten.

O Schwester des Geistes, der feurigmächtig in uns waltet und lebt, heilige Luft! wie schön ists, daß du, wohin ich wandre, mich geleitest, Allgegenwärtige, Unsterbliche!

Mit den Kindern spielte das hohe Element am schönsten.

Das summte friedlich vor sich hin, dem schlüpft' ein taktlos Liedchen aus den Lippen, dem ein Frohlocken aus offner Kehle; das streckte sich, das sprang in die Höhe; ein andres schlenderte vertieft umher.

Und all dies war die Sprache Eines Wohlseins, alles Eine Antwort auf die Liebkosungen der entzückenden Lüfte.

Ich war voll unbeschreiblichen Sehnens und Friedens. Eine fremde Macht beherrschte mich. Freundlicher Geist, sagt ich bei mir selber, wohin rufest du mich? nach Elysium oder wohin?

Ich ging in einem Walde, am rieselnden Wasser hinauf, wo es über Felsen heruntertröpfelte, wo es harmlos über die Kieseln glitt, und mählich verengte sich und ward zum Bogengange das Tal, und einsam spielte das Mittagslicht im schweigenden Dunkel –

Hier – ich möchte sprechen können, mein Bellarmin! möchte gerne mit Ruhe dir schreiben!

Sprechen? o ich bin ein Laie in der Freude, ich will sprechen!

Wohnt doch die Stille im Lande der Seligen, und über den Sternen vergißt das Herz seine Not und seine Sprache.

Ich hab es heilig bewahrt! wie ein Palladium, hab ich es in mir getragen, das Göttliche, das mir erschien! und wenn hinfort mich das Schicksal ergreift und von einem Abgrund in den andern mich wirft, und alle Kräfte ertränkt in mir und alle Gedanken, so soll dies Einzige doch mich selber überleben in mir, und leuchten in mir und herrschen, in ewiger, unzerstörbarer Klarheit! –

So lagst du hingegossen, süßes Leben, so blicktest du auf, erhubst dich, standst nun da, in schlanker Fülle, göttlich ruhig, und das himmlische Gesicht noch voll des heitern Entzückens, worin ich dich störte!

O wer in die Stille dieses Auges gesehn, wem diese süßen Lippen sich aufgeschlossen, wovon mag der noch sprechen?

Friede der Schönheit! göttlicher Friede! wer einmal an dir das tobende Leben und den zweifelnden Geist besänftigt, wie kann dem anderes helfen?

Ich kann nicht sprechen von ihr, aber es gibt ja Stunden, wo das Beste und Schönste, wie in Wolken, erscheint, und der Himmel der Vollendung vor der ahnenden Liebe sich öffnet, da, Bellarmin! da denke ihres Wesens, da beuge die Knie mit mir, und denke meiner Seligkeit! aber vergiß nicht, daß ich hatte, was du ahnest, daß ich mit diesen Augen sah, was nur, wie in Wolken, dir erscheint.

Daß die Menschen manchmal sagen möchten: sie freueten sich! O glaubt, ihr habt von Freude noch nichts geahnet! Euch ist der Schatten ihres Schattens noch nicht erschienen! O geht, und sprecht vom blauen Aether nicht, ihr Blinden!

Daß man werden kann, wie die Kinder, daß noch die goldne Zeit der Unschuld wiederkehrt, die Zeit des Friedens und der Freiheit, daß doch Eine Freude ist, Eine Ruhestätte auf Erden!

Ist der Mensch nicht veraltert, verwelkt, ist er nicht, wie ein abgefallen Blatt, das seinen Stamm nicht wieder findet und nun umhergescheucht wird von den Winden, bis es der Sand begräbt?

Und dennoch kehrt sein Frühling wieder!

Weint nicht, wenn das Trefflichste verblüht! bald wird es sich verjüngen! Trauert nicht, wenn eures Herzens Melodie verstummt! bald findet eine Hand sich wieder, es zu stimmen!

Wie war denn ich? war ich nicht wie ein zerrissen Saitenspiel? Ein wenig tönt ich noch, aber es waren Todestöne. Ich hatte mir ein düster Schwanenlied gesungen! Einen Sterbekranz hätt ich gern mir gewunden, aber ich hatte nur Winterblumen.

Und wo war sie denn nun, die Totenstille, die Nacht und Öde meines Lebens? die ganze dürftige Sterblichkeit?

Freilich ist das Leben arm und einsam. Wir wohnen hier unten, wie der Diamant im Schacht. Wir fragen umsonst, wie wir herabgekommen, um wieder den Weg hinauf zu finden.

Wir sind, wie Feuer, das im dürren Aste oder im Kiesel schläft; und ringen und suchen in jedem Moment das Ende der engen Gefangenschaft. Aber sie kommen, sie wägen Aeonen des Kampfes auf, die Augenblicke der Befreiung, wo das Göttliche den Kerker sprengt, wo die Flamme vom Holze sich löst und siegend emporwallt über der Asche, ha! wo uns ist, als kehrte der entfesselte Geist, vergessen der Leiden, der Knechtsgestalt, im Triumphe zurück in die Hallen der Sonne.

Hyperion an Bellarmin

Ich war einst glücklich, Bellarmin! Bin ich es nicht noch? Wär ich es nicht, wenn auch der heilige Moment, wo ich zum ersten Male sie sah, der letzte wäre gewesen?

Ich hab es Einmal gesehn, das Einzige, das meine Seele suchte, und die Vollendung, die wir über die Sterne hinauf entfernen, die wir hinausschieben bis ans Ende der Zeit, die hab ich gegenwärtig gefühlt. Es war da, das Höchste, in diesem Kreise der Menschennatur und der Dinge war es da!

Ich frage nicht mehr, wo es sei; es war in der Welt, es kann wiederkehren in ihr, es ist jetzt nur verborgner in ihr. Ich frage nicht mehr, was es sei; ich hab es gesehn, ich hab es kennen gelernt.

O ihr, die ihr das Höchste und Beste sucht, in der Tiefe des Wissens, im Getümmel des Handelns, im Dunkel der Vergangenheit, im Labyrinthe der Zukunft, in den Gräbern oder über den Sternen! wißt ihr seinen Namen? den Namen des, das Eins ist und Alles?

Sein Name ist Schönheit.

Wußtet ihr, was ihr wolltet? Noch weiß ich es nicht, doch ahn ich es, der neuen Gottheit neues Reich, und eil ihm zu und ergreife die andern und führe sie mit mir, wie der Strom die Ströme in den Ozean.

Und du, du hast mir den Weg gewiesen! Mit dir begann ich. Sie sind der Worte nicht wert, die Tage, da ich noch dich nicht kannte –

O Diotima, Diotima, himmlisches Wesen!

Hyperion an Bellarmin

Laß uns vergessen, daß es eine Zeit gibt und zähle die Lebenstage nicht!

Was sind Jahrhunderte gegen den Augenblick, wo zwei Wesen so sich ahnen und nahn?

Noch seh ich den Abend, an dem Notara zum ersten Male zu ihr ins Haus mich brachte.

Sie wohnte nur einige hundert Schritte von uns am Fuße des Bergs.

Ihre Mutter war ein denkend zärtlich Wesen, ein schlichter fröhlicher Junge der Bruder, und beede gestanden herzlich in allem Tun und Lassen, daß Diotima die Königin des Hauses war.

Ach! es war alles geheiliget, verschönert durch ihre Gegenwart. Wohin ich sah, was ich berührte, ihr Fußteppich, ihr Polster, ihr Tischchen, alles war in geheimem Bunde mit ihr. Und da sie zum ersten Male mit Namen mich rief, da sie selbst so nahe mir kam, daß ihr unschuldiger Othem mein lauschend Wesen berührte! –

Wir sprachen sehr wenig zusammen. Man schämt sich seiner Sprache. Zum Tone möchte man werden und sich vereinen in Einen Himmelsgesang.

Wovon auch sollten wir sprechen? Wir sahn nur uns. Von uns zu sprechen, scheuten wir uns.

Vom Leben der Erde sprachen wir endlich.

So feurig und kindlich ist ihr noch keine Hymne gesungen worden.

Es tat uns wohl, den Überfluß unsers Herzens der guten Mutter in den Schoß zu streuen. Wir fühlten uns dadurch erleichtert, wie die Bäume, wenn ihnen der Sommerwind die fruchtbaren Äste schüttelt, und ihre süßen Äpfel in das Gras gießt.

Wir nannten die Erde eine der Blumen des Himmels, und den Himmel nannten wir den unendlichen Garten des Lebens. Wie die Rosen sich mit goldnen Stäubchen erfreuen, sagten wir, so erfreue das heldenmütige Sonnenlicht mit seinen Strahlen die Erde; sie sei ein herrlich lebend Wesen, sagten wir, gleich göttlich, wenn ihr zürnend Feuer oder mildes klares Wasser aus dem Herzen quille, immer glücklich, wenn sie von Tautropfen sich nähre, oder von Gewitterwolken, die sie sich zum Genusse bereite mit Hülfe des Himmels, die immer treuer liebende Hälfte des Sonnengotts, ursprünglich vielleicht inniger mit ihm vereint, dann aber durch ein allwaltend Schicksal geschieden von ihm, damit sie ihn suche, sich nähere, sich entferne und unter Lust und Trauer zur höchsten Schönheit reife.

So sprachen wir. Ich gebe dir den Inhalt, den Geist davon. Aber was ist er ohne das Leben?

Es dämmerte, und wir mußten gehen. Gute Nacht, ihr Engelsaugen! dacht ich im Herzen, und erscheine du bald mir wieder, schöner göttlicher Geist, mit deiner Ruhe und Fülle!

Hyperion an Bellarmin

Ein paar Tage drauf kamen sie herauf zu uns. Wir gingen zusammen im Garten herum. Diotima und ich gerieten voraus, vertieft, mir traten oft Tränen der Wonne ins Auge, über das Heilige, das so anspruchlos zur Seite mir ging.

Vorn am Rande des Berggipfels standen wir nun, und sahn hinaus, in den unendlichen Osten.

Diotimas Auge öffnete sich weit, und leise, wie eine Knospe sich aufschließt, schloß das liebe Gesichtchen vor den Lüften des Himmels sich auf, ward lauter Sprache und Seele, und, als begänne sie den Flug in die Wolken, stand sanft empor gestreckt die ganze Gestalt, in leichter Majestät, und berührte kaum mit den Füßen die Erde.

O unter den Armen hätt ich sie fassen mögen, wie der Adler seinen Ganymed, und hinfliegen mit ihr über das Meer und seine Inseln.

Nun trat sie weiter vor, und sah die schroffe Felsenwand hinab. Sie hatte ihre Lust daran, die schröckende Tiefe zu messen, und sich hinab zu verlieren in die Nacht der Wälder, die unten aus Felsenstücken und schäumenden Wetterbächen herauf die lichten Gipfel streckten.

Das Geländer, worauf sie sich stützte, war etwas niedrig. So durft ich es ein wenig halten, das Reizende, indes es so sich vorwärts beugte. Ach! heiße zitternde Wonne durchlief mein Wesen und Taumel und Toben war in allen Sinnen, und die Hände brannten mir, wie Kohlen, da ich sie berührte.

Und dann die Herzenslust, so traulich neben ihr zu stehn, und die zärtlich kindische Sorge, daß sie fallen möchte, und die Freude an der Begeisterung des herrlichen Mädchens!

Was ist alles, was in Jahrtausenden die Menschen taten und dachten, gegen Einen Augenblick der Liebe? Es ist aber auch das Gelungenste, Göttlichschönste in der Natur! dahin führen alle Stufen auf der Schwelle des Lebens. Daher kommen wir, dahin gehn wir.

Hyperion an Bellarmin

Nur ihren Gesang sollt ich vergessen, nur diese Seelentöne sollten nimmer wiederkehren in meinen unaufhörlichen Träumen.

Man kennt den stolzhinschiffenden Schwan nicht, wenn er schlummernd am Ufer sitzt.

Nur, wenn sie sang, erkannte man die liebende Schweigende, die so ungern sich zur Sprache verstand.

Da, da ging erst die himmlische Ungefällige in ihrer Majestät und Lieblichkeit hervor; da weht' es oft so bittend und so schmeichelnd, oft, wie ein Göttergebot, von den zarten blühenden Lippen. Und wie das Herz sich regt' in dieser göttlichen Stimme, wie alle Größe und Demut, alle Lust und alle Trauer des Lebens verschönert im Adel dieser Töne erschien!

Wie im Fluge die Schwalbe die Bienen hascht, ergriff sie immer uns alle.

Es kam nicht Lust und nicht Bewunderung, es kam der Friede des Himmels unter uns.

Tausendmal hab ich es ihr und mir gesagt: das Schönste ist auch das Heiligste. Und so war alles an ihr. Wie ihr Gesang, so auch ihr Leben.

Hyperion an Bellarmin

Unter den Blumen war ihr Herz zu Hause, als wär es eine von ihnen.

Sie nannte sie alle mit Namen, schuf ihnen aus Liebe neue, schönere, und wußte genau die fröhlichste Lebenszeit von jeder.

Wie eine Schwester, wenn aus jeder Ecke ein Geliebtes ihr entgegenkömmt, und jedes gerne zuerst gegrüßt sein möchte, so war das stille Wesen mit Aug und Hand beschäftigt, selig zerstreut, wenn auf der Wiese wir gingen, oder im Walde.

Und das war so ganz nicht angenommen, angebildet, das war so mit ihr aufgewachsen.

Es ist doch ewig gewiß und zeigt sich überall: je unschuldiger, schöner eine Seele, desto vertrauter mit den andern glücklichen Leben, die man seelenlos nennt.

Hyperion an Bellarmin

Tausendmal hab ich in meiner Herzensfreude gelacht über die Menschen, die sich einbilden, ein erhabner Geist könne unmöglich wissen, wie man ein Gemüse bereitet. Diotima konnte wohl zur rechten Zeit recht herzhaft von dem Feuerherde sprechen, und es ist gewiß nichts edler, als ein edles Mädchen, das die allwohltätige Flamme besorgt, und, ähnlich der Natur, die herzerfreuende Speise bereitet.

Hyperion an Bellarmin

Was ist alles künstliche Wissen in der Welt, was ist die ganze stolze Mündigkeit der menschlichen Gedanken gegen die ungesuchten Töne dieses Geistes, der nicht wußte, was er wußte, was er war?

Wer will die Traube nicht lieber voll und frisch, so wie sie aus der Wurzel quoll, als die getrockneten gepflückten Beere, die der Kaufmann in die Kiste preßt und in die Welt schickt?

Was ist die Weisheit eines Buchs gegen die Weisheit eines Engels?

Sie schien immer so wenig zu sagen, und sagte so viel.

Ich geleitete sie einst in später Dämmerung nach Hause; wie Träume, beschlichen tauende Wölkchen die Wiese, wie lauschende Genien, sahn die seligen Sterne durch die Zweige.

Man hörte selten ein „wie schön!" aus ihrem Munde, wenn schon das fromme Herz kein lispelnd Blatt, kein Rieseln einer Quelle unbehorcht ließ.

Diesmal sprach sie es denn doch mir aus – wie schön!

Es ist wohl uns zuliebe so! sagt ich, ungefähr, wie Kinder etwas sagen, weder im Scherze noch im Ernste.

Ich kann mir denken, was du sagst, erwiderte sie; ich denke mir die Welt am liebsten, wie ein häuslich Leben, wo jedes, ohne gerade dran zu denken, sich ins andre schickt, und wo man sich einander zum Gefallen und zur Freude lebt, weil es eben so vom Herzen kömmt.

Froher erhabner Glaube! rief ich.

Sie schwieg eine Weile.

Auch wir sind also Kinder des Hauses, begann ich endlich wieder, sind es und werden es sein.

Werden ewig es sein, erwiderte sie.

Werden wir das? fragt ich.

Ich vertraue, fuhr sie fort, hierinnen der Natur, so wie ich täglich ihr vertraue.

O ich hätte mögen Diotima sein, da sie dies sagte! Aber du weißt nicht, was sie sagte, mein Bellarmin! Du hast es nicht gesehn und nicht gehört.

Du hast recht, rief ich ihr zu; die ewige Schönheit, die Natur leidet keinen Verlust in sich, so wie sie keinen Zusatz leidet. Ihr Schmuck ist morgen anders, als er heute war; aber unser Bestes, uns, uns kann sie nicht entbehren und dich am wenigsten. Wir glauben, daß wir ewig sind, denn unsere Seele fühlt die Schönheit der Natur. Sie ist ein Stückwerk, ist die Göttliche, die Vollendete nicht, wenn jemals du in ihr vermißt wirst. Sie verdient dein Herz nicht, wenn sie erröten muß vor deinen Hoffnungen.

Hyperion an Bellarmin

So bedürfnislos, so göttlichgenügsam hab ich nichts gekannt.

Wie die Woge des Ozeans das Gestade seliger Inseln, so umflutete mein ruheloses Herz den Frieden des himmlischen Mädchens.

Ich hatt ihr nichts zu geben, als ein Gemüt voll wilder Widersprüche, voll blutender Erinnerungen, nichts hatt ich ihr zu geben, als meine grenzenlose Liebe mit ihren tausend Sorgen, ihren tausend tobenden Hoffnungen; sie aber stand vor mir in wandelloser Schönheit, mühelos, in lächelnder Vollendung da, und alles Sehnen, alles Träumen der Sterblichkeit, ach! alles, was in goldnen Morgenstunden von höhern Regionen der Genius weissagt, es war alles in dieser Einen stillen Seele erfüllt.

Man sagt sonst, über den Sternen verhalle der Kampf, und künftig erst, verspricht man uns, wenn unsre Hefe gesunken sei, verwandle sich in edeln Freudenwein das gärende Leben, die Herzensruhe der Seligen sucht man sonst auf dieser Erde nirgends mehr. Ich weiß es anders. Ich bin den nähern Weg gekommen. Ich stand vor ihr, und hört und sah den Frieden des Himmels, und mitten im seufzenden Chaos erschien mir Urania.

Wie oft hab ich meine Klagen vor diesem Bilde gestillt! wie oft hat sich das übermütige Leben und der strebende Geist besänftigt, wenn ich, in selige Betrachtungen versunken, ihr ins Herz sah, wie man in die Quelle siehet, wenn sie still erbebt von den Berührungen des Himmels, der in Silbertropfen auf sie niederträufelt!

Sie war mein Lethe, diese Seele, mein heiliger Lethe, woraus ich die Vergessenheit des Daseins trank, daß ich vor ihr stand, wie ein Unsterblicher, und freudig mich schalt, und wie nach schweren Träumen lächeln mußte über alle Ketten, die mich gedrückt.

O ich wär ein glücklicher, ein trefflicher Mensch geworden mit ihr!

Mit ihr! aber das ist mißlungen, und nun irr ich herum in dem, was vor und in mir ist, und drüber hinaus, und weiß nicht, was ich machen soll aus mir und andern Dingen.

Meine Seele ist, wie ein Fisch aus ihrem Elemente auf den Ufersand geworfen, und windet sich und wirft sich umher, bis sie vertrocknet in der Hitze des Tags.

Ach! gäb es nur noch etwas in der Welt für mich zu tun! gäb es eine Arbeit, einen Krieg für mich, das sollte mich erquicken!

Knäblein, die man von der Mutterbrust gerissen und in die Wüste geworfen, hat einst, so sagt man, eine Wölfin gesäugt.

Mein Herz ist nicht so glücklich.

Hyperion an Bellarmin

Ich kann nur hie und da ein Wörtchen von ihr sprechen. Ich muß vergessen, was sie ganz ist, wenn ich von ihr sprechen soll. Ich muß mich täuschen, als hätte sie vor alten Zeiten gelebt, als wüßt ich durch Erzählung einiges von ihr, wenn ihr lebendig Bild mich nicht ergreifen soll, daß ich vergehe im Entzükken und im Schmerz, wenn ich den Tod der Freude über sie und den Tod der Trauer um sie nicht sterben soll.

Hyperion an Bellarmin

Es ist umsonst; ich kanns mir nicht verbergen. Wohin ich auch entfliehe mit meinen Gedanken, in die Himmel hinauf und in den Abgrund, zum Anfang und ans Ende der Zeiten, selbst wenn ich ihm, der meine letzte Zuflucht war, der sonst noch jede Sorge in mir verzehrte, der alle Lust und allen Schmerz des Lebens sonst mit der Feuerflamme, worin er sich offenbarte, in mir versengte, selbst wenn ich ihm mich in die Arme werfe, dem herrlichen geheimen Geiste der Welt, in seine Tiefe mich tauche, wie in den bodenlosen Ozean hinab, auch da, auch da finden die süßen Schrecken mich aus, die süßen verwirrenden tötenden Schrecken, daß Diotimas Grab mir nah ist.

Hörst du? hörst du? Diotimas Grab!

Mein Herz war doch so stille geworden, und meine Liebe war begraben mit der Toten, die ich liebte.

Du weißt, mein Bellarmin! ich schrieb dir lange nicht von ihr, und da ich schrieb, so schrieb ich dir gelassen, wie ich meine.

Was ists denn nun?

Ich gehe ans Ufer hinaus und sehe nach Kalaurea, wo sie ruhet, hinüber, das ists.

O daß ja keiner den Kahn mir leihe, daß ja sich keiner erbarme und mir sein Ruder biete und mir hinüberhelfe zu ihr!

Daß ja das gute Meer nicht ruhig bleibe, damit ich nicht ein Holz mir zimmre und hinüberschwimme zu ihr.

Aber in die tobende See will ich mich werfen, und ihre Woge bitten, daß sie an Diotimas Gestade mich wirft! –

Lieber Bruder! ich tröste mein Herz mit allerlei Phantasien, ich reiche mir manchen Schlaftrank; und es wäre wohl größer, sich zu befreien auf immer, als sich zu behelfen mit Palliativen; aber wem gehts nicht so? Ich bin denn doch damit zufrieden.

Zufrieden? ach das wäre gut! da wäre ja geholfen, wo kein Gott nicht helfen kann.

Nun! nun! ich habe, was ich konnte, getan! Ich fodre von dem Schicksal meine Seele.

Hyperion an Bellarmin

War sie nicht mein, ihr Schwestern des Schicksals, war sie nicht mein? Die reinen Quellen fodr' ich auf zu Zeugen, und die unschuldigen Bäume, die uns belauschten, und das Tagslicht und den Aether! war sie nicht mein? vereint mit mir in allen Tönen des Lebens?

Wo ist das Wesen, das, wie meines, sie erkannte? in welchem Spiegel sammelten sich, so wie in mir, die Strahlen dieses Lichts? erschrak sie freudig nicht vor ihrer eignen Herrlichkeit, da sie zuerst in meiner Freude sich gewahr ward? Ach! wo ist das Herz, das so, wie meines, überall ihr nah war, so, wie meines, sie erfüllte und von ihr erfüllt war, das so einzig da war, ihres zu umfangen, wie die Wimper für das Auge da ist.

Wir waren Eine Blume nur, und unsre Seelen lebten in einander, wie die Blume, wenn sie liebt, und ihre zarten Freuden im verschloßnen Kelche verbirgt.

Und doch, doch wurde sie, wie eine angemaßte Krone, von mir gerissen und in den Staub gelegt?

Hyperion an Bellarmin

Eh es eines von uns beeden wußte, gehörten wir uns an.

Wenn ich so, mit allen Huldigungen des Herzens, selig überwunden, vor ihr stand, und schwieg, und all mein Leben sich hingab in den Strahlen des Augs, das sie nur sah, nur sie umfaßte, und sie dann wieder zärtlich zweifelnd mich betrachtete, und nicht wußte, wo ich war mit meinen Gedanken, wenn ich oft, begraben in Lust und Schönheit, bei einem reizenden Geschäfte sie belauschte, und um die leiseste Bewegung, wie die Biene um die schwanken Zweige, meine Seele schweift' und flog, und wenn sie dann in friedlichen Gedanken gegen mich sich wandt, und, überrascht von meiner Freude, meine Freude sich verbergen mußt, und bei der lieben Arbeit ihre Ruhe wieder sucht' und fand –

Wenn sie, wunderbar allwissend, jeden Wohlklang, jeden Mißlaut in der Tiefe meines Wesens, im Momente, da er begann, noch eh ich selbst ihn wahrnahm, mir enthüllte, wenn sie jeden Schatten eines Wölkchens auf der Stirne, jeden Schatten einer Wehmut, eines Stolzes auf der Lippe, jeden Funken mir im Auge sah, wenn sie die Ebb und Flut des Herzens mir behorcht' und sorgsam trübe Stunden ahnete, indes mein Geist zu unenthaltsam, zu verschwenderisch im üppigen Gespräche sich verzehrte, wenn das liebe Wesen, treuer, wie ein Spiegel, jeden Wechsel meiner Wange mir verriet, und oft in freundlichen Bekümmernissen über mein unstet Wesen mich ermahnt', und strafte, wie ein teures Kind –

Ach! da du einst, Unschuldige, an den Fingern die Treppen zähltest, von unsrem Berge herab zu deinem Hause, da du deine Spaziergänge mir wiesest, die Plätze, wo du sonst gesessen, und mir erzähltest, wie die Zeit dir da vergangen, und mir am Ende sagtest, es sei dir jetzt, als wär ich auch von jeher dagewesen –

Gehörten wir da nicht längst uns an?

Hyperion an Bellarmin

Ich baue meinem Herzen ein Grab, damit es ruhen möge; ich spinne mich ein, weil überall es Winter ist; in seligen Erinnerungen hüll ich vor dem Sturme mich ein.

Wir saßen einst mit Notara – so hieß der Freund, bei dem ich lebte – und einigen andern, die auch, wie wir, zu den Sonderlingen in Kalaurea gehörten, in Diotimas Garten, unter blühenden Mandelbäumen, und sprachen unter andrem über die Freundschaft.

Ich hatte wenig mitgesprochen, ich hütete mich seit einiger Zeit, viel Worte zu machen von Dingen, die das Herz zunächst angehn, meine Diotima hatte mich so einsilbig gemacht –

Da Harmodius und Aristogiton lebten, rief endlich einer, da war noch Freundschaft in der Welt. Das freute mich zu sehr, als daß ich hätte schweigen mögen.

Man sollte dir eine Krone flechten um dieses Wortes willen! rief ich ihm zu; hast du denn wirklich eine Ahnung davon, hast du ein Gleichnis für die Freundschaft des Aristogiton und Harmodius? Verzeih mir! Aber beim Aether! man muß

Aristogiton sein, um nachzufühlen, wie Aristogiton liebte, und die Blitze durfte wohl der Mann nicht fürchten, der geliebt sein wollte mit Harmodius Liebe, denn es täuscht mich alles, wenn der furchtbare Jüngling nicht mit Minos Strenge liebte. Wenige sind in solcher Probe bestanden, und es ist nicht leichter, eines Halbgotts Freund zu sein, als an der Götter Tische, wie Tantalus, zu sitzen. Aber es ist auch nichts Herrlicheres auf Erden, als wenn ein stolzes Paar, wie diese, so sich untertan ist.

Das ist auch meine Hoffnung, meine Lust in einsamen Stunden, daß solche große Töne und größere einst wiederkehren müssen in der Symphonie des Weltlaufs. Die Liebe gebar Jahrtausende voll lebendiger Menschen; die Freundschaft wird sie wiedergebären. Von Kinderharmonie sind einst die Völker ausgegangen, die Harmonie der Geister wird der Anfang einer neuen Weltgeschichte sein. Von Pflanzenglück begannen die Menschen und wuchsen auf, und wuchsen, bis sie reiften; von nun an gärten sie unaufhörlich fort, von innen und außen, bis jetzt das Menschengeschlecht, unendlich aufgelöst, wie ein Chaos daliegt, daß alle, die noch fühlen und sehen, Schwindel ergreift; aber die Schönheit flüchtet aus dem Leben der Menschen sich herauf in den Geist; Ideal wird, was Natur war, und wenn von unten gleich der Baum verdorrt ist und verwittert, ein frischer Gipfel ist noch hervorgegangen aus ihm, und grünt im Sonnenglanze, wie einst der Stamm in den Tagen der Jugend; Ideal ist, was Natur war. Daran, an diesem Ideale, dieser verjüngten Gottheit, erkennen die Wenigen sich und Eins sind sie, denn es ist Eines in ihnen, und von diesen, diesen beginnt das zweite Lebensalter der Welt – ich habe genug gesagt, um klar zu machen, was ich denke.

Da hättest du Diotima sehen sollen, wie sie aufsprang und die beeden Hände mir reichte und rief: ich hab es verstanden, Lieber, ganz verstanden, so viel es sagt.

Die Liebe gebar die Welt, die Freundschaft wird sie wieder gebären.

O dann, ihr künftigen, ihr neuen Dioskuren, dann weilt ein wenig, wenn ihr vorüberkömmt, da, wo Hyperion schläft, weilt ahnend über des vergeßnen Mannes Asche, und sprecht: er wäre, wie unser einer, wär er jetzt da.

Das hab ich gehört, mein Bellarmin! das hab ich erfahren, und gehe nicht willig in den Tod?

Ja! ja! ich bin vorausbezahlt, ich habe gelebt. Mehr Freude konnt ein Gott ertragen, aber ich nicht.

Frägst du, wie mir gewesen sei um diese Zeit? Wie einem, der alles verloren hat, um alles zu gewinnen.

Oft kam ich freilich von Diotimas Bäumen, wie ein Siegestrunkner, oft mußt ich eilends weg von ihr, um keinen meiner Gedanken zu verraten; so tobte die Freude in mir, und der Stolz, der allbegeisternde Glaube, von Diotima geliebt zu sein.

Dann sucht ich die höchsten Berge mir auf und ihre Lüfte, und wie ein Adler, dem der blutende Fittig geheilt ist, regte mein Geist sich im Freien, und dehnt', als wäre sie sein, über die sichtbare Welt sich aus; wunderbar! es war mir oft, als läuterten sich und schmelzten die Dinge der Erde, wie Gold, in meinem Feuer zusammen, und ein Göttliches würde aus ihnen und mir, so tobte in mir die Freude; und wie ich die Kinder aufhub und an mein schlagendes Herz sie drückte, wie ich die Pflanzen grüßte und die Bäume! Einen Zauber hätt ich mir wünschen mögen, die scheuen Hirsche und all die wilden Vögel des Walds, wie ein häuslich Völkchen, um meine freigebigen Hände zu versammeln, so selig töricht liebt ich alles!

Aber nicht lange, so war das alles, wie ein Licht, in mir erloschen, und stumm und traurig, wie ein Schatte, saß ich da und suchte das entschwundne Leben. Klagen mocht ich nicht und trösten mocht ich mich auch nicht. Die Hoffnung warf ich weg, wie ein Lahmer, dem die Krücke verleidet ist; des Weinens schämt ich mich; ich schämte mich des Daseins überhaupt. Aber endlich brach denn doch der Stolz in Tränen aus, und das Leiden, das ich gerne verleugnet hätte, wurde mir lieb, und ich legt es, wie ein Kind, mir an die Brust.

Nein, rief mein Herz, nein, meine Diotima! es schmerzt nicht. Bewahre du dir deinen Frieden und laß mich meinen Gang gehn. Laß dich in deiner Ruhe nicht stören, holder Stern! wenn unter dir es gärt und trüb ist.

O laß dir deine Rose nicht bleichen, selige Götterjugend! Laß in den Kümmernissen der Erde deine Schöne nicht altern. Das ist ja meine Freude, süßes Leben! daß du in dir den sorgenfreien Himmel trägst. Du sollst nicht dürftig werden, nein, nein! du sollst in dir die Armut der Liebe nicht sehn.

Und wenn ich dann wieder zu ihr hinabging – ich hätte das Lüftchen fragen mögen und dem Zuge der Wolken es ansehn, wie es mit mir sein werde in einer Stunde! und wie es mich freute, wenn irgend ein freundlich Gesicht mir auf dem Wege begegnete, und nur nicht gar zu trocken sein „schönen Tag!“ mir zurief!

Wenn ein kleines Mädchen aus dem Walde kam und einen Erdbeerstrauß mir zum Verkaufe reichte, mit einer Miene, als wollte sie ihn schenken, oder wenn ein Bauer, wo ich vorüberging, auf seinem Kirschbaum saß und pflückte, und aus den Zweigen herab mir rief, ob ich nicht eine Handvoll kosten möchte; das waren gute Zeichen für das abergläubische Herz!

Stand vollends gegen den Weg her, wo ich herabkam, von Diotimas Fenstern eines offen, wie konnte das so wohltun!

Sie hatte vielleicht nicht lange zuvor herausgesehn.

Und nun stand ich vor ihr, atemlos und wankend, und drückte die verschlungnen Arme gegen mein Herz, sein Zittern nicht zu fühlen, und, wie der Schwimmer aus reißenden Wassern hervor, rang und strebte mein Geist, nicht unterzugehn in der unendlichen Liebe.

Wovon sprechen wir doch geschwind? konnt ich rufen, man hat oft seine Mühe, man kann den Stoff nicht finden, die Gedanken daran festzuhalten.

Reißen sie wieder aus in die Luft? erwiderte meine Diotima. Du mußt ihnen Blei an die Flügel binden, oder ich will sie an einen Faden knüpfen, wie der Knabe den fliegenden Drachen, daß sie uns nicht entgehn.

Das liebe Mädchen suchte sich und mir durch einen Scherz zu helfen, aber es war wenig damit getan.

Ja, ja! rief ich, wie du willst, wie du es für gut hältst – soll ich vorlesen? Deine Laute ist wohl noch gestimmt von gestern – vorzulesen hab ich auch gerade nichts –

Du hast schon mehr, als einmal, sagte sie, versprochen, mir zu erzählen, wie du gelebt hast, ehe wir uns kannten, möchtest du jetzt nicht?

Das ist wahr, erwidert ich; mein Herz warf sich gerne auf das, und ich erzählt ihr nun, wie dir, von Adamas und meinen einsamen Tagen in Smyrna, von Alabanda und wie ich getrennt wurde von ihm, und von der unbegreiflichen Krankheit meines Wesens, eh ich nach Kalaurea herüberkam – nun weißt du alles, sagt ich zu ihr gelassen, da ich zu Ende war, nun wirst du weniger dich an mir stoßen; nun wirst du sagen, setzt ich lächelnd hinzu, spottet dieses Vulkans nicht, wenn er hinkt, denn ihn haben zweimal die Götter vom Himmel auf die Erde geworfen.

Stille, rief sie mit erstickter Stimme, und verbarg ihre Tränen ins Tuch, o stille, und scherze über dein Schicksal, über dein Herz nicht! denn ich versteh es und besser, als du.

Lieber – lieber Hyperion! Dir ist wohl schwer zu helfen.

Weißt du denn, fuhr sie mit erhöhter Stimme fort, weißt du denn, woran du darbest, was dir einzig fehlt, was du, wie Alpheus seine Arethusa, suchst, um was du trauertest in aller deiner Trauer? Es ist nicht erst seit Jahren hingeschieden, man kann so genau nicht sagen, wenn es da war, wenn es wegging, aber es war, es ist, in dir ists! Es ist eine bessere Zeit, die suchst du, eine schönere Welt. Nur diese Welt umarmtest du in deinen Freunden, du warst mit ihnen diese Welt.

In Adamas war sie dir aufgegangen; sie war auch hingegangen mit ihm. In Alabanda erschien dir ihr Licht zum zweiten Male, aber brennender und heißer, und darum war es auch, wie Mitternacht, vor deiner Seele, da er für dich dahin war.

Siehest du nun auch, warum der kleinste Zweifel über Alabanda zur Verzweiflung werden mußt in dir? warum du ihn verstießest, weil er nur nicht gar ein Gott war?

Du wolltest keine Menschen, glaube mir, du wolltest eine Welt. Den Verlust von allen goldenen Jahrhunderten, so wie du sie, zusammengedrängt in Einen glücklichen Moment, empfandest, den Geist von allen Geistern beßrer Zeit, die Kraft von allen Kräften der Heroen, die sollte dir ein Einzelner, ein Mensch ersetzen! – Siehest du nun, wie arm, wie reich du bist? warum du so stolz sein mußt und auch so niedergeschlagen? warum so schröcklich Freude und Leid dir wechselt?

Darum, weil du alles hast und nichts, weil das Phantom der goldenen Tage, die da kommen sollen, dein gehört, und doch nicht da ist, weil du ein Bürger bist in den Regionen der Gerechtigkeit und Schönheit, ein Gott bist unter Göttern in den schönen Träumen, die am Tage dich beschleichen, und wenn du aufwachst, auf neugriechischem Boden stehst.

Zweimal, sagtest du? o du wirst in Einem Tage siebzigmal vom Himmel auf die Erde geworfen. Soll ich dir es sagen? Ich fürchte für dich, du hältst das Schicksal dieser Zeiten schwerlich aus. Du wirst noch mancherlei versuchen, wirst –

O Gott! und deine letzte Zufluchtsstätte wird ein Grab sein.

Nein, Diotima, rief ich, nein, beim Himmel, nein! So lange noch Eine Melodie mir tönt, so scheu ich nicht die Totenstille der Wildnis unter den Sternen; so lange die Sonne nur scheint und Diotima, so gibt es keine Nacht für mich.

Laß allen Tugenden die Sterbeglocke läuten! ich höre ja dich, dich, deines Herzens Lied, du Liebe! und finde unsterblich Leben, indessen alles verlischt und welkt.

O Hyperion, rief sie, wie sprichst du?

„Ich spreche, wie ich muß. Ich kann nicht, kann nicht länger all die Seligkeit und Furcht und Sorge bergen – Diotima! – Ja du weißt es, mußt es wissen, hast längst es gesehen, daß ich untergehe, wenn du nicht die Hand mir reichst."

Sie war betroffen, verwirrt.

Und an mir, rief sie, an mir will sich Hyperion halten? ja, ich wünsch es, jetzt zum ersten Male wünsch ich, mehr zu sein, denn nur ein sterblich Mädchen. Aber ich bin dir, was ich sein kann.

O so bist du ja mir Alles, rief ich!

„Alles? böser Heuchler! und die Menschheit, die du doch am Ende einzig liebst?"

Die Menschheit? sagt ich; ich wollte, die Menschheit machte Diotima zum Losungswort und malt' in ihre Paniere dein Bild, und spräche: heute soll das Göttliche siegen! Engel des Himmels! das müßt ein Tag sein!

Geh, rief sie, geh, und zeige dem Himmel deine Verklärung! mir darf sie nicht so nahe sein.

Nicht wahr, du gehest, lieber Hyperion?

Ich gehorchte. Wer hätte da nicht gehorcht? Ich ging. So war ich noch niemals von ihr gegangen. O Bellarmin! das war Freude, Stille des Lebens, Götterruhe, himmlische, wunderbare, unerkennbare Freude.

Worte sind hier umsonst, und wer nach einem Gleichnis von ihr fragt, der hat sie nie erfahren. Das Einzige, was eine solche Freude auszudrücken vermochte, war Diotimas Gesang, wenn er, in goldner Mitte, zwischen Höhe und Tiefe schwebte.

O ihr Uferweiden des Lethe! ihr abendrötlichen Pfade in Elysiums Wäldern! ihr Lilien an den Bächen des Tals! ihr Rosenkränze des Hügels! Ich glaub an euch, in dieser freundlichen Stunde, und spreche zu meinem Herzen: dort findest du sie wieder, und alle Freude, die du verlorst.

Hyperion an Bellarmin

Ich will dir immer mehr von meiner Seligkeit erzählen.

Ich will die Brust an den Freuden der Vergangenheit versuchen, bis sie, wie Stahl, wird, ich will mich üben an ihnen, bis ich unüberwindlich bin.

Ha! fallen sie doch, wie ein Schwertschlag, oft mir auf die Seele, aber ich spiele mit dem Schwerte, bis ich es gewohnt bin, ich halte die Hand ins Feuer, bis ich es ertrage, wie Wasser.

Ich will nicht zagen; ja! ich will stark sein! ich will mir nichts verhehlen, will von allen Seligkeiten mir die seligste aus dem Grabe beschwören.

Es ist unglaublich, daß der Mensch sich vor dem Schönsten fürchten soll; aber es ist so.

O bin ich doch hundertmal vor diesen Augenblicken, dieser tötenden Wonne meiner Erinnerungen geflohen und habe mein Auge hinweggewandt, wie ein Kind vor Blitzen! und dennoch wächst im üppigen Garten der Welt nichts Lieblichers, wie meine Freuden, dennoch gedeiht im Himmel und auf Erden nichts Edleres, wie meine Freuden.

Aber nur dir, mein Bellarmin, nur einer reinen freien Seele, wie die deine ist, erzähl ichs. So freigebig, wie die Sonne mit ihren Strahlen, will ich nicht sein; meine Perlen will ich vor die alberne Menge nicht werfen.

Ich kannte, seit dem letzten Seelengespräche, mit jedem Tage mich weniger. Ich fühlt, es war ein heilig Geheimnis zwischen mir und Diotima.

Ich staunte, träumte. Als wär um Mitternacht ein seliger Geist mir erschienen und hätte mich erkoren, mit ihm umzugehn, so war es mir in der Seele.

O es ist ein seltsames Gemische von Seligkeit und Schwermut, wenn es sich so offenbart, daß wir auf immer heraus sind aus dem gewöhnlichen Dasein.

Es war mir seitdem nimmer gelungen, Diotima allein zu sehn. Immer mußt ein Dritter uns stören, trennen, und die Welt lag zwischen ihr und mir, wie eine unendliche Leere. Sechs todesbange Tage gingen so vorüber, ohne daß ich etwas wußte von Diotima. Es war, als lähmten die andern, die um uns waren, mir die Sinne, als töteten sie mein ganzes äußeres Leben, damit auf keinem Wege die verschlossene Seele sich hinüber helfen möchte zu ihr.

Wollt ich mit dem Auge sie suchen, so wurd es Nacht vor mir, wollt ich mich mit einem Wörtchen an sie wenden, so erstickt' es in der Kehle.

Ach! mir wollte das heilige namenlose Verlangen oft die Brust zerreißen, und die mächtige Liebe zürnt' oft, wie ein gefangener Titan, in mir. So tief, so innigst unversöhnlich hatte mein Geist noch nie sich gegen die Ketten gesträubt, die das

Schicksal ihm schmiedet, gegen das eiserne unerbittliche Gesetz, geschieden zu sein, nicht Eine Seele zu sein mit seiner liebenswürdigen Hälfte.

Die sternenhelle Nacht war nun mein Element geworden. Dann, wann es stille war, wie in den Tiefen der Erde, wo geheimnisvoll das Gold wächst, dann hob das schönere Leben meiner Liebe sich an.

Da übte das Herz sein Recht, zu dichten, aus. Da sagt' es mir, wie Hyperions Geist im Vorelysium mit seiner holden Diotima gespielt, eh er herabgekommen zur Erde, in göttlicher Kindheit bei dem Wohlgetöne des Quells, und unter Zweigen, wie wir die Zweige der Erde sehn, wenn sie verschönert aus dem güldenen Strome blinken.

Und, wie die Vergangenheit, öffnete sich die Pforte der Zukunft in mir.

Da flogen wir, Diotima und ich, da wanderten wir, wie Schwalben, von einem Frühling der Welt zum andern, durch der Sonne weites Gebiet und drüber hinaus, zu den andern Inseln des Himmels, an des Sirius goldne Küsten, in die Geistertale des Arcturs –

O es ist doch wohl wünschenswert, so aus Einem Kelche mit der Geliebten die Wonne der Welt zu trinken!

Berauscht vom seligen Wiegenliede, das ich mir sang, schlief ich ein, mitten unter den herrlichen Phantomen.

Wie aber am Strahle des Morgenlichts das Leben der Erde sich wieder entzündete, sah ich empor und suchte die Träume der Nacht. Sie waren, wie die schönen Sterne, verschwunden, und nur die Wonne der Wehmut zeugt' in meiner Seele von ihnen.

Ich trauerte; aber ich glaube, daß man unter den Seligen auch so trauert. Sie war die Botin der Freude, diese Trauer, sie war die grauende Dämmerung, woran die unzähligen Rosen des Morgenrots sprossen. –

Der glühende Sommertag hatte jetzt alles in die dunkeln Schatten gescheucht. Auch um Diotimas Haus war alles still und leer, und die neidischen Vorhänge standen mir an allen Fenstern im Wege.

Ich lebt in Gedanken an sie. Wo bist du, dacht ich, wo findet mein einsamer Geist dich, süßes Mädchen? Siehest du vor dich hin und sinnest? Hast du die Arbeit auf die Seite gelegt und stützest den Arm aufs Knie und auf das Händchen das Haupt und gibst den lieblichen Gedanken dich hin?

Daß ja nichts meine Friedliche störe, wenn sie mit süßen Phantasien ihr Herz erfrischt, daß ja nichts diese Traube betaste und den erquickenden Tau von den zarten Beeren ihr streife!

So träumt ich. Aber indes die Gedanken zwischen den Wänden des Hauses nach ihr spähten, suchten die Füße sie anderswo, und eh ich es gewahr ward, ging ich unter den Bogengängen des heiligen Walds, hinter Diotimas Garten, wo ich sie zum ersten Male hatte gesehn. Was war das? Ich war ja indessen so oft mit diesen Bäumen umgegangen, war vertrauter mit ihnen, ruhiger unter ihnen geworden; jetzt ergriff mich eine Gewalt, als trät ich in Dianens Schatten, um zu sterben vor der gegenwärtigen Gottheit.

Indessen ging ich weiter. Mit jedem Schritte wurd es wunderbarer in mir. Ich hätte fliegen mögen, so trieb mein Herz mich vorwärts; aber es war, als hätt ich Blei an den Sohlen. Die Seele war vorausgeeilt, und hatte die irdischen Glieder verlassen. Ich hörte nicht mehr und vor dem Auge dämmerten und schwankten alle Gestalten. Der Geist war schon bei Diotima; im Morgenlichte spielte der Gipfel des Baums, indes die untern Zweige noch die kalte Dämmerung fühlten.

Ach! mein Hyperion! rief jetzt mir eine Stimme entgegen; ich stürzt hinzu; „meine Diotima! o meine Diotima!“ weiter hatt ich kein Wort und keinen Othem, kein Bewußtsein.

Schwinde, schwinde, sterbliches Leben, dürftig Geschäft, wo der einsame Geist die Pfennige, die er gesammelt, hin und her betrachtet und zählt! wir sind zur Freude der Gottheit alle berufen!

Es ist hier eine Lücke in meinem Dasein. Ich starb, und wie ich erwachte, lag ich am Herzen des himmlischen Mädchens.

O Leben der Liebe! wie warst du an ihr aufgegangen in voller holdseliger Blüte! wie in leichten Schlummer gesungen von seligen Genien, lag das reizende Köpfchen mir auf der Schulter, lächelte süßen Frieden, und schlug sein ätherisch Auge nach mir auf in fröhlichem unerfahrenem Staunen, als blickt' es eben jetzt zum ersten Male in die Welt.

Lange standen wir so in holder selbstvergessener Betrachtung, und keines wußte, wie ihm geschah, bis endlich der Freude zu viel in mir sich häufte und in Tränen und Lauten des Entzückens auch meine verlorne Sprache wieder begann, und meine stille Begeisterte vollends wieder ins Dasein weckte.

Endlich sahn wir uns auch wieder um.

O meine alten freundlichen Bäume! rief Diotima, als hätte sie sie in langer Zeit nicht gesehn, und das Andenken an ihre vorigen einsamen Tage spielt' um ihre Freuden, lieblich, wie die Schatten um den jungfräulichen Schnee, wenn er errötet und glüht im freudigen Abendglanze.

Engel des Himmels! rief ich, wer kann dich fassen? wer kann sagen, er habe ganz dich begriffen?

Wunderst du dich, erwiderte sie, daß ich so sehr dir gut bin? Lieber! stolzer Bescheidner! Bin ich denn auch von denen, die nicht glauben können an dich, hab ich denn nicht dich ergründet, hab ich den Genius nicht in seinen Wolken erkannt? Verhülle dich nur und siehe dich selbst nicht; ich will dich hervorbeschwören, ich will –

Aber er ist ja da, er ist hervorgegangen, wie ein Stern; er hat die Hülse durchbrochen und steht, wie ein Frühling, da; wie ein Kristallquell aus der düstern Grotte, ist er hervorgegangen; das ist der finstre Hyperion nicht, das ist die wilde Trauer nicht mehr – o mein, mein herrlicher Junge!

Das alles war mir, wie ein Traum. Konnt ich glauben an dies Wunder der Liebe? konnt ich? mich hätte die Freude getötet.

Göttliche! rief ich, sprichst du mit mir? kannst du so dich verleugnen, selige Selbstgenügsame! kannst du so dich freuen an mir? O ich seh es nun, ich weiß nun, was ich oft geahnet, der Mensch ist ein Gewand, das oft ein Gott sich umwirft, ein Kelch, in den der Himmel seinen Nektar gießt, um seinen Kindern vom Besten zu kosten zu geben. –

Ja, ja! fiel sie schwärmerisch lächelnd mir ein, dein Namensbruder, der herrliche Hyperion des Himmels ist in dir.

Laß mich, rief ich, laß mich dein sein, laß mich mein vergessen, laß alles Leben in mir und allen Geist nur dir zufliegen; nur dir, in seliger endeloser Betrachtung! O Diotima! so stand ich sonst auch vor dem dämmernden Götterbilde, das meine Liebe sich schuf, vor dem Idole meiner einsamen Träume; ich nährt es traulich; mit meinem Leben belebt ich es, mit den Hoffnungen meines Herzens erfrischt', erwärmt ich es, aber es gab mir nichts, als was ich gegeben, und wenn ich verarmt war, ließ es mich arm, und nun! nun hab ich im Arme dich, und fühle den Othem deiner Brust, und fühle dein Aug in meinem Auge, die schöne Gegenwart rinnt mir in alle Sinnen herein, und ich halt es aus, ich habe das Herrlichste so und bebe nicht mehr – ja! ich bin wirklich nicht, der ich sonst war,

Diotima! ich bin deines gleichen geworden, und Göttliches spielt mit Göttlichem jetzt, wie Kinder unter sich spielen. –

Aber etwas stiller mußt du mir werden, sagte sie.

Du hast auch recht, du Liebenswürdige! rief ich freudig, sonst erscheinen mir ja die Grazien nicht; sonst seh ich ja im Meere der Schönheit seine leisen lieblichen Bewegungen nicht. O ich will es noch lernen, nichts an dir zu übersehen. Gib mir nur Zeit!

Schmeichler! rief sie, aber für heute sind wir zu Ende, lieber Schmeichler! die goldne Abendwolke hat mich gemahnt. O traure nicht! Erhalte dir und mir die reine Freude! Laß sie nachtönen in dir, bis morgen, und töte sie nicht durch Mißmut! – die Blumen des Herzens wollen freundliche Pflege. Ihre Wurzel ist überall, aber sie selbst gedeihn in heitrer Witterung nur. Leb wohl, Hyperion!

Sie machte sich los. Mein ganzes Wesen flammt' in mir auf, wie sie so vor mir hinwegschwand in ihrer glühenden Schönheit.

O du! – rief ich und stürzt ihr nach, und gab meine Seele in ihre Hand in unendlichen Küssen.

Gott! rief sie, wie wird das künftig werden!

Das traf mich. Verzeih, Himmlische! sagt ich; ich gehe. Gute Nacht, Diotima! denke noch mein ein wenig!

Das will ich, rief sie, gute Nacht!

Und nun kein Wort mehr, Bellarmin! Es wäre zuviel für mein geduldiges Herz. Ich bin erschüttert, wie ich fühle. Aber ich will hinausgehn unter die Pflanzen und Bäume, und unter sie hin mich legen und beten, daß die Natur zu solcher Ruhe mich bringe.

Hyperion an Bellarmin

Unsere Seelen lebten nun immer freier und schöner zusammen, und alles in und um uns vereinigte sich zu goldenem Frieden. Es schien, als wäre die alte Welt gestorben und eine neue begönne mit uns, so geistig und kräftig und liebend und leicht war alles geworden, und wir und alle Wesen schwebten, selig vereint, wie ein Chor von tausend unzertrennlichen Tönen, durch den unendlichen Aether.

Unsre Gespräche gleiteten weg, wie ein himmelblau Gewässer, woraus der Goldsand hin und wieder blinkt, und unsre Stille war, wie die Stille der Berggipfel, wo in herrlich einsamer Höhe, hoch über dem Raume der Gewitter, nur die göttliche Luft noch in den Locken des kühnen Wanderers rauscht.

Und die wunderbare heilige Trauer, wann die Stunde der Trennung in unsre Begeisterung tönte, wenn ich oft rief: nun sind wir wieder sterblich, Diotima! und sie mir sagte: Sterblichkeit ist Schein, ist, wie die Farben, die vor unsrem Auge zittern, wenn es lange in die Sonne sieht!

Ach! und alle die holdseligen Spiele der Liebe! die Schmeichelreden, die Besorgnisse, die Empfindlichkeiten, die Strenge und Nachsicht.

Und die Allwissenheit, womit wir uns durchschauten, und der unendliche Glaube, womit wir uns verherrlichten!

Ja! eine Sonne ist der Mensch, allsehend, allverklärend, wenn er liebt, und liebt er nicht, so ist er eine dunkle Wohnung, wo ein rauchend Lämpchen brennt.

Ich sollte schweigen, sollte vergessen und schweigen.

Aber die reizende Flamme versucht mich, bis ich mich ganz in sie stürze, und, wie die Fliege, vergehe.

Mitten in all dem seligen unverhaltnen Geben und Nehmen fühlt ich einmal, daß Diotima stiller wurde und immer stiller.

Ich fragt und flehte; aber das schien nur mehr sie zu entfernen, endlich flehte sie, ich möchte nicht mehr fragen, möchte gehn, und wenn ich wiederkäme, von etwas anderm sprechen. Das gab auch mir ein schmerzliches Verstummen, worein ich selbst mich nicht zu finden wußte.

Mir war, als hätt ein unbegreiflich plötzlich Schicksal unsrer Liebe den Tod geschworen, und alles Leben war hin, außer mir und allem.

Ich schämte mich freilich des; ich wußte gewiß, das Ungefähr beherrsche Diotimas Herz nicht. Aber wunderbar blieb sie mir immer, und mein verwöhnter untröstlicher Sinn wollt immer offenbare gegenwärtige Liebe; verschloßne Schätze waren verlorne Schätze für ihn. Ach! ich hatt im Glücke die Hoffnung verlernt, ich war noch damals, wie die ungeduldigen Kinder, die um den Apfel am Baume weinen, als wär er gar nicht da, wenn er ihnen den Mund nicht küßt. Ich hatte keine Ruhe, ich flehte wieder, mit Ungestüm und Demut, zärtlich und zürnend, mit ihrer ganzen allmächtigen bescheidnen Beredsamkeit rüstete die Liebe mich aus und nun – o meine Diotima! nun hatt ich es, das reizende Bekenntnis, nun hab ich und halt es, bis auch mich, mit allem, was an mir ist, in die alte Heimat, in den Schoß der Natur die Woge der Liebe zurückbringt.

Die Unschuldige! noch kannte sie die mächtige Fülle ihres Herzens nicht, und lieblich erschrocken vor dem Reichtum in ihr, begrub sie ihn in die Tiefe der Brust – und wie sie nun bekannte, heilige Einfalt, wie sie mit Tränen bekannte, sie liebe zu sehr, und wie sie Abschied nahm von allem, was sie sonst am Herzen gewiegt, o wie sie rief: abtrünnig bin ich geworden von Mai und Sommer und Herbst, und achte des Tages und der Nacht nicht, wie sonst, gehöre dem Himmel und der Erde nicht mehr, gehöre nur Einem, Einem, aber die Blüte des Mais und die Flamme des Sommers und die Reife des Herbsts, die Klarheit des Tags und der Ernst der Nacht, und Erd und Himmel ist mir in diesem Einen vereint! so lieb ich! – und wie sie nun in voller Herzenslust mich betrachtete, wie sie, in kühner heiliger Freude, in ihre schönen Arme mich nahm und die Stirne mir küßte und den Mund, ha! wie das göttliche Haupt, sterbend in Wonne, mir am offnen Halse herabsank, und die süßen Lippen an der schlagenden Brust mir ruhten und der liebliche Othem an die Seele mir ging – o Bellarmin! die Sinne vergehn mir und der Geist entflieht.

Ich seh, ich sehe, wie das enden muß. Das Steuer ist in die Woge gefallen und das Schiff wird, wie an den Füßen ein Kind, ergriffen und an die Felsen geschleudert.

Hyperion an Bellarmin

Es gibt große Stunden im Leben. Wir schauen an ihnen hinauf, wie an den kolossalischen Gestalten der Zukunft und des Altertums, wir kämpfen einen herrlichen Kampf mit ihnen, und bestehn wir vor ihnen, so werden sie, wie Schwestern, und verlassen uns nicht.

Wir saßen einst zusammen auf unsrem Berge, auf einem Steine der alten Stadt dieser Insel und sprachen davon, wie hier der Löwe Demosthenes sein Ende gefunden, wie er hier mit heiligem selbsterwähltem Tode aus den macedonischen Ketten und Dolchen sich zur Freiheit geholfen – Der herrliche Geist ging scherzend aus der Welt, rief einer; warum nicht? sagt ich; er hatte nichts mehr hier zu suchen; Athen war Alexanders Dirne geworden, und die Welt, wie ein Hirsch, von dem großen Jäger zu Tode gehetzt.

O Athen! rief Diotima; ich habe manchmal getrauert, wenn ich dahinaussah, und aus der blauen Dämmerung mir das Phantom des Olympion aufstieg!

Wie weit ists hinüber? fragt ich.

Eine Tagreise vielleicht, erwiderte Diotima.

Eine Tagereise, rief ich, und ich war noch nicht drüben? Wir müssen gleich hinüber zusammen.

Recht so! rief Diotima; wir haben morgen heitere See, und alles steht jetzt noch in seiner Grüne und Reife.

Man braucht die ewige Sonne und das Leben der unsterblichen Erde zu solcher Wallfahrt.

Also morgen! sagt ich, und unsre Freunde stimmten mit ein.

Wir fuhren früh, unter dem Gesange des Hahns, aus der Reede. In frischer Klarheit glänzten wir und die Welt. Goldne stille Jugend war in unsern Herzen. Das Leben in uns war, wie das Leben einer neugebornen Insel des Ozeans, worauf der erste Frühling beginnt.

Schon lange war unter Diotimas Einfluß mehr Gleichgewicht in meine Seele gekommen; heute fühlt ich es dreifach rein, und die zerstreuten schwärmenden Kräfte waren all in Eine goldne Mitte versammelt.

Wir sprachen unter einander von der Trefflichkeit des alten Athenervolks, woher sie komme, worin sie bestehe.

Einer sagte, das Klima hat es gemacht; der andere: die Kunst und Philosophie; der dritte: Religion und Staatsform.

Athenische Kunst und Religion, und Philosophie und Staatsform, sagt ich, sind Blüten und Früchte des Baums, nicht Boden und Wurzel. Ihr nehmt die Wirkungen für die Ursache.

Wer aber mir sagt, das Klima habe dies alles gebildet, der denke, daß auch wir darin noch leben.

Ungestörter in jedem Betracht, von gewaltsamem Einfluß freier, als irgend ein Volk der Erde, erwuchs das Volk der Athener. Kein Eroberer schwächt sie, kein Kriegsglück berauscht sie, kein fremder Götterdienst betäubt sie, keine eilfertige Weisheit treibt sie zu unzeitiger Reife. Sich selber überlassen, wie der werdende Diamant, ist ihre Kindheit. Man hört beinahe nichts von ihnen, bis in die Zeiten des Pisistratus und Hipparch. Nur wenig Anteil nahmen sie am trojanischen Kriege, der, wie im Treibhaus, die meisten griechischen Völker zu früh erhitzt' und belebte. – Kein außerordentlich Schicksal erzeugt den Menschen. Groß und kolossalisch sind die Söhne einer solchen Mutter, aber schöne Wesen, oder, was dasselbe ist, Menschen werden sie nie, oder spät erst, wenn die Kontraste sich zu hart bekämpfen, um nicht endlich Frieden zu machen.

In üppiger Kraft eilt Lacedämon den Atheniensern voraus, und hätte sich eben deswegen auch früher zerstreut und aufgelöst, wäre Lycurg nicht gekommen, und hätte mit seiner Zucht die übermütige Natur zusammengehalten. Von nun an war denn auch an dem Spartaner alles erbildet, alle Vortrefflichkeit errungen und erkauft durch Fleiß und selbstbewußtes Streben, und soviel man in gewissem Sinne von der Einfalt der Spartaner sprechen kann, so war doch, wie natürlich, eigentliche Kindereinfalt ganz nicht unter ihnen. Die Lacedämonier durchbrachen zu frühe die Ordnung des Instinkts, sie schlugen zu früh aus der Art, und so mußte denn auch die Zucht zu früh mit ihnen beginnen; denn jede Zucht und Kunst beginnt zu früh, wo die Natur des Menschen noch nicht reif geworden ist. Vollendete Natur muß in dem Menschenkinde leben, eh es in die Schule geht, damit das Bild der Kindheit ihm die Rückkehr zeige aus der Schule zu vollendeter Natur.

Die Spartaner blieben ewig ein Fragment; denn wer nicht einmal ein vollkommenes Kind war, der wird schwerlich ein vollkommener Mann. –

Freilich hat auch Himmel und Erde für die Athener, wie für alle Griechen, das ihre getan, hat ihnen nicht Armut und nicht Überfluß gereicht. Die Strahlen des Himmels sind nicht, wie ein Feuerregen, auf sie gefallen. Die Erde verzärtelte, berauschte sie nicht mit Liebkosungen und übergütigen Gaben, wie sonst wohl hie und da die törige Mutter tut.

Hiezu kam die wundergroße Tat des Theseus, die freiwillige Beschränkung seiner eignen königlichen Gewalt.

O! solch ein Samenkorn in die Herzen des Volks geworfen, muß einen Ozean von goldnen Ähren erzeugen, und sichtbar wirkt und wuchert es spät noch unter den Athenern.

Also noch einmal! daß die Athener so frei von gewaltsamem Einfluß aller Art, so recht bei mittelmäßiger Kost aufwuchsen, das hat sie so vortrefflich gemacht, und dies nur konnt es!

Laßt von der Wiege an den Menschen ungestört! treibt aus der engvereinten Knospe seines Wesens, treibt aus dem Hüttchen seiner Kindheit ihn nicht heraus! tut nicht zu wenig, daß er euch nicht entbehre und so von ihm euch unterscheide, tut nicht zu viel, daß er eure oder seine Gewalt nicht fühle, und so von ihm euch unterscheide, kurz, laßt den Menschen spät erst wissen, daß es Menschen, daß es irgend etwas außer ihm gibt, denn so nur wird er Mensch. Der Mensch ist aber ein Gott, so bald er Mensch ist. Und ist er ein Gott, so ist er schön.

Sonderbar! rief einer von den Freunden.

Du hast noch nie so tief aus meiner Seele gesprochen, rief Diotima.

Ich hab es von dir, erwidert ich.

So war der Athener ein Mensch, fuhr ich fort, so mußt er es werden. Schön kam er aus den Händen der Natur, schön, an Leib und Seele, wie man zu sagen pflegt.

Das erste Kind der menschlichen, der göttlichen Schönheit ist die Kunst. In ihr verjüngt und wiederholt der göttliche Mensch sich selbst. Er will sich selber fühlen, darum stellt er seine Schönheit gegenüber sich. So gab der Mensch sich seine Götter. Denn im Anfang war der Mensch und seine Götter Eins, da, sich selber unbekannt, die ewige Schönheit war. – Ich spreche Mysterien, aber sie sind. –

Das erste Kind der göttlichen Schönheit ist die Kunst. So war es bei den Athenern.

Der Schönheit zweite Tochter ist Religion. Religion ist Liebe der Schönheit. Der Weise liebt sie selbst, die Unendliche, die Allumfassende; das Volk liebt ihre Kinder, die Götter, die in mannigfaltigen Gestalten ihm erscheinen. Auch so wars bei den Athenern. Und ohne solche Liebe der Schönheit, ohne solche Religion ist jeder Staat ein dürr Gerippe ohne Leben und Geist, und alles Denken und Tun ein Baum ohne Gipfel, eine Säule, wovon die Krone herabgeschlagen ist.

Daß aber wirklich dies der Fall war bei den Griechen und besonders den Athenern, daß ihre Kunst und ihre Religion die echten Kinder ewiger Schönheit – vollendeter Menschennatur – sind, und nur hervorgehn konnten aus vollendeter Menschennatur, das zeigt sich deutlich, wenn man nur die Gegenstände ihrer heiligen Kunst, und die Religion mit unbefangenem Auge sehn will, womit sie jene Gegenstände liebten und ehrten.

Mängel und Mißtritte gibt es überall und so auch hier. Aber das ist sicher, daß man in den Gegenständen ihrer Kunst doch meist den reifen Menschen findet. Da ist nicht das Kleinliche, nicht das Ungeheure der Aegyptier und Goten, da ist Menschensinn und Menschengestalt. Sie schweifen weniger als andre, zu den Extremen des Übersinnlichen und des Sinnlichen aus. In der schönen Mitte der Menschheit bleiben ihre Götter mehr, denn andre.

Und wie der Gegenstand, so auch die Liebe. Nicht zu knechtisch und nicht gar zu sehr vertraulich! –

Aus der Geistesschönheit der Athener folgte denn auch der nötige Sinn für Freiheit.

Der Aegyptier trägt ohne Schmerz die Despotie der Willkür, der Sohn des Nordens ohne Widerwillen die Gesetzesdespotie, die Ungerechtigkeit in Rechtsform; denn der Aegyptier hat von Mutterleib an einen Huldigungs- und Vergötterungstrieb; im Norden glaubt man an das reine freie Leben der Natur zu wenig, um nicht mit Aberglauben am Gesetzlichen zu hängen.

Der Athener kann die Willkür nicht ertragen, weil seine göttliche Natur nicht will gestört sein, er kann Gesetzlichkeit nicht überall ertragen, weil er ihrer nicht überall bedarf. Drako taugt für ihn nicht. Er will zart behandelt sein, und tut auch recht daran.

Gut! unterbrach mich einer, das begreif ich, aber, wie dies dichterische religiöse Volk nun auch ein philosophisch Volk sein soll, das seh ich nicht.

Sie wären sogar, sagt ich, ohne Dichtung nie ein philosophisch Volk gewesen!

Was hat die Philosophie, erwidert' er, was hat die kalte Erhabenheit dieser Wissenschaft mit Dichtung zu tun?

Die Dichtung, sagt ich, meiner Sache gewiß, ist der Anfang und das Ende dieser Wissenschaft. Wie Minerva aus Jupiters Haupt, entspringt sie aus der Dichtung eines unendlichen göttlichen Seins. Und so läuft am End auch wieder in ihr das Unvereinbare in der geheimnisvollen Quelle der Dichtung zusammen.

Das ist ein paradoxer Mensch, rief Diotima, jedoch ich ahn ihn. Aber ihr schweift mir aus. Von Athen ist die Rede.

Der Mensch, begann ich wieder, der nicht wenigstens im Leben Einmal volle lautre Schönheit in sich fühlte, wenn in ihm die Kräfte seines Wesens, wie die Farben am Irisbogen, in einander spielten, der nie erfuhr, wie nur in Stunden der Begeisterung alles innigst übereinstimmt, der Mensch wird nicht einmal ein philosophischer Zweifler werden, sein Geist ist nicht einmal zum Niederreißen gemacht, geschweige zum Aufbaun. Denn glaubt es mir, der Zweifler findet darum nur in allem, was gedacht wird, Widerspruch und Mangel, weil er die Harmonie der mangellosen Schönheit kennt, die nie gedacht wird. Das trockne Brot, das menschliche Vernunft wohlmeinend ihm reicht, verschmähet er nur darum, weil er ingeheim am Göttertische schwelgt.

Schwärmer! rief Diotima, darum warst auch du ein Zweifler. Aber die Athener!

Ich bin ganz nah an ihnen, sagt ich. Das große Wort, das

εν διαφερον εαυτῳ (das Eine in sich selber unterschiedne) des Heraklit, das konnte nur ein Grieche finden, denn es ist das Wesen der Schönheit, und ehe das gefunden war, gabs keine Philosophie.

Nun konnte man bestimmen, das Ganze war da. Die Blume war gereift; man konnte nun zergliedern.

Der Moment der Schönheit war nun kund geworden unter den Menschen, war da im Leben und Geiste, das Unendlicheinige war.

Man konnt es aus einander setzen, zerteilen im Geiste, konnte das Geteilte neu zusammendenken, konnte so das Wesen des Höchsten und Besten mehr und mehr erkennen und das Erkannte zum Gesetze geben in des Geistes mannigfaltigen Gebieten.

Seht ihr nun, warum besonders die Athener auch ein philosophisch Volk sein mußten?

Das konnte der Aegyptier nicht. Wer mit dem Himmel und der Erde nicht in gleicher Lieb und Gegenliebe lebt, wer nicht in diesem Sinne einig lebt mit dem Elemente, worin er sich regt, ist von Natur auch in sich selbst so einig nicht, und erfährt die ewige Schönheit wenigstens so leicht nicht wie ein Grieche.

Wie ein prächtiger Despot, wirft seine Bewohner der orientalische Himmelsstrich mit seiner Macht und seinem Glanze zu Boden, und, ehe der Mensch noch gehen gelernt hat, muß er knieen, eh er sprechen gelernt hat, muß er beten; ehe sein Herz ein Gleichgewicht hat, muß es sich neigen, und ehe der Geist noch stark genug ist, Blumen und Früchte zu tragen, ziehet Schicksal und Natur mit brennender Hitze alle Kraft aus ihm. Der Aegyptier ist hingegeben, eh er ein Ganzes ist, und darum weiß er nichts vom Ganzen, nichts von Schönheit, und das Höchste, was er nennt, ist eine verschleierte Macht, ein schauerhaft Rätsel; die stumme finstre Isis ist sein Erstes und Letztes, eine leere Unendlichkeit und da heraus ist nie Vernünftiges gekommen. Auch aus dem erhabensten Nichts wird Nichts geboren.

Der Norden treibt hingegen seine Zöglinge zu früh in sich hinein, und wenn der Geist des feurigen Aegyptiers zu reiselustig in die Welt hinaus eilt, schickt im Norden sich der Geist zur Rückkehr in sich selbst an, ehe er nur reisefertig ist.

Man muß im Norden schon verständig sein, noch eh ein reif Gefühl in einem ist, man mißt sich Schuld von allem bei, noch ehe die Unbefangenheit ihr schönes Ende erreicht hat; man muß vernünftig, muß zum selbstbewußten Geiste werden, ehe man Mensch, zum klugen Manne, ehe man Kind ist; die Einigkeit des ganzen Menschen, die Schönheit läßt man nicht in ihm gedeihn und reifen, eh er sich bildet und entwickelt. Der bloße Verstand, die bloße Vernunft sind immer die Könige des Nordens.

Aber aus bloßem Verstand ist nie Verständiges, aus bloßer Vernunft ist nie Vernünftiges gekommen.

Verstand ist ohne Geistesschönheit, wie ein dienstbarer Geselle, der den Zaun aus grobem Holze zimmert, wie ihm vorgezeichnet ist, und die gezimmerten Pfähle an einander nagelt, für den Garten, den der Meister bauen will. Des Verstandes ganzes Geschäft ist Notwerk. Vor dem Unsinn, vor dem Unrecht schützt er uns, indem er ordnet; aber sicher zu sein vor Unsinn und vor Unrecht ist doch nicht die höchste Stufe menschlicher Vortrefflichkeit.

Vernunft ist ohne Geistes-, ohne Herzensschönheit, wie ein Treiber, den der Herr des Hauses über die Knechte gesetzt hat; der weiß, so wenig, als die Knechte, was aus all der unendlichen Arbeit werden soll, und ruft nur: tummelt euch, und siehet es fast ungern, wenn es vor sich geht, denn am Ende hätt er ja nichts mehr zu treiben, und seine Rolle wäre gespielt.

Aus bloßem Verstande kömmt keine Philosophie, denn Philosophie ist mehr, denn nur die beschränkte Erkenntnis des Vorhandnen.

Aus bloßer Vernunft kömmt keine Philosophie, denn Philosophie ist mehr, denn blinde Forderung eines nie zu endigenden Fortschritts in Vereinigung und Unterscheidung eines möglichen Stoffs.

Leuchtet aber das göttliche εν διαφερον εαυτῳ, das Ideal der Schönheit der strebenden Vernunft, so fodert sie nicht blind, und weiß, warum, wozu sie fodert.

Scheint, wie der Maitag in des Künstlers Werkstatt, dem Verstande die Sonne des Schönen zu seinem Geschäfte, so schwärmt er zwar nicht hinaus und läßt sein Notwerk stehn, doch denkt er gerne des Festtags, wo er wandeln wird im verjüngenden Frühlingslichte.

So weit war ich, als wir landeten an der Küste von Attika.

Das alte Athen lag jetzt zu sehr uns im Sinne, als daß wir hätten viel in der Ordnung sprechen mögen, und ich wunderte mich jetzt selber über die Art meiner Äußerungen. Wie bin ich doch, rief ich, auf die trocknen Berggipfel geraten, worauf ihr mich saht?

Es ist immer so, erwiderte Diotima, wenn uns recht wohl ist. Die üppige Kraft sucht eine Arbeit. Die jungen Lämmer stoßen sich die Stirnen an einander, wenn sie von der Mutter Milch gesättiget sind.

Wir gingen jetzt am Lykabettus hinauf, und blieben, trotz der Eile, zuweilen stehen, in Gedanken und wunderbaren Erwartungen.

Es ist schön, daß es dem Menschen so schwer wird, sich vom Tode dessen, was er liebt, zu überzeugen, und es ist wohl keiner noch zu seines Freundes Grabe gegangen, ohne die leise Hoffnung, da dem Freunde wirklich zu begegnen. Mich ergriff das schöne Phantom des alten Athens, wie einer Mutter Gestalt, die aus dem Totenreiche zurückkehrt.

O Parthenon! rief ich, Stolz der Welt! zu deinen Füßen liegt das Reich des Neptun, wie ein bezwungener Löwe, und wie Kinder, sind die andern Tempel um dich versammelt, und die beredte Agora und der Hain des Akademus –

Kannst du so dich in die alte Zeit versetzen, sagte Diotima.

Mahne mich nicht an die Zeit! erwidert ich; es war ein göttlich Leben und der Mensch war da der Mittelpunkt der Natur. Der Frühling, als er um Athen her blühte, war er, wie eine bescheidne Blume an der Jungfrau Busen; die Sonne ging schamrot auf über den Herrlichkeiten der Erde.

Die Marmorfelsen des Hymettus und Pentele sprangen hervor aus ihrer schlummernden Wiege, wie Kinder aus der Mutter Schoß, und gewannen Form und Leben unter den zärtlichen Athener-Händen.

Honig reichte die Natur und die schönsten Veilchen und Myrten und Oliven.

Die Natur war Priesterin und der Mensch ihr Gott, und alles Leben in ihr und jede Gestalt und jeder Ton von ihr nur Ein begeistertes Echo des Herrlichen, dem sie gehörte.

Ihn feiert', ihm nur opferte sie.

Er war es auch wert, er mochte liebend in der heiligen Werkstatt sitzen und dem Götterbilde, das er gemacht, die Kniee umfassen, oder auf dem Vorgebirge, auf Suniums grüner Spitze, unter den horchenden Schülern gelagert, sich die Zeit verkürzen mit hohen Gedanken, oder er mocht im Stadium laufen, oder vom Rednerstuhle, wie der Gewittergott, Regen und Sonnenschein und Blitze senden und goldene Wolken –

O siehe! rief jetzt Diotima mir plötzlich zu.

Ich sah, und hätte vergehen mögen vor dem allmächtigen Anblick.

Wie ein unermeßlicher Schiffbruch, wenn die Orkane verstummt sind und die Schiffer entflohn, und der Leichnam der zerschmetterten Flotte unkenntlich auf der Sandbank liegt, so lag vor uns Athen, und die verwaisten Säulen standen vor uns, wie die nackten Stämme eines Walds, der am Abend noch grünte, und des Nachts darauf im Feuer aufging.

Hier, sagte Diotima, lernt man stille sein über sein eigen Schicksal, es seie gut oder böse.

Hier lernt man stille sein über Alles, fuhr ich fort. Hätten die Schnitter, die dies Kornfeld gemäht, ihre Scheunen mit seinen Halmen bereichert, so wäre nichts verloren gegangen, und ich wollte mich begnügen, hier als Ährenleser zu stehn; aber wer gewann denn?

Ganz Europa, erwidert' einer von den Freunden.

O, ja! rief ich, sie haben die Säulen und Statuen weggeschleift und an einander verkauft, haben die edlen Gestalten nicht wenig geschätzt, der Seltenheit wegen, wie man Papageien und Affen schätzt.

Sage das nicht! erwiderte derselbe; und mangelt' auch wirklich ihnen der Geist von all dem Schönen, so wär es, weil der nicht weggetragen werden konnte und nicht gekauft.

Ja wohl! rief ich. Dieser Geist war auch untergegangen noch ehe die Zerstörer über Attika kamen. Erst, wenn die Häuser und Tempel ausgestorben, wagen sich die wilden Tiere in die Tore und Gassen.

Wer jenen Geist hat, sagte Diotima tröstend, dem stehet Athen noch, wie ein blühender Fruchtbaum. Der Künstler ergänzt den Torso sich leicht.

Wir gingen des andern Tages früh aus, sahn die Ruinen des Parthenon, die Stelle des alten Bacchustheaters, den Theseustempel, die sechszehn Säulen, die noch übrig stehn vom göttlichen Olympion; am meisten aber ergriff mich das alte Tor, wodurch man ehmals aus der alten Stadt zur neuen herauskam, wo gewiß einst tausend schöne Menschen an Einem Tage sich grüßten. Jetzt kömmt man weder in die alte noch in die neue Stadt durch dieses Tor, und stumm und öde stehet es da, wie ein vertrockneter Brunnen, aus dessen Röhren einst mit freundlichem Geplätscher das klare frische Wasser sprang.

Ach! sagt ich, indes wir so herumgingen, es ist wohl ein

prächtig Spiel des Schicksals, daß es hier die Tempel niederstürzt und ihre zertrümmerten Steine den Kindern herumzuwerfen gibt, daß es die zerstümmelten Götter zu Bänken vor der Bauernhütte und die Grabmäler hier zur Ruhestätte des weidenden Stiers macht, und eine solche Verschwendung ist königlicher, als der Mutwille der Kleopatra, da sie die geschmolzenen Perlen trank; aber es ist doch schade um all die Größe und Schönheit!

Guter Hyperion! rief Diotima, es ist Zeit, daß du weggehst; du bist blaß und dein Auge ist müde, und du suchst dir umsonst mit Einfällen zu helfen. Komm hinaus! ins Grüne! unter die Farben des Lebens! das wird dir wohltun.

Wir gingen hinaus in die nahegelegenen Gärten.

Die andern waren auf dem Wege mit zwei britischen Gelehrten, die unter den Altertümern in Athen ihre Ernte hielten, ins Gespräch geraten und nicht von der Stelle zu bringen. Ich ließ sie gerne.

Mein ganzes Wesen richtete sich auf, da ich einmal wieder mit Diotima allein mich sah; sie hatte einen herrlichen Kampf bestanden mit dem heiligen Chaos von Athen. Wie das Saitenspiel der himmlischen Muse über den uneinigen Elementen, herrschten Diotimas stille Gedanken über den Trümmern. Wie der Mond aus zartem Gewölke, hob sich ihr Geist aus schönem Leiden empor; das himmlische Mädchen stand in seiner Wehmut da, wie die Blume, die in der Nacht am lieblichsten duftet.

Wir gingen weiter und weiter, und waren am Ende nicht umsonst gegangen.

O ihr Haine von Angele, wo der Ölbaum und die Zypresse, umeinander flüsternd, mit freundlichen Schatten sich kühlen, wo die goldne Frucht des Zitronenbaums aus dunklem Laube blinkt, wo die schwellende Traube mutwillig über den Zaun wächst, und die reife Pomeranze, wie ein lächelnder Fündling, im Wege liegt! ihr duftenden heimlichen Pfade! ihr friedlichen Sitze, wo das Bild des Myrtenstrauchs aus der Quelle lächelt! euch werd ich nimmer vergessen.

Diotima und ich gingen eine Weile unter den herrlichen Bäumen umher, bis eine große heitere Stelle sich uns darbot.

Hier setzten wir uns. Es war eine selige Stille unter uns. Mein Geist umschwebte die göttliche Gestalt des Mädchens, wie eine Blume der Schmetterling, und all mein Wesen erleichterte, vereinte sich in der Freude der begeisternden Betrachtung.

Bist du schon wieder getröstet, Leichtsinniger? sagte Diotima.

Ja! ja! ich bins, erwidert ich. Was ich verloren wähnte, hab ich, wonach ich schmachtete, als wär es aus der Welt verschwunden, das ist vor mir. Nein, Diotima! noch ist die Quelle der ewigen Schönheit nicht versiegt.

Ich habe dirs schon einmal gesagt, ich brauche die Götter und die Menschen nicht mehr. Ich weiß, der Himmel ist ausgestorben, entvölkert, und die Erde, die einst überfloß von schönem menschlichen Leben, ist fast, wie ein Ameisenhaufe, geworden. Aber noch gibt es eine Stelle, wo der alte Himmel und die alte Erde mir lacht. Denn alle Götter des Himmels und alle göttlichen Menschen der Erde vergeß ich in dir.

Was kümmert mich der Schiffbruch der Welt, ich weiß von nichts, als meiner seligen Insel.

Es gibt eine Zeit der Liebe, sagte Diotima mit freundlichem Ernste, wie es eine Zeit gibt, in der glücklichen Wiege zu leben. Aber das Leben selber treibt uns heraus.

Hyperion! – hier ergriff sie meine Hand mit Feuer, und ihre Stimme erhub mit Größe sich – Hyperion! mich deucht, du bist zu höhern Dingen geboren. Verkenne dich nicht! der Mangel am Stoffe hielt dich zurück. Es ging nicht schnell genug. Das schlug dich nieder. Wie die jungen Fechter, fielst du zu rasch aus, ehe noch dein Ziel gewiß und deine Faust gewandt war, und weil du, wie natürlich, mehr getroffen wurdest, als du trafst, so wurdest du scheu und zweifeltest an dir und allem; denn du bist so empfindlich, als du heftig bist. Aber dadurch ist nichts verloren. Wäre dein Gemüt und deine Tätigkeit so frühe reif geworden, so wäre dein Geist nicht, was er ist; du wärst der denkende Mensch nicht, wärst du nicht der leidende, der gärende Mensch gewesen. Glaube mir, du hättest nie das Gleichgewicht der schönen Menschheit so rein erkannt, hättest du es nicht so sehr verloren gehabt. Dein Herz hat endlich Frieden gefunden. Ich will es glauben. Ich versteh es. Aber denkst du wirklich, daß du nun am Ende seist? Willst du dich verschließen in den Himmel deiner Liebe, und die Welt, die deiner bedürfte, verdorren und erkalten lassen unter dir? Du mußt, wie der Lichtstrahl, herab, wie der allerfrischende Regen, mußt du nieder ins Land der Sterblichkeit, du mußt erleuchten, wie Apoll, erschüttern, beleben, wie Jupiter, sonst bist du deines Himmels nicht wert. Ich bitte dich, geh nach Athen hinein, noch Einmal, und siehe die Menschen auch an, die dort herumgehn unter den Trümmern, die rohen Albaner und die andern guten kindischen Griechen, die mit einem lustigen Tanze und einem heiligen Märchen sich trösten über die schmähliche Gewalt, die über ihnen lastet – kannst du sagen, ich schäme mich dieses Stoffs? Ich meine, er wäre doch noch bildsam. Kannst du dein Herz abwenden von den Bedürftigen? Sie sind nicht schlimm, sie haben dir nichts zuleide getan!

Was kann ich für sie tun, rief ich.

Gib ihnen, was du in dir hast, erwiderte Diotima, gib –

Kein Wort, kein Wort mehr, große Seele! rief ich, du beugst mich sonst, es ist ja sonst, als hättest du mit Gewalt mich dazu gebracht –

Sie werden nicht glücklicher sein, aber edler, nein! sie werden auch glücklicher sein. Sie müssen heraus, sie müssen hervorgehn, wie die jungen Berge aus der Meersflut, wenn ihr unterirdisches Feuer sie treibt.

Zwar steh ich allein und trete ruhmlos unter sie. Doch Einer, der ein Mensch ist, kann er nicht mehr, denn Hunderte, die nur Teile sind des Menschen?

Heilige Natur! du bist dieselbe in und außer mir. Es muß so schwer nicht sein, was außer mir ist, zu vereinen mit dem Göttlichen in mir. Gelingt der Biene doch ihr kleines Reich, warum sollte denn ich nicht pflanzen können und baun, was not ist?

Was? der arabische Kaufmann säete seinen Koran aus, und es wuchs ein Volk von Schülern, wie ein unendlicher Wald, ihm auf, und der Acker sollte nicht auch gedeihn, wo die alte Wahrheit wiederkehrt in neu lebendiger Jugend?

Es werde von Grund aus anders! Aus der Wurzel der Menschheit sprosse die neue Welt! Eine neue Gottheit walte über ihnen, eine neue Zukunft kläre vor ihnen sich auf.

In der Werkstatt, in den Häusern, in den Versammlungen, in den Tempeln, überall werd es anders!

Aber ich muß noch ausgehn, zu lernen. Ich bin ein Künstler, aber ich bin nicht geschickt. Ich bilde im Geiste, aber ich weiß noch die Hand nicht zu führen –

Du gehest nach Italien, sagte Diotima, nach Deutschland, Frankreich – wieviel Jahre brauchst du? drei – vier – ich denke drei sind genug; du bist ja keiner von den Langsamen, und suchst das Größte und das Schönste nur –

„Und dann?"

Du wirst Erzieher unsers Volks, du wirst ein großer Mensch sein, hoff ich. Und wenn ich dann dich so umfasse, da werd ich träumen, als wär ich ein Teil des herrlichen Manns, da werd ich frohlocken, als hättst du mir die Hälfte deiner Unsterblichkeit, wie Pollux dem Kastor, geschenkt, o! ich werd ein stolzes Mädchen werden, Hyperion!

Ich schwieg eine Weile. Ich war voll unaussprechlicher Freude.

Gibts denn Zufriedenheit zwischen dem Entschluß und der Tat, begann ich endlich wieder, gibts eine Ruhe vor dem Siege?

Es ist die Ruhe des Helden, sagte Diotima, es gibt Entschlüsse, die, wie Götterworte, Gebot und Erfüllung zugleich sind, und so ist der deine. –

Wir gingen zurück, wie nach der ersten Umarmung. Es war uns alles fremd und neu geworden.

Ich stand nun über den Trümmern von Athen, wie der Ackersmann auf dem Brachfeld. Liege nur ruhig, dacht ich, da wir wieder zu Schiffe gingen, liege nur ruhig, schlummerndes Land! Bald grünt das junge Leben aus dir, und wächst den Segnungen des Himmels entgegen. Bald regnen die Wolken nimmer umsonst, bald findet die Sonne die alten Zöglinge wieder.

Du frägst nach Menschen, Natur? Du klagst, wie ein Saitenspiel, worauf des Zufalls Bruder, der Wind, nur spielt, weil der Künstler, der es ordnete, gestorben ist? Sie werden kommen, deine Menschen, Natur! Ein verjüngtes Volk wird dich auch wieder verjüngen, und du wirst werden, wie seine Braut und der alte Bund der Geister wird sich erneuen mit dir.

Es wird nur Eine Schönheit sein; und Menschheit und Natur wird sich vereinen in Eine allumfassende Gottheit.

HYPERION
ODER
DER EREMIT IN GRIECHENLAND

ZWEITER BAND

μη φυναι, τον απαντα νικᾳ λογον. το δ'επει φανῃ
βηναι κειθεν, οθεν περ ηκει, πολυ δευτερον ως ταχιστα.

Sophokles

Hyperion an Bellarmin

Wir lebten in den letzten schönen Momenten des Jahrs, nach unserer Rückkunft aus dem Attischen Lande.

Ein Bruder des Frühlings war uns der Herbst, voll milden Feuers, eine Festzeit für die Erinnerung an Leiden und vergangne Freuden der Liebe. Die welkenden Blätter trugen die Farbe des Abendrots, nur die Fichte und der Lorbeer stand in ewigem Grün. In den heitern Lüften zögerten wandernde Vögel, andere schwärmten im Weinberg, und im Garten und ernteten fröhlich, was die Menschen übrig gelassen. Und das himmlische Licht rann lauter vom offenen Himmel, durch alle Zweige lächelte die heilige Sonne, die gütige, die ich niemals nenne ohne Freude und Dank, die oft in tiefem Leide mit einem Blicke mich geheilt, und von dem Unmut und den Sorgen meine Seele gereinigt.

Wir besuchten noch all unsere liebsten Pfade, Diotima und ich, entschwundne selige Stunden begegneten uns überall.

Wir erinnerten uns des vergangenen Mais, wir hätten die Erde noch nie so gesehen, wie damals, meinten wir, sie wäre verwandelt gewesen, eine silberne Wolke von Blüten, eine freudige Lebensflamme, entledigt alles gröberen Stoffs.

Ach! es war alles so voll Lust und Hoffnung, rief Diotima, so voll unaufhörlichen Wachstums und doch auch so mühelos, so seligruhig, wie ein Kind, das vor sich hin spielt, und nicht weiter denkt.

Daran, rief ich, erkenn ich sie, die Seele der Natur, an diesem stillen Feuer, an diesem Zögern in ihrer mächtigen Eile.

Und es ist den Glücklichen so lieb, dies Zögern, rief Diotima; weißt du? wir standen einmal des Abends zusammen auf der Brücke, nach starkem Gewitter, und das rote Berggewässer schoß, wie ein Pfeil, unter uns weg, aber daneben grünt' in Ruhe der Wald, und die hellen Buchenblätter regten sich kaum. Da tat es uns so wohl, daß uns das seelenvolle Grün nicht auch so wegflog, wie der Bach, und der schöne Frühling uns so still hielt, wie ein zahmer Vogel, aber nun ist er dennoch über die Berge.

Wir lächelten über dem Worte, wiewohl das Trauern uns näher war.

So sollt auch unsre eigne Seligkeit dahingehn, und wir sahens voraus.

O Bellarmin! wer darf denn sagen, er stehe fest, wenn auch das Schöne seinem Schicksal so entgegenreift, wenn auch das Göttliche sich demütigen muß, und die Sterblichkeit mit allem Sterblichen teilen!

Hyperion an Bellarmin

Ich hatte mit dem holden Mädchen noch vor ihrem Hause gezögert, bis das Licht der Nacht in die ruhige Dämmerung schien, nun kam ich in Notaras Wohnung zurück, gedankenvoll, voll überwallenden heroischen Lebens, wie immer, wenn ich aus ihren Umarmungen ging. Es war ein Brief von Alabanda gekommen.

Es regt sich, Hyperion, schrieb er mir, Rußland hat der Pforte den Krieg erklärt; man kommt mit einer Flotte in den Archipelagus*; die Griechen sollen frei sein, wenn sie mit aufstehn, den Sultan an den Euphrat zu treiben. Die Griechen werden das Ihre tun, die Griechen werden frei sein und mir ist herzlich wohl, daß es einmal wieder etwas zu tun gibt. Ich mochte den Tag nicht sehn, so lang es noch so weit nicht war.

Bist du noch der Alte, so komm! Du findst mich in dem Dorfe vor Koron, wenn du den Weg von Misistra kömmst. Ich wohne am Hügel, in dem weißen Landhause am Walde.

Die Menschen, die du in Smyrna bei mir kennen lerntest, hab ich verlassen. Du hattest recht mit deinem feinern Sinne, daß du in ihre Sphäre nicht tratest.

Mich verlangt, uns Beede in dem neuen Leben wiederzusehn. Dir war bis itzt die Welt zu schlecht, um ihr dich zu erkennen zu geben. Weil du nicht Knechtsdienste tun mochtest, tatest du nichts, und das Nichtstun machte dich grämlich und träumerisch.

Du mochtest im Sumpfe nicht schwimmen. Komm nun, komm, und laß uns baden in offener See!

Das soll uns wohl tun, einzig Geliebter!

So schrieb er. Ich war betroffen im ersten Moment. Mir brannte das Gesicht vor Scham, mir kochte das Herz, wie heiße Quellen, und ich konnt auf keiner Stelle bleiben, so schmerzt'

* Im Jahr 1770.

es mich, überflogen zu sein von Alabanda, überwunden auf immer. Doch nahm ich nun auch um so begieriger die künftige Arbeit ans Herz. –

Ich bin zu müßig geworden, rief ich, zu friedenslustig, zu himmlisch, zu träg! – Alabanda sieht in die Welt, wie ein edler Pilot, Alabanda ist fleißig und sucht in der Woge nach Beute; und dir schlafen die Hände im Schoß? und mit Worten möchtest du ausreichen, und mit Zauberformeln beschwörst du die Welt? Aber deine Worte sind, wie Schneeflocken, unnütz, und machen die Luft nur trüber und deine Zaubersprüche sind für die Frommen, aber die Unglaubigen hören dich nicht. – Ja! sanft zu sein, zu rechter Zeit, das ist wohl schön, doch sanft zu sein, zur Unzeit, das ist häßlich, denn es ist feig! – Aber Harmodius! deiner Myrte will ich gleichen, deiner Myrte, worin das Schwert sich verbarg. Ich will umsonst nicht müßig gegangen sein, und mein Schlaf soll werden, wie Öl, wenn die Flamme darein kömmt. Ich will nicht zusehn, wo es gilt, will nicht umhergehn und die Neuigkeit erfragen, wann Alabanda den Lorbeer nimmt.

Hyperion an Bellarmin

Diotimas Erblassen, da sie Alabandas Brief las, ging mir durch die Seele. Drauf fing sie an, gelassen und ernst, den Schritt mir abzuraten und wir sprachen manches hin und wider. O ihr Gewaltsamen! rief sie endlich, die ihr so schnell zum Äußersten seid, denkt an die Nemesis!

Wer Äußerstes leidet, sagt ich, dem ist das Äußerste recht.

Wenns auch recht ist, sagte sie, du bist dazu nicht geboren.

So scheint es, sagt ich; ich hab auch lange genug gesäumt. O ich möchte einen Atlas auf mich laden, um die Schulden meiner Jugend abzutragen. Hab ich ein Bewußtsein? hab ich ein Bleiben in mir? O laß mich, Diotima! Hier, gerad in solcher Arbeit muß ich es erbeuten.

Das ist eitel Übermut! rief Diotima; neulich warst du bescheidner, neulich, da du sagtest, ich muß noch ausgehn, zu lernen.

Liebe Sophistin! rief ich, damals war ja auch von ganz was anderem die Rede. In den Olymp des Göttlichschönen, wo aus ewigjungen Quellen das Wahre mit allem Guten entspringt, dahin mein Volk zu führen, bin ich noch jetzt nicht geschickt. Aber ein Schwert zu brauchen, hab ich gelernt und mehr bedarf es für jetzt nicht. Der neue Geisterbund kann in der Luft nicht leben, die heilige Theokratie des Schönen muß in einem Freistaat wohnen, und der will Platz auf Erden haben und diesen Platz erobern wir gewiß.

Du wirst erobern, rief Diotima, und vergessen, wofür? wirst, wenn es hoch kommt, einen Freistaat dir erzwingen und dann sagen, wofür hab ich gebaut? ach! es wird verzehrt sein, all das schöne Leben, das daselbst sich regen sollte, wird verbraucht sein selbst in dir! Der wilde Kampf wird dich zerreißen, schöne Seele, du wirst altern, seliger Geist! und lebensmüd am Ende fragen, wo seid ihr nun, ihr Ideale der Jugend?

Das ist grausam, Diotima, rief ich, so ins Herz zu greifen, so an meiner eignen Todesfurcht, an meiner höchsten Lebenslust mich festzuhalten, aber nein! nein! nein! der Knechtsdienst tötet, aber gerechter Krieg macht jede Seele lebendig. Das gibt dem Golde die Farbe der Sonne, daß man ins Feuer es wirft! Das, das gibt erst dem Menschen seine ganze Jugend, daß er Fesseln zerreißt! Das rettet ihn allein, daß er sich aufmacht und die Natter zertritt, das kriechende Jahrhundert, das alle schöne Natur im Keime vergiftet! – Altern sollt ich, Diotima! wenn ich Griechenland befreie? altern, ärmlich werden, ein gemeiner Mensch? O so war er wohl recht schal und leer und gottverlassen, der Athenerjüngling, da er als Siegesbote von Marathon über den Gipfel des Pentele kam und hinabsah in die Täler von Attika!

Lieber! Lieber! rief Diotima, sei doch still! ich sage dir kein Wort mehr. Du sollst gehn, sollst gehen, stolzer Mensch! Ach! wenn du so bist, hab ich keine Macht, kein Recht auf dich.

Sie weinte bitter und ich stand, wie ein Verbrecher, vor ihr. Vergib mir, göttliches Mädchen! rief ich, vor ihr niedergesunken, o vergib mir, wo ich muß! Ich wähle nicht, ich sinne nicht. Eine Macht ist in mir und ich weiß nicht, ob ich es selbst bin, was zu dem Schritte mich treibt. Deine volle Seele gebietet dirs, antwortete sie. Ihr nicht zu folgen, führt oft zum Untergange, doch, ihr zu folgen, wohl auch. Das beste ist, du gehst, denn es ist größer. Handle du; ich will es tragen.

Hyperion an Bellarmin

Diotima war von nun an wunderbar verändert.

Mit Freude hatt ich gesehn, wie seit unserer Liebe das verschwiegne Leben aufgegangen war in Blicken und lieblichen

Worten und ihre genialische Ruhe war mir oft in glänzender Begeisterung entgegengekommen.

Aber wie so fremd wird uns die schöne Seele, wenn sie nach dem ersten Aufblühn, nach dem Morgen ihres Laufs hinauf zur Mittagshöhe muß! Man kannte fast das selige Kind nicht mehr, so erhaben und so leidend war sie geworden.

O wie manchmal lag ich vor dem traurenden Götterbilde, und wähnte die Seele hinwegzuweinen im Schmerz um sie, und stand bewundernd auf und selber voll von allmächtigen Kräften! Eine Flamme war ihr ins Auge gestiegen aus der gepreßten Brust. Es war ihr zu enge geworden im Busen voll Wünschen und Leiden; darum waren die Gedanken des Mädchens so herrlich und kühn. Eine neue Größe, eine sichtbare Gewalt über alles, was fühlen konnte, herrscht' in ihr. Sie war ein höheres Wesen. Sie gehörte zu den sterblichen Menschen nicht mehr.

O meine Diotima, hätte ich damals gedacht, wohin das kommen sollte?

Hyperion an Bellarmin

Auch der kluge Notara wurde bezaubert von den neuen Entwürfen, versprach mir eine starke Partei, hoffte bald den Korinthischen Isthmus zu besetzen und Griechenland hier, wie an der Handhabe, zu fassen. Aber das Schicksal wollt es anders und machte seine Arbeit unnütz, ehe sie ans Ziel kam.

Er riet mir, nicht nach Tina zu gehn, gerade den Peloponnes hinab zu reisen, und durchaus so unbemerkt, als möglich. Meinem Vater sollt ich unterweges schreiben, meint' er, der bedächtige Alte würde leichter einen geschehenen Schritt verzeihn, als einen ungeschehenen erlauben. Das war mir nicht recht nach meinem Sinne, aber wir opfern die eignen Gefühle so gern, wenn uns ein großes Ziel vor Augen steht.

Ich zweifle, fuhr Notara fort, ob du wirst auf deines Vaters Hülfe in solchem Falle rechnen können. Darum geb ich dir, was nebenbei doch nötig ist für dich, um einige Zeit in allen Fällen zu leben und zu wirken. Kannst du einst, so zahlst du mir es zurück, wo nicht, so war das meine auch dein. Schäme des Gelds dich nicht, setzt' er lächelnd hinzu; auch die Rosse des Phöbus leben von der Luft nicht allein, wie uns die Dichter erzählen.

Nun kam der Tag des Abschieds.

Den Morgen über war ich oben in Notaras Garten geblieben, in der frischen Winterluft, unter den immergrünen Zypressen und Zedern. Ich war gefaßt. Die großen Kräfte der Jugend hielten mich aufrecht und das Leiden, das ich ahnete, trug, wie eine Wolke, mich höher.

Diotimas Mutter hatte Notara und die andern Freunde und mich gebeten, daß wir noch den letzten Tag bei ihr zusammen leben möchten. Die Guten hatten sich alle meiner und Diotimas gefreut und das Göttliche in unserer Liebe war an ihnen nicht verloren geblieben. Sie sollten nun mein Scheiden auch mir segnen.

Ich ging hinab. Ich fand das teure Mädchen am Herde. Es schien ihr ein heilig priesterlich Geschäft, an diesem Tage das Haus zu besorgen. Sie hatte alles zurechtgemacht, alles im Hause verschönert und es durft ihr niemand dabei helfen. Alle Blumen, die noch übrig waren im Garten, hatte sie eingesammelt, Rosen und frische Trauben hatte sie in der späten Jahrszeit noch zusammengebracht.

Sie kannte meinen Fußtritt, da ich heraufkam, trat mir leis entgegen; die bleichen Wangen glühten von der Flamme des Herds und die ernsten großgewordnen Augen glänzten von Tränen. Sie sahe, wie michs überfiel. Gehe hinein, mein Lieber, sagte sie; die Mutter ist drinnen und ich folge gleich.

Ich ging hinein. Da saß die edle Frau und streckte mir die schöne Hand entgegen – kommst du, rief sie, kommst du, mein Sohn! Ich sollte dir zürnen, du hast mein Kind mir genommen, hast alle Vernunft mir ausgeredet, und tust, was dich gelüstet, und gehest davon; aber vergebt es ihm, ihr himmlischen Mächte! wenn er Unrecht vorhat, und hat er Recht, o so zögert nicht mit eurer Hülfe dem Lieben! Ich wollte reden, aber eben kam Notara mit den übrigen Freunden herein und hinter ihnen Diotima.

Wir schwiegen eine Weile. Wir ehrten die traurende Liebe, die in uns allen war, wir fürchteten uns, sich ihrer zu überheben in Reden und stolzen Gedanken. Endlich nach wenigen flüchtigen Worten bat mich Diotima, einiges von Agis und Kleomenes zu erzählen; ich hätte die großen Seelen oft mit feuriger Achtung genannt und gesagt, sie wären Halbgötter, so gewiß, wie Prometheus, und ihr Kampf mit dem Schicksal von Sparta sei heroischer, als irgend einer in den glänzenden Mythen. Der Genius dieser Menschen sei das Abendrot des griechischen Tages, wie Theseus und Homer die Aurore desselben.

Ich erzählte und am Ende fühlten wir uns alle stärker und höher.

Glücklich, rief einer von den Freunden, wem sein Leben wechselt zwischen Herzensfreude und frischem Kampf.

Ja! rief ein anderer, das ist ewige Jugend, daß immer Kräfte genug im Spiele sind und wir uns ganz erhalten in Lust und Arbeit.

O ich möchte mit dir, rief Diotima mir zu.

Es ist auch gut, daß du bleibst, Diotima! sagt ich. Die Priesterin darf aus dem Tempel nicht gehen. Du bewahrst die heilige Flamme, du bewahrst im Stillen das Schöne, daß ich es wiederfinde bei dir.

Du hast auch recht, mein Lieber, das ist besser, sagte sie, und ihre Stimme zitterte und das Aetherauge verbarg sich ins Tuch, um seine Tränen, seine Verwirrung nicht sehen zu lassen.

O Bellarmin! es wollte mir die Brust zerreißen, daß ich sie so schamrot gemacht. Freunde! rief ich, erhaltet diesen Engel mir. Ich weiß von nichts mehr, wenn ich sie nicht weiß. O Himmel! ich darf nicht denken, wozu ich fähig wäre, wenn ich sie vermißte.

Sei ruhig, Hyperion! fiel Notara mir ein.

Ruhig? rief ich; o ihr guten Leute! ihr könnt oft sorgen, wie der Garten blühn und wie die Ernte werden wird, ihr könnt für euren Weinstock beten und ich soll ohne Wünsche scheiden von dem Einzigen, dem meine Seele dient?

Nein, o du Guter! rief Notara bewegt, nein! ohne Wünsche sollst du mir von ihr nicht scheiden! nein, bei der Götterunschuld eurer Liebe! meinen Segen habt ihr gewiß.

Du mahnst mich, rief ich schnell. Sie soll uns segnen, diese teure Mutter, soll mit euch uns zeugen – komm Diotima! unsern Bund soll deine Mutter heiligen, bis die schöne Gemeinde, die wir hoffen, uns vermählt.

So fiel ich auf ein Knie; mit großem Blick, errötend, festlichlächelnd sank auch sie an meiner Seite nieder.

Längst, rief ich, o Natur! ist unser Leben Eines mit dir und himmlischjugendlich, wie du und deine Götter all, ist unsre eigne Welt durch Liebe.

In deinen Hainen wandelten wir, fuhr Diotima fort, und waren, wie du, an deinen Quellen saßen wir und waren, wie du, dort über die Berge gingen wir, mit deinen Kindern, den Sternen, wie du.

Da wir uns ferne waren, rief ich, da, wie Harfengelispel, unser kommend Entzücken uns erst tönte, da wir uns fanden, da kein Schlaf mehr war und alle Töne in uns erwachten zu des Lebens vollen Akkorden, göttliche Natur! da waren wir immer, wie du, und nun auch da wir scheiden und die Freude stirbt, sind wir, wie du, voll Leidens und doch gut, drum soll ein reiner Mund uns zeugen, daß unsre Liebe heilig ist und ewig, so wie du.

Ich zeug es, sprach die Mutter.

Wir zeugen es, riefen die andern.

Nun war kein Wort mehr für uns übrig. Ich fühlte mein höchstes Herz; ich fühlte mich reif zum Abschied. Jetzt will ich fort, ihr Lieben! sagt ich, und das Leben schwand von allen Gesichtern. Diotima stand, wie ein Marmorbild und ihre Hand starb fühlbar in meiner. Alles hatt ich um mich her getötet, ich war einsam und mir schwindelte vor der grenzenlosen Stille, wo mein überwallend Leben keinen Halt mehr fand.

Ach! rief ich, mir ists brennendheiß im Herzen, und ihr steht alle so kalt, ihr Lieben! und nur die Götter des Hauses neigen ihr Ohr? – Diotima! – du bist stille, du siehst nicht! – o wohl dir, daß du nicht siehst!

So geh nur, seufzte sie, es muß ja sein; geh nur, du teures Herz!

O süßer Ton aus diesen Wonnelippen! rief ich, und stand wie ein Betender, vor der holden Statue – süßer Ton! noch Einmal wehe mich an, noch Einmal tage, liebes Augenlicht!

Rede so nicht, Lieber! rief sie, rede mir ernster, rede mit größerem Herzen mir zu!

Ich wollte mich halten, aber ich war wie im Traume.

Wehe! rief ich, das ist kein Abschied, wo man wiederkehrt.

Du wirst sie töten, rief Notara. Siehe, wie sanft sie ist, und du bist so außer dir.

Ich sahe sie an und Tränen stürzten mir aus brennendem Auge.

So lebe denn wohl, Diotima! rief ich, Himmel meiner Liebe, lebe wohl! – Lasset uns stark sein, teure Freunde! teure Mutter! ich gab dir Freude und Leid. Lebt wohl! lebt wohl!

Ich wankte fort. Diotima folgte mir allein.

Es war Abend geworden und die Sterne gingen herauf am Himmel. Wir standen still unter dem Hause. Ewiges war in uns, über uns. Zart, wie der Aether, umwand mich Diotima. Törichter, was ist denn Trennung? flüsterte sie geheimnisvoll mir zu, mit dem Lächeln einer Unsterblichen.

Es ist mir auch jetzt anders, sagt ich, und ich weiß nicht, was von beiden ein Traum ist, mein Leiden oder meine Freudigkeit.

Beides ist, erwiderte sie, und beides ist gut.

Vollendete! rief ich, ich spreche wie du. Am Sternenhimmel wollen wir uns erkennen. Er sei das Zeichen zwischen mir und dir, solange die Lippen verstummen.

Das sei er! sprach sie mit einem langsamen niegehörten Tone – es war ihr letzter. Im Dämmerlichte entschwand mir ihr Bild und ich weiß nicht, ob sie es wirklich war, da ich zum letzten Male mich umwandt' und die erlöschende Gestalt noch einen Augenblick vor meinem Auge zückte und dann in die Nacht verschied.

Hyperion an Bellarmin

Warum erzähl ich dir und wiederhole mein Leiden und rege die ruhelose Jugend wieder auf in mir? Ists nicht genug, Einmal das Sterbliche durchwandert zu haben? warum bleib ich im Frieden meines Geistes nicht stille?

Darum, mein Bellarmin! weil jeder Atemzug des Lebens unserm Herzen wert bleibt, weil alle Verwandlungen der reinen Natur auch mit zu ihrer Schöne gehören. Unsre Seele, wenn sie die sterblichen Erfahrungen ablegt und allein nur lebt in heiliger Ruhe, ist sie nicht, wie ein unbelaubter Baum? wie ein Haupt ohne Locken? Lieber Bellarmin! ich habe eine Weile geruht; wie ein Kind, hab ich unter den stillen Hügeln von Salamis gelebt, vergessen des Schicksals und des Strebens der Menschen. Seitdem ist manches anders in meinem Auge geworden, und ich habe nun so viel Frieden in mir, um ruhig zu bleiben, bei jedem Blick ins menschliche Leben. O Freund! am Ende söhnet der Geist mit allem uns aus. Du wirsts nicht glauben, wenigstens von mir nicht. Aber ich meine, du solltest sogar meinen Briefen es ansehn, wie meine Seele täglich stiller wird und stiller. Und ich will künftig noch so viel davon sagen, bis du es glaubst.

Hier sind Briefe von Diotima und mir, die wir uns nach meinem Abschied von Kalaurea geschrieben. Sie sind das liebste, was ich dir vertraue. Sie sind das wärmste Bild aus jenen Tagen meines Lebens. Vom Kriegslärm sagen sie dir wenig. Desto mehr von meinem eigneren Leben und das ists ja, was du willst. Ach und du mußt auch sehen, wie geliebt ich war. Das konnt ich nie dir sagen, das sagt Diotima nur.

Hyperion an Diotima

Ich bin erwacht aus dem Tode des Abschieds, meine Diotima! gestärkt, wie aus dem Schlafe, richtet mein Geist sich auf.

Ich schreibe dir von einer Spitze der Epidaurischen Berge. Da dämmert fern in der Tiefe deine Insel, Diotima! und dorthinaus mein Stadium, wo ich siegen oder fallen muß. O Peloponnes! o ihr Quellen des Eurotas und Alpheus! Da wird es gelten! Aus den spartanischen Wäldern, da wird, wie ein Adler, der alte Landesgenius stürzen mit unsrem Heere, wie mit rauschenden Fittigen.

Meine Seele ist voll von Tatenlust und voll von Liebe, Diotima, und in die griechischen Täler blickt mein Auge hinaus, als sollt es magisch gebieten: steigt wieder empor, ihr Städte der Götter!

Ein Gott muß in mir sein, denn ich fühl auch unsere Trennung kaum. Wie die seligen Schatten am Lethe, lebt jetzt meine Seele mit deiner in himmlischer Freiheit und das Schicksal waltet über unsre Liebe nicht mehr.

Hyperion an Diotima

Ich bin jetzt mitten im Peloponnes. In derselben Hütte, worin ich heute übernachte, übernachtete ich einst, da ich, beinahe noch Knabe, mit Adamas diese Gegenden durchzog.

Wie saß ich da so glücklich auf der Bank vor dem Hause und lauschte dem Geläute der fernher kommenden Karawane und dem Geplätscher des nahen Brunnens, der unter blühenden Akazien sein silbern Gewässer ins Becken goß.

Jetzt bin ich wieder glücklich. Ich wandere durch dies Land, wie durch Dodonas Hain, wo die Eichen tönten von ruhmweissagenden Sprüchen. Ich sehe nur Taten, vergangene, künftige, wenn ich auch vom Morgen bis zum Abend unter freiem Himmel wandre. Glaube mir, wer dieses Land durchreist, und noch ein Joch auf seinem Halse duldet, kein Pelopidas wird, der ist herzleer, oder ihm fehlt es am Verstande.

So lange schliefs – so lange schlich die Zeit, wie der Höllenfluß, trüb und stumm, in ödem Müßiggange vorüber?

Und doch liegt alles bereit. Voll rächerischer Kräfte ist das Bergvolk hieherum, liegt da, wie eine schweigende Wetterwolke, die nur des Sturmwinds wartet, der sie treibt. Diotima! laß mich den Othem Gottes unter sie hauchen, laß mich ein Wort von Herzen an sie reden, Diotima. Fürchte nichts! Sie werden so wild nicht sein. Ich kenne die rohe Natur. Sie höhnt der Vernunft, sie stehet aber im Bunde mit der Begeisterung. Wer nur mit ganzer Seele wirkt, irrt nie. Er bedarf des Klügelns nicht, denn keine Macht ist wider ihn.

Hyperion an Diotima

Morgen bin ich bei Alabanda. Es ist mir eine Lust, den Weg nach Koron zu erfragen, und ich frage öfter, als nötig ist. Ich möchte die Flügel der Sonne nehmen und hin zu ihm und doch zaudr ich auch so gerne und frage: wie wird er sein?

Der königliche Jüngling! warum bin ich später geboren? warum sprang ich nicht aus Einer Wiege mit ihm? Ich kann den Unterschied nicht leiden, der zwischen uns ist. O warum lebt ich, wie ein müßiger Hirtenknabe, zu Tina, und träumte nur von seinesgleichen noch erst, da er schon in lebendiger Arbeit die Natur erprüfte und mit Meer und Luft und allen Elementen schon rang? triebs denn in mir nach Tatenwonne nicht auch?

Aber ich will ihn einholen, ich will schnell sein. Beim Himmel! ich bin überreif zur Arbeit. Meine Seele tobt nur gegen sich selbst, wenn ich nicht bald durch ein lebendig Geschäft mich befreie.

Hohes Mädchen! wie konnt ich bestehen vor dir? Wie war dirs möglich, so ein tatlos Wesen zu lieben?

Hyperion an Diotima

Ich hab ihn, teure Diotima!

Leicht ist mir die Brust und schnell sind meine Sehnen, ha! und die Zukunft reizt mich, wie eine klare Wassertiefe uns reizt, hinein zu springen und das übermütige Blut im frischen Bade zu kühlen. Aber das ist Geschwätz. Wir sind uns lieber, als je, mein Alabanda und ich. Wir sind freier umeinander und doch ists alle die Fülle und Tiefe des Lebens, wie sonst.

O wie hatten die alten Tyrannen so recht, Freundschaften, wie die unsere, zu verbieten! Da ist man stark, wie ein Halbgott, und duldet nichts Unverschämtes in seinem Bezirke! –

Es war des Abends, da ich in sein Zimmer trat. Er hatte eben die Arbeit bei Seite gelegt, saß in einer mondhellen Ecke am Fenster und pflegte seiner Gedanken. Ich stand im Dunkeln, er erkannte mich nicht, sah unbekümmert gegen mich her. Der Himmel weiß, für wen er mich halten mochte. Nun, wie geht es? rief er. So ziemlich! sagt ich. Aber das Heucheln war umsonst. Meine Stimme war voll geheimen Frohlockens. Was ist das? fuhr er auf; bist du's? Ja wohl, du Blinder! rief ich, und flog ihm in die Arme. O nun! rief Alabanda endlich, nun soll es anders werden, Hyperion!

Das denk ich, sagt ich und schüttelte freudig seine Hand.

Kennst du mich denn noch, fuhr Alabanda fort nach einer Weile, hast du den alten frommen Glauben noch an Alabanda? Großmütiger! mir ist es nimmer indes so wohl gegangen, als da ich im Lichte deiner Liebe mich fühlte.

Wie? rief ich, fragt dies Alabanda? Das war nicht stolz gesprochen, Alabanda. Aber es ist das Zeichen dieser Zeit, daß die alte Heroennatur um Ehre betteln geht, und das lebendige Menschenherz, wie eine Waise, um einen Tropfen Liebe sich kümmert.

Lieber Junge! rief er; ich bin eben alt geworden. Das schlaffe Leben überall und die Geschichte mit den Alten, zu denen ich in Smyrna dich in die Schule bringen wollte –

O es ist bitter, rief ich; auch an diesen wagte sich die Todesgöttin, die Namenlose, die man Schicksal nennt.

Es wurde Licht gebracht und wir sahn von neuem mit leisem liebendem Forschen uns an. Die Gestalt des Teuren war sehr anders geworden seit den Tagen der Hoffnung. Wie die Mittagssonne vom bleichen Himmel, funkelte sein großes ewiglebendes Auge vom abgeblühten Gesichte mich an.

Guter! rief Alabanda mit freundlichem Unwillen, da ich ihn so ansah, laß die Wehmutsblicke, guter Junge! Ich weiß es wohl, ich bin herabgekommen. O mein Hyperion! ich sehne mich sehr nach etwas Großem und Wahrem und ich hoff es zu finden mit dir. Du bist mir über den Kopf gewachsen, du bist freier und stärker, wie ehmals und siehe! das freut mich herzlich. Ich bin das dürre Land und du kommst, wie ein glücklich Gewitter – o es ist herrlich, daß du da bist!

Stille! sagt ich, du nimmst mir die Sinnen, und wir sollten gar nicht von uns sprechen, bis wir im Leben, unter den Taten sind.

Ja wohl! rief Alabanda freudig, erst, wenn das Jagdhorn schallt, da fühlen sich die Jäger.

Wirds denn bald angehn? sagt ich.

Es wird, rief Alabanda, und ich sage dir, Herz! es soll ein ziemlich Feuer werden. Ha! mags doch reichen bis an die Spitze des Turms und seine Fahne schmelzen und um ihn wüten und wogen, bis er berstet und stürzt! – und stoße dich nur an unsern Bundsgenossen nicht. Ich weiß es wohl, die guten Russen möchten uns gerne, wie Schießgewehre, brauchen. Aber laß das gut sein! haben nur erst unsere kräftigen Spartaner bei Gelegenheit erfahren, wer sie sind und was sie können, und haben wir so den Peloponnes erobert, so lachen wir dem Nordpol ins Angesicht und bilden uns ein eigenes Leben.

Ein eignes Leben, rief ich, ein neu, ein ehrsames Leben. Sind wir denn, wie ein Irrlicht aus dem Sumpfe geboren oder stammen wir von den Siegern bei Salamis ab? Wie ists denn nun? wie bist du denn zur Magd geworden, griechische freie Natur? wie bist du so herabgekommen, väterlich Geschlecht, von dem das Götterbild des Jupiter und des Apoll einst nur die Kopie war? – Aber höre mich, Joniens Himmel! höre mich, Vaterlandserde, die du dich halbnackt, wie eine Bettlerin, mit den Lappen deiner alten Herrlichkeit umkleidest, ich will es länger nicht dulden!

O Sonne, die uns erzog! rief Alabanda, zusehn sollst du, wenn unter der Arbeit uns der Mut wächst, wenn unter den Schlägen des Schicksals unser Entwurf, wie das Eisen unter dem Hammer sich bildet.

Es entzündete einer den andern.

Und daß nur kein Flecken hängen bleibe, rief ich, kein Posse, womit uns das Jahrhundert, wie der Pöbel die Wände, bemalt! O, rief Alabanda, darum ist der Krieg auch so gut –

Recht, Alabanda, rief ich, so wie alle große Arbeit, wo des Menschen Kraft und Geist und keine Krücke und kein wächserner Flügel hilft. Da legen wir die Sklavenkleider ab, worauf das Schicksal uns sein Wappen gedrückt –

Da gilt nichts Eitles und Anerzwungenes mehr, rief Alabanda, da gehn wir schmucklos, fessellos, nackt, wie im Wettlauf zu Nemea, zum Ziele.

Zum Ziele, rief ich, wo der junge Freistaat dämmert und das Pantheon alles Schönen aus griechischer Erde sich hebt.

Alabanda schwieg eine Weile. Eine neue Röte stieg auf in seinem Gesichte, und seine Gestalt wuchs, wie die erfrischte Pflanze, in die Höhe.

O Jugend! Jugend! rief er, dann will ich trinken aus deinem Quell, dann will ich leben und lieben. Ich bin sehr freudig, Himmel der Nacht, fuhr er, wie trunken, fort, indem er unter das Fenster trat, wie eine Rebenlaube, überwölbest du mich, und deine Sterne hängen, wie Trauben, herunter.

Hyperion an Diotima

Es ist mein Glück, daß ich in voller Arbeit lebe. Ich müßt in eine Torheit um die andere fallen, so voll ist meine Seele, so berauscht der Mensch mich, der wunderbare, der stolze, der nichts liebt, als mich und alle Demut, die in ihm ist, nur auf mich häuft. O Diotima! dieser Alabanda hat geweint vor mir, hat, wie ein Kind, mirs abgebeten, was er mir in Smyrna getan.

Wer bin ich dann, ihr Lieben, daß ich mein euch nenne, daß ich sagen darf, sie sind mein eigen, daß ich, wie ein Eroberer, zwischen euch steh und euch, wie meine Beute, umfasse.

O Diotima! o Alabanda! edle, ruhiggroße Wesen! wie muß ich vollenden, wenn ich nicht fliehn will vor meinem Glücke, vor euch?

Eben, während ich schrieb, erhielt ich deinen Brief, du liebe.

Traure nicht, holdes Wesen, traure nicht! Spare dich, unversehrt von Gram, den künftigen Vaterlandsfesten! Diotima! dem glühenden Festtag der Natur, dem spare dich auf und all den heitern Ehrentagen der Götter!

Siehest du Griechenland nicht schon?

O siehest du nicht, wie, froh der neuen Nachbarschaft, die ewigen Sterne lächeln über unsern Städten und Hainen, wie das alte Meer, wenn es unser Volk lustwandelnd am Ufer sieht, der schönen Athener wieder gedenkt und wieder Glück uns bringt, wie damals seinen Lieblingen, auf fröhlicher Woge?

Seelenvolles Mädchen! du bist so schön schon itzt! wie wirst du dann erst, wenn das echte Klima dich nährt, in entzückender Glorie blühn!

Diotima an Hyperion

Ich hatte die meiste Zeit mich eingeschlossen, seit du fort bist, lieber Hyperion! Heute war ich wieder einmal draußen.

In holder Februarluft hab ich Leben gesammelt und bringe das gesammelte dir. Es hat auch mir noch wohlgetan, das frische Erwarmen des Himmels, noch hab ich sie mitgefühlt, die neue Wonne der Pflanzenwelt, der reinen, immergleichen, wo alles trauert und sich wieder freut zu seiner Zeit.

Hyperion! o mein Hyperion! warum gehn wir denn die stillen Lebenswege nicht auch? Es sind heilige Namen, Winter und Frühling und Sommer und Herbst! wir aber kennen sie nicht. Ist es nicht Sünde, zu trauern im Frühling? warum tun wir es dennoch?

Vergib mir! die Kinder der Erde leben durch die Sonne allein; ich lebe durch dich, ich habe andre Freuden, ist es denn ein Wunder, wenn ich andre Trauer habe? und muß ich trauern? muß ich denn?

Mutiger! lieber! sollt ich welken, wenn du glänzest? sollte mir das Herz ermatten, wenn die Siegslust dir in allen Sehnen erwacht? Hätt ich ehmals gehört, ein griechischer Jüngling mache sich auf, das gute Volk aus seiner Schmach zu ziehn, es der mütterlichen Schönheit, der es entstammte, wieder zu bringen, wie hätt ich aufgestaunt aus dem Traume der Kindheit und gedürstet nach dem Bilde des Teuren? und nun er da ist, nun er mein ist, kann ich noch weinen? o des albernen Mädchens! ist es denn nicht wirklich? ist er der Herrliche nicht, und ist er nicht mein! o ihr Schatten seliger Zeit! ihr meine trauten Erinnerungen!

Ist mir doch, als wär er kaum von gestern, jener Zauberabend, da der heilge Fremdling mir zum ersten Male begegnete, da er, wie ein trauernder Genius, hereinglänzt' in die Schatten des Walds, wo im Jugendtraume das unbekümmerte Mädchen saß – in der Mailuft kam er, in Joniens zaubrischer Mailuft und sie macht' ihn blühender mir, sie lockt' ihm das Haar, entfaltet' ihm, wie Blumen, die Lippen, löst' in Lächeln die Wehmut auf und o ihr Strahlen des Himmels! wie leuchtetet ihr aus diesen Augen mich an, aus diesen berauschenden Quellen, wo im Schatten umschirmender Bogen ewig Leben schimmert und wallt! –

Gute Götter! wie er schön ward mit dem Blick auf mich! wie der ganze Jüngling, eine Spanne größer geworden, in leichter

Nerve dastand, nur daß ihm die lieben Arme, die bescheidnen, niedersanken, als wären sie nichts! und wie er drauf emporsah im Entzücken, als wär ich gen Himmel entflogen und nicht mehr da, ach! wie er nun in aller Herzensanmut lächelt' und errötete, da er wieder mich gewahr ward und unter den dämmernden Tränen sein Phöbusauge durchstrahlt', um zu fragen, bist dus? bist du es wirklich?

Und warum begegnet' er so frommen Sinnes, so voll lieben Aberglaubens mir? warum hatt er erst sein Haupt gesenkt, warum war der Götterjüngling so voll Sehnens und Trauerns? Sein Genius war zu selig, um allein zu bleiben, und zu arm die Welt, um ihn zu fassen. O es war ein liebes Bild, gewebt von Größe und Leiden! Aber nun ists anders! mit dem Leiden ists aus! Er hat zu tun bekommen, er ist der Kranke nicht mehr! –

Ich war voll Seufzens, da ich anfing, dir zu schreiben, mein Geliebter! Jetzt bin ich lauter Freude. So spricht man über dir sich glücklich. Und siehe! so solls auch bleiben. Lebe wohl!

Hyperion an Diotima

Wir haben noch zu gutem Ende dein Fest gefeiert, schönes Leben! ehe der Lärm beginnt. Es war ein himmlischer Tag. Das holde Frühjahr weht' und glänzte vom Orient her, entlockt' uns deinen Namen, wie es den Bäumen die Blüten entlockt, und alle seligen Geheimnisse der Liebe entatmeten mir. Eine Liebe, wie die unsre, war dem Freunde nie erschienen, und es war entzückend, wie der stolze Mensch aufmerkte und Auge und Geist ihm glühte, dein Bild, dein Wesen zu fassen.

O, rief er endlich, da ists wohl der Mühe wert, für unser Griechenland zu streiten, wenn es solche Gewächse noch trägt!

Ja wohl, mein Alabanda, sagt ich; da gehn wir heiter in den Kampf, da treibt uns himmlisch Feuer zu Taten, wenn unser Geist vom Bilde solcher Naturen verjüngt ist, und da läuft man auch nach einem kleinen Ziele nicht, da sorgt man nicht für dies und das und künstelt, den Geist nicht achtend, von außen und trinkt um des Kelchs willen den Wein; da ruhn wir dann erst, Alabanda, wenn des Genius Wonne kein Geheimnis mehr ist, dann erst, wenn die Augen all in Triumphbogen sich wandeln, wo der Menschengeist, der langabwesende, hervorglänzt aus den Irren und Leiden und siegesfroh den väterlichen Aether grüßt.– Ha! an der Fahne allein soll niemand unser künftig Volk erkennen; es muß sich alles verjüngen, es muß von Grund aus anders sein; voll Ernsts die Lust und heiter alle Arbeit! nichts, auch das kleinste, das alltäglichste nicht ohne den Geist und die Götter! Lieb und Haß und jeder Laut von uns muß die gemeinere Welt befremden und auch kein Augenblick darf Einmal noch uns mahnen an die platte Vergangenheit!

Hyperion an Diotima

Der Vulkan bricht los. In Koron und Modon werden die Türken belagert und wir rücken mit unserem Bergvolk gegen den Peloponnes hinauf.

Nun hat die Schwermut all ein Ende, Diotima, und mein Geist ist fester und schneller, seit ich in lebendiger Arbeit bin und sieh! ich habe nun auch eine Tagesordnung.

Mit der Sonne beginn ich. Da geh ich hinaus, wo im Schatten des Walds mein Kriegsvolk liegt und grüße die tausend hellen Augen, die jetzt vor mir mit wilder Freundlichkeit sich auftun. Ein erwachendes Heer! ich kenne nichts gleiches und alles Leben in Städten und Dörfern ist, wie ein Bienenschwarm, dagegen.

Der Mensch kanns nicht verleugnen, daß er einst glücklich war, wie die Hirsche des Forsts und nach unzähligen Jahren klimmt noch in uns ein Sehnen nach den Tagen der Urwelt, wo jeder die Erde durchstreifte, wie ein Gott, eh, ich weiß nicht was? den Menschen zahm gemacht, und noch, statt Mauern und totem Holz, die Seele der Welt, die heilige Luft allgegenwärtig ihn umfing.

Diotima! mir geschieht oft wunderbar, wenn ich mein unbekümmert Volk durchgehe und, wie aus der Erde gewachsen, einer um den andern aufsteht und dem Morgenlicht entgegen sich dehnt, und unter den Haufen der Männer die knatternde Flamme emporsteigt, wo die Mutter sitzt mit dem frierenden Kindlein, wo die erquickende Speise kocht, indes die Rosse, den Tag witternd, schnauben und schrein, und der Wald ertönt von allerschütternder Kriegsmusik, und rings von Waffen schimmert und rauscht – aber das sind Worte und die eigne Lust von solchem Leben erzählt sich nicht.

Dann sammelt mein Haufe sich um mich her, mit Lust, und es ist wunderbar, wie auch die Ältesten und Trotzigsten in aller meiner Jugend mich ehren. Wir werden vertrauter und mancher erzählt, wies ihm erging im Leben und mein Herz schwillt oft von mancherlei Schicksal. Dann fang ich an, von besseren Tagen zu reden, und glänzend gehn die Augen ihnen auf, wenn sie des Bundes gedenken, der uns einigen soll, und das stolze Bild des werdenden Freistaats dämmert vor ihnen.

Alles für jeden und jeder für alle! Es ist ein freudiger Geist in den Worten und er ergreift auch immer meine Menschen, wie Göttergebot. O Diotima! so zu sehn, wie von Hoffnungen da die starre Natur erweicht und all ihre Pulse mächtiger schlagen und von Entwürfen die verdüsterte Stirne sich entfaltet und glänzt, so da zu stehn in einer Sphäre von Menschen, umrungen von Glauben und Lust, das ist doch mehr, als Erd und Himmel und Meer in aller ihrer Glorie zu schaun.

Dann üb ich sie in Waffen und Märschen bis um Mittag. Der frohe Mut macht sie gelehrig, wie er zum Meister mich macht. Bald stehn sie dichtgedrängt in macedonischer Reih und regen den Arm nur, bald fliegen sie, wie Strahlen, auseinander zum gewagteren Streit in einzelnen Haufen, wo die geschmeidige Kraft in jeder Stelle sich ändert und jeder selbst sein Feldherr ist, und sammeln sich wieder in sicherem Punkt – und immer, wo sie gehen und stehn in solchem Waffentanze, schwebt ihnen und mir das Bild der Tyrannenknechte und der ernstere Walplatz vor Augen.

Drauf, wenn die Sonne heißer scheint, wird Rat gehalten im Innern des Walds und es ist Freude, so mit stillen Sinnen über der großen Zukunft zu walten. Wir nehmen dem Zufall die Kraft, wir meistern das Schicksal. Wir lassen Widerstand nach unserem Willen entstehn, wir reizen den Gegner zu dem, worauf wir gerüstet sind. Oder sehen wir zu und scheinen furchtsam und lassen ihn näher kommen, bis er das Haupt zum Schlag uns reicht, auch nehmen wir ihm mit Schnelle die Fassung und das ist meine Panacee. Doch halten die erfahrneren Ärzte nichts auf solche allesheilende Mittel.

Wie wohl ist dann des Abends mir bei meinem Alabanda, wenn wir zur Lust auf muntern Rossen die sonnenroten Hügel umschweifen, und auf den Gipfeln, wo wir weilen, die Luft in den Mähnen unserer Tiere spielt, und das freundliche Säuseln in unsere Gespräche sich mischt, indes wir hinaussehn in die Fernen von Sparta, die unser Kampfpreis sind! und wenn wir nun zurück sind und zusammensitzen in lieblicher Kühle der Nacht, wo uns der Becher duftet und das Mondlicht unser spärlich Mahl bescheint und mitten in unsrer lächelnden Stille die

Geschichte der Alten, wie eine Wolke aufsteigt aus dem heiligen Boden, der uns trägt, wie selig ists da, in solchem Momente sich die Hände zu reichen!

Dann spricht wohl Alabanda noch von manchem, den die Langeweile des Jahrhunderts peinigt, von so mancher wunderbaren krummen Bahn, die sich das Leben bricht, seitdem sein grader Gang gehemmt ist, dann fällt mir auch mein Adamas ein, mit seinen Reisen, seiner eignen Sehnsucht in das innere Asien hinein – das sind nur Notbehelfe, guter Alter! möcht ich dann ihm rufen, komm! und baue deine Welt! mit uns! denn unsre Welt ist auch die deine.

Auch die deine, Diotima, denn sie ist die Kopie von dir. O du, mit deiner Elysiumsstille, könnten wir das schaffen, was du bist!

Hyperion an Diotima

Wir haben jetzt dreimal in Einem fort gesiegt in kleinen Gefechten, wo aber die Kämpfer sich durchkreuzten, wie Blitze, und alles Eine verzehrende Flamme war. Navarin ist unser und wir stehen jetzt vor der Feste Misistra, dem Überreste des alten Sparta. Ich hab auch die Fahne, die ich einer albanischen Horde entriß, auf eine Ruine gepflanzt, die vor der Stadt liegt, habe vor Freude meinen türkischen Kopfbund in den Eurotas geworfen und trage seitdem den griechischen Helm.

Und nun möcht ich dich sehen, o Mädchen! sehen möcht ich dich und deine Hände nehmen und an mein Herz sie drücken, dem die Freude nun bald vielleicht zu groß ist! bald! in einer Woche vielleicht ist er befreit, der alte, edle, heilige Peloponnes.

O dann, du Teure! lehre mich fromm sein! dann lehre mein überwallend Herz ein Gebet! Ich sollte schweigen, denn was hab ich getan? und hätt ich etwas getan, wovon ich sprechen möchte, wieviel ist dennoch übrig? Aber was kann ich dafür, daß mein Gedanke schneller ist, wie die Zeit? Ich wollte so gern, es wäre umgekehrt und die Zeit und die Tat überflöge den Gedanken und der geflügelte Sieg übereilte die Hoffnung selbst.

Mein Alabanda blüht, wie ein Bräutigam. Aus jedem seiner Blicke lacht die kommende Welt mich an, und daran still ich noch die Ungeduld so ziemlich.

Diotima! ich möchte dieses werdende Glück nicht um die schönste Lebenszeit des alten Griechenlands vertauschen, und der kleinste unsrer Siege ist mir lieber, als Marathon und Thermopylä und Platea. Ists nicht wahr? Ist nicht dem Herzen das genesende Leben mehr wert, als das reine, das die Krankheit noch nicht kennt? Erst wenn die Jugend hin ist, lieben wir sie, und dann erst, wenn die verlorne wiederkehrt, beglückt sie alle Tiefen der Seele.

Am Eurotas stehet mein Zelt, und wenn ich nach Mitternacht erwache, rauscht der alte Flußgott mahnend mir vorüber, und lächelnd nehm ich die Blumen des Ufers, und streue sie in seine glänzende Welle und sag ihm: Nimm es zum Zeichen, du Einsamer! Bald umblüht das alte Leben dich wieder.

Diotima an Hyperion

Ich habe die Briefe erhalten, mein Hyperion, die du unterwegens mir schriebst. Du ergreifst mich gewaltig mit allem, was du mir sagst, und mitten in meiner Liebe schaudert mich oft, den sanften Jüngling, der zu meinen Füßen geweint, in dieses rüstige Wesen verwandelt zu sehn.

Wirst du denn nicht die Liebe verlernen?

Aber wandle nur zu! Ich folge dir. Ich glaube, wenn du mich hassen könntest, würd ich auch da sogar dir nachempfinden, würde mir Mühe geben, dich zu hassen und so blieben unsre Seelen sich gleich und das ist kein eitelübertrieben Wort, Hyperion.

Ich bin auch selbst ganz anders, wie sonst. Mir mangelt der heitre Blick in die Welt und die freie Lust an allem Lebendigen. Nur das Feld der Sterne zieht mein Auge noch an. Dagegen denk ich um so lieber an die großen Geister der Vorwelt und wie sie geendet haben auf Erden, und die hohen spartanischen Frauen haben mein Herz gewonnen. Dabei vergeß ich nicht die neuen Kämpfer, die kräftigen, deren Stunde gekommen ist, oft hör ich ihren Siegslärm durch den Peloponnes herauf mir näher brausen und näher, oft seh ich sie, wie eine Katarakte, dort herunterwogen durch die Epidaurischen Wälder und ihre Waffen fernher glänzen im Sonnenlichte, das, wie ein Herold, sie geleitet, o mein Hyperion! und du kömmst geschwinde nach Kalaurea herüber und grüßest die stillen Wälder unserer Liebe, grüßest mich, und fliegst nun wieder zu deiner

Arbeit zurück; – und denkst du, ich fürchte den Ausgang? Liebster! manchmal wills mich überfallen, aber meine größern Gedanken halten, wie Flammen, den Frost ab. –

Lebe wohl! vollende, wie es der Geist dir gebeut! und laß den Krieg zu lange nicht dauern, um des Friedens willen, Hyperion, um des schönen, neuen, goldenen Friedens willen, wo, wie du sagtest, einst in unser Rechtsbuch eingeschrieben werden die Gesetze der Natur, und wo das Leben selbst, wo sie, die göttliche Natur, die in kein Buch geschrieben werden kann, im Herzen der Gemeinde sein wird. Lebe wohl.

Hyperion an Diotima

Du hättest mich besänftigen sollen, meine Diotima! hättest sagen sollen, ich möchte mich nicht übereilen, möchte dem Schicksal nach und nach den Sieg abnötigen, wie kargen Schuldnern die Summe. O Mädchen! stille zu stehn, ist schlimmer, wie alles. Mir trocknet das Blut in den Adern, so dürst ich, weiterzukommen und muß hier müßig stehn, muß belagern und belagern, den einen Tag, wie den andern. Unser Volk will stürmen, aber das würde die aufgeregten Gemüter zum Rausch erhitzen und wehe dann unsern Hoffnungen, wenn das wilde Wesen aufgärt und die Zucht und die Liebe zerreißt.

Ich weiß nicht, es kann nur noch einige Tage dauern, so muß Misistra sich ergeben, aber ich wollte, wir wären weiter. Im Lager hier ists mir, wie in gewitterhafter Luft. Ich bin ungeduldig, auch meine Leute gefallen mir nicht. Es ist ein furchtbarer Mutwill unter ihnen.

Aber ich bin nicht klug, daß ich so viel aus meiner Laune mache. Und das alte Lacedämon ists ja doch wohl wert, daß man ein wenig Sorge leidet, eh man es hat.

Hyperion an Diotima

Es ist aus, Diotima! unsre Leute haben geplündert, gemordet, ohne Unterschied, auch unsre Brüder sind erschlagen, die Griechen in Misistra, die Unschuldigen, oder irren sie hülflos herum und ihre tote Jammermiene ruft Himmel und Erde zur Rache gegen die Barbaren, an deren Spitze ich war.

Nun kann ich hingehn und von meiner guten Sache predigen. O nun fliegen alle Herzen mir zu!

Aber ich habs auch klug gemacht. Ich habe meine Leute gekannt. In der Tat! es war ein außerordentlich Projekt, durch eine Räuberbande mein Elysium zu pflanzen.

Nein! bei der heiligen Nemesis! mir ist recht geschehn und ich wills auch dulden, dulden will ich, bis der Schmerz mein letzt Bewußtsein mir zerreißt.

Denkst du, ich tobe? Ich habe eine ehrsame Wunde, die einer meiner Getreuen mir schlug, indem ich den Greuel abwehrte. Wenn ich tobte, so riss' ich die Binde von ihr, und so ränne mein Blut, wohin es gehört, in diese trauernde Erde.

Diese trauernde Erde! die nackte! so ich kleiden wollte mit heiligen Hainen, so ich schmücken wollte mit allen Blumen des griechischen Lebens!

O es wäre schön gewesen, meine Diotima.

Nennst du mich mutlos? Liebes Mädchen! es ist des Unheils zu viel. An allen Enden brechen wütende Haufen herein; wie eine Seuche, tobt die Raubgier in Morea und wer nicht auch das Schwert ergreift, wird verjagt, geschlachtet und dabei sagen die Rasenden, sie fechten für unsre Freiheit. Andre des rohen Volks sind von dem Sultan bestellt und treibens, wie jene.

Eben hör ich, unser ehrlos Heer sei nun zerstreut. Die Feigen begegneten bei Tripolissa einem albanischen Haufen, der um die Hälfte geringer an Zahl war. Weils aber nichts zu plündern gab, so liefen die Elenden alle davon. Die Russen, die mit uns den Feldzug wagten, vierzig brave Männer, hielten allein aus, fanden auch alle den Tod.

Und so bin ich nun mit meinem Alabanda wieder einsam, wie zuvor. Seitdem der Treue mich fallen und bluten sah in Misistra, hat er alles andre vergessen, seine Hoffnungen, seine Siegslust, seine Verzweiflung. Der Ergrimmte, der unter die Plünderer stürzte, wie ein strafender Gott, der führte nun so sanft mich aus dem Getümmel, und seine Tränen netzten mein Kleid. Er blieb auch bei mir in der Hütte, wo ich seitdem lag und ich freue mich nun erst recht darüber. Denn wär er mit fortgezogen, so läg er jetzt bei Tripolissa im Staub.

Wie es weiter werden soll, das weiß ich nicht. Das Schicksal stößt mich ins Ungewisse hinaus und ich hab es verdient; von dir verbannt mich meine eigene Scham und wer weiß, wie lange?

Ach! ich habe dir ein Griechenland versprochen und du bekommst ein Klaglied nun dafür. Sei selbst dein Trost!

Hyperion an Diotima

Ich bringe mich mit Mühe zu Worten.

Man spricht wohl gerne, man plaudert, wie die Vögel, solange die Welt, wie Mailuft, einen anweht; aber zwischen Mittag und Abend kann es anders werden, und was ist verloren am Ende?

Glaube mir und denk, ich sags aus tiefer Seele dir: die Sprache ist ein großer Überfluß. Das Beste bleibt doch immer für sich und ruht in seiner Tiefe, wie die Perle im Grunde des Meers. – Doch was ich eigentlich dir schreiben wollte, weil doch einmal das Gemälde seinen Rahmen und der Mann sein Tagwerk haben muß, so will ich noch auf eine Zeitlang Dienste nehmen bei der russischen Flotte; denn mit den Griechen hab ich weiter nichst zu tun.

O teures Mädchen! es ist sehr finster um mich geworden!

Hyperion an Diotima

Ich habe gezaudert, gekämpft. Doch endlich muß es sein.

Ich sehe, was notwendig ist, und weil ich es sehe, so soll es auch werden. Mißdeute mich nicht! verdamme mich nicht! ich muß dir raten, daß du mich verlässest, meine Diotima.

Ich bin für dich nichts mehr, du holdes Wesen! Dies Herz ist dir versiegt, und meine Augen sehen das Lebendige nicht mehr. O meine Lippen sind verdorrt; der Liebe süßer Hauch quillt mir im Busen nicht mehr.

Ein Tag hat alle Jugend mir genommen; am Eurotas hat mein Leben sich müde geweint, ach! am Eurotas, der in rettungsloser Schmach an Lacedämons Schutt vorüberklagt, mit allen seinen Wellen. Da, da hat mich das Schicksal abgeerntet. – Soll ich deine Liebe, wie ein Almosen, besitzen? – Ich bin so gar nichts, bin so ruhmlos, wie der ärmste Knecht. Ich bin verbannt, verflucht, wie ein gemeiner Rebell und mancher Grieche in Morea wird von unsern Heldentaten, wie von einer Diebsgeschichte, seinen Kindeskindern künftighin erzählen.

Ach! und Eines hab ich lange dir verschwiegen. Feierlich verstieß mein Vater mich, verwies mich ohne Rückkehr aus dem Hause meiner Jugend, will mich nimmer wieder sehen, nicht in diesem, noch im andern Leben, wie er sagt. So lautet die Antwort auf den Brief, worin ich mein Beginnen ihm geschrieben.

Nun laß dich nur das Mitleid nimmer irre führen. Glaube mir, es bleibt uns überall noch eine Freude. Der echte Schmerz begeistert. Wer auf sein Elend tritt, steht höher. Und das ist herrlich, daß wir erst im Leiden recht der Seele Freiheit fühlen. Freiheit! wer das Wort versteht – es ist ein tiefes Wort, Diotima. Ich bin so innigst angefochten, bin so unerhört gekränkt, bin ohne Hoffnung, ohne Ziel, bin gänzlich ehrlos, und doch ist eine Macht in mir, ein Unbezwingliches, das mein Gebein mit süßen Schauern durchdringt, so oft es rege wird in mir.

Auch hab ich meinen Alabanda noch. Der hat so wenig zu gewinnen, als ich selbst. Den kann ich ohne Schaden mir behalten. Ach! der königliche Jüngling hätt ein besser Los verdient. Er ist so sanft geworden und so still. Das will mir oft das Herz zerreißen. Aber einer erhält den andern. Wir sagen uns nichts; was sollten wir uns sagen? aber es ist denn doch ein Segen in manchem kleinen Liebesdienste, den wir uns leisten.

Da schläft er und lächelt genügsam, mitten in unsrem Schicksal. Der Gute! er weiß nicht, was ich tue. Er würd es nicht dulden. Du mußt an Diotima schreiben, gebot er mir, und mußt ihr sagen, daß sie bald mit dir sich aufmacht, in ein leidlicher Land zu fliehn. Aber er weiß nicht, daß ein Herz, das so verzweifeln lernte, wie seines und wie meines, der Geliebten nichts mehr ist. Nein! nein! du fändest ewig keinen Frieden bei Hyperion, du müßtest untreu werden und das will ich dir ersparen.

Und so lebe denn wohl, du süßes Mädchen! lebe wohl! Ich möchte dir sagen, gehe dahin, gehe dorthin; da rauschen die Quellen des Lebens. Ich möcht ein freier Land, ein Land voll Schönheit und voll Seele dir zeigen und sagen: dahin rette dich! Aber o Himmel! könnt ich dies, so wär ich auch ein andrer und so müßt ich auch nicht Abschied nehmen – Abschied nehmen? Ach! ich weiß nicht, was ich tue. Ich wähnte mich so gefaßt, so besonnen. Jetzt schwindelt mir und mein Herz wirft sich umher, wie ein ungeduldiger Kranker. Weh über mich! ich richte meine letzte Freude zu Grunde. Aber es muß sein und das Ach! der Natur ist hier umsonst. Ich bins dir schuldig, und ich bin ja ohnedies dazu geboren, heimatlos und ohne Ruhestätte zu sein. O Erde! o ihr Sterne! werde ich nirgends wohnen am Ende?

Noch Einmal möcht ich wiederkehren an deinen Busen, wo es auch wäre! Aetheraugen! Einmal noch mir wieder begegnen in euch! an deinen Lippen hängen, du Liebliche! du Unaussprechliche! und in mich trinken dein entzückend heiligsüßes Leben – aber höre das nicht! ich bitte dich, achte das nicht! Ich würde sagen, ich sei ein Verführer, wenn du es hörtest. Du kennst mich, du verstehst mich. Du weißt, wie tief du mich achtest, wenn du mich nicht bedauerst, mich nicht hörst.

Ich kann, ich darf nicht mehr – wie mag der Priester leben, wo sein Gott nicht mehr ist? O Genius meines Volks! o Seele Griechenlands! ich muß hinab, ich muß im Totenreiche dich suchen.

Hyperion an Diotima

Ich habe lange gewartet, ich will es dir gestehn, ich habe sehnlich auf ein Abschiedswort aus deinem Herzen gehofft, aber du schweigst. Auch das ist eine Sprache deiner schönen Seele, Diotima.

Nicht wahr, die heiligern Akkorde hören darum denn doch nicht auf? nicht wahr, Diotima, wenn auch der Liebe sanftes Mondlicht untergeht, die höhern Sterne ihres Himmels leuchten noch immer? O das ist ja meine letzte Freude, daß wir unzertrennlich sind, wenn auch kein Laut von dir zu mir, kein Schatte unsrer holden Jugendtage mehr zurückkehrt!

Ich schaue hinaus in die abendrötliche See, ich strecke meine Arme aus nach der Gegend, wo du ferne lebst und meine Seele erwarmt noch einmal an allen Freuden der Liebe und Jugend.

O Erde! meine Wiege! alle Wonne und aller Schmerz ist in dem Abschied, den wir von dir nehmen.

Ihr lieben Jonischen Inseln! und du, mein Kalaurea, und du, mein Tina, ihr seid mir all im Auge, so fern ihr seid und mein Geist fliegt mit den Lüftchen über die regen Gewässer; und die ihr dort zur Seite mir dämmert, ihr Ufer von Teos und Ephesus, wo ich einst mit Alabanda ging in den Tagen der Hoffnung, ihr scheint mir wieder, wie damals, und ich möcht hinüberschiffen ans Land und den Boden küssen und den Boden erwärmen an meinem Busen, und alle süßen Abschiedsworte stammeln vor der schweigenden Erde, eh ich auffliege ins Freie.

Schade, schade, daß es jetzt nicht besser zugeht unter den Menschen, sonst blieb' ich gern auf diesem guten Stern. Aber ich kann dies Erdenrund entbehren, das ist mehr, denn alles, was es geben kann.

Laß uns im Sonnenlicht, o Kind! die Knechtschaft dulden, sagte zu Polyxena die Mutter, und ihre Lebensliebe konnte nicht schöner sprechen. Aber das Sonnenlicht, das eben widerrät die Knechtschaft mir, das läßt mich auf der entwürdigten Erde nicht bleiben und die heiligen Strahlen ziehn, wie Pfade, die zur Heimat führen, mich an.

Seit langer Zeit ist mir die Majestät der schicksallosen Seele gegenwärtiger, als alles andre gewesen; in herrlicher Einsamkeit hab ich manchmal in mir selber gelebt; ich bins gewohnt geworden, die Außendinge abzuschütteln, wie Flocken von Schnee; wie sollt ich dann mich scheun, den sogenannten Tod zu suchen? hab ich nicht tausendmal mich in Gedanken befreit, wie sollt ich denn anstehn, es Einmal wirklich zu tun? Sind wir denn, wie leibeigene Knechte, an den Boden gefesselt, den wir pflügen? sind wir, wie zahmes Geflügel, das aus dem Hofe nicht laufen darf, weils da gefüttert wird?

Wir sind, wie die jungen Adler, die der Vater aus dem Neste jagt, daß sie im hohen Aether nach Beute suchen.

Morgen schlägt sich unsre Flotte und der Kampf wird heiß genug sein. Ich betrachte diese Schlacht, wie ein Bad, den Staub mir abzuwaschen; und ich werde wohl finden, was ich wünsche; Wünsche, wie meiner, gewähren an Ort und Stelle sich leicht. Und so hätt ich doch am Ende durch meinen Feldzug etwas erreicht und sehe, daß unter Menschen keine Mühe vergebens ist.

Fromme Seele! ich möchte sagen, denke meiner, wenn du an mein Grab kömmst. Aber sie werden mich wohl in die Meersflut werfen, und ich seh es gerne, wenn der Rest von mir da untersinkt, wo die Quellen all und die Ströme, die ich liebte, sich versammeln, und wo die Wetterwolke aufsteigt, und die Berge tränkt und die Tale, die ich liebte. Und wir? o Diotima! Diotima! wann sehn wir uns wieder?

Es ist unmöglich, und mein innerstes Leben empört sich, wenn ich denken will, als verlören wir uns. Ich würde Jahrtausende lang die Sterne durchwandern, in alle Formen mich kleiden, in alle Sprachen des Lebens, um dir Einmal wieder zu begegnen. Aber ich denke, was sich gleich ist, findet sich bald.

Große Seele! du wirst dich finden können in diesen Abschied und so laß mich wandern! Grüße deine Mutter! Grüße Notara und die andern Freunde!

Auch die Bäume grüße, wo ich dir zum ersten Male begegnete und die fröhlichen Bäche, wo wir gingen und die schönen Gärten von Angele, und laß, du Liebe! dir mein Bild dabei begegnen. Lebe wohl.

ZWEITES BUCH

Hyperion an Bellarmin

Ich war in einem holden Traume, da ich die Briefe, die ich einst gewechselt, für dich abschrieb. Nun schreib ich wieder dir, mein Bellarmin! und führe weiter dich hinab, hinab bis in die tiefste Tiefe meiner Leiden, und dann, du letzter meiner Lieben! komm mit mir heraus zur Stelle, wo ein neuer Tag uns anglänzt.

Die Schlacht, wovon ich an Diotima geschrieben, begann. Die Schiffe der Türken hatten sich in den Kanal, zwischen die Insel Chios und die asiatische Küste hinein, geflüchtet, und standen am festen Lande hinauf bei Tschesme. Mein Admiral verließ mit seinem Schiffe, worauf ich war, die Reihe, und hub das Vorspiel an mit dem ersten Schiffe der Türken. Das grimmige Paar war gleich beim ersten Angriff bis zum Taumel erhitzt, es war ein rachetrunknes schreckliches Getümmel. Die Schiffe hingen bald mit ihrem Tauwerk aneinander fest; das wütende Gefecht ward immer enger und enger.

Ein tiefes Lebensgefühl durchdrang mich noch. Es war mir warm und wohl in allen Gliedern. Wie ein zärtlichscheidender, fühlte zum letzten Male sich in allen seinen Sinnen mein Geist. Und nun, voll heißen Unmuts, daß ich Besseres nicht wußte, denn mich schlachten zu lassen in einem Gedränge von Barbaren, mit zürnenden Tränen im Auge, stürmt ich hin, wo mir der Tod gewiß war.

Ich traf die Feinde nahe genug und von den Russen, die an meiner Seite fochten, war in wenig Augenblicken auch nicht Einer übrig. Ich stand allein da, voll Stolzes, und warf mein Leben, wie einen Bettlerpfenning, vor die Barbaren, aber sie wollten mich nicht. Sie sahen mich an, wie einen, an dem man sich zu versündigen fürchtet, und das Schicksal schien mich zu achten in meiner Verzweiflung.

Aus höchster Notwehr hieb denn endlich einer auf mich ein, und traf mich, daß ich stürzte. Mir wurde von da an nichts mehr bewußt, bis ich auf Paros, wohin ich übergeschifft war, wieder erwachte.

Von dem Diener, der mich aus der Schlacht trug, hört ich nachher, die beiden Schiffe, die den Kampf begonnen, seien in die Luft geflogen, den Augenblick darauf, nachdem er mit dem Wundarzt mich in einem Boote weggebracht. Die Russen hatten Feuer in das türkische Schiff geworfen, und weil ihr eignes an dem andern festhing, brannt es mit auf.

Wie diese fürchterliche Schlacht ein Ende nahm, ist dir bekannt. So straft ein Gift das andre, rief ich, da ich erfuhr, die Russen hätten die ganze türkische Flotte verbrannt – so rotten die Tyrannen sich selbst aus.

Hyperion an Bellarmin

Sechs Tage nach der Schlacht lag ich in einem peinlichen todähnlichen Schlaf. Mein Leben war, wie eine Nacht, von Schmerzen, wie von zückenden Blitzen, unterbrochen. Das Erste, was ich wieder erkannte, war Alabanda. Er war, wie ich erfuhr, nicht einen Augenblick von mir gewichen, hatte fast allein mich bedient, mit unbegreiflicher Geschäftigkeit, mit tausend zärtlichen häuslichen Sorgen, woran er sonst im Leben nie gedacht, und man hatt ihn auf den Knien vor meinem Bette rufen gehört: o lebe, mein Lieber! daß ich lebe!

Es war ein glücklich Erwachen, Bellarmin! da mein Auge nun wieder dem Lichte sich öffnete, und mit den Tränen des Wiedersehens der Herrliche vor mir stand.

Ich reicht ihm die Hand hin, und der Stolze küßte sie mit allen Entzücken der Liebe. Er lebt, rief er, o Retterin! o Natur! du gute, alles heilende! dein armes Paar, das vaterlandslose, das irre, verlässest doch du nicht! O ich will es nie vergessen, Hyperion! wie dein Schiff vor meinen Augen im Feuer aufging, und donnernd, in die rasende Flamme die Schiffer mit sich hinaufriß, und unter den wenigen geretteten kein Hyperion war. Ich war von Sinnen und der grimmige Schlachtlärm stillte mich nicht. Doch hört ich bald von dir und flog dir nach, sobald wir mit dem Feinde vollends fertig waren. –

Und wie er nun mich hütete! wie er mit liebender Vorsicht mich gefangen hielt in dem Zauberkreise seiner Gefälligkeiten! wie er, ohne ein Wort, mit seiner großen Ruhe mich lehrte, den freien Lauf der Welt neidlos und männlich zu verstehen!

O ihr Söhne der Sonne! ihr freieren Seelen! es ist viel verloren gegangen in diesem Alabanda. Ich suchte umsonst und flehte das Leben an, seit er fort ist; solch eine Römernatur hab ich nimmer gefunden. Der Sorgenfreie, der Tiefverständige, der Tapfre, der Edle! Wo ist ein Mann, wenn ers nicht war? Und wenn er freundlich war und fromm, da wars, wie wenn das Abendlicht im Dunkel der majestätischen Eiche spielt und ihre Blätter träufeln vom Gewitter des Tags.

Hyperion an Bellarmin

Es war in den schönen Tagen des Herbsts, da ich von meiner Wunde halbgenesen zum ersten Male wieder ans Fenster trat. Ich kam mit stilleren Sinnen wieder ins Leben und meine Seele war aufmerksamer geworden. Mit seinem leisesten Zauber wehte der Himmel mich an, und mild, wie ein Blütenregen, flossen die heitern Sonnenstrahlen herab. Es war ein großer, stiller, zärtlicher Geist in dieser Jahrszeit, und die Vollendungsruhe, die Wonne der Zeitigung in den säuselnden Zweigen umfing mich, wie die erneuerte Jugend, so die Alten in ihrem Elysium hofften.

Ich hatt es lange nicht mit reiner Seele genossen, das kindliche Leben der Welt, nun tat mein Auge sich auf mit aller Freude des Wiedersehens und die selige Natur war wandellos in ihrer Schöne geblieben. Meine Tränen flossen, wie ein Sühnopfer, vor ihr, und schaudernd stieg ein frisches Herz mir aus dem alten Unmut auf. O heilige Pflanzenwelt! rief ich, wir streben und sinnen und haben doch dich! wir ringen mit sterblichen Kräften Schönes zu baun, und es wächst doch sorglos neben uns auf! nicht wahr, Alabanda? für die Not zu sorgen, sind die Menschen gemacht, das übrige gibt sich selber. Und doch – ich kann es nicht vergessen, wie viel mehr ich gewollt.

Laß dir genug sein, Lieber! daß du bist, rief Alabanda, und störe dein stilles Wirken durch die Trauer nicht mehr.

Ich will auch ruhen, sagt ich. O ich will die Entwürfe, die Fodrungen alle, wie Schuldbriefe, zerreißen. Ich will mich rein erhalten, wie ein Künstler sich hält, dich will ich lieben, harmlos Leben, Leben des Hains und des Quells! dich will ich ehren, o Sonnenlicht! an dir mich stillen, schöner Aether, der die Sterne beseelt, und hier auch diese Bäume umatmet und hier im Innern der Brust uns berührt! o Eigensinn der Menschen! wie ein Bettler, hab ich den Nacken gesenkt und es sahen die schweigenden Götter der Natur mit allen ihren Gaben mich an! – Du lächelst, Alabanda? o wie oft, in unsern ersten Zeiten, hast du so gelächelt, wann dein Knabe vor dir plauderte, im trunknen Jugendmut, indes du da, wie eine stille Tempelsäule, standst, im Schutt der Welt, und leiden mußtest, daß die wilden Ranken meiner Liebe dich umwuchsen – sieh! wie eine Binde fällts von meinen Augen und die alten goldenen Tage sind lebendig wieder da.

Ach! rief er, dieser Ernst, in dem wir lebten und diese Lebenslust!

Wenn wir jagten im Forst, rief ich, wenn in der Meersflut wir uns badeten, wenn wir sangen und tranken, wo durch den Lorbeerschatten die Sonn und der Wein und Augen und Lippen uns glänzten – es war ein einzig Leben und unser Geist umleuchtete, wie ein glänzender Himmel, unser jugendlich Glück. Drum läßt auch keiner von dem andern, sagte Alabanda.

O ich habe dir ein schwer Bekenntnis abzulegen, sagt ich. Wirst du mir es glauben, daß ich fort gewollt? von dir! daß ich gewaltsam meinen Tod gesucht! war das nicht herzlos? rasend? ach und meine Diotima! sie soll mich lassen, schrieb ich ihr, und drauf noch einen Brief, den Abend vor der Schlacht – und da schriebst du, rief er, daß du in der Schlacht dein Ende finden wolltest? o Hyperion! Doch hat sie wohl den letzten Brief noch nicht. Du mußt nur eilen, ihr zu schreiben, daß du lebst.

Bester Alabanda! rief ich, das ist Trost! Ich schreibe gleich und schicke meinen Diener fort damit. O ich will ihm alles, was ich habe, bieten, daß er eilt und noch zu rechter Zeit nach Kalaurea kömmt. –

Und den andern Brief, wo vom Entsagen die Rede war, versteht, vergibt die gute Seele dir leicht, setzt' er hinzu.

Vergibt sie? rief ich; o ihr Hoffnungen alle! ja! wenn ich noch glücklich mit dem Engel würde!

Noch wirst du glücklich sein, rief Alabanda; noch ist die schönste Lebenszeit dir übrig. Ein Held ist der Jüngling, der Mann ein Gott, wenn ers erleben kann.

Es dämmerte mir wunderbar in der Seele bei seiner Rede.

Der Bäume Gipfel schauerten leise; wie Blumen aus der dunklen Erde, sproßten Sterne aus dem Schoße der Nacht und des Himmels Frühling glänzt' in heiliger Freude mich an.

Hyperion an Bellarmin

Einige Augenblicke darauf, da ich eben an Diotima schreiben wollte, trat Alabanda freudig wieder ins Zimmer. Ein Brief, Hyperion! rief er; ich schrak zusammen und flog hinzu.

Wie lange, schrieb Diotima, mußt ich leben ohne ein Zeichen von dir! Du schriebst mir von dem Schicksalstage in Misistra und ich antwortete schnell; doch allem nach erhieltst du meinen Brief nicht. Du schriebst mir bald darauf wieder, kurz und düster, und sagtest mir, du seiest gesonnen, auf die russische Flotte zu gehn; ich antwortete wieder; doch auch diesen Brief erhieltst du nicht; nun harrt auch ich vergebens, vom Mai bis jetzt zum Ende des Sommers, bis vor einigen Tagen der Brief kömmt, der mir sagt, ich möchte dir entsagen, Lieber!

Du hast auf mich gerechnet, hast mirs zugetraut, daß dieser Brief mich nicht beleidigen könne. Das freute mich herzlich, mitten in meiner Betrübnis.

Unglücklicher, hoher Geist! ich habe nur zu sehr dich gefaßt. O es ist so ganz natürlich, daß du nimmer lieben willst, weil deine größern Wünsche verschmachten. Mußt du denn nicht die Speise verschmähn, wenn du daran bist, Durstes zu sterben?

Ich wußte es bald; ich konnte dir nicht Alles sein. Konnt ich die Bande der Sterblichkeit dir lösen? konnt ich die Flamme der Brust dir stillen, für die kein Quell fleußt und kein Weinstock wächst? konnt ich die Freuden einer Welt in einer Schale dir reichen?

Das willst du. Das bedarfst du, und du kannst nicht anders. Die grenzenlose Unmacht deiner Zeitgenossen hat dich um dein Leben gebracht.

Wem einmal, so, wie dir, die ganze Seele beleidiget war, der ruht nicht mehr in einzelner Freude, wer so, wie du, das fade Nichts gefühlt, erheitert in höchstem Geiste sich nur, wer so den Tod erfuhr, wie du, erholt allein sich unter den Göttern.

Glücklich sind sie alle, die dich nicht verstehen! Wer dich versteht, muß deine Größe teilen und deine Verzweiflung.

Ich fand dich, wie du bist. Des Lebens erste Neugier trieb mich an das wunderbare Wesen. Unaussprechlich zog die zarte Seele mich an und kindischfurchtlos spielt ich um deine gefährliche Flamme. – Die schönen Freuden unserer Liebe sänftigten dich; böser Mann! nur, um dich wilder zu machen. Sie besänftigten, sie trösteten auch mich, sie machten mich vergessen, daß du im Grunde trostlos warst, und daß auch ich nicht fern war, es zu werden, seit ich dir in dein geliebtes Herz sah.

In Athen, bei den Trümmern des Olympion ergriff es mich von neuem. Ich hatte sonst wohl noch in einer leichten Stunde gedacht, des Jünglings Trauer sei doch wohl so ernst und unerbittlich nicht. Es ist so selten, daß ein Mensch mit dem ersten Schritt ins Leben so mit Einmal, so im kleinsten Punkt, so schnell, so tief das ganze Schicksal seiner Zeit empfand, und daß es unaustilgbar in ihm haftet, dies Gefühl, weil er nicht rauh genug ist, um es auszustoßen, und nicht schwach genug, es auszuweinen, das, mein Teurer! ist so selten, daß es uns fast unnatürlich dünkt.

Nun, im Schutt des heiteren Athens, nun ging mirs selbst zu nah, wie sich das Blatt gewandt, daß jetzt die Toten oben über der Erde gehn und die Lebendigen, die Göttermenschen drunten sind, nun sah ichs auch zu wörtlich und zu wirklich dir aufs Angesicht geschrieben, nun gab ich dir auf ewig recht. Aber zugleich erschienst du mir auch größer. Ein Wesen voll geheimer Gewalt, voll tiefer unentwickelter Bedeutung, ein einzig hoffnungsvoller Jüngling schienst du mir. Zu wem so laut das Schicksal spricht, der darf auch lauter sprechen mit dem Schicksal, sagt ich mir; je unergründlicher er leidet, um so unergründlich mächtiger ist er. Von dir, von dir nur hofft ich alle Genesung. Ich sah dich reisen. Ich sah dich wirken. O der Verwandlung! Von dir gestiftet, grünte wieder des Akademus Hain über den horchenden Schülern und heilige Gespräche hörte, wie einst, der Ahorn des Ilissus wieder.

Den Ernst der Alten gewann in deiner Schule der Genius unserer Jünglinge bald, und seine vergänglichen Spiele wurden unsterblicher, denn er schämte sich, hielt für Gefangenschaft den Schmetterlingsflug. –

Dem hätt, ein Roß zu lenken, genügt; nun ist er ein Feldherr. Allzugenügsam hätte der ein eitel Liedchen gesungen; nun ist er ein Künstler. Denn die Kräfte der Helden, die Kräfte der Welt hattest du aufgetan vor ihnen in offenem Kampf; die Rätsel deines Herzens hattest du ihnen zu lösen gegeben; so lernten die Jünglinge Großes vereinen, lernten verstehn das Spiel der Natur, das seelenvolle, und vergaßen den Scherz. – Hyperion! Hyperion! hast du nicht mich, die Unmündige, zur Muse gemacht? So ergings auch den andern.

Ach! nun verließen so leicht sich nicht die geselligen Menschen; wie der Sand im Sturme der Wildnis irrten sie untereinander nicht mehr, noch höhnte sich Jugend und Alter, noch fehlt' ein Gastfreund dem Fremden und die Vaterlandsgenossen sonderten nimmer sich ab und die Liebenden entleideten alle sich nimmer; an deinen Quellen, Natur, erfrischten sie sich, ach! an den heiligen Freuden, die geheimnisvoll aus deiner Tiefe quillen und den Geist erneun; und die Götter erheiterten wieder die verwelkliche Seele der Menschen; es bewahrten die herzerhaltenden Götter jedes freundliche Bündnis unter ihnen. Denn du, Hyperion! hattest deinen Griechen das Auge geheilt, daß sie das Lebendige sahn, und die in ihnen, wie Feuer im Holze schlief, die Begeisterung hattest du entzündet, daß sie fühlten die stille stete Begeisterung der Natur und ihrer reinen Kinder. Ach! nun nahmen die Menschen die schöne Welt nicht mehr, wie Laien des Künstlers Gedicht, wenn sie die Worte loben und den Nutzen drin ersehn. Ein zauberisch Beispiel wurdest du, lebendige Natur! den Griechen, und entzündet von der ewigjungen Götter Glück war alles Menschentun, wie einst, ein Fest; und zu Taten geleitete, schöner als Kriegsmusik, die jungen Helden Helios Licht.

Stille! stille! Es war mein schönster Traum, mein erster und mein letzter. Du bist zu stolz, dich mit dem bübischen Geschlechte länger zu befassen. Du tust auch recht daran. Du führtest sie zur Freiheit und sie dachten an Raub. Du führst sie siegend in ihr altes Lacedämon ein und diese Ungeheuer plündern und verflucht bist du von deinem Vater, großer Sohn! und keine Wildnis, keine Höhle ist sicher genug für dich auf dieser griechischen Erde, die du, wie ein Heiligtum, geachtet, die du mehr, wie mich, geliebt.

O mein Hyperion! ich bin das sanfte Mädchen nicht mehr, seit ich das alles weiß. Die Entrüstung treibt mich aufwärts, daß ich kaum zur Erde sehen mag und unablässig zittert mein beleidigtes Herz.

Wir wollen uns trennen. Du hast recht. Ich will auch keine Kinder; denn ich gönne sie der Sklavenwelt nicht, und die armen Pflanzen welkten mir ja doch in dieser Dürre vor den Augen weg.

Lebe wohl! du teurer Jüngling! geh du dahin, wo es dir der Mühe wert scheint, deine Seele hinzugeben. Die Welt hat doch wohl Einen Walplatz, eine Opferstätte, wo du dich entledigen magst. Es wäre schade, wenn die guten Kräfte alle, wie ein Traumbild, so vergingen. Doch wie du auch ein Ende nimmst, du kehrest zu den Göttern, kehrst ins heilge, freie, jugendliche Leben der Natur, wovon du ausgingst, und das ist ja dein Verlangen nur und auch das meine.

So schrieb sie mir. Ich war erschüttert bis ins Mark, voll Schrecken und Lust, doch sucht ich mich zu fassen, um Worte zur Antwort zu finden.

Du willigest ein, Diotima? schrieb ich, du billigest mein Entsagen? konntest es begreifen? – Treue Seele! darein konntest du dich schicken? Auch in meine finstern Irren konntest du dich schicken, himmlische Geduld! und gabst dich hin, verdüstertest dich aus Liebe, glücklich Schoßkind der Natur! und wardst mir gleich und heiligtest durch deinen Beitritt meine Trauer? Schöne Heldin! welche Krone verdientest du?

Aber nun sei es auch des Trauerns genug, du Liebe! Du bist mir nachgefolgt in meine Nacht, nun komm! und laß mich dir zu deinem Lichte folgen, zu deiner Anmut laß uns wiederkehren, schönes Herz! o deine Ruhe laß mich wiedersehen, selige Natur! vor deinem Friedensbilde meinen Übermut auf immer mir entschlummern.

Nicht wahr, du Teure! noch ist meine Rückkehr nicht zu spät, und du nimmst mich wieder auf und kannst mich wieder lieben, wie sonst? nicht wahr, noch ist das Glück vergangner Tage nicht für uns verloren?

Ich hab es bis aufs Äußerste getrieben. Ich habe sehr undankbar an der mütterlichen Erde gehandelt, habe mein Blut und alle Liebesgaben, die sie mir gegeben, wie einen Knechtlohn, weggeworfen und ach! wie tausendmal undankbarer an dir, du heilig Mädchen! das mich einst in seinen Frieden aufnahm, mich, ein scheu zerrißnes Wesen, dem aus tiefgepreßter Brust sich kaum ein Jugendschimmer stahl, wie hie und da ein Grashalm auf zertretnen Wegen. Hattest du mich nicht ins Leben gerufen? war ich nicht dein? wie konnt ich denn – o du weißt es, wie ich hoffe, noch nicht, hast noch den Unglücksbrief nicht in den Händen, den ich vor der letzten Schlacht dir schrieb? Da wollt ich sterben, Diotima, und ich glaubt, ein heilig Werk zu tun. Aber wie kann das heilig sein, was Liebende trennt? wie kann das heilig sein, was unsers Lebens frommes Glück zerrüttet? – Diotima! schöngebornes Leben! ich bin dir jetzt dafür in deinem Eigensten um so ähnlicher geworden, ich hab es endlich achten gelernt, ich hab es bewahren gelernt, was gut und innig ist auf Erden. O wenn ich auch dort oben landen könnte an den glänzenden Inseln des Himmels, fänd ich mehr, als ich bei Diotima finde?

Höre mich nun, Geliebte!

In Griechenland ist meines Bleibens nicht mehr. Das weißt du. Bei seinem Abschied hat mein Vater mir so viel von seinem Überflusse geschickt, als hinreicht, in ein heilig Tal der Alpen oder Pyrenäen uns zu flüchten, und da ein freundlich Haus und auch von grüner Erde so viel zu kaufen, als des Lebens goldene Mittelmäßigkeit bedarf.

Willst du, so komm ich gleich und führ an treuem Arme dich und deine Mutter und wir küssen Kalaureas Ufer und trocknen die Tränen uns ab, und eilen über den Isthmus hinein ans Adriatische Meer, von wo ein sicher Schiff uns weiter bringt.

O komm! in den Tiefen der Gebirgswelt wird das Geheimnis unsers Herzens ruhn, wie das Edelgestein im Schacht, im Schoße der himmelragenden Wälder, da wird uns sein, wie unter den Säulen des innersten Tempels, wo die Götterlosen nicht nahn, und wir werden sitzen am Quell, in seinem Spiegel unsre Welt betrachten, den Himmel und Haus und Garten und uns. Oft werden wir in heiterer Nacht im Schatten unsers Obstwalds wandeln und den Gott in uns, den liebenden, belauschen, indes die Pflanze aus dem Mittagsschlummer ihr gesunken Haupt erhebt und deiner Blumen stilles Leben sich erfrischt, wenn sie im Tau die zarten Arme baden, und die Nachtluft kühlend sie umatmet und durchdringt, und über uns blüht die Wiese des Himmels mit all ihren funkelnden Blumen und seitwärts ahmt das Mondlicht hinter westlichem Gewölk den Niedergang des Sonnenjünglings, wie aus Liebe schüchtern nach – und dann des Morgens, wenn sich, wie ein Flußbett unser Tal mit warmem Lichte füllt, und still die goldne Flut durch unsre Bäume rinnt, und unser Haus umwallt und die lieblichen Zimmer, deine Schöpfung dir verschönt, und du in ihrem Sonnenglanze gehst und mir den Tag in deiner Grazie segnest, Liebe! wenn sich dann, indes wir so die Morgenwonne feiern, der Erde geschäftig Leben, wie ein Opferbrand, vor unsern Augen entzündet, und wir nun hingehn, um auch unser Tagwerk, um von uns auch einen Teil in die steigende Flamme zu werfen, wirst du da nicht sagen, wir sind glücklich, wir sind wieder, wie die alten Priester der Natur, die heiligen und frohen, die schon fromm gewesen, eh ein Tempel stand.

Hab ich genug gesagt? entscheide nun mein Schicksal, teures Mädchen, und bald! – Es ist ein Glück, daß ich noch halb ein Kranker bin, von der letzten Schlacht her, und daß ich noch aus meinem Dienste nicht entlassen bin; ich könnte sonst nicht bleiben, ich müßte selbst fort, müßte fragen, und das wäre nicht gut, das hieße dich bestürmen. –

Ach Diotima! bange törichte Gedanken fallen mir aufs Herz und doch – ich kann es nicht denken, daß auch diese Hoffnung scheitern soll.

Bist du denn nicht zu groß geworden, um noch wiederzukehren zu dem Glück der Erde? verzehrt die heftige Geistesflamme, die an deinem Leiden sich entzündete, verzehrt sie nicht alles Sterbliche dir?

Ich weiß es wohl, wer leicht sich mit der Welt entzweit, versöhnt auch leichter sich mit ihr. Aber du, mit deiner Kinderstille, du, so glücklich einst in deiner hohen Demut, Diotima! wer will dich versöhnen, wenn das Schicksal dich empört?

Liebes Leben! ist denn keine Heilkraft mehr für dich in mir? von allen Herzenslauten ruft dich keiner mehr zurück, ins menschliche Leben, wo du einst so lieblich mit gesenktem Fluge dich verweilt? o komm, o bleib in dieser Dämmerung! Dies Schattenland ist ja das Element der Liebe und hier nur rinnt der Wehmut stiller Tau vom Himmel deiner Augen.

Und denkst du unsrer goldenen Tage nicht mehr? der holdseligen, göttlichmelodischen? säuseln sie nicht aus allen Hainen von Kalaurea dich an?

Und sieh! es ist so manches in mir untergegangen, und ich habe der Hoffnungen nicht viele mehr. Dein Bild mit seinem Himmelssinne, hab ich noch, wie einen Hausgott, aus dem Brande gerettet. Unser Leben, unsers ist noch unverletzt in mir. Sollt ich nun hingehn und auch dies begraben? Soll ich ruhelos und ohne Ziel hinaus, von einer Fremde in die andre? Hab ich darum lieben gelernt?

O nein! du Erste und du Letzte! Mein warst du, du wirst die Meine bleiben.

Hyperion an Bellarmin

Ich saß mit Alabanda auf einem Hügel der Gegend, in lieblichwärmender Sonn, und um uns spielte der Wind mit abgefallenem Laube. Das Land war stumm; nur hie und da ertönt' im Wald ein stürzender Baum, vom Landmann gefällt, und neben uns murmelte der vergängliche Regenbach hinab ins ruhige Meer.

Ich war so ziemlich sorglos; ich hoffte, nun meine Diotima bald zu sehn, nun bald mit ihr in stillem Glücke zu leben. Alabanda hatte die Zweifel alle mir ausgeredet; so sicher war er selbst hierüber. Auch er war heiter; nur in andrem Sinne. Die Zukunft hatte keine Macht mehr über ihn. O ich wußt es nicht; er war am Ende seiner Freuden, sah mit allen seinen Rechten an die Welt, mit seiner ganzen siegrischen Natur sich unnütz, wirkungslos und einsam, und das ließ er so geschehn, als wär ein zeitverkürzend Spiel verloren.

Jetzt kam ein Bote auf uns zu. Er bracht uns die Entlassung aus dem Kriegsdienst, um die wir beide bei der russischen Flotte gebeten, weil für uns nichts mehr zu tun war, was der Mühe wert schien. Ich konnte nun Paros verlassen, wenn ich wollte. Auch war ich nun zur Reise gesund genug. Ich wollte nicht auf Diotimas Antwort warten, wollte fort zu ihr, es war, als wenn ein Gott nach Kalaurea mich triebe. Wie das Alabanda von mir hörte, veränderte sich seine Farbe und er sah wehmütig mich an. So leicht wirds meinem Hyperion, rief er, seinen Alabanda zu verlassen?

Verlassen? sagt ich, wie denn das?

O über euch Träumer! rief er, siehest du denn nicht, daß wir uns trennen müssen?

Wie sollt ichs sehen? erwidert ich; du sagst ja nichts davon; und was mir hie und da erschien an dir, das wie auf einen Abschied deutete, das nahm ich gerne für Laune, für Herzensüberfluß –

O ich kenn es, rief er, dieses Götterspiel der reichen Liebe, die sich selber Not schafft, um sich ihrer Fülle zu entladen und ich wollt, es wäre so mit mir, du Guter! aber hier ists Ernst!

Ernst? rief ich, und warum denn?

Darum, mein Hyperion, sagt' er sanft, weil ich dein künftig Glück nicht gerne stören möchte, weil ich Diotimas Nähe fürchten muß. Glaube mir, es ist gewagt, um Liebende zu leben, und ein tatlos Herz, wie meines nun ist, hält es schwerlich aus.

Ach guter Alabanda! sagt ich lächelnd, wie mißkennst du dich! Du bist so wächsern nicht und deine feste Seele springt so leicht nicht über ihre Grenzen. Zum ersten Mal in deinem Leben bist du grillenhaft. Du machtest hier bei mir den Krankenwärter und man sieht, wie wenig du dazu geboren bist. Das Stillesitzen hat dich scheu gemacht –

Siehst du? rief er, das ists eben. Werd ich tätiger leben mit euch? und wenn es eine Andre wäre! aber diese Diotima! kann ich anders? kann ich sie mit halber Seele fühlen? sie, die um und um so innig Eines ist, Ein göttlich ungeteiltes Leben? Glaube mir, es ist ein kindischer Versuch, dies Wesen sehn zu wollen ohne Liebe. Du blickst mich an, als kenntest du mich nicht? Bin ich doch selbst mir fremd geworden, diese letzten Tage, seit ihr Wesen so lebendig ist in mir.

O warum kann ich sie dir nicht schenken? rief ich.

Laß das! sagt' er. Tröste mich nicht, denn hier ist nichts zu trösten. Ich bin einsam, einsam, und mein Leben geht, wie eine Sanduhr, aus.

Große Seele! rief ich, muß es dahin mit dir kommen?

Sei zufrieden! sagt' er. Ich fing schon an zu welken, da wir in Smyrna uns fanden. Ja! da ich noch ein Schiffsjung war und stark und schnell der Geist und alle Glieder mir wurden bei rauher Kost, in mutiger Arbeit! Wenn ich da in heiterer Luft nach einer Sturmnacht oben am Gipfel des Masts hing, unter der wehenden Flagge, und dem Seegevögel nach hinaussah über die glänzende Tiefe, wenn in der Schlacht oft unsre zornigen Schiffe die See durchwühlten, wie der Zahn des Ebers die Erd und ich an meines Hauptmanns Seite stand mit hellem Blick – da lebt ich, o da lebt ich! Und lange nachher, da der junge Tiniote mir nun am Smyrner Strande begegnete, mit seinem Ernste, seiner Liebe, und meine verhärtete Seele wieder aufgetaut war von den Blicken des Jünglings und lieben lernt' und heilig halten alles, was zu gut ist, um beherrscht zu werden, da ich mit ihm ein neues Leben begann, und neue seelenvollere Kräfte mir keimten zum Genusse der Welt und zum Kampfe mit ihr, da hofft ich wieder – ach! und alles was ich hofft und hatte, war an dich gekettet; ich riß dich an mich, wollte mit Gewalt dich in mein Schicksal ziehn, verlor dich, fand dich wieder, unsre Freundschaft nur war meine Welt, mein Wert, mein Ruhm; nun ists auch damit aus, auf immer und all mein Dasein ist vergebens.

Ist denn das wahr? erwidert ich mit Seufzen.

Wahr, wie die Sonne, rief er, aber laß das gut sein! es ist für alles gesorgt.

Wie so, mein Alabanda? sagt ich.

Laß mich dir erzählen, sagt' er. Ich habe noch nie dir ganz von einer gewissen Sache gesprochen. Und dann – so stillt es auch dich und mich ein wenig, wenn wir sprechen von Vergangenem.

Ich ging einst hülflos an dem Hafen von Triest. Das Kaperschiff, worauf ich diente, war einige Jahre zuvor gescheitert, und ich hatte kaum mit wenigen ans Ufer von Sevilla mich gerettet. Mein Hauptmann war ertrunken und mein Leben und mein triefend Kleid war alles, was mir blieb. Ich zog mich aus und ruht im Sonnenschein und trocknete die Kleider an den Sträuchen. Drauf ging ich weiter auf der Straße nach der Stadt. Noch vor den Toren sah ich heitere Gesellschaft in den Gärten, ging hinein, und sang ein griechisch lustig Lied. Ein trauriges kannt ich nicht. Ich glühte dabei vor Scham und Schmerz, mein Unglück so zur Schau zu tragen. Ich war ein achtzehnjähriger Knabe, wild und stolz, und haßt es wie den Tod, zum Gegenstande der Menschen zu werden. Vergebt mir, sagt ich, da ich fertig war mit meinem Liede; ich komme so eben aus dem Schiffbruch und weiß der Welt für heute keinen bessern Dienst zu tun, als ihr zu singen. Ich hatte das, so gut es ging, in spanischer Sprache gesagt. Ein Mann mit ausgezeichnetem Gesichte trat mir näher, gab mir Geld und sagt' in unserer Sprache mit Lächeln: Da! kauf einen Schleifstein dir dafür und lerne Messer schärfen und wandre so durchs feste Land. Der Rat gefiel mir. Herr! das will ich in der Tat; erwidert ich. Noch wurd ich reichlich von den übrigen beschenkt und ging und tat, wie mir der Mann geraten hatte, und trieb mich so in Spanien und Frankreich einige Zeit herum.

Was ich in dieser Zeit erfuhr, wie an der Knechtschaft tausendfältigen Gestalten meine Freiheitsliebe sich schärft' und wie aus mancher harten Not mir Lebensmut und kluger Sinn erwuchs, das hab ich oft mit Freude dir gesagt.

Ich trieb mein wandernd schuldlos Tagewerk mit Lust, doch wurd es endlich mir verbittert.

Man nahm es für Maske, weil ich nicht gemein genug daneben aussehn mochte, man bildete sich ein, ich treib im stillen ein gefährlicher Geschäft, und wirklich wurd ich zweimal in Verhaft genommen. Das bewog mich dann, es aufzugeben und ich trat mit wenig Gelde, das ich mir gewonnen, meine Rückkehr an zur Heimat, der ich einst entlaufen war. Schon war ich in Triest und wollte durch Dalmatien hinunter. Da befiel mich von der harten Reise eine Krankheit und mein kleiner Reichtum ging darüber auf. So ging ich halbgenesen traurig an dem Hafen von Triest. Mit Einmal stand der Mann vor mir, der an dem Ufer von Sevilla meiner einst sich angenommen hatte. Er freute sich sonderbar, mich wieder zu sehen, sagte mir, daß er sich meiner oft erinnert und fragte mich, wie mirs indes ergangen sei. Ich sagt ihm alles. Ich sehe, rief er, daß es nicht umsonst war, dich ein wenig in die Schule des Schicksals zu schicken. Du hast dulden gelernt, du sollst nun wirken, wenn du willst.

Die Rede, sein Ton, sein Händedruck, seine Miene, sein Blick, das alles traf, wie eines Gottes Macht, mein Wesen, das von manchem Leiden jetzt gerad entzündbarer, als je, war, und ich gab mich hin.

Der Mann, Hyperion, von dem ich spreche, war von jenen einer, die du in Smyrna bei mir sahst. Er führte gleich die Nacht darauf in eine feierliche Gesellschaft mich ein. Ein Schauer überlief mich, da ich in den Saal trat und beim Eintritt mein Begleiter mir die ernsten Männer wies und sagte: Dies ist der Bund der Nemesis. Berauscht vom großen Wirkungskreise, der vor mir sich auftat, übermacht ich feierlich mein Blut und meine Seele diesen Männern. Bald nachher wurde die Versammlung aufgehoben, um in Jahren anderswo sich zu erneuern und ein jeder trat den angewiesenen Weg an, den er durch die Welt zu machen hatte. Ich wurde denen beigesellt, die du in Smyrna einige Jahre nachher bei mir fandst.

Der Zwang, worin ich lebte, folterte mich oft, auch sah ich wenig von den großen Wirkungen des Bundes und meine Tatenlust fand kahle Nahrung. Doch all dies reichte nicht hin, um mich zu einem Abfall zu vermögen. Die Leidenschaft zu dir verleitete mich endlich. Ich habs dir oft gesagt, ich war wie ohne Luft und Sonne, da du fort warst; und anders hatt ich keine Wahl; ich mußte dich aufgeben, oder meinen Bund. Was ich erwählte, siehst du.

Aber alles Tun des Menschen hat am Ende seine Strafe, und nur die Götter und die Kinder trifft die Nemesis nicht.

Ich zog das Götterrecht des Herzens vor. Um meines Lieblings willen brach ich meinen Eid. War das nicht billig? muß das edelste Sehnen nicht das freieste sein? – Mein Herz hat mich beim Worte genommen; ich gab ihm Freiheit und du siehst, es braucht sie.

Huldige dem Genius Einmal und er achtet dir kein sterblich Hindernis mehr und reißt dir alle Bande des Lebens entzwei.

Verpflichtung brach ich um des Freundes willen, Freundschaft würd ich brechen um der Liebe willen. Um Diotimas willen würd ich dich betrügen und am Ende mich und Diotima morden, weil wir doch nicht Eines wären. Aber es soll nicht seinen Gang gehn; soll ich büßen, was ich tat, so will ich es mit Freiheit; meine eignen Richter wähl ich mir; an denen ich gefehlt, die sollen mich haben.

Sprichst du von deinen Bundesbrüdern? rief ich; o mein Alabanda! tue das nicht!

'Was können sie mir nehmen, als mein Blut? erwidert' er. Dann faßt' er sanft mich bei der Hand. Hyperion! rief er, meine Zeit ist aus, und was mir übrig bleibt, ist nur ein edles Ende. Laß mich! mache mich nicht klein und fasse Glauben an mein

Wort! Ich weiß so gut, wie du, ich könnte mir ein Dasein noch erkünsteln, könnte, weil des Lebens Mahl verzehrt ist, mit den Brosamen noch spielen, aber das ist meine Sache nicht; auch nicht die deine. Brauch ich mehr zu sagen? Sprech ich nicht aus deiner Seele dir? Ich dürste nach Luft, nach Kühlung, Hyperion! Meine Seele wallt mir über von selbst und hält im alten Kreise nicht mehr. Bald kommen ja die schönen Wintertage, wo die dunkle Erde nichts mehr ist, als die Folie des leuchtenden Himmels, da wär es gute Zeit, da blinken ohnedies gastfreundlicher die Inseln des Lichts! – dich wundert die Rede? Liebster! alle Scheidenden sprechen, wie Trunkne, und nehmen gerne sich festlich. Wenn der Baum zu welken anfängt, tragen nicht alle seine Blätter die Farbe des Morgenrots?

Große Seele, rief ich, muß ich Mitleid für dich tragen?

Ich fühlt an seiner Höhe, wie tief er litt. Ich hatte solches Weh im Leben nie erfahren. Und doch, o Bellarmin! doch fühlt ich auch die Größe aller Freuden, solch ein Götterbild in Augen und Armen zu haben. Ja! stirb nur, rief ich, stirb! Dein Herz ist herrlich genug, dein Leben ist reif, wie die Trauben am Herbsttag. Geh, Vollendeter! ich ginge mit dir, wenn es keine Diotima gäbe.

Hab ich dich nun? erwidert' Alabanda, sprichst du so? wie tief, wie seelenvoll wird alles, wenn mein Hyperion es einmal faßt! Er schmeichelt, rief ich, um das unbesonnene Wort zum zweiten Male mir abzulocken! gute Götter! um von mir Erlaubnis zu gewinnen zu der Reise nach dem Blutgericht!

Ich schmeichle nicht, erwidert' er mit Ernst, ich hab ein Recht, zu tun, was du verhindern willst, und kein gemeines! ehre das!

Es war ein Feuer in seinen Augen, das, wie ein Göttergebot, mich niederschlug und ich schämte mich, nur ein Wort noch gegen ihn zu sagen.

Sie werden es nicht, dacht ich mitunter, sie können es nicht. Es ist zu sinnlos, solch ein herrlich Leben hinzuschlachten, wie ein Opfertier, und dieser Glaube machte mich ruhig.

Es war ein eigner Gewinn, ihn noch zu hören, in der Nacht darauf, nachdem ein jeder für seine eigne Reise gesorgt, und wir vor Tagesanbruch wieder hinausgegangen waren, um noch einmal allein zusammen zu sein.

Weißt du, sagt' er unter andrem, warum ich nie den Tod geachtet? Ich fühl in mir ein Leben, das kein Gott geschaffen, und kein Sterblicher gezeugt. Ich glaube, daß wir durch uns selber sind, und nur aus freier Lust so innig mit dem All verbunden.

So etwas hab ich nie von dir gehört, erwidert ich.

Was wär auch, fuhr er fort, was wär auch diese Welt, wenn sie nicht wär ein Einklang freier Wesen? wenn nicht aus eignem frohem Triebe die Lebendigen von Anbeginn in ihr zusammenwirkten in Ein vollstimmig Leben, wie hölzern wäre sie, wie kalt? welch herzlos Machwerk wäre sie?

So wär es hier im höchsten Sinne wahr, erwidert ich, daß ohne Freiheit alles tot ist.

Ja wohl, rief er, wächst doch kein Grashalm auf, wenn nicht ein eigner Lebenskeim in ihm ist! wie viel mehr in mir! und darum, Lieber! weil ich frei im höchsten Sinne, weil ich anfangslos mich fühle, darum glaub ich, daß ich endlos, daß ich unzerstörbar bin. Hat mich eines Töpfers Hand gemacht, so mag er sein Gefäß zerschlagen, wie es ihm gefällt. Doch was da lebt, muß unerzeugt, muß göttlicher Natur in seinem Keime sein, erhaben über alle Macht, und alle Kunst, und darum unverletzlich, ewig.

Jeder hat seine Mysterien, lieber Hyperion! seine geheimern Gedanken; dies waren die meinen; seit ich denke.

Was lebt, ist unvertilgbar, bleibt in seiner tiefsten Knechtsform frei, bleibt Eins und wenn du es scheidest bis auf den Grund, bleibt unverwundet und wenn du bis ins Mark es zerschlägst und sein Wesen entfliegt dir siegend unter den Händen. – Aber der Morgenwind regt sich; unsre Schiffe sind wach. O mein Hyperion! ich hab es überwunden; ich hab es über mich vermocht, das Todesurteil über mein Herz zu sprechen und dich und mich zu trennen, Liebling meines Lebens! schone mich nun! erspare mir den Abschied! laß uns schnell sein! komm! –

Mir flog es kalt durch alle Gebeine, da er so begann.

O um deiner Treue willen, Alabanda! rief ich vor ihm niedergeworfen, muß es, muß es denn sein? Du übertäubtest mich unredlicherweise, du rissest in einen Taumel mich hin. Bruder! nicht so viel Besinnung ließest du mir, um eigentlich zu fragen, wohin gehst du?

Ich darf den Ort nicht nennen, liebes Herz! erwidert' er; wir sehn vielleicht uns dennoch einmal wieder.

Wiedersehn? erwidert ich; so bin ich ja um einen Glauben reicher! und so werd ich reicher werden und reicher an Glauben und am Ende wird mir alles Glaube sein.

Lieber! rief er, laß uns still sein, wo die Worte nichts helfen! laß uns männlich enden! Du verderbst die letzten Augenblicke dir.

Wir waren so dem Hafen näher gekommen.

Noch Eines! sagt' er, da wir nun bei seinem Schiffe waren. Grüße deine Diotima! Liebt euch! werdet glücklich, schöne Seelen!

O mein Alabanda! rief ich, warum kann ich nicht an deiner Stelle gehn?

Dein Beruf ist schöner, erwidert' er; behalt ihn! ihr gehörst du, jenes holde Wesen ist von nun an deine Welt – ach! weil kein Glück ist ohne Opfer, nimm als Opfer mich, o Schicksal, an, und laß die Liebenden in ihrer Freude! –

Sein Herz fing an, ihn zu überwältigen und er riß sich von mir und sprang ins Schiff, um sich und mir den Abschied abzukürzen. Ich fühlte diesen Augenblick, wie einen Wetterschlag, dem Nacht und Totenstille folgte, aber mitten in dieser Vernichtung raffte meine Seele sich auf, ihn zu halten, den teuren Scheidenden und meine Arme zückten von selbst nach ihm. Weh! Alabanda! Alabanda! rief ich, und ein dumpfes Lebewohl hört ich vom Schiffe herüber.

Hyperion an Bellarmin

Zufällig hielt das Fahrzeug, das nach Kalaurea mich bringen sollte, noch bis zum Abend sich auf, nachdem Alabanda schon den Morgen seinen Weg gegangen war.

Ich blieb am Ufer, blickte still, von den Schmerzen des Abschieds müd, in die See, von einer Stunde zur andern. Die Leidenstage der langsamsterbenden Jugend überzählte mein Geist, und irre, wie die schöne Taube, schwebt' er über dem Künftigen. Ich wollte mich stärken, ich nahm mein längstvergessenes Lautenspiel hervor, um mir ein Schicksalslied zu singen, das ich einst in glücklicher unverständiger Jugend meinem Adamas nachgesprochen.

Ihr wandelt droben im Licht
Auf weichem Boden, selige Genien!
Glänzende Götterlüfte
Rühren euch leicht,
Wie die Finger der Künstlerin
Heilige Saiten.

Schicksallos, wie der schlafende
  Säugling, atmen die Himmlischen;
    Keusch bewahrt
      In bescheidener Knospe,
        Blühet ewig
          Ihnen der Geist,
            Und die seligen Augen
              Blicken in stiller
                Ewiger Klarheit.

Doch uns ist gegeben,
  Auf keiner Stätte zu ruhn,
    Es schwinden, es fallen
      Die leidenden Menschen
        Blindlings von einer
          Stunde zur andern,
            Wie Wasser von Klippe
              Zu Klippe geworfen,
                Jahr lang ins Ungewisse hinab.

So sang ich in die Saiten. Ich hatte kaum geendet, als ein Boot einlief, wo ich meinen Diener gleich erkannte, der mir einen Brief von Diotima überbrachte.

So bist du noch auf Erden? schrieb sie, und siehest das Tageslicht noch? Ich dachte dich anderswo zu finden, mein Lieber! Ich habe früher, als du nachher wünschtest, den Brief erhalten, den du vor der Schlacht bei Tschesme schriebst und so lebt ich eine Woche lang in der Meinung, du habst dem Tod dich in die Arme geworfen, ehe dein Diener ankam mit der frohen Botschaft, daß du noch lebest. Ich hatt auch ohnedies noch einige Tage nach der Schlacht gehört, das Schiff, worauf ich dich wußte, sei mit aller Mannschaft in die Luft geflogen.

Aber o süße Stimme! noch hört ich dich wieder, noch einmal rührte, wie Mailuft, mich die Sprache des Lieben, und deine schöne Hoffnungsfreude, das holde Phantom unsers künftigen Glücks, hat einen Augenblick auch mich getäuscht.

Lieber Träumer, warum muß ich dich wecken? warum kann ich nicht sagen, komm, und mache wahr die schönen Tage, die du mir verheißen! Aber es ist zu spät, Hyperion, es ist zu spät. Dein Mädchen ist verwelkt, seitdem du fort bist, ein Feuer in mir hat mählich mich verzehrt, und nur ein kleiner Rest ist übrig. Entsetze dich nicht! Es läutert sich alles Natürliche, und überall windet die Blüte des Lebens freier und freier vom gröbern Stoffe sich los.

Liebster Hyperion! du dachtest wohl nicht, mein Schwanenlied in diesem Jahre zu hören.

Fortsetzung

Bald, da du fort warst, und noch in den Tagen des Abschieds fing es an. Eine Kraft im Geiste, vor der ich erschrak, ein innres Leben, vor dem das Leben der Erd erblaßt' und schwand, wie Nachtlampen im Morgenrot – soll ichs sagen? ich hätte mögen nach Delphi gehn und dem Gott der Begeisterung einen Tempel bauen unter den Felsen des alten Parnaß, und, eine neue Pythia, die schlaffen Völker mit Göttersprüchen entzünden, und meine Seele weiß, den Gottverlaßnen allen hätte der jungfräuliche Mund die Augen geöffnet und die dumpfen Stirnen entfaltet, so mächtig war der Geist des Lebens in mir! Doch müder und müder wurden die sterblichen Glieder und die ängstigende Schwere zog mich unerbittlich hinab. Ach! oft in meiner stillen Laube hab ich um der Jugend Rosen geweint! sie welkten und welkten, und nur von Tränen färbte deines Mädchens Wange sich rot. Es waren die vorigen Bäume noch, es war die vorige Laube – da stand einst deine Diotima, dein Kind, Hyperion, vor deinen glücklichen Augen, eine Blume unter den Blumen und die Kräfte der Erde und des Himmels trafen sich friedlich zusammen in ihr; nun ging sie, eine Fremdlingin unter den Knospen des Mais, und ihre Vertrauten, die lieblichen Pflanzen, nickten ihr freundlich, sie aber konnte nur trauern; doch ging ich keine vorüber, doch nahm ich einen Abschied um den andern von all den Jugendgespielen, den Hainen und Quellen und säuselnden Hügeln.

Ach! oft mit schwerer süßer Mühe bin ich noch, so lang ichs konnte, auf die Höhe gegangen, wo du bei Notara gewohnt, und habe von dir mit dem Freunde gesprochen, so leichten Sinns, als möglich war, damit er nichts von mir dir schreiben sollte; bald aber, wenn das Herz zu laut ward, schlich die Heuchlerin sich hinaus in den Garten, und da war ich nun am Geländer, über dem Felsen, wo ich einst mit dir hinab sah, und hinaus in die offne Natur, ach! wo ich stand, von deinen Händen gehalten, von deinen Augen umlauscht, im ersten schaudernden Erwarmen der Liebe und die überwallende Seele auszugießen wünschte, wie einen Opferwein, in den Abgrund des Lebens, da wankt ich nun umher und klagte dem Winde mein Leid, und wie ein scheuer Vogel, irrte mein Blick und wagt' es kaum, die schöne Erde anzusehn, von der ich scheiden sollte.

Fortsetzung

So ists mit deinem Mädchen geworden, Hyperion. Frage nicht wie? erkläre diesen Tod dir nicht! Wer solch ein Schicksal zu ergründen denkt, der flucht am Ende sich und allem, und doch hat keine Seele Schuld daran.

Soll ich sagen, mich habe der Gram um dich getötet? o nein! o nein! er war mir ja willkommen, dieser Gram, er gab dem Tode, den ich in mir trug, Gestalt und Anmut; deinem Lieblinge zur Ehre stirbst du, konnt ich nun mir sagen. –

Oder ist mir meine Seele zu reif geworden in all den Begeisterungen unserer Liebe und hält sie darum mir nun, wie ein übermütiger Jüngling, in der bescheidenen Heimat nicht mehr? sprich! war es meines Herzens Üppigkeit, die mich entzweite mit dem sterblichen Leben? ist die Natur in mir durch dich, du Herrlicher! zu stolz geworden, um sichs länger gefallen zu lassen auf diesem mittelmäßigen Sterne? Aber hast du sie fliegen gelehrt, warum lehrst du meine Seele nicht auch, dir wiederzukehren? Hast du das ätherliebende Feuer angezündet, warum hütetest du mir es nicht? – Höre mich, Lieber! um deiner schönen Seele willen! klage du dich über meinem Tode nicht an!

Konntest du denn mich halten, als dein Schicksal dir denselben Weg wies? und, hättst du im Heldenkampfe deines Herzens mir geprediget – laß dir genügen, Kind! und schick in die Zeit dich – wärst du nicht der eitelste von allen eiteln gewesen?

Fortsetzung

Ich will es dir gerade sagen, was ich glaube. Dein Feuer lebt' in mir, dein Geist war in mich übergegangen; aber das hätte schwerlich geschadet, und nur dein Schicksal hat mein neues Leben mir tödlich gemacht. Zu mächtig war mir meine Seele durch dich, sie wäre durch dich auch wieder stille geworden. Du entzogst mein Leben der Erde, du hättest auch Macht gehabt, mich an die Erde zu fesseln, du hättest meine Seele, wie in einen Zauberkreis, in deine umfangenden Arme gebannt; ach! Einer deiner Herzensblicke hätte mich fest gehalten, Eine deiner Liebesreden hätte mich wieder zum frohen gesunden Kinde gemacht; doch da dein eigen Schicksal dich in Geisteseinsamkeit, wie Wasserflut auf Bergesgipfel trieb, o da erst, als ich vollends meinte, dir habe das Wetter der Schlacht den Kerker gesprengt und mein Hyperion sei aufgeflogen in die alte Freiheit, da entschied sich es mit mir und wird nun bald sich enden.

Ich habe viele Worte gemacht, und stillschweigend starb die große Römerin doch, da im Todeskampf ihr Brutus und das Vaterland rang. Was konnt ich aber bessers in den besten meiner letzten Lebenstage tun? – Auch treibt michs immer, mancherlei zu sagen. Stille war mein Leben; mein Tod ist beredt. Genug!

Fortsetzung

Nur Eines muß ich dir noch sagen.

Du müßtest untergehn, verzweifeln müßtest du, doch wird der Geist dich retten. Dich wird kein Lorbeer trösten und kein Myrtenkranz; der Olymp wirds, der lebendige, gegenwärtige, der ewig jugendlich um alle Sinne dir blüht. Die schöne Welt ist mein Olymp; in diesem wirst du leben, und mit den heiligen Wesen der Welt, mit den Göttern der Natur, mit diesen wirst du freudig sein.

O seid willkommen, ihr Guten, ihr Treuen! ihr Tiefvermißten, Verkannten! Kinder und Älteste! Sonn und Erd und Aether mit allen lebenden Seelen, die um euch spielen, die ihr umspielt, in ewiger Liebe! o nimmt die allesversuchenden Menschen, nimmt die Flüchtlinge wieder in die Götterfamilie, nimmt in die Heimat der Natur sie auf, aus der sie entwichen! –

Du kennst dies Wort, Hyperion! Du hast es angefangen in mir. Du wirsts vollenden in dir, und dann erst ruhn.

Ich habe genug daran, um freudig, als ein griechisch Mädchen zu sterben.

Die Armen, die nichts kennen, als ihr dürftig Machwerk, die der Not nur dienen und den Genius verschmähn, und dich nicht ehren, kindlich Leben der Natur! die mögen vor dem Tode sich fürchten. Ihr Joch ist ihre Welt geworden; Besseres, als ihren Knechtsdienst, kennen sie nicht; scheun die Götterfreiheit, die der Tod uns gibt?

Ich aber nicht! ich habe mich des Stückwerks überhoben, das die Menschenhände gemacht, ich hab es gefühlt, das Leben der Natur, das höher ist, denn alle Gedanken – wenn ich auch zur Pflanze würde, wäre denn der Schade so groß? – Ich werde sein. Wie sollt ich mich verlieren aus der Sphäre des Lebens, worin die ewige Liebe, die allen gemein ist, die Naturen alle zusammenhält? wie sollt ich scheiden aus dem Bunde, der die Wesen alle verknüpft? Der bricht so leicht nicht, wie die losen Bande dieser Zeit. Der ist nicht, wie ein Markttag, wo das Volk zusammenläuft und lärmt und auseinandergeht. Nein! bei dem Geiste, der uns einiget, bei dem Gottesgeiste, der jedem eigen ist und allen gemein! nein! nein! im Bunde der Natur ist Treue kein Traum. Wir trennen uns nur, um inniger einig zu sein, göttlicher friedlich mit allem, mit uns. Wir sterben, um zu leben.

Ich werde sein; ich frage nicht, was ich werde. Zu sein, zu leben, das ist genug, das ist die Ehre der Götter; und darum ist sich alles gleich, was nur ein Leben ist, in der göttlichen Welt, und es gibt in ihr nicht Herren und Knechte. Es leben umeinander die Naturen, wie Liebende; sie haben alles gemein, Geist, Freude und ewige Jugend.

Beständigkeit haben die Sterne gewählt, in stiller Lebensfülle wallen sie stets und kennen das Alter nicht. Wir stellen im Wechsel das Vollendete dar; in wandelnde Melodien teilen wir die großen Akkorde der Freude. Wie Harfenspieler um die Thronen der Ältesten, leben wir, selbst göttlich, um die stillen Götter der Welt, mit dem flüchtigen Lebensliede mildern wir den seligen Ernst des Sonnengotts und der andern.

Sieh auf in die Welt! Ist sie nicht, wie ein wandelnder Triumphzug, wo die Natur den ewigen Sieg über alle Verderbnis feiert? und führt nicht zur Verherrlichung das Leben den Tod mit sich, in goldenen Ketten, wie der Feldherr einst die gefangenen Könige mit sich geführt? und wir, wir sind wie die Jungfrauen und die Jünglinge, die mit Tanz und Gesang, in wechselnden Gestalten und Tönen den majestätischen Zug geleiten.

Nun laß mich schweigen. Mehr zu sagen, wäre zu viel. Wir werden wohl uns wieder begegnen. –

Trauernder Jüngling! bald, bald wirst du glücklicher sein. Dir ist dein Lorbeer nicht gereift und deine Myrten verblühten, denn Priester sollst du sein der göttlichen Natur, und die dichterischen Tage keimen dir schon.

O könnt ich dich sehn in deiner künftigen Schöne! Lebe wohl.

Zugleich erhielt ich einen Brief von Notara, worin er mir schrieb:

Den Tag, nachdem sie dir zum letzten Mal geschrieben, wurde sie ganz ruhig, sprach noch wenig Worte, sagte dann auch, daß sie lieber möcht im Feuer von der Erde scheiden, als begraben sein, und ihre Asche sollten wir in eine Urne sammeln, und in den Wald sie stellen, an den Ort, wo du, mein Teurer! ihr zuerst begegnet wärst. Bald darauf, da es anfing, dunkel zu werden, sagte sie uns gute Nacht, als wenn sie schlafen möcht, und schlug die Arme um ihr schönes Haupt; bis gegen Morgen hörten wir sie atmen. Da es dann ganz stille wurde und ich nichts mehr hörte, ging ich hin zu ihr und lauschte.

O Hyperion! was soll ich weiter sagen? Es war aus und unsre Klagen weckten sie nicht mehr.

Es ist ein furchtbares Geheimnis, daß ein solches Leben sterben soll und ich will es dir gestehn, ich selber habe weder Sinn noch Glauben, seit ich das mit ansah.

Doch immer besser ist ein schöner Tod, Hyperion! denn solch ein schläfrig Leben, wie das unsre nun ist.

Die Fliegen abzuwehren, das ist künftig unsre Arbeit und zu nagen an den Dingen der Welt, wie Kinder an der dürren Feigenwurzel, das ist endlich unsre Freude. Alt zu werden unter jugendlichen Völkern, scheint mir eine Lust, doch alt zu werden, da wo alles alt ist, scheint mir schlimmer, denn alles. –

Ich möchte fast dir raten, mein Hyperion! daß du nicht hieher kommst. Ich kenne dich. Es würde dir die Sinne nehmen. Überdies bist du nicht sicher hier. Mein Teurer! denk an Diotimas Mutter, denk an mich und schone dich!

Ich will es dir gestehn, mir schaudert, wenn ich dein Schicksal überdenke. Aber ich meine doch auch, der brennende Sommer trockne nicht die tiefern Quellen, nur den seichten Regenbach aus. Ich habe dich in Augenblicken gesehn, Hyperion! wo du mir ein höher Wesen schienst. Du bist nun auf der Probe, und es muß sich zeigen, wer du bist. Leb wohl.

So schrieb Notara; und du fragst, mein Bellarmin! wie jetzt mir ist, indem ich dies erzähle?

Bester! ich bin ruhig, denn ich will nichts Bessers haben, als die Götter. Muß nicht alles leiden? Und je trefflicher es ist, je tiefer! Leidet nicht die heilige Natur? O meine Gottheit! daß du trauern könntest, wie du selig bist, das konnt ich lange nicht fassen. Aber die Wonne, die nicht leidet, ist Schlaf, und ohne

Tod ist kein Leben. Solltest du ewig sein, wie ein Kind und schlummern, dem Nichts gleich? den Sieg entbehren? nicht die Vollendungen alle durchlaufen? Ja! ja! wert ist der Schmerz, am Herzen der Menschen zu liegen, und dein Vertrauter zu sein, o Natur! Denn er nur führt von einer Wonne zur andern, und es ist kein andrer Gefährte, denn er. –

Damals schrieb ich an Notara, als ich wieder anfing aufzuleben, von Sizilien aus, wohin ein Schiff von Paros mich zuerst gebracht:

Ich habe dir gehorcht, mein Teurer! bin schon weit von euch und will dir nun auch Nachricht geben; aber schwer wird mir das Wort; das darf ich wohl gestehen. Die Seligen, wo Diotima nun ist, sprechen nicht viel; in meiner Nacht, in der Tiefe der Traurenden, ist auch die Rede am Ende.

Einen schönen Tod ist meine Diotima gestorben; da hast du recht; das ists auch, was mich aufweckt, und meine Seele mir wiedergibt.

Aber es ist die vorige Welt nicht mehr, zu der ich wiederkehre. Ein Fremdling bin ich, wie die Unbegrabnen, wenn sie herauf vom Acheron kommen, und wär ich auch auf meiner heimatlichen Insel, in den Gärten meiner Jugend, die mein Vater mir verschließt, ach! dennoch, dennoch, wär ich auf der Erd ein Fremdling und kein Gott knüpft ans Vergangne mich mehr.

Ja! es ist alles vorbei. Das muß ich nur recht oft mir sagen, muß damit die Seele mir binden, daß sie ruhig bleibt, sich nicht erhitzt in ungereimten kindischen Versuchen.

Es ist alles vorbei; und wenn ich gleich auch weinen könnte, schöne Gottheit, wie du um Adonis einst geweint, doch kehrt mir meine Diotima nicht wieder und meines Herzens Wort hat seine Kraft verloren, denn es hören mich die Lüfte nur.

O Gott! und daß ich selbst nichts bin, und der gemeinste Handarbeiter sagen kann, er habe mehr getan, denn ich! daß sie sich trösten dürfen, die Geistesarmen, und lächeln und Träumer mich schelten, weil meine Taten mir nicht reiften, weil meine Arme nicht frei sind, weil meine Zeit dem wütenden Prokrustes gleicht, der Männer, die er fing, in eine Kinderwiege warf, und daß sie paßten in das kleine Bett, die Glieder ihnen abhieb.

Wär es nur nicht gar zu trostlos, allein sich unter die närrische Menge zu werfen und zerrissen zu werden von ihr! oder müßt ein edel Blut sich nur nicht schämen, mit dem Knechtsblut sich zu mischen! o gäb es eine Fahne, Götter! wo mein Alabanda dienen möcht, ein Thermopylä, wo ich mit Ehren sie verbluten könnte, all die einsame Liebe, die mir nimmer brauchbar ist! Noch besser wär es freilich, wenn ich leben könnte, leben, in den neuen Tempeln, in der neuversammelten Agora unsers Volks mit großer Lust den großen Kummer stillen; aber davon schweig ich, denn ich weine nur die Kraft mir vollends aus, wenn ich an Alles denke.

Ach Notara! auch mit mir ists aus; verleidet ist mir meine eigne Seele, weil ich ihrs vorwerfen muß, daß Diotima tot ist, und die Gedanken meiner Jugend, die ich groß geachtet, gelten mir nichts mehr. Haben sie doch meine Diotima mir vergiftet!

Und nun sage mir, wo ist noch eine Zuflucht? – Gestern war ich auf dem Aetna droben. Da fiel der große Sizilianer mir ein, der einst des Stundenzählens satt, vertraut mit der Seele der Welt, in seiner kühnen Lebenslust sich da hinabwarf in die herrlichen Flammen, denn der kalte Dichter hätte müssen am Feuer sich wärmen, sagt' ein Spötter ihm nach.

O wie gerne hätt ich solchen Spott auf mich geladen! aber man muß sich höher achten, denn ich mich achte, um so ungerufen der Natur ans Herz zu fliegen, oder wie du es sonst noch heißen magst, denn wirklich! wie ich jetzt bin, hab ich keinen Namen für die Dinge und es ist mir alles ungewiß.

Notara! und nun sage mir, wo ist noch Zuflucht?

In Kalaureas Wäldern? – Ja! im grünen Dunkel dort, wo unsre Bäume, die Vertrauten unsrer Liebe stehn, wo, wie ein Abendrot, ihr sterbend Laub auf Diotimas Urne fällt und ihre schönen Häupter sich auf Diotimas Urne neigen, mählich alternd, bis auch sie zusammensinken über der geliebten Asche, – da, da könnt ich wohl nach meinem Sinne wohnen!

Aber du rätst mir, wegzubleiben, meinst, ich sei nicht sicher in Kalaurea und das mag so sein.

Ich weiß es wohl, du wirst an Alabanda mich verweisen. Aber höre nur! zertrümmert ist er! verwittert ist der feste, schlanke Stamm, auch er, und die Buben werden die Späne auflesen und damit ein lustig Feuer sich machen. Er ist fort; er hat gewisse gute Freunde, die ihn erleichtern werden, die ganz eigentlich geschickt sind, jedem abzuhelfen, dem das Leben etwas schwer aufliegt; zu diesen ist er auf Besuch gegangen, und warum? weil sonst nichts für ihn zu tun ist, oder, wenn du alles wissen willst, weil eine Leidenschaft am Herzen ihm nagt, und weißt du auch für wen? für Diotima, die er noch im Leben glaubt, vermählt mit mir und glücklich – armer Alabanda! nun gehört sie dir und mir!

Er fuhr nach Osten hinaus und ich, ich schiffe nach Nordwest, weil es die Gelegenheit so haben will. –

Und nun lebt wohl, ihr Alle! all ihr Teuern, die ihr mir am Herzen gelegen, Freunde meiner Jugend und ihr Eltern und ihr lieben Griechen all, ihr Leidenden!

Ihr Lüfte, die ihr mich genährt, in zarter Kindheit, und ihr dunkeln Lorbeerwälder und ihr Uferfelsen und ihr majestätischen Gewässer, die ihr Großes ahnen meinen Geist gelehrt – und ach! ihr Trauerbilder, ihr, wo meine Schwermut anhub, heilige Mauern, womit die Heldenstädte sich umgürtet und ihr alten Tore, die manch schöner Wanderer durchzog, ihr Tempelsäulen und du Schutt der Götter! und du, o Diotima! und ihr Täler meiner Liebe, und ihr Bäche, die ihr sonst die selige Gestalt gesehn, ihr Bäume, wo sie sich erheitert, ihr Frühlinge, wo sie gelebt, die Holde mit den Blumen, scheidet, scheidet nicht aus mir! doch, soll es sein, ihr süßen Angedenken! so erlöscht auch ihr und laßt mich, denn es kann der Mensch nichts ändern und das Licht des Lebens kommt und scheidet, wie es will.

Hyperion an Bellarmin

So kam ich unter die Deutschen. Ich foderte nicht viel und war gefaßt, noch weniger zu finden. Demütig kam ich, wie der heimatlose blinde Oedipus zum Tore von Athen, wo ihn der Götterhain empfing; und schöne Seelen ihm begegneten –

Wie anders ging es mir!

Barbaren von alters her, durch Fleiß und Wissenschaft und selbst durch Religion barbarischer geworden, tiefunfähig jedes göttlichen Gefühls, verdorben bis ins Mark zum Glück der heiligen Grazien, in jedem Grad der Übertreibung und der Ärmlichkeit beleidigend für jede gutgeartete Seele, dumpf und harmonielos, wie die Scherben eines weggeworfenen Gefäßes – das, mein Bellarmin! waren meine Tröster.

Es ist ein hartes Wort und dennoch sag ichs, weil es Wahrheit ist: ich kann kein Volk mir denken, daß zerrißner wäre, wie die Deutschen. Handwerker siehst du, aber keine Menschen, Denker, aber keine Menschen, Priester, aber keine Menschen, Herrn und Knechte, Jungen und gesetzte Leute, aber keine Menschen – ist das nicht, wie ein Schlachtfeld, wo Hände und

Arme und alle Glieder zerstückelt untereinander liegen, indessen das vergoßne Lebensblut im Sande zerrinnt?

Ein jeder treibt das Seine, wirst du sagen, und ich sag es auch. Nur muß er es mit ganzer Seele treiben, muß nicht jede Kraft in sich ersticken, wenn sie nicht gerade sich zu seinem Titel paßt, muß nicht mit dieser kargen Angst, buchstäblich heuchlerisch das, was er heißt, nur sein, mit Ernst, mit Liebe muß er das sein, was er ist, so lebt ein Geist in seinem Tun, und ist er in ein Fach gedrückt, wo gar der Geist nicht leben darf, so stoß ers mit Verachtung weg und lerne pflügen! Deine Deutschen aber bleiben gerne beim Notwendigsten, und darum ist bei ihnen auch so viele Stümperarbeit und so wenig Freies, Echterfreuliches. Doch das wäre zu verschmerzen, müßten solche Menschen nur nicht fühllos sein für alles schöne Leben, ruhte nur nicht überall der Fluch der gottverlaßnen Unnatur auf solchem Volke. –

Die Tugenden der Alten sei'n nur glänzende Fehler, sagt' einmal, ich weiß nicht, welche böse Zunge; und es sind doch selber ihre Fehler Tugenden, denn da noch lebt' ein kindlicher, ein schöner Geist, und ohne Seele war von allem, was sie taten, nichts getan. Die Tugenden der Deutschen aber sind ein glänzend Übel und nichts weiter; denn Notwerk sind sie nur, aus feiger Angst, mit Sklavenmühe, dem wüsten Herzen abgedrungen, und lassen trostlos jede reine Seele, die von Schönem gern sich nährt, ach! die verwöhnt vom heiligen Zusammenklang in edleren Naturen, den Mißlaut nicht erträgt, der schreiend ist in all der toten Ordnung dieser Menschen.

Ich sage dir: es ist nichts Heiliges, was nicht entheiligt, nicht zum ärmlichen Behelf herabgewürdigt ist bei diesem Volk, und was selbst unter Wilden göttlichrein sich meist erhält, das treiben diese allberechnenden Barbaren, wie man so ein Handwerk treibt, und können es nicht anders, denn wo einmal ein menschlich Wesen abgerichtet ist, da dient es seinem Zweck, da sucht es seinen Nutzen, es schwärmt nicht mehr, bewahre Gott! es bleibt gesetzt, und wenn es feiert und wenn es liebt und wenn es betet und selber, wenn des Frühlings holdes Fest, wenn die Versöhnungszeit der Welt die Sorgen alle löst, und Unschuld zaubert in ein schuldig Herz, wenn von der Sonne warmem Strahle berauscht, der Sklave seine Ketten froh vergißt und von der gottbeseelten Luft besänftiget, die Menschenfeinde friedlich, wie die Kinder, sind – wenn selbst die Raupe sich beflügelt und die Biene schwärmt, so bleibt der Deutsche doch in seinem Fach und kümmert sich nicht viel ums Wetter!

Aber du wirst richten, heilige Natur! Denn, wenn sie nur bescheiden wären, diese Menschen, zum Gesetze nicht sich machten für die Bessern unter ihnen! wenn sie nur nicht lästerten, was sie nicht sind, und möchten sie doch lästern, wenn sie nur das Göttliche nicht höhnten! –

Oder ist nicht göttlich, was ihr höhnt und seellos nennt? Ist besser, denn euer Geschwätz, die Luft nicht, die ihr trinkt? der Sonne Strahlen, sind sie edler nicht, denn all ihr Klugen? der Erde Quellen und der Morgentau erfrischen euern Hain; könnt ihr auch das? ach! töten könnt ihr, aber nicht lebendig machen, wenn es die Liebe nicht tut, die nicht von euch ist, die ihr nicht erfunden. Ihr sorgt und sinnt, dem Schicksal zu entlaufen und begreift es nicht, wenn eure Kinderkunst nichts hilft; indessen wandelt harmlos droben das Gestirn. Ihr entwürdiget, ihr zerreißt, wo sie euch duldet, die geduldige Natur, doch lebt sie fort, in unendlicher Jugend, und ihren Herbst und ihren Frühling könnt ihr nicht vertreiben, ihren Aether, den verderbt ihr nicht.

O göttlich muß sie sein, weil ihr zerstören dürft, und dennoch sie nicht altert und trotz euch schön das Schöne bleibt! –

Es ist auch herzzerreißend, wenn man eure Dichter, eure Künstler sieht, und alle, die den Genius noch achten, die das Schöne lieben und es pflegen. Die Guten! Sie leben in der Welt, wie Fremdlinge im eigenen Hause, sie sind so recht, wie der Dulder Ulyß, da er in Bettlersgestalt an seiner Türe saß, indes die unverschämten Freier im Saale lärmten und fragten, wer hat uns den Landläufer gebracht?

Voll Lieb und Geist und Hoffnung wachsen seine Musenjünglinge dem deutschen Volk heran; du siehst sie sieben Jahre später, und sie wandeln, wie die Schatten, still und kalt, sind, wie ein Boden, den der Feind mit Salz besäete, daß er nimmer einen Grashalm treibt; und wenn sie sprechen, wehe dem! der sie versteht, der in der stürmenden Titanenkraft, wie in ihren Proteuskünsten den Verzweiflungskampf nur sieht, den ihr gestörter schöner Geist mit den Barbaren kämpft, mit denen er zu tun hat.

Es ist auf Erden alles unvollkommen, ist das alte Lied der Deutschen. Wenn doch einmal diesen Gottverlaßnen einer sagte, daß bei ihnen nur so unvollkommen alles ist, weil sie nichts Reines unverdorben, nichts Heiliges unbetastet lassen mit den plumpen Händen, daß bei ihnen nichts gedeiht, weil sie die Wurzel des Gedeihns, die göttliche Natur nicht achten, daß bei ihnen eigentlich das Leben schal und sorgenschwer und übervoll von kalter stummer Zwietracht ist, weil sie den Genius verschmähn, der Kraft und Adel in ein menschlich Tun, und Heiterkeit ins Leiden und Lieb und Brüderschaft den Städten und den Häusern bringt.

Und darum fürchten sie auch den Tod so sehr, und leiden, um des Austernlebens willen, alle Schmach, weil Höhers sie nicht kennen, als ihr Machwerk, das sie sich gestoppelt.

O Bellarmin! wo ein Volk das Schöne liebt, wo es den Genius in seinen Künstlern ehrt, da weht, wie Lebensluft, ein allgemeiner Geist, da öffnet sich der scheue Sinn, der Eigendünkel schmilzt, und fromm und groß sind alle Herzen und Helden gebiert die Begeisterung. Die Heimat aller Menschen ist bei solchem Volk und gerne mag der Fremde sich verweilen. Wo aber so beleidigt wird die göttliche Natur und ihre Künstler, ach! da ist des Lebens beste Lust hinweg, und jeder andre Stern ist besser, denn die Erde. Wüster immer, öder werden da die Menschen, die doch alle schöngeboren sind; der Knechtsinn wächst, mit ihm der grobe Mut, der Rausch wächst mit den Sorgen, und mit der Üppigkeit der Hunger und die Nahrungsangst; zum Fluche wird der Segen jedes Jahrs und alle Götter fliehn.

Und wehe dem Fremdling, der aus Liebe wandert, und zu solchem Volke kömmt, und dreifach wehe dem, der, so wie ich, von großem Schmerz getrieben, ein Bettler meiner Art, zu solchem Volke kömmt! –

Genug! du kennst mich, wirst es gut aufnehmen, Bellarmin! Ich sprach in deinem Namen auch, ich sprach für alle, die in diesem Lande sind und leiden, wie ich dort gelitten.

Hyperion an Bellarmin

Ich wollte nun aus Deutschland wieder fort. Ich suchte unter diesem Volke nichts mehr, ich war genug gekränkt, von unerbittlichen Beleidigungen, wollte nicht, daß meine Seele vollends unter solchen Menschen sich verblute.

Aber der himmlische Frühling hielt mich auf; er war die einzige Freude, die mir übrig war, er war ja meine letzte Liebe, wie konnt ich noch an andre Dinge denken und das Land verlassen, wo auch er war?

Bellarmin! Ich hatt es nie so ganz erfahren, jenes alte feste Schicksalswort, daß eine neue Seligkeit dem Herzen aufgeht, wenn es aushält und die Mitternacht des Grams durchduldet, und daß, wie Nachtigallgesang im Dunkeln, göttlich erst in tiefem Leid des Lebenslied der Welt uns tönt. Denn, wie mit Genien, lebt ich itzt mit den blühenden Bäumen, und die klaren Bäche, die darunter flossen, säuselten, wie Götterstimmen, mir den Kummer aus dem Busen. Und so geschah mir überall, du Lieber! – wenn ich im Grase ruht, und zartes Leben mich umgrünte, wenn ich hinauf, wo wild die Rose um den Steinpfad wuchs, den warmen Hügel ging, auch wenn ich des Stroms Gestade, die luftigen umschifft' und alle die Inseln, die er zärtlich hegt.

Und wenn ich oft des Morgens, wie die Kranken zum Heilquell, auf den Gipfel des Gebirgs stieg, durch die schlafenden Blumen, aber vom süßen Schlummer gesättiget, neben mir die lieben Vögel aus dem Busche flogen, im Zwielicht taumelnd und begierig nach dem Tag, und die regere Luft nun schon die Gebete der Täler, die Stimmen der Herde und die Töne der Morgenglocken herauftrug, und jetzt das hohe Licht, das göttlichheitre den gewohnten Pfad daherkam, die Erde bezaubernd mit unsterblichem Leben, daß ihr Herz erwarmt' und all ihre Kinder wieder sich fühlten – o wie der Mond, der noch am Himmel blieb, die Lust des Tags zu teilen, so stand ich Einsamer dann auch über den Ebnen und weinte Liebestränen zu den Ufern hinab und den glänzenden Gewässern und konnte lange das Auge nicht wenden.

Oder des Abends, wenn ich fern ins Tal hinein geriet, zur Wiege des Quells, wo rings die dunkeln Eichhöhn mich umrauschten, mich, wie einen Heiligsterbenden, in ihren Frieden die Natur begrub, wenn nun die Erd ein Schatte war, und unsichtbares Leben durch die Zweige säuselte, durch die Gipfel, und über den Gipfeln still die Abendwolke stand, ein glänzend Gebirg, wovon herab zu mir des Himmels Strahlen, wie die Wasserbäche flossen, um den durstigen Wanderer zu tränken –

O Sonne, o ihr Lüfte, rief ich dann, bei euch allein noch lebt mein Herz, wie unter Brüdern!

So gab ich mehr und mehr der seligen Natur mich hin und fast zu endlos. Wär ich so gerne doch zum Kinde geworden, um ihr näher zu sein, hätt ich so gern doch weniger gewußt und wäre geworden, wie der reine Lichtstrahl, um ihr näher zu sein! o einen Augenblick in ihrem Frieden, ihrer Schöne mich zu fühlen, wie viel mehr galt es vor mir, als Jahre voll Gedanken, als alle Versuche der allesversuchenden Menschen! Wie Eis, zerschmolz, was ich gelernt, was ich getan im Leben, und alle Entwürfe der Jugend verhallten in mir; und o ihr Lieben, die ihr ferne seid, ihr Toten und ihr Lebenden, wie innig Eines waren wir!

Einst saß ich fern im Feld, an einem Brunnen, im Schatten efeugrüner Felsen und überhängender Blütenbüsche. Es war der schönste Mittag, den ich kenne. Süße Lüfte wehten und in morgendlicher Frische glänzte noch das Land und still in seinem heimatlichen Aether lächelte das Licht. Die Menschen waren weggegangen, am häuslichen Tische von der Arbeit zu ruhn; allein war meine Liebe mit dem Frühling, und ein unbegreiflich Sehnen war in mir. Diotima, rief ich, wo bist du, o wo bist du? Und mir war, als hört ich Diotimas Stimme, die Stimme, die mich einst erheitert in den Tagen der Freude –

Bei den Meinen, rief sie, bin ich, bei den Deinen, die der irre Menschengeist mißkennt!

Ein sanfter Schrecken ergriff mich und mein Denken entschlummerte in mir.

O liebes Wort aus heilgem Munde, rief ich, da ich wieder erwacht war, liebes Rätsel, faß ich dich?

Und Einmal sah ich noch in die kalte Nacht der Menschen zurück und schauert und weinte vor Freuden, daß ich so selig war und Worte sprach ich, wie mir dünkt, aber sie waren, wie des Feuers Rauschen, wenn es auffliegt und die Asche hinter sich läßt –

„O du, so dacht ich, mit deinen Göttern, Natur! ich hab ihn ausgeträumt, von Menschendingen den Traum und sage, nur du lebst, und was die Friedenslosen erzwungen, erdacht, es schmilzt, wie Perlen von Wachs, hinweg von deinen Flammen!

Wie lang ists, daß sie dich entbehren? o wie lang ists, daß ihre Menge dich schilt, gemein nennt dich und deine Götter, die Lebendigen, die Seligstillen!

Es fallen die Menschen, wie faule Früchte von dir, o laß sie untergehn, so kehren sie zu deiner Wurzel wieder, und ich, o Baum des Lebens, daß ich wieder grüne mit dir und deine Gipfel umatme mit all deinen knospenden Zweigen! friedlich und innig, denn alle wuchsen wir aus dem goldnen Samkorn herauf!

Ihr Quellen der Erd! ihr Blumen! und ihr Wälder und ihr Adler und du brüderliches Licht! wie alt und neu ist unsere Liebe! – Frei sind wir, gleichen uns nicht ängstig von außen; wie sollte nicht wechseln die Weise des Lebens? wir lieben den Aether doch all und innigst im Innersten gleichen wir uns.

Auch wir, auch wir sind nicht geschieden, Diotima, und die Tränen um dich verstehen es nicht. Lebendige Töne sind wir, stimmen zusammen in deinem Wohllaut, Natur! wer reißt den? wer mag die Liebenden scheiden? –

O Seele! Seele! Schönheit der Welt! du unzerstörbare! du entzückende! mit deiner ewigen Jugend! du bist; was ist denn der Tod und alles Wehe der Menschen? – Ach! viel der leeren Worte haben die Wunderlichen gemacht. Geschiehet doch alles aus Lust, und endet doch alles mit Frieden.

Wie der Zwist der Liebenden, sind die Dissonanzen der Welt. Versöhnung ist mitten im Streit und alles Getrennte findet sich wieder.

Es scheiden und kehren im Herzen die Adern und einiges, ewiges, glühendes Leben ist Alles."

So dacht ich. Nächstens mehr.

FRAGMENT VON HYPERION

Es gibt zwei Ideale unseres Daseins: einen Zustand der höchsten Einfalt, wo unsre Bedürfnisse mit sich selbst, und mit unsern Kräften, und mit allem, womit wir in Verbindung stehen, *durch die bloße Organisation der Natur*, ohne unser Zutun, gegenseitig zusammenstimmen, und einen Zustand der höchsten Bildung, wo dasselbe stattfinden würde bei unendlich vervielfältigten und verstärkten Bedürfnissen und Kräften, *durch die Organisation, die wir uns selbst zu geben im Stande sind.* Die exzentrische Bahn, die der Mensch, im Allgemeinen und Einzelnen, von einem Punkte (der mehr oder weniger reinen Einfalt) zum andern (der mehr oder weniger vollendeten Bildung) durchläuft, scheint sich, *nach ihren wesentlichen Richtungen*, immer gleich zu sein.

Einige von diesen sollten, nebst ihrer Zurechtweisung, in den Briefen, wovon die folgenden ein Bruchstück sind, dargestellt werden.

Der Mensch möchte gerne *in* allem und *über* allem sein, und die Sentenz in der Grabschrift des Loyola:

non coerceri maximo, contineri tamen a minimo

kann eben so die alles begehrende, alles unterjochende gefährliche Seite des Menschen, als den höchsten und schönsten ihm erreichbaren Zustand bezeichnen. In welchem Sinne sie für jeden gelten soll, muß sein freier Wille entscheiden.

Zante.

Ich will nun wieder in mein Jonien zurück; umsonst hab ich mein Vaterland verlassen, und *Wahrheit gesucht.*

Wie konnten auch Worte meiner durstenden Seele genügen? Worte fand ich überall; Wolken, und keine Juno.

Ich hasse sie, wie den Tod, alle die armseligen Mitteldinge von Etwas und Nichts. Meine ganze Seele sträubt sich gegen das Wesenlose.

Was mir nicht Alles, und ewig Alles ist, ist mir Nichts.

Mein Bellarmin! wo finden wir das Eine, das uns Ruhe gibt, Ruhe? Wo tönt sie uns einmal wieder, die Melodie unsers Herzens in den seligen Tagen der Kindheit?

Ach! einst sucht ich sie in *Verbrüderung mit Menschen.* Es war mir, als sollte die Armut unsers Wesens Reichtum werden, wenn nur ein Paar solcher Armen Ein Herz, Ein unzertrennbares Leben würden, als bestände der ganze Schmerz unsers Daseins nur in der Trennung von dem, was zusammengehörte.

Mit Freud und Wehmut denk ich daran, wie mein ganzes Wesen dahin trachtete, nur dahin, ein herzlich Lächeln zu erbeuten, wie ich mich hingab für einen Schatten von Liebe, wie ich mich wegwarf. Ach! wie oft glaubt ich das Unnennbare zu finden, das mein, mein werden sollte, dafür, daß ich es wagte, mich selbst an das Geliebte zu verlieren! Wie oft glaubt ich den heiligen Tausch getroffen zu haben, und forderte nun, forderte, und da stand das arme Wesen, verlegen und betroffen, oft auch hämisch – es wollte ja nur Kurzweil, nichts so Ernstes!

Ich war ein blinder Knabe, lieber Bellarmin! Perlen wollt ich kaufen von Bettlern, die ärmer waren, als ich, so arm, so begraben in ihr Elend, daß sie nicht wußten, wie arm sie waren, und sich recht wohl gefielen in den Lumpen, womit sie sich behangen hatten.

Aber die mannigfaltige Täuschung drückte mich unaussprechlich nieder.

Ich glaubte wirklich unterzugehn. Es ist ein Schmerz ohne gleichen, ein fortdaurendes Gefühl der Zernichtung, wenn das Dasein so ganz seine Bedeutung verloren hat. Eine unbegreifliche Mutlosigkeit drückte mich. Ich wagte das Auge nicht aufzuschlagen vor den Menschen. Ich fürchtete das Lachen eines Kindes. Dabei war ich oft sehr still und geduldig; hatte oft auch einen recht wunderbaren Aberglauben an die Heilkraft mancher Dinge. Oft konnte ich ingeheim von einem kleinen erkauften Besitztum, von einer Kahnfahrt, von einem Tale, das mir ein Berg verbarg, erwarten, was ich suchte.

Mit dem Mute schwanden auch sichtbar meine Kräfte.

Ich hatte Mühe, die Trümmer ehemals gedachter Gedanken zusammenzulesen; der rege Geist war veraltet; ich fühlte, wie sein himmlisch Licht, das mir kaum erst aufgegangen war, sich allmählich verdunkelte.

Freilich, wenn es einmal, wie mir deuchte, den letzten Rest meiner verlornen Existenz galt, wenn mein Stolz sich regte, dann war ich lauter Wirksamkeit, und die Allmacht eines Verzweifelten war in mir; oder wenn sie einen Tropfen Freuden eingesogen hatte, die welke dürftige Natur, dann drang ich mit Gewalt unter die Menschen, sprach, wie ein Begeisterter, und fühlte wohl manchmal auch die Träne der Seligen im Auge;

oder wenn einmal wieder ein Gedanke, oder das Bild eines Helden in die Nacht meiner Seele strahlte, dann staunt ich, und freute mich, als kehrte ein Gott ein in dem verarmten Gebiete, dann war mir, als sollte sich eine Welt bilden in mir; aber je heftiger sich die schlummernden Kräfte aufgerafft hatten, desto müder sanken sie hin, und die unbefriedigte Natur kehrte zu verdoppeltem Schmerze zurück.

Wohl dem, Bellarmin! wohl dem, der sie überstanden hat, diese Feuerprobe des Herzens, der es verstehen gelernt hat, das Seufzen der Kreatur, das Gefühl des verlornen Paradieses. Je höher sich die Natur erhebt über das Tierische, desto größer die Gefahr, zu verschmachten im Lande der Vergänglichkeit!

Aber Eines hab ich dir noch mitzuteilen, brüderliches Herz!

Ich fürchtete mich noch vor gewissen Erinnerungen, als wir uns fanden über den Trümmern des alten Roms. Unser Geist gleitet so leicht aus seiner Bahn; müssen wir doch oft dem Säuseln eines Blatts entgehen, um ihn nicht zu stören in seinem stillen Geschäfte!

Itzt kann ich wohl manchmal spielen mit den Geistern vergangner Stunden.

Mein alter Freund, der Frühling, hatte mich überrascht in meiner Finsternis. Sonst hätt ich ihn noch von ferne gefühlt, wenn die erstarrten Zweige sich regten, und ein lindes Wehen meine Wange berührte. Sonst hätt ich für jedes Weh Linderung von ihm gehofft. Aber das Hoffen und Ahnden war allmählich aus meiner Seele verschwunden.

Itzt war er da, in aller Glorie der Jugend.

Mir war, als sollt ich doch auch wieder fröhlich werden. Ich öffnete meine Fenster, und kleidete mich, wie zu einem Feste. Er sollte auch mich besuchen, der himmlische Fremdling.

Ich sah, wie alles hinausströmte ins Freie, aufs freundliche Meer von Smyrna, und sein Gestade. Sonderbare Erwartungen regten sich in mir. Ich ging auch hinaus.

Da zeigte sich recht die Allmacht der Natur. Fast jedes Gesicht war herzlicher; überall wurde offner gescherzt, und wo man sich sonst recht feierlich begrüßt hatte, bot man sich itzt die Hände. Alles verjüngte und begeisterte der herrliche süße Frühling.

Der Hafen wimmelte von jauchzenden Schiffen, wo Blumenkränze wehten, und Chierwein blinkte, die Myrtenlauben tönten von fröhlichen Melodien, und Tanz und Spiel durchrauschte die Ulmen und Platanen.

Ach! ich suchte mehr, als das. Das konnte nicht vom Tode retten. Unwillkürlich, verloren in meinem Gram, kam ich in den Garten des Gorgonda Notara, meines Bekannten. –

Ein Rauschen aus einem Seitengange störte mich auf. –

Ach! mir – in diesem schmerzlichen Gefühl meiner Einsamkeit, mit diesem freudeleeren blutenden Herzen – erschien mir *Sie*; hold und heilig, wie eine Priesterin der Liebe stand sie da vor mir; wie aus Licht und Duft gewebt, so geistig und zart; über dem Lächeln voll Ruh und himmlischer Güte thronte mit eines Gottes Majestät ihr großes begeistertes Auge, und, wie Wölkchen ums Morgenlicht, wallten im Frühlingswinde die goldnen Locken um ihre Stirne.

Mein Bellarmin! könnt ich dirs mitteilen, ganz und lebendig, das Unaussprechliche, das damals vorging in mir! – Wo waren nun die Leiden meines Lebens, seine Nacht und Armut? die ganze dürftige Sterblichkeit?

Gewiß, er ist das höchste und seligste, was die unerschöpfliche Natur in sich faßt, ein solcher Augenblick der Befreiung! Er wiegt Aeonen unsers Pflanzenlebens auf! Tot war mein irdisches Leben, die Zeit war nicht mehr, und entfesselt und auferstanden fühlte mein Geist seine Verwandtschaft und seinen Ursprung.

Jahre sind vorüber; Frühlinge kamen und gingen; manch herrlich Bild der Natur, manche Reliquie deines Italiens, aus himmlischer Phantasie hervorgegangen, erfreute mein Auge; aber das meiste verwischte die Zeit; nur Ihr Bild ist mir geblieben, mit allem, was mit ihm verwandt ist. Noch steht sie da vor mir, wie in dem heiligen trunknen Momente, da ich sie fand; ich preß es an mein glühendes Herz, das süße Phantom; ich höre ihre Stimme, das Lispeln ihrer Harfe; wie ein friedlich Arkadien, wo Blüte und Saat in ewig stiller Luft sich wiegt, wo ohne des Mittags Schwüle die Ernte reift, und die süße Traube gedeiht, wo keine Furcht das sichere Land umzäunt, wo man von nichts weiß, als von dem ewigen Frühling der Erde, und dem wolkenlosen Himmel und seiner Sonne, und seinen freundlichen Gestirnen, so stehet es offen da vor mir, das Heiligtum ihres Herzens und Geistes.

Melite! o Melite! himmlisches Wesen!

Ich möchte wohl wissen, ob sie meiner noch zuweilen gedächte. Sie bedauert mich vielleicht. Ich werde sie wiederfinden, in irgend einer Periode des ewigen Daseins. Gewiß! was sich verwandt ist, kann sich nicht ewig fliehen.

Ach! der Gott in uns ist immer einsam und arm. Wo findet er alle seine Verwandten? Die einst da waren, und da sein werden? Wenn kömmt das große Wiedersehen der Geister? Denn einmal waren wir doch, wie ich glaube, alle beisammen.

Gute Nacht, Bellarmin, gute Nacht!

Morgen werd ich ruhiger erzählen.

Zante.

Der Abend jenes Tages meiner Tage ist mir mit allem, was ich noch gewahr ward in meiner Trunkenheit, unvergeßlich. Mir war er das schönste, was der Frühling der Erde geben kann, und der Himmel und sein Licht. Wie eine Glorie der Heiligen, umfloß Sie das Abendrot, und die zarten goldnen Wölkchen im Aether lächelten herunter, wie himmlische Genien, die sich freuten über ihre Schwester auf Erden, wie sie unter uns einherging in aller Herrlichkeit der Geister, und doch so gut, und freundlich war gegen alles, was um sie war.

Alles drängte sich an sie. Allen schien sich ein Teil ihres Wesens mitzuteilen. Ein neuer zarter Sinn, eine süße Traulichkeit war unter alle gekommen, und sie wußten nicht, wie ihnen geschah.

Ohne zu fragen, erfuhr ich, sie komme von den Ufern des Paktols, aus einem einsamen Tale des Tmolus, wohin ihr Vater, ein sonderbarer Mann, aus Verdruß über die itzige Lage der Griechen sich schon gar lange von Smyrna weg begeben hätte, um dort seines finstern Grams zu pflegen, und ihre Mutter, ehemals die Krone von Jonien, sei eine Verwandte des Gorgonda Notara.

Notara bat uns, den Abend mit ihm unter seinen Bäumen zuzubringen, und, so, wie wir itzt gestimmt waren, dachte keines gerne an ein Auseinandergehen.

Allmählich kam immer mehr Leben und Geist unter uns. Wir sprachen viel von den herrlichen Kindern des alten Joniens, von Sappho und Alcäus, und Anakreon, sonderlich von Homer, seinem Grabe zu Nio, von einer nahen Felsengrotte, am Ufer des Meles, wo der Herrliche manche Stunde der Begeisterung gefeiert haben soll, und manchem andern; wie neben uns die freundlichen Bäume des Gartens, wo vom Hauche des Frühlings gelöst, die Blüten auf die Erde regneten, so teilten unsre Gemüter sich mit; jedes nach seiner Art, und auch die Ärmsten gaben etwas. Melite sprach manch himmlisches Wort, kunstlos, ohne alle Absicht, in lautrer heiliger Einfalt. Oft wenn ich sie sprechen hörte, fielen mir die Bilder des Dädalus ein, von denen Pausanias sagt, ihr Anblick habe bei all ihrer Einfachheit etwas Göttliches gehabt.

Lange saß ich stumm, und verschlang die himmlische Schönheit, die, wie Strahlen des Morgenlichts, in mein Inneres drang, und die erstorbenen Keime meines Wesens ins Leben rief.

Man sprach endlich auch von so manchen Wundern griechischer Freundschaft, von den Dioskuren, von Achill und Patroklus, von der Phalanx der Sparter, von all den Liebenden und Geliebten, die auf- und untergingen über der Welt, unzertrennlich, wie die ewigen Lichter des Himmels.

Da wacht ich auf. Wir sollten davon nicht sprechen, rief ich. Solche Herrlichkeit zernichtet uns Arme. Freilich waren es goldne Tage, wo man die Waffen tauschte, und sich liebte bis zum Tode, wo man unsterbliche Kinder zeugte in der Begeisterung der Liebe und Schönheit, Taten fürs Vaterland, und himmlische Gesänge, und ewige Worte der Weisheit, ach! wo der ägyptische Priester dem Solon noch vorwarf: „ihr Griechen seid alle Zeit Jünglinge!“ Wir sind nun Greise geworden, klüger, als alle die Herrlichen, die dahin sind; nur schade, daß so manche Kraft verschmachtet in diesem fremden Elemente!

Vergiß das zum wenigsten für heute, Hyperion! rief Notara; und ich gab ihm recht.

Melites Auge ruhte so ernst und groß auf mir. Wer hätte nicht alles vergessen.

Auf dem Wege nach der Stadt kam ich an ihre Seite. Ich drückte die Arme mit Macht gegen mein schauderndes Herz. Ich zwang den verwirrenden Tumult in mir, daß ich sprechen konnte.

O mein Bellarmin! Wie ich sie verstand, und wie sie das freute! wie ein zufällig Wörtchen von ihr eine Welt von Gedanken in mir hervorrief! Sie war ein wahrer Triumph der Geister über alles Kleine und Schwache, diese stille Vereinigung unsers Denkens, und Dichtens.

An Notaras Hause schieden wir. Ich taumelte fort in rasender Freude, schalt und lachte über den Kleinmut meines Herzens in den vergangenen Tagen, und sah mit namenlosem Stolze auf meine alten Leiden zurück.

Wie ich aber nun nach Hause kam, und vor die offnen Fenster trat, und meine verwilderten, und halb verdorrten Blumen, und hinaufsah zu der verfallnen Burg von Smyrna, die vor mir lag im dämmernden Lichte, wie sonderbar überfiel mich das alles!

Ach! da war ich ehmals so oft gestanden um Mitternacht, wenn ich den Schlaf nicht finden konnte auf meinem einsamen Lager, und hatte den Trümmern aus beßrer Zeit, und ihren Geistern meinen Jammer geklagt!

Itzt war er wiedergekehrt, der Frühling meines Herzens. Itzt hatt ich, was ich suchte. Ich hatt es wiedergefunden in der himmlischen Grazie Melites. Es tagte wieder in mir. Das hohe Wesen hatte meinen Geist aus seinem Grabe gerufen.

Aber was ich war, war ich durch sie. Die Gute freute sich über dem Lichte, das in mir leuchtete, und dachte nicht, daß es nur der Widerschein des ihrigen war. Ich fühlte nur zu bald, daß ich ärmer wurde, als ein Schatten, wenn sie nicht in mir, und um mich, und für mich lebte, wenn sie nicht mein ward; daß ich zu nichts ward, wenn sie sich mir entzog. Es konnte nicht anders kommen, ich mußte mit dieser Todesangst jede Miene, und jeden Laut von ihr befragen, ihrem Auge folgen, als wollte mir mein Leben entfliehen, es mochte gen Himmel sich wenden, oder zur Erde; o Gott! es mußte ja ein Todesbote für mich sein, jedes Lächeln ihres heiligen Friedens, jedes ihrer Himmelsworte, das mir sagte, wie ihr an ihrem, ihrem Herzen genüge: Sie mußte ja über mich kommen, diese Verzweiflung, daß das Herrliche, was ich liebte, so herrlich war, daß es mein nicht bedurfte. Verzeih es mir die Heilige! oft flucht ich der Stunde, wo ich sie fand, und raste im Geiste gegen das himmlische Geschöpf, daß es mich nur darum ins Leben geweckt hätte, um mich wieder niederzudrücken mit seiner Hoheit. Kann so viel Unmenschliches in eines Menschen Seele kommen?

Pyrgo in Morea.

Schlummer und Unruhe, und manche andre seltsame Erscheinung, die halb sich bildete in mir, und verschwand, ließen indes nichts, was ich dir mitteilen wollte, zur Sprache kommen. Oft hab ich schöne Tage. Dann laß ich mein Innres walten, wie es will, träumen und sinnen, lebe meist unter freiem Himmel, und die heiligen Höhn und Tale von Morea stimmen oft recht freundlich in die reineren Töne meiner Seele.

Alles muß kommen, wie es kömmt. Alles ist gut. Ich sollte das Vergangne schlummern lassen. Wir sind nicht fürs Einzelne, Beschränkte geschaffen. Nicht wahr, mein Bellarmin? Mir wuchs ja nur darum kein Arkadien auf, daß das Dürftige, das in mir denkt und lebt, sich ausbreiten sollte, und das Unendliche umfassen. –

Das möcht ich auch, o das möcht ich! Zernichten möcht ich die Vergänglichkeit, die über uns lastet, und unsrer heiligen Liebe spottet, und wie ein Lebendigbegrabner sträubt sich mein Geist gegen die Finsternis, worin er gefesselt ist.

Ich wollte erzählen. Ich will es tun. Von außen stört mich nichts in meinen Erinnerungen. Meer und Erde schläft in der Schwüle des Mittags, und selbst die Quelle, die sonst hier unter mir rieselte, ist vertrocknet. Kein Lüftchen säuselt durch die Zweige. Ein leises Ächzen der Erde, wenn der brennende Strahl den Boden spaltet, hör ich zuweilen. Aber das stört wohl nicht. Auch gibt die Zypresse, die über mir trauert, Schatten genug.

Der Abend, da ich von ihr ging, hatte mit der Nacht gewechselt, und die Nacht mit dem Tage; aber für mich nicht. In meinem Leben war kein Schlaf und kein Erwachen mehr. Es war nur Ein Traum von ihr, ein seliger schmerzlicher Traum; ein Ringen zwischen Angst und Hoffnung. Endlich ging ich hin zu ihr.

Ich erschrak, wie sie nun vor mir stand, so ganz anders, als in mir es aussah, so ruhig und selig, in der Allgenügsamkeit einer Himmlischen. Ich war verwirrt und sprachlos. Mein Geist war mir entflohen.

Ich glaube nicht, daß sie es ganz bemerkte, wie sie überhaupt bei all ihrer himmlischen Güte nicht sehr genau darauf zu achten schien, was um sie vorging.

Sie hatte Mühe, mich dahin zurückzubringen, wo wir den Abend zuvor geendet hatten. Endlich regte sich doch hie und da ein Gedanke in mir, und schloß sich fröhlich an die ihrigen an.

Sie wußte nicht, wie unendlich viel sie sagte, und wie ihr Bild zum Überschwenglichen sich verherrlichte, wenn das Hohe ihrer Gedanken an ihrer Stirne sich offenbarte, und der königliche Geist sich vereinigte mit der Huld des arglosen allliebenden Herzens. Es war, als träte die Sonne hervor im freundlichen Aether, oder als stiege ein Gott hernieder zu einem unschuldigen Volke, wenn das Selbstständige, das Heilige neben ihrer Grazie sichtbar ward.

Solang ich bei ihr war, und ihr begeisterndes Wesen mich emporhub über alle Armut der Menschen, vergaß ich oft auch die Sorgen und Wünsche meines dürftigen Herzens. Aber wenn ich weg war, dann verbarg ichs mir umsonst, dann klagt' es laut auf in mir, sie liebt dich nicht! Ich zürnte und kämpfte. Aber mein Gram ließ nicht ab von mir. Meine Unruhe stieg von Tage zu Tage. Je höher und mächtiger ihr Wesen über mir leuchtete, desto düstrer und verwildeter ward meine Seele.

Sie schien mir endlich auszuweichen. Auch ich beschloß, sie nimmer zu sehen und hatt es auch wirklich unter namenloser Peinigung meinem Herzen abgetrotzt, daß ich einige Tage wegblieb.

Um diese Zeit begegnete mir, da ich eben von der Einöde des Korax zurückkehrte, wohin ich vor Tagesanbruch hinausgegangen war, Notara mit seinem Weibe. Er sagte mir, daß sie zu einem benachbarten Verwandten geladen wären, und auf den Abend wieder da zu sein gedenken. Melite, setzte er hinzu, sei zu Hause geblieben; die fromme Tochter müsse Briefe schreiben an Vater und Mutter.

Alle meine niedergedrückten Wünsche erwachten wieder. Einen Augenblick darauf ermannt ich mich zwar, und sagte dem Sturm in mir, daß ich heute gerade sie schlechterdings nicht sehen wolle, ging aber doch an ihrem Hause vorüber, gedankenlos und zitternd, als hätt ich einen Mord im Sinne. Darauf zwang ich mich nach Hause, schloß die Türe ab, warf die Kleider von mir, schlug mir, nachdem meine Wahl ziemlich lange gezögert hatte, den Ajax Mastigophoros auf, und sah hinein. Aber nicht eine Silbe nahm mein Geist in sich auf. Wo ich hinsah, war ihr Bild. Jeder Fußtritt störte mich auf. Unwillkürlich, ohne Sinn sagt ich abgerissene Reden vor mich hin, die ich aus ihrem Munde gehört hatte. Oft streckt ich die Arme nach ihr aus, oft floh ich, wenn sie mir erschien.

Endlich ergrimmt ich über meinen Wahnsinn, und sann mit Ernst darauf, es von Grund aus zu vertilgen, dieses tötende Sehnen. Aber mein Geist versagte mir den Dienst. Dafür schien es, als drängen sich falsche Dämonen mir auf, und böten mir Zaubertränke dar, mich vollends zu verderben mit ihren höllischen Arzneien.

Ermattet von dem wütenden Kampfe sank ich endlich nieder. Mein Auge schloß sich, meine Brust schlug sanfter, und, wie der Bogen des Friedens nach dem Sturme, ging ihr ganzes himmlisches Wesen wieder auf in mir.

Der heilige Frieden ihres Herzens, den sie mir oft auf Augenblicke mitgeteilt hatte durch Red und Miene, daß mirs ward, als wandelte ich wieder im verlassenen Paradiese der Kindheit, ihre fromme Scheue, nichts zu entweihen durch übermütigen Scherz oder Ernst, wenn es nur ferne verwandt war mit Schönem und Gutem, ihre anspruchlose Gefälligkeit, ihr Geist mit seinen königlichen Idealen, woran ihre stille Liebe so einzig hing, daß sie nichts suchte und nichts fürchtete in der Welt – alle die lieben, seelenvollen Abende, die ich zugebracht hatte mit ihr, ihre Stimme und ihr Saitenspiel, jeder Reiz ihrer Bewegung, die, wo sie stand und ging, nur sie – ihre Güte und ihre Größe bezeichnete; ach! das alles und mehr ward so lebendig in mir.

Und diesem himmlischen Geschöpfe zürnt ich? Und warum zürnt ich ihr? Weil sie nicht verarmt war, wie ich, weil sie den Himmel noch im Herzen trug, und nicht sich selbst verloren hatte, wie ich, nicht eines andern Wesens, nicht fremden Reichtums bedurfte, um die verödete Stelle auszufüllen, weil sie nicht unterzugehen fürchten konnte, wie ich, und sich mit dieser Todesangst an ein anderes zu hängen, wie ich; ach! gerade, was das göttlichste an ihr war, diese Ruhe, diese himmlische Genügsamkeit hatt ich gelästert mit meinem Unmut, mit unedlem Groll sie um ihr Paradies beneidet. Durfte sie sich befassen mit solch einem zerrütteten Geschöpfe? Mußte sie mich nicht fliehen? Gewiß! ihr Genius hatte sie gewarnt vor mir.

Das alles ging mir, wie ein Schwert, durch die Seele.

Ich wollte anders werden. O! ich wollte werden, wie sie. Ich hörte schon aus ihrem Munde das Himmelswort der Vergebung, und fühlte mit tausend Wonnen, wie es mich umschuf.

So eilt ich zu ihr. Aber mit jedem Schritte ward ich unruhiger. Melite erblaßte, wie ich hereintrat. Dies brachte mich vollends aus der Fassung. Doch war mir das gänzliche Verstummen von beiden Seiten, so kurz es dauerte, zu schmerzhaft, als daß ich es nicht mit aller Macht zu brechen versucht hätte.

Ich mußte kommen, sagt ich. Ich war es dir schuldig, Melite! Das Gemäßigte meines Tons schien sie zu beruhigen, doch fragte sie etwas verwundert, warum ich dann kommen *müßte*?

Ich habe so viel dir abzubitten, Melite! rief ich.

„Du hast mich ja nicht beleidigt."

O Melite! wie straft mich diese himmlische Güte! Mein Unmut ist dir sicher aufgefallen. –

„Aber beleidigt hat er mich nicht, du wolltest ja das nicht, Hyperion! Warum sollt ichs dir nicht sagen? Getrauert hab ich über dich. Ich hätte dir so gerne Frieden gegönnt. Ich wollte dich oft auch bitten, ruhiger zu sein. Du bist so ganz ein andrer, in deinen guten Stunden. Ich gestehe dir, ich fürchte für dich, wenn ich dich so düster und heftig sehe. Nicht wahr, guter Hyperion! du legst das ab?"

Ich konnte kein Wort vorbringen. Du fühlst es wohl auch,

Bruder meiner Seele! wie mir sein mußte. Ach! so himmlisch der Zauber war, womit sie dies sprach, so unaussprechlich war mein Schmerz.

Ich habe manchmal gedacht, fuhr sie fort, woher es wohl kommen möchte, daß du so sonderbar bist. Es ist so ein schmerzlich Rätsel, daß ein Geist, wie der deinige, von solchen Leiden gedrückt werden soll. Es war gewiß eine Zeit, wo er frei war von dieser Unruhe. Ist sie dir nicht mehr gegenwärtig? Könnt ich sie dir zurückbringen, diese stille Feier, diese heilige Ruhe im Innern, wo auch der leiseste Laut vernehmbar ist, der aus der Tiefe des Geistes kömmt, und die leiseste Berührung von außen, vom Himmel her, und aus den Zweigen, und Blumen – ich kann es nicht aussprechen, wie mir oft ward, wenn ich so dastand vor der göttlichen Natur, und alles Irdische in mir verstummte – da ist er uns so nahe, der Unsichtbare!

Sie schwieg, und schien betroffen, als hätte sie Geheimnisse verraten.

Hyperion! begann sie wieder, du hast Gewalt über dich; ich weiß es. Sage deinem Herzen, daß man vergebens den Frieden außer sich suche, wenn man ihn nicht sich selbst gibt. Ich habe diese Worte immer so hoch geachtet. Es sind Worte meines Vaters, eine Frucht seiner Leiden, wie er sagt. Gib ihn dir, diesen Frieden, und sei fröhlich! Du wirst es tun. Es ist meine erste Bitte. Du wirst sie mir nicht versagen.

Was du willst, wie du willst, Engel des Himmels! rief ich, indem ich, ohne zu wissen, wie mir geschah, ihre Hand ergriff, und sie mit Macht gegen mein jammerndes Herz hinzog.

Sie war, wie aus einem Traume geschreckt, und wand sich los, mit möglichster Schonung, aber die Majestät in ihrem Auge drückte mich zu Boden.

Du mußt anders werden, rief sie etwas heftiger, als gewöhnlich. Ich war in Verzweiflung. Ich fühlte, wie klein ich war, und rang vergebens empor. Ach! daß es dahin kommen konnte mit mir! Wie die gemeinen Seelen, sucht ich darin Trost für mein Nichts, daß ich das Große verkleinerte, daß ich das Himmlische – Bellarmin! es ist ein Schmerz ohne gleichen, so einen schändlichen Fleck an sich zu zeigen. Sie will deiner los sein, dacht ich, das ists all! – „Nun ja, ich will anders werden!" Das stieß ich Elender unter erzwungenem Lächeln heraus, und eilte, um fortzukommen.

Wie von bösen Geistern getrieben, lief ich hinaus in den Wald, und irrte herum, bis ich hinsank ins dürre Gras.

Wie eine lange entsetzliche Wüste lag die Vergangenheit da vor mir, und mit höllischem Grimme vertilgt ich jeden Rest von dem, was einst mein Herz gelabt hatte und erhoben.

Dann fuhr ich wieder auf mit wütendem Hohngelächter über mich und alles, lauschte mit Lust dem gräßlichen Widerhall, und das Geheul der Tschakale, das durch die Nacht her von allen Seiten gegen mich drang, tat meiner zerrütteten Seele wirklich wohl.

Eine dumpfe, fürchterliche Stille folgte diesen zernichtenden Stunden, eine eigentliche Totenstille! Ich suchte nun keine Rettung mehr. Ich achtete nichts. Ich war, wie ein Tier unter der Hand des Schlächters.

„Auch sie! auch sie!" Das war der erste Laut, der nach langer Zeit mir über die Lippen kam, und Tränen traten mir ins Auge. „Sie kann ja nicht anders; sie kann sich ja nicht geben, was sie nicht haben kann, deine Armut und deine Liebe!" Das sagt ich mir endlich auch. Ich ward nach und nach ruhig, und fromm, wie ein Kind. Ich wollte nun gewiß nichts mehr suchen, wollte mir forthelfen von einem Tage zum andern, so gut ich konnte, ich war mir selbst nichts mehr, forderte auch nicht, daß ich andern etwas sein sollte, und es gab Augenblicke, wo es mir möglich schien, die Einzige zu sehn, und nichts zu wünschen.

So hatt ich einige Zeit gelebt, als eines Tages Notara zu mir kam mit einem jungen Tinioten, sich über meine sonderbare Eingezogenheit beschwerte, und mich bat, mich den andern Tag abends bei Homers Grotte einzufinden, er habe etwas Eignes vor, dem Tinioten zulieb, der so recht mit ganzer Seele am alten Griechenlande hänge, und itzt auf dem Wege sei, die äolische Küste, und das alte Troas zu besuchen, es wäre mir heilsam, setzte er hinzu, wenn ich seinen Freund dahin geleitete, er erinnere sich ohnedies, daß ich einmal den Wunsch geäußert hätte, diesen Teil von Kleinasien zu sehn. Der Tiniote bat auch, und ich nahm es an, so wie ich alles angenommen hätte, beinahe mit willenloser Lenksamkeit.

Der andre Tag verging unter Anstalten zur Abreise, und abends holte Adamas, so hieß der Tiniote, mich ab, zur Grotte hinaus.

Es ist kein Wunder, (begann ich, um andern Erscheinungen in mir nicht Raum zu geben, nachdem wir eine Weile am Meles auf und nieder unter den Myrten und Platanen gegangen waren,) daß die Städte sich zankten um die Abkunft Homers.

in mir sei, mein Auge zu richten – was nicht aus dieser Quelle entspringe, führe zum Tode – was von ihr komme, und in sie zurückgehe, sei ewig – was Mangel und Not vereinige, höre auf, Eines zu sein, sowie die Not aufhöre; was sich vereinige in dem und für das, was allein groß, allein heilig, allein unerschütterlich seie, dessen Vereinigung müsse ewig bestehen, wie das Ewige, wodurch und wofür sie bestehe und so – Hier mußte sie enden. Die andern kamen ihr nach. Ich hätte in diesem Augenblicke tausend Leben daran gewagt, sie auszuhören! Ich habe sie nie ausgehört. Über den Sternen hör ich vielleicht das übrige.

Nahe bei der Grotte, zu der wir wieder zurückkehrten, fing sie noch von meiner Reise an, und bat mich, die Ufer des Skamanders, und den Ida und das ganze alte Trojer-Land von ihr zu grüßen. Ich beschwur sie, kein Wort mehr zu sprechen von dieser verhaßten Reise, und wollte geradezu den Adamas bitten, mich loszusprechen von meinem gegebnen Worte. Aber mit all ihrer Grazie flehte Melite, das nicht zu tun; sie sei so gewiß, nichts seie vermögend, Frieden und Freude zwischen ihr und mir zu stiften, wie diese Reise, ihr wäre, als hänge Leben und Tod daran, daß wir uns auf eine kleine Weile trennten, sie gestände mir, es sei ihr selbst nicht so deutlich, warum sie mich so sehr bitten müßte, aber sie müßte, und wenn es ihr das Leben kostete, sie müßte.

Ich sah sie staunend an, und schwieg. Mir war, als hätt ich die Priesterin zu Dodona gehört. Ich war entschlossen zu gehn, und wenn es mir das Leben kostete. Es war schon dunkel geworden, und die Sterne gingen herauf am Himmel.

Die Grotte war erleuchtet. Wolken von Weihrauch stiegen aus dem Innern des Felsen, und mit majestätischem Jubel brach die Musik nach kurzen Dissonanzen hervor.

Wir sangen heilige Gesänge von dem, was besteht, was fortlebt unter tausend veränderten Gestalten, was war und ist und sein wird, von der Unzertrennlichkeit der Geister, und wie sie Eines sei'n von Anbeginn und immerdar, so sehr auch Nacht und Wolke sie scheide und aller Augen gingen über vom Gefühle dieser Verwandtschaft und Unsterblichkeit.

Ich war ganz ein andrer geworden. Laßt vergehen, was vergeht, rief ich unter die Begeisterten, es vergeht, um wiederzukehren, es altert, um sich zu verjüngen, es trennt sich, um sich inniger zu vereinigen, es stirbt, um lebendiger zu leben.

So müssen, fuhr nach einer kleinen Weile der Tiniote fort,

die Ahndungen der Kindheit dahin, um als Wahrheit wieder aufzustehen im Geiste des Mannes. So verblühen die schönen jugendlichen Myrten der Vorwelt, die Dichtungen Homers und seiner Zeiten, die Prophezeiungen und Offenbarungen, aber der Keim, der in ihnen lag, gehet als reife Frucht hervor im Herbste. Die Einfalt und Unschuld der ersten Zeit erstirbt, daß sie wiederkehre in der vollendeten Bildung, und der heilige Friede des Paradieses gehet unter, daß, was nur Gabe der Natur war, wiederaufblühe, als errungnes Eigentum der Menschheit.

Herrlich! herrlich! rief Notara.

Doch wird das Vollkommne erst im fernen Lande kommen, sagte Melite, im Lande des Wiedersehens, und der ewigen Jugend. Hier bleibt es doch nur Dämmerung. Aber anderswo wird er gewiß uns aufgehen, der heilige Morgen; ich denke mit Lust daran; da werden auch wir uns alle wiederfinden, bei der großen Vereinigung alles Getrennten.

Melite war ungewöhnlich bewegt. Wir sprachen sehr wenig auf unserem Rückwege. An Notaras Hause bot sie mir noch die Hand; „lebe wohl, guter Hyperion!" das waren ihre letzten Worte, und so entschwand sie.

Lebe wohl, Melite, lebe wohl! Ich darf deiner nicht oft gedenken. Ich muß mich hüten vor den Schmerzen und Freuden der Erinnerung. Ich bin, wie eine kranke Pflanze, die die Sonne nicht ertragen kann. Leb auch du wohl, mein Bellarmin! Bist du indes dem Heiligtum der Wahrheit näher gekommen? Könnt ich ruhig suchen, wie du! –

Ach! bin ich nur dort einmal angekommen, dann soll es anders werden mit mir. Tief unter uns rauscht dann der Strom der Vergänglichkeit mit den Trümmern, die er wälzt, und wir seufzen nicht mehr, als wenn das Jammern derer, die er hinunterschlingt, in die stillen Höhen des Wahren und Ewigen heraufdringt.

Kastri am Parnaß.

Vom Gegenwärtigen ein andermal! Auch von meiner Reise mit Adamas vielleicht ein andermal! Unvergeßlich ist mir besonders die Nacht vor unserem Abschiede, wo wir an den Ufern des alten Ilion unter Grabhügeln, die vielleicht dem Achill und Patroklus, und Antilochus, und Ajax Telamon errichtet wurden, vom vergangnen und künftigen Griechenlande sprachen, und manchem andern, das aus den Tiefen und in die Tiefen unsers Wesens kam und ging.

Der herzliche Abschied Melites, Adamas Geist, die heroischen Phantasien und Gedanken, die, wie Sterne aus der Nacht, uns aufgingen aus den Gräbern und Trümmern der alten Welt, die geheime Kraft der Natur, die überall sich an uns äußert, wo das Licht und die Erde, und der Himmel und das Meer uns umgibt, all das hatte mich gestärkt, daß jetzt etwas mehr sich in mir regte, als nur mein dürftiges Herz; Melite wird sich freuen über dich! sagt ich mir oft ingeheim mit inniger Lust, und tausend güldne Hoffnungen schlossen sich an, an diesen Gedanken. Dann konnte mich wieder eine sonderbare Angst überfallen, ob ich sie wohl auch noch treffen werde, aber ich hielt es für ein Überbleibsel meines finstern Lebens und schlug es mir aus dem Sinne.

Ich hatte am Sigäischen Vorgebirge ein Schiff getroffen, das geradezu nach Smyrna segelte, und es war mir ganz lieb, den Rückweg auf dem Meere an Tenedos und Lesbos hin zu machen.

Ruhig schifften wir dem Hafen von Smyrna zu. Im süßen Frieden der Nacht wandelten über uns die Helden des Sternenhimmels. Kaum kräuselten sich die Meereswellen im Mondenlichte. In meiner Seele wars nicht ganz so stille. Doch fiel ich gegen Morgen in einen leichten Schlaf. Mich weckte das Frohlocken der Schwalben und der erwachende Lärm im Schiffe. Mit allen seinen Hoffnungen jauchzte mein Herz dem freundlichen Gestade meiner Heimat zu, und dem Morgenlichte, das über dem Gipfel des dämmernden Pagus, und seiner alternden Burg, und über den Spitzen der Moskeen und dunkeln Zypressenhaine hereinbrach, und ich lächelte treuherzig gegen die Häuserchen am Ufer, die mit ihren glühenden Festern wie Zauberschlösser hervorleuchteten hinter den Oliven und Palmen.

Freudig säuselte mir der Inbat in den Locken. Freudig hüpften die kleinen Wellen vor dem Schiffe voran ans Ufer.

Ich sah, und fühlte das, und lächelte.

Es ist schön, daß der Kranke nichts ahndet, wenn der Tod ihm schon ans Herz gedrungen ist.

Ich eilte vom Hafen zu Notaras Hause. Melite war fort. Sie sei schnell abgeholt worden auf Befehl ihres Vaters, sagte mir Notara, wohin wisse man nicht. Ihr Vater habe die Gegend des Tmolus verlassen, und er habe weder seinen jetzigen Aufenthalt, noch die Ursache seiner Entfernung erfahren können. Melite hab es wahrscheinlich selbst nicht gewußt. Sie habe übrigens am Tage des Abschieds überhaupt beinahe nichts mehr gesprochen. Sie hab ihm aufgetragen, mich noch zu grüßen.

Mir war, als würde mir mein Todesurteil gesprochen. Aber ich war ganz stille dazu. Ich ging nach Hause, berichtigte notwendige Kleinigkeiten, und war sonst im Äußern ganz, wie die andern. Ich vermied alles, was mich an das Vergangne erinnern konnte; ich hielt mich ferne von Notaras Garten, und dem Ufer des Meles. Alles, was irgend mein Gemüt bewegen konnte, floh ich, und das gleichgültige war mir noch gleichgültiger geworden. *Abgezogenheit von allem Lebendigen*, das war es, was ich suchte. Über den ehrwürdigen Produkten des altgriechischen Tiefsinns brütet ich Tage und Nächte. Ich flüchtete mich in ihre Abgezogenheit von allem Lebendigen. Allmählich war mir das, was man vor Augen hat, so fremde geworden, daß ich es oft beinahe mit Staunen ansah. Oft, wenn ich Menschenstimmen hörte, war mirs, als mahnten sie mich, aus einem Lande zu flüchten, worein ich nicht gehörte, und ich kam mir vor, wie ein Geist, der sich über die Mitternachtsstunde verweilt hat, und den Hahnenschrei hört.

Während dieser ganzen Zeit war ich nie hinausgekommen. Aber mein Herz schlug noch zu jugendlich: sie war noch nicht in mir gestorben, die Mutter alles Lebens, die unbegreifliche Liebe.

Ein rätselhaft Verlangen zog mich fort. Ich ging hinaus.

Es war ein stiller Herbsttag. Wunderbar erfreute mich die sanfte Luft, wie sie die welken Blätter schonte, daß sie noch eine Weile am mütterlichen Stamme blieben.

Ein Kreis von Platanen, wo man über das felsige Gestade weg ins Meer hinaussah, war mir immer heilig gewesen.

Dort saß ich und ging umher.

Es war schon Abend geworden, und kein Laut regte sich ringsumher.

Da ward ich, was ich jetzt bin. Aus dem Innern des Hains schien es mich zu mahnen, aus den Tiefen der Erde und des Meers mir zuzurufen, warum liebst du nicht mich?

Von nun an konnt ich nichts mehr denken, was ich zuvor dachte, die Welt war mir heiliger geworden, aber geheimnisvoller. Neue Gedanken, die mein Innerstes erschütterten, flammten mir durch die Seele. Es war mir unmöglich, sie festzuhalten, ruhig fortzusinnen.

Ich verließ mein Vaterland, um jenseits des Meeres Wahrheit zu finden.

Wie schlug mein Herz von großen jugendlichen Hoffnungen!

Ich fand nichts, als dich. Ich sage das dir, mein Bellarmin!

Du fandest ja auch nichts, als mich.

Wir sind nichts; was wir suchen, ist alles.

Auf dem *Cithäron.*

Noch ahnd ich, ohne zu finden.

Ich frage die Sterne, und sie verstummen, ich frage den Tag, und die Nacht; aber sie antworten nicht. Aus mir selbst, wenn ich mich frage, tönen mystische Sprüche, Träume ohne Deutung.

Meinem Herzen ist oft wohl in dieser Dämmerung. Ich weiß nicht, wie mir geschieht, wenn ich sie ansehe, diese unergründliche Natur; aber es sind heilige selige Tränen, die ich weine vor der verschleierten Geliebten. Mein ganzes Wesen verstummt und lauscht, wenn der leise geheimnisvolle Hauch des Abends mich anweht. Verloren ins weite Blau, blick ich oft hinauf an den Aether, und hinein ins heilige Meer, und mir wird, als schlösse sich die Pforte des Unsichtbaren mir auf und ich verginge mit allem, was um mich ist, bis ein Rauschen im Gesträuche mich aufweckt aus dem seligen Tode, und mich wider Willen zurückruft auf die Stelle, wovon ich ausging.

Meinem Herzen ist wohl in dieser Dämmerung. Ist sie unser Element, diese Dämmerung? Warum kann ich nicht ruhen darinnen?

Da sah ich neulich einen Knaben am Wege liegen. Sorgsam hatte die Mutter, die ihn bewachte, eine Decke über ihn gebreitet, daß er sanft schlummre im Schatten, und ihm die Sonne nicht blende. Aber der Knabe wollte nicht bleiben, und riß die Decke weg, und ich sah wie ers versuchte, das freundliche Licht anzusehn, und immer wieder versuchte, bis ihm das Auge schmerzte und er weinend sein Gesicht zur Erde kehrte.

Armer Knabe! dacht ich, andern ergehts nicht besser, und hatte mir beinahe vorgenommen, abzulassen von dieser verwegnen Neugier. Aber ich kann nicht! ich soll nicht!

Es muß heraus, das große Geheimnis, das mir das Leben gibt oder den Tod.

EMPEDOKLES

DER TOD DES EMPEDOKLES

Erste Fassung

ERSTER AKT

ERSTER AUFTRITT

Panthea. Delia

PANTHEA.

Dies ist sein Garten! Dort im geheimen
Dunkel, wo die Quelle springt, dort stand er
jüngst, als ich vorüberging – du
hast ihn nie gesehn?

DELIA.

O Panthea! Bin ich doch erst seit gestern mit dem
Vater in Sicilien. Doch ehmals, da
ich noch ein Kind war, sah ich
ihn auf einem Kämpfer-
wagen bei den Spielen in Olympia.
Sie sprachen damals viel von ihm, und immer
ist sein Name mir geblieben.

PANTHEA.

Du mußt ihn jetzt sehn! jetzt!
Man sagt, die Pflanzen merkten auf
ihn, wo er wandre, und die Wasser unter der Erde
strebten herauf da, wo sein Stab den Boden berühre!
Das all mag wahr sein!
und wenn er bei Gewittern in den Himmel blicke,
teile die Wolke sich und hervorschimmre der
heitere Tag. –
Doch was sagts? du mußt ihn selbst sehn! einen
Augenblick! und dann hinweg! ich meid ihn selbst –
ein furchtbar allverwandelnd Wesen ist in ihm.
– –

DELIA.

Wie lebt er mit andern? Ich begreife nichts
von diesem Manne,
Hat er wie wir auch seine leeren Tage,
Wo man sich alt und unbedeutend dünkt?
Und gibt es auch ein menschlich Leid für ihn?

PANTHEA.

Ach! da ich ihn zum letztenmale dort
Im Schatten seiner Bäume sah, da hatt er wohl
Sein eigen tiefes Leid – der Göttliche.
Mit wunderbarem Sehnen, traurigforschend
Wie wenn er viel verloren, blickt' er bald
Zur Erd hinab, bald durch die Dämmerung
Des Hains hinauf, als wär ins ferne Blau
Das Leben ihm entflogen, und die Demut
Des königlichen Angesichts ergriff
Mein ringend Herz – auch du mußt untergehn,
Du schöner Stern! und lange währets nicht mehr.
Das ahnte mir –

DELIA. Hast du mit ihm auch schon
Gesprochen, Panthea?

PANTHEA.

O daß du daran mich erinnerst! Es ist nicht lange,
daß ich todeskrank daniederlag. Schon dämmerte
der klare Tag vor mir und um die Sonne
wankte, wie ein seellos Schattenbild, die Welt.
Da rief mein Vater, wenn er schon
ein arger Feind des hohen Mannes ist, am hoff-
nunglosen Tage den Vertrauten der Natur,
und als der Herrliche den Heiltrank mir
gereicht, da schmolz in zaubrischer Versöhnung
mir mein kämpfend Leben ineinander, und wie
zurückgekehrt in süße sinnenfreie
Kindheit schlief ich wachend viele Tage fort,
Und kaum bedurft ich eines Othemzugs – wie
nun in frischer Lust mein Wesen sich zum erstenmale
wieder der langentbehrten Welt entfaltete, mein
Auge sich in jugendlicher Neugier dem Tag er-
schloß, da stand er, Empedokles! o wie göttlich
und wie gegenwärtig mir! am Lächeln seiner Augen
blühte mir das Leben wieder auf! ach
wie ein Morgenwölkchen floß mein Herz dem
hohen süßen Licht entgegen und ich war der zarte
Widerschein von ihm.

DELIA.

O Panthea!

PANTHEA.

Der Ton aus seiner Brust! in jede Silbe

klangen alle Melodien! und der
Geist in seinem Wort! – zu seinen Füßen
möcht ich sitzen, stundenlang, als seine Schülerin,
sein Kind, in seinen Aether schaun, und
zu ihm auf frohlocken, bis in seines Himmels
Höhe sich mein Sinn verirrte.

DELIA.

Was würd er sagen, Liebe, wenn ers wüßte!

PANTHEA.

Er weiß es nicht. Der Unbedürftge wandelt
In seiner eignen Welt; in leiser Götterruhe geht
Er unter seinen Blumen, und es scheun
Die Lüfte sich, den Glücklichen zu stören,
und aus sich selber wächst
In steigendem Vergnügen die Begeisterung
Ihm auf, bis aus der Nacht des schöpfrischen
Entzückens, wie ein Funke, der Gedanke springt,
Und heiter sich die Geister künftger Taten
In seiner Seele drängen, und die Welt,
Der Menschen gärend Leben und die größre
Natur um ihn erscheint – hier fühlt er, wie ein Gott
In seinen Elementen sich, und seine Lust
Ist himmlischer Gesang, dann tritt er auch
Heraus ins Volk, an Tagen, wo die Menge
Sich überbraust und eines Mächtigern
Der unentschlossene Tumult bedarf,
Da herrscht er dann, der herrliche Pilot
Und hilft hinaus und wenn sie dann erst recht
Genug ihn sehn, des immerfremden Manns sich
Gewöhnen möchten, ehe sie's gewahren,
Ist er hinweg, – ihn zieht in seine Schatten
Die stille Pflanzenwelt, wo er sich schöner findet,
Und ihr geheimnisvolles Leben, das vor ihm
In seinen Kräften allen gegenwärtig ist.

DELIA.

O Sprecherin! wie weißt du denn das alles?

PANTHEA.

Ich sinn ihm nach – wie viel ist über ihn
Mir noch zu sinnen? ach! und hab ich ihn
Gefaßt; was ists? Er selbst zu sein, das ist
Das Leben und wir andern sind der Traum davon. –
Sein Freund Pausanias hat auch von ihm

Schon manches mir erzählt – der Jüngling sieht
Ihn Tag vor Tag, und Jovis Adler ist wohl
Nicht stolzer, denn Pausanias – ich glaub es!

DELIA.

Ich kann nicht tadeln, Liebe, was du sagst,
Doch trauert meine Seele wunderbar
Darüber und ich möchte sein, wie du,
Und möcht es wieder nicht. Seid ihr denn all
Auf dieser Insel so? Wir haben auch
An großen Männern unsre Lust, und Einer
Ist itzt die Sonne der Athenerinnen,
Sophokles! dem von allen Sterblichen
Zuerst der Jungfraun herrlichste Natur
Erschien und sich zu reinem Angedenken
In seine Seele gab –
jede wünscht sich, ein Gedanke
Des Herrlichen zu sein, und möchte gern
Die immerschöne Jugend, eh sie welkt,
Hinüber in des Dichters Seele retten
Und frägt und sinnet, welche von den Jungfraun
Der Stadt die zärtlichernste Heroide sei,
Die er Antigonä genannt; und helle wirds
Um unsre Stirne, wenn der Götterfreund
Am heitern Festtag ins Theater tritt,
Doch kummerlos ist unser Wohlgefallen,
Und nie verliert das liebe Herz sich so
In schmerzlich fortgerißner Huldigung –
Du opferst dich – ich glaub es wohl, er ist
Zu übergroß, um ruhig dich zu lassen,
Den unbegrenzten liebst du unbegrenzt,
Was hilft es ihm? dir selbst, dir ahndete
Sein Untergang, du gutes Kind und du
Sollst untergehn mit ihm?

PANTHEA. O mache mich
Nicht stolz, und fürchte wie für ihn, für mich nicht!
Ich bin nicht er, und wenn er untergeht,
So kann sein Untergang der meinige
Nicht sein, denn groß ist auch der Tod der Großen
was diesem Manne widerfährt,
Das, glaube mir, das widerfährt nur ihm,
Und hätt er gegen alle Götter sich
Versündiget und ihren Zorn auf sich

Geladen, und ich wollte sündigen,
Wie er, um gleiches Los mit ihm zu leiden,
So wärs, wie wenn ein Fremder in den Streit
Der Liebenden sich mischt, – was willst du? sprächen
Die Götter nur, du Törin kannst uns nicht
Beleidigen, wie er.

DELIA. Du bist vielleicht
Ihm gleicher als du denkst, wie fändst du sonst
An ihm ein Wohlgefallen?

PANTHEA. Liebes Herz!
Ich weiß es selber nicht, warum ich ihm
Gehöre – sähst du ihn! – Ich dacht, er käme
Vielleicht heraus,
du hättest dann im Weggehn ihn
Gesehn – es war ein Wunsch! nicht wahr? ich sollte
Der Wünsche mich entwöhnen, denn es scheint,
Als liebten unser ungeduldiges
Gebet die Götter nicht, sie haben recht!
Ich will auch nimmer – aber hoffen muß
Ich doch, ihr guten Götter, und ich weiß
Nicht anderes, denn ihn –
Ich bäte gleich den Übrigen, von euch
Nur Sonnenlicht und Regen, könnt ich nur!
O ewiges Geheimnis, was wir sind
Und suchen, können wir nicht finden; was
Wir finden, sind wir nicht – wie viel ist wohl
Die Stunde, Delia?

DELIA. Dort kommt dein Vater.
Ich weiß nicht, bleiben oder gehen wir –

PANTHEA.
Wie sagtest du? mein Vater? komm! hinweg!

Zweiter Auftritt

Kritias (Archon). Hermokrates (Priester)

HERMOKRATES.
Wer geht dort?

KRITIAS. Meine Tochter, wie mir dünkt,
Und Delia, des Gastfreunds Tochter, der
In meinem Hause gestern eingekehrt ist.

HERMOKRATES.
Ists Zufall? oder suchen sie ihn auch
Und glauben, wie das Volk, er sei entschwunden?

KRITIAS.
Die wunderbare Sage kam bis itzt wohl nicht
Vor meiner Tochter Ohren. Doch sie hängt
An ihm wie alle: wär er nur hinweg
In Wälder oder Wüsten, übers Meer
Hinüber oder in die Erd hinab – wohin
Ihn treiben mag der unbeschränkte Sinn.

HERMOKRATES.
Mit nichten! Denn sie müßten noch ihn sehn,
Damit der wilde Wahn von ihnen weicht.

KRITIAS.
Wo ist er wohl?

HERMOKRATES. Nicht fern von hier. Da sitzt
Er seelenlos im Dunkel. Denn es haben
Die Götter seine Kraft von ihm genommen,
Seit jenem Tage, da der trunkne Mann
Vor allem Volk sich einen Gott genannt.

KRITIAS.
Das Volk ist trunken, wie er selber ist.
Sie hören kein Gesetz, und keine Not
Und keinen Richter; die Gebräuche sind
Von unverständlichem Gebrause gleich
Den friedlichen Gestaden überschwemmt.
Ein wildes Fest sind alle Tage worden,
Ein Fest für alle Feste und der Götter
Bescheidne Feiertage haben sich
In eins verloren, allverdunkelnd hüllt
Der Zauberer den Himmel und die Erd
Ins Ungewitter, das er uns gemacht,
Und siehet zu und freut sich seines Geists
In seiner stillen Halle.

HERMOKRATES. Mächtig war
Die Seele dieses Mannes unter euch.

KRITIAS.
Ich sage dir: sie wissen nichts denn ihn
Und wünschen alles nur von ihm zu haben,
Er soll ihr Gott, er soll ihr König sein.
Ich selber stand in tiefer Scham vor ihm,

Da er vom Tode mir mein Kind gerettet.
Wofür erkennst du ihn, Hermokrates?

HERMOKRATES.

Es haben ihn die Götter sehr geliebt.
Doch nicht ist er der Erste, den sie drauf
Hinab in sinnenlose Nacht verstoßen,
Vom Gipfel ihres gütigen Vertrauns,
Weil er des Unterschieds zu sehr vergaß
Im übergroßen Glück, und sich allein
Nur fühlte; so erging es ihm, er ist
Mit grenzenloser Oede nun gestraft –
Doch ist die letzte Stunde noch für ihn
Nicht da; denn noch erträgt der Langverwöhnte
Die Schmach in seiner Seele nicht, sorg ich
Und sein entschlafner Geist entzündet
Nun neu an seiner Rache sich
Und, halberwacht, ein fürchterlicher Träumer spricht
Er gleich den alten Übermütigen,
Die mit dem Schilfrohr Asien durchwandern,
Durch sein Wort sein die Götter einst geworden.
Dann steht die weite lebensreiche Welt
Wie sein verlornes Eigentum vor ihm,
Und ungeheure Wünsche regen sich
In seiner Brust und wo sie hin sich wirft,
Die Flamme, macht sie eine freie Bahn.
Gesetz und Kunst und Sitt und heilge Sage
Und was vor ihm in guter Zeit gereift
Das stört er auf und Lust und Frieden kann
Er nimmer dulden bei den Lebenden.
Er wird der Friedliche nun nimmer sein.
Wie alles sich verlor, so nimmt
Er Alles wieder, und den Wilden hält
Kein Sterblicher in seinem Toben auf.

KRITIAS.

O Greis! du siehest namenlose Dinge.
Dein Wort ist wahr und wenn es sich erfüllt,
Dann wehe dir, Sicilien, so schön
Du bist mit deinen Hainen, deinen Tempeln.

HERMOKRATES.

Der Spruch der Götter trifft ihn, eh sein Werk
Beginnt. Versammle nur das Volk, damit ich
Das Angesicht des Mannes ihnen zeige,

Von dem sie sagen, daß er aufgeflohn
Zum Aether sei. Sie sollen Zeugen sein
Des Fluches, den ich ihm verkündige,
Und ihn verstoßen in die öde Wildnis,
Damit er nimmerwiederkehrend dort
Die böse Stunde büße, da er sich
Zum Gott gemacht.

KRITIAS. Doch wenn des schwachen Volks
Der Kühne sich bemeistert, fürchtest du
Für mich und dich und deine Götter nicht?

HERMOKRATES.
Das Wort des Priesters bricht den kühnen Sinn.

KRITIAS.
Und werden sie den Langgeliebten dann,
Wenn schmählich er vom heilgen Fluche leidet,
Aus seinen Gärten, wo er gerne lebt,
Und aus der heimatlichen Stadt vertreiben?

HERMOKRATES.
Wer darf den Sterblichen im Lande dulden,
Den so der wohlverdiente Fluch gezeichnet?

KRITIAS.
Doch wenn du wie ein Lästerer erscheinst
Vor denen, die als einen Gott ihn achten?

HERMOKRATES.
Der Taumel wird sich ändern, wenn sie erst
Mit Augen wieder sehen den sie jetzt schon
Entschwunden in die Götterhöhe wähnen!
Sie haben schon zum Bessern sich gewandt.
Denn trauernd irrten gestern sie hinaus
Und gingen hier umher und sprachen viel
Von ihm, da ich desselben Weges kam.
Drauf sagt ich ihnen, daß ich heute sie
Zu ihm geleiten wollt; indessen soll
In seinem Hause jeder ruhig weilen.
Und darum bat ich dich, mit mir heraus
Zu kommen, daß wir sähen, ob sie mir
Gehorcht. Du findest keinen hier. Nun komm.

KRITIAS.
Hermokrates!

HERMOKRATES. Was ists?

KRITIAS. Dort seh ich ihn
Wahrhaftig.

HERMOKRATES.

Laß uns gehen, Kritias!
Daß er in seine Rede nicht uns zieht.

Dritter Auftritt

EMPEDOKLES.

In meine Stille kamst du leise wandelnd,
Fandst drunten in der Grotte Dunkel mich aus,
Du Freundlicher! du kamst nicht unverhofft
Und fernher, oben über der Erde, vernahm
Ich wohl dein Wiederkehren, schöner Tag
Und meine Vertrauten euch, ihr schnellgeschäftgen
Kräfte der Höh! und nahe seid ihr
Mir wieder, seid, wie sonst, ihr Glücklichen,
Ihr irrelosen Bäume meines Hains!
Ihr wuchst indessen fort und täglich tränkte
Des Himmels Quelle die Bescheidenen
Mit Licht und Lebensfunken säte
Befruchtend auf die Blühenden der Aether. –
O innige Natur! ich habe dich
Vor Augen, kennest du den Freund noch
Den Hochgeliebten, kennest du mich nimmer?
Den Priester, der lebendigen Gesang,
Wie frohvergoßnes Opferblut, dir brachte?

O bei den heilgen Brunnen, wo sich still
Die Wasser sammeln, und die Dürstenden
Am heißen Tage sich verjüngen! in mir,
In mir, ihr Quellen des Lebens, strömtet ihr einst
Aus Tiefen der Welt zusammen und es kamen
Die Dürstenden zu mir – vertrocknet bin
Ich nun, und nimmer freun die Sterblichen
Sich meiner – bin ich ganz allein? und ist
Es Nacht hier oben auch am Tage? weh!
Der höhers, denn ein sterblich Auge, sah,
Der Blindgeschlagne tastet nun umher –
Wo seid ihr, meine Götter? weh ihr laßt
Wie einen Bettler mich und diese Brust
Die liebend euch geahndet, stießt ihr mir
Hinab und schloßt in schmählichenge Bande
Die Freigeborne, die aus sich allein

Und keines andern ist? Und dulden sollt ichs
Wie die Schwächlinge, die im scheuen Tartarus
Geschmiedet sind ans alte Tagewerk?
Ich habe mich erkannt; ich will es! Luft will ich
Mir schaffen, ha! und tagen solls! hinweg!
Bei meinem Stolz! ich werde nicht den Staub
Von diesem Pfade küssen, wo ich einst
In einem schönen Traume ging – es ist vorbei!
Ich war geliebt, geliebt von euch, ihr Götter,
Ich erfuhr euch, ich kannt euch, ich wirkte mit euch, wie ihr
Die Seele mir bewegt, so kannt ich euch,
So lebtet ihr in mir – o nein! es war
Kein Traum, an diesem Herzen fühlt ich dich
Du stiller Aether! wenn der Sterblichen Irrsal
Mir an die Seele ging und heilend du
Die liebeswunde Brust umatmetest
Du Allversöhner! und dieses Auge sah
Dein göttlich Wirken, allentfaltend Licht!
Und euch, ihr andern Ewigmächtigen –
O Schattenbild! Es ist vorbei
Und du, verbirg dirs nicht! du hast
Es selbst verschuldet, armer Tantalus,
Das Heiligtum hast du geschändet, hast
Mit frechem Stolz den schönen Bund entzweit,
Elender! als die Genien der Welt
Voll Liebe sich in dir vergaßen, dachtst du
An dich und wähntest karger Tor, an dich
Die Gütigen verkauft, daß sie dir,
Die Himmlischen, wie blöde Knechte dienten!
Ist nirgends ein Rächer
Und muß ich denn allein den Hohn und Fluch
In meine Seele rufen? Und es reißt
Die delphische Krone mir kein Beßrer
Denn ich vom Haupt, und nimmt die Locken hinweg,
Wie es dem kahlen Seher gebührt –

Vierter Auftritt

Empedokles. Pausanias

PAUSANIAS. O all
Ihr himmlischen Mächte, was ist das?

EMPEDOKLES. Hinweg!
Wer hat dich hergesandt? willst du das Werk
Verrichten an mir? Ich will dir alles sagen,
Wenn dus nicht weißt; dann richte was du tust
Danach – Pausanias! o suche nicht
Den Mann, an dem dein Herz gehangen, denn
Er ist nicht mehr, und gehe, guter Jüngling!
Dein Angesicht entzündet mir den Sinn,
Und sei es Segen oder Fluch, von dir
Ist beedes mir zu viel. Doch wie du willst!

PAUSANIAS.
Was ist geschehn? Ich habe lange dein
Geharrt und dankte, da ich von ferne
Dich sah, dem Tageslicht, da find ich so
Du hoher Mann! ach! wie die Eiche, die Zeus erschlug,
Vom Haupte bis zur Sohle dich zerschmettert.
Warst du allein? Die Worte hört ich nicht,
Doch schallt mir noch der fremde Todeston.

EMPEDOKLES.
Es war des Mannes Stimme, der sich mehr,
Denn Sterbliche, gerühmt, weil ihn zu viel
Beglückt die gütige Natur.

PAUSANIAS. Wie du
Vertraut zu sein mit allen Göttlichen
Der Welt, ist nie zu viel.

EMPEDOKLES. So sagt ich auch,
Du Guter, da der heilge Zauber noch
Aus meinem Geiste nicht gewichen war,
Und da sie mich den Innigliebenden
Noch liebten, sie die Genien der Welt.
O himmlisch Licht! – es hatten michs
Die Menschen nicht gelehrt – schon lange, da
Mein sehnend Herz die Allebendige
Nicht finden konnte, da wandt ich mich zu dir,
Hing, wie die Pflanze dir mich anvertrauend,
In frommer Lust dir lange blindlings nach,
Denn schwer erkennt der Sterbliche die Reinen,
Doch als
der Geist mir blühte, wie du selber blühst,
Da kannt ich dich, da rief ich es: du lebst,
Und wie du heiter wandelst um die Sterblichen,
Und himmlischjugendlich den holden Schein

Von dir auf jedes eigen überstrahlst,
Daß alle deines Geistes Farbe tragen,
So ward auch mir das Leben zum Gedicht.
Denn deine Seele war in mir, und offen gab
Mein Herz wie du der ernsten Erde sich,
Der Leidenden, und oft in heilger Nacht
Gelobt ichs   ihr, bis in den Tod
Die Schicksalvolle furchtlos treu zu lieben
Und ihrer Rätsel keines zu verschmähn.
Da rauscht' es anders denn zuvor im Hain,
Und zärtlich tönten ihrer Berge Quellen.
All deine Freuden, Erde! nicht wie du
Sie lächelnd reichst den Schwächern, herrlich, wie sie sind,
Und warm und wahr aus Müh und Liebe reifen, –
Sie alle gabst du mir und wenn ich oft
Auf ferner Bergeshöhe saß und staunend
Des Lebens heilig Irrsal übersann,
Zu tief von deinen Wandlungen bewegt,
Und eignes Schicksal ahndend,
Dann atmete der Aether, so wie dir,
Mir heilend um die liebeswunde Brust,
Und zauberisch in seine Tiefe lösten
Sich meine Rätsel auf –

PAUSANIAS. Du Glücklicher!

EMPEDOKLES.
Ich wars! o könnt ichs sagen, wie es war,
Es nennen – das Wandeln und Wirken deiner Geniuskräfte,
Der Herrlichen, deren Genoß ich war, o Natur!
Könnt ichs noch Einmal vor die Seele rufen,
Daß mir die stumme todesöde Brust
Von deinen Tönen allen widerklänge!
Bin ich es noch? o Leben! und rauschten sie mir,
All deine geflügelten Melodien und hört
Ich deinen alten Einklang, große Natur?
Ach! ich der allverlassene, lebt ich nicht
Mit dieser heilgen Erd und diesem Licht
Und dir, von dem die Seele nimmer läßt,
O Vater Aether! und allen Lebenden
In einigem gegenwärtigem Olymp? –
Nun wein ich, wie ein Ausgestoßener,
Und nirgend mag ich bleiben, ach und du
Bist auch von mir genommen, – sage nichts!

Die Liebe stirbt, sobald die Götter fliehn,
Das weißt du wohl, verlaß mich nun, ich bin
Es nimmer und ich hab an dir nichts mehr.

PAUSANIAS.

Du bist es noch, so wahr du es gewesen.
Und laß michs sagen, unbegreiflich ist
Es mir, wie du dich selber so vernichtest.
Ich glaub es wohl, es schlummert deine Seele
Dir auch, zu Zeiten, wenn sie sich genug
Der Welt geöffnet, wie die Erde, die
Du liebst, sich oft in tiefe Ruhe schließt.
Doch nennest du sie tot, die Ruhende?

EMPEDOKLES.

Wie du mit lieber Mühe Trost ersinnst!

PAUSANIAS.

Du spottest wohl des Unerfahrenen
Und denkest, weil ich deines Glücks, wie du,
Nicht inne ward, so sag ich, da du leidest,
Nur ungereimte Dinge dir? sah ich nicht dich
In deinen Taten, da der wilde Staat von dir
Gestalt und Sinn gewann, in seiner Macht
Erfuhr ich deinen Geist, und seine Welt, wenn oft
Ein Wort von dir im heilgen Augenblick
Das Leben vieler Jahre mir erschuf,
Daß eine neue schöne Zeit von da
Dem Jünglinge begann; wie zahmen Hirschen,
Wenn ferne rauscht der Wald und sie der Heimat denken,
So schlug mir oft das Herz, wenn du vom Glück
Der alten Urwelt sprachst, und zeichnetest
Du nicht der Zukunft große Linien
Vor mir, so wie des Künstlers sichrer Blick
Ein fehlend Glied zum ganzen Bilde reiht;
Liegt nicht vor dir der Menschen Schicksal offen?
Und kennst du nicht die Kräfte der Natur,
Daß du vertraulich, wie kein Sterblicher,
Sie, wie du willst, in stiller Herrschaft lenkst?

EMPEDOKLES.

Genug! du weißt es nicht, wie jedes Wort,
So du gesprochen, mir ein Stachel ist.

PAUSANIAS.

So mußt du denn im Unmut alles hassen?

EMPEDOKLES.
O ehre, was du nicht verstehst!
PAUSANIAS. Warum
Verbirgst du mirs, und machst dein Leiden mir
Zum Rätsel? glaube! schmerzlicher ist nichts.
EMPEDOKLES.
Und nichts ist schmerzlicher, Pausanias!
Denn Leiden zu enträtseln. Siehest du denn nicht?
Ach! lieber wäre mirs, du wüßtest nicht
Von mir und aller meiner Trauer. Nein!
Ich sollt es nicht aussprechen, heilge Natur!
Jungfräuliche, die dem rohen Sinn entflieht!
Verachtet hab ich dich und mich allein
Zum Herrn gesetzt, ein übermütiger
Barbar! an eurer Einfalt hielt ich euch,
Ihr reinen immerjugendlichen Mächte!
Die mich mit Freud erzogen, mich mit Wonne genährt,
Und weil ihr immergleich mir wiederkehrtet,
Ihr Guten, ehrt ich eure Seele nicht!
Ich kannt es ja, ich hatt es ausgelernt,
Das Leben der Natur, wie sollt es mir
Noch heilig sein, wie einst! Die Götter waren
Mir dienstbar nun geworden, ich allein
War Gott, und sprachs im frechen Stolz heraus.
O glaub es mir, ich wäre lieber nicht
Geboren!
PAUSANIAS. Was? um eines Wortes willen?
Wie kannst du so verzagen, kühner Mann!
EMPEDOKLES.
Um eines Wortes willen? ja. Und mögen
Die Götter mich zernichten, wie sie mich
Geliebt.
PAUSANIAS. So sprechen andre nicht, wie du.
EMPEDOKLES.
Die andern! wie vermöchten sie's?
PAUSANIAS. Ja wohl,
Du wunderbarer Mann! So innig liebt'
Und sah kein anderer die ewge Welt
Und ihre Genien und Kräfte nie,
Wie du, und darum sprachst das kühne Wort
Auch du allein, und darum fühlst du auch
So sehr, wie du mit Einer stolzen Silbe

Vom Herzen aller Götter dich gerissen,
Und opferst liebend ihnen dich dahin,
O Empedokles! –

EMPEDOKLES. Siehe! was ist das?
Hermokrates, der Priester, und mit ihm
Ein Haufe Volks! und Kritias, der Archon.
Was suchen sie bei mir?

PAUSANIAS. Sie haben lang
Geforschet, wo du wärst.

Fünfter Auftritt

Empedokles. Pausanias.

Hermokrates. Kritias. Agrigentiner

HERMOKRATES.
Hier ist der Mann, von dem ihr sagt, er sei
Lebendig zum Olymp empor gegangen.

KRITIAS.
Und traurig sieht er, gleich den Sterblichen.

EMPEDOKLES.
Ihr armen Spötter! ists erfreulich euch,
Wenn einer leidet, der euch groß geschienen?
Und achtet ihr, wie leichterworbnen Raub,
Den Starken, wenn er schwach geworden ist?
Euch reizt die Frucht, die reif zur Erde fällt,
Doch glaubt es mir, nicht alles reift für euch.

EIN AGRIGENTINER.
Was hat er da gesagt?

EMPEDOKLES. Ich bitt euch, geht,
Besorgt was euer ist, und menget euch
Ins meinige nicht ein –

HERMOKRATES. Doch hat ein Wort
Der Priester dir dabei zu sagen?

EMPEDOKLES. Weh!
Ihr reinen Götter! ihr lebendigen!
Muß dieser Heuchler meine Trauer mir
Vergiften? geh! ich schonte ja dich oft,
So ist es billig, daß du meiner schonst.
Du weißt es ja, ich hab es dir bedeutet,
Ich kenne dich und deine schlimme Zunft.
Und lange wars ein Rätsel mir, wie euch

In ihrem Runde duldet die Natur.
Ach! als ich noch ein Knabe war, da mied
Euch Allverderber schon mein frommes Herz,
Das unbestechbar innigliebend hing
An Sonn und Aether und den Boten allen
Der großen ferngeahndeten Natur.
Denn wohl hab ichs gefühlt, in meiner Furcht,
Daß ihr des Herzens freie Götterliebe
Bereden möchtet zu gemeinem Dienst,
Und daß ichs treiben sollte, so wie ihr.
Hinweg! ich kann vor mir den Mann nicht sehn
Der Heiliges wie ein Gewerbe treibt.
Sein Angesicht ist falsch und kalt und tot,
Wie seine Götter sind. Was stehet ihr
Betroffen? gehet nun!

KRITIAS. Nicht eher bis
Der heilge Fluch die Stirne dir gezeichnet,
Schamloser Lästerer!

HERMOKRATES. Sei ruhig, Freund!
Ich hab es dir gesagt, es würde wohl
Der Unmut ihn ergreifen. – Mich verschmäht
Der Mann, das hörtet ihr, ihr Bürger
Von Agrigent! und harte Worte mag
Ich nicht mit ihm in wildem Zanke wechseln.
Es ziemt dem Greise nicht. Ihr möget nur
Ihn selber fragen, wer er sei?

EMPEDOKLES. O laßt!
Ihr seht es ja, es frommet keinem nichts,
Ein blutend Herz zu reizen. Gönnet mirs,
Den Pfad, worauf ich wandle, still zu gehn,
Den heilgen stillen Todespfad hinfort.
Ihr spannt das Opfertier vom Pfluge los
Und nimmer triffts der Stachel seines Treibers.
So schonet meiner auch; entwürdiget
Mein Leiden mir mit böser Rede nicht,
Denn heilig ists; und laßt die Brust mir frei
Von eurer Not; ihr Schmerz gehört den Göttern.

ERSTER AGRIGENTINER.
Was ist es denn, Hermokrates, warum
Der Mann die wunderlichen Worte spricht?

ZWEITER AGRIGENTINER.
Er heißt uns gehn, als scheut' er sich vor uns.

HERMOKRATES.
Was dünket euch? der Sinn ist ihm verfinstert,
Weil er zum Gott sich selbst vor euch gemacht.
Doch weil ihr nimmer meiner Rede glaubt,
So fragt nur ihn darum. Er soll es sagen.
DRITTER AGRIGENTINER.
Wir glauben dir es wohl.
PAUSANIAS. Ihr glaubt es wohl?
Ihr Unverschämten? – Euer Jupiter
Gefällt euch heute nicht; er siehet trüb;
Der Abgott ist euch unbequem geworden
Und darum glaubt ihrs wohl? Da stehet er
Und trauert und verschweigt den Geist, wonach
In heldenarmer Zeit die Jünglinge
Sich sehnen werden, wenn er nimmer ist,
Und ihr, ihr kriecht und zischet um ihn her,
Ihr dürft es? und ihr seid so sinnengrob,
Daß euch das Auge dieses Manns nicht warnt?
Und weil er sanft ist, wagen sich an ihn
Die Feigen – heilige Natur! wie duldest
Du auch in deinem Runde dies Gewürm? –
Nun sehet ihr mich an, und wisset nicht,
Was zu beginnen ist mit mir; ihr müßt
Den Priester fragen, ihn, der alles weiß.
HERMOKRATES.
O hört, wie euch und mich ins Angesicht
Der freche Knabe schilt? Wie sollt er nicht?
Er darf es, da sein Meister alles darf.
Wer sich das Volk gewonnen, redet, was
Er will; das weiß ich wohl und strebe nicht
Aus eignem Sinn entgegen, weil es noch
Die Götter dulden. Vieles dulden sie
Und schweigen, bis ans Äußerste gerät
Der wilde Mut. Dann aber muß der Frevler
Rücklings hinab ins bodenlose Dunkel.
DRITTER AGRIGENTINER.
Ihr Bürger! ich mag nichts mit diesen Zween
Ins künftige zu schaffen haben.
ERSTER AGRIGENTINER. Sagt,
Wie kam es denn, daß dieser uns betört?
ZWEITER AGRIGENTINER.
Sie müssen fort, der Jünger und der Meister.

HERMOKRATES.
So ist es Zeit! – Euch fleh ich an, ihr Furchtbarn!
Ihr Rachegötter! – Wolken lenket Zevs
Und Wasserwogen zähmt Posidaon,
Doch euch, ihr Leisewandelnden, euch ist
Zur Herrschaft das Verborgene gegeben
Und wo ein Eigenmächtiger der Wieg
Entsprossen ist, da seid ihr auch, und geht
Indes er üppig auf zum Frevel wächst,
Stillsinnend fort mit ihm, hinunterhorchend
In seine Brust, wo euch den Götterfeind
Die unbesorgt geschwätzige verrät –
Auch den, ihr kanntet ihn, den heimlichen
Verführer, der die Sinne nahm dem Volk
Und mit dem Vaterlandsgesetze spielt',
Und sie, die alten Götter Agrigents
Und ihre Priester niemals achtete,
Und nicht verborgen war vor euch, ihr Furchtbarn!
Solang er schwieg, der ungeheure Sinn;
Er hats vollbracht. Verruchter! wähntest du,
Sie müßtens nachfrohlocken, da du jüngst
Vor ihnen einen Gott dich selbst genannt?
Dann hättest du geherrscht in Agrigent,
Ein einziger allmächtiger Tyrann
Und dein gewesen wäre, dein allein
Das gute Volk und dieses schöne Land.
Sie schwiegen nur; erschrocken standen sie;
Und du erblaßtest, und es lähmte dich
Der böse Gram in deiner dunkeln Halle,
Wo du hinab dem Tageslicht entflohst.
Und kömmst du nun, und gießest über mich
Den Unmut aus, und lästerst unsre Götter?

ERSTER AGRIGENTINER.
Nun ist es klar! er muß gerichtet werden.

KRITIAS.
Ich hab es euch gesagt; ich traute nie
Dem Träumer.

EMPEDOKLES. O ihr Rasenden!

HERMOKRATES. Und sprichst
Du noch und ahndest nicht, du hast mit uns
Nichts mehr gemein, ein Fremdling bist du worden,
Und unerkannt bei allen Lebenden.

Die Quelle, die uns tränkt, gebührt dir nicht
Und nicht die Feuerflamme, die uns frommt,
Und was den Sterblichen das Herz erfreut,
Das nehmen die heilgen Rachegötter von dir.
Für dich ist nicht das heitre Licht hier oben,
Nicht dieser Erde Grün und ihre Frucht,
Und ihren Segen gibt die Luft dir nicht,
Wenn deine Brust nach Kühlung seufzt und dürstet.
Es ist umsonst, du kehrest nicht zurück
Zu dem, was unser ist; denn du gehörst
Den Rächenden, den heilgen Todesgöttern.
Und wehe dem, von nun an, wer ein Wort
Von dir in seine Seele freundlich nimmt,
Wer dich begrüßt, und seine Hand dir beut,
Wer einen Trunk am Mittag dir gewährt
Und wer an seinem Tische dich erduldet,
Dir, wenn du nachts an seine Türe kömmst,
Den Schlummer unter seinem Dache schenkt,
Und wenn du stirbst, die Grabesflamme dir
Bereitet, wehe dem, wie dir! – hinaus!
Es dulden die Vaterlandsgötter länger nicht,
Wo ihre Tempel sind, den Allverächter.

AGRIGENTINER.

Hinaus, damit sein Fluch uns nicht beflecke!

PAUSANIAS.

O komm! du gehest nicht allein. Es ehrt
Noch Einer dich, wenns schon verboten ist,
Du Lieber! und du weißt, des Freundes Segen
Ist kräftiger denn dieses Priesters Fluch.
O komm in fernes Land! wir finden dort
Das Licht des Himmels auch, und bitten will ich,
Daß freundlich dirs in deiner Seele scheine.
Im heiter stolzen Griechenlande drüben
Da grünen Hügel auch, und Schatten gönnt
Der Ahorn dir, und milde Lüfte kühlen
Den Wanderern die Brust; und wenn du müd
Vom heißen Tag an fernem Pfade sitzest,
Mit diesen Händen schöpf ich dann den Trunk
Aus frischer Quelle dir und sammle Speisen,
Und Zweige wölb ich über deinem Haupt,
Und Moos und Blätter breit ich dir zum Lager,
Und wenn du schlummerst, so bewach ich dich;

Und muß es sein, bereit ich dir auch wohl
Die Grabesflamme, die sie dir verwehren;
Die Schändlichen!

EMPEDOKLES. Oh! treues Herz! – Für mich
Ihr Bürger! bitt ich nichts; es sei geschehn!
Ich bitt euch nur um dieses Jünglings willen.
O wendet nicht das Angesicht von mir!
Bin ich es nicht, um den ihr liebend sonst
Euch sammeltet? ihr selber reichtet da
Mir auch die Hände nicht, unziemlich dünkt'
Es euch, zum Freund euch wild heranzudrängen.
Doch schicktet ihr die Knaben, daß sie mir
Die Hände reichten, diese Friedlichen,
Und auf den Schultern brachtet ihr die Kleinern
Und hubt mit euern Armen sie empor –
Bin ich es nicht? und kennt ihr nicht den Mann,
Dem ihr gesagt, ihr könntet, wenn ers wollte,
Von Land zu Land mit ihm, als Bettler gehn,
Und, wenn es möglich wäre, folgtet ihr
Ihm auch hinunter in den Tartarus?
Ihr Kinder! alles wolltet ihr mir schenken
Und zwangt mich töricht oft, von euch zu nehmen,
Was euch das Leben heitert' und erhielt,
Dann gab ich euchs vom Meinigen zurück
Und mehr, denn Eures, achtetet ihr dies.
Nun geh ich fort von euch; versagt mir nicht
Die Eine Bitte: schonet dieses Jünglings!
Er tat euch nichts zu Leid; er liebt mich nur,
Wie ihr mich auch geliebt, und saget selbst,
Ob er nicht edel ist und schön! und wohl
Bedürft ihr künftig seiner, glaubt es mir!
Oft sagt ich euchs: es würde nacht und kalt
Auf Erden und in Not verzehrte sich
Die Seele, sendeten zu Zeiten nicht
Die guten Götter solche Jünglinge,
Der Menschen welkend Leben zu erfrischen.
Und heilig halten, sagt ich, solltet ihr
Die heitern Genien – o schonet sein
Und rufet nicht das Weh! versprecht es mir!

DRITTER AGRIGENTINER.
Hinweg! wir hören nichts von allem, was
Du sagst.

HERMOKRATES.
Dem Knaben muß geschehn, wie ers
Gewollt. Er mag den frechen Mutwill büßen.
Er geht mit dir, und dein Fluch ist der seine.

EMPEDOKLES.
Du schweigest, Kritias! verbirg es nicht,
Dich trifft es auch; du kanntest ihn, nicht wahr,
Die Sünde löschten Ströme nicht von Blut
Der Tier'? Ich bitte, sag es ihnen, Lieber!
Sie sind, wie trunken, sprich ein ruhig Wort,
Damit der Sinn den Armen wiederkehre!

ZWEITER AGRIGENTINER.
Noch schilt er uns? Gedenke deines Fluchs
Und rede nicht und geh! wir möchten sonst
An dich die Hände legen.

KRITIAS. Wohl gesagt,
Ihr Bürger!

EMPEDOKLES. So! – und möchtet ihr an mich
Die Hände legen? was? gelüstet es
Bei meinem Leben schon die hungernden
Harpyen? und könnt ihrs nicht erwarten, bis
Der Geist entflohn ist, mir die Leiche zu schänden?
Heran! Zerfleischt und teilet die Beut und es segne
Der Priester euch den Genuß, und seine Vertrauten,
Die Rachegötter lad er zum Mahl! – Dir bangt
Heilloser! kennst du mich? und soll ich dir
Den bösen Scherz verderben, den du treibst?
Bei deinem grauen Haare, Mann! du solltest
Zu Erde werden, denn du bist sogar
Zum Knecht der Furien zu schlecht. O sieh!
So schändlich stehst du da, und durftest doch
An mir zum Meister werden? freilich ists
Ein ärmlich Werk, ein blutend Wild zu jagen!
Ich trauerte, das wußte der, da wuchs
Der Mut dem Feigen; da erhascht er mich
Und hetzt des Pöbels Zähne mir aufs Herz.
O wer, wer heilt den Geschändeten nun, wer nimmt
Ihn auf, der heimatlos der Fremden Häuser
Mit den Narben seiner Schmach umirrt, die Götter
Des Hains fleht, ihn zu bergen – komme, Sohn!
Sie haben wehe mir getan, doch hätt
Ichs wohl vergessen, aber dich? – ha geht

Nun immerhin zu Grund, ihr Namenlosen!
Sterbt langsamen Tods, und euch geleite
Des Priesters Rabengesang! und weil sich Wölfe
Versammeln da, wo Leichname sind, so finde sich
Dann einer auch für euch; der sättige
Von eurem Blute sich, der reinige
Sicilien von euch; es stehe dürr
Das Land, wo sonst die Purpurtraube gern
Dem bessern Volke wuchs und goldne Frucht
Im dunkeln Hain, und edles Korn, und fragen
Wird einst der Fremde, wenn er auf den Schutt
Von euern Tempeln tritt, ob da die Stadt
Gestanden? gehet nun! Ihr findet mich
In einer Stunde nimmer. – *indem sie abgehn*
Kritias!
Dir möcht ich wohl ein Wort noch sagen.

PAUSANIAS *nachdem Kritias zurück ist* Laß
Indessen mich zum alten Vater gehn
Und Abschied nehmen.

EMPEDOKLES. O warum? was tat
Der Jüngling euch, ihr Götter! gehe denn,
Du Armer! Draußen wart ich, auf dem Wege
Nach Syrakus; dann wandern wir zusammen.
Pausanias geht auf der andern Seite ab

Sechster Auftritt

Empedokles. Kritias

KRITIAS.
Was ists?

EMPEDOKLES. Auch du verfolgest mich?

KRITIAS. Was soll
Mir das?

EMPEDOKLES.
Ich weiß es wohl! Du möchtest gern
Mich hassen, dennoch hassest du mich nicht:
Du fürchtest nur; du hattest nichts zu fürchten.

KRITIAS.
Es ist vorbei. Was willst du noch?

EMPEDOKLES. Du hättst
Es selber nie gedacht, der Priester zog
In seinen Willen dich, du klage dich

Nicht an; o hättst du nur ein treues Wort
Für *ihn* gesprochen, doch du scheuetest
Das Volk.

KRITIAS. Sonst hattest du mir nichts
Zu sagen? überflüssiges Geschwätz
Hast du von je geliebt.

EMPEDOKLES. O rede sanft,
Ich habe deine Tochter dir gerettet.

KRITIAS.
Das hast du wohl.

EMPEDOKLES. Du sträubst und schämest dich,
Mit dem zu reden, dem das Vaterland geflucht;
Ich will es gerne glauben. Denke dir,
Es rede nun mein Schatte, der geehrt
Vom heitern Friedenslande wieder kehre –

KRITIAS.
Ich wäre nicht gekommen, da du riefst,
Wenn nicht das Volk zu wissen wünschte, was
Du noch zu sagen hättest.

EMPEDOKLES. Was ich dir
Zu sagen habe, geht das Volk nichts an.

KRITIAS.
Was ist es dann?

EMPEDOKLES.
Du mußt hinweg aus diesem Land; ich sag
Es dir um deiner Tochter willen.

KRITIAS. Denk an dich
Und sorge nicht für anders!

EMPEDOKLES. Kennest du
Sie nicht? Und ist dirs unbewußt, wie viel
Es besser ist, daß eine Stadt voll Toren
Versinkt, denn Ein Vortreffliches?

KRITIAS. Was kann
Ihr fehlen?

EMPEDOKLES. Kennest du sie nicht?
Und tastest, wie ein Blinder an, was dir
Die Götter gaben? und es leuchtet dir
In deinem Haus umsonst das holde Licht?
Ich sag es dir: bei diesem Volke findet
Das fromme Leben seine Ruhe nicht
Und einsam bleibt es dir, so schön es ist
Und stirbt dir freudenlos, denn nie begibt

Die zärtlichernste Göttertochter sich
Barbaren an das Herz zu nehmen, glaub
Es mir! Es reden wahr die Scheidenden.
Und wundere des Rats dich nicht!

KRITIAS. Was soll
Ich nun dir sagen?

EMPEDOKLES. Gehe hin mit ihr
In heilges Land, nach Elis oder Delos
Wo jene wohnen, die sie liebend sucht,
Wo stillvereint, die Bilder der Heroen
Im Lorbeerwalde stehn. Dort wird sie ruhn,
Dort bei den schweigenden Idolen wird
Der schöne Sinn, der zartgenügsame
Sich stillen, bei den edeln Schatten wird
Das Leid entschlummern, das geheim sie hegt
In frommer Brust. Wenn dann am heitern Festtag
Sich Hellas schöne Jugend dort versammelt,
Und um sie her die Fremdlinge sich grüßen
Und hoffnungsfrohes Leben überall
Wie goldenes Gewölk das stille Herz
Umglänzt, dann weckt dies Morgenrot
Zur Lust wohl auch die fromme Träumerin,
Und von den Besten einen, die Gesang
Und Kranz in edlem Kampf gewannen, wählt
Sie sich, daß er den Schatten sie entführe,
Zu denen sie zu frühe sich gesellt.
Gefällt dir das, so folge mir –

KRITIAS.
Hast du der goldnen Worte noch so viel
In deinem Elend übrig?

EMPEDOKLES. Spotte nicht!
Die Scheidenden verjüngen alle sich
Noch Einmal gern. Der Sterbeblick ists nur
Des Lichts, das freudig einst in seiner Kraft
Geleuchtet unter euch. Es lösche freundlich,
Und hab ich euch geflucht, so mag dein Kind
Den Segen haben, wenn ich segnen kann.

KRITIAS.
O laß, und mache mich zum Knaben nicht.

EMPEDOKLES.
Versprich es mir und tue, was ich riet,
Und geh aus diesem Land. Verweigerst dus,

So mag die Einsame den Adler bitten,
Daß er hinweg von diesen Knechten sie
Zum Aether rette! Bessers weiß ich nicht.

KRITIAS.
O sage, haben wir nicht recht an dir
Getan?

EMPEDOKLES.
Wie fragst du nun? Ich hab es dir
Vergeben. Aber folgst du mir?

KRITIAS. Ich kann
So schnell nicht wählen.

EMPEDOKLES. Wähle gut,
Sie soll nicht bleiben, wo sie untergeht.
Und sag es ihr, sie soll des Mannes denken,
Den einst die Götter liebten. Willst du das?

KRITIAS.
Wie bittest du? Ich will es tun. Und geh
Du deines Weges nun, du Armer! *geht ab*

Siebenter Auftritt

EMPEDOKLES. Ja!
Ich gehe meines Weges, Kritias,
Und weiß, wohin? Und schämen muß ich mich
Daß ich gezögert bis zum Äußersten.
Was mußt ich auch so lange warten,
Bis Glück und Geist und Jugend wich, und nichts
Wie Torheit überblieb und Elend.
Wie oft, wie oft hat dichs gemahnt! Da wär
Es schön gewesen. Aber nun ists not!
O stille! gute Götter! immer eilt
Den Sterblichen das ungeduldge Wort
Voraus und läßt die Stunde des Gelingens
Nicht unbetastet reifen. Manches ist
Vorbei; und leichter wird es schon. Es hängt
An allem fest der alte Tor! und da
Er einst gedankenlos, ein stiller Knab
Auf seiner grünen Erde spielte, war
Er freier, denn er ist; o scheiden! – selbst
Die Hütte, die mich hegte, lassen sie
Mir nicht – auch dies noch? Götter!

Achter Auftritt

Empedokles. Drei Sklaven des Empedokles

ERSTER SKLAVE. Gehst du, Herr?

EMPEDOKLES.
Ich gehe freilich, guter
Und hole mir das Reisgerät, soviel
Ich selber tragen kann, und bring es noch
Mir auf die Straße dort hinaus – es ist
Dein letzter Dienst!

ZWEITER SKLAVE. O Götter!

EMPEDOKLES. Immer seid
Ihr gern um mich gewesen, denn ihr wart's
Gewohnt, von lieber Jugend her, wo wir
Zusammen auf in diesem Hause wuchsen,
Das meinem Vater war und mir, und fremd
Ist meiner Brust das herrischkalte Wort.
Ihr habt der Knechtschaft Schicksal nie gefühlt.
Ich glaub es euch, ihr folgtet gerne mir
Wohin ich muß. Doch kann ich es nicht dulden,
Daß euch der Fluch des Priesters ängstige.
Ihr wißt ihn wohl? Die Welt ist aufgetan
Für euch und mich, ihr Kinder, und es sucht
Nun jeder sich sein eigen Glück –

DRITTER SKLAVE. O nein!
Wir lassen nicht von dir. Wir könnens nicht.

ZWEITER SKLAVE.
Was weiß der Priester, wie du lieb uns bist.
Verbiet ers andern! uns verbeut ers nicht.

ERSTER SKLAVE.
Gehören wir zu dir, so laß uns auch
Bei dir! Ists doch von gestern nicht, daß wir
Mit dir zusammen sind, du sagst es selber.

EMPEDOKLES.
O Götter! bin ich kinderlos und leb
Allein mit diesen drein, und dennoch häng
Ich hingebannt an dieser Ruhestätte,
Gleich Schlafenden, und ringe, wie im Traum,
Hinweg? Es kann nicht anders sein, ihr Guten!
O sagt mir nun nichts mehr, ich bitt euch das,
Und laßt uns tun, als wären wir es nimmer.

Ich will es ihm nicht gönnen, daß der Mann
Mir alles noch verfluche, was mich liebt –
Ihr gehet nicht mit mir; ich sag es euch.
Hinein und nimmt das Beste, was ihr findet,
Und zaudert nicht und flieht; es möchten sonst
Die neuen Herrn des Hauses euch erhaschen,
Und eines Feigen Knechte würdet ihr.

ZWEITER SKLAVE.
Mit harter Rede schickest du uns weg?

EMPEDOKLES.
Ich tu es dir und mir, ihr Freigelaßnen!
Ergreift mit Mannes Kraft das Leben, laßt
Die Götter euch mit Ehre trösten; ihr
Beginnt nun erst. Es gehen Menschen auf
Und nieder. Weilet nun nicht länger! Tut,
Was ich gesagt.

ERSTER SKLAVE. Herr meines Herzens! leb
Und geh nicht unter!

DRITTER SKLAVE. Sage, werden wir
Dich nimmer sehn?

EMPEDOKLES. O fraget nicht, es ist
Umsonst. *mit Macht gebietend*

ZWEITER SKLAVE *im Abgehn*
Ach! wie ein Bettler soll er nun das Land
Durchirren und des Lebens nirgend sicher sein?

EMPEDOKLES *siehet ihnen schweigend nach*
Lebt wohl! ich hab
Euch schnöd hinweggeschickt, lebt wohl ihr Treuen.
Und du, mein väterliches Haus, wo ich erwuchs
Und blüht'! – ihr lieben Bäume! vom Freudengesang
Des Götterfreunds geheiligt, ruhige
Vertraute meiner Ruh! o sterbt und gebt
Den Lüften zurück das Leben, denn es scherzt
Das rohe Volk in eurem Schatten nun
Und wo ich selig ging, da spotten sie meiner.
Weh! ausgestoßen, ihr Götter? und ahmte
Was ihr mir tut, ihr Himmlischen, der Priester
Der Unberufene, seellos nach? ihr ließt
Mich einsam, mich, der euch geschmäht, ihr Lieben!
Und dieser wirft zur Heimat mich hinaus
Und der Fluch hallt, den ich selber mir gesprochen,
Mir ärmlich aus des Pöbels Munde wider?

Ach der einst innig mit euch, ihr Seligen,
Gelebt, und sein die Welt genannt aus Freude,
Hat nun nicht, wo er seinen Schlummer find'
Und in sich selber kann er auch nicht ruhn.
Wohin nun, ihr Pfade der Sterblichen? viel
Sind euer, wo ist der meine, der kürzeste? wo?
Der schnellste? denn zu zögern ist Schmach.
Ha! meine Götter! im Stadium lenkt ich den Wagen
Einst unbekümmert auf rauchendem Rad, so will
Ich bald zu euch zurück, ist gleich die Eile gefährlich.

Geht ab.

NEUNTER AUFTRITT

Panthea. Delia

DELIA. Stille, liebes Kind!
Und halt den Jammer! daß uns niemand höre.
Ich will hinein ins Haus. Vielleicht er ist
Noch drinnen und du siehst noch Einmal ihn.
Nur bleibe still indessen – kann ich wohl
Hinein?

PANTHEA. O tu es, liebe Delia.
Ich bet indes um Ruhe, daß mir nicht
Das Herz vergeht, wenn ich den hohen Mann
In dieser bittern Schicksalsstunde sehe.

DELIA.
O Panthea!

PANTHEA *allein, nach einigem Stillschweigen*
Ich kann nicht – ach es wär
Auch Sünde, da gelassener zu sein!
Verflucht? ich faß es nicht, und wirst auch wohl
Die Sinne mir zerreißen, schwarzes Rätsel!
Wie wird er sein?

Pause. Erschrocken zu Delia, die wieder zurückkömmt.

Wie ists?

DELIA. Ach! alles tot
Und öde?

PANTHEA. Fort?

DELIA. Ich fürcht es. Offen sind
Die Türen; aber niemand ist zu sehn.
Ich rief, da hört ich nur den Widerhall
Im Hause; länger bleiben mocht ich nicht –

Ach! stumm und blaß ist sie und siehet fremd
Mich an, die Arme. Kennest du mich nimmer?
Ich will es mit dir dulden, liebes Herz!

PANTHEA.

Nun! komme nur!

DELIA. Wohin?

PANTHEA. Wohin? ach! das,
Das weiß ich freilich nicht, ihr guten Götter!
Weh! keine Hoffnung! und du leuchtest mir
Umsonst, o goldnes Licht dort oben? fort
Ist er – wie soll die Einsame denn wissen,
Warum ihr noch die Augen helle sind.
Es ist nicht möglich, nein! zu frech
Ist diese Tat, zu ungeheuer, und ihr habt
Es doch getan. Und leben muß ich noch
Und stille sein bei diesen? weh! und weinen
Nur weinen kann ich über alles das!

DELIA.

O weine nur! du liebe, besser ists
Denn schweigen oder reden.

PANTHEA. Delia!
Da ging er sonst! und dieser Garten war
Um seiner willen mir so wert. Ach oft,
Wenn mir das Leben nicht genügt', und ich,
Die Ungesellige, betrübt mit andern
Um unsre Hügel irrte, sah ich her
Nach dieser Bäume Gipfeln, dachte, dort
Ist Einer doch! – Und meine Seele richtet'
An ihm sich auf. Ich lebte gern mit ihm
In meinem Sinn, und wußte seine Stunden.
Vertraulicher gesellte da zu ihm
Sich mein Gedank, und teilte mit dem Lieben
Das kindliche Geschäft – ach! grausam haben sie's
Zerschlagen, auf die Straße mirs geworfen
Mein Heldenbild, ich hätt es nie gedacht.
Ach! hundertjährgen Frühling wünscht ich oft
Ich Törige für ihn und seine Gärten!

DELIA.

O konntet ihr die zarte Freude nicht
Ihr lassen, gute Götter!

PANTHEA. Sagst du das?
Wie eine neue Sonne kam er uns

Und strahlt' und zog das ungereifte Leben
An goldnen Seilen freundlich zu sich auf
Und lange hatt auf ihn Sicilien
Gewartet. Niemals herrscht' auf dieser Insel
Ein Sterblicher wie er, sie fühltens wohl,
Er lebe mit den Genien der Welt
Im Bunde. Seelenvoller! und du nahmst
Sie all ans Herz, weh! mußt du nun dafür
Geschändet fort von Land zu Lande ziehn
Das Gift im Busen, das sie mitgegeben?

Das habt ihr ihm getan! o laßt nicht mich
Ihr weisen Richter! ungestraft entkommen.
Ich ehr ihn ja und wenn ihr es nicht wißt,
So will ich es ins Angesicht euch sagen,
Dann stoßt mich auch zu eurer Stadt hinaus.
Und hat er ihm geflucht, der Rasende
Mein Vater, ha! so fluch er nun auch mir.

Ihr Blumen
Des Himmels! schöne Sterne, werdet ihr
Denn auch verblühn? und wird es Nacht alsdenn
In deiner Seele werden, Vater Aether!
Wenn deine Jünglinge, die Glänzenden
Erloschen sind vor dir? Ich weiß, es muß,
Was göttlich ist, hinab. Zur Seherin
Bin ich geworden über seinem Fall,
Und wo mir noch ein schöner Genius
Begegnet, nenn er Mensch sich oder Gott,
Ich weiß die Stunde, die ihm nicht gefällt –

DELIA.

O Panthea! mich schröckt es, wenn du so
Dich deiner Klagen überhebst. Ist er
Denn auch, wie du, daß er den stolzen Geist
Am Schmerze nährt, und heftger wird im Leiden?
Ich mags nicht glauben, denn ich fürchte das.
Was müßt er auch beschließen?

PANTHEA. Ängstigest
Du *mich*? Was hab ich denn gesagt? Ich will
Auch nimmer – ja geduldig will ich sein,
Ihr Götter! will vergebens nun nicht mehr
Erstreben, was ihr ferne mir gerückt,

Und was ihr geben mögt, das will ich nehmen.
Du Heiliger! und find ich nirgends dich,
So kann ich mich auch freuen, daß du da
Gewesen. Ruhig will ich sein, es möcht
Aus wildem Sinne mir das edle Bild
Entfliehn, und daß mir nur der Tageslärm
Den brüderlichen Schatten nicht verscheuche,
Der, wo ich leise wandle, mich geleitet.

DELIA.

Du liebe Träumerin! er lebt ja noch.

PANTHEA.

Er lebt? ja wohl! er lebt! er geht
Im weiten Felde Nacht und Tag. Sein Dach
Sind Wetterwolken und der Boden ist
Sein Lager. Winde krausen ihm das Haar
Und Regen träuft mit seinen Tränen ihm
Vom Angesicht, und seine Kleider trocknet
Am heißen Mittag ihm die Sonne wieder,
Wenn er im schattenlosen Sande geht.
Gewohnte Pfade sucht er nicht; im Fels
Bei denen, die von Beute sich ernähren,
Die fremd, wie er, und allverdächtig sind,
Da kehrt er ein, die wissen nichts vom Fluch,
Die reichen ihm von ihrer rohen Speise,
Daß er zur Wanderung die Glieder stärkt.
So lebt er! weh! und das ist nicht gewiß!

DELIA.

Ja, es ist schröcklich, Panthea.

PANTHEA. Ists schröcklich?

Du arme Trösterin, vielleicht, es währt
Nicht lange mehr, so kommen sie, und sagen
Einander sichs, wenn es die Rede gibt,
Daß er erschlagen auf dem Wege liege.
Es dulden's wohl die Götter, haben sie
Doch ı uch geschwiegen, da man ihn mit Schmach
Ins Elend fort aus seiner Heimat warf.
O du! – wie wirst du enden? müde ringst
Du schon am Boden fort, du stolzer Adler!
Und zeichnest deinen Pfad mit Blut, und es
Erhascht der feigen Jäger einer dich,
Zerschlägt am Felsen dir dein sterbend Haupt
Und Jovis Liebling nanntet ihr ihn doch?

DELIA.

Ach lieber schöner Geist! nur so nicht!
Nur solche Worte nicht! Wenn du es wüßtest,
Wie mich die Sorg um dich ergreift! Ich will
Auf meinen Knien dich bitten, wenn es hilft.
Besänftige dich nur. Wir wollen fort.
Es kann noch viel sich ändern, Panthea.
Vielleicht bereut es bald das Volk. Du weißt
Es ja, wie sie ihn liebten. Komm! ich wend
An deinen Vater mich und helfen sollst
Du mir. Wir können ihn vielleicht gewinnen.

PANTHEA.

O wir, wir sollten das, ihr Götter!

ZWEITER AKT

Gegend am Aetna. Bauerhütte

Erster Auftritt

Empedokles. Pausanias

EMPEDOKLES.
Wie ists mit dir?
PAUSANIAS. O das ist gut,
Daß du ein Wort doch redest, lieber –
Denkst du es auch? hier oben waltet wohl
Der Fluch nicht mehr und unser Land ist ferne.
Auf diesen Höhen atmet leichter sichs,
Und auf zum Tage darf das Auge doch
Nun wieder blicken und die Sorge wehrt
Den Schlaf uns nicht, es reichen auch vielleicht
Gewohnte Kost uns Menschenhände wieder.
Du brauchst der Pflege, lieber! und es nimmt
Der heilge Berg, der väterliche wohl
In seine Ruh die umgetriebnen Gäste.
Willst du, so bleiben wir auf eine Zeit
In dieser Hütte – darf ich rufen, ob
Sie uns vielleicht den Aufenthalt vergönnen?
EMPEDOKLES.
Versuch es nur! sie kommen schon heraus.

Zweiter Auftritt

Die Vorigen. Ein Bauer

BAUER.
Was wollt ihr? Dort hinunter geht
Die Straße.
PAUSANIAS. Gönn uns Aufenthalt bei dir
Und scheue nicht das Aussehn, guter Mann.
Denn schwer ist unser Weg und öfters scheint
Der Leidende verdächtig – mögen dirs
Die Götter sagen, welcher Art wir sind.

BAUER.
Es stand wohl besser einst mit euch denn itzt;
Ich will es gerne glauben. Doch es liegt
Die Stadt nicht fern; ihr solltet doch daselbst
Auch einen Gastfreund haben. Besser wärs,
Zu dem zu kommen, denn zu Fremden.

PAUSANIAS. Ach!
Es schämte leicht der Gastfreund unser sich,
Wenn wir zu ihm in unsrem Unglück kämen.
Und gibt uns doch der Fremde nicht umsonst
Das Wenige, warum wir ihn gebeten.

BAUER.
Wo kommt ihr her?

PAUSANIAS. Was nützt es, das zu wissen?
Wir geben Gold und du bewirtest uns.

BAUER.
Wohl öffnet manche Türe sich dem Golde,
Nur nicht die meine.

PAUSANIAS. Was ist das? so reich
Uns Brot und Wein und fodre was du willst.

BAUER.
Das findet ihr an andrem Orte besser.

PAUSANIAS.
O das ist hart! Doch gibst du mir vielleicht
Ein wenig Leinen, daß ichs diesem Mann
Um seine Füße winde, blutend sind
Vom Felsenpfade sie – o siehe nur
Ihn an! der gute Geist Siciliens ists
Und mehr denn eure Fürsten! und er steht
Vor deiner Türe kummerbleich und bettelt
Um deiner Hütte Schatten und um Brot
Und du versagst es ihm? und todesmüd
Und dürstend lässest du ihn draußen stehn
An diesem Tage, wo das harte Wild
Zur Höhle sich vorm Sonnenbrande flüchtet?

BAUER.
Ich kenn euch. Wehe! das ist der Verfluchte
Von Agrigent. Es ahndete mir gleich.
Hinweg!

PAUSANIAS.
Beim Donnerer! nicht hinweg! – er soll
Für dich mir bürgen, lieber Heiliger!

Indes ich geh und Nahrung suche. Ruh
An diesem Baum – und höre du! wenn ihm
Ein Leid geschieht, es sei von wem es wolle,
So komm ich über Nacht, und brenne dir,
Eh du es denkst, dein strohern Haus zusammen!
Erwäge das!

DRITTER AUFTRITT

Empedokles. Pausanias

EMPEDOKLES. Sei ohne Sorge, Sohn!

PAUSANIAS.
Wie sprichst du so? ist doch dein Leben mir
Der lieben Sorge wert! und dieser denkt,
Es wäre nichts am Manne zu verderben,
Dem solch ein Wort gesprochen ward wie uns,
Und leicht gelüstet sie's, und wär es nur
Um seines Mantels wegen, ihn zu töten,
Denn ungereimt ists ihnen, daß er noch
Gleich Lebenden umhergeht; weißt du das
Denn nicht?

EMPEDOKLES. O ja, ich weiß es.

PAUSANIAS. Lächelnd sagst
Du das? o Empedokles!

EMPEDOKLES. Treues Herz!
Ich habe wehe dir getan. Ich wollt
Es nicht.

PAUSANIAS. Ach! ungeduldig bin ich nur.

EMPEDOKLES.
Sei ruhig meinetwegen, lieber! bald
Ist dies vorüber.

PAUSANIAS. Sagst du das?

EMPEDOKLES. Du wirst
Es sehn.

PAUSANIAS. Wie ist dir? soll ich nun ins Feld
Nach Speise gehn, wenn du es nicht bedarfst,
So bleib ich lieber, oder besser ists,
Wir gehn und suchen einen Ort zuvor
Für uns im Berge.

EMPEDOKLES. Siehe! nahe blinkt
Ein Wasserquell; der ist auch unser. Nimm

Dein Trinkgefäß, die hohle Kürbis, daß der Trank
Die Seele mir erfrische.

PAUSANIAS *an der Quelle* Klar und kühl
Und rege sproßts aus dunkler Erde, Vater!

EMPEDOKLES.
Erst trinke du. Dann schöpf und bring es mir.

PAUSANIAS *indem er ihm es reicht*
Die Götter segnen dirs.

EMPEDOKLES. Ich trink es euch!
Ihr alten Freundlichen! ihr meine Götter!
Und meiner Wiederkehr, Natur. Schon ist
Es anders. O ihr Gütigen! und eh
Ich komme, seid ihr da? und blühen soll
Es, eh es reift! – sei ruhig Sohn! und höre,
Wir sprechen vom Geschehenen nicht mehr.

PAUSANIAS.
Du bist verwandelt und dein Auge glänzt
Wie eines Siegenden. Ich faß es nicht.

EMPEDOKLES.
Wir wollen noch, wie Jünglinge, den Tag
Zusammensein, und vieles reden. Findet
Doch leicht ein heimatlicher Schatte sich,
Wo unbesorgt die treuen Langvertrauten
Beisammen sind in liebendem Gespräch –
Mein Liebling! haben wir, wie gute Knaben
An Einer Traub, am schönen Augenblick
Das liebe Herz so oft gesättiget
Und mußtest du bis hier mich her geleiten,
Daß unsrer Feierstunden keine sich,
Auch diese nicht, uns ungeteilt verlöre?
Wohl kauftest du um schwere Mühe sie,
Doch geben mirs auch nicht umsonst die Götter.

PAUSANIAS.
O sage mir es ganz, daß ich wie du
Mich freue.

EMPEDOKLES. Siehest du denn nicht? Es kehrt
Die schöne Zeit von meinem Leben heute
Noch einmal wieder und das Größre steht
Bevor; hinauf, o Sohn, zum Gipfel
Des alten heilgen Aetna wollen wir.
Denn gegenwärtger sind die Götter auf den Höhn.

Da will ich heute noch mit diesen Augen
Die Ströme sehn und Inseln und das Meer.
Da segne zögernd über goldenen
Gewässern mich das Sonnenlicht beim Scheiden,
Das herrlich jugendliche, das ich einst
Zuerst geliebt. Dann glänzt um uns und schweigt
Das ewige Gestirn, indes herauf
Der Erde Glut aus Bergestiefen quillt
Und zärtlich rührt der Allbewegende,
Der Geist, der Aether uns an, o dann!

PAUSANIAS. Du schröckst
Mich nur; denn unbegreiflich bist du mir.
Du siehest heiter aus und redest herrlich,
Doch lieber wär es mir, du trauertest.
Ach! brennt dir doch die Schmach im Busen, die
Du littst, und achtest selber dich für nichts,
So viel du bist.

EMPEDOKLES. O Götter läßt auch der
Zuletzt die Ruh mir nicht und regt den Sinn
Mir auf mit roher Rede, willst du das,
So geh. Bei Tod und Leben! nicht ist dies
Die Stunde mehr, viel Worte noch davon
Zu machen, was ich leid und was ich bin.
Besorgt ist das; ich will es nimmer wissen.
Hinweg! es sind die Schmerzen nicht, die lächelnd,
Die fromm genährt, an traurigfroher Brust
Wie Kinder liegen – Natterbisse sinds
Und nicht der erste bin ich, dem die Götter
Solch giftge Rächer auf das Herz gesandt.
Ich habs verdient? ich kann dirs wohl verzeihn,
Der du zur Unzeit mich gemahnt; es ist
Der Priester dir vor Augen und es gellt
Im Ohre dir des Pöbels Hohngeschrei,
Die brüderliche Nänie, die uns
Zur lieben Stadt hinausgeleitete.
Ha! mir – bei allen Göttern die mich sehn –
Sie hättens nicht getan, wär ich
Der Alte noch gewesen. Was? o schändlich
Verriet ein Tag von meinen Tagen mich
An diese Feigen – still! hinunter solls,
Begraben soll es werden tief *so* tief,
Wie noch kein Sterbliches begraben ist.

PAUSANIAS.
Ach! häßlich stört ich ihm das heitre Herz
Das herrliche, und bänger denn zuvor
Ist jetzt die Sorge.

EMPEDOKLES. Laß die Klage nun
Und störe mich nicht weiter; mit der Zeit
Ist alles gut, mit Sterblichen und Göttern
Bin ich ja bald versöhnt, ich bin es schon.

PAUSANIAS.
Ists möglich? – heilt der furchtbar trübe Sinn
Und wähnst du dich nicht mehr allein und arm,
Du hoher Mann, und dünkt der Menschen Tun
Unschuldig wie des Herdes Flamme dir,
So sprachst du sonst, ists wieder wahr geworden?
O sieh! dann segn' ich ihn, den klaren Quell,
An dem das neue Leben dir begann,
Und fröhlich wandern morgen wir hinab
Ans Meer, das uns an sichres Ufer bringt.
Was achten wir der Reise Not und Mühn!
Ist heiter doch der Geist und seiner Götter!

EMPEDOKLES.
O Kind! – Pausanias, hast du dies vergessen?
Umsonst wird nichts den Sterblichen gewährt.
Und Eines hilft. – O heldenmütger Jüngling!
Erblasse nicht! sieh, was mein altes Glück
Das unersinnbare, mir wiedergibt,
Mit Götterjugend mir, dem Welkenden,
Die Wange rötet, kann nicht übel sein.
Geh, Sohn ∪ –! ich möchte meinen Sinn
Und meine Lust nicht gerne ganz verraten.
Für dich ists nicht – so mache dirs nicht eigen,
Und lasse mirs, ich lasse deines dir.
Was ists?

PAUSANIAS. Ein Haufe Volks! Dort kommen sie
Herauf.

EMPEDOKLES.
Erkennst du sie?

PAUSANIAS. Ich traue nicht
Den Augen.

EMPEDOKLES. Was? soll ich zum Rasenden
Noch werden – was? in sinnenlosem Weh

Und Grimm hinab, wohin ich friedlich wollte?
Agrigentiner sinds!

PAUSANIAS. Unmöglich!

EMPEDOKLES. Träum
Ich denn? mein edler Gegner ists, der Priester,
Und sein Gefolge – pfui! so heillos ist
In dem ich Wunden sammelte, der Kampf,
Und würdigere Kräfte gab es nicht
Zum Streite gegen mich? o schröcklich ists
Zu hadern mit Verächtlichen, und noch?
In dieser heilgen Stunde noch! wo schon
Zum Tone sich der allverzeihenden
Natur die Seele vorbereitend stimmt!
Da fällt die Rotte mich noch einmal an,
Und mischt ihr wütend sinnenlos Geschrei
In meinen Schwanensang. Heran! es sei!
Ich will es euch verleiden! schont ich doch
Von je zu viel des schlechten Volks und nahm
An Kindesstatt der falschen Bettler gnug.
Habt ihr es mir noch immer nicht vergeben,
Daß ich euch wohlgetan? Ich will es nun
Auch nicht. O kommt, Elende! muß es sein,
So kann ich auch im Zorne zu den Göttern.

PAUSANIAS.
Wie wird das endigen?

Vierter Auftritt

Die Vorigen. Hermokrates. Kritias. Volk

HERMOKRATES. Befürchte nichts!
Und laß der Männer Stimme dich nicht schröcken,
Die dich vertrieben. Sie verzeihen dir.

EMPEDOKLES.
Ihr Unverschämten! anders wißt ihr nicht?
Was wollt ihr auch? ihr kennt mich ja! ihr habt
Mich ja gezeichnet, aber hadert
Das lebenslose Volk, damit sichs fühl'?
Und haben sie hinausgeschmäht den Mann,
Den sie gefürchtet, suchen sie ihn wieder,
Den Sinn an seinem Schmerze zu erfrischen?

O tut die Augen auf, und seht, wie klein
Ihr seid, daß euch das Weh die närrische
Verruchte Zunge lähme; könnt ihr nicht
Erröten? o ihr Armen! schamlos läßt
Den schlechten Mann mitleidig die Natur,
Daß ihn der Größre nicht zu Tode schröcke.
Wie könnt er sonst vor Größerem bestehn?

HERMOKRATES.
Was du verbrochen büßtest du; genug
Vom Elend ist dein Angesicht gezeichnet,
Genes' und kehre nun zurück; dich nimmt
Das gute Volk in seine Heimat wieder.

EMPEDOKLES.
Wahrhaftig! großes Glück verkündet mir
Der fromme Friedensbote; Tag für Tag
Den schauerlichen Tanz mit anzusehn,
Wo ihr euch jagt und äfft, wo ruhelos
Und irr und bang, wie unbegrabne Schatten
Ihr umeinander rennt, ein ärmliches
Gemeng in eurer Not, ihr Gottverlaßnen,
Und eure lächerlichen Bettlerkünste,
Die nah zu haben, ist der Ehre wert.
Ha! wüßt ich bessers nicht, ich lebte lieber
Sprachlos und fremde mit des Berges Wild
In Regen und in Sonnenbrand, und teilte
Die Nahrung mit dem Tier, als daß ich noch
In euer blindes Elend wiederkehrte.

HERMOKRATES.
So dankst du uns?

EMPEDOKLES. O sprich es einmal noch
Und siehe, wenn du kannst, zu diesem Licht,
Dem Allesschauenden, empor! doch warum bliebst
Du auch nicht fern, und kamst mir frech vors Aug,
Und nötigest das letzte Wort mir ab,
Damit es dich zum Acheron geleite,
Weißt du, was du getan? was tat ich dir?
Es warnte dich, und lange fesselte
Die Furcht die Hände dir, und lange grämt'
In seinen Banden sich dein Grimm; ihn hielt
Mein Geist gefangen, konntest du nicht ruhn,
Und peinigte dich so mein Leben; freilich mehr
Wie Durst und Hunger quält das Edlere

Den Feigen; konntest du nicht ruhn? und mußtest
Dich an mich wagen, Ungestalt, und wähntest,
Ich würde dir, wenn du mit deiner Schmach
Das Angesicht mir übertünchtest, gleich?
Das war ein alberner Gedanke, Mann!
Und könntest du dein eigen Gift im Tranke
Mir reichen, dennoch paarte sich mit dir
Mein lieber Geist nicht und er schüttete
Mit diesem Blut das du entweiht dich aus.
Es ist umsonst; wir gehn verschiednen Weg.
Stirb du gemeinen Tod, wie sichs gebührt,
Am seelenlosen Knechtsgefühl, mir ist
Ein ander Los beschieden, andern Pfad
Weissagtet einst, da ich geboren ward,
Ihr Götter mir, die gegenwärtig waren –
Was wundert sich der allerfahrne Mann?
Dein Werk ist aus und deine Ränke reichen
An meine Freude nicht. Begreifest du das doch!

HERMOKRATES.

Den Rasenden begreif ich freilich nicht.

KRITIAS.

Genug ists nun, Hermokrates! du reizest
Zum Zorne nur den Schwerbeleidigten.

PAUSANIAS.

Was nimmt ihr auch den kalten Priester mit,
Ihr Toren, wenn um Gutes euch zu tun ist?
Und wählt   zum Versöhner
Den Gottverlaßnen, der nicht lieben kann,
Zu Zwist und Tod ist der und seinesgleichen
Ins Leben ausgesäet, zum Frieden nicht!
Jetzt seht ihrs ein, o hättet ihrs vor Jahren!
Es wäre manches nicht in Agrigent
Geschehen. Viel hast du getan, Hermokrates,
So lang du lebst, hast manche liebe Lust
Den Sterblichen hinweg geängstiget,
Hast manches Heldenkind in seiner Wieg
Erstickt, und gleich der Blumenwiese fiel
Und starb die jugendkräftige Natur
Vor deiner Sense. Manches sah ich selbst
Und manches hört ich. Soll ein Volk vergehn,
So schicken nur die Furien einen Mann,
Der täuschend überall der Missetat

Die lebensreichen Menschen überführe.
Zuletzt, der Kunst erfahren, machte sich
An einen Mann der heiligschlaue Würger
Und herzempörend glückt es ihm, damit
Das Göttergleichste durch Gemeinstes falle.
Mein Empedokles! – gehe du des Wegs
Den du erwählt. Ich kanns nicht hindern, sengt
Es gleich das Blut in meinen Adern weg.
Doch diesen, der das Leben dir geschändet,
Den Allverderber such ich auf, wenn ich
Verlassen bin von dir, ich such ihn, flöh
Er zum Altar, es hilft ihm nichts, mit mir
Muß er, mit mir, ich weiß sein eigen Element.
Zum toten Sumpfe schlepp ich ihn – und wenn
Er flehend wimmert, so erbarmt ich mich
Des grauen Haars, wie er der andern sich
Erbarmt; hinab!
zu Hermokrates hörst du? Ich halte Wort.

ERSTER BÜRGER.
Es braucht des Wartens nicht, Pausanias!

HERMOKRATES.
Ihr Bürger!

ZWEITER BÜRGER.
Regst du noch die Zunge? du,
Du hast uns schlecht gemacht; hast allen Sinn
Uns weggeschwatzt; hast uns des Halbgotts Liebe
Gestohlen, du! er ists nicht mehr. Er kennt
Uns nicht; ach! ehmals sah mit sanften Augen
Auf uns der königliche Mann; nun kehrt
Sein Blick das Herz mir um.

DRITTER BÜRGER. Weh! waren wir
Doch gleich den Alten zu Saturnus Zeit,
Da freundlich unter uns der Hohe lebt',
Und jeder hatt in seinem Hause Freude
Und alles war genug. Was ludst du denn
Den Fluch auf uns, den unvergeßlichen,
Den er gesprochen, ach! er mußte wohl,
Und sagen werden unsre Söhne, wenn
Sie groß geworden sind, ihr habt den Mann
Den uns die Götter sandten, uns gemordet.

ZWEITER BÜRGER.
Er weint! – o größer noch und lieber,

Denn vormals, dünkt er mir. Und sträubst
Du noch dich gegen ihn, und stehest da,
Als sähst du nicht, und brechen dir vor ihm
Die Kniee nicht? Zu Boden, Mensch!

ERSTER BÜRGER. Und spielst
Du noch den Götzen, was? und möchtest gern
So fort es treiben? nieder mußt du mir!
Und auf den Nacken setz ich dir den Fuß,
Bis du mir sagst, du habest endlich dich
Bis an den Tartarus hinabgelogen.

DRITTER BÜRGER.
Weiß du, was du getan? dir wär es besser,
Du hättest Tempelraub begangen, ha!
Wir beteten ihn an, und billig wars;
Wir wären götterfrei mit ihm geworden,
Da wandelt unverhofft, wie eine Pest,
Dein böser Geist uns an und uns verging
Das Herz und Wort, und alle Freude, die
Er uns geschenkt, in widerwärtgem Taumel.
Ha Schande! Schande! wie die Rasenden
Frohlockten wir, da du zum Tode schmähtest
Den hochgeliebten Mann. Unheilbar ists
Und stürbst du siebenmal, du könntest doch,
Was du an ihm und uns getan, nicht ändern.

EMPEDOKLES.
Die Sonne neigt zum Untergange sich,
Und weiter muß ich diese Nacht, ihr Kinder.
Laßt ab von ihm! es ist zu lange schon,
Daß wir gestritten. Was geschehen ist
Vergehet all und künftig lassen wir
In Ruh einander.

PAUSANIAS. Gilt denn alles gleich?

DRITTER BÜRGER.
O lieb uns wieder!

ZWEITER BÜRGER. Komm und leb
In Agrigent; es hats ein Römer
Gesagt, durch ihren Numa wären sie
So groß geworden. Komme, Göttlicher!
Sei unser Numa. Lange dachten wirs,
Du solltest König sein. O sei es! seis!
Ich grüße dich zuerst, und alle wollens.

EMPEDOKLES.
Dies ist die Zeit der Könige nicht mehr.

DIE BÜRGER *erschrocken*
Wer bist du, Mann?

PAUSANIAS. So lehnt man Kronen ab,
Ihr Bürger.

ERSTER BÜRGER.
Unbegreiflich ist das Wort,
So du gesprochen, Empedokles.

EMPEDOKLES. Hegt
Im Neste denn die Jungen immerdar
Der Adler? Für die Blinden sorgt er wohl,
Und unter seinen Flügeln schlummern süß
Die Ungefiederten ihr dämmernd Leben.
Doch haben sie das Sonnenlicht erblickt,
Und sind die Schwingen ihnen reif geworden,
So wirft er aus der Wiege sie, damit
Sie eignen Flug beginnen. Schämet euch,
Daß ihr noch einen König wollt; ihr seid
Zu alt; zu eurer Väter Zeiten wärs
Ein anderes gewesen. Euch ist nicht
Zu helfen, wenn ihr selber euch nicht helft.

KRITIAS.
Vergib! bei allen Himmlischen! du bist
Ein großer Mann, Verratener!

EMPEDOKLES. Es war
Ein böser Tag, der uns geschieden, Archon.

ZWEITER BÜRGER.
Vergib und komm mit uns! Dir scheinet doch
Die heimatliche Sonne freundlicher
Denn anderswo, und willst du schon die Macht,
Die dir gebührte, nicht, so haben wir
Der Ehrengaben manche noch für dich,
Für Kränze grünes Laub und schöne Namen,
Und für die Säule nimmeralternd Erz.
O komm! es sollen unsre Jünglinge,
Die Reinen, die dich nie beleidiget,
Dir dienen – wohnst du nahe nur, so ists
Genug, und dulden müssen wirs, wo du
Uns meidst, und einsam bleibst in deinen Gärten,
Bis du vergessen hast, was dir geschehn.

EMPEDOKLES.
O Einmal noch! du heimatliches Licht,
Das mich erzog, ihr Gärten meiner Jugend
Und meines Glücks, noch soll ich eurer denken,
Ihr Tage meiner Ehre, wo ich rein
Und ungekränkt mit diesem Volke war.
Wir sind versöhnt, ihr Guten! – laßt mich nur,
Viel besser ists, ihr seht das Angesicht
Das ihr geschmäht nicht mehr, so denkt ihr lieber
Des Manns, den ihr geliebt, und irre wird
Dann euch der ungetrübte Sinn nicht mehr.
In ewger Jugend lebt mit euch mein Bild
Und schöner tönen, wenn ich ferne bin,
Die Freudensänge, so ihr mir versprochen.
O laßt uns scheiden, ehe Torheit uns
Und Alter scheidet, sind wir doch gewarnt,
Und Eines bleiben, die zu rechter Zeit
Aus eigner Kraft die Trennungsstunde wählten.

DRITTER BÜRGER.
So ratlos lässest du uns stehn?

EMPEDOKLES. Ihr botet
Mir eine Kron, ihr Männer! nimmt von mir
Dafür mein Heiligtum. Ich spart es lang.
In heitern Nächten oft, wenn über mir
Die schöne Welt sich öffnet', und die heilge Luft
Mit ihren Sternen allen als ein Geist
Voll freudiger Gedanken mich umfing,
Da wurd es oft lebendiger in mir;
Mit Tagesanbruch dacht ich euch das Wort,
Das ernste langverhaltene, zu sagen.
Und freudig ungeduldig rief ich schon
Vom Orient die goldne Morgenwolke
Zum neuen Fest, an dem mein einsam Lied
Mit euch zum Freudenchore würd, herauf.
Doch immer schloß mein Herz sich wieder, hofft'
Auf seine Zeit, und reifen sollte mirs.
Heut ist mein Herbsttag und es fällt die Frucht
Von selbst.

PAUSANIAS. O hätt er früher nur gesprochen,
Vielleicht, dies alles wär ihm nicht geschehn.

EMPEDOKLES.
Nicht ratlos stehen laß ich euch,

Ihr Lieben! aber fürchtet nichts! Es scheun
Die Erdenkinder meist das Neu und Fremde,
Daheim in sich zu bleiben strebet nur
Der Pflanze Leben und das frohe Tier.
Beschränkt im Eigentume sorgen sie,
Wie sie bestehn, und weiter reicht ihr Sinn
Im Leben nicht. Doch müssen sie zuletzt,
Die Ängstigen, heraus, und sterbend kehrt
Ins Element ein jedes, daß es da
Zu neuer Jugend, wie im Bade, sich
Erfrische. Menschen ist die große Lust
Gegeben, daß sie selber sich verjüngen.
Und aus dem reinigenden Tode, den
Sie selber sich zu rechter Zeit gewählt,
Erstehn, wie aus dem Styx Achill, die Völker.
O gebt euch der Natur, eh sie euch nimmt! –
Ihr dürstet längst nach Ungewöhnlichem,
Und wie aus krankem Körper sehnt der Geist
Von Agrigent sich aus dem alten Gleise.
So wagts! was ihr geerbt, was ihr erworben,
Was euch der Väter Mund erzählt, gelehrt,
Gesetz und Brauch, der alten Götter Namen,
Vergeßt es kühn, und hebt, wie Neugeborne,
Die Augen auf zur göttlichen Natur,
Wenn dann der Geist sich an des Himmels Licht
Entzündet, süßer Lebensothem euch
Den Busen, wie zum erstenmale tränkt,
Und goldner Früchte voll die Wälder rauschen
Und Quellen aus dem Fels, wenn euch das Leben
Der Welt ergreift, ihr Friedensgeist, und euchs
Wie heilger Wiegensang die Seele stillet,
Dann aus der Wonne schöner Dämmerung
Der Erde Grün von neuem euch erglänzt
Und Berg und Meer und Wolken und Gestirn,
Die edeln Kräfte, Heldenbrüdern gleich,
Vor euer Auge kommen, daß die Brust
Wie Waffenträgern euch nach Taten klopft,
Und eigner schöner Welt, dann reicht die Hände
Euch wieder, gebt das Wort und teilt das Gut,
O dann ihr Lieben teilet Tat und Ruhm
Wie treue Dioskuren; jeder sei,
Wie alle, – wie auf schlanken Säulen, ruh

Auf richtgen Ordnungen das neue Leben
Und euern Bund befestge das Gesetz.
Dann o ihr Genien der wandelnden
Natur! dann ladet euch, ihr heitern,
Die ihr aus Tiefen und aus Höhn die Freude nimmt
Und sie wie Müh und Glück und Sonnenschein und Regen
Den engbeschränkten Sterblichen ans Herz
Aus ferner fremder Welt herbei bringt,
Das freie Volk zu seinen Festen ein,
Gastfreundlich! fromm! denn liebend gibt
Der Sterbliche vom Besten, schließt und engt
Den Busen ihm die Knechtschaft nicht –

PAUSANIAS. O Vater!

EMPEDOKLES.
Von Herzen nennt man, Erde, dann dich wieder
Und wie die Blum aus deinem Dunkel sproßt,
Blüht Wangenrot der Dankenden für dich
Aus lebensreicher Brust und selig Lächeln.
Und

Beschenkt mit Liebeskränzen rauschet dann
Der Quell hinab, wächst unter Segnungen
Zum Strom und mit dem Echo bebender Gestade
Tönt deiner wert, o Vater Ocean,
Der Lobgesang aus freier Wonne wider.
Es fühlt sich neu in himmlischer Verwandtschaft
O Sonnengott! der Menschengenius
Mit dir, und dein wie sein, ist was er bildet.
Aus Lust und Mut und Lebensfülle gehn
Die Taten leicht, wie deine Strahlen, ihm,
Und schönes stirbt in traurigstummer Brust
Nicht mehr. Oft schläft, wie edles Samenkorn,
Das Herz der Sterblichen in toter Schale,
Bis ihre Zeit gekommen ist; es atmet
Der Aether liebend immerdar um sie,

und mit den Adlern trinkt
Ihr Auge Morgenlicht, doch Segen gibt
Es nicht den Träumenden und kärglich nährt
Vom Nektar, den die Götter der Natur
Alltäglich reichen, sich ihr schlummernd Wesen.
Bis sie des engen Treibens müde sind,

Und sich die Brust in ihrer kalten Fremde,
Wie Niobe, gefangen, und der Geist
Sich kräftiger denn alle Sage fühlt,
Und seines Ursprungs eingedenk das Leben,
Lebendge Schöne, sucht, und gerne sich
Entfaltet' an der Gegenwart des Reinen,
Dann glänzt ein neuer Tag herauf, ach! anders
Denn sonst, die Natur

und staunend
Unglaubig, wie nach hoffnungsloser Zeit
Beim heilgen Wiedersehn Geliebtes hängt
Am totgeglaubten Lieben, hängt das Herz
An

sie sinds!
Die langentbehrten, die lebendigen,
Die guten Götter,

mit des Lebens Stern hinab!
Lebt wohl! Es war das Wort des Sterblichen,
Der diese Stunde liebend zwischen euch
Und seinen Göttern zögert, die ihn riefen.
Am Scheidetage weissagt unser Geist,
Und wahres reden, die nicht wiederkehren.

KRITIAS.

Wohin? o beim lebendigen Olymp,
Den du mir alten Manne noch zuletzt,
Mir Blinden aufgeschlossen, scheide nicht,
Nur wenn du nahe bist, gedeiht im Volk
Und dringt in Zweig' und Frucht die neue Seele.

EMPEDOKLES.

Es sprechen, wenn ich ferne bin, statt meiner
Des Himmels Blumen, blühendes Gestirn
Und die der Erde tausendfach entkeimen,
Die göttlichgegenwärtige Natur
Bedarf der Rede nicht; und nimmer läßt
Sie einsam euch, wo Einmal sie genaht,
Denn unauslöschlich ist der Augenblick
Vor ihr; und siegend wirkt durch alle Zeiten
Beseligend hinab sein himmlisch Feuer.
Wenn dann die glücklichen Saturnustage
Die neuen männlichern gekommen sind,

Dann denkt vergangner Zeit, dann leb erwärmt
Am Genius der Väter Sage wieder!
Zum Feste komme, wie vom Frühlingslicht
Emporgesungen, die vergessene
Heroenwelt vom Schattenreich herauf,
Und mit der goldnen Trauerwolke lagre
Erinnrung sich, ihr Freudigen! um euch. –

PAUSANIAS.

Und du? und du? ach nennen will ichs nicht
Vor diesen Glücklichen

Daß sie nicht ahnden, was geschehen wird,
Nein! – ◡ – du kannst es nicht.

EMPEDOKLES.

O Wünsche! Kinder seid ihr, und doch wollt
Ihr wissen, was begreiflich ist und recht,
Du irrest! sprecht, ihr Törigen! zur Macht
Die mächtger ist, denn ihr, doch hilft es nicht
Und wie die Sterne geht unaufgehalten
Das Leben im Vollendungsgange weiter.
Kennt ihr der Götter Stimme nicht? noch eh
Als ich der Eltern Sprache lauschend lernt,
Im ersten Othemzug, im ersten Blick
Vernahm ich jene schon und immer hab
Ich höher sie, denn Menschenwort geachtet.
Hinauf! sie riefen mich und jedes Lüftchen
Regt mächtiger die bange Sehnsucht auf,
Und wollt ich hier noch länger weilen, wärs,
Wie wenn der Jüngling unbeholfen sich
Am Spiele seiner Kinderjahre letzte.
Ha! seellos, wie die Knechte, wandelt ich
In Nacht und Schmach vor euch und meinen Göttern.

Gelebt hab ich; wie aus der Bäume Wipfel
Die Blüte regnet und die goldne Frucht
Und Blum und Korn aus dunklem Boden quillt,
So kam aus Müh und Not die Freude mir,
Und freundlich stiegen Himmelskräfte nieder,
Es sammeln in der Tiefe sich, Natur,
Die Quellen deiner Höhn und deine Freuden,
Sie kamen all in meiner Brust zu ruhn,
Sie waren Eine Wonne, wenn ich dann

Das schöne Leben übersann, da bat
Ich herzlich oft um Eines nur die Götter:
Sobald ich einst mein heilig Glück nicht mehr
In Jugendstärke taumellos ertrüg
Und wie des Himmels alten Lieblingen
Zur Torheit mir des Geistes Fülle würde,
Dann mich zu mahnen, dann nur schnell ins Herz
Ein unerwartet Schicksal mir zu senden,
Zum Zeichen, daß die Zeit der Läuterung
Gekommen sei, damit bei guter Stund
Ich fort zu neuer Jugend noch mich rettet
Und unter Menschen nicht der Götterfreund
Zum Spiel und Spott und Ärgernisse würde.

Sie haben mirs gehalten; mächtig warnt'
Es mich; zwar Einmal nur, doch ists genug.
Und so ichs nicht verstände, wär ich gleich
Gemeinem Rosse, das den Sporn nicht ehrt,
Und noch der nötigenden Geißel wartet.
Drum fordert nicht die Wiederkehr des Manns
Der euch geliebt, doch wie ein Fremder war
Mit euch und nur für kurze Zeit geboren,
O fodert nicht, daß er an Sterbliche
Sein Heilges noch und seine Seele wage!
Ward doch ein schöner Abschied uns gewährt,
Und konnt ich noch mein liebstes euch zuletzt
Mein Herz hinweg aus meinem Herzen geben.
Drum vollends nicht! was sollt ich noch bei euch?

ERSTER BÜRGER.
Wir brauchen deines Rats.

EMPEDOKLES.
Fragt diesen Jüngling! schämet des euch nicht.
Aus frischem Geiste kommt das Weiseste,
Wenn ihr um Großes ihn im Ernste fraget.
Aus junger Quelle nahm die Priesterin
Die alte Pythia die Göttersprüche.
Und Jünglinge sind selber eure Götter. –
Mein Liebling! gerne weich ich, lebe du
Nach mir, ich war die Morgenwolke nur,
Geschäftslos und vergänglich! und es schlief,
Indes ich einsam blühte, noch die Welt,
Doch du, du bist zum klaren Tag geboren.

PAUSANIAS.
O! schweigen muß ich!
KRITIAS. Überrede dich
Nicht, bester Mann! und uns mit dir. Mir selbst
Ists vor dem Auge dunkel und ich kann
Nicht sehn, was du beginnst, und kann nicht sagen, bleibe!
Verschieb es einen Tag. Der Augenblick
Faßt wunderbar uns oft; so gehen wir
Die Flüchtgen mit dem Flüchtigen dahin.
Oft dünkt das Wohlgefallen einer Stund
Uns lange vorbedacht, und doch ists nur
Die Stunde, die uns blendet, daß wir *sie*
Nur sehen in Vergangenem. Vergib!
Ich will den Geist des Mächtigern nicht schmähn,
Nicht diesen Tag; ich seh es wohl, ich muß
Dich lassen, kann nur zusehn, wenn es schon
Mich in der Seele kümmert, –
DRITTER BÜRGER. Nein! o nein! –
Er gehet zu den Fremden nicht, nicht übers Meer,
Nach Hellas Ufern oder nach Aegyptos,
Zu seinen Brüdern, die ihn lange nicht
Gesehn, den hohen Weisen, – bittet ihn,
O bittet, daß er bleib'! es ahndet mir,
Und Schauer gehn von diesem stillen Mann,
Dem Heiligfurchtbaren, mir durch das Leben,
Und heller wirds in mir und finstrer auch
Denn in der vorgen Zeit – wohl trägst und siehst
Ein eigen großes Schicksal du in dir,
Und trägst es gern, und was du denkst ist herrlich.
Doch denke derer, die dich lieben auch
Der Reinen, und der andern, die gefehlt,
Der Reuigen. Du Gütiger, du hast
Uns viel gegeben, was ists ohne dich?
O möchtest du uns nicht dich selber auch
Noch eine Weile gönnen, Gütiger!
EMDEPOKLES.
O lieber Undank! gab ich doch genug
Wovon ihr leben möget. *Ihr* dürft leben
So lang ihr Othem habt: ich nicht. Es muß
Bei Zeiten weg, durch wen der Geist geredet.
Es offenbart die göttliche Natur
Sich göttlich oft durch Menschen, so erkennt

Das vielversuchende Geschlecht sie wieder.
Doch hat der Sterbliche, dem sie das Herz
Mit ihrer Wonne füllte, sie verkündet,
O laßt sie dann zerbrechen das Gefäß,
Damit es nicht zu andrem Brauche dien',
Und Göttliches zum Menschenwerke werde.
Laßt diese Glücklichen doch sterben, laßt
Eh sie in Eigenmacht und Tand und Schmach
Vergehn, die Freien sich bei guter Zeit
Den Göttern liebend opfern. Mein ist dies.
Und wohlbewußt ist mir mein Los und längst
Am jugendlichen Tage hab ich mirs
Geweissagt; ehret mirs! und wenn ihr morgen
Mich nimmer findet, sprecht: veralten sollt
Er nicht und Tage zählen, dienen nicht
Der Sorg und Krankheit,
ungesehen ging
Er weg und keines Menschen Hand begrub ihn,
Und keines Auge weiß von seiner Asche,
Denn anders ziemt es nicht für ihn, vor dem
In todesfroher Stund am heilgen Tage
Das Göttliche den Schleier abgeworfen –
Den Licht und Erde liebten, dem der Geist,
Der Geist der Welt den eignen Geist erweckte,
In dem sie sind, zu dem ich sterbend kehre.

KRITIAS.

Weh! unerbittlich ist er, und es schämt
Das Herz sich selbst ein Wort noch ihm zu sagen.

EMPEDOKLES.

Komm reiche mir die Hände, Kritias!
Und ihr ihr all. – Du bleibest Liebster noch,
Bei mir, du immertreuer guter Jüngling!
Beim Freunde, bis zum Abend – trauert nicht!
Denn heilig ist mein End und schon – o Luft,
Luft, die den Neugeborenen umfängt,
Wenn droben er die neuen Pfade wandelt,
Dich ahnd ich, wie der Schiffer, wenn er nah
Dem Blütenwald der Mutterinsel kömmt,
Schon atmet liebender die Brust ihm auf
Und sein gealtert Angesicht verklärt
Erinnerung der ersten Wonne wieder!
Und o, Vergessenheit! Versöhnerin! –

Voll Segens ist die Seele mir, ihr Lieben!
Geht nur und grüßt die heimatliche Stadt
Und ihr Gefild'! am schönen Tage, wenn
Den Göttern der Natur ein Fest zu bringen,
Vom Tagewerk das Auge zu befrein,
Ihr einst heraus zum heilgen Haine geht,
Und wie mit freundlichen Gesängen euchs
Empfängt, antwortet aus den heitern Höhn,
Dann wehet wohl ein Ton von mir im Liede,
Des Freundes Wort, verhüllt ins Liebeschor
Der schönen Welt, vernimmt ihr liebend wieder,
Und herrlicher ists so. Was ich gesagt,
Dieweil ich hie noch weile, wenig ists,
Doch nimmts der Strahl vielleicht des Lichtes zu
Der stillen Quelle, die euch segnen möchte,
Durch dämmernde Gewölke mit hinab.
Und ihr gedenket meiner!

KRITIAS. Heiliger!
Du hast mich überwunden, heilger Mann!
Ich will es ehren, was mit dir geschieht,
Und einen Namen will ich ihm nicht geben.
O mußt es sein? es ist so eilend all
Geworden. Da du noch in Agrigent
Stillherrschend lebtest, achteten wirs nicht,
Nun bist du uns genommen, eh wirs denken.
Es kommt und geht die Freude, doch gehört
Sie Sterblichen nicht eigen, und der Geist
Eilt ungefragt auf seinem Pfade weiter.
Ach! können wir denn sagen, daß du da
Gewesen?

Fünfter Auftritt

Empedokles. Pausanias

PAUSANIAS.
Es ist geschehen, schicke nun auch mich
Hinweg! Dir wird es leicht!

EMPEDOKLES. O nicht!

PAUSANIAS.
Ich weiß es wohl, ich sollte nicht so reden
Zum heilgen Fremdlinge, doch will ich nicht
Das Herz im Busen bändigen. Du hasts

Verwöhnt, du hast es selber dir erzogen –
Und meinesgleichen dünkte mir noch, da
Ein roher Knab ich war, der Herrliche,
Wenn er mit Wohlgefallen sich zu mir
Im freundlichen Gespräche neigt', und mir
Wie längstbekannt des Mannes Worte waren,
Das ist vorbei! vorbei! O Empedokles!
Noch nenn ich dich mit Namen, halte noch
Bei seiner treuen Hand den Fliehenden,
Und sieh! mir ist, noch immer ist es mir,
Als könntst du mich nicht lassen, Liebender!
Geist meiner glücklichen Jugend, hast du mich
Umsonst umfangen, hab ich dir umsonst
Entfaltet dieses Herz in Siegeslust
Und großen Hoffnungen? Ich kenne dich
Nicht mehr. Es ist ein Traum. Ich glaub es nicht.

EMPEDOKLES.
Verstandest du es nicht?

PAUSANIAS. Mein Herz versteh ich,
Das treu und stolz für deines zürnt und schlägt.

EMPEDOKLES.
So gönn ihm seine Ehre doch, dem meinen.

PAUSANIAS.
Ist Ehre nur im Tod?

EMPEDOKLES. Du hasts gehört,
Und deine Seele zeugt es mir, für mich
Gibts andre nicht.

PAUSANIAS. Ach! ists denn wahr?

EMPEDOKLES. Wofür
Erkennst du mich?

PAUSANIAS *innig* O Sohn Uraniens!
Wie kannst du fragen?

EMPEDOKLES *mit Liebe* Dennoch soll ich Knechten gleich
Den Tag der Unehr überleben?

PAUSANIAS. Nein!
Bei deinem Zaubergeiste, Mann, ich will nicht
Will nicht dich schmähn, geböt es auch die Not
Der Liebe mir, du Lieber! stirb denn nur
Und zeuge so von dir. Wenns sein muß.

EMPEDOKLES. Hab
Ichs doch gewußt, daß du nicht ohne Freude
Mich gehen ließest, Heldenmütiger!

PAUSANIAS.
Wo ist denn nun das Leid? umwallt das Haupt
Dir doch ein Morgenrot und Einmal schenkt
Dein Auge noch mir seine kräftgen Strahlen.
EMPEDOKLES.
Und ich, ich küsse dir Verheißungen
Auf deine Lippen: mächtig wirst du sein,
Wirst leuchten, jugendliche Flamme, wirst,
Was sterblich ist, in Seel und Flamme wandeln,
Daß es mit dir zum heilgen Aether steigt.
Ja! Liebster! nicht umsonst hab ich mit dir
Gelebt, und unter mildem Himmel ist
Viel einzig Freudiges vom ersten goldnen
Gelungnen Augenblick uns aufgegangen,
Und oft wird dessen dich mein stiller Hain
Und meine Halle mahnen, wenn du dort
Vorüberkömmst, des Frühlings, und der Geist
Der zwischen mir und dir gewesen dich
Umwaltet, dank ihm dann, und dank ihm itzt!
O Sohn! Sohn meiner Seele!
PAUSANIAS. Vater! danken
Will ich, wenn wieder erst das Bitterste
Von mir genommen ist.
EMPEDOKLES. Doch, lieber, schön
Ist auch der Dank, solange noch die Freude,
Die Scheidende, verzieht bei Scheidenden.
PAUSANIAS.
O muß sie denn dahin? ich faß es nicht,
Und du? was hülf es dir

EMPEDOKLES.
Bin ich durch Sterbliche doch nicht bezwungen,
Und geh in meiner Kraft, furchtlos hinab
Den selbsterkornen Pfad; mein Glück ist dies,
Mein Vorrecht ists.
PAUSANIAS. O laß und sprich nicht so
Das Schröckliche mir aus! Noch atmest du,
Und hörest Freundeswort, und rege quillt
Das teure Lebensblut vom Herzen dir,
Du stehst und blickst und hell ist rings die Welt
Und klar ist dir dein Auge vor den Göttern.

Der Himmel ruht auf freier Stirne dir,
Und, freudig aller Menschen, überglänzt,
Du Herrlicher! dein Genius die Erd,
Und alles soll vergehn!

EMPEDOKLES. Vergehn? ist doch
Das Bleiben, gleich dem Strome den der Frost
Gefesselt. Töricht Wesen! schläft und hält
Der heilge Lebensgeist denn irgendwo,
Daß du ihn binden möchtest, du den Reinen?
Es ängstiget der Immerfreudige
Dir niemals in Gefängnissen sich ab,
Und zaudert hoffnungslos auf seiner Stelle,
Frägst du, wohin? Die Wonnen einer Welt
Muß er durchwandern, und er endet nicht. –
O Jupiter Befreier! – gehe nun hinein,
Bereit ein Mahl, daß ich des Halmes Frucht
Noch Einmal koste, und der Rebe Kraft,
Und dankesfroh mein Abschied sei; und wir
Den Musen auch, den holden, die mich liebten,
Den Lobgesang noch singen – tu es, Sohn!

PAUSANIAS.
Mich meistert wunderbar dein Wort, ich muß
Dir weichen, muß gehorchen, wills, und will
Es nicht. *geht ab*

Sechster Auftritt

EMPEDOKLES *allein*
Ha! Jupiter Befreier! näher tritt
Und näher meine Stund und vom Geklüfte
Kömmt schon der traute Bote meiner Nacht
Der Abendwind zu mir, der Liebesbote.
Es wird! gereift ists! o nun schlage, Herz,
Und rege deine Wellen, ist der Geist
Doch über dir wie leuchtendes Gestirn,
Indes des Himmels heimatlos Gewölk
Das immer flüchtige vorüber wandelt.
Wie ist mir? staunen muß ich noch, als fing'
Ich erst zu leben an, denn all ists anders,
Und jetzt erst bin ich, bin – und darum wars,
Daß in der frommen Ruhe dich so oft,
Du Müßiger, ein Sehnen überfiel?

O darum ward das Leben dir so leicht,
Daß du des Überwinders Freuden all
In Einer vollen Tat am Ende fändest?
Ich komme. Sterben? nur ins Dunkel ists
Ein Schritt, und sehen möchtst du doch, mein Auge!
Du hast mir ausgedient, dienstfertiges!
Es muß die Nacht itzt eine Weile mir
Das Haupt umschatten. Aber freudig quillt
Aus mutger Brust die Flamme. Schauderndes
Verlangen! Was? am Tod entzündet mir
Das Leben sich zuletzt? und reichest du
Den Schreckensbecher, mir, den gärenden,
Natur! damit dein Sänger noch aus ihm
Die letzte der Begeisterungen trinke!
Zufrieden bin ichs, suche nun nichts mehr
Denn meine Opferstätte. Wohl ist mir.
O Iris Bogen über stürzenden
Gewässern, wenn die Wog in Silberwolken
Auffliegt, wie du bist, so ist meine Freude.

Siebenter Auftritt

Panthea. Delia

. . .

DELIA.
Sie sagten mir: es denken anders Götter
Denn Sterbliche. Was Ernst den Einen dünk,
Es dünke Scherz den andern. Götterernst
Sei Geist und Tugend, aber Spiel vor ihnen sei
Die lange Zeit der vielgeschäftgen Menschen.
Und mehr wie Götter, denn, wie Sterbliche,
Scheint euer Freund zu denken.

PANTHEA. Nein! Mich wundert nicht,
Daß er sich fort zu seinen Göttern sehnt.
Was gaben ihm die Sterblichen? hat ihm
Sein töricht Volk genährt den hohen Sinn,
Ihr unbedeutend Leben, hat ihm dies
Das Herz verwöhnt
Nimm ihn, du gabst ihm alles, gabst
Ihn uns, o nimm ihn nur hinweg, Natur!
Vergänglicher sind deine Lieblinge,

Das weiß ich wohl, sie werden groß
Und sagen könnens andre nicht, wie sie's
Geworden, ach! und so entschwinden sie,
Die Glücklichen, auch wieder!

DELIA. Sieh! mir dünkt es
Doch glücklicher, bei Menschen froh zu weilen.
Verzeih es mir der Unbegreifliche.
Und ist die Welt doch hier so schön.

PANTHEA. Ja schön
Ist sie, und schöner itzt denn je. Es darf
Nicht unbeschenkt von ihr ein Kühner gehn.
Sieht er noch auf zu dir, o himmlisch Licht?
Und siehest du ihn, den ich nun vielleicht
Nicht wiedersehe? Delia! so blicken
Sich Heldenbrüder inniger ins Aug,
Eh sie vom Mahl zur Schlummerstunde scheiden,
Und sehn sie nicht des Morgens sich aufs neu?
O Worte! freilich schaudert mir, wie dir,
Das Herz, du gutes Kind! und gerne möcht
Ichs anders, doch ich schäme dessen mich.
Tut Er es doch! ists so nicht heilig?

DELIA.
Wer ist der fremde Jüngling, der herab
Vom Berge kömmt!

PANTHEA. Pausanias. Ach müssen
Wir so uns wiederfinden, Vaterloser?

Achter Auftritt

Pausianias. Panthea. Delia

PAUSANIAS.
Ist Empedokles hier? o Panthea,
Du ehrest ihn, du kömmst herauf, du kömmst
Noch einmal ihn den ernsten Wanderer
Auf seinem dunkeln Pfad zu sehn!

PANTHEA. Wo ist er?

PAUSANIAS.
Ich weiß es nicht. Er sandte mich hinweg,
Und da ich   , sah ich ihn nicht wieder.
Ich rief ihn im Gebürge, doch ich fand
Ihn nicht. Er kehrt gewiß. Versprach

Er freundlich doch, bis in die Nacht zu weilen.
O käm er nur! Die liebste Stunde flieht
Geschwinder, denn die Pfeile sind, vorüber.
Noch Einmal soll ich freudig sein mit ihm,
Und du auch wirst es, Panthea! und sie,
Die edle Fremdlingin, die ihn nur Einmal,
Nur, wie ein herrlich Traumbild sieht. Euch schreckt
Sein Ende, das vor aller Augen ist,
Doch keiner nennen mag; ich glaub es wohl,
Doch werdet ihrs vergessen, sehet ihr
In seiner Blüte den Lebendigen.
Denn wunderbar vor diesem Manne schwindet
Was traurig Sterblichen und furchtbar dünkt.
Und vor dem selgen Aug ist alles licht.

DELIA.
Wie liebst du ihn? und dennoch batest du
Umsonst, du hast ihn wohl genug gebeten,
Den Ernsten, daß er bleib, und länger noch
Bei Menschen wohne.

PAUSANIAS. Konnt ich viel?
Er greift in meine Seele, wenn er mir
Antwortet, was sein Will ist. O das ists!
Daß er nur Freude gibt, wenn er versagt,
Und tiefer nur das Herz ihm widerklingt,
Und einig ist mit ihm, je mehr auf Seinem
Der Nieergründete besteht. Es ist
Nicht eitel Überredung, glaub es mir,
Wenn er des Lebens sich bemächtiget,
Oft, wenn er stille war in seiner Welt,
Der Stolzgenügsame, dann sah ich ihn
In dunkler Ahnung, voll und rege war
Die Seele mir, doch konnt ich sie nicht fühlen.
Mich ängstigte die Gegenwart des Reinen,
Des Unberührbaren; doch wenn das Wort
Entscheidend ihm von seinen Lippen kam,
Dann wars, als tönt' ein Freudenhimmel wider
In ihm und mir und ohne Widerred
Ergriff es mich, doch fühlt ich nur mich freier.
Ach! könnt er irren, um so tiefer nur
Erkennt ich ihn, den Unerschöpflichwahren,
Und wenn er stirbt, so flammt aus seiner Asche
Mir heller nur der Genius empor.

DELIA.

Ha! große Seele! dich erhebt der Tod
Des Großen, mich zerreißt er nur. Was soll
Es mirs gedenken, hat der Sterbliche
Der Welt sich aufgetan, der kindlich fremde,
Und kaum erwarmt, und frohvertraut geworden,
Bald stößt ihn dann ein kaltes Schicksal wieder,
Den Kaumgeborenen,   zurück,
Und ungestört in seiner Freude bleiben
Darf auch das Liebste nicht, ach! und die besten,
Sie treten auf der Todesgötter Seit,
Auch sie, und gehn dahin, mit Lust, und machen
Es uns zur Schmach, bei Sterblichen zu bleiben.

PAUSANIAS.

O bei den Seligen! verdamme nicht
Denn Herrlichen, dem seine Ehre so
Zum Unglück ward
Der sterben muß, weil er zu schön gelebt,
Weil ihn zu sehr die Götter alle liebten.
Denn wird ein anderer, denn er, geschmäht,
So ists zu tilgen, aber er, wenn ihm

was kann der Göttersohn?
Unendlich trifft es den Unendlichen.
Ach niemals ward ein edler Angesicht
Empörender beleidiget! ich mußt
Es sehn,

DER TOD DES EMPEDOKLES

EIN TRAUERSPIEL
IN
FÜNF AKTEN

Zweite Fassung

Personen

EMPEDOKLES	
PAUSANIAS	
PANTHEA	
DELIA	
HERMOKRATES	
MEKADES	
AMPHARES	*Agrigentiner*
DEMOKLES	*Agrigentiner*
HYLAS	*Agrigentiner*

Der Schauplatz ist teils in Agrigent,
teils am Aetna.

ERSTER AKT

Erster Auftritt

Chor der Agrigentiner in der Ferne
Mekades. Hermokrates

MEKADES.
Hörst du das trunkne Volk?
HERMOKRATES
Sie suchen ihn.
MEKADES.
Der Geist des Manns
Ist mächtig unter ihnen.
HERMOKRATES.
Ich weiß, wie dürres Gras
Entzünden sich die Menschen.
MEKADES.
Daß Einer so die Menge bewegt, mir ists,
Als wie wenn Jovis Blitz den Wald
Ergreift, und furchtbarer.
HERMOKRATES.
Drum binden wir den Menschen auch
Das Band ums Auge, daß sie nicht
Zu kräftig sich am Lichte nähren.
Nicht gegenwärtig werden
Darf Göttliches vor ihnen.
Es darf ihr Herz
Lebendiges nicht finden.
Kennst du die Alten nicht,
Die Lieblinge des Himmels man nennt?
Sie nährten die Brust
An Kräften der Welt
Und den Hellaufblickenden war
Unsterbliches nahe,
Drum beugten die Stolzen
Das Haupt auch nicht
Und vor den Gewaltigen konnt
Ein Anderes nicht bestehn,
Es ward verwandelt vor ihnen.

MEKADES.
Und er?
HERMOKRATES.
Das hat zu mächtig ihn
Gemacht, daß er vertraut
Mit Göttern worden ist.
Es tönt sein Wort dem Volk,
Als käm es vom Olymp;
Sie dankens ihm,
Daß er vom Himmel raubt
Die Lebensflamm und sie
Verrät den Sterblichen.
MEKADES.
Sie wissen nichts, denn ihn,
Er soll ihr Gott,
Er soll ihr König sein.
Sie sagen, es hab Apoll
Die Stadt gebaut den Trojern,
Doch besser sei, es helf
Ein hoher Mann durchs Leben.
Noch sprechen sie viel Unverständiges
Von ihm und achten kein Gesetz
Und keine Not und keine Sitte.
Ein Irrgestirn ist unser Volk
Geworden und ich fürcht,
Es deute dieses Zeichen
Zukünftges noch, das er
Im stillen Sinne brütet.
HERMOKRATES.
Sei ruhig, Mekades!
Er wird nicht.
MEKADES.
Bist du denn mächtiger?
HERMOKRATES.
Der sie versteht,
Ist stärker, denn die Starken.
Und wohlbekannt ist dieser Seltne mir.
Zu glücklich wuchs er auf;
Ihm ist von Anbeginn
Der eigne Sinn verwöhnt, daß ihn
Geringes irrt; er wird es büßen,
Daß er zu sehr geliebt die Sterblichen.

MEKADES.

Mir ahndet selbst,
Es wird mit ihm nicht lange dauern,
Doch ist es lang genug,
So er erst fällt, wenn ihms gelungen ist.

HERMOKRATES.

Und schon ist er gefallen.

MEKADES.

Was sagst du?

HERMOKRATES.

Siehst du denn nicht? es haben
Den hohen Geist die Geistesarmen
Geirrt, die Blinden den Verführer.
Die Seele warf er vor das Volk, verriet
Der Götter Gunst gutmütig den Gemeinen,
Doch rächend äffte leeren Widerhalls
Genug denn auch aus toter Brust den Toren.
Und eine Zeit ertrug ers, grämte sich
Geduldig, wußte nicht,
Wo es gebrach; indessen wuchs
Die Trunkenheit dem Volke; schaudernd
Vernahmen sie's, wenn ihm vom eignen Wort
Der Busen bebt', und sprachen:
So hören wir nicht die Götter!
Und Namen, so ich dir nicht nenne, gaben
Die Knechte dann dem stolzen Trauernden.
Und endlich nimmt der Durstige das Gift,
Der Arme, der mit seinem Sinne nicht
Zu bleiben weiß und Ähnliches nicht findet,
Er tröstet mit der rasenden
Anbetung sich, verblindet, wird, wie sie,
Die seelenlosen Abergläubigen;
Die Kraft ist ihm entwichen,
Er geht in einer Nacht, und weiß sich nicht
Herauszuhelfen und wir helfen ihm.

MEKADES.

Des bist du so gewiß?

HERMOKRATES.

Ich kenn ihn.

MEKADES.

Ein übermütiges Gerede fällt
Mir bei, das er gemacht, da er zuletzt

Auf der Agora war. Ich weiß es nicht,
Was ihm das Volk zuvor gesagt; ich kam
Nur eben, stand von fern – Ihr ehret mich,
Antwortet' er, und tuet recht daran;
Denn stumm ist die Natur,
Es leben Sonn und Luft und Erd und ihre Kinder
Fremd umeinander,
Die Einsamen, als gehörten sie sich nicht.
Wohl wandeln immerkräftig
Im Göttergeiste die freien
Unsterblichen Mächte der Welt
Rings um der andern
Vergänglich Leben,
Doch wilde Pflanzen
Auf wilden Grund
Sind in den Schoß der Götter
Die Sterblichen alle gesäet
Die Kärglichgenährten und tot
Erschiene der Boden, wenn Einer nicht
Des wartete, lebenerweckend,
Und mein ist das Feld. Mir tauschen
Die Kraft und Seele zu Einem,
Die Sterblichen und die Götter.
Und wärmer umfangen die ewigen Mächte
Das strebende Herz und kräftger gedeihn
Vom Geiste der Freien die fühlenden Menschen,
Und wach ists! Denn ich
Geselle das Fremde,
Das Unbekannte nennet mein Wort,
Und die Liebe der Lebenden trag
Ich auf und nieder; was Einem gebricht,
Ich bring es vom andern, und binde
Beseelend, und wandle
Verjüngend die zögernde Welt
Und gleiche keinem und Allen.
So sprach der Übermütige.

HERMOKRATES.

Das ist noch wenig. Ärgers schläft in ihm.
Ich kenn ihn, kenne sie, die überglücklichen
Verwöhnten Söhne des Himmels,
Die anders nicht, denn ihre Seele, fühlen.
Stört einmal sie der Augenblick heraus –

Und leichtzerstörbar sind die Zärtlichen –
Dann stillet nichts sie wieder, brennend
Treibt eine Wunde sie, unheilbar gärt
Die Brust. Auch er! so still er scheint,
So glüht ihm doch, seit ihm das Volk mißfällt,
Im Busen die tyrannische Begierde,
Er oder wir! Und Schaden ist es nicht,
So wir ihn opfern. Untergehen muß
Er doch!

MEKADES.
O reiz ihn nicht! schaff ihr nicht Raum und laß
Sie sich ersticken, die verschloßne Flamme!
Laß ihn! gib ihm nicht Anstoß! findet den
Zu frecher Tat der Übermütge nicht,
Und kann er nur im Worte sündigen,
So stirbt er, als ein Tor, und schadet uns
Nicht viel. Ein kräftger Gegner macht ihn furchtbar.
Sieh nur, dann erst, dann fühlt er seine Macht.

HERMOKRATES.
Du fürchtest ihn und alles, armer Mann!

MEKADES.
Ich mag die Reue nur mir gerne sparen,
Mag gerne schonen, was zu schonen ist.
Das braucht der Priester nicht, der alles weiß,
Der Heilge der sich alles heiliget.

HERMOKRATES.
Begreife mich, Unmündiger! eh du
Mich lästerst. Fallen muß der Mann; ich sag
Es dir und glaube mir, wär er zu schonen,
Ich würd es mehr, wie du. Denn näher ist
Er mir, wie dir. Doch lerne dies:
Verderblicher denn Schwert und Feuer ist
Der Menschengeist, der götterähnliche,
Wenn er nicht schweigen kann, und sein Geheimnis
Unaufgedeckt bewahren. Bleibt er still
In seiner Tiefe ruhn, und gibt, was not ist,
Wohltätig ist er dann, ein fressend Feuer,
Wenn er aus seiner Fessel bricht.
Hinweg mit ihm, der seine Seele bloß
Und ihre Götter gibt, verwegen
Aussprechen will Unauszusprechendes
Und sein gefährlich Gut, als wär es Wasser,

Verschüttet und vergeudet, schlimmer ists
Wie Mord, und du, du redest für diesen?
Bescheide dich! Sein Schicksal ists. Er hat
Es sich gemacht und leben soll,
Wie er, und vergehn wie er, in Weh und Torheit jeder,
Der Göttliches verrät, und allverkehrend
Verborgenherrschendes
In Menschenhände liefert!
Er muß hinab!

MEKADES.
So teuer büßen muß er, der sein Bestes
Aus voller Seele Sterblichen vertraut?

HERMOKRATES.
Er mag es, doch es bleibt die Nemesis nicht aus,
Mag große Worte sagen, mag
Entwürdigen das keuschverschwiegne Leben,
Ans Tageslicht das Gold der Tiefe ziehn.
Er mag es brauchen, was zum Brauche nicht
Den Sterblichen gegeben ist, ihn wirds
Zuerst zu Grunde richten – hat es ihm
Den Sinn nicht schon verwirrt, ist ihm
Bei seinem Volke denn die volle Seele,
Die Zärtliche, wie ist sie nun verwildert?
Wie ist denn nun ein Eigenmächtiger
Geworden dieser Allmitteilende?
Der gütge Mann! wie ist er so verwandelt
Zum Frechen, der wie seiner Hände Spiel
Die Götter und die Menschen achtet.

MEKADES.
Du redest schröcklich, Priester, und es dünkt
Dein dunkel Wort mir wahr. Es sei!
Du hast zum Werke mich. Nur weiß ich nicht,
Wo er zu fassen ist. Es sei der Mann
So groß er will, zu richten ist nicht schwer.
Doch mächtig sein des Übermächtigen,
Der, wie ein Zauberer, die Menge leitet,
Es dünkt ein anders mir, Hermokrates.

HERMOKRATES.
Gebrechlich ist sein Zauber, Kind, und leichter,
Denn nötig ist, hat er es uns bereitet.
Es wandte zur gelegnen Stunde sich
Sein Unmut um, der stolze stillempörte Sinn

Befeindet itzt sich selber, hätt er auch
Die Macht, er achtets nicht, er trauert nur,
Und siehet seinen Fall, er sucht
Rückkehrend das verlorne Leben,
Den Gott, den er aus sich
Hinweggeschwätzt.
Versammle mir das Volk; ich klag ihn an,
Ruf über ihn den Fluch, erschrecken sollen sie
Vor ihrem Abgott, sollen ihn
Hinaus verstoßen in die Wildnis
Und nimmer wiederkehrend soll er dort
Mirs büßen, daß er mehr, wie sich gebührt,
Verkündiget den Sterblichen.

MEKADES.
Doch wes beschuldigest du ihn?

HERMOKRATES.
Die Worte, so du mir genannt,
Sie sind genug.

MEKADES. Mit dieser schwachen Klage
Willst du das Volk ihm von der Seele ziehn?

HERMOKRATES.
Zu rechter Zeit hat jede Klage Kraft
Und nicht gering ist diese.

MEKADES.
Und klagtest du des Mords ihn an vor ihnen,
Es wirkte nichts.

HERMOKRATES.
Dies eben ists! die offenbare Tat
Vergeben sie, die Aberglaubigen,
Unsichtbar Aergernis für sie
Unheimlich muß es sein! ins Auge muß es
Sie treffen, das bewegt die Blöden.

MEKADES.
Es hängt ihr Herz an ihm, das bändigest,
Das lenkst du nicht so leicht! Sie lieben ihn!

HERMOKRATES.
Sie lieben ihn? ja wohl! solang er blüht'
Und glänzt'

naschen sie.

Was sollen sie mit ihm, nun er
Verdüstert ist, verödet? Da ist nichts
Was nützen könnt, und ihre lange Zeit

Verkürzen, abgeerntet ist das Feld.
Verlassen liegts, und nach Gefallen gehn
Der Sturm und unsre Pfade drüber hin.

MEKADES.
Empör ihn nur! empör ihn! siehe zu!

HERMOKRATES.
Ich hoffe, Mekades! er ist geduldig.

MEKADES.
So wird sie der geduldige gewinnen!

HERMOKRATES.
Nichts weniger!

MEKADES.
Du achtest nichts, wirst dich
Und mich und ihn und alles verderben.

HERMOKRATES.
Das Träumen und das Schäumen
Der Sterblichen, ich acht es wahrlich nicht!
Sie möchten Götter sein, und huldigen
Wie Göttern sich, und eine Weile dauerts!
Sorgst du, es möchte sie der Leidende
Gewinnen, der Geduldige?
Empören wird er gegen sich die Toren,
An seinem Leide werden sie den teuern
Betrug erkennen, werden unbarmherzig
Ihms danken, daß der Angebetete
Doch auch ein Schwacher ist, und ihm
Geschiehet recht, warum bemengt er sich
Mit ihnen,

MEKADES.
Ich wollt, ich wär aus dieser Sache, Priester!

HERMOKRATES.
Vertraue mir und scheue nicht, was not ist.

MEKADES.
Dort kömmt er. Suche nur dich selbst,
Du irrer Geist! indes verlierst du alles.

HERMOKRATES.
Laß ihn! hinweg!

Zweiter Auftritt

EMPEDOKLES *allein*
In meine Stille kamst du leise wandelnd,
Fandst drinnen in der Halle Dunkel mich aus,

Du Freundlicher! du kamst nicht unverhofft
Und fernher, wirkend über der Erde vernahm
Ich wohl dein Wiederkehren, schöner Tag
Und meine Vertrauten euch, ihr schnellgeschäftgen
Kräfte der Höh! – und nahe seid auch ihr
Mir wieder, seid wie sonst ihr Glücklichen
Ihr irrelosen Bäume meines Hains!
Ihr ruhetet und wuchst und täglich tränkte
Des Himmels Quelle die Bescheidenen
Mit Licht und Lebensfunken säte
Befruchtend auf die Blühenden der Aether. –
O innige Natur! ich habe dich
Vor Augen, kennest du den Freund noch,
Den Hochgeliebten, kennest du mich nimmer?
Den Priester, der lebendigen Gesang,
Wie frohvergoßnes Opferblut, dir brachte?

O bei den heilgen Brunnen,
Wo Wasser aus Adern der Erde
Sich sammeln und
Am heißen Tag
Die Dürstenden erquicken! in mir,
In mir, ihr Quellen des Lebens, strömtet
Aus Tiefen der Welt ihr einst
Zusammen und es kamen
Die Dürstenden zu mir – wie ists denn nun?
Vertrauert? bin ich ganz allein?
Und ist es Nacht hier außen auch am Tage?
Der höhers, denn ein sterblich Auge, sah
Der Blindgeschlagene tastet nun umher –
Wo seid ihr, meine Götter?
Weh! laßt ihr nun
Wie einen Bettler mich
Und diese Brust
Die liebend euch geahndet,
Was stoßt ihr sie hinab
Und schließt sie mir in schmählichenge Bande
Die Freigeborene, die aus sich
Und keines andern ist? und wandeln soll
Er nun so fort, der Langverwöhnte,
Der selig oft mit allen Lebenden
Ihr Leben, ach, in heiligschöner Zeit

Sie, wie das Herz gefühlt von einer Welt,
Und ihren königlichen Götterkräften,
Verdammt in seiner Seele soll er so
Da hingehn, ausgestoßen? freundlos er,
Der Götterfreund? an seinem Nichts
Und seiner Nacht sich weiden immerdar
Unduldbares duldend gleich den Schwächlingen, die
Ans Tagewerk im scheuen Tartarus
Geschmiedet sind. Was daherab
Gekommen? um nichts? ha! Eines,
Eins mußtet ihr mir lassen! Tor! bist du
Derselbe doch und träumst, als wärest du
Ein Schwacher. Einmal noch! noch Einmal
Soll mirs lebendig werden, und ich wills!
Fluch oder Segen! täusche nun die Kraft
Demütiger! dir nimmer aus dem Busen!
Weit will ichs um mich machen, tagen solls
Von eigner Flamme mir! Du sollst
Zufrieden werden, armer Geist,
Gefangener! sollst frei und groß und reich
In eigner Welt dich fühlen –
Und wieder einsam, weh! und wieder einsam?

Weh! einsam! einsam! einsam!
Und nimmer find ich
Euch, meine Götter,
Und nimmer kehr ich
Zu deinem Leben, Natur!
Dein Geächteter! – weh! hab ich doch auch
Dein nicht geachtet, dein
Mich überhoben, hast du
Umfangend doch mit den warmen Fittigen einst
Du Zärtliche! mich vom Schlafe gerettet?
Den Törigen ihn, den Nahrungsscheuen,
Mitleidig schmeichelnd zu deinem Nektar
Gelockt, damit er trank und wuchs
Und blüht', und mächtig geworden und trunken,
Dir ins Angesicht höhnt' – o Geist,
Geist, der mich groß genährt, du hast
Dir deinen Herrn, hast, alter Saturn,
Dir einen neuen Jupiter
Gezogen, einen schwächern nur und frechern.

Denn schmähen kann die böse Zunge dich nur,
Ist nirgend ein Rächer, und muß ich denn allein
Den Hohn und Fluch in meine Seele sagen?
Muß einsam sein auch so?

Dritter Auftritt

Pausanias. Empedokles

. . .

EMPEDOKLES.
Ich fühle nur des Tages Neige, Freund!
Und dunkel will es werden mir und kalt!
Es gehet rückwärts, lieber! nicht zur Ruh,
Wie wenn der beutefrohe Vogel sich
Das Haupt verhüllt zu frischer erwachendem
Zufriednem Schlummer, anders ists mit mir!
Erspare mir die Klage! laß es mir!

PAUSANIAS.
Sehr fremde bist du mir geworden,
Mein Empedokles! kennest du mich nicht?
Und kenn ich nimmer dich, du Herrlicher? –
Du konntst dich so verwandeln, konntest so
Zum Rätsel werden, edel Angesicht,
Und so zur Erde beugen darf der Gram
Die Lieblinge des Himmels? bist du denn
Es nicht? und sieh! wie danken dir es all,
Und so in goldner Freude mächtig war
Kein anderer, wie du, in seinem Volke.

EMPEDOKLES.
Sie ehren mich? o sag es ihnen doch,
Sie sollens lassen – Übel steht
Der Schmuck mir an und welkt
Das grüne Laub doch auch
Dem ausgerißnen Stamme!

PAUSANIAS.
Noch stehst du ja, und frisch Gewässer spielt
Um deine Wurzel dir, es atmet mild
Die Luft um deine Gipfel, nicht von Vergänglichem
Gedeiht dein Herz; es walten über dir
Unsterblichere Kräfte.

EMPEDOKLES.
Du mahnest mich der Jugendtage, lieber!

PAUSANIAS.
Noch schöner dünkt des Lebens Mitte mir.
EMPEDOKLES.
Und gerne sehen, wenn es nun
Hinab sich neigen will, die Augen
Der Schnellhinschwindenden noch Einmal
Zurück, der Dankenden. O jene Zeit!
Ihr Liebeswonnen, da die Seele mir
Von Göttern, wie Endymion, geweckt,
Die kindlich schlummernde, sich öffnete,
Lebendig sie, die Immerjugendlichen,
Des Lebens große Genien
Erkannte – schöne *Sonne!* Menschen hatten mich
Es nicht gelehrt, mich trieb mein eigen Herz
Unsterblich liebend zu Unsterblichen,
Zu dir, zu dir, ich konnte Göttlichers
Nicht finden, stilles Licht! und so wie du
Das Leben nicht an deinem Tage sparst
Und sorgenfrei der goldnen Fülle dich
Entledigest, so gönnt auch ich, der Deine,
Den Sterblichen die beste Seele gern
Und furchtlosoffen gab
Mein Herz, wie du, der ernsten *Erde* sich,
Der schicksalvollen; ihr in Jünglingsfreude
Das Leben so zu eignen bis zuletzt,
Ich sagt ihrs oft in trauter Stunde zu,
Band so den teuern Todesbund mit ihr.
Da rauscht' es anders, denn zuvor, im Hain,
Und zärtlich tönten ihrer Berge Quellen –
All deine Freuden, *Erde!* wahr, wie sie,
Und warm und voll, aus Müh und Liebe reifen,
Sie alle gabst du mir. Und wenn ich oft
Auf stiller Bergeshöhe saß und staunend
Der Menschen wechselnd Irrsal übersann,
Zu tief von deinen Wandlungen ergriffen,
Und nah mein eignes Welken ahndete,
Dann atmete der *Aether*, so wie dir,
Mir heilend um die liebeswunde Brust,
Und, wie Gewölk der Flamme, löseten
Im hohen Blau die Sorgen mir sich auf.
PAUSANIAS.
O Sohn des Himmels!

EMPEDOKLES.

Ich war es! ja! und möcht es nun erzählen,
Ich Armer! möcht es Einmal noch
Mir in die Seele rufen,
Das Wirken deiner Geniuskräfte
Der Herrlichen deren Genoß ich war, o Natur,
Daß mir die stumme todesöde Brust
Von deinen Tönen allen widerklänge,
Bin ich es noch? o Leben! und rauschten sie mir
All deine geflügelten Melodien und hört
Ich deinen alten Einklang, große Natur?
Ach! ich der Einsame, lebt ich nicht
Mit dieser heilgen Erd und diesem Licht
Und dir, von dem die Seele nimmer läßt,
O Vater Aether, und mit allen Lebenden
Der Götter Freund im gegenwärtigen
Olymp? ich bin heraus geworfen, bin
Ganz einsam, und das Weh ist nun
Mein Tagsgefährt' und Schlafgenosse mir.
Bei mir ist nicht der Segen, geh!
Geh! frage nicht! denkst du, ich träum?
O sieh mich an! und wundre des dich nicht,
Du Guter, daß ich daherab
Gekommen bin; des Himmels Söhnen ist,
Wenn überglücklich sie geworden sind,
Ein eigner Fluch beschieden.

PAUSANIAS.

Ich duld es nicht,
Weh! solche Reden! du? ich duld es nicht.
Du solltest so die Seele dir und mir
Nicht ängstigen. Ein böses Zeichen dünkt
Es mir, wenn so der Geist, der immerfrohe, sich
Der Mächtigen umwölket.

EMPEDOKLES.

Fühlst dus? Es deutet, daß er bald
Zur Erd hinab im Ungewitter muß.

PAUSANIAS.

O laß den Unmut, lieber!
O dieser, was tat er euch, dieser Reine,
Daß ihm die Seele so verfinstert ist,
Ihr Todesgötter! haben die Sterblichen denn
Kein Eigenes nirgendswo, und reicht

Das Furchtbare denn ihnen bis ans Herz,
Und herrscht es in der Brust den Stärkeren noch
Das ewige Schicksal? Bändige den Gram
Und übe deine Macht, bist du es doch
Der mehr vermag, denn andere, o sieh
An meiner Liebe, wer du bist,
Und denke dein, und lebe!

EMPEDOKLES.
Du kennest mich und dich und Tod und Leben nicht.

PAUSANIAS.
Den Tod, ich kenn ihn wenig nur,
Denn wenig dacht ich seiner.

EMPEDOKLES.
Allein zu sein,
Und ohne Götter, ist der Tod.

PAUSANIAS.
Laß ihn, ich kenne *dich*, an deinen Taten
Erkannt ich dich, in seiner Macht
Erfuhr ich deinen Geist, und seine Welt,
Wenn oft ein Wort von dir
Im heilgen Augenblick
Das Leben vieler Jahre mir erschuf,
Daß eine neue große Zeit von da
Dem Jünglinge begann. Wie zahmen Hirschen,
Wenn ferne rauscht der Wald und sie
Der Heimat denken, schlug das Herz mir oft,
Wenn du vom Glück der alten Urwelt sprachst,
Der reinen Tage kundig und dir lag
Das ganze Schicksal offen, zeichnetest
Du nicht der Zukunft große Linien
Mir vor das Auge, sichern Blicks, wie Künstler
Ein fehlend Glied zum ganzen Bilde reihn?
Und kennst du nicht die Kräfte der Natur,
Daß du vertraulich wie kein Sterblicher
Sie, wie du willst, in stiller Herrschaft lenkest?

EMPEDOKLES.
Recht! alles weiß ich, alles kann ich meistern.
Wie meiner Hände Werk, erkenn ich es
Durchaus, und lenke, wie ich will
Ein Herr der Geister, das Lebendige.
Mein ist die Welt, und untertan und dienstbar
Sind alle Kräfte mir,

zur Magd ist mir
Die herrnbedürftige Natur geworden.
Und hat sie Ehre noch, so ists von mir.
Was wäre denn der Himmel und das Meer
Und Inseln und Gestirn, und was vor Augen
Den Menschen alles liegt, was wär es,
Dies tote Saitenspiel, gäb ich ihm Ton
Und Sprach und Seele nicht? was sind
Die Götter und ihr Geist, wenn ich sie nicht
Verkündige? nun! sage, wer bin ich?

PAUSANIAS.
Verhöhne nur im Unmut dich und alles
Was Menschen herrlich macht,
Ihr Wirken und ihr Wort, verleide mir
Den Mut im Busen, schröcke mich zum Kinde
Zurück. O sprich es nur heraus! du hassest dich
Und was dich liebt und was dir gleichen möcht;
Ein anders willst du, denn du bist, genügst dir
In deiner Ehre nicht und opferst dich an Fremdes.
Du willst nicht bleiben, willst
Zu Grunde gehen. Ach! in deiner Brust
Ist minder Ruhe, denn in mir.

EMPEDOKLES.
Unschuldiger!

PAUSANIAS. Und dich verklagst du?
Was ist es denn? o mache mir dein Leiden
Zum Rätsel länger nicht! mich peinigets!

EMPEDOKLES.
Mit Ruhe wirken soll der Mensch,
Der sinnende, soll entfaltend
Das Leben um ihn fördern und heitern
denn hoher Bedeutung voll,
Voll schweigender Kraft umfängt
Den ahnenden, daß er bilde die Welt,
Die große Natur,
Daß ihren Geist hervor er rufe, strebt
Tief wurzelnd
Das gewaltige Sehnen ihm auf.
Und viel vermag er und herrlich ist
Sein Wort, es wandelt die Welt
Und unter den Händen

Der Schluss des zweiten Aktes

(zweiter Fassung)

PANTHEA.

. . .
Hast du doch, menschlich Irrsal!
Ihm nicht das Herz verwöhnt,
Du Unbedeutendes! was gabst
Du Armes ihm! nun da der Mann
Zu seinen Göttern fort sich sehnt,
Wundern sie sich, als hätten sie
Die Törigen ihm, die hohe Seele, geschaffen.
Umsonst nicht sind, o, die du alles ihm
Gegeben, Natur!
Vergänglicher deine Liebsten, denn andre!
Ich weiß es wohl!
Sie kommen und werden groß, und keiner sagt,
Wie sie's geworden, so entschwinden sie auch,
Die Glücklichen! wieder, ach! laßt sie doch.

DELIA.

Ists denn nicht schön,
Bei Menschen wohnen; es weiß
Mein Herz von andrem nicht, es ruht
In diesem Einen, aber traurig dunkel droht
Vor meinem Auge das Ende
Des Unbegreiflichen, und du heißest ihn auch
Hinweggehn, Panthea?

PANTHEA.

Ich muß. Wer will ihn binden?
Ihm sagen, mein bist du,
Ist doch sein eigen der Lebendige,
Und nur sein Geist ihm Gesetz,
Und soll er, die Ehre der Sterblichen
Zu retten, die ihn geschmäht,
Verweilen, wenn ihm
Der Vater die Arme
Der Aether öffnet?

DELIA.

Sieh! herrlich auch
Und freundlich ist die Erde.

PANTHEA.

Ja herrlich, und herrlicher itzt.

Es darf nicht unbeschenkt
Von ihr ein Kühner scheiden.
Noch weilt er wohl
Auf deiner grünen Höhen einer, o Erde
Du Wechselnde!
Und siehet über die wogenden Hügel
Hinab ins freie Meer! und nimmt
Die letzte Freude sich. Vielleicht sehn wir
Ihn nimmer. Gutes Kind!
Mich trifft es freilich auch und gerne möcht
Ichs anders, doch ich schäme dessen mich.
Tut er es ja! Ists so nicht heilig?

DELIA.

Wer ist der Jüngling, der
Vom Berge dort herabkömmt?

PANTHEA.

Pausanias. Ach! müssen wir so
Uns wiederfinden, Vaterloser?

Letzter Auftritt des zweiten Aktes

Pausanias. Panthea. Delia

PAUSANIAS.

Wo ist er? o Panthea!
Du ehrst ihn, suchest ihn auch,
Willst Einmal noch ihn sehn,
Den furchtbarn Wanderer, ihn, dem allein
Beschieden ist, den Pfad zu gehen mit Ruhm,
Den ohne Fluch betritt kein anderer.

PANTHEA.

Ists fromm von ihm und groß
Das Allgefürchtete?
Wo ist er?

PAUSANIAS.

Er sandte mich hinweg, indessen sah
Ich ihn nicht wieder. Droben rief
Ich im Gebürg ihn, doch ich fand ihn nicht.
Er kehrt gewiß. Bis in die Nacht
Versprach er freundlich mir zu bleiben.
O käm er! Es flieht, geschwinder, wie Pfeile
Die liebste Stunde vorüber.

Denn freuen werden wir uns noch mit ihm,
Du wirst es, Panthea, und sie,
Die edle Fremdlingin, die ihn
Nur Einmal sieht, ein herrlich Meteor.
Von seinem Tode, ihr Weinenden,
Habt ihr gehört?
Ihr Trauernden! o sehet ihn
In seiner Blüte, den Hohen,
Ob trauriges nicht
Und was den Sterblichen schröcklich dünkt,
Sich sänftige vor seligem Auge.

DELIA.

Wie liebst du ihn! und batest umsonst
Den Ernsten? mächtger ist, denn er
Die Bitte, Jüngling! und ein schöner Sieg
Wärs dir gewesen!

PAUSANIAS.

Wie konnt ich? trifft
Er doch die Seele mir, wenn er
Antwortet, was sein Will ist.
Denn Freude nur gibt sein Versagen.
Dies ists und es tönt, je mehr auf Seinem
Der Wunderbare besteht,
Nur tiefer das Herz ihm wider. Es ist
Nicht eitel Überredung, glaub es mir,
Wenn er des Lebens sich
Bemächtiget.
Oft wenn er stille war
In seiner Welt,
Der Hochgenügsame, sah ich ihn
Nur dunkel ahnend, rege war,
Und voll die Seele mir, doch konnt ich nicht
Sie fühlen, und es ängstigte mich fast
Die Gegenwart des Unberührbaren.
Doch kam entscheidend von seiner Lippe das Wort,
Dann tönt' ein Freudenhimmel nach in ihm
Und mir und ohne Widerred
Ergriff es mich, doch fühlt ich nur mich freier.
Ach, könnt er irren, inniger
Erkennt ich daran den unerschöpflich Wahren
Und stirbt er, so flammt aus seiner Asche nur heller
Der Genius mir empor.

DELIA.

Dich entzündet, große Seele! der Tod
Des Großen, aber es sonnen
Die Herzen der Sterblichen auch
An mildem Lichte sich gern, und heften
Die Augen an Bleibendes. O sage, was soll
Noch leben und dauern? Die Stillsten reißt
Das Schicksal doch hinaus und haben
Sie ahnend sich gewagt, verstößt
Es bald die Trauten wieder, und es stirbt
An ihren Hoffnungen die Jugend.
In seiner Blüte bleibt
Kein Lebendes – ach! und die Besten,
Noch treten zur Seite der tilgenden,
Der Todesgötter, auch sie und gehen dahin
Mit Lust und machen zur Schmach es uns
Bei Sterblichen zu weilen!

PAUSANIAS.

Verdammest du

DELIA.

O warum lässest du
Zu sterben deinen Helden
So leicht es werden, Natur?
Zu gern nur, Empedokles,
Zu gerne opferst du dich,
Die Schwachen wirft das Schicksal um, und die andern
Die Starken achten es gleich, zu fallen, zu stehn,
Und werden, wie die Gebrechlichen.
Du Herrlicher! was du littest,
Das leidet kein Knecht
Und ärmer denn die andern Bettler
Durchwandertest du das Land,
Ja! freilich wahr ists,
Nicht die Verworfensten
Sind elend, wie eure Lieben, wenn einmal
Schmähliches sie berührt, ihr Götter.
Schön hat ers genommen.

PANTHEA.

O nicht wahr?
Wie sollt er auch nicht?
Muß immer und immer doch

Was übermächtig ist
Der Genius überleben – gedachtet ihr,
Es halte der Stachel ihn auf? es beschleunigen ihm
Die Schmerzen den Flug und wie der Wagenlenker,
Wenn ihm das Rad in der Bahn
Zu rauchen beginnt, eilt
Der Gefährdete nur schneller zum Kranze!

DELIA.

So freudig bist du, Panthea?

PANTHEA.

Nicht in der Blüt und Purpurtraub
Ist heilge Kraft allein, es nährt
Das Leben vom Leide sich, Schwester!
Und trinkt, wie mein Held, doch auch
Am Todeskelche sich glücklich!

DELIA.

Weh! mußt du so
Dich trösten, Kind?

PANTHEA.

O nicht! es freuet mich nur,
Daß heilig, wenn es geschehn muß,
Das Gefürchtete, daß es herrlich geschieht.
Sind nicht, wie er, auch
Der Heroen einige zu den Göttern gegangen?
Erschrocken kam, lautweinend
Vom Berge, das Volk, ich sah
Nicht einen, ders ihm hätte gelästert,
Denn nicht, wie die Verzweifelnden
Entfliehet er heimlich, sie hörten es all,
Und ihnen glänzt' im Leide das Angesicht
Vom Worte, das er gesprochen –

PAUSANIAS.

So gehet festlich hinab
Das Gestirn und trunken
Von seinem Lichte glänzen die Täler?

PANTHEA.

Wohl geht er festlich hinab –
Der Ernste, dein Liebster, Natur!
Dein treuer, dein Opfer!
O die Todesfürchtigen lieben dich nicht,
Täuschend fesselt ihnen die Sorge
Das Aug, an deinem Herzen

Schlägt dann nicht mehr ihr Herz, sie verdorren
Geschieden von dir – o heilig All!
Lebendiges! inniges! dir zum Dank
Und daß er zeuge von dir, du Todesloses!
Wirft lächelnd seine Perlen ins Meer,
Aus dem sie kamen, der Kühne.
So mußt es geschehn.
So will es der Geist
Und die reifende Zeit,
Denn Einmal bedurften
Wir Blinden des Wunders.

DER TOD DES EMPEDOKLES

Dritte Fassung

Personen

EMPEDOKLES
PAUSANIAS, *sein Freund*
MANES, *ein Aegyptier*
STRATO, *Herr von Agrigent, Bruder des Empedokles*
PANTHEA, *seine Schwester*
GEFOLGE
CHOR *der Agrigentiner*

ERSTER AKT

Erster Auftritt

EMPEDOKLES *vom Schlaf erwachend*

Euch ruf ich über das Gefild herein
Vom langsamen Gewölk, ihr heißen Strahlen
Des Mittags, ihr Gereiftesten, daß ich
An euch den neuen Lebenstag erkenne.
Denn anders ists wie sonst! vorbei, vorbei
Das menschliche Bekümmernis! als wüchsen
Mir Schwingen an, so ist mir wohl und leicht
Hier oben, hier, und reich genug und froh
Und herrlich wohn ich, wo den Feuerkelch
Mit Geist gefüllt bis an den Rand, bekränzt
Mit Blumen, die er selber sich erzog,
Gastfreundlich mir der Vater Aetna beut.
Und wenn das unterirdische Gewitter
Itzt festlich auferwacht zum Wolkensitz
Des nahverwandten Donnerers hinauf
Zur Freude fliegt, da wächst das Herz mir auch.
Mit Adlern sing ich hier Naturgesang.
Das dacht er nicht, daß in der Fremde mir
Ein anders Leben blühte, da er mich
Mit Schmach hinweg aus unsrer Stadt verwies,
Mein königlicher Bruder. Ach! er wußt es nicht,
Der kluge, welchen Segen er bereitete,
Da er vom Menschenbande los, da er mich frei
Erklärte, frei, wie Fittige des Himmels.
Drum galt es auch! drum ward es auch erfüllt!
Mit Hohn und Fluch drum waffnete das Volk,
Das mein war, gegen meine Seele sich
Und stieß mich aus und nicht vergebens gellt'
Im Ohre mir das hundertstimmige,
Das nüchterne Gelächter, da der Träumer,
Der närrische, des Weges weinend ging.
Beim Totenrichter! wohl hab ichs verdient!
Und heilsam wars; die Kranken heilt das Gift

Und eine Sünde straft die andere.
Denn viel gesündiget hab ich von Jugend auf,
Die Menschen menschlich nie geliebt, gedient,
Wie Wasser nur und Feuer blinder dient,
Darum begegneten auch menschlich mir
Sie nicht, o darum schändeten sie mir
Mein Angesicht, und hielten mich, wie dich
Allduldende Natur! du hast mich auch,
Du hast mich, und es dämmert zwischen dir
Und mir die alte Liebe wieder auf,
Du rufst, du ziehst mich nah und näher an.
Vergessenheit – o wie ein glücklich Segel
Bin ich vom Ufer los, des Lebens Welle
mich von selbst
Und wenn die Woge wächst, und ihren Arm
Die Mutter um mich breitet, o was möcht
Ich auch, was möcht ich fürchten. Andre mag
Es freilich schröcken. Denn es ist ihr Tod.
O du mir wohlbekannt, du zauberische
Furchtbare Flamme! wie so stille wohnst
Du da und dort, wie scheuest du dich selbst
Und fliehest dich, du Seele des Lebendigen!
Lebendig wirst du mir und offenbar,
Mir birgst du dich, gebundner Geist, nicht länger,
Mir wirst du helle, denn ich fürcht es nicht.
Denn sterben will ja ich. Mein Recht ist dies.
Ha! Götter, schon, wie Morgenrot, ringsum
Und drunten tost der alte Zorn vorüber!
Hinab hinab ihr klagenden Gedanken!
Sorgfältig Herz! ich brauche nun dich nimmer.
Und hier ist kein Bedenken mehr. Es ruft
Der Gott – *da er den Pausanias gewahr wird*
und diesen Allzutreuen muß
Ich auch befrein, mein Pfad ist seiner nicht.

ZWEITER AUFTRITT

Pausanias. Empedokles

PAUSANIAS.
Du scheinest freudig auferwacht, mein Wanderer.
EMPEDOKLES.
Schon hab ich, lieber, und vergebens nicht

Mich in der neuen Heimat umgesehn.
Die Wildnis ist mir hold, auch dir gefällt,
die edle Burg,
unser Aetna.

PAUSANIAS.
Sie haben uns verbannt, sie haben dich,
Du Gütiger! geschmäht und glaub es mir,
Unleidlich warst du ihnen längst und innig
In ihre Trümmer schien, in ihre Nacht
Zu helle den Verzweifelten das Licht.
Nun mögen sie vollenden, ungestört
Im uferlosen Sturm, indes den Stern
Die Wolke birgt, ihr Schiff im Kreise treiben.
Das wußt ich wohl, du Göttlicher, an dir
Entweicht der Pfeil, der andre trifft und wirft.
Und ohne Schaden, wie am Zauberstab
Die zahme Schlange, spielt' um dich von je
Die ungetreue Menge, die du zogst,
Die du am Herzen hegtest, liebender!
Nun! laß sie nur! sie mögen ungestalt
Lichtscheu am Boden taumeln, der sie trägt,
Und allbegehrend, allgeängstiget
Sich müde rennen, brennen mag der Brand,
Bis er erlischt – wir wohnen ruhig hier!

EMPEDOKLES.
Ja! ruhig wohnen wir; es öffnen groß
Sich hier vor uns die heilgen Elemente.
Die Mühelosen regen immergleich
In ihrer Kraft sich freudig hier um uns.
An seinen festen Ufern wallt und ruht
Das alte Meer, und das Gebirge steigt
Mit seiner Ströme Klang, es wogt und rauscht
Sein grüner Wald von Tal zu Tal hinunter.
Und oben weilt das Licht, der Aether stillt
Den Geist und das geheimere Verlangen.
Hier wohnen ruhig wir!

PAUSANIAS. So bleibst du wohl
Auf diesen Höhn, und lebst in deiner Welt,
Ich diene dir und sehe, was uns not ist.

EMPEDOKLES.
Nur weniges ist not, und selber mag
Ich gerne dies von jetzt an mir besorgen.

PAUSANIAS.
Doch lieber! hab ich schon für einiges,
Was du zuerst bedarfst, zuvorgesorgt.
EMPEDOKLES.
Weißt du, was ich bedarf?
PAUSANIAS. Als wüßt ich nicht,
Womit genügt dem Hochgenügsamen.
Und wie das Leben, das zu lieber Not
Der innigen Natur geworden ist,
Das kleinste dem Vertrauten viel bedeutet.
Indes du gut auf kahler Erde hier
In heißer Sonne schliefst, gedacht ich doch,
Ein weicher Boden, und die kühle Nacht
In einer sichern Halle wäre besser.
Auch sind wir hier, die Allverdächtigen,
Den Wohnungen der andern fast zu nah.
Nicht lange wollt ich ferne sein von dir
Und eilt hinauf und glücklich fand ich bald,
Für dich und mich gebaut, ein ruhig Haus.
Ein tiefer Fels, von Eichen dicht umschirmt,
Dort in der dunkeln Mitte des Gebirgs,
Und nah entspringt ein Quell, es grünt umher
Die Fülle guter Pflanzen, und zum Bett
Ist Überfluß von Laub und Gras bereitet.
Da lassen sie dich ungeschmäht, und tief und still
Ists wenn du sinnst, und wenn du schläfst, um dich,
Ein Heiligtum ist mir mit dir die Grotte.
Komm, siehe selbst, und sage nicht, ich tauge
Dir künftig nicht, wem taugt ich anders denn?
EMPEDOKLES.
Du taugst zu gut.
PAUSANIAS. Wie könnt ich dies?
EMPEDOKLES. Auch du
Bist allzutreu, du bist ein töricht Kind.
PAUSANIAS.
Das sagst du wohl, doch klügers weiß ich nicht,
Wie des zu sein, dem ich geboren bin.
EMPEDOKLES.
Wie bist du sicher?
PAUSANIAS. Warum denn nicht?
Wofür denn hättest du auch einst, da ich,
Der Waise gleich, am heldenarmen Ufer

Mir einen Schutzgott sucht und traurig irrte,
Du Gütiger, die Hände mir gereicht?
Wofür mit irrelosem Auge wärst du
Auf deiner stillen Bahn, du edles Licht
In meiner Dämmerung mir aufgegangen?
Seitdem bin ich ein anderer, und dein
Und näher dir und einsamer mit dir,
Wächst froher nur die Seele mir und freier.

EMPEDOKLES.
O still davon!

PAUSANIAS. Warum? Was ists? wie kann
Ein freundlich Wort dich irren, teurer Mann?

EMPEDOKLES.
Geh! folge mir, und schweig und schone mich
Und rege du nicht auch das Herz mir auf. –
Habt ihr zum Dolche die Erinnerung
Nicht mir gemacht? nun wundern sie sich noch
Und treten vor das Auge mir und fragen.
Nein! du bist ohne Schuld – nur kann ich, Sohn!
Was mir zu nahe kömmt, nicht wohl ertragen.

PAUSANIAS.
Und mich, mich stößest du von dir? o denk an dich,
Sei, der du bist, und siehe mich, und gib,
Was ich nun weniger entbehren kann,
Ein gutes Wort aus reicher Brust mir wieder.

EMPEDOKLES.
Erzähle, was dir wohlgefällt, dir selbst,
Für mich ist, was vorüber ist, nicht mehr.

PAUSANIAS.
Ich weiß es wohl, was dir vorüber ist,
Doch du und ich, wir sind uns ja geblieben.

EMPEDOKLES.
Sprich lieber mir von anderem, mein Sohn!

PAUSANIAS.
Was hab ich sonst?

EMPEDOKLES. Verstehest du mich auch?
Hinweg! ich hab es dir gesagt und sag
Es dir, es ist nicht schön, daß du dich
So ungefragt mir an die Seele dringest,
An meine Seite stets, als wüßtest du
Nichts anders mehr, mit armer Angst dich hängst.
Du mußt es wissen, dir gehör ich nicht

Und du nicht mir, und deine Pfade sind
Die meinen nicht; mir blüht es anderswo.
Und was ich mein', es ist von heute nicht,
Da ich geboren wurde, wars beschlossen.
Sieh auf und wags! was Eines ist, zerbricht,
Die Liebe stirbt in ihrer Knospe nicht
Und überall in freier Freude teilt
Des Lebens luftger Baum sich auseinander.
Kein zeitlich Bündnis bleibet, wie es ist,
Wir müssen scheiden, Kind! und halte nur
Mein Schicksal mir nicht auf und zaudre nicht.

O sieh! es glänzt der Erde trunknes Bild,
Das göttliche, dir gegenwärtig, Jüngling,
Es rauscht und regt durch alle Lande sich
Und wechselt, jung und leicht, mit frommem Ernst
Der geschäftge Reigentanz, womit den Geist
Die Sterblichen, den alten Vater, feiern.
Da gehe du und wandle taumellos
Und menschlich mit und denk am Abend mein.
Mir aber ziemt die stille Halle, mir
Die hochgelegene, geräumige,
Denn Ruhe brauch ich wohl, zu träge sind,
Zum schnellgeschäftigen Spiel der Sterblichen,
Die Glieder mir und hab ich sonst dabei
Ein feiernd Lied in Jugendlust gesungen,
Zerschlagen ist das zarte Saitenspiel.
O Melodien über mir! es war ein Scherz!
Und kindisch wagt ich sonst euch nachzuahmen,
Ein fühllos leichtes Echo tönt' in mir,
Und unverständlich nach –
Nun hör ich ernster euch, ihr Götterstimmen.

PAUSANIAS.

Ich kenne nimmer dich, nur traurig ist
Mir, was du sagst, doch alles ist ein Rätsel.
Was hab ich auch, was hab ich dir getan,
Daß du mich so, wie dirs gefällt, bekümmerst
Und namenlos dein Herz, des Einen noch,
Des Letzten los zu sein, sich freut und müht.
Das hofft ich nicht, da wir Geächtete
Den Wohnungen der Menschen scheu vorüber
Zusammen wandelten in wilder Nacht,

Und darum, lieber! war ich nicht dabei,
Wenn mit den Tränen dir des Himmels Regen
Vom Angesichte troff, und sah es an,
Wenn lächelnd du das rauhe Sklavenkleid
Mittags an heißer Sonne trocknetest
Auf schattenlosem Sand, wenn du die Spuren
Wohl manche Stunde wie ein wundes Wild
Mit deinem Blute zeichnetest, das auf
Den Felsenpfad von nackter Sohle rann.
Ach! darum ließ ich nicht mein Haus und lud
Des Volkes und des Vaters Fluch mir auf,
Daß du mich, wo du wohnen willst und ruhn,
Wie ein verbraucht Gefäß, bei Seite werfest.
Und willst du weit hinweg? wohin? wohin?
Ich wandre mit, zwar steh ich nicht wie du
Mit Kräften der Natur in trautem Bunde,
Mir steht wie dir Zukünftiges nicht offen,
Doch freudig in der Götter Nacht hinaus
Schwingt seine Fittige mein Sinn, und fürchtet
Noch immer nicht die mächtigeren Blicke.
Ja! wär ich auch ein Schwacher, dennoch wär
Ich, weil ich so dich liebe, stark, wie du.
Beim göttlichen Herakles! stiegst du auch,
Um die Gewaltigen, die drunten sind,
Versöhnend die Titanen heimzusuchen,
Ins bodenlose Tal, vom Gipfel dort,
Und wagtest dich ins Heiligtum des Abgrunds,
Wo duldend vor dem Tage sich das Herz
Der Erde birgt und ihre Schmerzen dir
Die dunkle Mutter sagt, o du der Nacht
Des Aethers Sohn! ich folgte dir hinunter.

EMPEDOKLES.
So bleib!

PAUSANIAS. Wie meinst du dies?

EMPEDOKLES. Du gabst
Dich mir, bist mein; so frage nicht!

PAUSANIAS. Es sei!

EMPEDOKLES.
Und sagst du mirs noch einmal, Sohn, und gibst
Dein Blut und deine Seele mir für immer?

PAUSANIAS.
Als hätt ich so ein loses Wort gesagt

Und zwischen Schlaf und Wachen dirs versprochen?
Unglaubiger! ich sags und wiederhol es:
Auch dies, auch dies, es ist von heute nicht,
Da ich geboren wurde, wars beschlossen.

EMPEDOKLES.

Ich bin nicht, der ich bin, Pausanias,
Und meines Bleibens ist auf Jahre nicht,
Ein Schimmer nur, der bald vorüber muß,
Im Saitenspiel ein Ton –

PAUSANIAS. So tönen sie,

So schwinden sie zusammen in die Luft!
Und freundlich spricht der Widerhall davon.
Versuche nun mich länger nicht und laß
Und gönne du die Ehre mir, die mein ist!
Hab ich nicht Leid genug, wie du, in mir?
Wie möchtest du mich noch beleidigen!

EMPEDOKLES.

O allesopfernd Herz! und dieser gibt
Schon mir zulieb die goldne Jugend weg!
Und ich! o Erd und Himmel! siehe! noch,
Noch bist du nah, indes die Stunde flieht,
Und blühest mir, du Freude meiner Augen.
Noch ists, wie sonst, ich halt im Arme,
Als wärst du mein, wie meine Beute dich,
Und mich betört der holde Traum noch einmal.
Ja! herrlich wärs, wenn in die Grabesflamme
So Arm in Arm statt Eines Einsamen
Ein festlich Paar am Tagesende ging',
Und gerne nähm ich, was ich hier geliebt,
Wie seine Quellen all ein edler Strom,
Der heilgen Nacht zum Opfertrank, hinunter.
Doch besser ists, wir gehen unsern Pfad
Ein jeder, wie der Gott es ihm beschied.
Unschuldiger ist dies, und schadet nicht.
Und billig ists und recht, daß überall
Des Menschen Sinn sich eigen angehört.
Und dann – es trägt auch leichter seine Bürde
Und sicherer der Mann, wenn er allein ist.
So wachsen ja des Waldes Eichen auch
Und keines kennt, so alt sie sind, das andre.

PAUSANIAS.

Wie du es willst! Ich widerstrebe nicht.

Du sagst es mir und wahr ists wohl und lieb
Ist billig mir dies letzte Wort von dir.
So geh ich denn! und störe deine Ruhe
Dir künftig nicht, auch meinest du es gut,
Daß meinem Sinne nicht die Stille tauge.

EMPEDOKLES.
Doch, lieber, zürnst du nicht?

PAUSANIAS. Mit dir? Mit dir?

EMPEDOKLES.
Was ist es denn? ja! weißt du nun, wohin?

PAUSANIAS.
Gebiet es mir.

EMPEDOKLES. Es war mein letzt Gebot,
Pausanias! die Herrschaft ist am Ende.

PAUSANIAS.
Mein Vater! rate mir!

EMPEDOKLES. Wohl manches sollt
Ich sagen, doch verschweig ich dirs,
Es will zum sterblichen Gespräche fast
Und eitlem Wort die Zunge nimmer dienen.
Sieh! liebster! anders ists und leichter bald
Und freier atm' ich auf, und wie der Schnee
Des hohen Aetna dort am Sonnenlichte
Erwarmt und schimmert und zerrinnt, und los
Vom Berge wogt und Iris froher Bogen sich
Der blühende beim Fall der Wogen schwingt,
So rinnt und wogt vom Herzen mir es los,
So hallt es weg, was mir die Zeit gehäuft,
Die Schwere fällt, und fällt, und helle blüht
Das Leben, das ätherische, darüber.
Nun wandre mutig, Sohn, ich geb und küsse
Verheißungen auf deine Stirne dir,
Es dämmert dort Italiens Gebirg,
Das Römerland, das tatenreiche, winkt,
Dort wirst du wohlgedeihn, dort, wo sich froh
Die Männer in der Kämpferbahn begegnen,
O Heldenstädte dort! und du, Tarent!
Ihr brüderlichen Hallen, wo ich oft
Lichttrunken einst mit meinem Plato ging
Und immerneu uns Jünglingen das Jahr
Und jeder Tag erschien in heilger Schule.
Besuch ihn auch, o Sohn, und grüß ihn mir,

Den alten Freund an seiner Heimat Strom,
Am blumigen Ilissus, wo er wohnt.
Und will die Seele dir nicht ruhn, so geh
Und frage sie, die Brüder in Aegyptos.
Dort hörest du das ernste Saitenspiel
Uraniens und seiner Töne Wandel.
Dort öffnen sie das Buch des Schicksals dir.
Geh! fürchte nichts! es kehret alles wieder.
Und was geschehen soll, ist schon vollendet.
Pausanias geht ab

Dritter Auftritt

Manes. Empedokles

MANES.
Nun! säume nicht! bedenke dich nicht länger.
Vergeh! vergeh! damit es ruhig bald
Und helle werde, Trugbild!

EMPEDOKLES. Was? woher?
Wer bist du, Mann!

MANES. Der Armen Einer auch
Von diesem Stamm, ein Sterblicher, wie du.
Zu rechter Zeit gesandt, dir, der du dich
Des Himmels Liebling dünkst, des Himmels Zorn,
Des Gottes, der nicht müßig ist, zu nennen.

EMPEDOKLES.
Ha! kennst du den?

MANES. Ich habe manches dir
Am fernen Nil gesagt.

EMPEDOKLES. Und du? du hier?
Kein Wunder ists! Seit ich den Lebenden
Gestorben bin, erstehen mir die Toten.

MANES.
Die Toten reden nicht, wo du sie fragst.
Doch wenn du eines Worts bedarfst, vernimm.

EMPEDOKLES.
Die Stimme, die mich ruft, vernehm ich schon.

MANES.
So redet es mit dir?

EMPEDOKLES. Was soll die Rede, Fremder!

MANES.
Ja! fremde bin ich hier und unter Kindern.

Das seid ihr Griechen all. Ich hab es oft
Vormals gesagt. Doch wolltest du mir nicht,
Wie dirs erging bei deinem Volke, sagen?

EMPEDOKLES.

Was mahnst du mich? Was rufst du mir noch einmal?
Mir ging es, wie es soll.

MANES. Ich wußt es auch
Schon längst voraus, ich hab es dir geweissagt.

EMPEDOKLES.

Nun denn! was hältst du es noch auf? was drohst
Du mit der Flamme mir des Gottes, den
Ich kenne, dem ich gern zum Spiele dien,
Und richtest mir mein heilig Recht, du Blinder!

MANES.

Was dir begegnen muß, ich ändr' es nicht.

EMPEDOKLES.

So kamst du her, zu sehen, wie es wird?

MANES.

O scherze nicht, und ehre doch dein Fest,
Umkränze dir dein Haupt, und schmück es aus,
Das Opfertier, das nicht vergebens fällt.
Der Tod, der jähe, er ist ja von Anbeginn,
Das weißt du wohl, den Unverständigen
Die deinesgleichen sind, zuvorbeschieden.
Du willst es und so seis! Doch sollst du mir
Nicht unbesonnen, wie du bist, hinab,
Ich hab ein Wort, und dies bedenke, Trunkner!
Nur Einem ist es Recht, in dieser Zeit,
Nur Einen adelt deine schwarze Sünde.
Ein größrer ists, denn ich! denn wie die Rebe
Von Erd und Himmel zeugt, wenn sie getränkt
Von hoher Sonn aus dunklem Boden steigt,
So wächst er auf, aus Licht und Nacht geboren.
Es gärt um ihn die Welt, was irgend nur
Beweglich und verderbend ist im Busen
Der Sterblichen, ist aufgeregt von Grund aus.
Der Herr der Zeit, um seine Herrschaft bang,
Thront finster blickend über der Empörung.
Sein Tag erlischt, und seine Blitze leuchten,
Doch was von oben flammt, entzündet nur,
Und was von unten strebt, die wilde Zwietracht.
Der Eine doch, der neue Retter faßt

Des Himmels Strahlen ruhig auf, und liebend
Nimmt er, was sterblich ist, an seinen Busen,
Und milde wird in ihm der Streit der Welt.
Die Menschen und die Götter söhnt er aus
Und nahe wieder leben sie, wie vormals.
Und daß, wenn er erschienen ist, der Sohn
Nicht größer, denn die Eltern sei, und nicht
Der heilge Lebensgeist gefesselt bleibe
Vergessen über ihm, dem Einzigen,
So lenkt er aus, der Abgott seiner Zeit,
Zerbricht, er selbst, damit durch reine Hand
Dem Reinen das Notwendige geschehe,
Sein eigen Glück, das ihm zu glücklich ist,
Und gibt, was er besaß, dem Element,
Das ihn verherrlichte, geläutert wieder.
Bist du der Mann? derselbe? bist du dies?

EMPEDOKLES.

Ich kenne dich im finstern Wort, und du,
Du Alleswissender, erkennst mich auch.

MANES.

O sage, wer du bist! und wer bin ich?

EMPEDOKLES.

Versuchst du noch, noch immer mich, und kömmst,
Mein böser Geist, zu mir in solcher Stunde?
Was lässest du mich nicht stille gehen, Mann?
Und wagst dich hier an mich und reizest mich,
Daß ich im Zorn die heilgen Pfade wandle?
Ein Knabe war ich, wußte nicht, was mir
Ums Auge fremd am Tage sich bewegt',
Und wunderbar umfingen mir die großen
Gestalten dieser Welt, die freudigen,
Mein unerfahren schlummernd Herz im Busen.
Und staunend hört ich oft die Wasser gehn
Und sah die Sonne blühn, und sich an ihr
Den Jugendtag der stillen Erd entzünden.
Da ward in mir Gesang und helle ward
Mein dämmernd Herz im dichtenden Gebete,
Wenn ich die Fremdlinge, die gegenwärtgen,
Die Götter der Natur mit Namen nannt
Und mir der Geist im Wort, im Bilde sich,
Im seligen, des Lebens Rätsel löste.
So wuchs ich still herauf, und anderes

War schon bereitet. Denn gewaltsamer,
Wie Wasser, schlug die wilde Menschenwelle
Mir an die Brust, und aus dem Irrsal kam
Des armen Volkes Stimme mir zum Ohre.
Und wenn, indes ich in der Halle schwieg,
Um Mitternacht der Aufruhr weheklagt',
Und durchs Gefilde stürzt', und lebensmüd
Mit eigner Hand sein eignes Haus zerbrach,
Und die verleideten verlaßnen Tempel,
Wenn sich die Brüder flohn, und sich die Liebsten
Vorübereilten, und der Vater nicht
Den Sohn erkannt, und Menschenwort nicht mehr
Verständlich war, und menschliches Gesetz,
Da faßte mich die Deutung schaudernd an:
Es war der scheidende Gott meines Volks!
Den hört ich, und zum schweigenden Gestirn
Sah ich hinauf, wo er herabgekommen.
Und ihn zu sühnen, ging ich hin. Noch wurden uns
Der schönen Tage viel. Noch schien es sich
Am Ende zu verjüngen; und es wich,
Der goldnen Zeit, der allvertrauenden,
Des hellen kräftgen Morgens eingedenk,
Der Unmut mir, der furchtbare vom Volk,
Und freie feste Bande knüpften wir,
Und riefen die lebendgen Götter an.
Doch oft, wenn mich des Volkes Dank bekränzte,
Wenn näher immer mir, und mir allein,
Des Volkes Seele kam, befiel es mich,
Denn wo ein Land ersterben soll, da wählt
Der Geist noch Einen sich zuletzt, durch den
Sein Schwanensang, das letzte Leben tönet.
Wohl ahndet ichs, doch dient ich willig ihm.
Es ist geschehn. Den Sterblichen gehör ich
Nun nimmer an. O Ende meiner Zeit!
O Geist, der uns erzog, der du geheim
Am hellen Tag und in der Wolke waltest,
Und du o Licht! und du, du Mutter Erde!
Hier bin ich, ruhig, denn es wartet mein
Die längstbereitete, die neue Stunde.
Nun nicht im Bilde mehr, und nicht, wie sonst,
Bei Sterblichen, im kurzen Glück, ich find
Im Tode find ich den Lebendigen

Und heute noch begegn' ich ihm, denn heute
Bereitet er, der Herr der Zeit, zur Feier,
Zum Zeichen ein Gewitter mir und sich.
Kennst du die Stille rings? kennst du das Schweigen
Des schlummerlosen Gotts? erwart ihn hier!
Um Mitternacht wird er es uns vollenden.
Und wenn du, wie du sagst, des Donnerers
Vertrauter bist, und Eines Sinns mit ihm
Dein Geist mit ihm, der Pfade kundig, wandelt,
So komm mit mir, wenn itzt, zu einsam sich,
Das Herz der Erde klagt, und eingedenk
Der alten Einigkeit die dunkle Mutter
Zum Aether aus die Feuerarme breitet
Und itzt der Herrscher kömmt in seinem Strahl,
Dann folgen wir, zum Zeichen, daß wir ihm
Verwandte sind, hinab in heilge Flammen.
Doch wenn du lieber ferne bleibst, für dich,
Was gönnst du mir es nicht? wenn dir es nicht
Beschieden ist zum Eigentum, was nimmst
Und störst du mirs! O euch, ihr Genien,
Die ihr, da ich begann, mir nahe waret,
Ihr Fernentwerfenden! euch dank ich, daß ihr mirs
Gegeben habt, die lange Zahl der Leiden
Zu enden hier, befreit von andrer Pflicht
In freiem Tod, nach göttlichem Gesetze!
Dir ists verbotne Frucht! drum laß und geh,
Und kannst du mir nicht nach, so richte nicht!

MANES.
Dir hat der Schmerz den Geist entzündet, Armer.

EMPEDOKLES.
Was heilst du denn, Unmächtiger, ihn nicht?

MANES.
Wie ists mit uns? siehst du es so gewiß?

EMPEDOKLES.
Das sage du mir, der du alles siehst!

MANES.
Laß still uns sein, o Sohn! und immer lernen.

EMPEDOKLES.
Du lehrtest mich, heut lerne du von mir.

MANES.
Hast du nicht alles mir gesagt?

EMPEDOKLES. O nein!

MANES.
So gehst du nun?
EMPEDOKLES. Noch geh ich nicht, o Alter!
Von dieser grünen guten Erde soll
Mein Auge mir nicht ohne Freude gehen.
Und denken möcht ich noch vergangner Zeit,
Der Freunde meiner Jugend noch, der Teuern,
Die fern in Hellas frohen Städten sind,
Des Bruders auch, der mir geflucht, so mußt
Es werden; laß mich itzt, wenn dort der Tag
Hinunter ist, so siehest du mich wieder.

AUFSÄTZE

ÜBER DAS GESETZ DER FREIHEIT

Es gibt einen Naturzustand der Einbildungskraft, der mit jener Anarchie der Vorstellungen, die der Verstand organisierte, zwar die Gesetzlosigkeit gemein hat, aber in Rücksicht auf das Gesetz, durch das er geordnet werden soll, von jenem wohl unterschieden werden muß.

Ich meine unter diesem Naturzustande der Einbildungskraft, unter dieser Gesetzlosigkeit die moralische, unter diesem Gesetze, das Gesetz der Freiheit.

Dort wird die Einbildungskraft an und für sich, hier in Verbindung mit dem Begehrungsvermögen betrachtet.

In jener Anarchie der Vorstellungen, wo die Einbildungskraft theoretisch betrachtet wird, war zwar eine Einheit des Mannigfaltigen, Ordnung der Wahrnehmungen möglich, aber zufällig.

In diesem Naturzustande der Phantasie, wo sie in Verbindung mit dem Begehrungsvermögen betrachtet wird, ist zwar moralische Gesetzmäßigkeit möglich, aber zufällig.

Es gibt eine Seite des empirischen Begehrungsvermögens, die Analogie dessen, was Natur heißt, die am auffallendsten ist, wo das Notwendige mit der Freiheit, das Bedingte mit dem Unbedingten, das Sinnliche mit dem Heiligen sich zu verbrüdern scheint, eine natürliche Unschuld, man möchte sagen eine Moralität des Instinkts, und die ihm gleichgestimmte Phantasie ist himmlisch.

Aber dieser Naturzustand hängt als ein solcher auch von Naturursachen ab.

Es ist ein bloßes Glück, so gestimmt zu sein.

Wäre das Gesetz der Freiheit nicht, unter welchem das Begehrungsvermögen zusamt der Phantasie stände, so würde es niemals einen festen Zustand geben, der demjenigen gliche, der so eben angedeutet worden ist, wenigstens würde es nicht von uns abhängen, ihn festzuhalten. Sein Gegenteil würde eben so stattfinden, ohne daß wir es hindern könnten.

Das Gesetz der Freiheit aber *gebietet*, ohne alle Rücksicht auf die Hülfe der Natur. Die Natur mag zu Ausübung desselben förderlich sein, oder nicht, es gebietet. Vielmehr setzt es einen Widerstand in der Natur voraus, sonst würde es nicht *gebieten*.

Das erstemal, daß das Gesetz der Freiheit sich an uns äußert, erscheint es strafend. Der Anfang all unsrer Tugend geschieht vom Bösen. Die Moralität kann also niemals der Natur anvertraut werden. Denn wenn die Moralität auch nicht aufhörte, Moralität zu sein, sobald die Bestimmungsgründe in der Natur und nicht in der Freiheit liegen, so wäre doch die Legalität, die durch bloße Natur hervorgebracht werden könnte, ein sehr unsicheres, nach Zeit und Umständen wandelbares Ding. So wie die Naturursachen anders bestimmt würden, würde diese Legalität ...

HERMOKRATES AN CEPHALUS

Du glaubst also im Ernste, das Ideal des Wissens könnte wohl in irgend einer bestimmten Zeit in irgend einem Systeme dargestellt erscheinen, das alle ahndeten, die Wenigsten durchaus erkennten? Du glaubst sogar, dies Ideal sei jetzt schon wirklich geworden, und es fehle zum Jupiter Olympius nichts mehr als das Piedestal?

Vielleicht! besonders, nachdem man das letztere nimmt!

Aber wunderbar wär es dann doch, wenn gerade diese Art des sterblichen Strebens ein Vorrecht hätte, wenn gerade hier die Vollendung, die jedes sucht und keines findet, vorhanden wäre?

Ich glaubte sonst immer, der Mensch bedürfe für sein Wissen, wie für sein Handeln eines unendlichen Fortschritts, einer grenzenlosen Zeit, um dem grenzenlosen Ideale sich zu nähern; ich nannte die Meinung, als ob die Wissenschaft in einer bestimmten Zeit vollendet werden könnte, oder vollendet wäre, einen scientivischen Quietismus, der Irrtum wäre, in jedem Falle, er mochte sich bei einer individuell bestimmten Grenze begnügen, oder die Grenze überhaupt verleugnen, wo sie doch war, aber nicht sein sollte.

Das war aber freilich unter gewissen Voraussetzungen möglich, die du mir zu seiner Zeit mit aller Strenge in Anspruch nehmen sollst. Inzwischen laß mich doch fragen, ob denn wirklich die Hyperbel mit ihrer Asymptote vereinigt, ob der Übergang vom ...

ÜBER DEN BEGRIFF DER STRAFE

Es scheint, als wäre die Nemesis der Alten nicht sowohl um ihrer Furchtbarkeit als um ihres geheimnisvollen Ursprungs willen als eine Tochter der Nacht dargestellt worden.

Es ist das notwendige Schicksal aller Feinde der Prinzipien, daß sie mit allen ihren Behauptungen in einen Zirkel geraten. (Beweis).

Im gegenwärtigen Falle würd es bei ihnen lauten: „Strafe ist das *Leiden* rechtmäßigen Widerstands und die Folge böser Handlungen. Böse Handlungen sind aber solche, worauf Strafe folgt. Und Strafe folgt da, wo böse Handlungen sind." Sie könnten unmöglich ein für sich bestehendes Kriterium der bösen Handlung angeben. Denn, wenn sie konsequent sind, muß nach ihnen die Folge den Wert der Tat bestimmen. Wollen sie dies vermeiden, so müssen sie vom Prinzip ausgehen. Tun sie dies nicht und bestimmen sie den Wert der Tat nach ihren Folgen, so sind diese Folgen – moralisch betrachtet – in nichts Höherem begründet, und die Rechtmäßigkeit des Widerstands ist nichts mehr, als ein Wort, Strafe ist eben Strafe, und wenn mir der Mechanism oder der Zufall oder die Willkür, wie man will, etwas Unangenehmes zufügt, so weiß ich, daß ich bös gehandelt habe, ich habe nun weiter nichts mehr zu fragen, was geschiehet, geschiehet von Rechts wegen, weil es geschiehet.

Nun scheint es zwar, als ob wirklich so etwas der Fall wäre, da wo der ursprüngliche Begriff der Strafe stattfindet, in dem moralischen Bewußtsein. Da kündet sich uns nämlich das Sittengesetz negativ an, und kann, als unendlich, sich nicht anders uns ankündigen. Im Faktum ist aber das Gesetz tätiger Wille. Denn ein Gesetz ist nicht tätig, es ist nur die vorgestellte Tätigkeit. Dieser tätige Wille muß gegen eine andre Tätigkeit des Willens gehen. Wir sollen etwas nicht wollen, das ist seine unmittelbare Stimme an uns. Wir müssen also etwas wollen, dem das Sittengesetz sich entgegensetzt. Was das Sittengesetz ist, wußten wir aber weder zuvor, ehe es sich unserem Willen entgegensetzte, noch wissen wir es jetzt, da es sich uns entgegensetzt, wir leiden nur seinen Widerstand, als die Folge von dem, daß wir etwas wollten, das dem Sittengesetz entgegen ist, wir bestimmen nach dieser Folge den Wert unseres Willens; weil wir Widerstand litten, betrachten wir unsern Willen als böse, wir können die Rechtmäßigkeit jenes Widerstands, wie es scheint, nicht weiter untersuchen, und wenn dies der Fall ist, so kennen wir ihn nur daran, daß wir leiden; er unterscheidet sich nicht von jedem andern Leiden, und mit eben dem Rechte, womit ich vom Widerstande, den ich den Widerstand des Sittengesetzes nenne, auf einen bösen Willen schließe, schließe ich von jedem erlittenen Widerstande auf einen bösen Willen. Alles Leiden ist Strafe.

Es ist aber ein Unterschied zwischen dem Erkenntnisgrunde und Realgrunde.* Es ist nichts weniger, als identisch, wenn ich das Eine mal sage: ich erkenne das Gesetz an seinem Widerstande, und das andre mal: ich erkenne das Gesetz um seines Widerstandes willen an. Die sind den obigen Zirkel zu machen genötiget, für die der Widerstand des Gesetzes Realgrund des Gesetzes ist. Für sie findet das Gesetz gar nicht statt, wenn sie nicht seinen Widerstand erfahren, ihr Wille ist nur darum gesetzwidrig, weil sie diese Gesetzwidrigkeit empfinden; leiden sie keine Strafe, so sind sie auch nicht böse. Strafe ist, was auf das Böse folgt. Und bös ist, worauf Strafe folgt.

Es scheint dann aber doch mit der Unterscheidung zwischen dem Erkenntnisgrunde und Realgrunde wenig geholfen zu sein. Wenn der Widerstand des Gesetzes gegen meinen Willen Strafe ist und ich also an der Strafe erst das Gesetz erkenne, so fragt sich einmal: kann ich an der Strafe das Gesetz erkennen? und dann: kann ich bestraft werden für die Übertretung eines Gesetzes, das ich nicht kannte?

Hierauf kann geantwortet werden, daß man, insofern man sich als bestraft betrachte, notwendig die Übertretung des Gesetzes in sich voraussetze, daß man in der Strafe, insofern man sie als Strafe beurteile, notwendig des . . .

URTEIL UND SEIN

Urteil. ist im höchsten und strengsten Sinne die ursprüngliche Trennung des in der intellektualen Anschauung innigst vereinigten Objekts und Subjekts, diejenige Trennung, wodurch erst Objekt und Subjekt möglich wird, die Ur-Teilung. Im Begriffe der Teilung liegt schon der Begriff der gegenseitigen Beziehung des Objekts und Subjekts aufeinander, und die notwendige Voraussetzung eines Ganzen, wovon Objekt und Subjekt die Teile sind. „Ich bin Ich" ist das passendste Beispiel zu

* ideal ohne Strafe kein Gesetz
real ohne Gesetz keine Strafe.

diesem Begriffe der Urteilung, als *Theoretischer* Urteilung, denn in der praktischen Urteilung setzt es sich dem *Nichtich*, nicht *sich selbst* entgegen.

Wirklichkeit und Möglichkeit ist unterschieden, wie mittelbares und unmittelbares Bewußtsein. Wenn ich einen Gegenstand als möglich denke, so wiederhol ich nur das vorhergegangene Bewußtsein, kraft dessen er wirklich ist. Es gibt für uns keine denkbare Möglichkeit, die nicht Wirklichkeit war. Deswegen gilt der Begriff der Möglichkeit auch gar nicht von den Gegenständen der Vernunft, weil sie niemals als das, was sie sein sollen, im Bewußtsein vorkommen, sondern nur der Begriff der Notwendigkeit. Der Begriff der Möglichkeit gilt von den Gegenständen der Verstandes, der der Wirklichkeit von den Gegenständen der Wahrnehmung und Anschauung.

Sein – drückt die Verbindung des Subjekts und Objekts aus.

Wo Subjekt und Objekt schlechthin, nicht nur zum Teil vereiniget ist, mithin so vereiniget, daß gar keine Teilung vorgenommen werden kann, ohne das Wesen desjenigen, was getrennt werden soll, zu verletzen, da und sonst nirgends kann von einem *Sein schlechthin* die Rede sein, wie es bei der intellektualen Anschauung der Fall ist.

Aber dieses Sein muß nicht mit der Identität verwechselt werden. Wenn ich sage: Ich bin Ich, so ist das Subjekt (Ich) und das Objekt (Ich) nicht so vereiniget, daß gar keine Trennung vorgenommen werden kann, ohne, das Wesen desjenigen, was getrennt werden soll, zu verletzen; im Gegenteil das Ich ist nur durch diese Trennung des Ichs vom Ich möglich. Wie kann ich sagen: Ich! ohne Selbstbewußtsein? Wie ist aber Selbstbewußtsein möglich? Dadurch daß ich mich mir selbst entgegensetze, mich von mir selbst trenne, aber ungeachtet dieser Trennung mich im entgegengesetzten als dasselbe erkenne. Aber inwieferne als dasselbe? Ich kann, ich muß so fragen; denn in einer andern Rücksicht ist es sich entgegengesetzt. Also ist die Identität keine Vereinigung des Objekts und Subjekts, die schlechthin stattfände, also ist die Identität nicht = dem absoluten Sein.

AN KALLIAS

Ich schlummerte, mein Kallias! Und mein Schlummer war süß. Holde Dämmerung lag über meinem Geiste, wie über den

Seelen in Platons Vorelysium. Aber der Genius von Mäonia hat mich geweckt. Halbzürnend trat er vor mich, und mein Innerstes bebte wider von seinem Aufruf.

In süßer Trunkenheit lag ich am Ufer unsers Archipelagus, und mein Auge weidete sich an ihm, wie er so freundlich und still mir zulächelte, und der rosenfarbne Nebel über ihm wie wohlmeinend die Ferne verbarg, wo du lebst, und weiterhin unsre Helden. Sanft und süß wie die schmeichelnde Hand meiner Glycera regte sich die frische Morgenluft an meiner Wange. Ich spielt in kindlichen Träumen mit dem holden Geschöpfe.–

Erschöpft von glühenden Phantasien, griff ich endlich zu meinem Homer.

Zufällig traf ich auf die Stelle, wo der kluge Laërtiade, und Diomedes, der wilde, nach dem Schlachttag hingehn nach Mitternacht, durch Blut und Waffen ins Lager der Feinde, wo die Thrazier ermattet von der Arbeit des Tags, ferne von den Feuern der Wächter im tiefen Schlafe liegen. Diomedes wütet wie ein zürnender Löwe, unter den Schlafenden ringsumher. Indes bindet Ulysses die trefflichen Rosse, zu erfreulicher Beute. Und räumt die Leichname weg, die Diomedes Schwert traf, daß die Rosse nicht drob scheu würden, und flüstert jetzt dem wilden Gefährten zu, daß es Zeit sei. Dieser sinnt noch auf etwas Kühnes. Entweder will er den Wagen neben ihm, voll von mancherlei Waffen, in die Höhe heben, und forttragen, oder zu den dreizehn Thraziern, die sein Schwert traf, mehrere gesellen. Aber Athene tritt vor ihn und mahnt zur Rückkehr.

Und nun die Siegesfreude nach dem ungeheuren Wagestück! Wie sie von den Rossen springen beim freundlichen Empfang der Waffenbrüder mit Handschlag und süßer Rede! dann ins kühle Meer sich stürzen, den Schweiß abzubaden, und die müden Glieder zu stärken, und nun verjüngt und wohlgemut zum Schmause sich setzen, und der Beschützerin Athene süßen Wein aus dem Kelche gießen, zum kindlichen Opfer! O mein Kallias! dies Triumphgefühl der Kraft und der Kühnheit!

Dies war auch dir bereitet, riefs mir zu, und ich hätte mein glühendes Gesicht in der Erde bergen mögen, so gewaltig ergriff mich die Scham vor den unsern und Homeros Helden! Ich bin nun entschlossen, es koste, was es wolle.

Du müßtest sehn, wie ich der ernsten Mahnung meines Herzens gar künstlich fröhliche Farben aufzwang, um sie mir erträglicher zu machen, und sie wie einen guten Einfall belächeln, und vergessen zu können!

als Naturprodukt seine Ehre widerfahren. Gelehrte Kritiken und Biographien, so wie alle Spekulation, die nur in den Streit gehört, liegen außerhalb unseres Zwecks.

Bonhomie nicht kalte Frivolität, leichte klare Ordnung, Kürze des Ganzen – nicht affektiert mutwillige Sprünge und Sonderbarkeiten.

DER GESICHTSPUNKT, AUS DEM WIR DAS ALTERTUM ANZUSEHEN HABEN

Wir träumen von Bildung, Frömmigkeit p.p. und haben gar keine, sie ist angenommen – wir träumen von Originalität und Selbstständigkeit, wir glauben lauter Neues zu sagen, und alles dies ist doch Reaktion, gleichsam eine milde Rache gegen die Knechtschaft, womit wir uns verhalten haben gegen das Altertum. Es scheint wirklich fast keine andere Wahl offen zu sein, erdrückt zu werden von Angenommenem, und Positivem, oder, mit gewaltsamer Anmaßung, sich gegen alles Erlernte, Gegebene, Positive, als lebendige Kraft entgegenzusetzen. Das schwerste dabei scheint, daß das Altertum ganz unserem ursprünglichen Triebe entgegenzusein scheint, der darauf geht, das Ungebildete zu bilden, das Ursprüngliche Natürliche zu vervollkommnen, so daß der zur Kunst geborene Mensch natürlicherweise und überall sich lieber mehr das Rohe, Ungelehrte, Kindliche, holt, als einen gebildeten Stoff, wo ihm, der bilden will, schon vorgearbeitet ist. Und was allgemeiner Grund vom Untergang aller Völker war, nämlich, daß ihre Originalität, ihre eigene lebendige Natur erlag unter den positiven Formen, unter dem Luxus, den ihre Väter hervorgebracht hatten,* das scheint auch unser Schicksal zu sein, nur in größerem Maße, indem eine fast grenzenlose Vorwelt, die wir entweder durch Unterricht, oder durch Erfahrung innewerden, auf uns wirkt und drückt.** Von der andern Seite scheint nichts günstiger zu sein, als gerade diese Umstände, in denen wir uns befinden. *Es ist nämlich ein Unterschied, ob jener Bildungstrieb blind wirkt, oder*

* Beispiele lebhaft dargestellt.

** Ausführung.

mit Bewußtsein, ob er weiß, woraus er hervorging und wohin er strebt, denn dies ist der einzige Fehler der Menschen, daß ihr Bildungstrieb sich verirrt, eine unwürdige, überhaupt falsche Richtung nimmt, oder doch seine eigentümliche Stelle verfehlt, oder, wenn er diese gefunden hat, auf halbem Wege, bei den Mitteln, die ihn zu seinem Zwecke führen sollten, stehen bleibt. Daß dieses in hohem Grade weniger geschehe,** wird dadurch gesichert, daß wir wissen, wovon, und worauf jener Bildungstrieb überhaupt ausgehe, daß wir die wesentlichsten Richtungen kennen, in denen er seinem Ziele entgegengeht, daß uns auch die Umwege oder Abwege, die er nehmen kann, nicht unbekannt sind, daß wir alles, was vor und um uns aus jenem Triebe hervorgegangen ist,* betrachten als aus dem gemeinschaftlichen ursprünglichen Grunde hervorgegangen, woraus er mit seinen Produkten überall hervorgeht, daß wir die wesentlichsten Richtungen, die er vor und um uns nahm, auch seine Verirrungen um uns her erkennen, und nun, aus demselben Grunde, den wir lebendig, und überall gleich, als den Ursprung alles Bildungstriebs annehmen, unsere eigene Richtung uns vorsetzen, die bestimmt wird, durch die vorhergegangenen reinen und unreinen Richtungen, die wir aus Einsicht nicht wiederholen,*** so daß wir im Urgrunde aller Werke und Taten der Menschen uns gleich und einig fühlen mit allen, sie seien so groß oder so klein, aber in der besondern Richtung, die wir nehmen,****

BEMERKUNG ÜBER HOMER

NB. In den Briefen über Homer erst Charaktere, dann Situationen, dann die Handlung, die im Charakterstück um des Charakters und des Hauptcharakters willen da ist, da von *dem Wechsel der Töne*

ÜBER ACHILL (1)

Mich freut es, daß du von Achill sprachst. Er ist mein Liebling unter den Helden, so stark und zart, die gelungenste, und vergänglichste Blüte der Heroenwelt, „*so für kurze Zeit geboren*"

* Beispiele lebhaft

** vorzüglich ins Auge zu fassen.

*** Die reinen Richtungen wiederholen wir nicht ,weil

**** unsere besondere Richtung *Handeln*. Reaktion gegen positives Beleben des Toten durch *reelle Wechselvereinigung* desselben nach Homer, eben weil er so schön ist. Ich möchte auch fast denken, der alte Poet lass' ihn nur darum so wenig in Handlung erscheinen, und lasse die andern lärmen, indes sein Held im Zelte sitzt, um ihn so wenig, wie möglich, unter dem Getümmel vor Troja zu profanieren. Von Ulyß konnte er Sachen genug beschreiben. Dieser ist ein Sack voll Scheidemünze, wo man lange zu zählen hat, mit dem Gold ist man viel bälder fertig.

ÜBER ACHILL (2)

Am meisten aber lieb ich und bewundere den Dichter aller Dichter um seines Achilles willen. Es ist einzig, mit welcher Liebe und welchem Geiste er diesen Charakter durchschaut und gehalten und gehoben hat. Nimm die alten Herrn Agamemnon und Ulysses und Nestor mit ihrer Weisheit und Torheit, nimm den Lärmer Diomed, den blindtobenden Ajax, und halte sie gegen den genialischen, allgewaltigen, melancholischzärtlichen Göttersohn, den Achill, gegen dieses *enfant gâté* der Natur, und wie der Dichter ihn, den Jüngling voll Löwenkraft und Geist und Anmut, in die Mitte gestellt hat zwischen Altklugheit und Roheit und du wirst ein Wunder der Kunst in Achilles Charakter finden. Im schönsten Kontraste stehet der Jüngling mit Hektor, dem edeln treuen frommen Manne, der so ganz aus Pflicht und feinem Gewissen Held ist, da der andre alles aus reicher schöner Natur ist. Sie sind sich eben so entgegengesetzt, als sie verwandt sind, und eben dadurch wird es um so tragischer, wenn Achill am Ende als Todfeind des Hektor auftritt. Der freundliche Patroklus gesellt sich lieblich zu Achill und schickt sich so recht zu dem Trotzigen.

Man siehet auch wohl, wie hoch Homer den Helden seines Herzens achtete. Man hat sich oft gewundert, warum Homer, der doch den Zorn des Achill besingen wolle, ihn fast gar nicht erscheinen lasse. Er wollte den Götterjüngling nicht profanieren in dem Getümmel vor Troja.

Der Idealische durfte nicht alltäglich erscheinen. Und er konnt ihn wirklich nicht herrlicher und zärtlicher besingen, als dadurch, daß er ihn zurücktreten läßt (weil sich der Jüngling in seiner genialischen Natur vom rangstolzen Agamemnon, als ein Unendlicher unendlich beleidiget fühlt), so daß jeder Verlust der Griechen, von dem Tag an, wo man den Einzigen im Heere vermißt, an seine Überlegenheit über die ganze prächtige Menge der Herren und Diener mahnt, und die seltenen Momente, wo der Dichter ihn vor uns erscheinen läßt, durch seine Abwesenheit nur desto mehr ins Licht gesetzt werden. Diese sind dann auch mit wunderbarer Kraft gezeichnet und der Jüngling tritt wechselsweise, klagend und rächend, unaussprechlich rührend, und dann wieder furchtbar so lange nacheinander auf, bis am Ende, nachdem sein Leiden und sein Grimm aufs höchste gestiegen sind, nach fürchterlichem Ausbruch das Gewitter austobt, und der Göttersohn, kurz vor seinem Tode, den er vorausweiß, sich mit allem, sogar mit dem alten Vater Priamus aussöhnt.

Diese letzte Szene ist himmlisch nach allem, was vorhergegangen war.

EIN WORT ÜBER DIE ILIADE

Man ist manchmal bei sich selber uneins über die Vorzüge verschiedener Menschen, und fast in einer Verlegenheit, wie die Kinder, wenn man sie fragt, wen sie am meisten lieben unter denen, die sie nahe angehn, jeder hat seine eigene Vortrefflichkeit und dabei seinen eigenen Mangel; dieser empfiehlt sich uns dadurch, daß er das, worin er lebt, vollkommen erfüllt, indem sich sein Gemüt und sein Verstand für eine beschränktere, aber der menschlichen Natur dennoch gemäße Lage gebildet haben; wir nennen ihn einen natürlichen Menschen, weil er und seine einfache Sphäre ein harmonisches Ganze sind, aber es scheint ihm dagegen verglichen mit andern an Energie und dann auch wieder an tiefem Gefühl und Geist zu mangeln; ein anderer interessiert uns mehr durch Größe und Stärke und Beharrlichkeit seiner Kräfte und Gesinnungen, durch Mut und Aufopferungsgabe, aber er dünkt uns zu gespannt, zu ungenügsam, zu gewaltsam, zu einseitig in manchen Fällen, zu sehr im Widerspruche mit der Welt; wieder ein anderer gewinnt uns durch die größere Harmonie seiner inneren Kräfte, durch die Vollständigkeit und Integrität und Seele, womit er die Eindrücke aufnimmt, durch die Bedeutung, die ebendeswegen ein Gegenstand, die Welt, die ihn umgibt, im Einzelnen und Ganzen für ihn hat, für ihn haben kann, und die dann auch in seinen Äußerungen über den Gegenstand sich findet, und wie die Unbedeutenheit uns mehr als alles andere schmerzt, so wäre uns auch der vorzüglich willkommen, der uns und das, worin wir leben, wahrhaft bedeutend nimmt, sobald er seine Art zu sehen und zu fühlen uns nur leicht genug und gänzlich faßlich machen könnte, aber wir sind nicht selten versucht, zu denken, daß er, indem er den Geist des Ganzen fühle, das Einzelne zu wenig ins Auge fasse, daß er, wenn andere vor lauter Bäumen den Wald nicht sehn, über dem Walde die Bäume vergesse, daß er bei aller Seele, ziemlich unverständig, und deswegen auch für andere unverständlich sei.

Wir sagen uns dann auch wieder, daß kein Mensch in seinem äußern Leben alles zugleich sein könne, daß man, um ein Dasein und Bewußtsein in der Welt zu haben, sich für irgend etwas determinieren müsse, daß Neigung und Umstände den einen zu dieser, den andern zu einer andern Eigentümlichkeit bestimme, daß diese Eigentümlichkeit dann freilich am meisten zum Vorschein komme, daß aber andere Vorzüge, die wir vermissen, deswegen nicht ganz fehlen bei einem echten Charakter, und nur mehr im Hintergrunde liegen, daß diese vermißten Vorzüge . . .

ÜBER DIE VERSCHIEDNEN ARTEN, ZU DICHTEN

Man ist manchmal bei sich selber uneins über die Vorzüge verschiedener Menschen. Jeder hat seine Vortrefflichkeit und dabei seinen eigenen Mangel. Dieser gefällt uns durch die Einfachheit und Akkuratesse und Unbefangenheit, womit er in einer bestimmten Richtung fortgeht, der er sich hingab. Die Momente seines Lebens folgen sich ununterbrochen und leicht, alles hat bei ihm seine Stelle und seine Zeit; nichts schwankt, nichts stört sich, und weil er beim Gewöhnlichen bleibt, so ist er auch selten großer Mühe und großem Zweifel ausgesetzt. Bestimmt, klar, immer gleich und moderiert und der Stelle und dem Augenblicke angemessen und ganz in der Gegenwart, ist er uns, wenn wir nicht zu gespannt und hochgestimmt sind, auch niemals ungelegen, er läßt uns, wie wir sind, wir vertragen uns leicht mit ihm; er bringt uns nicht gerade um Vieles weiter, interessiert uns eigentlich auch nicht tief; aber dies wünschen wir ja auch nicht immer und besonders unter gewaltsamen Erschütterungen haben wir vorerst kein echteres Bedürfnis, als einen solchen Umgang, einen solchen Gegenstand, bei dem wir uns am leichtesten in einem Gleichgewichte, in Ruhe und Klarheit wiederfinden.

Wir nennen den beschriebenen Charakter vorzugsweise *natürlich*, und haben mit dieser Huldigung wenigstens so sehr recht, als einer der sieben Weisen, welcher in seiner Sprache und Vorstellungsweise behauptete, alles sei – aus Wasser entstanden. Denn wenn in der sittlichen Welt die Natur, wie es wirklich scheint, in ihrem Fortschritt immer von den einfachsten Verhältnissen und Lebensarten ausgeht, so sind jene schlichten Charaktere nicht ohne Grund die ursprünglichen, die natürlichsten zu nennen.

verständiget hat, so ist es für jeden, der seine Meinung darüber äußern möchte, notwendig, sich vorerst in festen Begriffen und Worten zu erklären.

So auch hier.

Der natürliche Ton, der vorzüglich dem epischen Gedichte eigen, ist schon an seiner Außenseite leicht erkennbar.

Bei einer einzigen Stelle im Homer läßt sich eben das sagen, was sich von diesem Tone im Großen und Ganzen sagen läßt. (Wie überhaupt in einem guten Gedichte eine Redeperiode das ganze Werk repräsentieren kann, so finden wir es auch bei diesem Tone und diesem Gedichte.) Ich wähle hiezu die Rede des Phönix, wo er den zürnenden Achill bewegen will, sich mit Agamemnon auszusöhnen, und den Achaiern wieder im Kampfe gegen die Trojer zu helfen.

Dich auch macht ich zum Manne, du göttergleicher Achilles,
Liebend mit herzlicher Treu; auch wolltest du nimmer mit andern
Weder zum Gastmahl gehn, noch daheim in den Wohnungen essen,
Eh ich selber dich nahm, auf meine Kniee dich setzend,
Und die zerschnittene Speise dir reicht und den Becher dir vorhielt.
Oftmals hast du das Kleid mir vorn am Busen befeuchtet
Wein aus dem Munde verschüttend in unbehülflicher Kindheit.
Also hab ich so manches durchstrebt und so manches erduldet
Deinethalb, ich bedachte, wie eigene Kinder die Götter
Mir versagt, und wählte, du göttergleicher Achilles,
Dich zum Sohn, daß du einst vor traurigem Schicksal mich schirmtest,

Zähme dein großes Herz, o Achilleus! Nicht ja geziemt dir
Unerbarmender Sinn; oft wenden sich selber die Götter,
Die doch weit erhabner an Herrlichkeit, Ehr und Gewalt
sind.*

Der ausführliche, stetige, wirklich wahre Ton fällt in die Augen.

Und so hält sich dann auch das epische Gedicht im Größeren an das Wirkliche. Es ist, wenn man es (bloß) in seiner Eigentümlichkeit betrachtet, ein Charaktergemälde, und aus diesem Gesichtspunkt durchaus angesehn interessiert und erklärt sich auch eben die Iliade erst recht von allen Seiten.** In einem Charaktergemälde sind dann auch alle übrigen Vorzüge des natürlichen Tons an ihren wesentlichen Stellen. Diese *sichtbare* sinnliche Einheit, daß alles vorzüglich vom Helden aus und wieder auf ihn zurückgeht, daß Anfang und Katastrophe und Ende an ihn gebunden ist, daß alle Charaktere und Situationen in ihrer ganzen Mannigfaltigkeit mit allem, was geschiehet und gesagt wird, wie die Punkte in einer Linie gerichtet sind auf den Moment, wo er in seiner höchsten Individualität auftritt, *diese* Einheit ist, wie man leicht einsieht, nur in einem Werke möglich, das seinen eigentlichen Zweck in die Darstellung von Charakteren setzt, und wo so im Hauptcharakter der Hauptquell liegt.

So folgt aus diesem Punkte auch die ruhige Moderation, die dem natürlichen Tone so eigen ist, die die Charaktere so innerhalb ihrer Grenze zeigt, und sie vielfältig sanft abstuft. Der Künstler ist in der Dichtart, wovon die Rede ist, nicht deswegen so moderat, weil er dieses Verfahren für das Einzigpoetische hält, er vermeidet z. B. die Extreme und Gegensätze nicht darum, weil er sie in keinem Falle brauchen mag, er weiß wohl, daß es am rechten Orte poetischwahre Extreme und Gegensätze der Personen, der Ereignisse, der Gedanken, der Leidenschaften, der Bilder, der Empfindungen gibt, er schließt sie nur aus, insoferne sie zum jetzigen Werke nicht passen; er

* Ich brauche wohl wenigen zu sagen, daß dies Vossische Übersetzung ist, und denen, die sie noch nicht kennen, gestehe ich, daß auch ich zu meinem Bedauern erst seit kurzem damit bekannter geworden bin.

** Und wenn die Begebenheiten und Umstände, worin sich die Charaktere darstellen, so ausführlich entwickelt werden, so ist es vorzüglich darum, weil diese gerade vor den Menschen, die in ihnen leben, so erscheinen, ohne sehr alteriert, und aus der gewöhnlichen Stimmung und Weise herausgetrieben zu sein.

mußte sich einen festen Standpunkt wählen, und dieser ist jetzt das Individuum, der Charakter seines Helden, so wie er durch Natur und Bildung ein bestimmtes eignes Dasein, eine Wirklichkeit gewonnen hat. Aber eben diese Individualität des Charakters gehet notwendigerweise in Extremen verloren. Hätte Homer seinen entzündbaren Achill nicht so zärtlich sorgfältig dem Getümmel entrückt, wir würden den Göttersohn kaum noch von dem Elemente unterscheiden, das ihn umgibt, und nur, wo wir ihn ruhig im Zelte finden, wie er mit der Leier sein Herz erfreut und Siegstaten der Männer singt, indessen sein Patroklus gegenüber sitzt und schweigend harrt, bis er den Gesang vollendet, hier nur haben wir den Jüngling recht vor Augen.

Also, um die Individualität des dargestellten Charakters zu erhalten, um die es ihm jetzt gerade am meisten zu tun ist, ist der epische Dichter so durchaus moderat.

Und wenn die Umstände, in denen sich die epischen Charaktere befinden, so genau und ausführlich dargestellt werden, so ist es wieder nicht, weil der Dichter in diese Umständlichkeit allen poetischen Wert setzt. In einem andern Falle würde er sie bis auf einen gewissen Grad vermeiden; aber hier, wo sein Standpunkt Individualität, Wirklichkeit, bestimmtes Dasein der Charaktere ist, muß auch die umgebende Welt aus diesem Standpunkte erscheinen. Und daß die umgebenden Gegenstände aus diesem Standpunkte eben in jener Genauigkeit erscheinen, erfahren wir an uns selbst, so oft wir in unserer eigenen gewöhnlichsten Stimmung ungestört an den Umständen gegenwärtig sind, in denen wir selber leben.

Ich wünschte noch manches hinzuzusetzen, wenn ich nicht auszuschweifen fürchtete. Noch setze ich hinzu, daß diese Ausführlichkeit in den dargestellten Umständen bloß Widerschein der Charaktere ist, insoferne sie Individuen überhaupt, und noch nicht näher bestimmt sind. Das Umgebende kann noch auf eine andere Art dem Charakter angepaßt werden. In der Iliade teilt sich zuletzt die Individualität des Achill, die freilich auch dafür geschaffen ist, mehr oder weniger allem und jedem mit, was ihn umgibt, und nicht bloß den Umständen, auch den Charakteren. Bei den Kampfspielen, die dem toten Patroklus zu Ehren angestellt werden, tragen merklicher und unmerklicher die übrigen Helden des griechischen Heeres fast alle seine Farbe, und endlich scheint sich der alte Priamus in allem seinem Leide noch vor dem Heroen, der doch sein Feind war, zu verjüngen.

Aber man siehet leicht, daß dies letztere schon über den natürlichen Ton hinausgeht, so wie er bis jetzt betrachtet und beschrieben worden ist, in seiner *bloßen* Eigentümlichkeit.

In dieser wirkt er dann allerdings schon günstig auf uns, durch seine Ausführlichkeit, seinen stetigen Wechsel, seine Wirklichkeit.

REFLEXION

Es gibt Grade der Begeisterung. Von der Lustigkeit an, die wohl der unterste ist, bis zur Begeisterung des Feldherrn, der mitten in der Schlacht unter Besonnenheit den Genius mächtig erhält, gibt es eine unendliche Stufenleiter. Auf dieser auf- und abzusteigen, ist Beruf und Wonne des Dichters.

Man hat Inversionen der Worte in der Periode. Größer und wirksamer muß aber dann auch die Inversion der Perioden selbst sein. Die logische Stellung der Perioden, wo dem Grunde (der Grundperiode) das Werden, dem Werden das Ziel, dem Ziele der Zweck folgt, und die Nebensätze immer nur hinten angehängt sind an die Hauptsätze, worauf sie sich zunächst beziehen, – ist dem Dichter gewiß nur höchst selten brauchbar.

Das ist das Maß Begeisterung, das jedem Einzelnen gegeben ist, daß der eine bei größerem, der andere nur bei schwächerem Feuer die Besinnung noch im nötigen Grade behält. Da wo die Nüchternheit dich verläßt, da ist die Grenze deiner Begeisterung. Der große Dichter ist niemals von sich selbst verlassen, er mag sich so weit über sich selbst erheben, als er will. Man kann auch in die Höhe *fallen*, so wie in die Tiefe. Das letztere verhindert der elastische Geist, das erstere die Schwerkraft, die in nüchternem Besinnen liegt. Das Gefühl ist aber wohl die beste Nüchternheit und Besinnung des Dichters, wenn es richtig und warm und klar und kräftig ist. Es ist Zügel und Sporn dem Geist. Durch Wärme treibt es den Geist weiter, durch Zartheit und Richtigkeit und Klarheit schreibt es ihm die Grenze vor und hält ihn, daß er sich nicht verliert; und so ist es Verstand und Wille zugleich. Ist es aber zu zart und weichlich, so wird es tötend, ein nagender Wurm. Begrenzt sich der Geist, so fühlt es zu ängstlich die augenblickliche Schranke, wird zu warm, verliert die Klarheit, und treibt den Geist mit einer unverständlichen Unruhe ins Grenzenlose; ist der Geist freier, und hebt er sich augenblicklich über Regel und Stoff, so fürchtet es eben so ängstlich die Gefahr, daß er sich verliere, so wie es zuvor die Eingeschränktheit fürchtete, es wird frostig und dumpf, und ermattet den Geist, daß er sinkt und stockt, und an überflüssigem Zweifel sich abarbeitet. Ist einmal das Gefühl so krank, so kann der Dichter nichts bessers, als daß er, weil er es kennt, sich, in keinem Falle, gleich schrecken läßt von ihm, und es nur so weit achtet, daß er etwas gehaltner fortfährt, und so leicht wie möglich sich des Verstands bedient, um das Gefühl, es seie beschränkend oder befreiend, augenblicklich zu berichtigen, und wenn er so sich mehrmal durchgeholfen hat, dem Gefühle die natürliche Sicherheit und Konsistenz wiederzugeben. Überhaupt muß er sich gewöhnen, nicht in den einzelnen Momenten das Ganze, das er vorhat, erreichen zu wollen, und das augenblicklich Unvollständige zu ertragen; seine Lust muß sein, daß er sich von einem Augenblicke zum andern selber übertrifft, *in dem Maße und in der Art, wie es die Sache erfordert*, bis am Ende der Hauptton seines Ganzen gewinnt. Er muß aber ja nicht denken, daß er nur im *crescendo* vom Schwächern zum Stärkern sich selber übertreffen könne, so wird er unwahr werden, und sich überspannen; er muß fühlen, daß er an Leichtigkeit gewinnt, was er an Bedeutsamkeit verliert, daß Stille die Heftigkeit, und das Sinnige den Schwung gar schön ersetzt, und so wird es im Fortgang seines Werks nicht einen notwendigen Ton geben, der nicht den vorhergehenden gewissermaßen überträfe, und der herrschende Ton wird es nur darum sein, weil das Ganze auf diese und keine andere Art komponiert ist.

Nur das ist die wahrste Wahrheit, in der auch der Irrtum, weil sie ihn im Ganzen ihres Systems, in seine Zeit und seine Stelle setzt, zur Wahrheit wird. Sie ist das Licht, das sich selber und auch die Nacht erleuchtet. Dies ist auch die höchste Poesie, in der auch das Unpoetische, weil es zu rechter Zeit und am rechten Orte im Ganzen des Kunstwerks gesagt ist, poetisch wird. Aber hiezu ist schneller Begriff am nötigsten. Wie kannst du die Sache am rechten Ort brauchen, wenn du noch scheu darüber verweilst, und nicht weißt, wie viel an ihr ist, wie viel oder wenig daraus zu machen. Das ist ewige Heiterkeit, ist Gottesfreude, daß man alles Einzelne in die Stelle des Ganzen setzt, wohin es gehört; deswegen ohne Verstand, oder ohne ein durch und durch organisiertes Gefühl keine Vortrefflichkeit, kein Leben.

Muß denn der Mensch an Gewandtheit der Kraft und des Sinnes verlieren, was er an vielumfassendem Geiste gewinnt? Ist doch keines nichts ohne das andere!

Aus Freude mußt du das Reine überhaupt, die Menschen und andern Wesen verstehen, „alles Wesentliche und Bezeichnende“ derselben auffassen, und alle Verhältnisse nacheinander erkennen, und ihre Bestandteile in ihrem Zusammenhange so lange dir wiederholen, bis wieder die lebendige Anschauung *objektiver* aus dem Gedanken hervorgeht, aus Freude, ehe die Not eintritt, der Verstand, der bloß aus Not kommt, ist immer einseitig schief.

Da hingegen die Liebe gerne zart entdeckt, (wenn nicht Gemüt und Sinne scheu und trüb geworden sind durch harte Schicksale und Mönchsmoral,) und nichts übersehen mag, und wo sie sogenannte Irren oder Fehler findet, (Teile, die in dem, was sie sind, oder durch ihre Stellung und Bewegung aus dem Tone des Ganzen augenblicklich abweichen,) das Ganze nur desto inniger fühlt und anschaut. Deswegen sollte alles Erkennen vom Studium des Schönen anfangen. Denn der hat viel gewonnen, der das Leben verstehen kann, ohne zu trauern. Übrigens ist auch Schwärmerei und Leidenschaft gut, Andacht, die das Leben nicht berühren, nicht erkennen mag, und dann Verzweiflung, wenn das Leben selber aus seiner Unendlichkeit hervorgeht. Das tiefe Gefühl der Sterblichkeit, des Veränderns, seiner zeitlichen Beschränkungen entflammt den Menschen, daß er viel versucht, übt alle seine Kräfte, und läßt ihn nicht in Müßiggang geraten, und man ringt so lange um Chimären, bis sich endlich wieder etwas Wahres und Reelles findet zur Erkenntnis und Beschäftigung. In guten Zeiten gibt es selten Schwärmer. Aber wenns dem Menschen an großen reinen Gegenständen fehlt, dann schafft er irgend ein Phantom aus dem und jenem, und drückt die Augen zu, daß er dafür sich interessieren kann, und dafür leben.

Es kommt alles darauf an, daß die Vortrefflichen das Inferieure, die Schönern das Barbarische nicht zu sehr von sich ausschließen, sich aber auch nicht zu sehr damit vermischen, *daß sie die Distanz, die zwischen ihnen und den andern ist, bestimmt und leidenschaftlos erkennen, und aus dieser Erkenntnis wirken, und dulden.* Isolieren sie sich zu sehr, so ist die Wirksamkeit verloren, und sie gehen in ihrer Einsamkeit unter. Vermischen sie sich zu sehr, so ist auch wieder keine rechte Wirksamkeit möglich, denn entweder sprechen und handeln sie gegen die andern, wie gegen ihresgleichen, und übersehen den Punkt, wo diesen es fehlt, und wo sie zunächst ergriffen werden müssen, oder sie richten sich zu sehr nach diesen, und wiederholen die Unart, die sie reinigen sollten, in beiden Fällen wirken sie nichts und müssen vergehen, weil sie entweder immer ohne Widerklang sich in den Tag hinein äußern, und einsam bleiben mit allem Ringen und Bitten oder auch, weil sie das Fremde, Gemeinere zu dienstbar in sich aufnehmen und sich damit ersticken.

DIE WEISEN ABER...

Die Weisen aber, die nur mit dem Geiste, nur allgemein unterscheiden, eilen schnell wieder ins reine Sein zurück, und fallen in eine um so größere Indifferenz, weil sie hinlänglich unterschieden zu haben glauben, und die Nichtentgegensetzung, auf die sie zurückgekommen sind, für eine ewige nehmen. Sie haben ihre Natur mit dem untersten Grade der Wirklichkeit, mit dem Schatten der Wirklichkeit, der idealen Entgegensetzung und Unterscheidung getäuscht, und sie rächt sich dadurch . . .

WECHSEL DER TÖNE

Löst sich nicht die idealische Katastrophe, dadurch, daß der natürliche Anfangston zum Gegensatze wird, ins heroische auf?

Löst sich nicht die natürliche Katastrophe, dadurch, daß der heroische Anfangston zum Gegensatze wird, ins idealische auf?

Löst sich nicht die heroische Katastrophe, dadurch, daß der idealische Anfangston zum Gegensatze wird, ins natürliche auf?

Wohl für das epische Gedicht. Das tragische Gedicht gehet um einen Ton weiter, das lyrische gebraucht diesen Ton als

Gegensatz und kehrt auf diese Art, bei jedem Stil, in seinen Anfangston zurück oder: Das epische Gedicht hört mit seinem anfänglichen Gegensatz, das tragische mit dem Tone seiner Katastrophe, das lyrische mit sich selber auf, so daß das lyrische Ende ein naividealisches, das tragische ein naivheroisches, das epische ein idealischheroisches ist.

Das lyrische			Das tragische		
{naiv	{heroisch	{idealisch	{idealisch	{naiv	{heroisch
Idealisch}	naiv}	heroisch}	heroisch}	idealisch}	naiv}

Das epische

heroisch	×	idealisch	×	naiv
naiv		heroisch		idealisch

Lyrisch
naiv *Idealisch*, heroisch *Naiv*, idealisch *Heroisch* – heroisch *Idealisch*, idealisch *Naiv*, naiv *Heroisch*, heroisch *Idealisch*

Tragisch
idealisch *Heroisch*, naiv *Idealisch*, heroisch *Naiv* – naiv *Heroisch*, heroisch *Idealisch*, idealisch *Naiv*, naiv *Heroisch*

Episch
heroisch *Naiv*, idealisch *Heroisch*, naiv *Idealisch* – idealisch *Naiv*, naiv *Heroisch*, heroisch *Idealisch*, idealisch *Naiv*

L.	T.	N.
naiv Idealisch	idealisch Heroisch	heroisch Naiv
heroisch Naiv	naiv Idealisch	idealisch Heroisch
(idealisch Heroisch	(heroisch Naiv	(naiv Idealisch
heroisch Idealisch)	naiv Heroisch)	idealisch Naiv)
idealisch Naiv	heroisch Idealisch	naiv Heroisch
naiv Heroisch	idealisch Naiv	heroisch Idealisch
heroisch Idealisch	naiv Heroisch	idealisch Naiv
	Aj.	
	oder umgekehrt.	
	heroisch Idealisch	
	idealisch Naiv	
	(naiv Heroisch	
	heroisch Naiv)	
	idealisch Heroisch	
	naiv Idealisch	
	heroisch Naiv	
	Ant.	

id.	na.	her.	id.	/	naiv	her.	id.
naiv	her.	id.	na.	/	her.	id.	na.
(her.	id.	n.	h.	/	id.	n.	her.
(id.	n.	her.	id.	/	n.	h.	id.
na.	her.	id.	n.	/	her.	id.	n.
her.	id.	n.	h.	/	id.	n.	h.
id.	n.	h.	id.	/	n.	h.	id.

her.	id.	na.	h.	/	id.	n.	h.
id.	n.	h.	id.	/	na.	h.	id.
(n.	h.	id.	n.	/	h.	id.	n.
(h.	id.	n.	h.	/	id.	n.	h.
id.	n.	h.	id.	/	n.	h.	id.
n.	h.	id.	n.	/	h.	id.	n.
h.	id.	n.	h.	/	id.	n.	h.

n.	h.	id.	n.	h.	id.	n.
h.	id.	n.	h.	id.	n.	h.
id.	n.	h.	id.	n.	h.	id.
n.	h.	id.	n.	h.	id.	n.
h.	id.	n.	h.	id.	n.	h.
i.	n.	h.	id.	n.	h.	id.
n.	h.	id.	n.	h.	id.	n.

1	2	3	4	5	6	7
h. id. n. h	inhi.	nhin.	hinh	inhi	nhin	hinh.
hinhinh	inhinhi	nhinhin	hinhinh	inhinhi	nhinhi	hinh.

ÜBER DIE VERFAHRUNGSWEISE DES POETISCHEN GEISTES

Wenn der Dichter einmal des Geistes mächtig ist, wenn er die gemeinschaftliche Seele, die allem gemein und jedem eigen ist, gefühlt und sich zugeeignet, sie festgehalten, sich ihrer versichert hat, wenn er ferner der freien Bewegung, des harmonischen Wechsels und Fortstrebens, worin der Geist sich in sich selber und in anderen zu reproduzieren geneigt ist, wenn er des schönen im Ideale des Geistes vorgezeichneten Progresses und seiner poetischen Folgerungsweise gewiß ist, wenn er eingesehen hat, daß ein notwendiger Widerstreit entstehe zwischen der ursprünglichsten Forderung des Geistes, die auf Gemeinschaft und einiges Zugleichsein aller Teile geht, und zwischen der anderen Forderung, welche ihm gebietet, aus sich heraus zu gehen, und in einem schönen Fortschritt und Wechsel sich in sich selbst und in anderen zu reproduzieren, wenn dieser Widerstreit ihn immer festhält und fortzieht, auf dem Wege zur Ausführung, wenn er ferner eingesehen hat, daß einmal jene Gemeinschaft und Verwandtschaft aller Teile, jener geistige Gehalt gar nicht fühlbar wäre, wenn diese nicht dem sinnlichen Gehalte, dem Grade nach, auch den harmonischen Wechsel abgerechnet, auch bei der Gleichheit der geistigen Form (des Zugleich- und Beisammenseins), verschieden wären, daß ferner jener harmonische Wechsel, jenes Fortstreben, wieder nicht fühlbar und ein leeres leichtes Schattenspiel wäre, wenn die wechselnden Teile, auch bei der Verschiedenheit des *sinnlichen* Gehalts, nicht in der *sinnlichen* Form sich unter dem Wechsel und Fortstreben gleich bleiben, wenn er eingesehen hat, daß *jener Widerstreit zwischen geistigem Gehalt* (zwischen der Verwandtschaft aller Teile) *und geistiger Form* (dem Wechsel aller Teile), zwischen dem Verweilen und Fortstreben des Geistes, *sich dadurch löse*, daß eben beim Fortstreben des Geistes, beim Wechsel der geistigen Form die *Form des Stoffes in allen Teilen identisch bleibe*, und daß sie eben so viel ersetze, als von ursprünglicher Verwandtschaft und Einigkeit der Teile verloren werden muß im harmonischen Wechsel, daß sie den objektiven *Gehalt* ausmache im Gegensatze gegen die geistige Form, und dieser ihre völlige Bedeutung gebe, daß auf der anderen Seite *der materielle Wechsel* des *Stoffes*, der das Ewige des *geistigen* Gehalts begleitet, die Mannigfaltigkeit desselben die Forderungen des Geistes, die er *in seinem Fortschritt* macht, und die durch die *Forderung der Einigkeit und Ewigkeit in jedem Momente aufgehalten* sind, befriedige, daß eben dieser materielle Wechsel die objektive Form, die Gestalt ausmache im Gegensatze gegen den geistigen Gehalt; wenn er eingesehen hat, daß andererseits *der Widerstreit* zwischen dem *materiellen Wechsel*, und der *materiellen Identität, dadurch* gelöst werde, daß der Verlust von materieller Identität*, von leidenschaftlichem, die

* materielle Identität? sie muß ursprünglich das im Stoffe sein, vor dem materiellen Wechsel, was im Geiste die Einigkeit vor dem idealischen Wechsel ist, sie muß der sinnliche Berührungspunkt aller Teile sein. Der Stoff muß nämlich auch, wie der Geist, vom Dichter *zu eigen gemacht*, und *festgehalten werden*, mit freiem Interesse, *wenn* er einmal in seiner ganzen Anlage

Unterbrechung fliehendem Fortschritt ersetzt wird durch den immerforttönenden allesausgleichenden *geistigen Gehalt*, und der Verlust an materieller Mannigfaltigkeit, der durch das schnellere Fortstreben zum Hauptpunkt und Eindruck, durch diese materielle Identität entsteht, ersetzt wird, durch die immerwechselnde idealische geistige Form; wenn er eingesehen hat, wie umgekehrterweise eben der Widerstreit zwischen geistigem ruhigem Gehalt und geistiger wechselnder Form, so viel sie unvereinbar sind, so auch der Widerstreit zwischen materiellem *Wechsel* und materiellem *identischem* Fortstreben zum Hauptmoment, so viel sie unvereinbar sind, das eine wie das andere *fühlbar* macht, wenn er endlich eingesehen hat, wie der Widerstreit des geistigen Gehalts und der idealischen Form einerseits, und des materiellen Wechsels und identischen Fortstrebens andererseits sich vereinigen in den Ruhepunkten und Hauptmomenten, und so viel sie in diesen nicht vereinbar sind, eben in diesen auch und ebendeswegen fühlbar und gefühlt werden, wenn er dieses eingesehen hat, so kommt ihm alles an auf die Rezeptivität des Stoffs zum idealischen Gehalt und zur idealischen Form. Ist er des einen gewiß und mächtig wie des andern, der Rezeptivität

gegenwärtig ist, *wenn* der Eindruck, den er auf den Dichter gemacht, das erste Wohlgefallen, das auch zufällig sein könnte, untersucht, und als rezeptiv für die Behandlung des Geistes und wirksam, angemessen gefunden worden ist, für den Zweck, daß der Geist sich in sich selber und in anderen reproduziere, *wenn* er nach dieser Untersuchung wieder empfunden, und in allen seinen Teilen wieder hervorgerufen, und in einer noch unausgesprochenen gefühlten Wirkung begriffen ist. Und diese Wirkung ist eigentlich die Identität des Stoffs, weil in ihr sich alle Teile konzentrieren. Aber sie ist unbestimmt gelassen, der Stoff ist noch unentwickelt. Er muß in allen seinen Teilen deutlich ausgesprochen, und eben hiedurch in der Lebhaftigkeit seines Totaleindrucks geschwächt werden. Er muß dies, denn in der unausgesprochenen Wirkung ist er wohl dem Dichter, aber nicht anderen gegenwärtig, überdies hat dies in der unausgesprochenen Wirkung der Geist noch nicht wirklich reproduziert, sie gibt ihm nur die Fähigkeit, die im Stoffe dazu liegt, zu erkennen, und ein Streben, die Reproduktion zu realisieren. Der Stoff muß also verteilt, der Totaleindruck muß aufgehalten, und die Identität ein Fortstreben von einem Punkte zum andern werden, wo denn der Totaleindruck sich wohl also findet, daß der Anfangspunkt und Mittelpunkt und Endpunkt in der innigsten Beziehung stehen, so daß beim Beschlusse der Endpunkt auf den Anfangspunkt und dieser auf den Mittelpunkt zurückkehrt.

des Stoffs, wie des Geistes, so kann es im Hauptmomente nicht fehlen.

Wie muß nun der Stoff beschaffen sein, der für das Idealische, für seinen Gehalt, für die Metapher, und seine Form, den Übergang, vorzüglich rezeptiv ist?

Der Stoff ist entweder eine Reihe von Begebenheiten, oder Anschauungen, Wirklichkeiten, subjektiv oder objektiv zu beschreiben, zu malen, oder er ist eine Reihe von Bestrebungen, Vorstellungen, Gedanken, oder Leidenschaften, Notwendigkeiten, subjektiv oder objektiv zu bezeichnen, oder eine Reihe von Phantasien, Möglichkeiten, subjektiv oder objektiv zu bilden.* In allen drei Fällen muß er der idealischen Behandlung fähig sein, wenn nämlich ein echter Grund zu den Begebenheiten, zu den Anschauungen, die erzählt, beschrieben, oder zu den Gedanken und Leidenschaften, welche gezeichnet, oder zu den Phantasien, welche gebildet werden sollen, vorhanden ist, wenn die Begebenheiten oder Anschauungen hervorgehn aus rechten Bestrebungen, die Gedanken und Leidenschaften aus einer rechten Sache, die Phantasien aus schöner Empfindung. Dieser Grund des Gedichts, seine Bedeutung, soll den Übergang bilden zwischen dem Ausdruck, dem Dargestellten, dem sinnlichen Stoffe, dem eigentlich Ausgesprochenen im Gedichte, und zwischen dem Geiste, der idealischen Behandlung. Die Bedeutung des Gedichts kann zweierlei heißen, so wie auch der Geist, das Idealische, wie auch der Stoff, die Darstellung, zweierlei heißen, nämlich in so fern es angewandt oder unangewandt verstanden wird. Unangewandt sagen diese Worte nichts aus, als die poetische Verfahrungsweise, wie sie genialisch und vom Urteile geleitet in jedem echtpoetischen Geschäfte bemerkbar ist; angewandt bezeichnen jene Worte die Angemessenheit des jedesmaligen poetischen Wirkungskreises zu jener Verfahrungsweise, die Möglichkeit, die im Elemente liegt, jene Verfahrungsweise zu realisieren, so daß man sagen kann, im jedesmaligen Elemente liege objektiv und reell Idealisches dem Idealischen, Lebendiges dem Lebendigen,

* Ist die Empfindung Bedeutung, so ist die Darstellung bildlich, und die geistige Behandlung zeigt sich episodisch.

Ist die intellektuelle Anschauung Bedeutung, so ist der Ausdruck, das Materielle, leidenschaftlich, die geistige Behandlung zeigt sich mehr im Stil.

Ist die Bedeutung ein eigentlicherer Zweck, so ist der Ausdruck sinnlich, die freie Behandlung metaphorisch.

Individuelles dem Individuellen gegenüber, und es fragt sich nur, was unter diesem Wirkungskreise zu verstehen sei. Er ist das, worin und woran das jedesmalige poetische Geschäft und Verfahren sich realisiert, das Vehikel des Geistes, wodurch er sich in sich selbst und in andern reproduziert. *An* sich ist der Wirkungskreis größer als der poetische Geist, aber nicht *für* sich selber. Insofern er im Zusammenhange der Welt betrachtet wird, ist er größer; insofern er vom Dichter festgehalten, und zugeeignet ist, ist er subordiniert. Er ist der Tendenz nach, dem Gehalte seines Strebens nach dem poetischen Geschäfte entgegen, und der Dichter wird nur zu leicht durch seinen Stoff irre geführt, indem dieser aus dem Zusammenhange der lebendigen Welt genommen der poetischen Beschränkung widerstrebt, indem er dem Geiste nicht bloß als Vehikel dienen will; indem, wenn er auch recht gewählt ist, sein nächster und erster Fortschritt in Rücksicht auf ihn Gegensatz und Sporn ist in Rücksicht auf die dichterische Erfüllung, so daß sein zweiter Fortschritt zum Teil unerfüllt, zum Teil erfüllt werden muß. p.p.

Es muß sich aber zeigen, wie dieses Widerstreits ungeachtet, in dem der poetische Geist bei seinem Geschäfte mit dem jedesmaligen Elemente und Wirkungskreise steht, dieser dennoch jenen begünstige, und wie sich jener Widerstreit auflöse, wie in dem Elemente, das sich der Dichter zum Vehikel wählt, dennoch eine Rezeptivität für das poetische Geschäft liege, und wie er alle Forderungen, die ganze poetische Verfahrungsweise in ihrem Metaphorischen, ihrem Hyperbolischen, und ihrem Charakter in sich realisiere in Wechselwirkung mit dem Elemente, das zwar in seiner anfänglichen Tendenz widerstrebt, und gerade entgegengesetzt ist, aber im Mittelpunkte sich mit jenen vereiniget.

Zwischen dem Ausdrucke (der Darstellung) und der freien idealischen Behandlung liegt die Begründung und Bedeutung des Gedichts. Sie ists, die dem Gedichte seinen Ernst, seine Festigkeit, seine Wahrheit gibt, sie sichert das Gedicht davor, daß die freie idealische Behandlung nicht zur leeren Manier, und Darstellung nicht zur Eitelkeit werde. Sie ist das Geistigsinnliche, das Formalmaterielle, des Gedichts; und wenn die idealische Behandlung in ihrer Metapher, ihrem Übergang, ihren Episoden, mehr vereinigend ist, hingegen der Ausdruck, die Darstellung in ihren Charakteren, ihrer Leidenschaft, ihren Individualitäten, mehr trennend, so stehet die Bedeutung zwischen beiden, sie zeichnet sich aus dadurch, daß sie sich selber überall entgegengesetzt ist: daß sie, statt daß der Geist alles der Form nach Entgegengesetzte vergleicht, alles Einige trennt, alles Freie festsetzt, alles Besondere verallgemeinert, weil nach ihr das Behandelte nicht bloß ein individuelles Ganze, noch ein mit seinem Harmonischentgegengesetzten zum Ganzen verbundenes Ganze, sondern ein Ganzes überhaupt ist und die Verbindung mit dem Harmonischentgegengesetzten auch möglich ist durch ein der individuellen Tendenz nach, aber nicht der Form nach Entgegengesetztes; daß sie durch Entgegensetzung, durch das Berühren der Extreme vereiniget, indem diese sich nicht dem Gehalte nach, aber in der Richtung und dem Grade der Entgegensetzung vergleichbar sind, so daß sie auch das *Widersprechendste vergleicht*, und durchaus hyperbolisch ist, daß sie nicht fortschreitet durch Entgegensetzung in der Form, wo aber das erste dem zweiten dem Gehalte nach verwandt ist, sondern durch Entgegensetzung im Gehalt, wo aber das erste dem zweiten der Form nach gleich ist, so daß naive und heroische und idealische Tendenz, im Objekt ihrer Tendenz, sich widersprechen, aber in der Form des Widerstreits und Strebens vergleichbar sind, und einig nach dem Gesetze der Tätigkeit, also einig im Allgemeinsten, im Leben.

Eben dadurch, durch dieses hyperbolische Verfahren, nach welchem das Idealische, harmonisch Entgegengesetzte und Verbundene, nicht bloß als dieses, als schönes Leben, sondern auch als Leben überhaupt betrachtet, also auch als eines andern Zustandes fähig betrachtet wird, und zwar nicht eines andern harmonischentgegengesetzten, sondern eines geradentgegengesetzten, eines Äußersten, so daß dieser neue Zustand mit dem vorigen nur vergleichbar ist durch die Idee des Lebens überhaupt, – eben dadurch gibt der Dichter dem Idealischen einen Anfang, eine Richtung, eine Bedeutung. Das Idealische in dieser Gestalt ist der subjektive Grund des Gedichts, von dem aus, auf den zurückgegangen wird, und da das innere idealische Leben in verschiedenen Stimmungen aufgefaßt, als Leben überhaupt, als ein Verallgemeinbares, als ein Festsetzbares, als ein Trennbares betrachtet werden kann, so gibt es auch verschiedene Arten des subjektiven Begründens; entweder wird die idealische Stimmung als Empfindung aufgefaßt, dann ist sie der subjektive Grund des Gedichts, die Hauptstimmung des Dichters beim ganzen Geschäfte, und eben weil sie als Empfindung festgehalten ist, wird sie durch das Begründen als ein *Verallgemeinbares* betrachtet, – oder sie wird als Streben festgesetzt, dann wird sie die Hauptstimmung des Dichters beim ganzen Geschäfte, und daß sie als Streben festgesetzt ist, macht, daß sie als *Erfüllbares* durch das Begründen betrachtet wird, oder wird sie als intellektuale Anschauung festgehalten, dann ist diese die Grundstimmung des Dichters beim ganzen Geschäfte, und eben daß sie als diese festgehalten worden ist, macht, daß sie als *Realisierbares* betrachtet wird. Und so fordert und bestimmt die subjektive Begründung eine objektive, und bereitet sie vor. Im ersten Fall wird also der Stoff als Allgemeines *zuerst*, im zweiten als Erfüllendes, im dritten als Geschehendes, aufgefaßt werden.

Ist das freie idealische poetische Leben einmal so fixiert, und ist ihm, je nachdem es fixiert war, seine Bedeutsamkeit gegeben, als Verallgemeinbares, als Erfüllbares, als Realisierbares, ist es, auf diese Art, durch die Idee des Lebens überhaupt, mit seinem direkt Entgegengesetzten verbunden, und hyperbolischgenommen, so fehlt in der Verfahrungsweise des poetischen Geistes noch ein wichtiger Punkt, wodurch er seinem Geschäfte nicht die Stimmung, den Ton, auch nicht die Bedeutung und Richtung, aber die Wirklichkeit gibt.

Als *reines poetisches* Leben *betrachtet*, bleibt nämlich *seinem Gehalte nach*, als vermöge des Harmonischen überhaupt und des zeitlichen Mangels ein mit *Harmonischentgegengesetzten Verbundenes*, das poetische Leben *sich* durchaus einig, und nur im Wechsel der Formen ist es entgegengesetzt, nur in der Art, nicht im Grunde seines Fortstrebens, es ist nur geschwungner oder zielender oder geworfner, nur zufällig mehr oder weniger unterbrochen; als durch die poetische Reflexion vermöge der Idee des Lebens überhaupt und des Mangels in der Einigkeit bestimmtes und begründetes Leben *betrachtet*, fängt es mit einer idealisch charakteristischen Stimmung an, es ist nun nicht mehr ein mit Harmonischentgegengesetzten Verbundenes überhaupt, es ist als solches in bestimmter Form vorhanden, und schreitet fort im Wechsel der Stimmungen, wo jedesmal die nachfolgende durch die vorhergehende bestimmt, und ihr dem Gehalt nach, das heißt, den Organen nach, in denen sie begriffen, entgegengesetzt und insofern individueller allgemeiner voller ist, so daß die verschiedenen Stimmungen nur in dem, worin das Reine seine Entgegensetzung findet, nämlich in der Art des Fortstrebens, verbunden sind, als Leben überhaupt, so daß das rein poetische Leben nicht mehr zu finden ist, denn in jeder der wechselnden Stimmungen ist es in besonderer Form also mit seinem Geradentgegengesetzten verbunden, also nicht mehr rein, im Ganzen ist es nur als fortstrebendes und nach dem Gesetze des Fortstrebens nur als Leben überhaupt vorhanden, und es herrscht auf diesem Gesichtspunkte durchaus ein Widerstreit von Individuellem (Materialem), Allgemeinem (Formalem) und Reinem.

Das Reine in jeder besondern Stimmung begriffenes widerstreitet dem Organ, in dem es begriffen, es widerstreitet dem Reinen des andern Organs, es widerstreitet dem Wechsel.

Das Allgemeine widerstreitet als besonderes Organ (Form), als charakteristische Stimmung dem Reinen, welches es in dieser Stimmung begreift, es widerstreitet als Fortstreben im Ganzen dem Reinen, welches in ihm begriffen ist, es widerstreitet als charakteristische Stimmung der zunächst liegenden.

Das Individuelle widerstreitet dem Reinen, welches es begreift, es widerstreitet der zunächst liegenden Form, es widerstreitet als Individuelles dem Allgemeinen des Wechsels.

Die Verfahrungsweise des poetischen Geistes bei seinem Geschäfte kann also unmöglich hiemit enden. Wenn sie die wahre ist, so muß noch etwas anders in ihr aufzufinden sein, und es muß sich zeigen, daß die Verfahrungsart, welche dem Gedichte seine Bedeutung gibt, nur der Übergang vom Reinen zu diesem Aufzufindenden, so wie rückwärts von diesem zum Reinen ist. (Verbindungsmittel zwischen Geist und Zeichen.)

Wenn nun das dem Geiste direkt entgegengesetzte, das Organ, worin er enthalten und wodurch alle Entgegensetzung möglich ist, könnte betrachtet und begriffen werden, nicht nur als das, wo*durch* das Harmonischverbundene formal entgegengesetzt, sondern, wodurch es auch formal verbunden ist, wenn es könnte betrachtet und begriffen werden, nicht nur als das, wodurch die verschiedenen unharmonischen Stimmungen materiell entgegengesetzt und formal verbunden, sondern wodurch sie auch materiell verbunden und formal entgegengesetzt sind, wenn es könnte betrachtet und begriffen werden nicht nur als das, was als verbindendes bloß formales Leben überhaupt, und als besonderes und materielles nicht verbindend, nur entgegensetzend und trennend, ist, wenn es als materielles als verbindend, *wenn das Organ des Geistes könnte betrachtet werden als dasjenige, welches, um das Harmonischentgegengesetzte möglich zu machen,* rezeptiv sein muß *so wohl für das eine, wie für das andre Harmonischentgegengesetzte*, daß es also, insofern es für das rein poetische Leben formale Entgegensetzung ist, auch formale Verbindung sein muß, daß es, insofern es für das bestimmte poetische Leben und seine Stimmungen material entgegensetzend ist, auch material verbindend sein muß, daß das begrenzende und bestimmende nicht bloß negativ, daß es auch positiv ist, daß es zwar bei harmonisch Verbundenem abgesondert betrachtet dem einen wie dem andern entgegengesetzt ist, aber beide zusammengedacht die Vereinigung von beiden ist, dann wird derjenige Akt des Geistes, welcher in Rücksicht auf die Bedeutung nur einen durchgängigen Widerstreit zur Folge hatte, ein ebenso vereinigender sein, als er entgegensetzend war.

Wie wird er aber in dieser Qualität begriffen? als möglich und als Notwendig? Nicht bloß *durch das Leben überhaupt*, denn so ist er es, insofern er bloß als material entgegensetzend und formal verbindend, das Leben direkt bestimmend, betrachtet wird. Auch nicht bloß durch die *Einigkeit* überhaupt, denn so ist er es, insofern er bloß als formal entgegensetzend betrachtet wird, aber im Begriffe der *Einheit* des *Einigen*, so daß von Harmonischverbundenem *eines* wie *das andere* im *Punkte der Entgegensetzung und Vereinigung vorhanden* ist, und daß in diesem Punkte der Geist in seiner Unendlichkeit fühlbar ist, der durch die Entgegensetzung als Endliches erschien, daß das Reine, das dem Organ an sich widerstritt, in eben diesem Organ sich *selber gegenwärtig* und so erst *ein Lebendiges ist*, daß, wo es in verschiedenen Stimmungen vorhanden ist, die unmittelbar auf die Grundstimmung folgende nur *der verlängerte Punkt* ist, der *dahin*, nämlich zum *Mittelpunkte* führt, wo sich die harmonisch entgegengesetzten Stimmungen begegnen, daß also gerade im stärksten Gegensatz, im Gegensatz der ersten idealischen und zweiten künstlich reflektierten Stimmung, in der *materiellsten* Entgegensetzung (die zwischen harmonisch verbundenem im Mittelpunkte zusammentreffendem, im Mittelpunkte gegenwärtigem Geist und Leben liegt), daß gerade in dieser materiellsten Entgegensetzung, welche sich selbst entgegengesetzt ist (*in Beziehung auf den Vereinigungspunkt, wohin sie strebt*), in den widerstreitenden *fortstrebenden* Akten des Geistes, wenn sie nur *aus dem wechselseitigen Charakter der harmonischentgegengesetzten Stimmungen entstehen*, daß gerade da das Unendlichste sich am fühlbarsten, am negativpositivsten und hyperbolisch darstellt, daß durch diesen Gegensatz der Darstellung des Unendlichen im widerstreitenden Fortstreben zum

Punkt, und seines Zusammentreffens im Punkt die simultane Innigkeit und Unterscheidung der harmonischentgegengesetzten lebendigen zum Grunde liegenden Empfindung ersetzt und zugleich klarer von dem freien Bewußtsein und gebildeter, allgemeiner, als eigene Welt der Form nach, als Welt in der Welt, und so als Stimme des Ewigen zum Ewigen dargestellt wird.

Der Poetische Geist kann also in der Verfahrungsweise, die er bei seinem Geschäfte beobachtet, sich nicht begnügen, in einem harmonischentgegengesetzten Leben, auch nicht bei dem Auffassen und Festhalten desselben durch hyperbolische Entgegensetzung, wenn er so weit ist, wenn es seinem Geschäfte weder an harmonischer Einigkeit noch an Bedeutung und Energie gebricht, weder an harmonischem Geiste überhaupt, noch an harmonischem Wechsel gebricht, so ist notwendig, wenn das Einige nicht entweder (sofern es an sich selbst betrachtet werden kann) als ein Ununterscheidbares sich selbst aufheben und zur *leeren* Unendlichkeit werden soll, oder wenn es nicht in einem Wechsel von Gegensätzen, seien diese auch noch so harmonisch, seine Identität verlieren, also nichts Ganzes und Einiges mehr sein, sondern in eine Unendlichkeit isolierter Momente (gleichsam eine Atomenreihe) zerfallen soll, – ich sage: so ist notwendig, daß der poetische Geist bei seiner Einigkeit, und harmonischem Progreß auch einen unendlichen Gesichtspunkt sich gebe, beim Geschäfte, eine Einheit, wo im harmonischen Progreß und Wechsel alles vor und rückwärts gehe, und durch seine *durchgängige charakteristische Beziehung* auf diese Einheit nicht bloß objektiven Zusammenhang, für den Betrachter, auch gefühlten und fühlbaren Zusammenhang und Identität im Wechsel der Gegensätze gewinne, und es ist seine letzte Aufgabe, beim harmonischen Wechsel einen Faden, eine Erinnerung zu haben, damit der Geist nie im einzelnen Momente, und wieder einem einzelnen Momente, sondern in einem Momente wie im andern fortdauernd, und in den verschiedenen Stimmungen sich gegenwärtig bleibe, so wie er sich ganz gegenwärtig ist, in der unendlichen Einheit, welche einmal Scheidepunkt des Einigen als Einigen, dann aber auch Vereinigungspunkt des Einigen als Entgegengesetzten, endlich auch beedes zugleich ist, so daß in ihr das Harmonischentgegengesetzte weder als Einiges entgegengesetzt, noch als Entgegengesetztes vereinigt, sondern als beedes in *Einem*, als einig entgegengesetztes unzertrennlich gefühlt, und als gefühltes erfunden wird. Dieser Sinn ist eigentlich poetischer Charakter, weder Genie noch Kunst, poetische Individualität, und dieser allein ist die Identität der Begeisterung, ihr die Vollendung des Genie und der Kunst, die Vergegenwärtigung des Unendlichen, der göttliche Moment gegeben.

Sie ist also nie bloß Entgegensetzung des Einigen, auch nie bloß Beziehung Vereinigung des Entgegengesetzten und Wechselnden, Entgegengesetztes und Einiges ist in ihr unzertrennlich. Wenn dies ist, so kann sie in ihrer Reinheit und subjektiven Ganzheit, als ursprünglicher Sinn, zwar in den Akten des Entgegensetzens und Vereinigens, womit sie in harmonischentgegengesetztem Leben wirksam ist, passiv sein, aber in ihrem letzten Akt, wo das Harmonischentgegengesetzte als Harmonisches entgegengesetztes, das Einige als Wechselwirkung in ihr als Eines begriffen ist, in diesem Akte kann und darf sie schlechterdings nicht durch sich selbst begriffen, sich selber zum Objekte werden, wenn sie nicht statt einer unendlich einigen und lebendigen Einheit, eine tote und tötende Einheit, ein unendlich positives Gewordenes sein soll; denn wenn Einigkeit und Entgegensetzung in ihr unzertrennlich verbunden und Eines ist, so kann sie der Reflexion weder als entgegensetzbares Einiges, noch als vereinbares Entgegengesetztes erscheinen, sie kann also gar nicht erscheinen, oder nur im Charakter eines positiven Nichts, eines unendlichen Stillstands, und es ist die Hyperbel aller Hyperbeln der kühnste und letzte Versuch des poetischen Geistes, wenn er in seiner Verfahrungsweise ihn je macht, die ursprüngliche poetische Individualität, das poetische Ich aufzufassen, ein Versuch, wodurch er diese Individualität und ihr reines Objekt, das Einige, und Lebendige, harmonische, wechselseitig wirksame Leben aufhöbe, und doch muß er es, denn da er alles, was er in seinem Geschäfte ist, mit *Freiheit* sein soll, und muß, indem er eine eigene Welt schafft, und der Instinkt natürlicherweise zur eigentlichen Welt, in der er da ist, gehört, da er also alles mit Freiheit sein soll, so muß er auch dieser seiner Individualität sich versichern. Da er aber sie nicht durch sich selbst und an sich selbst erkennen kann, so ist ein äußeres Objekt notwendig und zwar ein solches, wodurch die reine Individualität, unter mehreren besondern weder bloß entgegensetzenden, noch bloß beziehenden, sondern poetischen Charakteren, die sie annehmen kann, irgend Einen anzunehmen bestimmt werde, so daß also sowohl an der reinen Individualität, als an den andern Charakteren, die jetzt gewählte Individualität und ihr durch den jetzt gewählten Stoff bestimmter Charakter erkennbar und mit Freiheit festzuhalten ist.

(Innerhalb der subjektiven Natur kann das Ich nur als Entgegensetzendes, oder als Beziehendes, innerhalb der subjektiven Natur kann es sich aber nicht als poetisches Ich in dreifacher Eigenschaft erkennen, denn so wie es innerhalb der subjektiven Natur erscheint, und von sich selber unterschieden wird, und an und durch sich selber unterschieden, so muß das erkannte immer nur mit dem Erkennenden und der Erkenntnis beeder zusammengenommen jene dreifache Natur des poetischen Ich ausmachen, und weder als Erkanntes aufgefaßt vom Erkennenden, noch als Erkennendes aufgefaßt vom Erkennenden, noch als Erkanntes und Erkennendes aufgefaßt, von der Erkenntnis, noch als Erkenntnis aufgefaßt vom Erkennenden, in keiner dieser drei abgesondert gedachten Qualitäten wird es als reines poetisches Ich in seiner dreifachen Natur, als entgegensetzend das Harmonischentgegengesetzte, als (formal) vereinigend das Harmonischentgegengesetzte, als in Einem begreifend das Harmonischentgegengesetzte, die Entgegensetzung und Vereinigung, erfunden, im Gegenteile bleibt es mit und für sich selbst im realen Widerspruche.* – Also nur, insofern es nicht von sich selber und an und durch sich selber unterschieden wird, wenn es durch ein drittes bestimmt unterscheidbar gemacht wird, und wenn dieses dritte, insoferne es mit

* Es ist sich als material Entgegen*gesetztes* hiemit (für ein drittes aber nicht für sich selbst) *formal* Vereinendes (als Erkanntes), als Entgegen*setzendes* hiemit (für ein drittes) *formal* Vereinigtes, als Erkennendes schlechterdings nicht begreiflich in seinem realen Widerstreit; als Entgegengesetztes, formal Vereinendes, als Entgegensetzendes, formal Vereinigtes in der Erkenntnis, im material Vereinigten und Entgegengesetzten entgegengesetzt, also

Indem nämlich das Ich in seiner subjektiven Natur sich von sich selber unterscheidet und sich setzt als entgegensetzende Einheit im Harmonischentgegengesetzten, insofern dieses harmonisch ist, oder als vereinende Einheit im Harmonischentgegengesetzten, insofern dieses entgegengesetzt ist, so muß es entweder die Realität des Gegensatzes, des Unterschiedes, in dem es sich selbst erkennt, leugnen, und das Unterscheiden innerhalb der subjektiven Natur entweder für eine Täuschung und Willkür erklären, die es sich selbst als Einheit macht, um seine Identität zu erkennen, dann ist auch die Identität, als daraus erkannt, eine Täuschung, es erkennt sich nicht

Freiheit erwählt war, insofern auch in seinen Einflüssen und Bestimmungen die reine Individualität nicht aufhebt, sondern von dieser betrachtet werden kann, wo sie dann zugleich sich selbst als ein durch eine Wahl Bestimmtes, empirisch Individualisiertes und Charakterisiertes betrachtet, nur dann ist es möglich, daß das Ich im harmonischentgegengesetzten Leben als Einheit, und umgekehrt das Harmonisch-Entgegengesetzte,

oder es ist nicht Einheit, nimmt die Unterscheidung von sich selber für (dogmatisch) real an, daß nämlich das Ich als Unterscheidendes oder als Vereinendes sich verhalte, je nachdem es, in seiner subjektiven Natur, ein zu Unterscheidendes oder ein zu Vereinendes vorfinde; es setzt sich also als Unterscheidendes und als Vereinendes abhängig, und weil dies in seiner subjektiven Natur stattfinden soll, von der es nicht abstrahieren kann, ohne sich aufzuheben, absolut abhängig in seinen Akten, so daß es weder als Entgegensetzendes noch als Vereinendes sich *selbst*, *seinen* Akt erkennt. In diesem Falle kann es sich wieder nicht als identisch erkennen, weil die verschiedenen Akte, in denen es vorhanden ist, nicht *seine* Akte sind, es kann sich nicht einmal setzen als in diesen Akten begriffen, denn diese Akte hängen nicht von ihm ab, nicht das Ich ist das von sich selber unterschiedene, sondern seine Natur ists, in der es sich als getriebenes so verhält.

Aber wenn nun auch das Ich sich setzen wollte als identisch mit dem Harmonischentgegengesetzten seiner Natur (den Widerspruch zwischen Kunst und Genie, Freiheit und organischer Notwendigkeit, diesen ewigen Knoten mit dem Schwert zerhauen), so hilft es nichts; denn ist der Unterschied des Entgegensetzens und Vereinens nicht reell, so ist weder das Ich in seinem harmonischentgegengesetzten Leben, noch das harmonischentgegengesetzte Leben im Ich als Einheit erkennbar; ist er reell, so ist wiederum weder das Ich im Harmonischentgegengesetzten als Einheit durch sich erkennbar, denn es ist ein getriebnes, noch ist das Harmonischentgegengesetzte als Einheit erkennbar in seinem Ich, denn dies ist, als getriebenes, nicht als Einheit erkennbar.

Alles kommt also darauf an, daß das Ich nicht bloß mit seiner subjektiven Natur, von der es nicht abstrahieren kann, ohne sich aufzuheben, in Wechselwirkung bleibe, sondern daß es sich mit Freiheit ein Objekt wähle, von dem es, wenn es will, abstrahieren kann, um von diesem *durchaus* angemessen bestimmt zu werden und es zu bestimmen.

Hierin liegt die Möglichkeit, daß das Ich im harmonischentgegengesetzten Leben als Einheit, und das Harmonisch-Entgegengesetzte, als Einheit erkennbar werde im Ich in reiner (poetischer) Individualität. Zur freien Individualität, zur Einheit und Identität in sich selbst gebracht wird das reine subjektive Leben erst durch die Wahl seines Gegenstands.

als Einheit im Ich erscheine und in schöner Individualität zum Objekte werde.)

a) Wie ist es aber möglich? im Allgemeinen?

b) Wenn es auf solche Art möglich wird, daß das Ich sich in poetischer Individualität erkenne und verhalte, welches Resultat entspringt daraus für die poetische Darstellung? (Es erkennt in den dreierlei subjektiven und objektiven Versuchen das Streben zu reiner Einheit.)

a) Wenn der Mensch in diesem Alleinsein, in diesem Leben mit sich selbst, diesem widersprechenden *Mittelzustande* zwischen natürlichem Zusammenhange mit einer natürlich vorhandenen Welt, und zwischen dem höheren Zusammenhange mit einer auch natürlich vorhandenen, aber mit *freier Wahl* zur Sphäre erkornen voraus erkannten und in allen ihren Einflüssen nicht ohne seinen Willen ihn bestimmenden Welt, wenn er in jenem Mittelzustande zwischen Kindheit und reifer Humanität, zwischen mechanisch schönem und menschlich schönem, mit Freiheit schönem Leben gelebt hat, und diesen Mittelzustand erkannt und erfahren, wie er schlechterdings im Widerspruche mit sich selber, im notwendigen Widerstreite 1) des Strebens zur reinen Selbstheit und Identität, 2) des Strebens zur Bedeutenheit und Unterscheidung, 3) des Strebens zur Harmonie verbleiben, und wie in diesem Widerstreite jede dieser Bestrebungen sich aufheben und als unrealisierbar sich zeigen muß, wie er also resignieren, in Kindheit zurückfallen oder in fruchtlosen Widersprüchen mit sich selber sich aufreiben muß, wenn er in diesem Zustande verharrt, so ist Eines, was ihn aus dieser traurigen Alternative zieht, und das Problem, frei zu sein, wie ein Jüngling, und in der Welt zu leben wie ein Kind, der Unabhängigkeit eines kultivierten Menschen, und der Akkommodation eines gewöhnlichen Menschen, löst sich auf in Befolgung der Regel:

Setze dich *mit freier Wahl* in harmonische Entgegensetzung mit einer äußeren Sphäre, so wie du in dir selber in *harmonischer* Entgegensetzung bist, von Natur, aber unerkennbarerweise, solange du in dir selbst bleibst.

Denn hier, in Befolgung dieser Regel ist ein wichtiger Unterschied von dem Verhalten im vorigen Zustande.

Im vorigen Zustande, in dem des Alleinseins nämlich, konnte darum die harmonischentgegengesetzte Natur nicht zur erkennbaren Einheit werden, weil das Ich, ohne sich aufzuheben, sich weder als tätige Einheit setzen und erkennen könnte, ohne die Realität der Unterscheidung, also die Realität *des Erkennens* aufzuheben, noch als leidende Einheit, ohne die Realität der Einheit, ihr Kriterium der Identität, nämlich die Tätigkeit aufzuheben, und daß das Ich, indem es seine Einheit im Harmonischentgegengesetzten, und das Harmonischentgegengesetzte in seiner Einheit zu erkennen strebt, sich so absolut und dogmatisch als tätige Einheit, oder als leidende Einheit setzen muß, entstehet daher, weil es, um sich selber durch sich selber zu erkennen, die natürliche innige Verbindung, in der es mit sich selber steht, und wodurch das Unterscheiden ihm erschwert wird, nur durch eine unnatürliche (sich selber aufhebende) Unterscheidung ersetzen kann, weil es so von Natur Eines in seiner Verschiedenheit mit sich selber ist, daß die zur Erkenntnis notwendige Verschiedenheit, die es sich durch Freiheit gibt, nur in Extremen möglich ist, also nur in Streben in Denkversuchen, die *auf diese Art* realisiert, sich selber aufheben würden, weil es, um seine Einheit im (subjektiven) Harmonischentgegengesetzten, und das (subjektive) Harmonisch-Entgegengesetzte in seiner Einheit zu *erkennen*, notwendigerweise von sich selber abstrahieren muß, insofern es im (subjektiven) Harmonischentgegengesetzten gesetzt ist, und auf sich reflektieren, insofern es nicht im (subjektiven) Harmonischentgegengesetzten gesetzt ist, und umgekehrt, da es aber diese Abstraktion von seinem Sein im (subjektiven) Harmonischentgegengesetzten, und diese Reflexion aufs Nichtsein in ihm nicht machen kann, ohne sich und das Harmonischentgegengesetzte, ohne das subjektive Harmonische und Entgegengesetzte und die Einheit aufzuheben, so müssen auch die Versuche, die es auf diese Art dennoch macht, solche Versuche sein, die, wenn sie auf diese Art realisiert würden, sich selbst aufhöben.

Dies ist also der Unterschied zwischen dem Zustande des Alleinseins (der Ahndung seines Wesens) und dem neuen Zustande, wo sich der Mensch mit einer äußern Sphäre, durch freie Wahl in harmonische Entgegensetzung setzt, daß er, *eben weil er mit dieser nicht so innig verbunden ist, von dieser abstrahieren und von sich, insofern er in ihr gesetzt ist, und auf sich reflektieren* kann, insofern er nicht in ihr gesetzt ist, dies ist der Grund, warum er aus sich herausgeht, dies die Regel für seine Verfahrungsart in der äußern Welt. Auf diese Art erreicht er seine Bestimmung, welche ist – Erkenntnis des Harmonischentgegengesetzten in ihm, in seiner Einheit und Individualität, und hinwiederum Erkenntnis seiner Identität, seiner Einheit und Individualität im Harmonischentgegengesetzten. Dies ist die wahre Freiheit seines Wesens, und wenn er an dieser äußerlichen harmonischentgegengesetzten Sphäre nicht zu sehr hängt, nicht identisch mit ihr wird, wie mit sich selbst, so daß er nimmer von ihr abstrahieren kann, noch auch zu sehr an sich sich hängt, und von sich als Unabhängigem zu wenig abstrahieren kann, wenn er weder auf sich zu sehr reflektiert, noch auf seine Sphäre und Zeit zu sehr reflektiert, dann ist er auf dem rechten Wege seiner Bestimmung. Die Kindheit des gewöhnlichen Lebens, wo er identisch mit der Welt war, und gar nicht von ihr abstrahieren konnte, ohne Freiheit war, deswegen ohne Erkenntnis seiner selbst im Harmonischentgegengesetzten, noch des Harmonischentgegengesetzten in ihm selbst, an sich betrachtet ohne Festigkeit, Selbstständigkeit, eigentliche Identität im reinen Leben, diese Zeit wird von ihm, als die Zeit der Wünsche, betrachtet werden, wo der Mensch sich im Harmonischentgegengesetzten und jenes in ihm selber als Einheit zu erkennen strebt, dadurch daß er sich dem objektiven Leben ganz hingibt; wo aber sich die Unmöglichkeit einer erkennbaren Identität im Harmonischentgegengesetzten objektiv zeigt, wie sie subjektiv schon gezeigt worden ist. Denn, da er in diesem Zustande sich gar nicht in seiner subjektiven Natur kennt, bloß objektives Leben im Objektiven ist, so kann er die Einheit im Harmonischentgegengesetzten nur dadurch zu erkennen streben, daß er in seiner Sphäre, von der er so wenig abstrahieren kann, als der subjektive Mensch von seiner subjektiven Sphäre, eben so verfährt wie dieser in der seinen. Er ist in ihr gesetzt als in Harmonischentgegengesetztem. Er muß sich zu erkennen streben, sich von sich selber in ihr zu unterscheiden suchen, indem er sich zum Entgegensetzenden macht, insoferne sie harmonisch ist, und zum Vereinenden, insofern sie entgegengesetzt ist. Aber wenn er sich in dieser Verschiedenheit zu erkennen strebt, so muß er entweder die Realität des Widerstreits, in dem er sich mit sich selber findet, vor sich selber leugnen, und dies widerstreitende Verfahren für eine Täuschung und Willkür halten, die bloß dahin sich äußert, damit er seine Identität im Harmonischentgegengesetzten erkenne, aber dann ist auch diese seine Identität, als Erkanntes, eine Täuschung, oder er hält jene Unterscheidung für reell, daß er nämlich als Vereinendes und als Unterscheidendes sich verhalte, je nachdem er in seiner objektiven Sphäre ein zu Unterscheidendes oder zu Vereinendes vorfinde, setzt sich also als Vereinendes und als Unterscheidendes abhängig und weil dies in seiner objektiven

Sphäre stattfinden soll, von der er nicht abstrahieren kann, ohne sich selber aufzuheben, absolut abhängig, so daß er weder als Vereinendes, noch als Entgegensetzendes *sich selber seinen* Akt erkennt. In diesem Falle kann er sich wieder nicht erkennen, als identisch weil die verschiedenen Akte, in denen er sich findet, nicht seine Akte sind. Er kann *sich* gar nicht erkennen, er ist kein Unterscheidbares, seine Sphäre ist es, in der er sich mechanisch so verhält. Aber wenn er nun auch als identisch mit dieser sich setzen wollte, den Widerstreit des Lebens und der Personalität, den er immer zu vereinigen und in Einem zu erkennen strebt und streben muß, in höchster Innigkeit auflösen, so hilft es nichts, insofern er sich so in seiner Sphäre verhält, daß er nicht von ihr abstrahieren kann, denn er kann sich ebendeswegen nur in Extremen von Gegensätzen des Unterscheidens und Vereinens erkennen, weil er zu innig in seiner Sphäre lebt.

Der Mensch sucht also in einem zu subjektiven Zustande, wie in einem zu objektiven vergebens seine Bestimmung zu erreichen, welche darin besteht, daß er sich als Einheit in Göttlichem-Harmonischentgegengesetztem enthalten, so wie umgekehrt, das Göttliche, Einige, Harmonischentgegengesetzte, in sich, als Einheit enthalten erkenne. *Denn dies ist allein in schöner heiliger, göttlicher Empfindung möglich*, in einer Empfindung, welche darum schön ist, weil sie weder bloß angenehm und glücklich, noch bloß erhaben und stark, noch bloß einig und ruhig, sondern alles zugleich ist, und allein sein kann, in einer Empfindung, welche darum heilig ist, weil sie weder bloß uneigennützig ihrem Objekte hingegeben, noch bloß uneigennützig auf ihrem innern Grunde ruhend, noch bloß uneigennützig zwischen ihrem innern Grunde und ihrem Objekte schwebend, sondern alles zugleich ist und allein sein kann, in einer Empfindung, welche darum göttlich ist, weil sie weder bloßes Bewußtsein, bloße Reflexion (subjektive, oder objektive,) mit Verlust des innern und äußern Lebens noch bloßes Streben (subjektiv oder objektiv bestimmtes) mit Verlust der innern und äußern Harmonie, noch bloße Harmonie, wie die intellektuale Anschauung und ihr mythisches bildliches Subjekt, Objekt, mit Verlust des Bewußtseins, und der Einheit, sondern weil sie alles dies zugleich ist, und allein sein kann, in einer Empfindung, welche darum transzendental ist und dies allein sein kann, weil sie in Vereinigung und Wechselwirkung der genannten Eigenschaften weder zu angenehm und sinnlich, noch zu energisch und wild, noch zu innig und schwärmerisch, weder zu uneigennützig, d. h. zu selbstvergessen ihrem Objekte hingegeben, noch zu uneigen*nützig*, d. h. zu eigen*mächtig* auf ihrem innern Grunde ruhend, noch zu eigennützig, d. h. zu unentschieden, und leer und unbestimmt zwischen ihrem innern Grunde und ihrem Objekte schwebend, weder zu reflektiert, sich ihrer zu bewußt, zu scharf und ebendeswegen ihres innern und äußern Grundes unbewußt, noch zu bewegt, zu sehr in ihrem innern und äußern Grunde begriffen, ebendeswegen der Harmonie des Innern und Äußern unbewußt, noch zu harmonisch, ebendeswegen sich ihrer selbst, und des innern und äußern Grundes zu wenig bewußt, ebendeswegen zu unbestimmt, und des eigentlich Unendlichen, welches durch sie als eine *bestimmte* wirkliche Unendlichkeit, als außerhalb liegend bestimmt wird, weniger empfänglich, und geringerer Dauer fähig. Kurz, sie ist, weil sie in dreifacher Eigenschaft vorhanden ist, und dies allein sein kann, weniger einer Einseitigkeit ausgesetzt in irgend einer der drei Eigenschaften. Im Gegenteil erwachsen aus ihr ursprünglich alle die Kräfte, welche jene Eigenschaften zwar bestimmter und erkennbarer, aber auch isolierter besitzen, so wie sich jene Kräfte, und ihre Eigenschaften und Äußerungen auch wieder in ihr konzentrieren, und in ihr und durch gegenseitigen Zusammenhang und lebendige für sich selbst bestehende Bestimmtheit, als Organe von ihr, und Freiheit, als zu ihr gehörig und nicht in ihrer Beschränktheit auf sich selber eingeschränkt, und Vollständigkeit, als in ihrer Ganzheit begriffen, gewinnen, jene drei Eigenschaften mögen als Bestrebungen, das Harmonischentgegengesetzte in der lebendigen Einheit oder diese in jenem zu erkennen, im subjektiveren oder objektiveren Zustande sich äußern. Denn eben diese verschiedenen Zustände gehen auch aus ihr als der Vereinigung derselben hervor.

S

Wink für die Darstellung und Sprache.

Ist die Sprache nicht, wie die Erkenntnis, von der die Rede war, und von der gesagt wurde, daß in ihr, als Einheit, das Einige enthalten seie, und umgekehrt? und daß sie dreifacher Art sei p. p.

Muß nicht für das eine wie für das andere der schönste Moment da liegen, wo der eigentliche *Ausdruck*, die geistigste Sprache, das lebendigste Bewußtsein, wo der Übergang von einer bestimmten Unendlichkeit zur allgemeineren liegt?

Liegt nicht eben hierin der feste Punkt, wodurch der Folge der Zeichnung, ihre Verhältnisart, und den Lokalfarben wie der Beleuchtung ihr Charakter und Grad bestimmt wird?

Wird nicht alle Beurteilung der Sprache sich darauf reduzieren, daß man nach den sichersten und möglich untrüglichsten Kennzeichen *sie prüft, ob sie die Sprache einer echten schön beschriebenen Empfindung sei?*

So wie die Erkenntnis die Sprache ahndet, so erinnert sich die Sprache der Erkenntnis.

Die Erkenntnis ahndet die Sprache, nachdem sie 1) noch unreflektierte reine Empfindung des Lebens war, der bestimmten Unendlichkeit, worin sie enthalten ist, 2) nachdem sie sich in den Dissonanzen des innerlichen Reflektierens und Strebens und Dichtens wiederholt hatte, und nun, nach diesen vergebenen Versuchen, sich innerlich wiederzufinden und zu reproduzieren, nach diesen verschwiegenen Ahndungen, die auch ihre Zeit haben müssen, über sich selbst hinausgeht, und in der ganzen Unendlichkeit sich wiederfindet, d. h. durch die stofflose reine Stimmung, gleichsam durch den Widerklang der ursprünglichen lebendigen Empfindung, den sie gewann und gewinnen konnte, durch die gesamte Wirkung aller innerlichen Versuche, durch diese höhere göttliche Empfänglichkeit ihres ganzen innern und äußern Lebens mächtig und inne wird. In eben diesem Augenblicke, wo sich die ursprüngliche lebendige, nun zur reinen eines Unendlichen empfänglichen Stimmung geläuterte Empfindung, als Unendliches im Unendlichen, als geistiges Ganze im lebendigen Ganzen befindet, in diesem Augenblicke ist es, wo man sagen kann, daß die Sprache geahndet wird, und wenn nun wie in der ursprünglichen Empfindung eine Reflexion erfolgt, so ist sie nicht mehr auflösend und verallgemeinernd, verteilend, und ausbildend, bis zur bloßen Stimmung, sie gibt dem Herzen alles wieder, was sie ihm nahm, sie ist belebende Kunst, wie sie zuvor vergeistigende Kunst war, und mit einem Zauberschlage um den andern ruft sie das verlorene Leben schöner hervor, bis es wieder so ganz sich fühlt, wie es sich ursprünglich fühlte. Und wenn es der Gang und die Bestimmung des Lebens überhaupt ist, aus der ursprünglichen Einfalt sich zur höchsten Form zu bilden, wo dem Menschen ebendeswegen das unendliche Leben gegenwärtig ist, und wo er als das abstrakteste alles nur um so inniger aufnimmt, dann aus dieser höchsten Entgegensetzung und Vereinigung des Lebendigen und Geistigen, des formalen und des materialen Subjekt-Objekts, dem Geistigen sein Leben, dem Lebendigen seine Gestalt, dem Menschen seine Liebe und sein Herz und seiner Welt den Dank wiederzubringen, und endlich nach erfüllter Ahndung, und Hoffnung, wenn nämlich in der *Äußerung* jener höchste Punkt der Bildung, die höchste Form im höchsten Leben vorhanden war, und nicht bloß an sich selbst, wie im Anfang der eigentlichen Äußerung, noch im Streben, wie im Fortgang derselben, wo die Äußerung das Leben aus dem Geiste und aus dem Leben den Geist hervorruft, sondern wo sie das ursprüngliche Leben in der höchsten Form gefunden hat, wo *Geist und Leben auf beiden Seiten gleich ist*, und ihren Fund, das Unendliche im Unendlichen, erkennt, nach dieser letzten und dritten Vollendung, die nicht bloß ursprüngliche Einfalt, des Herzens und Lebens, wo sich der Mensch unbefangen *als* in einer beschränkten Unendlichkeit fühlt, auch nicht bloß errungene Einfalt des Geistes, wo eben jene Empfindung, zur reinen formalen Stimmung geläutert, die ganze Unendlichkeit des Lebens aufnimmt (und Ideal ist), sondern die aus dem unendlichen Leben wiederbelebter Geist, nicht Glück, nicht Ideal, sondern gelungenes Werk, und Schöpfung ist, und nur in der Äußerung gefunden werden und außerhalb der Äußerung nur in dem aus ihrer bestimmten ursprünglichen Empfindung hervorgegangenen Ideale gehofft werden kann, wie endlich nach dieser dritten Vollendung, wo die bestimmte Unendlichkeit so weit ins Leben gerufen, die unendliche so weit vergeistigt ist, daß eines an Geist und Leben dem andern gleich ist, wie nach dieser dritten Vollendung das Bestimmte immer mehr belebt, das Unendliche immer mehr vergeistigt wird, bis die ursprüngliche Empfindung eben so als Leben endigt, wie sie *in der Äußerung* als Geist anfing, und sich die höhere Unendlichkeit, aus der sie ihr Leben nahm, eben so vergeistigt, wie sie in der Äußerung als Lebendiges vorhanden war, – also wenn dies der Gang und die Bestimmung des Menschen überhaupt zu sein scheint, so ist ebendasselbe der Gang und die Bestimmung aller und jeder Poesie, und wie auf jener Stufe der Bildung, wo der Mensch aus ursprünglicher Kindheit hervorgegangen in entgegengesetzten Versuchen zur höchsten Form, zum reinen Widerklang des ersten Lebens emporgerungen hat, und *so* als unendlicher Geist im unendlichen Leben sich fühlt, wie der Mensch auf dieser Stufe der Bildung erst eigentlich das Leben antritt und sein Wirken und seine Bestimmung ahndet, so ahndet der Dichter, auf jener Stufe, wo er auch aus einer ursprünglichen Empfindung, durch entgegengesetzte Versuche, sich zum Ton, zur höchsten reinen Form derselben Empfindung emporgerungen hat und ganz in seinem ganzen inneren und äußeren Leben mit jenem Tone sich begriffen sieht, auf dieser Stufe ahndet er seine Sprache, und mit ihr die eigentliche Vollendung für die jetzige und zugleich für alle Poesie.

Es ist schon gesagt worden, daß auf jener Stufe eine neue Reflexion eintrete, welche dem Herzen alles wieder gebe, was sie ihm genommen habe, welche für den Geist des Dichters und seines zukünftigen Gedichts belebende Kunst sei, wie sie für die ursprüngliche Empfindung des Dichters und seines Gedichts seie vergeistigende Kunst gewesen. *Das Produkt dieser schöpferischen Reflexion* ist die *Sprache*. Indem sich nämlich der Dichter mit dem reinen Tone seiner ursprünglichen Empfindung in seinem ganzen innern und äußern Leben begriffen fühlt, und sich umsieht in seiner Welt, ist ihm diese eben so neu und unbekannt, die Summe aller seiner Erfahrungen, seines Wissens, seines Anschauens, seines Denkens, Kunst und Natur, wie sie in ihm und außer ihm sich darstellt, alles ist wie zum erstenmale, ebendeswegen unbegriffen, unbestimmt, in lauter Stoff und Leben aufgelöst, ihm gegenwärtig, und es ist vorzüglich wichtig, daß er in diesem Augenblicke nichts als gegeben annehme, von nichts positivem ausgehe, daß die Natur und Kunst, so wie er sie kennen gelernt hat und sieht, nicht eher *spreche*, *ehe für ihn* eine Sprache da ist, d. h. ehe das jetzt Unbekannte und Ungenannte in seiner Welt ebendadurch für ihn bekannt und namhaft wird, daß es mit seiner Stimmung verglichen und als übereinstimmend erfunden worden ist, *denn* wäre vor der Reflexion auf den unendlichen Stoff und die unendliche Form irgend eine Sprache der Natur und Kunst für ihn in bestimmter Gestalt da, so wäre er *insofern* nicht innerhalb seines Wirkungskreises, er träte aus seiner Schöpfung heraus, und die Sprache der Natur oder der Kunst, jeder *modus exprimendi* der einen oder der andern wäre erstlich, insofern sie nicht *seine* Sprache, nicht aus seinem Leben und aus seinem Geiste *hervor*gegangenes Produkt, sondern als Sprache der Kunst, sobald sie in bestimmter Gestalt mir gegenwärtig ist, schon zuvor ein bestimmender Akt der schöpferischen Reflexion des Künstlers, welcher darin bestand, daß er aus seiner Welt, aus der Summe seines äußern und innern Lebens, das mehr oder weniger auch das meinige ist, daß er aus dieser Welt den Stoff nahm, um die Töne seines Geistes zu bezeichnen, aus seiner Stimmung das zum Grunde liegende Leben durch dies verwandte Zeichen hervorzurufen, daß er also, insofern er mir dieses Zeichen nennt, aus meiner Welt den Stoff entlehnt, mich veranlaßt, diesen Stoff in das Zeichen überzutragen, wo dann derjenige wichtige Unterschied zwischen mir als bestimmtem und ihm als bestimmendem ist, daß er, indem er sich verständlich und faßlich macht, von der leblosen, immateriellen, ebendeswegen weniger entgegensetzbaren und bewußtloseren Stimmung fortschreitet, ebendadurch, daß er sie erklärt 1) in ihrer Unendlichkeit der Zusammenstimmung durch eine sowohl der Form als Materie nach verhältnismäßige Totalität verwandten Stoffs, und durch idealisch wechselnde Welt, 2) in ihrer Bestimmtheit und eigentlichen Endlichkeit durch die Darstellung und Aufzählung ihres eigenen Stoffs, 3) in ihrer Tendenz, ihrer Allgemeinheit im Besondern, durch den Gegensatz ihres eigenen Stoffs zum unendlichen Stoff, 4) in ihrem Maß, in der schönen Bestimmtheit und Einheit und Festigkeit ihrer unendlichen Zusammenstimmung, in ihrer unendlichen Identität und Individualität, und Haltung, in ihrer poetischen Prosa eines allbegrenzenden Moments, wohin und worin sich negativ und ebendeswegen ausdrücklich und sinnlich alle genannten Stücke beziehen und vereinigen, nämlich die unendliche Form mit dem unendlichen Stoffe dadurch, daß *durch jenen Moment* die unendliche Form ein Gebild, den Wechsel des Schwächern und Stärkern, der unendliche Stoff einen Wohlklang annimmt, einen Wechsel des Hellern und Leisern, und sich beede in der Langsamkeit und Schnelligkeit endlich im Stillstande der Bewegung negativ vereinigen, immer durch ihn und die ihm zum Grunde liegende Tätigkeit, die *unendliche* schöne Reflexion, welche in der durchgängigen Begrenzung zugleich durchgängig beziehend und vereinigend ist.

ÜBER DEN UNTERSCHIED DER DICHTARTEN

Das lyrische, dem Schein nach idealische Gedicht ist in seiner Bedeutung naiv. Es ist eine fortgehende Metapher Eines Gefühls.

Das epische, dem Schein nach naive Gedicht ist in seiner Bedeutung heroisch. Es ist die Metapher großer Bestrebungen.

Das tragische, dem Schein nach heroische Gedicht ist in seiner Bedeutung idealisch. Es ist die Metapher Einer intellektuellen Anschauung.

Das lyrische Gedicht ist in seiner *Grundstimmung* das *sinnlichere*, indem diese eine Einigkeit enthält, die am leichtesten sich gibt, eben darum strebt es im äußern Schein nicht sowohl nach Wirklichkeit und Heiterkeit und Anmut, es gehet der sinnlichen Verknüpfung und Darstellung so sehr aus dem Wege (weil der reine Grundton eben dahin sich neigen möchte), daß es in seinen Bildungen und der Zusammenstellung derselben gerne wunderbar und übersinnlich ist, und die heroischen energischen Dissonanzen, wo es weder seine Wirklichkeit, sein Lebendiges, wie im idealischen Bilde, noch seine Tendenz zur Erhebung, wie im unmittelbareren Ausdruck verliert, diese energischen heroischen Dissonanzen, die Erhebung und Leben vereinigen, sind die Auflösung des Widerspruchs, in den es gerät, indem es von einer Seite nicht ins Sinnliche fallen, von der andern seinen Grundton, das innige Leben nicht verleugnen kann und will. Ist sein Grundton jedoch heroischer, gehaltreicher, wie z. B. der einer Pindarischen Hymne, an den Fechter Diagoras, hat er also an Innigkeit weniger zu verlieren, so fängt es naiv an, ist er idealischer, dem Kunstcharakter, dem uneigentlichen Tone verwandter, hat er also an Leben weniger zu verlieren, so fängt es heroisch an, ist er am innigsten, hat er an Gehalt, noch mehr aber an Erhebung, Reinheit des Gehalts zu verlieren, so fängt es idealisch an.

In lyrischen Gedichten fällt der Nachdruck auf die unmittelbarere Empfindungssprache, auf das Innigste, das Verweilen, die Haltung auf das Heroische, die Richtung auf das Idealische hin.

Das epische, dem äußern Scheine nach *naive Gedicht* ist in seiner *Grundstimmung* das *pathetischere*, das heroischere, aorgischere; es strebt deswegen in seiner Ausführung, seinem Kunstcharakter nicht sowohl nach Energie und Bewegung und Leben, als nach Präzision und Ruhe und Bildlichkeit. Der Gegensatz seiner Grundstimmung mit seinem Kunstcharakter, seines eigentlichen Tons mit seinem uneigentlichen, metaphorischen löst sich im Idealischen auf, wo es von einer Seite nicht soviel an Leben verliert, wie in seinem engbegrenzenden Kunstcharakter, noch an Moderation soviel wie bei der unmittelbareren Äußerung seines Grundtones. Ist sein Grundton, der wohl auch verschiedener Stimmung sein kann, idealischer, hat er weniger an Leben zu verlieren, und hingegen mehr Anlage zur Organisation, Ganzheit, so kann das Gedicht mit seinem Grundtone, dem heroischen, anfangen, μηνιν αειδε θεα – und heroisch-episch sein. Hat der energische Grundton weniger idealische Anlage, hingegen mehr Verwandtschaft mit dem Kunstcharakter, welcher der naive ist, so fängt es idealisch an; hat der Grundton seinen eigentlichen Charakter so sehr, daß er darüber an Anlage zum Idealen, noch mehr aber zur Naivetät verlieren muß, so fängt es naiv an. Wenn das, was den Grundton und den Kunstcharakter eines Gedichts vereiniget und vermittelt, der Geist des Gedichts ist, und dieser am meisten gehalten werden muß, und dieser Geist im epischen Gedichte das Idealische ist, so muß das epische Gedicht bei diesem am meisten verweilen, da hingegen auf den Grundton, der hier der energische ist, am meisten Nachdruck, und auf das Naive, als den Kunstcharakter, die Richtung fallen, und alles darin sich konzentrieren, und darin sich auszeichnen und individualisieren muß.

Das tragische, in seinem *äußeren Scheine heroische Gedicht* ist, seinem *Grundtone* nach, *idealisch*, und allen Werken dieser Art muß Eine intellektuale Anschauung zum Grunde liegen, welche keine andere sein kann, als jene Einigkeit mit allem, was lebt, die zwar von dem beschränkteren Gemüte nicht gefühlt, die in seinen höchsten Bestrebungen nur geahndet, aber vom Geiste erkannt werden kann und aus der Unmöglichkeit einer absoluten Trennung und Vereinzelung hervorgeht, und am leichtesten sich ausspricht dadurch, daß man sagt, die wirkliche Trennung, und mit ihr alles wirklich Materielle Vergängliche, so auch die Verbindung und mit ihr alles wirklich Geistige Bleibende, das Objektive, als solches, so auch das Subjektive als solches, seien nur ein Zustand des Ursprünglicheinigen, in dem es sich befinde, weil es aus sich herausgehen müsse, des Stillstands wegen, der darum in ihm nicht stattfinden könne, weil die Art der Vereinigung in ihm nicht immer dieselbe bleiben dürfe, der Materie nach, weil die Teile des Einigen nicht immer in derselben näheren und entfernteren Beziehung bleiben dürfen, damit alles allem begegene, und jeden ihr ganzes Recht, ihr ganzes Maß von Leben werde, und jeder Teil im Fortgang dem Ganzen gleich sei an Vollständigkeit, das Ganze hingegen im Fortgang den Teilen gleich werde an Bestimmtheit, jenes an Inhalt gewinne, diese an Innigkeit, jenes an Leben, diese an Lebhaftigkeit, jenes im Fortgange mehr sich fühle, diese im Fortgang sich mehr erfüllen; denn es ist ewiges Gesetz, daß das gehaltreiche

Ganze in seiner Einigkeit nicht mit der Bestimmtheit und Lebhaftigkeit sich fühlt, nicht in dieser sinnlichen Einheit, in welcher seine Teile, die auch ein Ganzes, nur leichter verbunden sind, sich fühlen, so daß man sagen kann, wenn die Lebhaftigkeit, Bestimmtheit, Einheit der Teile, wo sich ihre Ganzheit fühlt, die Grenze *für diese* übersteige, und zum Leiden, und *möglichst* absoluter Entschiedenheit und Vereinzelung werde, dann fühle das Ganze *in diesen Teilen* sich erst so lebhaft und bestimmt, wie jene sich in einem ruhigern, aber auch bewegten Zustande, in ihrer beschränkteren Ganzheit fühlen (wie z.B. die lyrische (individuellere) Stimmung ist, wo die individuelle Welt in ihrem vollendetsten Leben und reinsten Einigkeit sich aufzulösen strebt, und in dem Punkte, wo sie sich individualisiert, in dem Teile, worin ihre Teile zusammenlaufen, zu vergehen scheint, im innigsten Gefühle, wie da erst die individuelle Welt in ihrer Ganzheit sich fühlt, wie da erst, wo sich Fühlender und Gefühltes scheiden wollen, die individuellere Einigkeit am lebhaftesten und bestimmtesten gegenwärtig ist, und widertönt). Die Fühlbarkeit des Ganzen schreitet also in eben dem Grade und Verhältnisse fort, in welchem die Trennung in den Teilen und in ihrem Zentrum, worin die Teile und das Ganze am fühlbarsten sind, fortschreitet. Die in der intellektualen Anschauung vorhandene Einigkeit versinnlichet sich in eben dem Maße, in welchem sie aus sich herausgehet, in welchem die Trennung ihrer Teile stattfindet, die denn auch nur darum sich trennen, weil sie sich zu einig fühlen, wenn sie im Ganzen dem Mittelpunkte näher sind, oder weil sie sich nicht einig genug fühlen der Vollständigkeit nach, wenn sie Nebenteile sind, vom Mittelpunkte entfernter liegen, oder, der Lebhaftigkeit nach, wenn sie weder Nebenteile, im genannten Sinne, noch wesentliche Teile im genannten Sinne sind, sondern weil sie noch nicht gewordene, weil sie erst teilbare Teile sind. Und hier, im Übermaß des Geistes in der Einigkeit, und seinem Streben nach Materialität, im Streben des Teilbaren Unendlichern Aorgischern, in welchem alles Organischere enthalten sein muß, weil alles bestimmter und notwendiger Vorhandene ein Unbestimmteres, unnotwendiger Vorhandenes notwendig macht, in diesem Streben des Teilbaren Unendlichern nach Trennung, welches sich im Zustande der höchsten Einigkeit alles Organischen allen in dieser enthaltenen Teilen mitteilt, in dieser notwendigen *Willkür des Zevs* liegt eigentlich der ideale Anfang der wirklichen Trennung.

Von diesem gehet sie fort bis dahin, wo die Teile in ihrer äußersten Spannung sind, wo diese sich am stärksten widerstreben. Von diesem Widerstreit gehet sie wieder in sich selbst zurück, nämlich dahin, wo die Teile, wenigstens die ursprünglich innigsten, in ihrer Besonderheit, als *diese* Teile, in dieser Stelle des Ganzen sich aufheben, und eine neue Einigkeit entsteht. Der Übergang von der ersten zur zweiten ist wohl eben jene höchste Spannung des Widerstreits. Und der Ausgang bis zu ihm unterscheidet sich vom Rückgang darin, daß der erste ideeller, der zweite realer ist, daß im ersten das Motiv ideal bestimmend, reflektiert, mehr aus dem Ganzen, als individuell ist, p. p.   im zweiten aus Leidenschaft und den Individuen hervorgegangen ist.

Dieser Grundton ist weniger lebhaft als der lyrische, individuellere. Dewegen ist er auch, weil er universeller und der universellste ist,

Ist im Grundton des tragischen Gedichts mehr Anlage zur Reflexion und Empfindung zu seinem mittleren Charakter, hingegen weniger Anlage zur Darstellung, weniger irdisches Element, wie es denn natürlich, daß ein Gedicht, dessen Bedeutung tiefer, und dessen Haltung und Spannung und Bewegkraft stärker und zarter sich in seiner sprechendsten Äußerung so schnell und leicht nicht zeigt, wie wenn die Bedeutung und die Motive der Äußerung näher liegen, sinnlicher sind, so fängt es füglich vom idealischen Grundton an,

Ist die intellektuelle Anschauung subjektiver, und gehet die Trennung vorzüglich von den konzentrierenden Teilen aus, wie bei der Antigonä, so ist der Stil lyrisch,   gehet sie mehr von den Nebenteilen aus und ist objektiver, so ist er episch, geht sie von dem höchsten Trennbaren, von Zevs aus wie bei Oedipus, so ist er tragisch.

Die Empfindung *spricht* im Gedichte idealisch – die Leidenschaft naiv – die Phantasie energisch.

So wirkt auch wieder das Idealische im Gedichte auf die Empfindung (vermittelst der Leidenschaft), das Naive auf die Leidenschaft (vermittelst der Phantasie), das Energische auf die Phantasie (vermittelst der Empfindung).

naives Gedicht.
Grundton.
Leidenschaft. pp. vermittelst der Phantasie.
Sprache.
Empfindung Leidenschaft Phantasie Empfindung Leidenschaft Phantasie Empfindung.
vermittelst der Phantasie.
Wirkung.
Leidenschaft Phantasie Empfindung Leidenschaft Phantasie Empfindung Leidenschaft.

energisches Gedicht.
Grundton.
Phantasie. pp. vermittelst der Empfindung.
Sprache.
Leidenschaft Phantasie Empfindung Leidenschaft Phantasie Empfindung Leidenschaft
vorz. vermittelst der Empfindung.
Wirkung.
Phantasie Empfindung Leidenschaft Phantasie Empfindung Leidenschaft Phantasie.

idealisches Gedicht.
Grundton.
Empfindung. pp. vermittelst der Leidenschaft.
Sprache.
Phantasie Empfindung Leidenschaft Phantasie Empfindung Leidenschaft Phantasie.
vorz. vermittelst der Leidenschaft.
Wirkung.
Empfindung Leidenschaft Phantasie Empfindung Leidenschaft Phantasie Empfindung.

? Phantasie Leidenschaft Empfindung Phantasie Leidenschaft Empfindung Phantasie.
vermittelst der Empfindung.
Empfindung Phantasie Leidenschaft Empfindung Phantasie Leidenschaft Empfindung.
Stil des Lieds Diotima.

In jeder Dichtart, der epischen, tragischen und lyrischen, wird ein *stoffreicherer* Grundton im naiven, ein *intensiverer*, *emp-*

findungsvollerer im idealischen, ein *geistreicherer* im energischen Stile sich äußern; denn wenn im geistreicheren Grundton die Trennung vom Unendlichen aus geschieht, so muß sie zuerst auf die konzentrierenden Teile oder auf das Zentrum wirken, sie muß sich diesen mitteilen, und insofern die Trennung eine empfangene ist, so kann sie sich nicht bildend, nicht ihr eigenes Ganzes reproduzierend äußern, sie kann nur reagieren und dies ist der energische Anfang. Durch sie erst reagiert der entgegengesetzte Hauptteil, den die ursprüngliche Trennung auch traf, der aber als der empfänglichere sie so schnell nicht wiedergab, und nun erst reagierte, durch die Wirkung und Gegenwirkung der Hauptteile werden die Nebenteile, die auch durch die ursprüngliche Trennung ergriffen waren, aber nur bis zum Streben nach Veränderung, nun bis zur wirklichen Äußerung ergriffen, durch diese Äußerung die Hauptteile pp., bis das ursprünglich Trennende zu seiner völligen Äußerung gekommen ist.

Gehet die Trennung vom Zentrum aus, so geschieht es entweder durch den empfänglicheren Hauptteil; denn dann reproduziert sich dieser im idealischen Bilden, die Trennung teilt

ÜBER DIE PARTIEN DES GEDICHTS

Der Ausdruck, das sinnliche gewöhnliche individuelle des Gedichts, bleibt sich immer gleich, und wenn jede der verschiedenen Partien in sich selbst verschieden ist, so ist das erste in jeder Partie gleich dem ersten der andern, das zweite jeder Partie gleich dem zweiten der andern, das dritte jeder Partie gleich dem dritten der andern. Der Stil, das

MISCHUNG DER DICHTARTEN

Der tragische Dichter tut wohl, den lyrischen, der lyrische den epischen, der epische den tragischen zu studieren. Denn im tragischen liegt die Vollendung des epischen, im lyrischen die Vollendung des tragischen, im epischen die Vollendung des lyrischen. Denn wenn schon die Vollendung von allen ein vermischter Ausdruck von allen ist, so ist doch eine der drei Seiten in jedem die hervorstechendste.

DIE BEDEUTUNG DER TRAGÖDIEN

Die Bedeutung der Tragödien ist am leichtesten aus dem Paradoxon zu begreifen. Denn alles Ursprüngliche, weil alles Vermögen gerecht und gleich geteilt ist, erscheint zwar nicht in ursprünglicher Stärke, sondern eigentlich in seiner Schwäche, so daß recht eigentlich das Lebenslicht und die Erscheinung der Schwäche jedes Ganzen angehört. Im Tragischen nun ist das Zeichen an sich selbst unbedeutend, wirkungslos, aber das Ursprüngliche ist gerade heraus. Eigentlich nämlich kann das Ursprüngliche nur in seiner Schwäche erscheinen, insofern aber das Zeichen an sich selbst als unbedeutend = O gesetzt wird, kann auch das Ursprüngliche, der verborgene Grund jeder Natur sich darstellen. Stellt die Natur in ihrer schwächsten Gabe sich eigentlich dar, so ist das Zeichen, wenn sie sich in ihrer stärksten Gabe darstellt, = O.

ÜBER RELIGION

Du fragst mich, wenn auch die Menschen, ihrer Natur nach, sich über die Not erheben, und so in einer mannigfaltigern und innigeren Beziehung mit ihrer Welt sich befinden, wenn sie auch, inwie*weit* sie über die physische und moralische Notdurft sich erheben, immer ein menschlich höheres Leben leben, so daß ein höherer mehr als mechanischer *Zusammenhang*, daß ein höheres *Geschick* zwischen ihnen und ihrer Welt sei, wenn auch wirklich dieser höhere Zusammenhang ihnen ihr heiligstes sei, weil sie in ihm sich selbst und ihre Welt, und alles, was sie haben und seien, vereiniget fühlen, warum sie sich den Zusammenhang zwischen sich und ihrer Welt gerade *vorstellen*, warum sie sich eine Idee oder ein Bild machen müssen, von ihrem Geschick, das sich genau betrachtet weder recht denken ließe noch auch vor den Sinnen liege?

So fragst du mich, und ich kann dir nur so viel darauf antworten, daß der Mensch auch insofern sich über die Not erhebt, als er sich seines Geschicks *erinnern*, als er für sein Leben *dankbar* sein kann und mag, daß er seinen durchgängigern Zusammenhang mit dem Elemente, in dem er sich regt, auch durchgängiger *empfindet*, daß er, indem er sich in seiner Wirksamkeit und den damit verbundenen Erfahrungen über die Not erhebt, auch eine unendlichere, durchgängigere Befriedigung erfährt, als die Befriedigung der Notdurft ist, wenn anders seine Tätigkeit rechter Art, nicht *für ihn*, für seine Kräfte und seine Geschicklichkeit zu weitaussehend, wenn er nicht zu unruhig, zu unbestimmt, von der andern Seite nicht zu ängstlich, zu eingeschränkt, zu mäßig ist. Greift es aber der Mensch nur recht an, so gibt es für ihn, in jeder ihm eigentümlichen Sphäre, ein mehr als notdürftiges, ein höheres Leben, also eine mehr als notdürftige, eine unendlichere Befriedigung. So wie nun jede Befriedigung ein momentaner Stillstand des *wirklichen Lebens* ist, so ist es auch eine solche unendlichere Befriedigung, nur mit *diesem* großen Unterschiede, daß auf die Befriedigung der Notdurft eine *Negative* erfolgt, wie z. B. die Tiere gewöhnlich schlafen, wenn sie satt sind, auf eine unendlichere Befriedigung aber zwar auch ein Stillstand des *wirklichen Lebens*, aber daß dieses eine Leben im Geiste erfolgt, und daß die Kraft des Menschen das wirkliche Leben, das ihm die Befriedigung gab, im Geiste wiederholt, bis ihn die dieser geistigen Wiederholung eigentümliche Vollkommenheit und Unvollkommenheit wieder ins wirkliche Leben treibt. Ich sage, jener unendlichere mehr als notdürftige Zusammenhang, jenes höhere Geschick, das der Mensch in seinem Elemente erfahre, werde auch unendlicher von ihm empfunden, befriedige ihn unendlicher, und aus dieser Befriedigung gehe das geistige Leben hervor, wo er gleichsam sein wirkliches Leben wiederhole. Insofern aber ein höherer unendlicherer Zusammenhang zwischen ihm und seinem Elemente ist in seinem wirklichen Leben, kann dieser weder bloß in *Gedanken*, noch bloß im *Gedächtnis* wiederholt werden, denn der bloße Gedanke, so edel er ist, kann doch nur den *notwendigen Zusammenhang*, nur die unverbrüchlichen, allgültigen, unentbehrlichen Gesetze des Lebens wiederholen, und in eben dem Grade, in welchem er sich über dieses ihm eigentümliche Gebiet hinaus und den innigeren Zusammenhang des Lebens zu denken wagt, verleugnet er auch seinen eigentümlichen Charakter, der darin besteht, daß er ohne besondere Beispiele eingesehen und bewiesen werden kann. Jene unendlicheren mehr als notwendigen Beziehungen des Lebens können zwar auch gedacht, aber nur nicht *bloß* gedacht werden; der Gedanke erschöpft sie nicht, und wenn es höhere Gesetze gibt, die jenen unendlichern Zusammenhang des Lebens bestimmen, wenn es ungeschriebene göttliche Gesetze gibt, von denen Antigonä spricht, als sie, trotz des öffentlichen strengen Verbots, ihren Bruder begraben hatte, – und es muß wohl solche geben, wenn jener höhere Zusammenhang keine Schwärmerei ist – ich sage, wenn es solche gibt, so sind sie, insofern sie bloß für sich und nicht im Leben begriffen werden, vorgestellt werden, unzulänglich, einmal weil in eben dem Grade, in welchem der Zusammenhang des Lebens unendlicher wird, die Tätigkeit und ihr Element, die Verfahrungsart, und die Sphäre, in der sie beobachtet wird, also das Gesetz, und die besondere Welt, in der es ausgeübt wird, unendlicher verbunden ist und ebendeswegen das Gesetz, wenn es auch gleich ein für gesittete Menschen allgemeines wäre, doch niemals ohne einen besondern Fall, niemals abstrakt gedacht werden könnte, wenn man ihm nicht seine Eigentümlichkeit, seine innige Verbundenheit mit der Sphäre, in der es ausgeübt wird, nehmen wollte. Und dann sind die Gesetze jenes unendlichern Zusammenhangs, in dem sich der Mensch mit seiner Sphäre befinden kann, doch immer nur die Bedingungen, um jenen Zusammenhang möglich zu machen, und nicht der Zusammenhang selbst.

Also kann dieser höhere Zusammenhang nicht bloß in Gedanken wiederholt werden. So kann man von den Pflichten der Liebe und Freundschaft und Verwandtschaft, von den Pflichten der Hospitalität, von der Pflicht, großmütig gegen Feinde zu sein, man kann von dem sprechen, was sich, für die oder jene Lebensweise, für den oder jenen Stand, für dies oder jenes Alter oder Geschlecht schicke, und nicht schicke, und wir haben wirklich aus den feinern unendlichern Beziehungen des Lebens zum Teil eine arrogante Moral, zum Teil eine eitle Etiquette oder auch eine schale Geschmacksregel gemacht, und glauben uns mit unsern eisernen Begriffen aufgeklärter, als die Alten, die jene zarten Verhältnisse als religiöse, das heißt, als solche Verhältnisse betrachteten, die man nicht sowohl an und für sich, als aus dem *Geiste* betrachten müsse, der in der Sphäre herrsche, in der jene Verhältnisse stattfinden. (Weitere Ausführung.)*

Und dies ist eben die höhere Aufklärung, die uns größtenteils abgeht. Jene zartern und unendlichern Verhältnisse müssen also aus dem Geiste betrachtet werden, der in der Sphäre

* Inwieferne hatten *sie Recht?* Und sie hatten darum recht, weil, wie wir schon gesehen haben, in eben dem Grade, in welchem die Verhältnisse sich über das physische und moralisch Notwendige erheben, die Verfahrungsart und ihr Element auch unzertrennlicher verbunden sind, die in der Form und Art bestimmter Grunderfahrungen absolut gedacht werden können.

herrscht, in der sie stattfinden. Dieser Geist aber, dieser unendlichere Zusammenhang, selbst

halten muß, und diesen und nichts anders meint und muß er meinen, wenn er von einer Gottheit redet, und von Herzen und nicht aus einem dienstbaren Gedächtnis oder aus Profession spricht. Der Beweis liegt in wenigen Worten. Weder aus sich selbst allein, noch einzig aus den Gegenständen, die ihn umgeben, kann der Mensch erfahren, daß mehr als Maschinengang, daß ein Geist, ein Gott, ist in der Welt, aber wohl in einer lebendigeren, über die Notdurft erhabnen Beziehung, in der er stehet mit dem, was ihn umgibt.

Und jeder hätte demnach seinen eigenen Gott, insoferne jeder seine eigene Sphäre hat, in der er wirkt und die er erfährt, und nur insoferne mehrere Menschen eine gemeinschaftliche Sphäre haben, in der sie menschlich, d. h. über die Notdurft erhaben wirken und leiden, nur insoferne haben sie eine gemeinschaftliche Gottheit; und wenn es eine Sphäre gibt, in der alle zugleich leben, und mit der sie in mehr als notdürftiger Beziehung sich fühlen, dann, aber auch nur insoferne, haben sie alle eine gemeinschaftliche Gottheit.

Es muß aber hiebei nicht vergessen werden, daß der Mensch sich wohl auch in die Lage des andern versetzen, daß er die Sphäre des andern zu seiner eigenen Sphäre machen kann, daß es also dem einen, natürlicherweise, nicht so schwer fallen kann, die Empfindungsweise und Vorstellung zu billigen von Göttlichem, die sich aus den besondern Beziehungen bildet, in denen er mit der Welt steht – wenn anders jene Vorstellung nicht aus einem leidenschaftlichen, übermütigen oder knechtischen Leben hervorgegangen ist, woraus dann immer auch eine gleich notdürftige, leidenschaftliche Vorstellung von dem Geiste, der in diesem Leben herrsche, sich bildet, so daß dieser Geist immer die Gestalt des Tyrannen oder des Knechts trägt. Aber auch in einem beschränkten Leben kann der Mensch unendlich leben, und auch die beschränkte Vorstellung einer Gottheit, die aus seinem Leben für ihn hervorgeht, kann eine unendliche sein. Ausführ.

Also, wie einer die beschränkte, aber reine Lebensweise des andern billigen kann, so kann er auch die beschränkte, aber reine Vorstellungsweise billigen, die der andere von Göttlichem hat. Es ist im Gegenteil Bedürfnis der Menschen, solange sie nicht gekränkt und geärgert, nicht gedrückt und nicht empört in gerechtem oder ungerechtem Kampfe begriffen sind, ihre verschiedenen Vorstellungsarten von Göttlichem eben wie in übrigem Interesse sich einander zuzugesellen, und so der Beschränktheit, die jede einzelne Vorstellungsart hat und haben muß, ihre Freiheit zu geben, indem sie in einem harmonischen Ganzen von Vorstellungsarten begriffen ist, und zugleich, eben, weil in jeder besondern Vorstellungsart auch die Bedeutung der besonderen Lebensweise liegt, die jeder hat, der notwendigen Beschränktheit dieser Lebensweise ihre Freiheit zu geben, indem sie in einem harmonischen Ganzen von Lebensweisen begriffen ist.

und wie er es deutlicher oder dunkler in einem Bilde auffaßt, dessen Charakter den Charakter eigentümlichen Lebens ausdrückt, das jeder in seiner Art unendlich leben kann und lebt.

d.h. solche sind, wo die Menschen, die in ihnen stehen, insofern wohl ohne einander isoliert bestehen können, und daß diese Rechtsverhältnisse erst durch ihre Störung positiv werden, d.h. daß diese Störung kein Unterlassen, sondern eine Gewalttat ist, und eben so wieder durch Gewalt und Zwang gehindert und beschränkt wird, daß also auch die Gesetze jener Verhältnisse an sich negativ, und nur unter Voraussetzung ihrer Übertretung positiv sind; da hingegen jene freieren Verhältnisse, solange sie sind, was sie sind, und ungestört bestehen,

Winke zur Fortsetzung.
Unterschied religiöser Verhältnisse von intellektualen moralischen rechtlichen Verhältnissen einesteils, und von physischen mechanischen historischen Verhältnissen andernteils, so daß die religiösen Verhältnisse einesteils in ihren Teilen die Persönlichkeit, die Selbstständigkeit, die gegenseitige Beschränkung, das negative gleiche Nebeneinandersein der intellektualen Verhältnisse, andernteils den innigen Zusammenhang, das Gege-

bensein des einen zum andern, die Unzertrennlichkeit in ihren Teilen haben, welche die Teile eines physischen Verhältnisses charakterisiert, sodaß die religiösen Verhältnisse in ihrer *Vorstellung* weder intellektuell noch historisch, sondern intellektuell historisch, d. h. *Mythisch* sind, sowohl was ihren Stoff, als was ihren Vortrag betrifft. Sie werden also in Rücksicht des Stoffs weder bloß Ideen oder Begriffe oder Charaktere, noch auch bloße Begebenheiten, Tatsachen, enthalten, auch nicht beedes getrennt, sondern beedes in Einem, und zwar so, daß wo die persönlichen Teile mehr Gewicht haben, Hauptpartien, der innere Gehalt sind, die Darstellung, der äußere Gehalt geschichtlicher sein wird (epische Mythe), und wo die Begebenheit Hauptpartie ist, innerer Gehalt, der äußere Gehalt persönlicher sein wird (dramatische Mythe), nur muß nicht vergessen werden, daß sowohl die persönlichen Teile als die geschichtlichen immer nur Nebenteile sind, im Verhältnis zur eigentlichen Hauptpartie, zu dem *Gott der Mythe*.*

So auch der Vortrag der Mythe. Ihre Teile werden einerseits so zusammengestellt, daß durch ihre durchgängige gegenseitige schickliche Beschränkung keiner *zu* sehr hervorspringt und jeder einen gewissen Grad von Selbstständigkeit ebendadurch erhält, und insofern wird der Vortrag einen intellektualen Charakter tragen, anderseits, werden sie, indem jeder Teil etwas weiter gehet, als nötig ist, ebendadurch jene Unzertrennlichkeit erhalten, die sonst nur den Teilen eines physischen mechanischen Verhältnisses eigen ist.

So wäre alle Religion ihrem Wesen nach poetisch.

Hier kann nun noch gesprochen werden über die Vereinigung mehrerer zu einer Religion, wo jeder seinen Gott und alle einen gemeinschaftlichen in dichterischen Vorstellungen ehren, wo jeder sein höheres Leben und alle ein gemeinschaftliches höheres Leben, die Feier des Lebens mythisch feiern. Ferner könnte noch gesprochen werden von Religionsstiftern, und von Priestern, was sie aus diesem Gesichtspunkte sind; jene die Religionsstifter (wenn es nicht die Väter einer Familie sind, die das Geschäft und Geschick derselben forterbt), wenn sie einem

* Das Lyrischmythische ist noch zu bestimmen.

Das untergehende Vaterland, Natur und Menschen, insofern sie in einer besondern Wechselwirkung stehen, eine *besondere* ideal gewordene Welt, und Verbindung der Dinge ausmachen, und sich insofern auflösen, damit aus ihr und aus dem überbleibenden Geschlechte und den überbleibenden Kräften der Natur, die das andere, reale Prinzip sind, eine neue Welt, eine neue, aber auch besondere Wechselwirkung, sich bilde, so wie jener Untergang aus einer reinen, aber besondern Welt hervorging. Denn die Welt aller Welten, das Alles in Allen, welches immer *ist*, *stellt* sich nur in aller Zeit – oder im Untergange oder im Moment, oder genetischer im Werden des Moments und Anfang von Zeit und Welt *dar*, und dieser Untergang und Anfang ist wie die Sprache Ausdruck Zeichen Darstellung eines lebendigen, aber besondern Ganzen, welches eben wieder in seinen Wirkungen dazu wird, und zwar so, daß in ihm, sowie in der Sprache, von einer Seite weniger oder nichts lebendig Bestehendes, von der anderen Seite alles zu liegen scheint. Im lebendig Bestehenden herrscht eine Beziehungsart, und *Stoffart* vor; wiewohl alle übrigen darin zu ahnden sind, im übergehenden ist die Möglichkeit aller Beziehungen vorherrschend, doch die besondere ist daraus abzunehmen, zu schöpfen, so daß durch sie Unendlichkeit die endliche Wirkung hervorgeht.

Dieser Untergang oder Übergang des Vaterlandes (in diesem Sinne) fühlt sich in den Gliedern der bestehenden Welt so, daß in eben dem Momente und Grade, worin sich das Bestehende auflöst, auch das Neueintretende, Jugendliche, Mögliche sich fühlt. Denn wie könnte die Auflösung empfunden werden ohne Vereinigung, wenn also das Bestehende in seiner Auflösung empfunden werden soll und empfunden wird, so muß *dabei das Unerschöpfte* und *Unerschöpfliche*, der *Beziehungen* und *Kräfte*, und jene, die Auflösung, mehr durch diese empfunden werden, als umgekehrt, denn aus Nichts wird nichts, und dies gradweise genommen heißt so viel, als daß dasjenige, welches zur Negation gehet, und insofern es aus der Wirklichkeit gehet, und noch nicht ein Mögliches ist, nicht wirken könne.

Aber *das Mögliche*, welches in die *Wirklichkeit* tritt, indem *die Wirklichkeit sich auflöst*, dies wirkt, und es bewirkt sowohl die Empfindung der Auflösung als die Erinnerung des Aufgelösten.

Deswegen das durchaus originelle jeder echttragischen Sprache, das immerwährendschöpfrische . . das Entstehen des Individuellen aus Unendlichem, und das Entstehen des Endlichunendlichen oder Individuellewigen aus beeden, das Begreifen, Beleben nicht des unbegreifbar, unselig gewordenen, sondern des unbegreifbaren, des Unseligen der Auflösung, und des Streites des Todes selbst, durch das Harmonische, Begreifliche Lebendige. Es drückt sich hierin nicht der erste rohe in seiner Tiefe dem Leidenden und Betrachtenden *noch* zu unbekannte Schmerz der Auflösung aus; in diesem ist das Neuentstehende, Idealische, unbestimmt, mehr ein Gegenstand der Furcht, da hingegen die Auflösung an sich, ein Bestehendes selber wirklicher *scheint* und Reales oder das sich Auflösende im Zustande zwischen Sein und Nichtsein im Notwendigen begriffen ist.

Das neue Leben ist jetzt wirklich, das sich auflösen sollte, und aufgelöst hat, möglich (ideal *alt*), die Auflösung notwendig und trägt ihren eigentümlichen Charakter zwischen Sein und Nichtsein. Im Zustande zwischen Sein und Nichtsein wird aber überall das Mögliche real, und das Wirkliche ideal, und dies ist in der freien Kunstnachahmung ein furchtbarer, aber göttlicher Traum. Die Auflösung also als Notwendige, auf dem Gesichtpunkte der idealischen Erinnerung, wird als solche idealisches Objekt des neuentwickelten Lebens, ein Rückblick auf den Weg, der zurückgelegt werden mußte, vom Anfang der Auflösung bis dahin, wo aus dem neuen Leben eine Erinnerung des Aufgelösten, und daraus, als Erklärung und Vereinigung der Lücke und des Kontrasts, der zwischen dem Neuen und dem Vergangenen stattfindet, die Erinnerung der Auflösung erfolgen kann. Diese idealische Auflösung ist furchtlos. Anfangs- und Endpunkt ist schon gesetzt, gefunden, gesichert, deswegen ist diese Auflösung auch sicherer, unaufhaltsamer, kühner, und sie stellt sie hiemit, als das was sie eigentlich ist, als einen reproduktiven Akt, dar, wodurch das Leben alle seine Punkte durchläuft, und um die ganze Summe zu gewinnen, auf keinem verweilt, auf jedem sich auflöst, um in dem nächsten sich herzustellen; nur daß in dem Grade die Auflösung idealer wird, in welchem sie sich von ihrem Anfangspunkte entfernt, hingegen in eben dem Grade die Herstellung realer, bis endlich aus der Summe dieser in einem Moment unendlich durchlaufenen Empfindungen des Vergehens und Entstehens, ein ganzes Lebensgefühl, und hieraus das einzig ausgeschlossene, das anfänglich aufgelöste in der Erinnerung (durch die Notwendigkeit eines Objekts im vollendetsten Zustande) hervorgeht, und nachdem diese Erinnerung des Aufgelösten, Individuellen mit dem unendlichen Lebensgefühl durch die Erinnerung der Auflösung vereiniget und die Lücke zwischen denselben ausgefüllt ist, so gehet aus dieser Vereinigung und Vergleichung des Vergangenen Einzelnen, und des Unendlichen gegenwärtigen, der eigentlich neue Zustand, der nächste Schritt, der dem Vergangenen folgen soll, hervor.

Also in der Erinnerung der Auflösung wird diese, weil ihre beeden Enden fest stehen, ganz der sichere unaufhaltsame kühne Akt, der sie eigentlich ist.

Aber diese idealische Auflösung unterscheidet sich auch dadurch von der wirklichen, auch wieder, weil sie aus dem Unendlichgegenwärtigen zum Endlichvergangenen geht, daß 1) auf jedem Punkte derselben Auflösung und Herstellung, 2) ein Punkt in seiner Auflösung und Herstellung mit jedem andern, 3) jeder Punkt in seiner Auflösung und Herstellung mit dem Totalgefühl der Auflösung und Herstellung unendlich verflochtner ist, und alles sich in Schmerz und Freude, in Streit und Frieden, in Bewegung und Ruhe, und Gestalt und Ungestalt unendlicher durchdringt, berühret, und angeht und so ein himmlisches Feuer statt irdischem wirkt.

Endlich, auch wieder, weil die idealische Auflösung umgekehrt vom Unendlichgegenwärtigen zum Endlichvergangenen geht, unterscheidet sich die idealische Auflösung von der wirklichen dadurch, daß sie durchgängiger bestimmt sein kann, daß sie nicht mit ängstlicher Unruhe mehrere wesentliche Punkte der Auflösung und Herstellung in Eines zusammenzuraffen, auch nicht ängstlich auf Unwesentliches, der gefürchteten Auflösung, also auch der Herstellung Hinderliches, also eigentlich Tödliches abzuirren, auch nicht auf einen Punkt der Auflösung und Herstellung einseitig ängstig sich bis aufs Äußerste zu beschränken, und so wieder zum eigentlich Toten veranlaßt ist, sondern daß sie ihren präzisen, geraden, freien Gang geht, auf jedem Punkte der Auflösung und Herstellung ganz das, was sie auf ihm, aber auch nur auf ihm sein kann, also wahrhaft individuell, ist, natürlicherweise also auch auf diesen Punkt nicht Ungehöriges, Zerstreuendes, an sich und hiehin Unbedeutendes herzwingt, aber frei und vollständig den einzelnen Punkt durchgeht in allen seinen Beziehungen mit den übrigen Punkten der Auflösung und Herstellung, welche nach den zwei ersten der Auflösung und Herstellung *fähigen* Punkten, nämlich dem entgegengesetzten Unendlichneuen, und Endlichalten, dem Realtotalen, und Idealpartikularen liegen.

Endlich unterscheidet sich die idealische Auflösung von der sogenannt wirklichen (weil jene umgekehrterweise vom Unendlichen zum Endlichen gehet, *nachdem sie vom Endlichen zum Unendlichen gegangen war*) dadurch, daß die Auflösung aus Unkenntnis ihres End- und Anfangspunktes schlechterding als reales Nichts erscheinen muß, so daß jedes Bestehende, also Besondere, als Alles erscheint, und ein sinnlicher Idealismus, ein Epikuräismus erscheint, wie ihn Horaz, der wohl diesen Gesichtpunkt nur dramatisch brauchte, in seinem *Prudens futuri temporis exitum* pp. treffend darstellt – also die idealische Auflösung unterscheidet sich von der sogenannt wirklichen endlich dadurch, daß diese ein reales Nichts zu sein scheint, jene, weil sie ein Werden des Idealindividuellen zum Unendlichrealen, und des Unendlichrealen zum Individuellidealen ist, in eben dem Grade an Gehalt und Harmonie gewinnt, jemehr sie gedacht wird als Übergang aus Bestehendem ins Bestehende, so wie auch das Bestehende in eben dem Grade an Geist gewinnt, jemehr es als entstanden aus jenem Übergange, oder entstehend zu jenem Übergange gedacht wird, so daß die Auflösung des Idealindividuellen nicht als Schwächung und Tod, sondern als Aufleben, als Wachstum, die Auflösung des Unendlichneuen nicht als vernichtende Gewalt, sondern als Liebe und beedes zusammen als ein (transzendentaler) schöpferischer Akt erscheint, dessen Wesen es ist, Idealindividuelles und Realunendliches zu vereinen, dessen Produkt also das mit Idealindividuellem vereinigte Realunendliche ist, wo dann das Unendlichreale die Gestalt des Individuellidealen, und dieses das Leben des Unendlichrealen annimmt, und beede sich in einem mythischen Zustande vereinigen, wo, mit dem Gegensatze des Unendlichrealen und Endlichidealen, auch der Übergang aufhört, so weit daß dieser an Ruhe gewinnt, was jene an Leben gewonnen, ein Zustand, welcher nicht zu verwechseln, mit dem lyrischen Unendlichrealen, so wenig als er in seiner Entstehung während des Überganges zu verwechseln ist, mit dem episch darstellbaren Individuellidealen, denn in beeden Fällen vereiniget er den Geist des einen mit der Faßlichkeit Sinnlichkeit des andern. Er ist in beeden Fällen tragisch, d. h. er vereiniget in beeden Fällen Unendlichreales mit Endlichidealem, und beede Fälle sind nur gradweise verschieden, denn auch während des Überganges sind Geist und Zeichen, mit andern Worten die Materie des Überganges mit diesem und dieser mit jener (transzendentales mit isoliertem) wie beseelte Organe mit organischer Seele, harmonisch entgegengesetzt Eines.

Aus dieser tragischen Vereinigung des Unendlichneuen und Endlichalten entwickelt sich dann ein neues Individuelles, indem das Unendlichneue vermittelst dessen, daß es die Gestalt des Endlichalten annahm, sich nun in eigener Gestalt individualisiert.

Das Neuindividuelle strebt nun in eben dem Grade sich zu isolieren, und aus der Unendlichkeit loszuwinden, als auf dem zweiten Gesichtspunkte das Isolierte, Individuellalte, sich zu verallgemeinern, und ins unendliche Lebensgefühl aufzulösen strebt. *Der Moment, wo die Periode des Individuellneuen sich endet, ist da, wo das Unendlichneue als auflösende*, als *unbekannte* Macht, zum Individuellalten sich verhält, eben so wie in der vorigen Periode das Neue sich als unbekannte Macht zum Unendlichalten verhalten, und diese zwei Perioden sind sich entgegengesetzt, und zwar die erste als Herrschaft des Individuellen über das Unendliche, des Einzelnen über das Ganze, der zweiten als der Herrschaft des Unendlichen über das Individuelle, des Ganzen über das Einzelne. Das Ende dieser zweiten Periode und der Anfang der dritten liegt in dem Moment, wo das Unendlichneue als Lebensgefühl (als Ich) sich zum Individuellalten als Gegenstand (als Nichtich) verhält,

---

Nach diesen Gegensätzen tragische Vereinigung der Charaktere, nach dieser Gegensätze der Charaktere zum Wechselseitigen und umgekehrt. Nach diesen die tragische Vereinigung beeder.

GRUND ZUM EMPEDOKLES

Die tragische Ode fängt im höchsten Feuer an, der reine Geist, die reine Innigkeit hat ihre Grenze überschritten, sie hat diejenigen Verbindungen des Lebens, die notwendig, also gleichsam ohnedies zum Kontakt geneigt sind, und durch die ganze innige Stimmung dazu übermäßig geneigt werden, das Bewußtsein, das Nachdenken, oder die physische Sinnlichkeit nicht mäßig genug gehalten, und so ist, durch Übermaß der Innigkeit, der Zwist entstanden, den die tragische Ode gleich zu Anfang fingiert, um das Reine darzustellen. Sie gehet dann weiter durch einen natürlichen Akt aus dem Extrem des Unterscheidens und der Not in das Extrem des Nichtunterscheidens des Reinen, des Übersinnlichen, das gar keine Not anzuerkennen scheint, von da fällt sie in eine reine Sinnlichkeit, in eine bescheidenere Innigkeit, denn die ursprünglich höhere göttlichere kühnere Innigkeit ist ihr als Extrem erschienen, auch kann sie nicht mehr in jenen Grad von übermäßiger Innigkeit fallen, mit dem sie auf ihren Anfangston ausging, denn sie hat gleichsam erfahren, wohin dies führte, sie muß aus den Extremen des Unterscheidens und Nicht-unterscheidens in jene stille Besonnenheit und Empfindung übergehen, wo sie freilich den Kampf der einen angestrengteren Besonnenheit notwendig, also ihren Anfangston und eigenen Charakter als Gegensatz empfinden, und in ihn übergehen muß, wenn sie nicht in dieser Bescheidenheit tragisch enden soll, aber weil sie ihn als Gegensatz empfindet, gehet dann das Idealische, das diese beeden Gegensätze vereiniget, reiner hervor, der Urton ist wieder und mit Besonnenheit gefunden und so gehet sie wieder von da aus durch eine mäßige freiere Reflexion oder Empfindung sicherer freier gründlicher (d. h. aus der Erfahrung und Erkenntnis des Heterogenen) in den Anfangston zurück.

Allgemeiner Grund.

Es ist die tiefste Innigkeit, die sich im tragischen dramatischen Gedichte ausdrückt. Die tragische Ode stellt das Innige auch in den positivsten Unterscheidungen dar, in wirklichen Gegensätzen, aber diese Gegensätze sind doch mehr bloß in der Form und als unmittelbare Sprache der Empfindung vorhanden. Das tragische Gedicht verhüllt die Innigkeit in der Darstellung noch mehr, drückt sie in stärkeren Unterscheidungen aus, weil es eine tiefere Innigkeit, ein unendlicheres Göttliche ausdrückt. Die Empfindung drückt sich nicht mehr unmittelbar aus, es ist nicht mehr der Dichter und seine eigene Erfahrung, was erscheint, wenn schon jedes Gedicht, so auch das tragische aus poetischem Leben und Wirklichkeit, aus des Dichters eigener Welt und Seele hervorgegangen sein muß, weil sonst überall die rechte Wahrheit fehlt, und überhaupt nichts verstanden und belebt werden kann, wenn wir nicht das eigene Gemüt und die eigene Erfahrung in einen fremden analogischen Stoff übertragen können. Auch im tragisch dramatischen Gedichte spricht sich also das Göttliche aus, das der Dichter in seiner Welt empfindet und erfährt, auch das tragisch dramatische Gedicht ist ihm ein Bild des Lebendigen, das ihm in seinem Leben gegenwärtig ist und war; aber wie dieses Bild der Innigkeit überall seinen letzten Grund in eben dem Grade mehr verleugnet und verleugnen muß, wie es überall mehr dem Symbol sich nähern muß, je unendlicher, je unaussprechlicher, je näher dem *nefas* die Innigkeit ist, je strenger und kälter das Bild den Menschen und sein empfundenes Element unterscheiden muß, um die Empfindung in ihrer Grenze festzuhalten, um so weniger kann das Bild die Empfindung unmittelbar aussprechen, es muß sie sowohl der Form als dem Stoffe nach verleugnen, der Stoff muß ein kühneres fremderes Gleichnis und Beispiel von ihr sein, die Form muß mehr den Charakter der Entgegensetzung und Trennung tragen. Eine andre Welt, fremde Begebenheiten, fremde Charaktere, doch wie jedes kühneres Gleichnis, dem Grundstoff um so inniger anpassendes, bloß in der äußeren Gestalt heterogenes, denn wäre diese innige Verwandtschaft des Gleichnisses mit dem Stoffe, die charakteristische Innigkeit, die dem Bilde zum Grunde liegt, nicht sichtbar, so wäre seine Entlegenheit, seine fremde Gestalt, nicht erklärlich. Die fremden Formen müssen um so lebendiger sein, je fremder sie sind, und je weniger der sichtbare Stoff des Gedichts dem Stoffe, der zum Grunde liegt, dem Gemüt und der Welt des Dichters gleicht, um so weniger darf sich der Geist, das Göttliche, wie es der Dichter in seiner Welt empfand, in dem künstlichen fremden Stoffe verleugnen. Aber auch in diesem fremden künstlichen Stoffe darf und kann sich das Innige, Göttliche, nicht anders aussprechen, als durch einen um so größern Grad des Unterscheidens, je inniger die zum Grunde liegende Empfindung ist. Daher ist 1) das Trauerspiel seinem Stoffe und seiner Form nach dramatisch, d. h. *a*) es enthält einen dritten von des Dichters eigenem Gemüt und eigener Welt verschiedenen fremderen Stoff, den er wählte, weil er ihn analog genug fand, um seine Totalempfindung in ihn hineinzutragen, und in ihm, wie in einem Gefäße, zu bewahren, und zwar um so sicherer, je fremder bei der Analogie dieser Stoff ist, denn die innigste Empfindung ist der Vergänglichkeit in eben dem Grade ausgesetzt, in welchem sie die wahren zeitlichen und sinnlichen Beziehungen nicht verleugnet (und es ist deswegen ja auch lyrisches Gesetz, wenn die Innigkeit dort an sich weniger tief, also leichter zu halten ist, den physischen und intellektualen Zusammenhang zu verleugnen). Eben darum verleugnet der tragische Dichter, weil er die tiefste Innigkeit ausdrückt, seine Person, seine Subjektivität ganz, so auch das ihm gegenwärtige Objekt, er trägt sie in fremde Personalität, in fremde Objektivität über (und selbst, wo die zum Grunde liegende Totalempfindung am meisten sich verrät, in der Hauptperson, die den Ton des Dramas angibt, und in der Hauptsituation, wo das Objekt des Dramas, das Schicksal sein Geheimnis am deutlichsten ausspricht, wo es die Gestalt der Homogenität gegen seinen Helden am meisten annimmt (eben die ihn am stärksten ergreift), selbst da

und schlimme Erfolg, den die falschen Versuche zu einer hergestellten reinen Innigkeit im Gemüte haben, nicht wieder durch das Leidende *selbsttätig* durch einen neuen angemessen unangemessenen Versuch behandelt, sondern von einem Andern zuvorkommenderweise gemacht wird, das auf eben dem Wege geht, nur eine Stufe höher oder niedriger steht, so daß das durch falsche Verbesserungsversuche angefochtene Gemüt nicht bloß durch die eigene Selbsttätigkeit gestört, sondern durch das Zuvorkommen einer fremden gleich falschen noch mehr alteriert, und zu einer heftigern Reaktion gestimmt wird.

Grund zum Empedokles.

Natur und Kunst sind sich im reinen Leben nur harmonisch entgegengesetzt. Die Kunst ist die Blüte, die Vollendung der Natur, Natur wird erst göttlich durch die Verbindung mit der verschiedenartigen aber harmonischen Kunst, wenn jedes ganz ist, was es sein kann, und eines verbindet sich mit dem andern, ersetzt den Mangel des andern, den es notwendig haben muß, um ganz das zu sein, was es als besonderes sein kann, dann ist die Vollendung da, und das Göttliche ist in der Mitte von beiden. Der organischere künstlichere Mensch ist die Blüte der Natur, die aorgischere Natur, wenn sie rein gefühlt wird, vom rein organisierten, rein in seiner Art gebildeten Menschen, gibt ihm das Gefühl der Vollendung. Aber dieses Leben ist nur im Gefühle und nicht für die Erkenntnis vorhanden. Soll es erkennbar sein, so muß es dadurch sich darstellen, daß es im Übermaße der Innigkeit, wo sich die Entgegengesetzten verwechseln, sich trennt, daß das Organische, das sich zu sehr der Natur überließ und sein Wesen und Bewußtsein vergaß, in das Extrem der Selbsttätigkeit und Kunst und Reflexion, die Natur hingegen, wenigstens in ihren Wirkungen auf den reflektierenden Menschen, in das Extrem des Aorgischen, des Unbegreiflichen, des Unfühlbaren, des Unbegrenzten übergeht, bis durch den Fortgang der entgegengesetzten Wechselwirkungen die beiden ursprünglich einigen sich wie anfangs begegnen, nur daß die Natur organischer durch den bildenden kultivierenden Menschen, überhaupt die Bildungstriebe und Bildungskräfte, hingegen der Mensch aorgischer, allgemeiner, unendlicher geworden ist. Dies Gefühl gehört vielleicht zum höchsten, was gefühlt werden kann, wenn beide Entgegengesetzte, der verallgemeinerte geistig lebendige künstlich rein aorgische Mensch und die Wohlgestalt der Natur sich begegnen. Dies Gefühl gehört vielleicht zum höchsten, was der Mensch erfahren kann, denn die jetzige Harmonie mahnt ihn an das vormalige umgekehrte reine Verhältnis, und er fühlt sich und die Natur zweifach, und die Verbindung ist unendlicher.

In der Mitte liegt der Kampf, und der Tod des Einzelnen, derjenige Moment, wo das Organische seine Ichheit, sein besonderes Dasein, das zum Extreme geworden war; das Aorgische seine Allgemeinheit nicht wie zu Anfang in idealer Vermischung, sondern in realem höchstem Kampf ablegt, indem das Besondere auf seinem Extrem gegen das Extrem des Aorgischen sich tätig immer mehr verallgemeinern, immer mehr von seinem Mittelpunkte sich reißen muß, das Aorgische gegen das Extrem des Besondern sich immer mehr konzentrieren und immer mehr einen Mittelpunkt gewinnen und zum Besondersten werden muß, *wo dann das aorgisch gewordene Organische sich selber wieder zu finden und zu sich selber zurückzukehren scheint, indem es an die Individualität des Aorgischen sich hält, und das Objekt, das Aorgische sich selbst zu finden scheint, indem es in demselben Moment, wo es Individualität annimmt, auch zugleich das Organische auf dem höchsten Extreme des Aorgischen findet, so daß in diesem Moment,* in dieser Geburt der höchsten Feindseligkeit die höchste Versöhnung wirklich zu sein scheint. *Aber die Individualität dieses Moments ist nur ein Erzeugnis des höchsten Streits, seine Allgemeinheit nur ein Erzeugnis des höchsten Streits,* so wie also die Versöhnung da zu sein scheint, und das Organische nun wieder auf seine Art, das Aorgische auf die seinige auf diesen Moment hin wirkt, so wird auf die Eindrücke des Organischen die in dem Moment enthaltene aorgischentsprungene Individualität wieder aorgischer, auf die Eindrücke des Aorgischen wird die in dem Moment enthaltene organischentsprungene Allgemeinheit wieder besonderer, so daß der vereinende Moment, wie ein Trugbild, sich immer mehr auflöst, sich dadurch, daß er aorgisch gegen das Organische reagiert, immer mehr von diesem sich entfernt, dadurch aber und durch seinen Tod die kämpfenden Extreme, aus denen er hervorging, schöner versöhnt und vereiniget, als in seinem Leben, indem die Vereinigung nun nicht in einem Einzelnen und deswegen zu innig ist, indem das Göttliche nicht mehr sinnlich erscheint, indem der glückliche Betrug der Vereinigung in eben dem Grade aufhört, als er zu innig und einzig war, so daß die beiden Extreme, wovon das eine, das organische durch den vergehenden Moment zurückgeschreckt und dadurch in eine reinere Allgemeinheit erhoben, das aorgische, indem es zu diesem übergeht, für das organische ein Gegenstand der ruhigern Betrachtung werden muß, und die Innigkeit des vergangenen Moments nun allgemeiner gehaltner unterscheidender, klarer hervorgeht.

So ist Empedokles ein Sohn seines Himmels und seiner Periode, seines Vaterlandes, ein Sohn der gewaltigen Entgegensetzungen von Natur und Kunst, in denen die Welt vor seinen Augen erschien. Ein Mensch, in dem sich jene Gegensätze *so* innig vereinigen, daß sie zu *Einem* in ihm werden, daß sie ihre ursprüngliche unterscheidende Form ablegen und umkehren, daß das, was in seiner Welt für subjektiver gilt und mehr in Besonderheit vorhanden ist, das Unterscheiden, das Denken, das Vergleichen, das Bilden, das Organisieren und Organisiertsein, in ihm *selber* objektiver ist, so daß er, um es so stark wie möglich zu benennen, unterscheidender, denkender, vergleichender, bildender, organisierender und organisierter ist, *wenn er weniger bei sich selber ist*, und *in so fern er sich weniger bewußt ist*, daß bei ihm und für ihn das Sprachlose Sprache, und bei ihm und für ihn das Allgemeine, das Unbewußtere, die Form des Bewußtseins und der Besonderheit gewinnt, daß hingegen dasjenige, was bei andern in seiner Welt für objektiver gilt, und in allgemeinerer Form vorhanden ist, das weniger Unterscheidende, und Unterscheidbare, das Gedankenlosere, Unvergleichbarere, Unbildlichere, Unorganisiertere und Desorganisierende bei ihm und für ihn subjektiver ist, so daß er ununterschiedener und ununterscheidender gedankenloser in der Wirkung, unvergleichbarer unbildlicher, aorgischer und *des*organischer ist, wenn er mehr bei sich selber ist, und wenn und in so fern er sich mehr bewußt, daß bei ihm und für ihn das Sprechende unaussprechlich oder unauszusprechend wird, daß bei ihm und für ihn das Besondere und Bewußtere die Form des Unbewußten und Allgemeinen annimmt, daß also jene beeden Gegensätze in ihm zu einem werden, weil sie in ihm ihre unterscheidende Form umkehren und sich auch in so weit vereinigen, als sie im ursprünglichen Gefühle verschieden sind –

ein solcher Mensch kann nur aus der höchsten Entgegensetzung von Natur und Kunst erwachsen, und so wie (ideal) das Übermaß der Innigkeit aus Innigkeit hervorgeht, so geht *dieses reale Übermaß der Innigkeit* aus Feindseligkeit und höchstem Zwist hervor, wo das Aorgische nur deswegen die bescheidene Gestalt des Besondern annimmt, und sich so zu versöhnen scheint mit dem Überorganischen, das Organische nur deswegen die bescheidene Gestalt des Allgemeinen annimmt, und sich zu versöhnen scheint mit dem Überaorgischen Überlebendigen, weil beide sich auf dem höchsten Extremen am tiefsten durchdringen und berühren, und hiemit in ihrer äußern Form die Gestalt, den Schein des Entgegengesetzten annehmen müssen.

So ist Empedokles, wie gesagt, das Resultat seiner Periode, und sein Charakter weist auf diese zurück, so wie er aus dieser hervorging. Sein Schicksal stellt sich in ihm dar, als in einer augenblicklichen Vereinigung, die aber sich auflösen muß, um mehr zu werden.

Er scheint nach allem zum Dichter geboren, scheint also in seiner subjektiven tätigern Natur schon jene ungewöhnliche Tendenz zur Allgemeinheit zu haben, die unter andern Umständen, oder durch Einsicht und Vermeidung ihres zu starken Einflusses, zu jener ruhigen Betrachtung, zu jener Vollständigkeit und durchgängiger Bestimmtheit des Bewußtseins wird, womit der Dichter auf ein *Ganzes* blickt, ebenso scheint in seiner objektiven Natur, in seiner Passivität, jene glückliche Gabe zu liegen, die auch ohne geflissentliches und wissentliches Ordnen und Denken und Bilden zum Ordnen und Denken und Bilden geneigt ist, jene Bildsamkeit der Sinne und des Gemüts, die alles solche leicht und schnell in seiner Ganzheit lebendig aufnimmt, und die der künstlichen Tätigkeit mehr zu sprechen, als zu tun gibt. Aber diese Anlage sollte nicht in ihrer eigentümlichen Sphäre wirken und bleiben, er sollte nicht in seiner Art und seinem Maß, in seiner eigentümlichen Beschränktheit und Reinheit, wirken und diese Stimmung durch den freien

Ausdruck derselben zur allgemeineren Stimmung, die zugleich die Bestimmung seines Volks war, werden lassen, das Schicksal seiner Zeit, die gewaltigen Extreme, in denen er erwuchs, forderten nicht Gesang, wo das Reine in einer idealischen Darstellung, die zwischen der Gestalt des Schicksals und des Ursprünglichen liegt, noch leicht wieder aufgefaßt wird, wenn sich die Zeit noch nicht zu sehr davon entfernt hat; das Schicksal seiner Zeit erforderte auch nicht eigentliche Tat, die zwar unmittelbar wirkt und hilft, aber auch einseitiger, und um so mehr, je weniger sie den ganzen Menschen *exponiert*, es erforderte ein *Opfer*, wo der ganze Mensch das wirklich und sichtbar wird, worin das Schicksal seiner Zeit sich aufzulösen scheint, wo die Extreme sich in Einem wirklich und sichtbar zu vereinigen scheinen, aber eben deswegen zu innig vereiniget sind, und in einer idealischen Tat das Individuum deswegen untergeht und untergehen muß, weil an ihm sich die vorzeitige aus Not und Zwist hervorgegangene, sinnliche Vereinigung zeigte, welche das Problem des Schicksals auflöste, das sich aber niemals sichtbar und individuell auflösen kann, weil sonst das Allgemeine im Individuum sich verlöre, und (was noch schlimmer, als alle großen Bewegungen des Schicksals, und allein unmöglich ist) das Leben einer Welt in einer Einzelnheit abstürbe; da hingegen, wenn diese Einzelnheit, als vorzeitiges Resultat des Schicksals, sich auflöst, weil es zu innig und wirklich und sichtbar war, das Problem des Schicksals zwar materialiter sich auf dieselbe Art auflöst, aber formaliter anders, indem eben das Übermaß der Innigkeit, das aus Glück, ursprünglich aber nur ideal und als Versuch hervorgegangen war, nun durch den höchsten Zwist wirklich geworden, sich insofern, eben darum, und in den Graden, Kräften und Werkzeugen sich wirklich aufhebt, in welchen das ursprüngliche Übermaß der Innigkeit, die Ursache alles Zwists sich aufhob, so daß die Kraft des innigen Übermaßes sich wirklich verliert, und eine reifere wahrhafte reine allgemeine Innigkeit übrig bleibt.

So sollte also Empedokles ein Opfer seiner Zeit werden. *Die Probleme des Schicksals, in dem er erwuchs, sollten in ihm sich scheinbar lösen, und diese Lösung sollte sich als eine scheinbare temporäre zeigen, wie mehr oder weniger bei allen tragischen Personen*, die alle in ihren Charakteren und Äußerungen mehr oder weniger Versuche sind, die Probleme des Schicksals zu lösen, und alle sich insofern und in dem Grade aufheben, in welchem sie nicht allgemein gültig sind, wenn nicht anders ihre Rolle, ihr Charakter und seine Äußerungen sich von selbst als etwas Vorübergehendes und Augenblickliches vorstellen, so daß also derjenige, der scheinbar das Schicksal am vollständigsten löst, auch sich am meisten in seiner Vergänglichkeit und im Fortschritte seiner Versuche am auffallendsten als Opfer darstellt.

Wie ist nun dies bei Empedokles der Fall?

Je mächtiger das Schicksal, die Gegensätze von Kunst und Natur waren, um so mehr lag es in ihnen, sich immer mehr zu individualisieren, einen festen Punkt, einen Halt zu gewinnen, und eine solche Zeit ergreift alle Individuen so lange, fodert sie zur Lösung auf, bis sie eines findet, in dem sich ihr unbekanntes Bedürfnis und ihre geheime Tendenz sichtbar und erreicht darstellt, von dem aus dann erst die gefundene Auflösung ins Allgemeine übergehen muß.

So individualisiert sich seine Zeit in Empedokles, und jemehr sie sich in ihm individualisiert, je glänzender und wirklicher und sichtbarer in ihm das Rätsel aufgelöst erscheint, um so notwendiger wird sein Untergang.

1) Schon der lebhafte allesversuchende Kunstgeist seines Volks überhaupt mußte in ihm sich aorgischer kühner unbegrenzter erfinderisch wiederholen, so wie von der andern Seite der glühende Himmelsstrich und die üppige Sicilianische Natur gefühlter, sprechender für ihn und in ihm sich darstellen mußte, und wenn er einmal von beiden Seiten ergriffen war, so mußte immer die eine Seite, die tätigere Kraft seines Wesens, die andere als Gegenwirkung verstärken, so wie sich von dem empfindenden Teile seines Gemüts der Kunstgeist nähren und weiter treiben mußte. – 2) Unter seinen hyperpolitischen, immer rechtenden und berechnenden Agrigentinern, unter den fortstrebenden immer sich erneuernden gesellschaftlichen Formen seiner Stadt mußte ein Geist, wie der seinige war, der immer nach Erfindung eines vollständigen Ganzen strebte, nur zu sehr zum Reformatorsgeiste werden, so wie die anarchische Ungebundenheit, wo jeder seiner Originalität folgte, ohne sich um die Eigentümlichkeit der andern zu kümmern, ihn mehr, als andre, bei seiner reichen selbgenügsamen Natur und Lebensfülle, ungeselliger einsamer, stolzer und eigner machen mußte, und auch diese beiden Seiten seines Charakters mußten sich wechselseitig erheben und übertreiben. 3) Eine freigeisterische Kühnheit, die sich dem Unbekannten, außerhalb des menschlichen Bewußtseins und Handelns liegenden, immer mehr entgegensetzt, je inniger ursprünglich die Menschen

sich im Gefühle mit jenem vereiniget fanden und durch einen natürlichen Instinkt getrieben wurden, sich gegen den zu mächtigen, zu tiefen freundlichen Einfluß des Elements, vor Selbstvergessenheit und gänzlicher Entäußerung zu verwahren, die freigeisterische Kühnheit, dieses negative Räsonieren, Nichtdenken des Unbekannten, das bei einem übermütigen Volke so natürlich ist, mußte bei Empedokles, der in keinem Falle zur Negation gemacht war, um einen Schritt weiter gehen, er mußte des Unbekannten Meister zu werden suchen, er mußte sich seiner versichern wollen, sein Geist mußte der Dienstbarkeit so sehr entgegenstreben, daß er die überwältigende Natur zu umfassen, durch und durch zu verstehen, und ihrer bewußt zu werden suchen mußte, wie er seiner selbst bewußt und gewiß sein konnte, er mußte nach Identität mit ihr ringen, so mußte also sein Geist im höchsten Sinne aorgische Gestalt annehmen, von sich selbst und seinem Mittelpunkte sich reißen, immer sein Objekt so übermäßig penetrieren, daß er in ihm, wie in einem Abgrund, sich verlor, wo dann hingegen das ganze Leben des Gegenstandes das verlaßne durch die grenzenlose Tätigkeit des Geistes nur unendlicher empfänglich gewordene Gemüt ergreifen, und bei ihm zu Individualität werden mußte, ihm seine Besonderheit geben, und diese in eben dem Grade durchgängiger nach sich stimmen mußte, als er sich geistig tätig dem Objekte hingegeben hatte, und so erschien das Objekt in ihm in subjektiver Gestalt, wie er die objektive Gestalt des Objekts angenommen hatte. Er war das Allgemeine, das Unbekannte, das Objekt das Besondere. Und so schien der Widerstreit der Kunst, des Denkens, des Ordnens des bildenden Menschencharakters und der bewußtloseren Natur gelöst, in den höchsten Extremen zu Einem und bis zum Tauschen der gegenseitigen unterscheidenden Form vereiniget. Dies war der Zauber, womit Empedokles in seiner Welt erschien. Die Natur, welche seine freigeisterischen Zeitgenossen mit ihrer Macht und ihrem Reize nur um so gewaltiger beherrschte, je unerkenntlicher sie von ihr abstrahierten, sie erschien mit allen ihren Melodien im Geiste und Munde dieses Mannes und so innig und warm und persönlich, wie wenn sein Herz das ihre wäre, und der Geist des Elements in menschlicher Gestalt unter den Sterblichen wohnte. Dies gab ihm seine Anmut, seine Furchtbarkeit, seine Göttlichkeit, und alle Herzen, die der Sturm des Schicksals bewegte, und Geister, die in der rätselhaften Nacht der Zeit unstät und ohne Leiter hin und wieder irrten, flogen ihm zu, und je menschlicher, näher ihrem eignen Wesen er sich ihnen zugesellte, je mehr er, mit dieser Seele, ihre Sache zu seiner machte, und nachdem sie einmal in seiner Göttergestalt erschienen war, nun wieder in ihrer eigenern Weise ihnen wiedergegeben wurde, um so mehr war er der Angebetete. Dieser Grundton seines Charakters zeigte sich in allen seinen Verhältnissen. Sie nahmen ihn alle an. So lebte er in seiner höchsten Unabhängigkeit, in dem Verhältnisse, das ihm, auch ohne die objektiveren, und geschichtlichern, seinen Gang vorzeichnete, so daß die äußeren Umstände, die ihn denselben Weg führten, so wesentlich und unentbehrlich sie sind, um das zum Vorschein und zur Handlung zu bringen, was vielleicht nur Gedanke bei ihm geblieben wäre, dennoch, trotz alles Widerstreits, in dem er in der Folge mit ihnen zu stehen scheint, doch seiner freiesten Stimmung und Seele begegnen, was denn auch kein Wunder ist, da eben diese Stimmung auch der innerste Geist der Umstände ist, da alle Extreme in diesen Umständen von eben diesem Geiste aus und wieder auf ihn zurückgingen. In seinem unabhängigsten Verhältnis löst sich das Schicksal seiner Zeit im ersten und letzten Problem auf. So wie diese scheinbare Lösung von hier aus wieder sich aufzuheben anfängt, und damit endet.

In diesem unabhängigen Verhältnisse lebt er, in jener höchsten Innigkeit, die den Grundton seines Charakters macht, mit den Elementen, indes die Welt um ihn hierin gerade im höchsten Gegensatze lebt, in jenem freigeisterischen Nichtdenken, Nichtanerkennen des Lebendigen von einer Seite, von der andern in der höchsten Dienstbarkeit gegen die Einflüsse der Natur. In diesem Verhältnisse lebt er 1) überhaupt als fühlender Mensch, 2) als Philosoph und Dichter, 3) als ein Einsamer, der seine Gärten pflegt. Aber so wäre er noch keine dramatische Person, also muß er das Schicksal nicht bloß in allgemeinen Verhältnissen, und durch seinen unabhängigen Charakter, er muß es in besonderen Verhältnissen und in der besondersten Veranlassung und Aufgabe lösen. Aber in so innigem Verhältnisse, wie er mit dem Lebendigen der Elemente steht, stehet er auch mit seinem Volke. Er war des negativen gewaltsamen Neuerungsgeistes nicht fähig, der gegen das trotzige anarchische Leben, das keinen Einfluß, keine Kunst dulden will, nur durch Gegensatz anstrebt, er mußte um einen Schritt weiter gehen, er mußte, um das Lebendige zu ordnen, es mit seinem Wesen im Innersten zu ergreifen streben, er mußte mit seinem Geiste des menschlichen Elements und aller Neigungen und Triebe, er mußte ihrer Seele, er mußte des Unbegreiflichen, des Unbewußten, des Unwillkürlichen in ihnen mächtig zu werden suchen, eben dadurch mußte sein Wille, sein Bewußtsein, sein Geist, indem er über die gewöhnliche und menschliche Grenze des Wissens und Wirkens ging, sich selber verlieren, und objektiv werden, und was er geben wollte, das mußte er finden, da hingegen das Objektive desto reiner tiefer in ihm widerklang, je offener sein Gemüt eben dadurch stand, daß der geistig tätige Mensch sich hingegeben hatte, und dies im Besonderen, wie im Allgemeinen.

So verhielt er sich als religiöser Reformator, als politischer Mensch, und in allen Handlungen, die er um ihrer willen tat gegen sie, mit dieser stolzen schwärmerischen Ergebenheit, und löste sich, dem Scheine nach, schon durch den Ausdruck dieser Vertauschung des Objekts und Subjekts, alles Schicksal auf. Aber worin kann dieser Ausdruck bestehen? welches ist derjenige, der, in einem solchen Verhältnisse, demjenigen Teile genügt, der zuerst der unglaubige ist? und an diesem Ausdruck liegt alles, denn, darum muß das Einigende untergehen, weil es zu sichtbar und sinnlich erschien, und dies kann es nur dadurch, daß es in irgend einem bestimmtesten Punkte und Falle sich ausdrückt. Sie müssen das Einige, das zwischen ihnen und dem Manne ist, sehen, wie können sie das? dadurch, daß er ihnen bis ins Äußerste gehorcht? aber worin? in einem Punkte, wo sie über die Vereinigung der Extreme, in denen sie leben, im zweifelhaftesten sind. Bestehen nun diese Extreme aber im Zwiste von Kunst und Natur, so muß er die Natur gerade darin, wo sie der Kunst am unerreichbarsten ist, vor ihren Augen mit der Kunst versöhnen. – Von hier aus entspinnt sich die Fabel. Er tut es mit Liebe und Widerwillen,* legt seine Probe ab, nun glauben sie alles vollendet. Er erkennt sie daran. Die Täuschung, in der er lebte, als wäre er Eines mit ihnen, hört nun auf. Er zieht sich zurück, und sie erkalten gegen ihn. Sein Gegner benützt dies, bewirkt die Verbannung. Sein Gegner, groß in natürlichen Anlagen, wie Empedokles, sucht die Probleme der Zeit auf andere, auf negativere Art zu lösen. Zum Helden geboren, ist er nicht sowohl geneigt, die Extreme zu

* denn die Furcht, positiv zu werden, muß seine größte, natürlicherweise, sein, aus dem Gefühle, daß *Er*, je wirklicher er das Innige ausdrückt, desto sicherer untergeht.

vereinigen, als sie zu bändigen, und ihre Wechselwirkung an ein Bleibendes und Festes zu knüpfen, das zwischen sie gestellt ist, und jedes in seiner Grenze hält, indem es jedes sich zu eigen macht. Seine Tugend ist der Verstand, seine Göttin die Notwendigkeit. Er ist das Schicksal selber, nur mit dem Unterschiede, daß die streitenden Kräfte in ihm an ein Bewußtsein, an einen Scheidepunkt festgeknüpft sind, der sie klar und sicher gegenüberhält, der sie an einer (negativen) Idealität befestiget und ihnen eine Richtung gibt. Wie sich Kunst und Natur bei Empedokles im Extreme des Widerstreits dadurch vereinigen, daß das Tätige im Übermaß objektiv wird, und die verlorene Subjektivität durch die tiefe Einwirkung des Objekts ersetzt wird: so vereinigen sich Kunst und Natur in seinem Gegner dadurch, daß ein Übermaß von Objektivität und Außer-sich-sein, und Realität, (in solchem Klima, in solchem Getümmel von Leidenschaften und Wechsel der Originalität, in solcher herrischer Furcht des Unbekannten) bei einem mutig offnen Gemüte, die Stelle des Tätigen und Bildenden vertreten muß, da hingegen das Subjektive mehr die passive Gestalt des Duldens, des Ausdauerns, der Festigkeit, der Sicherheit gewinnt, und wenn die Extreme entweder durch die Fertigkeit im Ausdauern derselben, oder auch von außen die Gestalt der Ruhe und des Organischen annehmen, so muß das Subjektivtätige nun das Organisierende, es muß zum Elemente werden, so auch hierin das Subjektive und Objektive ihre Gestalt verwechseln, und Eines werden in einem.

ENTWURF

(Das älteste Systemprogramm des deutschen Idealismus)

eine Ethik. Da die ganze Metaphysik künftig in die *Moral* fällt (wovon Kant mit seinen beiden praktischen Postulaten nur ein *Beispiel* gegeben, nichts *erschöpft* hat), so wird diese Ethik nichts andres als ein vollständiges System aller Ideen, oder, was dasselbe ist, aller praktischen Postulate sein. Die erste Idee ist natürlich die Vorstellung *von mir selbst*, als einem absolut freien Wesen. Mit dem freien, selbstbewußten Wesen tritt zugleich eine ganze *Welt* – aus dem Nichts hervor – die einzig wahre und gedenkbare *Schöpfung aus Nichts* – Hier werde ich auf die Felder der Physik herabsteigen; die Frage ist diese: Wie muß eine Welt für ein moralisches Wesen beschaffen sein?

Ich möchte unsrer langsamen an Experimenten mühsam schreitenden Physik einmal wieder Flügel geben.

So – wenn die Philosophie die Ideen, die Erfahrung die Data angibt, können wir endlich die Physik im Großen bekommen, die ich von spätern Zeitaltern erwarte. Es scheint nicht, daß die jetzige Physik einen schöpferischen Geist, wie der unsrige ist, oder sein soll, befriedigen könne.

Von der Natur komme ich aufs *Menschenwerk*. Die Idee der Menschheit voran – will ich zeigen, daß es keine Idee vom *Staat* gibt, weil der Staat etwas *mechanisches* ist, so wenig als es eine Idee von einer *Maschine* gibt. Nur was Gegenstand der *Freiheit* ist, heißt *Idee*. Wir müssen also auch über den Staat hinaus! – Denn jeder Staat muß freie Menschen als mechanisches Räderwerk behandeln; und das soll er nicht; also soll er *aufhören*. Ihr seht von selbst, daß hier alle die Ideen, vom ewigen Frieden u. s. w. nur *untergeordnete* Ideen einer höhern Idee sind. Zugleich will ich hier die Prinzipien für eine *Geschichte der Menschheit* niederlegen, und das ganze elende Menschenwerk von Staat, Verfassung, Regierung, Gesetzgebung – bis auf die Haut entblößen. Endlich kommen die Ideen von einer moralischen Welt, Gottheit, Unsterblichkeit – Umsturz alles Afterglaubens, Verfolgung des Priestertums, das neuerdings Vernunft heuchelt, durch die Vernunft selbst. – Absolute Freiheit aller Geister, die die intellektuelle Welt in sich tragen, und weder Gott noch Unsterblichkeit *außer sich* suchen dürfen.

Zuletzt die Idee, die alle vereinigt, die Idee der *Schönheit*, das Wort in höherem platonischem Sinne genommen. Ich bin nun überzeugt, daß der höchste Akt der Vernunft, der, indem sie alle Ideen umfaßt, ein ästhetischer Akt ist, und daß *Wahrheit und Güte, nur in der Schönheit* verschwistert sind. Der Philosoph muß eben so viel ästhetische Kraft besitzen, als der Dichter. Die Menschen ohne ästhetischen Sinn sind unsre Buchstabenphilosophen. Die Philosophie des Geistes ist eine ästhetische Philosophie. Man kann in nichts geistreich sein, selbst über Geschichte kann man nicht geistreich raisonnieren – ohne ästhetischen Sinn. Hier soll offenbar werden, woran es eigentlich den Menschen fehlt, die keine Ideen verstehen, – und treuherzig genug gestehen, daß ihnen alles dunkel ist, sobald es über Tabellen und Register hinausgeht.

Die Poesie bekömmt dadurch eine höhere Würde, sie wird am Ende wieder, was sie am Anfang war – *Lehrerin der Menschheit*; denn es gibt keine Philosophie, keine Geschichte mehr, die Dichtkunst allein wird alle übrigen Wissenschaften und Künste überleben.

Zu gleicher Zeit hören wir so oft, der große Haufen müsse eine *sinnliche Religion* haben. Nicht nur der große Haufen, auch der Philosoph bedarf ihrer. Monotheismus der Vernunft und des Herzens, Polytheismus der Einbildungskraft und der Kunst, dies ists, was wir bedürfen!

Zuerst werde ich hier von einer Idee sprechen, die, soviel ich weiß, noch in keines Menschen Sinn gekommen ist – wir müssen eine neue Mythologie haben, diese Mythologie aber muß im Dienste der Ideen stehen, sie muß eine Mythologie der *Vernunft* werden.

Ehe wir die Ideen ästhetisch d. h. mythologisch machen, haben sie für das *Volk* kein Interesse, und umgekehrt: ehe die Mythologie vernünftig ist, muß sich der Philosoph ihrer schämen. So müssen endlich Aufgeklärte und Unaufgeklärte sich die Hand reichen, die Mythologie muß philosophisch werden, um das Volk vernünftig, und die Philosophie muß mythologisch werden, um die Philosophen sinnlich zu machen. Dann herrscht ewige Einheit unter uns. Nimmer der verachtende Blick, nimmer das blinde Zittern des Volks vor seinen Weisen und Priestern. Dann erst erwartet uns *gleiche* Ausbildung *aller* Kräfte, des Einzelnen sowohl als aller Individuen. Keine Kraft wird mehr unterdrückt werden, dann herrscht allgemeine Freiheit und Gleichheit der Geister! – Ein höherer Geist vom Himmel gesandt, muß diese neue Religion unter uns stiften, sie wird das letzte, größte Werk der Menschheit sein.

ÜBERSETZUNGEN

CHOR AUS DER ANTIGONAE

Vieles Gewaltge gibts. Doch nichts
Ist gewaltiger, als der Mensch.
Denn der schweifet im grauen
Meer in stürmischer Südluft
Umher in wogenumrauschten
Geflügelten Wohnungen.
Der Götter heilge Erde, sie, die
Reine, die mühelose,
Arbeitet er um, das Pferdegeschlecht
Am leichtbewegten Pflug von
Jahr zu Jahr umtreibend.

Leichtgeschaffener Vogelart
Legt er Schlingen, verfolget sie,
Und der Tiere wildes Volk,
Und des salzigen Meers Geschlecht
Mit listiggeschlungenen Seilen,
Der wohlerfahrne Mann.
Beherrscht mit seiner Kunst des Landes
Bergebewandelndes Wild.
Dem Nacken des Rosses wirft er das Joch
Um die Mähne und dem wilden
Ungezähmten Stiere.

DIE TRAUERSPIELE DES SOPHOKLES

DER PRINZESSIN
AUGUSTE VON HOMBURG

Sie haben mich vor Jahren mit einer gütigen Zuschrift ermuntert, und ich bin Ihnen indessen das Wort schuldig geblieben. Jetzt hab ich, da ein Dichter bei uns auch sonst etwas zum Nötigen oder zum Angenehmen tun muß, dies Geschäft gewählt, weil es zwar in fremden, aber festen und historischen Gesetzen gebunden ist. Sonst will ich, wenn es die Zeit gibt, die Eltern unsrer Fürsten und ihre Sitze und die Engel des heiligen Vaterlands singen.

Hölderlin.

OEDIPUS DER TYRANN

Personen des Drama

OEDIPUS
EIN PRIESTER
KREON
TIRESIAS
JOKASTA
EIN BOTE
EIN DIENER DES POLYBOS
EIN ANDERER BOTE
CHOR *von Thebanischen Alten*

ERSTER AKT

ERSTE SZENE

Oedipus. Ein Priester

OEDIPUS.
O ihr des alten Kadmos Kinder, neu Geschlecht,
In welcher Stellung hier bestürmt ihr mich,
Ringsum gekränzt mit bittenden Gezweigen?
Auch ist die Stadt mit Opfern angefüllt,
Vom Päan und von seufzendem Gebet;
Das wollt ich nicht von andern Boten, Kinder,
Vernehmen, selber komm ich hieher, ich,
Mit Ruhm von allen Oedipus genannt.
Doch, Alter, rede! denn du bist geschickt,
Für die zu sprechen; welcher Weise, steht
In Furcht ihr oder leidet schon? Ich will
Für alles helfen. Fühllos wär ich ja,
Hätt ich vor solcher Stellung nicht Erbarmen.

DER PRIESTER.
O Herrscher meines Landes, Oedipus!
Du siehest uns, wie viele niederliegen
An deinem Altar, diese, weit noch nicht
Zu fliegen stark, die anderen, die Priester,
Von Alter schwer. Ich bin des Zevs! Aus Jünglingen
Erwählt sind die. Das andere Gezweig
Häuft sich bekränzt auf Plätzen, bei der Pallas
Zweifachem Tempel, und des Ismenos
Weissagender Asche. Denn die Stadt, die du siehst,
Sehr wankt sie schon, und heben kann das Haupt
Vom Abgrund sie nicht mehr und roter Welle.
Sie merkt den Tod in Bechern der fruchtbarn Erd,
In Herden und in ungeborener Geburt
Des Weibs; und Feuer bringt von innen
Der Gott der Pest und leert des Kadmos Haus;
Von Seufzern reich und Jammer wird die Hölle.
Nun acht ich zwar den Göttern dich nicht gleich,
Noch auch die Kinder hier, am Altar liegend,

Doch als den ersten in Begegnissen
Der Welt und auch in Einigkeit der Geister.
Du kamst und lösetest des Kadmos Stadt
Vom Zolle, welchen wir der Sängerin,
Der Grausamen gebracht; und das von uns
Nichts weiter wissend, noch belehrt; durch Gottes Ruf
Sagt man und denkt, du habst uns aufgerichtet.
Jetzt aber auch, o Haupt des Oedipus!
Stark über alle, flehen wir dich an,
Demütig, einen Schutz uns zu erfinden,
Habst du gehört von Göttern eine Stimme,
Habst dus von einem Manne, denn ich weiß,
Daß auch Verhängnisse sogar am meisten
Sich durch den Rat Erfahrener beleben.
Wohlan, der Menschen Bester! richte wieder auf
Die Stadt, wohlan sei klug! Es nennt das Land
Den Retter dich vom alten wilden Sinne;
Zu wenig denkt man aber deiner Herrschaft,
Sind wir zurecht gestellt und fallen wieder.
Mit Festigkeit errichte diese Stadt!
Denn herrschest du im Lande, wie du Kraft hast,
Ist schöner es von Männern voll, als leer.
Denn nichts ist weder Turm noch Schiff allein,
Wenn Männer drinnen nicht zusammen wohnen.

OEDIPUS.

O Kinder arm, bekanntes, unbekannt nicht,
Kommt ihr begehrend. Denn ich weiß es wohl,
All seid ihr krank, und so, daß euer keiner
Krank ist, wie ich. Denn euer Leiden kommt
Auf einen, der allein ist bei ihm selber,
Auf keinen andern nicht. Und meine Seele
Beklagt die Stadt zugleich und mich und dich,
Und nicht vom Schlafe weckt ihr schlafend mich;
Ihr wisset aber, daß ich viel geweint,
Viel Sorgenweg' auf Irren bin gekommen.
Was aber wohl erforschend ich erfand,
Ich hab es ausgeführt, das eine Mittel.
Den Sohn Menökeus, Kreon, meinen Schwager,
Sandt ich zu Phöbos Häusern, zu den Pythischen,
Damit er schauen möge, was ich tun,
Was sagen soll, um diese Stadt zu retten.
Und schon macht Sorge mir, durchmessen von der Zeit

Der Tag, was er wohl tut. Denn mehr, als schicklich,
Bleibt aus er über die gewohnte Zeit.
Doch wenn er kommt, dann wär ich böse, tät ich
Nicht alles, was uns offenbart der Gott.

DER PRIESTER.
Zum Schönen sprachest du, und eben sagen
Des Kreons Ankunft diese da mir an.

OEDIPUS.
O König Apollon! trifft er nämlich hier ein,
Mag glänzend er mit Rettersauge kommen.

DER PRIESTER.
Er scheint jedoch vergnügt; er käme sonst nicht
So vollgekrönt vom Baum der Bäume, dem Lorbeer.

Zweite Szene

Oedipus. Der Priester. Kreon

OEDIPUS.
Gleich wissen wirs. Nah ist er, daß man hört.
O König, meine Sorge, Sohn Menökeus,
Welch eine Stimme bringst du von dem Gotte?

KREON.
Die rechte. Denn ich sag, auch Schlimmes, wenn
Es recht hinausgeht, überall ists glücklich.

OEDIPUS.
Was für ein Wort ists aber. Weder kühn,
Noch auch vorsichtig macht mich diese Rede.

KREON.
Willst du es hören hier, wo die umherstehn?
Bereit bin ich, zu reden, oder mitzugehn.

OEDIPUS.
Vor allen sag es, denn für diese trag
Ich mehr die Last, als meiner Seele wegen.

KREON.
Mög ich denn sagen, was vom Gott ich hörte.
Geboten hat uns Phöbos klar, der König,
Man soll des Landes Schmach, auf diesem Grund genährt,
Verfolgen, nicht Unheilbares ernähren.

OEDIPUS.
Durch welche Reinigung? welch Unglück ists?
KREON.
Verbannen sollen, oder Mord mit Mord
Ausrichten wir, solch Blut reg auf die Stadt.
OEDIPUS.
Und welchem Mann bedeutet er dies Schicksal?
KREON.
Uns war, o König! Lajos vormals Herr
In diesem Land, eh du die Stadt gelenket.
OEDIPUS.
Ich weiß es, habs gehört, nicht wohl gesehn.
KREON.
Da der gestorben, will er deutlich nun,
Daß man mit Händen strafe jene Mörder.
OEDIPUS.
Doch wo zu Land sind die? wo findet man
Die zeichenlose Spur der alten Schuld?
KREON.
In diesem Lande, sagt er. Was gesuchet wird,
Das fängt man. Es entflieht, was übersehn wird.
OEDIPUS.
Fällt in den Häusern oder draußen Lajos?
Fällt er in fremdem Land in diesem Morde?
KREON.
Gott anzuschauen, ging er aus, so hieß es,
Nicht kehrt' er in das Haus, wie er gesandt war.
OEDIPUS.
Sahs nicht ein Bote oder ein Begleiter,
Von dem es einer hört' und forschete?
KREON.
Tot sind sie. Einer nur, der floh aus Furcht,
Wußt eins von dem zu sagen, was er wußte.
OEDIPUS.
Und was? denn Eins gibt vieles, zu erfahren,
Wenn kleinen Anfang es empfängt von Hoffnung.
KREON.
Ihn hätten Räuber angefallen, sagt er,
Nicht eine Kraft, zu töten, viele Hände.
OEDIPUS.
Wie konnt er nun, wenn es um Silber nicht
Der Räuber tat, in solche Frechheit eingehn?

KREON.
Wohl, dennoch war, als Lajos umgekommen,
Nicht einer, der zu helfen kam im Übel.

OEDIPUS.
Welch Übel hindert es, da so die Herrschaft
Gefallen war, und wehrte nachzuforschen?

KREON.
Uns trieb die sängereiche Sphinx, da wirs gehört,
Das Dunkle, was zu lösen war, zu forschen.

OEDIPUS.
Von Anbeginn will aber ichs beleuchten.
Denn treffend hat Apollo, treffend du
Bestimmet diese Rache dem Gestorbnen;
Daß offenbar als Waffenbruder ihr
Auch mich sehn werdet, Rächer dieses Lands,
Des Gottes auch. Nicht fremder Lieben wegen,
Selbst, mir zulieb, vertreib ich solchen Abscheu.
Denn welcher jenen tötete, wohl möcht er
Auch mich ermorden mit derselben Hand.
Indem ich jenem diene, nütz ich mir.
Doch, Kinder, schnell steht von den Stufen auf,
Und nehmet hier die bittenden Gezweige.
Ein andrer sammle Kadmos Volk hieher.
Denn alles werd ich tun, entweder glücklich
Erscheinen mit dem Gott wir oder stürzen.

DIE PRIESTER.
O Kinder! stehn wir auf. Denn darum kamen
Wir hieher auch, weswegen dies gesagt ward.
Und der gesandt die Prophezeiungen,
Als Retter komm und Arzt der Krankheit Phöbos.

sie gehen ab.

CHOR *der Thebanischen Alten.*
O du von Zevs hold redendes Wort, was bist du für eins wohl
Von der goldereichen Pytho
Zu der glänzenden gekommen, zu Thebe?
Weit bin ich gespannt im furchtsamen Sinne,
Von Ängsten taumelnd.
Klagender, delischer Päan,
Ringsum dich fürchtend,
Wirst du ein neues, oder, wiederkehrend
Nach rollenden Stunden, mir vollenden ein Verhängnis?

Sags mir, der goldenen Kind,
Der Hoffnung, du, unsterbliche Sage!

Zuerst dich nennend komm ich,
Zevs Tochter, unsterbliche Athene,
Und den Erdumfassenden, und
Die Schwester Artemis, die
Den kreisenden, der Agora Thron,
Den rühmlichen besitzet,
Und den Phöbos fernhin treffend. Jo! Jo!
Ihr drei todwehrenden! Erscheinet mir!
Wenn vormals auch, in vergangener Irre,
Die hergestürzt war über die Stadt,
Vertrieben ihr die Flamme des Übels,
So kommet auch jetzt, ihr Götter!

Unzählig nämlich trag ich Übel,
Und krank ist mir das ganze Volk.
Nicht einem blieb der Sorge Speer,
Von welchem einer beschützt wird. Noch erwachsen
Die Sprossen des rühmlichen Lands,
Noch halten für die Geburt
Die kläglichen Mühen aus
Die Weiber. Einen aber über
Den andern kannst du sehn,
Wie wohlgeflügelte Vögel,
Und stärker, denn unaufhaltsames Feuer,
Sich erheben zum Ufer des abendlichen
Gottes, wodurch zahllos die Stadt
Vergeht. Die armen aber, die Kinder,
Am Felde tödlich liegen
Sie unbetrauert. Aber drin die grauen
Fraun und die Mütter
Das Ufer des Altars, anderswoher
Andre die grausamen Mühn
Abbüßend umseufzen,
Und der Päan glänzt und die seufzende Stimme
Mitwohnend.

Darum, o goldene
Tochter Zevs, gutblickende, sende
Stärke. Und den Ares, den reißenden, der

Jetzt, ohne den ehernen Schild,
Mir brennend, der verrufne, begegnet,
Das rückgängige Wesen treibe zurück
Vom Vaterlande, ohne Feuer, entweder ins große
Bett Amphitrites oder
In den unwirtlichen Hafen,
In die Thrazische Welle.
Am Ende nämlich, wenn die Nacht gehet,
Herein ein solcher Tag kommt.
Ihn dann, o du der richtet von zündenden Wetterstrahlen
Die Kräfte, Jupiter! Vater! unter deinem
Verderb ihn, unter dem Blitz!
Lycischer König, die deinen auch, vom heiligfalschen
Bogen möcht ich die Pfeile,
Die Ungebundensten, austeilen,
Wie Gesellen, zugeordnet!
Und den zündenden, ihn, der Artemis Schein,
Womit sie springt durch Lycische Berge!
Auch ihn nenn ich, benannt nach diesem Lande
Den berauschten Bacchus, den Evier,
Mit Mänaden vereinsamt; dieser komme,
Mit der glänzend scheinenden Fackel brennend,
Auf ihn, der ehrlos ist vor Göttern, den Gott!

ZWEITER AKT

Erste Szene

Oedipus. Der Chor

OEDIPUS.
Du bittest, wie du bittest, willst von mir du
Zum Ohr die Worte nehmen und der Krankheit weichen,
Kraft sollst du haben und Erleichterung
Des Übels. Forschen will ich, bin ich gleich
Fremd in der Sache, fremder noch im Vorgang.
Nicht weit hätt ich geforscht, hätt ich kein Zeichen.
Nun aber komm, ein später Bürger, ich
Den Bürgern, ruf euch, allen Kadmiern,
Wer unter euch den Sohn des Labdakos

Lajos gekannt, durch wen er umgekommen,
Dem sag ich, daß ers all anzeige mir,
Und wenn die Klag er fürchtet, gibt ers selbst an,
So wird unsanft er anders nicht erleiden.
Vom Lande geht er unbeschädiget.
Wenn aber einen andern einer weiß,
Von andrem Land, er schweige nicht den Täter;
Denn den Gewinn vollbring ich, und der Dank
Wird auch dabei sein; wenn ihr aber schweigt,
Und fürchtend für den Lieben oder sich
Es einer wegschiebt, was ich darin tue,
Das hört von mir. Um dieses Mannes willen
Fluch ich (wer er auch sei im Lande hier,
Von dem die Kraft und Thronen ich verwalte),
Nicht laden soll man, noch ansprechen ihn,
Zu göttlichen Gelübden nicht, und nicht
Ihn nehmen zu den Opfern, noch die Hände waschen,
Soll überall vom Haus ihn treiben, denn es ist
Ein Schandfleck solcher uns. Es zeiget dies
Der Götterspruch, der Pythische, mir deutlich.
So bin ich nun mit diesem Dämon und
Dem toten Mann ein Waffenbruder worden.
Ich wünsche, ders getan, sei einer nur
Verborgen, seis mit mehreren, er soll
Abnützen schlimm ein schlimm unschicklich Leben;
Wünsch auch, wenn der von meinem eignen Haus
Ein Tischgenoß ist und ich weiß darum,
Zu leiden, was ich diesem hier geflucht.
Doch euch befehl ich, dieses all zu tun
Von meinet und des Gotts und Landes wegen,
Das fruchtlos so und götterlos vergehet.
Nicht, wär auch nicht von Gott bestimmt die Sache,
War billig es, so unrein euch zu lassen,
Da umgekommen ist der beste Mann, der Fürst,
Hingegen zu erforschen. Aber jetzt hab ich
Erlangt die Herrschaft, die zuvor er hatt,
Erlangt das Bett und das gemeinsame
Gemahl und Kinder auch, wenn das Geschlecht
Ihm nicht verunglückt wäre, wären uns
Gemein; doch traf das Schicksal jenes Haupt.
Für das, als wärs mein Vater, will ich streiten,
Auf alles kommen, greif ich einst den Mörder,

Zulieb des Labdakos und Polydoros Sohn
Und alten Kadmos, der vormals regiert.
Und die dies nicht tun, über diese bet ich,
Zu Göttern, daß sie nicht ein Land, zu pflügen,
Noch Kinder ihnen gönnen von den Weibern,
Daß sie vergehn durch solch Geschick und schlimmers.
Doch uns, den andern Kadmiern, denen dies
Gefället, die im Falle Waffenbrüder,
Allzeit sei'n wohl mit uns die Götter alle.

CHOR.
Da du im Fluche mich anfassest, König, red
Ich so, nicht mordet ich, nein! nicht kann ich
Den Mörder zeigen. Sucht man aber nach,
Muß Phöbos Botschaft sagen, wers getan hat.

OEDIPUS.
Recht sprachest du. Doch nötigen die Götter,
Wo sie nicht wollen, kann nicht ein Mann, auch nicht Einer.

CHOR.
Das zweite möcht ich sagen, das mir dünkt.

OEDIPUS.
Ein drittes auch, versäums nicht, daß du schwiegest.

CHOR.
Am meisten weiß hierin vom König Phöbos
Tiresias, der König, wenn den einer fragt',
Am deutlichsten, o König! könnt ers hören.

OEDIPUS.
Nicht hab ich dies, wie Träge, dies auch nicht
Versucht. Ich sandt, auf Kreons Rat, zwei Boten,
Und lang schon wundert man sich, daß er ausbleibt.

CHOR.
Auch sind die andern längst umsonst die Worte.

OEDIPUS.
Wie sind sie dies? denn alle Worte späh ich.

CHOR.
Man sagt, er sei von Wanderern getötet.

OEDIPUS.
Ich hört es auch, doch den sieht niemand, ders gesehn.

CHOR.
Doch wenn von Furcht er mit sich einen Teil hat,
Und deinen hört, er hält nicht solchen Fluch aus.

OEDIPUS.
Der, wenn ers tut, nicht Scheu hat, scheut das Wort nicht.

CHOR.
Doch einer ist, der prüft ihn. Diese bringen
Den göttlichen, den Seher, schon daher,
Der Wahrheit inne hat allein von Menschen.

Zweite Szene

Oedipus. Der Chor. Tiresias

OEDIPUS.
O der du alles bedenkst, Tiresias!
Gesagtes, ungesagtes, himmlisches und was
Auf Erden wandelt. Siehst du auch die Stadt nicht,
So weißt du doch, in welcher Krankheit sie
Begriffen ist. Von ihr, als ersten Retter,
O König, finden wir allein dich aus.
Denn Phöbos, wenn du gleich nicht hörst die Boten,
Entgegnete die Botschaft unsrer Botschaft,
Es komm allein von dieser Krankheit Rettung,
Wenn wir die Mörder Lajos, wohl erforschend,
Umbrächten oder landesflüchtig machten.
Du aber neide nun die Sage nicht von Vögeln,
Zu lösen dich, die Stadt, auch mich zu lösen,
Zu lösen auch die ganze Schmach des Toten.
Dein nämlich sind wir. Und daß nütz ein Mann,
So viel er hat und kann, ist schönste Mühe.

TIRESIAS.
Ach! ach! wie schwer ist Wissen, wo es unnütz
Dem Wissenden. Denn weil ich wohl es weiß,
Bin ich verloren; nicht wär ich gekommen!

OEDIPUS.
Was ists, daß du so mutlos aufgetreten?

TIRESIAS.
Laß mich nach Haus. Am besten wirst du deines,
Ich meines treiben, bist du mir gefolgt.

OEDIPUS.
Nicht recht hast du geredt, noch liebes für die Stadt,
Die dich genährt, entziehend diese Sage.

TIRESIAS.
Ich sehe nämlich zu, wie dir auch, was du sagst,
Nicht recht geht, um nicht gleiches zu erfahren.

CHOR.
Bei Göttern nicht! seis mit Bedacht auch! kehre
Nicht um! denn all knien flehend wir vor dir.

TIRESIAS.
Denn alle seid ihr sinnlos. Aber daß ich nicht
Das meine sage! nicht dein Übel künde!

OEDIPUS.
Was sagst du, sprichst du nicht, wenn du es weißt,
Willst du verraten uns, die Stadt verderben?

TIRESIAS.
Ich sorg um mich, nicht dich; du kannst im Grund
Nicht tadeln dies. Du folgtest mir ja doch nicht!

OEDIPUS.
Sprichst du der schlimmen schlimmster (denn du bist
Nach Felsenart gemacht) einmal heraus?
Erscheinst so farblos du, so unerbittlich?

TIRESIAS.
Den Zorn hast du getadelt mir. Den deinen,
Der beiwohnt, siehst du nicht, mich aber schiltst du.

OEDIPUS.
Wer sollte denn nicht solchem Worte zürnen,
Mit welchem du entehrest diese Stadt?

TIRESIAS.
Es kommet doch, geh ich auch weg mit Schweigen.

OEDIPUS.
Mit nichten kommt es! sagen mußt dus mir!

TIRESIAS.
Nicht weiter red ich. Zürne, wenn du willst,
Darob mit Zorn, der nur am wildsten ist.

OEDIPUS.
O ja! ich werde nichts, wie auch der Zorn sein mag,
Weglassen, was ich weiß. Verdächtig bist du mir,
Mit angelegt das Werk zu haben und gewirkt,
Nur nicht mit Händen mordend; wärst du sehend,
Das Werk auch, sagt ich, sei von dir allein.

TIRESIAS.
In Wahrheit! Ich bestätig es, du bleibst
Im Tone, wo du anfingst, redest noch
Auf diesen Tag zu diesen nicht, zu mir nicht,
Du sprichst mit dem, der unsrem Land ein Fleck ist.

OEDIPUS.
So schamlos wirfst du dieses Wort heraus?
Und glaubest wohl, nun wieder dich zu sichern?
TIRESIAS.
Gesichert bin ich, nähr ein Kräftigwahres.
OEDIPUS.
Von wem belehrt? denn nicht aus deiner Kunst ists.
TIRESIAS.
Von dir. Du zwangst mich wider Willen zu reden.
OEDIPUS.
Und welch Wort? wiederhols, daß ich es besser weiß.
TIRESIAS.
Weißt dus nicht längst? und reden zu Versuch wir?
OEDIPUS.
Nichts, was man längst weiß, wiederhols!
TIRESIAS.
Des Manns Mord, den du suchst, ich sag, auf dich da fällt er.
OEDIPUS.
Mit Lust jedoch nicht, zweifach mißlich sprichst du.
TIRESIAS.
Sag ich noch anders nun, damit du mehr zürnst.
OEDIPUS.
Wie viel du willst! vergebens wirds gesagt sein!
TIRESIAS.
Ganz schändlich, sag ich, lebst du mit den Liebsten
Geheim, weißt nicht, woran du bist im Unglück.
OEDIPUS.
Glaubst du allzeit frohlockend dies zu sagen?
TIRESIAS.
Wenn irgend etwas nur der Wahrheit Macht gilt.
OEDIPUS.
Sie gilt, bei dir nicht, dir gehört dies nicht,
Blind bist an Ohren du, an Mut und Augen.
TIRESIAS.
Elend bist aber du, du schiltst, da keiner,
Der bald nicht so wird schelten gegen dich.
OEDIPUS.
Der letzten Nacht genährt bist du, mich nimmer,
Nicht einen andern siehst du, der das Licht sieht.
TIRESIAS.
Von dir zu fallen, ist mein Schicksal nicht,
Apollo bürgt, der dies zu enden denket.

OEDIPUS.
Sind Kreons oder sind von dir die Worte?
TIRESIAS.
Kreon ist dir kein Schade, sondern du bists.
OEDIPUS.
O Reichtum, Herrschaft, Kunst, die Kunst
Im eiferreichen Leben übertreffend!
Wie groß ist nicht der Neid, den ihr bewachet!
Wenn dieser Herrschaft wegen, die die Stadt mir
Gegeben, ungefodert anvertraut hat,
Kreon von der, der treue, lieb von je,
Geheim anfallend mich zu treiben strebet?
Bestellend diesen listgen Zauberer,
Den trügerischen, bettelhaften, der Gewinn
Nur ansieht, aber blind an Kunst geboren.
Denn siehe, sag, ob du ein Seher weise bist?
Was sangst du nicht, als hier die Sängerin war,
Die hündische, ein Löselied den Bürgern?
Obgleich das Rätsel nicht für jeden Mann
Zu lösen war und Seherkunst bedurfte,
Die weder du von Vögeln als Geschenk
Herabgebracht, noch von der Götter einem.
Doch ich, der ungelehrte Oedipus,
Da ich dazu gekommen, schweigte sie,
Mit dem Verstand es treffend, nicht gelehrt
Von Vögeln. Auszustoßen denkst du
Den, meinest nah an Kreons Thron zu kommen.
Mit Tränen wirst du, wie mir dünkt, und ders
Zusammen spann, es büßen. Wärst du alt nicht,
Du würdest leidend fühlen, wie du denkst.
CHOR.
Es scheinen uns zugleich von dem die Worte
Im Zorn gesagt und deine, Oedipus.
Doch dies bedarfs nicht, wie des Gottes Spruch
Am besten sei zu lösen, ist zu sehn.
TIRESIAS.
Bist du noch eigenmächtig, muß ein Gleiches
Ich dir erwidern. Hierin hab ich auch Macht.
Nicht dir leb ich ein Knecht, dem Loxias,
Nicht unter Kreon werd ich eingeschrieben.
Ich sage aber, da mich Blinden du auch schaltst,
Gesehen hast auch du, siehst nicht, woran du bist,

Im Übel, wo du wohnst, womit du hausest.
Weißt du, woher du bist? du bist geheim
Verhaßt den Deinen, die hier unten sind,
Und oben auf der Erd, und ringsum treffend
Vertreibet von der Mutter und vom Vater
Dich aus dem Land der Fluch gewaltig wandelnd,
Jetzt sehend wohl, hernach in Finsternis;
Und deines Geschreies, welcher Hafen wird
Nicht voll sein, welcher Kithäron nicht mitrufen bald?
Fühlst du die Hochzeit, wie du landetest
Auf guter Schiffahrt an der Uferlosen?
Der andern Übel Menge fühlst du auch nicht,
Die dich zugleich und deine Kinder treffen.
Nun schimpfe noch auf Kreon und auch mir
Ins Angesicht, denn schlimmer ist, als du,
Kein Sterblicher, der jemals wird gezeugt sein.

OEDIPUS.
Ist wohl von dem zu hören dies erduldbar?
Gehst du zu Grund nicht plötzlich? wendest nicht
Den Rücken hier dem Haus und kehrst und gehest?

TIRESIAS.
Nicht wär ich hergekommen, riefst du nicht.

OEDIPUS.
Wohl wußt ich nicht, du würdest tolles reden,
Sonst hätt ich nicht dich her ins Haus geholt.

TIRESIAS.
Wir sind also geboren, wie du meinst,
Toll, Eines Sinns, den Eltern, die dich zeugten.

OEDIPUS.
Und welchen? Bleib! wer zeugt mich unter Menschen?

TIRESIAS.
Der Tag, der! wird dich zeugen und verderben.

OEDIPUS.
Wie sagst du alles rätselhaft und dunkel!

TIRESIAS.
Dennoch glückt dir nicht sehr, derlei zu lösen.

OEDIPUS.
Schilt das, worin du wirst mich groß erfinden.

TIRESIAS.
Es hat dich freilich dies Geschick verderbt.

OEDIPUS.
Doch rettet ich die Stadt, so acht ichs nicht.

TIRESIAS.
Ich geh also. Du Knabe, führe mich!

OEDIPUS.
Er mag dich führen, wenn du so dabei bist,
Du möchtest vollends noch das Elend häufen.

TIRESIAS.
Ich habs gesagt, ich geh, um des, warum ich kam,
Dein Angesicht nicht fürchtend. Nichts ist, wo du mich
Verderbest, sage aber dir, der Mann, den längst
Du suchest, drohend und verkündigend den Mord
Des Lajos, der ist hier, als Fremder, nach der Rede,
Wohnt er mit uns, doch bald als Eingeborner,
Kund wird er als Thebaner sein, und nicht
Sich freun am Unfall. Blind aus Sehendem,
Und arm, statt reich, wird er in fremdes Land
Vordeutend mit dem Zepter wandern müssen.
Kund wird er aber sein, bei seinen Kindern wohnend
Als Bruder und als Vater und vom Weib, das ihn
Gebar, Sohn und Gemahl, in Einem Bette mit
Dem Vater und sein Mörder; geh hinein! bedenks!
Und findest du als Lügner mich, so sage,
Daß ich die Seherkunst jetzt sinnlos treibe.

sie gehen ab.

CHOR *der Thebanischen Alten.*

Wer ists, von welchem prophezeiend
Gesprochen hat der delphische Fels,
Als hab Unsäglichstes
Vollendet er mit blutigen Händen?
Es kommet die Stunde, da kräftiger er,
Denn sturmgleich wandelnde Rosse, muß
Zu der Flucht die Füße bewegen.
Denn gewaffnet auf ihn stürzt
Mit Feuer und Wetterstrahl
Zevs Sohn, und gewaltig kommen zugleich
Die unerbittlichen Parzen.

Geglänzt hat nämlich vom
Schneeweißen, eben erschienen
Ist von Parnassos die Sage,
Der verborgene Mann sei überall zu erforschen.
Denn er irret unter wildem Wald

In Höhlen und Felsen, dem Stier gleich,
Der Unglückliche mit Unglücksfüßen, verwaist,
Die Prophezeiungen flieht er
Die, aus der Mitte der Erd,
Allzeit lebendig fliegen umher.

Gewaltiges regt, gewaltiges auf
Der weise Vogeldeuter;
Das weder klar ist, noch sich leugnet,
Und was ich sagen soll, ich weiß nicht,
Flieg aber in Hoffnungen auf,
Nicht hieher schauend, noch rückwärts.
Denn was ein Streit ist zwischen
Den Labdakiden und Polybos Sohn,
Nicht vormals hab ichs
Gewußt, noch weiß ich jetzt auch,
In welcher Prüfung
Ich begegne
Der fremden Sage von Oedipus,
Den Labdakiden ein Helfer
Im verborgenen Tode.

Zevs aber und Apollon
Sind weis' und kennen die Sterblichen.
Daß aber unter Männern
Ein Seher mehr ist geachtet, denn ich,
Ist nicht ein wahres Urteil.
Mit Weisheit die Weisheit
Erwidre der Mann.
Nicht möcht ich aber jemals, eh ich säh
Ein gerades Wort, mich unter
Den Tadelnden zeigen. Denn offenbar
Kam über ihn die geflügelte Jungfrau,
Vormals, und weise erschien sie,
In der Prüfung aber freundlich der Stadt. Darum
Nach meinem Sinne niemals
Wird er es büßen, das Schlimme.

DRITTER AKT

Erste Szene

Kreon. Der Chor

KREON.
Ihr Männer! Bürger! harte Wort' erfahr ich,
Daß mich beschuldigt Oedipus, der Herr.
Deswegen komm ich, leidend. Wenn er nämlich denkt,
Daß er von mir in diesem Fall erfahren
Mit Worten oder Werken Schädliches,
Hab ich am weiten Leben keine Freude,
Wenn ich die Schmach erdulde. Nämlich einfach
Trifft nicht von diesem Worte mich die Strafe,
Aufs höchste, bin ich schlimm in dieser Stadt,
Schlimm gegen dich geheißen und die Lieben.

CHOR.
Doch ist gekommen dieser Schimpf, vielleicht
Aus Zorn erzwungen mehr, als Rat der Sinne.

KREON.
Woraus erwies es sich, daß meinem Rat
Der Seher folgend Lügenworte spreche?

CHOR.
Man sagts. Ich weiß es nicht, in welcher Stimmung.

KREON.
Ist aus geraden Augen, rechten Sinnen
Verkündet worden über mich die Klage?

CHOR.
Ich weiß es nicht. Was Große tun, ich seh
Es nicht. Doch selber kommt er aus dem Hause.

Zweite Szene

Oedipus. Kreon. Der Chor

OEDIPUS.
Du! der! wie kommst du her? hast du so frech
Ein Angesicht, daß in mein Haus du kommst,
Der Mörder unser eines offenbar,
Und Räuber, wie es klar ist, meiner Herrschaft?
Geh, sage bei den Göttern, hast du Feigheit

An mir gesehen oder Narrheit, daß du dies
Zu tun gedacht, und daß ich dies dein Werk
Im Truge schleichend nicht erkennte, nicht
Abwehrte, wenn ich es erkannt? dein Unternehmen,
Ists dumm nicht, ohne Volk und Freunde nach dem Thron
Zu jagen, der durch Volk erobert wird und Geld?

KREON.

Weißt du, was du beginnst? vernimm ein Gleiches
Für dein Wort, richte, wenn du es erkannt!

OEDIPUS.

Im Reden bist du stark, ich schlimm, wenn ich von dir
Muß lernen. Falschgesinnt und schwierig find ich dich.

KREON.

Darüber eben hör erst, was ich sage.

OEDIPUS.

Das eben sage nicht, du seist nicht böse.

KREON.

Wenn du gedenkst, ein Gut sei ohne Mut
Der Eigensinn, so denkest du nicht richtig.

OEDIPUS.

Wenn du gedenkst, man könne den Verwandten
Mißhandeln, ungestraft, so denkst du gut nicht.

KREON.

Ich stimme bei, daß dieses recht gesagt ist,
Doch sage mir das Leiden, das du leidest.

OEDIPUS.

Hast du geraten oder nicht, daß not sei,
Zum heilgen Seher einen Mann zu schicken?

KREON.

Auch jetzt noch bin ich gleich in der Gesinnung.

OEDIPUS.

Wie lange Zeit nun ist es schon, daß Lajos –

KREON.

Getan was für ein Werk? ich weiß es nicht.

OEDIPUS.

Unsichtbar ward er durch ein tödlich Übel.

KREON.

Weit ist und lang gemessen schon die Zeit.

OEDIPUS.

War damals so der Seher in der Kunst?

KREON.

Zugleich auch weis' und billig wohl geachtet.

OEDIPUS.
Gedacht er meiner wohl in jener Zeit?
KREON.
Nicht, daß ich jemals nah dabei gestanden.
OEDIPUS.
Doch habt ihr nicht dem Toten nachgeforscht?
KREON.
Wir haben es. Wie nicht? und nichts gehört.
OEDIPUS.
Warum sprach damals nicht, wie jetzt, der Weise?
KREON.
Ich weiß es nicht. Versteh ichs nicht, so schweig ich.
OEDIPUS.
So vieles weißt du. Sag es gutgesinnt.
KREON.
Was wohl? weiß ich es, leugn ich nicht.
OEDIPUS.
Das, daß er, hätt er nicht mit dir gehalten,
Nicht ausgesagt von mir des Lajos Mord.
KREON.
Ob er das aussagt, weißt du selbst. Ich aber
Will hören das von dir, was du von mir willst.
OEDIPUS.
Hör es, denn nicht, als Mörder, werd ich troffen.
KREON.
Was denn? bist du vermählt mit meiner Schwester?
OEDIPUS.
Nicht ist zu leugnen das, was du gesagt.
KREON.
Du herrschest so, wie sie, des Bodens waltend.
OEDIPUS.
Was sie begehrt, wird all von mir besorgt.
KREON.
Bin ich der dritte nicht gesellt euch zweien?
OEDIPUS.
Hierin erscheinst du nun ein arger Freund.
KREON.
Nicht, magst du Rechenschaft, wie ich, dir geben.
Betrachte aber, allererst, dies, ob du glaubst,
Daß einer lieber Herrschaft wünscht', in Furcht,
Als sanft zu schlafen, wenn er gleiche Macht hat.
Ich bin nun nicht gemacht, daß mehr ich wünscht

Ein Herr zu sein, als herrliches zu tun,
Und jeder so, der sich zu zähmen weiß.
Jetzt hab ich alles ohne Furcht von dir,
Regiert ich selbst, viel müßt ich ungern tun.
Wie sollte nun die Herrschaft lieblicher
Als Ehre kummerlos und Macht mir sein?
Noch nicht so törig bin ich, zu verlangen
Ein anderes, als Schönes mit Gewinn.
Nun freut mich alles, nun begrüßt mich jedes,
Nun rufen die mich an, die dein bedürfen.
Denn darin liegts, daß ihnen alles glückt.
Wie sollt ich lassen dies, nach jenem greifen?
Schlimm nicht wird ein Gemüt sein, welches schön denkt.
Nun bin ich nicht von solchem Sinn, und nie,
Tät es ein andrer, wagt ich es mit ihm.
Nimm deinen Vorwurf, geh damit nach Pytho,
Frag, ob den Spruch ich deutlich dir verkündet.
Und findst du, daß ich mit dem Zeichendeuter
Zusammenpflog, auf Ein Wort sollst du nicht,
Zweifach verdammt, von dir und mir, mich töten.
Verklage nur aus dunkler Meinung mich nicht!
Denn nicht ists recht, die Schlimmen eitler Weise
Für trefflich halten, Treffliche für schlimm.
Denn, wenn ein Edler einen Freund verwirft,
Ist mir, als wärs am eignen liebsten Leben.
Doch mit der Zeit erfährst du dieses sicher.
Es zeigt die Zeit den rechten Mann allein.
An einem Tage kennest du den schlimmen.

CHOR.

Schön sprach er, daß daraus ein Glück mag kommen,
Denn schnell zu denken, König! ist nicht sicher.

OEDIPUS.

Will einer schnell, der Schlingen legt, entwischen,
Muß ich auch schnell mir raten, meinerseits.
Bin ich bequem, und warte sein, so bringt
Er seins hinaus, und meines ist verfehlet.

KREON.

Was willst du denn, als mich vom Lande treiben?

OEDIPUS.

Nein! sterben sollst du oder fliehn, das will ich.

KREON.

Wenn du mir zeigest, was es um den Neid ist.

OEDIPUS.
Sprichst du nachgiebig mir und glaubig nicht?
KREON.
Säh ich Besinnung! –
OEDIPUS.
Meine Sache nun! –
KREON.
Auch meine heißt sie.
OEDIPUS.
Ja! wenn du nicht schlimm wärst!
KREON.
Wenn aber du nicht weißt!
OEDIPUS.
Man muß doch herrschen.
KREON.
Ja! aber nicht die schlimmen Herrn.
OEDIPUS.
O Stadt! Stadt!
KREON.
Auch mich geht an die Stadt, nicht dich allein.
CHOR.
Hört auf, ihr Herrn! Die Frau seh ich zu euch
Hier aus dem Hause kommen, Jokasta,
Mit dieser ist der Streit hier auszurichten.

Dritte Szene

Oedipus. Kreon. Der Chor. Jokasta

JOKASTA.
Warum habt ihr ratlosen Zungenkrieg
Erregt, ihr Armen! schämt euch nicht, da so
Erkrankt das Land, zu wecken eigen Unheil?
Gehst in die Burg, und Kreon du ins Haus nicht,
Damit ihr kleine Last nicht macht zu großer?
KREON.
O Schwester! viel denkt Oedipus, dein Mann,
Mir anzutun, und wählet zwei der Übel.
Vom Land mich treiben will er oder töten.
OEDIPUS.
Das sag ich auch. Schlimm handelnd fand, o Weib!
An meinem Leib ich ihn mit schlimmen Künsten.

KREON.
Nicht möcht ich Vorteil ziehen jetzt, doch soll ich
Verflucht vergehen, tat ich, wes du mich
Beschuldigest, daß ich getan es habe.

JOKASTA.
O bei den Göttern! glaub es, Oedipus!
Und ehre hoch der Götter Eid vor allen,
Auch mich und diese, die zugegen sind.

CHOR.
Vertraue, woll es, denk es,
Ich bitte, König!

OEDIPUS.
Wie willst du, daß ich weiche dir?

CHOR.
Den, der nie vormals törig war,
Und nun im Eide groß,
Ehr ihn!

OEDIPUS.
Weißt du, was du verlangst?

CHOR.
Ich weiß es.

OEDIPUS.
Sag, was du meinst!

CHOR.
Du sollst den heilig lieben
Niemals in Schuld
Mit ungewissem Wort
Ehrlos vertreiben.

OEDIPUS.
Wiß einmal, wenn du dieses suchest, suchst
Du mein Verderben oder Landesflucht.

CHOR.
Das nicht! bei aller Götter
Vorläufer Helios!
Denn gottlos, freundlos
Im äußersten will ich untergehn,
Wenn solchen Gedanken ich habe.
Mir unglücklichen aber ermattet
Vom welkenden Lande die Seele,
Wenn die auch kommen, zu Übeln die Übel,
Zu den alten die euern.

OEDIPUS.
So mag er gehn, muß ich durchaus gleich sterben,
Ehrlos verbannt vom Lande mit Gewalt.
Von dir, von diesem nicht erbarmet mich
Der Jammermund. Der sei durchaus mir Abscheu!

KREON.
Feig bist du, wenn du traurig weichst, und wenn du
Schwer über deinen Mut springst. Solche Seelen,
Unwillig tragen sie mit Recht sich selbst.

OEDIPUS.
Läßt du mich nicht und gehst hinaus?

KREON. Ich gehe,
Von dir mißkannt, doch gleichgesinnt mit diesen.

Kreon geht ab.

CHOR.
Weib! willst du diesen
Ins Haus hinein nicht bringen?

JOKASTA.
Weiß ich erst, was es ist.

CHOR.
Ein Schein ist unbekannt in die Worte
Gekommen, aber es sticht
Auch ungerechtes.

JOKASTA.
Von ihnen beiden?

CHOR.
Gewiß.

JOKASTA.
Und welches war das Wort?

CHOR.
Da mir genug, genug das Land schon müd ist,
So dürft es wohl so bleiben, wie es steht.

OEDIPUS.
Sieh, wo du hinkommst, mit der guten Meinung,
Wenn du das meine lässest und das Herz umkehrst.

CHOR.
Ich hab es gesagt, o König!
Nicht einmal nur, du weißt es aber,
Gedankenlos, ausschweifend
Im Weisen, erschien' ich,
Wenn ich von dir mich trennte.
Du! der mein Land, das liebe

In Mühn umirrend,
Recht hat geführt mit günstigem Winde,
Auch jetzt noch fahre glücklich, wenn du kannst.

JOKASTA.

Bei Göttern! sage mir es auch, o König!
Weshalb du solchen Zorn hast angestiftet.

OEDIPUS.

Ich sag es, denn ich ehre dich am meisten
Von diesen hier, was Kreon mir bereitet.

JOKASTA.

Sags, wenn du deutlich Klage führst im Streit.

OEDIPUS.

Der Mörder Lajos sei ich, sagen sie.

JOKASTA.

Weißt du es selbst, erfuhrest dus von andern?

OEDIPUS.

Den Seher sandt er her, den Unheilstifter,
Weil er, so viel er kann, die Zungen alle löst.

JOKASTA.

Laß du das deine nun, wovon du sprichst,
Gehorche mir, und lerne das: es gibt
Nichts Sterbliches, das Seherkunst besäße.
Ich zeige dir von dem ein treffend Zeichen.
Ein Spruch kam Lajos einst, ich will nicht sagen,
Von Phöbos selbst, doch von des Gottes Dienern,
Daß sein das Schicksal warte, von dem Sohne
Zu sterben, der von jenem käm und mir.
Es töteten doch aber ihn, so spricht die Sage,
Einst fremde Mörder auf dreifachem Heerweg.
Jedoch als ihm geboren war das Kind,
Es standen nicht drei Tag' an, band er ihm
Der Füße Glieder und, mit fremden Händen,
Warf ers ins unzugangbare Gebirg.
Und nicht erfüllte dort Apollon, daß er sei
Des Vaters Mörder, daß, der das Gewaltige
Gefürchtet, von dem Sohne Lajos sterbe.
So haben sich erklärt der Seher Sagen.
Und kehre dran dich nicht! denn, was ein Gott
Notwendig sieht, leicht offenbart er selbst es.

OEDIPUS.

Wie fasset, da ich eben höre, Weib!
Verwirrung mir die Seel, Aufruhr die Sinne.

JOKASTA.

Von welcher Sorge sagst du dies empört?

OEDIPUS.

Mir scheint, gehört von dir zu haben, Lajos
Sei umgekommen auf dreifachem Heerweg.

JOKASTA.

Man sagte das, noch ist es nicht geendet.

OEDIPUS.

Wo ist der Ort, da sich dies Schicksal zutrug?

JOKASTA.

Phocis nennt man das Land. Ein Scheideweg
Von Delphi führt und Daulia hieherzu.

OEDIPUS.

Und welche Zeit ist über dies gegangen?

JOKASTA.

Beinahe vorher, eh du von dem Lande
Die Herrschaft nahmst, ward es der Stadt verkündet.

OEDIPUS.

O Zevs! was willst du, daß von mir geschehe?

JOKASTA.

Wie ist dir dies, o Oedipus, im Sinne?

OEDIPUS.

Frag mich nicht, doch von Lajos sage nur,
Wie war der Mann, auf welches Alters Höhe?

JOKASTA.

Groß, wollig schon um sein weißblühend Haupt,
Und der Gestalt von dir war er nicht ungleich.

OEDIPUS.

Ich armer. Wohl hab ich, da ich in Flüche
Gewaltig ausbrach eben, nichts gewußt!

JOKASTA.

Was sagst? mich ängstets, seh ich so dich, König!

OEDIPUS.

Gewaltig fürcht ich, daß nicht sehend sei der Seher,
Du wirst es mehr aufklären, sagst du eins noch.

JOKASTA.

Mich ängstets. Fragst du doch, so sag ich, was ich weiß.

OEDIPUS.

Ging er allein aus, oder hatt er viele
Streitbare Männer, wies bei Oberherrn ist?

JOKASTA.
Fünf waren all. Ein Herold war mit ihnen,
Ein Maultierwagen führte Lajos nur.
OEDIPUS.
Weh! Weh! nun ist es offenbar. Wer war
Es einst, der angesagt die Worte hat, o Weib!
JOKASTA.
Ein Diener, der entflohen war allein.
OEDIPUS.
Ist in den Häusern er auch jetzt noch da?
JOKASTA.
Nein! nicht! seit dort er herkam und erfuhr,
Du habst die Macht, und Lajos sei getötet,
Bat er mich sehr, die Hände mir berührend,
Aufs Land zu senden ihn, zu Schafeweiden,
Wo er der Stadt vom Angesicht am meisten.
Auch sandt ich ihn, denn wert war dieser Mann,
Der Knecht, zu haben größre Gnad, als diese.
OEDIPUS.
Wie käm er nun zu uns geschwind zurück?
JOKASTA.
Er ist zugegen, warum willst du dies?
OEDIPUS.
Ich fürchte vor mir selbst mich, Weib, daß ich
Zu viel gesagt, warum ihn sehn ich will.
JOKASTA.
Er kommet, doch zu hören würdig bin
Auch ich wohl, was dir schlimmes ist, o König!
OEDIPUS.
Erniedrige dich nur jetzt allzusehr nicht
Drob, wie ich bin; auch größeren, als du bist,
Sagt ich, wie mir solch ein Los zugeteilt ist.
Mein Vater Polybos war von Korinth,
Die Mutter Merope von Doris. Dort
Ward ich geschätzt der größte von den Städtern,
Eh dies Geschick kam über mich, und wert
Zu wundern ists, doch meines Eifers nicht.
Ein Mann beim Mahle voll von Trunkenheit
Sagt mir beim Wein, ich sei unecht dem Vater,
Und ich, erzürnt, den gegenwärtigen Tag
Kaum aushielt; doch am andern ging ich hin,
Zur Mutter und zum Vater, fragte drüber.

Unwillig trugen die den Schimpf von dem,
Dem dieses Wort entgangen. Das erfreute
An ihnen mich. Doch stach mich dieses immer.
Denn vieles war dahinter. Und geheim
Vor Vater und vor Mutter reis ich weg
Nach Pytho. Mir verachtet Phöbos das,
Warum ich kam, und schickt mich weg, und anders
Mühsame, Große, Unglückliche zeigt
Er mir und sagt, ich müßte mit der Mutter
Vermischet sein, und Menschen unerträglich
Zu schauen ein Geschlecht erzeugen, auch der Mörder
Des Vaters sein, der mich gepflanzet hätte.
Da ichs gehört, durchmessend unter Sternen
Zuletzt den Boden von Korinth, entfloh ich,
Damit ich nie daselbst von meiner bösen
Orakelfrage schauete die Schande.
Gewandert aber komm ich in die Gegend,
Wo umgebracht der Herr ist, wie du sagst.
Auch dir, o Weib! nun wahres sag ich, daß
Ich nahe wandelt auf dem Dreiweg, wo
Der Herold und auf einem Füllenwagen
Ein Mann herfahrend, wie du mir berichtet, mir
Begegneten, und aus dem Wege mich
Der Führer und der Alte mit Gewalt trieb.
Ich schlage, wie heran er lenkt, den Fuhrmann
Im Zorn, und wie mich stehen an dem Wagen
Der Alte siehet, zielt' er mitten mir
Aufs Haupt und schlug mich mit dem Doppelstachel.
Ungleich hat ers gebüßt. Denn schnell getroffen
Vom Stabe dieser Hände, rücklings wird
Heraus vom Wagen plötzlich er gewälzt.
Ich tötet alle. Wenn der Fremde aber
Mit Lajos jener irgend was gemein hat,
Wer ist unseliger, als unser einer?
Und welcher Mann den Geistern mehr verhaßt?
Den in der Fremde keiner und kein Städter darf
Einladen in das Haus, ansprechen keiner,
Den man vom Hause treiben muß? und diesen Fluch
Hat keiner sonst, als ich mir selbst gestiftet.
Das Ehbett auch des Toten mit den Händen
Befleck ich es, durch die er umkam. Bin ich bös?
Bin ich nicht ganz unrein? und wenn ich fliehn muß,

Darf auf der Flucht die Meinen ich nicht sehn,
Noch gehn zur Heimat; oder soll ich sein
Zusammen mit der Mutter gejocht zur Hochzeit,
Soll ich den Vater morden, Polybos,
Der mich gezeuget und mich aufgenährt?
Würd einer, der von unser einem urteilt,
Die Sache nicht von rohem Geist erklären?
Nein, nicht, o du der Götter heilig Licht,
Mag diesen Tag ich sehen, sondern lieber
Schwind ich von Menschen, eh ich sehe,
Wie solch ein Schimpf des Zufalls mir begegnet.

CHOR.

Uns, König, ist es furchtbar, aber bis dus
Von gegenwärtigem erfährest, hoffe.

OEDIPUS.

Nun aber bleibt so viel von Hoffnung mir
Allein, den Mann, den Hirten zu erwarten.

JOKASTA.

Wenn er erscheinet, was ist dein Verlangen?

OEDIPUS.

Ich will dirs sagen. Findet sich, daß er
Dir jenes sagt, so mag ich fliehn das Leiden.

JOKASTA.

Welch Wort vornehmlich hörtest du von mir?

OEDIPUS.

Von räuberischen Männern sprech er, sagst du,
Sie haben ihn getötet. Wenn er nun noch
Dieselbe Zahl aussagt, hab ich ihn nicht
Getötet. Nicht mag Einer vielen gleich sein.
Wenn Einen Mann gefährtenlos er nennt,
Kommt deutlich diese Tat jetzt über mich.

JOKASTA.

Wiß aber, daß so offenbar das Wort ist,
Und nicht umwerfen darf er dieses wieder.
Die Stadt hat es gehört, nicht ich allein.
Wenn nun etwas vom alten Wort er abweicht,
Nicht wohl, o König! macht des Lajos Mord
Er kund, recht und gerad wie Loxias
Ihn aussprach, daß von meinem Kind er sterbe.
Auch hat ihn ja das Unglückselige nicht
Getötet, damals, selbst kam es zuvor um.

Und so mag in den Prophezeiungen
Ich jetzt nichts sehn, und auch das erstemal nicht.

OEDIPUS.

Schön meinest du es. Sende aber doch
Zum Landmann einen Boten, laß es nicht!

JOKASTA.

Schnell will ich senden. Doch laß uns hineingehn,
Nicht möcht ich nämlich tun, was du nicht liebtest.

sie gehen ab.

CHOR *der Thebanischen Alten.*

Hätt ich mit mir das Teil,
Zu haben Heiligkeit in Worten genau,
In den Werken allen, deren Gesetze
Vor Augen sind, gestaltet, durch den himmlischen
Aether geboren, von denen
Der Olymp ist Vater allein; den hat nicht sterbliche
Natur von Männern gezeugt,
Noch jemals in Vergessenheit er einschläft.
Groß ist in jenen der Gott,
Nicht altert er.

Frechheit pflanzt Tyrannen. Frechheit,
Wenn eitel sie von vielem überfüllt ist,
Was zeitig nicht und nicht zuträglich,
Zur höchsten steigt sie, sie stürzt
In die schroffe Notwendigkeit,
Da sie die Füße nicht recht braucht.
Das wohlanständige aber in der Stadt, das Altertum,
Daß nie es löse der Gott, bitt ich.
Gott will ich niemals lassen, als
Vorsteher ihn halten.

Wenn aber überschauend einer mit Händen wandelt, oder
Mit Worten, und fürchtet das Recht nicht, und
Die Thronen nicht der Dämonen verehrt,
Den hab ein böses Schicksal,
Unschicklichen Prangens wegen,
Wenn nicht Gewinn er gewinnet recht,
Und Offenbares verschleußt,
Und Unberührbares angreift albern.
Wer mag noch wohl hiebei, ein Mann,
Im Gemüte die Pfeile verschließen, und nicht

Die Seele verteidigen? Sind
Denn solche Handlungen ehrsam?
Was soll ich singen?

Nicht mehr zum unberührbaren geh ich,
Zu der Erde Nabel mit Ehrfurcht,
Noch zu dem Tempel in Abä,
Wenn dies nicht offenbar
Den Sterblichen allen recht ist.
O Mächtiger aber, wenn du
Aufrichtiges hörst, Zevs, allbeherrschend,
Verborgen sei es dir und deiner
Unsterblich währenden Herrschaft nicht!
Zu Schanden nämlich werden die alten
Von Lajos, die Göttersprüche schon, und nimmer
In Ehren Apollon offenbar ist.
Unglücklich aber gehet das Göttliche.

VIERTER AKT

Erste Szene

Jokasta. Ein Bote. Der Chor
Hernach Oedipus

JOKASTA.
Ihr Könige des Landes, der Gedanke kam mir,
Zu gehn in der Dämonen Tempel, hier
Zu nehmen Kronen in die Hand und Rauchwerk.
Denn aufwärts bieget Oedipus den Mut
In mannigfacher Qual, nicht, wie ein Mann,
Besonnen, deutet er aus altem neues.
Sein Wort ist aber, mag er Furcht aussprechen,
Daß ich, zum Ende, weiter nichts mehr tun,
Zu dir, o Lycischer Apollon, aber,
Denn sehr nah bist du, kniend kommen soll
Mit diesen Huldigungen, daß du uns
Ein eiligrettend Mittel senden mögest.
Denn all jetzt fürchten wir, betroffen ihn
Erblickend, gleich dem Steuermann des Schiffes.

EIN BOTE.

Kann ich von euch, ihr Fremden, hören, wo
Des Herren Häuser sind, des Oedipus?
Am besten könnt ihr sagen, wo er wohnet.

CHOR.

Das Haus ist hier und drinnen ist er, Fremder,
Und diese Frau ist Mutter seiner Kinder.

DER BOTE.

Reich soll sie sein, mit Reichen immerhin!
Und immerdar vom jenem die Gemahlin!

JOKASTA.

So du auch, Fremder; würdig bist du es,
Des guten Wortes wegen. Aber sage,
Mit welcher Bitte kommst du, welcher Nachricht?

DER BOTE.

Mit guter in das Haus, und zum Gemahl, Frau!

JOKASTA.

Was ist es? und von wem bist du gekommen?

DER BOTE.

Ich komme von Korinth. Es freut vielleicht
Mein Wort. Wie nicht? Es kann dich auch betrüben.

JOKASTA.

Was ist es, das so zweifach eine Kraft hat?

DER BOTE.

Zum Herren wollen ihn die Eingebornen
Des Isthmos setzen, daß daselbst er throne.

JOKASTA.

Wie? herrscht der alte Polybos nicht mehr?

DER BOTE.

Nicht mehr, seitdem der Tod ihn hält im Grabe.

JOKASTA.

Was sagst du, ist gestorben Polybos?

DER BOTE.

Sag ich die Wahrheit nicht, so will ich sterben.

JOKASTA.

O Magd, willst du nicht gleich zum Herren gehn,
Es sagen? o ihr Prophezeiungen
Der Götter, wo seid ihr? lang hat Oedipus
Den Mann geflohen, daß er nicht ihn töte.
Jetzt stirbt er weg, zufällig, nicht durch jenen.

OEDIPUS.
O liebstes, du, des Weibs, Jokastas Haupt!
Was riefest du heraus mich von den Häusern?

JOKASTA.
Hör diesen Mann, und forsch und höre, wo
Die hohen sind, des Gottes Sehersprüche.

OEDIPUS.
Doch wer ist dieser, und was sagt er mir?

JOKASTA.
Er kommet von Korinth, sagt, Polybos,
Dein Vater, sei nicht mehr, er seie tot.

OEDIPUS.
Was sagst du, Fremder? kläre du mich selbst auf!

DER BOTE.
Wenn dies zuerst ich deutlich künden muß,
So wisse, daß mit Tod er abgegangen.

OEDIPUS.
Starb heimlich er, zog er sich Krankheit zu?

DER BOTE.
Ein kleiner Fall macht still die alten Körper.

OEDIPUS.
An Krankheit welkte, wie es scheint, der Alte.

DER BOTE.
Und an der großen Zeit genug gemessen.

OEDIPUS.
Wohlan! Wer sollte nun, o Weib, noch einmal
Den prophezeienden Herd befragen, oder
Von oben schreiend die Vögel? deren Sinn nach
Ich töten sollte meinen Vater, der
Gestorben schlummert unter der Erd; hier aber
Bin ich, und rein ist meine Lanze, wenn er anders
Im Traume nicht umkam, von mir. So mag er
Gestorben sein, von mir; zugleich nahm er auch
Die heutigen Sehersprüche mit und liegt nun
Im Hades, Polybos, nicht weiter gültig.

JOKASTA.
Hab ich dir dies nicht längst vorausgesagt?

OEDIPUS.
Du hasts gesagt. Ich ward von Furcht verführt.

JOKASTA.
Nimm nun nichts mehr von jenem dir zu Herzen.

OEDIPUS.

Was? auch der Mutter Bett soll ich nicht fürchten?

JOKASTA.

Was fürchtet denn der Mensch, der mit dem Glück
Es hält? Von nichts gibts eine Ahnung deutlich.
Dahin zu leben, so wie einer kann,
Das ist das Beste. Fürchte du die Hochzeit
Mit deiner Mutter nicht! denn öfters hat
Ein Sterblicher der eignen Mutter schon
Im Traume beigewohnt: doch wem wie nichts
Dies gilt, er trägt am leichtesten das Leben.

OEDIPUS.

Schön wär all dies von dir gesagt, wo nicht
Die Mutter lebte, doch so lang sie lebt,
Ists hohe Not, so schön du sprichst, zu fürchten.

JOKASTA.

Jedoch ein groß Licht ist des Vaters Grab dir.

OEDIPUS.

Ein großes. Recht! die Lebende fürcht ich nur.

DER BOTE.

Um welches Weibes willen fürchtest du?

OEDIPUS.

Meropes, Greis, der Frau des Polybos.

DER BOTE.

Was ist es, das euch fürchten macht vor jener?

OEDIPUS.

Göttlich bereiteter Prophezeiung Kraft, o Fremder!

DER BOTE.

Darf oder darf es nicht ein andrer wissen?

OEDIPUS.

Gar wohl. Es sagt' einst Loxias mir nämlich,
Ich müsse mit der Mutter mich vermischen,
Entreißen mit der Hand sein Blut dem Vater.
Deswegen bin ich lange von Korinth
Und weit hinweg geflohn, mit Glück, doch ist
Es lieblich auch, zu schaun der Eltern Augen.

DER BOTE.

Bist du aus Furcht davor von da entfremdet?

OEDIPUS.

Des Vaters Mörder nicht zu sein, o Alter!

DER BOTE.
Hab ich dich nicht aus dieser deiner Furcht,
Als wohlgemut ich kam, befreit, o König!

OEDIPUS.
Auch einen Dank, der meiner wert, empfängst du.

DER BOTE.
Auch bin ich meist darum hieher gekommen.
Daß, wenn du heimkehrst, mir es wohlergehe.

OEDIPUS.
Nie leb ich nahe denen, die mich pflanzten.

DER BOTE.
Wohl zeigst du, Kind! du wissest, was du tust, nicht.

OEDIPUS.
Wie, bei dem Göttlichen, Alter, sprich etwas!

DER BOTE.
Willst wegen jenen du nach Haus nicht gehn?

OEDIPUS.
Ich fürchte, daß nicht klar mir Phöbos komme.

DER BOTE.
Daß keine Schmach von Eltern du empfangst?

OEDIPUS.
Das eben, Alter, dieses schröckt mich immer.

DER BOTE.
Weißt du es denn, daß du mit Unrecht fürchtest?

OEDIPUS.
Wie? bin ich denn das Kind nicht jener Mutter?

DER BOTE.
Nein. Polybos war nicht von deinem Stamme.

OEDIPUS.
Was sagst du? pflanzte Polybos mich nicht?

DER BOTE.
Beinahe so etwas, wie unser einer.

OEDIPUS.
Wie das? ein Vater, der dem Niemand gleich ist?

DER BOTE.
Ein Vater eben, Polybos nicht, nicht ich.

OEDIPUS.
Wofür denn aber nennt der mich das Kind?

DER BOTE.
Von meiner Hand empfing er als Geschenk dich.

OEDIPUS.
Warum aus andrer Hand liebt' er mich so?
DER BOTE.
Die Kinderlosigkeit hatt ihn bewogen.
OEDIPUS.
Hattst du gekauft mich, gabst du mich als Vater?
DER BOTE.
Ich fand dich in Kithärons grüner Schlucht.
OEDIPUS.
Ziehst du zu etwas um in diesen Orten?
DER BOTE.
Ich hütete daselbst des Berges Vieh.
OEDIPUS.
Als Hirte, oder irrtest du im Taglohn?
DER BOTE.
Ich war dein Retter, Kind, in dieser Zeit.
OEDIPUS.
Was hatt ich, daß zu Armen du mich zähltest?
DER BOTE.
Der Füße Glieder zeigen es an dir.
OEDIPUS.
O mir! was nennest du dies alte Übel.
DER BOTE.
Ich löse dich, da dir die Zehn vernäht sind.
OEDIPUS.
Gewaltigen Schimpf bracht aus den Windeln ich.
DER BOTE.
So daß genannt du bist nach diesem Dinge.
OEDIPUS.
Das Götter! das, bei Mutter, Vater! rede.
DER BOTE.
Ich weiß es nicht, ders gab, er weiß es besser.
OEDIPUS.
Empfingst du mich von andern, fandst du selbst mich?
DER BOTE.
Nein! denn es gab dich mir ein andrer Hirte.
OEDIPUS.
Wer ist der? kannst du deutlich mir es nennen?
DER BOTE.
Er nannte wohl von Lajos Leuten sich.
OEDIPUS.
Der vormals Herr gewesen dieses Lands?

DER BOTE.
Am meisten war er dieses Mannes Hirte.

OEDIPUS.
Ist er noch lebend, daß ich sehn ihn kann?

DER BOTE.
Ihr wißt am besten das, die Eingebornen.

OEDIPUS.
Ist euer einer, die zugegen sind,
Der kennet diesen Hirten, den er nennet,
Daß er gesehn ihn auf den Äckern oder hier?
Zeigt es mir an, Zeit ist es, dies zu finden.

CHOR.
Ich weiß sonst keinen, als den auf dem Lande,
Den du zuvor zu sehen schon verlangt,
Am besten doch möcht es Jokasta sagen.

OEDIPUS.
Meinst du nicht, Weib! derselbe, dem wir eben
Gesandt den Boten, sei gemeint von diesem?

JOKASTA.
Wer sprach, von welchem? kehr dich nicht daran!
Und was man sagt, bedenke nicht zu viel es.

OEDIPUS.
Das seie ferne, daß, bei solchen Zeichen,
Ich nicht entdecken sollte mein Geschlecht!

JOKASTA.
Bei Göttern, nein! bist du besorgt ums Leben,
So suche nicht. Genug erkrankt bin ich.

OEDIPUS.
Sei gutes Muts! käm ich von dreien Müttern
Dreifach ein Knecht, es machte dich nicht schlimmer.

JOKASTA.
Doch, folge mir, ich bitte, tu es nicht!

OEDIPUS.
Ich kann nicht, muß genau es noch erfahren.

JOKASTA.
Ich mein es gut und sage dir das beste.

OEDIPUS.
Dies beste doch, es quälet mich schon lange.

JOKASTA.
O Armer, wüßtest nie du, wer du bist!

OEDIPUS.
Wird einer gehn und mir den Hirten bringen?
Laßt diese sich am reichen Stamm erfreun!

JOKASTA.
Weh! weh! Unglücklicher! dies Eine kann ich
Zu dir noch sagen, andres nun und nimmer!
sie geht ab.

CHOR.
Warum wohl ging die Frau des Oedipus,
Von wilder Qual aufspringend? ich fürchte, daß
Aus dieser Stille nicht ein Unheil breche!

OEDIPUS.
Was soll, das breche. Mein Geschlecht will ich,
Seis auch gering, doch will ich es erfahren.
Mit Recht ist sie, denn Weiber denken groß,
Ob meiner niedrigen Geburt beschämt.
Ich aber will, als Sohn des Glücks mich haltend,
Des wohlbegabten, nicht verunehrt werden;
Denn dies ist meine Mutter. Und klein und groß
Umfingen mich die mitgebornen Monde.
Und so erzeugt, will ich nicht ausgehn, so,
So daß ich nicht, ganz, wes ich bin, ausforschte.

CHOR *der Thebanischen Alten.*
Wenn ich Wahrsager bin,
Und kundig der Meinung,
Wirst, beim Olympos! du
Nicht allzuspröde, Kithäron!
Am morgenden Vollmond sein,
Daß man nicht dürft, als Landesverwandte
Des Oedipus, und als Nährerin und
Als Mutter erheben dich und sagen von dir,
Daß liebenswürdiges du
Gebracht habst unseren Fürsten, aber dir
Sei, dunkler Phöbos, dies gefällig.

Wer hat dich, Kind, wer hat gezeugt
Von den Seligen dich? hat eine sich
Dem Pan genaht, dem Bergumschweifer, oder hat
Gebracht dich eine Tochter des Loxias?
Dem lieb sind all die
Ebnen des Landes; oder Kyllanas

König, oder der bacchische Gott,
Der wohnt auf hohen Gebirgen,
Hat er als Fund dich bekommen, von einer der Nymphen,
Der Helikoniaden, mit denen er öfters spielt?

ZWEITE SZENE

Oedipus. Der Chor. Der Bote. Ein Diener

OEDIPUS.
Darf ich auch, da ich nicht zugegen war,
Ihr Alten, etwas sagen? jenen Hirten
Glaub ich zu sehn, den lange wir gesucht.
Denn dieser sieht, wie langes Alter aus,
Wie dieser hier; auch meine Diener kenn ich,
Die Führer, doch mit deiner Kunde magst du
Mir helfen, sahst vielleicht sonst schon den Hirten.

CHOR.
Ich kenn ihn wohl, damit dus weißt. War einer
Bei Lajos treu, so wars der Mann, der Hirte.

OEDIPUS.
Dich frag ich erst, den Fremden von Korinth,
Meinst diesen du?

DER BOTE. Denselben, den du anblickst.

OEDIPUS.
Du Alter hier, sieh hieher, sage mir,
Was ich dich frage; warst du einst des Lajos?

DER DIENER.
Sein Diener, nicht gekauft, im Haus erzogen.

OEDIPUS.
Was für ein Werk besorgend, welches Leben?

DER DIENER.
Bei Herden bracht ich meist das Leben zu.

OEDIPUS.
In welcher Gegend wohntest du am meisten?

DER DIENER.
Kithäron war es und das Land umher.

OEDIPUS.
Den Mann hier, weißt du nicht, wo du ihn fandest?

DER DIENER.
Was war sein Tun? von welchem Manne sprichst du?

OEDIPUS.
Von dem, der da ist. Warst du einst mit ihm?

DER DIENER.

Nicht, um es schnell besonnen dir zu sagen.

DER BOTE.

Kein Wunder ists, doch ich erinnere
Mich wohl des Unbekannten, weiß auch wohl,
Daß er es weiß, wie in Kithärons Gegend
Mit zweien Herden er, und ich mit einer
Zusammenkam mit ihm, vom Frühling an,
Bis zum Arktur, die Zeit drei ganzer Monde.
Im Winter nun trieb ich in meine Ställe
Hinweg, und er zurück zu Lajos Höfen.
Sag ich nicht oder sag ich wirklich wahres?

DER DIENER.

Du redest wahr, wiewohl aus langer Zeit.

DER BOTE.

Geh, sage nun, weißt du, du gabest mir
Ein Kind, daß ich zur Pflege mirs erzöge.

DER DIENER.

Was ists, wofür sagst du von der Geschichte?

DER BOTE.

Der ists, o jener, der noch jung war damals.

DER DIENER.

Gehst du zu Grunde nicht? willst du nicht schweigen?

OEDIPUS.

O tadle den nicht, Alter! deine Worte
Verdienen Tadel mehr, als die von dem.

DER DIENER.

Hab ich gefehlt in etwas, bester Herr?

OEDIPUS.

Nenn du das Kind, wovon er redet, der hier.

DER DIENER.

Er spricht gedankenlos, ist anderswo.

OEDIPUS.

Du redest nicht zu Dank und redest weinend.

DER DIENER.

Nicht, bei den Göttern, geißle drum mich Alten.

OEDIPUS.

Wirst du nicht gleich die Hände binden dem?

DER DIENER.

Unglücklicher, wofür, was willst du wissen?

OEDIPUS.

Gabst diesem du das Kind, wovon er spricht?

DER DIENER.
Ich gabs. Wär ich vergangen jenes Tages!
OEDIPUS.
Das wird dir auch, sagst du das Rechte nicht.
DER DIENER.
Noch viel mehr, wenn ich rede, bin ich hin.
OEDIPUS.
Der Mann, so scheint es, treibet es zum Aufschub?
DER DIENER.
Nicht so; ich sagte längst, daß ich es tat.
OEDIPUS.
Wo nahmst dus her? wars eigen oder andern?
DER DIENER.
Mein war es, nicht empfing ich es von einem.
OEDIPUS.
Von welchem Bürger das, aus welchem Hause?
DER DIENER.
Nicht, bei den Göttern, frage weiter, Herr!
OEDIPUS.
Du bist verloren, frag ich dies noch einmal!
DER DIENER.
Von Lajos Hause also war es einer.
OEDIPUS.
Ein Diener oder jenem anverwandt?
DER DIENER.
Oh! oh! das Schröckliche selbst zu sagen, bin ich dran.
OEDIPUS.
Und ich zu hören. Dennoch hören muß ich.
DER DIENER.
Von jenem ward er Sohn genannt, doch drinnen
Mag dir am besten deine Frau es sagen.
OEDIPUS.
Gibt diese denn es dir?
DER DIENER.
Ja wohl, mein König.
OEDIPUS.
Was mit zu tun?
DER DIENER.
Damit ich es vertilgte.
OEDIPUS.
Weil sie unglücklich gebar?

DER DIENER.
Aus Furcht vor bösen Sprüchen.
OEDIPUS.
Und welchen?
DER DIENER.
Es töte die Eltern, war das Wort.
OEDIPUS.
Wo kamst du denn zusammen mit dem Greise?
DER DIENER.
Er wohnte, Herr, als wollt in andres Land
Er ferne ziehn, daselbst. Er rettet' aber
Zu größten Dingen dich; denn bist du der,
Den dieser nennt, so bist du unglückselig.
OEDIPUS.
Ju! Ju! das Ganze kommt genau heraus!
O Licht! zum letztenmal seh ich dich nun!
Man sagt, ich sei gezeugt, wovon ich nicht
Gesollt, und wohne bei, wo ich nicht sollt, und da,
Wo ich es nicht gedurft, hab ich getötet.
er gehet ab.

CHOR *der Thebanischen Alten.*
Io! ihr Geschlechter der Sterblichen!
Wie zähl ich gleich und wie nichts
Euch Lebende.
Denn welcher, welcher Mann
Trägt mehr von Glück,
Als so weit, denn ihm scheint,
Und der im Schein lebt, abfällt.
Da ich dein Beispiel hab
Und deinen Dämon, o Armer!
Preis ich der Sterblichen keinen glücklich.

Getroffen hattest du es über die Maß,
Und gewonnen durchaus glücklichen Reichtum,
O Zevs, und verderbet sie, mit krummem Nagel,
Die wahrsagende Jungfrau,
Aufstehend in den Toden meines Landes ein Turm,
Woher du auch mir König genannt bist.
Und geehrt am höchsten,
Im großen Thebe regierend.
Wo höret man aber jetzt, von einem, der

Mühseliger wär im Wechsel des Lebens,
In Arbeit wohnend, in Qualen wild?

Io! des Oedipus erlauchtes Haupt!
Dem groß genug ein Hafen war,
Als Sohn in ihm mit dem Vater,
Dem hochzeitlichen, zu fahren,
Wie konnten einst, wie konnten
Die väterlichen Spuren, o Armer!
Stillschweigend dich bringen hieher?
Unwillig hat dich gefunden
Die allesschauende Zeit,
Und richtet die Eh, ehlos
Von alters her, weil sie
Sich mit sich selber gegattet.
Io! des Lajos Kind!
Hätt ich dich, hätt ich nie dich gesehn,
Ich jammre nämlich, da überhin
Ich jauchze aus dem Munde.
Das Rechte aber zu sagen, atmet' aus dir ich auf,
Und eingeschläfert hab ich mein Auge.

FÜNFTER AKT

Erste Szene

Ein Bote. Der Chor

DER BOTE.
O ihr, die ihr allzeit im Lande hier
Geehrt am meisten seid, was werdet ihr
Für Werke hören, sehn, und welchen Jammer
Erheben, wenn, wie Eingeborne, noch
Den Häusern Labdakos ihr Sorge gönnet?
Ich meine, nicht der Ister, Phasis nicht
Wird rein abwaschen dieses Haus, so viel
Es birgt. Gleich aber kommt ans Licht das Schlimme,
Unschuldig oder schuldig. Doch von Übeln
Am meisten schmerzt, was selbst erwählt sich zeiget.

CHOR.

Noch übrig ist, daß jenes, was wir wissen,
Zum Seufzen nicht mehr sei, was weißt du noch?

DER BOTE.

Es ist das schnellste Wort, zu sagen und
Zu hören, tot ist es, Jokastas göttlich Haupt.

CHOR.

Unglückliche! um welcher Sache willen?

DER BOTE.

Sie selber durch sich selbst. Doch ist von dem
Das Traurigste entfernt. Der Anblick fehlet.
Doch sollst, so viel auch mir Gedächtnis blieb,
Das Leiden du der Kämpfenden erfahren.
Denn da im Zorne stürzend sie gekommen
Ins Innere des Hofs, lief sie zum Brautbett schnell,
Und riß das Haar sich aus mit Fingerspitzen.
Als sie die Türe hinter sich geschlossen,
Ruft sie den Lajos, der schon lange tot ist,
Des alten Samens eingedenk, worüber
Er tot sei und die Mutter übrig lasse,
Die kinderlos nach ihm die Kinder zeuge,
Und jammert um ihr Bett, wo sie unglücklich
Zwei Männer aus dem Mann und Kinder bring
aus Kindern.
Und wie sie drauf umkam, das weiß ich nimmer.
Denn schreiend stürzte Oedipus herein,
Vor dem man nicht ihr Unglück sehen konnte.
Auf ihn, wie er umherging, sahen wir.
Er irrt und will, daß einen Speer wir reichen,
Daß er sein Weib, sein Weib nicht, und das Feld,
Das mütterliche find und seiner Kinder.
Dem Wütenden wies es von Dämonen einer,
Kein Mann von denen, die zugegen waren.
Gewaltig stürzt' als unter einem Treiber
Und trat auf beide Türen er, und sprengte
Die hohlen Schlösser aus dem Grund und stürzt'
In das Gemach, wo hängend wir die Frau sahn.
In Stricken hättst du sie verstrickt gesehn.
Wie er sie sieht, lautbrüllend, der Arme löst
Das hängende Seil, und auf die Erde fiel er,
Der Leidende. Drauf wars ein Anblick schröcklich.
Die goldnen Nadeln riß er vom Gewand,

Mit denen sie geschmückt war, tat es auf,
Und stach ins Helle seiner Augen sich und sprach,
So ungefähr, es sei, damit er sie nicht säh
Und was er leid, und was er schlimm getan,
Damit in Finsternis er anderer in Zukunft,
Die er nicht sehen dürft, ansichtig werden mög
Und denen er bekannt sei, unbekannt.
Und so frohlockend stieß er öfters, einmal nicht,
Die Wimpern haltend, und die blutigen
Augäpfel färbten ihm den Bart, und Tropfen nicht,
Als wie von Mord vergossen, rieselten, sondern schwarz
Vergossen ward das Blut, ein Hagelregen.
Aus einem Paare kams, kein einzeln Übel,
Ein Übel zusammen erzeugt von Mann und Weib.
Ihr alter Reichtum, wahrhaft wars vor diesem
Ein Reichtum. Aber jetzt, an diesem Tage,
Geseufz und Irr und Tod und Schmach, so viel
Von allen Übeln Namen sind, es fehlet keins.

CHOR.

Wie ruhet er im Übel jetzt, der Arme?

DER BOTE.

Er schreit, man soll die Riegel öffnen, daß
Man jenen offenbare allen Kadmiern,
Den Vatermörder und der Mutter, spricht
Unheiliges, was ich nicht sagen darf.
Sich selbst verbannen woll er aus dem Lande,
Verflucht, wie er geflucht, im Haus nicht bleiben.
Der Stärke nun und eines, der ihn leitet,
Bedarf er, denn zu groß ist, daß er sie
Ertrage, seine Krankheit, doch er zeigt es dir.
Die Riegel dieses Tores öffnen sich;
Und einen Anblick wirst du sehn vielleicht,
So daß ein Feind auch seiner sich erbarmte.

Zweite Szene

Der Chor. Oedipus. Hernach Kreon

CHOR.

O schröcklich zu sehen ein Schmerz für Menschen,
O schröcklichster von allen, so viel
Ich getroffen schon. Was ist, o Armer!
Dir gekommen ein Wahnsinn? welcher Dämon

Geleitete, den größesten, dich
Zu deinem tödlichen Schicksal?
Ach! ach! du armer, aber ansehn kann
Ich nicht dich, vieles will ich sagen,
Viel raten, viel betrachten,
Solch einen Schauder machest du mir.

OEDIPUS.

Weh! Weh! Weh! Weh!
Ach! ich Unglücklicher! Wohin auf Erden
Werd ich getragen, ich Leidender?
Wo breitet sich um und bringt mich die Stimme?
Io! Dämon! wo reißest du hin?

CHOR.

In Gewaltiges, unerhört, unsichtbar.

OEDIPUS.

Io! Nachtwolke mein! Du furchtbare,
Umwogend, unaussprechlich, unbezähmt,
Unüberwältiget! o mir! o mir!
Wie fährt in mich zugleich
Mit diesen Stacheln
Ein Treiben und Erinnerung der Übel!

CHOR.

Ein Wunder ists in solchem Unglück nicht,
Daß zweifach du aufjammerst, zweifach Übel trägst!

OEDIPUS.

Io, Lieber, der du mich
Geleitest, noch mir bleibend!
Denn jetzt noch duldest du mich,
Den blinden besorgend. Ach! Ach!
Denn nicht verborgen mir bist du und wohl,
Obgleich im Dunkeln, kenn ich deine Stimme.

CHOR.

O der du tatst gewaltiges! wie konntest du
Dein Auge so beflecken, welcher Dämon trieb dich?

OEDIPUS.

Apollon wars, Apollon, o ihr Lieben,
Der solch Unglück vollbracht,
Hier meine, meine Leiden.
Es äffet kein Selbstmörder ihn,
Ich Leidender aber,
Was sollt ich sehn,
Dem sehend nichts zu schauen süß war.

CHOR.
Es war so, wie auch du sprichst.
OEDIPUS.
Was hab ich noch zu sehen und zu lieben,
Was freundliches zu hören? ihr Lieben!
Führt aus dem Orte geschwind mich,
Führt, o ihr Lieben! den ganz nichtswürdigen,
Den Verfluchtesten und auch
Den Göttern verhaßt am meisten unter den Menschen.
CHOR.
Kleinmütiger und Eins mit dem Begegnis,
Wie wünsch ich, daß ich niemals dich gekannt.
OEDIPUS.
Zu Grunde gehe, wer es war,
Der von der wilden
Bewanderten Heide die Füße
Erlöst' und von dem Mord
Errettet und erhielt, zu Dank
Nichts tat er. Denn damals gestorben
Wär ich den Lieben nicht, nicht mir ein solcher Kummer.
CHOR.
Nach Wunsche mir auch wäre dieses.
OEDIPUS.
Wohl wär ich nicht des Vaters Mörder
Gekommen, noch der Bräutigam genannt,
Von denen ich erzeugt ward,
Mühselig bin ich nun. Der Sohn Unheiliger,
Und Eines Geschlechts mit denen, wo ich selbst
Herstammt, ich Armer. Gibts ein uralt Übel,
Empfing es Oedipus.
CHOR.
Ich kann nicht sagen, daß du gut geraten,
Denn besser wärs, du lebtest nicht, als blind.
OEDIPUS.
Da dieses nun zum besten nicht getan ist,
So unterweise nicht und rate mir nichts an.
Ich wußte nämlich nicht, mit welchen Augen ich
Den Vater angesehn, zum Hades wandelnd,
Und auch die arme Mutter. Welchen beiden
Ich Mühn vollbracht, die größer sind, als Qualen.
Da war der Kinder Angesicht, wuchs täglich auf,
So wie aufwuchsen, anzuschauen mir

Nun nimmermehr! und meinen alten Augen,
Nicht Stadt und Turm, die Bilder nicht der Geister,
Die heiligen, worum ich ärmlichster,
So gut, ein einziger Mann, gehalten und in Thebe,
Ich selber mich gebracht. Denn selber sagt ich,
Daß alle hassen ihn, den götterlosen,
Der als Unheiliger geoffenbaret
Durch Götter sei und das Geschlecht des Lajos.
Da meinen Schimpf ich also kundgetan,
Sollt ich mit graden Augen diese sehn?
Mit nichten. Sondern wäre für den Quell,
Der in dem Ohre tönt, ein Schloß, ich hielt es nicht,
Ich schlösse meinen müheselgen Leib,
Daß blind ich wär und taub. Denn süß ist es,
Wo der Gedanke wohnt, entfernt von Übeln.
Io! Kithäron! warum nahmest du mich auf?
Und tötetest empfangend mich nicht gleich,
Damit ich Menschen nie verräte, wer ich wäre?
O Polybos und Korinth, ihr väterlichen,
Ihr altgerühmten Häuser, wie so schön
Erzogt ihr mich, vor Übeln wohlverborgen?
Jetzt werd ich schlecht, der Schlechten Sohn gefunden.
O ihr drei Wege! du verborgner Hain,
Du Wald und Winkel auf dem Drieweg, wo
Von meinen Händen ihr mein Blut, des Vaters Blut,
Getrunken, denkt ihr mein? was ich für Werke
Getan bei euch und dann, als ich hieher kam,
Was ich dann wieder tat? o Ehe, Ehe!
Du pflanztest mich. Und da du mich gepflanzt,
So sandtest du denselben Samen aus,
Und zeigtest Väter, Brüder, Kinder, ein
Verwandtes Blut, und Jungfraun, Weiber, Mütter,
Und was nur schändlichstes entstehet unter Menschen!
Doch niemals sagt man, was zu tun nicht schön ist.
So schnell, als möglich, bei den Göttern, begrabt
Mich draußen irgend, tötet oder werft
Ins Meer mich, wo ihr nimmermehr mich seht.
Geht! haltet es der Mühe wert, den Mann,
Mühselig, anzurühren. Folget mir!
Habt keine Furcht! So nämlich ist mein Übel,
Daß vor mir nie kein Mensch es tragen mochte.

CHOR.

Für deinen Wunsch ist eben Kreon da,
Zu handeln und zu raten. Denn er ist
Allein, statt dir, des Landes Wächter übrig.

OEDIPUS.

O mir! was ist zu diesem Wort zu sagen?
Welch Zeichen wird von rechter Treue mir?
Denn längst bin ich vor ihm ganz schlimm befunden.

KREON.

Nicht, als ein Spötter, komm ich, Oedipus,
Noch von den alten Übeln eins zu schelten.
Allein, wenn ihr vor sterblichen Geschlechtern
Nicht Scheue habt, so ehret doch die Flamme,
Die alles weidende, des Königs Helios!
Nicht darf man unbedeckt ein solches Unheil
Aufzeigen, das die Erde nicht, und nicht
Der heilge Regen und das Licht anspricht.
Geschwinde tragt hinein ihn in das Haus,
Denn denen im Geschlecht vornehmlich steht es an,
Zu sehn, zu hören eingeboren Übel.

OEDIPUS.

Bei Göttern! da du mir das Streben aufhieltst,
Der Trefflichste, zum Schlechtesten gekommen,
Gehorche mir. Zu dir, zu mir nicht red ich.

KREON.

Was zu gewinnen, bittest du so sehr?

OEDIPUS.

Wirf aus dem Lande mich, so schnell du kannst,
Wo ich mit Menschen ins Gespräch nicht komme.

KREON.

Schon wärs geschehn, das wisse, wollt ich nicht
Zuerst vom Gott erfahren, was zu tun sei.

OEDIPUS.

Doch schon ist ganz von ihm gesagt die Sage,
Daß man verderbe mich gottlosen Vatermörder.

KREON.

So ward gesagt, doch, wo wir stehn, im Falle,
Ists besser noch, zu hören, was zu tun sei.

OEDIPUS.

So um den Mann, mühselig, wollt ihr fragen?

KREON.

Du magst auch jetzt dem Gotte glaubig sein.

OEDIPUS.

Auch schreib ich es dir vor und heiße dichs.
Ihr setze in den Häusern, wie du willst,
Den Hügel, denn du tust den Deinen es mit Recht.
Mein wegen halt es nicht der Mühe wert,
Daß mich die väterliche Stadt lebendig
Zum Mitbewohner habe. Sondern laß
Mich wohnen auf den Bergen, wo berühmt ist
Hier mein Kithäron, den, noch lebend, Mutter
Und Vater mir zum Grabmal auserkoren,
Daß ich durch jene sterbe, welche mich verderbt,
Wiewohl ich dieses weiß, mich konnte Krankheit nicht,
Nichts sonst zerstören; nicht bin ich vom Tod
Errettet, denn zu diesem großen Übel.
Doch dies mein Schicksal geh, wohin es will.
Für sie, die Kinder, für die männlichen,
Für mich nicht sorge, Kreon. Sie sind Männer,
Daß Mangel nie sie haben werden, wo
Sie sind im Leben. Meine müheselgen
Erbarmungswerten Jungfraun aber, denen
Nie leer von Speis und ohne unser einen
Mein Tisch war, die, was ich berührte, teilten,
Allzeit in allem, nehme der dich an.
Auch wohl erlaubst du, zu berühren sie
Mit Händen und das Unglück zu beweinen.
Geh, o mein König!
Geh, du aus edlem Stamm! berühr ich sie,
Wirds sein, als hielt' ich sie, da ich gesehn.
Was sag ich?
Hör ich, bei Göttern, nicht, die Lieben, wie
Sie um mich weinen? und erbarmend schickt
Sie Kreon mir, die liebsten meiner Kinder.
Hab ich nicht Recht?

KREON.

Das hast du, eben bring ich sie zu dir.
Ich weiß, von je war dieses deine Freude.

OEDIPUS.

Gesegnet seiest du, und dieses Wegs
Mag besser dich, als mich, ein Geist geleiten.
O Kinder, wo seid ihr wohl? kommt hieher, kommt,
Zu meinen brüderlichen Händen, ihr,
Die ihr, da er die Pflanzen zog, dem Vater

Geweidet habt die vormals hellen Augen,
Mir Kinder, der unwissend, unerfahren,
Ist Vater worden, wo er selbst gepflügt ward.
Beweinen muß ich euch, kann euch nicht ansehn,
Wenn ich den Rest des trüben Lebens denk
Und wie Gewalt ihr leiden müßt von Menschen.
Wo in Versammlungen der Städter mögt ihr gehn?
Zu welcher Feier, wo ihr weinend nicht
Nach Hause geht, statt mit dem Festtagsreihen?
Doch wenn ihr nun zum Gipfel kommt der Hochzeit,
Wer wird es sein? wer wirft hinweg die Kinder,
Nimmt an den Schimpf und so, wie meinen Eltern
Und euch sie kommen, die Beleidigungen?
Denn welches Übel fehlt nicht? Euren Vater
Ermordete der Vater, die Gebärerin
Hat er gepflügt, von der er selbst gesäet ward,
Und von denselben zeugt' er euch, von denen
Er selbst gekommen. So seid ihr beschimpft.
Und so, wer mag euch freien? keiner wirds,
Ihr Kinder, sondern sicher ist es, dürre
Vergehen müsset ihr und ohne Hochzeit.
O Sohn Menökeus! aber, da allein du
Als Vater ihnen übrig bist, denn wir,
Die sie gezeugt, ein Paar, sind untergangen,
Verachte nicht die armen männerlosen
Verwandten Irrenden; du wirst sie nicht
Gleich stellen diesen meinen Übeln, wirst dich
Erbarmen ihrer, dies ihr Alter schauend.
Verlassen sind sie ganz. Bei dir steht es.
Versprich es, Edler! reiche deine Hand mir!
Euch, Kinder, wenn ihr schon die Sinne hättet,
Möcht ich noch vieles mahnen. Jetzt gelobt mir,
Was immer leben muß, und daß ihr leichter
Wollt leben, als, der euch gezeugt, der Vater.

KREON.
Genug, wohin gerätst du weinend?
Gehe nun hinein ins Haus!

OEDIPUS.
Folgen muß man, freut es gleich nicht.

KREON.
Alles ist zu rechter Zeit schön.

OEDIPUS.

Weißt du, was ich nun will?

KREON.

Sag es. Ich weiß es, hör ich es.

OEDIPUS.

Aus der Heimat sende fort mich.

KREON.

Was der Gott gibt, bittst du mich.

OEDIPUS.

Doch verhasset Göttern komm ich.

KREON.

Darum auch erhältst dus bald.

OEDIPUS.

Sagst dus nun?

KREON.

Was ich nicht denke, sag ich zweimal nicht.

OEDIPUS.

Führe du mich jetzt von hinnen.

KREON.

Gehe! laß die Kinder nur!

OEDIPUS.

Keineswegs nimmst du die mir.

KREON.

Alles maße dir nicht an.
Auch was eigen dir gewesen, folgt dir nicht im Leben nach.

CHOR.

Ihr im Lande Thebe Bürger, sehet diesen Oedipus,
Der berühmte Rätsel löste, der vor allen war ein Mann.
Der nicht auf der Bürger Eifer, nicht gesehen auf das Glück,
Wie ins Wetter eines großen Schicksals er gekommen ist,
Darum schauet hin auf jenen, der zuletzt erscheint, den Tag,
Wer da sterblich ist, und preiset glücklich keinen, eh denn er
An des Lebens Ziel gedrungen, Elend nicht erfahren hat.

ANMERKUNGEN ZUM OEDIPUS

1.

Es wird gut sein, um den Dichtern, auch bei uns, eine bürgerliche Existenz zu sichern, wenn man die Poësie, auch bei uns, den Unterschied der Zeiten und Verfassungen abgerechnet, zur μηχανη der Alten erhebt.

Auch andern Kunstwerken fehlt, mit den griechischen verglichen, die Zuverlässigkeit; wenigstens sind sie bis itzt mehr nach Eindrücken beurteilt worden, die sie machen, als nach ihrem gesetzlichen Kalkul und sonstiger Verfahrungsart, wodurch das Schöne hervorgebracht wird. Der modernen Poësie fehlt es aber besonders an der Schule und am Handwerksmäßigen, daß nämlich ihre Verfahrungsart berechnet und gelehrt, und wenn sie gelernt ist, in der Ausübung immer zuverlässig wiederholt werden kann. Man hat, unter Menschen, bei jedem Dinge, vor allem darauf zu sehen, daß es Etwas ist, d. h. daß es in dem Mittel (*moyen*) seiner Erscheinung erkennbar ist, daß die Art, wie es bedingt ist, bestimmt und gelehret werden kann. Deswegen und aus höheren Gründen bedarf die Poësie besonders sicherer und charakteristischer Prinzipien und Schranken.

Dahin gehört einmal eben jener gesetzliche Kalkul.

Dann hat man darauf zu sehen, wie der Inhalt sich von diesem unterscheidet, durch welche Verfahrungsart, und wie im unendlichen, aber durchgängig bestimmten Zusammenhange der besondere Inhalt sich zum allgemeinen Kalkul verhält, und der Gang und das Festzusetzende, der lebendige Sinn, der nicht berechnet werden kann, mit dem kalkulablen Gesetze in Beziehung gebracht wird.

Das Gesetz, der Kalkul, die Art, wie, ein Empfindungssystem, der ganze Mensch, als unter dem Einflusse des Elements sich entwickelt, und Vorstellung und Empfindung und Räsonnement, in verschiedenen Sukzessionen, aber immer nach einer sichern Regel nacheinander hervorgehn, ist im Tragischen mehr Gleichgewicht, als reine Aufeinanderfolge.

Der tragische *Transport* ist nämlich eigentlich leer, und der ungebundenste.

Dadurch wird in der rhythmischen Aufeinanderfolge der Vorstellungen, worin der *Transport* sich darstellt, *das, was man im Silbenmaße Zäsur heißt*, das reine Wort, die gegenrhythmische Unterbrechung notwendig, um nämlich dem reißenden Wechsel der Vorstellungen, auf seinem Summum, so zu begegnen, daß alsdann nicht mehr der Wechsel der Vorstellung, sondern die Vorstellung selber erscheint.

Dadurch wird die Aufeinanderfolge des Kalkuls, und der Rhythmus geteilt, und bezieht sich, in seinen zweien Hälften, so aufeinander, daß sie, als gleichwiegend, erscheinen.

Ist nun der Rhythmus der Vorstellungen so beschaffen, daß, in exzentrischer Rapidität, die *ersten* mehr durch die *folgenden* hingerissen sind, so muß die Zäsur oder die gegenrhythmische Unterbrechung *von vorne* liegen, so daß die erste Hälfte gleichsam gegen die zweite geschützt ist, und das Gleichgewicht wird, eben weil die zweite Hälfte ursprünglich rapider ist, und schwerer zu wiegen scheint, der entgegenwirkenden Zäsur wegen, mehr sich von hinten her gegen den Anfang neigen.

Ist der Rhythmus der Vorstellungen so beschaffen, daß die *folgenden* mehr gedrungen sind von den *anfänglichen*, so wird die Zäsur mehr gegen das Ende liegen, weil es das Ende ist, was gegen den Anfang gleichsam geschützt werden muß, und das Gleichgewicht wird folglich sich mehr gegen das Ende neigen, weil die erste Hälfte sich länger dehnt, das Gleichgewicht folglich später vorkommt. So viel vom kalkulablen Gesetze.

Das erste nun der hier angedeuteten tragischen Gesetze ist das des Oedipus.

Die Antigonä gehet nach dem zweiten hier berührten.

In beiden Stücken machen die Zäsur die Reden des Tiresias aus.

Er tritt ein in den Gang des Schicksals, als Aufseher über die Naturmacht, die tragisch, den Menschen seiner Lebenssphäre, dem Mittelpunkte seines innern Lebens in eine andere Welt entrückt und in die exzentrische Sphäre der Toten reißt.

2.

Die *Verständlichkeit* des Ganzen beruhet vorzüglich darauf, daß man die Szene ins Auge faßt, wo Oedipus den Orakelspruch *zu unendlich deutet*, *zum nefas* versucht wird.

Nämlich der Orakelspruch heißt:

Geboten hat uns Phöbos klar, der König,
Man soll des Landes Schmach, auf diesem Grund genährt,
Verfolgen, nicht Unheilbares ernähren.

Das konnte heißen: Richtet, allgemein, ein streng und rein Gericht, haltet gute bürgerliche Ordnung. Oedipus aber spricht gleich darauf priesterlich:

Durch welche Reinigung, etc.

Und gehet ins *besondere*,

Und welchem Mann bedeutet er dies Schicksal?

Und bringet *so die Gedanken* des Kreon auf das furchtbare Wort:

Uns war, o König, Lajos vormals Herr
In diesem Land, eh du die Stadt gelenket.

So wird der Orakelspruch und die nicht notwendig darunter gehörige Geschichte von Lajos Tode zusammengebracht. In der gleich darauf folgenden Szene spricht aber, in zorniger Ahnung, der Geist des Oedipus, alles wissend, das *nefas* eigentlich aus, indem er das allgemeine Gebot argwöhnisch ins Besondere deutet, und auf einen Mörder des Lajos anwendet, und dann auch die Sünde als unendlich nimmt.

Wer unter euch den Sohn des Labdakos,
Lajos, gekannt, durch wen er umgekommen,
Dem sag ich, daß ers all anzeige mir etc.
Um dieses Mannes willen
Fluch ich, wer er auch sei, im Lande hier,
Von dem die Kraft und Thronen ich verwalte,
Nicht laden soll man, noch ansprechen ihn;
Zu göttlichen Gelübden nicht und nicht zu Opfern
Ihn nehmen.
Es zeiget dies
Der Götterspruch, der Pythische, mir deutlich. etc.

Daher, im nachfolgenden Gespräche mit Tiresias, die wunderbare zornige Neugier, weil das Wissen, wenn es seine Schranke durchrissen hat, wie trunken in seiner herrlichen harmonischen Form, die doch bleiben kann, vorerst, sich selbst reizt, mehr zu wissen, als es tragen oder fassen kann.

Daher in der Szene mit Kreon nachher der Argwohn, weil der unbändige, und von traurigen Geheimnissen beladene Gedanke unsicher wird, und der treue gewisse Geist im zornigen Unmaß leidet, das, zerstörungsfroh, der reißenden Zeit nur folgt.

Daher, in der Mitte des Stücks, in den Reden mit Jokasta die traurige Ruhe, das Blöde, der mitleidswerte naive Irrtum des gewaltigen Mannes, wo er Jokasten vom vermeintlichen Geburtsort und von Polybos erzählet, den er umzubringen fürchtet, weil er sein Vater sei, und Meropen, die er fliehen will, um nicht sie, die seine Mutter sei, zu heuraten, den Worten des Tiresias nach, da dieser doch ihm sagte, er sei des Lajos Mörder und dieser sei sein Vater. Tiresias sagt nämlich im schon berührten Streite zwischen Oedipus und ihm:

Der Mann, den längst
Du suchest, drohend und verkündigend *den Mord*
Des Lajos, der ist hier; als Fremder, nach der Rede,
Wohnt er mit uns, doch bald, als Eingeborner,
Kund wird er, als Thebaner sein und nicht
Sich freun am Unfall.

Kund wird er aber sein, bei seinen Kindern wohnend,
Als Bruder und als Vater, und vom Weib, das ihn
Gebar, Sohn und Gemahl, *in Einem Bette mit*
Dem Vater und sein Mörder.

Daher dann im Anfange der zweiten Hälfte, in der Szene mit dem Korinthischen Boten, da er zum Leben wieder versucht wird, das verzweifelnde Ringen, zu sich selbst zu kommen, das niedertretende fast schamlose Streben, seiner mächtig zu werden, das närrischwilde Nachsuchen nach einem Bewußtsein.

JOKASTA.
Denn aufwärts bieget Oedipus den Mut
In mannigfacher Qual, nicht, wie ein Mann,
Besonnen, deutet er aus Altem Neues.

OEDIPUS.
O liebstes, du, des Weibs Jokastas Haupt!
Was riefest du heraus mich aus den Häusern?

OEDIPUS.
An Krankheit welkte, wie es scheint, der Alte.

BOTE.
Und an der großen Zeit genug gemessen.

Es ist wohl zu bemerken, wie sich Oedipus Geist hier an dem guten Spruche erhebt; so können die folgenden Reden aus edlerem Motiv erscheinen. Hier wirft er, der jetzt gerade nicht mit herkulischen Schultern trägt, in hoher Schwäche, seiner mächtig zu werden, die königlichen Sorgen weg:

Wohlan! wer sollte nun, o Weib, noch einmal
Den prophezeienden Herd befragen, oder
Von oben schreiend die Vögel! deren Sinn nach
Ich töten sollte meinen Vater, der
Gestorben schlummert unter der Erd; hier aber
Bin ich und rein ist meine Lanze, wenn er anders
Im Traume nicht umkam, von mir; so mag er
Gestorben sein, von mir; zugleich nahm er auch
Die heutigen Sehersprüche mit, und liegt nun
Im Hades, Polybos, nicht weiter gültig.

Zuletzt herrscht in den Reden vorzüglich das geisteskranke Fragen nach einem Bewußtsein.

BOTE.
Wohl zeigst du, Kind, du wissest, was du tust, nicht.
OEDIPUS.
Wie, bei dem Göttlichen, Alter, *sprich etwas!*

OEDIPUS.
Was sagst du? pflanzte Polybos mich nicht!
BOTE.
Beinahe so etwas, wie unser einer.
OEDIPUS.
Wie das? ein Vater, der dem Niemand gleich ist?
BOTE.
Ein Vater eben. Polybos nicht; nicht ich.
OEDIPUS.
Wofür denn aber nennt der mich das Kind?

BOTE.
Ich löse dich, da dir die Zehn vernäht sind.
OEDIPUS.
Gewaltigen Schimpf bracht aus den Windeln ich.

BOTE.

So daß genannt du bist nach diesem Dinge.

OEDIPUS.

Das, Götter! das, bei Mutter, Vater, rede.

JOKASTA.

Bei Göttern, nein! bist du besorgt ums Leben,
So suche nicht. Genug erkrankt bin ich.

OEDIPUS.

Sei gutes Muts! käm ich von dreien Müttern
Dreifach ein Knecht, es machte dich nicht schlimmer.

OEDIPUS.

Was soll, das breche. Mein Geschlecht will ich,
Seis auch gering, doch will ich es erfahren.
Mit Recht ist sie, denn Weiber denken groß,
Ob meiner niedrigen Geburt beschämt.
Ich aber will, als Sohn des Glücks mich haltend,
Des wohlbegabten, nicht verunehrt werden.
Denn dies ist meine Mutter. Und klein und groß
Umfingen mich die mitgebornen Monde.
Und so erzeugt, will ich nicht ausgehn, so,
So daß ich nicht ganz, was ich bin, erforschte.

Eben dies Allessuchende, Allesdeutende ists auch, daß sein Geist am Ende der rohen und einfältigen Sprache seiner Diener unterliegt.

Weil solche Menschen in gewaltsamen Verhältnissen stehn, spricht auch ihre Sprache, beinahe nach Furienart, in gewaltsamerem Zusammenhange.

3.

Die Darstellung des Tragischen beruht vorzüglich darauf, daß das Ungeheure, wie der Gott und Mensch sich paart, und grenzenlos die Naturmacht und des Menschen Innerstes im Zorn Eins wird, dadurch sich begreift, daß das grenzenlose Eineswerden durch grenzenloses Scheiden sich reiniget. Της φυσεως γραμματευς ην τον καλαμον αποβρεχων ευνουν.

Darum der immer widerstreitende Dialog, darum der Chor als Gegensatz gegen diesen. Darum das allzukeusche, allzumechanische und faktisch endigende Ineinandergreifen zwischen den verschiedenen Teilen, im Dialog, und zwischen dem Chor und Dialog und den großen Partien oder Dramaten, welche aus Chor und Dialog bestehen. Alles ist Rede gegen Rede, die sich gegenseitig aufhebt.

So in den Chören des Oedipus das Jammernde und Friedliche und Religiose, die fromme Lüge (*wenn ich Wahrsager bin, etc.*) und das Mitleid bis zur gänzlichen Erschöpfung gegen einen Dialog, der die Seele eben dieser Hörer zerreißen will, in seiner zornigen Empfindlichkeit; in den Auftritten die schröcklichfeierlichen Formen, das Drama wie eines Ketzergerichtes, als Sprache für eine Welt, wo unter Pest und Sinnesverwirrung und allgemein entzündetem Wahrsagergeist, in müßiger Zeit, der Gott und der Mensch, damit der Weltlauf keine Lücke hat und *das Gedächtnis der Himmlischen nicht ausgehet, in der allvergessenden Form der Untreue sich mitteilt*, denn göttliche Untreue ist am besten zu behalten.

In solchem Momente vergißt der Mensch sich und den Gott, und kehret, freilich heiliger Weise, wie ein Verräter sich um. – In der äußersten Grenze des Leidens bestehet nämlich nichts mehr, als die Bedingungen der Zeit oder des Raums.

In dieser vergißt sich der Mensch, weil er ganz im Moment ist; der Gott, weil er nichts als Zeit ist; und beides ist untreu, die Zeit, weil sie in solchem Momente sich kategorisch wendet, und Anfang und Ende sich in ihr schlechterdings nicht reimen läßt; der Mensch, weil er in diesem Momente der kategorischen Umkehr folgen muß, hiermit im Folgenden schlechterdings nicht dem Anfänglichen gleichen kann.

So stehet Hämon in der Antigonä. So Oedipus selbst in der Mitte der Tragödie von Oedipus.

ANTIGONAE

Personen des Drama

ANTIGONAE
ISMENE
CHOR *von Thebanischen Alten*
KREON
EIN WAECHTER
HAEMON
TIRESIAS
EIN BOTE
EURYDICE
HAUSGENOSS

ERSTER AKT

Erste Szene

Antigonä. Ismene

ANTIGONAE.
Gemeinsamschwesterliches! o Ismenes Haupt!
Weißt du etwas, das nicht der Erde Vater
Erfuhr, mit uns, die wir bis hieher leben,
Ein Nennbares, seit Oedipus gehascht ward?
Nicht eine traurge Arbeit, auch kein Irrsal,
Und schändlich ist, und ehrlos nirgend eines,
Das ich in deinem, meinem Unglück nicht gesehn.
Jetzt aber, ahnest du das, was der Feldherr
Uns kundgetan, in offner Stadt, so eben?
Hast du gehört es? oder weißt du nicht,
Wie auf die Lieben kommet Feindesübel?

ISMENE.
Nicht kam ein Wort zu mir, Antigonä, von Lieben,
Kein liebliches und auch kein trauriges, seitdem
Die beiden Brüder beide wir verloren;
Die starben, Einen Tag, von zweien Händen;
Seit aber fort das Heer von Argos ist,
Vergangne Nacht, weiß ich nichts weiter mehr,
Und bin nicht glücklicher und nicht betrübter.

ANTIGONAE.
Das dacht ich wohl und rief dich aus dem Hoftor
Darum, daß dus besonders hören könntest.

ISMENE.
Was ists, du scheinst ein rotes Wort zu färben?

ANTIGONAE.
Hat mit der letzten Ehre denn nicht unsre Brüder
Kreon gekränzt, beschimpfet, wechselsweise?
Eteokles zwar, sagt man, behandelt er
Mit rechtem Recht, gesetzgemäß, und birgt
Ihn in der Erd, ehrsam den Toten drunten.
Vom andern aber, der gestorben ist armselig,
Von Polynikes Leibe sagen sie, man hab
Es in der Stadt verkündet, daß man ihn

Mit keinem Grabe berg und nicht betraure.
Man soll ihn lassen unbeweint und grablos,
Süß Mahl den Vögeln, die auf Fraßes Lust sehn.
So etwas, sagt man, hat der gute Kreon dir
Und mir, denn mich auch mein ich, kund getan,
Und hierher kommt er, dies Unwissenden
Deutlich zu melden. Und die Sache sei
Nicht, wie für nichts. Wer etwas tut dabei,
Dem wird der Tod des Steinigens im Orte.
So steht es dir. Und gleich wirst du beweisen,
Ob gutgeboren, ob die Böse du der Guten?

ISMENE.
Was aber, o du Arme, wenn es so steht?
Soll ich es lassen oder doch zu Grab gehn?

ANTIGONAE.
Ob mittun du, mithelfen wollest, forsche!

ISMENE.
Das ist vermessen. Wie bist du daran?

ANTIGONAE.
Ob du den Toten mit der Hand hier tragest?

ISMENE.
Dem willst zu Grabe du gehn, dem die Stadt entsagt hat?

ANTIGONAE.
Von dir und mir mein ich, auch wenn du nicht es willst,
Den Bruder. Denn treulos fängt man mich nicht.

ISMENE.
Verwilderte! wenn Kreon es verbietet?

ANTIGONAE.
Mit diesem hat das Meine nichts zu tun.

ISMENE.
O mir! bedenke, Schwester, wie der Vater,
Von uns, verhaßt und ruhmlos untergangen,
Nach selbstverschuldeten Verirrungen,
Da er sein Augenpaar mit eigner Hand zerstochen.
Und dann die Mutter, Ehefrau zugleich,
Ein doppelt Leiden, mit gewundnen Stricken
Verstümmelte das Leben sie. Zum dritten
Die beiden Brüder, die an Einem Tage
Verwandten Tod mit Gegnershand bewirket.
Und nun wir zwei, die wir allein geblieben,
Sieh, wie am schlimmsten wir vergingen, wenn
Gewaltsam wir des Herrn Befehl und Kraft

Verfehlten. Dies auch denke, Weiber sind wir,
Und dürfen so nicht gegen Männer streiten.
Und dann auch, weil von Stärkern wir beherrscht sind,
So müssen wir dies hören; Härters noch!
Ich also bitte sie, die drunten sind,
Mir zu verzeihen, daß mir dies geschieht,
Und laß sie walten, die da ferne gehen,
Denn Überflüssiges zu tun, ist sinnlos.

ANTIGONAE.

Befehlen will ichs nicht, und wolltest dus nun
Noch tun, es wär in deiner Hülfe Lust nicht.
Nein! denke du, wie dirs gefällt; doch ihn
Begrab ich. Schön ist es hernach, zu sterben.
Lieb werd ich bei ihm liegen, bei dem Lieben,
Wenn Heiligs ich vollbracht. Und dann ists mehr Zeit,
Daß denen drunten ich gefall, als hier.
Dort wohn ich ja für immer einst. Doch du,
Beliebt es, halt ehrlos vor Göttern Ehrsams.

ISMENE.

Für ehrlos halt ichs nicht. Zum Schritt allein, den Bürger
Im Aufstand tun, bin linkisch ich geboren.

ANTIGONAE.

Nimm nun zum Vorwand dies. Ich aber gehe,
Ein Grab dem liebsten Bruder aufzuwerfen.

ISMENE.

Ich Arme! o! wie fürcht ich für dich!

ANTIGONAE.

Mir rate nicht! komm aus mit deinem Leben!

ISMENE.

Meinwegen. Laß die Tat nur niemand hören!
Halt dich jetzt still! So kann ich mit dabei sein.

ANTIGONAE.

O mir! schrei laut es aus! Ich hasse nur noch mehr dich,
Schweigst du und sagst nicht dieses aus vor allen.

ISMENE.

Warm für die Kalten leidet deine Seele.

ANTIGONAE.

Ich weiß, wem ich gefallen muß am meisten.

ISMENE.

Könntst du es, doch Untunliches versuchst du.

ANTIGONAE.

Gewiß! kann ich es nicht, so muß ichs lassen.

ISMENE.
Gleich anfangs muß niemand Untunlichs jagen.
ANTIGONAE.
Magst du so etwas sagen, haß ich dich,
Haßt auch dich der Gestorbene mit Recht.
Laß aber mich und meinen irren Rat
Das Gewaltige leiden. Ich bin überall nicht so
Empfindsam, daß ich sollt unschönen Todes sterben.
ISMENE.
Wenn dir es dünkt, so geh. Wiß aber dies,
Sinnlos, doch lieb in liebem Tone sprichst du.

CHOR *der Thebanischen Alten.*
O Blick der Sonne, du schönster, der
Dem siebentorigen Thebe
Seit langem scheint, bist einmal du
Erschienen, o Licht, bist du,
O Augenblick des goldenen Tages,
Gegangen über die Dirzäischen Bäche,
Und den Weißschild, ihn von Argos,
Den Mann, gekommen in Waffenrüstung,
Den hinstürzenden Flüchtling
Bewegst du mit der Schärfe des Zaums, ihn,
Mit welchem über unser Land
Sich geschwungen Polynikes
Aus zweideutigem Zank und scharf, wie ein Adler,
Schrie er und flog,
Schneeweiß sein Flügel,
Furchtbar, mit Waffen viel,
Und Helmen, geschmückt mit dem Roßschweif.

Und über Palästen stand er und wies,
Voll blutiger Spieße, rings
Das siebentorige Maul;
Doch ging er davon,
Noch ehe von unsrem
Blut er die Backen
Gefüllt, und ehe
Die Krone der Türme
Die Fackel des Hephästos genommen.
So über dem Rücken ist Getümmel
Des Mars dem Feind, ein Hindernis

Dem Drachen geworden.
Denn sehr haßt Zevs das Prangen
Der großen Zung und wo er,
Wenn sie langschreitend kommen,
Ins goldene ihnen sieht, ins eitle Hinaussehn,
Mit geschwungenem Feuer stürzet er sie, wo einer
Von steilen Treppen schon
Den Sieg anhebet zu jauchzen.

Auf harten Boden aber fällt er, hinunter taumelnd,
Liebestrunken, der mit rasender Schar
Hinschnob, bacchantisch
Im Wurf ungünstiger Winde;
Fand aber anders;
Anderes andrem
Bescheidet der Schlachtgeist, wenn der hart
Anregend einen mit dem Rechten die Hand erschüttert.
Sieben Fürsten, vor sieben Toren
Geordnet, gleiche zu gleichen, ließen
Dem Zevs, dem triumphierenden, die ehernen Waffen,
Außer den abscheulichen, die von Einem Vater
Und einer Mutter gezeuget, gegeneinander
Die gedoppelten Speere gerichtet und empfangen
Des gemeinsamen Todes Teil, die beiden.

Der großnamige Sieg ist aber gekommen,
Der wagenreichen günstig, der Thebe,
Und nach dem Kriege hier,
Macht die Vergessenheit aus!
Zu allen Göttertempeln,
Mit Chören, die Nacht durch,
Kommt her! und, Thebe
Erschütternd, herrsche der Bacchusreigen!
Doch er, der König der Gegend,
Kreon, Menökeus Sohn, neu nach
Der Götter neuen Verhängnissen,
Kommt wohl, um einen Rat
Zu sagen, da er zusammenberufen
Und verordnet hier der Alten Versammlung,
Und öffentliche Botschaft gesendet.

Zweite Szene

Kreon. Der Chor

KREON.

Ihr Männer, wärs die Stadt allein, die haben,
Nachdem in großer Flut sie die geschüttert,
Nun wiederum gestaltet unsre Götter.
Euch aber rief aus zwei Ursachen ich
Aus den Gesamten, einmal, weil ich weiß,
Ihr achtet überhaupt von Lajos Thron die Herrschaft,
Dann auch, als Oedipus die Stadt errichtet,
Und nachher unterging, seid treugesinnt
Geblieben ihr den Kindern jener Eltern.
Da nun aus doppeltem Verhängnis diese
An einem Tag umkamen, schlagend und
Geschlagen in der eigenhändgen Schande,
Hab ich die Kraft also und Thron durchaus,
Aus Folge des Geschlechts von den Gestorbnen.
Doch nur mit solchen, die Recht und Befehl gewohnt sind,
Kann einer, in der Seel und Sinnesart und Meinung,
Verstehn sich, allenfalls, mit andern schwerlich.
Mir nämlich scheint, wenn einer vornehm ist,
Und nicht sich hält im höchsten Sinn, hingegen
In einer Furcht verschloßne Zunge führet,
Ein schlechtes Leben das, jetzt und von jeher.
Und wenn für größer, als sein Vaterland,
Das liebste jemand hält, der gilt mir ganz nichts.
Ich nämlich, weiß es Zevs, der alles schauet, allzeit,
Ich werd es nicht verschweigen, seh ich Irrung
Den Städtern gehen gegen ihre Wohlfahrt, nicht,
Wenn auf dem Grund hier ein Verdroßner ist,
Den mir zum Freunde machen, denn ich weiß,
Der hält zusammen, und so wir auf diesem
Recht fahren, mögen Freunde wir gewinnen.
Nach solcher Satzung will die Stadt ich fördern.
Dermalen aber hab ich Ähnliches verkündet
Den Städtern wegen Oedipus Geschlecht.
Eteokles wohl, der kämpfend für die Stadt ist
Gestorben, all anordnend mit dem Speer,
Ihn decket mit dem Grab und heiliget,
Was nur gehört den besten Toten drunten.
Doch jenem, der sein Blutsverwandter ist,

Polynikes, der das väterliche Land,
Der Heimat Götter, kommend von der Flucht,
Vom Gipfel an, mit Feuer, wollte stürzen,
Sich weiden an verwandtem Blut und diese
Wegführen in Gefangenschaft, von diesem
Sag ich und in der Stadt ists ausgerufen,
Daß keiner ihn begrabe, keiner traure,
Daß unbegraben er gelassen sei, zu schaun
Ein Mahl, zerfleischt von Vögeln und von Hunden.
Dies ist mein Sinn und niemals werden mir
Die Schlimmen mehr geehrt sein, als die Guten.
Doch wer es gut meint mit der Stadt, tot oder
Lebendig, immer sei er gleich von mir geschätzet.

CHOR.
Dir dünket dies, o Sohn Menökeus, Kreon,
Des Feindes wegen und des Freunds der Stadt,
Und das Gesetz gebrauchst du überall,
Der Toten wegen und der Lebenden.

KREON.
Tragt ihr die Aufsicht nun in dem Besagten!

CHOR.
Besetze du mit Jungen derlei Posten!

KREON.
Nicht das. Die Wach ist schon für den Entleibten draußen.

CHOR.
Du nehmest aber auch noch in die Pflicht uns andre.

KREON.
Ja. Weils gewisse gibt, bei denen dieses mißfällt.

CHOR.
Hier ist kein solcher Tor, der gerne stirbet.

KREON.
Dies ist der Lohn. Doch hat mit Hoffnungen
Oft der Gewinn den Mann zu Grund gerichtet.

Dritte Szene

Kreon. Der Chor. Ein Bote

DER BOTE.
Mein König, diesmal plaudr ich nicht, wie mich
Die othemlose Schnelle bring, und wie
Sich leicht gehoben mir der Fuß. Denn öfters
Hielt mich die Sorg und wendet auf dem Wege

Mich um zur Rückkehr. Denn die Seele sang
Mir träumend viel. Wo gehst du hin, du Armer!
Wohin gelangt, gibst du die Rechenschaft?
Bleibst du zurück, Unglücklicher? so aber
Wird Kreon es von einem andern hören.
Wie kümmerst du deswegen denn dich nicht?
Derlei bedenkend, ging ich müßig langsam,
Und so wird auch ein kurzer Weg zum weiten.
Zuletzt hat freilich dies gesiegt, ich soll
Hieher, und wenn mein Sagen auch für nichts ist,
So sprech ich doch. Denn in der Hoffnung komm ich,
Es folge nur, dem, was ich tat, was not ist.

KREON.
Was gibts, warum du so kleinmütig kommest?

DER BOTE.
Ich will dir alles nennen, was an mir ist,
Denn nicht getan hab ichs; weiß auch nicht, wer es tat.
Und nicht mit Recht würd ich in Strafe fallen.

KREON.
Du siehst dich wohl für. Hüllest ringsherum
Die Tat, und scheinst zu deuten auf ein Neues.

DER BOTE.
Gewaltiges macht nämlich auch viel Mühe.

KREON.
So sag es itzt, und gehe wieder weiter!

DER BOTE.
Ich sag es dir. Es hat den Toten eben
Begraben eines, das entkam, die Haut zweimal
Mit Staub bestreut, und, wies geziemt, gefeiert.

KREON.
Was meinst du? wer hat dies sich unterfangen?

DER BOTE.
Undenklich. Nirgend war von einem Karst
Ein Schlag; und nicht der Stoß von einer Schaufel,
Und dicht das Land; der Boden ungegraben;
Von Rädern nicht befahren. Zeichenlos war
Der Meister, und wie das der erste Tagesblick
Anzeigte, kams unhold uns all an, wie ein Wunder.
Nichts feierlichs. Es war kein Grabmal nicht.
Nur zarter Staub, wie wenn man das Verbot
Gescheut. Und auch des Wilds Fußtritte nirgend nicht,
Noch eines Hundes, der gekommen und zerrissen.

Und schlimme Worte fuhren durcheinander.
Ein Wächter klagt den andern an; und fast
Gekommen wärs zu Streichen. Niemand war,
Der abgewehrt. Denn jeder schien, als hätt
Er es getan, doch keiner offenbar,
Und jeder wußt etwas für sich zu sagen.
Wir waren aber bereit, mit Händen glühend Eisen
Zu nehmen und durch Feuer zu gehn und bei den Göttern
Zu schwören, daß wir nichts getan, und daß wir
Von dem nichts wußten, welcher das Geschehne
Beratschlagt oder ausgeführt. Zuletzt,
Als weiter nichts zu forschen war, spricht einer,
Der alle dahin brachte, daß das Haupt
Zu Boden ihnen sank, aus Furcht, denn nichts
Dagegen wußten wir, noch auch, wie wir
Es schön vollbrächten, und es hieß, man müsse
Die Tat anzeigen, dir es nicht verbergen.
Und dieses siegt', und mich den Geisterlosen
Erliest das Los, daß die Gewissenhaftigkeit
Ich hab und bin zugegen, wider Willen;
Ich weiß, ich bin es vor Unwilligen,
Denn niemand liebt den Boten schlimmer Worte.

CHOR.

Mein König, lange rät, es möchte göttlich
Getrieben sein das Werk, mir das Gewissen.

KREON.

Laß das! damit du nicht zum Zorngericht auch mich noch
Beredest, und ein Narr erfunden seist und Alter.
Denn allzuschwer fällt dieses, daß du sagst,
Die Geister aus jenseitigem Lande können
Nachdenklich sein um dieses Toten willen.
So zärtlich ehren sollten sie, umschatten einen,
Der doch die Gruppen ihrer Tempelsäulen
Und Opfer zu verbrennen kam, ihr Land
Und ihr Gesetz zu sprengen; oder siehest du,
Daß Schlimme von den Himmlischen sind geehrt?
Mit nichten. Doch es nehmen einige
Von sonst her mir dies übel in der Stadt,
Und murren ingeheim die Häupter schüttelnd,
Und im Geschirre biegen diese mir
Den Nacken so nicht ein, daß Menschlichs kommen könnte.
Von diesen sind Geschenke worden diesen,

Das weiß ich wohl, daß sie derlei gestiftet.
Denn unter allem, was gestempelt ist,
Ist schlimm nichts, wie das Silber. Ganze Städte
Verführet dies, reizt Männer aus den Häusern.
Verbilden und verwandeln kanns aufrichtige Sinne,
Daß sie der Sterblichen ihr schändlich Werk erkennen.
Und viel Geschäft den Menschen weist es an,
Und jeder Tat Gottlosigkeit zu wissen.
So viele dies getan, durch Lohn bewegt,
Sie tatens in der Zeit, zu Rechenschaft.
Wenn aber Leben hat der Erde Herr, in mir auch,
So weiß ich dies, und, dargestellt zum Eide,
Sag ich dir dies: den Täter müßt ihr liefern,
Der hackt die Toten, den vors Auge müßt ihr
Mir schaffen, oder lebend erst, ans Kreuz gehängt,
Das üppige Beginnen mir verraten,
Dann könnet ihr gefaßt sein auf die Hölle.
Da schaut ihr dann, woher man den Gewinn holt,
Vermacht die Plünderung einander, und erfahrt,
Daß alles nicht gemacht ist zum Erwerbe.
Das weißt du gut, durch schlimmen Vorteil sind
Betrogen mehrere, denn wohlbehalten.

DER BOTE.

Gibst du, was auszurichten, oder kehr ich so?

KREON.

Weißt du, wie eine Qual jetzt ist in deinen Worten?

DER BOTE.

Sticht es im Ohre, stichts im Innern dir?

KREON.

Was rechnest du, wo sich mein Kummer finde?

DER BOTE.

Der Täter plagt den Sinn, die Ohren ich.

KREON.

O mir! welch furchtbarer Sprechart bist du geboren?

DER BOTE.

So ists, weil ich nicht in der Sache mit bin.

KREON.

Du bists! um Geld verratend deine Seele!

DER BOTE.

Ach! furchtbar ist Gewissen ohne Wahrheit!

KREON.

So mal die Satzung aus! Wenn aber ihr

Dem Überraschen einer Freude gleicht jedoch
In keinem Grad ein anderes Vergnügen.
Beschworen komm ich, ob ich gleich es abschwur,
Die Jungfrau bringend hier; die ward erfunden,
Wie sie das Grab geschmückt. Da ward kein Los
Geschwungen. Sondern dieser Fund ist mein,
Und keines andern; nimm, o König, nun
Sie selber, wie du willst, und richt und strafe!
Ich bin mit Recht befreit von diesem Unglück.

KREON.

Wie bringst du diese her? wo griffst du sie?

DER BOTE.

Die hat den Mann begraben. Alles weißt du.

KREON.

Weißt du und sagst auch recht, was du geredet?

DER BOTE.

Begraben sah ich die den Toten, wo du es
Verboten. Hinterbring ich klares, deutlichs?

KREON.

Und wie ward sie gesehn und schuldig funden?

DER BOTE.

So war die Sache. Wie wir weggegangen
Von dir, als du Gewaltiges gedrohet,
So wischten allen Staub wir ab, der um
Den Toten, wohl den nassen Leib entblößend;
Und setzten uns auf hohen Hügel, an die Luft,
Daß er Geruch nicht von sich gebe, fürchtend.
Es regt' ein Mann den andern auf und drohte,
Wenn einer nicht die Arbeit achten würde.
Und lange blieb es so, bis auseinander brechend
Der Sonne Kreis sich bückte grad herab
Vom Aether, und der Brand erglühte. Plötzlich hub
Vom Boden dann ein warmer Sturm den Wirbel,
Der Himmlisches betrübt, das Feld erfüllt und reißt
Die Haare rings vom Wald des Tals, und voll ward
Davon der große Aether; wir verschlossen
Die Augen, hatten göttlich Weh, und als
Wir frei davon, in guter Zeit hernach,
So wird das Kind gesehn und weinet auf
Mit scharfer Stimme, wie ein Vogel trauert,
Wenn in dem leeren Nest verwaist von Jungen er
Das Lager sieht. So sie, da sie entblößt

Erblickt den Toten, jammerte sie laut auf,
Und fluchte böse Flüche, wers getan,
Und bringet Staub mit beiden Händen, schnell,
Und aus dem wohlgeschlagnen Eisenkruge kränzt
Sie dreimal mit Ergießungen den Toten.
Wir, die's gesehen, kamen, haschten sie,
Die nicht betroffen war, und klagten sie
Des jetzigen und schongeschehnen an.
Sie leugnet' aber nichts mir ab, und war
Lieblich zugleich und auch betrübt, vor mir.
Denn, daß man selbst entflieht aus Übeln, ist
Das angenehmste. Doch ins Unglück Freunde
Zu bringen, ist betrübt. Doch dieses alles
Ist kleiner, als mein eignes Heil, zu nehmen.

KREON.

Du also, die zur Erde neigt das Haupt,
Sagst oder leugnest du, daß dus getan habst?

ANTIGONAE.

Ich sage, daß ichs tat, und leugn es nicht.

KREON.

Du, gehe du, wohin du willst, hinaus,
Von schwerer Schuld befreit; sag aber du mir,
Nicht lange, sondern kurz, ist dir bekannt,
Wie ausgerufen ward, daß solches nicht zu tun ist?

ANTIGONAE.

Ich wußte das. Wie nicht? Es war ja deutlich.

KREON.

Was wagtest du, ein solch Gesetz zu brechen?

ANTIGONAE.

Darum. *Mein* Zevs berichtete mirs nicht;
Noch hier im Haus das Recht der Todesgötter,
Die unter Menschen das Gesetz begrenzet;
Auch dacht ich nicht, es sei dein Ausgebot so sehr viel,
Daß eins, das sterben muß, die ungeschriebnen drüber,
Die festen Satzungen im Himmel brechen sollte.
Nicht heut und gestern nur, die leben immer,
Und niemand weiß, woher sie sind gekommen.
Drum wollt ich unter Himmlischen nicht, aus Furcht
Vor eines Manns Gedanken, Strafe wagen.
Ich wußte aber, daß ich sterben müßte.
Warum nicht? hättst du's auch nicht kundgetan.
Wenn aber vor der Zeit ich sterbe, sag ich, daß es

Sogar Gewinn ist. Wer, wie ich, viel lebt mit Übeln,
Bekommt doch wohl im Tod ein wenig Vorteil?
So ist es mir, auf solch Schicksal zu treffen,
Betrübnis nicht; wenn meiner Mutter Toten,
Als er gestorben, ich grablos gelassen hätte,
Das würde mich betrüben. Aber das
Betrübt mich gar nicht. Bin ich aber dir,
Wie ich es tat, nun auf die Närrin kommen,
War ich dem Narren fast Narrheit ein wenig schuldig.

CHOR.

Man sieht das rauh Geschlecht vom rauhen Vater
Am Kind! Allein beiseit im Übel kanns nicht.

KREON.

Doch weißt du wohl, daß allzuspröde Sprach
Am liebsten fällt. Und auch dem stärksten Eisen
Bricht und vergeht das Störrige, gekocht
Im Ofen. Alle Tage kannst du dies sehn.
Und kaum mit einem Zaume, weiß ich, daß gestellt
Die grausamweitgestreckten Rosse werden.
Nicht seine Sach ists, groß zu denken, dem,
Der Diener derer ist, die ihn umgeben.
Die aber findet eine Lust aus, damit,
Daß sie die vorgeschriebenen Gesetze trüb macht.
Und das ist noch die zweite Frechheit, da
Sie es getan, daß dessen sie sich rühmt und lacht,
Daß sies getan. Nein! nun bin ich kein Mann,
Sie ein Mann aber, wenn ihr solche Kraft
Zukommet ungestraft. Doch wenn sie schon
Von meiner Schwester und Verwandtesten,
Vom ganzen Gotte meines Herdes da ist,
Dem allem ungeachtet meidet sie
Den schlimmen Tod nicht. Auch die Base nicht. Zu teuerst,
Auch diese klag ich an, wie diese da,
Daß sie gesorget, des Verscharrens wegen.
Ruft sie heraus. Denn eben sah ich drinnen
Sie wüten, nicht der Sinne mächtig. Gleich
Will ein geheimer Mut gefangen sein,
Wenn etwas nicht ist rechtgetan im Dunkeln.
Gewiß, das haß ich, ist auf Schlimmem einer
Ertappt, wenn er daraus noch Schönes machen möchte.

ANTIGONAE.

Willst du denn mehr, da du mich hast, als töten?

KREON.

Nichts will ich. Hab ich dies, so hab ich alles.

ANTIGONAE.

Was solls also? Von deinen Worten keins
Ist mir gefällig, kann niemals gefällig werden.
Drum sind die meinigen auch dir mißfällig.
Obwohl, woher hätt ich wohllautenderen Ruhm,
Als wenn ich in das Grab den Bruder lege.
Denn, daß es wohlgefall all diesen da,
Geständе, sperrete die Zunge nur die Furcht nicht.
Das Königtum ist aber überall
Geistreich und tut und sagt, was ihm beliebet.

KREON.

Siehst du allein dies von den Kadmiern?

ANTIGONAE.

Auch diese sehns, doch halten sie das Maul dir.

KREON.

Schämst du dich nicht, die ungefragt zu deuten?

ANTIGONAE.

Man ehrt doch wohl die Menschen eines Fleisches.

KREON.

Und eines Bluts noch auch ist, der fürs Land gestorben.

ANTIGONAE.

Eines Blutes. Kind eins einigen Geschlechtes.

KREON.

Und du bringst doch Gottlosen einen Dank?

ANTIGONAE.

Das läßt gewiß nicht gelten der Entschlafne.

KREON.

Freilich. Wenn dir als Eins Gottloses gilt und anders.

ANTIGONAE.

Nicht in des Knechtes Werk, ein Bruder ist er weiter.

KREON.

Verderbt hat der das Land; der ist dafür gestanden.

ANTIGONAE.

Dennoch hat solch Gesetz die Totenwelt gern.

KREON.

Doch, Guten gleich sind Schlimme nicht zu nehmen.

ANTIGONAE.

Wer weiß, da kann doch drunt' ein andrer Brauch sein.

KREON.

Nie ist der Feind, auch wenn er tot ist, Freund.

ANTIGONAE.

Aber gewiß. Zum Hasse nicht, zur Liebe bin ich.

KREON.

So geh hinunter, wenn du lieben willst,
Und liebe dort! mir herrscht kein Weib im Leben.

Zweite Szene

Der Chor. Kreon. Antigonä. Ismene

CHOR.

Aber jetzt kommt aus dem Tor Ismene,
Friedlich, schwesterliche Tränen vergießend.
Ein Geist über den Augenbraunen das blutige
Gesicht deckt,
Waschet rege von den Schläfen die Wangen.

KREON.

Ja! du! die du drin hockst, daheim, wie Schlangen,
Geborgen und mich aussaugst! hat nicht einer mir
Berichtet, daß ich zwei Einbildungen hab an mir
Und Feinde des Throns? geh, sage, hast du mitgemacht
Am Grabe, oder hast du's mit der Unschuld?

ISMENE.

Getan das Werk hab ich, wenn die mit einstimmt,
Und nehme teil. Die Schuld nehm ich auf mich.

ANTIGONAE.

Das wird das Recht ja aber nicht erlauben.
Du wolltest nicht. Ich nahm dich nicht dazu mit.

ISMENE.

Ich schäme mich an deinem Unglück nicht,
Und mache zur Gefährtin mich im Leiden.

ANTIGONAE.

Bei denen, die durchgängiger Weise sind,
Und die Gespräche halten miteinander, drunten,
Die mit den Worten liebt, die mag ich nicht.

ISMENE.

Bring so mich in Verdacht nicht, Schwester, wie als könnt
Ich sterben nie, mit dir; des Grabs Unschick vergüten.

ANTIGONAE.

Stirb du nicht allgemein. Was dich nicht angeht,
Das mache dein nicht. Mein Tod wird genug sein.

ISMENE.

Hab ich denn, wenn du weg, noch eine Lieb im Leben?

ANTIGONAE.

Den Kreon, liebe den. Dem weisest du den Weg ja.

ISMENE.

Was plagest du mich, ohne Nutzen, so?

ANTIGONAE.

Anfechtung ist es, wenn ich dich verlache.

ISMENE.

Was aber kann ich nützen dir, auch jetzt noch?

ANTIGONAE.

Nütz dir. Das gönn ich dir, daß du mit hingehst.

ISMENE.

Ich Arme! weh! hab ich Schuld, daß du stirbst?

ANTIGONAE.

Dein Teil ist ja das Leben, meines Tod.

ISMENE.

Doch was ich sprach zu dir, ist auch dabei doch.

ANTIGONAE.

Das war auch schön. Doch so wollt ich gesinnt sein.

ISMENE.

Allein der Fehl ist für uns beide gleich.

ANTIGONAE.

Sei gutes Muts! du lebst, doch meine Seele,
Längst ist sie tot, so daß ich Toten diene.

KREON.

Von diesen Weibern da, sag ich, wird eben da
Sinnlos die ein, einheimisch ists die andre.

ISMENE.

Es bleibt kein Herz, auch nicht das heimatliche,
Im Übelstand, mein König, außer sich gerät es.

KREON.

Dir, weil du schlimm mit Schlimmen dich gestellt.

ISMENE.

Mir lebt nichts, wo allein ich bin, nicht die auch.

KREON.

Die Red ist nicht von dieser. Die ist nimmer.

ISMENE.

Du tötest aber deines Sohnes Braut.

KREON.

Von anderen gefallen auch die Weiber.

ISMENE.

Es schickte keine sich, wie er und sie.

KREON.

Vor bösen Weibern warn ich meine Söhne.

ANTIGONAE.

O liebster Hämon! wie entehrt er dich!

KREON.

Gar lästig bist du auch, du und dein Bette.

ISMENE.

Dem nimmst du sie, der deines Lebens Teil ist.

KREON.

Die Höll ist da, derlei Zuwachs zu scheiden.

ISMENE.

Beschlossen scheint es, daß sie sterben soll.

KREON.

Für dich und mich! Umstände nimmer! bringt
Hinein, ihr Mägde, sie! Von nun an not ist,
Daß diese Weiber sei'n nicht freigelassen.
Denn Flucht ist auch der Starken Art, wenn ihnen
Der Hölle Reich aufgeht am Rand des Lebens.

Antigonä und Ismene werden weggeführt.

DRITTER AKT

Chor der Thebanischen Alten. Kreon

CHOR.

Glückselige solcher Zeit, da man nicht schmecket das Übel;
Denn, wenn sich reget von Himmlischen
Einmal ein Haus, fehlts dem an Wahnsinn nicht,
In der Folge, wenn es
Sich mehrt. Dem gleich, wenn unten,
Auf Pontischer See, bei übelwehenden
Thrazischen Winden, die Nacht unter dem Salze
Eine Hütte befallen,
Von Grund aus wälzt sie das dunkle
Gestad um, das zersauste,
Und von Gestöhne rauschen die geschlagnen Ufer.

Alternd von Labdakos Häusern,
Den untergegangenen, seh ich Ruin fallen
Auf Ruin; noch löset ab ein Geschlecht
Das andre, sondern es schlägt
Ein Gott es nieder. Und nicht Erlösung hat er.
Denn jetzt ist über die letzte

Wurzel gerichtet das Licht
In Oedipus Häusern.
Und der tödliche, der Staub
Der Todesgötter zehret sie aus,
Und ungehaltnes Wort und der Sinne Wüten.

Vater der Erde, deine Macht,
Von Männern, wer mag die mit Übertreiben erreichen?
Die nimmt der Schlaf, dem alles versinket, nicht
Und die stürmischen, die Monde der Geister
In alterloser Zeit, ein Reicher,
Behältst des Olympos
Marmornen Glanz du,
Und das Nächste und Künftige
Und Vergangne besorgst du.
Doch wohl auch Wahnsinn kostet
Bei Sterblichen im Leben
Solch ein gesetztes Denken.

Die Hoffnung lebet, ruhlos irrend,
Und vielen Männern hilft sie,
Täuscht vieler leichte Sinne.
Bleibt, bis dem, der an nichts denkt,
Die Sohle brennet von heißem Feuer.
Aus eines Mannes Weisheit ist
Ein rühmlich Wort gekommen:
Das Schlimme schein oft trefflich
Vor einem, sobald ein Gott
Zu Wahn den Sinn hintreibet.
Er treibets aber die wenigste Zeit
Gescheuet, ohne Wahnsinn.
Hämon kommt hier, von deinen Söhnen
Der Jüngstgeborne, bekümmert ist der,
Daß untergehen soll Antigonä,
Die junge Frau, die hochzeitliche,
Vom tückischen Bett erkranket.

Erste Szene

Kreon. Hämon. Der Chor

KREON.
Bald haben wohl, o Sohn, mehr, als die Seher,
Wir endliche Entscheidung. Schließest du dein Ohr mir,

Der jungen Frau zulieb und kommst mit Wut zum Vater?
Sag oder bleibst du mir in allem meinem Handeln?

HAEMON.

Vater, dein bin ich. Milde Denkart hast du,
Richtest mir recht. Da mag ich gern dir folgen.
Denn so viel schätz ich keine Hochzeit nicht,
Daß sie mir lieber, als dein Glück im Herrschen.

KREON.

Wohl, Sohn. So auch muß in der Brust es sein,
Daß väterlicher Meinung alles nachgeht.
Darum auch wünschete zuerst der Mann
Ein fromm Geschlecht, und häuslich zu gewohnen,
Daß es mit Schaden fern hält einen Feind,
Den Freund hingegen ehrt, so wie den Vater.
Wenn aber untaugliche Kinder einer zeugt,
Von dem sprichst du auch wohl nichts anderes,
Als daß er Mühe nur sich selbst, und viel
Gelächter für die Feinde sich gezeuget.
Wirf darum jetzt, o Sohn, des Weibes wegen nicht
Aus Lust die Sinne weg, und denke, daß
Das eine frostige Umarmung wird,
Ein böses Weib beiwohnend in den Häusern.
Auf Erden was schlägt mißlichere Beulen,
Als schlimme Freund'? Acht aber du das gleich
Gottlosen! laß das Mädchen einen frein
Beim Höllengott! denn offenbar hab ich
Getroffen sie, daß von der ganzen Stadt
Sie untreu war allein; und darf jetzt nicht als Lügner
Bestehen vor der Stadt, und muß sie töten.
Mag dann sie das wegsingen bei dem Bruder.
Verdirbt das Eingeborne, nähr ich fremd Geschlecht.
Denn wer im Angehörigen nur gut ist,
Erscheint auch in der Stadt als ein Gerechter.
Wer aber übertretend den Gesetzen
Gewalt will antun, oder Herrscher meistern,
Von mir kann dem nicht wohl ein Lob zufallen.
Wen aber eine Stadt hat eingesetzt,
Dem soll man kleines, rechtes, ungereimtes hören.
Und dieser Mann, ich glaube das, er wird
Wohl herrschen, wird auch gute Herrschaft wollen,
Und in der Speere Stürmen angestellt,
Wird ein gerechter Helfer der und trefflich bleiben.

Denn herrnlos sein, kein größer Übel gibt es.
Denn das verderbet Städte, das empört
Die Häuser, das reißt Lücken im Speergefecht.
Die aber recht gerichtet sind, bei denen
Erhält die Obrigkeit die vielen Körper.
So sichre du, die eine Welt dir bilden,
Und weiche nie dem Weib, in keinem Dinge.
Denn mehr gilts, muß es sein, mit einem Mann zu fallen,
Daß nimmer wir genannt sei'n hinter Weibern!

CHOR.

Uns, wenn uns nicht im Finstern hält die Zeit,
Scheint das mit Sinn gesagt, wovon du redest.

HAEMON.

Als wie von Gott, himmlisch kommt die Besinnung,
Mein Vater, die auch ist von allem Gut das beste.
Mein eigen Leben aber kann es nicht,
Weiß auch nicht, ob du recht geredt, zu sagen.
Mag andern zu das Schöne ziehn, von nun an,
Für dich war ich am Leben, zu beschauen,
Was einer sagt und tut und tadelt, alles.
Von dir das Auge wäre für das Volk,
Für Worte, die du gern nicht hörst, zu furchtbar.
Mir aber ward, zu hören das Vertrauen,
Und wie die Stadt voll ist von Trauer um die Jungfrau.
„Die soll, die unschuldigste von den Weibern,
So schlecht vergehn ob dem, was sehr ruhmvoll getan war?
Die ihren Bruder, der in Mord gefallen,
Vom unbarmherzgen Hunde grablos wollte
Nicht fressen lassen, noch der Vögel einem,
Soll eine solche goldnen Ruhms nicht wert sein?"
So finster ingeheim kommt das Gerücht uns.
Wenn dir es aber wohl von statten geht,
Mein Vater, drüber geht kein Eigentum mir.
Wenn ja der Vater blüht, was steht dann Kindern
Von gutem Rufe gottesähnlicher,
Als kindliches Betragen vor dem Vater?
Und hege nur in dir jetzt keine eigne Sitte,
Und sage nicht, du habest Recht, kein andrer.
Denn wer allein hält von sich selbst, er habe
Gedanken nicht und Sprach und Seele, wie ein andrer,
Wenn aufgeschlossen würd ein solcher Mensch,
Erschien' er leer. An einem Manne aber,

Wenn irgendwo ein Weiser ist, ists keine Schande,
Viel lernen, und nichts gar zu weit zu treiben.
Sieh, wie am Regenbache, der vorbeistürzt,
Die Bäume all ausweichen; alle denen
Erwärmet ihr Gezweig; die aber gegenstreben,
Sind gleich hin; sonst auch, wenn ein habhaft Schiff
Sich breit macht, und nicht weichen will in etwas,
Rücklings hinunter von den Ruderbänken
Muß das zuletzt den Weg und gehet scheitern.
Gib nach, da wo der Geist ist, schenk uns Ändrung,
Und wenn im Wort hier aus mir selber auch
Dabei ist eine jugendliche Meinung,
Ist alten Geists ein Mann, voll in vollkommnem Wissen;
Ist dieser nicht dabei, denn selten will es so gehn,
So ist von Worten auch, die gut sind, gut zu lernen.

CHOR.
Mein König, billig ist es, wenn er an der Zeit spricht,
Zu lernen, aber du von dem auch. Denn
Mit zweien Stimmen wurde recht gesprochen.

KREON.
Da ich so alt bin, will ich meinetwegen
Auch lernen denken in der Art von dem hier.

HAEMON.
Niemals beleidigen. Bin ich ein junger Mensch,
Muß man nicht auf die Zeit mehr, als die Tat sehn.

KREON.
Ists Tat, dem huldigen, was gegen eine Welt ist?

HAEMON.
Mein Rat ists nicht, an Bösen Frömmigkeit zu üben.

KREON.
Ist nicht die hier in solcher Krankheit troffen?

HAEMON.
So nicht spricht dies genachbarte Volk Thebes.

KREON.
Der Ort sagt mir wohl, was ich ordnen muß.

HAEMON.
O sieh nun auf, allda, wie das verwegen jung klingt.

KREON.
Und wohl ein anderer soll Herr sein in dem Lande?

HAEMON.
Es ist kein rechter Ort nicht auch, der eines Manns ist.

KREON.
Wird nicht gesagt, es sei die Stadt des Herrschers?
HAEMON.
Ein rechter Herrscher wärst allein du in der Wildnis.
KREON.
Der, scheints, ist von dem Weib ein Waffenbruder.
HAEMON.
Wenn du das Weib bist. Deinetwillen sorg ich.
KREON.
O schlecht! schlecht! ins Gericht gehn mit dem Vater.
HAEMON.
Weil ich nicht seh, wie du das Recht anlügest.
KREON.
Wenn meinem Uranfang ich treu beistehe, lüg ich?
HAEMON.
Das bist du nicht, hältst du nicht heilig Gottes Namen.
KREON.
O schamlos Wesen, schlechter, als das Weib.
HAEMON.
Nicht wirst du wohl mich finden hinter Schlechtem.
KREON.
Und so bis hieher setzest du dich ihr zulieb aus?
HAEMON.
Ihr, dir und mir zulieb, und Todesgöttern.
KREON.
Schon ist es nicht mehr Zeit, daß du sie nehmest, lebend.
HAEMON.
So sterbe sie, verderbe sterbend einen.
KREON.
Ist es heraus? wie frech noch nach der Zornlust!
HAEMON.
Das ist für einen leeren Sinn sie freilich.
KREON.
Wein und besinne dich; leersinnig kannst auch du sein.
HAEMON.
Wärst du es selbst nicht, hielt ich dich für treulos.
KREON.
Schöntun, des Weibes Werk, betöre mich nicht!
HAEMON.
Du möchtest etwas sagen, hören nichts.
KREON.
So ist es. Doch beim Himmel meiner Väter!

So nach Gelust sollst du nicht kränken mich mit Tadel.
Schafft weg die Brut, vor Augen soll sie, gleich,
In Gegenwart, hart an dem Bräutigam, sterben.

HAEMON.

Nicht wahrlich mir. Das lasse nie dir dünken.
Nicht untergehn wird diese, nahe mir.
Und nimmer sollst du sehn mein Haupt vor Augen,
Damit du ungestört mit denen bleibst, die dein sind.

Hämon geht ab.

CHOR.

Der Mann, mein König, ging im Zorne schnell,
Ein solch Gemüt ist aber schwer im Leiden.

KREON.

Er tu es! denke größer, als ein Mann!
Doch rettet er vom Tode nicht die Mädchen.

CHOR.

Denkst du sogar zu töten diese beiden?

KREON.

Nicht die, die's nicht berührt; da hast du Recht.

CHOR.

Und denkst du über jene nach; wie willst du töten?

KREON.

Sie führen, wo einsam der Menschen Spur ist,
Lebendig in dem Felsengrunde wahren,
So viele Nahrung reichen, als sich schickt,
Daß nicht die Stadt zu Schanden werde, vollends.
Dort wird sie wohl zum Todesgotte beten,
Den sie allein von allen Göttern ehrt,
Und werden kann ihrs, daß sie nimmer stirbt.
So wird sie einsehn, aber geisterweise;
Es sei doch Überfluß nur, Totes ehren.

Kreon geht hinein.

Zweite Szene

Der Chor. Hernach Antigonä

CHOR.

Geist der Liebe, dennoch Sieger
Immer, in Streit! Du Friedensgeist, der über
Gewerb einnicket, und über zärtlicher Wange bei
Der Jungfrau übernachtet,
Und schwebet über Wassern,
Und Häusern, in dem Freien.

Fast auch Unsterblicher Herz zerbricht
Dir und entschlafender Menschen, und es ist,
Wers an sich hat, nicht bei sich. Denn
Du machest scheu der Gerechten
Unrechtere Sinne, daß in die Schmach weg
Sie flüchten, hältst dich hier auf, im Männerzank,
Im blutsverwandten, und wirfst es untereinander.
Und nie zu Schanden wird es,
Das Mächtigbittende,
Am Augenlide der hochzeitlichen
Jungfrau, im Anbeginne dem Werden großer
Verständigungen gesellet. Unkriegerisch spielt nämlich
Die göttliche Schönheit mit.
Jetzt aber komm ich, eben, selber, aus
Dem Gesetze. Denn ansehn muß ich dies, und halten kann ich
Nicht mehr die Quelle der Tränen,
Da in das alles schweigende Bett
Ich seh Antigonä wandeln.

ANTIGONAE.

Seht, ihr des Vaterlandes Bürger,
Den letzten Weg gehn mich,
Und das letzte Licht
Anschauen der Sonne.
Und nie das wieder? Der alles schweigende Todesgott,
Lebendig führt er mich
Zu des Acherons Ufer, und nicht zu Hymenäen
Berufen bin ich, noch ein bräutlicher singt
Mich, irgend ein Lobgesang, dagegen
Dem Acheron bin ich vermählt.

CHOR.

Gehst du bekannt doch und geleitet mit Lob
Hinweg in diese Kammer der Toten.
Verderbend trifft dich Krankheit nicht,
Nicht für das Schwert empfängst du Handlohn.
Dein eigen Leben lebend, unter
Den Sterblichen einzig,
Gehst du hinab, in die Welt der Toten.

ANTIGONAE.

Ich habe gehört, der Wüste gleich sei worden
Die Lebensreiche, Phrygische,
Von Tantalos im Schoße gezogen, an Sipylos Gipfel;
Höckricht sei worden die und, wie eins Efeuketten

Antut, in langsamen Fels
Zusammengezogen; und immerhin bei ihr,
Wie Männer sagen, bleibt der Winter;
Und waschet den Hals ihr unter
Schneehellen Tränen der Wimpern. Recht der gleich
Bringt mich ein Geist zu Bette.

CHOR.

Doch heilig gesprochen, heilig gezeuget
Ist die, wir aber Erd und irdisch gezeuget.
Vergehst du gleich, doch ist ein Großes, zu hören,
Du habst, Gott gleichen gleich, empfangen ein Los,
Lebendig und dann gestorben.

ANTIGONAE.

Weh! Närrisch machen sie mich. Warum
Bei Vaterlandsschutzgeistern überhebest du
Dich mein, die noch nicht untergegangen,
Die noch am Tag ist.
O Stadt, o aus der Stadt
Ihr vielbegüterten Männer!
Io, ihr Dirzäischen Quellen!
Um Thebe rings, wo die Wagen
Hochziehen, o ihr Wälder! Doch, doch müßt
Ihr mir bezeugen, einst, wie unbeweinet
Von Lieben und nach was für
Gesetzen in die gegrabene Kluft ich,
Ins unerhörte Grab muß.
Io! ich Arme!
Nicht unter Sterblichen, nicht unter Toten.

CHOR.

Mitwohnend Lebenden nicht und nicht Gestorbnen.
Forttreibend bis zur Scheide der Kühnheit,
Bis auf die Höhe des Rechts,
Bist du, o Kind, wohl tief gefallen,
Stirbst aber väterlichen Kampf.

ANTIGONAE.

Die zornigste hast du angereget
Der lieben Sorgen,
Die vielfache Weheklage des Vaters
Und alles
Unseres Schicksals,
Uns rühmlichen Labdakiden.
Io! du mütterlicher Wahn

In den Betten, ihr Umarmungen, selbstgebärend,
Mit meinem Vater, von unglücklicher Mutter,
Von denen einmal ich Trübsinnige kam,
Zu denen ich im Fluche
Mannlos zu wohnen komme.
Io! Io! mein Bruder!
In gefährlicher Hochzeit gefallen!
Mich auch, die nur noch da war,
Ziehst sterbend du mit hinab.

CHOR.

Zu ehren ist von Gottesfurcht
Etwas. Macht aber, wo es die gilt,
Die weichet nicht. Dich hat verderbt
Das zornige Selbsterkennen.

ANTIGONAE.

Unbeweinet und ohne Freund' und ehlos
Werd ich Trübsinnige geführet
Diesen bereiteten Weg. Mir ists nicht
Gebrauch mehr, dieser Leuchte heiliges Auge
Zu sehn, mir Armen. Und dies
Mein Geschick, das tränenlose,
Betrauert, liebet niemand.

Dritte Szene

Kreon. Antigonä. Der Chor

KREON.

Ihr wisset, keines läßt das Singen und das Heulen
In Todesnot, so lang man hin und her spricht.
Führt sie gleich weg, und mit der Gruft, der dunklen,
Umschattet ihr sie, wie gesagt, dort laßt sie ruhn
Einsam allein; mag sie nun sterben müssen,
Mag lebend unter solchem Dache zehren.
Denn wir sind rein, was dieses Mädchen angeht,
Die Häuslichkeit hier oben aber fehlt ihr.

ANTIGONAE.

O Grab! o Brautbett! unterirdische
Behausung, immerwach! Da werd ich reisen
Den Meinen zu, von denen zu den Toten
Die meiste Zahl, nachdem sie weiter gangen,
Zornigmitleidig dort ein Licht begrüßt hat;

Von denen ich die Letzte nun am schlimmsten
In weiter Welt vergehn muß, ehe mir
Des Lebens Grenze kommt. Doch komm ich an,
So nähr ich das mit Hoffnungen gar sehr,
Daß lieb ich kommen werde für den Vater,
Auch dir lieb, meine Mutter! lieb auch dir,
Du brüderliches Haupt! Denn als ihr starbt,
Hab ich genommen euch mit eigner Hand,
Und ausgeschmückt, und über eurem Grabe
Trankopfer euch gebracht. Nun, Polynikes,
Indem ich decke deinen Leib, erlang ich dies,
Obgleich ich dich geehrt, vor Wohlgesinnten.
Nie nämlich, weder, wenn ich Mutter
Von Kindern wäre, oder ein Gemahl
Im Tode sich verzehret, hätt ich mit Gewalt,
Als wollt ich einen Aufstand, dies errungen.
Und welchem Gesetze sag ich dies zu Dank?
Wär ein Gemahl gestorben, gäb es andre,
Und auch ein Kind von einem andern Manne,
Wenn diesen ich umarmt. Wenn aber Mutter
Und Vater schläft, im Ort der Toten beides,
Stehts nicht, als wüchs ein andrer Bruder wieder.
Nach solchem Gesetze hab ich dich geehrt,
Dem Kreon aber schien es eine Sünde,
Und sehr gewagt, o brüderliches Haupt!
Und jetzt führt er mich weg, mit Händen so mich greifend,
Mich ohne Bett und Hochzeit; noch der Ehe Teil
Hab ich empfangen, noch ein Kind zu nähren.
Doch einsam so von Lieben, unglückselig,
Lebendig in die Wildnis der Gestorbnen
Komm ich hinab. Welch Recht der Geister übertretend?
Was soll ich Arme noch zu himmlischen
Gewalten schaun? Wen singen der Waffengenossen?
Da ich Gottlosigkeit aus Frömmigkeit empfangen.
Doch wenn nun dieses schön ist vor den Göttern,
So leiden wir und bitten ab, was wir
Gesündiget. Wenn aber diese fehlen,
So mögen sie nicht größer Unglück leiden,
Als sie bewirken offenbar an mir.

CHOR.

Noch von denselben Stürmen hat
Sie noch dieselben Stöße in der Seele.

KREON.

Deswegen werden denen, die sie führen,
Tränen kommen, des Aufschubs wegen.

ANTIGONAE.

O mir! grad vor dem Tode
Ist dies das Wort.

KREON.

Ich rate, nichts zu wagen,
Nichts derlei dieser zuzusprechen.

Kreon geht ab.

VIERTER AKT

Erste Szene

Antigonä. Chor

ANTIGONAE.

O des Landes Thebes väterliche Stadt,
Ihr guten Geister alle, den Vätern geworden,
Also werd ich geführt und weile nicht mehr?
Seht übrig von den anderen allen
Die Königin, Thebes Herrn! welch eine
Gebühr' ich leide von gebührigen Männern,
Die ich gefangen in Gottesfurcht bin.

CHOR.

Der Leib auch Danaes mußte,
Statt himmlischen Lichts, in Geduld
Das eiserne Gitter haben.
Im Dunkel lag sie
In der Totenkammer, in Fesseln;
Obgleich an Geschlecht edel, o Kind!
Sie zählete dem Vater der Zeit
Die Stundenschläge, die goldnen.

Aber des Schicksals ist furchtbar die Kraft.
Der Regen nicht, der Schlachtgeist
Und der Turm nicht, und die meerumrauschten
Fliehn sie, die schwarzen Schiffe.
Und gehascht ward zornig behend Dryas Sohn,
Der Edonen König in begeistertem Schimpf
Von Dionysos, von den stürzenden
Steinhaufen gedecket.

Den Wahnsinn weint' er so fast aus,
Und den blühenden Zorn. Und kennen lernt' er,
Im Wahnsinn tastend, den Gott mit schimpfender Zunge.
Denn stocken macht' er die Weiber
Des Gottes voll, und das evische Feuer
Und die flötenliebenden
Reizt' er, die Musen.

Bei himmelblauen Felsen aber, wo
An beiden Enden Meer ist,
Dort sind des Bosphoros Ufer
Und der Busen Salmidessos,
Der Thraziern gehöret; daselbst sah, nahe
Der Stadt, der Schlachtgeist zu, als beiden
Phineiden ward die Wunde der Blindheit
Vom wilden Weibe gestoßen,
Und finster wars in den mutwillgen Augenzirkeln.

Von Speeren Stiche. Unter
Blutigen Händen und Nadelspitzen.
Und verschmachtend, die Armen weinten
Das arme Leiden der Mutter; sie hatten
Ehlosen Ursprung; jene aber war
Vom Samen der altentsprungenen
Erechtheiden.
In fernewandelnden Grotten
Ernährt ward sie, in Stürmen des Vaters, die Boreade
Zu Rossen gesellt, auf gradem Hügel,
Der Götter Kind. Doch auch auf jener
Das große Schicksal ruhte, Kind!
Antigonä wird weggeführt.

Zweite Szene

Tiresias. Kreon

TIRESIAS *von einem Knaben geführt.*
Ihr Fürsten Thebes! miteinander kommen
Des Weges wir, durch Einen beide sehend.
Wir Blinden gehen mit Wegweisern so des Weges.
KREON.
Was gibt es Neues, Greis Tiresias!
TIRESIAS.
Ich will es sagen, höre du den Seher.

KREON.
Auch war ich sonst von deinem Sinn nicht ferne.
TIRESIAS.
Drum steuerst du gerad auch mit der Stadt.
KREON.
Erfahren hab ich Nützliches und zeug es.
TIRESIAS.
Auch jetzt im zarten Augenblicke denke.
KREON.
Was ist es denn? Furchtbar ist dieser Mund mir.
TIRESIAS.
Du weißt es; hörst die Zeichen meiner Kunst.
Denn auf dem alten Stuhle, Vögel schauend,
Saß ich, wo vor mir war ein Hafen aller Vögel,
Da hört ich unbekannt von denen ein Geschrei,
Mit üblem Wüten schrien sie und wild,
Und zerrten mit den Klauen sich einander,
In Mord, das merkt ich, denn nicht unverständlich war
Der Flügel Sausen. Schnell befürchtet ich,
Und kostete die Flamm, auf allentzündeten
Altären. Aber aus den Opfern leuchtet'
Hephästos nicht. Hingegen aus der Asche
Der nasse Geruch verzehrte die Hüften,
Und raucht' und wälzte sich, und hoher Zorn ward
Umhergesäet, und die benetzten Hüften
Sahn offen aus dem Fett, das sie bedeckte.
Die hab ich von dem Knaben hier erfahren,
Der zeichenlosen Orgien tödliche Erklärung.
Denn dieser ist mir Führer, andern ich.
Und dies. Nach deinem Sinn erkrankt die Stadt.
Denn die Altäre sind und Feuerstellen
Voll von dem Fraß der Vögel und des Hunds,
Vom unschicklich gefallnen Sohn des Oedipus.
Und nicht mehr nehmen auf beim Opfer das Gebet
Von uns die Götter, noch der Hüften Flamme;
Noch rauscht der Vögel wohlbedeutendes
Geschrei her, denn es hat von totem Menschenblut
Das Fett gegessen. Das bedenke nun, o Kind!
Denn allen Menschen ists gemein, zu fehlen.
Wenn aber einer fehlt, der Mann ist eben
Nicht ungescheut und nicht ein Unglückselger,
Wenn er, gefallen in ein Übel, heilen

Sich lässet und nicht unbeweglich bleibet.
Denn Eigendünkel zeiget Grobheit an.
Weich du dem Toten und verfolge nicht
Den, der dahin ist. Welche Kraft ist das,
Zu töten Tote? Gut für dich gesinnt,
Sag ich es gut. Zu lernen ist erfreulich,
Spricht einer gut, und nützet, was er saget.

KREON.
O Alter! alle, wie auf eines Schützen Ziel,
Zielt ihr auf unser einen. Ungeschult nicht bin
Von eurer Art ich in der Seherkunst nicht;
Verkauft bin ich seit langem und betrogen.
Gewinnet! Kauft von Sardes das Elektrum,
Wenn ihr es wollt, und Gold von Indien,
Doch in dem Grabe berget ihr nicht jenen,
Nicht, wenn der Donnervogel zuckend ihn,
Vor Gottes Thron, als Speise tragen wollte.
Des ungeachtet laß ich, der Krankheiten nicht
Des Himmels fürchtet, nicht ein Grab dem Manne.
Gott regt kein Mensch an, dieses weiß ich.
Es fallen aber, Greis Tiresias,
Von Sterblichen auch sehr Gewaltige,
Sehr wüsten Fall, wenn solche Worte sie,
Die wüst sind, schön aussprechen, Vorteils wegen.

TIRESIAS.
Ach! weiß es jemand? ists gesprochen irgend?

KREON.
Was gibts? was sagst du dieses Allgemeine?

TIRESIAS.
Um wie viel gilt itzt mehr Gutmütigkeit, als Wohlsein?

KREON.
So viel, denk ich, nicht denken, viel Verlust ist.

TIRESIAS.
Von dieser Krankheit aber bist du voll.

KREON.
Ich will dem Seher schlimm nicht widersprechen.

TIRESIAS.
So sprichst du, da du sagst, ich prophezeie fälschlich.

KREON.
Die Seherart liebt nämlich all das Silber.

TIRESIAS.
Tyrannenart liebt schändlichen Gewinn.

KREON.
Weißt du, daß Feldherrn sind, wozu du redest?

TIRESIAS.
Das weiß ich. Denn durch mich erhieltest diese Stadt du.

KREON.
Ein weiser Seher bist du, liebest dennoch Unrecht.

TIRESIAS.
Aufregen wirst du mich, das, was noch unerschüttert
Von meinen Gedanken ist, herauszusagen.

KREON.
Erschüttr es! Nur sprich Vorteils wegen nicht!

TIRESIAS.
Schein ich so sehr dein Teil zu sein auch itzt noch?

KREON.
Du wirst nicht täuschen meinen Sinn, das wisse!

TIRESIAS.
Wiß aber du, nicht lange Zeit mehr brütest
In eifersüchtger Sonne du, von nun an;
Denn bald aus deinem Eingeweide zahlst
Du selber einen Toten für die Toten,
Für die, die du von oben warfst hinunter,
Und deren Seele schmählich du im Grabe
Zu wohnen hast gesandt. Von unten hast
Auch oben einen du, den schicksallosen,
Den unbegrabenen, unheiligen Toten
Des Todesgotts, der weder dich, noch obre Götter
Angehet, aber du brauchst so Gewalt.
Und darum lauern wunderlich verderblich
Im Jenseits dir die Spötter und die Richterinnen
Der Götter, also, daß da in denselben Übeln
Du troffen werdest, und betrachte das,
Ob ich das dumm von Silber spreche. Denn es kommt,
Nicht lange Zeit mehr ists, von Männern, Weibern
In deinen Häusern eine Weheklage.
In Mißverstand muß aber jede Stadt
Vergehen, deren Leichname zur Ruhe
Die Hund' und wilden Tiere bringen, oder wenn
Mit Fittigen ein Vogel mit unheiligem
Geruche zum gesetzten Herd der Stadt kommt.
So stehts mit dir. Verdrossen bist du freilich;
Als wie ein Schütze sandt ich aus dem Mute
Des Herzens Pfeile fest. Und ihrer Wärme

Entgehst du nicht! O Kind! Du aber führ uns
Hinweg ins Haus, daß dieser seinen Mut
Auslasse gegen Jüngere. Und lernen
Mag er, die Zunge stiller zu gewöhnen,
Und besser sein Gemüt gesinnt, denns jetzt ist.
Tiresias geht ab.

Dritte Szene

Der Chor. Kreon

CHOR.
Der Mann, mein König, ging viel prophezeiend,
Wir wissen aber, seit wir mit dem weißen
Das schwarze Haar vertauschet, wie du siehst,
Daß nie er Lügen in der Stadt gebrauchet.

KREON.
Ich weiß es selbst, und bin verwirrt im Sinn;
Denn weichen, ist ein Großes. Doch wenn einer
Mit Wahn mir auf den Mut tritt, wird das schwierig.

CHOR.
Es brauchet guten Rat, Kreon, Menökeus Sohn!

KREON.
Was ist zu tun? Sag es, ich will dir folgen.

CHOR.
Komm, laß die Jungfrau aus dem Felsenhause,
Und schaff ein Grab, dem, welcher draußen liegt.

KREON.
Du lobest dies und scheinst es gutzuheißen.

CHOR.
So schnell, mein König, als es möglich ist,
Denn in die Kürze faßt den Schlimmgesinnten
Die schnellgefüßte Züchtigung der Götter.

KREON.
O mir. Kaum mag ich, denn mir fehlt das Herz
Dazu, doch mit der Not ist nicht zu streiten.

CHOR.
Tu nun dies. Komm. Komm nun nicht mehr auf anders.

KREON.
So wie ich bin, will ich hinweggehn. Diener!
Abwesend, gegenwärtig! nimmt zur Hand
Die Beil' und eilt zum Orte, den ihr sehet.
Ich aber, weil für die sich kehrt die Meinung,

Und ich sie selbst band, will auch selbst sie lösen.
Ich fürcht, es ist am besten, zu erhalten
Bestehendes Gesetz und so zu enden.

FÜNFTER AKT

CHOR *der Thebanischen Alten.*

Namenschöpfer, der du von den Wassern, welche Kadmos
Geliebet, der Stolz bist, und des, der im Echo donnert,
Ein Teil, des Vaters der Erd,
Und Italia in Wachstum weit umschweifst,
Die allbekannt ist. Allen gemein
Ist aber Undurchdringliches; denn auch waltest
Im Schoße du, zu Elevsis.
Hier aber, Freudengott,
In der Mutterstadt, der bacchantischen,
In Thebe wohnest du, an Ismenos kaltem Bach,
An den Zäunen, wo den Othem
Das Maul des Drachen haschet.

Der Opferrauch, der wohlgestalt ist über
Des Felses Schultern, hat dich gesehen; am
Cocytus, wo die Wasser
Bacchantisch fallen, und
Kastalias Wald auch.
Und unter Nyssäischen Bergen regen
Fernhorchend Brunnen dich auf,
Und grün Gestad,
Voll Trauben hängend,
Nach Thebes
Unsterblichen Worten zu gehn,
In die Gassen, da sie frohlockten.
Denn die ehrst du vor allen
Als höchste der Städte
Mit der blitzgetroffenen Mutter.

Jetzt aber, da von gewaltiger
Krankheit die ganze Stadt
Ist befangen, müssen wir
Der Buße Schritte gehen über

Den Parnassischen Hügel oder
Die seufzende Furt.
Io! du! in Feuer wandelnd!
Chorführer der Gestirn' und geheimer
Reden Bewahrer!
Sohn, Zevs Geburt!
Werd offenbar! mit den Naxischen
Zugleich, den wachenden
Thyaden, die wahnsinnig
Dir Chor singen, dem jauchzenden Herrn.

Erste Szene

Ein Bote. Der Chor. Hernach Eurydice

DER BOTE.
O ihr des Kadmos Nachbarn und Amphions,
Es steht nicht so, daß ich des Menschen Leben,
Wies auch verfaßt sei, loben möcht und tadeln.
Undenklichs hebt, undenklichs stürzet nämlich
Allzeit den Glücklichen und den Unglücklichen.
Kein Sehergeist erreicht nicht das, was da ist.
So war sonst Kreon mir beneidenswert,
Da er von Feinden rettete das Land
Des Kadmos und allein Herrschaft gewann,
In dieser Gegend, und regiert' und blüht'
In wohlgeborner Saat von Kindern. Nun
Geht alles hin. Das Angenehme nämlich,
Das untreu wird, halt ich des Mannes unwert.
Reich, wenn du willst, ist er im Hause sehr,
Und lebet in tyrannischer Gestalt.
Doch wenn von dem weggeht die Freude, möcht
Um eines Rauches Schatten ich das andre nicht
Als angenehm für einen Mann verkaufen.

CHOR.
Wie kommt dir denn vom Fürsten diese Klage?

DER BOTE.
Gestorben sind sie. Schuldig sind, die leben.

CHOR.
Und welcher tötet? welcher liegt? sag an!

DER BOTE.
Hämon ist hin, von eignen Händen blutend.

CHOR.

Was? von des Vaters oder eigner Hand?

DER BOTE.

Er selbst. Dem Vater zürnt' in seinem Mord er.

CHOR.

Wie führtest du ein richtig Wort, o Seher!

DER BOTE.

So steht es. Anderes ist zu bedenken.

CHOR.

Ich seh, Euridyce, die unglückliche,
Die Frau des Kreon eben. Ob im Hause sies
Gehört hat, oder da aus Zufall ist.

EURYDICE.

O all ihr Bürger! eine Rede merkt ich,
Da ich zur Pforte ging der Göttin Pallas,
Damit ich käm und mit Gebet anspräche.
Da tu ich eben auf des Tores Riegel;
Es öffnet sich, und eine Stimme trifft
Von Unglück in dem Hause mich durchs Ohr.
Rücklings fall ich in Furcht auf meine Mägde,
In Unmacht. Aber welch Gerücht es war,
Sagt es noch einmal mir. Ich werde nicht
In Übeln unerfahren es vernehmen.

DER BOTE.

Ich, liebe Frau, sag es, als Augenzeuge,
Kein Wort der Wahrheit laß ich ungesagt,
Was sollt ich nämlich dich besänftigen,
Wenn ich nachher als Lügner dir erschiene?
Gerad ist immerhin die Wahrheit. Ich
Bin als Gefährte deinem Herrn gefolgt,
Zum hohen Felde, wo, vom Hund zerfleischt,
Der arme Leichnam lag des Polynikes.
Enodia, die Göttin, bitten wir,
Und Pluto, wohlgesinnten Zorn zu halten,
Bereiten heilig Bad, und legen ihn
In frische Zweige, so viel übrig war,
Und einen Hügel mit geradem Haupt
Erbauten wir von heimatlicher Erde.
Und gingen dann zum hohlen, steinerbauten,
Nach Toter Art, vermählten Bett der Jungfrau.
Es höret aber einer eine Stimme,
Und laute Klage rufen in der Kammer,

Und nahet sich und deutet Kreon sie,
Dem Herren, an. Und wie der ging, umgab
Ihn merkbarer die dunkle, müheselge Stimme,
Dann schrie er auf, nah dran, und übel klagend
Sprach er das Wort, das ärmlich klagende:
Bin ich Wahrsager mir? geh ich den unglücklichsten
Wirklich der Wege, welche kommen können?
Mich rührt des Kindes Stimme. Doch ihr Diener,
Geht schnell hinzu, zum Grab und seht genau
Den Riegel an, der aus der Mauer ist gerissen,
Geht in die Türe selbst hinein, und sehet,
Ob ich des Hämons Stimme höre, oder
Göttlich getäuscht bin. Des geängsteten
Herrn Wort nach forschen wir. Darauf
Zu hinterst in den Gräbern sehen wir,
Am Nacken hängend, sie, am Gürtelbande
Des Leinenkleids herab; und ihn, rundum
Um sie bestrickt, dahingestreckt, und jammernd
Ums Brautbett, und den Abgrund drunten, und
Des Vaters Werk und unglückliche Lager.
Er, wie er dieses sieht, schreit greulich auf,
Und geht hinein, zu ihm, und weheklagt und rufet:
O Armer, was hast du getan? was hattest
Im Sinne du? Durch welch Verhängnis starbst du?
O komm heraus, mein Kind, fußfällig bitt ich.
Schnöd blickend, nichts entgegensagend, starrt
Mit wilden Augen gegen ihn der Sohn;
Und zieht das Schwert, zweischneidig, gegen ihn erst.
Und da der Vater, aufgeschröckt, zur Flucht
Sich wandte, fehlt' er. Grimmig dann im Geiste,
Der Unglückliche stieß, so wie er ausgestreckt stand,
Die Spitze mitten sich in seine Seite.
Den feuchten Arm, bei Sinnen noch, küßt er
Der Jungfrau. Schnaubend stößt auf weißer Wange
Er scharfen Hauch von blutgen Tropfen aus.
Das Tote liegt beim Toten, bräutliche
Erfüllung trifft es schüchtern in den Häusern
Der Totenwelt, und zeigt der Menschen ratlos Wesen,
Und wie als größtes Übel dies der Mann hat. *Eurydice geht ab.*

CHOR.

Wie nimmst du dies? Die Frau ging wieder weg,
Eh sie gut oder schlimm ein Wort gesagt.

DER BOTE.

Mich wunderts auch, doch nähr ich mich mit Hoffnung,
Daß auf des Kindes Unglück sie das Jammern
Anständig nicht gehalten vor der Stadt,
Und in den Zimmern drin den Mägden sage,
Daß sie des Hauses Klage klagen. Denn
So ohne Rat ist sie nicht, daß sie fehlte.

CHOR.

Ich weiß nicht. Doch das allzugroße Schweigen
Scheint bei vergebnem Schreien mir bedeutend.

DER BOTE.

Laß sehen uns, ob nicht Verhaltenes
Geheim verberg ihr schwellend Herz; hinein
Ins Haus gehn. Denn du redest wohl, es ist
Bedeutend auch das allzugroße Schweigen.

CHOR.

Allein der König kommet selbst.
Ein großes Angedenken in Händen trägt er.
Wenns Recht ist, es zu sagen, aus fremdem
Irrsal nicht, sondern selber hat er gefehlt.

Zweite Szene

Der Chor. Kreon

KREON.

Io! unsinnige Sinne!
Harte Fehle!
Tödliche! O tötend und
Getötet sehn wir
Blutsfreunde.
Io! mir! über meinen armen
Ratschlägen.
Io! Kind! Frühzeitig gestorben!
Weh! Weh! Weh!
Gestorben bist du, geschieden,
Durch meine, nicht deine Torheit.

CHOR.

O mir, wie mußtest du so spät erst sehn das Rechte.

KREON.

Ich habs gelernet in Furcht. An meinem Haupt aber
Ein Gott dort, dort mich
Mit großer Schwere gefaßt

Und geschlagen hat, und geschüttelt auf wilden Wegen.
Ach! ach!
Io! ihr Mühen der Menschen! ihr Mühsamen!

Dritte Szene

Der Bote. Kreon. Der Chor

BOTE.
O Herr! wie hast du schon und wie empfängst du.
Das in den Händen trägst du, das. Und das im Haus
Auch, das Unglück zu sehen, mußt du kommen.

KREON.
Was ist denn schlimmer noch, als das, was schlimm ist?

BOTE.
Die Frau ist tot; ganz Mutter dieses Toten.
Noch krümmt sie sich von neugeschlagnen Schlägen.

KREON.
Io! Io! du schmutziger Hafen
Der Unterwelt! was? mich nun? was? verderbest du mich?
Io! der übelberichtet mir
Hersandte das Unglück, führest solch Geschrei du?
Weh! Weh! du hast zu Grunde den Mann gerichtet.
Was sprichst du, Kind? was bringest du mir Neues?
Weh! Weh! Weh!
Geschlachtet an dem Boden liege
Des Weibs Teil über allgemeinem Zerfalle.

BOTE.
Du kannst es sehn. Noch ist sie im Gemach nicht.

KREON.
O mir!
Auch das Unglück, das zweite, seh ich Armer?
Was nun noch? was erwartet mich ein Schicksal?
Ich hab in Händen eben da das Kind,
Ich Armer; sehe vor mir hier den Toten.
Ach! ach! mühselge Mutter! ach mein Kind!

CHOR.
Wie ist sie scharfgetroffen, wie geschlachtet rings!

KREON.
Sie schlägt die schwarzen Augen auf. Was klagt sie?

BOTE.
Des ehgestorbenen Megareus rühmlich Bett.

Dann hat geklaget sie um den, zuletzt lobpries sie
Die schlechten Taten dir, dem Kindermörder.

KREON.

Weh! Weh! Weh! Weh!
Mich beflügelt die Furcht. Warum
Hat nicht mich einer erschlagen
Mit entgegengestelltem Schwert?
Ich Feiger! ach! ach!
In feiger Not gemenget.

BOTE.

Da du die Schuld von dem und jenem trägst,
So gib Befehl auch wegen der Gestorbnen.

KREON.

Was Art in Mord ward aber jen' entbunden?

BOTE.

Sich selber auf die Leber schlug sie, da
Des Kindes Leiden lautgeklagt an sie kam.

KREON.

O mir! mir! das gehöret keinem andern
Der Menschen an. Mein ist die Schuld in diesem.
Ich habe dich getötet, ich. Io! ihr Diener!
Führt eilig mich hinweg! führt, Schritt vor Schritt,
Mich, der nun nichts mehr anders ist, als niemand.

CHOR.

Ist Vorteil noch im Unglück, triffst du Vorteil;
Denn kurz ist vor den Füßen großes Übel.

KREON.

O komm! o komm!
Erscheine, meiner Verhängnisse schönstes,
Den endlichen Tag mir bringend,
Den letzten. Komm! o komme,
Daß ich nicht mehr den andern Tag schaun muß!

BOTE.

Dies kommt. Was aber tun, in dem, was da ist?
Denn solches lieget uns ob, das uns angeht.

KREON.

Was ich gesaget, eben, das hab ich gewünschet.

BOTE.

Du mußt nichts wünschen. Vom zuvorgesetzten
Verhängnis hat kein Sterblicher Befreiung.

KREON.

Führt Schritt vor Schritt den eiteln Mann. Der ich

Dich, Kind, doch gerne nicht, getötet, sie auch, sie;
Ich Armer weiß nicht, wen ich ansehn soll,
Und nicht, wohin ich gehe.
Denn alles Schiefe hat
Hier in den Händen und hier mir auf das Haupt
Ein wüst Schicksal gehäufet.

CHOR.

Um vieles ist das Denken mehr, denn
Glückseligkeit. Man muß, was Himmlischer ist, nicht
Entheiligen. Große Blicke aber
Große Streiche der hohen Schultern
Vergeltend,
Sie haben im Alter gelehrt, zu denken.

ANMERKUNGEN ZUR ANTIGONAE

1.

Die Regel, das kalkulable Gesetz der Antigonä verhält sich zu dem des Oedipus, wie ___/ zu ___, so daß sich das Gleichgewicht mehr vom Anfang gegen das Ende, als vom Ende gegen den Anfang zu neigt.

Sie ist eine der verschiedenen Sukzessionen, in denen sich Vorstellung und Empfindung und Räsonnement, nach poëtischer Logik, entwickelt. So wie nämlich immer die Philosophie nur ein Vermögen der Seele behandelt, so daß die Darstellung dieses Einen Vermögens ein Ganzes macht, und das bloße Zusammenhängen *der Glieder* dieses Einen Vermögens Logik genannt wird, so behandelt die Poësie die verschiedenen Vermögen des Menschen, so daß die Darstellung dieser verschiedenen Vermögen ein Ganzes macht, und das Zusammenhängen *der selbstständigeren Teile* der verschiedenen Vermögen der Rhythmus, im höhern Sinne, oder das kalkulable Gesetz genannt werden kann.

Ist aber dieser Rhythmus der Vorstellungen so beschaffen, daß, in der Rapidität die Begeisterung, die *ersten* mehr durch die *folgenden* hingerissen sind, so muß die Zäsur *a*) dann oder die *gegenrhythmische Unterbrechung von vorne* liegen, so daß die erste Hälfte gleichsam gegen die zweite geschützt ist, und das Gleichgewicht, eben weil die zweite Hälfte ursprünglich rapider ist und schwerer zu wiegen scheint, der entgegenwirkenden Zäsur wegen, mehr von hinten her *b*) sich gegen den Anfang *c*) neiget. $_{c}{}^{a}$___$_{b}$

Ist der Rhythmus der Vorstellungen aber so beschaffen, daß *die folgenden* mehr gedrungen sind von *den anfänglichen*, so wird die Zäsur *a*) mehr gegen das Ende liegen, weil es das Ende ist, was gegen den Anfang gleichsam geschützt werden muß, und das Gleichgewicht wird folglich mehr sich gegen das Ende *b*) neigen, weil die erste Hälfte *c*) sich länger dehnt, das Gleichgewicht aber später vorkommt. $_{c}$___/$^{a}{}_{b}$

2.

„Was wagtest du, ein solch Gesetz zu brechen?

„Darum, *mein* Zevs berichtete mirs nicht,
„Noch hier im Haus das Recht der Todesgötter etc.

Der kühnste Moment eines Taglaufs oder Kunstwerks ist, wo der Geist der Zeit und Natur, das Himmlische, was den Menschen ergreift, und der Gegenstand, für welchen er sich interessiert, am wildesten gegeneinander stehen, weil der sinnliche Gegenstand nur eine Hälfte weit reicht, *der Geist aber am mächtigsten erwacht, da, wo die zweite Hälfte angehet.* In diesem Momente muß der Mensch sich *am meisten festhalten*, deswegen steht er auch da am offensten in seinem Charakter.

Das tragischmäßige Zeitmatte, dessen Objekt dem Herzen doch nicht eigentlich interessant ist, folgt dem reißenden Zeitgeist am unmäßigsten, und dieser erscheint dann wild, nicht, daß er die Menschen schonte, wie ein Geist am Tage, sondern er ist schonungslos, als Geist der ewig lebenden ungeschriebenen Wildnis und der Totenwelt.

KREON.
Doch, Guten gleich, sind Schlimme nicht zu nehmen.
ANTIGONAE.
Wer weiß, da kann doch drunt' ein andrer Brauch sein.

Das Liebenswürdige, Verständige im Unglück. Das Träumerischnaive. Eigentliche Sprache des Sophokles, da Aeschylus und Euripides mehr das Leiden und den Zorn, weniger aber des Menschen Verstand, als unter Undenkbarem wandelnd, zu objektivieren wissen.

KREON.
Wenn meinem Uranfang ich treu beistehe, lüg ich?
HAEMON.
Das bist du nicht, hältst *du nicht heilig Gottes Namen.*

statt: trittst du der Götter Ehre. Es war wohl nötig, hier den heiligen Ausdruck zu ändern, da er in der Mitte bedeutend ist, als Ernst und selbstständiges Wort, an dem sich alles übrige objektivieret und verklärt.

Wohl die Art, wie in der Mitte sich die Zeit wendet, ist nicht wohl veränderlich, so auch nicht wohl, wie ein Charakter der kategorischen Zeit kategorisch folget, und wie es vom griechischen zum hesperischen gehet, hingegen der heilige Namen, unter welchem das Höchste gefühlt wird oder geschiehet. Die Rede bezieht sich auf den Schwur des Kreon.

Nicht lang mehr brütest
In eifersüchtger Sonne du.

Auf der Erde, unter Menschen, kann die Sonne, wie sie relativ physisch wird, auch wirklich relativ im Moralischen werden.

Ich habe gehört, der Wüste gleich sei worden etc.

Wohl der höchste Zug an der Antigonä. Der erhabene Spott, so fern heiliger Wahnsinn höchste menschliche Erscheinung, und hier mehr Seele als Sprache ist, übertrifft alle ihre übrigen Äußerungen; und es ist auch nötig, so im Superlative von der Schönheit zu sprechen, weil die Haltung unter anderem auch auf dem Superlative von menschlichem Geist und heroischer Vituosität beruht.

Es ist ein großer Behelf der geheimarbeitenden Seele, daß sie auf dem höchsten Bewußtsein dem Bewußtsein ausweicht, und ehe sie wirklich der gegenwärtige Gott ergreift, mit kühnem, oft sogar blasphemischem Worte diesem begegnet, und so die heilige lebende Möglichkeit des Geistes erhält.

In hohem Bewußtsein vergleicht sie sich dann immer mit Gegenständen, die kein Bewußtsein haben, aber in ihrem Schicksal des Bewußtseins Form annehmen. So einer ist ein wüst gewordenes Land, das in ursprünglicher üppiger Fruchtbarkeit die Wirkungen des Sonnenlichts zu sehr verstärket, und darum dürre wird. Schicksal der Phrygischen Niobe; wie überall Schicksal der unschuldigen Natur, die überall in ihrer Virtuosität in eben dem Grade ins Allzuorganische gehet, wie der Mensch sich dem Aorgischen nähert, in heroischeren Verhältnissen, und Gemütsbewegungen. Und Niobe ist dann auch recht eigentlich das Bild des frühen Genies.

Sie zählete dem Vater der Zeit
Die Stundenschläge, die goldnen.

statt: verwaltete dem Zevs das goldenströmende Werden. Um es unserer Vorstellungsart mehr zu nähern. Im Bestimmteren oder Unbestimmteren muß wohl Zevs gesagt werden. *Im*

Ernste lieber: Vater der Zeit oder: Vater der Erde, weil sein Charakter ist, der ewigen Tendenz entgegen, *das Streben aus dieser Welt in die andre* zu kehren *zu einem Streben aus einer andern Welt in diese*. Wir müssen die Mythe nämlich überall *beweisbarer* darstellen. Das goldenströmende Werden bedeutet wohl die Strahlen des Lichts, die auch dem Zevs gehören, insofern die Zeit, die bezeichnet wird, durch solche Strahlen berechenbarer ist. Das ist sie aber immer, wenn die Zeit im Leiden gezählt wird, weil dann das Gemüt vielmehr dem Wandel der Zeit mitfühlend folget, und so den einfachen Stundengang begreift, nicht aber der Verstand von Gegenwart auf die Zukunft schließt.

Weil aber dieses festeste Bleiben vor der wandelnden Zeit, dies heroische Eremitenleben, das höchste Bewußtsein wirklich ist, motiviert sich dadurch der folgende Chor, als reinste Allgemeinheit und als eigentlichster Gesichtspunkt, wo das Ganze angefaßt werden muß.

Nämlich dieser enthält, als Gegensatz gegen das Allzuinnige dieser vorhergegangenen Stelle, die höchste Unparteilichkeit der zwei entgegengesetzten Charaktere, aus welchen die verschiedenen Personen des Dramas handeln.

Einmal das, was den Antitheos charakterisiert, wo einer, in Gottes Sinne, wie *gegen* Gott sich verhält, und den Geist des Höchsten gesetzlos erkennt. Dann die fromme Furcht vor dem Schicksal, hiemit das Ehren Gottes, als eines gesetzten. Dies ist der Geist der beiden unparteiisch gegen einander gestellten Gegensätze im Chore. Im ersten Sinne mehr Antigonä handelnd. Im zweiten Kreon. Beede, insofern sie entgegengesetzt sind, nicht wie Nationelles und Antinationelles, hiemit Gebildetes, wie Ajax und Ulyß, auch nicht, wie Oedipus gegen die griechischen Landleute, und die antike Originalnatur, als Freigeist gegen getreue Einfalt, sondern gleich gegen einander abgewogen und nur der Zeit nach verschieden, so daß das eine vorzüglich *darum* verlieret, *weil es anfängt*, das andere *gewinnet*, *weil es nachfolgt*. Insofern passet der sonderbare Chor, von dem hier eben die Rede ist, aufs geschickteste zum Ganzen, und seine kalte Unparteilichkeit ist Wärme, eben weil sie so eigentümlich schicklich ist.

3.

Die tragische Darstellung beruhet, wie in den Anmerkungen zum Oedipus angedeutet ist, darauf, daß der unmittelbare Gott, ganz Eines mit dem Menschen (denn der Gott eines Apostels ist mittelbarer, ist höchster Verstand in höchstem Geiste), daß die *unendliche* Begeisterung *unendlich*, das heißt in Gegensätzen, im Bewußtsein, welches das Bewußtsein aufhebt, heilig sich scheidend, sich faßt, und der Gott, in der Gestalt des Todes, gegenwärtig ist.

Deswegen, wie schon in den Anmerkungen zum Oedipus berührt ist, die dialogische Form, und der Chor im Gegensatze mit dieser, deswegen die gefährliche Form, in den Auftritten, die, nach griechischerer Art, notwendig faktisch in dem Sinne ausgehet, daß das *Wort mittelbarer faktisch* wird, indem es den sinnlicheren Körper ergreift; nach unserer Zeit und Vorstellungsart, unmittelbarer, indem es den geistigeren Körper ergreift. Das *griechischtragische Wort ist tödlichfaktisch*, weil der Leib, den es ergreifet, wirklich tötet. Für uns, da wir unter dem eigentlicheren Zevs stehen, der nicht nur zwischen dieser Erde und der wilden Welt der Toten *inne hält*, sondern den ewig menschenfeindlichen Naturgang, auf seinem Wege in die andre Welt, *entschiedener zur Erde zwinget*, und da dies die wesentlichen und vaterländischen Vorstellungen groß ändert, und unsere Dichtkunst vaterländisch sein muß, so daß ihre Stoffe nach unserer Weltansicht gewählt sind, und ihre Vorstellungen vaterländisch, verändern sich die griechischen Vorstellungen insofern, als ihre Haupttendenz ist, sich fassen zu können, weil darin ihre Schwäche lag, da hingegen die Haupttendenz in den Vorstellungsarten unserer Zeit ist, etwas treffen zu können, Geschick zu haben, da das Schicksallose, das δυσμορον, unsere Schwäche ist. Deswegen hat der Grieche auch mehr Geschick und Athletentugend, und muß dies, so paradox uns die Helden der Iliade erscheinen mögen, als eigentlichen *Vorzug* und als ernstliche Tugend haben. Bei uns ist dies mehr der Schicklichkeit subordiniert. Und so auch sind die griechischen Vorstellungsarten und poëtischen Formen mehr den vaterländischen subordiniert.

Und so ist wohl *das tödlichfaktische, der wirkliche Mord aus Worten, mehr als eigentümlich griechische und einer vaterländischeren Kunstform subordinierte Kunstform zu betrachten*. Eine vaterländische mag, wie wohl beweislich ist, mehr tötendfaktisches, als tödlichfaktisches Wort sein; nicht eigentlich mit Mord oder Tod endigen, weil doch hieran das Tragische muß gefaßt werden, sondern mehr im Geschmacke des Oedipus auf Kolonos, so daß *das Wort* aus begeistertem Munde schrecklich ist, und tötet, nicht griechisch faßlich, in athletischem und plastischem Geiste, wo das Wort den Körper ergreift, daß dieser tötet.

So beruhet griechischer oder hesperischer die tragische Darstellung auf gewaltsamerem oder unaufhaltsamerem Dialog und Chören, haltend oder deutend für den Dialog, die dem unendlichen Streite die Richtung oder die Kraft geben, als *leidende Organe* des göttlichringenden Körpers, die nicht wohl fehlen können, weil auch in tragischunendlicher Gestalt der Gott dem Körper sich nicht absolut unmittelbar mitteilen kann, sondern verständlich gefaßt, oder lebendig zugeeignet werden muß; vorzüglich aber bestehet die tragische Darstellung in dem faktischen Worte, das, mehr Zusammenhang, als ausgesprochen, schicksalsweise, vom Anfang bis zu Ende gehet; in der Art des Hergangs, in der Gruppierung der Personen gegeneinander, und in der Vernunftform, die sich in der furchtbaren Muße einer tragischen Zeit bildet, und so wie sie in Gegensätzen sich darstellte, in ihrer wilden Entstehung, nachher, in humaner Zeit, als feste aus göttlichem Schicksal geborene Meinung gilt.

Die Art des Hergangs in der Antigonä ist die bei einem Aufruhr, wo es, sofern es vaterländische Sache ist, darauf ankommt, daß jedes, als von unendlicher Umkehr ergriffen, und erschüttert, in unendlicher Form sich fühlt, in der es erschüttert ist. Denn vaterländische Umkehr ist die Umkehr aller Vorstellungsarten und Formen. Eine gänzliche Umkehr in diesen ist aber, so wie überhaupt gänzliche Umkehr, ohne allen Halt, dem Menschen, als erkennendem Wesen unerlaubt. Und in vaterländischer Umkehr, wo die ganze Gestalt der Dinge sich ändert, und die Natur und Notwendigkeit, die immer bleibt, zu einer andern Gestalt sich neiget, sie gehe in Wildnis über oder in neue Gestalt, in einer solchen Veränderung ist alles bloß Notwendige parteiisch für die Veränderung, deswegen kann, in Möglichkeit solcher Veränderung, auch der Neutrale (nicht nur, der *gegen* die vaterländische Form ergriffen ist, von einer Geistesgewalt der Zeit) gezwungen werden, patriotisch, gegenwärtig zu sein, in unendlicher Form, der religiösen, politischen und moralischen seines Vaterlands. (προφανηθι θεος.) Es sind auch solche ernstliche Bemerkungen notwendig zum Verständnisse der griechischen, wie aller echten Kunstwerke. Die eigentliche Verfahrungsart nun bei einem Aufruhr (die freilich nur Eine Art vaterländischer Umkehr ist, und noch bestimmteren Charakter hat) ist eben angedeutet.

Ist ein solches Phänomen tragisch, so gehet es durch Reaktion, und das Unförmliche entzündet sich an Allzuförmlichem. Das Charakteristische dabei ist deswegen das, daß die in *solchem* Schicksal begriffenen Personen, nicht, wie im Oedipus, in Ideengestalt, als streitend um die Wahrheit, stehen, und wie eines, das sich des Verstandes wehret, auch nicht, wie eines, das sich des Lebens oder Eigentums oder der Ehre wehret, wie die Personen im Ajax, sondern daß sie als Personen im engeren Sinne, als Standespersonen gegeneinander stehen, daß sie sich formalisieren.

Die Gruppierung solcher Personen ist, wie in der Antigonä, mit einem Kampfspiele von Läufern zu vergleichen, wo der, welcher zuerst schwer Othem holt und sich am Gegner stößt, verloren hat, da man das Ringen im Oedipus mit einem Faustkampf, das im Ajax mit einem Fechterspiele vergleichen kann.

Die Vernunftform, die hier tragisch sich bildet, ist politisch, und zwar republikanisch, weil zwischen Kreon und Antigonä, förmlichem und gegenförmlichem, das Gleichgewicht zu gleich gehalten ist. Besonders zeigt sich dies am Ende, wo Kreon von seinen Knechten fast gemißhandelt wird.

Sophokles hat Recht. Es ist dies Schicksal seiner Zeit und Form seines Vaterlandes. Man kann wohl idealisieren, z. B. den besten Moment wählen, aber die vaterländischen Vorstellungsarten dürfen, wenigstens der Unterordnung nach, vom Dichter, der die Welt im verringerten Maßstab darstellt, nicht verändert werden. Für uns ist eine solche Form gerade tauglich, weil das Unendliche, wie der Geist der Staaten und der Welt, ohnehin nicht anders, als aus linkischem Gesichtspunkt kann gefaßt werden. Die vaterländischen Formen unserer Dichter, wo solche sind, sind aber dennoch vorzuziehen, weil solche nicht bloß da sind, um den Geist der Zeit verstehen zu lernen, sondern ihn festzuhalten und zu fühlen, wenn er einmal begriffen und gelernt ist.

PINDAR-FRAGMENTE

UNTREUE DER WEISHEIT

O Kind, dem an des pontischen Wilds Haut,
Des felsenliebenden, am meisten das Gemüt
Hängt, allen Städten geselle dich,
Das Gegenwärtige lobend
Gutwillig,
Und anderes denk in anderer Zeit.

Fähigkeit der einsamen Schule für die Welt. Das Unschuldige des reinen Wissens als die Seele der Klugheit. Denn Klugheit ist die Kunst, unter verschiedenen Umständen getreu zu bleiben, das Wissen die Kunst, bei positiven Irrtümern im Verstande sicher zu sein. Ist intensiv der Verstand geübt, so erhält er seine Kraft auch im Zerstreuten; sofern er an der eigenen geschliffenen Schärfe das Fremde leicht erkennt, deswegen nicht leicht irre wird in ungewissen Situationen.

So tritt Jason, ein Zögling des Centauren, vor den Pelias:

ich glaube, die Lehre
Chirons zu haben. Aus der Grotte nämlich komm ich
Bei Charikli und Philyra, wo des
Centauren Mädchen mich ernähret,
Die heilgen; zwanzig Jahre aber hab
Ich zugebracht und nicht ein Werk
Noch Wort, ein schmutziges, jenen
Gesagt, und bin gekommen nach Haus,
Die Herrschaft wiederzubringen meines Vaters.

VON DER WAHRHEIT

Anfängerin großer Tugend, Königin Wahrheit,
Daß du nicht stoßest
Mein Denken an rauhe Lüge.

Furcht vor der Wahrheit, aus Wohlgefallen an ihr. Nämlich das erste lebendige Auffassen derselben im lebendigen Sinne ist, wie alles reine Gefühl, Verwirrungen ausgesetzt; so daß man nicht irret, aus eigener Schuld, noch auch aus einer Störung, sondern des höheren Gegenstandes wegen, für den, verhältnismäßig, der Sinn zu schwach ist.

VON DER RUHE

Das Öffentliche, hat das ein Bürger
In stiller Witterung gefaßt,
Soll er erforschen
Großmännlicher Ruhe heiliges Licht,
Und dem Aufruhr von der Brust,
Von Grund aus, wehren, seinen Winden; denn Armut macht er
Und feind ist er Erziehern der Kinder.

Ehe die Gesetze, der großmännlichen Ruhe heiliges Licht, erforschet werden, muß einer, ein Gesetzgeber oder ein Fürst, in *reißenderem* oder *stetigerem* Schicksal eines Vaterlandes und je nachdem die Rezeptivität des Volkes beschaffen ist, den Charakter jenes Schicksals, *das königlichere* oder *gesamtere* in den Verhältnissen der Menschen, zu ungestörter Zeit, *usurpatorischer*, wie bei griechischen Natursöhnen, oder *erfahrener*, wie bei Menschen von Erziehung, auffassen. Dann sind die Gesetze die Mittel, jenes Schicksal in seiner Ungestörtheit festzuhalten. Was für den Fürsten origineller Weise, das gilt, als Nachahmung, für den eigentlicheren Bürger.

VOM DELPHIN

Den in des wellenlosen Meeres Tiefe von Flöten
Bewegt hat liebenswürdig der Gesang.

Der Gesang der Natur, in der Witterung der Musen, wenn über Blüten die Wolken, wie Flocken, hängen, und über dem Schmelz von goldenen Blumen. Um diese Zeit gibt jedes Wesen seinen Ton an, seine Treue, die Art, wie eines in sich selbst zusammenhängt. Nur der Unterschied der Arten macht dann die Trennung in der Natur, daß also alles mehr Gesang und reine Stimme ist, als Akzent des Bedürfnisses oder auf der anderen Seite Sprache.

Es ist das wellenlose Meer, wo der bewegliche Fisch die Pfeife der Tritonen, das Echo des Wachstums in den weichen Pflanzen des Wassers fühlt.

DAS HÖCHSTE

Das Gesetz,
Von allen der König, Sterblichen und
Unsterblichen; das führt eben
Darum gewaltig
Das gerechteste Recht mit allerhöchster Hand.

Das Unmittelbare, streng genommen, ist für die Sterblichen unmöglich, wie für die Unsterblichen; der Gott muß verschiedene Welten unterscheiden, seiner Natur gemäß, weil himmlische Güte, ihret selber wegen, heilig sein muß, unvermischet. Der Mensch, als Erkennendes, muß auch verschiedene Welten unterscheiden, weil Erkenntnis nur durch Entgegensetzung möglich ist. Deswegen ist das Unmittelbare, streng genommen, für die Sterblichen unmöglich, wie für die Unsterblichen.

Die strenge Mittelbarkeit ist aber das Gesetz.

Deswegen aber führt es gewaltig das gerechteste Recht mit allerhöchster Hand.

Die Zucht, sofern sie die Gestalt ist, worin der Mensch sich und der Gott begegnet, der Kirche und des Staats Gesetz und anererbte Satzungen (die Heiligkeit des Gottes, und für den Menschen die Möglichkeit einer Erkenntnis, einer Erklärung), diese führen gewaltig das gerechteste Recht mit allerhöchster Hand, sie halten strenger, als die Kunst, die lebendigen Verhältnisse fest, in denen, mit der Zeit, ein Volk sich begegnet hat und begegnet. „König" bedeutet hier den Superlativ, der nur das Zeichen ist für den höchsten Erkenntnisgrund, nicht für die höchste Macht.

DAS ALTER

Wer recht und heilig
Das Leben zubringt,
Süß ihm das Herz ernährend,
Lang Leben machend,
Begleitet die Hoffnung, die
Am meisten Sterblichen
Die vielgewandte Meinung regieret.

Eines der schönsten Bilder des Lebens, wie schuldlose Sitte das lebendige Herz erhält, woraus die Hoffnung kommet; die der Einfalt dann auch eine Blüte gibt, mit ihren mannigfaltigen Versuchen, und den Sinn gewandt und so lang Leben machet, mit ihrer eilenden Weile.

Ob ich des Rechtes Mauer,
Die hohe, oder krummer Täuschung
Ersteig und so mich selbst
Umschreibend, hinaus
Mich lebe, darüber
Hab ich zweideutig ein
Gemüt, genau es zu sagen.

Ein Scherz des Weisen, und das Rätsel sollte fast nicht gelöst werden. Das Schwanken und das Streiten zwischen Recht und Klugheit löst sich nämlich nur in durchgängiger Beziehung. „Ich habe zweideutig ein Gemüt, genau es zu sagen.“ Daß ich dann zwischen Recht und Klugheit den Zusammenhang auffinde, der nicht ihnen selber, sondern einem dritten zugeschrieben werden muß, wodurch sie unendlich (genau) zusammenhängen, darum hab ich ein zweideutig Gemüt.

DIE ASYLE

Zuerst haben
Die wohlratende Themis
Die Himmlischen, auf goldenen Rossen, neben
Des Ozeans Salz,
Die Zeiten, zu der Leiter,
Zur heiligen, geführt des Olympos, zu
Der glänzenden Rückkehr,
Des Retters alte Tochter,
Des Zevs, zu sein,
Sie aber hat
Die goldgehefteten, die gute,
Die glänzendbefruchteten Ruhestätten geboren.

Wie der Mensch sich setzt, ein Sohn der Themis, wenn, aus dem Sinne für Vollkommenes, sein Geist, auf Erden und im Himmel, keine Ruhe fand, bis sich im Schicksal begegnend, an den Spuren der alten Zucht, der Gott und der Mensch sich wiedererkennt, und in Erinnerung ursprünglicher Not froh ist *da, wo er sich halten kann.*

Themis, die ordnungsliebende, hat die *Asyle des Menschen*, die stillen Ruhestätten, geboren, denen nichts Fremdes ankann, weil an ihnen das Wirken und das Leben der Natur sich konzentrierte, und ein Ahnendes um sie, wie erinnernd, dasselbige erfähret, das sie vormals erfuhren.

Die männerbezwingende, nachdem
Gelernet die Centauren
Die Gewalt
Des honigsüßen Weines, plötzlich trieben
Die weiße Milch mit Händen, den Tisch sie fort, von selbst,
Und aus den silbernen Hörnern trinkend
Betörten sie sich.

Der Begriff von den Centauren ist wohl der vom Geiste eines Stromes, sofern der Bahn und Grenze macht, mit Gewalt, auf der ursprünglich pfadlosen aufwärtswachsenden Erde.

Sein Bild ist deswegen an Stellen der Natur, wo das Gestade reich an Felsen und Grotten ist, *besonders an Orten, wo ursprünglich der Strom die Kette der Gebirge verlassen und ihre Richtung quer durchreißen mußte.*

Centauren sind deswegen auch ursprünglich Lehrer der Naturwissenschaft, weil sich aus jenem Gesichtspunkte die Natur am besten einsehn läßt.

In solchen Gegenden mußt ursprünglich der Strom umirren, eh er sich eine Bahn riß. Dadurch bildeten sich, wie an Teichen, feuchte Wiesen, und Höhlen in der Erde für säugende Tiere, und der Centauer war indessen wilder Hirte, dem Odyssäischen Cyklops gleich; die Gewässer suchten sehnend ihre Richtung. Je mehr sich aber von seinen beiden Ufern das Trocknere fester bildete und Richtung gewann durch festwurzelnde Bäume, und Gesträuche und den Weinstock, desto mehr mußt auch der Strom, der seine Bewegung von der Gestalt des Ufers annahm, Richtung gewinnen, bis er, von seinem Ursprung an gedrängt, an einer Stelle durchbrach, wo die Berge, die ihn einschlossen, am leichtesten zusammenhingen.

So *lernten* die Centauren *die Gewalt des honigsüßen Weins*, sie nahmen von dem festgebildeten, bäumereichen Ufer Bewegung und Richtung an, und warfen *die weiße Milch und den Tisch mit Händen weg*, die gestaltete Welle verdrängte die Ruhe des Teichs, auch die Lebensart am Ufer veränderte sich, der Überfall des Waldes mit den Stürmen und den sicheren Fürsten des Forsts regte das müßige Leben der Heide auf, das stagnierende Gewässer ward so lange zurückgestoßen, vom jäheren Ufer, *bis es Arme gewann*, und so mit eigener Richtung, von selbst *aus silbernen Hörnern trinkend*, sich Bahn machte, eine Bestimmung annahm.

Die Gesänge des Ossian besonders sind wahrhaftige Centaurengesänge, mit dem Stromgeist gesungen, und wie vom griechischen Chiron, der den Achill auch das Saitenspiel gelehrt.

BRIEFE

An Nathanael Köstlin

[Denkendorf, wohl Herbst 1785]

Hochehrwürdiger, Hochgelehrter
Insonders *Hochzuverehrender Herr Helfer!*

Ihre immerwährende große Gewogenheit und Liebe gegen mich, und noch etwas, das auch nicht wenig dazu beigetragen haben mag, *Ihr* weiser Christen-Wandel, erweckten in mir eine solche Ehrfurcht und Liebe zu *Ihnen*, daß ich, es aufrichtig zu sagen, *Sie* nicht anders als wie meinen Vater betrachten kann. *Sie* werden also mir diese Bitte nicht übel nehmen. Etliche Betrachtungen, insonderheit seit ich wieder von Nürtingen hier bin, brachten mich auf den Gedanken, wie man doch Klugheit in seinem Betragen, Gefälligkeit und Religion verbinden könne. Es wollte mir nie recht gelingen; immer wankte ich hin und her. Bald hatte ich viele gute Rührungen, die vermutlich von meiner natürlichen Empfindsamkeit herrührten, und also nur desto unbeständiger waren. Es ist wahr, ich glaubte, jetzt wäre ich der rechte Christ, alles war in mir Vergnügen, und insonderheit die Natur machte in solchen Augenblicken (dann viel länger dauerte dieses Vergnügen selten) einen außerordentlich lebhaften Eindruck auf mein Herz; aber ich konnte niemand um mich leiden, wollte nur immer einsam sein, und schien gleichsam die Menschheit zu verachten; und der kleinste Umstand jagte mein Herz aus sich selbst heraus, und dann wurde ich nur desto leichtsinniger. Wollte ich klug sein, so wurde mein Herz tückisch, und die kleinste Beleidigung schien es zu überzeugen, wie die Menschen so sehr böse, so teuflisch seien, und wie man sich vor ihnen vorsehen, wie man die geringste Vertraulichkeit mit ihnen meiden müsse; wollte ich hingegen diesem menschenfeindlichen Wesen entgegenarbeiten, so bestrebte ich mich vor den Menschen zu gefallen, aber nicht vor Gott. Sehen *Sie*, *Teuerster HE. Helfer*, so wankte ich immer hin und her, und was ich tat, überstieg das Ziel der Mäßigung.---

An Immanuel Nast

[Maulbronn, Anfang 1787]

Bester!

Ich schied ganz ruhig von Dir – es war mir so wohl bei den wehmütigen Empfindungen des Abschieds – und noch, wann ich zurückdenke, wie wir so in den ersten Augenblicken Freunde waren – wie wir so traulich, so vergnügt miteinander lebten, so bin ich zufrieden – daß ich Dich nur diese etlich Tage hatte; – O mein Teurer, es waren Zeiten, ich hätte um einen Freund, wie Du, einen Finger hingegeben, und wann auch mein Erinnern an ihn sich bis aufs Kap hätte erstrecken müssen – Ich habe Dir, glaub ich, schon einmal davon vorgeschwatzt – Das Ding ärgert mich, daß mir meine alte trübe Stündchen so oft in Kopf kommen – und freue Dich nur, wann ich Dir nicht oft schreiben *sollte* – Du würdest mir vielleicht manche Klage entwischen sehen, so sehr ichs vermeide. Und es ist doch uns Menschen so gut, wenns was zu leiden gibt. – Ich war schon manchsmal in meinem Leben ein Tor, aber nie weniger, als wann mir meines Herzens Wünsche nicht erfüllt wurden – – wann ich unverdienterweise böse Gesichter sehen mußte –

Aber da kann ich jetzt in allem Ernst sagen – verzeih, ich bin Dir beschwerlich gewesen! – Das war wieder einmal ein unartiges Gesudel! Nicht wahr, Lieber? – – –

An Immanuel Nast

Kloster Maulbronn, d. *Jan. 87.*
Morgens 4 Uhr.

Bester!

Das ist schön, daß Du für die Natur so viel Empfindung hast – ich schmeichelte mir immer, unsre Herzen schlügen gleich – aber jetzt glaub ichs ganz gewiß. Aber Du mußt Dir nicht vorstellen, wie wann Du Dein Herz so ganz abgedruckt bei mir finden könntest; o nein! Lieber! Du darfst Dich auch nicht wundern – wann bei mir alles so verstümmelt – so widersprechend aussieht – Ich will Dir sagen, ich habe einen Ansatz von meinen Knabenjahren – von meinem damaligen Herzen – und der ist mir noch der liebste – das war so eine wächserne Weichheit, und darin ist der Grund, daß ich in gewissen Launen ob allem weinen kann – aber eben dieser Teil meines Herzens wurde am ärgsten mißhandelt, solang ich im Kloster bin – selbst der gute lustige Bilfinger kann mich ob einer ein wenig schwärmerischen Rede geradehin einen Narren schelten – und daher hab ich nebenher einen traurigen Ansatz von Roheit – daß ich oft in Wut gerate – ohne zu wissen, warum, und gegen meinen Bruder auffahre – wann kaum ein Schein von Beleidigung da ist. O es schlägt nicht dem Deinen gleich – mein Herz – es ist so bös – ich habe ehmalen ein bessers gehabt – aber das haben sie mir genommen – und ich muß mich oft wundern, wie Du drauf kamst – mich Deinen Freund zu heißen. Hier mag mich keine Seele – itzt fang ich an, bei den Kindern Freundschaft zu suchen – aber die ist freilich auch sehr unbefriedigend.

Bilfinger ist wohl mein Freund – aber es geht ihm zu glücklich, als daß er sich nach mir umsehen möchte – Du wirst mich schon verstehen – er ist immer lustig – ich hänge immer den Kopf – da wirst Du wohl sehen – daß wenig 'raus kommt. Ich kann Dir sagen – ich bin der einzige – der außer dem Namen nach kein Frauenzimmer – keinen Schreiber – oder was sonst zu den Gesellschaften der Maulbronner Welt gehört, hier kennt.

Meine Flöte wäre noch mein einziger Trost, aber auch diese ist mir entleidet worden. Wann sich Efferenn und Bilfinger *etc.* – bei einer Privatmusik zusammen freuen wollen, so läßt man lieber eine Lücke, als daß man den Hölderlin rufen sollte. Du darfst nicht glauben, als wann ich mir selbst alle Freude vergällte, oder gar keine annehme; ich lief neulich aus lauter Verdruß unsrer Frau Bas Famulussin in ihren Garten nach – beschwerlich mag ich ihr auch genug gewesen sein – da redten mich die Mädchen aus der Verwaltung zum allerersten mal im Vorbeigehen dort an; Du solltests gesehen haben – ich habe mich gefreut wie ein Kind – daß mich nur auch jemand angeredt hat – und das war doch keine so wichtige Sache zum Freuen.

Noch eins muß ich Dir sagen – wann Dir einmal wieder der Gedanke käme, aufs Kap zu gehn, so sollst Du mich zum Gesellschafter haben. Auf mein Ehrenwort!

Leb inzwischen wohl, lieber Bruder, leb wohl! Das war ein trauriger Morgen!

Dein
Hölderlin.

Ich muß Dir hier eben ein Duett schicken – für einzelne Flöten hab ich außer Konzerten nichts. Die Kleinigkeiten blas ich dem Gehör nach.

An Immanuel Nast

[Maulbronn, Anfang 1787]

--- O ich will schweigen – Verzeih mir diesmal, Lieber, Du kennst mich kaum – und kennst mich schon beinah als einen solchen, der den anklagt, welcher allweise unser Schicksal lenkt – aber so will ich nimmer kommen – Ich werde wieder wenig schlafen – wenn ich nur bei Dir wäre. Du zeihst mich vielleicht – ich liebe --- würd ich dann so sprechen? sage mir, Freund – oder weißt Dus nicht? Nun – ich weiß es auch nicht. Jetzt gute Nacht – morgen soll das Urteil über das Gesudel gesprochen werden, und vielleicht zerreiß ichs.

Hölderlin.

An die Mutter

[Maulbronn, 1787]

Liebste Mamma!

Sie können mirs jetzt gewiß glauben – daß mir, außer in einem ganz außerordentlichen Fall, wo mein Glück augenscheinlich besser gemacht wäre – daß mir nie mehr der Gedanke kommen wird, aus meinem Stand zu tretten – Ich sehe jetzt! man kann als Dorfpfarrer der Welt so nützlich, man kann noch glücklicher sein, als wenn man, weiß nicht was? wäre. ---

An die Mutter

[Maulbronn, Frühling 1787]

Liebste Mamma!

Ich habe wirklich wieder Geschäfte die Menge auf dem Hals; und Geschäfte, wo die Geisteskräfte ziemlich stark angegriffen werden – ich will also nur so bei Gelegenheit gestehen, daß Bilfingers Kaffee, und mein Zucker, verbraucht sind, und daß ich mich inzwischen manchmal nach einem Frühstück gesehnt habe – bei dem frühen Aufstehen – und dem beständigen starken Angreifen des Kopfs – und neulich zwang ich mich wieder mit einem schröcklich leeren Magen zur Suppe, die Ihr hungrigster Taglöhner ungern essen würde – und da wurde mir so weh, daß ich beinahe vor Ärger die Schüssel an die Wand geworfen hätte. Ein gutes, gutes Werk wärs also für den Fritz, wenn Sie ihm etwas Kaffee schickten.

Sie werden lachen, über meine weitschweifige Bittschrift, aber's war nur, daß Sie sich einen kleinen Begriff von unserm Klosterkreuz machen können. Dann das sind doch ordentliche Nahrungssorgen, wenn man so nach einem Schluck Kaffee, oder nur einem guten Bissen Suppe hungert, und nirgends, nirgends nicht auftreiben kann. Bei mir gehts noch gut; aber da sollten Sie andre sehn, die einige Pöstchen vom Winter her noch zu berichtigen hatten, und jetzt den halben Heller nimmer im Beutel haben – es ist zum Lachen, wenn die Leute aus lauter Unmut nicht ins Bett gehen, und die halbe Nacht auf dem Dorment auf und ab singen.

Auf, auf, ihr Brüder, und seid stark!
Der Glaubiger ist da.
Die Schulden nehmen täglich zu,
Wir haben weder Rast noch Ruh,
Drum fort nach Afrika – (das wär das Kap)

und so gehts fast all Nacht, da lachen sie am Ende einander selbst aus, und dann ins Bett. Aber freilich ist dies eine traurige Lustigkeit! – – –

An Immanuel Nast

[Maulbronn, Ende Oktober 1787]

Lieber Bruder!

So bin ich wieder hier! im Stillen – nach so vielen Zerstreuungen wieder im Kloster – ich habe Deinen Brief nimmer in Nürtingen bekommen – aber tausend – tausend Dank dafür! o! ich hab Dir auch viel, viel zu sagen, Bruder! aber mein Kopf ist so verwirrt wieder, so verschiedene Empfindungen sind mir wieder in der Brust. Wo ich eben war – in meiner Vakanz, da waren unerfüllte Wünsche – unvollkommene Seligkeiten – ich weiß nicht, ists Einbildung oder Wirklichkeit, was ich sehe, gefällt mir nur halb – überall ists mir so leer – und oft mach ich mir Vorwürfe, daß ich nicht ganz mit dem warmen Herzen mehr an meiner Brüder Schicksal Teil nehme, wie sonst! Ach Bruder, sag mir, lieber Bruder, bin dann ich nur allein so? der ewige, ewige Grillenfänger! – – –

– – – Jetzt muß ich Dir auch noch was zum Lachen schreiben – denk nur, lach mich nur recht aus, heute ging ich so vor mich hin – plötzlich kommt mir meine Lieblingsnarrheit, das Schicksal meiner Zukunft vors Auge – und höre nur, aber lach mich toll aus, da fiel mir ein, ich wolle nach vollendeten Universitätsjahren Einsiedler werden – und der Gedanke gefiel mir so wohl, eine ganze Stunde, glaub ich, war ich in meiner Phantasie Einsiedler. Du siehst, Bruder! ich schäme mich nicht, Dir meine Schwachheiten zu sagen, und das entschuldigt mich noch ein wenig – vor Dir – aber sonst – – daß ja der Brief nicht in fremde Hände – in menschenfeindliche Hände kommt – sonst heißts – der ist ein Narr!!!

An Immanuel Nast

[Maulbronn, April 1788]

Lieber Bruder!

Da leg ich meinen Ossian weg, und komme zu Dir. Ich habe meine Seele geweidet an den Helden des Barden, habe mit ihm getrauert, wann er trauerte über sterbende Mädchen.

Und so – war ich gestimmt – um etlich Augenblicke ganz für Dich zu sein.

Lange, lange schon ists freilich, daß wir nichts mehr voneinander hören – und denke, Bruder, die ganze Vakanz war ich kaum eine Meile von Dir, und konnte – unmöglich hin – nicht auf einen halben Tag. Da saß ich ganze vier Wochen am Totenbette meiner Tante in Gröningen, und lernte dulden – von ihr! und jetzt, Bruder, jetzt ist sie tot!

O Bruder! sie soll so ganz mein seliger Vater gewesen sein, ich hab ihn nie gekannt, ich war drei Jahr alt, als er starb, aber ein herrlicher Mann muß er gewesen sein, wenn er war wie sie. Wann sie so unter den unaussprechlichsten Schmerzen trauernd zum Himmel sah, und sie in todesnahen Stunden die Sprache verlor, und ich für sie betete – und sie dann schnell wieder aus ihrem Röcheln aufwachte, und staunte, daß sie noch auf der Erde sei – Bruder! Bruder! da ließ sich viel lernen! Und als ich wieder hieher reiste, und auf Nimmersehen von ihr Abschied nahm, und sie sagte – „wann wir uns auf dieser Welt nimmer sehen, so finden wir uns in jener" – O! diese Worte vergeß ich nie! Es ist des Menschen seligster Gedanke, der Gedanke an die Ewigkeit – Wenn ich oft so düster zu meiner

Louise komme, und über Menschen klage – und mir für die Zukunft bange wird – da mahnt sie mich an die Ewigkeit – und das sind selige Stunden.

Meine Gedichte sind wirklich auf der Wanderschaft; – wann sie wieder ohne blutige Köpfe nach Haus kommen – und sie ihr HE. Papa Hölderlin nicht aus väterlicher Vorsicht wieder ein halb Jahr ins Pult einsperrt (denn es sind gar zu dumme Jungen), nun ja! wann dies nicht ist, sollen sie auch nach Leonberg marschieren. – – –

An die Mutter

[Maulbronn, Juni 1788]

Liebste Mamma!

Hier ein Stück meines Reistagebuchs. Sie müssen eben vorlieb nehmen mit dem Gesudel, ich schriebs oft halb im Schlaf, eh ich zu Bette ging. Ich denke noch immer mit Vergnügen an die, obschon kurze, fünftägige, doch weite Reise. Ich reiste von Mannheim aus noch weiter nach Frankenthal – wie Sie nächstens hören werden. – – –

– – – Montags, den 2ten Juni, reist ich ab. Es war ein schöner, belebender Morgen. Mein Herz erweiterte sich in all den Erwartungen des, das ich sehen und hören werde. Noch nie war mir so wohl, als da ich, eine halbe Stunde von hier, den Berg hinunterritt – und unter mir Knittlingen lag, und weit hinaus die gesegneten Gefilde der Pfalz. Mit dieser Heiterkeit setzte ich meinen Weg fort durch Brettheim, Diedelsheim, Gondelsheim, Heidelsheim, und jetzt war ich in Bruchsal. Ich hatte im Sinn, mich im Rückweg aufzuhalten – wartete folglich bloß im Wirtshaus auf Vetter Blumen. Ich wartete bis eins, es kam kein Blum, wartete bis zwei, bis drei – noch nicht! Jetzt war ich ärgerlich. Gefallen hatte mirs in Bruchsal ohnehin nicht, unter dummen Pfaffen und steifen Residenzfratzen – mein Pferd hatt ich nur auf diesen Tag gemietet, der Weg nach Speyer war lang, die Zeit kurz, die Straße mir unbekannt. Was war zu tun?

Ich schickte den Mann, den ich bei mir hatte, um das Pferd zurückzunehmen, nach Haus, setzte mich aufs Pferd, und flugs Speyer zu!

Von Bruchsal aus hatte ich zwar keine Chaussee mehr, aber doch breiten, guten Sandweg. Ich passierte meist dicke, schauerliche Waldungen, so daß ich außer meinem Weg kaum drei

Schritte weit um mich sehen konnte. So dick habe ich in Wirtemberg noch keine Wälder gesehn. Kein Sonnenstrahl drang durch. Endlich kam ich wieder ins Freie, nachdem ich Forst, Hambrücken und Wiesenthal passiert hatte. Eine unabsehbare Ebene lag vor meinen Augen. Zur Rechten hatte ich die Heidelberger, zur Linken die französische Grenzgebirge – Ich hielt lange still. Der neue, unerwartete Anblick einer so ungeheuren Ebene rührte mich. Und diese Ebene war so voll Segens. Felder, deren Früchte schon halb gelb waren – Wiesen, wo das Gras, das noch nicht abgemäht war, sich umneigte – so hoch, so reichlich stand es – und dann der weite, schöne, blaue Himmel über mir – – Ich war so entzückt, daß ich vielleicht noch dort stände mit meinem Roß, wann mir nicht gerade vor mir das fürstlich-bischöfliche Lustschloß Waghäusel in die Augen gefallen wäre.

Ich wollte eben darauf zu reiten, weil ich es auch in meiner Marschroute hatte – von wo aus ich dann über Lußheim gekommen wäre – aber man wies mich links nach Oberhausen, weils dahin näher ist. Von dem Lustschloß kann ich also nichts sagen, als daß es im Wald liegt, eine Kapelle und noch etlich Gebäude um sich hat, weiter aber nichts Sehenswürdiges, keine Gärten, keine Hohenheimer Wildnisse, oder was ich sonst da erwartet hätte. Vor Oberhausen bemerkte ich erst die Domkirche in Speyer, ob ich sie schon bald nach Bruchsal hätte sehen können, so groß ist die Ebene – so ungeheuer hoch ist diese Domkirche. Ich glaubte, ich werde jetzt keine Viertelstunde mehr haben, und freute mich schon aufs *Abendessen* in Speyer, aber ich hatte mich gewaltig betrogen. Von Oberhausen kam ich nach Rheinhausen. Hier mußte ich über den Rhein fahren, mußte aber ziemlich lange warten, bis die Schiffer vom jenseitigen Ufer herüberkamen, weil die Überfahrt gewöhnlich eine halbe Stunde lang dauert. Aber so gerne hab ich noch nie gewartet als damals. Die Zeit wurde mir gar nicht lang.

Man stelle sich vor – ein Strom, der dreimal breiter ist als der Neckar, wo er am breitsten ist – dieser Strom von oben herab an beiden Ufern von Wäldern beschattet – und weiter hinab die Aussicht über ihn so lang, daß einem der Kopf schwindelte – das war ein Anblick – ich werd ihn nie vergessen, er rührte mich außerordentlich – Endlich kamen die Schiffer herüber. Man fährt in Booten über, welche so groß sind, daß zwei Gefährte mit Pferden und noch Leute genug darin Platz haben.

Nach Verfluß einer halben Stunde war ich am Speyrischen Ufer. Ich fragte bei Vorübergehenden, wo ungefähr die Frau Blumin wohnte – und wurde von einem, der sie kannte, in HE. Pfarrer Mayers Haus gewiesen. Weil sich der Tag neigte, mußte mein Rößlein noch all seine übrige Kräfte aus den steifen Füßen zusammennehmen – ich dachte – ich und es könnten uns ja jetzt bald Abendessen und Nachtruhe herrlich schmecken lassen. Und so – war ich in den Speyrer Toren. Langweilig wurde mir das ewige Umherreiten in den Gassen, bis ich HE. Pf. Mayers Haus endlich fand.

Ich wurde mit stürmischer Freude von der Rike und Blumen, von der Frau Blumin und deren Tochter, der Pf. Mayerin, und Pf. Mayer mit außerordentlicher Höflichkeit aufgenommen. Genug für diesen Tag! – – –

d. 3ten Juni.

– – – Von Schwetzingen nach Heidelberg hatten wir drei Stunden lang schnurgerade Chaussee – und auf beiden Seiten alte, eichengleiche Maulbeerbäume. Ungefähr um Mittag kamen wir in Heidelberg an. Die Stadt gefiel mir außerordentlich wohl. Die Lage ist so schön, als man sich je eine denken kann. Auf beiden Seiten und am Rücken der Stadt steigen steile, waldichte Berge empor, und auf diesen steht das alte, ehrwürdige Schloß – Ich stieg auch hinauf, und machte eine Wallfahrt zu dem berühmten Heidelberger Faß, dem Symbol so manches Zechers, dem *Bonmot* so manches Trinklieds. Es ist *wirklich* so groß, daß man oben ganz bequem herumtanzen kann. Es sind Schranken auf ihm, daß man ohne Gefahr darauf gehen kann. Aber das kann ich versichern, daß ein Fall von seiner Höhe mir ebenso unangenehm wäre als aus meinem Klosterfenster. Merkwürdig ist auch die neue Brücke daselbst. Nachmittags reisten wir noch nach – Mannheim. Wir hatten herrlichen Weg am Neckar hinab. Kaum waren wir ausgestiegen, so gingen wir ins Schauspiel. Schöner, gebildeter, vollkommener kann man sich nichts denken als das Mannheimer Nationaltheater. – Nach dem Schauspiel sah ich noch das Zeughaus, wo Kanonenkugeln wie Steinhaufen aufgebeugt sind, wo ich zum erstenmal Granaten, Bomben, Kanonen u. s. w. sah – und dann die Jesuiterkirche! das prächtigste Gebäude, das ich auf meiner Reise fand. Die Stadt ist beinahe zweimal größer als Stuttgart. Das fürstliche Schloß sieht man aus den meisten Gassen. Die Gassen sind ganz gerade – Alles ist eben. Die Gebäude machen jedesmal ein großes Viereck. Das Kaufhaus ist so ungeheuer groß, daß mich ein Gang um dasselbe herum beinahe eine halbe Viertelstunde kostete. Am Abendessen kam ich neben einen Grafen von Styrum zu sitzen. Es ist ein Bruder vom Bischof in Bruchsal. Ich war nur eine Stunde um diesen Mann, aber ich werd ihn bis zum Grabe verehren. Er ist General, und in seines Herrn, des Königs von Frankreich Diensten grau geworden. Er unterhielt sich mit mir, wie mit seinem Bruder – erzählte mir von seinen Schlachten, seinen Gefahren, seinen Siegen, seinen Niederlagen – ich hätte bald vergessen, daß dieser Mann Graf Styrum und ich Student Hölderlin wäre, und wär ihm um den Hals gefallen, so viele Liebe gegen ihn flößte mir dieser Greis ein. Er ist mir am verehrungswürdigsten unter allen Leuten, die ich auf meiner Reise kennen lernte.

Mittwoch, den 4. Juni.

– – – Wir kamen durch die schönste Alleen nach Oggersheim, wo der Kurfürstin ihr Sitz ist. Ich kam hier in das nämliche Wirtshaus, in welchem sich der große Schiller lange aufhielt, nachdem er sich aus Stuttgart geflüchtet hatte. Der Ort wurde mir so heilig – und ich hatte genug zu tun, eine Träne im Auge zu verbergen, die mir über der Bewunderung des großen genialischen Dichters ins Auge stieg. Von dem Lustschloß der Kurfürstin kann ich nichts Eigentliches sagen – ich sah nichts – als Häuser und Gärten, dann Schiller ging mir im Kopf herum. – – –

Donnerstags, d. 5. Juni.

– – – Ich hatte vormittags so ziemlich mich in Speyer umgesehen. Nachmittags wollt ich also ins Freie, um da in der Gegend umher mein Auge zu weiden. Ich lief den ganzen Nachmittag beinahe im ganzen Speyrer Bezirk umher, ohne was zu finden, das meine Aufmerksamkeit besonders an sich gezogen hätte. Es ging schon gegen Abend, als ich auf den sogenannten Gran kam (wo die Waren der Schiffe ausgeladen werden). Ich glaubte neugeboren zu werden über dem Anblick, der sich mir darstellte. Meine Gefühle erweiterten sich, mein Herz schlug mächtiger, mein Geist flog hin ins Unabsehliche –

mein Auge staunte – ich wußte gar nimmer, was ich sah, und dastand ich – wie eine Bildsäule.

Man denke sich, der majestätischruhige Rhein, so weit her, daß man die Schiffe kaum noch bemerkte – so weit hinaus, daß man ihn fast für eine blaue Wand ansehen könnte, und am gegenseitigen Ufer dicke, wilde Wälder – und über den Wäldern her die dämmernde Heidelberger Gebirge – und an der Seite hinab eine unermeßliche Ebene – und alles so voll Segen des Herrn – und um mich alles so tätig – da lud man Schiffe aus – dort stießen andere ins Meer, und der Abendwind blies in die schwellende Segel – – ich ging gerührt nach Haus, und dankte Gott, daß ich empfinden konnte, wo Tausende gleichgültig vorübereilen, weil sie entweder den Gegenstand gewohnt, oder Herz wie Schmer haben.

Den Abend brachte ich bei einem Glas Bier noch sehr vergnügt zu – ich konnte den Leutchen ansehen, daß sie mich gerne noch länger bei sich gehabt hätten.

Freitags, d. 6. Juni.

Da wär ich nun wieder im Kloster. Es war mir noch nie so eng, ich möcht als gerne meine Kirche fürs Dom, meine Mauren für Paläste, meine Seen für den Rhein, und meinen dunkeln Schlafboden für fürstliche Alleen ansehen. – – –

An die Mutter

[Tübingen, Spätherbst 1789]

– – – Sie sehen, liebste Mamma, meine körperliche und Seelenumstände sind verstimmt in dieser Lage; Sie können schließen, daß der immerwährende Verdruß, die Einschränkung, die ungesunde Luft, die schlechte Kost, meinen Körper vielleicht früher entkräftet als in einer freiern Lage. Sie kennen mein Temperament, das sich, eben weil es Temperament ist, schlechterdings nicht verleugnen läßt, wie es so wenig für Mißhandlungen, für Druck und Verachtung taugt. O liebe Mamma! mein seliger Vater pflegte ja so oft zu sagen, „seine Universitätsjahre seien seine vergnügtesten gewesen"; soll ich einst sagen müssen: „meine Universitätsjahre verbitterten mir das Leben auf immer"? Ist meine Bitte Schwachheit, so haben Sie Mitleiden mit mir; ist meine Bitte vernünftig und überlegt, o so lassen Sie uns nicht durch allzuängstliche Zweifel an der Zukunft abgehalten werden, einen Schritt zu tun, der Ihnen vielleicht im späten Alter noch so viele Freuden macht. Ich habe noch viele Gründe, die ich lieber mündlich sage. – – –

An Neuffer

[Dezember 1789]

Lieber Bruder!

Nach langer Zeit unterhalt ich mich wieder einmal mit Dir; ich hätte Dir oft von Tübingen aus geschrieben, aber die Verdrüßlichkeiten, die Schikanen, die Ungerechtigkeiten, die ich leiden mußte, machten mich auch für die Freundschaft gleichgültig. In der Tat, Lieber! mein Schicksal beginnt in meinen Augen abenteuerlich zu werden; wenn nichts wäre, als daß ich gerade den Tag zuvor, ehe Du ankommst, meinen Fuß wund stoßen und, weil ich schon auf den folgenden Tag Reiserlaubnis hatte, auf vier Wochen abreisen muß, ohne Dich zu sehen. Wärest Du doch in Tübingen gewesen! all dies wäre nicht geschehen. Ich würde nicht Ursache bekommen haben, mehr als jemals auf meine Dimission zu dringen, würde meiner Mutter nicht lästig sein, würde mit meinem Mißmut nicht mir selbst beschwerlich sein. O Bruder! daß ich *so* erfahren muß, wie viel Du mir bist! – Auch sieht es ziemlich unpoetisch in meinem Kopfe aus. Was ich aufs Papier hervorzwang, waren kurze Ausgießungen meiner Laune, die ich nach etlich Tagen nimmer ansehen mochte. Über die schöne Melodie hab ich gleich nach der Vakanz ein Liedchen gemacht. Damals wars mir freilich noch heller ums Auge. In einigen glücklichen Stunden arbeitete ich an einer Hymne auf Kolomb, die bald fertig, freilich auch viel kürzer als meine andern ist. Shakespearn hab ich auch eine gelobt. Was hältst Du davon? Dieser Tage bekomm ich ein herrliches Buch – Sammlung altteutscher Geschichten – unter die Hände. ’s soll von Bürger sein. Und siehe! Lieber, da war mir eine frohe Stunde bereitet. – – –

An die Schwester

[Tübingen, wohl März 1791]

– – – Um mich werd ich immer weniger besorgt, wenn ich der Zukunft denke, denn täglich werd ich mehr überzeugt, daß kein Mensch leicht durch gute Tage übermütiger, durch schmale Kost aus der Hand des Glücks hingegen bräver wird als ich. Und da ist mein höchster Wunsch – in Ruhe und Eingezogenheit einmal zu leben – und Bücher schreiben zu können, ohne dabei zu hungern. – – –

An die Mutter

[wohl Juni 1791]

Liebste Mamma!

– – – Bei Gelegenheit muß ich Ihnen sagen, daß ich seit Jahr und Tagen fest im Sinne habe, nie zu *freien*. Sie könnens immerhin für Ernst aufnehmen. Mein sonderbarer Charakter, meine Launen, mein Hang zu Projekten, und (um nur recht die Wahrheit zu sagen) mein Ehrgeiz – alles Züge, die sich ohne Gefahr nie ganz ausrotten lassen – lassen mich nicht hoffen, daß ich im ruhigen Ehestande, auf einer friedlichen Pfarre glücklich sein werde. Doch das ändert vielleicht die Zukunft. – – –

An die Mutter

[Tübingen, November 1791]

Liebe Mamma!

Ich danke Ihnen recht von Herzen für die gütige Teilnahme, mit der Sie sich nach meinem Zustand erkundigen. Leid ists mir aber, daß Sie meine Briefe dazu veranlassen mußten. Es redlich zu sagen, so ists mir nicht immer wohl. So sehr ich mich verwahre, so hab ich doch morgens manchmal Kolik, und dann öfters nachmittags Kopfweh. Und dann hat das innere Leben seine jugendliche Kraft nimmer. Ich bin wenig traurig, und wenig lustig. Ich weiß nicht, ob dies der Gang des Charakters im allgemeinen ist, daß wir, so wie wir dem männlichen Alter uns nahen, von der alten Lebhaftigkeit verlieren, oder ist mein Studium, oder – mein Kloster schuld. Doch das hätt ich nicht schreiben sollen. Am Ende sinds Grillen. Mich tröstet die Hoffnung mit der Zukunft, und auch die Gegenwart läßt mich an Freuden nicht leer. Ich denke, es soll alles noch gut gehen. – – –

An Neuffer

[Tübingen, September 1792]

Lieber Bruder!

Da hast Du den Brief. Noch ists mir wunderbar im Kopf und Herzen von den verschiednen Empfindungen, die mich unter dem Schreiben zufälligerweise heimsuchten. Schön ists nicht, daß Du jetzt gerade Rache nimmst, und nicht schreibst! Ich las neulich im Propheten Nahum; der sagte von den assyrischen Burgen und Festen, sie seien wie überreife Feigenbäume, so daß einem die Früchte ins Maul fallen, wenn man sie schüttle. Und ich war scherzhaft genug, es so ganz für mich auch auf mich anzuwenden. Meiner Treu! lieber Bruder! ich glaube, man dürfte nimmer viel schüttlen, so stände der junge Baum nackt da mit dürren Zweigen. Ich habe hier schlechterdings keine Freude. Da sitz ich fast jede Nacht auf unsrer alten Zelle, und denk an den mancherlei Verdruß des Tages, und bin froh, daß er vorüber ist! Weil ich mich nicht in die Narren schicke, schicken sie sich auch nicht in mich. Wie gut ists dem braven Autenrieth gegangen. Freilich ists für die Lebenden traurig, wenn so eine gute Seele in der Hälfte der Jahre dahinmuß! Das Stipendium ekelt mich nur noch mehr an, seit ich die hirn- und herzlosen Äußerungen wieder hörte über seinen Tod, und über die andern Neuigkeiten in der Welt. – – –

– – – Du wirst lachen, daß mir in diesem meinem Pflanzenleben neulich der Gedanke kam, einen Hymnus an die *Kühnheit* zu machen. In der Tat, ein psychologisch Rätsel! – Es ist schon tiefe Nacht. Schlaf wohl, lieber Bruder! Du träumst wahrscheinlich schon. So wünsch ich Dir heiterers Erwachen, als ich gewöhnlich habe. Schreib doch bald, Lieber! Tue Dein möglichstes, daß ich auch ein paar Silben kriege von Ihr!

Dein

Hölderlin.

An Neuffer

[Mai 1793]

Ich versprach Dir, lieber Bruder! diesmal gewiß zu schreiben. Ich habe gut Wort halten. Du bist mir wieder so lieb geworden, alter Herzensfreund! Sieh! ich dank es meinem Schicksal tausendmal, daß es Dich mir wiedergab, gerade da, wo all meine schönen Hoffnungen zu welken anfingen. Unser Herz hält die Liebe zur Menschheit nicht aus, wenn es nicht auch Menschen hat, die es liebt. – – –

– – – *Si magna licet componere parvis* oder umgekehrt! so bannen mich die leidigen Finanzen auch in einen Zauberkreis – in meine einsame Stube. Ich muß mich ziemlich menagieren. Schlag vier bin ich morgens auf, und koche meinen Koffee selbst und dann an die Arbeit. Und so bleib ich meist in meiner Klause bis abends; oft in der Gesellschaft der heiligen Muse, oft bei meinen Griechen; jetzt gerade wieder in HE. Kants Schule. Leb wohl, lieber Bruder! Das nächstemal schick ich Dir vielleicht ein Fragment meines Romans zur Beurteilung. Bist Du neugierig, so kannst Du den lieben Doktor inzwischen fragen. Ich las ihm etwas vor daraus.

Dein

Hölderlin.

An Neuffer

[Juli 1793]

Du hast recht, Herzensbruder! Dein Genius war mir sehr nahe diese Tage her. In der Tat, ich fühlte das Ewige Deiner Liebe zu mir selten mit solcher Gewißheit und stillen Freude. Sogar Dein Wesen hat mir Dein Genius seit einiger Zeit mitgeteilt, wie ich glaube. Ich schrieb unsrem Stäudlin von manchem seligen Stündchen, das ich jetzt habe. Sieh! das wars, daß Deine Seele in mir lebte. Deine Ruhe, Deine schöne Zufriedenheit, mit der Du auf Gegenwart und Zukunft, auf Natur und Menschen blickst, diese fühlt ich. Auch Deine kühnen Hoffnungen, womit Du auf unser herrliches Ziel blickst, leben in mir. Zwar schrieb ich an Stäudlin: Neuffers stille Flamme wird immer herrlicher leuchten, wenn vielleicht mein Strohfeuer längst verraucht ist; aber dieses vielleicht schreckt mich eben nicht immer, am wenigsten in den Götterstunden, wo ich aus dem Schoße der beseligenden Natur, oder aus dem Platanenhaine am Ilissus zurückkehre, wo ich unter Schülern Platons hingelagert, dem Fluge des Herrlichen nachsah, wie er die dunkeln Fernen der Urwelt durchstreift, oder schwindelnd ihm folgte in die Tiefe der Tiefen, in die entlegensten Enden des Geisterlands, wo die Seele der Welt ihr Leben versendet in die tausend Pulse der Natur, wohin die ausgeströmten Kräfte zurückkehren nach ihrem unermeßlichen Kreislauf, oder wenn ich trunken vom sokratischen Becher, und sokratischer geselliger Freundschaft am Gastmahle den begeisterten Jünglingen lauschte, wie sie der heiligen Liebe huldigen mit süßer, feuriger Rede, und der Schäker Aristophanes drunter hineinwitzelt, und endlich der Meister, der göttliche Sokrates selbst mit seiner himmlischen Weisheit sie alle lehrt, was Liebe sei – da, Freund meines Herzens, bin ich dann freilich nicht so verzagt, und meine manchmal, ich müßte doch einen Funken der süßen Flamme, die in solchen Augenblicken mich wärmt, und erleuchtet, meinem Werkchen, in dem ich wirklich lebe und webe, meinem Hyperion mitteilen können, und sonst auch noch zur Freude der Menschen zuweilen etwas ans Licht bringen.

Ich fand bald, daß meine Hymnen mir doch selten in dem Geschlechte, wo doch die Herzen schöner sind, ein Herz gewinnen werden, und dies bestärkte mich in meinem Entwurfe eines griechischen Romans. Laß Deine edlen Freundinnen urteilen, aus dem Fragmente, das ich unsrem Stäudlin heute schicke, ob mein Hyperion nicht vielleicht einmal ein Plätzchen ausfüllen dürfte, unter den Helden, die uns doch ein wenig besser unterhalten als die wort- und abenteuerreichen Ritter. Besonders ist mir an dem Urteil der Person gelegen, die Du nicht nennst. Ich hoffe, das Folgende soll sie und andere mit einer harten Stelle über ihr Geschlecht, die aus der Seele Hyperions heraus gesagt werden mußte, versöhnen. Urteile selbst auch, lieber Bruder! Den Gesichtspunkt, aus dem ich dieses Fragment eines Fragments angesehen wünschte, hab ich in dem Briefe an Stäudlin sogar mit langweiliger Weitläufigkeit ausgeführt. Ich wünschte Dir das Wesentlichste davon diesmal noch schreiben zu können. Aber die Zeit wird wohl nicht hinreichen. Nur so viel. Dieses Fragment scheint mehr ein Gemengsel zufälliger Launen als die überdachte Entwicklung eines festgefaßten Charakters, weil ich die Motive zu den Ideen und Empfindungen noch im Dunkeln lasse, und dies darum, weil ich mehr das Geschmacksvermögen durch ein Gemälde von

Ideen und Empfindungen (zu ästhetischem Genusse), als den Verstand durch regelmäßige psychologische Entwicklung beschäftigen wollte. Natürlich muß sich aber doch am Ende alles genau auf den Charakter, und die Umstände, die auf ihn wirken, zurückführen lassen. Ob dies bei meinem Roman der Fall ist, mag die Folge zeigen.

Vielleicht hab ich gerade das uninteressanteste Fragment gewählt. Übrigens mußten die notwendigen Voraussetzungen, ohne die das Folgende noch weniger genossen werden kann als das ganze zweite Buch ohne das erste noch unvollendete, diese notwendigen Voraussetzungen mußten eben auch dastehen. – Was Du so schön von der *terra incognita* im Reiche der Poesie sagst, trifft ganz genau besonders bei einem Romane zu. Vorgänger genug, wenige, die auf neues, schönes Land gerieten, und noch eine Unermessenheit zur Entdeckung und Bearbeitung! Das versprech ich Dir heilig, wenn das Ganze meines Hyperions nicht dreimal besser wird als dieses Fragment, so muß er ohne Gnade ins Feuer. Überhaupt, wenn nicht die Nachwelt meine Richterin wird, wenn ich das mir nicht bald mit prophetischer Gewißheit sagen kann, so reiß ich, wie Du, jede Saite von meiner Leier, und begrabe sie in den Schutt der Zeit. Dein Lied hat mir sehr, sehr wohl getan, besonders die letzte Strophe. Nicht wahr, lieber Bruder! diese letzte Strophe gehört zu denen, wo man den verhüllten Gottheiten der Philosophie den Schleier lüpft? Um was ich dich am meisten beneide, ist, wie ich Dir, glaub ich, schon oft sagte, Deine lichtvolle Darstellung. Ich ringe darnach mit allen Kräften. – – –

An den Bruder

[September 1793]

Das war brav, lieber Karl, daß Du mir auch einmal wieder schriebst. Daß Du Teil nehmen würdest an meiner Freude über die neue Bekanntschaft, konnt ich vermuten. Ich werds auch nie vergessen, wie lieb wir uns hatten, als Buben, und als Jünglinge. Sieh! lieber Karl, das dacht ich auch, als Du über Mangel eines Freundes klagtest. Ich kenn es wohl, dieses Erwachen des jugendlichen Herzens, ich habe sie auch gelebt, die goldnen Tage, wo man sich so warm und brüderlich an alles anschließt, und wo einem doch die Teilnahme an *Allem* nicht genügt, wo man Eines will, Einen Freund, in dem sich unsere Seele wiederfinde und freue. Soll ich Dirs gestehen, ich bin bald über diese schöne Periode hinaus. Ich hange nicht mehr so *warm* an *einzelnen* Menschen. *Meine* Liebe ist das Menschengeschlecht, freilich nicht das verdorbene, knechtische, träge, wie wir es nur zu oft finden, auch in der eingeschränktesten Erfahrung. Aber ich liebe die große, schöne Anlage auch in verdorbenen Menschen. Ich liebe das Geschlecht der kommenden Jahrhunderte. Denn dies ist meine seligste Hoffnung, der Glaube, der mich stark erhält und tätig, unsere Enkel werden besser sein als wir, die Freiheit muß einmal kommen, und die Tugend wird besser gedeihen in der Freiheit heiligem erwärmenden Lichte als unter der eiskalten Zone des Despotismus. Wir leben in einer Zeitperiode, wo alles hinarbeitet auf bessere Tage. Diese Keime von Aufklärung, diese stillen Wünsche und Bestrebungen Einzelner zur Bildung des Menschengeschlechts werden sich ausbreiten und verstärken, und herrliche Früchte tragen. Sieh! lieber Karl! dies ists, woran nun mein Herz hängt. Dies ist das heilige Ziel meiner Wünsche, und meiner Tätigkeit – dies, daß ich in unserm Zeitalter die Keime wecke, die in einem künftigen reifen werden. Und so, glaub ich, geschieht es, daß ich mit etwas weniger Wärme an einzelne Menschen mich anschließe. Ich möchte ins Allgemeine wirken, das Allgemeine läßt uns das Einzelne nicht gerade hintansetzen, aber doch leben wir nicht so mit ganzer Seele für das Einzelne, wenn das Allgemeine einmal ein Gegenstand unserer Wünsche und Bestrebungen geworden ist. Aber dennoch kann ich noch Freund eines Freundes sein, vielleicht kein so *zärtlicher* Freund wie ehmals, aber ein treuer, tätiger Freund. O! und wenn ich eine Seele finde, die, wie ich, nach jenem Ziele strebt, die ist mir heilig und teuer, über alles teuer. Und nun, Herzensbruder! jenes Ziel, *Bildung, Besserung des Menschengeschlechts*, jenes Ziel, das wir in unserm Erdenleben nur vielleicht unvollkommen erreichen, das aber doch um so leichter erreicht werden wird von der bessern Nachwelt, je mehr auch wir in unserem Wirkungskreise vorbereitet haben – jenes Ziel, mein Karl! lebt, ich weiß es, vielleicht nur nicht so klar, auch in Deiner Seele. Willst Du mich zum Freunde, so soll jenes Ziel das Band sein, das von nun an unsre Herzen fester, unzertrennlicher, inniger vereinigt. O! es gibt viele Brüder, aber Brüder, die *solche* Freunde sind, gibts wenige. Lebe wohl. Der lieben Mamma tausend herzliche Grüße.

Dein
Fritz.

An die Mutter

Waltershausen, d. 3. *Jan.* 1794.

Liebste Mamma!

Trost und Freude von oben zum neuen Jahre! Tausend Dank für alle Liebe im alten, und den andern vergangnen Jahren!

Morgen sinds acht Tage, daß ich hier ankam. Und in Wahrheit! noch nicht einer war mir unangenehm. Der HE. Major von Kalb, der gebildetste, gefälligste Mann von der Welt, empfing mich wie einen Freund; und hat sich noch nicht geändert bisher. Die Frau von Kalb ist noch in Jena. Meinen Kleinen muß man liebhaben, so ein guter, gescheider, schöner Bube ist er. Meine Lebensart ist folgende: Morgens zwischen 7 und 8 Uhr wird mir mein Koffee aufs Zimmer gebracht, wo ich dann mir selbst leben kann bis 9 Uhr. Von 9 Uhr bis 11 geb ich Unterricht. Nach zwölf wird zu Mittag gespeist. (*NB.* weil Sie mich wegen der sächsischen Kochkunst so bedauerten, muß ich Ihnen sagen, daß hier eine Wiener Köchin ist und der Tisch gar schön besetzt.) Nach dem Essen kann ich, wie auch nachts, bei dem Major bleiben oder nicht, mit dem Kleinen ausgehen oder nicht, arbeiten oder nicht, wie ich will. Von 3 bis 5 Uhr geb ich wieder Unterricht. Die übrige Zeit ist mein. Auch nachts wird hier gespeist; und ich vergesse unsern Nekkarwein leicht bei dem trefflichen Biere, das, wie von mir, auch von der Herrschaft getrunken wird. Ich fühle mich auch ganz gesund dabei. Meine Reise wird mir, wie ich gelegenheitlich hörte, bezahlt. Die Gegend ist sehr schön. Das Schloß liegt über dem Dorfe auf dem Berge, und ich habe eines der angenehmsten Zimmer. Auch sind die Menschen hier, so viel ich sie bisher kennen lernen konnte, recht guter Art. Mit dem Pfarrer besonders bin ich schon recht gut Freund. Ich möchte unter solchen Umständen in keine Stadt. Die Pferde des Majors kann ich benützen, wann ich will. Er liebt die Ruhe sehr, verreist selten, und hat immer wenig Gesellschaft. „Ich habe mich lange genug unter Menschen, zu Land und zu Meer herumgetummelt, spricht er, jetzt ist mir Weib und Kind, und Haus und Garten um so lieber.“ Er war noch vor drei Jahren in französischen Diensten, und hat unter Lafayette den Amerikanischen Krieg mitgemacht. Er hat im Gesichte viel Ähnliches mit HE. Hofrat in Nürtingen (dem und dessen ganzen Hause Sie mich empfehlen).

Die vergnügteste Zeit meiner Reise hatt ich in Nürnberg. Stäudlin gab mir eine Adresse an den Legationssekretär Schubart mit. Nürnberg ist ein ehrwürdiger Ort mit seinen gotischen Palästen und emsigen Einwohnern, und liegt recht freundlich da auf der weiten Ebne, die rings mit Tannenwäldern bekränzt ist. Ich lernte auch in der Lesegesellschaft und auf einem Lusthause sehr kultivierte Menschen kennen. In Erlang hatt ich mit meinem Landsmann und Vetter, einem Sohne des Leibmedikus Jäger in Stuttgart, einen recht vergnügten Christtag. Hörte auch da eine köstliche, schön und hell gedachte Predigt von Prof. Ammon. Nach Blaubeuren und Löchgau schreib ich nächste Woche. Tausend herzliche Grüße und Empfehlungen. Meinem lieben Karl einen schönen guten Morgen!

Ihr

Fritz.

Überall in Nürtingen tausend Empfehlungen!

Meinen Brief von Coburg aus haben Sie, wie ich hoffe, jetzt bekommen.

Meine Adresse ist: An *M.* Hölderlin, Hofmeister bei HE. Major von Kalb in Waltershausen bei Meinungen.

Frei bis Nürnberg.

An Schiller

[März 1794]

In einer Stunde, worin die Nähe eines großen Mannes mich sehr ernst machte, versprach ich, der Menschheit Ehre zu machen in meinem jetzigen, durch die Folgen so ausgebreiteten Wirkungskreise. Ich versprach es *Ihnen*. Ich lege Ihnen Rechenschaft ab.

Meinen Zögling zum *Menschen* zu bilden, das war und ist mein Zweck. Überzeugt, daß alle Humanität, die nicht mit andern Worten Vernunft heißt, oder auf diese sich genau bezieht, des Namens nicht wert ist, dacht ich in meinem Zögling nicht frühe genug sein Edelstes entwickeln zu können. Im schuldlosen Naturstande konnt er jetzt schon nimmer sein, und war auch nimmer drin. Das Kind konnte nicht so gehütet werden, daß aller Einfluß der Gesellschaft auf seine erwachenden Kräfte abgeschnitten worden wäre. Wenn es also möglich war, es jetzt schon zum Bewußtsein seiner sittlichen Freiheit zu bringen, es zu einem der Zurechnung fähigen Wesen zu machen, so mußte dies geschehen. Nun hat es zwar für jetzt, wie mir scheint, für die erweiterten moralischen Verhältnisse schwerlich eigentliche Rezeptivität, aber doch gewiß für die engern, worunter das des Freundes zum Freund in meinem Falle das einzige anwendbare war.

Ich suchte nicht seine Gunst. Daß er um die meinige sich nicht bewarb, sucht ich auch zu verhüten, und die Natur bedurfte hier keines großen Widerstandes. Ich folgte aber dem Zuge meines Herzens, der in guten Stunden mich recht innig mit der fröhlichen, regsamen und bildsamen Natur des Knaben verbrüderte. Er verstand mich, und wir wurden Freunde. An die Autorität dieser Freundschaft, die unschuldigste, die ich kenne, sucht ich alles, was zu tun oder zu lassen war, anzuknüpfen. Weil aber doch jede Autorität, woran des Menschen Denken und Handlen angeknüpft wird, über kurz oder lange große Inkonvenienzen mit sich führt, wagt ich allmählig den Zusatz, daß alles, was er tue und lasse, nicht bloß um seinet- und meinetwillen zu tun oder zu lassen sei, und ich bin sicher, wenn er mich hierin verstanden hat, so hat er das Höchste verstanden, was not ist.

Hierauf gründen sich die Mittel zu meinem Zweck in näherer oder entfernterer Beziehung. Mit einem Detail will ich Ihnen nicht lästig sein. Die tiefe Achtung gegen Sie, mit der ich aufwuchs, mit der ich so oft mich stärkte oder demütigte, die mich auch jetzt in meiner und meines Zöglings Bildung nicht lässig werden läßt, diese Achtung läßt mich nicht zu geschwätzig werden.

Unendlich wird diese Achtung verstärkt durch Ihre Güte, der ich meine gegenwärtige, in so mancher Rücksicht günstige Lage danke.

Die seltne Energie des Geistes, die ich an der Frau von Kalb bewundere, soll, wie ich hoffe, dem meinigen aufhelfen, um so mehr, da alles beiträgt, mich zu heitrer Tätigkeit zu stimmen. Könnt ich doch die mütterlichen Hoffnungen dieser edlen Dame realisieren!

Sie ist seit einer Woche hier. Sie trug mir einen Empfehl an Sie auf, mit der Versicherung, nächstens zu schreiben.

Wie sie mir sagte, hätt ich das Glück haben können, einige Monate um Sie zu sein. Ich fühle tief, was ich verscherzte. So viel hab ich durch meine Schuld noch nie verloren. Lassen Sie mir meinen Glauben, edler großer Mann! Ihre Nähe hätte Wunder gewirkt in mir. Warum muß ich so arm sein, und so viel Interesse haben um den Reichtum eines Geistes? Ich werde nie glücklich sein. Indessen ich muß wollen, und ich will. Ich will zu einem Manne werden. Würdigen Sie mich zuweilen eines aufmerksamen Blicks! Der gute Wille des Menschen ist doch nie ganz ohne Erfolg.

Ich nehme mir die Freiheit, ein Blatt beizulegen, dessen Unwert in meinen Augen nicht so sehr entschieden ist, daß ich es mir zur offenbaren Insolenz anrechnen könnte, Sie damit zu belästigen, dessen Schätzung aber ebenso wenig hinreicht, mich aus der etwas bangen Stimmung zu setzen, womit ich dieses niederschreibe.

Sollten Sie das Blatt würdigen, in Ihrer Thalia zu erscheinen, so würde dieser Reliquie meiner Jugend mehr Ehre widerfahren, als ich hoffte.

Ich bin mit der wahrsten Hochachtung

Ihr ergebenster Verehrer

M. Hölderlin.

An Hegel

Waltershausen bei Meinungen,
d. 10. *Jul.* 1794.

Lieber Bruder!

Ich bin gewiß, daß Du indessen zuweilen meiner gedachtest, seit wir mit der Losung – Reich Gottes! voneinander schieden. An dieser Losung würden wir uns nach jeder Metamorphose, wie ich glaube, wiedererkennen.

Ich bin gewiß, es mag mit Dir werden, wie es will, jenen Zug wird nie die Zeit in Dir verwischen. Ich denke, das soll auch der Fall sein mit mir. Jener Zug ists doch vorzüglich, was wir aneinander lieben. Und so sind wir der Ewigkeit unserer Freundschaft gewiß. Übrigens wünscht ich doch oft, Dir nahe zu sein. Du warst so oft mein Genius. Ich danke Dir sehr viel. Das fühl ich erst seit unserer Trennung ganz. Ich möchte Dir wohl noch manches ablernen, auch zuweilen etwas von dem Meinigen mitteilen.

Das Briefschreiben ist zwar immer nur Notbehelf; aber doch etwas. Deswegen sollten wir es doch nicht ganz unterlassen. Wir müssen uns zuweilen mahnen, daß wir große Rechte aufeinander haben.

Ich glaube, daß Du Deine Welt in mancher Rücksicht für Dich ziemlich tauglich finden wirst. Ich habe aber nicht Ursache, Dich zu beneiden. Für mich ist meine Lage gleich gut. Du bist mehr mit Dir selbst im reinen als ich. Dir ists gut, irgend einen Lärm in der Nähe zu haben; ich brauche Stille. An Freude fehlt es mir auch nicht. Dir gebricht sie nirgends.

Deine Seen und Alpen möchte ich wohl zuweilen um mich haben. Die große Natur veredelt und stärkt uns doch unwiderstehlich. Dagegen leb ich im Kreise eines seltnen, nach Umfang und Tiefe, und Feinheit, und Gewandtheit ungewöhnlichen Geistes. Eine Frau von Kalb wirst Du schwerlich finden in Deinem Bern. Es müßte Dir sehr wohl tun, an diesem Strahle Dich zu sonnen. Wäre unsere Freundschaft nicht, Du müßtest ein wenig ärgerlich sein, daß Du Dein gutes Schicksal mir abtratest. Auch sie muß beinahe denken, daß sie verloren habe, bei meinem blinden Glücke, nach allem, was ich ihr sagte von Dir. Sie hat mich schon sehr oft gemahnt, an Dich zu schreiben; auch jetzt wieder.

Frau von Berlepsch war ja, oder ist noch in Bern; auch Baggesen. Schreibe mir doch, wenn Du kannst, recht viel von beiden. – Stäudlin hat mir bis jetzt nur Einmal geschrieben; auch Hesler nur Einmal. Ich glaube, wir haben viel zu tun, wenn uns der letztere nicht schamrot machen soll. Ich hoffe immer, auf irgendeinem Wege ihn bald zu sehn zu bekommen.

Ist Mögling in Bern? – Tausend Grüße an ihn. Ihr werdet manche frohe Stunde zusammen haben.

Schreibe mir doch recht viel, was Du jetzt denkst und tust, lieber Bruder! –

Meine Beschäftigung ist jetzt ziemlich konzentriert. Kant und die Griechen sind beinahe meine einzige Lektüre. Mit dem ästhetischen Teile der kritischen Philosophie such ich vorzüglich vertraut zu werden. Neulich machte ich eine kleine Exkursion übers Rhöngebirge hinein ins Fulderland. Man glaubt auf den Schweizerbergen zu sein, den kolossalischen Höhen und reizenden fruchtbaren Tälern nach, wo die zerstreuten Häuserchen am Fuße der Berge, im Schatten der Tannen, unter Herden und Bächen liegen. Fuld selbst hat auch eine recht liebliche Lage. Die Bergbewohner sind, wie überall, etwas barsch und einfältig. Übrigens mögen sie manche gute Seite haben, die unsere Kultur vertilgt hat.

Schreibe mir doch bald, lieber Hegel! Ich kann Deine Mitteilung unmöglich ganz entbehren.

Dein
Hölderlin.

An den Bruder

Waltershausen, d. 21. Aug. 1794.

Ich bin Dein Schuldner von lange her, lieber Bruder! Aber in dem Vertrage, den unsere Herzen gestiftet, steht ja nicht geschrieben, daß wir miteinander viele Worte machen, und recht lange Briefe schreiben sollen, sondern daß wir Männer werden, und nur unter dieser Bedingung uns gegenseitig als Brüder anerkennen wollen. Unter rastloser Tätigkeit reift man zum Manne, unter dem Bestreben, aus Pflicht zu handeln, auch wenn sie nicht viel Freude bringt, auch wenn sie eine sehr kleine Pflicht scheint, wenn sie nur Pflicht ist, reift man zum Manne; unter Verleugnung der Wünsche, unter Entsagung und Überwindung des selbstsüchtigen Teils unseres Wesens, dem es nur immer recht bequem und wohl sein soll, unter stillem Harren, bis ein größerer Wirkungskreis sich auftut, und unter der Überzeugung, daß es auch Größe sei, seine Kräfte auf einen engen Wirkungskreis einzuschränken, wenn Gutes dabei herauskömmt, und kein größerer Wirkungskreis sich auftut; unter einer Ruhe, die keine Schwachheit der Menschen empört, und kein eitler Prunk derselben, keine falsche Größe, keine vermeintliche Demütigung in Verwirrung setzt, die nur durch Schmerz und Freude über das Wohl oder Weh der Menschheit, nur durch das Gefühl eigner Unvollkommenheit unterbrochen wird, reift man zum Manne; unter dem unablässigen Bestreben, seine Begriffe zu berichtigen und zu erweitern, unter der unerschütterlichen Maxime, in Beurteilung aller möglichen Behauptungen und Handlungen, in Beurteilung ihrer Rechtmäßigkeit und Vernunftmäßigkeit schlechterdings keine Autorität anzuerkennen, sondern selbst zu prüfen, unter der heiligen, unerschütterlichen Maxime, sein Gewissen nie von eigner oder fremder Afterphilosophie, von der stockfinstern Aufklärung, von dem hochwohlweisen Unsinne beschwatzen zu lassen, der so manche heilige Pflicht mit dem Namen Vorurteil schändet, aber ebenso wenig sich von den Toren oder Bösewichtern irre machen zu lassen, die unter dem Namen der Freigeisterei und des Freiheitsschwindels einen denkenden Geist, ein Wesen, das seine Würde und seine Rechte in der Person der Menschheit fühlt, verdammen möchten oder lächerlich machen, unter all diesem, und vielem andern reift man zum Manne. Wir müssen große Forderungen an uns machen, Bruder meines Herzens! Wollten wir sein wie die Armseligen, denen es so wohl ist in dem Bewußtsein ihres kleinen Werts? Glaube mir, mir wird sonderbar zu Mut, wenn ich der Hoffnungen gedenke, die man sich vom folgenden Jahrhundert macht, und die verkrüppelten, kleingeisterischen, rohen, anmaßlichen, unwissenden, trägen Jünglinge dagegen stelle, deren es überall so viele gibt, und die alsdann ihre Rolle spielen sollen. Die wenigen, die noch eine Ausnahme machen, müssen sich ermuntern und unterstützen. Noch etwas! Es ist jetzt not, daß man sich sagt: sei klug, sprich nichts, so wahr es auch ist, wenn du sicher bist, es wird kein Zweck dadurch erreicht. Opfre nie dein Gewissen der Klugheit auf. Aber sei klug. Es ist ein goldner Spruch: Werft eure Perlen nicht vor die Schweine. Und was du tust, tue es nie in der Hitze. Überdenke kalt! und führe mit Feuer aus! – Ich bin gewiß, daß Du mit mir darin einig bist, daß Brüder so miteinander sprechen müssen. Beigelegter Brief ist von der Majorin an unsere liebe Mutter. Es ist ein Beweis, wie selten man seine Schuldigkeit tut, bei der Erziehung, wenn ein Erzieher, der im allgemeinen nach Überzeugung und Gewissen handelt, bei tausend Fehlern, die er macht, als etwas Seltnes betrachtet wird.

Letzten Sonntag war ich auf dem Gleichberge, der sich eine Stunde von Römhild über die weite Ebene erhebt. Ich hatte gegen Osten das Fichtelgebirge (an der Grenze von Franken und Böhmen), gegen Westen das Rhöngebirge, das die Grenze von Franken und Hessen, gegen Norden den Thüringer Wald, der die Grenze von Franken und Thüringen macht, gegen mein liebes Schwaben hinein, südwestlich, den Steigerwald zum Ende meines Horizonts. So studiert ich am liebsten die Geographie der beiden Halbkugeln, wenn es sein könnte! Schreibe mir doch auch recht viel von Deinen Beschäftigungen, von den sorglichen oder freudigen Tagen der lieben Mutter, von den Umständen aller der teuren Unsrigen, von meinen Bekannten, von H., B., G. *etc.*, kurz von allen, die Du kennst, und die mich nur einigermaßen interessieren können. Grüße mir alle bei Gelegenheit recht herzlich! –

Daß Robespierre den Kopf lassen mußte, scheint mir gerecht, und vielleicht von guten Folgen zu sein. Laß erst die beiden Engel, die Menschlichkeit und den Frieden, kommen, was die Sache der Menschheit ist, gedeihet dann gewiß! Amen.

Dein

Fritz.

An Neuffer

Waltershausen bei Meiningen,
d. 10. *Oct.* 94.

– – – Mein jetziger äußerer Beruf wird mir oft sehr schwer. Dir kann ich es wohl sagen. Ich schwieg indes auch gegen Dich, weil ich besonders Dir nur zu viel Veranlassung gab, in mir einen Unmut über alles zu vermuten, das nicht versilbert und vergoldet ist, einen ewigen Jammer darüber, daß die Welt kein Arkadien ist. Über diese kindische Feigheit bin ich aber so ziemlich weg. Aber ich bin ein Mensch. Ich muß doch wohl gewissenhaften, oft sehr angestrengten Bemühungen Erfolg wünschen. Es muß mir also wehe tun, wenn dieser Erfolg beinahe gänzlich mangelt, durch die sehr mittelmäßigen Talente meines Zöglings, und durch eine äußerst fehlerhafte Behandlung in seiner frühern Jugend, und andere Dinge, womit ich Dich verschonen will. Daß mir das wehe tut, wäre an sich nicht sehr bedeutend, aber daß mich das unvermeidlich in meinen andern Beschäftigungen stört, scheint mir nicht so unbedeutend. Es wäre Dir wohl auch sehr unangenehm, wenn Dir eine Hälfte des Tags über einem Unterrichte verginge, wobei Du nichts gewännest als etwas Geduld, und die andere Hälfte sehr oft durch die Erfahrung, daß der andere nichts dabei gewinnt, beinahe unnütz für Dich gemacht würde. – Übrigens such ich mich emporzuhalten, so gut es geht, und wenn mir nur die Sonne in meine Fenster scheint, steh ich meist heiter auf, und benütze dann, so gut ich kann, ein paar Morgenstunden, die einzigen, wo ich eigentlich Ruhe habe. Die meisten vergingen mir diesen Sommer über meinem Roman, wovon Du die fünf ersten Briefe diesen Winter in der Thalia finden wirst. Ich bin nun mit dem ersten Teile beinahe ganz zu Ende. Fast keine Zeile blieb von meinen alten Papieren. Der große Übergang aus der Jugend in das Wesen des Mannes, vom Affekte zur Vernunft, aus dem Reiche der Phantasie ins Reich der Wahrheit und Freiheit scheint mir immer einer solchen langsamen Behandlung wert zu sein. Ich freue mich übrigens doch auf den Tag, wo ich mit dem Ganzen im reinen sein werde, weil ich dann unverzüglich einen andern Plan, der mir beinahe noch mehr am Herzen liegt, den Tod des Sokrates, nach den Idealen der griechischen Dramen zu bearbeiten versuchen werde. Lyrisches hab ich seit dem Frühling noch wenig gedichtet. Das Gedicht an das Schicksal, das ich noch zu Hause anfing, vorigen Winter beinahe ganz umänderte, und um Ostern in einem Briefe an Schiller einschloß, scheint dieser sehr gut aufgenommen zu haben, nach dem, was er mir sagte in der Antwort auf meinen letzten Brief, wo ich ihm das Fragment von Hyperion schickte. Er hat es für einen Almanach bestimmt, wovon er künftig der Herausgeber sein wird, und ich will ihm auf sein Begehren noch einiges dazu schicken. Es wird von der Fruchtbarkeit meiner Natur abhängen, ob ich für den Reinhardischen Almanach und die Akademie und das Conzische Museum Dir etwas werde schicken können, ich möchte Dir nicht gerne Schande machen, es wäre auch sehr liederlich, wenn ich Dein brüderliches Anerbieten so belohnen wollte, mit flüchtigen Produkten möcht ich also Dich nicht gerne belästigen. Vielleicht kann ich Dir einen Aufsatz über *die ästhetischen Ideen* schicken; weil er als ein Kommentar über den Phädrus des Plato gelten kann, und eine Stelle desselben mein ausdrücklicher Text ist, so wär er vielleicht für Conz brauchbar. Im Grunde soll er eine Analyse des Schönen und Erhabnen enthalten, nach welcher die Kantische vereinfacht, und von der andern Seite vielseitiger wird, wie es schon Schiller zum Teil in seiner Schrift über Anmut und Würde getan hat, der aber doch auch einen Schritt weniger über die Kantische Grenzlinie gewagt hat, als er nach meiner Meinung hätte wagen sollen. Lächle nicht! Ich kann irren; aber ich habe geprüft, und lange und mit Anstrengung geprüft. – – –

An Neuffer

Jena, d. *Nov.* 94.

Ich bin nun hier, wie Du siehst, lieber Bruder! und ich habe Ursache, mich darüber zu freuen, nicht so wohl, weil ich hier bin, als weil mich mein Hiersein in dem Glauben bestätiget, daß es uns leicht wird, etwas durchzusetzen, sobald wir nur nicht ans Ziel getragen sein, sondern mit eignen Füßen gehen wollen, und es nicht achten, wenn zuweilen ein hartes Steinchen die Sohle drückt. Ich weiß gar wohl, daß es ein größer Ziel gibt, und größere Mühe, mehr Arbeit und mehr Gewinn; aber zu großen Dingen hat man in dieser Welt auch selten mehr als kleine Beispiele.

Ich habe jetzt den Kopf und das Herz voll von dem, was ich durch Denken und Dichten, auch von dem, was ich pflichtmäßig, durch Handeln, hinausführen möchte, letzteres natürlich nicht allein. Die Nähe der wahrhaft großen Geister, und auch die Nähe wahrhaft großer, selbsttätiger, mutiger Herzen schlägt mich nieder und erhebt mich wechselsweise, ich muß mir heraushelfen aus Dämmerung und Schlummer, halbentwickelte, halberstorbne Kräfte sanft und mit Gewalt wecken und bilden, wenn ich nicht am Ende zu einer traurigen Resignation meine Zuflucht nehmen soll, wo man sich mit andern Unmündigen und Unmächtigen tröstet, die Welt gehen läßt, wie sie geht, dem Untergange und Aufgange der Wahrheit und des Rechts, dem Blühen und Welken der Kunst, dem Tod und Leben von allem, was den Menschen, als Menschen, interessiert, wo man dem allem aus seinem Winkel mit Ruhe zusieht, und wenns hoch kömmt, den Forderungen der Menschheit seine negative Tugend entgegenstellt. Lieber das Grab, als diesen Zustand! Und doch hab ich oft beinahe nichts anders im Prospekt. Lieber alter Herzensfreund! in solchen Augenblicken vermiß ich oft recht Deine Nähe, Deinen Trost, und das sichtbare Beispiel Deiner Festigkeit. Ich weiß, daß auch Dich zuweilen der Mut verläßt, ich weiß, daß es allgemeines Schicksal der Seelen ist, die mehr als tierische Bedürfnisse haben. Nur sind die Grade verschieden. Eine Stelle, die ich heute in dem Vorberichte zu den Wielandschen sämtlichen Werken zufällig ansah, brennt mir noch im Herzen. Es heißt da: die Muse Wielands habe mit dem Anfange der deutschen Dichtkunst angefangen, und ende mit ihrem *Untergange*! Allerliebst! Nenne mich einen Kindskopf! aber so was kann mir eine Woche verderben. Seis auch! Wenns sein muß, so zerbrechen wir unsre unglücklichen Saitenspiele, und *tun*, was die Künstler *träumten*! Das ist mein Trost. – Nun auch was von hier. Fichte ist jetzt die Seele von Jena. Und gottlob! daß ers ist. Einen Mann von solcher Tiefe und Energie des Geistes kenn ich sonst nicht. In den entlegensten Gebieten des menschlichen Wissens die Prinzipien dieses Wissens, und mit ihnen die des Rechts aufzusuchen und zu bestimmen, und mit gleicher Kraft des Geistes die entlegensten, kühnsten Folgerungen aus diesen Prinzipien zu denken, und trotz der Gewalt der Finsternis sie zu schreiben und vorzutragen, mit einem Feuer und einer Bestimmtheit, deren Vereinigung mir Armen ohne dies Beispiel vielleicht ein unauflösliches Problem geschienen hätte, – dies, lieber Neuffer! ist doch gewiß viel, und ist gewiß nicht zu viel gesagt von diesem Manne. Ich hör ihn alle Tage. Sprech ihn zuweilen. Auch bei Schiller war ich schon einigemale, das erstemal eben nicht mit

Glück. Ich trat hinein, wurde freundlich begrüßt, und bemerkte kaum im Hintergrunde einen Fremden, bei dem keine Miene, auch nachher lange kein Laut etwas Besonders ahnden ließ. Schiller nannte mich ihm, nannt ihn auch mir, aber ich verstand seinen Namen nicht. Kalt, fast ohne einen Blick auf ihn begrüßt ich ihn, und war einzig im Innern und Äußern mit Schillern beschäftigt; der Fremde sprach lange kein Wort. Schiller brachte die Thalia, wo ein Fragment von meinem Hyperion und mein Gedicht an das Schicksal gedruckt ist, und gab es mir. Da Schiller sich einen Augenblick darauf entfernte, nahm der Fremde das Journal vom Tische, wo ich stand, blätterte neben mir in dem Fragmente, und sprach kein Wort. Ich fühlt es, daß ich über und über rot wurde. Hätt ich gewußt, was ich jetzt weiß, ich wäre leichenblaß geworden. Er wandte sich drauf zu mir, erkundigte sich nach der Frau von Kalb, nach der Gegend und den Nachbarn unseres Dorfs, und ich beantwortete das alles so einsilbig, als ich vielleicht selten gewohnt bin. Aber ich hatte einmal meine Unglücksstunde. Schiller kam wieder, wir sprachen über das Theater in Weimar, der Fremde ließ ein paar Worte fallen, die gewichtig genug waren, um mich etwas ahnden zu lassen. Aber ich ahndete nichts. Der Maler Meyer aus Weimar kam auch noch. Der Fremde unterhielt sich über manches mit ihm. Aber ich ahndete nichts. Ich ging, und erfuhr an demselben Tage im Klub der Professoren, was meinst Du? daß *Goethe* diesen Mittag bei Schiller gewesen sei. Der Himmel helfe mir, mein Unglück und meine dummen Streiche gut zu machen, wenn ich nach Weimar komme. Nachher speist ich bei Schiller zu Nacht, wo dieser mich so viel möglich tröstete, auch durch seine Heiterkeit, und seine Unterhaltung, worin sein ganzer kolossalischer Geist erschien, mich das Unheil, das mir das erstemal begegnete, vergessen ließ. Auch bei Niethammer bin ich zuweilen. Das nächstemal mehr von Jena. Schreibe mir itzt auch bald, lieber Bruder!

Dein
Hölderlin.

Meine Adresse ist: an – – im Vogtischen Garten.

An Neuffer

Jena, d. 19. Jenner 95.

– – – Ich kam zu Herdern, und die Herzlichkeit, womit mir der edle Mann begegnete, machte auf mich einen unvergeßlichen Eindruck. Seine Darstellungsart verleugnet sich auch in seinem Gespräche nicht. Doch glaubt ich auch eine Simplizität an ihm zu bemerken, und eine Leichtigkeit, die man im Verfasser der Geschichte der Menschheit nicht vermuten sollte, wie mich dünkt. Ich werde wohl noch öfter zu ihm kommen. Auch mit Goethen wurd ich bekannt. Mit Herzpochen ging ich über seine Schwelle. Das kannst Du Dir denken. Ich traf ihn zwar nicht zu Hause; aber nachher bei der Majorin. Ruhig, viel Majestät im Blicke, und auch Liebe, äußerst einfach im Gespräche, das aber doch hie und da mit einem bittern Hiebe auf die Torheit um ihn, und ebenso bittern Zuge im Gesichte – und dann wieder von einem Funken seines noch lange nicht erloschnen Genies gewürzt wird – so fand ich ihn. Man sagte sonst, er sei stolz; wenn man aber darunter das Niederdrückende und Zurückstoßende im Benehmen gegen unsereinen verstand, so log man. Man glaubt oft einen recht herzguten Vater vor sich zu haben. Noch gestern sprach ich ihn hier im Klub. Auch mit Maler Meyer, seinem beständigen Gesellschafter, einem einfachen ehrlichen Schweizer, aber strengen Künstler unterhielt ich mich in Weimar und hier recht fröhlich. – Hast Du Goethens neuen Roman, Wilhelm Meister, gelesen? – Nur Goethe konnt ihn schreiben. Besonders wirst Du Dich über das Ständchen vor Marianens Hause und das Gespräch über die Dichter freuen. – – –

An Hegel

Jena, d. 26. Jenner 95.

Dein Brief war mir ein fröhlicher Willkomm bei meinem zweiten Eintritt in Jena. Ich war zu Ende des Dezember mit der Majorin von Kalb und meinem Zögling, mit dem ich zwei Monate allein hier zugebracht hatte, nach Weimar abgereist, ohne so eine schnelle Rückkehr selbst zu vermuten. Das mannigfaltige Elend, das ich durch die besondern Umstände, die bei meinem Subjekte stattfanden, im Erziehungswesen erfahren mußte, meine geschwächte Gesundheit, und das Bedürfnis, mir wenigstens einige Zeit selbst zu leben, das durch meinen hiesigen Aufenthalt nur vermehrt wurde, bestimmte mich noch vor meiner Abreise von Jena, den Wunsch, mein Verhältnis zu verlassen, der Majorin vorzutragen. Ich ließ mich durch sie und Schillern überreden, den Versuch noch einmal zu machen, konnte aber den Spaß nicht länger als 14 Tage ertragen, weil es unter anderem auch mich beinahe ganz die nächtliche Ruhe kostete, und kehrte nun in vollem Frieden nach Jena zurück, in eine Unabhängigkeit, die ich im Grunde jetzt im Leben zum erstenmale genieße, und die hoffentlich nicht unfruchtbar sein soll. Meine produktive Tätigkeit ist itzt beinahe ganz auf die Umbildung der Materialien von meinem Romane gerichtet. Das Fragment in der Thalia ist eine dieser rohen Massen. Ich denke bis Ostern damit fertig zu sein, laß mich indes von ihm schweigen. *Den Genius der Kühnheit*, dessen Du Dich vielleicht noch erinnerst, hab ich, umgearbeitet, mit einigen andern Gedichten in die Thalia gegeben. Schiller nimmt sich meiner sehr an, und hat mich aufgemuntert, Beiträge in sein neues Journal, die Horen, auch in seinen künftigen Musenalmanach zu geben.

Goethen hab ich gesprochen, Bruder! Es ist der schönste Genuß unsers Lebens, so viel Menschlichkeit zu finden bei so viel Größe. Er unterhielt mich so sanft und freundlich, daß mir recht eigentlich das Herz lachte, und noch lacht, wenn ich daran denke. Herder war auch herzlich, ergriff die Hand, zeigte aber schon mehr den Weltmann; sprach oft ganz so allegorisch, wie auch Du ihn kennst; ich werde wohl noch manchmal zu ihnen kommen; Majors von Kalb werden wahrscheinlich in Weimar bleiben (weswegen meiner auch der Junge nicht mehr bedurfte, und mein Abschied beschleuniget werden konnte), und die Freundschaft, worin ich besonders mit der Majorin stehe, macht mir öftere Besuche in diesem Hause möglich.

Fichtens spekulative Blätter – Grundlage der gesamten Wissenschaftslehre – auch seine gedruckten Vorlesungen über die Bestimmung des Gelehrten werden Dich sehr interessieren. Anfangs hatt ich ihn sehr im Verdacht des Dogmatismus; er scheint, wenn ich mutmaßen darf, auch wirklich auf dem Scheidewege gestanden zu sein, oder noch zu stehn – er möchte über das Faktum des Bewußtseins in der *Theorie* hinaus, das zeigen sehr viele seiner Äußerungen, und das ist ebenso gewiß, und noch auffallender transcendent, als wenn die bisherigen Metaphysiker über das Dasein der Welt hinaus wollten – sein absolutes Ich (= Spinozas Substanz) enthält alle Realität; es ist alles, und außer ihm ist nichts; es gibt also für dieses absolute Ich kein Objekt, denn sonst wäre nicht alle Realität in ihm; ein Bewußtsein ohne Objekt ist aber nicht denkbar, und wenn ich selbst dieses Objekt bin, so bin ich als solches notwendig beschränkt, sollte es auch nur in der Zeit sein, also nicht absolut; also ist in dem absoluten Ich kein Bewußtsein denkbar, als absolutes Ich hab ich kein Bewußtsein, und insofern ich kein Bewußtsein habe, insofern bin ich (für mich) nichts, also das absolute Ich ist (für mich) Nichts.

So schrieb ich noch in Waltershausen, als ich seine ersten Blätter las, unmittelbar nach der Lektüre des Spinoza, meine Gedanken nieder; Fichte bestätiget mir

Seine Auseinandersetzung der Wechselbestimmung des Ich und Nicht-Ich (nach seiner Sprache) ist gewiß merkwürdig, auch die Idee des *Strebens* p. p. Ich muß abbrechen, und muß Dich bitten, all das so gut als nicht geschrieben anzusehen. Daß Du Dich an die Religionsbegriffe machst, ist gewiß in mancher Rücksicht gut und wichtig. Den Begriff der Vorsehung behandelst Du wohl ganz parallel mit Kants Teleologie; die Art, wie er den Mechanismus der Natur (also auch des Schicksals) mit ihrer Zweckmäßigkeit vereiniget, scheint mir eigentlich den ganzen Geist seines Systems zu enthalten; es ist freilich dieselbe, womit er alle Antinomien schlichtet. Fichte hat in Ansehung der Antinomien einen sehr merkwürdigen Gedanken, über den ich aber lieber Dir ein andermal schreibe. Ich gehe schon lange mit dem Ideal einer Volkserziehung um, und weil Du Dich gerade mit einem Teile derselben, der Religion, beschäftigest, so wähl ich mir vielleicht Dein Bild und Deine Freundschaft zum *conductor* der Gedanken in die äußere Sinnenwelt, und schreibe, was ich vielleicht später geschrieben hätte, bei *guter Zeit* in Briefen an Dich, die Du beurteilen und berichtigen sollst.

An Neuffer

Jena, d. 8. Mai 95.

Ich will es versuchen, lieber, armer Bruder! ob ich mich so weit sammeln kann von meinem Schmerz, um Dich zu schonen in dem Deinigen. Ich gestehe Dir, es überwältiget mich auch, und ich weiß nicht, was ich Dir sagen soll, wenn ich das edle, unersetzliche Wesen vor Augen habe, das für Dich lebte, und mir sagen muß: das ist Tod! O mein Freund! ich begreif es nicht, das Namenlose, das uns eine Weile erfreut und dann das Herz zerreißt, ich habe keinen Gedanken für das Vergehen, wo unser Herz, das Beste in uns, das einzige, worauf zu hören noch der Mühe wert ist, mit allen seinen Schmerzen um Bestand fleht – der Gott, zu dem ich betete als Kind, mag es mir verzeihen! ich begreife den Tod nicht in seiner Welt – Lieber! Du solltest mir heilig sein in Deiner Trauer, ich sollte die traurige Verwirrung, in der ich über allem bin, die der Schmerz über Dein Schicksal mir erst recht fühlbar machte oder – ich weiß es selbst nicht – erst bewirkte, ich sollte sie verschweigen vor Dir. Ich bin ein leidiger Tröster. Ich tappe herum in der Welt wie ein Blinder, und sollte dem leidenden Bruder ein Licht zeigen, das ihn erfreute in seiner Finsternis. Nicht wahr, Lieber! Du lerntest etwas Bessers in der Schule Deiner Geliebten? Nicht wahr, Du wirst sie wiederfinden? O wenn wir auch nur darum da wären, um eine Weile zu träumen und dann zum Traum eines andern zu werden – – –

An Schiller

Nürtingen bei Stuttgart,
d. 23. Jul. 1795.

Ich wußte wohl, daß ich mich nicht, ohne meinem Innern merklichen Abbruch zu tun, aus Ihrer Nähe würde entfernen können. Ich erfahr es itzt mit jedem Tage lebendiger.

Es ist sonderbar, daß man sich sehr glücklich finden kann unter dem Einfluß eines Geistes, auch wenn er nicht durch mündliche Mitteilung auf einen wirkt, bloß durch seine Nähe, und daß man ihn mit jeder Meile, die von ihm entfernt, mehr entbehren muß. Ich hätt es auch schwerlich mit all meinen Motiven über mich gewonnen, zu gehen, wenn nicht eben diese Nähe mich von der andern Seite so oft beunruhiget hätte. Ich war immer in Versuchung, Sie zu sehn, und sah Sie immer nur, um zu fühlen, daß ich Ihnen nichts sein konnte. Ich sehe wohl, daß ich mit dem Schmerze, den ich so oft mit mir herumtrug, notwendigerweise meine stolzen Forderungen büßte; weil ich Ihnen so viel sein wollte, mußt ich mir sagen, daß ich Ihnen nichts wäre. Aber ich bin mir dann doch zu gut bewußt, was ich damit wollte, um mich nur leise darüber zu tadeln. Wär es Eitelkeit gewesen, die so ihre Befriedigung suchte, die von einem großen Manne, wenn er einmal dafür anerkannt ist, einen freundlichen Blick erbettelt, um sich mit der unverdienten Gabe über die eigne Armseligkeit zu trösten, der der Mann ziemlich indifferent ist, wenn er nicht für ihre kleinen Wünsche taugt, hätte mein Herz zu so einem beleidigenden Hofdienste sich erniedriget, dann freilich würd ich mich recht tief verachten. Aber ich freue mich, daß ich so gewiß mir sagen kann, daß ich den Wert des Geistes, den ich achte, so weit ich ihn ermessen kann, in mancher guten Stunde rein empfand, und daß mein Streben, ihm recht viel zu sein, im Grunde nichts anders war als der gerechte Wunsch, dem Guten und Schönen und Wahren, sei es unerreichbar oder erreichbar, sich mit seinem Individuum zu nähern; und daß man nicht gerne dabei einzig sein Richter ist, ist gewiß auch menschlich, gewiß natürlich.

Es ist sonderbar, daß ich Ihnen diese Apologie gab. Aber eben darum, weil diese Anhänglichkeit in der Tat mir heilig ist, such ich sie in meinem Bewußtsein von allem, was durch eine scheinbare Verwandtschaft sie entwürdigen könnte, zu sondern, und warum sollt ich mich über sie nicht vor Ihnen äußern, wie sie vor mir erscheint, da sie doch Ihnen angehört? Nur alle Monate möcht ich zu Ihnen und mich bereichern auf Jahre. Ich suche übrigens mit dem, was ich von Ihnen mitnahm, gut hauszuhalten und zu wuchern. Ich lebe sehr einsam und glaube, daß es mir gut ist. Von meinem Freunde Neuffer lege ich Ihnen einige Gedichte bei. Er will sich die Freiheit nehmen, Ihnen mit noch einem aufzuwarten, sobald er, wie er noch wünscht, es durchgearbeitet hat.

Erlauben Sie es, so schick auch ich noch ein paar Gedichte nach.

Bei dem, was ich beilege, betrübte es mich oft, daß das erste, was ich auf Ihren unmittelbaren Antrieb vornahm, nicht besser werden sollte. Ich bin mit ewiger Achtung

Ihr

Verehrer

M. Hölderlin.

An Schiller

Nürtingen bei Stuttgart, d. 4. Sept. 95.

Sie verzeihen, verehrungswürdiger Herr Hofrat! daß ich den Beitrag, wozu Sie mir die Erlaubnis gaben, so spät und so ärmlich gebe. Maladie und Verdruß hinderten mich, das, was ich wünschte, auszuführen. Vielleicht zürnen Sie nicht, wenn ich Ihnen dies in einiger Zeit zuschicke. Ich gehöre ja – wenigstens als *res nullius* – Ihnen an; also auch die herben Früchte, die ich bringe.

Das Mißfallen an mir selbst und dem, was mich umgibt, hat mich in die Abstraktion hineingetrieben; ich suche mir die Idee eines unendlichen Progresses der Philosophie zu entwickeln, ich suche zu zeigen, daß die unnachläßliche Forderung, die an jedes System gemacht werden muß, die Vereinigung des Subjekts und Objekts in einem absoluten – Ich oder wie man es nennen will – zwar ästhetisch, in der intellektualen Anschauung, theoretisch aber nur durch eine unendliche Annäherung möglich ist, wie die Annäherung des Quadrats zum Zirkel, und daß, um ein System des Denkens zu realisieren, eine Unsterblichkeit ebenso notwendig ist, als sie es ist für ein System des Handelns. Ich glaube, dadurch beweisen zu können, inwieferne die Skeptiker recht haben, und inwieferne nicht.

Es ist mir oft wie einem Exulanten, wenn ich mich der Stunden erinnere, da Sie sich mir mitteilten, ohne über den trüben oder ungeschliffnen Spiegel zu zürnen, worin Sie Ihre Äußerung oft nimmer erkennen konnten.

Ich glaube, daß dies das Eigentum der seltnen Menschen ist, daß sie geben können, ohne zu empfangen, daß sie sich auch „am Eise wärmen“ können.

Ich fühle nur zu oft, daß ich eben kein seltner Mensch bin. Ich friere und starre in dem Winter, der mich umgibt. So eisern mein Himmel ist, so steinern bin ich.

Auf den Oktober werd ich wahrscheinlich eine Hofmeisterstelle in Frankfurt beziehen.

Ich würde mich über mein Geschwätz vielleicht damit vor Ihnen entschuldigen, daß ich es einigermaßen für Pflicht hielte, Ihnen von mir Rechenschaft zu geben; aber so würd ich mein Herz verleugnen. Es ist beinahe mein einziger Stolz, mein einziger Trost, daß ich Ihnen irgend etwas und daß ich Ihnen von mir etwas sagen darf. Ewig

Ihr Verehrer

Hölderlin.

An Hegel

Stuttgart, d. 25. Nov. 95.

Du tust mir Unrecht, Lieber! wenn Du mein Stillschweigen meiner Nachlässigkeit zuschreibst; ich werde bis jetzt von den Frankfurtern hingehalten, wegen dem Kriege, wie sie schreiben; ich wartete von einer Woche zur andern, um Dir bestimmte Nachricht zu geben, und habe noch jetzt keine, weder in Deiner Sache noch in meiner eignen.

Übrigens müßt ich Dich wohl in jedem Falle in Frankfurt entbehren, weil das Kind 4 Jahre alt ist, und Du eben nicht sehr geneigt scheinst, Dich damit zu belästigen. – Du fragst mich wegen der Repetentenstelle? Du willst Dich durch meinen Entschluß bestimmen lassen? Lieber! da tuest Du Dir Unrecht. Ich habe vorerst die Prätension gar nicht zu machen, tauge schlechterdings nicht dazu, so wenig als in irgendein Verhältnis, wo man verschiedne Charaktere, verschiedne Situationen vor sich hat, und dann hab ich leider! noch ganz besondere Gründe, die ich meinen ehemaligen Tübinger Torheiten danke. Aber für Dich wär es wohl Pflicht, insofern Du den Totenerwecker in Tübingen machen könntest; freilich würden die Totengräber in Tübingen ihr möglichstes gegen Dich tun. Wenn ich denke, Du könntest vergebens arbeiten, so halt ichs freilich für Verrat, den Du an Dir selbst begehest, wenn Du Dich mit dem armseligen Volke befassen willst. Ob es aber einen bessern Wirkungskreis für Dich gibt, unter Deinen Schweizern oder unter unsern Schwaben, das ist freilich eine schwere Frage. Vielleicht könntest Du ein Reisegeld bekommen, von hier aus, und das wäre nicht das Schlimmste. Wenn ich nicht bald eine gelegne Hofmeisterstelle finde, so mache ich wieder den Egoisten, suche für jetzt keine öffentliche Beschäftigung, und lege mich aufs Hungerleiden.

Renz wird wohl Repetent werden, wie ich höre. Ihr könntet ein schönes Leben zusammen führen. Lege nur nicht Deine literarischen Beschäftigungen bei Seite. Ich dachte schon, eine Paraphrase der Paulinischen Briefe nach Deiner Idee müßte der Mühe wohl wert sein.

Das nächstemal mehr. Ich möchte, das Briefeschreiben ginge zwischen uns einmal, wenigstens auf einige Zeit, zu Ende. Wenn wir uns nicht sprechen, so ist, wenigstens von meiner Seite, wenig Vorteil für Dich dabei. Leb wohl.

Dein

Hölderlin.

Fichte ist wieder in Jena und liest diesen Winter über das Naturrecht. Sinclair ist jetzt in Homburg bei seinen Eltern. Er läßt Dich herzlich grüßen; er ehrt Dein Andenken wie immer. Grüße mir Mögling!

An Neuffer

Frankfurt am Main,
d. 15. *Jan.* 96.

Lieber Bruder!

Ich hätte Dir nicht wohl ohne Zerstreuung schreiben können, wenn ich nicht bis jetzt gewartet hätte; auch jetzt noch wirst Du die Folgen des Umherirrens, des unsteten, geteilten Interesses, das einem so eine Lage unwillkürlich gibt, an mir finden. Ich weiß wohl, daß es einmal Zeit wäre, mich weniger durch Neuheit beunruhigen zu lassen; aber ich mußte wieder finden, daß, bei aller Vorsicht, das Unbekannte für mich sehr leicht mehr wird, als es wirklich für mich sein kann, daß ich bei jeder neuen Bekanntschaft von irgendeiner Täuschung ausgehe, daß ich die Menschen nie verstehen lerne, ohne einige goldne kindische Ahndungen aufzuopfern.

Ich weiß, daß ich in Deinen Augen nichts verliere durch dieses demütigende Geständnis.

Glaube übrigens deswegen nicht, als wäre meine neue Lage nicht so, daß man nicht gewissermaßen damit zufrieden sein könnte.

Ich lebe, wie es scheint, unter sehr guten und wirklich, nach Verhältnis, seltnen Menschen; sie könnten wohl noch mehr sein, ohne daß ich das Obige zurücknehmen müßte.

Du verstehst mich gewiß, wenn ich Dir sage, daß unser Herz auf einen gewissen Grad immer arm bleiben muß. Ich werde mich auch wohl noch mehr daran gewöhnen, mit wenigem fürlieb zu nehmen, und mein Herz mehr darauf zu richten, daß ich der ewigen Schönheit mehr durch eignes Streben und Wirken mich zu nähern suche, als daß ich etwas, was ihr gliche, vom Schicksal erwartete. Du hast wohl recht mit Deiner treuen Lehre, die Du mir manchmal gabst, daß man deswegen die fröhlichen Stunden des Lebens nicht von sich weisen soll, daß auch das Lachen, was doch sicher kein hohes Glück ist, gut sei für den Menschen; aber Du fühlst wohl auch, daß sich das nicht leicht lernt; es ist Naturgabe, die ich gewiß nicht verwerfen würde, wenn ich sie hätte. –

Es war für mich Bedürfnis, Lieber! Dir das mitzuteilen, was gerade mein Gemüt beschäftigte, und so wirst Du nicht zürnen, daß ich nicht von was anderem sprach.

Die Bedingungen, unter denen ich mein Verhältnis einging, sind vorteilhaft genug. Ich kann mit durchgängiger Ungebundenheit leben, brauche meinem Zögling, der schon mein ganzes Herz gewonnen hat, durch seine reine, freie Unbefangenheit, nur den Vormittag zu widmen, und bekomme jährlich 400 fl., bei dem, daß ich alles frei habe. ---

An den Bruder

Frankfurt, d. 2. *Jun.* 1796.

--- Daß Dir Dein Schicksal oft schwer aufliegt, das glaub ich Dir gerne, liebes Herz! Sei ein Mann und siege. Die Knechtschaft, die von allen Seiten auf unser Herz und unsern Geist in früher Jugend und im Mannesalter hineindringt, die Mißhandlung und Erstickung unserer edelsten Kräfte gibt uns auch das herrliche Selbstgefühl, wenn wir dennoch unsere besseren Zwecke durchführen. Ich will auch das Meinige tun. ---

--- Laß die Welt ihren Gang gehn, wenn er nicht aufgehalten werden kann, wir gehn den unsern.

Ich hoffe diesen Sommer mehr zu tun als bisher. Der Trieb, aus unserm Wesen etwas hervorzubringen, was zurückbleibt, wenn wir scheiden, hält uns doch eigentlich einzig ans Leben fest.

Freilich sehnen wir uns oft auch, aus diesem Mittelzustand von Leben und Tod überzugehn ins unendliche Sein der schönen Welt, in die Arme der ewigjugendlichen Natur, wovon wir ausgegangen. Aber es geht ja alles seine stete Bahn, warum sollten wir uns zu früh dahin stürzen, wohin wir verlangen.

Die Sonne soll uns doch nicht beschämen. Sie gehet auf über Bösen und Guten; so können ja auch wir eine Weile unter Menschen und ihrem Tun und in unserer eigenen Schranke und Schwachheit verweilen. ---

An Neuffer

Frankfurt [wohl Ende Juni und 10. Juli 1796].

Hätt ich Dich doch bei mir, lieber Bruder! daß wir uns einmal wieder Freude machen könnten mit unsern Herzen. Die Buchstaben sind für die Freundschaft, wie trübe Gefäße für goldnen Wein. Zur Not schimmert etwas durch, um ihn vom Wasser zu unterscheiden, aber lieber sieht man ihn doch im kristallnen Glase.

Ich möchte wissen, wie Dirs jetzt gerade geht. Ich wollt, es ginge Dir wie mir. Ich bin in einer neuen Welt. Ich konnte wohl sonst glauben, ich wisse, was schön und gut sei, aber seit ichs sehe, möcht ich lachen über all mein Wissen. Lieber Freund! es gibt ein Wesen auf der Welt, woran mein Geist Jahrtausende verweilen kann und wird, und dann noch sehn, wie schülerhaft all unser Denken und Verstehn vor der Natur sich gegenüber findet. Lieblichkeit und Hoheit, und Ruh und Leben, und Geist und Gemüt und Gestalt ist Ein seliges Eins in diesem Wesen. Du kannst mir glauben, auf mein Wort, daß selten so etwas geahndet, und schwerlich wieder gefunden wird in dieser Welt. Du weißt ja, wie ich war, wie mir Gewöhnliches entleidet war, weißt ja, wie ich ohne Glauben lebte, wie ich so karg geworden war mit meinem Herzen, und darum so elend; konnt ich werden, wie ich jetzt bin, froh, wie ein Adler, wenn mir nicht dies, dies Eine erschienen wäre, und mir das Leben, das mir nichts mehr wert war, verjüngt, gestärkt, erheitert, verherrlicht hätte mit seinem Frühlingslichte? Ich habe Augenblicke, wo all meine alten Sorgen mir so durchaus töricht scheinen, so unbegreiflich wie den Kindern.

Es ist auch wirklich oft unmöglich, vor ihr an etwas Sterbliches zu denken, und eben deswegen läßt so wenig sich von ihr sagen.

Vielleicht gelingt mirs hie und da, einen Teil ihres Wesens in einem glücklichen Zuge zu bezeichnen, und da soll Dir keiner unbekannt bleiben. Aber es muß eine festliche, durchaus ungestörte Stunde sein, wenn ich von ihr schreiben soll. –

Daß ich jetzt lieber dichte als je, kannst Du Dir denken. Du sollst auch bald wieder etwas von mir sehen.

Was Du mir mitteiltest, hat Dir herrlichen Lohn gewonnen. Sie hat es gelesen, hat sich gefreut, hat geweint über Deinen Klagen.

O sei glücklich, lieber Bruder! Ohne Freude kann die ewige Schönheit nicht recht in uns gedeihen. Großer Schmerz und große Lust bildet den Menschen am besten. Aber das Schustersleben, wo man Tag für Tag auf seinem Stuhle sitzt, und treibt, was sich im Schlafe treiben läßt, das bringt den Geist vor der Zeit ins Grab.

Ich kann jetzt nicht schreiben. Ich muß warten, bis ich weniger mich glücklich und jugendlich fühle. Leb wohl, treuer, geprüfter, ewiglieber Freund! Könnt ich ans Herz Dich drükken! Das wäre jetzt die wahre Sprache für Dich und mich!

Dein

Hölderlin.

An Schiller

Kassel, d. 24. *Jul.* 96.

Ich bin so frei, verehrungswürdiger Herr Hofrat, Ihnen einen kleinen Beitrag zur künftigen Blumenlese zu schicken. Lieber hätt ich ihn gebracht, und mich wieder Ihrer Nähe gefreut. Sie sind gesünder, wie man mir sagt, und das ist ein Trieb mehr für mich, zu Ihnen zu wallfahrten und Sie zu sehn. Aber bis dahin muß ich wenigstens noch einige Monate geduldig sein. Ich bin jetzt auf der Flucht mit der Familie, bei der ich seit vorigem Winter in Frankfurt sehr glücklich lebe. Es sind wirklich seltne Menschen, unter denen ich bin, und um so schätzbarer für mich, weil ich sie so zu rechter Zeit fand, weil einige bittere Erfahrungen mich wirklich gegen Verhältnisse aller Art hatten mißtrauisch gemacht.

Ich wollte Ihnen einmal wieder in meiner ganzen Bedürftigkeit erscheinen, wollte Sie um Ihre Meinung fragen über manches, was mich jetzt beschäftigt, und wollte durch allerhand Umwege ein paar freundliche Worte mir von Ihnen erbeuten, aber ich bin genötigt, abzubrechen.

Wollen Sie die Güte haben, mich der Frau Hofrätin zu empfehlen?

Ganz der

Ihrige

M. Hölderlin.

An Hegel

Frankfurt, d. 20. Nov. 96.

Liebster Hegel!

Die ganze Sache ist ins reine gebracht. Du bekommst, wie ich vorauswußte, 400 fl., hast freie Wäsche und Bedienung im Hause, und die Reisekosten will HE. *Gogel* vergüten, wenn Du hieher kömmst, oder, wenn Du es nötig finden solltest, Dir den Wechsel nach Bern schicken. Ich schreibe Dir seine eignen Worte, die ich in diesem Augenblick von ihm erfahre.

Wolltest Du den Wechsel nach Bern haben, um anderweitige mögliche Inkonvenienzen zu vermeiden, so schreib es mir mit nächstem, ich will sehen, daß ich es mit Schicklichkeit besorge und ohne Dich im mindesten zu exponieren.

Daß Du erst in der Mitte des Jenners kommst, erträgt HE. *Gogel* geduldiger als ich; ich wollte, wir hätten heute Neujahrsabend. HE. Gogel hat Deinen Brief gelesen, und war, wie ich wohl denken konnte, sehr vergnügt darüber. Wenn Du noch der alte bist, so wirst Du in seinem Charakter und seiner Art, sich zu äußern, sehr viel Beziehung mit Deiner Eigentümlichkeit finden.

Die Materie und Form des Unterrichts wird, wie natürlich, Deiner Einsicht überlassen. Deine Gewandtheit in der französischen Sprache nimmt HE. *Gogel* wie ein seltnes und bedeutendes Geschenk.

Seine Jungen, 2 an der Zahl, seien gut, sagt er, eines seiner 2 Mädchen, denen Du aber nur gelegentlich hie und da was beibringst, ist etwas hartköpfig. Das kann Dich aber nicht sehr verdrießen. Daß Deutschland in Europa liegt, behält Dir wohl jede. Wer unterhält sich nicht gerne mit so einem guten Ding eine Viertelstunde?

Mit den Jungen wirst Du, so sehr der erste Unterricht unsern Geist oft drücken muß, Dich dennoch lieber beschäftigen als mit Staat und Kirche, wie sie gegenwärtig sind. Auch werden gewöhnlich zum Unterricht im Schönschreiben, Rechnen, Zeichnen, Tanzen, Fechten, oder was sonst Dinge sind, die nicht gerade von uns erwartet werden können, Meister genommen, denen man das Kind ganz wohl anvertrauen kann, so daß Du hinlänglich wirst ausruhn können.

Wir wollen brüderlich Müh und Freude teilen, alter Herzensfreund! Es ist recht gut, daß mich die Höllengeister, die ich aus Franken mitnahm, und die Luftgeister mit den metaphysischen Flügeln, die mich aus Jena geleiteten, seitdem ich in Frankfurt bin, verlassen haben. So bin ich Dir noch etwas brauchbar. Ich sehe, daß Deine Lage Dich auch ein wenig um den wohlbekannten immerheitern Sinn gebracht hat. Siehe nur zu! Du wirst bis nächsten Frühling wieder der alte sein. Was Du von Leiten und Führen sprichst, Lieber, Teurer! das hat mir wehe getan. Du bist so manchmal mein Mentor gewesen, wenn mein Gemüt zum dummen Jungen mich machte, und wirsts noch manchmal sein müssen.

Du wirst Freunde finden, wie man sie nicht überall findet.

Vorige Woche hab ich Sinclair in Homburg besucht. Er freut sich auch unendlich, daß Du kommst. Ich sage Dir, Lieber! Du brauchst nichts als Dein und mein Haus, um recht glückliche Tage zu haben. Der Tag des Wiedersehens wird uns ziemlich verjüngen. Ich komme Dir bis Darmstadt entgegen, wenn sichs nur immer einrichten läßt. Dann nehm ich Dich erst zu mir, und freue mich satt an Dir, und dann bring ich Dich dem guten *Gogel* ins Haus.

Ich habe vorgestern von Dir geträumt, Du machtest noch allerlei weitläufige Reisen in der Schweiz herum, und ich wollte mich totärgern. Nachher hatt ich herzliche Freude an dem Traum.

Leb wohl, lieber Hegel! Schreibe mir bald wieder. Wärst Du nur schon aus dem Bernerbiet weg!

Dein

Hölderlin.

An Schiller

Frankfurt, d. 20. Nov. 1796.

Verehrungswürdigster!

Es macht mich oft traurig, daß ich Ihnen nimmer, wie ich sonst wohl durfte, ein Wort aus meiner Seele sagen kann, aber Ihr gänzlich Verstummen gegen mich macht mich wirklich blöde, und ich muß immer wenigstens irgendeine Kleinigkeit vorschützen können, wenn ich mich dazu bringen soll, meinen Namen Ihnen wieder zu nennen.

Diese Kleinigkeit ist diesmal die Bitte, daß Sie die unglücklichen Verse, die keinen Platz finden konnten in Ihrem diesjährigen Almanache, mir wieder zur Durchsicht geben möchten, denn das Manuskript, das ich Ihnen im August von Kassel aus zuschickte, war das einzige, das ich hatte.

Möchten Sie es doch nicht für verlorne Mühe halten, Ihr Urteil beizusetzen, denn auch hierin kann ich alles leichter ertragen als Ihr Stillschweigen.

Ich erinnere mich noch sehr gut jedes kleinsten Zeichens Ihrer Teilnahme an mir. Sie haben mir auch, da ich noch in Franken lebte, einmal ein paar Worte geschrieben, die ich immer wiederhole, so oft ich verkannt bin.

Haben Sie Ihre Meinung von mir geändert? Haben Sie mich aufgegeben?

Verzeihen Sie mir diese Fragen. Eine Anhänglichkeit an Sie, gegen welche ich oft vergebens anging, wenn sie Leidenschaft war, eine Anhänglichkeit, die noch immer mich nicht verlassen hat, nötigt solche Fragen mir ab.

Ich würde mich darüber tadeln, wenn Sie nicht der einzige Mann wären, an den ich meine Freiheit so verloren habe.

Ich weiß, daß ich nicht ruhen werde, bis ich durch irgend etwas Errungenes und Gelungenes wieder einmal ein Zeichen Ihrer Zufriedenheit erbeute.

Glauben Sie nicht, daß ich feire, wenn ich nicht von meinen Beschäftigungen spreche. Aber es ist schwer, gegen die Niedergeschlagenheit auszuhalten, die einem der Verlust einer Gewogenheit gibt, wie diejenige war, die ich besaß oder mir träumte.

Ich bin verlegen, skrupulös über jedes Wort, das ich Ihnen sage, und doch bin ich sonst so ziemlich, wenn ich andern Menschen gegenüber mich finde, über jugendliche Ängstlichkeit weg.

Sagen Sie mir ein freundlich Wort, und Sie sollen sehen, wie ich verwandelt bin.

Ihr wahrer Verehrer

Hölderlin.

An Johann Gottfried Ebel

Frankfurt, d. 10. *Jan.* 97.

Mein Teurer!

Ich zögerte bloß deswegen so lange mit einer Antwort auf Ihren ersten Brief, weil ich fühlte, wie viel darauf zu antworten war, und weil mir kein Moment, wo ich Muße hatte, Ihnen zu schreiben, reich genug war, um Ihnen alles zu sagen, was ich wünschte.

Es ist herrlich, lieber Ebel! so getäuscht und so gekränkt zu sein, wie Sie es sind. Es ist nicht jedermanns Sache, für Wahrheit und Gerechtigkeit sich so zu interessieren, daß man auch da sie siehet, wo sie nicht ist, und wenn der beobachtende Verstand vom Herzen so bestochen wird, so darf man wohl sich sagen, daß das Herz zu edel sei für sein Jahrhundert. Es ist fast nicht möglich, unverhüllt die schmutzige Wirklichkeit zu sehen, ohne selbst darüber zu erkranken; das Auge tut wohl, solange es kann, dem Splitter sich zu verschließen, und dem Rauch und

Staube, der sich ihm aufdringt, und so ists auch ein schöner Instinkt des Menschen, manches, was nicht unmittelbar sein Stoff ist, fröhlicher anzusehen. Aber Sie halten denn doch es aus, und ich schätze Sie ebenso sehr darum, daß Sie jetzt noch sehen mögen, als darum, daß Sie zuvor nicht ganz so sahn.

Ich weiß, es schmerzt unendlich, Abschied zu nehmen, von einer Stelle, wo man alle Früchte und Blumen der Menschheit in seinen Hoffnungen wieder aufblühn sah. Aber man hat sich selbst, und wenige Einzelne, und es ist auch schön, in sich selbst und wenigen Einzelnen eine Welt zu finden.

Und was das Allgemeine betrifft, so hab ich Einen Trost, daß nämlich jede Gärung und Auflösung entweder zur Vernichtung oder zu neuer Organisation notwendig führen muß. Aber Vernichtung gibts nicht, also muß die Jugend der Welt aus unserer Verwesung wiederkehren. Man kann wohl mit Gewißheit sagen, daß die Welt noch nie so bunt aussah wie jetzt. Sie ist eine ungeheure Mannigfaltigkeit von Widersprüchen und Kontrasten. Altes und Neues! Kultur und Roheit! Bosheit und Leidenschaft! Egoismus im Schafpelz, Egoismus in der Wolfshaut! Aberglauben und Unglauben! Knechtschaft und Despotism! unvernünftige Klugheit, unkluge Vernunft! geistlose Empfindung, empfindungsloser Geist! Geschichte, Erfahrung, Herkommen ohne Philosophie, Philosophie ohne Erfahrung! Energie ohne Grundsätze, Grundsätze ohne Energie! Strenge ohne Menschlichkeit, Menschlichkeit ohne Strenge! heuchlerische Gefälligkeit, schamlose Unverschämtheit! altkluge Jungen, läppische Männer! – Man könnte die Litanei von Sonnenaufgang bis um Mitternacht fortsetzen und hätte kaum ein Tausendteil des menschlichen Chaos genannt. Aber so soll es sein! Dieser Charakter des bekannteren Teils des Menschengeschlechts ist gewiß ein Vorbote außerordentlicher Dinge. Ich glaube an eine künftige Revolution der Gesinnungen und Vorstellungsarten, die alles Bisherige schamrot machen wird. Und dazu kann Deutschland vielleicht sehr viel beitragen. Je stiller ein Staat aufwächst, um so herrlicher wird er, wenn er zur Reife kömmt. Deutschland ist still, bescheiden, es wird viel gedacht, viel gearbeitet, und große Bewegungen sind in den Herzen der Jugend, ohne daß sie in Phrasen übergehen wie sonstwo. Viel Bildung, und noch unendlich mehr! bildsamer Stoff! – Gutmütigkeit und Fleiß, Kindheit des Herzens und Männlichkeit des Geistes sind die Elemente, woraus ein vortreffliches Volk sich bildet. Wo findet man das mehr als unter den Deutschen? Freilich hat die infame Nachahmerei viel Unheil unter sie gebracht, aber je philosophischer sie werden, um so selbstständiger. Sie sagen es selbst, Lieber! man solle von nun an dem Vaterlande leben. Werden Sie es bald tun? Kommen Sie! Kommen Sie hieher! Ich begreife Sie nicht, wenn Sie nicht hieher kommen. Sie sind ein armer Mann in Paris. Hier ist Ihr Herz sehr, sehr reich, reicher, als Sie vielleicht selbst einsahn, und Ihr Geist darbt, wie ich meine, doch auch nicht. Sie haben Freunde hier, haben noch mehr. Ich wußte nicht, böser Mensch, wie ungenügsam Sie waren. Jetzt weiß ichs. Ich messe die Menschen mit keinem kleinen Maßstab und kenne gewiß Ihr Innerstes, lieber Ebel! und so muß ich sagen, ich begreife nicht, wie Sie unzufrieden sein konnten mit Menschen, oder vielmehr mit Einer Seele, – das gute Mädchen sagte mir neulich, sie wisse keinen vollkommneren Menschen als Ebel, und die Tränen standen ihr in den Augen; aber das sollt ich wohl eigentlich nicht verraten. – Auch sonst werden Sie ganz sich wieder finden in unserem Zirkel. Hegel ist, seit ich den Brief anfing, hieher gekommen. Sie werden ihn gewiß liebgewinnen.

HE. und Frau Gontard läßt Sie durch mich grüßen. Auch Henry! Leben Sie wohl! Kommen Sie bald.

Hölderlin.

Hegel war mit *Gogel* von hier in ein Verhältnis getreten, eh Ihr letzter Brief ankam. Ich suche aber einen anderen, der Ihnen konvenieren könnte.

An Neuffer

Frankfurt, d. 16. Febr. 97.

Mein Teuerer!

Ich habe eine Welt von Freude umschifft, seit wir uns nicht mehr schrieben. Ich hätte Dir gerne indes von mir erzählt, wenn ich jemals stille gestanden wäre und zurückgesehen hätte. Die Woge trug mich fort; mein ganzes Wesen war immer zu sehr im Leben, um über sich nachzudenken.

Und noch ist es so! noch bin ich immer glücklich, wie im ersten Moment. Es ist eine ewige fröhliche heilige Freundschaft mit einem Wesen, das sich recht in dies arme geist- und ordnungslose Jahrhundert verirrt hat! Mein Schönheitsinn ist nun vor Störung sicher. Er orientiert sich ewig an diesem

Madonnenkopfe. Mein Verstand geht in die Schule bei ihr, und mein uneinig Gemüt besänftiget, erheitert sich täglich in ihrem genügsamen Frieden. Ich sage Dir, lieber Neuffer! ich bin auf dem Wege, ein recht guter Knabe zu werden. Und was mich sonst betrifft, so bin ich auch ein wenig mit mir zufriedner. Ich dichte wenig und philosophiere beinahe gar nicht mehr. Aber was ich dichte, hat mehr Leben und Form; meine Phantasie ist williger, die Gestalten der Welt in sich aufzunehmen, mein Herz ist voll von Lust; und wenn das heilige Schicksal mir mein glücklich Leben erhält, so hoff ich künftig mehr zu tun als bisher.

Ich denke mir wohl, lieber Bruder! daß Du begierig sein wirst, umständlicher von meinem Glücke mich sprechen zu hören. Aber ich darf nicht! Ich habe schon oft genug geweint und gezürnt über unsere Welt, wo das Beste nicht einmal in einem Papiere, das man einem Freunde schickt, sich nennen darf. Ich lege Dir ein Gedicht an Sie bei, das ich zu Ende des vorigen Winters machte.

Den Sommer über hab ich in Kassel und in einem westfälischen Bade, in der Gegend der alten Hermannsschlacht, gelebt, größtenteils in Gesellschaft von Heinse, den Du als Verfasser des Ardinghello kennst. Er ist ein herrlicher alter Mann. Ich habe noch nie so eine grenzenlose Geistesbildung bei so viel Kindereinfalt gefunden.

Von meinem Hyperion wird der erste Band bis nächste Ostern erscheinen. Zufällige Umstände verzögerten die Herausgabe so lange.

Meine Auswanderung aus Frankfurt und die Zerstreuungen der Reise waren schuld, daß ich nicht zu rechter Zeit in den Schillerschen Almanach etwas schicken konnte. Nächstes Jahr hoff ich auch wieder an Deiner Seite zu erscheinen, Lieber! Das Lied, das ich von Dir darin fand, ist sehr ausgearbeitet. Schreibe mir recht viel von Deinen Arbeiten, Deinem Geschmack, Deiner Stimmung! Wir wollen wieder schneller die Briefe wechseln. Hegels Umgang ist sehr wohltätig für mich. Ich liebe die ruhigen Verstandesmenschen, weil man sich so gut bei ihnen orientieren kann, wenn man nicht recht weiß, in welchem Falle man mit sich und der Welt begriffen ist.

Ich wollte Dir so viel schreiben, bester Neuffer! aber die armen Momente, die ich habe dazu, sind so sehr wenig, um das Dir mitzuteilen, was in mir waltet und lebt! Es ist auch immer ein Tod für unsre stille Seligkeit, wenn sie zur Sprache werden muß. Ich gehe lieber so hin in fröhlichem, schönem Frieden, wie ein Kind, ohne zu überrechnen, was ich habe und bin, denn was ich habe, faßt ja doch kein Gedanke nicht ganz. Nur ihr Bild möcht ich Dir zeigen, und so brauchte es keiner Worte mehr! Sie ist schön, wie Engel. Ein zartes, geistiges, himmlischreizendes Gesicht! Ach! ich könnte ein Jahrtausend lang in seliger Betrachtung mich und alles vergessen, bei ihr, so unerschöpflich reich ist diese anspruchlose stille Seele in diesem Bilde! Majestät und Zärtlichkeit, und Fröhlichkeit und Ernst, und süßes Spiel und hohe Trauer und Leben und Geist, alles ist in und an ihr zu Einem göttlichen Ganzen vereint. Gute Nacht, mein Teurer! „Wen die Götter lieben, dem wird große Freude, großes Leid zu Teil.“ Auf dem Bache zu schiffen, ist keine Kunst. Aber wenn unser Herz und unser Schicksal in den Meersgrund hinab und an den Himmel hinauf uns wirft, das bildet den Steuermann.

Dein

Hölderlin.

An die Schwester

Frankfurt, d. Apr. 97.

– – – Nächster Woche ziehn wir wahrscheinlich in ein Landhaus bei der Stadt, das HE. Gontard gemietet hat. Das Haus selbst ist trefflich gemacht, und man wohnt mitten im Grünen, am Garten unter Wiesen, hat Kastanienbäume um sich herum und Pappeln, und reiche Obstgärten und die herrliche Aussicht aufs Gebirg. Je älter ich werde, ein desto größer Kind bin ich mit dem Frühlinge, wie ich sehe. Ich will mich noch aus allen Herzenskräften an ihm freuen. Laß Dir ihn auch wohl bekommen, liebe Schwester! Man muß alles Beste tun und empfangen, ehe man alt wird.

Wenn Du ein Buch findst, *Hyperion* betitelt, so tue mir den Gefallen und lies es bei Gelegenheit. Es ist auch ein Teil von mir, und verkürzt deswegen Dir gewiß einige Stunden. – – –

An Schiller

Frankfurt, d. 20. *Jun.* 97.

Mein Brief und, was er enthält, käme nicht so spät, wenn ich gewisser wäre von dem Empfang, dessen Sie mich würdigen werden. Ich habe Mut und eignes Urteil genug, um mich von andern Kunstrichtern und Meistern unabhängig zu machen, und insofern mit der so nötigen Ruhe meinen Gang zu gehen, aber von Ihnen dependier ich unüberwindlich; und weil ich fühle, wie viel ein Wort von Ihnen über mich entscheidet, such ich manchmal, Sie zu vergessen, um während einer Arbeit nicht ängstig zu werden. Denn ich bin gewiß, daß gerade diese Ängstigkeit und Befangenheit der Tod der Kunst ist, und begreife deswegen sehr gut, warum es schwerer ist, die Natur zur rechten Äußerung zu bringen, in einer Periode, wo schon Meisterwerke nah um einen liegen, als in einer andern, wo der Künstler fast allein ist mit der lebendigen Welt. Von dieser unterscheidet er sich zu wenig, mit dieser ist er zu vertraut, als daß er sich stemmen müßte gegen ihre Autorität, oder sich ihr gefangen geben. Aber diese schlimme Alternative ist fast unvermeidlich, wo gewaltiger und verständlicher als die Natur, aber ebendeswegen auch unterjochender und positiver der reife Genius der Meister auf den jüngern Künstler wirkt. Hier spielt das Kind nicht mit dem Kinde, hier ist nicht das alte Gleichgewicht, worin der erste Künstler sich mit seiner Welt befand, der Knabe hat es mit Männern zu tun, mit denen er schwerlich so vertraut wird, daß er ihr Übergewicht vergißt. Und fühlt er dies, so muß er eigensinnig oder unterwürfig werden. Oder muß er es nicht? Wenigstens möcht ich mir nicht helfen, wie die schwachen Herrn, die in solchem Falle, wie Sie wissen, gewöhnlich den Weg der Mathematiker einschlagen und durch unendliche Verkleinerung das Unendliche dem Beschränkten gleich und ähnlich machen. Könnte man sich auch die Infamie verzeihen, die man an dem Besten begeht, so ists dann doch ein gar zu schlechter Trost: O=O!

Ich nehme mir die Freiheit, Ihnen den ersten Band meines Hyperions beizulegen. Sie haben sich des Büchleins angenommen, da es durch den Einfluß einer widrigen Gemütsstimmung und fast unverdienter Kränkungen gänzlich entstellt, und so dürr und ärmlich war, daß ich nicht daran denken mag. Ich hab es mit freierer Überlegung und glücklicherem Gemüte von neuem angefangen und bitte Sie um die Güte, es bei Gelegenheit durchzulesen, und mich durch irgendein Vehikel Ihr Urteil wissen zu lassen. Ich fühle, daß es unklug war, den ersten Band ohne den zweiten auszustellen, weil jener gar zu wenig selbstständiger Teil des Ganzen ist.

Möchten die Gedichte, die ich beilege, doch einer Stelle in Ihrem Musenalmanache gewürdigt werden können! – Ich gestehe Ihnen, daß ich zu sehr dabei interessiert bin, als daß ich ohne Unruhe mein Schicksal bis zur öffentlichen Erscheinung des Musenalmanachs abwarten könnte, und bitte Sie deswegen, etwas übriges zu tun, und mir mit ein paar Linien zu sagen, was Sie der Aufnahme wert gefunden haben. Wenn Sie es erlauben, schick ich Ihnen noch eines oder zwei der Gedichte, die voriges Jahr zu spät kamen, umgearbeitet nach.

Ich erscheine freilich, wenn ich so spreche, etwas bedürftig vor Ihnen, aber ich schäme mich nicht, der Aufmunterung eines edeln Geistes zu bedürfen. Ich kann Sie versichern, daß ich mich um so weniger mit eiteln Befriedigungen tröste, und daß ich sonst sehr still bin über das, was ich wünsche und treibe. Ich bin mit tiefer Achtung

Ihr

ergebenster

M. Hölderlin.

An Neuffer

Frankfurt, d. 10. *Jul.* 1797.

Liebster Neuffer!

Ich habe Dir lange nicht geschrieben. Es ist auch oft unmöglich. Indes ich Dir sagen will: so ist es! ist es schon anders geworden. Das Schicksal treibt uns vorwärts und im Kreise herum, und wir haben so wenig Zeit, bei einem Freunde zu verweilen, wie einer, mit dem die Rosse davongegangen sind. Aber der Genuß ist auch um so größer, wenn man wieder stille hält, und dem vertrauten Herzen zu sagen sucht, woran man ist, und so sich selber wieder sagen lernt, woran man ist. – Du fehlst mir oft, mein Bester! Philosophieren, Politisieren u. s. w. läßt es sich mit manchem. Aber die Zahl der Menschen, denen man sein Schwächstes und sein Stärkstes offenbart, die mag man nicht so leicht verdoppeln. Ich hab es auch fast ganz verlernt, so ganz vertrauend einem Freunde mich zu öffnen. Ich möchte bei Dir sitzen, und erst an Deiner Treue wieder recht erwarmen – dann sollt es wohl von Herzen gehn! – O Freund! ich schweige und schweige, und so häuft sich eine Last auf mir, die mich am Ende fast erdrücken, die wenigstens den Sinn unwiderstehlich mir verfinstern muß. Und das eben ist mein Unheil, daß mein Auge nimmer klar ist, wie sonst. Ich will es Dir gestehen, daß ich glaube, ich sei besonnener gewesen als jetzt, habe richtiger als jetzt geurteilt von andern und mir in meinem

22sten Jahre, da ich noch mit Dir lebte, guter Neuffer! O! gib mir meine Jugend wieder! Ich bin zerrissen von Liebe und Haß.

Aber ich kann Dir nicht gefallen mit derlei unbestimmten Äußerungen. Deswegen bin ich lieber stille.

Auch Du bist glücklicher gewesen, als Du bist. Doch hast Du Ruhe. Und ohne sie ist alles Leben so gut wie der Tod. Ich möchte sie auch haben, mein Lieber!

Du hast die Harfe, wie Du schreibst, eine Zeitlang an der Wand hängen gehabt. Das ist auch gut, wenn man ohne Gewissensbisse es tun kann. Dein Selbstgefühl ruht auch noch auf andrer glücklicher Tätigkeit; und so bist Du nicht vernichtet, wenn Du nicht Dichter bist. Mir ist sonst alles mögliche, was ich allenfalls treiben könnte, verleidet, und die einzige Freude, die ich mir selber gebe, ist die, daß ich mir zuweilen ein paar Zeilen, die ich aus warmer Seele hinschrieb, in dem ersten Augenblicke wohlgefallen lasse; aber wie vergänglich diese Lust ist, weißt Du selber. Meine Amtsgeschäfte haben, ihrer Natur gemäß, ein zu geheimes Resultat, als daß ich meine Kraft in ihnen fühlen könnte.

Willst Du mir nicht schreiben, ob und wie der erste Band von meinem Hyperion bei Euch aufgenommen wird, und was Dein spezielles Urteil darüber ist?

Ich habe das Gedicht an Diotima, das ich Dir das letztemal schickte, schon für Schillern bestimmt, ich kann es also nicht wohl in dem Langischen Almanache drucken lassen, und weil das Exemplar, das Du hast, das korrekteste ist, und ich keine Abschrift davon habe, so bitt ich Dich, im Zutrauen auf Deine Nachsicht, mir eine Kopie davon, so bald Dir nur möglich ist, zu schicken, weil es sonst zu spät sein möchte, es an den Mann zu bringen. Du würdest mir Freude machen, wenn Du etwas von dem Deinen beilegtest.

Lebe wohl, mein Lieber!

Wie immer
Dein
Hölderlin.

An den Bruder

Frankfurt.

Lieber Karl!

Deine Besorgnisse waren ganz ungegründet. Ich habe Deinen Brief nicht gleich bei der Hand, und die Zeit ist zu kurz, um ihn zu suchen, sonst wollt ich Deine Zweifel Dir umständlich lösen.

Du fragst mich über meine Gemütsstimmung, über meine Beschäftigungen. Die erste ist aus Licht und Schatten gewebt, wie überall, nur daß die Massen oft stärker, abstechender sind bei mir. Meine Beschäftigungen sind um so mehr sich gleich. Ich dichte, unterrichte meine Kinder, und lese zuweilen ein Buch. Ich verlasse auch meine Tagesordnung sehr ungern. Wer es nie entbehrt hat, wie ich, der weiß nicht, wie viel ein Tag, wo man so hinarbeitet, und ruhigen Gemüts bleibt, wert ist. Den meisten ist das Leben zu schläfrig. Mir ist es oft zu lebendig, so klein auch der Kreis ist, worin ich mich bewege. Es war mir noch vor wenig Jahren unbegreiflich, daß irgendeine Situation, die unsre Kraft zurückhält, in irgendeiner Rücksicht, eine günstige genannt werden könne. Jetzt fühl ich manchmal, welch ein Glück darin liegt, wenn ich sie mit andern vergleiche, die uns oft zu viel aus uns entfernen, die für uns das sind, was der Rübsamen für die Äcker, die zu viel Kraft aus uns ziehen, und uns für die Folgezeit unbrauchbar machen.

Laß Dein Leben immerhin so unbedeutend bleiben, wie es ist! Es wird noch Bedeutung genug bekommen. Ich wollte Dir manches vorräsonieren. Aber die Nacht ist wunderschön. Der Himmel und die Luft umgibt mich, wie ein Wiegenlied, und da schweigt man lieber.

Mein Hyperion hat mir schon manches schöne Wort eingetragen. Ich freue mich, bis ich vollends mit ihm zu Ende bin. Ich habe den ganz detaillierten Plan zu einem Trauerspiele gemacht, dessen Stoff mich hinreißt.

Ein Gedicht, der *Wanderer* betitelt, kannst Du auch von mir im neuesten Stücke der Horen lesen. Einiges wirst Du auch von mir im nächsten Schillerischen Almanach finden.

Ich bin etwas müde, lieber Karl! von den Geschäften des Tags. Sei also so gut, und dispensiere mich diesmal von weiteren Äußerungen. Ich schreibe Dir bald wieder, und wacher, und wärmer! Wie immer

Dein Fritz.

[August 1797]

Ihr Brief wird mir unvergeßlich sein, edler Mann! Er hat mir ein neues Leben gegeben. Ich fühle tief, wie treffend Sie meine wahrsten Bedürfnisse beurteilt haben, und ich folge um so freiwilliger Ihrem Rat, weil ich wirklich schon eine Richtung nach dem Wege genommen hatte, den Sie mir weisen.

Ich betrachte jetzt die metaphysische Stimmung wie eine gewisse Jungfräulichkeit des Geistes und glaube, daß die Scheue vor dem Stoffe, so unnatürlich sie an sich ist, doch als Lebensperiode sehr natürlich und auf eine Zeit so zuträglich ist wie alle Flucht bestimmter Verhältnisse, weil sie die Kraft in sich zurückhält, weil sie das verschwenderische jugendliche Leben sparsam macht, so lange, bis sein reifer Überfluß es treibt, sich in die mannigfaltigen Objekte zu teilen. Ich glaube auch, daß eine allgemeinere Tätigkeit des Geistes und Lebens nicht bloß dem Gehalte, dem Wesen nach *vor* den bestimmtern Handlungen und Vorstellungen, sondern daß auch wirklich der Zeit nach, in der historischen Entwicklung der Menschennatur die Idee vor dem Begriffe ist, so wie die Tendenz vor der (bestimmten, regelmäßigen) Tat. Ich betrachte die Vernunft als den Anfang des Verstandes, und wenn der gute Wille zaudert und sich sträubt, zur nützlichen Absicht zu werden, so find ich es ebenso charakteristisch für die Menschennatur überhaupt, als es für Hamlet charakteristisch ist, daß es ihn so schwer ankömmt, etwas zu tun, aus dem einzigen Zwecke, seinen Vater zu rächen.

Ich hatte von je den Brauch, mein überflüssig Räsonnement Ihnen vorzuplaudern, aber ich habe so eine Art von Eingang nötig, um mich eigentlicher an Sie zu adressieren, und Sie sehen den Grund davon und verzeihens.

Sie werden fragen, wie ich dazu komme, die neue Übersetzung von *Kabale* und *Liebe*, die Ihnen der englische Übersetzer zuschickt, durch meine Hände gehen zu lassen.

Ein Freund von mir, Sekretär Mögling aus Stuttgart, der sich mit dem Württembergischen Prinzen einige Zeit in London aufhielt, besuchte mich bei seiner Rückreise, und weil er weiß, daß ich die Ehre habe, Ihnen bekannt zu sein, gab er mir den Auftrag, oder eigentlich, er wollte mir die Freude lassen, es Ihnen zu überschicken. Der Verleger des Buchs, der es meinem Freunde zunächst zustellte, empfiehlt sich Ihnen ebenfalls und äußert den Wunsch, Ihre neuesten Werke sogleich bei ihrer

Erscheinung zu bekommen; er habe es unternommen, eine Übersetzung von all Ihren Schriften zu liefern. Sollt es Ihnen lästig sein, diesen Wunsch selbst zu befriedigen, so würde ich es mir zur Ehre rechnen, *nach Ihrer Disposition* mich mit dem Verleger in Korrespondenz zu setzen.

Ich danke Ihnen innigst für Ihre gütige Aufnahme des Wanderers in die Horen. Glauben Sie, daß ich diese Ehre zu schätzen weiß! Auch freut es mich äußerst, daß Sie den *Aether* Ihres Almanachs würdig gefunden haben. Ihrer Erlaubnis gemäß schick ich Ihnen das Gedicht an die klugen Ratgeber. Ich hab es gemildert und gefeilt, so gut ich konnte. Ich habe einen bestimmteren Ton hineinzubringen gesucht, so viel es der Charakter des Gedichts leiden wollte. Ich lege Ihnen noch ein Lied bei. Es ist das umgearbeitete und abgekürzte Lied an Diotima, das Sie schon von mir besitzen. Ich nähre die Hoffnung, daß es in dieser Gestalt wohl eine Stelle in Ihrem Almanache finden dürfte.

Sie sagen, ich sollte Ihnen näher sein, so würden Sie mir sich ganz verständlich machen können; von Ihnen bedeutet mir ein solches Wort so viel!

Aber glauben Sie, daß ich denn doch mir sagen muß, daß Ihre Nähe mir nicht erlaubt ist? Wirklich, Sie beleben mich zu sehr, wenn ich um Sie bin. Ich weiß es noch ganz gut, wie Ihre Gegenwart mich immer entzündete, daß ich den ganzen andern Tag zu keinem Gedanken kommen konnte. Solang ich vor Ihnen war, war mir das Herz fast zu klein, und wenn ich weg war, konnt ich es gar nicht mehr zusammenhalten. Ich bin vor Ihnen wie eine Pflanze, die man erst in den Boden gesetzt hat. Man muß sie zudecken um Mittag. Sie mögen über mich lachen; aber ich spreche Wahrheit.

Hölderlin.

An den Bruder

[Frankfurt, September 1797]

– – – Die schönen Herbsttage tun mir sehr wohl. Ich wohne noch mit meinem Zögling allein im Garten. Die Familie ist wegen der Messe in die Stadt gezogen. Die reine, frische Luft und das schöne Licht, das dieser Jahreszeit eigen ist, und die ruhige Erde mit ihrem dunkleren Grün, auch mit ihrem sterbenden Grün, und mit den durchschimmernden Früchten ihrer Bäume, die Wolken, die Nebel, die reineren Sternennächte – all das ist meinem Herzen näher als irgendeine andre Lebensperiode der Natur. Es ist ein stiller, zärtlicher Geist in dieser Jahreszeit.

Neuffer hat mich richtig besucht. Wir haben einige Tage recht vergnügt zusammen zugebracht. Seine Treuherzigkeit und heitre Laune sind Arznei für unsereinen.

Ich weiß es zu schätzen, lieber Karl, daß Du so fleißig bist in Deinem bestimmten Geschäfte. Nicht so wohl, *was* wir treiben, als *wie* wir etwas treiben, nicht der Stoff und die Lage, sondern die Behandlung des Stoffs und der Lage bestimmt den Wert der Menschenkraft. Es gibt in jeder menschlichen Tätigkeit eine Vollendung, auch unter den Akten. Freilich will der Fisch ins Wasser und der Vogel in die Luft, und so hat unter den Menschen auch einer ein ander Element als der andre. Nur muß man nicht denken, das Homogenste sei immer auch das Angemessenste. Der idealische Kopf tut am besten, das Empirische, das Irdische, das Beschränkte sich zum Elemente zu machen. Setzt er es durch, so ist er, und auch nur er, der vollkommene Mensch.

An den Bruder

Frankfurt, d. 2. Nov. 97.

– – – Lieber Karl! es ist ein so schönes Gedeihn in allem, was wir treiben, wenn es mit gehaltner Seele geschieht, und uns das stille, stete Feuer belebt, das ich besonders in den alten Meisterwerken aller Art, als herrschenden Charakter, immer mehr zu finden glaube. Aber wer erhält in schöner Stellung sich, wenn er sich durch ein Gedränge durcharbeitet, wo ihn alles hin und her stößt? Und wer vermag sein Herz in einer schönen Grenze zu halten, wenn die Welt auf ihn mit Fäusten einschlägt? Je angefochtener wir sind vom Nichts, das, wie ein Abgrund, um uns her uns angähnt, oder auch vom tausendfachen Etwas der Gesellschaft und der Tätigkeit der Menschen, das gestaltlos, seel- und lieblos uns verfolgt, zerstreut, um so leidenschaftlicher und heftiger und gewaltsamer *muß* der *Widerstand* von unsrer Seite werden. Oder *muß* er es nicht? Das ists ja eben, was Du auch an Dir erfährst, mein Lieber! Die Not und Dürftigkeit von außen macht den Überfluß des Herzens Dir zur Dürftigkeit und Not. Du weißt nicht, wo Du hin mit Deiner Liebe sollst, und mußt um Deines Reichtums willen betteln gehn. Wird so nicht unser Reinstes uns verunreinigt durch Schicksal, und müssen wir nicht in aller Unschuld verderben? O, wer nur dafür eine Hülfe wüßte? Kann man nur tätig sein, kann man nur über irgendeinem Stoffe sich ermüden, so ist vieles gut. Man stellt sich dadurch doch immer einen Schatten des Vollkommnen vors Auge, und das Auge weidet sich von einem Tage zum andern daran. Mit dieser Stimmung las ich ehmals Kant. Der Geist des Mannes war noch ferne von mir. Das Ganze war mir fremd wie irgendeinem. Aber jeden Abend hatt ich neue Schwierigkeiten überwunden; das gab mir ein Bewußtsein meiner Freiheit; und das Bewußtsein unserer Freiheit, unserer Tätigkeit, woran sie sich auch äußere, ist recht tief verwandt mit dem Gefühle der höhern, göttlichen Freiheit, das zugleich Gefühl des Höchsten, des Vollkommnen ist. Auch im Gegenstande selber, mag er noch so fragmentarisch sein, sobald nur irgendeine Ordnung in ihn gebracht wird, ist ein Schatten des Vollkommnen. Wie fände sonst manch schönes weibliches Gemüt in seiner aufgeräumten Stube seine Welt? – – –

An den Bruder

Frankfurt, d. 12. Febr.
Abgegangen d. 14. März 1798.

Liebster Bruder!

Es beweist mir für Deine gute Natur, daß Du unter allen Deinen Geschäften an echtem innerem Leben doch immer gewinnst, wie ich sehe; von der andern Seite bestätiget Dein Beispiel mich in der Meinung, die ich schon oft zu Gunsten der mechanischen Arbeit wagte; daß sie weniger tötend sei als eine Wirksamkeit, wo im Objekt und in der Behandlung die Willkür möglicher ist; daß sie den Menschen weniger zerreiße als ein moralisch Geschäft; daß sie uns leidenschaftloser lasse, insofern die Leidenschaft doch wohl vornehmlich durch die Ungewißheit kömmt, in der wir uns befinden, wenn ein unbestimmter Gegenstand uns keine bestimmte Richtung nehmen läßt. Weiß ich nur, was eigentlich zu tun ist, so werd ichs auch mit Ruhe tun; hab ich aber von dem Gegenstande keinen sichern und genauen Begriff, so weiß ich auch nicht, welche Kraft und welches Maß von Kraft ihm anpaßt, und muß ich denn aus Furcht, zu wenig zu tun, zu viel, oder aus Furcht, zu viel zu tun, zu wenig tun, d. h. leidenschaftlich handeln. Lieber Karl! es ist oft wünschenswerter, bloß mit der Oberfläche unsers Wesens beschäftigt zu sein, als immer seine ganze Seele, sei es in Liebe oder in Arbeit, der zerstörenden Wirklichkeit auszusetzen. Aber davon überzeugt man sich nicht gerne in den Stunden des jugendlichen Erwachens, wo alle Kräfte hinausstreben nach Taten und Freuden, und es ist auch wohl natürlich, daß wir gerne uns opfern, daß wir unsern ersten Frieden hingeben für das Glück der Welt und für den ungewissen Ruhm der Nachwelt. Aber zu eilig müssen wir nicht sein, wir müssen zu früh nicht unsre schöne lebendige Natur, die heimatliche Wonne unsers Herzens gegen Kampf und Eifer und Sorge vertauschen, denn der Apfel fällt, wenn er nicht krank ist, erst vom Stamme, wenn er reif ist.

Lieber Karl! ich spreche wie einer, der Schiffbruch gelitten hat. So einer rät nur gar zu gerne, daß man im Hafen bleiben soll, bis die beste Jahrszeit zu der Fahrt vorhanden sei. Ich hatte offenbar zu früh hinausgestrebt, zu früh nach etwas Großem getrachtet, und muß es wohl, so lang ich lebe, büßen; schwerlich wird mir etwas ganz gelingen, weil ich meine Natur nicht in Ruhe und anspruchloser Sorgenlosigkeit aufreifen ließ.

Ich schreibe das alles mehr um meinetwillen, weil das Herz mir voll davon ist. Du brauchst diese Predigt nicht sehr.

Shakespeare ergreift Dich so ganz; das glaub ich. Du möchtest auch von der Art etwas schreiben, lieber Karl! ich möcht es auch. Es ist kein kleiner Wunsch. Du möchtest es, weil Du auf Deine Nation mitwirken möchtest; ich möcht es darum auch, doch mehr noch, um in der Erzeugung eines so großen Kunstwerks meine nach Vollendung dürstende Seele zu sättigen.

Ist es Dein Ernst, als Schriftsteller auf den deutschen Charakter zu wirken und dies ungeheure Brachfeld umzuackern und anzusäen, so wollt ich Dir raten, es lieber in *oratorischen* als poetischen Versuchen zu tun. Du würdest schneller und sicherer zum Zwecke gelangen. Ich wunderte mich schon oft, daß unsere guten Köpfe nicht häufiger darauf geraten, eine kraftvolle Rede zu schreiben, z. B. über den Mangel an Natursinn bei den Gelehrten und Geschäftsleuten, über religiöse Sklaverei p. p. Dir liegen politische und moralische Gegenstände im Vaterlande besonders nah, z. B. Zünfte, Stadtrechte, Kommunrechte p. p. Zu geringfügig sind derlei Objekte gewiß nicht, und Du bist durch Deine Lokalkenntnis dazu berufen, wenigstens für den Anfang. Doch will ich mit dem allem nichts Dir ein- und ausreden.

Ich hoffe, Dich bald zu sehen und zu sprechen. Wenn es nur sich irgend tun läßt, komm ich auf den März zu Euch Lieben. Ich suche Ruhe, mein Bruder! Die werd ich finden an Deinem Herzen und im Umgang mit unsrer teuren Familie. Bester Karl! ich suche nur Ruhe. Halte mich nicht für feig und schlaff. Meine seit Jahren so mannigfach, so oft erschütterte Natur will nur sich sammeln, um dann einmal wieder frisch an eine Arbeit zu gehn.

Weißt Du die Wurzel alles meines Übels? Ich möchte der Kunst leben, an der mein Herz hängt, und muß mich herumarbeiten unter den Menschen, daß ich oft so herzlich lebensmüde bin. Und warum das? Weil die Kunst wohl ihre Meister, aber den Schüler nicht nährt. Aber so etwas sag ich nur Dir. Nicht wahr, ich bin ein schwacher Held, daß ich die Freiheit, die mir nötig ist, mir nicht ertrotze. Aber siehe, Lieber, dann leb ich wieder im Krieg, und das ist auch der Kunst nicht günstig. Laß es gut sein! Ist doch schon mancher untergangen, der zum Dichter gemacht war. Wir leben in dem Dichterklima nicht. Darum gedeiht auch unter zehn solcher Pflanzen kaum *eine*.

Ich habe unter meinen kleinen Arbeiten noch keine gemacht, während welcher nicht irgendein tiefes Leiden mich störte. Sagst Du, ich soll nicht achten, was mich leiden macht, so sag ich Dir, ich müßte einen Leichtsinn haben, der mich bald um alle Liebe der Menschen brächte, unter denen ich lebe. –

Wie geht es denn in Eurer politischen Welt? Die Landtagsschriften hab ich noch nicht wiederfinden können. Ich hab sie jemand geliehn und weiß nicht mehr, wem. Verzeih es mir, mein Lieber! Ich halte Dich gern auf jede Art dafür schadlos.

Die Briefe, die ich Dir schicken sollte, nach dem Auftrage, den Du hattest, müssen wohl in Nürtingen in Verwahrung liegen. Hier hab ich keine. Ich kenne mein Herz und weiß, daß es so kommen mußte, wie es kam. Ich hab in meiner schönsten Lebenszeit so manchen lieben Tag vertrauert, weil ich Leichtsinn und Geringschätzung dulden mußte, solange ich nicht der einzige war, der sich bewarb. Nachher fand ich Gefälligkeit und gab Gefälligkeit, aber es war nicht schwer zu merken, daß mein erster tieferer Anteil in dem unverdienten Leiden, das ich duldete, erloschen war. Mit dem dritten Jahre meines Aufenthalts in Tübingen war es aus. Das Übrige war oberflächlich, und ich hab es genug gebüßt, daß ich noch die zwei letzten Jahre in Tübingen in einem solchen interesselosen Interesse lebte. Ich hab es genug abgebüßt durch die Frivolität, die sich dadurch in meinen Charakter einschlich, und aus der ich nur durch unaussprechlich schmerzliche Erfahrungen mich wieder loswand. Das ist die reine Wahrheit, lieber Karl! Mußt Du von mir sprechen, so sieh, wie Du Dir hilfst. Betrüben möcht ich um alles das gute Herz nicht.

Von Deinen Angelegenheiten will ich, wie ich hoffe, bald mündlich mit Dir das Nähere besprechen. In jedem Fall ists mir ein groß Vergnügen, daß Du so früh Dich zum gründlichen Geschäftsmann bildest.

Die Cisrhenaner werden nächstens, wie man hofft, lebendiger und reeller republikanisch sein. Besonders soll in Mainz dem militärischen Despotismus, der daselbst jeden Freiheitskeim zu ersticken drohte, nun bald gesteuert werden.

Nun leb wohl, mein Lieber! Wie immer

Dein

Fritz.

An Schiller

Frankfurt, d. 30. *Jun.* 1798.

Halten Sie es nicht für Unbescheidenheit, daß ich Ihnen wieder einige Gedichte zuschicke; wenn ich schon mich zu der Hoffnung Ihres Beifalls nicht berechtiget finde.

So sehr ich von mancher Seite niedergedrückt bin, so sehr auch mein eignes unparteiisches Urteil mir die Zuversicht nimmt, so kann ich es doch nicht über mich gewinnen, mich aus Furcht des Tadels von dem Manne zu entfernen, dessen einzigen Geist ich so tief fühle, und dessen Macht mir längst vielleicht den Mut genommen hätte, wenn es nicht ebenso große Lust wäre, als es Schmerz ist, Sie zu kennen.

Sie durchschauen den Menschen so ganz. Es wäre deswegen grundlos und unnütz, vor Ihnen nicht wahr zu sein. Sie wissen es selbst, daß jeder große Mann den andern, die es nicht sind, die Ruhe nimmt, und daß nur unter Menschen, die sich gleichen, Gleichgewicht und Unbefangenheit besteht. Deswegen darf ich Ihnen wohl gestehen, daß ich zuweilen in geheimem Kampfe mit Ihrem Genius bin, um meine Freiheit gegen ihn zu retten, und daß die Furcht, von Ihnen durch und durch beherrscht zu werden, mich schon oft verhindert hat, mit Heiterkeit mich Ihnen zu nähern. Aber nie kann ich mich ganz aus Ihrer Sphäre entfernen; ich würde mir solch einen Abfall schwerlich vergeben. Und das ist auch gut; solang ich noch in einiger Beziehung bin mit Ihnen, ist es mir nicht möglich, ein gemeiner Mensch zu werden, und wenn schon der Übergang vom Gemeinen zum Vortrefflichen noch schlimmer ist als das Gemeine selbst, so will ich doch in diesem Falle das Schlimmere wählen.

Ihr
wahrer Verehrer
Hölderlin.

An Neuffer

Frankfurt, im Aug. 1798.

Es freut mich, Bester! daß Du so fürlieb genommen hast mit meinen Kleinigkeiten. In einer Zeit, wo mir das Schicksal, das ich auch im Unglück liebe, diese Liebe vielleicht mit Ruh und Heiterkeit vergelten wird, da will ich auch Dir kräftiger dienen. Du mußt es wissen, daß ich Dir, der mich zuerst das Glück der Freundschaft wahr und gründlich lernte, alles geben will und muß, was Männer von sich fordern können, Geist und Tat, und herzliche Gefälligkeit. Mein Teurer! ehrst Du denn die Zeiten unserer wechselseitigen Zärtlichkeit auch so wie ich? – Ich glaube, daß die Menschen, die sich einmal liebten, wie wir uns geliebt, auch eben darum alles Schönen fähig sind und alles Großen, und es werden müssen, wenn sie nur sich recht verstehn, und durch den Plunder, der sie aufhält, mutig sich hindurcharbeiten. Ich weiß es wohl, daß ich noch nichts bin, und vielleicht, ich werde nie nichts werden. Aber hebt das meinen Glauben auf? und ist mein Glaube darum Einbildung und Eitelkeit? Ich denke nicht. Ich werde sagen, daß ich mich nicht recht verstanden habe, wenn hienieden mir nichts Treffliches gelingt. Uns selber zu verstehn! das ists, was uns emporbringt. Lassen wir uns irre machen an uns selbst, an unserm θειον, oder wie Dus nennen willst, dann ist auch alle Kunst und alle Müh umsonst. Drum ists so viel wert, wenn wir fest zusammenhalten, und einander sagen, was in uns ist; drum ist es unser eigner größter Schade, wenn wir uns aus ärmlicher Rivalität p.p. trennen und vereinzeln, weil des Freundes Zuruf unentbehrlich ist, um mit uns wieder eins zu werden, wenn unsre eigne Seele, unser bestes Leben uns entleidet worden ist, durch die Albernheiten der gemeinen Menschen, und den eigensinnigen Stolz der andern, die schon etwas sind.

Hier noch einige Gedichtchen.

Zu dem, was ich im letzten Briefe Dir versprochen hatte, gebrach es mir an Zeit.

Dein
Hölderlin.

An die Mutter

[Homburg, 10. Oktober 1798]

––– Ich gestehe Ihnen, ich hätte sehr gewünscht bei allem dem, in meiner vorigen Lage noch länger zu bleiben, einmal, weil es mir unendlich schwer wurde, mich von meinen guten wohlgeratnen Zöglingen zu trennen, und dann auch, weil ich wohl sah, daß jede Veränderung meiner Lage, auch die notwendige und günstige, Sie beunruhigen würde. Auch hätt ich sicher nicht die Mühe gescheut, die es mir kostete, meine eigenen Arbeiten neben meiner Erziehung zu betreiben, wiewohl ich sagen darf, daß eben das Interesse, das ich für diese Kinder fühlte, mir schlechterdings nicht erlaubte, meine Erziehung mir auf irgendeine Art bequem zu machen. Die Liebe, die sie zu mir hatten, und der glückliche Erfolg meiner Bemühungen erheiterte mich dann auch oft und machte mit das Leben leichter. Aber der unhöfliche Stolz, die geflissentliche tägliche Herabwürdigung aller Wissenschaft und aller Bildung, die *Äußerungen*, daß die Hofmeister auch Bedienten wären, daß sie nichts Besonders für sich fordern könnten, weil man sie für das *bezahlte*, was sie täten, u. s. w. und manches andre, was man mir, weils eben Ton in Frankfurt ist, so hinwarf – das kränkte mich, so sehr ich suchte, mich darüber weg zu setzen, doch immer mehr, und gab mir manchmal einen stillen Ärger, der für Leib und Seele niemals gut ist. Glauben Sie, ich war geduldig! Wenn Sie jemals mir ein Wort geglaubt, so glauben Sie mir dies! Sie werden es für übertrieben halten, wenn ich Ihnen sage, daß es heutzutage schlechterdings unmöglich ist, in solchen Verhältnissen lange auszudauern; aber, wenn Sie sehen könnten, auf welchen Grad *besonders die reichen Kaufleute in Frankfurt* durch *die jetzigen Zeitumstände erbittert sind*, und wie sie jeden, der von ihnen abhängt, diese Erbitterung entgelten lassen, so würden Sie erklärlich finden, was ich sage. – Ich mag nicht mehr und nicht bestimmter von der Sache sprechen, weil ich wirklich ungern mich entschließe, von den Leuten schlimm zu sprechen. ---

An Neuffer

Homburg vor der Höhe,
d. 12. Nov. 1798.

Liebster Neuffer!

Ich habe meine Lage verändert, seit ich Dir das letztemal schrieb, und habe im Sinne, einige Zeit hier in Homburg zu privatisieren. Es ist etwas über einen Monat, daß ich hier bin, und ich habe indessen ruhig, bei meinem Trauerspiel, im Umgang mit Sinclair, und im Genuß der schönen Herbsttage gelebt. Ich war durch mancherlei Leiden so zerrissen, daß ich das Glück der Ruhe wohl den guten Göttern danken darf. ---

--- Das Lebendige in der Poesie ist jetzt dasjenige, was am meisten meine Gedanken und Sinne beschäftiget. Ich fühle so tief, wie weit ich noch davon bin, es zu treffen, und dennoch ringt meine ganze Seele danach und es ergreift mich oft, daß ich weinen muß, wie ein Kind, wenn ich um und um fühle, wie es meinen Darstellungen an einem und dem andern fehlt, und ich doch aus den poetischen Irren, in denen ich herumwandele, mich nicht herauswinden kann. Ach! die Welt hat meinen Geist von früher Jugend an in sich zurückgescheucht, und daran leid ich noch immer. Es gibt zwar einen Hospital, wohin sich jeder auf meine Art verunglückte Poet mit Ehren flüchten kann – die Philosophie. Aber ich kann von meiner ersten Liebe, von den Hoffnungen meiner Jugend nicht lassen, und ich will lieber verdienstlos untergehen als mich trennen von der süßen Heimat der Musen, aus der mich bloß der Zufall verschlagen hat. Weißt Du mir einen guten Rat, der mich so schnell wie möglich auf das Wahre bringt, so gib mir ihn. Es fehlt mir weniger an Kraft, als an Leichtigkeit, weniger an Ideen, als an Nuancen, weniger an einem Hauptton, als an mannigfaltig geordneten Tönen, weniger an Licht, wie an Schatten, und das alles aus Einem Grunde: ich scheue das Gemeine und Gewöhnliche im wirklichen Leben zu sehr. Ich bin ein rechter Pedant, wenn Du willst. Und doch sind, wenn ich nicht irre, die Pedanten sonst so kalt und lieblos, und mein Herz ist doch so voreilig, mit den Menschen und den Dingen unter dem Monde sich zu verschwistern. Ich glaube fast, ich bin aus lauter Liebe pedantisch, ich bin nicht scheu, weil ich mich fürchte, von der Wirklichkeit in meiner Eigensucht gestört zu werden, aber ich bin es, weil ich mich fürchte, von der Wirklichkeit in der innigen Teilnahme gestört zu werden, mit der ich mich gern an etwas anderes schließe; ich fürchte, das warme Leben in mir zu erkälten an der eiskalten Geschichte des Tags, und diese Furcht kommt daher, weil ich alles, was von Jugend auf Zerstörendes mich traf, empfindlicher als andre aufnahm, und diese Empfindlichkeit scheint darin ihren Grund zu haben, daß ich im Verhältnis mit den Erfahrungen, die ich machen mußte, nicht fest und unzerstörbar genug organisiert war. Das sehe ich. Kann es mir helfen, daß ich es sehe? Ich glaube, so viel. Weil ich zerstörbarer bin als mancher andre, so muß ich um so mehr den Dingen, die auf mich zerstörend wirken, einen Vorteil abzugewinnen suchen, ich muß sie nicht an sich, ich muß sie nur insofern nehmen, als sie meinem wahrsten Leben dienlich sind. Ich muß sie, wo ich sie finde, schon zum voraus als unentbehrlichen Stoff nehmen, ohne den mein Innigstes sich niemals völlig darstellen wird. Ich muß sie in mich aufnehmen, um sie gelegentlich (als Künstler, wenn ich einmal Künstler sein will und sein soll) als Schatten zu meinem Lichte aufzustellen, um sie als untergeordnete Töne wiederzugeben, unter denen der Ton meiner Seele um so lebendiger hervorspringt. Das Reine kann sich nur darstellen im Unreinen, und versuchst Du, das Edle zu geben ohne Gemeines, so wird es als das Allerunnatürlichste, Ungereimteste dastehn, und zwar darum, weil das Edle selber, so wie es zur Äußerung kömmt, die Farbe des Schicksals trägt, unter dem es entstand, weil das Schöne, so wie es sich in der Wirklichkeit darstellt, von den Umständen, unter denen es hervorgeht, notwendig eine Form annimmt, die ihm nicht natürlich ist, und die nur dadurch zur natürlichen Form wird, daß man eben die Umstände, die ihm notwendig diese Form gaben, hinzunimmt. So ist z.B. der Charakter des Brutus ein höchst unnatürlicher, widersinniger Charakter, wenn man ihn nicht mitten unter den Umständen sieht, die seinem *sanften* Geiste diese *strenge* Form aufnötigten. Also ohne Gemeines kann nichts Edles dargestellt werden; und so will ich mir immer sagen, wenn mir Gemeines in der Welt aufstößt: Du brauchst es ja so notwendig wie der Töpfer den Leimen, und darum nehm es immer auf und stoß es nicht von dir und scheue nicht dran. Das wäre das Resultat. – – –

An die Mutter

Homburg vor der Höhe,
d. 11. Dez. 1798.

– – – Aus dem, was Ihnen bisher von meinen Arbeiten in die Hände gefallen sein mag, werden Sie es schwerlich erraten, was mein eigenstes Geschäft ist, und doch hab ich auch in jenen unbedeutenden Stücken von ferne angefangen, meines Herzens tiefere Meinung, die ich noch lange vielleicht nicht völlig sagen kann, unter denen, die mich hören, *vorzubereiten*. Man kann jetzt den Menschen nicht alles gerade heraussagen, denn sie sind zu träg und eigenliebig, um die Gedankenlosigkeit und Irreligion, worin sie stecken, wie eine verpestete Stadt zu verlassen, und auf die Berge zu flüchten, wo reinere Luft ist und Sonn und Sterne näher sind, und wo man heiter in die Unruhe der Welt hinabsieht, das heißt, wo man zum Gefühle der Gottheit sich erhoben hat, und aus diesem alles betrachtet, was da war und ist und sein wird.

Liebste Mutter! Sie haben mir schon manchmal über Religion geschrieben, als wüßten Sie nicht, was Sie von meiner Religiosität zu halten hätten. O könnt ich so mit einmal mein Innerstes auftun vor Ihnen! – Nur so viel! Es ist kein lebendiger Laut in Ihrer Seele, wozu die meinige nicht auch mit einstimmte. Kommen Sie mir mit Glauben entgegen! Zweifeln Sie nicht an dem, was Heiliges in mir ist, so will ich Ihnen mehr mich offenbaren. O meine Mutter! es ist etwas zwischen Ihnen und mir, das unsre Seelen trennt; ich weiß ihm keinen Namen; achtet eines von uns das andere zu wenig, oder was ist es sonst? Das sag ich Ihnen tief aus meinem Herzen; wenn Sie schon in Worten mir nicht alles sagen können, was Sie sind, es lebt doch in mir, und bei jedem Anlaß fühl ich wunderbar, wie Sie mich ingeheim beherrschen, und wie mit unauslöschlich treuer Achtung mein Gemüt sich um das Ihrige bekümmert. Darf ichs Ihnen einmal sagen? Wenn ich oft in meinem Sinn verwildert war, und ohne Ruhe mich umhertrieb unter den Menschen, so wars nur darum, weil ich meinte, daß Sie keine Freude an mir hätten. Aber nicht wahr, Sie mißtrauen sich nur, Sie fürchten Ihre Söhne zu verzärteln und zu eigenwillig zu machen, Sie fürchten, daß Ihr mütterlich Gemüt Sie selbst betören möchte, und dann Ihre Söhne ohne Leitung wären und ohne Rat, und darum setzen Sie lieber zu wenig Vertrauen in uns und versagen sich aus Liebe die Freude, die der Eltern Eigentum im

Alter ist, und hoffen lieber weniger von uns, um nicht zu viel von uns zu hoffen? – – –

An Isaak von Sinclair

Homburg vor der Höhe,
d. 24. Dez. 1798.

Mein Teurer!

Ich habe Dir so lange nicht geschrieben, weil ich nur mit halbem Sinn dabei gewesen wäre, denn bisher hatten mich meine Beschäftigungen, die mir durch die Unterbrechung lieber geworden waren, mehr als gewöhnlich okkupiert. Es ist mir, wie Du oft gesehen hast, sehr leicht, alles liegen zu lassen, wenn Du selber vor mir bist, aber da geht es schon langsamer, wenn die allmächtige Gegenwart ihren wohltätigen Zwang nicht ausübt.

Für Deine Briefe danke ich Dir recht sehr. Pommer-Eschens Besuch hat mich äußerst gefreut, weil es mir wirklich ein Gewinn war, diesen in seiner Art so reinen Menschen noch einmal vor Augen zu haben und sein Bild und Wesen noch dauernder in mich aufzunehmen. Dann war es mir auch sehr darum zu tun, daß ich wieder von Euch hören konnte. Ich habe sehr an Glauben und Mut gewonnen, seit ich von Rastatt zurück bin. Ich sehe Dich selbst klarer und fester, seit ich Dich mit meinen neuen Freunden zusammen denke, und Du weißt, wie sehr das solche Verhältnisse, wie unseres ist, sichert, daß man sich begreift und recht bestimmt im Auge hat. Wo einmal der Grund gelegt ist, wie bei uns, und einer den andern voll und tief gefühlt hat, in dem, was er seiner Natur nach bleiben muß, unter allen möglichen Verwandlungen, da darf die Liebe das Erkenntnis nicht scheuen, und man kann wohl sagen, daß in diesem Falle mit dem Verstande der Glaube wachse. Und dann ists freilich wahr, daß meine Seele bei sich selbst darüber frohlockt, daß es, allen Aposteln der Notdurft zum Trotz, noch mehr als Einen gibt, wo sich in ihrem edeln Überfluß die Natur noch geäußert, und daß ich, außer Deinem Geist, jetzt auch noch andere rufen kann, zum Zeugnis gegen mein eigen zweifelnd Herz, das manchmal auf die Seite des ungläubigen Pöbels treten will und den Gott leugnen, der in den Menschen ist. Sag es ihnen nur, den Deinen und Meinen, daß ich manchmal an sie denke, wenn mirs sei, als gäb es außer mir und ein paar Einsamen, die ich im Herzen trage, nichts als meine vier Wände, und daß sie mir seien, wie eine Melodie, zu der man seine Zuflucht nimmt, wenn einen der böse Dämon überwältigen will. Es ist die volle Wahrheit, was ich sage, aber es will mir nicht gefallen, wenn ich über ein paar treffliche Menschen so überhaupt spreche, und ich fühle wohl, ich müßte jedem besonders schreiben, wenn ich mir genug tun wollte.

Ich habe dieser Tage in Deinem Diogenes Laërtius gelesen. Ich habe auch hier erfahren, was mir schon manchmal begegnet ist, daß mir nämlich das Vorübergehende und Abwechselnde der menschlichen Gedanken und Systeme fast tragischer aufgefallen ist als die Schicksale, die man gewöhnlich allein die wirklichen nennt, und ich glaube, es ist natürlich, denn, wenn der Mensch in seiner eigensten, freiesten Tätigkeit, im unabhängigen Gedanken selbst von fremdem Einfluß abhängt, und wenn er auch da noch immer modifiziert ist von den Umständen und vom Klima, wie es sich unwidersprechlich zeigt, wo hat er dann noch eine Herrschaft? Es ist auch gut, und sogar die erste Bedingung alles Lebens und aller Organisation, daß keine Kraft monarchisch ist im Himmel und auf Erden. Die absolute Monarchie hebt sich überall selbst auf, denn sie ist objektlos; es hat auch im strengen Sinne niemals eine gegeben. Alles greift ineinander und leidet, so wie es tätig ist, so auch der reinste Gedanke des Menschen, und in aller Schärfe genommen, ist eine apriorische, von aller Erfahrung durchaus unabhängige Philosophie, wie Du selbst weißt, so gut ein Unding als eine positive Offenbarung, wo der Offenbarende nur alles dabei tut, und der, dem die Offenbarung gegeben wird, nicht einmal sich regen darf, um sie zu nehmen, denn sonst hätt er schon von dem Seinen etwas dazu gebracht.

Resultat des Subjektiven und Objektiven, des Einzelnen und Ganzen, ist jedes Erzeugnis und Produkt, und eben weil im Produkt der Anteil, den das Einzelne am Produkte hat, niemals völlig unterschieden werden kann vom Anteil, den das Ganze daran hat, so ist auch daraus klar, wie innig jedes Einzelne mit dem Ganzen zusammenhängt und wie sie beede nur Ein lebendiges Ganze ausmachen, das zwar *durch und durch individualisiert ist* und *aus lauter selbstständigen*, aber *ebenso innig und ewig verbundenen Teilen* besteht. Freilich muß aus jedem *endlichen Gesichtspunkt irgendeine der selbstständigen Kräfte des Ganzen die herrschende sein*, aber sie kann auch nur als temporär und gradweise herrschend betrachtet werden.

An den Bruder

[Bruchstück]

Sollte Dein Schicksal nicht über kurz oder lange eine günstige Wendung nehmen, so geb ich Dir mein heiligstes Bruderwort, daß ich mit allem, was ich bin und habe, Dir zu Diensten sein werde. Indessen bitt ich Dich, Liebster! so heiter wie möglich Deine Lage anzusehen. Gönne mir die Freude, manche bittre Erfahrung auch in Deinem Namen gemacht zu haben, und fasse mir dies Wort, das ich Dir sagen will, mit Deinem hellsten Geiste auf, und glaub es meiner Liebe: die Welt zerstört uns bis auf den Grund, wenn wir jede Beleidigung geradezu ins Herz gehen lassen, und die Besten müssen schlechterdings auf irgendeine Art zu Grunde gehen, wenn sie nicht noch zu rechter Zeit dahin kommen, daß sie alles, was die Menschen ihnen aus Notdurft und Geistes- und Herzensschwäche antun, in den ruhigen Verstand aufnehmen, statt ins gute Gemüt, das auch, wenn es gekränkt ist, von seiner Großmut nicht lassen kann, und den armen Beleidigungen der Menschen die Ehre widerfahren läßt, sie hoch zu nehmen. Glaube mir, der hierin gewiß nicht aus Eigendünkel, sondern aus dem tiefen Gefühle seines Mangels und aus manchen trüben Erinnerungen spricht, glaube mir, der ruhige Verstand ist die heilige Aegide, die im Kriege der Welt das Herz vor giftigen Pfeilen bewahrt. Und ich glaube, zu meinem eigenen Troste, daß dieser ruhige Verstand, mehr als irgendeine Tugend der Seele, durch die Einsicht seines Werts und gutwillige beharrliche Übung kann erworben werden. Wie manches möcht ich Dir oft mit Blut hinschreiben, wenn ich zurücksehe auf die Jahre, die ich wohl zur Hälfte in Gram und Irren verlor, und die für Dich noch unverbraucht sind, bester Karl! Es ergreift einen wunderbar, wenn man sich mit saurer Mühe und genauer Not hindurchgerungen hat, und denkt, daß es dem andern, den man liebt, nun auch nicht leichter werden soll. Wir fürchten überhaupt das Schicksal viel weniger für uns als für die, die unserm Herzen teuer sind. –

Eben schlägt die Glocke zwölf, und das Jahr 99 fängt an. Ein glückliches Jahr für Dich, Liebster, und alle die Unsrigen! Und dann ein neues großes glückliches Jahrhundert für Deutschland und die Welt!

So will ich mich schlafen legen.

d. 1. *Jan.* 1799.

Ich hatte heute meine gewöhnlichen Beschäftigungen bei Seite gelegt und bin in meinem Müßiggange in allerlei Gedanken hineingeraten über das Interesse, das jetzt die Deutschen für spekulative Philosophie, und wieder für politische Lektüre, dann auch, nur in geringerem Grade, für die Poesie haben. Vielleicht hast Du einen kleinen lustigen Aufsatz in der Allgemeinen Zeitung über das deutsche Dichterkorps gelesen. Dieser war es, was mich zunächst dazu veranlaßte, und weil Du und ich jetzt selten philosophieren, so wirst Du es nicht undienlich finden, wenn ich diese meine Gedanken Dir niederschreibe.

Der günstige Einfluß, den die philosophische und politische Lektüre auf die Bildung unserer Nation haben, ist unstreitig, und vielleicht war der deutsche Volkscharakter, wenn ich ihn anders aus meiner sehr unvollständigen Erfahrung richtig abstrahiert habe, gerade jenes beiderseitigen Einflusses vorerst bedürftiger als irgendeines andern. Ich glaube nämlich, daß sich die gewöhnlichsten Tugenden und Mängel der Deutschen auf eine ziemlich bornierte Häuslichkeit reduzieren. Sie sind überall *glebae addicti* und die meisten sind auf irgendeine Art, wörtlich oder metaphorisch, an ihre Erdscholle gefesselt, und wenn es so fort ginge, müßten sie sich am Ende an ihren lieben (moralischen und physischen) Erwerbnissen und Ererbnissen, wie jener gutherzige niederländische Maler, zu Tode schleppen. Jeder ist nur in dem zu Hause, worin er geboren ist, und kann und mag mit seinem Interesse und seinen Begriffen nur selten darüber hinaus. Daher jener Mangel an Elastizität, an Trieb, an mannigfaltiger Entwicklung der Kräfte, daher die finstere, wegwerfende Scheue oder auch die furchtsame, unterwürfig blinde Andacht, womit sie alles aufnehmen, was außer ihrer ängstlich engen Sphäre liegt; daher auch diese Gefühllosigkeit für gemeinschaftliche Ehre und gemeinschaftliches Eigentum, die freilich bei den modernen Völkern sehr allgemein, aber meines Erachtens unter den Deutschen in eminentem Grade vorhanden ist. Und wie nur der in seiner Stube sich gefällt, der auch im freien Felde lebt, so kann ohne Allgemeinsinn und offnen Blick in die Welt auch das individuelle, jedem eigene Leben nicht bestehen, und wirklich ist unter den Deutschen eines mit dem andern untergegangen, wie es scheint, und es spricht eben nicht für die Apostel der Beschränktheit, daß unter den Alten, wo jeder mit Sinn und Seele der Welt angehörte, die ihn umgab, weit mehr Innigkeit in einzelnen Charakteren und Verhältnissen zu finden ist als zum Beispiel unter uns Deutschen, und das affektierte Geschrei von herzlosem Kosmopolitismus und überspannender Metaphysik kann wohl nicht wahrer widerlegt werden als durch ein edles Paar wie Thales und Solon, die miteinander Griechenland und Ägypten und Asien durchwanderten, um Bekanntschaft zu machen mit den Staatsverfassungen und Philosophen der Welt, die also in mehr als Einer Rücksicht *verallgemeinert* waren, aber dabei recht gute Freunde, und menschlicher und sogar naiver als alle die miteinander, die uns bereden möchten, man dürfe die Augen nicht auftun, und der Welt, die es immer wert ist, das Herz nicht öffnen, um seine Natürlichkeit beisammen zu behalten.

Da nun größtenteils die Deutschen in diesem ängstlich bornierten Zustande sich befanden, so konnten sie keinen heilsameren Einfluß erfahren als den der neuen Philosophie, die bis zum Extrem auf Allgemeinheit des Interesses dringt, und das unendliche Streben in der Brust des Menschen aufdeckt, und wenn sie schon sich zu einseitig an die große Selbsttätigkeit der Menschennatur hält, so ist sie doch, als Philosophie *der Zeit*, die einzig mögliche.

Kant ist der Moses unserer Nation, der sie aus der ägyptischen Erschlaffung in die freie, einsame Wüste seiner Spekulation führt, und der das energische Gesetz vom heiligen Berge bringt. Freilich tanzen sie noch immer um ihre güldenen Kälber und hungern nach ihren Fleischtöpfen, und er müßte wohl im eigentlichen Sinne in irgendeine Einsame mit ihnen auswandern, wenn sie vom Bauchdienst und den toten, herz- und sinnlos gewordenen Gebräuchen und Meinungen lassen sollten, unter denen ihre bessere, lebendige Natur unhörbar, wie eine tief eingekerkerte, seufzt. Von der andern Seite muß die politische Lektüre ebenso günstig wirken, besonders, wenn die Phänomene unserer Zeit in einer kräftigen und sachkundigen Darstellung vor das Auge gebracht werden. Der Horizont der Menschen erweitert sich, und mit dem täglichen Blick in die Welt entsteht und wächst auch das Interesse für die Welt, und der Allgemeinsinn und die Erhebung über den eigenen engen Lebenskreis wird gewiß durch die Ansicht der weitverbreiteten Menschengesellschaft und ihrer großen Schicksale so sehr befördert wie durch das philosophische Gebot, das Interesse und die Gesichtspunkte zu verallgemeinern, und wie der Krieger, wenn er mit dem Heere zusammenwirkt, mutiger und mächtiger sich fühlt, und es in der Tat ist, so wächst überhaupt die Kraft und Regsamkeit der Menschen in eben dem Grade, in welchem sich der Kreis des Lebens erweitert, worin sie mitwirkend und mitleidend sich fühlen (wenn anders die Sphäre sich nicht so weit ausdehnt, daß sich der Einzelne zu sehr im Ganzen verliert). Übrigens ist das Interesse für Philosophie und Politik, wenn es auch noch allgemeiner und ernster wäre, als es ist, nichts weniger als hinreichend für die Bildung unserer Nation, und es wäre zu wünschen, daß der grenzenlose Mißverstand einmal aufhörte, womit die Kunst, und besonders die Poesie, bei denen, die sie treiben, und denen, die sie genießen wollen, herabgewürdigt wird. Man hat schon so viel gesagt über den Einfluß der schönen Künste auf die Bildung der Menschen, aber es kam immer heraus, als wär es keinem Ernst damit, und das war natürlich, denn sie dachten nicht, was die Kunst, und besonders die Poesie, ihrer Natur nach, ist. Man hielt sich bloß an ihre anspruchlose Außenseite, die freilich von ihrem Wesen unzertrennlich ist, aber nichts weniger als den ganzen Charakter derselben ausmacht; man nahm sie für Spiel, weil sie in der bescheidenen Gestalt des Spiels erscheint, und so konnte sich auch vernünftigerweise keine andere Wirkung von ihr ergeben als die des Spiels, nämlich Zerstreuung, beinahe das gerade Gegenteil von dem, was sie wirket, wo sie in ihrer wahren Natur vorhanden ist. Denn alsdann sammelt sich der Mensch bei ihr, und sie gibt ihm Ruhe, nicht die leere, sondern die lebendige Ruhe, wo alle Kräfte regsam sind, und nur wegen ihrer innigen Harmonie nicht als tätig erkannt werden. Sie nähert die Menschen, und bringt sie zusammen, nicht wie das Spiel, wo sie nur dadurch vereiniget sind, daß jeder sich vergißt und die lebendige Eigentümlichkeit von keinem zum Vorschein kömmt.

Du wirst verzeihen, liebster Bruder! daß ich so langsam und fragmentarisch mit meinem Briefe bin. Es wird vielleicht wenigen der Übergang von einer Stimmung zur andern so schwer wie mir; besonders kann ich mich nicht leicht aus dem Räsonnement in die Poesie herausfinden, und umgekehrt. Auch hat mich dieser Tage ein Brief von unserer lieben Mutter, wo sie ihre Freude über meine Religiosität äußerte, und mich unter anderm bat, unserer teuern 72jährigen Großmutter ein Gedicht zu ihrem Geburtstage zu machen, und noch manches andere in dem unaussprechlich rührenden Briefe so ergriffen, daß ich die Zeit, wo ich vielleicht an Dich geschrieben hätte, meist mit

Gedanken an sie und Euch Lieben überhaupt zubrachte. Ich habe auch denselben Abend noch, da ich den Brief bekommen, ein Gedicht für die l. Großmutter angefangen, und bin in der Nacht beinahe damit fertig geworden. Ich dachte, es müßte die guten Mütter freuen, wenn ich gleich den Tag darauf einen Brief und das Gedicht abschickte. Aber die Töne, die ich da berührte, klangen so mächtig in mir wieder, die Verwandlungen meines Gemüts und Geistes, die ich seit meiner Jugend erfuhr, die Vergangenheit und Gegenwart meines Lebens wurde mir dabei so fühlbar, daß ich den Schlaf nachher nicht finden konnte, und den andern Tag Mühe hatte, mich wieder zu sammeln. So bin ich. Du wirst Dich wundern, wenn Du die poetisch so unbedeutenden Verse zu Gesicht bekommst, wie mir dabei so wunderbar zu Mute sein konnte. Aber ich habe gar wenig von dem gesagt, was ich dabei empfunden habe. Es gehet mir überhaupt manchmal so, daß ich meine lebendigste Seele in sehr flachen Worten hingebe, daß kein Mensch weiß, was sie eigentlich sagen wollen, als ich.

Ich will nun sehen, ob ich noch etwas von dem, was ich Dir neulich über Poesie sagen wollte, herausbringen kann. Nicht wie das Spiel vereinige die Poesie die Menschen, sagt ich; sie vereinigt sie nämlich, wenn sie echt ist und echt wirkt, mit all dem mannigfachen Leid und Glück und Streben und Hoffen und Fürchten, mit all ihren Meinungen und Fehlern, all ihren Tugenden und Ideen, mit allem Großen und Kleinen, das unter ihnen ist, immer mehr zu einem lebendigen, tausendfach gegliederten, innigen Ganzen, denn eben dies soll die Poesie selber sein, und wie die Ursache, so die Wirkung. Nicht wahr, Lieber, so eine Panazee könnten die Deutschen wohl brauchen, auch nach der politisch- philosophischen Kur; denn, alles andre abgerechnet, so hat die philosophisch-politische Bildung schon in sich selbst die Inkonvenienz, daß sie zwar die Menschen zu den wesentlichen, unumgänglich notwendigen Verhältnissen, zu Pflicht und Recht, zusammenknüpft, aber wie viel ist dann zur Menschenharmonie noch übrig? Der nach optischen Regeln gezeichnete Vor- und Mittel- und Hintergrund ist noch lange nicht die Landschaft, die sich neben das lebendige Werk der Natur allenfalls stellen möchte. Aber die Besten unter den Deutschen meinen meist noch immer, wenn nur erst die Welt hübsch *symmetrisch* wäre, so wäre alles geschehen. O Griechenland, mit deiner Genialität und deiner Frömmigkeit, wo bist du hingekommen? Auch ich, mit allem guten Willen, tappe mit meinem Tun und Denken diesen einzigen Menschen in der Welt nur nach, und bin in dem, was ich treibe und sage, oft nur um so ungeschickter und ungereimter, weil ich wie die Gänse mit platten Füßen im modernen Wasser stehe, und unmächtig zum griechischen Himmel emporflügle. Nimm mir das Gleichnis nicht übel. Es ist unschicklich, aber wahr, und unter uns gehet so was noch wohl an, soll auch nur mir gesagt sein.

Für Deine aufmunternden Äußerungen über meine Gedichtchen, und manches andre freundliche, kräftige Wort in Deinem Briefe, dank ich Dir tausendmal. Wir müssen fest zusammenhalten in aller unserer Not und unserem Geiste. Vor allen Dingen wollen wir das große Wort, das *homo sum, nihil humani a me alienum puto*, mit aller Liebe und allem Ernste aufnehmen; es soll uns nicht leichtsinnig, es soll uns nur wahr gegen uns selbst, und hellsehend und duldsam gegen die Welt machen, aber dann wollen wir uns auch durch kein Geschwätz von Affektation, Übertreibung, Ehrgeiz, Sonderbarkeit *etc.* hindern lassen, um mit allen Kräften zu ringen, und mit aller Schärfe und Zartheit zuzusehn, wie wir alles Menschliche an uns und andern in immer freieren und innigern Zusammenhang bringen, es sei in bildlicher Darstellung oder in wirklicher Welt, und *wenn* das Reich der Finsternis mit *Gewalt* einbrechen will, so werfen wir die Feder unter den Tisch und gehen in Gottes Namen dahin, wo die Not am größten ist, und wir am nötigsten sind. Lebe wohl!

Dein

Fritz.

An die Mutter

Homburg, im *Jan.* 1799.

– – – Ich behalte mirs vor, Ihnen bei mehrerer Muße ein vollständiges Glaubensbekenntnis abzulegen, und ich wollte, ich dürfte überall meines Herzens Meinung so offen und rein heraussagen, als ich bei Ihnen kann. Aber die Schriftgelehrten und Pharisäer unserer Zeit, die aus der heiligen lieben Bibel ein kaltes, geist- und herztötendes Geschwätz machen, die mag ich freilich nicht zu Zeugen meines innigen, lebendigen Glaubens haben. Ich weiß wohl, wie jene dazu gekommen sind, und weil es ihnen Gott vergibt, daß sie Christum ärger töten als die Juden, weil sie sein Wort zum Buchstaben, und ihn, den Lebendigen, zum leeren Götzenbilde machen, weil ihnen das Gott vergibt, vergeb ichs ihnen auch. Nur mag ich mich und mein Herz nicht da bloßgeben, wo es mißverstanden wird, und schweige deswegen vor den Theologen von *Profession* (d. h. vor denen, die nicht frei und von Herzen, sondern aus Gewissenszwang und von Amts wegen es sind) ebenso gerne wie vor denen, die gar nichts von all dem wissen wollen, weil man ihnen von Jugend auf durch den toten Buchstaben und durch das schröckende *Gebot*, zu glauben, alle Religion, die doch das erste und letzte Bedürfnis der Menschen ist, verleidet hat. Liebste Mutter! wenn unter diesen Zeilen ein hartes Wort ist, so ists gewiß nicht aus Stolz und Haß geschrieben, sondern nur, weil ich keinen andern Ausdruck fand, wodurch ich mich so kurz wie möglich hätte verständlich machen können. – – –

– – – Ich stimme ganz mit Ihnen darin überein, liebste Mutter! daß es gut für mich sein wird, wenn ich künftig das anspruchloseste Amt, das es für mich geben kann, mir zu eigen zu machen suche, vorzüglich auch darum, weil nun einmal die vielleicht unglückliche Neigung zur Poesie, der ich von Jugend auf mit redlichem Bemühn durch sogenannt gründlichere Beschäftigungen immer entgegenstrebte, noch immer in mir ist und nach allen Erfahrungen, die ich an mir selber gemacht habe, in mir bleiben wird, so lange ich lebe. Ich will nicht entscheiden, ob es Einbildung oder wahrer Naturtrieb ist. Aber ich weiß jetzt so viel, daß ich tiefen Unfrieden und Mißmut unter anderm auch dadurch in mich gebracht habe, daß ich Beschäftigungen, die meiner Natur weniger angemessen zu sein scheinen, z. B. die Philosophie, mit überwiegender Aufmerksamkeit und Anstrengung betrieb, und das aus gutem Willen, weil ich vor dem Namen eines leeren Poeten mich fürchtete. Ich wußte lange nicht, warum das Studium der Philosophie, das sonst den hartnäckigen Fleiß, den es erfordert, mit Ruhe belohnt, warum es mich, je uneingeschränkter ich mich ihm hingab, nur immer um so friedensloser und selbst leidenschaftlich machte; und ich erkläre mir es jetzt daraus, daß ich mich in höherm Grade, als es nötig war, von meiner eigentümlichen Neigung entfernte, und mein Herz seufzte bei der unnatürlichen Arbeit nach seinem lieben Geschäfte, wie die Schweizerhirten im Soldatenleben nach ihrem Tal und ihrer Herde sich sehnen. Nennen Sie das keine Schwärmerei! Denn warum bin ich denn friedlich und gut, wie ein Kind, wenn ich ungestört mit süßer Muße dies unschuldigste aller Geschäfte treibe, das man freilich, und dies mit Recht, nur dann ehrt, wenn es meisterhaft ist, was das meine vielleicht auch aus dem Grunde noch lange nicht ist, weil ichs vom Knabenalter an niemals in eben dem Grade zu treiben wagte wie manches andre, was ich vielleicht zu gutmütig gewissenhaft meinen Verhältnissen und der Meinung der Menschen zulieb trieb. Und doch erfordert jede Kunst ein ganzes Menschenleben, und der Schüler muß alles, was er lernt, in Beziehung auf sie lernen, wenn er die Anlage zu ihr entwickeln und nicht am Ende gar ersticken will. – – –

An Susette Gontard

[Entwurf, Frühling 1799]

Es ist ein unaussprechlicher Dank in mir, Liebe, daß der himmlische Frühling auch mir noch Freude gibt,

An die Mutter

[Ende März 1799]

– – – Zum Schlusse will ich Ihnen eine Stelle aus der Jenaer Literaturzeitung abschreiben, wo meiner gedacht wird. So sehr ich es bisher vermied, mit meiner kleinen Schriftstellerreputation vor Ihnen großzutun, so darf ich doch in der jetzigen Lage keine Gelegenheit vorbeigehn, wo ich Ihnen etwas Hoffnung geben kann, daß meine gegenwärtige Arbeit eine günstige Aufnahme finden werde, und es wäre kindisch, wenn ich, um den Verdacht der Eitelkeit zu vermeiden, Sie jetzt um eine kleine Freude bringen wollte. Es heißt nämlich in der genannten Zeitung aus Gelegenheit des Almanachs, den Neuffer herausgegeben hat, und wozu ich aus Freundschaft einige Kleinigkeiten dazu gegeben habe:

„Den Inhalt des Almanachs möchten wir fast nur auf die Beiträge von Hölderlin einschränken. Die des Herausgebers (Neuffers) sind endlose Reimereien p.p. Vor den übrigen zeichnen sich die Kleinigkeiten von Hillmar und Siegmar vorteilhaft aus, so wie die innigen elegischen Zeilen von Reinhard (dem französischen Gesandten) an seine Gattin über den Abschied von Deutschland. Die prosaischen Aufsätze sind ganz unbedeutend. Hölderlins wenige Beiträge aber sind voll Geist und Seele, und wir setzen gern zum Belege ein paar davon hieher.“

Dann werden ein paar Gedichte von mir angeführt; in einem davon hatte ich auf die Arbeit angespielt, die ich jetzt unter den Händen habe; darüber äußert sich der Rezensent noch am Ende:

„Diese Zeilen lassen schließen, daß Hölderlin ein Gedicht von größerem Umfange mit sich umherträgt, wozu wir ihm von Herzen alle äußere Begünstigung wünschen, da die bisherigen Proben seiner Dichteranlagen und selbst das in dem angeführten Gedichte ausgesprochene erhebende Gefühl ein schönes Gelingen hoffen lassen.“

Ich muß Sie aber bitten, liebste Mutter! daß Sie, um Neuffers willen, diese Stelle nirgend bekannt machen. Wollen Sie es dem l. Karl mitteilen, so kann ich es nicht hindern. HE. Schwager in Blaubeuren liest diese Zeitung wohl selbst. – – –

An Neuffer

Homburg, d. 4ten Juni 1799.

Lieber Neuffer!

Du kannst sicher auf einige Beiträge von mir rechnen, und ich werde, Deinem Wunsche gemäß, auch etwas Prosaisches liefern. Vielleicht kann ich Dir auch einiges von den Bekannten schicken, mit denen ich umgehe oder korrespondiere. Ich wünsche Deinem zweiten Sohne alles Leben, und alle Kraft und Grazie, die ich ihm wünschen würde, wenn er der meinige wäre.

Ich habe im Sinne, eine poetische Monatschrift herauszugeben. Da die Hauptmaterialien für den ersten Jahrgang, so viel ich von eigner Hand dazu geben werde, größtenteils schon fertig liegen und ich, bei meiner jetzigen Lebensart, ganz dem Unternehmen leben kann, so hoff ich es durchzusetzen. Und da ich noch mit niemand in einem bestimmten Vertrage darüber begriffen bin, so bitt ich Dich, HE. Steinkopf davon zu benachrichtigen, ob er es vielleicht für dienlich hält, den Versuch zu machen. Das Journal wird wenigstens zur Hälfte wirkliche ausübende Poesie enthalten, die übrigen Aufsätze werden in die Geschichte und Beurteilung der Kunst einschlagen. Die ersten

Stücke werden von mir enthalten ein Trauerspiel, den Tod des Empedokles, mit dem ich, bis auf den letzten Akt, fertig bin, und Gedichte, lyrische und elegische. Die übrigen Aufsätze werden enthalten 1) charakteristische Züge aus dem Leben alter und neuer Dichter, die Umstände, unter denen sie erwuchsen, vorzüglich den eigentümlichen Kunstcharakter eines jeden. So über Homer, Sappho, Aeschyl, Sophokles, Horaz, Rousseau (als Verfasser der Heloise), Shakespeare p.p. 2) Darstellung des Eigentümlichschönen ihrer Werke, oder einzelner Partien aus diesen. So über die Iliade, besonders den Charakter Achills, über den Prometheus des Aeschyl, über die Antigone, den Oedipus des Sophokles, über einzelne Oden des Horaz, über die Heloise, über Shakespeares Antonius und Kleopatra, über die Charaktere des Brutus und Cassius in seinem Julius Caesar, über den Macbeth u.s.w. Alle diese Aufsätze werden so viel möglich in lebendiger, allgemeininteressanter Manier, meistens in Briefform geschrieben sein. 3) Räsonierende, populär dargestellte Aufsätze über Deklamation, Sprache, über das Wesen und die verschiedenen Arten der Dichtkunst, endlich über das Schöne überhaupt. Ich kann mit gutem Gewissen für alle diese Aufsätze, besonders für die letztern, neue, wenigstens noch nicht verbrauchte Ansichten versprechen, und ich glaube manche Wahrheit auf dem Herzen zu haben, die für die Kunst nützlich und für das Gemüt erfreulich sein mag. 4) werden auch Rezensionen neuer, besonders interessanter poetischer Werke geliefert werden. Ich hoffe Beiträge von Heinse, Verfasser des Ardinghello, Heydenreich, Bouterwek, Matthisson, Conz, Siegfried Schmid, auch von Dir zu erhalten, wenn Du etwas entbehren kannst.

Der Ton, der durchaus in der Zeitschrift herrschen wird, macht es wohl schicklich, daß der HE. Verleger, wenn er es für gut findet, ihr auch den Titel: Journal für Damen, ästhetischen Inhalts, geben kann. Was den Geist derselben betrifft, so glaub ich wohl sagen zu dürfen, daß er für die Sittenbildung und echte Erheiterung zuträglicher sein dürfte als mancher andere.

Jeden Monat würde ein Stück von 4 Bogen, nicht sehr enge gedruckt, in Oktavform erscheinen. Der HE. Verleger könnte mir aufkünden, wenn er wollte, nur müßte es wenigstens 3 Monate vor einer Messe geschehen.

Die Bestimmung des Honorars überlasse ich seiner Einsicht und Billigkeit. Nur so viel setz ich hinzu, daß ich ganz für das Unternehmen und von ihm leben werde, daß übrigens meine frugale Existenz nicht so teuer zu besolden ist wie die der großen Männer, welche die Horen herausgaben. Ich werde allem meinem Mut und Fleiß und meinen Kräften aufbieten, um diese Zeitschrift gangbar und rühmlich zu machen, und ich werde dafür sorgen, daß, wo möglich, jeder Jahrgang wenigstens Ein größeres poetisches Werk, z. B. ein Trauerspiel oder einen Roman p.p. vollständig enthält.

Sollte sich HE. Steinkopf entschließen, es mit mir zu wagen, so versprech ich ihm gerne, die Aufträge, die von andern Seiten her zur Mitarbeitung für andere Zeitschriften an mich gemacht worden sind, bei Seite zu setzen, und für seinen Damenkalender wenigstens 4 Bogen von Jahr zu Jahr unentgeltlich zu liefern.

Ich würde es ihm auch freistellen, die Aufsätze der Zeitschrift, die von mir sind, nach Verlauf einiger Zeit besonders abzudrucken, unter den Bedingungen, die mit der zweiten Auflage eines Buchs verbunden sind.

Ich gestehe, daß es mich besonders freuen würde, mit HE. Steinkopf in diese Beziehung zu kommen, als Deinem Freunde, und meinem Bekannten, und wenn ich schon nicht voraussetzen darf, daß er das Zutrauen gegen mich hegt, das zu einem solchen Entschlusse erforderlich ist, so wollt ich dennoch ihm von meinem Plane sagen. Findet er ihn vorteilhaft für sich, so war es schicklich von meiner Seite, ihm, mit dem ich schon in Konnexion bin, das Anerbieten zu machen. Dient es ihm nicht, so ist es ebenso gut, als hätt ich gegen ihn davon geschwiegen. Empfiehl mich ihm, und gib ihm meinen Brief zu lesen.

Verzeih nur, daß ich Dich zur Mittelsperson mache. Ich würd es nicht getan haben, wenn ich nicht von mir wüßte, daß Du mich in allem, wozu ich Dir dienen kann, bereit fändest. In jedem Falle schick ich Dir die versprochenen Aufsätze. Die prosaischen werden wohl etwas *Allgemeinverständliches*, einfach und nicht allzu trocken Dargestelltes über das Leben und die Charaktere von Thales und Solon und Plato enthalten. Einen eigentlich moralischen Aufsatz zu liefern, für den Damenkalender, würde mir ziemlich schwer, wenn ich nicht aus meinem Herzen und meinen Überzeugungen zu viel oder zu wenig sagen sollte.

Ich bitte Dich recht sehr, mir so bald wie nur möglich Antwort und Nachricht auf diesen Brief zu geben.

Dein
H.

[Entwurf, Sommer 1799.]

Täglich muß ich die verschwundene Gottheit wieder rufen. Wenn ich an große Männer denke, in großen Zeiten, wie sie, ein heilig Feuer, um sich griffen, und alles Tote, Hölzerne, das Stroh der Welt in Flamme verwandelten, die mit ihnen aufflog zum Himmel, und dann an mich, wie ich oft, ein glimmend Lämpchen, umhergehe, und betteln möchte um einen Tropfen Öl, um eine Weile noch die Nacht hindurch zu scheinen – siehe! da geht ein wunderbarer Schauer mir durch alle Glieder, und leise ruf ich mir das Schreckenswort zu: lebendig Toter!

Weißt Du, woran es liegt, die Menschen fürchten sich voreinander, daß der Genius des einen den andern verzehre, und darum gönnen sie sich wohl Speise und Trank, aber nichts, was die Seele nährt, und können es nicht leiden, wenn etwas, was sie sagen und tun, im andern einmal geistig aufgefaßt, in Flamme verwandelt wird. Die Törigen! Wie wenn irgend etwas, was die Menschen einander sagen könnten, mehr wäre als Brennholz, das erst, wenn es vom geistigen Feuer ergriffen wird, wieder zu Feuer wird, so wie es aus Leben und Feuer hervorging. Und gönnen sie die Nahrung nur gegenseitig einander, so leben und leuchten ja beide, und keiner verzehrt den andern.

Erinnerst Du Dich unserer ungestörten Stunden, wo wir und wir nur umeinander waren? Das war Triumph! beede so frei und stolz und wach und blühend und glänzend an Seel und Herz und Auge und Angesicht, und beede so in himmlischem Frieden nebeneinander! Ich hab es damals schon geahndet und gesagt: man könnte wohl die Welt durchwandern und fände es schwerlich wieder so. Und täglich fühl ich das ernster.

Gestern nachmittag kam Muhrbeck zu mir aufs Zimmer. „Die Franzosen sind schon wieder in Italien geschlagen", sagt' er. „Wenns nur gut mit uns steht, sagt ich ihm, so steht es schon gut in der Welt", und er fiel mir um den Hals, und wir küßten uns die tiefbewegte freudige Seele auf die Lippen, und unsre weinenden Augen begegneten sich. Dann ging er. Solche Augenblicke hab ich doch noch. Aber kann das eine Welt ersetzen? Und das ists, was meine Treue ewig macht. In dem und jenem sind viele vortrefflich. Aber eine Natur, wie Deine, wo so alles in innigem unzerstörbarem lebendigem Bunde vereint ist, diese ist die Perle der Zeit, und wer sie erkannt hat, und wie ihr himmlisch angeboren eigen Glück dann auch ihr tiefes Unglück ist, der ist auch ewig glücklich und ewig unglücklich.

An Schiller

d. 5ten Jul. 99.

Die Großmut, womit Sie mir immer begegneten, Verehrungswürdigster! und die tiefe Ergebenheit gegen Sie, die in mir nur immer reifer wird, können mir allein so viel Zuversicht geben, daß ich Sie mit einer unbescheidnen Bitte beschwere, und ich würde sie gewiß unterlassen, wenn ich mit Gewißheit voraussähe, daß sie Ihnen einen unangenehmen Augenblick machte. Vielleicht verblindet mich mein Wunsch, und die Einsicht, wie wichtig die Erfüllung derselben für mich wäre; ich habe also allen Grund, sie Ihnen zum voraus abzubitten, wenn sie Ihnen wirklich mißfällig sein sollte.

Wäre ich Ihrer Protektion so wert, daß ich ihrer nicht bedürfte, so würde ich Sie nicht darum bitten, oder bedürfte ich ihrer so sehr, daß ich ihrer gar nicht wert wäre, so würde ich Sie auch nicht darum bitten. Aber ich glaube derselben gerade so weit bedürftig und wert zu sein, daß die Bitte um dieselbe zu entschuldigen ist.

Ich habe im Sinne, die literarischen und poetischen Versuche, die ich unter den Händen habe, nach und nach in einem humanistischen Journale herauszugeben und fortzusetzen, und ich würde es lieber abwarten, ob mir nicht endlich ein Produkt gelänge, von dessen Wert und Glück ich gewisser sein könnte, wenn mir die Umstände die ruhige Independenz ließen, die dazu erforderlich wäre. So muß ich Proben geben, die vielleicht mehr etwas versprechen als leisten, und kann vor dem Publikum die Autorität eines bewährten großen Mannes nicht entbehren, wenn ich nicht verunglücken soll, so viel ich mich und die Zeit kenne.

Ich bin deswegen so frei, Sie um einige wenige Beiträge zu bitten, wenn Sie es nicht gegen Ihre Würde finden sollten, dies Zeichen Ihrer Gunst und Güte mir öffentlich zu geben.

Glauben Sie, Verehrungswürdiger! ich ehre Sie zu wahrhaft, als daß mir diese Unbescheidenheit nicht schwer geworden sein sollte. Und ich kann sie nicht gut machen, wie ich wohl denken möchte, dadurch, daß ich nun, da die gefährliche Bitte herausgesagt ist, freier und unbefangener einmal wieder den Dank ausspreche, den ich Ihnen entgegenbrachte und nicht aussprechen konnte, da ich vor Jahren Sie zum erstenmal sah, und der durch Ihren unvergeßlichen Umgang, und indessen durch jedes Zeichen Ihrer Gegenwart in der Welt nur gründlicher geworden ist.

Gibt es irgend noch ein erreichbares würdiges Ziel für mich in der Zukunft, so kann ich erst dann Ihnen recht danken, denn nur der Dank von dem, der Ihrer in einem höheren Grade wert geworden ist, kann Sie erfreuen, und dann könnt ich auch wohl meine unbescheidene Bitte rechtfertigen.

Haben Sie die Güte, auch wenn Sie es für gut finden sollten, mein Vorhaben nicht so eklatant zu begünstigen, mir doch zu antworten, es seie so kurz, wie es wolle, denn wenn Sie schweigen, so muß ich den Tadel meiner Unbescheidenheit über mich nehmen, und dieser möchte strenger ausfallen als irgendeiner, den Sie gegen mich äußern würden.

Sollte es Ihnen gefallen, so würd ich Ihnen das Manuskript des ersten Hefts zur Probe zuschicken.

Ich bin mit wahrster Verehrung

der Ihrige

M. Hölderlin.

An Schelling

[Entwurf, Juli 1799]

Mein Teurer!

Ich habe indes zu treu und zu ernst an Deiner Sache und an Deinem Ruhme Teil genommen, als daß ich es mir nicht gönnen sollte, Dich einmal wieder an mein Dasein zu mahnen.

Wenn ich indessen gegen Dich geschwiegen habe, so war es größtenteils, weil ich Dir, der mir so viel und immer mehr bedeutete, irgend einmal in einer bedeutenderen Beziehung, oder doch in einem Grade des Werts, der Dich auf eine schicklichere Art an unsere Freundschaft mahnen könnte, entgegen zu kommen hoffte.

Nun treibt mich eine Bitte früher zu Dir und Du wirst mich auch in dieser Gestalt nicht verkennen. Ich habe die Einsamkeit, in der ich hier seit vorigem Jahre lebe, dahin verwandt, um unzerstreut und mit gesammelten, unabhängigen Kräften vielleicht etwas Reiferes, als bisher geschehen ist, zu Stande zu bringen, und wenn ich schon größtenteils der Poesie gelebt habe, so ließ mich doch Notwendigkeit und Neigung mich nicht so weit von der Wissenschaft entfernen, daß ich nicht meine Überzeugungen zu größerer Bestimmtheit und Vollständigkeit auszubilden und sie, so viel möglich, mit der jetzigen und vergangenen Welt in Anwendung und Reaktion zu setzen gesucht hätte. Großenteils schränkte sich mein Nachdenken und meine Studien auf das, was ich zunächst trieb, die Poesie ein, insofern sie lebendige Kunst ist und zugleich aus Genie und Erfahrung und Reflexion hervorgeht und idealisch und systematisch und individuell ist. Dies führte mich zum Nachdenken über Bildung und Bildungstrieb überhaupt, über seinen Grund und seine Bestimmung, insofern er idealisch und insofern er tätig bildend ist, und wieder insofern er mit Bewußtsein seines Grundes und seines eigenen Wesens vom Ideal aus und insofern er instinktmäßig, aber doch seiner Materie nach als Kunst und Bildungstrieb wirkt *etc.*, und ich glaubte am Ende meiner Untersuchungen den Gesichtspunkt der sogenannten Humanität (insofern auf ihm mehr auf das Vereinigende und Gemeinschaftliche in den Menschennaturen und ihren Richtungen gesehen wird als auf das Unterscheidende, was freilich ebenso wenig übersehen werden darf) fester und umfassender gesetzt zu haben, als mir bisher bekannt war. Diese Materialien zusammen veranlaßten mich zu dem Entwurf eines humanistischen Journals, das in seinem gewöhnlichen Charakter ausübend poetisch, dann auch historisch und philosophisch belehrend wäre über Poesie, endlich im Allgemeinen historisch und philosophisch belehrend aus dem Gesichtspunkte der Humanität.

Verzeihe mir diese schwerfällige Vorrede, mein Teurer! aber die Achtung gegen Dich ließ mir nicht zu, Dir mein Vorhaben so *ex abrupto* zu verkündigen, und es schien, als wär ich Dir gewissermaßen Rechenschaft schuldig von meinen Beschäftigungen, besonders da ich leicht fürchten konnte nach meinen bisherigen Produkten, daß ich das Zutrauen, das Du ehemals in meine philosophischen und poetischen Kräfte zu setzen schienst, jetzt, da ich Dir hätte die Probe geben sollen, nicht mehr in dem vorigen Grade besitze.

Dir, der mit dieser nur zu seltenen Vollständigkeit und Gewandtheit die Natur des Menschen und seiner Elemente durchschaut und umfaßt, wird es ein Leichtes sein, Dich auf meinen beschränkteren Gesichtspunkt zu stellen und durch Deinen Namen und Deine Teilnahme ein Geschäft zu sanktioniren, das dienen soll, die Menschen, *ohne Leichtsinn und Synkretismus*, *einander zu nähern*, indem es zwar die einzelnen Kräfte und Richtungen und Beziehungen ihrer Natur weniger strenge behandelt und urgiert, aber doch mit Achtung gegen jede dieser Kräfte und Richtungen und Beziehungen faßlich und fühlbar zu machen sucht, wie sie innig und notwendig verbunden sind, und wie jede einzelne derselben nur in ihrer Vortrefflichkeit und Reinheit betrachtet werden darf, um einzusehen, daß sie einer andern, wenn die nur auch rein ist, nichts weniger als widerspricht, sondern daß jede schon in sich die freie Forderung zu gegenseitiger Wirksamkeit und zu harmonischem Wechsel enthält, und daß die Seele im organischen Bau, die allen Gliedern gemein und jedem eigen ist, kein einziges allein sein läßt, daß auch die Seele nicht ohne die Organe und die Organe nicht ohne die Seele bestehen können, und daß sie beede, wenn sie abgesondert und hiermit beede aorgisch vorhanden sind, sich zu organisieren streben müssen und den Bildungstrieb in sich voraussetzen. Als Metapher durfte ich wohl dies sagen. Es sollte nichts weiter heißen, als daß das stofflose Genie nicht ohne Erfahrung und die seellose Erfahrung nicht ohne Genie bestehen können, sondern daß sie die Notwendigkeit in sich haben, sich zu bilden und durch Urteil und Kunst sich zu konstituieren, sich zusammen zu ordnen zu einem belebten, harmonisch wechselnden Ganzen, daß endlich die organisierende Kunst und der Bildungstrieb, aus dem sie hervorgeht, auch nicht bestehen können und nicht einmal denkbar sind ohne ihr inneres Element, die natürliche Anlage, das Genie, und ohne ihr äußeres, die Erfahrung und das historische Lernen.

Ich wollte Dir nur den allgemeinsten Charakter des Journals, das, was man seinen Geist nennt, ungefähr berühren. Ich werde versuchen, in dem Vortrag und Ton so allgemein faßlich als möglich zu sein.

Ich hielt es nicht ganz für schicklich, den Plan, den ich mir entwerfen mußte, oder auch die Materialien, die ich bereit habe, Dir bestimmter zu nennen, so sehr ich von der andern Seite versucht war, Dir, so viel es sich vor der Sache selber tun läßt, zu bezeugen, daß mein Projekt nicht ungründlich und leichtsinnig, auch vielleicht mehr zum Glücke gemacht ist als meine bisherigen Produkte, und daß ich, so viel ich Deinen Geist und Sinn kenne und ahne, in der Tendenz wenigstens nicht gegen Dich sündigen werde.

Ich will Deine Antwort, der ich mit Hoffnung entgegensehen werde, und Deine Gesinnungen über die Sache abwarten, um dann ausführlicher, wenn Du mich auffordern solltest, mich über den Geist und die Einrichtung des Journals, so weit ich es vor mir selber entwerfen durfte, und über die möglichen und vorhandenen Materialien desselben gegen Dich zu äußern.

In jedem Falle, Freund meiner Jugend! wirst Du mir verzeihen, daß ich mich mit dem alten Zutrauen an Dich gewandt und den Wunsch geäußert habe, Du möchtest durch Deine Teilnahme und Gesellschaft in dieser Sache meinen Mut mir erhalten, der durch meine Lage und andere Umstände indessen vielfältige Stöße erlitten hat, wie ich Dir wohl gestehen darf. Ich werde alles tun, um durch möglichste Reife meiner eigenen Beiträge und durch die gütige Teilnahme verdienstvoller Schriftsteller, mit der ich mir schmeichle, dem Journal den Wert zu geben, dessen es bedarf, wenn Du es vor Deinem Gewissen und dem Publikum sollst verantworten können, daß Du wenigstens Deinen Namen und, wenn Du mehr nicht könntest und möchtest, des Jahres einige Beiträge dazu gegeben hättest. –

Antiquar Steinkopf in Stuttgart, der sich bereitwillig und verständig gegen mich in der Sache geäußert hat, und der vielleicht eben, weil er ein Anfänger ist, um so beharrlicher und getreuer in seinem Teile sich verhält, verspricht jedem Mitarbeiter sichere Bezahlung, und ich habe es ihm zur Bedingung gemacht, jedem Mitarbeiter *wenigstens* ein Karolin für den Bogen zu schicken. Wenn ich schon beinahe ganz davon und dafür zu leben gedenke, so glaubt ich dennoch für meine Person nicht weiter fordern zu dürfen, da ich noch als Schriftsteller so ziemlich ohne Glück bin und meine eingeschränkte Lebensart kein größeres Einkommen erfordert. Ich habe es aber seiner Dankbarkeit und Klugheit überlassen, bei den Mitarbeitern, in welchem Grade er will, eine Ausnahme zu machen. – Verzeih, daß ich auch davon spreche. Aber da es zur Sache gehört, so mag die Sache die Schuld tragen, daß sie ohne einen solchen Pendant nicht bestehen kann.

Habe die Güte, mein Teurer! mich wenigstens bald mit irgendeiner Antwort zu erfreuen, und glaube, daß ich wie immer und immer mehr Dich geachtet habe und achte.

Dein

Hölderlin.

N. S. Mein Verleger vereinigt seine Bitte ausdrücklich mit der meinen.

Meine Adresse ist: bei Glaser *Wagner* wohnhaft in Homburg bei Frankfurt.

erkennen, aber einzig und allein von Stahl und Eisen zu sein, stehet uns nicht an, besonders bedanken sich die Poeten dafür.

Jeder Mensch hat doch seine Freude, und wer kann sie ganz verschmähen? Die meine ist nun das schöne Wetter, die heitre Sonne und die grüne Erde, und ich kann diese Freude mir nicht tadeln, sie heiße, wie sie will, ich habe nun einmal keine andre in der Nähe, und hätt ich noch eine andre, so würd ich diese niemals doch verlassen und vergessen, denn sie nimmt niemand nichts, und altert nicht, und der Geist findet so viel Bedeutung in ihr; und wenn ich einmal ein Knabe mit grauen Haaren bin, so soll der Frühling und der Morgen und das Abendlicht mich Tag für Tag ein wenig noch verjüngen, bis ich das Letzte fühle und mich ins Freie setze und von da aus weggehe – zur ewigen Jugend! – – –

An Schiller

[Entwurf, September 1799]

Ich kann Ihnen den Dank nicht ausdrücken, Verehrungswürdigster, für die Großmut, womit Sie mir meine unschickliche Bitte beantwortet haben, und ich darf Sie versichern, daß die gütigen Worte, womit Sie mich erfreuten, so gut reeller Gewinn für mich sind als irgendeine andere Hülfe, die ich wünschen konnte. Der Segen eines großen Mannes ist für die, die ihn erkennen oder ahnden, die beste Hülfe, wenigstens bedurft ich diese von Ihnen am ersten. Ich habe lange darin gefehlt, daß ich Ihren Umgang, Ihre gütige Teilnahme immer erst verdienen wollte; ich entzog mich deswegen Ihrer Gegenwart, und behielt mir es vor, mich Ihnen einmal zu nähern, wenn ich gerechteren Anspruch auf die Aufmerksamkeit machen könnte, deren Sie mich würdigten, und habe mich durch diesen falschen Stolz um den wohltätigen Einfluß Ihrer Belehrung und Aufmunterung gebracht, deren ich weniger als andre entbehren konnte, weil mein Mut und meine Überzeugungen nur zu leicht durch ungünstige Einwirkungen des gewöhnlichen Lebens geirrt und geschwächt werden.

Den schätzbaren Rat, den Sie mir schon vor einiger Zeit gegeben, und in Ihrem letzten Briefe wiederholt haben, ließ ich mir nicht ganz umsonst gesagt sein, und suche mich alles Ernsts in dem Tone vorzüglich auszubilden, der, ohne kaprizios zu sein, meiner natürlichen, ungestörten Sinnesart am nächsten zu liegen schien, und ich habe es mir zur Maxime gemacht, erst in irgendeiner Art des Dichtens fest zu werden, und Charakter zu gewinnen, ehe ich nach einer Gewandtheit strebe, die nur dessen Eigentum sein kann, der einmal einen sichern Standpunkt *gewonnen* hat. Ich glaubte jenen Ton, den ich mir vorzüglich zu eigen zu machen wünschte, am vollständigsten und natürlichsten in der tragischen Form exequieren zu können, und habe mich an ein Trauerspiel, den Tod des Empedokles, gewagt, und eben diesem Versuche habe ich die meiste Zeit meines hiesigen Aufenthalts gewidmet. – Ich gestehe Ihnen, daß ich nicht ohne Beschämung dieses Geständnis tun kann, und Ihnen am wenigsten. So ist mir, seit ich die tragische Schönheit etwas gründlicher erkenne, um nur Eines zu nennen, die *Komposition* der Räuber, in ihrem Wesentlichen, und besonders die Szene an der Donau, als *Mitte* des Gedichts, so groß und tief und ewigwahr erschienen, daß ich schon diese Erkenntnis für verdienstlich hielt, und mir längst die Erlaubnis von Ihnen erbitten wollte, meine Gedanken einmal schriftlich auszuführen – und damit haben Sie einst angefangen – edler Meister! – Ihren Fiesko habe ich auch studiert und gerade auch wieder den innern Bau, die ganze lebendige Gestalt, nach meiner Einsicht das Unvergänglichste des Werks, noch mehr als die großen und doch so wahren Charaktere, und glänzenden Situationen und magischen Farbenspiele der Sprache bewundert. Die übrigen stehen mir noch bevor, und es wird mir wohl nicht leicht werden, den Carlos mit Verstand zu lesen, da er lange Zeit die Zauberwolke war, in die der gute Gott meiner Jugend mich hüllte, daß ich nicht zu frühe das Kleinliche und Barbarische der Welt sah, die mich umgab.

Vergeben Sie, Verehrungswürdiger! wenn Sie diese Aeußerungen, die wenigstens recht buchstäblich wahr sind, nicht ganz schicklich finden sollten. Aber ich müßte nur ganz gegen Sie schweigen, oder mich sehr allgemein gegen Sie äußern, was ich auch gerne gewöhnlich gegen Sie beobachte, wenn ich mir zuweilen eine Ausnahme gönnen darf.

Sie erlauben mir Ihnen von meiner Lage etwas Genaueres zu sagen. Sie ist so, daß ich sie ohne ziemliche Inkonvenienz wohl nicht mehr länger als einige Monate fortsetzen kann. Ich hatte durch meine kleinen schriftstellerischen Arbeiten und durch das Hofmeisterleben so viel Reichtum gewonnen, daß ich hoffen konnte, wenigstens so lange unabhängig zu leben, bis ich mein Trauerspiel zu einiger Reife gebracht hätte. Aber eine Kränklichkeit, die beinahe den ganzen Winter und noch einen Teil des Sommers dauerte, nötigte mich einesteils, meine frugale Lebensart zu ändern, andernteils benahm sie mir auch von meiner Zeit und meinen Kräften mehr, als dem Plane gemäß war.

An Susette Gontard

[Entwurf, September 1799]

Teuerste!

Nur die Ungewißheit meiner Lage war die Ursache, warum ich bisher nicht schrieb. Das Projekt mit dem Journale, wovon ich Dir schon, nicht ohne Grund, mit so viel Zuverlässigkeit schrieb, scheint mir scheitern zu wollen. Ich hatte für meine Wirksamkeit und mein Auskommen und meinen dasigen Aufenthalt in Deiner Nähe mit so viel Hoffnung darauf gerechnet; jetzt hab ich noch manche schlimme Erfahrung machen müssen zu den vergebenen Bemühungen und Hoffnungen. Ich hatte einen sichern, anspruchlosen Plan entworfen; mein Verleger wollte es glänzender haben; ich sollte eine Menge berühmter Schriftsteller, die er für meine Freunde hielt, zu Mitarbeitern engagieren, und wenn mir gleich nichts Gutes bei diesem Versuche ahndete, so ließ ich Tor mich doch bereden, um nicht eigensinnig zu scheinen, und das liebe allgefällige Herz hat mich in einen Verdruß gebracht, den ich Dir leider! schreiben muß, weil wahrscheinlich meine zukünftige Lage, also gewissermaßen das Leben, das ich für Dich lebe, davon abhängt. Nicht nur Männer, deren Verehrer mehr als Freund ich mich nennen konnte, auch Freunde, Teure! auch solche, die nicht ohne wahrhaften Undank mir eine Teilnahme versagen konnten – ließen mich bis jetzt – ohne Antwort, und ich lebe nun volle 8 Wochen in diesem Harren und Hoffen, wovon gewissermaßen meine Existenz abhängt. Was die Ursache dieser Begegnung sein mag, mag Gott wissen. Schämen sich denn die Menschen meiner so ganz?

Daß dies nicht wohl der Fall vernünftigerweise sein kann, zeugt mir doch Dein Urteil, Edle, und das Urteil einiger weniger, die mir auch wahrhaft treu in meiner Angelegenheit sich zugesellten, z.B. Jung in Mainz, dessen Brief ich Dir beilege. Die *Berühmten* nur, deren Teilnahme mir armen Unberühmten zum Schilde dienen sollte, diese ließen mich stehn, und warum sollten sie nicht? Jeder, der in der Welt sich einen Namen macht, scheint ja dem ihrigen einen Abbruch zu tun; sie sind dann schon nicht mehr so einzig und allein die Götzen; kurz, es scheint mir bei ihnen, die ich mir *ungefähr* als meinesgleichen denken darf, ein wenig Handwerksneid mitunter zu walten. Aber diese Einsicht hilft mich nichts; ich habe fast 2 Monate unter Zubereitungen zu dem Journale verloren, und kann nun, um mich nicht von meinem Verleger länger herumziehen zu lassen, wohl nichts Besseres tun, als ihm zu schreiben, ob er nicht lieber die Produkte, die ich für das Journal bestimmt hatte, geradezu annehmen wolle, was dann freilich in jedem Falle meine Existenz mir nicht hinlänglich sichern würde.

Und so hab ich denn im Sinne, alle Zeit, die mir noch bleibt, auf mein Trauerspiel zu wenden, was ungefähr noch ein Vierteljahr dauern kann, und dann muß ich nach Hause oder an einen Ort, wo ich mich durch Privatvorlesungen, was hier nicht tunlich ist, oder andere Nebengeschäfte erhalten kann.

Verzeih, Teuerste! diese gerade Sprache! Es wäre mir nur schwerer geworden, dann Dir das Nötige zu sagen, wenn ich das, was mein Herz gegen Dich, Liebe, äußert, hätte laut werden lassen, und es ist auch fast nicht möglich, in einem Schicksal, wie das meinige ist, den nötigen Mut zu behalten, ohne die zarten Töne des innersten Lebens für Augenblicke darüber zu verlieren. Eben deswegen schrieb ich bisher

An Susette Gontard

[Entwurf, Anfang November 1799]

Hier unsern Hyperion, Liebe! Ein wenig Freude wird diese Frucht unserer seelenvollen Tage Dir doch geben. Verzeih mirs, daß Diotima stirbt. Du erinnerst Dich, wir haben uns ehmals nicht ganz darüber vereinigen können. Ich glaubte, es wäre, der ganzen Anlage nach, notwendig. Liebste! alles, was von ihr und uns, vom Leben unseres Lebens hie und da gesagt ist, nimm es wie einen Dank, der öfters um so wahrer ist, je ungeschickter er sich ausdrückt. Hätte ich mich zu Deinen Füßen nach und nach zum Künstler bilden können, in Ruhe und Freiheit, ja ich glaube, ich wär es schnell geworden, wonach in allem Leide mein Herz sich in Träumen und am hellen Tage, und oft mit schweigender Verzweiflung sehnt.

Es ist wohl der Tränen alle wert, die wir seit Jahren geweint, daß wir die Freude nicht haben sollten, die wir uns geben können, aber es ist himmelschreiend, wenn wir denken müssen, daß wir beide mit unsern besten Kräften vielleicht vergehen müssen, weil wir uns fehlen. Und sieh! das macht mich eben so stille manchmal, weil ich mich hüten muß vor solchen Gedanken. Deine Krankheit, Dein Brief – es trat mir wieder, so sehr ich sonst verblinden möchte, so klar vor die Augen, daß Du immer, immer leidest, – und ich Knabe kann nur weinen drüber! – Was ist besser, sage mirs, daß wirs verschweigen, was in unserm Herzen ist, oder daß wir uns es sagen! – Immer hab ich die Memme gespielt, um Dich zu schonen, – habe immer getan, als könnt ich mich in alles schicken, als wär ich so recht zum Spielball der Menschen und der Umstände gemacht und hätte kein festes Herz in mir, das treu und frei in seinem Rechte für sein Bestes schlüge, teuerstes Leben! habe oft meine liebste Liebe, selbst die Gedanken an Dich mir manchmal versagt und verleugnet, nur um so sanft wie möglich um Deinetwillen dies Schicksal durchzuleben, – Du auch, Du hast immer gerungen, Friedliche! um Ruhe zu haben, hast mit Heldenkraft geduldet, und verschwiegen, was nicht zu ändern ist, hast Deines Herzens ewige Wahl in Dir verborgen und begraben, und darum dämmerts oft vor uns, und wir wissen nicht mehr, was wir sind und haben, kennen uns kaum noch selbst; dieser ewige Kampf und Widerspruch im Innern, der muß Dich freilich langsam töten, und wenn kein Gott ihn da besänftigen kann, so hab ich keine Wahl, als zu verkümmern über Dir und mir, oder nichts mehr zu achten als Dich und einen Weg mit Dir zu suchen, der den Kampf uns endet.

Ich habe schon gedacht, als könnten wir auch von Verleugnung leben, als machte vielleicht auch dies uns stark, daß wir entschieden der Hoffnung das Lebewohl sagten,

An Johann Gottfried Ebel

[Entwurf, Ende 1799]

Mein Teurer!

So sehr ich mich Ihnen verbunden fühle für Ihr gütiges Versprechen, künftig vielleicht an meinen literarischen Versuchen Teil zu nehmen, so war die eigentliche Freude, die mir Ihr Brief gab, doch eine andere. Ich fühlte mehr, als ich sagen mag, dabei, wie viel Sie mir vom ersten Augenblicke waren, wie viel ich entbehrte, seit ich Sie nicht mehr sah.

Je mehr ich die Menschen verstehen und dulden und lieben lerne, in ihren leidenden Gestalten, um so tiefer und unvergeßlicher sind mir die vortrefflichen unter ihnen im Sinne; und ich darf es Ihnen gestehen, daß ich wenige kenne, bei denen ich mit solcher Gewißheit meinem Gemüte folgen kann, wie ich es tue, so oft ich an Sie denke, und von Ihnen spreche, und dies geschiehet nicht selten. Wären wir uns näher, um meinetwillen, denn Sie bedürfen meiner nicht oder doch weniger, und ich weiß nicht, ob ich Ihnen nur so viel sein würde, als ich es ehmals zu sein schien. Manche Erfahrungen, die mir nach meiner Sinnesart fast unvermeidlich begegnen mußten, haben mein Zutrauen zu allem, was mir sonst vorzüglich Freude und Hoffnung gab, zum innern Bilde des Menschen und seinem Leben und Wesen so ziemlich erschüttert, und die immer wechselnden Verhältnisse der großen und kleinen Welt, in der ich mich sehe, schrecken mich jetzt noch, da ich wieder etwas freier bin, bis zu einem Grade, den ich nur Ihnen gestehen kann, weil Sie mich verstehen. Die Gewohnheit ist eine so mächtige Göttin, daß wohl keiner ungestraft ihr abtrünnig wird. Die Übereinstimmung mit anderen, die wir so leicht gewinnen, wenn wir bei dem, was einmal da ist, bleiben, dieser Zusammenklang der Meinungen und Sitten, erscheint uns dann erst recht in seiner Bedeutenheit, wenn wir ihn entbehren müssen, und unser Herz findet wohl niemals eine rechte Ruhe mehr, wenn wir jene alten Bande verlassen haben, denn es hängt ja nur zu wenig von uns ab, die neuen zu knüpfen, besonders was die feineren und höheren betrifft. Freilich halten dann die Menschen, die sich in eine neue Welt des Schicklichen und des Guten erhoben haben, auch um so unzertrennlicher zusammen.

Wie gerne hätte ich Ihnen volle Rechenschaft gegeben über meine Trennung von dem Hause, das Ihnen und mir so schätzbar war und ist. Aber wie unendlich vieles hätte ich Ihnen sagen müssen! Lieber hätte ich eine Bitte an Sie getan und möchte sie noch tun. Unsere edle Freundin, die ich unter mancher harten Probe nur immer selbstständiger im besten Leben, nur immer höher gebildet aus bittern Mißverhältnissen wiedergefunden habe, scheint mir dennoch, um nicht endlich zu vertrauern, eines festen klaren Worts, das ihren innern Wert und ihren eigenen Lebensgang ihr für die Zukunft versicherte, in hohem Grade zu bedürfen, und mir ist es fast unmöglich gemacht, mich ihr mit Ruhe mitzuteilen. Es wäre eine schöne Hülfe, mein Teurer! wenn Sie dies einmal täten. Eignes Nachdenken oder ein Buch oder woran man sich sonst orientieren mag, ist wohl gut, aber das Wort eines echten Freundes, der den Menschen und die Lage kennt, trifft wohltätiger und irret weniger.

Ihr Urteil über Paris ist mir sehr nahe gegangen. Hätte mir ein anderer, der einen weniger großen Gesichtspunkt, und nicht Ihr klares vorurteilsloses Auge hätte, dasselbe gesagt, so hätte es mich weniger beunruhiget. Ich begreife wohl, wie ein mächtiges Schicksal, das gründliche Menschen so herrlich bilden konnte, die schwachen nur mehr zerreißt, ich begreife es um so mehr, je mehr ich sehe, daß auch die größten ihre Größe nicht allein ihrer eigenen Natur, sondern auch der glücklichen Stelle danken, in der sie tätig und lebendig mit der Zeit sich in Beziehung setzen konnten, aber ich begreife nicht, wie manche große reine Formen im Einzelnen und Ganzen so wenig heilen und helfen, und dies ists vorzüglich, was mich oft so stille und demütig vor der allmächtigen, alles beherrschenden Not macht. Ist diese einmal entschieden und durchgängig wirksamer als die Wirksamkeit reiner selbstständiger Menschen, dann muß es tragisch und tödlich enden, mit mehreren oder einzelnen, die darinnen leben. Glücklich sind wir dann, wenn uns noch eine andere Hoffnung bleibt! Wie finden Sie denn die neue Generation, in der Welt, die Sie umgibt?

An Neuffer

Homburg, d. 4. Dez. 99.

– – – ich finde immer mehr, wie vorteilhaft und wie erleichternd die wahre Erkenntnis der poetischen Formen für die *Äußerung* des poetischen Geistes und Lebens ist, und ich muß erstaunen, wie wir so umherirren mögen, wenn ich den sichern, durch und durch bestimmten und überdachten Gang der alten Kunstwerke ansehe. Ich will Dirs auch nur gestehn, daß ich ein wenig mit Dir gezürnt habe, über die ziemlich leichten Äußerungen, die Du mich diesen Sommer einmal (bei Gelegenheit der Emilie) hören ließest in Betreff der Poesie. Verstehe mich wohl, Lieber! Es war nicht wegen der Emilie, die auch leichtsinnig genug hingeworfen ist, aus Notwendigkeit und Dienstfertigkeit, es war um der Kunst willen, die Du mir schaltst. Halte mich für einen kalten Theoristen, wenn Du willst. Ich weiß, was ich meine, und bin gänzlich mit Dir einig, wenn Du unsre faden, aus einseitigen Begriffen zusammengeflickten ästhetischen Kompendien ins Feuer haben willst. Gäbe mir nur ein Gott so viel gute Stimmung und Zeit, daß ich ausrichten könnte, was ich einsehe und fühle. – – –

An Christian Gottfried Schütz (?)

[Entwurf, wohl Winter 1799–1800]

Nehmen Sie meinen wahrsten Dank, Verehrungswürdiger! für die treuen Bemühungen, womit Sie eine bessere Literatur aufrecht zu halten besorgt sind, und seien Sie versichert, daß ich Ihrer gütigen Einladung durch die besten Kräfte, die ich habe, folgen werde.

Die Gesetze, denen ich mich hiemit unterziehe, sind so rein und genau mir aus der Seele geschrieben, daß ich hoffen darf, es werde mir nicht sehr schwer werden, ihnen zu dienen. Ich glaube, den Sinn derselben gefaßt zu haben, und weiß im allgemeinen nichts mehr hinzuzusetzen. Wollen Sie mir eine Stelle bestimmen bei der Beurteilung poetischer Werke, so glaube ich für diese vielleicht zu taugen, da seit einigen Jahren mein Nachdenken und mein Beobachten fast ausschließlich dahin gerichtet war.

Das innigere Studium der Griechen hat mir dabei geholfen und mir statt Freundesumgang gedient, in der Einsamkeit meiner Betrachtungen nicht zu sicher, noch zu ungewiß zu werden. Übrigens sind die Resultate dieses Studiums, die ich gewonnen habe, ziemlich von andern, die ich kenne, verschieden. Man hat, wie Ihnen bekannt ist, die Strenge, womit die hohen Alten die verschiedenen Arten ihrer Dichtung unterschieden, häufig ganz und gar mißkannt, oder doch nur an das Äußerliche derselben sich gehalten, überhaupt ihre Kunst viel mehr für wohlberechnetes Vergnügen gehalten als für eine heilige Schicklichkeit, womit sie in göttlichen Dingen verfahren mußten. Das Geistigste mußte ihnen zugleich das höchste *Charakteristische* sein. So auch die *Darstellung* desselben. Daher die Strenge und Schärfe der Form in ihren Dichtungen, daher die *edle* Gewaltsamkeit, womit sie diese Strenge beobachteten bei untergeordneteren Dichtungsarten, daher die Zartheit, womit sie das Hauptcharakteristische vermieden bei höhern Dichtungsarten, eben weil das Höchstcharakteristische nichts Fremdes, Außerwesentliches, darum keine Spur von Zwang in sich enthält. So stellten sie das Göttliche menschlich dar, doch immer mit Vermeidung des eigentlichen Menschenmaßes, natürlicherweise, weil die Dichtkunst, die in ihrem ganzen Wesen, in ihrem Enthusiasmus, wie in ihrer Bescheidenheit und Nüchternheit ein heiterer Gottesdienst ist, niemals die Menschen zu Göttern oder die Götter zu Menschen machen, niemals unlautere *Idololatrie* begehen, sondern nur die Götter und die Menschen gegenseitig näher bringen durfte. Das Trauerspiel zeigt dieses *per contrarium*. Der Gott und Mensch scheint Eins, darauf ein Schicksal, das alle Demut und allen Stolz des Menschen erregt und am Ende Verehrung der Himmlischen einerseits und andererseits ein gereinigtes Gemüt als Menscheneigentum zurückläßt. Nach diesen ästhetischen Gesinnungen, die nach ihren Äußerungen und nach den Worten *wollen*, *sollen* und *können* und wohl zu rechter Zeit gesagt sind, würde ich die poetischen Werke zu würdigen suchen mit unerschütterlicher Gerechtigkeit in der Sache und mit möglicher Schonung der Person des Schriftstellers, auch mit dem Gedanken,

An die Schwester

Homburg, d. 19. März.

Meine Teure!

Ich hätte Dir schon eher geschrieben, wenn ich nicht lieber eine Stunde abgewartet hätte, wo ich mit einiger Ruhe und mit stillerem Geiste den Verlust Deines mir unvergeßlichen Gatten denken könnte.

Ich habe ihn gekannt, und weiß, wie viel wahrhaft Erhabnes und Ewiges in seinem Gemüte verborgen lag, und eben darum kann ich mir wohl denken, wie er mit dieser Heiterkeit sterben konnte; einer solchen Seele, die, wie die seinige, gewohnt war, das menschliche Leben mit seinen Leiden und Veränderungen mit einem höheren Auge anzusehen, und überall mehr auf das Bleibende, auf den Grund unseres Wesens und Lebens zu achten, einem solchen Sinne muß der Tod mehr wie ein kurzer Abschied scheinen als wie eine lange Trennung, und dies muß ihm auch die Entfernung von Dir, Du Gute! und von all den Seinigen erleichtert haben. Mich tröstet der Gedanke, der überall mein bester Trost ist, daß nämlich Gott überall ist, und in ihm und durch ihn wir alle jetzt und immer vereiniget sind. – – –

– – – Sorge nur für Deine Gesundheit, Liebe! und lebe gerne. Es ist denen wohl zu gönnen, die von uns gehen zur Ruhe und zu neuer Jugend; aber auch dieses Leben ist gut, Gott ist auch hier, und ich glaube, es wird auch hier noch immer besser. Ich möchte Dir noch vieles sagen, was von Trost in mir ist; ich habe so oft erfahren, wie ein Zuruf, der aus dem Heiligtume unserer Seele kam, in tiefer Betrübnis uns beglücken, und neues Leben, neue fromme Hoffnung schaffen kann. Eines denke ich besonders oft, daß der Lebendige, der in uns und um uns ist, von Anbeginn in alle Ewigkeiten mächtiger als aller Tod ist, und das Gefühl dieser Unsterblichkeit erfreuet mich oft in meinem Namen und im Namen aller, die da leben, und die gestorben sind, vor unseren Augen. Und so ists mein gewisser Glaube, daß am Ende alles gut ist, und alle Trauer nur der Weg zu wahrer heiliger Freude ist. – – –

An Friedrich Emerich

[Entwurf, Frühling 1800]

Du hast mich noch freundlich genug über mein Stillschweigen zurechtgewiesen, lieber Bruder! und ich bitte Dich für nun und immer, daß Du mir es nie mißdeutest. So lang ich für meine Freunde, und alles andre, was mich angeht, mich nicht leichter interessiere, als jetzt der Fall ist, so lange werd ich wohl aus dem natürlichen Instinkt, noch bei mir selber zu bleiben, immer etwas spröde tun müssen. Du glaubst nicht, wie sehr ich von jeher hierin meine Not hatte. Jede Beziehung mit andern Menschen und Gegenständen nimmt mir gleich den Kopf zu sehr ein, und ich habe dann meine Mühe, sobald ich irgendein besonderes Interesse bei mir zum Vorschein und zur Sprache kommen lasse, wieder davon weg und auf etwas anderes zu kommen. Schreibst Du mir, so tönt es so lange nach, bis ich mich mit List oder Gewalt zu etwas andrem bringe, und schreib ich Dir, so ists noch schlimmer; so bin ich ein schwerfälliger Schwabe.

Du hast also einen mutigen Anfang gemacht mit der Herausgabe Deiner Gedichte. Bei Deinem festen Sinne hast Du auch mehr Recht als ein anderer, vorerst das poetische Spiel ein wenig wie das Glücksspiel zu treiben und im Namen des Genius den Würfel hinzuwerfen. Ich sage damit gar nicht, als hättest Du Deine Besonnenheit nicht auch benützt, Deinen Künstlersinn, dem Du so ziemlich Unrecht zu tun scheinst, weil er Dir so treulich und natürlich als ein redlicher Waffenträger im

Treffen dient; ich meine, daß Du wohl auch Deinen gründlichen Geschmack zur Hülfe genommen haben wirst, aber ganz sicher bist Du Deiner Sache denn doch nicht. Wer ist dies auch von unsern alten und jungen Dichtern? und wem würde man es danken, so wie die Sachen jetzt stehen? Wir kalten Nordländer erhalten uns gern in Zweifel und Leidenschaft, damit wir nicht aus lauter lieber Ordnung und Sicherheit uns zum Schneckenleben organisieren.

Aber im Ernste, Lieber! *Du* mußt, wenn eine größere Laufbahn Dich nicht haben will, mit der Poesie rechten Ernst machen. Du scheinst mir die poetische Dreieinigkeit, den zarten Sinn und die Kraft und den Geist, himmlisches und irdisches Element genug in Deiner Natur zu haben, um dieses edle Leben, in einer so edlen Kunst, zu fixieren und der Nachwelt wohlbehalten zu überliefern. Und darum ehr ich den freien, vorurteillosen, gründlichern Kunstverstand immer mehr, weil ich ihn für die heilige Aegide halte, die den Genius vor der Vergänglichkeit bewahrt.

Ich dünke Dir wohl ein rechter Büßender. Aber ich darf zu meiner Entschuldigung sagen, daß ich bei aller scheinbaren Unbedachtsamkeit, mit der meine bisherigen Arbeiten geschrieben sind, doch sehr bedächtig zu Werk ging, und daß nicht so wohl die Schuld an mir liegt als in den Einseitigkeiten unsers neuesten Geschmacks, wenn ich wirklich im Zorn, und hiemit etwas revolutionär verfuhr. Aber es war wohl für den Anfang gut, und wie gesagt, Du kannst besser als ich so einen Anfang machen. Mein Glück war, daß ich sah, wo ich war, und deswegen meinen Stoff danach einrichtete und wählte.

An die Schwester

Hauptweil bei St. Gallen,
d. 23. Febr. 1801.

Teure Schwester!

Ich schreibe Dir und den lieben Unsrigen an dem Tage, da unter uns hier alles voll ist von der Nachricht des ausgemachten Friedens, und, da Du mich kennest, brauche ich Dir nicht zu sagen, wie mir dabei zu Mut ist. Ich konnte auch diesen Morgen, da der würdige Hausvater mich damit begrüßte, wenig dabei sagen. Aber das helle Himmelblau und die reine Sonne über den nahen Alpen waren meinen Augen in diesem Augenblicke um so lieber, weil ich sonst nicht hätte gewußt, wohin ich sie richten sollte in meiner Freude.

Ich glaube, es wird nun recht gut werden in der Welt. Ich mag die nahe oder die längstvergangene Zeit betrachten, alles dünkt mir seltne Tage, die Tage der schönen Menschlichkeit, die Tage sicherer, furchtloser Güte, und Gesinnungen herbeizuführen, die ebenso heiter als heilig, und ebenso erhaben als einfach sind.

Dies und die große Natur in diesen Gegenden erhebt und befriediget meine Seele wunderbar. Du würdest auch so betroffen, wie ich, vor diesen glänzenden, ewigen Gebirgen stehn, und wenn der Gott der Macht einen Thron hat auf der Erde, so ist es über diesen herrlichen Gipfeln.

Ich kann nur dastehn, wie ein Kind, und staunen und stille mich freuen, wenn ich draußen bin, auf dem nächsten Hügel, und wie vom Aether herab die Höhen alle näher und näher niedersteigen bis in dieses freundliche Tal, das überall an seinen Seiten mit den immergrünen Tannenwäldchen umkränzt, und in der Tiefe mit Seen und Bächen durchströmt ist, und da wohne ich, in einem Garten, wo unter meinem Fenster Weiden und Pappeln an einem klaren Wasser stehen, das mir gar wohlgefällt des Nachts mit seinem Rauschen, wenn alles still ist, und ich vor dem heiteren Sternenhimmel dichte und sinne.

Du siehest, Teure! ich sehe meinen Aufenthalt wie ein Mensch an, der in der Jugend Leids genug erfahren hat, und jetzt zufrieden und ungestört genug ist, um herzlich zu danken für das, was da ist. Und je friedlicher es in meinem Inneren wird, um so heller und lebender gehet das Angedenken an Euch, Ihr teuern Entfernten! mir auf, und ja, ich darf es sagen, denn ich fühl es zu lebendig, wenn mir noch glücklichere Tage vorbehalten wären, Du und alle unsre Lieben würden nur mir unvergeßlicher sein. Indessen verlasse ich mich darauf, daß ich mit gutem Gewissen lebe und meine Pflicht tue; das Übrige, wie Gott will! und wenn die Zukunft mir nichts Freudiges verspräche, als daß ich von Zeit zu Zeit Dich und die Mutter und den Bruder und Deine Kinder wiedersehen und an Eurem Tische Gast sein kann, so wär es genug.

Daß unsre gütige Mutter mich von meiner Schuld auch diesmal wieder dispensieren will, ist gegen das Ausgemachte. Sie muß mir wenigstens erlauben, daß ich auf irgendeine andere Art noch auch ihr wieder danke als mit diesen Worten, die so leicht von Herzen gehn.

Bleibe nur gesund und sei so gut, und berede unsre lieben Mütter diesen Frühling manchmal auch zu einem Gange ins Grüne, bis es ihnen zur Gewohnheit wird; ich habe großen Glauben daran und meine, daß es langes Leben und Stärke dem Geiste bringt.

Entschuldige mich doch bei unserem Karl, daß ich ihm noch nicht geschrieben habe; er weiß ja auch, so gut, wie ich von ihm weiß, daß wir uns immer nahe sind und immer angehören. Freilich muß alles gefeiert werden, was gut und heilig ist, und darum soll auch unser Briefwechsel ja nie zu lange unterbrochen bleiben. Indessen gelten ja die Briefe an Dich auch ihm, wie allen den teuern Unsrigen.

Leb wohl und schreibe mir bald wieder!

Dein

H.

An Christian Landauer

[Februar 1801]

Mein Teurer!

Ich wollte Dir erst schreiben, wenn ich mich hier gesammelt und erst ein wenig umgesehen hätte, und ich darf wohl sagen, daß ich in der gegenwärtigen Lage zu bestehen hoffe.

Der Umgang mit Dir und den übrigen Freunden hat mir einen reellen Gewinn gegeben, den ich immer entbehrte, und den ich zu gebrauchen suchen werde. Ich habe bei Euch erst eine rechte Ruhe gelernt, mit der man sich auf den Grund der Seele bei Menschen verläßt, nachdem man sie an echten Zeichen kennen gelernt hat. So hält man dann auch fester und treuer am Leben und unter denen, die einen angehn.

Dies kann ich bei den Menschen, unter denen ich jetzt lebe, recht gut anwenden. Sie sind, nach meinem kältesten Urteil, gerade das, was ich erwarten mochte, solche gründliche Menschen, die gerade so viel Anteil nehmen an Fremdem, als es ihr Herz nicht schwächt und als die Teilnahme und Geselligkeit noch ungezwungen und wahr bleibt.

Eben darum seid Ihr ja mir unvergeßlich, und ich werde, in den besten Stunden, die ich hier in Gesellschaft lebe, an Euch gemahnt.

Ich möchte jeden gerne mit eigenem Gruße grüßen, und jedem sagen, wie wahrhaft ein schönes Echo aus unserem Zusammensein in Stuttgart mich begleitet, besonders während der Reise mein Morgen- und Abendlied gewesen ist.

Vor den Alpen, die in der Entfernung von einigen Stunden hieherum sind, stehe ich immer noch betroffen, ich habe wirklich einen solchen Eindruck nie erfahren; sie sind wie eine wunderbare Sage aus der Heldenjugend unserer Mutter Erde, und mahnen an das alte bildende Chaos, indes sie niedersehn in ihrer Ruhe, und über ihrem Schnee in hellerem Blau die Sonne und die Sterne bei Tag und Nacht erglänzen.

Dann kannst Du wohl auch denken, wie mir jetzt, im Frühlingsanfang, alle Elemente wohltun und wie ich die Augen weide an den Hügeln und Bächen und Seen herum, da dies seit drei Jahren der erste Frühling ist, den ich mit freier Seele und frischen Sinnen genieße.

Teurer Freund! ich habe mich lange mit Täuschungen getragen, die anderen und mir zur Last, und vor dem Herrn des Lebens und vor meinem Schutzgeist eine Schande gewesen sind. Ich meinte immer, um im Frieden mit der Welt zu leben, um die Menschen zu lieben und die heilige Natur mit wahren Augen anzusehen, müsse ich mich beugen, und, um anderen etwas zu sein, die eigene Freiheit verlieren. Ich fühl es endlich, nur in ganzer Kraft ist ganze Liebe; es hat mich überrascht, in Augenblicken, wo ich völlig rein und frei mich wieder umsah. Je sicherer der Mensch in sich und je gesammelter in seinem besten Leben er ist, und je leichter er sich aus untergeordneten Stimmungen in die eigentliche wieder zurückschwingt, um so heller und umfassender muß auch sein Auge sein, und Herz haben wird er für alles, was ihm leicht und schwer und groß und lieb ist in der Welt.

Ich hätte natürlich vom Frieden zuerst angefangen, wenn nicht die ersten Seiten des Briefs, ich glaube, schon vor 14 Tagen geschrieben wären. Was mich vorzüglich bei demselben freuet, ist, daß mit ihm die politischen Verhältnisse und Mißverhältnisse überhaupt die überwichtige Rolle ausgespielt und einen guten Anfang gemacht haben zu der Einfalt, welche ihnen eigen ist; am Ende ist es doch wahr, je weniger der Mensch vom Staat erfährt und weiß, die Form sei, wie sie will, um desto freier ist er.

Es ist überall ein notwendig Übel, Zwangsgesetze und Exekutoren derselben haben zu müssen. Ich denke, mit Krieg und Revolution hört auch jener moralische Boreas, der Geist des Neides auf, und eine schönere Geselligkeit als nur die ehernbürgerliche mag reifen!

Verzeih, mein Teurer! wenn ich Dir mit meinen redseligen

Gedanken Langeweile mache. Ich darf ja wohl Dir gegenüber sprechen, als spräch ich mit mir selbst.

Bei den Damen mußt Du mich in gutem Angedenken erhalten, wenn Du großmütig sein willst. Ihr werdet mich auslachen, aber ich muß doch noch besonders danken für die goldnen Stunden der Musik! Die freundlichen Töne ruhen in mir, und sie werden manchesmal erwachen, wenn es friedlich im Innern und um mich still ist.

Grüß also alle Freunde! Ich glaube, sie wissen und fühlen es, ob ich getreu bin. Mit einem um den andern halte ich Gespräche; nein! es verläßt mich von keinem, was mir teuer war, das Bild. Leb wohl!

Dein
H.

An Christian Landauer

[Ende März 1801]

Eben, edler treuer Freund! erhalte ich Deinen zweiten Brief, und fühle in Deinem sanften Verweise dreifach, was Du mir bist, und bleiben sollst.

Ich bin hier mit den Posten noch nicht bekannt. Überhaupt ists seit ein paar Wochen ein wenig bunt in meinem Kopfe.

O! Du weißt es, Du siehest mir in die Seele, wenn ich Dir sage, daß es mich oft um so mächtiger wieder überfällt, je länger ichs mir verschwiegen habe, dies, daß ich ein Herz habe in mir, und doch nicht sehe wozu? mich niemand mitteilen, hier vollends niemand mich äußern kann.

Sage mir, ists Segen oder Fluch, dies Einsamsein, zu dem ich durch meine Natur bestimmt und, je zweckmäßiger ich in jener Rücksicht, um mich selbst herauszufinden, die Lage zu wählen glaube, nur immer unwiderstehlicher zurückgedrängt bin! – Könnt ich einen Tag bei Euch sein! Euch die Hände bieten! – Bester! wenn Du nach Frankfurt kommst, so denk an mich! Willst Du? Ich werde hoffentlich immer meiner Freunde wert sein.

Dein
H.

Nürtingen bei Stuttgart,
d. 2. Jun. 1801.

Ich hatte mir längst die Hoffnung gemacht, Sie einmal wieder an mich erinnern zu dürfen, Verehrtester! und ich wollte nur zuvor noch einige Papiere ausarbeiten, um Ihnen diese vorzulegen. Sie mußten mich fast aufgegeben haben, und ich dachte, es sollte Ihnen nicht unangenehm sein, zu sehen, daß mich der Druck der Umstände doch nicht ganz überwunden habe, und daß ich noch einigermaßen Ihrer alten Großmut würdig lebte und mich fortzubilden suchte. Nun muß ich aber doch bälder schreiben, als ich es wollte. Mein Wunsch, einmal in Jena, in Ihrer Nähe, zu leben, ist mir beinahe zur Notwendigkeit geworden, und da ich für und wider die Gründe erwägt hatte, blieb mir nichts übrig, als mich von Ihnen, ohne dessen Billigung ich nichts tun kann, zu dieser Wahl autorisieren zu lassen.

Ich habe bisher gefunden, daß es mir nicht möglich ist, bei ganz unabhängiger Beschäftigung eine ganz unabhängige Existenz zu gewinnen.

Ich habe deswegen, nur selten unterbrochen, meist als Erzieher gelebt, und habe, indes ich doch großenteils meine Pflicht tat, die Unzufriedenheit anderer, wenn ich zu ungeschickt, oder ihr drückend Mitleiden, wenn ich einmal geschickt schien, in hohem Grade erfahren. Sehr oft, Verehrungswürdigster! dankt ich in solchen Lagen Ihnen im Innersten, daß Sie mir eine Freude gegeben hatten in Ihrem Umgang, die noch keine böse Stunde auslöschen konnte in mir. Aber doch war mir allmählig die Geduld zur Leidenschaft geworden, und ich nahm, in zweifelnden Fällen, immer lieber die Richtung dahin, wo es wahrscheinlicher war, daß ich die eigentlichern Zwecke meines Lebens einem fremden Dienste opfern mußte. Nun finde ich und sehe ziemlich klar darüber, daß man wohl eine Auskunft treffen kann, wenn es versagt ist, der nächsten Bestimmung zu leben, daß aber eine falsche Resignation so gut ein schlimmes Ende nehmen muß wie allzugroße Unklugheit. Dies fällt mir jetzt mehr als sonst auf, da ich, ohne andere Dazwischenkunft, genötiget bin, in einigen Wochen als Vikar zu einem Landprediger zu gehn. Es ist nicht, als ob ich nicht auch dieser Sphäre ihren möglichen Wert und ihre Freude gönnte. Aber ich sehe, daß die Beschäftigung und ganze Manier, die einmal zur Bedingung geworden ist in dieser Lage, doch zu sehr mit meiner Äußerungsart kontrastiert, als daß ich über diesem Widerspruche nicht am Ende alle Mitteilungsgabe verlieren müßte.

Ich habe mich seit Jahren fast ununterbrochen mit der griechischen Literatur beschäftiget. Da ich einmal daran gekommen war, so war es mir nicht möglich, dieses Studium abzubrechen, bis es mir die Freiheit, die es zu Anfang so leicht nimmt, wieder gegeben hatte, und ich glaube, im Stande zu sein, Jüngeren, die sich dafür interessieren, besonders damit nützlich zu werden, daß ich sie vom Dienste des griechischen Buchstabens befreie und ihnen die große Bestimmtheit dieser Schriftsteller als eine Folge ihrer Geistesfülle zu verstehen gebe.

Auch bin ich veranlaßt worden, besonders über die notwendige Gleichheit notwendig verschiedener höchster Prinzipien und reiner Methoden manches zu denken, was im ganzen Zusammenhange und mit den rechten Grenzlinien dargestellt, wohl auch einiges Licht über den Bildungskreis und die von ihm ausgeschlossenen Gebiete verbreiten könnte.

Ich bitte Sie recht sehr, Verehrtester! daß Sie dieses notgedrungene Selbstlob mit Ihrer gewohnten Güte lesen, und daß Sie nur nicht denken, wenn ich vor Ihnen so gerade, und so vieles von mir erzähle, daß ich die Bescheidenheit vor einem Größeren, als ich bin, hätte verleugnen gelernt.

Ich wollte Ihnen nur offen die Gründe nennen, die mich überzeugen, daß es nicht unschicklich wäre, wenn ich nach Jena ginge und da versuchte, den größeren Teil meiner Zeit zu Vorlesungen zu verwenden, die mir, so viel ich weiß, zu halten erlaubt sind.

Ich erwarte nicht gerade ein große Menge von Zuhörern, doch so viele, als bei derlei Vorlesungen gewöhnlich sind. Ich hoffe auch, niemanden damit gerade in den Weg zu treten.

Sollten Sie es widerraten, so bin ich ruhiger auf einem andern Wege, und werde sehen, wie ich mich aufrecht erhalte.

Sie werden es nicht verschmähen, durch Ihre Teilnahme meinem Lebensgange ein Licht zu leihen, weil ich doch sonst nicht, auf eine eitle Art, ihm eine Bedeutung zu geben suche, die er nicht hat.

Sie erfreuen ein ganzes Volk, und sehen das wohl selten. So mag es Ihnen nicht ganz unwert scheinen, in einem, der Sie ganz ehrt, eine neue Lebensfreude, die von Ihnen kam, aufgehen zu sehen.

Ich würde viel, sehr vieles vergessen in dem Augenblicke, wo ich Sie wiedersehen und mit der Ehrfurcht grüßen könnte, mit der ich Ihnen zum erstenmale begegnete. Wahrhaft der

Ihrige

Hölderlin.

An Casimir Ulrich Böhlendorff

Nürtingen bei Stuttgart,
d. 4. Dez. 1801.

Mein teurer Böhlendorff!

Deine gütigen Worte, und Deine Gegenwart in ihnen haben mich sehr erfreut.

Dein Fernando hat mir die Brust um ein gutes erleichtert. Der Fortschritt meiner Freunde ist mir so ein gutes Zeichen. Wir haben Ein Schicksal. Gehet es mit dem einen vorwärts, so wird auch der andere nicht liegen bleiben.

Mein Lieber! Du hast an Präzision und tüchtiger Gelenksamkeit so sehr gewonnen und nichts an Wärme verloren, im Gegenteil, wie eine gute Klinge hat sich die Elastizität Deines Geistes in der beugenden Schule nur um so kräftiger erwiesen. Dies ists, wozu ich Dir vorzüglich Glück wünsche. Wir lernen nichts schwerer als das Nationelle frei gebrauchen. Und wie ich glaube, ist gerade die Klarheit der Darstellung uns ursprünglich so natürlich wie den Griechen das Feuer vom Himmel. Eben deswegen werden diese eher in schöner Leidenschaft, die Du Dir auch erhalten hast, als in jener homerischen Geistesgegenwart und Darstellungsgabe zu *übertreffen* sein.

Es klingt paradox. Aber ich behaupt es noch einmal, und stelle es Deiner Prüfung und Deinem Gebrauche frei: das eigentliche Nationelle wird im Fortschritt der Bildung immer der geringere Vorzug werden. Deswegen sind die Griechen des heiligen Pathos weniger Meister, weil es ihnen angeboren war, hingegen sind sie vorzüglich in Darstellungsgabe, von Homer an, weil dieser außerordentliche Mensch seelenvoll genug war, um die abendländische *Junonische Nüchternheit* für sein Apollonsreich zu erbeuten, und so wahrhaft das Fremde sich anzueignen.

Bei uns ists umgekehrt. Deswegen ists auch so gefährlich, sich die Kunstregeln einzig und allein von griechischer Vortrefflichkeit zu abstrahieren. Ich habe lange daran laboriert und weiß nun, daß außer dem, was bei den Griechen und uns das

Höchste sein muß, nämlich dem lebendigen Verhältnis und Geschick, wir nicht wohl etwas *gleich* mit ihnen haben dürfen.

Aber das Eigene muß so gut gelernt sein wie das Fremde. Deswegen sind uns die Griechen unentbehrlich. Nur werden wir ihnen gerade in unserm Eigenen, Nationellen nicht nachkommen, weil, wie gesagt, der *freie* Gebrauch des *Eigenen* das Schwerste ist.

Das hat Dein guter Genius Dir eingegeben, wie mir dünkt, daß Du das Drama epischer behandelt hast. Es ist, im Ganzen, eine *echte* moderne Tragödie. Denn das ist das Tragische bei uns, daß wir ganz stille in irgendeinem Behälter eingepackt vom Reiche der Lebendigen hinweggehn, nicht daß wir in Flammen verzehrt die Flamme büßen, die wir nicht zu bändigen vermochten.

Und wahrlich! das erste bewegt so gut die innerste Seele wie das letzte. Es ist kein so imposantes, aber ein tieferes Schicksal und eine edle Seele geleitet auch einen solchen Sterbenden unter Furcht und Mitleiden, und hält den Geist im Grimm empor. Der herrliche Jupiter ist denn doch der letzte Gedanke beim Untergange eines Sterblichen, er sterbe nach unserem oder nach antikem Schicksal, wenn der Dichter dieses Sterben dargestellt hat, wie er sollte, und wie Du es sichtbar gewollt, und im Ganzen und besonders in einigen meisterhaften Zügen geleistet hast.

„Ein enger Weg führt in ein dunkles Tal,
„Dahin hat ihn Verräterei gezwungen.

und sonst. – Du bist auf gutem Wege, behalt ihn. Ich will aber Deinen Fernando erst recht studieren und zu Herzen nehmen, und dann vielleicht Dir etwas Interessanteres davon sagen. In keinem Falle genug!

Von mir selber und wie es mir gegangen ist bisher, wie weit ich Dein und meiner Freunde wert geblieben und geworden bin, auch was ich treibe und bringen werde, so wenig es ist, davon will ich mit nächstem Dir aus der Nachbarschaft Deines Spaniens, nämlich aus Bordeaux schreiben, wohin ich als Hauslehrer und Privatprediger in einem deutsch-evangelischen Hause nächste Woche abreise. Ich werde den Kopf ziemlich beisammen halten müssen, in Frankreich, in Paris; auf den Anblick des Meeres, auf die Sonne der Provence freue ich mich auch.

O Freund! die Welt liegt heller vor mir als sonst, und ernster. Ja! es gefällt mir, wie es zugeht, gefällt mir, wie wenn im Sommer „der alte heilige Vater mit gelassener Hand aus rötlichen

Wolken segnende Blitze schüttelt". Denn unter allem, was ich schauen kann von Gott, ist dieses Zeichen mir das auserkorene geworden. Sonst konnt ich jauchzen über eine neue Wahrheit, eine bessere Ansicht des, das über uns und um uns ist, jetzt fürcht ich, daß es mir nicht geh am Ende, wie dem alten Tantalus, dem mehr von Göttern ward, als er verdauen konnte.

Aber ich tue, was ich kann, so gut ichs kann, und denke, wenn ich sehe, wie ich auf meinem Wege auch dahin muß wie die andern, daß es gottlos ist und rasend, einen Weg zu suchen, der vor *allem* Anfall sicher wäre, und daß für den Tod kein Kraut gewachsen ist.

Und nun leb wohl, mein Teurer! bis auf weiteres. Ich bin jetzt voll Abschieds. Ich habe lange nicht geweint. Aber es hat mich bittre Tränen gekostet, da ich mich entschloß, mein Vaterland noch jetzt zu verlassen, vielleicht auf immer. Denn was hab ich Lieberes auf der Welt? Aber sie können mich nicht brauchen. Deutsch will und muß ich übrigens bleiben, und wenn mich die Herzens- und die Nahrungsnot nach Otaheiti triebe.

Grüße unsern Muhrbeck. Wie lebt er? Er erhält sich gewiß. Er bleibt uns. Verzeih mir den Undank. Ich hatte Euch erkannt, ich sah Euch, aber doch durch eine gelbe Brille. Ich hätte Euch so vieles zu sagen, Ihr Guten! Ihr wohl mir auch. Wo wirst Du künftig bleiben, mein Böhlendorff? Doch das sind Sorgen. Wenn Du an mich schreibst, so adressiere den Brief an Kaufmann Landauer in Stuttgart. Er schickt mir ihn sicher zu. Schreibe mir auch Deine Adresse.

Dein
H.

An Casimir Ulrich Böhlendorff

[Entwurf, Herbst 1802]

Mein Teurer!

Ich habe Dir lange nicht geschrieben, bin indes in Frankreich gewesen und habe die traurige einsame Erde gesehn, die Hirten des südlichen Frankreichs und einzelne Schönheiten, Männer und Frauen, die in der Angst des patriotischen Zweifels und des Hungers erwachsen sind.

Das gewaltige Element, das Feuer des Himmels und die Stille der Menschen, ihr Leben in der Natur, und ihre Eingeschränktheit und Zufriedenheit, hat mich beständig ergriffen, und wie man Helden nachspricht, kann ich wohl sagen, daß mich Apollo geschlagen.

In den Gegenden, die an die Vendée grenzen, hat mich das Wilde, Kriegerische interessiert, das rein Männliche, dem das Lebenslicht unmittelbar wird in den Augen und Gliedern und das im Todesgefühle sich wie in einer Virtuosität fühlt, und seinen Durst, zu wissen, erfüllt.

Das Athletische der südlichen Menschen, in den Ruinen des antiken Geistes, machte mich mit dem eigentlichen Wesen der Griechen bekannter; ich lernte ihre Natur und ihre Weisheit kennen, ihren Körper, die Art, wie sie in ihrem Klima wuchsen, und die Regel, womit sie den übermütigen Genius vor des Elements Gewalt behüteten.

Dies bestimmte ihre Popularität, ihre Art, fremde Naturen anzunehmen und sich ihnen mitzuteilen, darum haben sie ihr Eigentümlichindividuelles, das lebendig erscheint, sofern der höchste Verstand im griechischen Sinne Reflexionskraft ist, und dies wird uns begreiflich, wenn wir den heroischen Körper der Griechen begreifen; sie ist Zärtlichkeit, wie unsere Popularität.

Der Anblick der Antiken hat mir einen Eindruck gegeben, der mir nicht allein die Griechen verständlicher macht, sondern überhaupt das Höchste der Kunst, die auch in der höchsten Bewegung und Phänomenalisierung der Begriffe und alles Ernstlichgemeinten dennoch alles stehend und für sich selbst erhält, so daß die Sicherheit in diesem Sinne die höchste Art des Zeichens ist.

Es war mir nötig, nach manchen Erschütterungen und Rührungen der Seele mich festzusetzen, auf einige Zeit, und ich lebe indessen in meiner Vaterstadt.

Die heimatliche Natur ergreift mich auch um so mächtiger, je mehr ich sie studiere. Das Gewitter, nicht bloß in seiner höchsten Erscheinung, sondern in eben dieser Ansicht, als Macht und als Gestalt, in den übrigen Formen des Himmels, das Licht in seinem Wirken, nationell und als Prinzip und Schicksalsweise bildend, daß uns etwas heilig ist, sein Drang im Kommen und Gehen, das Charakteristische der Wälder und das Zusammentreffen in einer Gegend von verschiedenen Charakteren der Natur, daß alle heiligen Orte der Erde zusammen sind um einen Ort, und das philosophische Licht um mein Fenster ist jetzt meine Freude; daß ich behalten möge, wie ich gekommen bin, bis hieher!

Mein Lieber! ich denke, daß wir die Dichter bis auf unsere Zeit nicht kommentieren werden, sondern daß die Sangart überhaupt wird einen andern Charakter nehmen, und daß wir darum nicht aufkommen, weil wir, seit den Griechen, wieder anfangen, vaterländisch und natürlich, eigentlich originell zu singen.

Schreibe doch nur mir bald. Ich brauche Deine reinen Töne. Die Psyche unter Freunden, das Entstehen des Gedankens im Gespräch und Brief ist Künstlern nötig. Sonst haben wir keinen für uns selbst; sondern er gehöret dem heiligen Bilde, das wir bilden. Lebe recht wohl.

Dein

H.

An Friedrich Wilmans

Nürtingen bei Stuttgart,
d. Dez. 1803.

Verehrungswürdiger!

Ich danke Ihnen, daß Sie sich bemüht haben, mir eine Probe von dem Drucke der Sophokleischen Tragödien mitzuteilen. Ich glaube, daß es bei solchen Lettern bequemer für die Augen ist, den Sinn zu finden, da man durch allzuscharfe Lettern leicht versucht wird, bloß auf die Typen zu sehn.

Die Schönheit des Drucks scheint, wenigstens mir, nichts dadurch zu verlieren. Die Linien stehen so in festerem Gleichgewicht.

Ich bin eben an der Durchsicht einiger Nachtgesänge für Ihren Almanach. Ich wollte Ihnen aber sogleich antworten, damit kein Sehnen in unsere Beziehung kommt.

Es ist eine Freude, sich dem Leser zu opfern, und sich mit ihm in die engen Schranken unserer noch kinderähnlichen Kultur zu begeben.

Übrigens sind Liebeslieder immer müder Flug, denn so weit sind wir noch immer, trotz der Verschiedenheit der Stoffe; ein anders ist das hohe und reine Frohlocken vaterländischer Gesänge.

Das Prophetische der Messiade und einiger Oden ist Ausnahme.

Ich bin sehr begierig, wie Sie die Probe einiger größern lyrischen Gedichte aufnehmen werden. Ich hoffe, sie Ihnen auf den Januar zu schicken; und wenn Sie diesen Versuch wie ich beurteilen, werden sie wohl noch bis auf die Jubilatemesse erscheinen können.

Die Einleitung zu den Sophokleischen Tragödien denke ich besonders zu schreiben, allenfalls für die Herbstmesse; es stehet dann in Ihrem Belieben, Verehrungswürdiger! ob Sie davon wollen Gebrauch machen oder nicht.

Von Schelling hoffe ich Ihnen bald eine Antwort zu schicken.

Für die Ausgabe der *Ansichten*, wovon Sie mir eine Ankündigung gütigst zuschickten, werd ich in Stuttgart Teilnehmer zu finden suchen. Ich habe daselbst mit einigen Männern Bekanntschaft, die solche Schriften kaufen mögen und anderen sie empfehlen.

Ich empfehle mich Ihnen, mein Teurer! bis zu fernerer Probe meiner Ergebenheit.

Hölderlin.

An die Mutter

Verehrungswürdige Frau Mutter!

Ich bitte Sie, daß Sie es nicht ungütig nehmen, daß ich Ihnen immer mit Briefen beschwerlich falle, die sehr kurz sind. Die Bezeugung von dem, wie man gesinnt sei, und wie man Anteil nehme an andern, die man verehrt, und wie das Leben den Menschen hingehe, diese Art, sich mitzuteilen, hat eine Beschaffenheit, wo man sich auf diese Art entschuldigen muß. Ich beendige den Brief schon wieder, und nenne mich

Ihren

gehorsamsten Sohn

Hölderlin.

Verehrungswürdigste Mutter!

Mein Briefschreiben wird Ihnen nicht immer viel sein können, da ich das, was ich sage, so sehr, wie möglich, mit wenigen Worten sagen muß, und da ich jetzt keine andere Art zu sagen habe. Ich nehme mir die Freiheit, Sie zu bitten, daß Sie sich meiner, wie gewöhnlich, mit Ihrer Gütigkeit annehmen, und die guten Gesinnungen, die ich Ihnen schuldig bin, nicht in Zweifel ziehn. Ich nenne mich

Ihren

gehorsamen Sohn

Hölderlin.

Verzeihen Sie, liebste Mutter! wenn ich mich Ihnen nicht für *Sie* sollte ganz verständlich machen können.

Ich wiederhole Ihnen mit Höflichkeit, was ich zu sagen die Ehre haben konnte. Ich bitte den guten Gott, daß er, wie ich als Gelehrter spreche, Ihnen helfe in allem und mir.

Nehmen Sie sich meiner an. Die Zeit ist buchstabengenau und allbarmherzig.

Indessen

Ihr

gehorsamster Sohn

Friederich Hölderlin.

DOKUMENTE

Von Maulbronn aus – kaum achtzehnjährig – schickt Friedrich Hölderlin einige Gedichte dem zwanzigjährigen Rudolf Magenau, der schon im Tübinger Stift studiert. Dieser antwortet am 10. Juli 1788:

Lieber Freund!

Sie verlangen von mir ein Urteil über Ihre mir sehr angenehm zugekommne Phantasien, und das will ich Ihnen geradehin geben, mit der Bedingung, daß Sie es als bloß freundschaftliche Winke ansehen wollen, die weder Verbeßrungen noch Urteile sein sollen [...]

Nach eingehender Kritik schließt Magenau seinen Brief mit dem auch auf Ihre Seele anwendbaren Satze Eberhards in seiner Abhandlung vom Melodram p. 12.

Es ist vergebens, den Mangel an poetischem Rhythmus durch die innere Kraft des Gedichts, durch Kühnheit der Bilder und der Übergänge ersetzen zu wollen, je stärker die innere Poesie ist, desto mehr wird der Mangel der äußern gefühlt.

In Tübingen schließt sich Hölderlin den beiden Freunden, Neuffer und Magenau, an. Magenau beschreibt das Leben des „Dichterbundes“:

Später lernte ich Hölderlin kennen, und ebenso fest als um Pylades und Orestes wand sich das Band brüderlicher Freundschaft um uns. Wir drei lebten zusammen in friedlicher Stille. Kein Tag verging, an dem wir uns nicht gesprochen, kein Abend, an dem wir uns nicht gesehen hätten. In gleicher Laufbahn rangen wir nach dem Ziele, dem Dank der Musen. Meine besten Lieder fallen in diese Zeit. Einer war der Ramler des andern. Wir tadelten, und keiner sträubte sich, ganze Seiten wegzustreichen, wenn es die andern geboten oder anrieten. O daß ich sie zurückzaubern könnte, die seligen Tage! aber auch die Erinnerung hebt die Seele zu frohen Empfindungen. Tübingen ist nicht empfänglich für die Gesänge der Dichtkunst. Unsre Kunst war nicht selten zum Gespötte, und nur ein sehr edler Eifer arbeitet sich die Wespenschwärme der Torheit hindurch.

Wie oft gelobten wir ihnen Züchtigung! – Um so weit vorzuringen als möglich, errichteten wir, ich, Neuffer und Hölderlin, eine Anstalt, die bis ans Ende unsres Aufenthaltes zu Tübingen fortwährte. Wir versammelten uns nämlich wöchentlich einmal des Donnerstags bei einem Becher Weins oder Bier, und da mußte jeder ein Gedicht seiner Muse vorlesen, das er den Tag zuvor jedem der Gesellschaft schriftlich übergeben hatte. Frei zu urteilen war jedem erlaubt, ja es war *erste* Pflicht. Zu diesem Ende war ein *eigenes* Buch bereit, in welches die Gedichte, wenn sie gesichtet waren, eingeschrieben wurden. Mit jeder Woche wurde von uns dreien einer zum Aldermanne gewählt. Dieser durfte den zwei andern, sich selber nicht vergessend, ein Them zu einer ästhetischen Abhandlung anweisen und vorschlagen, welche alsdenn bei der nächsten Sitzung abgelesen werden mußte, z. B. über Sprache, Purismus derselben, Schönheit, Würde, Popularität usw. Die Abhandlungen wurden alsdenn als Aktenstücke aufbewahrt. So suchten wir unsern Geschmack zu verfeinern und ihm eine gute Richtung zu geben. Nicht selten lasen wir auch ganze Werke gemeinschaftlich und beurteilten sie. Noch befinden sich viele solcher schriftlichen Rezensionen in Hölderlins Händen, das obgenannte Buch aber besitzt Neuffer.

Wie selig entflogen diese Tage in *eurem* Bruderbunde, *edle, unvergeßliche Freunde!* wenn wir des Abends so traulich uns niedersetzten auf einem kühligen Mooshügel im Wankheimer Tälchen, rings umtanzt von dem liederreichen Volke des Wäldchens, oder hinschwärmten in süßer wehmütiger Stimmung in Thills Tälchen am Ufer des Murmelbächleins, an dem er, der frühverstorbene Jüngling, seine Lieder dichtete, oder auf der Spitze des hohen Spitzberges den sanften Mond begrüßten mit Gesang, oder hinab uns stürzten im Mondscheine in die spiegelhelle Fluten des Neckars, o wer mißt die Freude, wie sie uns beglückte! *Eine Seele in drei Leibern* waren wir!

[...] Matthisson, wohl der liebenswürdigste von unsern Dichtern, knüpfte zwischen sich und Hölderlin ein enges Band. Hölderlin hatte ihm zu Tübingen im Beisein Neuffers und Stäudlins eine Hymne an die Kühnheit, die viele glückliche Züge hat, vorgelesen, Matthisson entglühte von sympathetischem Feuer, warf sich in Hölderlins Arme, und der Bund der Freundschaft ward geschlossen. Hölderlin wird gewiß viel Gutes leisten. Seine verworrene Anlage bei seinen Ausarbeitungen verwischt sich nach und nach, und nun fängt er an, deutlich und verständlich zu werden. Wie kämpften ich und Neuffer gegen seine Capricen! Er studiert den Stoff zu seinen Gedichten erst mühsam durch, denn erst legt er die Feder an. Seine Phantasie ist nicht feuerlos, nur etwas zu wild. Er zittert, wenn ihn ein Gedanke anzieht. Im Griechischen und in der Philosophie hat er schöne Kenntnisse gesammelt. Wer ihn sah, liebte ihn, und wer ihn kennenlernte, der blieb sein Freund. Ungünstige Liebe, amor capriccio hat ihm Tübingen manchesmal verbittert, doch war er nicht taub gegen die Warnungen und Bestrafungen seiner Freunde. Ein Gesellschäftchen guter Freunde beim mäßigen Rheinweine war elektrisch heilsam für seine Seele, und diese Zusammenkünftchen liebte er über alles. Neuffer mit Klopstocks Oden in der Hand und feuerrot im Angesichte machte den Anagnosten, und bald hieß es, wenn wir uns zu einem solchen Mahle einluden, „wir wollen heute viel von großen Männern sprechen".

Eines solcher Gesellschäftchen verlegten wir an dem heitersten Tage in den Garten des Lammwirtes. Ein niedliches Gartenhäuschen nahm uns da auf, und an Rheinwein gebrach es nicht. Wir sangen alle Lieder der Freude nach der Reihe durch. Auf die Bowle Punsch hatten wir Schillers Lied an die Freude aufgespart. Ich ging sie zu holen. Neuffer war eingeschlafen, da ich zurückkam, und Hölderlin stand in einer Ecke und rauchte. Dampfend stand die Bowle auf dem Tische. Und nun sollte das Lied beginnen, aber Hölderlin begehrte, daß wir erst an der kastalischen Quelle uns von allen unsern Sünden reinigen sollten. Nächst dem Garten floß der sogenannte Philosophenbrunnen, das war Hölderlins kastalischer Quell; wir gingen hin durch den Garten und wuschen das Gesicht und die Hände; feierlich trat Neuffer einher, dies Lied von Schiller, sagte Hölderlin, darf kein Unreiner singen! Nun sangen wir; bei der Strophe „dieses Glas dem guten Geist" traten helle klare Tränen in Hölderlins Auge, voll Glut hob er den Becher zum Fenster hinaus gen Himmel und brüllte „dieses Glas dem guten Geist" ins Freie, daß das ganze Neckartal widerscholl. Wie waren wir so selig! O akademische Freundschaft, wo ist der Greis, der sich an dem Rückblicke auf deine Wonnen nicht noch immer stärkt?

Philipp Josef Rehfues:

Merkwürdigerweise ist mir von diesen Musikaufführungen niemand im Gedächtnis geblieben als der unglückliche Hölderlin. Er spielte die erste Violine, und ich hatte als erster Sopran neben ihm meine Stelle. Seine regelmäßige Gesichtsbildung, der sanfte Ausdruck seines Gesichts, sein schöner Wuchs, sein sorgfältiger, reinlicher Anzug und jener unverkennbare Ausdruck des Höheren in seinem ganzen Wesen sind mir immer gegenwärtig geblieben [...]. In meinem Gedächtnis steht er mit der Violine in der Hand und dem Ausdruck der nickenden Hinwendung zu mir, wenn ich mit meiner Stimme einhalten sollte.

Unbekannte Stiftskommilitonen erzählten von Hölderlin:

[...] wenn er vor Tische auf und abgegangen, sei es gewesen, als schritte Apollo durch den Saal.

Johann Georg Fischer, der als Seminarist von 1841 ab in Tübingen lebte, schrieb 1889:

[...] Auch der Verfasser dieser Zeilen selbst hat Männer im Leben gekannt, welche mit Hölderlin das theologische Stift in Tübingen geteilt hatten und welche mit einer so schönen Rührung von dem Jugendfreunde sprachen, daß einem das Herz aufging wie ihnen selbst. Einer derselben, der längst heimgegangene Dekan M. Majer in Ulm, hat sich, als ich in einer Vakanz ihn besuchte und ihm von Hölderlin sprach, so über ihn geäußert: „Ach, haben Sie ihn gesehen, meinen teuren Stiftsfreund Hölderlin? Ach es ist unvergeßlich, wie der schöne Mensch sorgfältig an Kleidung, Benehmen und Sprache erschien, keine Ausgelassenheit, kein wildes Wort konnte in seiner Nähe aufkommen!" Und dabei glühte dem alten Herrn Stirn und Wange [...].

FREUNDSCHAFT MIT HEGEL

Stammbucheintrag Hölderlins für Hegel:

Goethe
Lust und Liebe sind
die Fittige zu großen Taten.

Tübingen
den 12. Februar
1791

Schriebs zum Andenken
Dein Freund
M. Hölderlin.

DER KREIS UM SCHILLER UND CHARLOTTE VON KALB

Brief von Gotthold Friedrich Stäudlin an Schiller vom 20. September 1793:

[...] Unter meinen Mitarbeitern an dieser Blumenlese ist einer, für welchen ich eine sehr angelegentliche Bitte an Sie zu bringen habe. Es ist Hölderlin, der gewiß nicht wenig versprechende Hymnendichter. Er tritt mit diesem Herbste aus dem Kloster und wünscht nichts so sehr, als über die enge Sphäre seines Vaterlandes und eines Pfarrvikariats in demselben hinauszutreten. Da er nun zu Erreichung dieses Endzwecks nicht eigene Mittel genug hat; so will er sie auf dem Wege einer Hofmeisterstelle suchen. Von seinem Freunde Magister Hegel hörte er, daß *Sie* gegenwärtig eine solche Stelle in der Gegend von Jena zu vergeben hätten. Da nun Hegel ohnehin bereits als Hofmeister nach Bern engagiert ist und nunmehr allen andern Absichten auf immer entsagt hat; so bittet *Sie* Hölderlin mit mir recht dringend um Ihr gütiges und vielwirkendes Vorwort bei jener Hofmeisterstelle.

Brief Schillers an Charlotte von Kalb vom 1. Oktober 1793:

Einen jungen Mann habe ich ausgefunden, der eben jetzt seine theologischen Studien in Tübingen vollendet hat und dessen Kenntnissen in Sprachen und den zum Hofmeister erforderlichen Fächern alle, die ich darüber befragt habe, ein gutes Zeugnis erteilen. Er versteht und spricht auch das Französische und ist (ich weiß nicht, ob ich dies zu seiner Empfehlung oder zu seinem Nachteile anführe) nicht ohne poetisches Talent, wovon Sie in dem schwäbischen Musenalmanach vom Jahr 1794 Proben finden werden. Er heißt Hölderlin und ist Magister der Philosophie. Ich habe ihn persönlich kennen lernen und glaube, daß Ihnen sein Äußeres sehr wohl gefallen wird. Auch zeigt er vielen Anstand und Artigkeit. Seinen Sitten gibt man ein gutes Zeugnis; doch völlig gesetzt scheint er noch nicht, und viele *Gründlichkeit* erwarte ich weder von seinem Wissen noch von seinem Betragen. Ich könnte ihm vielleicht hierin Unrecht tun, weil ich dieses Urteil bloß auf die Bekanntschaft einer halben Stunde und eigentlich bloß auf seinen Anblick und Vortrag gründe; ich will ihn aber lieber härter als nachsichtiger beurteilen, daß, wenn Ihre Erwartung ja getäuscht werden sollte, dies zu seinem Vorteil geschehe.

Charlotte von Kalb schreibt an Charlotte von Schiller Anfang September 1794, als Hölderlin sein Hyperion-Fragment an Schiller abgesandt hatte:

[...] ich kann Schillern nicht genug für die Empfehlung des guten Hölderlins danken – [...].

Ersuchen Sie Schiller, daß er diesem jungen Manne bald auf seinen Brief antworte, – und mit einiger Vorliebe das Bruchstück in die Hand nehme, welches er ihm zusendet. Sein Urteil über diesen Versuch seines bildenden Geistes sei gerecht, aber auch gütig. Er zürne nicht – nicht Zweifel, sondern Anteil an Hölderlins Besorgnisse verleiteten mich zu dieser Äußerung.

Schiller empfiehlt das Fragment am 9. März 1795 Cotta zum Verlag:

Hölderlin hat einen kleinen Roman, Hyperion, davon in dem vorletzten Stück der Thalia etwas eingerückt ist, unter der Feder. Der erste Teil, der etwa 12 Bogen betragen wird, wird in einigen Monaten fertig. Es wäre mir gar lieb, wenn Sie ihn in Verlag nehmen wollten. Er hat recht viel Genialisches, und ich hoffe auch noch einigen Einfluß darauf zu haben. Ich rechne überhaupt auf Hölderlin für die Horen in Zukunft, denn er ist sehr fleißig und an Talent fehlt es ihm gar nicht, einmal in der literarischen Welt etwas Rechtes zu werden.

Aus Bern schreibt Hegel an Schelling im Januar 1795:

Hölderlin schreibt mir zuweilen aus Jena, ich werde ihm wegen Deiner Vorwürfe machen; er hört Fichten und spricht mit Begeisterung von ihm als einem Titanen, der für die Menschheit kämpfe und dessen Wirkungskreis gewiß nicht innerhalb der Wände des Auditoriums bleiben werde. Daraus, daß er Dir nicht schreibt, darfst Du nicht auf Kälte in der Freundschaft schließen, denn diese hat bei ihm gewiß nicht abgenommen, und sein Interesse für weltbürgerliche Ideen nimmt, wie mir's scheint, immer mehr zu. Das Reich Gottes komme und unsere Hände seien nicht müßig im Schoße!

Am 30. August 1795 schreibt Hegel, ebenfalls an Schelling:

Hölderlin, höre ich, sei in Tübingen gewesen; gewiß habt Ihr angenehme Stunden miteinander zugebracht; wie sehr wünschte ich, der dritte Mann dazu gewesen zu sein!

Aus einem Gedicht Hegels, in der Schweiz geschrieben:

Eleusis
An Hölderlin. August. 1796

Dem Sohn der Weihe war der hohen Lehren Fülle,
Des unaussprechlichen Gefühles Tiefe viel zu heilig,
Als daß er trockne Zeichen ihrer würdigte.
Schon der Gedanke faßt die Seele nicht,
Die außer Zeit und Raum in Ahndung der Unendlichkeit
Versunken, sich vergißt, und wieder zum Bewußtsein nun
Erwacht. Wer gar davon zu andern sprechen wollte,
Spräch' er mit Engelzungen, fühlt' der Worte Armut.
Ihm graut, das Heilige so klein gedacht,
Durch sie so klein gemacht zu haben, daß die Red' ihm Sünde deucht,
Und daß er bebend sich den Mund verschließt.

Schelling schreibt 1847 von Hölderlin:

[...] ich habe an ihm erfahren, wie groß die Macht angeborner, ursprünglicher Anmut ist.

Hegel sieht das Bild der schönen Seele, des ganz offenen, liebesoffenen Menschen, der alles frei erduldet, trägt und überwindet, in Christus und in Hölderlin.

AUS DEN BRIEFEN DER SUSETTE GONTARD

Ich muß Dir schreiben Lieber! Mein Herz hält das Schweigen gegen Dich länger nicht aus, nur noch einmal laß meine Empfindung sprechen vor Dir, dann will ich, wenn Du es besser findest, gerne, gerne, still seyn.

Wie ist nun, seit Du fort bist, um und in mir alles so öde und leer, es ist als hätte mein Leben, alle Bedeutung verlohren, nur im Schmerz fühl ich es noch.--

Wie lieb ich nun diesen Schmerz, wenn er mich verlassen, und es wieder dumpf in mir wird, wie such ich ihn mit Sehnsucht wieder, nur meine Trähnen über unser Schicksaal können mich noch freun.---

Sie fließen auch reichlich wenn ich Abends, schon um neun Uhr, den Tag zu verkürtzen, mit den Kindern, zur Ruhe mich lege, wenn alles still ist und niemand mich sehen kann. Wie! dachte ich dann offt, soll künftig diese geliebte, reine Liebe, wie Rauch verfliegen und sich auflösen, nirgends eine bleibende Spur zurück lassen? – Da kam der Wunsch in mich, noch durch geschriebene Worte, für Dich, ihr ein Monument zu errichten das unauslöschlich die Zeit doch unverändert schonet. Wie mögte ich, mit glühenden Farben, bis auf ihre kleinsten Schattierungen, sie mahlen, und sie ergründen, die edle Liebe des Herzens, könnte ich nur Einsamkeit und Ruhe finden! so, beständig gestöhrt zerrissen, kann ich nur Stückweise sie fühlen, suche sie beständig, und doch ist sie ganz in mir! –

Im offnen, freyem Feld, ist es mir noch am besten, und ich sehne mich beständig hienaus, wo ich den lieben Feldberg sehe, der Dich *Böser* wie eine Wand *sanft* aufhält, daß Du mir nicht weiter enfliehest! – Komm ich aber wieder nach Hause, ist es nicht mehr wie sonst, sonst wurde es mir so wohl, wieder in Deine Nähe zu kommen, jetzt ist's als gienge ich in einen großen Kasten mich da einsperren zu lassen, kamen sonst meine Kinder, von Dir, zu mir herunter wie stärkte es mein offt traurend Wesen, wenn eine sanfte Röthe, ein tiefferer Ernst, eine Trähne im Aug, mir noch den Einfluß von Dir verrieht, jetzt haben sie nicht mehr diese Bedeutung für mich und, ich muß offt meine Gefühle für sie zurechte weisen. ---

So weit hatte ich schon in den 1sten 8 Tagen Deiner Entfernung geschrieben, und mein Herz kämpfte mit meiner Vernunft ob ich würklich diese Zeilen Dir schicken sollte, oder nicht. mein Herz siegte [,] in dem Fall, daß alle andere Beziehungen mit Dir mir abgeschnitten würden, Gelegenheit zu suchen Dir wenigstens Rechenschafft davon zu geben, Denn, *den* Gedanken so nah wie wir, noch zu Leben, und nach solcher Innigkeit gar nichts von einander zu höhren, und wissen zu wollen, konnte ich nicht fassen, es wäre mir unmöglich, *diese* Enthaltsamkeit mit zartheit des Gemüths zu reimen, und ich glaube fast Du mußtest daß von mir erwarten, und hättest wenn ich schwiege Ursache mich des Gegentheils zu Beschuldigen. Du konntest nicht zuerst schreiben das fühlte ich wohl, weil ich immer dagegen war. Diese Gedanken bestimmten mich, verdenke es mir nicht daß ich Dir schrieb, und daß ich Dir klage, wären diese Klagen, nicht zugleich Beweise meiner Gefühle, gewiß, Du würdest sie nicht höhren. Jetzt bekam Henry Deinen Brief, welcher mich sehr aufrichtete, ich hatte immer nur Deine neue Freyheit, und Unabhängigkeit vor Augen, Dein häuslich Leben Deine stillen Zimmer und Deine grünen Bäume, am Fenster, Deinen Brief, diesen lieben Trost behielt ich aber kaum eine Viertelstunde, indem H.. ihn mir sehr gewissenhafft zurück foderte, um ihn zu zeigen, und so bekam ich ihn nicht wieder [.] Ich weis nicht was H.. bey dieser Gelegenheit, alles verbothen wurde, ich fand ihn aber nach her sehr verändert, und er scheute sich Deinen Nahmen zu nennen. Du kamest nach F[rankfurt] und ich sah Dich nicht einmal von weitem, daß war mir sehr hart! ich hatte immer auf den Sonnabend gerechnet, doch mußte ich eine Ahndung von Dir haben den[n] ich öffnete, Am Abend wie Du vorbey giengest, ungefähr um halb 9 Uhr das Fenster und dachte, wenn ich Dich doch im Schein der großen Lanterne erblickte. Einige Zeit nach her, als ich Henry zum H[egel] schicken wollte antwortete er es sey ihn nicht mehr erlaubt, ich sagte ihm sehr ernsthafft, daß er ein undankbares Herz hätte wenn er gegen dieses Verboth gar keine Einwendungen gemacht, und wenn es ihm nicht sehr leid wäre, es half aber nichts, er sagte, er müsse doch gehorsam seyn. [...]

*

Abend's

Mein Brief hat Dich betrübt, Du Lieber! und Dein Brief hat mich so unaussprechlich gefreut, mich so glücklich gemacht, er zeigte so viel Liebe! O! wie erwiederte sie mein Herz in allen Tönen wie ich ihn laß, wie warm schloß mein Gemüth an Deines sich an. Und Du! solltest Du vielleicht an [meiner] Liebe zweifeln? sollte mein kalter trockner Brief Dich bekümmert haben, wie hättest Du Unrecht! könntest Du meinen Schmerz, und meine Thränen sehen bey diesem Gedanken. Du würdest daß nicht denken, doch daß ist es auch wohl nicht was Dich gequält hat, Dir ist wohl bange daß mein Herz mir stirbt, und ich Dich dann auch nicht mehr lieben könnte. Ich kann mir keinen Begriff machen welchen Eindruck, meine Worte auf Dich machten, ich sah aber Deine Trähnen fließen, sie fielen brennend auf mein Herz, ich konnte sie nicht trocknen! --- betäubt und stumm saß ich den ganzen Abend, und fand diesen Augenblick mein geklemtes Herz zu erleichtern weil ich allein blieb. Ach könnte ich hin zu Dir und Dir Trost geben [.] Ich habe kein Geheimniß vor Dir meine Seele! auch ist meine Liebe zu voll, um daß mein Herz mir sterbe, wenn ich still und trocken bin so zweifle nur nicht an mir, dann brennt es in der Tieffe und ich muß wie Du mich vor Leidenschafft bewahren, der Gram zehrt wohl ein wenig, doch die süße heilende Schwermuth kömmt immer vom Himmel zur rechten Zeit, und gießt ihren Seegen in's Herz, und verzweifflen werde ich nie an der Natur, auch wenn ich den Tod schon im inneren fühlte würde ich sagen, sie weckt mich wieder sie giebt mir alle meine Gefühle wieder, die ich treu bewahrte und die mein sind, die nur der Druck des Schicksaals mir nahm, aber sie siegt sie bereitet aus Tod mir neues schöneres Leben, den[n] der Keim der Liebe liegt tief und unaustilgbar in meinem Wesen, ich sage daß aus *Erfahrung* den[n] ich weiß wie immer lebendiger sich mein Herz aus allen Druck hervor gehoben hat. Ach ich weiß nicht Theurer ob ich den rechten Ton treffe, ich hatte Dir gewiß nichts zu *erzählen* wohl viel viel zu sagen aber was mich drückt ist nichts anders als daß ich nicht bey Dir seyn kann. Könnte ich Dir nur die Gewißheit geben, aber ich bin bange meine leidenschafftliche Sprache wird Dich nicht überzeugen, O laß es! und sey wieder glücklich in Deiner Liebe! Mich freut noch heute Abend der Gedanke, daß ich Dich doch noch gesehen, Gott! wenn Du in dieser Stimmung gegangen wärest, sieh! ich könnte dankend beten das der Genius der Liebe mich so unsichtbar leitete! und in diesen Betrachtungen will ich einschlafen und segen Dir wünschen. ---

Morgends

Ich habe gut geschlafen mein Bester, und noch einmal muß ich Dir sagen wie viel Freude mir Dein Brief machte und Dir danken für alle die stille Seeligkeit die Du mir bereitet, ach ließ Du meinen Brief nicht mehr wenn er Dich bekümmert hat, und halte Dich an den vor letzten der Dir so lieb war, ich mußte gestern noch viel über Leidenschafft nachdenken, --- *Die Leidenschafft der höchsten Liebe* findet wohl auf Erden ihre *Befriedigung nie!* --- fühle es mit mir! *diese* suchen wäre Tohrheit. --- *Mit einander sterben!* --- Doch still es klingt wie schwärmerey, und ist doch so wahr. --- *ist* die Befriedigung. -- Doch wir haben heilige Pflichten für diese Welt. Es bleibt uns nichts übrig als der seeligste Glaube an einander, und an das allmächtige Wesen der Liebe daß uns ewig unsichtbar leiten und immer mehr und mehr verbinden wird. ---

Stille Ergebenheit! Vertrauen auf das *Herz* auf den Sieg des wahren und Besten, dem wir uns hingegeben. Und wir könnten untergehen? --- Dann, ja dann, müßte alles aus dem Gleichgewichte kommen und die Welt in ein Cahos sich verwandeln, wenn nicht der nehmliche Geist der Harmonie und Liebe sie erhielte der auch uns erhält, lebt er ewig in der Welt, warum! wie! könnte er uns verlassen, dürfen wir uns wohl mit der Welt vergleichen! und doch kann es nicht anders in uns seyn. Wie im Großen so im kleinen. Und wir sollten nicht vertrauen? Wir! die wir täglich Beweise der herrlichen auch uns belebenden Natur haben, die uns nur *Liebe* zeigt, wir sollten Kampf und Uneinigkeit in unsere Brust hegen wenn alles uns zur Ruhe der Schönheit rufft! --- O gewiß nicht mein Bester! wir können nicht unglücklich werden, weil diese Seele in uns lebt. Und ich weis es der Schmerz wird uns nur besser machen und uns inniger verbinden.

Darum gräme Dich auch jetzt nicht daß Du mich traurig machtest, sieh es ist ja alles vorbey wenn Du wieder ruhig bist und ich habe mich stark gefühlt. Noch muß ich Dir sagen daß mein Vertrauen zu Dir ohne Gränzen ist [,] wie Du bist, wie Du es machst, ist es mir stillschweigend recht, ich frage selbst nicht warum, Du kamst die vorige Woche nicht, Du sagtest gestern nicht daß Du noch hier vorbey kommen wolltest, daß Du heute Morgen noch einmal kommen wolltest, wenn ich Dir in meinen Brief es gleich vorgeschlagen. Ich kann Dich versichern daß es mich im geringsten nicht Irrte so glücklich war ich durch Deinen Brief, und ich dachte nur es ist *gewiß Liebe* und fragte nicht weiter, und in dem Glauben an *dieser* muß man das unerklärlige ehren. O mein Bester! Lieber! sey wieder ruhig sey heiter, und bringe mir das einzig seelige Gefühl daß Du zufrieden bist. Und gieb auch mir meine Ruhe wieder, dann gewiß dann werde ich glücklich seyn. ———

*

Morgen nach 10 Uhr erwarte ich Dich. Bitte mit mir dem Genius unserer Liebe, um eine ruhige Stunde. ——

Sollte es nicht möglich seyn, kennst Du das Zeichen, dann nach 3 Uhr. Mit Sehnsucht erwarte ich die Stunde! – schlafe sanft und laß mein Bild Dich umschweben. Habe Muth, ich binn auf alles vorbereitet, und es wird gewiß alles gut gehn. Morgen bekömmst Du auch einen langen Brief von mir, und Du bringst mir gewiß auch etwas Liebes mit, wie freue ich mich schon ——

*

[...] Denke nur nicht Lieber! daß das Schicksal unserer Liebe, mich empöhren, oder gänzlich nieder drücken mögte. Ich weine wohl offt, bittre, bittre Trähnen, aber eben diese Trähnen sind es, die mich erhalten, so lange Du lebst, mag ich nicht untergehen. Fühlte ich *nicht* mehr, wäre die Liebe aus mir verschwunden, und was wäre mir das Leben ohne *Liebe*, ich würde in Nacht, und Tod hinabsinken. So lange Du mich liebst, kann ich mich nicht verschlimmern, Du hälst mich empor und führest mich den Weg zur Schönheit! habe Glauben an mich, und baue fest auf mein Herz. So lebe dann wohl bestes theurstes Herz, und denke wie ich daß unser liebstes innerstes Wesen unveränderlich sich gleich bleiben und sich angehöhren wird.

Nächsten Monath wirst Du es wohl wieder wagen, Du kannst dann vielleicht durch H[egel] höhren ob ich wieder allein bin.

*

Wie gerne, Lieber! möchte ich Dir treu erzählen, wie ich die traurigen Tage, unserer Trennung zugebracht, wenn nur nicht die Wiederhohlung dieser Zeit für mich so peinlich wäre. Seit einigen Tagen bin ich wieder allein, und es ist schon etwas besser, das schlimmste war, daß ich mir keine einsame Viertelstunde zusichern konnte, und ich auch selbst wenn ich allein war, meine Gefuhle so gewaltsam zusammenpressen mußte, damit meine nassen Augen, mich nie verrahten und zu lästigen Fragen, Anlaß geben möchten. Aber die ersten einsamen Stunden, waren für mich schrecklich, nun wollte ich mich meinem Gefühl, wieder ganz überlassen, ich durfte auch daß nicht, denn die Sehnsucht nach Dir, wurde so groß, daß ich mir nicht zu helfen wußte, und ein gewaltiger Kampf in mir entstand. Ich suchte mit allen Kräften Dein verlöschendes in mir gewordenes Traumbild, mit lebendigen Farben wieder in meine Einbildung zu rufen, ach! es war mir versagt ich fühlte, den Wunsch und die Ohnmöglichkeit zugleich, ich dachte wohl an Deine Briefe Deine Bücher, Deine Haare, aber ich wollte keine Hülfe, wollte ganz aus mir selbst Dich in mir erneuen, doch mein töhricht Herz mußte bald vor der Vernunft erröthen, und Entschuldigung finden, einige Tage nachher kramte ich mir, Deine lieben Sachen, und Briefe, von ältern Zeiten aus, die mir damals als ich Dich noch hatte wenig waren, und wovon nichts mehr in meinem Gedächtniß war, welch einen Schatz von lieben Worten, welch einen Trost, welch ein lieblich Bild von Dir fand ich darinn, wie lockten sie liebliche Trähnen der Zärtlichkeit mir in's Auge, wie stärkten sie mein Herz, wie halte ich mich jetzt darann in jeder bangen Stunde. Aber Ach! daß ist *Vergangenheit! – Was ist Gegenwart? – Was Zukunft?* –––– Jetzt frage ich mich mit jedem Tage: „Wie muß ein vereinzelt Wesen, in sich, und durch sich selbst bestehen welches die Liebe zu einem edlen und schönen Wesen erhoben?" – Träumen möchte ich immer, doch träumen ist Selbstvernichtung! Selbstvernichtung, Feigheit! ––– Fühlen! – Mein Herz fühlt noch in dieser armen, alles tödenden Zeit lebendig und warm, sehnt sich nach Würklichkeit, nach dem Wiederhall der Liebe, nach Mittheilung, Einklank, Harmonie! Seeligkeit! soll ich es tadeln? Doch rufft jedes Gefühl in mir meine ganze Sehnsucht vermischt mit tausend Schmerzen zurück. Selbst, durch meine tiefsten Gedanken finde ich nichts wünschens wehrtes, als die innigste Beziehung der Liebe, denn was kann uns leiten durch dieß zweydeutige Leben und Sterben, als die Stimme unsers Bessern Wesens, welches wir einer gleichen liebenden Seele anvertrauen, diese Stimme die wir aus uns selbst nicht immer höhren können. Verbunden sind wir stark, und unwandelbar, im schönen und im Guten, über alle Gedanken hienaus im Glauben und im Hoffen. Aber diese Beziehung der Liebe bestehet in der Würklichen Weldt die uns einschließt nicht durch den Geist allein. Auch die Sinne (nicht Sinnlichkeit) gehöhren dazu, eine Liebe die wir ganz der Würklichkeit entrücken, nur im Geiste noch fühlen keine Nahrung und Hoffnung mehr geben könnten, würde am Ende zur Träumerey werden oder vor uns verschwinden, sie *bliebe*, aber wir wüßten es nicht mehr und ihre wohltäthige Wirkung auf unser Wesen würde aufhöhren. Da ich dieß alles klar vor Augen habe, und es so schwer ist aus der Dumpfheit heraus zu finden, Sollte ich mich selbst noch täuschen und in Schlummer wiegen, –– Sollte ich träumen! soll ich mein Herz verstocken! soll ich anders denken! –– Wozu ich dieß alles frage Lieber! – „Ich habe ja Dich noch" Ach! weil seit dem Tage unserer Trennung, eine Angst in mir ist, daß einmal alle Beziehungen zwischen uns aufhöhren möchten, weil ich über die Zukunft keine Gewißheit habe, über Deine künftige Bestimmung, ich zittre für die Zeit der Revolutionen die uns nahe seyn kann, weil vielleicht sie uns für immer von einander reißt. Wie offt tadle ich Dich und mich, daß wir so stolz alle Beziehungen uns ohnmöglich gemacht, uns nur auf uns selbst verlassen haben[,] wir müssen jetzt vom Schicksaal betteln, und durch tausend Umwege einen Faden zu leiten suchen, der uns zusammen führt. Was wird aus uns werden, wenn wir für einander verschwinden sollten? ––––

Noch könnte ich mich nie beruhigen, wenn ich denken müßte daß ich Dich ganz der Würklichkeit entrückt, Du Dich mit meinen Schatten begnügen wolltest, daß Du durch mich vielleicht Deine Bestimmung verfehlt, wenn ich von Dir, darüber gar nichts mehr hörte und beruhigt würde. Wann es *sein muß* daß wir dem Schicksaal zum Opfer werden, *dann* versprich mir Dich frey von mir zu machen und ganz zu leben wie es Dich noch glücklich machen, Du nach Deiner Erkenntniß Deine Pflichten für diese Weldt am besten erfüllen kannst, und laß mein Bild kein Hinderniß seyn, nur dieses Versprechen kann mir Ruhe, und Zufriedenheit mit mir selbst geben. ––– *So lieben wie ich Dich*, wird Dich nichts mehr, *so lieben wie Du mich*, wirst Du nichts mehr, (verzeihe mir diesen eigennützigen Wunsch) aber verstokke Dein Herz nicht tuhe ihm keine Gewalt, was ich nicht haben kann, darf ich nicht neidisch vernichten wollen. Denke nur ja nicht Bester, daß ich für mich spreche, mit mir ist das ganz anders, ich habe meine Bestimmung zum Theil erfüllt, habe genung zu tuhn in der Welt, habe durch Dich mehr bekommen als ich noch erwarten durfte[,] meine Zeit war schon vorbey, aber *Du* solltest jetzt erst anfangen zu leben, zu handeln, zu würken, laß mich kein Hinderniß seyn, und verträume nicht Dein Leben in Hoffnungs lose Liebe. Die Natur die Dir alle edeln Kräfte hohen Geist, und tiefes Gefühl gab, hat Dich bestimmt ein edler vortrefflicher glücklicher Mann zu werden, und es in allen Deinen Handlungen zu beweisen. Doch, noch leuchtet uns die Hoffnung für unsere geliebte Liebe, laß uns sie pflegen und erhalten so lange wir nur können. Eine Stunde, voll Seeligkeit des Wiedersehns, und Hoffnung in der Brust, sind genung, ihr Leben auf Monathe lang zu erhalten. Laß uns die Augen nur nicht zudrücken, und uns überraschen lassen vom Schicksaal damit wir das Nöthigste und Beste tuhn können. Beruhige mich wenn Du kannst über die Zukunft. In der Mitte des May, kömmt mein Bruder (der wieder völlig hergestellt ist) wenn die Kriegsunruhen es nicht ganz verhindern, währen[d] dieser Zeit sehe ich noch nicht ein, wie es möglich ist eine Beziehung zwischen uns zu unterhalten, weil ich nicht wissen kann wenn ich allein seyn werde, und es mich in beständiger Spannung und Sorge erhalten würde, wenn Du einen Weg der schrifftlichen Mittheilung, zwischen uns ersinnen könntest, der nicht ängstlich und gewagt wäre, Du würdest mir eine Wohltaht erzeigen, denn es ist zu meiner Ruhe doch so nöthig zu höhren wie Du lebst. Wenn ich wieder allein binn (denn ich werde in keinen Fall mich zu einer Reise bewegen lassen, wenn es nicht in einer kurzen Zeit ist während welcher wir uns doch nicht sehn könnten) machen wir es wieder wie bis her. Du sprachest von *anderthalb Jahren*, ich zittre wenn ich denke daß über ein halbes schon vorbey ist, wie wird, wie kann, es kommen? was würde wohl für Dich am besten seyn? – Wenn Du mir darüber Deine Ahndungen mittheilen wolltest! vor meinem Sinne ist alles Schwarz, und das Schrecklichste wäre wenn unter dem harten Schicksaal, unsere zarte Liebe auch erstickte, wenn es endlich dumpf werden müßte in unserer Brust, unser Leben dahin wäre, und doch trostloses Bewustseyn uns übrig bliebe. Verzeihe! mein Bester! daß ich Dich in diese schwarzen Gedanken mit hieneinziehe, für Dich sollte alles nur Süß seyn, einen Himmel möchte ich Dir geben, alles entfernen was Dich stören könnte; aber ich fühle es, unsere Liebe ist zu heilig, um daß ich Dich täuschen könnte, ich bin Dir Rechenschafft schuldig von jeder Empfindung in mir, Du weist daß ich leicht Trübsinnig bin, vielleicht kommt es noch besser, und wie wollen wir dem Schicksaal danken, für jede Blume, die wir mit einander finden. Wenn es mir nur nicht so schwer würde Dir zu schreiben. Nehme ich in dieser Absicht, die Feder, öffnet sich mir eine Welt, voll Gedanken, und Gefühlen, ich mögte alles auf einmal sagen, und kann keine Ordnung hienein bringen, ich fürchte Unsinn zu schreiben, dann, sind mir meine Worte, wieder zu Prosaisch, und mischt sich meine Phantasie mit ein denke ich, es wäre nicht so wahr was ich sagte, am Ende möchte ich alles wieder zerreißen. Du verstehest mich wohl besser, wie ich selbst, und fühlest auch noch was ich nicht sage. ———

[...]

Nun noch, wie ich denke, künftig meine Zeit hinzubringen. Diesen Winter war es vielleicht gut, daß ich nicht viel allein war, denn offt habe ich Tage, wo ich ganz aus dem Gleichgewichte binn, nur bey den Gedanken an Dich, stürzen Trähnen mir aus den Augen, ich muß mich zwingen, und suchte Gesellschafft, um daß ich gehalten werde, ich habe den ganzen Winter mir selbst zur Last herum geschwärmt, aber, das muß ietzt anders werden, Selbst kein ernsthafft Buch konnte ich lesen, weil mein Kopf sich fast immer etwas müde fühlte. Ich will versuchen ob ich die Musick mir wieder an's Herz legen kann, der Frühling wird mir liebliche Beschäfftigung im Garten geben, (an den ich mich freylich erst wieder gewöhnen muß) und Dein lieber Hyperion wird meinen Geist beleben, wie freue ich mich schon darauf! – Du hattest mir auch noch einige *Recepte* versprochen! Du wirst doch Wort halten? – Du bathest mich auch Dir einge meiner Gedanken und Ideen, zu Worten zu bilden. Lieber! alle meine Äußerungen gehöhren nur *Dir*. Mein Geist, meine Seele spiegeln sich in Dir, Du giebst was sich geben läßt, in so schöner Form, als ich es nie könnte, und der Genuß, daß ich den Beyfall fühle den man Dir geben muß ist mir mehr als die Befriedigung meiner ganzen Eigen liebe.

*

Dienstag den 12ten Märtz [1799]

Dein lieber Brief, und Dein Wunsch, gab mir gestern den Gedanken Dir auch eine Art von Tagebuch zu schreiben, wenn ich es nur ausführen könnte! Ich binn nur so wenig ungestöhrt, wenn ich es verstohlen tuhn muß, ist eine Art von Angst in mir, die mich hindert die rechten Worte zu finden, so offt werde ich aus meinen Gedanken gerissen und werde dann leicht verdrüßlich, doch, will ich es versuchen, und jede ruhige Minute nutzen, nur mußt Du auf keinen Zusammenhang rechnen.

Gestern, wie Du fort warest, fühlte ich so ganz die gemischte

Empfindung von Schmerz und Freude und banger Ahndung der Zukunft, ich nahm gleich Deinen Brief, konnte aber nur Worte lesen, das Herz klopfte mir gewaltig dabey, den Sinn konnte ich nicht heraus bringen, und mußte ihn spaaren für eine stillere Stunde. Ich gieng dann in die Lufft, um mich wieder zu finden. Nachmittag's schien die Sonne, mir so lieblich in's Zimmer, und besänftigte mich ganz als redete sie mir zu mich zu stillen, ich fühlte nun die Geduld in mir Deinen Brief Wort für Wort zu lesen, schickte die Kinder alle in den Garten, und blieb so mit Dir allein. Es war eine glückliche Stunde! – Mein dankbares Herz klagte auch nicht über die Trähnen die Dein Brief in mir hervor rief, ich hörte nur in mir, Er lebt! ist mir nahe! liebt mich treu! heute ist ein glücklicher Tag! ––––

Wenn nach her die bange Zukunft mich stöhren wollte, tadelte ich mich darüber, ich sagte mir, Menschen in ihrer kindlichen Religion würden es für Sünde halten, das Vertrauen in diesem Grade zu verliehren, und nicht auf *ihren Gott zu bauen*. Warum sollte denn nicht für uns eine geheime uns unbekannte Macht, unser Schicksaal auch gütig und tröstend lenken, warum müßten wir verzweiffeln! ––– Ist es auch recht das *Schwartzeste nur* zu denken? –– Kann es denn nicht noch *besser* kommen wie wir meinen? – Oder, haben wir allsehenden Verstand genung, unser ganzes Schicksaal vorher zu wissen? – Bestimmt nicht offt ein kleiner Zufall, unser Glück oder Unglück? – Wir sind ja noch in der Welt dem Zufall unterworfen, sollte er uns den[n] nicht auch glücklich seyn können? Wir mußten uns finden, und freuten uns offt innig darüber, sollten wir uns denn nicht wieder finden, und wieder freuen können? ––––

Nachmittags

Ich kann das Wort, *Zufall* welches ich geschrieben nicht wieder aus den Kopf bringen, es gefällt mir nicht, klingt so klein, und kalt, und doch finde ich kein anderes. Könnte man nicht auch sagen, die geheime verkettung der Dinge bilden für uns etwas daß wir *Zufall* nennen, was doch aber *nothwendig* ist. Wir können wegen unserer Kurzsichtigkeit, davon gar nichts vorher sehen, und erstaunen wenn es anders kömmt wie wir meinten. Doch gehen die ewigen Naturgesetze immer ihren Gang, sie sind uns unergründlich, und eben *darum* tröstlich, weil auch *daß* uns noch geschehen kann, was wir nicht einmal ahndeten, und entfernt hofften.

Heute Morgen fand ich in einen kleinen Französischen Roman, eine schöne Stelle, die mir auf's Herz fiel, deswegen will ich Dir sie abschreiben. „Die Religion, wäre sicher aus dem Unglück hervorgegangen, wenn nicht zärtere Seelen sie in der Dankbarkeit, gefunden hätten." ---- [...]

Den 19ten Märtz

[...] Ich wünsche nichts so sehr für Dich, als daß immer, wo Du auch seyn magst, Du einen Freund findest, gegen den Dein Herz nicht stumm zu seyn braugt, und in dessen Umgang Du Mittheilung und Nahrung für Deinen Geist findest, denn mein Lieber! Du bist zu reich an Kräfften, und immer zu voll, um für Dich zu bleiben und nur auf Dich, zu beruhen, Dir, ist es bedürfniß Dich mitzutheilen, und aus Deinem besten Wesen zu sprechen, wenn Du zuweilen so mismuthig bist, fehlt es nur daran, daß Du nicht verstanden wirst, und Dich dann selbst nicht siehst, und an Dir zweiffelst. In dieser Noth, aber kömmst Du leicht in Gefahr, die unrechten Menschen zu wählen, und nur dafür, warne ich Dich! nimm mir daß nicht übel, es kömmt sicher aus gutem Herzen.

Du wünschest auch von mir zu höhren, wie ich den ganzen Tag über mich beschäfftige, diese Erzählung wird sehr einfach seyn. Ich binn beynahe immer in meinem ruhigen Stübgen wo ich arbeite und nähe oder stricke, die Kinder wenn sie keine Stunden im Nebenzimmer haben, lärmen um mich herum, aber es stöhrt mich bald nicht mehr in meinen Gedanken, welche offt bey Dir, oder doch immer in Beziehung mit Dir sind, offt schreibe ich Dir ganze Briefe! da gehet es aber in meinem Kopf so durcheinander daß man auf dem Papier keinen Zusammenhang darinn finden könnte, offt drängt es mich an den Schreibpult zu gehen, aber ich fürchte mich, und muß erst einen Augenblick von Stärke abwarten, offt verschließt sich auch mein Wesen so sehr daß ich keinen Ton hervorbringe, und so kann ich nicht so offt schreiben wie ich mögte, denn es liegt für mich würklich ein Genuß, darinn und ich bin nach her viel ruhiger und auf Tage lang wird mir alles leichter. Die Gesellschafft der Menschen, ist mir so wenig und offt ist mir doch die Einsamkeit zur Last, so sehr, daß ich das gleichgültigste Gespräch vorziehe, doch es ist nur wie Täuschung, und am Ende gestehe ich mir immer daß ich herzlich froh bin wieder allein, ohne Zwang zu seyn. Mit dem Lesen will es noch nicht recht gehen! zu dem ernsten Nachdenken gehöhrt wie ich meine ein vollkommen ruhig Gemüth, ein gesetztes sorgloses Wesen! ich brauche jetzt mehr mich in

Schlummer zu wiegen, und daher paßt mir ein interressant erzählter Roman mehr an, als die schönsten Schrifften unserer Zeit. (bey'm durchlesen fällt mir ein daß Du Deinen lieben *Hipperion* auch einen Roman nennst, ich denke mir aber immer dabey ein schönes Gedicht.)

Selbst nur daß, was ich nicht genung achte um mich dadurch in's Nachdenken bringen zu lassen, was ich bloß als Unterhaltung und Zeitvertreib ansehe, taugt mir mehr, daher gerathe ich auch zuweilen, an die Romane von den Herrn la Fontaine, wenn mir eine Stelle nicht gefällt nehme ich mir nicht, übel das Buch in die Ecke zu werfen. -- Gute, schöne Bücher in einer dazu nicht passenden Stimmung zu durchblättern, und nicht mit ganzer Aufmerksamkeit zu lesen, halte ich für Entweihung, sie gehöhren nur *dem* der sie ganz fühlt, und verstehen kann.

So weit hatte ich geschrieben und wurde unterbrochen. Ich konnte seitdem nicht dazu kommen. [...]

*

[Anfang Juli 1799]

[...] Ich mögte Dir so gerne auch etwas über Deine künftige Bestimmung sagen, Du hast mich dazu aufgefodert, wie schwer ist es aber für mich in jeder Rücksicht Dir zu rathen, und werde ich nicht immer für Dich, zu ängstlich wählen, ein treuer, erfahrner Freund vermag hier mehr. Ich weiß Du kannst keinen Schritt tuhn den meine Seele nicht billiget [;] wenn vielleicht mein verwöhnts, von Deiner Nähe, verzärteltes Herz sich auch dagegen sträuben mögte, meine bessere Überzeugung muß siegen, und solltest Du irgend eine Laufbahn betreten die ruhmvoll für Dich und nützlich der Welt seyn könnte würden alle meine Trähnen um Dich, gewiß sich in Freudenträhnen verwandeln, aber ich müßte von Dir höhren, und meine Hoffnung dürfte nicht getäuscht werden, berathe Dich für die Zukunft mit Deine wahren Freunde und erfahrne Männer, und wenn dann nicht ein *sicherer* Weg sich Dir öffnet, bleibe lieber wie Du bist und helfe Dich durch, als daß Du es wagst noch einmal vom Schicksaal überwältiget und zurückgeworfen zu werden, Deine Kräfte hielten es nicht aus, und Du gingest für die Welt und Nachwelt, der Du auch so, im stillen lebst, noch ganz verlohren. Nein das darfst Du nicht! Dich selbst darfst Du auf's Spiel nicht setzen, Deine edle Natur, der Spiegel alles Schönen darf nicht zerbrechen, in Dir, Du bist der Welt auch schuldig zu geben was Dir verklärt in höherer Gestalt erscheint, und an Deine Erhaltung besonders zu denken. *Wenige sind wie Du!* –– Und was jetzt auch nicht würkt bleibt sicher für künftige Zeiten. Könntest Du nicht vielleicht auch in der Zukunft junge Leute zum Unterricht zu Dir kommen lassen, verzeihe mir diese Idee wenn sie Dir nicht gefällt. Ich weiß aber daß Du es einmal im Sinne hattest solche Vorlesungen zu halten. Welches Dir gewiß nicht schwer fallen würde. Handele nur nie aus dem falschen Begriff Du müßtes mir Ehre machen, und alles was Du im verborgenen treibst und würkest, wäre mir nicht so lieb. Du müßtest lauter meine Neigung zu Dir rechtfertigen. Deine Liebe ehert mich genung und wird mir immer genügen, und nach daß, was man Ehre nennt verlange ich nicht, Dich ehren große Männer Dich finde ich in allen Schilderungen edeler Naturen, und brauche das elende Zeugniß unserer Welt nicht dazu, noch heute laß ich im *Tasso*, und fand unverkennbare Züge von Dir. Ließ ihn auch einmal wieder. [...]

Donnerstag Morgen

Wie gerne mögte ich mich noch ein wenig ruhig mit Dir unterhalten, aber der Gedanke, *Man kömmt!* stört alles in mir, und er ist auch die Ursache daß ich Dir lange nicht so viel geschrieben wie ich gewünscht hätte, wie manches hatte ich Dir noch auf Deinen lieben Brief zu sagen. Sey nur heiter, Bestes Herz, und traue den Menschen doch etwas mehr wie Du tuhst, sie sind wohl manchmal besser wie wir meinen, und weil wir ihnen immer das Höchste und Beste, daß wir in *einander* erkennen entgegen halten, müssen sie auch wohl zu sehr verliehren. Laß, Mittleid und nie Haß und Überdruß gegen sie in Dir wohnen. Verzeihe daß ich diese Saite noch berühre es war mir immer als hätte ich es noch vergessen, und ich mußte Dir daß noch sagen. Leb wohl! Leb wohl!–– [...]

*

Den 18ten [August 1799]

[...] Ich mögte Dir jetzt eine kurze Übersicht meiner kleinen Reise geben, weil ich den Augenblick das ich allein bin nutzen mögte, *kurtz* wird sie seyn den[n] zum erzählen bin ich würklich nicht gestimmt und Du wirst die hölzerne Sprache mir verzeihen ich will nur einen Begriff, dir geben, damit Deine Phantasie einen Ruhepunct hat. Wir reisten 8 Tage später und nahmen uns nur 10 Tage Zeit, wir fuhren morgends früh hier ab, meine Schwägerinn, die jüngste Brentano und ich begleitet von niemand als unsern Jacob, in Gie[ß]en trafen wir, den Director Tischbein, der dort eine Schwester besucht, und uns erwartete. Ein alter durch manche Schicksaale grau gewordner Mann, 20 Jahre lang hatt er den deutschen Boden nicht betreten, und sein Vaterland verjüngt ihn wieder, und selbst im Lobe Italiens findet man überall den Deutschen, so sagte er offt im fahren, nein! so schöne grüne Bäume sind in Italien doch nicht. Dieser Mann war vor Zeiten ein großer Mahler, er setzte seine Kunst und sein Persöhnliches Interesse zurück, um die altertühmer der Griechen zu studieren, ihre Dichter und besonders Homer begeisterten ihn dazu, wenn Du ihn sprechen hörtest würdest Du finden wie innig und wahr er ihn aufgefast, und würdest Dich freuen daß die Schwärmerey und wärme des Gefühls in diesem Alter noch bleibt. Er erkannte mich auch gleich, und bezeugte mir viele Achtung. Seine Werke wirst Du bald sehen, ein anders mal mehr von ihn. (Ich werde doch Deine Bemerkungen über Homer auch noch sehen? –) In Cassel blieben wir 3 Tage, die erste Nacht erwachte ich früh, weil meine Reisegesellschafft noch schlief zog ich Deine lieben Gedichte aus meiner Brieftasche und sie waren mein Morgengebeth, sie umhüllten mein liebend Gemüth mit sanfter rührender Schwermuth und schlossen mich fest an Dein Herz, so ging ich wieder muthig in's Leben, die schöne Sonne über Cassel ging auf, und ich freute mich schon alle meine lieben Gegenden wieder zu erblicken. ––––

Wie wir zu Tische saßen, überraschte uns ein alter guter Freund, aus Hamburg, der auch seinen Kindern entgegenreißte und am Abend trafen die Erwarteten alle mit uns zusammen. Wir verlebten 3 frohe Tage mit einander. Ich blieb aber nie allein. ––––

Wir trennten uns von den Hamburgern, um unsere Reise nach Gotha vortzusetzen, Tischbein blieb auch zurück. Nach 2 Tagereisen kamen wir Abend's dort an, es regenete stark, wir sahen wenig, den andern Morgen, fuhren wir nach Weimar, und waren dort um 4 Uhr Nachmittags, wir wollten von dort gleich nach dem Landguth von Wieland fahren um mit der la Roche und ihrer Encelinn zusammenzukommen [,] hörten aber daß sie alle in der Stadt wären, wir schrieben ein Billet, unsere Ankunft zu melden, und gleich darauf kam Sophie Brentano, uns alle zu bitten mit zu kommen in ihre Wohnung, wo alle merkwürdigen Gelehrten von dort, versammelt wären, wir kleideten uns geschwinde an, und gingen mit ihr, die alte la Roche kam uns sehr freundlich entgegen sehr ungezwungen froh und äuserst lebendig [,] machte uns mit der Gesellschafft bekannt, Wieland, Herder! (Göthe fehlte) und noch einige andere weniger bedeutende Männer. Meine Schwägerinn, nahm gleich im Gespräch den W[ieland] gefangen, ich hatte aufträge von Tischbein an Herder, und so verging die erste halbe Stunde. Bey'm Thee daurte immer das Gespräch von W... fort, ich mischte wohlbedächtlich nur einige überlegte Worte mit ein, bey'm Abschied, reichte mir W... sehr herzlich die Hand und sagte, die wenigen Worte welche sie gesagt haben machen mich wünschen sie öfter zu sehen. Das freute mich um Deinentwillen, und auf dem Rückwege dachte ich nur an Dich, den andern Tag fragte Wieland, Sophien, welche von uns beyden sie sich wohl zum Umgang wählen würde nachdem er meine Schwägerinn besonders gelobt. Sie wählte mich, und W.. antwortete ihr kurtz, („Dafür verdienst Du Mädgen, daß man Dir die Hand küsse") verzeihe mir die Eitelkeit daß ich Dir dieses wieder erzähle, ich sage es ja nur Dir, und wenn es gefehlt ist, darf ich es Dir nicht verbergen daß es mich stolz machte. Den andern Morgen fuhren wir nach Jena, mit einen entpfehlungs Brief an die Merau, wir gingen gleich zu ihr, und bathen sie, durch ein Billiet an Schiller, ihn um eine Stunde für uns zu bitten, sie benahm uns gleich alle Hoffnung, weil er ganz eingezogen lebte, und selten Fremde zu sich ließe [.] Die Andern gaben den Plaan ihn zu sehen, willig auf außer Sophie und ich beschlossen alles zu wagen um zu ihn zu kommen.

Den 23ten [August 1799]

Ich muß jetzt wieder die Zeit nützen die Andern sind ausgefahren, ich wollte recht viel schreiben, und da kömmt unglücklicher weise, eine Biene und sticht mich in die rechte Hand, es ist mir ordentlich verdrießlich daß ich im schreiben immer so viele Hindernisse finde. Und es gehöhrt auch gewiß viel Liebe dazu um noch so viel herauszubringen. Ich will meine Reise Erzählung jetzt in wenig Worten enden.

Sophie und ich gingen Nachmittags wieder zur Merau, die Antwort zu höhren, wir waren angenommen, und um 4 Uhr bestellt. Wir zogen also, von einem Bedienten begleitet um diese Stunde zum Thore hienaus, wo er in einem Garten wohnet. Wie ängstlich klopfte uns das Herz und wie sonderbar wehemütig mir zu Muthe war kann ich Dir nicht sagen. Ich fühlte wohl in diesen Augenblick zu sehr die Kürze der Zeit die mir in einer halben Stunde gegönnt war, den Mann zu sehen von dem meine Begriffe so groß sind, zu dem meine Gefühle gewiß sprechen könnten, und die Unmöglichkeit ihn diese Beziehung durch meinen Anblick zu offenbaren. In dieser Schönen Seele mochte ich nicht klein mich spiegeln und ich konnte doch nur dehmütig erscheinen. Ich hatte nicht das Herz ein Wort zu sprechen, und bat Sophiehen ganz das Wort zu führen. Wir ließen uns anmelden und blieben indessen in der Garten Tühre stehen, erblickten seine edle Gestalt am Ende einer langen Allee, seine Frau begleitete ihn und 2 muntre Knaben sprangen im Grase herum. Wir entschuldigten unsere Zudringligkeit er führte uns in eine schattige Laube, wir setzten uns neben seine Frau, und er blieb in majestätischer Stellung vor uns stehen, er sprach viel mit der Encelinn, der la Roche, von ihr und Wieland und ich hatte Zeit ihn recht in's Auge zu fassen. Wir mußten wegen den zurückgebliebenen sehr eilen, seine gute liebe Frau wollte uns nach Hause begleiten, wir wollten es nicht zugeben, er sagte aber, es wird meine Frau nicht schaden, und mir --- setzte er ganz sachte hinzu, besann sich aber und ging zurück nach dem Hause, wir gingen mit seiner Frau bis an's Stadt Tohr, wie wir abschied von ihr nahmen kam sein ältester Sohn den er uns mit dem Bedienten nachgeschickt, und dieser bragte uns wieder in unsern Gasthoff wo die Postpferde schon angespannt standen, wir fuhren denselben Abend noch nach Weimar. Von dort in einem fort über Fulda nach Frankfurth, und freuten uns der schönen Gegenden.

[...]

*

[31. Oktober 1799]

[...] Wenn dann so viel süßes himmlisches Gefühl wieder vor meinen Sinn kam, ward ich nach her so voll Sehnsucht, und ich meinte dann wenn Du nur da wärest würde ich wohl wieder gesund seyn. Ich zerbrach mir dann den Kopf darüber ob es nicht möglich sey, in der Würklichen Welt auf eine natürliche gute Art, wieder mit Dir zusammen zu kommen, wenn ich dann einschlief, träumte mir ich fände Dich in irgend einer Gesellschafft, auf einem Spaziergang, ich sah Dich ungezwungen wie sonst unsere Treppe herauf kommen und ich öffnete Dir die Tühre, wir waren beysammen, ganz ohne Angst mit leichtem Herzen, und meine Augen freuten sich in den Deinen zu ruhn, wenn ich dann erwachte, war das Herz mir so sanft bewegt, und ich war würklich auf einige Stunden gestärckt. Nach her aber wußte ich nicht wie mir war. Ich fühlte es lebhafft, daß ohne Dich mein Leben hinwelkt und langsam stirbt, und zugleich weiß ich gewiß, daß jeder Schritt den ich tuhn könnte Dich auf eine heimliche ängstliche Art zu sehen, mit alle den Folgen die es haben könnte, eben so sehr an meiner Gesundheit, und meiner Ruhe nagen würden. Ich muß fast an Wunder glauben, weil ich nicht einsehen kann wie wir wieder zusammen kommen sollen, und dieß täglich mein innigster Wunsch ist, aber ohne Angst, sorgloß wie in den ersten Zeiten unserer Liebe.

[...]

Ich mögte Dir gerne etwas, über Deine künftige Lage sagen, wenn ich nur in Deine jetzigen Ideen besser eindringen könnte. Wenn daß Schicksaal auf eine ehrenvolle Art Dich weiter ruft, und es seyn muß so folge, doch rahte ich Dir und warne Dich für eines. Kehre nicht dahin zurück, woher Du mit zerißnen Gefühlen in meine Arme Dich gerettet. –– Ich muß Dir nur gestehen es hat mich ein wenig erschreckt, daß Du schreibst Du wollest, in einem gewissen Falle dem Raht und Ausspruch von Schiller folgen. Wird er nicht suchen Dich in seine Nähe zu bringen? –– Wird dieser schmeichelhaffte Ruff Dich nicht verführen? – Wenn es einst so wäre, O! dann gedenke der Liebe! und ihrer unzähligen Qualen! –

Wie ich es wünsche! nur einmal wieder bey Dir zu seyn! mein lieber guter herzens Junge! – verzeih mir Bester daß ich es so hin sage, nur wenn ich Dich fühle und Dein Bild gesehen habe, fühle ich die ganze herzlichkeit meines Herzens. Ich erstaune offt über mich daß ich schon so weit in die Jahre der Vernunft fortgerückt bin, und doch so jung mir scheine. Ich denke dann auch, besser ein Opfer der Liebe! als ohne sie noch leben. Wer weiß wie es noch kommen kann, die Wege des Schicksaals sind ja dunkel. ––– Nur laß uns nie gegen die Liebe fehlen und immer gegen einander wahr seyn! Leere Worte! denn wenn wir anders wären liebten wir ja nicht mehr. Vertrauen auf die Liebe die die gütige Natur uns in's Herz legte um da sie reifen zu lassen zu ihrem höchsten Zweck[,] uns kurzsichtigen Wesen hier noch ein Rätzel! aber veredelt zu etwas großem uns fühlend und strebend. Jedem nichts würdigen Gefühl Nahrung zu geben unfähig! Und in diesem Glauben gewiß bewahrt, für alle Ansteckung der schlechten Welt. [...]

*

[...] Du wünschest daß ich Dir erzähle! wie ich mit meiner Gesellschafft zufrieden bin. Da muß ich Dir denn aufrichtig sagen daß ich eigentlich gar keine habe und daß ich den ganzen Sommer über wegen meiner Unpäßlichkeit kaum 6mal aus dem Hause gekommen bin. Selbst meine Geschwister waren wenig bey mir, sie fanden beyde in der Nachbarschafft, ihren kleinen galanten verliebten Zeitvertreib, durch die fatale jetzt in Hamburg mode gewordene Art verwöhnt, stimmten sie in dieser Rücksicht so wie in vielen gar nicht zu mir, und ich saß offt da allein, mit meiner edeln Liebe im Herzen, empört daß diese nichts gelten sollte indeß, Eitelkeit und armseliges Wesen, sein Fortkommen in der Welt findet.

Aber es ist für den Menschen leicht leben zu lassen was sie im Grunde nicht achten, nur daß was sie beneiden können möchten sie stöhren, und nur *daß* Wesen welches wahre Liebe erregt, wird um der Liebe willen geplagt. Ich fühle es immer mehr ich passe zu den weltlichen Verhältnissen nicht, und tuhe besser, mit meiner stillen Seele allein zu leben. [...]

*

Freytag den 30ten [1800]

[...] Nun noch ein paar Worte von mir, wie ich lebte. Ich bin *vollkommen Gesund* und die einsame Ruhe in meinem häuslichen Zimmer war mir sehr heilsam, da size ich so gerne zwischen meinen Blumen und arbeite, niemand gehet da mich zu stöhren an meinem stillen Fenster vorüber nur ein Sperling kommt zuweilen vom Fenster Brod zu picken, und die Wolken ziehen mir vorbey, ich folge ihnen offt wenn Abend's hinter der Baum-Gruppe im Hintergrund einige Strahlen der untergehenden Sonne durchscheinen, und mir ist wohl! Die sanfte melancohlische Trauer in meinem Gemüth, die wohl niemals daraus sich verwischen wird und *soll* stimmt mich empfänglicher für jede kleine Freude dankbarer fühl ich sie! übermüthig wird nie mein Herz, und die Trähne des Mitleids und des Wohlwollens ist immer mir näher, so will ich bleiben! so bist auch Du! –––

Ich war auch diesen Winter etwas geselliger und besuchte zuweilen unsere alten Gesellschaften[,] die lange Einsamkeit und das Neue machte das ich mehr Vergnügen wie sonst dort fand und gerne sah man mich wieder, einige mahl wurde mir auch gesagt daß ich wieder viel besser aussähe, und heitrer wäre, und sicher kannst Du es nur meinen Worten glauben das meine

Gesundheit wieder hergestellt ist. Wüste ich doch das selbe von Dir! ---

Donnerstag [d. 6. 2. 1800]

[...] Deine lieben Gedichte habe ich alle mit unaussprechlicher Freude gelesen! Deine Briefe habe ich mir alle wie ein Buch zusammen gelegt, und wenn ich einmal lange nichts von Dir höhren sollte will ich darinnen lesen, und denken es ist *noch* so! tuhe Du das nehmliche, und glaube nur, im innersten Leben bleibt so lange *wir* bleiben was an einander uns kettet, und ich kann den Glauben nie aufgeben, das wir uns wieder finden in der Weldt, und noch Freude haben werden. Sey nur noch glücklich (wie wir es meinen) und glaube das wie Du es anfängst wenn es nur gelingt, mir gewiß lieb ist. Nur wähle nicht was Dir nicht anpast. Könntest Du fühlen wie Dein schönstes Bild offt lebendig in mir aufblüht, dann würdest Du auch fühlen wie alles alles was mich umgiebt ihm weichen muß. Und wie jede leise Empfindung in mir die *Große Einziege* für Dich nur weckt und mich *ganz Dir hingiebt*! -- Darum scheue Dein Herz nicht und glaube wie ich daß wir ewig *unser* und nur *unser* sind.

*

[Mittwoch, d. 7. 5. 1800]

Wirst Du morgen kommen? mein Theurer! Ich glaube es und doch mag ich mich nicht darauf verlassen, mein Sehnen möchte dann zu gewaltsam bleiben, wenn ich Dich nicht mehr sehen sollte. Der Entschluß im Circkel Deiner Famillie nützlich zu leben ist mir wie aus der Seele genommen und es ist jetzt durch die Umstände Bestimmung für Dich geworden Deiner guten Schwester alles zu seyn was Du kannst, wie wird es Deinem Herzen wohl tuhn wieder ein innig liebefühlendes Wesen um Dich zu haben dem Du Vertrauen kannst, und wie sollte es mich nicht freuen! – Ich werde immer von Dir höhren ich werde Dich wiedersehen, so bald es Dir möglich ist. So offt wie bisher hätten wir doch nicht Nachricht haben können, gewiß nicht alle Monathe, und ich hatte auch schon im Sinne Dir zu sagen daß wir nur alle halbe Jahr durch den Briefträger unsere Papiere austauschen wollten, aber immer für einander wenn wir eine glücklich fühlende Minute hätten an einander schreiben wollten, und aller hand erzählen was uns so einfiele, aus dem Herzen sprechen und uns Lufft machen, wenn die Brust zuweilen so voll und gepreßt ist. So wollen wir es jetzt machen. Du kömmst wann Du kannst, und ich erwarte Dich ohne Ängstlichkeit. Einmal kömmst Du mir gewiß. Ich werde Dich wiedersehen! diese Gewißheit soll mir niemand nehmen. Ich will Standhafft Deinen Blick und Deinen Händedruck ertragen, daß ich nicht zu sehr erweicht werde, nach so langer Trennung, wieder zur Trennung, auszudauren. Und Dir dazu den Muth geben.

Jetzt ein paar Worte von meinem bisherigen Leben. Ich bin sehr wohl, und habe jetzt viele Beschäfftigung, die mich ganz angenehm zerstreut und meine strebenden Kräfte auf eine Belohnende Art in Täthigkeit setzen. Du weist daß wir jetzt in dem Besitz des Gartens am Main, gekommen sind, es war immer mein Wunsch wie Du weist, eigne Bäume zu pflanzen, mir etwas ganz nach meinem Sinne einzurichten, und eine kleine Landwirthschafft zu haben. Es gefällt mir dort jetzt wie Du immer voraus sagtest recht gut, ich lasse alles ganz einfach nach meiner Art bauen, 25 Morgen Fruchtbares Land sind mir zum übersehen und Vergnügen völlig genung und geben mir Beschäfftigung , wie ich sie liebe. Ich habe ein Jahr zur Einrichtung Zeit gewonnen weil wir noch hier wohnen, und so muß künftigen Sommer alles fertig seyn.

Gestern sind wir erst hier her gezogen und mein Bruder kommt erst Sonnabend, Z[eerleder] ist auch noch in Hamburg, und man höhrt gar nichts von ihm. Wenn Du künftig an mich denkst so stelle Dir nur immer vor daß ich in irgend einer Beschäfftigung bin die mich freut. Und ich denke von Dir das Du etwas tuhst was Dein gutes Herz Dir lohnt, so werden wir mit Heiterkeit an einander denken. Und muthig dem Wiedersehen, mit dem schnellen Lauf der Zeit entgegen eilen, es sey! wann es sey! daß Schicksaal bitten daß der frohe Augenblick bald kommen möge, und Vertrauen auf die geheimen Mächte die unsere Schritte leiten. Nur bitte ich Dich laß Dich in keinem Verhältniß des Lebens, durch das unsrige stöhren, und laß mich immer Deine Vertraute bleiben Du sollst nie dabey verliehren den[n] Deine Freude ist auch die meinige.

Wenn Du künftig in der Stadt erscheinst, und Du siehest ein weißes tuch an meinem Fenster so schicke die Briefe nicht, und komme den nächsten Morgen wieder, siehest Du nichts so schikke sie sogleich und kehre auch dann noch einmal zurück zum zeichen.

Donnerstag Morgen

Wirst Du nun kommen! --- Die ganze Gegend ist stumm, und leer, ohne Dich! und ich bin so voll Angst wie werde ich die starken Dir entgegen wallenden Gefühle, wieder in den Busen verschließen und bewahren? – wenn Du nicht kömmst! -----

Und wenn Du kömmst! ist es auch Schwer das Gleichgewicht zu halten, und nicht zu lebendig zu fühlen. Versprich mir daß Du nicht zurück kommen, und ruhig wieder von hier gehen willst, denn wenn ich dieß nicht weiß, komme ich in der grösten Spannung und Unruhe bis Morgen früh nicht vom Fenster, und am Ende müssen wir doch wieder ruhig werden, drum laß uns mit Zuversicht unsern Weg gehen und uns in unsern Schmerz noch glücklich fühlen und wünschen daß er lange lange noch für uns bleiben möge weil wir darinn vollkommen Edel fühlen und gestärkt

Leb wohl! Leb wohl! der Segen
sey mit Dir. ---

CHARLOTTE VON KALB

Brief Charlotte von Kalbs an Hölderlin, „Dichter des Hyperion“:

Mainz den 15. May [1801]

Ein Jahr schon bin ich in dieser Gegend – am Neckar und Rhein, bewohnte Wimpfen bei Heilbronn, Heidelberg, Offenbach. An jeden Ort waren Sie gewesen -- Anfang Juni gehe ich ins Wisbad. [d. i.: Wiesbaden]. – Im Juli bin ich wahrscheinlich in Mannheim – später im Herbst wohl wieder in Franken. – Wenn Ihnen eine Reise in diese Gegend führt, will ich wenigstens Ihnen meine Gegenwart bekannt machen. – Ihnen einen Brief voll tiefen Inhalts zu schreiben war nach solcher langen Entfernung und Schweigen unmöglich. – Wir kannten uns – was die Zeit und die Gelegenheit und unsere Entwicklung uns erlaubte zu sein. – Rastlose – denkende Wesen sind in 6 Jahren ganz noch was Anderes geworden, so schnell die Veränderung im Äußern in jüngeren Jahren – so schnell die Veränderung in Urteil, Denken und Gesinnung in reiferen. – Auch meine Seele hat sich mehr entwickelt, und ich bin bis jetzo nur durch den Druck des Zufalls mehr befreit worden. – Kein Wort mehr – Es ist wohl sonderbar, daß mit dem reinsten Egoismus sich endlich die Seele sagt: du kannst nichts mehr verlieren, aber leider du wirst doch noch leiden. – Ich habe vorigen Herbst Ihren Roman gelesen und mit vielem Vergnügen. – Ich wiederhole ihn bald. – Antworten Sie mir bald, vielleicht kann ich eine bedeutendere Frage an Sie tun [...].

Mit Gedanke und Gesinnung und dem Wunsch, von Ihrem Sein und Würksamkeit zu vernehmen –

Ch. v. Kalb, geb. M. v. Ostheim.

Charlotte von Kalb an Jean Paul, am 28. Januar 1806:

Ich las vor einigen Tagen die Briefe von Hölderlin wieder, die drei, so ich mir bewahrte. Einst gab ich sie Ihnen zu lesen, Sie haben sie nicht geachtet, wie ich meine. Dieser Mann ist jetzo wütend wahnsinnig; dennoch hat sein Geist eine Höhe erstiegen, die nur ein *Seher*, ein von Gott belebter haben kann – ich könnte viel von ihm sagen. Der Mann kann es noch weniger ertragen, als das Weib, wenn er seines gleichen um sein Tun nicht findet, aber ein jeder wird arm und ist beklagenswert in der Öde und Leere. Ein Chaos wartet auf die Liebe des Geistes.

DER KREIS UM ARNIM UND BRENTANO

Achim von Arnim schreibt am 3. August 1813 an Clemens Brentano:

Ich war schon Vizebataillonschef, als der Landsturm der Städte [Stände?] aufgelöst war; demnach bin ich nach viel verlorener Zeit wieder auf die Poesie reduziert. Außer dem „Hyperion" sind mir in dieser Zeit keine andern als meine eignen treu geblieben [...]

Am 21. Oktober 1817 schreibt Arnim an die Brüder Grimm:

[...] schon vor ein paar Jahren machte ich mir einen Plan, eine Ästhetik nach Hölderlins „Hyperion" auszuarbeiten, denn elegisch wird sie ihrer Natur nach, und diese herrlichste aller Elegien gibt dazu den mannigfaltigsten Anlaß.

In einem Aufsatz im „Berliner Conversations-Blatt für Poesie, Literatur und Kritik", 1828, schreibt Arnim:

Landsleute Hölderlins haben diesem größten aller elegischen Dichter der Deutschen durch Sammlung seiner zerstreuten Gedichte [1826], durch Wiederabdruck seines „Hyperion" [1822], durch Würdigung seiner vergessenen Werke in öffentlichen Blättern einen öffentlichen Namen zu machen gesucht. Einer derselben meint, daß bisher wohl in keiner sogenannten Ästhetik die Rede von Hölderlin gewesen! Ist das ein Unglück? Woraus machen die Ästhetiker ihre Kränze? Meist aus den zerrissenen Kränzen anderer Dichter! – Öffentlicher Name und Würdigkeit brauchen sich nicht immer gleich zusammenzutreffen; hat es doch auch große Heldenseelen in kleinen Körpern gegeben, sie haben doch endlich die Augen auf sich gezogen. So ein Geheimnis geistiger Größe ist ungefährlich, weil es sich den Rechten zur rechten Zeit offenbart.

Arnim zitiert die Hymne „Patmos" und schließt:

Am Schlusse eines so gewaltigen Gesanges sieht sich der Kritiker nach Vergleichspunkten um, sein Urteil zu sichern [...]. Aber weder *Lavater* noch Klopstock noch irgendein Zeitgenosse Hölderlins kann als Funke seiner Flamme betrachtet werden; was ihn erleuchtet, kommt aus weiter Ferne; wir ersehen es an einigen Ausdrücken heiliger Ferne, die sich vielleicht erst spät und überraschend ihm eröffnete, daß er hier nur glauben brauchte, um zu dichten.

Clemens Brentano schreibt an Philipp Otto Runge am 21. Januar 1810:

Wenn ich aber sagen soll, welche Art der Erscheinungen dieses Gartens zwischen Himmel und Erde mich besonders, nicht sowohl als Menschen überhaupt, sondern als Individuum immer tief gerührt haben, so sage ich Ihnen: das alte Rittergedicht „Tristan und Isalde", die „Fiammetta" des Boccaz, der „Standhafte Prinz" Calderons und einige Oden des wahnsinnig gewordenen Württemberger Dichters Hölderlin, z. B. seine „Elegie an die Nacht", seine „Herbstfeier", sein „Rhein", „Patmos" und andere, welche in den zwei Musenalmanachen Seckendorfs von 1807 und 1808 vergessen und unerkannt stehen. Niemals ist vielleicht hohe betrachtende Trauer so herrlich ausgesprochen worden. Manchmal wird dieser Genius dunkel und versinkt in den bittern Brunnen seines Herzens; meistens aber glänzet sein apokalyptischer Stern Wermut wunderbar rührend über das weite Meer seiner Empfindung. Wenn Sie diese Bücher finden können, so lesen Sie diese Lieder doch. Besonders ist die „*Nacht*“ klar und sternenhell und einsam und eine rück- und vorwärtstönende Glocke aller Erinnerung; ich halte sie für eines der gelungensten Gedichte überhaupt.

Im Dezember 1815 äußerte Brentano zu Gustav Schwab, daß Hölderlin sein höchstes Ideal sei. Ein Jahr später schreibt er für Luise Hensel die erste Strophe von „Brot und Wein“ ab und sagt dazu:

Ich wünsche, daß sie die wunderbare Gewalt dieses einfachen Gedichtes so fühlen könne wie ich, der es viel hundertmal seit zwölf Jahren gelesen und in mancherlei Zuständen Frieden und Erhebung drin gefunden, ja, es nie ohne tiefe Bewegung und ohne neue Bewunderung empfunden hat. Es ist dieses eine von den wenigen Dichtungen, an welchen mir das Wesen eines Kunstwerks durchaus klar geworden. Es ist so einfach, daß es alles sagt: das ganze Leben, der Mensch, seine Sehnsucht nach seiner verlorenen Vollkommenheit und die bewußtlose Herrlichkeit der Natur ist darin.

Aus Bettina von Arnims Buch „Die Günderode“:

Gewiß ist mir doch bei diesem Hölderlin, als müsse eine göttliche Gewalt wie mit Fluten ihn überströmt haben, und zwar die Sprache, in übergewaltigem raschen Sturz seine Sinne überflutend und diese darin ertränkend; und als die Strömungen verlaufen sich hatten, da waren die Sinne geschwächt und die Gewalt des Geistes überwältigt und ertötet. – Und St. Clair sagt: ja, so ists, – und er sagt noch: aber ihm zuhören sei grade, als wenn man es dem Tosen des Windes vergleiche, denn er brause immer in Hymnen dahin, die abbrechen wie wenn der Wind sich dreht, – und dann ergreife ihn wie ein tieferes Wissen, wobei einem die Idee, daß er wahnsinnig sei, ganz verschwinde, und daß sich anhöre, was er über die Verse und über die Sprache sage, wie wenn er nah dran sei, das göttliche Geheimnis der Sprache zu erleuchten, und dann verschwinde ihm wieder alles im Dunkel, und dann ermatte er in der Verwirrung und meine, es werde ihm nicht gelingen, begreiflich sich zu machen; und die Sprache bilde alles Denken, denn sie sei größer wie der Menschengeist, der sei ein Sklave nur der Sprache, und so lange sei der Geist im Menschen noch nicht der vollkommne, als die Sprache ihn nicht alleinig hervorrufe. Die Gesetze des Geistes aber seien metrisch, das fühle sich in der Sprache, sie werfe das Netz über den Geist, in dem gefangen, er das Göttliche aussprechen müsse, und so lange der Dichter noch den Versakzent suche und nicht vom Rhythmus fortgerissen werde, so lange habe seine Poesie noch keine Wahrheit, denn Poesie sei nicht das alberne sinnlose Reimen, an dem kein tieferer Geist Gefallen haben könne, sondern das sei Poesie: daß eben der Geist nur sich rhythmisch ausdrükken könne, daß nur im Rhythmus seine Sprache liege, während das Poesielose auch geistlos, mithin unrhythmisch sei – und ob es denn der Mühe lohne, mit so sprachgeistarmen Worten Gefühle in Reime zwingen zu wollen, wo nichts mehr übrig bleibe, als das mühselig gesuchte Kunststück zu reimen, das dem Geist die Kehle zuschnüre. Nur der Geist sei Poesie, der das Geheimnis eines ihm eingebornen Rhythmus in sich trage, und nur mit diesem Rhythmus könne er lebendig und sichtbar werden, denn dieser sei seine Seele, aber die Gedichte seien lauter Schemen, keine Geister mit Seelen. –

Es gebe höhere Gesetze für die Poesie, jede Gefühlsregung entwickle sich nach neuen Gesetzen, die sich nicht anwenden lassen auf andre, denn alles Wahre sei prophetisch und überströme seine Zeit mit Licht, und der Poesie allein sei anheimgegeben, dies Licht zu verbreiten, drum müsse der Geist, und könne nur, durch sie hervorgehen. Geist gehe nur durch Begeistrung hervor. – Nur allein *dem* füge sich der Rhythmus, in dem der Geist lebendig werde! – wieder: –

„Wer erzogen werde zur Poesie in göttlichem Sinn, der müsse den Geist des Höchsten für gesetzlos anerkennen über sich, und müsse das Gesetz ihm preisgeben; *nicht wie ich will, sondern wie du willt!* – und so müsse er sich kein Gesetz bauen, denn die Poesie werde sich nimmer einzwängen lassen, sondern der Versbau werde ewig ein leeres Haus bleiben, in dem nur Poltergeister sich aufhalten. Weil aber der Mensch der Begeisterung nie vertraue, könne er die Poesie als Gott nicht fassen. – Gesetz sei in der Poesie Ideengestalt, der Geist müsse sich in dieser bewegen und nicht ihr in den Weg treten, Gesetz, was der Mensch dem Göttlichen anbilden wolle, ertöte die Ideengestalt, und so könne das Göttliche sich nicht durch den Menschengeist in seinen Leib bilden. Der Leib sei die Poesie, die Ideengestalt, und dieser, sei er ergriffen vom Tragischen, werde tödlich faktisch, denn das Göttliche ströme den Mord aus Worten, die Ideengestalt, die der Leib sei der Poesie, die morde, – so sei aber ein Tragisches, was Leben ausströme in der Ideengestalt, – (Poesie) denn alles sei tragisch. – Denn das Leben im Wort (im Leib) sei Auferstehung (lebendig faktisch), die bloß aus dem Gemordeten hervorgehe. – Der Tod sei der Ursprung des Lebendigen. –

Die Poesie gefangen nehmen wollen im Gesetz, das sei nur, damit der Geist sich schaukle, an zwei Seilen sich haltend, und gebe die Anschauung, als ob er fliege. Aber ein Adler, der seinen Flug nicht abmesse – obschon die eifersüchtige Sonne ihn niederdrücke –, mit geheimarbeitender Seele im höchsten Bewußtsein dem Bewußtsein ausweiche und so die heilige lebende Möglichkeit des Geistes erhalte, in dem brüte der Geist sich selber aus und fliege – vom heiligen Rhythmus hingerissen oft, dann getragen, dann geschwungen, sich auf und ab in heiligem Wahnsinn dem Göttlichen hingegeben, denn innerlich sei dies Eine nur: die Bewegung zur Sonne, die halte am Rhythmus sich fest." –

Denn sagte er am andern Tag wieder: Es seien zwei Kunstgestalten oder zu berechnende Gesetze, die eine zeige sich auf der gottgleichen Höhe im Anfang eines Kunstwerks und neige sich gegen das Ende; die andre, wie ein freier Sonnenstrahl, der vom göttlichen Licht ab sich einen Ruhepunkt auf dem menschlichen Geist gewähre, neige ihr Gleichgewicht vom Ende zum Anfang. Da steige der Geist hinauf aus der Verzweiflung in den heiligen Wahnsinn, insofern *der* höchste menschliche Erscheinung sei, wo die Seele alle Sprachäußerung übertreffe, und führe der dichtende Gott sie ins Licht; die sei geblendet dann, und ganz getränkt vom Licht, und es erdürre ihre ursprüngliche üppige Fruchtbarkeit vom starken Sonnenlicht; aber ein so durchgebrannter Boden sei im Auferstehen begriffen, er sei eine Vorbereitung zum Übermenschlichen. Und nur die Poesie verwandle aus einem Leben ins andre, die freie nämlich. – Und es sei Schicksal der schuldlosen Geistesnatur, sich ins Organische zu bilden, im regsam Heroischen, wie im leidenden Verhalten. – Und jedes Kunstwerk sei *ein* Rhythmus nur, wo die Zäsur einen Moment des Besinnens gebe, des Widerstemmens im Geist, und dann schnell, vom Göttlichen dahingerissen, sich zum End schwinge. So offenbare sich der dichtende Gott. Die Zäsur sei eben jener lebendige Schwebepunkt des Menschengeistes, auf dem der göttliche Strahl ruhe. – Die Begeistrung, welche durch Berührung mit dem Strahl entstehe, bewege ihn, bringe ihn ins Schwanken; und das sei die Poesie, die aus dem Urlicht schöpfe und hinabströme den ganzen Rhythmus in Übermacht über den Geist der Zeit und Natur, der ihm das Sinnliche – den Gegenstand – entgegentrage, wo dann die Begeistrung bei der Berührung des Himmlischen mächtig erwache im Schwebepunkt (Menschengeist), und diesen Augenblick müsse der Dichtergeist festhalten und müsse ganz offen, ohne Hinterhalt seines Charakters sich ihm hingeben, – und so begleite diesen Hauptstrahl des göttlichen Dichtens immer noch die eigentümliche Menschennatur des Dichters, bald das tragisch Ermattende, bald das von göttlichem Heroismus angeregte Feuer schonungslos durchzugreifen, wie die ewig noch ungeschriebene Totenwelt, die durch das innere Gesetz des Geistes ihren Umschwung erhalte, bald auch eine träumerisch naive Hingebung an den göttlichen Dichtergeist, oder die liebenswürdige Gefaßtheit im Unglück; – und dies objektiviere die Originalnatur des Dichters mit in das Superlative der heroischen Virtuosität des Göttlichen hinein. –

So könnt ich Dir noch Bogen voll schreiben aus dem, was sich St. Clair in den acht Tagen aus den Reden des Hölderlin aufgeschrieben hat in abgebrochnen Sätzen, denn ich lese dies alles darin, mit dem zusammen, was St. Clair noch mündlich hinzufügte. Einmal sagte Hölderlin, alles sei Rhythmus, das ganze Schicksal des Menschen sei *ein* himmlischer Rhythmus, wie auch jedes Kunstwerk ein einziger Rhythmus sei, und alles schwinge sich von den Dichterlippen des Gottes, und wo der Menschengeist dem sich füge, das seien die verklärten Schicksale, in denen der Genius sich zeige, und das Dichten sei ein Streiten um die Wahrheit, und bald sei es in plastischem Geist, bald in athletischem, wo das Wort den Körper (Dichtungsform) ergreife, bald auch im hesperischen, das sei der Geist der Beobachtungen und erzeuge die Dichterwonnen, wo unter freudiger Sohle der Dichterklang erschalle, während die Sinne versunken seien in die notwendigen Ideengestaltungen der Geistesgewalt, die in der Zeit sei. – Diese letzte Dichtungsform sei eine hochzeitliche feierliche Vermählungsbegeistrung, und bald tauche sie sich in die Nacht und werde im Dunkel hellsehend, bald auch ströme sie im Tageslicht über alles, was dieses beleuchte. – Der gegenüber, als der humanen Zeit, stehe die furchtbare Muse der tragischen Zeit; – und wer dies nicht verstehe, meinte er, der könne nimmer zum Verständnis der hohen griechischen Kunstwerke kommen, deren Bau ein göttlich organischer sei, der nicht könne aus des Menschen Verstand hervorgehen, sondern der habe sich *Undenkbarem* geweiht. – Und so habe den Dichter der Gott gebraucht als Pfeil, seinen Rhythmus vom Bogen zu schnellen, und wer dies nicht empfinde und sich dem schmiege, der werde nie weder Geschick noch Athletentugend haben zum Dichter, und zu schwach sei ein solcher, als daß er sich fassen könne, weder im Stoff, noch in der Weltansicht der früheren, noch in der späteren Vorstellungsart unsrer Tendenzen, und keine poetischen Formen werden sich ihm offenbaren. Dichter die sich in gegebene Formen einstudieren, die können auch nur den einmal gegebenen Geist wiederholen, sie setzen sich wie Vögel auf einen Ast des Sprachbaumes und wiegen sich auf dem, nach dem Urrhythmus, der in seiner Wurzel liege, nicht aber fliege ein solcher auf als der Geistesadler von dem lebendigen Geist der Sprache ausgebrütet.

Ich verstehe alles, obschon mir vieles fremd drin ist, was die Dichtkunst belangt, wovon ich keine klare oder auch gar keine Vorstellung habe, aber ich hab besser durch diese Anschauungen des Hölderlin den Geist gefaßt, als durch das, wie mich St. Clair darüber belehrte. – Dir muß dies alles heilig und wichtig sein. – Ach, einem solchen wie Hölderlin, der im labyrinthischen Suchen leidenschaftlich hingerissen ist, dem müssen wir irgendwie begegnen, wenn auch wir das Göttliche verfolgen mit so reinem Heroismus wie er. – Mir sind seine Sprüche wie Orakelsprüche, die er als der Priester des Gottes im Wahnsinn ausruft, und gewiß ist alles Weltleben ihm gegenüber wahnsinnig, denn es begreift ihn nicht. Und wie ist doch das Geisteswesen jener beschaffen, die nicht wahnsinnig sich deuchten? – ist es nicht Wahnsinn auch, aber an dem kein Gott Anteil hat? – Wahnsinn, merk ich, nennt man das, was keinen Widerhall hat im Geist der andern, aber in mir hat dies alles Widerhall, und ich fühle in noch tieferen Tiefen des Geistes Antwort darauf hallen als bloß im Begriff. Ist's doch in meiner Seele wie im Donnergebirg, ein Widerhall weckt den andern, und so wird dies Gesagte vom Wahnsinnigen ewig mir in der Seele widerhallen.

Günderode, weil Du schreibst, daß Dir mein Denken und Schreiben und Treiben die Seele ausfülle, so will ich nicht aufhören, wie es auch kommen mag, und einst wird sich Dir alles offenbaren, und ich selber werde dann, wie Hölderlin sagt, mich in den Leib des Dichtergottes verwandlen, denn wenn ich nur

Fassungskraft habe! – denn gewiß, Feuer hab ich, – aber in meiner Seele ist es so, daß ich ein Schicksal in mir fühle, das ganz nur Rhythmus des Gottes ist, was er vom Bogen schnellt, und ich auch will mich bei der Zäsur, wo er mir ins eigne widerstrebende Urteil mein göttlich Werden gibt, schnell losreißen und in seinem Rhythmus in die Himmel mich schwingen. Denn wie vermöcht ich sonst es? – nimmer! ich fiel' zur Erde, wie alles Schicksallose. –

Und Du, Günderode, so adelig wie Du bist in Deinen poetischen Schwingungen! Klirrt da nicht die Sehne des Bogens des Dichtergottes? und lässet die Schauer uns fühlen auch in diesen leisen träumentappenden Liedern: –

Drum laß mich wie mich der Moment geboren
In ewgen Kreisen drehen sich die Horen,
Die Sterne wandlen ohne festen Stand.

sagst Du nicht dasselbe hier? – klingt nicht so der Widerhall aus der Öde in Hölderlins Seele. –

Ach, ich weiß nicht zu fassen, wie man dies Höchste nicht heilig scheuen sollte, dies Gewaltige, und wenn auch kein Echo in unseren Begriff es übertrage, doch wissen wir, daß der entfesselte Geist über Leiden, die so mit Götterhand ihm auferlegt waren, im Triumph in die Hallen des Lichts sich schwinge, aber wir! – Wissen wir Ungeprüften, ob je uns Hellung werde? – jetzt weiß ich's, ich werd ihm noch viel müssen nachgehen, doch genug zwischen uns davon; eine Erscheinung ist er in meinen Sinnen, und in mein Denken strömt es Licht. –

ANHANG

ZU DIESER AUSGABE

Vierte Auflage

Die von Pierre Bertaux getroffene Auswahl der Werke und Briefe Hölderlins sowie der Dokumente wird mit diesem Band in vierter, durchgesehener Auflage neu vorgelegt.

Anordnung und Textgestalt der Werke und Briefe nach der von Friedrich Beißner und Adolf Beck besorgten Kleinen Stuttgarter Hölderlin-Ausgabe wurden beibehalten. Die Hölderlin-Philologie hat seither erhebliche Differenzierungen erreicht, insbesondere für das Spätwerk, aber als praktische Leseausgabe ist die Kleine Stuttgarter Ausgabe noch immer unentbehrlich.

Revidiert und geringfügig umgestellt ist der Abschnitt „Dokumente" nach der von denselben Herausgebern veranstalteten Großen Stuttgarter Ausgabe, deren 7. Band beim ersten Erscheinen der vorliegenden Ausgabe (1963) noch nicht herangezogen werden konnte. Mit Ausnahme der Auszüge aus den Briefen Susette Gontards, die bis auf wenige Vereinheitlichungen in der originalen Orthographie und Interpunktion wiedergegeben sind, wurden die Dokumente heutiger Orthographie und Zeichensetzung, entsprechend der Kleinen Stuttgarter Ausgabe, angeglichen.

Neu hinzugekommen ist ein Kommentar, der das Verständnis der literarischen, historischen und mythologischen Bezüge im Werk Hölderlins erleichtern will. Auf die Berücksichtigung von Lesarten wie auf die Interpretation „dunkler" Stellen – etwa in den späten Gedichten, den Aufsätzen oder in den Übertragungen – mußte aus Raumgründen weitgehend verzichtet werden. Hier sind der Kommentar der Großen Stuttgarter Ausgabe und die reiche Sekundärliteratur heranzuziehen, deren Ergebnisse für Einzelerläuterungen in diesem Band dankbar genutzt sind.

Für eine eingehendere Beschäftigung mit dem Werk Hölderlins gibt die Literaturauswahl (S. 893 f.) erste Hinweise.

Oldenburg i. O., im September 1989 Christoph Prignitz

ANMERKUNGEN

GEDICHTE

Die frühesten Gedichte Hölderlins entstanden während seines Aufenthalts in den Klosterschulen Denkendorf (1784–1786) und Maulbronn (1786–1788); am Ende der Maulbronner Zeit sammelte er sie im sogenannten „Maulbronner Quartheft“. In diesen Gedichten wechselte Hölderlin zwischen verschiedenen Formen: Es finden sich acht- und vierzeilige Reimstrophen, Hexameter und Formen, die dem Kirchenlied nahestehen, ferner antikisierende Maße und freie Rhythmen.

Die Gedichte, die Hölderlin am Beginn der Tübinger Stiftsjahre (1788–1793) schrieb, sind seinen ersten noch ähnlich. Neues bringen erst die frühen Hymnen. Ihr formales Kennzeichen ist die hymnische Reimstrophe – Vorbild ist Schiller – mit meist acht jambischen oder trochäischen Versen und dem Reimschema ABAB. Diese Form benutzte Hölderlin auch schon vorher, andererseits entstanden noch in der Frankfurter Zeit einzelne Reimhymnen. Die größte Zahl der frühen hymnischen Gedichte wurde jedoch während der Studienjahre im Tübinger Stift verfaßt („Tübinger Hymnen“).

Hölderlins lyrisches Schaffen geriet nach seinem Weggang aus Tübingen in einen Umbruch. Philosophische Studien, biographische und politische Erfahrungen führten ihn dazu, die hymnische Reimstrophe, Ausdruck der ungeteilten Begeisterung für Ideale, die sich in den Jahren nach 1789 zu verwirklichen schienen, allmählich aufzugeben. Er versuchte sich in Distichen, im Blankvers, in der Hexameterhymne. Während der Frankfurter Jahre (1796–1798) endlich schrieb Hölderlin eine Reihe kurzer Oden, die zur Grundlage seiner reifen Odendichtung wurden. Im Unterschied zu Klopstock beschränkte sich Hölderlin auf die alkäische und die asklepiadeische Strophe, die sapphische verwendete er nur einmal. Zwei weitere Phasen sind im Odenwerk festzustellen. Die erste fällt in den Sommer 1800: Hölderlin, damals in Stuttgart, arbeitete einige der Kurzoden zu längeren Gedichten um. Die zweite zählt zum Spätwerk. Unter den von Hölderlin im Dezember 1803 in einem Brief an den Verleger Wilmans genannten „Nachtgesängen“ finden sich drei Oden, die Gedichte aus dem Jahr 1801 neu gestalten. – Nach dem Ende der frühen Hymnendichtung erschloß sich Hölderlin nicht nur neue Formen. Die Dichtung wurde ihm zunehmend zum Mittel, Leid und Unruhe zu bewältigen, die er persönlich und als Zeitgenosse revolutionärer Umbrüche erfuhr.

Die späteste Dichtung, die etwa 50 erhaltenen Texte aus der Zeit seit 1806, sind von einer starren Haltung geprägt. Meist jambisch und gereimt, meiden sie – wie auch die Briefe aus diesen Jahren – jede emotionale Bewegung. Vor 1806 aber stellte sich Hölderlin tief erschüttert dem Geschehen seiner Epoche. Er bewahrte seine Hoffnungen, nun allerdings übertragen auf die kommende Generation, und wandte sich der geschichtlichen Aufgabe Deutschlands zu. Die sogenannten „Vaterländischen Gesänge", freie Rhythmen, wie sie Klopstock und Goethe in Anlehnung an Pindar in die deutsche Literatur einführten, stehen zwar neben den großen Elegien und weiteren Formen, etwa dem Hexameterhymnus „Der Archipelagus". Da die vaterländische Thematik seit 1800 im Werk Hölderlins immer stärker hervortritt – sie beeinflußt auch die Elegien „Stuttgart" und „Heimkunft" – werden die Vaterländischen Gesänge aber zum Zentrum der späten Dichtung.

In einer Phase, in der er seine Erwartungen nicht mehr in die französischen Ereignisse setzte, sah Hölderlin auf Deutschland eine wichtige historische Mission zukommen. Zwischen Hölderlins vaterländischem Denken und der Besinnung auf nationale Werte, die sich in Deutschland im Vorfeld der Befreiungskriege durchsetzten, gibt es Verbindungen. Das Ringen um die nationale Identität hatte damals noch, was es schon bald verlieren sollte: kosmopolitische Weite und Offenheit. So sah Hölderlin die Mission Deutschlands im Rahmen einer friedlichen übernationalen, in seiner Rede: hesperischen Entwicklung. Das hat in den Vaterländischen Gesängen Hölderlins gültige dichterische Form gewonnen.

> … und mich leset, o
> Ihr Blüten von Deutschland, o mein Herz wird
> Untrügbarer Kristall, an dem
> Das Licht sich prüfet… (S. 213)

Die Datierung der Gedichte folgt den Entscheidungen der Großen Stuttgarter Ausgabe (abgek.: StA; vgl. Bd. 8, S. 290ff.). Nähere Begründungen und die Darstellung von Datierungsproblemen finden sich dort in den Erläuterungen zu den einzelnen Texten. Angegeben werden im vorliegenden Band das Jahr der Entstehung (abgek.: E), gegebenenfalls der Anlaß, ferner der Erstdruck (abgek.: D) bis hin zu den Musenalmanachen von Leo v. Seckendorf für die Jahre 1807 und 1808. Über spätere Erstdrucke gibt die Große Stuttgarter Ausgabe einen Überblick (Bd. 8, S. 282ff.).

Zur Ergänzung des Kommentars der Gedichte wie der folgenden Werke dient das Namenregister (S. 915ff.) mit Verweis auf die Erläuterung der häufig genannten mythologischen Gestalten, antiken Ortsbezeichnungen und Bauwerke.

7 DIE STILLE
E: 1788.
7 *Nach dem dreigefüßten Roß am Hochgericht*: Nach einer Anmerkung Hölderlins nimmt diese Zeile Bezug auf „ein Nürtinger Märchen". Hintergrund ist wohl der Aberglaube, sündige Menschen, Ermordete und Selbstmörder gingen nach ihrem Tod als dreibeinige Pferde um. 8 *Ossian*: Von 1760 bis 1765 veröffentlichte der Schotte James Macpherson (1736–1796) Heldengesänge, die er als Übersetzungen aus dem Gälischen ausgab; als Verfasser wurde der Barde Ossian genannt. Hölderlin lernte das Werk wohl in der Übersetzung von Michael Denis (1784) kennen. – *Sänger Gottes, Klopstock*: Friedrich Gottlieb K. (1724–1803), Verfasser des Epos „Der Messias", Oden- und Hymnendichter, war für Hölderlin stets ein wichtiges Vorbild. – *mein Mädchen*: Louise Philippine Nast (1768–1839), Tochter des Maulbronner Klosterverwalters; Hölderlin verlobte sich mit ihr, löste die Verbindung aber im Frühjahr 1789. 9 *mein Herzensfreund*: Christian Ludwig Bilfinger (1770–1850) aus Kirchheim/Teck; im Tübinger Stift entfremdeten sich die Freunde. Bilfinger wurde Jurist, seit 1795 im diplomat. Dienst.

9 ZORNIGE SEHNSUCHT
E: 1789.
10 *Mana*: Mannus, nach Tacitus der sagenhafte Stammvater der german. Hauptstämme. Die Wortform ‚Mana' geht auf Klopstock zurück.

10 KANTON SCHWEIZ. An meinen lieben Hiller
E: 1791. Hölderlin hatte in den Osterferien 1791 mit seinem Studienfreund Christian Friedrich Hiller (1769–1817) und dem Medizinstudenten Friedrich August Memminger eine Reise in die Schweiz unternommen. – D: Poetische Blumenlese fürs Jahr 1793, hrsg. v. G.F. Stäudlin.
11 *Rheinsturz*: der Rheinfall bei Schaffhausen. – *am Quelle der Freiheit*: Gemeint ist das Tal des Vierwaldstätter Sees. Die hier gelegenen drei Urkantone Schwyz, Uri und Unterwalden schlossen 1291 ein Bündnis zur Verteidigung ihrer Freiheit, das nach der Schlacht bei Morgarten (1315) zur Gründung der Eidgenossenschaft führte. – *Haken*: der Haggenpaß. – *Lego*: Name eines Sees in den Gesängen ‚Ossians'. – *Väter der Freien*: die Eidgenossen vom Rütli. 12 *des hohen/Hirten*: Abraham; vgl. 1. Mose 13,18. – *Tochter von Laban*: Rahel; vgl. 1. Mose 29,17. – *Arkadien*: Landschaft auf der Halbinsel Peloponnes, seit der Antike als idyllisches, glückliches Land gepriesen; das 18. Jahrhundert verglich die Schweiz gerne mit Arkadien.

13 AN DIE NATUR

E: 1794/95.

15 DIE EICHBÄUME

E: 1795/96. – D: Die Horen, 1797, hrsg. v. Schiller.

15 *Titanen*: die sechs Söhne und sechs Töchter des Uranos (Himmel) und der Gaia (Erde), die unter der Führung des Kronos Uranos stürzen. Kronos erfährt das gleiche Schicksal durch seine Kinder, die Kroniden; es kommt zur Titanomachie, dem Kampf der von Kronos geführten Titanen gegen die von Zeus geleiteten Kroniden. Am Ende werden die besiegten Titanen in den Tartaros, das unterirdische Schattenreich, verbannt.

15 AN DEN AETHER

E: 1797. – D: Musen-Almanach für das Jahr 1798, hrsg. v. Schiller. Die Reinschrift der Hymne sandte Hölderlin mit der Elegie „Der Wanderer" und dem ersten Band des „Hyperion" am 20. Juni 1797 an Schiller (vgl. S. 733–735). Goethe, von Schiller um seine Meinung gebeten, urteilte, wie er diesem schrieb, „nicht ganz ungünstig", was Schiller zur Veröffentlichung der Hymne mitveranlaßt haben dürfte. – Vgl. auch die Lesarten StA, Bd. 1,2, S. 505 ff.

16 *Zephir*: milder Westwind. – *den seligen Knaben*: Gemeint ist Ganymed, den Zeus raubt und zum Mundschenken an der Göttertafel macht (vgl. auch die Anm. zu S. 107, „Ganymed").

17 DER WANDERER

E: 1797. – D: Die Horen, 1797, hrsg. v. Schiller.

Die hier abgedruckte *erste* Fassung der Elegie ist in drei Stufen überliefert, einem Entwurf, einer Vorfassung und der Druckfassung, deren Vorlage nicht erhalten ist. In die Gestaltung der Druckfassung hat wohl Schiller eingegriffen (vgl. die Anm. zu S. 15, „An den Aether"). Zu den Lesarten vgl. StA, Bd. 1,2, S. 513 ff. – Vgl. ferner die *zweite* Fassung in dieser Ausgabe S. 113 ff.

17 *Olymp*: hier: der Himmel. – *Wasser bewahrte mir treulich das fromme Kamel*: Die Türken sollen, in der Wüste vom Durst geplagt, die Mägen ihrer Kamele geöffnet haben, um das darin befindliche Wasser zu trinken. – *Pygmalion*: Bildhauer der griech. Sage, der sich in eine seiner Statuen verliebt. Aphrodite, Göttin der Liebe, Schönheit und Verführung, belebt das Kunstwerk. 18 *wie Aurora den Tithon*: Aurora, röm. Göttin der Morgenröte, entführt den troischen Königssohn Tithon und bittet Zeus für ihn um Unsterblichkeit. Da sie für Tithon aber nicht auch ewige Jugend erbittet, altert er wie die sterblichen Menschen.

19 AN EINEN BAUM

E: 1797.

Wohl Schluß einer nur in Abschrift von fremder Hand überlieferten Elegie.

19 AN DIOTIMA

E: 1797.

19 *Diotima*: Der Name geht auf Platons „Symposion" zurück; Sokrates berichtet hier, die Priesterin Diotima habe ihn das Wesen der Liebe gelehrt. Er erscheint im Werk Hölderlins schon in der Erzählung „Hyperions Jugend" (1795), also bereits vor der Begegnung mit Susette Gontard, auf die er dann übertragen wird. Zu Susette Gontard vgl. die Anm. zu S. 759.

20 DIOTIMA. Jüngere Fassung

E: 1797. – D: Taschenbuch für Frauenzimmer von Bildung, auf das Jahr 1800, hrsg. v. Chr. L. Neuffer.

Von den vier Fassungen des Gedichts sind nur zwei vollständig überliefert. Die ‚jüngere Fassung', die vierte, schickte Hölderlin an Schiller (vgl. S. 739), der den Text aber nicht veröffentlichte.

22 *dein Vater und der meine*: der Sonnengott.

23 SÖMMERRINGS SEELENORGAN UND DAS PUBLIKUM / SÖMMERRINGS SEELENORGAN UND DIE DEUTSCHEN

E: Beide Epigramme finden sich auf einem Blatt, das in Sömmerrings Exemplar seines Werks „Über das Organ der Seele" (1796) eingeklebt wurde.

23 *Sömmerring*: Samuel Thomas S. (1755–1830), Anatom, bis 1792 Professor in Mainz, danach praktischer Arzt in Frankfurt a. M., wo er dem Hause Gontard verbunden war.

23 GEBET FÜR DIE UNHEILBAREN

E: 1797.

23 f. GUTER RAT und weitere Epigramme

E: Die hier abgedruckten Epigramme bis einschließlich „Falsche Popularität" sind 1797 entstanden.

23 *Advocatus diaboli*: (lat.) Anwalt des Teufels; gemeint ist der bei Heiligsprechungen auftretende Kirchenvertreter, der die Gründe gegen die Kanonisation formuliert. Hölderlin will solche Argumente gegen die im Text genannten „Genies" vorbringen.

24 AN DIOTIMA / DIOTIMA

E: Beide Gedichte entstanden 1797.

24 EINLADUNG AN NEUFFER

E: 1793.

24 *Neuffer*: Christian Ludwig N. (1769–1839) war seit 1786 im Stift, wurde 1791 Vikar am Waisenhaus in Stuttgart, später Pfarrer in Ulm. Im Stift schlossen Hölderlin, Neuffer und Rudolf Magenau (1767–1846) einen Freundschafts- und Dichterbund. Die Freundschaft Hölderlins zu Neuffer, der selbst dichtete, wurde ungefähr von 1800 an brüchig; ein Anlaß waren unterschiedliche Auffassungen über die Poesie. Bis dahin aber war Neuffer einer der vertraute-

sten Freunde Hölderlins. Vgl. auch die in diesem Band enthaltenen Briefe an Neuffer und S. 797–799.

25 EINLADUNG. Seinem Freund Neuffer

E: 1797. Zweite Fassung der „Einladung an Neuffer" (S. 24).

26 *im Grabe liegt, / Was du geliebt*: 1795 war Neuffers Braut Rosine Stäudlin gestorben.

26 AN NEUFFER

E: 1797.

27 DIE MUSSE

E: 1797.

28 *Olympus*: Götterberg in Nordgriechenland.

28 DIE VÖLKER SCHWIEGEN, SCHLUMMERTEN...

E: 1797.

28 *Getümmel*: In diesem Entwurf stehen danach die eingeklammerten Verse: „(Fünf Sommer leuchtete das große Leben/Ein unaufhörlich Wetter unter uns)" (StA, Bd. 1,2, S. 550); gemeint ist das Kriegsgeschehen der Jahre nach 1792.

29 BUONAPARTE

E: 1797.

29 *Buonaparte*: Hölderlin hat in Napoleon Bonaparte (1769–1821) wie viele seiner Zeitgenossen vor der Jahrhundertwende in erster Linie den republikanischen Feldherrn bewundert. Vgl. zu Bonaparte vor allem den hymnischen Entwurf „Dem Allbekannten" (StA, Bd. 2,1, S. 201).

29 EMPEDOKLES

E: Erster Entwurf 1797 (vgl. StA 1,2, S. 553f.). – D: Aglaia. Jahrbuch für Frauenzimmer auf 1801, hrsg. v. N. P. Stampeel.

29 *Empedokles*: Vgl. S. 869. – *So schmelzt' im Weine Perlen... / Der Königin*: Plinius d. Ä. (ca. 23–79 n. Chr.) berichtet in seiner „Naturgeschichte", die ägypt. Königin Kleopatra habe gewettet, sie könne bei einer Mahlzeit zehn Millionen Sesterzen (röm. Münzen) verzehren; um diese Wette zu gewinnen, löste sie Perlen in Weinessig auf.

30ff. AN DIE PARZEN und weitere Kurzoden

Mitte 1798 schickte Hölderlin die hier abgedruckten achtzehn Kurzoden – bis einschließlich „Die scheinheiligen Dichter" (S. 34) sowie „Sonnenuntergang" (S. 35) – an Neuffer für dessen „Taschenbuch für Frauenzimmer von Bildung, auf das Jahr 1799". Vier der Texte („Stimme des Volks", „Menschenbeifall", „Die scheinheiligen Dichter", „Sonnenuntergang") nahm Neuffer erst in den folgenden Jahrgang seiner Zeitschrift auf. – Acht dieser Kurzoden erweiterte Hölderlin 1800: „Diotima" (S. 87), „Stimme des Volks", „Lebenslauf", „Die Liebenden" (jetzt „Der Abschied"; S. 85 und 86), „Die Heimat", „Ihre Genesung", „Das Unverzeihliche" (jetzt „Die Liebe"), „An die Deutschen".

30 *Parzen*: röm. Schicksalsgöttinnen. – *Phidias*: athen. Bildhauer (5. Jh. v. Chr.).

34 DEM SONNENGOTT

E: 1798.

35 SONNENUNTERGANG

E: 1798. Vgl. die Anm. zu S. 30.

35 SOKRATES UND ALCIBIADES

E: 1798. – D: Musen-Almanach für das Jahr 1799, hrsg. v. Schiller.

35 *Sokrates und Alcibiades*: Alkibiades (um 450–404 v. Chr.), athen. Staatsmann und Feldherr, war Schüler des Sokrates (469–399 v. Chr.). Am Schluß von Platons „Symposion" hält Alkibiades eine Lobrede auf Sokrates.

35 AN UNSRE GROSSEN DICHTER

E: 1798. Hölderlin erweiterte das Gedicht später zu der Ode „Dichterberuf" (S. 95). – D: Musen-Almanach für das Jahr 1799, hrsg. v. Schiller.

35 *Bacchus*: griech. Dionysos, Sohn des Zeus und der Semele, Gott der Ekstase, seit der Zeit Hesiods (7. Jh. v. Chr.) der Gott des Weines. In der Epoche Alexanders d. Gr. (336–323 v. Chr.) entstand der Mythos vom Siegeszug des Dionysos bis nach Indien.

36 VANINI

E: 1798.

36 *Vanini*: Lucilio V. (1585–1619), ital. Philosoph, der eine pantheistische Naturphilosophie vertrat, wurde nach unstetem Abenteurerleben wegen seiner Auffassungen als Ketzer zu Toulouse verbrannt.

36 DER MENSCH

E: 1798. Zu den Lesarten vgl. StA, Bd. 1,2, S. 578 ff.

38 HYPERIONS SCHICKSALSLIED

E: 1798. – D: Hyperion, Bd. 2, 1799; vgl. S. 341.

38 DA ICH EIN KNABE WAR ...

E: 1798.

39 *Endymion*: ein schöner Jüngling, dem Zeus ewige Jugend schenkt und den Luna, die Göttin des Mondes, allnächtlich besucht.

39 ACHILL

E: 1798.

39 *Achill*: Held der griech. Sage, Sohn des Myrmidonenkönigs Peleus und der Thetis, von Chiron erzogen, galt als der schönste, schnellste, tapferste der griech. Helden vor Troja; seit Homer ist er das Ideal des frühvollendeten Jünglings, der ein kurzes, aber ruhmvolles Leben führte. Hölderlin spielt in seinem Gedicht auf die Szene in der „Ilias" an, in der Agamemnon von Achill dessen Lieb-

lingssklavin Briseis fordert; Achill zieht sich vom Kampf zurück, setzt sich ans Meer und klagt Thetis sein Schicksal.

40 MEINER VEREHRUNGSWÜRDIGEN GROSSMUTTER zu ihrem 72. Geburtstag

E: Ende 1798.

Das Gedicht ist an Hölderlins Großmutter Johanna Rosina Heyn (1725–1802) gerichtet, die am 30.12.1798 allerdings nicht ihren 72., sondern ihren 73. Geburtstag beging (vgl. auch S. 755 f.).

41 GÖTTER WANDELTEN EINST ...

E: 1799.

41 *Apoll*: griech. Apollon, lat. Apollo, Sohn des Zeus und der Leto. Noch bei Homer tritt das Gewaltige, Dunkle in den Vordergrund; seit dem 6. vorchristl. Jh. wird Apoll zum Lichtgott mit dem Beinamen Phoebus (griech. Phoibos: der Lichte, Strahlende) und mit Helios, dem Sonnengott, gleichgesetzt; auch Gott der Dichtkunst und der Weissagung. – *du*: Diotima.

41 HÖRT ICH DIE WARNENDEN ITZT ...

E: 1799.

42 ABSCHIED

E: 1799.

42 EMILIE VOR IHREM BRAUTTAG

E: 1799. – D: Taschenbuch für Frauenzimmer von Bildung, auf das Jahr 1800, hrsg. v. Chr. L. Neuffer.

Die Verserzählung, eine Idylle, entstand auf Wunsch des Stuttgarter Verlegers Johann Friedrich Steinkopf, der sich bereit erklärt hatte, eine von Hölderlin geplante Monatsschrift („Iduna") zu publizieren (vgl. auch S. 760 ff.). Im „Taschenbuch für Frauenzimmer von Bildung, auf das Jahr 1799", das Hölderlins Freund Neuffer in Steinkopfs Verlag herausgab, war die „Geschichte" „Emiliens", die das Titelkupfer darstellte, für das nächste Jahr versprochen worden. Am 18. Juni 1799 erklärte sich Hölderlin bereit, zur Einlösung dieses Versprechens ein größeres Gedicht zu schreiben.

44 *Korsika*: Der Freiheitskampf der Korsen gegen Genua und Frankreich, die Korsika unterwerfen und ausbeuten wollten, stieß in der europäischen Öffentlichkeit und auch in Deutschland vielfach auf Zustimmung. 45 *Paoli*: Pasquale P. (1725–1807), kors. Freiheitskämpfer, leitete 1755–1769 die Aufstände gegen Genua und gegen Frankreich. Nach dem Verkauf der Insel an Frankreich floh er nach England. Nach 1789 kehrte Paoli nach Korsika zurück und übernahm dort die führende Rolle. Seine Opposition gegen die Jakobiner, wohl auch Hoffnungen auf die korsische Unabhängigkeit, veranlaßten ihn, die Eroberung der Insel durch die Engländer 1794 zu unterstützen. Schon 1795 mußte er aber, in seinen politischen Erwartungen getäuscht, die Insel wieder verlassen. – *der stille*

Römer: der Dichter Horaz (65–8 v. Chr.), der in seiner 16. Epode die Römer aufforderte, die Stadt zu verlassen und nach den Inseln der Seligen auszuwandern. Er verwies dabei, sich auf Herodot berufend, auf Korsika. Einige Verse aus Horaz' Epode übersetzte Hölderlin frei. 46 *Saturnus Sohn*: Jupiter/Zeus, der das durch Saturn/Kronos verkörperte Goldene Zeitalter ablöst; auf den Inseln der Seligen dauert es jedoch fort. Vgl. auch die Ode „Natur und Kunst oder Saturn und Jupiter" (S. 92). 48 *Varustal*: Publius Quinctilius Varus, röm. Statthalter und Oberbefehlshaber in Germanien, stürzte sich 9. n. Chr. nach der Niederlage im Teutoburger Wald gegen die Truppen unter dem Cheruskerfürsten Armin(ius)/Hermann in sein Schwert. Verlauf und Ort der Schlacht sind umstritten; Hölderlin verlegt die Stelle der Schlacht an den Fuß des Knochens, eines Berges bei Bad Driburg. Dichterisch gestalteten die ‚Hermannsschlacht' Klopstock, Kleist und Grabbe. – *Braga*: nord. Gott der Dichtkunst. – *Hertha*: Nerthus, nach Tacitus die Mutter Erde der Germanen. – *Walhalla*: Walhall, die Totenhalle der altnord. Mythologie, in die Odin die gefallenen Krieger und Könige beruft.

55 *Armenion*: Der Name soll auf Arminius (vgl. die Anm. zu S. 48) verweisen; die griech. Namensform wäre allerdings Armenios.

59 ff. DIE LAUNISCHEN / DER TOD FÜRS VATERLAND / DER ZEITGEIST

E: Hölderlin sandte die drei Oden und eine Fassung des Gedichts „Diotima" (S. 20) in der zweiten Hälfte des Juli 1799 an Neuffer. – D: Neuffers „Taschenbuch für Frauenzimmer von Bildung, auf das Jahr 1800". – Zu den Lesarten von „Der Tod fürs Vaterland" vgl. StA, Bd. 1,2, S. 605 ff.

61 ff. ABENDPHANTASIE / DES MORGENS / DER MAIN

E: 1799. – D: Brittischer Damenkalender und Taschenbuch für das Jahr 1800, hrsg. v. J. L. Hadermann.

63 *Sunium*: Kap Sunion an der Südspitze Attikas; der Poseidontempel auf seiner Höhe war ein Wegweiser für die Schiffahrt. – *Olympion*: griech. Olympieion, Tempel des olympischen Zeus in Athen, dessen Bau im 6. Jh. v. Chr. begonnen und erst unter dem röm. Kaiser Hadrian (117–138) beendet wurde. - *Inseln Ioniens*: Gemeint sind nicht die „Ionischen Inseln" vor der Westküste Griechenlands im Ionischen Meer, sondern die dem antiken Ionien, der Mitte der Westküste Kleinasiens, vorgelagerten Inseln, Siedlungsgebiet der Ionier nach der Dorischen Wanderung. Im Mutterland behielten sie Attika und Euboia.

64 f. ΠΡΟΣ ΕΑΥΤΟΝ und weitere Epigramme

E: Es ist möglich, daß die folgenden fünf Epigramme (bis einschließlich „Wurzel alles Übels") für die Zeitschrift „Iduna" bestimmt waren, die Hölderlin 1799 herausgeben wollte.

64 *Πρὸς ἑαυτόν*: (griech.) „An sich selbst".

65 MEIN EIGENTUM

E: 1799.

66 PALINODIE

E: 1799.

66 *Palinodie*: Widerruf, besonders eines Gedichtes.

67 AN EINE FÜRSTIN VON DESSAU

E: Adressatin und damit Entstehungszeit dieser ohne Überschrift überlieferten Ode sind umstritten. Friedrich Beißner meint, das Gedicht sei der Fürstin Luise von Anhalt-Dessau (1750–1811) gewidmet, und nimmt als Entstehungsdatum den November 1799 an (vgl. StA, Bd. 1,2, S. 630). Werner Kirchner sieht als Adressatin die Schwiegertochter der Fürstin, die Erbprinzessin Amalie (1774 bis 1846), dritte Tochter des Landgrafen von Hessen-Homburg, die sich im Frühjahr 1800 zu einem Besuch in Homburg aufhielt, so daß das Gedicht erst 1800 entstanden sein könnte (vgl. W. K., Prinzessin Amalie von Anhalt-Dessau und Hölderlin, in: Hölderlin-Jahrbuch 1958/60, S. 55–71).

67 *Luisium*: Schloß bei Dessau, wo Hölderlin im April 1795 auf einer Wanderung nach Leipzig Station gemacht hatte. – *ein göttlich Ungewitter*: die Kriege der Revolutionszeit.

68 DER PRINZESSIN AUGUSTE VON HOMBURG

E: Kurz vor dem 23. Geburtstag der Prinzessin am 28.11.1799. Auguste von Hessen-Homburg (1776–1871) war eine Verehrerin Hölderlins und seiner Dichtung; vgl. auch S. 564.

68 *hesperische Milde*: Hesperien, das ‚Abendland', das außergriech., westliche Europa, wird im späten Denken Hölderlins als Erbe des Altertums aufgefaßt. Für den Dichter stellt Griechenland den vergangenen Göttertag, Hesperien den künftigen, ersehnten dar.

69 WOHL GEH ICH TÄGLICH

E: Dieser Entwurf ist vielleicht erst im Frühjahr 1800 entstanden.

70 GEH UNTER, SCHÖNE SONNE...

E: Noch in Homburg entstanden, möglicherweise in den ersten Monaten des Jahres 1800.

GEDICHTE NACH 1800

Oden

73 GESANG DES DEUTSCHEN

E: November 1799.

Seit der Jahrhundertwende kreiste Hölderlins Denken um den Frieden und um Deutschland, das Vaterland, um seine Besonderheiten und Entwicklungsmöglichkeiten, um seine geschichtliche Aufgabe und seine Rolle unter den Völkern. So steht der „Gesang des Deutschen" hier zu Recht am Anfang der „Gedichte nach 1800".

73 *blöde*: hier in der älteren Bedeutung von zaghaft. – *Minerva*: röm. Name für Pallas Athene, Tochter des Zeus und Schutzgöttin Athens, ferner Göttin der Weisheit; unter ihrem Schutz stand auch der Ölbaum. 74 *Platons frommer Garten*: die Akademie; sie lag beim Hain des Heros Akademos am Kephisos. Platon (427–347 v. Chr.) beeinflußte Hölderlins Bild von den Griechen nachhaltig. - *Vogel der Nacht*: die Eule, das heilige Tier der Athene. – *Urania*: eine der neun Musen, der Töchter des Zeus; Muse der Astronomie. Hölderlin sieht sie mit der Göttin der Liebe Aphrodite/Venus Urania in eins, für ihn verkörpert sie die kosmische Harmonie und die Schönheit. – *Delos*: Die Insel Delos war neben Delphi die wichtigste Stätte des Apollonkults. – *Olympia*: Kultstätte des Zeus und der Hera, Schauplatz der Olympischen Spiele.

75 DER FRIEDEN

E: Hölderlin hat die nicht zu Ende geführte Ode im Spätherbst 1799 begonnen. Eine andere als die hier wiedergegebene Anordnung der Strophen hat Werner Kirchner herausgearbeitet (vgl. W. K., Hölderlin. Aufsätze zu seiner Homburger Zeit, Göttingen 1967, S. 28 f.).

75 *Nemesis*: griech. Göttin der strafenden Gerechtigkeit.

76 AN DIE DEUTSCHEN

E: 1799/1800. Das Gedicht ist eine Erweiterung der zweistrophigen Ode gleichen Titels (S. 34; vgl. die Anm. zu S. 30).

77 *Pindos und Helikon, / Und Parnassos*: Pindos: quellenreicher Gebirgszug in Nordgriechenland, Wohnstätte der Musen. Helikon: Berg in Böotien, mit einem Heiligtum Apolls und der Musen. Parnassos: Berg in Phokis, an dessen Fuß Delphi liegt mit dem Kastalischen Quell; Apoll und den Musen heilig.

78 ROUSSEAU

E: Die unvollendete Ode auf den franz. Philosophen Jean-Jacques Rousseau (1712–1778) steht in engem Zusammenhang mit der Ode „An die Deutschen" (S. 76), deren letzte vier Strophen als Vorlage für ihre ersten vier dienten.

79 HEIDELBERG

E: 1800. Zu den Lesarten vgl. StA, Bd. 2,2, S. 409 ff. – D: Aglaia. Jahrbuch für Frauenzimmer auf 1801, hrsg. v. N. P. Stampeel.

79 *Lange lieb ich dich schon*: Hölderlin hatte Heidelberg zum ersten Mal im Juni 1788 besucht (vgl. S. 695). – *die Brücke*: Die Alte oder Karl-Theodor-Brücke. 80 *Schicksalskundige Burg*: das Heidelberger Schloß, das 1689 durch die Franzosen zerstört wurde. Nach dem Wiederaufbau wurde es 1764 vom Blitz getroffen.

80 DIE GÖTTER

E: 1800. – D: Aglaia. Jahrbuch für Frauenzimmer auf 1801, hrsg. v. N. P. Stampeel.

81 DER NECKAR

E: 1800. Diese Ode ist eine Umarbeitung des Gedichts „Der Main" (S. 63). – D: Aglaia. Jahrbuch für Frauenzimmer auf 1801, hrsg. v. N. P. Stampeel.

81 *Paktol*: goldführender Nebenfluß des Hermos in Lydien (Kleinasien). – *Smyrna*: heute: Izmir. – *Ilions Wald*: die Wälder des Gebirgszugs Ida im Süden der Landschaft Troas, die sich auch um Ilion/Troja erstrecken. 82 *Mastixbaum*: Mastix, meist in Strauchform vorkommend, Bestandteil der Macchien in Griechenland; das Harz reinigt, gekaut, die Zähne.

82 DIE HEIMAT

E: 1800. Erweiterte Fassung der Kurzode gleichen Titels (S. 32; vgl. die Anm. zu S. 30). – D: Würtembergisches Taschenbuch auf das Jahr 1806 für Freunde und Freundinnen des Vaterlandes.

83 DIE LIEBE

E: 1800. Erweiterte Fassung der Kurzode „Das Unverzeihliche" (S. 33; vgl. die Anm. zu S. 30).

83 LEBENSLAUF

E: 1800. Erweiterte Fassung der gleichnamigen Kurzode (S. 31; vgl. die Anm. zu S. 30).

84 *alles prüfe der Mensch*: Vgl. 1. Thessalonicher 5,21: „Prüfet aber alles, und das Gute behaltet", ein im Zeitalter der Aufklärung gerne zitiertes Wort.

84 IHRE GENESUNG

E: 1800. Erweiterte Fassung der Kurzode gleichen Titels (S. 33; vgl. die Anm. zu S. 30).

85 ff. DER ABSCHIED. Erste und zweite Fassung

E: 1800. Beide Fassungen sind eine Erweiterung der Kurzode „Die Liebenden" (S. 32; vgl. die Anm. zu S. 30).

85 *Lethetrank*: Lethe, im griech. Mythos der Fluß oder die Quelle der Unterwelt; hier tranken die Seelen ‚Vergessen'.

87 DIOTIMA

E: 1800. Erweiterte Fassung der Kurzode gleichen Titels (S. 30).

88 RÜCKKEHR IN DIE HEIMAT

E: 1800. – D: Für Herz und Geist. Ein Taschenbuch auf das Jahr 1801, hrsg. v. Fr. Haug.

89 DAS AHNENBILD

E: Das Gedicht entstand 1800 im Hause Christian Landauers (vgl. die Anm. zu S. 116).

89 *Ne virtus ulla pereat!*: (lat.) Daß keine Tugend verloren werde! – *Alter Vater*: Georg Friedrich Landauer (1734–1800), der Vater

Christian Landauers. – *das Söhnlein*: der Sohn Christian Landauers, der 1796 geborene Gustav.

90 AN EINE VERLOBTE
E: 1800. Ohne Überschrift und nur in Abschrift Eduard Mörikes überliefert.

91 ERMUNTERUNG. Zweite Fassung
E: Begonnen wohl noch vor der Jahrhundertwende, vollendet vielleicht erst zu Beginn des Jahrs 1801. Es sind zwei Fassungen überliefert (vgl. StA Bd. 2,1, S. 33 ff.).

92 NATUR UND KUNST oder SATURN UND JUPITER
E: Spätestens Anfang 1801 vollendet.
92 *Saturn und Jupiter*: Saturn, gleichgesetzt mit Kronos, dem griech. „Gott der goldenen Zeit", der Urzeit, ist der Vater Jupiters/Zeus'. Der Titan Kronos wird durch seine Kinder, die Kroniden, gestürzt (vgl. die Anm. zu S. 15, auch zu S. 46). 93 *Kronion*: Sohn des Kronos; gemeint ist Jupiter/Zeus. – *Sohn/Der Zeit*: Der Name des Kronos wird hier auf Chronos, „Zeit", bezogen.

93 AN EDUARD. Zweite Fassung
E: 1801 vollendet. Vgl. den Abdruck der dritten Fassung, S. 94 („Die Dioskuren"); zu den Fassungen im einzelnen vgl. StA, Bd. 2,1, S. 39 ff. – Aus der Überschrift des ersten Entwurfs geht hervor, an wen Hölderlin die Ode richtete: „Bundestreue. An Sinclair".
93 *Gestirn*: Gemeint sind die Dioskuren, die griech. Helden und Zwillingsbrüder Kastor und Polydeukes, lat. Pollux; sie galten als Symbol der Freundschaft. 94 *mein Achill*: Anrede an Sinclair (vgl. die Anm. zu S. 150). Achill rächte vor Troja seinen Freund Patroklos.

94 DIE DIOSKUREN
E: 1802. Vgl. die Anm. zu S. 93, „An Eduard".

95 UNTER DEN ALPEN GESUNGEN
E: 1801. – D: Musen-Almanach für das Jahr 1802, hrsg. v. B. Vermehren.

95 DICHTERBERUF
E: 1800/1801. Hölderlin hat mit dieser Ode das Gedicht „An unsre großen Dichter" (S. 35 f.) erweitert. – D: Flora. Teutschlands Töchtern geweiht, 1802, hrsg. v. L. F. Huber.
96 *als du die/Locken ergriffen*: Die Anrede bezieht sich auf einen der zuvor genannten „Himmlischen"; vgl. Hesekiel 8, 1–3. – *die Donner*: Gemeint sind die Zeitereignisse: die Französische Revolution und die Revolutionskriege.

97 STIMME DES VOLKS. Zweite Fassung
E: 1801. Erweiterung der Kurzode gleichen Titels (S. 31). Zur er-

sten Fassung vgl. StA, Bd. 2,1, S. 49f. – D: Flora. Teutschlands Töchtern geweiht, 1802, hrsg. v. L. F. Huber.

98 *nicht des Adlers Jungen allein...*: Vgl. die Passage aus dem „Empedokles", S. 426. 99 *Xanthos...*: Fluß in Lykien, an dem die Stadt gleichen Namens lag. Sie ging zweimal in Flammen auf: 545 v. Chr., als die Perser Lykien unterwarfen, dann 42 v. Chr., als die Römer unter Brutus die Stadt belagerten; die Xanthier sollen ihre Stadt und sich selbst vernichtet haben. – *des Stromes Rohr*: Schilfrohr.

100 DER BLINDE SÄNGER

E: 1801. Erste Fassung des folgenden Gedichts „Chiron".

100 *Ελυσεν αινον αχος απ' ομματων Αρης*: Sophokles, „Aias", v. 706, in Hölderlins Übersetzung: „Gelöst hat den grausamen Kummer von den Augen Ares." – *Fittige/Des Himmels*: die Vögel. – *Donnerer*: Zeus.

101 ff. CHIRON und weitere Gedichte („Nachtgesänge")

Hölderlin wurde offenbar von dem Frankfurter Verleger Friedrich Wilmans gebeten, ihm Beiträge für sein „Taschenbuch" zu senden. Ende 1803 sagte er zu und ging an die „Durchsicht einiger Nachtgesänge", wie er Wilmans im Dezember schrieb (vgl. S. 792). Im „Taschenbuch für das Jahr 1805. Der Liebe und Freundschaft gewidmet" erschienen dann: „Chiron" (erste Fassung: „Der blinde Sänger"), „Tränen", „An die Hoffnung" (erste Fassung: „Bitte"), „Vulkan", „Blödigkeit" (Vorform: „Dichtermut"), „Ganymed" (Vorfassung: „Der gefesselte Strom"), „Lebensalter" (S. 138), „Der Winkel von Hardt" (S. 138) und „Hälfte des Lebens" (S. 138f.). Der Begriff „Nachtgesänge" schließt sich an den mythischen Gebrauch des Wortes „Nacht" an. Hölderlin versteht darunter eine Epoche, die durch die Entfremdung des Menschen von der Natur und die menschliche Selbstentfremdung bestimmt ist. Die „Nachtgesänge" halten die Erinnerung an eine bessere Zeit wach.

101 *Chiron*: weiser Zentaur, Erzieher Achills und Jasons, wurde von Herakles unabsichtlich durch einen giftigen Pfeil verwundet. Der Tod kann ihn, den unsterblichen Sohn des Kronos, nicht erlösen. Doch hofft Chiron auf eine Wahrsagung: Der an einen Felsen des Kaukasos geschmiedete Prometheus kann nur gerettet werden, wenn ein Gott den Tod für ihn auf sich nimmt. Herakles kann den Adler erlegen, der die Leber des Prometheus frißt, den Titanensohn befreien und Zeus Chirons Willen verkünden, für Prometheus zu sterben. Der Chiron Hölderlins sehnt sich danach und glaubt daran, daß Herakles ihm nun bald gute Nachrichten bringen wird. 102 *Der Halbgott, Zevs Knecht*: Herakles. – *Irrstern*: die Sonne, der „Herrscher, mit Sporen". 103 *Wolken des Wilds*: Zugrunde liegt wohl, daß Chiron von Ixion und Nephele, griech. „Wolke", abstammen soll.

103 TRÄNEN / AN DIE HOFFNUNG

E: Vgl. die Anm. zu S. 101.

104 VULKAN

E: Vgl. die Anm. zu S. 101.

104 *Vulkan*: röm. Gott des Feuers und der Schmiedekunst. – *Boreas*: unfreundlicher Nordwind.

105 DICHTERMUT. Zweite Fassung

E: 1801. Zur ersten Fassung vgl. StA, Bd. 2,1, S. 62f.

105 *Sonnengott*: Apollon, der auch der Gott der Dichtkunst ist.

106 BLÖDIGKEIT

E: Neubearbeitung von „Dichtermut". Vgl. die Anm. zu S. 101.

106 *Blödigkeit*: hier Schüchternheit, Zaghaftigkeit, Zurückhaltung.

107 DER GEFESSELTE STROM

E: 1801.

107 *des/Ozeans Sohn, des Titanenfreundes*: Okeanos, der Vater der Gewässer, ist nach Hesiod selbst einer der Titanen; in Aischylos' „Gefesseltem Prometheus" erscheint er nur als „Freund" des Titanensohns Prometheus.

107 GANYMED

E: Die Ode ist die Neufassung von „Der gefesselte Strom". Vgl. die Anm. zu S. 101.

107 *Ganymed*: Sohn des trojan. Königs Tros und der Nymphe Kallirrhoe, Enkel des Flusses Skamander und Urenkel des Okeanos und der Tethys. Er wird durch Zeus in Gestalt eines Adlers vom Gipfel des quellenreichen Ida-Gebirges entführt, um statt der Hebe Mundschenk an der Göttertafel zu werden.

Elegien

109 MENONS KLAGEN UM DIOTIMA

E: 1800. Die erste Fassung trägt die Überschrift „Elegie". – D: Hölderlin gab das Gedicht zusammen mit der Ode „Unter den Alpen gesungen" an Johann Bernhard Vermehren (1774–1803), der in seinem „Musen-Almanach für das Jahr 1802" den ersten, im „Musen-Almanach für das Jahr 1803" den zweiten Teil veröffentlichte. Vgl. auch die Anm. zu S. 95.

109 *Menon*: griech. Name, der soviel wie „der Wartende, Ausharrende" bedeutet; vgl. Platons Dialog „Menon". 111 *wie den Götterlosen*: Nach der Sage saßen die Griechen – wie Tantalos –, ehe sie durch Hybris ‚götterlos' wurden, mit den Göttern „an seligem Tisch". 112 *von silbernen Bergen Apollons*: Gemeint sind die beiden von Schnee bedeckten Gipfel des Parnassos, des griech. Gebirgszugs, der Apollon und den Musen geweiht war.

113 DER WANDERER
E: 1800. Vgl. die erste Fassung gleichen Titels, S. 17. – D: Flora. Teutschlands Töchtern geweiht, 1801, hrsg. v. L.F. Huber.
113 *Wasser...*: Vgl. die Anm. zu S. 17. – *vom wandernden Vogel der Heimat*: der Storch.

116 DER GANG AUFS LAND. An Landauer
E: 1800. Anlaß zu dieser Elegie war die Grundsteinlegung oder das Richtfest für ein Gasthaus, vielleicht in Landauers Garten vor der Stadt.
116 *Landauer*: Christian L. (1769–1845). Hölderlin lernte ihn 1795 kennen und gewann ihn in Frankfurt zum Freund. Im Jahr 1800 lebte der Dichter glücklich für einige Zeit im Stuttgarter Haus des kunstsinnigen, demokratisch eingestellten Tuchhändlers. Vgl. auch S. 89f. mit Anm. und die Briefe an Landauer, S. 783–785.

117 STUTTGART. An Siegfried Schmid
E: 1800. – D: Musenalmanach für das Jahr 1807, hrsg. v. L. v. Seckendorf (unter der Überschrift „Die Herbstfeier").
117 *Siegfried Schmid*: (1774–1859), Freund Hölderlins, den dieser 1797 in Frankfurt kennengelernt hatte. – *den heiligen Stab...*: die aus Trauben gebildete Riesentraube, die bei der Herbstfeier vorangetragen wird; auch Hinweis auf den Thyrsos, den mit Efeu und Weinlaub geschmückten Stab der Dionysosverehrerinnen. Die folgenden Verse setzen die Anspielung fort; „jauchzt", „Wagen, bespannt mit freiem Wilde": Dionysos führt bisweilen den Zug mit einem Tigergespann an. 118 *schmelzet, wie Perlen, der Wein*: Vgl. die Anm. zu S. 29. – *Geburtsort*: Lauffen. – *Leiden der Liebe geheilt*: Schmid wußte von Hölderlins Liebe zu Susette Gontard. – *Barbarossa*: Kaiser Friedrich I. (um 1125–1190), 1147–1152 Herzog von Schwaben. – *gütiger Christoph*: 1550–1568 Herzog von Württemberg, schuf u.a. das württ. Landrecht. – *Konradin*: Konrad (1252–1268), Herzog von Schwaben, der letzte Staufer. 119 *Fremdling*: Schmid stammte aus Friedberg in der Wetterau. 120 *Dank für den*: Dank für Siegfried Schmid.

120 BROT UND WEIN. An Heinze
E: 1800/1801. – D: Musenalmanach für das Jahr 1807, hrsg. v. L. v. Seckendorf (v. 1–18 unter dem Titel „Die Nacht").
120 *Heinze*: Gemeint ist Wilhelm Heinse (1746–1803), Verfasser des Romans „Ardinghello und die glückseeligen Inseln" (1787), ein Freund der Gontards, der 1796 Susette Gontard und Hölderlin nach Kassel und Driburg begleitet hatte. 121 *dich*: Anrede an Heinse. – *frohlockender Wahnsinn...*: die göttliche Begeisterung, Mania, die nach Platon („Phaidros") Voraussetzung des künstlerischen Schaffens ist. Die Mania galt als Gabe des Dionysos, dessen Verehrung zu nächtlicher Zeit stattfand. – *Isthmos*: Landenge (von

Korinth). – *Parnaß*: Der Parnassos war nicht nur Apollon und den Musen, sondern auch Dionysos heilig. – *Cithäron*: Gebirge an der Südgrenze Böotiens. 122 *Thebe*: eine Nymphe, Geliebte des böotischen Flußgottes Asopos. – *Ismenos*: Fluß in Böotien bei Theben. – *Kadmos*: Gründer und erster König von Theben, wo Dionysos geboren wurde. 123 *er... nahm des Menschen Gestalt an*: Christus. – *Freund*: Gemeint ist Heinse. 124 *sagst du*: Gemeint ist wiederum Heinse. – *ein stiller Genius*: Christus. – *vom donnernden Gott*: Dionysos, der Sohn des Zeus. – *sie sagen... er söhne den Tag mit der Nacht aus...*: In der „Antigone" des Sophokles wird Dionysos als „Chorführer der Gestirn'" bezeichnet (vgl. S. 663). „Sie": die Griechen. – *Fichte, Efeu*: Attribute des Dionysos. – *Was der Alten Gesang...*: Die Prophezeiungen der Bibel vom Reich Gottes und der antike Traum von der Wiederkehr des Goldenen Zeitalters werden sich, in der Sicht Hölderlins, an den Zeitgenossen erfüllen. 125 *Fackelschwinger des Höchsten/Sohn, der Syrier*: kann auf Dionysos wie auf Christus bezogen werden. – *in Armen der Erde der Titan*: In der ersten Pythischen Ode Pindars, die Hölderlin übersetzte, wird geschildert, wie der Titan Typhon unter der Erde ausgestreckt zwischen Vesuv und Ätna liegt; er bewirkt die Tätigkeit der Vulkane und die Erdbeben. – *der neidische... Cerberus*: Kerberos, der Wachhund der Unterwelt, wird von Dionysos, der durch den Wein auch Spender des Schlafes ist, bezähmt, als Dionysos seine Mutter Semele aus dem Hades holt.

125 HEIMKUNFT. An die Verwandten

E: 1801. – D: Flora. Teutschlands Töchtern geweiht, 1802, hrsg. v. L. F. Huber.

125 *Gewittervogel*: der Adler, das heilige Tier des Zeus. – *der reine/Selige Gott*: der „Vater Äther". 126 *sprach ich zu ihm*: zum „Vater Äther". – *der See*: Bodensee. – *die Stadt*: Lindau. 127 *das göttliche Wild*: der Rhein. – *des heiligen Friedens/Bogen*: der Regenbogen. – *vom großen Vater*: „Vater Äther".

Einzelne Formen

129 DER ARCHIPELAGUS

E: 1800. – D: Vierteljährliche Unterhaltungen, 1804, hrsg. v. L. F. Huber.

129 *Archipelagus*: allgem. „Inselgruppe", aber auch Name der Inseln des Ägäischen Meeres. Hölderlin überträgt den Namen auf das Meer selbst, denkt an eine göttliche Wesenheit, den „Meergott". 130 *Mäander... Kayster*: Flüsse in Kleinasien. – *der Erstgeborne... Nil*: In der „Theogonie" Hesiods wird der Nil als erster der Flüsse

genannt, die Tethys dem Okeanos gebiert. – *Der zu lange sich barg*: Als Phaëthon mit dem Sonnenwagen seines Vaters Phoebus abstürzt und die Welt in Flammen setzt, trocknen alle Flüsse aus, nur der Nil, heißt es bei Ovid, entfloh bis „zu der Erde fernstem Saum" und „barg sein Haupt erschrocken: / Noch heute birgt er's, niemand meldet: wo?/Doch seine sieben Arme lagen trocken/Gleich Dünentälern" (Ovid, Metamorphosen II, v. 254ff.). – *Burg*: die Akropolis. 131 *Agora*: der Marktplatz als Mittelpunkt des öffentlichen Lebens der Griechen; auch die Volksversammlung. – *Tyros*: phöniz. Handelsstadt (heute Sur im Libanon). – *Kolchis*: Landschaft am östl. Schwarzen Meer. – *Herkules Säulen*: die Meerenge von Gibraltar. – *zu neuen seligen Inseln*: zu den Inseln der Seligen, wo die Helden und Halbgötter ein sorgenfreies ewiges Leben führen. – *Ekbatana*: Sommerresidenz der Perserkönige. – *Athene ... fällt*: Die Perser besetzten 480 v. Chr. Böotien und Attika. – *o Tag an Salamis Ufern*: Bei der Insel Salamis im Golf von Ägina bei Athen siegte 480 v. Chr. die griech. Flotte über die persische. 132 *Strom*: der südl. von Athen fließende Ilissus. 133 *Portikus*: Säulenhalle, Säulengang. – *Kolonos*: durch Pferdezucht berühmte Gemeinde bei Athen. 134 *Gott der Woge*: Poseidon, der neben Athene in Athen am meisten verehrte Gott. – *Blühet die Stadt itzt auf*: Nach den griechisch-persischen Kriegen erlebte Athen unter Perikles (ca. 500–429 v. Chr.) eine bauliche Blüte; die Akropolis wurde wiederaufgebaut, zahlreiche neue Tempel entstanden. – *Pentele*: Berg bei Athen, durch seinen Marmor berühmt. – *Der Prytanen Gemach*: Gemeint ist das Prytaneion (Rat- oder Gemeindehaus); Prytanen: die Mitglieder des geschäftsführenden Ausschusses des Rates der Fünfhundert. – *Tempe*: ein vom Peneios eingegrabenes Tal in Thessalien. 135 *die prophetischen Haine Dodonas*: Dodona: dem Zeus geweihte Orakelstätte in Epirus, wo sich der Gott im Rauschen heiliger Eichen mitteilte. – *der delphische Gott*: Apollon, der in Delphi weissagte. – *Stadt des redlichen Sehers*: Theben, der Wohnort des blinden Sehers Teiresias. – *des großen Donnerers Stimme*: Zeus, der über Blitz und Donner gebietet. 136 *bei Marathon*: Dort siegten die Athener 490 v. Chr. über die Perser. – *auf Chäroneas Gefilden*: Philipp von Makedonien besiegte dort 338 v. Chr. die Griechen. – *Klagt ins Schlachttal ...*: Gemeint ist die Schlacht bei den Thermopylen, dem Engpaß zwischen dem Malischen Meerbusen und dem Öta-Gebirge, in der 480 v. Chr. dreihundert Spartaner im Kampf mit den Persern fielen.

137 DIE ENTSCHLAFENEN

E: 1800. Das Epitaph entstand im Hause Christian Landauers; dessen Bruder war am 6.6.1800 verstorben, der Vater am 21.8.1800 (vgl. auch „Das Ahnenbild", S. 89).

137 AN LANDAUER

E: Aus Anlaß von Christian Landauers 31. Geburtstag am 11. 12. 1800.

137 *Der kluge Gott*: Hermes/Merkur, der Gott der Kaufleute. – *Wolk und Winde*: Gemeint ist das unruhige Zeitgeschehen. – *und jedes gehet morgen...*: Hölderlin reiste Anfang 1801 nach Hauptwil in der Schweiz ab.

138 LEBENSALTER

E: Vgl. die Anm. zu S. 101.

138 *Palmyra*: Stadt in einer Oase der syrischen Wüste, die 273 n. Chr. von den Römern zerstört wurde; nur noch Ruinen blieben, darunter die „Säulenwälder", denen die „Kronen", Kapitelle und Dächer, fehlen.

138 DER WINKEL VON HARDT

E: Vgl. die Anm. zu S. 101.

138 *Winkel*: Der im Wald bei Hardt, zwischen Nürtingen und Denkendorf, befindliche (Schlupf-)„Winkel" ist der Ulrichstein, der aus zwei Steinplatten besteht. Hier soll sich „Ulrich" von Württemberg (1487–1550) auf der Flucht verborgen haben.

138 HÄLFTE DES LEBENS

E: Vgl. die Anm. zu S. 101.

139 WIE WENN AM FEIERTAGE...

E: Ende 1799. Zu den Lesarten des Hymnenfragments vgl. StA, Bd. 2,2, S. 667ff.

139 *So stehn sie*: die Dichter. 140 *Taten der Welt*: die Französische Revolution und die Revolutionskriege. – *So fiel, wie Dichter sagen...*: Homer, Hesiod, Pindar, Euripides, dem sich Hölderlin anschließt, und Ovid berichten neben anderen von Semele. Die Tochter des Königs Kadmos von Theben ist die Geliebte des Zeus. Als er ihr in seiner wahren Gestalt, unter Blitz und Donner, erscheint, verbrennt sie unter dem göttlichen Strahl; nur die Leibesfrucht, aus der Dionysos/Bacchus hervorgeht, wird gerettet.

Die vaterländischen Gesänge

Hölderlin selbst veröffentlichte von den 1800/01–1803 entstandenen Gesängen (von Friedrich Beißner „Vaterländische Gesänge" genannt) nur „Die Wanderung". Aus seinen Äußerungen gegenüber dem Verleger Wilmans, bei dem seine Sophokles-Übersetzungen erschienen, wird aber deutlich, daß er weitere dieser Gesänge herausgeben wollte. So schrieb er am 8. 12. 1803 an den Verleger: „Einzelne lyrische größere

Gedichte, 3 oder 4 Bogen, so daß jedes besonders gedruckt wird, weil der Inhalt unmittelbar das Vaterland angehn soll oder die Zeit, will ich Ihnen auch noch diesen Winter zuschicken." (Vgl. ferner Hölderlins S. 792 f. abgedruckten Brief an Wilmans.) Die Reinschrift der „Friedensfeier", die im Jahr 1954 aufgefunden wurde, ist die Vorlage für eine der von Hölderlin geplanten Einzelveröffentlichungen (vgl. die Vorbemerkung S. 165).

142 DER MUTTER ERDE

E: Wohl Herbst 1800. Zu den Lesarten vgl. StA, Bd. 2,2, S. 682 ff.

142 *Noch aber*: vielleicht zu ergänzen: „... ist die Zeit nicht gekommen, daß der Chor des Volks den heiligen Vater preist." (StA, Bd. 2,2, S. 685) 143 *Wie ein Gott sinken die Arme / Der Menschen*: Beißner ergänzt: „Wie (= sobald als) ein Gott sich von der Erde abkehrt, sinken die Arme der [betenden] Menschen." (StA, Bd. 2,2, S. 685) – *Ni*: Beißner vermutet den folgenden Sinn: „Nicht ziemet es sich" (StA, Bd. 2,2, S. 686).

144 AM QUELL DER DONAU

E: 1801. Zu den Lesarten vgl. StA, Bd. 2,2, S. 687 ff.

144 *Kapitol*: der Burgberg Roms, im engeren Sinne der Tempel des Jupiter Capitolinus auf dem südl. Teil des Hügels. 145 *Isthmos*: die Landenge von Korinth war auch Ort der Isthmischen Spiele. – *Cephiß*: Fluß bei Athen. – *Taygetos*: Gebirge bei Sparta. – *Taglang auf Bergen gewurzelt*: Vgl. 2. Mose 24,16–18.

146 DIE WANDERUNG

E: 1801. – D: Flora. Teutschlands Töchtern geweiht, 1802, hrsg. v. L. F. Huber.

146 *Suevien*: (lat.) Schwaben. 147 *Lombarda*: Lombardei. – *See*: Bodensee. – *Das gastfreundliche genennet*: Das Schwarze Meer nannten die Griechen das gastfreundliche Meer. 148 *Tayget*: Vgl. die Anm. zu S. 145. – *Hymettos*: Gebirgszug in Attika, südöstl. von Athen, wegen seines Marmors und seines Honigs berühmt. – *Parnassos Quell*: der Kastalische Quell. – *des Tmolos/Goldglänzenden Bächen*: Auf dem Tmolos in Lydien entspringt der Paktol. Er war wegen seines Goldvorkommens berühmt. – *Land des Homer*: Ionien. 149 *Thetis*: Tochter des Meergottes Nereus und Mutter des Achill. Oft, wie hier von Hölderlin, verwechselt mit Tethys, der Schwester und Gattin des Okeanos. – *Mit Gewalt wollt er ans Herz ihr stürzen*: Hölderlin spielt darauf an, daß der Rhein, der Sohn „Sueviens", auf seinem Lauf nach Norden ans Herz der Mutter stürzt, von dem Knick bei Chur an bis zur Mündung in den Bodensee. Dann geht er „seitwärts" hinweg („Der Ister", S. 196). – *Grazien ... Charitinnen*: Die Chariten (die „Holden", lat. die Grazien) sind drei Gottheiten: Euphrosyne (Frohsinn), Aglaia (Glanz) und Thalia (Blüte).

150 DER RHEIN. An Isaak von Sinclair

E: 1801. – D: Musenalmanach für das Jahr 1808, hrsg. v. L. v. Seckendorf.

150 *Sinclair*: Isaak v. S. (1775–1815) lernte Hölderlin schon während des Studiums in Tübingen kennen. Der Jurist und Dichter trat trotz seiner republikanischen Gesinnung in die Dienste des Landgrafen in Homburg, wo Hölderlin in den Jahren 1798–1800 und 1804–1806 in seiner Nähe lebte. Sinclair betrachtete Hölderlin seit 1795 als „Herzensfreund instar omnium". Die Beziehung zwischen Hölderlin und Sinclair war nicht ohne Spannungen, doch gilt Hölderlins Wort vom Oktober 1798: „Wesentlich ist aber der geistreiche, verständige, herzliche Umgang meines Sinclair. Bei einem solchen Manne ist jede Stunde für den andern Gewinn an Seele und Freude." (Vgl. auch S. 93, „An Eduard", mit Anm. und den Brief an Sinclair, S. 750f.) – *Küsten Moreas*: Morea: im Mittelalter gebräuchl. gewordener Name für die Halbinsel Peloponnes. – *Rhodanus*: die Rhone. – *Nach Asia*: nach Osten. 151 *Zähne*: „Schlund" (Lesart). – *Zerreißt er die Schlangen*: Hölderlin spielt auf Herakles an, der als Säugling zwei von Hera geschickte Schlangen tötet. 154 *Bielersee*: Auf der Petersinsel dieses Sees im Kanton Bern verbrachte Rousseau 1765 einige Wochen und erfuhr hier in idyllischer Abgeschiedenheit die stärkende Kraft der Natur. 155 *Ein Weiser*: Sokrates, der beim „Gastmahl" (vgl. Platons so überschriebenen Dialog) als einziger bis zum Morgen wach blieb.

155 GERMANIEN

E: 1801.

156 *es tönt im innersten Haine*: Vgl. die Anm. zu S. 135 („die prophetischen Haine Dodonas"). 157 *Priesterin*: Germania. – *ein Sturm*: die Revolutionskriege, die der Frieden von Lunéville (9. 2. 1801) beendete. – *Der Jugendliche*: der Adler, der sich verjüngt hat. – *Blume des Mundes*: Gemeint ist die Sprache. – *Die Mutter ist von allem*: die Erde. 158 *Die unbedürftigen*: Gemeint sind die griech. Götter, in diesem Gesang auch als „Vergangene" und „Vergangengöttliches" bezeichnet.

158ff. VERSÖHNENDER, DER DU NIMMERGEGLAUBT... Erste bis dritte Fassung

E: Der Gesang ist unter dem Eindruck des Friedens von Lunéville (9. 2. 1801) konzipiert worden. Vgl. auch unten die Anm. zur „Friedensfeier". Zu den Lesarten vgl. StA, Bd. 2,2, S. 699ff.

159 *Allerhaltender*: Angeredet wird der Frieden. – *Jüngling*: Gemeint ist Christus. 160 *größer, denn sein Feld*: Christus war „größer" als sein „Feld", seine Sendung umfaßte mehr, als er zunächst verkünden und wirken konnte. – *Wie der Meister tritt er...*: Gemeint ist „der Götter Gott". – *Geringer und größer erscheint er*: Vgl. die Anm.

zu S. 164. – *Und so auch du*: Christus wird noch angeredet. 162 *aber o du*: Christus, der wenig später mit „Jüngling" angesprochen wird, der „Syrier", wie es in „Brot und Wein" heißt (S. 125). Zu den folgenden Versen vgl. Joh. 4, 4–42. 164 *Zur Herrschaft war der immer zu groß* ...: Christus war „zu groß" und doch „geringer denn er", denn der Vater. Wenige Verse später heißt es vom Vater, er erscheine „geringer und größer" als der Sohn.

164 FRIEDENSFEIER

E: Die ersten Entwürfe, die drei Fassungen von „Versöhnender, der du nimmergeglaubt...", sind S. 158–164 abgedruckt. Die endgültige Fassung der „Friedensfeier" ist wohl im Herbst 1802 entstanden. Es handelt sich um die Druckvorlage für eine geplante Einzelveröffentlichung (vgl. zu den „Vaterländischen Gesängen", S. 854f.). Diese Fassung tauchte erst im Jahre 1954 wieder auf und führte zu einer Kontroverse um die Interpretation, die vor allem um die Frage kreiste, wer der „Fürst des Fests" sei.

Die „Friedensfeier" geht auf den Frieden von Lunéville zurück (9.2.1801), der die französischen Revolutionskriege abschloß. Frankreich erhielt das linke Rheinufer und erlangte die Anerkennung der von ihm gegründeten Republiken. Die Entschädigung der deutschen Fürsten für die linksrheinischen Gebietsverluste regelte der Reichsdeputationshauptschluß. – Vgl. auch Hölderlins Brief vom 23.2.1801 (S. 781f.).

166 *aber o du*: Vgl. die Anm. zu S. 162. 168 *Satyren*: übermütige Wesen an der Grenze zwischen Mensch und Tier im Gefolge des Dionysos. Der „Feind", der die „Kinder", die Menschen, der „Mutter Natur" gestohlen hat, ist der „Geist der Unruh", „der furchtbare/Sohn der Natur"; vgl. die Gedichte „Die Muße" (S. 27) und „Die Völker schwiegen, schlummerten..." (S. 28). Er stellt sich neben den Göttern schließlich nur wie einer der „Satyren" dar.

169ff. DER EINZIGE: Erste bis dritte Fassung

E: Die erste Fassung wurde Herbst 1801/Herbst 1802 entworfen, die zweite und die dritte Fassung sind wahrscheinlich im Sommer und Herbst 1803 entstanden.

169 *Apollo ging/In Königsgestalt*: Apollon trägt in der griech. Dichtung auch den Beinamen „Herrscher", „König" oder „Fürst". – *Elis*: Landschaft im Westen der Halbinsel Peloponnes, in der Olympia liegt. – *Smyrna ... Ephesos*: Städte in Ionien. 170 *Noch Einen such ich*: Christus. – *Mein Meister und Herr*: Vgl. Joh. 13,13. – *des* Eviers: Name des Dionysos. – *Die weltlichen Männer*: Dionysos und Herakles im Unterschied zu Christus, dem ‚geistlichen Mann'. 171 *Denn wie der Meister*: Christus. – *sehr betrübt war auch/Der Sohn*: Vgl. Matth. 26,38 und Markus 14,34. – *Helden*: Dionysos und Herakles. 173 *Fallstrick*: Hölderlin spielt auf Dionysos

an, der nach Euripides dem „Fallstrick“ entkommt, mit dem er auf Befehl des theban. Königs Pentheus gefesselt werden soll. – *Gärten der Büßenden*: die Klöster des Mittelalters. – *Der Pilgrime Wandern und der Völker*: Gemeint sind wohl die Kreuzzüge und die Völkerwanderung. – *Des Barden oder Afrikaners*: Hier können Klopstock oder Ossian gemeint sein (vgl. die Anm. zu S. 8), ferner Augustinus (354–430), der in Thagaste (Numidien) geboren wurde und Bischof in Hippo Regius (Nordafrika) war. 174 *Auf schönen Inseln*: Vgl. die Anm. zu S. 131. 176 *Der Ort war aber/Die Wüste*: Vgl. Matth. 4,1–4. – *So sind jene sich gleich*: Die drei ein „Kleeblatt“ bildenden Halbgötter Christus, Herakles und Dionysos. – *Des dürfen*: dessen bedürfen. – *stehn die*: „Jene drei“, die drei Halbgötter.

177ff. PATMOS. Dem Landgrafen von Homburg

E: Die Hymne ist wohl 1802 vollendet worden, die S. 183–193 abgedruckten späteren Bearbeitungen entstanden 1803. – D: Musenalmanach für das Jahr 1808, hrsg. v. L. v. Seckendorf.

Zu den biblischen Bezügen vgl. die detaillierten Nachweise StA, Bd. 2,2, S. 788ff.

177 *Patmos*: Insel im Ägäischen Meer, auf der der Evangelist Johannes als Verbannter gelebt und die Geheime Offenbarung geschrieben haben soll. – *Landgraf von Homburg*: Friedrich V. von Hessen-Homburg (1748–1820), dem Hölderlin zum 55. Geburtstag am 30.1.1803 die Hymne durch Sinclair überreichen ließ. Der menschenscheue Landgraf galt als gebildet und sehr religiös. – *Vom Tmolus fährt/Der goldgeschmückte Paktol*: Vgl. die Anm. zu S. 148. – *Taurus ... Messogis*: Gebirge in Kleinasien. 178 *Cypros*: Zypern. – *Des Sehers*: Johannes. 179 *Stunde des Gastmahls*: das Abendmahl Christi. – *ihnen ging/Zur Seite der Schatte des Lieben*: Der auferstandene Christus erscheint den beiden Jüngern auf dem Weg nach Emmaus; vgl. Luk. 24, 13ff. – *Drum sandt er ihnen/Den Geist*: Zur Ausgießung des Heiligen Geistes vgl. Apostelgesch. 2, 1ff. 181 *Es ist der Wurf des Säemanns...*: Vgl. Matth. 3, 12. – *Gütig sind sie*: die „Unsterblichen“. 182 *Wie viel mehr Dich*: den Landgrafen von Homburg. – *Und Einer stehet darunter*: Christus. – *Er ist aber dabei*: der „ewige Vater“. 186 *das Heiligtum das Spiel des Moria*: Der Tempel zu Jerusalem, von Salomo auf der Höhe des Moria erbaut, wurde bei Christi Tod und Auferstehung ein „Spiel“, ein Spielball, dieses Hügels, der im Erdbeben barst. – Klopstock stellt im „Messias“ die Schrecken des bebenden Moria dar. – *Zornhügel*: Golgatha. 188f. *Jordan... Cana*: Alle genannten Namen verweisen auf „Galiläa“ und damit wohl auf den Wirkungskreis Christi. 189 *um Syrien...*: Das „Seufzen“ der Menschen nach dem „Licht“ war am dringendsten in den Tagen des Bethlehemitischen Kindermordes (vgl. Matth. 2, 16–18), als die „Kindlein“ „um Sy-

rien", das Heilige Land, jammerten. Ebenso groß war die Verzweiflung bei der Enthauptung Johannes des Täufers. – *Herkules*: Der Halbgott Herkules/Herakles steht neben Christus (vgl. die Anm. zu S. 176). – *Peleus*: Der Vater Achills rettet sich nach einem Schiffbruch auf die Insel Kos im Ägäischen Meer. – *Seit jenem*: seit Christus. – *die Fahrt der Edelleute* ...: die mittelalterl. Kreuzzüge. – *das Leiden irrend in Canossa* ...: Heinrich IV. (1056–1106) demütigte sich 1077 zu Canossa vor Papst Gregor VII., um sich vom Bann zu lösen. 190 *Drachenzähne*: Die „Wetter Gottes" schaffen „Männer", machen die Apostel zu Helden. Diese Verwandlung der Apostel durch das Pfingstgeschehen wird verglichen mit dem Entspringen gewappneter Männer aus der Saat von „Drachenzähnen", die Kadmos in den theban. Acker streut.

193 ANDENKEN

E: 1803. – D: Musenalmanach für das Jahr 1808, hrsg. v. L. v. Seckendorf.

193 *Nordost*: Er weht nach Südwesten, das bedeutet vom Ort des Dichters aus: nach „Bourdeaux". Dies ist zugleich die Richtung auf das Meer hin, deshalb verheißt der Nordost „gute Fahrt ... den Schiffern". 194 *Mit dem Gefährten*: vielleicht Druckfehler statt „Mit den Gefährten". – *zu Indiern*: Von Hölderlin hier als Zeichen großer Ferne verwendet. – *an der luftigen Spitz*: wohl die Landspitze am Zusammenfluß von Garonne und Dordogne.

195 DER ISTER

E: 1803.

195 *Ister*: (griech.) Donau. – *Waldgeschrei*: wohl der Vogelgesang. – *Alpheus*: Fluß auf der Halbinsel Peloponnes, an dem Olympia liegt. – *Herkules zu Gaste geladen*: Herkules/Herakles gelangt, als er die Hirschkuh verfolgt, zu dem an den Quellen des Ister wohnenden Volk der Hyperboreer. Von dort holt er den Ölbaum, der „Schatten" spendet. Vgl. Pindars 3. Olympische Ode, die Hölderlin teilweise übersetzt hat. 196 *Der Rhein, ist seitwärts/ Hinweggegangen*: Gemeint ist der Lauf des Rheins vom Bodensee nach Basel. – *ein anderer*: der Rhein. – *Ist der zufrieden*: der Ister.

196 ff. MNEMOSYNE. Erste bis dritte Fassung

E: 1803.

196 *Mnemosyne*: (griech.) Gedächtnis; eine Titanide, Tochter des Uranos und der Gaia, des Himmels und der Erde, die dem Zeus die neun Musen gebiert. – *Brauttag*: Vgl. „Der Rhein", S. 154. 197 *Ajax*: Sohn Telamons, des Herrschers von Salamis, Führer der Salaminier im Trojanischen Krieg. Seinen Tod hat Sophokles in der Tragödie „Aias" gestaltet, aus der Hölderlin drei Stücke übersetzt hat. In der Sophokleischen Tragödie wird er auch Mastigophoros, Geißelträger, genannt. – *Skamandros*: Fluß in der Ebene von Troja.

– *Patroklos aber in des Königes Harnisch*: Ajax stirbt durch eigene Hand, Patroklos dagegen auf dem Schlachtfeld in der Rüstung „des Königes", seines Freundes Achill (vgl. Homer, Ilias, 16. Gesang). 200 *Elevtherä*: Eleutherai, eine nach Eleuther, dem Sohn Apollons und der Aithusa, benannte Stadt an der böotisch-attischen Grenze, am Südabhang des Kithäron. Hesiod nennt Mnemosyne „in den Gefilden des Eleuther waltend" (Theogonie, v. 54). – *Der auch ... löste/Die Locken*: Hölderlin verweist auf das Ende des griech. Göttertages. Ferner klingt an, daß der göttliche Todesbote nach antikem Glauben eine Locke vom Stirnhaar des Todgeweihten trennt.

Aus den hymnischen Entwürfen

201 WIE VÖGEL LANGSAM ZIEHN ... / HEIMAT

E: 1800–1806.

201 *Fürst*: hier im etymologischen Wortsinn „der Erste".

202 AUF FALBEM LAUBE ...

E: 1800–1806.

202 WAS IST GOTT? ...

E: Nicht bestimmbar.

203 AN DIE MADONNA

E: 1801/02.

203 *Lilie*: Sinnbild der jungfräulichen Mutter. – *Der Freundin Sohn, Johannes genannt/Vom stummen Vater*: Johannes der Täufer, Sohn „der Freundin" Elisabeth und des „stummen Vaters" Zacharias (vgl. Luk. 1). 204 *Die Beiden*: Johannes der Täufer und Christus. 205 *Knochenberg*: Wahrscheinlich meint Hölderlin den Knochen(berg) bei Bad Driburg, wo er sich 1796 mit Susette Gontard und Heinse aufhielt. „Teutoburg" liegt dort nahe. Die Übertragung von „Knochenberg" in „Ossa" kann Heinse durch seinen Roman „Ardinghello" veranlaßt haben, in dem „Ossaja" mit „Knochenberg" übersetzt wird. Hölderlin bringt hier den thessal. Berg „Ossa", den die Giganten im Kampf gegen die Götter mit dem Pelion und dem Olymp aufeinandertürmen, in Beziehung zu dem „Knochenberg" (vgl. StA, Bd. 2,2, S. 848). 206 *voll geistigen Wassers*: wohl die Heilquellen der Driburger Gegend.

207 DIE TITANEN

E: 1800–1806.

207 *Titanen*: Vgl. die Anm. zu S. 15 („Die Eichbäume"). – *Delphi*: wo Apollon weissagte. 209 *Der Allerschütterer ... der Himmlische*: Zeus. – *meinen die*: die von Zeus und seinem Geschlecht in den Tartaros, das unterirdische Schattenreich, verbannten Titanen.

209 DER ADLER
E: 1800–1806.
209 *Adler*: Der „Adler" ist in dem Gesang „Germanien" (S. 155) der Bote, der die Kunde des neuen Göttertags bringt. – *auf dem Gotthard,/Da wo die Flüsse*: Außer dem Rhein, „dem Tessin und dem Rhodanus" („Der Rhein", S. 150) entspringen hier auch die Aare und die Reuß. – *Hetruria*: Etrurien, jetzt Toscana. 210 *Hämos*: Gebirge im nördl. Thrakien. – *Athos*: Vorgebirge an der östl. Halbinsel der Chalkidike. – *Höhlen in Lemnos*: Lemnos, Insel im Ägäischen Meer, zwischen Athos und Troja, wo die nach Troja segelnden Griechen den verwundeten Philoktet aussetzen, der dort in einer Höhle zehn Jahre zubringt.

211 DAS NÄCHSTE BESTE. Dritte Fassung
E: 1800–1806.
Das in drei Fassungen überlieferte Gedicht gestaltet den Anbruch einer neuen erfüllten Zeit im Bild des Frühlings, der die Zugvögel („die Staren") „die Heimat" „spüren" läßt.
211 *offen die Fenster des Himmels*: Gemeint ist ein Wolkenbruch. – *Gasgogne*: Ebenso wie weiter unten die „Charente" eine Erinnerung an Hölderlins Aufenthalt in Bordeaux. 212 *Sie kommen*: die Himmlischen. – *Ilion*: Troja.

212 VOM ABGRUND NÄMLICH ...
E: 1800–1806.
213 *Frankfurt*: Die Stadt, in der Hölderlin Susette Gontard kennenlernte, wird mit Delphi verglichen, das den Griechen seit Pindar als Nabel der Erde galt. – *die Gasgognischen Lande*: Vgl. die Anm. zu S. 211.

Aus den spätesten Gedichten

214 WENN AUS DER FERNE ...
E: Nicht genau datierbar.
Von anderen Diotima-Gedichten unterscheidet sich „Wenn aus der Ferne ..." darin, daß diese Ode als Rollengedicht aus Diotimas Perspektive spricht.

215 AN ZIMMERN
E: Am 19. April 1812 mitgeteilt von Zimmer in einem Brief an Hölderlins Mutter.
215 *Zimmer*: Der Tübinger Schreinermeister Ernst Zimmer (1772–1838) und seine Familie hatten 1807 den als unheilbar geltenden Hölderlin aufgenommen. In ihrer Obhut blieb er bis zu seinem Tod.

216 DER KIRCHHOF
E: Vor 1841.

Bereits 1792, in der Stiftszeit, hatte Hölderlin den Plan, einen Roman zu verfassen; der „Hyperion“ durchlief dann viele Stufen. Eine nicht erhaltene „Tübinger Fassung“ entstand von Sommer 1792 bis Ende 1793. Die „Waltershäuser Fassung“, die vom „Fragment von Hyperion“ eröffnet wird, wurde von Frühjahr bis Herbst 1794 in Waltershausen konzipiert; im November 1794 veröffentlichte Schiller in der „Neuen Thalia“ das „Fragment von Hyperion“ (vgl. S. 357–377). Die „Metrische Fassung“, abgehend von der bisherigen Briefform, schuf Hölderlin von November 1794 bis Januar 1795 in Jena (inhaltlich beeinflußt von der Philosophie Fichtes). Die darauf basierende Prosaerzählung „Hyperions Jugend“ entstand von Januar bis Juli/August 1795. Anschließend, bis Dezember 1795, erarbeitete Hölderlin in Nürtingen die „Vorletzte Fassung“, jetzt wieder in Briefform; es ist möglich, daß er von Januar bis Mai 1796 in Frankfurt an dieser Fassung noch weiterarbeitete. Von Mai 1796 bis vermutlich Januar 1797 schließlich entstanden die „Vorstufe der endgültigen Fassung“ und die Druckvorlage des ersten Bandes. Man wird davon ausgehen können, daß bei Vollendung des ersten Bandes, der 1797 in Tübingen bei Cotta unter dem Titel „Hyperion oder der Eremit in Griechenland“ erschien, der zweite Band, der erst 1799 herauskam, schon genau konzipiert war. Eine neue Auflage des „Hyperion“ erschien 1822. (Zur Entstehungsgeschichte im einzelnen vgl. StA, Bd. 3, S. 296ff.)

Zwei Werke hat Hölderlin vor allem als Quellen herangezogen: Richard Chandlers „Travels in Asia Minor and Greece“, 1775/76 (wahrscheinlich in der 1776/77 erschienenen anonymen deutschen Übersetzung), ferner Choiseul-Gouffier: Voyage pittoresque de la Grèce, 1782 (in der Übersetzung von Heinrich August Ottokar Reichard, 1. Bd., 1. Heft 1780; 2. Heft 1782).

Zu den wichtigsten Namen (zur Deutung im einzelnen vgl. Wolfgang Binder, Hölderlins Namenssymbolik, in: Hölderlin-Jahrbuch 1961/62, S. 95–204): *Hyperion*: ursprünglich ein Titan, der Vater des Sonnengottes Helios; bereits bei Homer mit Helios selbst identifiziert. – *Diotima*: Vgl. die Anm. zu S. 19. In früheren Fassungen des „Hyperion“ heißt die Geliebte *Melite*. – *Alabanda*: als Personenname in der Antike nicht überliefert. – *Bellarmin*: Obwohl inhaltliche Bezüge nicht erkennbar sind, wohl zurückgehend auf den Kardinal Robert Bellarmin (1542–1621). – *Tina*: eigentlich Tinos, Hyperions Heimatinsel; eine Delos benachbarte Kykladeninsel, ursprünglich Tenos (vgl. „Der Archipelagus“, S. 129). – *Kalaurea*: Insel vor der Ostküste der Peloponnes.

220 *Non coerceri...*: (lat.) „Nicht eingeschränkt werden vom Größten und doch umschlossen werden vom Kleinsten ist göttlich." Aus einem Epitaph auf Ignatius von Loyola (1491–1556), Begründer des Jesuitenordens (vgl. auch S. 359).

221 *fabula docet*: (lat.) (das, was) die Fabel lehrt.

223 *der Eine der beeden Meerbusen*: der Golf von Korinth. Die Gebirge Helikon und Parnassos liegen nördl. des Golfs, die Ebene der Stadt Sicyon südl. von ihm.

227 *Plato und sein Stella*: Platon hat Epigramme an den Knaben Aster (Stern, lat. Stella) gerichtet.

229 *Plutarch*: griech. Schriftsteller (um 46 n. Chr. bis nach 120), der „Parallele Lebensbeschreibungen" verfaßte, die je einen Griechen und einen Römer darstellen. – *Manen*: die guten Totengeister der Römer. – *Tänarum*: südlichste Landspitze der Peloponnes. – *Eurotas*: Fluß der pelopon. Landschaft Lakonien. – *Elis und Nemea und Olympia*: In der Landschaft Elis liegt Olympia, in dessen Nähe die Olympischen Spiele stattfanden. Nemea ist der andere pelopon. Ort panhellenischer Spiele.

230 *Architrav*: von Säulen oder Pfeilern getragener waagerechter Balken; der unterste Balken des Tempeldachgebälks. – *Lacerte*: Eidechse. – *Nestor*: weiser und beredter griech. König vor Troja. – *Delos ... Cynthus ... Sonnengott*: Apollon, mit Helios gleichgesetzt, soll auf Delos, wo der Berg Kynthos liegt, geboren worden sein. – *Styx*: Fluß der Unterwelt, in den Achill – anders als hier dargestellt – nach seiner Geburt von der Mutter getaucht wurde, um „unüberwindlich" zu werden. – *der unsterbliche Titan*: Hyperion (vgl. S. 862).

231 *Nio*: heute Ios, südl. von Tina gelegene Kykladeninsel.

232 *Acheron*: Fluß der Unterwelt.

234 *Prüfe alles und wähle das Beste*: Vgl. die Anm. zu S. 84. – *Meles*: Fluß bei Smyrna. – *Sardes*: Königsstadt Lydiens am Tmolus. – *Cybele*: Magna Mater, kleinasiat. Göttin.

235 *der Strom*: der Paktolus. – *Sipylus*: Bergzug, der sich westl. an den Tmolus anschließt. – *Land, das der Kayster durchströmt*: südl. des Tmolus.

238 *Mimas*: Bergzug der westl. von Smyrna gelegenen Halbinsel. – *karabornische Räuber*: Karabornu, Ort und Vorgebirge der westl. von Smyrna liegenden Halbinsel.

239 *Khan*: (türk.) Herberge.

241 *Plato, wo er ... vom Altern und Verjüngen spricht*: Gemeint ist wohl der in Platons Dialog „Politikos" (268e–274e) erzählte Mythos.

243 *Chios*: Insel vor der kleinasiat. Küste.

244 *Herkules mit der Megära im Kampfe*: in der Sage nicht überliefert.

245 *etliche Fremden*: Die Verschwörung, der die „Fremden“ angehören, wird erst S. 338 genannt: „der Bund der Nemesis“.

247 *eingelegtes Feuer*: mundartl. für Brandstiftung.

248 *seines Geliebten*: Patroklos. – *Akropolis*: hier allgemein Burgberg.

250 *Ephesus ... Teos ... Milet*: kleinasiat. Städte.

251 *Orpheus*: Sänger der griech. Sage, vermochte mit seinem Gesang und Saitenspiel auf Götter, Menschen, Tiere, selbst auf Pflanzen und Steine zu wirken. – *Trident*: (lat.) Dreizack, Attribut des Meergottes Poseidon.

253 *Ehle*: mundartl. für Elle. – *das ewigleere Faß der Danaiden*: Die Töchter des Danaos müssen in der Unterwelt Wasser in ein durchlöchertes Faß schöpfen.

255 *Themistokles*: athen. Staatsmann und Feldherr (um 524 bis 459 v. Chr.); trug zum Sieg der Griechen über die Perser in der Seeschlacht bei Salamis (480 v. Chr.) bei. – *Scipionen*: altröm. Patrizierfamilie, aus der bedeutende Staatsmänner und Feldherren stammten.

256 *Herling*: saure, harte Weinbeere. – *deine hundert Arme, Titan*: die Titanen, die Olymp, Pelion und Ossa auftürmen, sind hundertarmig. Vgl. auch die Anm. zu S. 15 und S. 92.

258 *Salamis*: Insel vor der Küste Attikas. – *Mastixzweige*: Vgl. die Anm. zu S. 82. – *Seekrieg, der an Salamis ... vertobte*: Vgl. die Anm. zu S. 255.

259 *Wie Jupiters Adler...*: Am Anfang der 1. Pythischen Ode Pindars, die Hölderlin übersetzt hat, ist die Rede von der Macht der „goldnen Leier Apollons“ und der Musen: „Es schläft aber/Über dem Zepter Jupiters der Adler“. – *Charon*: Der Fährmann, der die Toten über die Ströme der Unterwelt setzt. – *aus der Schale der Vergessenheit zu trinken*: Vgl. die Anm. zu S. 85.

261 *Palladium*: schützendes Unterpfand.

265 *wie der Adler seinen Ganymed*: Vgl. die Anm. zu S. 107.

268 *Knäblein...gesäugt*: die Zwillinge Romulus und Remus der Sage von der Gründung Roms.

270 *Palliativ*: Notbehelf. – *Schwestern des Schicksals*: die Parzen.

271 *Harmodius und Aristogiton*: Die beiden Freunde ermordeten 514 v. Chr. den Hipparchos. Obwohl die Tat vorwiegend persönliche Gründe hatte, wurden sie als ‚Tyrannenmörder‘, als Befreier Athens, hochgeehrt.

272 *Minos*: der Totenrichter. – *Tantalus*: Vgl. die Anm. zu S. 111.

274 *Vulkan*: Im ersten Gesang der „Ilias“ wird vom Sturz des – fortan hinkenden – Hephaistos (lat. Vulcanus), Gott des Feuers und der Schmiedekunst, berichtet.

275 *Wie Alpheus seine Arethusa*: Die Gottheit des pelopon. Flusses Al-

pheus liebt die Nymphe Arethusa und verfolgt die Fliehende, die unter dem Meer bis nach Sizilien gelangt, wo sie bei Syrakus als Quelle hervorbricht.

278 *Vorelysium*: Nach Platons Lehre (vgl. „Phaidon") geht dem Dasein der Seele eine unbegrenzte Präexistenz voraus, es folgt eine Postexistenz. – *Sirius ... des Arcturs*: Fixsterne.

279 *Dianens Schatten*: Artemis, der Diana gleichgesetzt wurde, ist nicht nur Jagdgöttin, sondern auch Todesgöttin.

283 *Demosthenes*: berühmter athen. Redner (384–322 v. Chr.), der gegen die makedonische Herrschaft kämpfte und sich der Festnahme und Auslieferung im Poseidontempel auf Kalaurea durch Gift entzog. – *Athen war Alexanders Dirne geworden*: Diese Entwicklung begann nach dem Sieg der Makedonier bei Chaironeia (338 v. Chr.).

284 *Pisistratus und Hipparch*: Peisistratos war seit 560 v. Chr. Herrscher in Athen, wurde zweimal vertrieben, regierte aber bis zu seinem Tod (528 v. Chr.). Er war der Vater des von Harmodios und Aristogeiton ermordeten Hipparchos (vgl. die Anm. zu S. 271). – *Lacedämon*: antiker Name des Stadtstaates Sparta.

285 *Lycurg*: sagenhafter Gesetzgeber Spartas (um 880 v. Chr.). – *Theseus*: sagenhafter athen. Held; er soll die Staatsverfassung Athens neu geordnet und die Königswürde niedergelegt haben.

286 *Goten*: hier: die Bewohner „des Nordens".

287 *Drako*: athen. Archon, der um 621 v. Chr. das Recht aufzeichnen ließ. Wegen ihrer Härte bezeichnete man seine Gesetze als mit Blut geschrieben, daher der Ausdruck „drakonische Strenge". – *Wie Minerva aus Jupiters Haupt*: Athene, der früh Minerva gleichgesetzt wurde, entspringt in der Sage aus dem Haupt des Zeus/Jupiter. – *Irisbogen*: Regenbogen.

288 *Heraklit*: (550–480 v. Chr.), griech. Philosoph. – *Isis*: ägypt. Göttin, Schwester und Gattin des Osiris; ihr Kult wurde von den Kirchenvätern heftig angegriffen.

290 *Lykabettus*: Bergkegel nordöstl. der Akropolis. – *Parthenon*: Tempel der Athene auf der Akropolis. – *Hain des Akademus*: Vgl. die Anm. zu S. 74.

291 *die Stelle des alten Bacchustheaters*: südöstl. am Fuß der Akropolis. – *Theseustempel*: nordwestl. der Akropolis. – *das alte Tor*: das unmittelbar westl. des Olympieions stehende Hadrianstor.

292 *Kleopatra...*: Vgl. die Anm. zu S. 29. – *Haine von Angele*: östl. von Athen.

294 *der arabische Kaufmann*: der Prophet Mohammed (ca. 570–632), Begründer des Islam.

298 *μη φυναι...*: Nicht geboren zu werden, übertrifft jeglichen Wert; das weitaus Zweitbeste jedoch ist (wenn einer schon erschienen),

schnellstens dorthin zu gehen, woher er gekommen. (Sophokles, Ödipus auf Kolonos, v. 1224–27)

300 *Koron*: Stadt auf der südwestl. Peloponnes, am Messenischen Golf. – *Misistra*: Stadt auf der südl. Peloponnes, in der Nähe von Sparta.

301 *Harmodius*: Vgl. die Anm. zu S. 271. – *Atlas*: Titanensohn, wurde wegen seiner Teilnahme am Titanenkampf (vgl. die Anm. zu S. 15) verurteilt, das Himmelsgewölbe zu tragen. Hyperion meint hier eine schwere Last, wobei auch der Name des nordafrikan. Gebirges mitklingt.

302 *Siegesbote von Marathon*: In Marathon schlugen die Athener 490 v. Chr. die Perser. Ein Läufer brachte den Bürgern in Athen die Siegesnachricht und brach am Ziel tot zusammen.

303 *die Rosse des Phöbus...*: Einer der „Dichter" ist Ovid, der in den „Metamorphosen" von Phaëthon, dem Sohn des Sonnengottes, und von seiner Fahrt mit dem Sonnenwagen und den vier Sonnenrossen berichtet (vgl. auch die Anm. zu S. 130).

304 *Agis und Kleomenes*: Der spartan. König Agis (245–241 v. Chr.) führte eine Sozialreform durch, 241 wurde er hingerichtet. Sein Werk wurde durch Kleomenes fortgesetzt. Ob Hölderlin, wie Dokumente besagen, eine Tragödie über Agis verfaßte, ist ungewiß.

308 *Epidaurische Berge*: Berge, die sich von Epidaurus aus bis in den Südostzipfel der Argolis erstrecken, wo Kalaurea gegenüberliegt. – *Dodonas Hain*: Vgl. die Anm. zu S. 135.

309 *Pelopidas*: vornehmer Thebaner, der vor der spartan. Besatzung nach Athen flüchtete und von dort aus 379 v. Chr. Theben befreite. Mit Epameinondas zusammen wurde er die Hauptstütze der Hegemonie Thebens.

311 *Sieger bei Salamis*: Vgl. die Anm. zu S. 255.

315 *Modon*: Methone, Ort an der Südwestküste der Peloponnes. – *klimmt*: glimmt.

316 *dichtgedrängt in macedonischer Reih*: Gemeint ist die makedonische Schlachtreihe, die Phalanx. – *Panacee*: Vgl. die nächste Zeile: „solche allesheilende Mittel".

317 *Navarin*: zwischen Koron und Modon gelegen.

318 *Marathon und Thermopylä und Platea*: Schlachten während der Perserkriege. Bei Marathon und Plataiai (490 und 479 v. Chr.) siegten die Griechen, an den Thermopylen (480 v. Chr.) unterlagen sie.

320 *Tripolissa*: heute Tripolis, Stadt im Zentrum der Peloponnes.

323 *Polyxena*: Tochter des trojan. Königs Priamos und der Hekabe. Hölderlin hat den Vers 415 aus der „Hekabe" des Euripides falsch verstanden.

324 *Gärten von Angele*: Vgl. die Anm. zu S. 292.

325 *Tschesme*: Stadt an der kleinasiat. Küste, der Insel Chios gegenüber. In der Seeschlacht bei Tschesme (Juli 1770) wurde die türk. Flotte

durch die russische vernichtet. – *Paros*: Insel aus der Gruppe der Kykladen.

330 *des Akademus Hain*: Vgl. die Anm. zu S. 74. – *Ahorn des Ilissus*: Er hörte das „heilige Gespräch“ zwischen Sokrates und dem Jüngling Phaidros (vgl. Platons gleichnamigen Dialog).

338 *Bund der Nemesis*: Zu dem Bund, der sich nach der Göttin der strafenden Gerechtigkeit nennt, vgl. S. 245.

341 *wie die schöne Taube*: Vgl. 1. Mose 8, 8ff.

343 *Gott der Begeisterung ... Pythia*: In Delphi, der wichtigsten Orakelstätte Griechenlands, erteilte Apollon durch die Priesterin Pythia Weissagungen und weckte heilige Begeisterung.

345 *die große Römerin ...*: Porcia schied nach dem Tode ihres Gatten Brutus (85–42 v. Chr.), des Cäsarmörders, aus dem Leben.

348 *Adonis*: Aphrodite, die „schöne Gottheit“, liebt den Königssohn Adonis und klagt nach seinem Tod um ihn. – *Prokrustes*: Riese der griech. Sage, der seine Opfer in ein zu kurzes Bett wirft und ihre überstehenden Glieder abschlägt; er wirft andererseits Männer von geringerer Größe in ein langes Bett und streckt sie gewaltsam (sprichwörtl. „Prokrustesbett“).

349 *der große Sizilianer*: Empedokles (vgl. S. 869). – *ein Spötter*: wohl Horaz in seiner „Ars poetica“.

350 *Oedipus ...*: Der erblindete Greis Ödipus wird im Hain der Eumeniden zu Kolonos, also bei Athen, freundlich aufgenommen.

352 *Ulyß*: Ulysses, Nebenform von lat. Ulyxes/Ulixes, griech. Odysseus. Hölderlin bezieht sich auf das bekannte Geschehen bei der Rückkehr des Odysseus nach zwanzigjähriger Abwesenheit während des Kriegs um Troja und der Heimfahrt. – *Proteuskünste*: Proteus, verwandlungsfähiger griech. Meergott.

Fragment von Hyperion

E: Vgl. oben S. 862. – D: Neue Thalia, hrsg. v. Schiller, 4. Teil, 5. Stück des Jahrganges 1793. Dieses (vorletzte) Stück der Zeitschrift lag erst im November 1794 vor.

359 *Sentenz in der Grabschrift des Loyola*: Sie wird, in etwas anderer Form, zum Motto des ersten Bandes der endgültigen Fassung (vgl. S. 220 und Anm.). – *Zante*: auch Zakynthos; eine der Nordwestküste der Peloponnes vorgelagerte Insel. – *mein Jonien*: Hyperions Heimat ist in dieser Fassung das an der Westküste Kleinasiens gelegene Smyrna, in der endgültigen Fassung dann die Insel Tina. – *Wolken, und keine Juno*: Ixion, der Tischgenosse der Götter, belästigt Hera/Juno, die Gattin des Zeus. Dieser täuscht Ixion durch ein Trugbild Heras, das aus einer Wolke besteht. Dann bindet Zeus

Ixion auf ein feuriges Rad, auf dem er durch die Lüfte gewirbelt wird oder das sich im Hades unablässig dreht.

361 *Chierwein*: Wein von der Insel Chios.

363 *Sappho ... Alcäus ... Anakreon*: Sappho und Alkaios: Lyrikerin und Lyriker auf der Insel Lesbos (um 600 v. Chr.); Anakreon: Lyriker aus Teos in Ionien (um 550 v. Chr.). – *Homer ... Meles*: Homer (8. Jh. v. Chr.) stammte wohl aus dem Gebiet um Smyrna in Ionien, vielleicht aus der Stadt selbst. Er soll nach dem Fluß Meles bei Smyrna Melesigenes geheißen haben und auf Nio begraben sein.

363 f. *Bilder des Dädalus ... Pausanias*: Hölderlin bezieht sich auf Pausanias (2. Jh. n. Chr.), Verfasser eines Reiseberichts über Griechenland. Vgl. bereits Hölderlins Magisterarbeit „Geschichte der schönen Künste unter den Griechen" (1790): „Auch die Bildhauerkunst fing schon damals an aufzublühen. Dädalus schnitzte Bilder in Holz. Es waren noch zu Pausanias Zeit einige von ihnen übrig, und dieser Schriftsteller sagt von ihnen, ihr Anblick habe bei all ihrer Unförmlichkeit etwas Göttliches gehabt."

364 *Phalanx der Sparter*: Schlachtreihe, die in Sparta um 600 v. Chr. eingeführt wurde. – *Solon*: athen. Gesetzgeber (geb. um 640 v. Chr.). – *„ihr Griechen seid alle Zeit Jünglinge"*: Ein von Platon im „Timaios" überlieferter Ausspruch. Vgl. auch S. 478 f.

365 *Pyrgo*: liegt westl. von Olympia.

367 *Korax*: südl. von Smyrna verlaufender Gebirgszug. – *Ajax Mastigophoros*: Vgl. die Anm. zu S. 197. – *Bogen des Friedens*: Vgl. die Anm. zu S. 127.

370 *mit einem jungen Tinioten*: Im „Fragment von Hyperion" ist der Freund Adamas – der Alabanda der endgültigen Fassung – ein Tiniote, Hyperion stammt aus Smyrna (vgl. auch die Anm. zu S. 359). – *die äolische Küste*: die Nordwestküste Kleinasiens. – *die Abkunft Homers*: Sieben und mehr Städte stritten im Altertum darum, die Geburtsstadt Homers zu sein. Unter ihnen war Smyrna.

371 *Mäonide*: Homer als Sohn des Mäon. – *Nänie*: Trauerlied.

372 *indem er seine Locke gegen den Marmor hielt*: Die Griechen legten als Totenopfer das Haar oder eine Locke auf dem Leichnam oder auf dem Grab nieder.

373 *den Ida und das ganze alte Trojer-Land*: Vgl. die Anm. zu S. 81.

374 *Kastri*: auf dem Schutt von Delphi, am Hang des Parnassos, errichtetes Dorf. – *Achill ... Antilochus*: Die Asche der vor Troja (Ilion) gefallenen Freunde Achill, Patroklos und Antilochos wurde nach Homer am Sigeion, einem Vorgebirge im Nordwesten der Landschaft Troas, beigesetzt.

375 *am Sigäischen Vorgebirge*: Vgl. die Anm. zu S. 374. – *Helden des Sternenhimmels*: z. B. die Dioskuren. – *Pagus*: Hügel bei Smyrna mit einem Schloß. – *Inbat*: Seewind.

377 *Auf dem Cithäron*: Hyperion ist von Delphi aus südostwärts gezogen und befindet sich auf dem Grenzgebirge zwischen Böotien und Attika.

Der Tod des Empedokles

Das unvollendet gebliebene Drama hat Hölderlin offenbar erstmals im Sommer 1797 konzipiert. Erhalten ist aus dieser Zeit der sogenannte „Frankfurter Plan". Die erste Fassung kam spätestens nach Hölderlins Übersiedlung nach Homburg Mitte September 1798 in Gang. Der Schritt von der ersten zur zweiten Fassung ist nicht genau feststellbar, der Brief vom 4. Juni 1799 an Neuffer (S. 760ff.) bezeugt aber, daß die zweite Fassung hier schon weit gediehen war. Für den Aufsatz „Grund zum Empedokles" (in dieser Ausgabe S. 544–556) wird man frühestens den August oder September 1799 ansetzen können. Die dritte Fassung des Dramas wurde vermutlich noch im September 1799 begonnen. (Zur Entstehungsgeschichte vgl. im einzelnen StA, Bd. 4, 1, S. 321ff., 328f.)

Zum Titel: Über dem „Frankfurter Plan" findet sich der Name „Empedokles", der Untertitel lautet: „Ein Trauerspiel in fünf Akten". Die Reinschrift der zweiten Fassung hat ein eigenes Titelblatt: „Der Tod des Empedokles. Ein Trauerspiel in fünf Akten".

Einzelne Partien aus dem „Empedokles" erschienen erstmals 1826 in den von Ludwig Uhland und Gustav Schwab herausgegebenen „Gedichten von Friedrich Hölderlin". Größere Abschnitte publizierte dann 1846 Christoph Theodor Schwab in den „Sämtlichen Werken"; eine Unterscheidung der drei Fassungen war ihm noch nicht möglich.

Titelheld des Hölderlinschen Trauerspiels ist der griechische Naturphilosoph, Arzt und Politiker Empedokles (um 490 bis um 430 v. Chr.) aus der sizilianischen Stadt Akragas (Agrigent). Der Legende nach hat sich Empedokles in den Ätna gestürzt, um sich mit der Natur zu vereinen. Über Empedokles (vgl. auch S. 29 und 349) informierte sich Hölderlin hauptsächlich aus dem zehn Bücher umfassenden Werk des Diogenes Laertios (3. Jh. n. Chr.) „Über Leben und Meinungen berühmter Philosophen" (zu Empedokles vgl. 8. Buch, § 51–77). Darüber hinaus zog Hölderlin auch andere Informationsquellen heran (im einzelnen vgl. dazu Uvo Hölscher, Empedokles und Hölderlin, Frankfurt a.M. 1965).

Erste Fassung

383 *Panthea*: Name und Heilung Pantheas nach Diogenes Laertios. – *bei den Spielen in Olympia*: Diogenes berichtet, der gleichnamige Großvater des Empedokles habe 496 v. Chr. bei den Olympischen Spie-

len gesiegt. Empedokles selbst soll in Olympia gewesen sein, aber nicht als Kämpfer, sondern als Besucher (vgl. auch S. 410).

386 *Jovis Adler*: Der Adler war Zeus/Jupiter (Gen.: Jovis) heilig. – *Sophokles ... Antigonä*: Hölderlin hat das Stück des Sophokles übersetzt, vgl. S. 625 ff.

387 *Archon*: In Athen und anderen griech. Staaten waren die Archonten die höchsten Beamten; sie wurden gewählt.

388 *da der trunkne Mann ... sich einen Gott genannt*: In den Anfangszeilen des von Empedokles überlieferten Lehrgedichts „Reinigungen" heißt es nach Diogenes Laertios: „Ich aber wandle vor euch als unsterblicher Gott..." Diogenes gibt auch für die gottgleiche Verehrung des Empedokles durch das Volk einige Beispiele. Hölderlin hat in einer Randbemerkung der Handschrift (StA, Bd. 4, 2, S. 446) den folgenden Kommentar formuliert: „Bei uns ist so etwas mehr eine Sünde gegen den Verstand, bei den Alten war es von dieser Seite verzeihlicher, weil es ihnen begreiflicher war. Nicht Ungereimtheit, Verbrechen war es ihnen. Aber sie verzeihen es nicht, weil ihr Freiheitsinn kein solches Wort ertragen wollte. Eben weil sie es mehr ehrten und verstanden fürchteten sie auch mehr den Übermuth des Genies. Uns ist es nicht gefährlich, weil wir nicht berührbar sind dafür."

389 *gleich den alten Übermütigen*: Gemeint ist wohl der ekstatische Festschwarm des Dionysos (Thiasos) (vgl. auch die Anm. zu S. 35).

392 *Wie die Schwächlinge ...*: die in den Tartaros verbannten Titanen. – *delphische Krone*: wohl ein auszeichnender Lorbeerkranz des delphischen Gottes Apollon.

395 *da der wilde Staat ... gewann*: Diogenes Laertios zitiert Neanthes von Kyzikos als Beleg für die politische Wirksamkeit des Empedokles (8, 72): „... nach dem Tode des Meton [des Vaters des Empedokles] sei der Anfang einer Tyrannis aufgekommen; da habe Empedokles die Agrigentiner dahingebracht, die Unruhen zu beenden und politisches Gleichmaß zu beobachten."

400 *Posidaon*: Namensform für Poseidon, den griech. Gott des Meeres.

403 *Harpyen*: geflügelte Windgeister, dargestellt als Mädchen in Vogelgestalt, die Unheil stiften. Gefräßig besudeln sie die Speisen, die sie nicht verschlingen können.

410 *im Stadium lenkt ich den Wagen*: Vgl. die Anm. zu S. 383.

413 *Jovis Liebling*: Vgl. die Anm. zu S. 386.

419 *Nänie*: Vgl. die Anm. zu S. 371.

424 *zu Saturnus Zeit*: Vgl. die Anm. zu S. 92.

425 *Numa*: Numa Pompilius, der zweite König Roms, der Sage nach ein Friedensfürst, der durch Weisheit und Frömmigkeit das Ansehen des römischen Staates steigerte.

426 *Dies ist die Zeit der Könige nicht mehr*: Nach der Überlieferung des

Diogenes Laertios hat Empedokles die Königswürde, die ihm angeboten wurde, zurückgewiesen.

428 *wie aus dem Styx Achill*: Vgl. die Anm. zu S. 230.

430 *Niobe*: Die Tochter des Tantalus rühmt sich der Leto gegenüber, die nur zwei Kinder hat, ihres Kinderreichtums. Daraufhin werden ihre Kinder von Apollon und Artemis, den Kindern der Leto, getötet. Niobe selbst wird von den Göttern in Stein verwandelt. – *Saturnustage/Die neuen männlichern*: Vgl. die Anm. zu S. 92; gemeint ist nicht der Naturzustand der „Goldenen Zeit" wie einst, sondern ein erst zu erringendes Ideal.

432 *Pythia*: Durch den Mund der Pythia, einer Priesterin in Delphi, weissagt Apollon. Sie versetzt sich dabei durch einen Trank aus einer heiligen Quelle in Ekstase.

436 *Sohn Uraniens*: Vgl. die Anm. zu S. 74.

439 *Iris Bogen*: Regenbogen.

Zweite Fassung

446 *Daß er vom Himmel raubt/Die Lebensflamm*: Empedokles' Wirken wird an dieser Stelle zu Prometheus' Handeln in Beziehung gesetzt, der den Göttern das Feuer stiehlt und es den Menschen schenkt, ihnen so eine höhere Kultur ermöglicht. Prometheus wird zur Strafe an einen Felsen im Kaukasos gefesselt (vgl. auch die Anm. zu S. 101).

464 *Der Heroen einige ...*: Gemeint ist vor allem Herakles. Sein Hemd wird mit dem giftigen Blut des Nessos bestrichen; um den unendlichen Qualen zu entgehen, verbrennt er sich auf dem Berg Oite.

Dritte Fassung

468 *Strato*: Im „Grund zum Empedokles" ist vom „Gegner" des Empedokles die Rede (S. 555). Dieser „Gegner" steht für Hermokrates und Kritias/Mekades aus den beiden ersten Fassungen des Dramas. Im „Plan der dritten Fassung" wird auch nur vom „Gegner" gesprochen, dann vom „König" und „Bruder". Erst im Personenverzeichnis der dritten Fassung nennt Hölderlin den Namen: Strato.

469 *Fittige des Himmels*: die Vögel.

475 *Beim göttlichen Herakles ...*: Zu den zwölf Aufgaben des Herakles gehört es, den Hund Kerberos aus der Unterwelt herbeizuschaffen. Ähnlich kühn wäre der Versuch des Empedokles, die Titanen im Tartaros „versöhnend ... heimzusuchen" (vgl. auch die Anm. zu S. 15).

477 *Iris froher Bogen*: Vgl. die Anm. zu S. 439. – *Tarent... Plato*: Der hier erwähnte Aufenthalt des Empedokles in Tarent ist nicht überliefert. Auch starb Empedokles mehrere Jahre vor der Geburt Platons (427 v. Chr.).

478 *Ilissus*: Vgl. die Anm. zu S. 132. – *Saitenspiel/Uraniens*: Vgl. die Anm. zu S. 74. – *Ich habe manches dir/Am fernen Nil gesagt*: Einen Hinweis auf einen Aufenthalt des Empedokles in Ägypten fand Hölderlin in Georg Christoph Hambergers „Zuverlässigen Nachrichten von den vornehmsten Schriftstellern vom Anfange der Welt bis 1500" (Bd. 1, 1756).

478 f. *unter Kindern./Das seid ihr Griechen all*: Vgl. S. 364 und die Anm. dazu.

Aufsätze

Hölderlins Abhandlungen haben oft den Charakter von Konzepten und Skizzen, sind für den Leser schwer verständlich, sind auch nicht im Blick auf einen Leser formuliert. Dennoch entfalten sie großen gedanklichen Reichtum und spiegeln Hölderlins Bemühen um philosophische und ästhetische Fragen. Für Hölderlins Dichtung bilden die Aufsätze die wichtige theoretische Grundlegung.

Die genaue Datierung der Aufsätze ist bisweilen schwierig. Gesichert sind die folgenden Daten: Aus den Jahren 1794/95 stammen die in dieser Ausgabe S. 487–492 abgedruckten fünf Abhandlungen. Danach finden sich Texte, die 1798/99 erarbeitet wurden.

Im Zusammenhang mit der von Hölderlin geplanten „poetischen Monatschrift", über die er sich in seinem Brief an Neuffer vom 4. Juni 1799 ausführlich äußert (vgl. S. 760 ff. und die Anm.), stehen „Aus dem Entwurf zu dem Programm der Iduna" sowie offensichtlich „Der Gesichtspunkt, aus dem wir das Altertum anzusehen haben", „Über Achill", „Ein Wort über die Iliade" und „Über die verschiednen Arten, zu dichten". – Während der Arbeit an der ersten Fassung des „Empedokles" wurde „Die Weisen aber..." niedergeschrieben. „Das Werden im Vergehen" entstand vor dem „Entwurf zur Fortsetzung der dritten Fassung" des Trauerspiels. Der „Grund zum Empedokles" wurde frühestens im August oder September 1799 konzipiert. Zum „Entwurf (Das älteste Systemprogramm des deutschen Idealismus)" vgl. die Anm. zu S. 556.

488 *Jupiter Olympius*: berühmte Zeus-Statue des Phidias. – *scientivischer Quietismus*: hier: falsche, zu weit gehende Selbstbeschränkung auf

wissenschaftlichem Gebiet. – *die Hyperbel mit ihrer Asymptote*: Die Hyperbel nähert sich der Asymptote, erreicht sie aber nie.

489 *Nemesis…, Tochter der Nacht*: Die Göttin der strafenden Gerechtigkeit ist in Hesiods „Theogonie“ die „Tochter der Nacht“. – *Zirkel*: – Der circulus vitiosus (lat., fehlerhafter Kreislauf) ist ein falscher Schluß, bei dem die Aussage, die erst bewiesen werden soll, bereits als richtig vorausgesetzt wird.

490 *Unterschied zwischen dem Erkenntnisgrunde und Realgrunde*: wichtige Begriffe der Wissenschaftslehre Fichtes. Der Erkenntnisgrund beruht auf logischen Denkschlüssen, der Realgrund dagegen ist von Erfahrungsinhalten abhängig. – *intellektuale Anschauung*: eine Erkenntnisweise, die beansprucht, das Absolute zu erfassen (vgl. auch z.B. S. 491, 512, 522, 529; 509, 528). Der Begriff findet sich ebenfalls bei Kant, Fichte und bei Schelling.

492 *Platons Vorelysium*: Vgl. die Anm. zu S. 278. – *Genius von Mäonia*: Smyrna, das als Homers Vaterstadt gilt, liegt in Lydien, das auch „Mäonia“ genannt wird. Ferner klingt an, daß Homer, als Sohn des Maion, der Mäonide heißt. – *Archipelagus*: Vgl. die Anm. zu S. 129. – *die Stelle, wo der kluge Laërtiade, und Diomedes…*: Vgl. Homers „Ilias“, 10. Gesang, v. 469ff. Laërtiade: Odysseus/Ulysses, Sohn des Laërtes.

494 *Bemerkung über Homer…*: Randbemerkung zum vorigen Entwurf. Von den geplanten „Briefen über Homer“ sind die folgenden vier Texte (bis S. 501) jeweils zwei Ansätze. – *„so für kurze Zeit geboren“*: Vgl. Homer, Ilias, 1. Gesang, v. 352.

495 *enfant gâté*: (franz.) verwöhntes Kind.

498 *alles sei – aus Wasser entstanden*: Der Naturphilosoph Thales von Milet (6. Jh. v. Chr.), den die Griechen zu den Sieben Weisen rechneten, soll nach Aristoteles das Wasser als Urstoff angesehen haben. – *Rede des Phönix…*: Vgl. Homer, Ilias, 9. Gesang, v. 485–498. Die Übersetzung der „Ilias“ durch Johann Heinrich Voß (S. 499) war seit 1793 zugänglich, die der „Odyssee“ seit 1781.

500 *ruhig im Zelte*: Vgl. Homer, Ilias, 9. Gesang, v. 185–191.

501 *Inversionen*: Umkehrungen der regelmäßigen Wortfolge.

502 *crescendo*: Bezeichnung für das allmähliche Anwachsen der Tonstärke.

505 *L., T., N.*: Die Abkürzungen bedeuten L(yrisch), T(ragisch) und N(atürlich), gleichgesetzt mit dem „Idealischen“, dem „Heroischen“ und dem „Epischen“/„Naiven“. – *Aj., Ant.*: Verweise auf die Sophokleischen Tragödien „Ajax“/„Aias“ und „Antigone“.

509 *Metapher*: hier in wörtlicher Bedeutung: Übergang.

511 *dieses hyperbolische Verfahren*: Der Begriff Hyperbel wird S. 488 von Hölderlin mathematisch gefaßt. Hier steht die Grundbedeutung im Vordergrund: Hinübergehen, Übergang. „Hyperbolisch“ bedeutet

also: hinübergehend, überschreitend, durch Entgegensetzung vereinigend.

519 *Akkommodation*: Anpassung.

522 *transzendental*: Bei Kant meint „transzendental" dasjenige, was der Erfahrung als ‚apriorische' Bedingung möglicher Erkenntnis vorausgeht, diese jedoch nicht überschreitet.

523 *S*: Zu dem vorgesehenen neuen Abschnitt setzt Hölderlin nur noch mit dem Anfangsbuchstaben an.

526 *modus exprimendi*: (lat.) Art und Weise des Ausdrückens.

528 *einer Pindarischen Hymne, an den Fechter Diagoras*: Pindars 7. Olympische Hymne. – *aorgisch*: etwa: ungeformt-elementar. Vgl. z.B. auch S. 547.

529 *μηνιν αειδε θεα*: Singe den Zorn, o Göttin (die ersten Worte von Homers „Ilias").

532 *Stil des Lieds Diotima*: Es ist nicht sicher, welche Fassung des Gedichts „Diotima" Hölderlin meint.

533 *Über die Partien des Gedichts*: Diese Bemerkung steht – ohne Überschrift – in geringem Abstand unter dem wohl einige Zeit zuvor niedergeschriebenen Schluß der vorhergehenden Abhandlung „Über den Unterschied der Dichtarten".

535 *wenn es ungeschriebene göttliche Gesetze gibt ... Antigonä*: Vgl. Vers 454f. der „Antigone" des Sophokles, in Hölderlins Übertragung (S. 640): „... die ungeschriebnen drüber, / Die festen Satzungen im Himmel ...".

536 *Hospitalität*: Gastfreundschaft.

543 *ein Epikuräismus ... wie ihn Horaz ... darstellt*: Hölderlin zitiert Horaz, 3. Buch, 29. Ode, v. 29; vollständig lautet die Stelle: „Doch weislich hüllt uns künftiger Zeiten Los/Ein Gott in dichtes Dunkel; des Sterblichen,/Der leere Schatten fürchtet, lacht er./Was dir der heutige Tag beschieden,/In heitrem Gleichmut nutz es ...". Epikur (341–270 v. Chr.) lehrte eine auf vergeistigte Lust gegründete Ethik, im Zentrum standen das Wohlgefühl sowie die Ausgeglichenheit und Ruhe des Geistes.

544 *Grund zum Empedokles*: Zur Entstehung vgl. oben S. 869. Grund: Hölderlin bestimmt zunächst die Grundlage seiner Tragödie, deren Verlauf er im dritten Teil, im eigentlichen „Grund zum Empedokles", festlegt.

546 *nefas*: (lat.) Unrecht, Frevel.

547 *die aorgischere Natur*: Vgl. die Anm. zu S. 528.

555 *Sein Gegner*: Vgl. die Anm. zu S. 468.

556 *Entwurf (Das älteste Systemprogramm des deutschen Idealismus)*: Die Verfasserfrage ist oft diskutiert worden. Die Debatten kreisten dabei um Hölderlin, Hegel, Schelling oder einen unbekannten Vierten als Urheber. Entstanden ist der in Reinschrift von Hegels Hand

überlieferte Text nach neuesten Forschungen wohl nicht vor dem Winter 1796/97. Hölderlins Einfluß auf das „Systemprogramm" wird heute hoch eingeschätzt.

Übersetzungen

Die Trauerspiele des Sophokles

Hölderlin beschäftigte sich lange mit Sophokles. Aus dem Jahr 1796 hat sich eine Übersetzung aus dem „Oedipus auf Kolonos" (v. 668–693) erhalten. Wohl kurz vor der Jahrhundertwende entstand der „Chor aus der Antigonae" (S. 561; vgl. auch S. 637). Um einen Verleger für Hölderlins „Oedipus" und „Antigonae" bemühten sich Freunde und Bekannte, ein konkretes Angebot aber machte Mitte 1803 erst Wilmans. Hölderlin sagte dem Verleger brieflich am 28. 9. 1803 zu. „Die Trauerspiele des Sophokles, übersetzt von Friedrich Hölderlin" erschienen 1804 in Frankfurt am Main (Band 1: Oedipus der Tyrann; Band 2: Antigonae); Hölderlin widmete sie der Prinzessin Auguste von Hessen-Homburg (S. 564; vgl. auch S. 68 f. und die Anm.). Den Übertragungen fügte Hölderlin „Anmerkungen" hinzu, in denen er das „kalkulable Gesetz" der „Trauerspiele" untersucht. Es ist nicht bekannt, ob er, wie es der Titel nahelegt, weitere Sophokles-Übersetzungen plante. – Einige Rezensionen beschäftigten sich nach Erscheinen mit dem Werk, Zustimmung fand Hölderlins Arbeit nicht. Selbst Schelling meinte 1804 in einem Brief an Hegel, die Übertragung sei Ausdruck von Hölderlins „merklicher Zerrüttung".

Auf die Divergenzen zwischen Hölderlins Übertragung und den Originalen, bedingt durch den Stilwillen des Dichters, auch durch sprachliche Mißverständnisse und durch Unzulänglichkeiten der Sophokles-Ausgaben, die ihm vorlagen, kann hier aus Raumgründen nicht eingegangen werden.

Oedipus der Tyrann

Ödipus/Oidipus ist der Sohn des thebanischen Königs Lajos/Laios und der Jokasta/Iokaste. Nach seiner Geburt wird er wegen des Orakelspruchs, er werde seinen Vater töten, mit durchbohrten Füßen im Gebirge ausgesetzt. Ein Hirt findet ihn und bringt ihn zum König Polybos von Korinth, der ihn wie einen eigenen Sohn erzieht. Als Ödipus selbst das Orakel verkündet wird, er werde den Vater töten und die Mutter heiraten, meidet er die neue Heimat, um seine vermeintlichen Eltern zu schonen. Auf der Reise erschlägt er ahnungslos seinen Vater Lajos. Er löst dann das Rätsel der Sphinx und befreit dadurch Theben von diesem Ungeheuer. Zur Belohnung erhält er die Hand seiner Mutter Jokasta und die Königswürde von Theben. Unter seiner Herrschaft wird die Stadt von der Pest befallen; das Orakel in Delphi verkündet, diese werde weichen, wenn der Mörder des Lajos bestraft sei. Als man nach diesem fahndet, kommt die von dem blinden Seher Tiresias/Teiresias längst erkannte Wahrheit an den Tag. Ödipus blendet sich selbst in seiner Verzweiflung und irrt lange mit der Tochter Antigone in der Fremde umher. Schließlich findet er im Hain der Eumeniden auf dem attischen Hügel Kolonos ein friedliches Ende. Sein Schicksal hat Sophokles in den Tragödien „Ödipus der Tyrann" (Tyrann hier: König) und „Ödipus auf Kolonos" dargestellt.

567 *Päan*: Hymnos zu Ehren Apollons. – *An deinem Altar*: am Altar deines Hauses. – *Gezweig*: hier: Volk. – *Pallas*: Athene. – *Ismenos*: böotischer Flußgott; im Ismenion wurden Ascheorakel erteilt.

568 *Sängerin*: die Sphinx. – *zu Phöbos Häusern, zu den Pythischen*: nach Delphi, wo „Phöbos" Apollon durch die Priesterin Pythia Weissagungen erteilte.

571 *Pytho*: Delphi. – *delischer Päan*: Apollon, auf Delos geboren, wurde mit Paian, dem Heilgott, identifiziert. – *ein neues*: im Sinne von: jetzt.

572 *des abendlichen/Gottes*: Gemeint ist Hades, der Gott der Unterwelt, dessen Reich im äußersten Westen gedacht wurde. – *Ares*: der verhaßte Kriegsgott; hier der Dämon der Pest.

573 *Bett Amphitrites*: das Meer. – *Lycischer König*: Apollon. – *springt durch Lycische Berge*: Artemis, die Zwillingsschwester Apollons, als Göttin der Jagd. – *benannt nach diesem Lande ... Bacchus, den Evier*: Dionysos/Bacchus ist in Theben geboren, Evier ist sein Beiname. – *Mänaden*: Dionysosverehrerinnen.

574 *die Hände waschen*: Waschung vor einer Kulthandlung. – *Dämon*: im Sinne von: Gott; hier auf Apollon bezogen.

575 *Labdakos ...*: die Ahnenfolge: Agenor, Kadmos, Polydoros, Labdakos, Lajos.

576 *die Sage ... von Vögeln*: Gemeint ist das Orakel, das sich nach dem Vogelflug richtet.

579 *Loxias*: Apollon.

580 *Kithäron*: In diesem Gebirge bei Theben ist Ödipus ausgesetzt worden.

581 *Zevs Sohn*: Apollon. – *vom/Schneeweißen*: Gemeint sind die von Schnee bedeckten Gipfel des Parnassos.

582 *Mitte der Erd*: Delphi, das den Griechen als Nabel der Erde galt (vgl. auch die Anm. zu S. 213). – *Labdakiden ... Polybos Sohn*: Gemeint ist der „Streit" zwischen dem Geschlecht des Labdakos (vgl.

die Anm. zu S. 575) und Ödipus, den die Thebaner für den Sohn des Polybos halten. – *Geflügelte Jungfrau*: die Sphinx.

591 *Daulia*: Daulis, Stadt am Parnassos.

592 *Merope von Doris*: von dorischer Herkunft.

595 *Zum Landmann*: zum Diener des Lajos, der jetzt als Hirte arbeitet.

596 *Abä*: Abai lag wie Delphi („der Erde Nabel", vgl. S. 582 und die Anm.) in Phokis; dort gab es ein Apollon-Heiligtum.

598 *Den prophezeienden Herd*: der Opferherd Apollons in Delphi.

601 *So daß genannt du bist nach diesem Dinge*: Ödipus/Oidipus: griech. „Schwellfuß".

603 f. *Kyllanas/König*: Das ist Hermes, Sohn des Zeus und Götterbote, der aus dem arkadischen Gebirge Kyllene stammt.

604 *Helikoniaden*: von Helikon, dem Gebirge in Böotien.

605 *Arktur*: Gemeint ist hier der Herbstbeginn. Die folgende Zeitangabe „Zeit drei ganzer Monde" lautet bei Sophokles sinngemäß: „drei volle Halbjahre", also drei Sommer lang.

608 *Phasis*: Fluß in Kolchis.

609 *Zwei Männer* ...: Jokasta gebar „den Mann aus dem Mann" (Ödipus aus der Verbindung mit ihrem Mann Lajos) und „Kinder von dem Kind" (Kinder von ihrem Kind Ödipus).

615 *Den Hügel*: ein Grab.

616 *Sohn Menökeus*: Kreon.

618 *wenn man die Poësie ... zur μηχανη ... erhebt*: wenn die Poesie gleichsam wie ein ‚Handwerk' ausgeübt wird.

619 *Summum*: Höhepunkt. – *nefas*: (lat.) Unrecht.

623 *Της* ..: Der Satz geht auf die Suda zurück, ein Konversationslexikon aus dem 10. Jahrhundert, und ist dort auf Aristoteles bezogen. Hölderlin wendet die Formulierung, etwas verändert, auf den tragischen Dichter an, besonders auf Sophokles: „Er war der Natur Schreiber, das wohlgesinnte Schreibrohr eintauchend."

Antigonae

Antigone ist die Tocher des Ödipus. Dessen Söhne Eteokles und Polynikes/Polyneikes streiten um die Herrschaft über Theben und töten sich im Bruderkampf. Der neue König Kreon, Ödipus' Schwager, will Eteokles bestatten lassen. Die Leiche des Polynikes aber soll den Hunden und Vögeln zum Fraße vorgeworfen werden: Dieser war nach Argos geflohen und hatte mit seinem Schwiegervater Adrastos und fünf anderen Helden den Zug der „Sieben gegen Theben" unternommen, hatte also gegen die Vaterstadt gekämpft. Dennoch bestattet Antigone den Bruder. Kreon läßt sie deswegen lebendig einmauern. Kreons Sohn Hämon/Haimon, der Verlobte Antigones, will sie retten, findet sie aber tot vor, denn Antigone hat sich erhängt, um dem Hungertod zu entgehen. Hämon tötet sich im Schmerz; nach dem Verlust des Sohnes tötet sich seine Mutter.

630 *die Dirzäischen Bäche*: Dirke, Fluß bei Theben. – *Weißschild*: Die Argeier trugen weiße Schilde. – *Hephästos*: der Gott des Erdfeuers.

631 *Drachen*: Der Sieg gehört Theben, dem „Drachen", eine Anspielung auf den Mythos, nach dem die ersten Thebaner aus Drachenzähnen entstanden sind (vgl. auch die Anm. zu S. 190).

637 *Ungeheuer ist viel*...: Vgl. auch S. 561.

641 *Auch die Base nicht*: Gemeint ist die Schwester Ismene.

642 *Kadmier*: Vgl. die Anm. zu S. 122.

652 *Hymenäen*: Hochzeitslieder. – *Ich habe gehört, der Wüste gleich sei worden*...: Gemeint ist Niobe, die Tochter des Tantalos (vgl. die Anm. zu S. 430). In einen Stein, der Tränen vergießt, wird sie am Berg Sipylos bei Smyrna verwandelt.

653 *heilig gezeuget*: Tantalos, der Vater Niobes, ist ein Sohn des Zeus.

656 *Danae*: Akrisios, König von Argos, erhält das Orakel, sein Enkel werde ihn ermorden. Er sperrt seine Tochter Danae ein, Zeus aber kommt in Gestalt eines Goldregens zu ihr. So gebiert sie Zeus den Perseus. – *Sie zählete*...: Vgl. S. 672 f. – *Dryas Sohn*: Lykurgos, sagenhafter König der Edonen in Thrakien. Er ist Gegner des Weingenusses und des Dionysoskults. Dionysos läßt ihn u. a. in einer Felsenhöhle einsperren.

657 *das evische Feuer*: Gemeint sind die Fackeln, die von den Bacchantinnen, Dionysosverehrerinnen, den „Weibern/Des Gottes voll", geschwungen werden; vgl. auch die Anm. zu S. 170. – *Bosphoros*: Bosporus. – *der Busen Salmidessos*: Salmydessos, eine thrakische Stadt, lag am Schwarzen Meer, nordwestl. von Byzantion. – *Phineiden*: Phineus, König von Salmydessos, ist mit Idaia verheiratet, die seine beiden Söhne aus erster Ehe verfolgt und schließlich blendet. – *Das arme Leiden der Mutter*: Kleopatra, die erste Frau des Phineus, ist von diesem eingesperrt worden. – *Erechtheiden*: Kleopatra, „die Boreade", ist die Tochter des Windgottes Boreas und der Oreithyia, damit eine Enkelin des legendären athen. Stammvaters Erechtheus.

658 *aus den Opfern leuchtet'/Hephästos nicht*: Das Opferfleisch verbrennt nicht; zu „Hephästos" vgl. die Anm. zu S. 630.

659 *Sardes*: die lydische Hauptstadt. – *Elektrum*: Legierung aus Gold und Silber, die in Ägypten und Lydien gefunden wurde. – *der Donnervogel*: Zeus' Adler.

660 *die Spötter und die Richterinnen*: die rächenden Erinnyen.

662 *Namenschöpfer*...: Gemeint ist der aus Theben stammende Dionysos, der Sohn der „Kadmos-Tochter" Semele, „der blitzgetroffenen Mutter", und des Zeus (vgl. auch die Anm. zu S. 140). – *Elevsis*: Hier, in Attika, fanden die Mysterien der Demeter statt, der Göttin der Fruchtbarkeit, des Ackerbaues. – ... *Drachen*...: bei Sophokles

eigentlich: „wo am Ismenos-Strome des wilden Drachen Saat einst aufsproß" (vgl. die Anm. zu S. 190). – *am/Cocytus...*: bei Sophokles: „...wo die Nymphen aus der korykischen Grotte bacchantisch sich ergehen, und Kastalias Quelle. Es schicken dich die efeubewachsenen nysäischen Berge und grün Gestad..." Gemeint ist die Küste von Euböa, Nysa ist das euböische Nysa.

663 *Thyaden*: Bacchantinnen, Anhängerinnen des Dionysos, der auf der Insel Naxos besonders verehrt wurde. – *Amphion*: Sohn des Zeus; baute die Mauer von Theben.

664 *Enodia*: Hekate, die Göttin der Dreiwege, d. h. von Stellen, wo sich ein Weg in zwei spaltet; hier mit Persephone, bei Homer Gattin des Hades, gleichgesetzt. – *Pluto*: Hades, der Gott der Unterwelt; dem Bruder des Zeus fiel bei der Teilung der Welt die Unterwelt zu, daher die Gleichbedeutung des Namens mit „Unterwelt".

667 *Megareus*: der andere Sohn, der früher starb („ehgestorben").

672 *zum hesperischen*: Vgl. die Anm. zu S. 68. – *Phrygische Niobe*: Vgl. die Anm. zu S. 430, 652. – *aorgisch*: Vgl. die Anm. zu S. 528.

673 *Antitheos*: Gottesgegner. – *Ajax und Ulyß*: im „Aias" des Sophokles.

674 *Oedipus auf Kolonos*: Das zweite Ödipus-Drama des Sophokles.

675 *προφανηϑι...*: „Erscheine, Gott." Vgl. S. 663: „Werd offenbar!"

Pindar-Fragmente

Pindar (etwa 518–446 v. Chr.), geboren in Theben, hat Hölderlin seit den Studienjahren beschäftigt. In seiner Magisterarbeit „Geschichte der schönen Künste unter den Griechen" heißt es über Pindar, „sein Hymnus" sei „das Summum der Dichtkunst". Der thebanische Lyriker wurde zum Vorbild für Hölderlins späte Dichtung. In der ersten Hälfte des Jahres 1800 entstanden umfangreiche Pindar-Übertragungen. Die hier abgedruckten neun Pindar-Fragmente gehören dagegen wahrscheinlich ins Jahr 1803. Den Übertragungen hat Hölderlin verschiedene Meditationen hinzugefügt.

679 *pontisches Wild*: Gemeint ist der Polyp, der seine Hautfarbe je nach dem Untergrund, auf dem er sich bewegt, wechseln kann. – *Jason*: Erbe von Iolkos in Thessalien, wird von seinem Onkel Pelias dessen beraubt und rächt sich dann an Pelias. Jason ist wie Achill „ein Zögling des Centauren", Chirons (vgl. die Anm. zu S. 101). – *Charikli... Philyra*: die Gattin und die Mutter Chirons.

680 *Fürst*: wie öfter bei Hölderlin im ursprünglichen Sinne von Vorderster, Erster. – *Tritonen*: muschelblasende Begleiter der Nereiden, der meerbewohnenden 50 Töchter des Nereus.

682 *Themis*: Göttin des Rechts. – *Die Himmlischen ... Die Zeiten*: Gemeint sind die Moiren, Schicksalsgottheiten. – *Sie aber hat...*: Sinn ist, daß „sie", Themis, die Horen geboren hat, die wie ihre Mutter über die Rechtsordnungen wachen.

683 *Centauren*: Diese Geschöpfe, Pferde mit menschlichem Oberkörper, liebten den Wein. – *Geist eines Stromes*: In der Antike faßte man die Zentauren bisweilen als Personifikation von Bächen auf. – *Odyssäischer Cyklops*: Polyphemos, der Sohn Poseidons.

684 *Ossian*: Vgl. die Anm. zu S. 8.

Briefe

Nur 246 Briefe Hölderlins aus den Jahren 1785–1804 sind erhalten. Überliefert ist ferner eine Anzahl von kurzen Briefen aus der Zeit nach 1806, meist an die Mutter gerichtete formelhafte Ergebenheitsbezeugungen. Die vorliegende Auswahl berücksichtigt alle wichtigen Korrespondenzpartner: die Familie (die Mutter, die Schwester und den Stiefbruder), die Freunde (u.a. Immanuel Nast, Neuffer, Hegel, Schelling, Sinclair, Landauer und Böhlendorff) und unter den Älteren aus Hölderlins Umgang vor allem das bewunderte, aber auch als erdrückend empfundene Vorbild Schiller. Von den Briefen an Susette Gontard sind nur vier Konzepte überliefert; drei davon sind in diesen Band aufgenommen. – Kürzungen in den Briefen wurden durch Striche bezeichnet.

687 *Nathanael Köstlin*: (1744–1826), zweiter Stadtpfarrer („Helfer") in Nürtingen, Lehrer Hölderlins.

688 *Immanuel Nast*: (1769–1829), Jugendfreund Hölderlins, verwandt mit Louise Nast, der frühen Liebe des Dichters. Hölderlin vertraute ihm in Briefen seine wechselnden Stimmungen an. – *Kap*: Nast spielte mit dem Gedanken, in das Kapregiment einzutreten, das der württ. Herzog Karl Eugen für die Niederländisch-Ostindische Compagnie aufstellte.

689 *Efferenn*: Johann Jakob E. (1770–1824), Kompromotionale.

690 *An die Mutter*: Johanna Christiana Go(c)k, verw. Hölderlin, geb. Heyn (1748–1828). Die geistige Entwicklung ihres Sohnes vermochte sie nicht nachzuvollziehen, dennoch fühlte sich Hölderlin seiner Mutter stets ebenso verbunden wie verpflichtet. Bei seinen Hoffnungen und den – äußerlich so bescheidenen – Erfolgen dachte er immer auch an sie: „... bei jedem Anlaß fühl' ich wunderbar, wie Sie mich ingeheim beherrschen" (1798).

691 *Dorment*: Schlafsaal und Gang davor. – *Auf, auf, ihr Brüder...*: Parodie auf ein sogen. Kaplied Christian Friedrich Daniel Schubarts (vgl. die Anm. zu S. 688).

692 *Tante*: Friederike Juliane Volmar (1741–1788). – *Vater*: Heinrich Friedrich Hölderlin (1736–1772).

693 *Louise*: Louise Philippine Nast; vgl. die Anm. zu S. 8. – *Vetter Blumen*: Johann Friedrich B. (1759–1843), seit 1777 Schreiber bei Hölderlins Onkel Volmar und mit Ernestine Friederike („Rike") Volmar verlobt. Die Reise, von der Hölderlin berichtet, hing wohl mit einer Einladung Blums zusammen, der aus Speyer stammte.

695 *von der Rike und Blumen* ...: Vgl. die Anm. zu S. 693. Hölderlin erwähnt ferner Blums Mutter, dessen Schwester und dessen Schwager Pfarrer Johann Adam Mayer.

696 *Styrum*: wahrscheinlich Ferdinand Graf zu Limburg-Styrum (1701 bis 1791), der nicht „ein Bruder vom Bischof in Bruchsal", sondern dessen Onkel war.

698 *An Neuffer*: Vgl. die Anm. zu S. 24. Die im folgenden abgedruckten Briefe an Neuffer spiegeln die Intensität dieser bis etwa 1800 währenden Freundschaftsbeziehung. – *Liedchen*: „Schwabens Mägdelein". – *Hymne auf Kolomb*: nicht erhalten. – *Buch*: „Geschichte der Gräfin Thekla von Thurn, oder Scenen aus dem dreyssigjährigen Kriege", 1789 (Sammlung der merkwürdigsten altdeutschen Geschichten, Bd. 1 u. 2). Das Werk stammt nicht von Gottfried August Bürger, sondern von Benedikte Naubert.

699 *An die Schwester*: Maria Eleonora Heinrike (Rike), verh. Breunlin (1772–1850). Hölderlin hatte zu ihr ein herzliches Verhältnis, machte sie in vielem zu seiner Vertrauten.

700 *im Propheten Nahum*: Kap. 3, 12. – *Autenrieth*: Christian Friedrich A., Kompromotionale Hölderlins, war im April 1792 in die Stuttgarter Karlsschule gewechselt, starb am 14. September. – *Hymnus*: „Dem Genius der Kühnheit".

701 *Si magna* ...: aus Vergils „Georgica" (4, 176); richtig lautet das Zitat: „si parva licet componere magnis" (um Kleines mit Großem zu vergleichen). – *menagieren*: sparen. – *in ... Kants Schule*: Hölderlin beschäftigte sich schon in Tübingen intensiv mit Immanuel Kant (1724–1804), führte diese Beschäftigung später fort, setzte sich dann allerdings auch kritisch mit dem Königsberger Philosophen auseinander. – *Fragment meines Romans*: Gemeint ist der „Hyperion". – *Doktor*: Gotthold Friedrich Stäudlin (1758–1796). Der politisch freisinnig eingestellte Jurist war ein wichtiger Förderer junger literarischer Talente. Mit der Aufnahme von Gedichten Hölderlins in seine Musenalmanache ist er dessen Entdecker geworden. Er vermittelte Hölderlins Bekanntschaft mit Schiller.

702 *Aristophanes*: (geb. um 445 v. Chr.), Hauptvertreter der älteren attischen Komödie. – *Deine edlen Freundinnen*: besonders der Kreis um die Schwestern Stäudlins.

703 *terra incognita*: Neuffer hatte in seinem Brief vom 20. 7. 1793 die For-

mulierung von den „unentdeckten Gegenden in dem Gebiete der Dichtkunst“ gebraucht. – *An den Bruder*: Karl Christoph Friedrich Go(c)k (1776–1849), Schreiber in Markgröningen, seit 1817 Hof- und Domänenrat in Stuttgart. Die Briefe an den Stiefbruder sind nicht nur geprägt von freundschaftlich-fürsorglicher Zuneigung, sondern spiegeln lehrhaft auch Hölderlins ästhetische und philosophische Anschauungen. – *Bekanntschaft*: wohl der Lyriker Friedrich v. Matthisson (1761–1831), den Hölderlin durch Vermittlung Stäudlins kennengelernt hatte.

705 *Major von Kalb*: Heinrich Julius Alexander v. K. (1752–1806). Seine Frau Charlotte Sophie Juliane, geb. Marschalk v. Ostheim (1761 bis 1843), war eine der geistig bedeutendsten Frauen der Zeit, befreundet mit Schiller und Jean Paul. Hölderlins Schüler war Fritz v. Kalb (1784–1852). – *Pfarrer*: Johann Friedrich Nenninger (1760–1828). – *Lafayette*: Marie Joseph de Motier, Marquis de Lafayette (1757–1834) nahm seit 1777 am amerikanischen Unabhängigkeitskampf teil und trug wesentlich zur Kapitulation der Engländer bei; später einer der führenden Politiker der Französischen Revolution. – *HE. Hofrat in Nürtingen*: Oberamtmann Karl Friedrich Bilfinger (1744–1796), Pate Hölderlins.

706 *Schubart*: Ludwig Sch. (1765–1811), Sohn des schwäb. Literaten, war damals preuß. Legationssekretär in Nürnberg. – *Jäger*: Karl Christoph Friedrich J. (1773–1828). – *Ammon*: Christoph Friedrich A. (1766–1850), Philosoph und Theologe. – *An Schiller*: Friedrich v. Sch. (1759–1805) war für Hölderlin als Mensch eine faszinierende Persönlichkeit, als Dichter neben Klopstock der wichtigste zeitgenössische Autor. Das Verhältnis war von Hölderlins Seite geprägt durch Bewunderung und Unsicherheit, durch Glück und Verzagen. Dieser Zwiespalt klingt in Hölderlins Formulierung an: „wenn es nicht ebenso große Lust wäre, als es Schmerz ist, Sie zu kennen“ (30.6.1798). – *in einer Stunde*: Hölderlin spielt auf seine erste Begegnung mit Schiller Ende September 1793 in Ludwigsburg an.

708 *ein Blatt beizulegen*: das Gedicht „Das Schicksal“, das in der „Neuen Thalia“ erschien. – *An Hegel*: Georg Wilhelm Friedrich H. (1770–1831) stammte aus der württembergischen Oberschicht, studierte 1788–1793 in Tübingen Theologie. Hier verbanden ihn mit Hölderlin und Schelling gemeinsame politische und philosophische Ideale. Nach dem Studium ging Hegel, der auch für die Stelle in Waltershausen in Betracht gezogen worden war, als Hofmeister nach Bern (Herbst 1793 bis Ende 1796). Durch Vermittlung Hölderlins erhielt Hegel im Januar 1797 im Hause des Frankfurter Kaufmanns Johann Noë Gogel (1758–1825) eine Hauslehrerstelle, die ihn aus der Berner Isolation herausführte. Eine akademische

Karriere begann Hegel in Jena (1801–1806), wo er Privatdozent, dann außerordentlicher Professor wurde. Hölderlin schätzte in Hegel einen der „ruhigen Verstandesmenschen".

709 *Frau von Berlepsch*: Emilie v. B. (1757–1830), Lyrikerin und Reiseschriftstellerin. – *Baggesen*: Jens B. (1764–1826), dän. Dichter. – *Hesler*: Ernst Friedrich H. (1771–1822), Kompromotionale Hölderlins. Er floh 1791 aus dem Stift, ging nach Jena. Von ihm waren bereits einige Dramen erschienen. – *Mögling*: Friedrich Heinrich Wolfgang M. (1771–1813), Kompromotionale. Er war damals Hofmeister in Bern, später im württ. Hofdienst.

711 *Majorin*: Charlotte v. Kalb. – *Robespierre*: Der 1758 geborene jakobinische Politiker wurde am 28. Juli 1794 hingerichtet.

712 *Tod des Sokrates*: Das geplante Drama hat Hölderlin nicht begonnen.

713 *für einen Almanach*: Schillers erster Musenalmanach war der auf das Jahr 1796. Das Gedicht „Das Schicksal" erschien wie das „Fragment von Hyperion" Ende 1794 in der „Neuen Thalia" (vgl. S. 715). – *Reinhardischer Almanach*: Der von Gottfried August Bürger begründete „Göttinger Musenalmanach" wurde nach Bürgers Tod (1794) durch Karl Reinhard (1769–1840) fortgeführt. – *Akademie*: Gemeint ist die von Bürger begonnene Zeitschrift „Akademie der schönen Redekünste". – *Conzische Museum*: „Museum für die griechische und römische Literatur" (1794/95), das Karl Philipp Conz herausgab. Conz (1762–1827) war 1789–1791 Repetent im Stift, hatte als Verehrer der Griechen wichtigen Einfluß auf Hölderlin. Keine der genannten Zeitschriften enthält Beiträge Hölderlins. – *Aufsatz*: nicht ausgeführt.

714 *in dem Vorberichte zu den Wielandschen ... Werken*: Hölderlin bezieht sich auf die Wieland-Ausgabe, deren erster Band 1794 erschien. – *Fichte*: Im Sommer 1794 hatte Johann Gottlieb Fichte (1762–1814) seine Tätigkeit an der Universität Jena aufgenommen. Fichte hielt zuerst Vorlesungen „Über die Bestimmung des Gelehrten", die 1794 erschienen; der erste und der zweite Teil der „Grundlage der gesamten Wissenschaftslehre" kamen – als Manuskript für die Hörer – gleichfalls noch 1794 heraus. Hölderlin besuchte in Jena die Vorlesungen Fichtes, hatte auch mit Mitgliedern des Bundes der „Freien Männer" Kontakt, die unter dem Einfluß des Philosophen standen. Später ging Hölderlin auf der Suche nach einer eigenen Position über die Anregungen Fichtes hinaus. Vgl. auch S. 717.

715 *Maler Meyer*: Johann Heinrich M. (1760–1832), der Maler und Kunsthistoriker aus dem Umkreis Goethes, war seit 1792 Professor am Zeicheninstitut von Weimar. – *Goethe*: Vgl. die Anm. zu S. 769. – *Niethammer*: Friedrich Immanuel N. (1766–1848), selbst ehemaliger Stiftler, Professor der Philosophie in Jena.

716 *Verfasser der Geschichte der Menschheit*: Johann Gottfried v. Herders

(1744–1803) Werk „Ideen zur Philosophie der Geschichte der Menschheit“ kam von 1784 bis 1791 heraus. – *Roman*: Der erste Band von „Wilhelm Meisters Lehrjahren“ erschien Ende 1794. Das „Ständchen vor Marianens Hause“ steht im 17. Kapitel des ersten, „das Gespräch über die Dichter“ im 2. Kapitel des zweiten Buches.

717 *Fragment*: Das „Fragment von Hyperion“ erschien wie die Hymne „Dem Genius der Kühnheit“ (vgl. auch S. 700) Ende 1794 in Schillers „Neuer Thalia“. – *Grundlage...*: Vgl. die Anm. zu S. 714. – *Dogmatismus*: hier die vorkantische Denkweise, die Absolutes als gegeben nimmt und von ihm ausgeht; vgl. auch die im folgenden zu Vergleich und Charakterisierung der von Hölderlin bei Fichte vermuteten Denkweise verwendeten Begriffe „transcendent“ und „Metaphysiker“.

718 *Spinoza*: Baruch de S. (1632–1677), Philosoph. Durch den Streit von Friedrich Heinrich Jacobi mit Moses Mendelssohn über den Spinozismus Lessings wurde in Deutschland das Interesse an Spinoza allgemeiner; u. a. durch Herder und Goethe gelangte der Spinozismus zu hohem Ansehen. – *ist (für mich) Nichts*: Dieses zweite „(für mich)“ ist möglicherweise ein Schreibfehler und wäre dann zu ändern in „(für sich)“. – *Teleologie*: Lehre, wonach das menschliche Handeln, das geschichtliche und das Naturgeschehen durch Zwekke bestimmt werden. – *Antinomien*: Widerstreit zwischen mehreren Sätzen, deren jedem für sich Gültigkeit zukommt; Kant hat eine Antinomienlehre in seiner „Kritik der reinen Vernunft“ aufgestellt. – *conductor*: (lat.) Leiter.

719 *An Neuffer*: Neuffers Braut Rosine Stäudlin, „das edle, unersetzliche Wesen“, war am 25. April 1795 an der Schwindsucht gestorben (vgl. auch S. 25 f.). – *An Schiller*: Ende Mai 1795 hatte Hölderlin aus nicht genau bestimmbarer Ursache Jena überstürzt verlassen und war nach Nürtingen zurückgekehrt.

720 *was ich beilege*: die Übersetzung von Ovids „Phaëton“-Erzählung (Metamorphosen I, 750 – II, 329). Schiller hatte die Übertragung veranlaßt, dann aber nicht veröffentlicht.

721 *Beitrag*: wahrscheinlich die Gedichte „Der Gott der Jugend“ und „An die Natur“ für den „Musen-Almanach für das Jahr 1796“. Das zweite Gedicht lehnte Schiller ab. – *res nullius*: (lat.) herrenloses Gut. – *intellektuale Anschauung*: Vgl. die Anm. zu S. 490. – *Exulant*: Vertriebener, Verbannter. – *am Eise wärmen*: Zitat aus Goethes „Wilhelm Meisters Lehrjahre“, 2. Buch, 11. Kap. – *Hofmeisterstelle in Frankfurt*: bei der Familie Gontard.

722 *An Hegel*: Hölderlin schrieb Hegel aus Jena mehrere nicht erhaltene Briefe, aus Nürtingen einen weiteren, worin er fragte, ob Hegel mit ihm als Hofmeister nach Frankfurt gehen wolle. Hegel stimmte zu und erkundigte sich nach dem Stand der Angelegenheit. Aus dem

Projekt wurde nichts; erst später konnte Hegel nach Frankfurt kommen (vgl. die Anm. zu S. 708). – *Repetentenstelle*: Im Tübinger Stift konnten die Besten Repetenten werden, diese galten dann als Anwärter auf einen Lehrstuhl oder für ein höheres Kirchenamt. – *Torheiten*: Gemeint ist Hölderlins Beziehung zu Marie Elisabeth (Elise) Lebret (1774–1839), Tochter des Kanzlers der Tübinger Universität. Schon während der Tübinger Zeit entfernte sich Hölderlin innerlich von ihr; 1798 forderte Elise ihre Briefe wahrscheinlich zurück. – *Reisegeld*: Begabten Stiftlern konnte eine Bildungsreise gewährt werden. – *Renz*: Karl Christoph R. (1770–1829), talentierter Primus der Promotion Hölderlins. 1795 war er Vikar, 1797 wurde er tatsächlich Repetent.

723 *Fichte ist wieder in Jena*: Fichte hatte sich wegen seiner Konflikte mit einem Teil der Studentenschaft zeitweise aus Jena zurückgezogen. – *Sinclair*: Er wurde Ende Oktober 1795 wegen seiner Teilnahme an Studentenunruhen von der Universität Jena verwiesen.

724 *Zögling*: Henry Gontard (1787–1816). Seine drei Schwestern wurden von einer Erzieherin betreut.

725 *es gibt ein Wesen...*: erstes brieflich überliefertes Bekenntnis, in dem Hölderlin von seiner Liebe zu Susette Gontard spricht (vgl. die Anm. zu S. 759).

726 *Beitrag*: Gemeint sind die Gedichte „An die Unerkannte", „An Herkules", „Diotima" (Mittlere Fassung) sowie „An die klugen Ratgeber". Sie konnten nicht mehr in den Musenalmanach aufgenommen werden. – *Frau Hofrätin*: Charlotte v. Schiller, geb. v. Lengefeld (1766–1826). – *HE Gogel*: Vgl. die Anm. zu S. 708.

728 *Bernerbiet*: (schweizer.) Berner Gebiet. – *An Schiller*: Schiller hatte die Briefe, die Hölderlin ihm seit dem Weggang aus Jena geschrieben hatte, nicht beantwortet. Diesen Brief erwiderte Schiller in freundlichem Ton bereits am 24. November 1796. – *die unglücklichen Verse*: Vgl. S. 726. Schiller hatte die „Verse" offenbar nicht zurückgeschickt.

729 *Johann Gottfried Ebel*: (1764–1830), Arzt und Naturforscher. Er war seit dem September 1796 in Paris und schrieb Hölderlin im Oktober, nach der Mitteilung Susette Gontards an ihren Mann, einen „sehr kläglichen Brief", der seine ganze Enttäuschung über die Verhältnisse in Paris zum Ausdruck brachte.

731 *das gute Mädchen*: Johanna Margarete (Gredel) Gontard (1769 bis 1814), Schwester Jakob Friedrich Gontards (vgl. die Anm. zu S. 759). Einer Ehe mit Ebel widersetzte sich die Familie. – *HE. Gontard*: Jakob Friedrich G. – *Freundschaft mit einem Wesen...*: Gemeint ist Susette Gontard.

732 *Gedicht*: die jüngere Fassung der Reimhymne „Diotima". – *in einem westfälischen Bade*: Bad Driburg. – *Das Lied... von Dir*: „Sonnenun-

tergang im Walde", erschienen im „Musen-Almanach für das Jahr 1797".

733 *„Wen die Götter lieben..."*: Es kann sich um ein Selbstzitat aus einer Vorfassung des „Hyperion" handeln.

734 *Sie haben sich des Büchleins angenommen*: Vgl. Schillers Empfehlung an Cotta, S. 802. – *Gedichte, die ich beilege*: „An den Aether", „Der Wanderer" (S. 17), dazu möglicherweise „Die Eichbäume". Das erste Gedicht erschien im „Musen-Almanach für das Jahr 1798", die anderen veröffentlichte Schiller in den „Horen", 1797.

735 *Wenn Sie es erlauben...*: Vgl. S. 726, 728, 739 mit Anm.

736 *Gedicht an Diotima*: Vgl. die Anm. zu S. 732. – *in dem Langischen Almanache*: Gemeint ist das „Taschenbuch für häusliche und gesellschaftliche Freuden" (1797), hrsg. von Friedrich Carl Lang (1766–1822).

737 *Plan zu einem Trauerspiele*: der „Frankfurter Plan" zum „Empedokles".

738 *Übersetzung*: von M. G. Lewis, London 1797, unter dem Titel „The Minister".

739 *Ihrer Erlaubnis gemäß...*: Vgl. S. 735. Auch in der neuen Form nahm Schiller die beiden Gedichte nicht auf.

743 *Landtagsschriften*: Der württ. Landtag war 1796 einberufen worden. In der Vorbereitungszeit – der Landtag wurde am 17. März 1797 eröffnet – kam eine Vielzahl von Reformschriften heraus. – *Die Briefe...*: Wahrscheinlich hatte Elise Lebret (vgl. S. 722 und die Anm.) ihre Briefe an Hölderlin zurückverlangt.

744 *Cisrhenaner*: Die Bewohner der von Frankreich besetzten linksrheinischen Gebiete. Hölderlins Hoffnung bezieht sich wohl darauf, daß die größeren Städte, zuerst Mainz, Anfang 1798 eigene Munizipalverwaltungen erhielten. – *einige Gedichte*: „Dem Sonnengott", „Der Mensch", „Vanini", „Sokrates und Alcibiades", „An unsre großen Dichter". Schiller nahm in den „Musen-Almanach für das Jahr 1799" nur die beiden letzten Gedichte auf.

745 *meinen Kleinigkeiten*: Hölderlin schickte Neuffer in einem früheren Brief und hier achtzehn Kurzoden für das „Taschenbuch für Frauenzimmer von Bildung" (vgl. die Anm. zu S. 30). – *θειον*: das Göttliche (in uns).

746 *was ich...versprochen hatte*: ein größeres Gedicht. – *An die Mutter*: Hölderlin plante seit einiger Zeit, die Stelle im Hause Gontard aufzugeben. Ende September 1798 kam es zur Trennung, über deren unmittelbaren Anlaß Genaueres nicht bekannt ist.

747 *bei meinem Trauerspiel*: Gemeint ist der „Empedokles".

750 *An Isaak von Sinclair*: Hölderlin hatte Sinclair (vgl. die Anm. zu S. 150), der als Gesandter bis Mitte Februar 1799 am Rastatter Kongreß teilnahm, für einige Wochen dorthin begleitet. – *Pommer-*

Esche: Johann Arnold Joachim v. P.-E. (1774–1814) war Sekretär in der schwedisch-vorpommerschen Gesandtschaft, später Regierungsrat.

752 *Aegide*: Schirm, Schutz.

753 *einen kleinen lustigen Aufsatz*: Die „Allgemeine Zeitung", die in Stuttgart herauskam, brachte am 19. Dezember 1798 eine Glosse über die Flut von Gedichten in den Almanachen. – *glebae addicti*: (lat.) an die Scholle gebunden.

754 *Thales und Solon*: Der griech. Naturphilosoph Thales (um 650– um 560 v. Chr.) aus Milet und der Gesetzgeber Athens unternahmen weite Reisen. Reisegefährten waren sie allerdings nicht.

756 *Gedicht für die l. Großmutter*: Vgl. S. 40f. – *Mütter*: Gemeint sind Mutter und Großmutter. – *Panazee*: Vgl. die Anm. zu S. 316.

757 *meine Gedichtchen*: in Neuffers „Taschenbuch für Frauenzimmer von Bildung, auf das Jahr 1799". – *homo sum* ...: (lat.) aus Terenz' Drama „Der Selbstpeiniger": Ich bin Mensch und glaube nichts Menschliches mir fremd.

759 *An Susette Gontard*: Susette G., geb. Bor(c)kenstein (1769–1802) verlor früh ihren Vater, wuchs in wohlhabenden Verhältnissen auf und wurde mit siebzehn Jahren dem Frankfurter Geschäftsmann Jakob Friedrich Gontard (1764–1843) vermählt. Aus der Ehe gingen vier Kinder hervor. Nachdem Hölderlin als Hauslehrer für den Sohn Henry in das großbürgerliche Haus der Gontards eingetreten war, entstand eine tiefe, unglückliche Liebe zwischen ihm und Susette, der Diotima seiner Dichtung. Während sich 17 Briefe Susettes an Hölderlin erhalten haben (vgl. die Auszüge S. 804–824), sind Hölderlins Briefe an sie bis auf vier Entwürfe verloren (vgl. auch S. 763f., 773–775). – *Stelle aus der Jenaer Literaturzeitung*: August Wilhelm Schlegel hatte in der Jenaischen „Allgemeinen Literatur-Zeitung" vom 2. März 1799 Neuffers „Taschenbuch für Frauenzimmer von Bildung, auf das Jahr 1799" rezensiert. Hölderlins Beiträge waren vierzehn epigrammatische Oden (vgl. die Anm. zu S. 30), von denen vier unter dem Pseudonym „Hillmar" erschienen; Schlegel zitierte „An die Deutschen" und „An die Parzen". „Siegmar" war ein Pseudonym Neuffers. – *Reinhard:* Karl Friedrich R. (1761–1837), ehemals Stiftler, dann Hauslehrer in Bordeaux, seit 1791 im Dienst der Republik Frankreich. U. a. war er Gesandter in Hamburg, wo er Christine Reimarus heiratete. 1798 wurde er nach Florenz versetzt und schrieb aus diesem Anlaß die „elegischen Zeilen" „Meiner Christine".

760 *Beiträge von mir*: zu Neuffers „Taschenbuch für Frauenzimmer von Bildung, auf das Jahr 1800". Von Hölderlin erschienen hier vier epigrammatische Oden, vier größere Gedichte und vor allem die Verserzählung „Emilie vor ihrem Brauttag". Prosabeiträge wurden

nicht veröffentlicht. – *poetische Monatschrift*: Hölderlin hoffte, von der „Monatschrift“ als freier Schriftsteller leben zu können. Sein Plan scheiterte daran, daß er nicht genügend bekannte Mitarbeiter gewinnen konnte (vgl. auch die Anm. zu S. 42). – *HE. Steinkopf*: Johann Friedrich S. (1771–1852), Inhaber eines kleinen Verlages in Stuttgart. Bei ihm erschien Neuffers „Taschenbuch“.

761 *Heydenreich*: Karl Heinrich H. (1764–1801), bis 1798 Professor der Philosophie in Leipzig. – *Bouterwek*: Friedrich B. (1766–1828), Philosophieprofessor in Göttingen, Verfasser des Romans „Graf Donamar“.

763 *An Susette Gontard*: Dieser Entwurf wird Ende Juni oder Ende August 1799 entstanden sein; mit der erwähnten Niederlage der Franzosen in Italien kann die an der Trebbia (17.–19. Juni) oder die bei Novi (15. August) gemeint sein. – *Muhrbeck*: Friedrich M. (1775–1827), nachmals Philosophieprofessor in Greifswald. In Jena war er Mitglied des Bundes der „Freien Männer“, der Fichte nahestand.

765 *An Schelling*: Friedrich Wilhelm Joseph v. Sch. (1775–1854) entstammte einer schwäb. Pfarrersfamilie. Hölderlin lernte ihn – wohl 1783/84 – in der Nürtinger Lateinschule kennen. Bereits 1790 wurde Schelling in das Tübinger Stift aufgenommen, wo er eng mit Hölderlin und Hegel verbunden war. Nach der Studienzeit wurde Schelling Hauslehrer, in Jena begann dann seine aufsehenerregende akademische Karriere (Oktober 1798–Mai 1800). Nach einem Aufenthalt in Bamberg und erneut in Jena nahm er 1803 einen Ruf nach Würzburg an. Hölderlin hatte auch nach den gemeinsamen Tübinger Jahren Kontakt zu Schelling, 1804 sahen sie sich ein letztes Mal.

766 *ex abrupto*: (lat.) plötzlich. – *Synkretismus*: Vermischung.

767 *urgieren*: drängen. – *aorgisch*: Vgl. die Anm. zu S. 528.

769 *An Goethe*: Hölderlin zollte dem Menschen und dem Dichter Johann Wolfgang v. G. (1749–1832), dem er auch persönlich begegnet war, durchaus hohe Anerkennung, dennoch war die Beziehung nicht glücklich. Goethe hatte keinen Zugang zu Hölderlins Wesen und Dichtung, Hölderlin war weit stärker als vom Werk Goethes von Schiller und Klopstock geprägt. – Auf Grund inhaltlicher Kriterien ist mit hoher Wahrscheinlichkeit Goethe als Adressat des Briefkonzepts anzusehen.

770 *einem wilden Freunde*: Gemeint ist wohl Sinclair.

771 *meine unschickliche Bitte*: Hölderlin hatte Schiller um Mitarbeit an der geplanten „Monatschrift“ gebeten (vgl. S. 764f.). Schiller lehnte in seinem Brief vom 24. August 1799 ab, warnte vor dem Projekt und gab Hölderlin den „Rat“, dieser möge „sich ruhig und unabhängig auf einen bestimmten Kreis des Wirkens konzentrieren“.

772 *exequieren*: ausführen. – *Szene an der Donau*: „Die Räuber", III,2.

773 *Jung*: Franz Wilhelm J. (1757–1833), Hofrat in Homburg, 1794 wegen seiner demokratischen Gesinnung entlassen. 1798 trat er in franz. Dienste, zog sich jedoch 1802 enttäuscht zurück.

776 *meine Trennung...*: Hölderlin meint seine Trennung vom Hause Gontard, wohin Ebel ihn vermittelt hatte.

777 *Ihr Urteil über Paris*: Schon früher hatte Ebel sich über die Zustände dort skeptisch geäußert (vgl. Hölderlins Brief vom 10. Januar 1797, S. 729–731 und die Anm.). – *Emilie*: Vgl. S. 42ff.

778 *An Christian Gottfried Schütz*: Schütz (1747–1832) war Professor der klass. Philologie in Jena und Herausgeber der „Allgemeinen Literatur-Zeitung".

779 *Idololatrie*: Abgötterei, Götzendienst. – *per contrarium*: (lat.) durch das Gegenteil. – *Verlust Deines ... Gatten*: Christoph Matthäus Theodor Breunlin (geb. 1752), Hölderlins Schwager, war am 2. März 1800 gestorben.

780 *An Friedrich Emerich*: Emerich (1773–1802) trat 1796 in die franz. Armee ein, war später im franz. Verwaltungsdienst. Hölderlin lernte er wohl 1799 durch Jung kennen. 1801 legte Emerich, den franz. Verhältnissen gegenüber kritisch eingestellt, sein Amt nieder, war als Journalist tätig. Er wurde wegen seiner politischen Einstellung von den Franzosen über den Rhein abgeschoben. – *Deine Gedichte*: 1799 oder 1800 erschienen.

781 *Aegide*: Vgl. die Anm. zu S. 752. – *Nachricht des ausgemachten Friedens*: Der Frieden von Lunéville wurde am 9. Februar 1801 geschlossen (vgl. auch die Hymne „Friedensfeier" und die Anm. zu S. 164). – *Hausvater*: Anton v. Gonzenbach (1748–1819). Der Kaufmann und Fabrikant hatte neun Kinder, von denen Hölderlin die beiden jüngsten Töchter zu unterrichten hatte.

782 *Schuld*: Gemeint ist das Reisegeld.

783 *Mütter*: Vgl. die Anm. zu S. 756. – *An Christian Landauer*: Vgl. die Anm. zu S. 116. – *wenn ich mich hier gesammelt ... hätte*: in Hauptwil.

784 *Frieden*: Vgl. die Anm. zu S. 781.

785 *Damen*: Gemeint sind Landauers Mutter und Frau, deren Schwester und die Frau seines Bruders.

786 *An Schiller*: Der Brief ist der letzte an Schiller. Dieser erhielt ihn, antwortete jedoch nicht.

788 *Böhlendorff*: Casimir Ulrich B. (1775–1825), aus Mitau, studierte in Jena, war dort Mitglied des Bundes der „Freien Männer". 1798 erlebte er die Helvetische Revolution mit, traf Hölderlin im April 1799 in Homburg. 1803 kehrte er, seelisch gestört, in seine Heimat zurück; starb durch Selbstmord. – *Dein Fernando*: „Fernando oder die Kunstweihe. Eine dramatische Idylle" (1802).

789 *will ich ... Dir ... aus Bordeaux schreiben*: Hölderlin wurde Hauslehrer bei Daniel Christoph Meyer (1751–1818); Meyer stammte aus Hamburg, lebte seit 1775 in Bordeaux, wurde dort 1797 hamburgischer Konsul.

789f. *„der alte heilige Vater ...“*: frei zitiert aus Goethes Gedicht „Grenzen der Menschheit“.

790 *Otaheiti*: Tahiti. – *Muhrbeck*: Er lebte wieder in Greifswald; dort besuchte Böhlendorff ihn 1802. – *Ich ... bin indes in Frankreich gewesen*: Bald nach Ostern faßte Hölderlin – aus ungeklärten Gründen – den Entschluß, seine Stellung bei Meyer aufzugeben. Am 10. Mai erhielt er den Paß für die Rückkehr, am 7. Juni wurde sein Visum in Straßburg ausgestellt. Ruhe suchte der Dichter in der „Vaterstadt“.

791 *Vendée*: In der Vendée und den angrenzenden „Gegenden“ fanden seit 1793 blutige Aufstände gegen die Revolution statt. – *Anblick der Antiken*: Hölderlin reiste wohl über Paris zurück, wo er Originale und Abgüsse antiker Kunstwerke betrachten konnte. – *Phänomenalisierung*: zur Erscheinung bringen.

792 *An Friedrich Wilmans*: Wilmans (1764–1830) war in Bremen, dann in Frankfurt a. M. Verleger. Bei ihm erschien auch das „Taschenbuch für das Jahr 1805. Der Liebe und Freundschaft gewidmet“, in dem Hölderlins „Nachtgesänge“ herauskamen (vgl. die Anm. zu S. 101). – *Messiade ... Oden*: das Epos „Der Messias“ und Oden Friedrich Gottlieb Klopstocks.

793 *Jubilatemesse*: Frühjahrsbuchmesse in Leipzig. – *Einleitung*: wohl nicht ausgeführt. – *Ansichten*: „Malerische Ansichten des Rheins von Mainz bis Düsseldorf“, 3 Hefte, 1806. – *An die Mutter*: Hölderlin wurde im September 1806 von Homburg nach Tübingen ins Autenriethsche Klinikum gebracht und 1807 als unheilbar dem Schreiner Ernst Zimmer und seiner Familie zur Pflege anvertraut. Er lebte dort bis zu seinem Tod. Die Briefe Hölderlins an seine Mutter und an seine Geschwister aus dieser Zeit sind nur in wenigen Fällen zu datieren.

Dokumente

797 *Eberhards ... Abhandlung*: Johann August E. (1739–1809), seit 1778 Professor der Philosophie in Halle. Seine Abhandlung „Über das Melodrama“ erschien 1788. – *Pylades und Orestes*: Freundespaar der griech. Sage. – *Ramler*: Karl Wilhelm R. (1725–1798), Dichter und Kritiker.

798 *Buch*: Das Bundesbuch hat sich erhalten. – *Thills Thälchen*: Johann Jakob Th. (1747–1772) war Stiftler und auch Dichter. Das „Thälchen“ ist nicht näher bestimmbar.

799 *Ungünstige Liebe*: zu Elise Lebret. – *Anagnost*: Vorleser.
800 *Philipp Josef Rehfues*: (1779–1843), Theologe, Schriftsteller, seit 1819 Kanzler der Bonner Universität. Der Text, der sich auf Musikaufführungen im Stift bezieht, enthält sachliche Irrtümer (vgl. StA, Bd. 7, 1, S. 394), gibt aber dennoch ein schönes Bild des jungen Hölderlin. – *Majer*: Ludwig Jakob M. (1769–1844) war 1787–1792 im Stift.
801 *Lust und Liebe* ...: Vgl. Goethe, Iphigenie auf Tauris, v. 665 f. – *M.*: Magister. – *in der Gegend von Jena*: topographisch so nicht richtig.
802 *in dem schwäbischen Musenalmanach vom Jahr 1794 Proben*: sechs der Tübinger Reimhymnen, ferner „Kanton Schweiz" in dem von Stäudlin herausgegebenen Almanach.
804 *Aus den Briefen der Susette Gontard*: Es haben sich insgesamt siebzehn Briefe erhalten, geschrieben zwischen Ende September 1798 und Anfang Mai 1800. In einigen Fällen zieht sich ein Brief über mehrere Tage hin; eine genaue Datierung ist oft nicht möglich. Vollständiger Abdruck der Briefe: StA, Bd. 7, 1, S. 58ff. – Die originale Orthographie und Interpunktion sind belassen, vereinheitlicht wurde nur die Großschreibung nach satzabschließendem Punkt.
805 *Henry*: Susettes Sohn.
811 *Bruder*: Henry Bor(c)kenstein (1773–1828). – *von anderthalb Jahren*: wohl mit Bezug auf Hölderlins Aufenthalt in Homburg.
813 f. *in einen kleinen Französischen Roman* ...: bisher nicht nachgewiesenes Zitat.
815 *la Fontaine*: August Heinrich Julius Lafontaine (1758–1831), erfolgreicher Verfasser von Unterhaltungsromanen.
816 *Tasso*: Gemeint ist das Drama von Goethe. – *Reise*: Die kurze Reise führte Susette, ihre Schwägerin Eugenie Elisabeth Bor(c)kenstein, geb. Radde (gest. 1819) und (Gunda) Maria Kunigunde Brentano (1780–1863), die allerdings nicht „die jüngste Brentano" war, wohl über Kassel, Gotha, Weimar und Jena, dann zurück nach Frankfurt.
817 *Tischbein*: Johann Heinrich Wilhelm T. (1751–1829). – *Landguth von Wieland* ...: Oßmannstedt bei Weimar, wo sich auch Marie Sophie v. La Roche (1731–1807), die Freundin Wielands, und ihre Enkelin Sophie Brentano (1776–1800) aufhielten. – *Deine Bemerkungen über Homer*: Vgl. S. 494 und die Anm.
818 *Mereau*: Sophie M., geb. Schubart (1770–1806), Dichterin.
820 *Kehre nicht dahin zurück* ...: Susette meint wahrscheinlich: nach Jena (und Weimar). Nach anderen Äußerungen warnte Susette Hölderlin davor, in den Kreis der Charlotte v. Kalb zurückzugehen, in deren Weimarer Haus Schiller zeitweise lebte. Die Gründe für diese Warnung sind nicht völlig erhellt (vgl. StA, Bd. 7, 1, S. 118f., Bd. 6, 2, S. 655ff.).

821 *Geschwister*: der Bruder und seine Frau.

822 *im Circkel Deiner Famillie*: Susette weiß von Hölderlins Entschluß, bald heimzukehren. Sie weiß wohl auch, daß Hölderlins Schwester verwitwet war (vgl. die Anm. zu S. 779).

823 *Zeerleder*: Ludwig Z. (1772–1840), Freund und Verehrer Susette Gontards.

825 *eine...Frage*: Charlotte v. Kalb wollte ein Erziehungsinstitut für Mädchen gründen. Vielleicht sollte Hölderlin dort unterrichten. – *Jean Paul*: Johann Paul Friedrich Richter (1763–1825), befreundet mit Charlotte v. Kalb. – *Der Kreis um Arnim und Brentano*: Für die frühe Rezeption Hölderlins spielen einzelne Romantiker eine wesentliche Rolle. Das dokumentieren die hier abgedruckten Äußerungen Achim v. Arnims (1781–1831), Clemens Brentanos (1778 bis 1842) und auch die der Bettina v. Arnim. – *Brüder Grimm*: Jacob (1785–1863) und Wilhelm (1786–1859) G.

826 *Lavater*: Johann Kaspar L. (1741–1801), Pfarrer und wirkungsmächtiger Autor. – *Philipp Otto Runge*: (1777–1810), Maler. – *des Boccaz... Calderons*: Giovanni Boccaccio (1313–1375), Pedro Calderón de la Barca (1600–1681). – *Seckendorf*: Franz Karl Leopold (Leo) Frhr. v. S. (1775–1809). In seinem ..Musenalmanach für das Jahr 1807" und in dem für 1808 erschienen u. a. „Die Nacht" (= v. 1–18 von „Brot und Wein"), „Die Herbstfeier" („Stuttgart", vgl. die Anm. zu S. 117) und die übrigen genannten Gedichte.

827 *Gustav Schwab*: (1792–1850), um die frühe Hölderlinrezeption verdient. – *Luise Hensel*: (1798–1876), Dichterin, befreundet mit Clemens Brentano. – *Aus Bettina v. Arnims Buch „Die Günderode"*: Bettina von Arnim, geb. Brentano (1785–1859) veröffentlichte ihr Buch „Die Günderode" im Jahre 1840. Das Werk, dem ein originaler Briefwechsel zugrunde liegt, erinnert an Bettinas Jugendfreundin Karoline v. Günderode (1780–1806). Wahrscheinlich ist, daß Bettina von Sinclair, dem „St. Clair" des Buches, Mitteilungen über Hölderlin erhalten hat. Was sie im einzelnen erfuhr, wo ihre eigene Dichtung beginnt, läßt sich nicht sagen.

828 *Nicht wie ich will...*: Vgl. Matth. 26, 39.

832 *Drum laß mich...*: Aus Karoline v. Günderodes Gedicht „Wandel und Treue".

LITERATURHINWEISE

Bibliographische Hilfsmittel

Internationale Hölderlin-Bibliographie, hrsg. vom Hölderlin-Archiv der Württembergischen Landesbibliothek Stuttgart. Erste Ausgabe 1804–1983, bearbeitet von Maria Kohler, Stuttgart 1985.

Die aktuelle Literatur findet sich in den regelmäßig erscheinenden Neuerwerbungslisten des Hölderlin-Archivs der Württembergischen Landesbibliothek, Stuttgart.

Im „Hölderlin-Jahrbuch" (wechselnde Herausgeberschaft, z. Zt. Bernhard Böschenstein und Gerhard Kurz) erscheinen die neuen Forschungsansätze.

Wissenschaftliche Ausgaben

Sämtliche Werke (Stuttgarter Ausgabe), hrsg. v. Friedrich Beißner und Adolf Beck, Bd. 1–8, Stuttgart 1943–1985.

Sämtliche Werke (Kleine Stuttgarter Ausgabe), hrsg. v. Friedrich Beißner und Adolf Beck, Bd. 1–6, Stuttgart 1944/46–1962.

Sämtliche Werke. Historisch – kritische Ausgabe (Frankfurter Ausgabe), hrsg. v. Dietrich E. Sattler, Frankfurt a. M. 1975 ff.

Sekundärliteratur

Beck, Adolf und Paul Raabe, Hölderlin. Eine Chronik in Text und Bild, Frankfurt a. M. 1970.

Beck, Adolf, Hölderlins Weg zu Deutschland. Fragmente und Thesen, Stuttgart 1982.

Beißner, Friedrich, Hölderlins Übersetzungen aus dem Griechischen, Stuttgart 1933 (2. Aufl. 1961).

Bertaux, Pierre, Hölderlin und die Französische Revolution, Frankfurt a. M. 1969 (7. Aufl. 1989).

Ders., Friedrich Hölderlin, Frankfurt a. M. 1978 (2. Aufl. 1981).

Binder, Wolfgang, Friedrich Hölderlin. Studien, hrsg. v. Elisabeth Binder und Klaus Weimar, Frankfurt a. M. 1987.

Böschenstein, Bernhard, Hölderlins Rheinhymne, Zürich 1959.

Ders., „Frucht des Gewitters". Hölderlins Dionysos als Gott der Revolution, Frankfurt a. M. 1989.

Häussermann, Ulrich, Friedrich Hölderlin in Selbstzeugnissen und Bilddokumenten, Reinbek bei Hamburg 1961 u. ö.

Jamme, Christoph, „Ein ungelehrtes Buch". Die philosophische Gemeinschaft zwischen Hölderlin und Hegel in Frankfurt 1797–1800, Bonn 1983.

Kurz, Gerhard, Mittelbarkeit und Vereinigung. Zum Verhältnis von Poesie, Reflexion und Revolution bei Hölderlin, Stuttgart 1975.

Michel, Wilhelm, Das Leben Friedrich Hölderlins, Bremen 1940 u. ö.

Mieth, Günter, Friedrich Hölderlin. Dichter der bürgerlich-demokratischen Revolution, Berlin/DDR 1978.

Prignitz, Christoph, Friedrich Hölderlin. Die Entwicklung seines politischen Denkens unter dem Einfluß der Französischen Revolution, Hamburg 1976.

Ders., Hölderlins „Empedokles". Die Vision einer erneuerten Gesellschaft und ihre zeitgeschichtlichen Hintergründe, Hamburg 1985.

Ryan, Lawrence, Hölderlins Lehre vom Wechsel der Töne, Stuttgart 1960.

Ders., Hölderlins „Hyperion". Exzentrische Bahn und Dichterberuf, Stuttgart 1965.

Schmidt, Jochen, Hölderlins Elegie „Brod und Wein". Die Entwicklung des hymnischen Stils in der elegischen Dichtung, Berlin 1968.

Ders. (Hrsg.), Über Hölderlin. Aufsätze von Theodor W. Adorno u. a., Frankfurt a. M. 1970.

Szondi, Peter, Hölderlin-Studien. Mit einem Traktat über philologische Erkenntnis, Frankfurt a. M. 1967 (3. Aufl. 1977).

Wackwitz, Stephan, Friedrich Hölderlin, Stuttgart 1985.

ZEITTAFEL

1770 20. März. Johann Christian Friedrich Hölderlin wird als erstes Kind des Klosterhofmeisters und Verwalters der Güter des ehemaligen Regiswindis-Klosters Heinrich Friedrich Hölderlin (geb. 1736) und seiner Ehefrau Johanna Christiana, geb. Heyn (geb. 1748) in Lauffen am Neckar geboren.

1772 5. Juli. Tod des Vaters.
15. August. Geburt der Schwester Maria Eleonora Heinrike („Rike").

1774 Oktober. Die Mutter heiratet in zweiter Ehe Johann Christoph Go(c)k (geb. 1748). Umzug der Familie nach Nürtingen. Go(c)k wird dort 1776 Bürgermeister.

1776 Beginn des Schulbesuchs und des privaten Unterrichts zur Vorbereitung auf die Aufnahmeprüfung (Landexamen) in eine der evangelischen Klosterschulen Württembergs.
29. Oktober. Geburt des Stiefbruders Karl Christoph Friedrich Go(c)k.

1779 13. März. Tod des Stiefvaters.

1784 20. Oktober. Eintritt in das niedere Klosterseminar Denkendorf mit der Verpflichtung, die theologische Laufbahn einzuschlagen. Erste erhaltene Gedichte.

1786 18./19. Oktober. Aufnahme in das höhere Klosterseminar Maulbronn. Freundschaft mit Christian Ludwig Bilfinger. Liebe zu Louise Nast.

1787 Freundschaft mit Immanuel Nast. Begeisterung für Klopstock, Schiller, Schubart und ‚Ossian'.

1788 Juni. Reise in die Pfalz, über Bruchsal, Speyer, Schwetzingen, Heidelberg, Mannheim und Frankenthal.
21. Oktober. Eintritt ins Tübinger Stift.
Freundes- und Dichterbund mit den Stiftlern Christian Ludwig Neuffer und Rudolf Magenau. Die ersten „Tübinger Hymnen" entstehen.

1789 März/April. Lösung der Verlobung mit Louise Nast.
14. Juli. Sturm auf die Bastille. Im Stift werden die Ideen der Französischen Revolution begeistert aufgenommen.
November. Besuch des Herzogs Karl Eugen von Würt-

temberg im Stift. Druck der Obrigkeit auf die zum Teil republikanisch gesinnten Stiftler. Hölderlin denkt vorübergehend an Austritt aus dem Stift und Jurastudium.

1790 Sommer. Studium Kants.

September. Magisterexamen. Abschluß der beiden ersten Studienjahre, die der Philosophie und Philologie galten. Lektüre von Winckelmann, Leibniz, Herder, Heinse, Bürger und Jacobis Schrift „Über die Lehre des Spinoza". Zusammenarbeit mit Schelling und Hegel im Stift. Liebe zu Elise Lebret, der Tochter des Kanzlers.

1791 April. Reise in die Schweiz mit Christian Friedrich Hiller und Friedrich August Memminger (Schaffhausen, Zürich, Kloster Einsiedeln, Vierwaldstättersee).

Herbst. Die ersten Gedichte erscheinen in Gotthold Friedrich Stäudlins „Musenalmanach".

Winter. Studium der Astronomie und Beschäftigung mit Rousseau.

1792 20. April. Frankreich erklärt Österreich den Krieg. Preußen auf seiten Österreichs. Bildung eines politischen Clubs im Stift. Nach den Septembermorden in Frankreich Ernüchterung Hölderlins wegen des Terrors der Jakobiner. Arbeit am „Hyperion".

9. Oktober. Hochzeit der Schwester mit Christoph Matthäus Theodor Breunlin, Professor am Kloster Blaubeuren.

1793 Wohl September. Bekanntschaft mit Isaak von Sinclair.

September. Stäudlin empfiehlt Schiller Hölderlin als Erzieher für den Sohn Charlotte v. Kalbs.

Besuch Hölderlins bei Schiller in Ludwigsburg.

6. Dezember. Konsistorialexamen in Stuttgart.

Etwa 10. Dezember. Abschied von Tübingen.

Mitte Dezember. Reise nach Waltershausen bei Meiningen (über Nürnberg, Erlangen, Bamberg, Coburg).

28. Dezember. Antritt der Hauslehrerstelle bei der Familie v. Kalb.

1794 Mitte Januar. Freundschaft mit Wilhelmine Marianne Kirms, der Gesellschafterin Charlotte v. Kalbs.

Frühjahr/Sommer. Arbeit am „Hyperion". Beschäftigung mit Kant und Fichte. Wanderung durch die Rhön nach Fulda.

Anfang September. Das „Fragment von Hyperion" geht an Schiller, der es – zusammen mit dem Gedicht „Schick-

sal“ – in die „Neue Thalia“ 1793 (erschienen November 1794) aufnimmt.
Anfang November. Reise mit Fritz v. Kalb nach Jena. Besuche bei Schiller und der Vorlesungen Fichtes.
Ende Dezember. Übersiedlung nach Weimar mit Frau v. Kalb und Fritz. Das Verhältnis zwischen Erzieher und Schüler ist getrübt. Hölderlin lehnt es ab, dem Wunsch der Mutter, sich um eine Pfarrei zu bewerben, zu folgen. Lösung des Verhältnisses zu Elise Lebret.
Besuch bei Herder.

1795 Januar. Trennung von der Familie v. Kalb. Rückkehr nach Jena.
Februar. Gedanke an Heimkehr, aber auch an eine Dozentur oder neue Hauslehrerstelle.
9. März. Schiller empfiehlt Cotta den „Hyperion“.
Freundschaft mit Sinclair.
März/April. Wanderung nach Halle, Dessau und Leipzig, Besuch der Schlachtfelder Roßbach und Lützen.
Frühsommer. Zusammentreffen im Haus des Philosophen Immanuel Niethammer mit Fichte und Friedrich von Hardenberg (Novalis).
Ende Mai/Anfang Juni. Überstürzter Aufbruch nach Nürtingen. In Heidelberg Bekanntschaft – später Freundschaft – mit dem Arzt und Naturforscher Johann Gottfried Ebel.
Sommer. In Nürtingen.
Besuch in Tübingen, Treffen mit Schelling. Philosophische Gespräche, die im Dezember in Nürtingen und im April 1796 in Frankfurt ihre Fortsetzung finden und sich im Entwurf des „Ältesten Systemprogramms des deutschen Idealismus“ niederschlagen.
August. Ebel bietet Hölderlin eine Stelle als Erzieher im Haus des Frankfurter Bankiers Jakob Friedrich Gontard an.
Ende September/Oktober. Bekanntschaft, bald Freundschaft mit dem Stuttgarter Kaufmann Christian Landauer.
28. Dezember. Ankunft in Frankfurt.

1796 Anfang Januar. Besuch in Homburg bei Sinclair, der als Diplomat im Dienst des Landgrafen steht.
Etwa 10. Januar. Antritt der Hofmeisterstelle im Hause Gontard als Erzieher des Sohnes Henry.
Liebe zu Susette Gontard – „Diotima“ – (geb. 1769), der Gattin des Bankiers.

10. Juli. Flucht wegen der Kriegsereignisse mit der Familie Gontard nach Kassel. Gontard selbst bleibt in Frankfurt. – Zusammensein mit Wilhelm Heinse. Erste Begegnung mit großer bildender Kunst (Rembrandt, Rubens, Claude Lorrain).

9. August. Weiterreise nach Bad Driburg.

Ende September. Rückkehr nach Frankfurt.

1797 Januar. Hegel trifft in Frankfurt ein, um eine von Hölderlin vermittelte Hauslehrerstelle bei dem Weinhändler Gogel anzutreten.

Mitte April. Der 1. Band des „Hyperion" erscheint.

August oder Anfang September. „Frankfurter Plan" zum „Empedokles".

22. August. Besuch bei Goethe in Frankfurt.

1798 Ende September. Trennung vom Hause Gontard. Auf Sinclairs Rat und um in der Nähe Susettes zu bleiben, Wohnung in Homburg. In Homburg (bis Juni 1800) erschließt sich Hölderlin die große Odenform, es entstehen Zeitgedichte und letzte Verse an Diotima, ferner eine größere Anzahl von Aufsätzen. Intensive Bemühung um Pindar.

Anfang Oktober. Erstes Wiedersehen mit Susette Gontard in Frankfurt. Danach bis zu Hölderlins Weggang aus Homburg heimliche Zusammenkünfte.

Mitte November. Reise zum Rastatter Kongreß auf Einladung Sinclairs, der Homburg dort diplomatisch vertritt.

1799 Juni. Arbeit an der zweiten Fassung des „Empedokles". Scheitern des Plans einer poetischen Monatsschrift („Iduna"), da es nicht gelingt, bedeutende Mitarbeiter zu gewinnen.

Ende Oktober. Erscheinen des 2. Bandes des „Hyperion".

1800 Nach dem Tod des Schwagers Umzug der Schwester mit den Kindern zur Mutter nach Nürtingen.

8. Mai. Letztes Wiedersehen mit Susette Gontard.

Juni. Rückkehr nach Nürtingen.

Sommer und Herbst. Bei Christian Landauer in Stuttgart.

1801 15. Januar. Antritt der Hauslehrerstelle im Hause des Kaufmanns Anton v. Gonzenbach in Hauptwil im Thurgau.

9. Februar. Frieden von Lunéville. In der Hymne „Friedensfeier" von Hölderlin als Beginn eines neuen Zeitalters gefeiert.

11./13. April. Kündigung durch Gonzenbach aus familiären Gründen.
Der Plan, durch Vermittlung Schillers und Niethammers in Jena Vorlesungen über griechische Literatur zu halten, scheitert.
Etwa 10. Dezember. Hölderlin bricht zu Fuß nach Bordeaux auf, um eine neue Hauslehrerstelle beim hamburgischen Konsul Daniel Christoph Meyer anzutreten.

1802 28. Januar. Ankunft in Bordeaux.
Mitte Mai. Aufgabe der Stellung aus ungeklärten Gründen.
Ende Mai. Wohl Aufenthalt in Paris.
7. Juni. In Straßburg.
Mitte Juni/Anfang Juli. Ankunft in der Heimat. Anzeichen tiefer Verstörung.
22. Juni. Susette Gontard stirbt. Hölderlin erhält die Nachricht durch Sinclair. Rückkehr nach Nürtingen.
29. September. Als Gast Sinclairs beim Kongreß in Regensburg. Begegnung mit dem Landgrafen von Homburg; Hölderlin widmet ihm die Hymne „Patmos" (Januar 1803).

1803 Juni. Wiedersehen mit Schelling in Murrhardt.
Juni/Juli. Besorgte Korrespondenz zwischen Sinclair und der Mutter Hölderlins. Sinclair will den Freund nach Homburg holen.
Dezember. Durchsicht „einiger Nachtgesänge". Sie erscheinen in Wilmans' „Taschenbuch für das Jahr 1805".

1804 April. Im Verlag Friedrich Wilmans in Frankfurt erscheinen Hölderlins Sophokles-Übersetzungen.
19. Juni. Letzter Abschied Hölderlins von Nürtingen. Reise mit Sinclair über Tübingen, Stuttgart und Würzburg, wo er Schelling ein letztes Mal trifft, nach Homburg.
Etwa 26. Juni. Ankunft in Homburg. Durch Vermittlung Sinclairs „Proforma"-Anstellung als Hofbibliothekar.

1805 Januar. Sinclair wird republikanischer Verschwörung bezichtigt. Beginn des Hochverratsprozesses gegen ihn in Ludwigsburg am 27. Februar. Nach ergebnisloser Untersuchung Rückkehr am 10. Juli nach Homburg.
Juli. Letzte Beschäftigung Hölderlins mit Pindar (Pindar-Fragmente).

1806 Aufgrund der Rheinbundakte geht die Landgrafschaft Hessen-Homburg im neuen Großherzogtum Hessen-

Darmstadt auf. Diese „Veränderungen" treffen auch Hölderlin, „dessen Wahnsinn", wie Sinclair an die Mutter schreibt, „eine sehr hohe Stufe erreicht" hat. Hölderlin verliert die Hofbibliothekarstelle.

11. September. Hölderlin wird in die Autenriethsche Klinik nach Tübingen gebracht.

12. Oktober. Der König bewilligt auf Bitten der Mutter ein Gratial von 150 Gulden jährlich für Hölderlin.

1807 Sommer. Der Schreinermeister Ernst Zimmer nimmt Hölderlin zur Pflege in sein Haus am Neckar auf, wo er bis zu seinem Tode lebt. Es entstehen noch zahlreiche Gedichte. Hölderlin wird in diesen Jahren besucht u. a. von Kerner, Uhland, Schwab, Varnhagen v. Ense, Mörike, Friedrich Theodor Vischer und Waiblinger.

1822 Die 2. Auflage des „Hyperion" erscheint bei Cotta.

1826 Die Sammlung „Gedichte von Friedrich Hölderlin" erscheint bei Cotta, hrsg. von Uhland und Schwab. Eine Ausgabe, die – wie Arnim später bedauert – „alles ausklammert, was aus einer Periode stammt, in der des Dichters ausgezeichnete Eigentümlichkeit sich noch gar nicht entwickelt hatte", wie auch alles, „worin die Klarheit des Geistes schon bedeutend getrübt erscheint".

1828 17. Februar. Tod der Mutter. Aus dem Nachlaß fallen Hölderlin rund 9000 Gulden zu.

1838 Nach dem Tod Zimmers übernimmt seine Tochter Lotte die Pflege Hölderlins.

1842 Die 2. Auflage der „Gedichte von Friedrich Hölderlin", datiert 1843, erscheint.

1843 7. Juni. Tod Hölderlins; er wird am 10. Juni auf dem Tübinger Friedhof beigesetzt.

NACHWORT

Johann Christian Friedrich Hölderlin wurde am 20. März 1770 zu Lauffen am Neckar geboren. Sein Vater, Klosterhofmeister und geistlicher Verwalter, starb schon im Jahre 1772. Sechs Wochen später kam Heinrica, die Schwester des Dichters, zur Welt. Der Bürgermeister von Nürtingen, Kammerrat Gock, vermählte sich 1774 mit der Witwe. Friedrichs Halbbruder, Karl Christoph Friedrich Gock, wurde 1776 geboren. Doch verloren die Kinder im Jahre 1779 auch den zweiten Vater.

Im Herbst 1784 wurde Friedrich Hölderlin in das niedere Klosterseminar zu Denkendorf, 1786 in das höhere Seminar zu Maulbronn aufgenommen.

Am 21. Oktober 1788 zog Hölderlin als Theologiestudent ins Tübinger Stift ein. Dort gewann er zuerst die Freundschaft der um zwei Jahre älteren Stiftler und angehenden Poeten Neuffer und Magenau. Ihr Dichterbund verehrte Schubart, den Führer der schwäbischen Dichtung. Von Hölderlin schrieb dieser: „Der Jüngling verspricht viel, er soll zu mir kommen." Nach dem Aussscheiden der beiden aus dem Stift schloß sich Hölderlin an zwei seiner Conpromotionalen an: Friedrich Hegel und den fünfzehnjährigen, doch frühreifen Schelling. Alle drei wohnten ab 1790 in der Augustinerstube des Stifts zusammen. Stäudlin, der nach Schubarts Tod im literarischen Leben Stuttgarts eine führende Rolle spielte, veröffentlichte in seinem Musenalmanach für 1792 einige Gedichte des einundzwanzigjährigen Hölderlin. Die Jahre, die der Dichter im Stift verbrachte, sind auch die Jahre der Französischen Revolution, für deren Ideale sich die Stiftler begeisterten. Nach Abschluß des Studiums im Stift weigerte sich Hölderlin, als Pfarrer (oder vorläufig als Vikar) tätig zu werden und „an der Galeere der Theologie zu seufzen". So blieb ihm nichts anderes übrig, als sich um eine Hofmeisterstelle zu bewerben.

Stäudlin schrieb am 20. September 1793 an Schiller, um ihm den „gewiß nicht wenig versprechenden Hymnendichter" Magister Hölderlin für einen Erzieherposten zu empfehlen. Schiller empfahl ihn wiederum seiner Freundin Charlotte von Kalb für ihren ältesten Sohn. Anfang 1794 übernahm Hölderlin die Hofmeisterstelle bei Frau von Kalb in Waltershausen.

Nach einem Jahr ging Hölderlin nach Jena, im Einverständnis mit Frau von Kalb, um sich auf der Universität weiterzubilden. Er hörte besonders Fichtes Vorlesungen, von denen er seinem Freund Hegel mit Begeisterung schrieb. Während der Sommerferien 1795 traf er Schelling in Tübingen; Hegel schrieb an Schelling: „Hölderlin, höre ich, sei in Tübingen gewesen; gewiß habt ihr angenehme Stunden miteinander zugebracht; wie sehr wünschte ich, der dritte Mann dazu gewesen zu sein!"

In den letzten Tagen des Jahres 1795 traf Hölderlin in Frankfurt ein; Isaak von Sinclair, sein Freund aus der Tübinger Zeit, hatte ihm eine Hofmeisterstelle im Hause des Bankiers Gontard verschafft, wo er die Erziehung des achtjährigen Sohns übernahm. Wegen des drohenden Krieges begleitete er im Sommer die Mutter seines Zöglings, Frau Susette Gontard, und die Kinder auf Reisen, namentlich nach Kassel, wo er Wilhelm Heinse, den Dichter des *Ardinghello*, kennenlernte. Im Herbst zurückgekehrt, gelang es ihm, seinem Freund Hegel ebenfalls eine Hofmeisterstelle in Frankfurt zu verschaffen. Die Frankfurter Jahre in der Nähe von Susette Gontard waren die glücklichste Zeit seines Lebens.

Nach einem nicht ganz aufgeklärten Zwischenfall, aber auch aus einer inneren Notwendigkeit heraus löste Hölderlin im September 1798 sein Verhältnis zum Hause Gontard. Er wurde zunächst von Sinclair in Homburg vor der Höhe aufgenommen. Dorthin waren die Briefe Susette Gontards an Hölderlin gerichtet. Den Sommer 1799 beschäftigte ihn der Plan einer humanistischen Zeitschrift, die *Iduna* heißen sollte. Es gelang ihm jedoch nicht, seine Freunde und Bekannten, von denen er Beiträge erhoffte, dafür zu gewinnen. In seiner Absage riet ihm vielmehr Schiller, „sich auf einen bestimmten Kreis des Wirkens zu concentrieren". Schiller meinte wohl damit, für Hölderlin sei die Zeit gekommen, einen festen Beruf zu ergreifen. Das nächste wäre gewesen, ein Pastorenamt anzunehmen – wie es ihm auch seine Mutter wiederholt nahelegte. Dies war ihm jedoch, aus Gewissensgründen, unmöglich. Nur der Dichtung, „dem unschuldigsten aller Geschäfte", wollte er leben. Denn, wie er sich später ausdrückte: „dichterisch wohnet der Mensch auf dieser Erde." Ein weiterer Brief an Schiller, in dem er ihn bat, ihm zu irgendeinem kleinen Posten zu verhelfen, blieb unbeantwortet.

In gefährlicher Gemütsstimmung kehrte er im Frühjahr 1800 nach Nürtingen zurück. Nach einigen Monaten in der Heimat ging er nach Stuttgart, wo er im Landauerschen Haus, dem Mittelpunkt eines geselligen und geistigen Kreises, wieder auflebte.

Mitte Januar 1801 übernahm er eine neue Hauslehrerstelle bei Gonzenbach, dem Besitzer einer großen Leinwandhandlung in Hauptwyl bei St. Gallen. Doch im April löste sich auch dieses Verhältnis auf.

Ende 1801 reiste Hölderlin über Straßburg, Lyon und die Auvergne (wohl zu Fuß) nach Bordeaux, wo seine Freunde ihm eine Hofmeisterstelle in einer deutschen Familie vermittelt hatten.

Im Mai 1802 verläßt er Bordeaux. Am 6. Juni wird sein Paß in Straßburg visiert. Am 22. Juni stirbt Susette Gontard in Frankfurt. Erst Anfang Juli erscheint er, geistesverstört, bei seinem Bekannten Matthisson in Stuttgart.

Kurz darauf taucht er in Nürtingen auf und tritt ins mütterliche Haus „mit verwirrten Mienen und tobenden Gebärden, im Zustande des verzweifelten Irrsinnes", so erzählt sein erster Biograph, Chr. Th. Schwab.

Zunächst blieb er bei seiner Mutter, wo sein Zustand, abgesehen von vorübergehenden Anfällen, etwas ruhiger wurde. Sinclair nahm sich seiner an und brachte ihn zu Ärzten in Regensburg. Der Meinung der Ärzte wollte sich Sinclair nicht anschließen; „ich kann mit Wahrheit behaupten", schrieb er, „daß ich nie größere Geistes- und Seelenkraft als damals bei ihm gesehen". Ein Jahr später, im August 1804, war Sinclair immer noch überzeugt, daß, „was als Gemütsverwirrung bei ihm erscheint . . . eine aus wohl überdachten Gründen angenommene Äußerungsart ist".

Schelling schrieb an Hegel am 11. Juli 1803: „Sein (Hölderlins) Anblick war für mich erschütternd; er vernachlässigt sein Äußeres . . . und hat, da seine Reden weniger auf Verrückung hindeuten, ganz die äußeren Manieren derer, die in diesem Zustand sind, angenommen."

Sinclair erwirkte für ihn die Stelle eines Bibliothekars am landgräflichen Hof in Homburg. Doch im Sommer 1806 mußte ihn der treue Freund in eine Klinik in Tübingen bringen. Dann wurde Hölderlin im Sommer 1807 bei einem wohlhabenden, gutmütigen, gebildeten Tischler namens Zimmer untergebracht. Das Haus lag am Ufer des Neckars; es war in einen ehemaligen Zwinger der Stadtmauer hineingebaut worden. Hölderlin wohnte in einem kleinen, sauberen, weißgetünchten Erkerzimmer des ersten Stocks. Hier verlebte der damals siebenunddreißig Jahre alte Dichter die weiteren sechsunddreißig Jahre seines Lebens. Seine Geistesumnachtung war harmloser Natur. „Er ist ein guter lieber Gesell in meinem Haus", sagte der Schreiner. „Er bedient sich selbst, er kleidet sich an und legt sich nieder, alles von selbsten. Er kann auch denken, reden, musizieren und all die Dinge nach wie vor." – „Aber ohne Zusammenhang", sagte M. – „Ja, das ist's", sagte der Tischlermeister. „Wenn er müde ist vom Wandeln, geht er hinauf und deklamiert zum Fenster hinaus in die blaue Luft. Oder er sitzt am Spinett und musiziert vier Stunden lang."

Am 7. Juni 1843 starb der Dichter ohne Schmerzen. Er wurde auf dem Tübinger Friedhof begraben. Das Leichenbegängnis war feierlich, viele Studierende nahmen daran Anteil. Als der Sarg niedergelassen wurde, erhellte sich der trübe Himmel, und die Sonne goß ihre freundlichsten Strahlen über das offene Grab.

Soweit die Daten. Nähere biographische Einzelheiten würden wenig dazu beitragen, den Zugang zu Hölderlins Dichtung zu erleichtern. Sein Werk – und auf sein Werk kommt es an – ist von innen nach außen und nicht von außen nach innen zu verstehen. Die Schlüssel sind nicht aus irgendwelchen Ereignissen oder Erlebnissen, aus irgendeiner Gelehrsamkeit herbeizuholen; sie sind im Text enthalten, daselbst zu suchen und zu finden. Sie sind jedem zugänglich. Hölderlins Gedichte zu verstehen, sie mitzuerleben setzt keine besonderen Kenntnisse voraus; sie stehen jedem offen, der sich die Mühe gibt, das geschriebene Wort zu lesen.

Willentlich ist der Dichter Hölderlin hinter sein Werk zurückgetreten, wie schon Heraklit: „Nicht mich, sondern das von mir gesprochene Wort sollt ihr vernehmen"; und es gehört sich, dem Wink des Dichters zu folgen. Seinem Werk hat er sein Reifstes anvertraut; ihm hat er sein Leben mit offenen Augen geopfert. Daß er genau um die Gefahr wußte, in welche er sich begab, davon zeugt seine Übertragung eines Chors der *Antigonae*:

> Doch wohl auch Wahnsinn kostet
> Bei Sterblichen im Leben
> Solch ein gesetztes Denken.

Seit Homer weiß man den Mut des Seefahrers zu loben, der sich auf unerforschte Ozeane hinauswagt auf die Gefahr hin, den Weg zurück nicht zu finden. Der Dichter ist ebenfalls ein Held, der sich in unbefahrene Gebiete hinauswagt und sie für spätere Generationen erforscht. Schon mit zwanzig Jahren schrieb Hölderlin in einer Magisterarbeit über die Geschichte der schönen Künste unter den Griechen: „Die Griechen vergötterten ihren Orpheus, wie ihren Herkules: sie malten die gewaltigen Wirkungen seiner Leier aus, wie die Taten der Heroen. Orpheus war auch, wie Ossian, Barde und Held. Er nahm an den Abenteuern seiner Zeitgenossen, Jason, Castor und Pollux, Peleus und Herkules selbst, teil: so besang er der Argonauten Zug." Und in einem der spätesten hymnischen Entwürfe, *Kolomb*, lesen wir:

> Wünscht ich der Helden einer zu sein
> Und dürfte frei es bekennen,
> So wär es ein Seeheld.

Und noch dies:

> So weit das Herz
> Mir reichet, wird es gehen.

Hölderlins Dichtung wird immer und immer wieder kommentiert – allein während der Jahre 1956–58 zählt die Bibliographie der Hölderlin-Literatur über 280 Titel –, denn Hölderlins Dichtung scheint zum Kommentar herauszufordern und gleichzeitig ihm hohnzusprechen. Am Ende muß jeder Kommentator einsehen, daß, was Hölderlin dichterisch aussprach, am besten so gesagt wird, wie er es sagte. Hätte der Dichter dasselbe in Prosa sagen können, so hätte er es in Prosa gesagt; und Prosa konnte Hölderlin auch schreiben, wenn es ihm darauf ankam. Jeder prosaische periphrastische Kommentar ist Verdünnung, Verwässerung, eigentlich Entstellung. Er läßt sich nur dadurch rechtfertigen, daß er zum Text zurückführt. Ein prosaisches Äquivalent des Gedichts gibt es nicht. Dabei dürfen wir Susette Gontards Wort nicht vergessen: „Beim Durchlesen fällt mir ein, daß Du Deinen lieben Hyperion auch einen Roman nennst, ich denke mir aber immer dabei ein schönes Gedicht."

Ein prosaischer Kommentar ist der nie recht gelingende Versuch einer Übersetzung von der einen Sprache, der Poesie, in die andere, die Prosa. Poesie und Prosa sind wie zwei verwandte, doch grundverschiedene Sprachen. Daß die beiden über ungefähr denselben Wortschatz verfügen und anscheinend nach denselben grammatischen Regeln verfahren, täuscht nur über ihre Wesensfremdheit. Etymologisch ist die „Grammatik" die Kunst der Rechtschreibung, also der Schriftsprache – wogegen die gesprochene Sprache die Worte nach anderen, doch nicht weniger strengen Grundsätzen zusammenfügt. Die gesprochene Sprache ist die des Dichters; die geschriebene die der Literatur. Insofern die „Literatur" das geschriebene Wort bezeichnet, gehört die Dichtung nicht zur Literatur; der Dichter ist kein Schrift-steller.

Die Sprache, die wir gewöhnlich sprechen oder schreiben, ist übrigens jeweils ein Gemisch dieser beiden Grundformen der Sprache, wie das Uran der Erzvorkommen ebenfalls ein Gemisch von zwei Isotopen, U 235 und U 238, ist, von denen normalerweise keines in reiner Form auftritt. Doch nur das eine ist für Kernreaktionen brauchbar. So ist auch nur die gesprochene Sprache für die „Kettenreaktion" des poetischen Affekts brauchbar.

Von den beiden Isotopen der Sprache ist das poetische die älteste, das prosaische nur eine spätere, abgeleitete Form. „Mit Gesang steigen die Völker aus dem Himmel ihrer Kindheit ins tätige Leben, ins Land der Kultur", schrieb Hölderlin. Prosa gibt es erst, wenn geschrieben wird. Die Kulturen, die die Schrift noch nicht kennen, drücken sich nur poetisch aus; nämlich in einer Sprache, die auf Rhythmus, Klang und Bildhaftigkeit beruht. Erst die Schrift ermöglicht „das arhythmische Sprechen", wie Plato die Prosa nennt; die Prosa als Instrument der Kommunikation, der Information und der Analyse durch die Methode der Alternative: „ja oder nein". Ein auffallendes, kennzeichnendes Merkmal der poetischen Sprache ist, daß in ihr der Begriff der Negation nicht zu gebrauchen ist; was gesagt ist, „ist" irgendwie. Könnte man sich etwa die Negation von einem Rhythmus, von einem bildhaften Ausdruck vorstellen?

In unserer modernen Zivilisation wissen wir kaum noch, daß „Sprache" von „sprechen" kommt, und nicht von „schreiben". Um an Hölderlins Dichtung heranzugehen, muß man damit anfangen – und es genügt wohl –, sich die Sprache als das laut gesprochene Worte vorzustellen. Es gibt keinen einzigen Satz Hölderlins – nicht einmal in seinen Briefen, und ebensowenig in seinen Abhandlungen –, der sich nicht besser laut lesen ließe, der nicht beim Laut-Lesen gleichsam erhellte, „ein-leuchtete". Sein Satz ist nicht einmal rhythmisch geprägt, sondern vielmehr rhythmisch geboren: aus einer rhythmischen Bewegung entstanden. Schon Magenau erzählte scherzend, wie der zwanzigjährige Dichter im „Ochsenstall“ des Tübinger Stifts auf und ab ging, wenn er dichtete:

> Nur hie und da erschallt der Ochsenstall von
> Holzens (Hölderlins)
> Centaurähnlichem Poeten-Schritt, wenn allenfalls
> aufs Wörtchen: Fluch Tal
> Der schwere Reim ihm noch gebricht.

Diese rhythmische Bewegung und Gebärde wiederzubeleben und nachzuerleben ist die erste, fast die alleinige Forderung, die an denjenigen gestellt wird, der Dichtung lesen will. Poesie soll und kann nicht mit den Augen gelesen werden. Wohl ist das geschriebene Wort irgendwann einmal als materieller Träger des Gedichts unumgänglich; aber nur als praktisches Mittel der Überlieferung. Das Geschriebene verhält sich zur Dichtung wie die Partitur zur Musik: es ist nur ein Instrument der Übermittlung, noch lange nicht die Musik selbst. Die geschriebenen Verse sind nur die Noten: was wir gewöhnlich ein „Gedicht“ nennen, ist nichts als die gegebene, gebotene Möglichkeit des Gedichts, die auf unsere Stimme wartet.

Als Norbert von Hellingrath an der ersten kritischen Ausgabe von Hölderlins Werken arbeitete, konnte er manchmal die Manuskripte nicht recht entziffern; manche Züge der Handschrift waren nicht sofort einwandfrei zu interpretieren. Da schrieb Hellingrath die verschiedenen möglichen Lesarten nieder und las sie seinen Freunden nacheinander laut vor; dabei stellte sich heraus, daß nur eine wirklich klang: die richtige. Genauer: wer sie las, wußte erst, welche Lesart „mundgerecht“ war.

Daß das Gedicht wieder laut wird, ist die erste Bedingung seines Wiederauflebens; aber nur die erste. Es genügt nicht, ein Gedicht zu hören, sei es auch vom besten Interpreten gesprochen; wie es auch nicht als Erfüllung der religiösen Pflicht gilt, einem im Rundfunk übertragenen Gottesdienst zuzuhören. Vielleicht in Tibet würde man auf die Idee kommen, zur Zeit der Andacht das Gebet von einem Tonbandgerät vorspielen zu lassen. Mit dem Gedicht geht es wie mit dem Gebet; das Gedicht ist eine praktische Andacht, die jeder selbst üben soll, um an dessen Wirksamkeit teilzuhaben. Am besten soll auch das

Gedicht, wie das Gebet, nicht *einmal gelesen*, sondern auswendig gelernt und viele Male hergesagt werden, um zum Ausdruck einer inneren Bewegung zu werden.

Es ist sogar geboten – gerade bei Hölderlin –, die Gedichte nicht sitzend, sondern, wie der Dichter selbst, schreitend zu sprechen. Hölderlin wanderte gern und oft durch Land und Wald; die Verse und Gedichtfragmente nahmen im Tempo des Schritts ihre Gestalt an. Dies ist bei anderen Dichtern – bei Goethe zum Beispiel – weniger der Fall. Die Hexameter der *Römischen Elegien* oder in *Hermann und Dorothea* werden am besten sitzend und im Tempo des Pulsschlags – also Metronom 60 – vorgetragen; in schnellerem Tempo gelesen, kommen sie nicht zur vollen Geltung und können sogar holperig wirken. Hölderlins Hexameter dagegen – im *Archipelagus* oder in den Elegien – werden erst im Tempo des laufenden Schritts – also Metronom 90 – lebendig; erst dann „laufen" sie und erinnern an Bettinas Wort, in dem wir Hölderlins Stimme erkennen: „die Sprache, die schreitet so tönend . . ."

Das Thema der Elegie *Menons Klagen um Diotima* ist das Laufen des getroffenen Hirschs durch das Gelände; im ersten Hexameter des Distichons sein Traben:

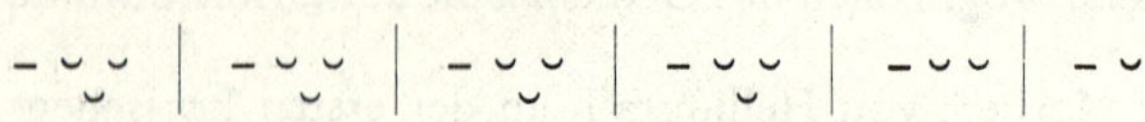

im zweiten Hexameter (fälschlich Pentameter genannt, denn er ist sechs- und nicht fünffüßig) sein Springen, zweimal hintereinander:

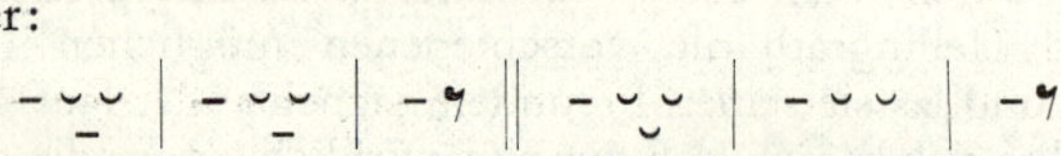

Nach dem dritten und sechsten Fuß, jeder aus einer einzigen, betonten Silbe bestehend, kommt jeweils eine Pause, die Zeit des Springens über das Hindernis hinweg; eine Zeit des Schwebens, oder, wie Hölderlin selbst in den *Anmerkungen zum Ödipus* sagt, des Transports, wo plötzlich das ganze Dasein sich vergegenwärtigt; eine Zeit des reinen Seins. Es muß unbedingt beim Vortrag diese Pause eingehalten, also die vorige schwere Silbe markiert werden, die übrigens immer besonders inhaltsschwer und bedeutend ist.

Es ist kein Zufall, daß von den beiden ersten Füßen des zweiten Hexameters (des „Pentameters") durchgehend einer aus zwei schweren, betonten Silben besteht, wie der Hürdenläufer kurz vor der Hürde fester auf den Boden stampft, um gleich in die Höhe zu springen; also entweder – –/– ⏑⏑ oder – ⏑⏑/– –

Wer an Hölderlins rhythmischer Absicht zweifeln möchte, soll nur darauf aufmerksam gemacht werden, daß alle „Pentameter" dieselbe Schwere des ersten Hemistichons aufweisen – außer, aus einleuchtenden Gründen, einem einzigen:

> ...... der Vater, er selbst, durch sanftumatmende Musen
> Sendet die zärtlichen Wiegengesänge dir zu.

Eine Schwierigkeit kann ab und zu daraus entstehen, daß der Rhythmus der Hölderlinschen Sprache nicht immer mit dem normalen Rhythmus der prosaischen Sprache zusammenfällt. So übt Hölderlin manchmal synkopische Akzentvertauschung am Beginn des Verses. Doch die Hölderlinforscher sind sich nicht immer einig über die metrische Deutung von einigen Einzelheiten, wie es auch verschiedene Interpretationen eines Musikstücks geben kann. Schwankungen oder Meinungsverschiedenheiten in der Interpretation fallen hier nicht ins Gewicht. Es gehört auch zum Reichtum der Musik, daß sie verschieden interpretiert werden kann. Hauptsache ist, man sei überzeugt, daß es bei Hölderlin nichts Zufälliges, nichts Willkürliches, nichts Unbedeutendes, nichts Ornamentales gibt. Jedes Wort hat seine Notwendigkeit, jede Betonung ihren Sinn.

So zum Beispiel in den ersten vier Versen der Hymne *Patmos*:

> Nah ist
> Und schwer zu fassen der Gott.
> Wo aber Gefahr ist, wächst
> Das Rettende auch.

Im „steigenden" Rhythmus der Hymne (also: ⏑ –) ist die erste Silbe des Verses unbetont, die zweite betont. So kommt es, daß dasselbe Wort „ist" im ersten Vers betont, im dritten unbetont ist. Es hat aber seinen Grund. Im vierten Vers bedeutet das unbetonte „ist" nichts als das konkrete Bestehen einer Gefahr. Im ersten Vers dagegen offenbart sich im „ist" die Gegenwart des Gottes, gleichsam das ganze Wesen: die Epiphanie. Dieses „ist" soll betont werden.

Es gibt nicht nur einen Rhythmus der Laute, sondern auch einen Rhythmus der Vorstellungen; die Verflechtung der beiden Rhythmenarten macht die Kunst des Dichters aus. Man verfolge zum Beispiel den Aufbau der zweiten Strophe der Ode *Heidelberg*:

Wie der Vogel des Walds ....

Hölderlin verfährt wie ein Zeichner, besser: wie ein japanischer Maler, der zuerst mit leichtem Pinsel einen Bogen zeichnet: ist es der Flug eines Vogels, der sich über die Wipfel der Bäume hinwegschwingt? Doch unter der Kurve glänzt bald sein Spiegelbild im Wasser; also ein Strom, und – leicht, kräftig und sicher gebaut eine Brücke; eben die Brücke, von der Hebbel später schrieb, sie sei „schlank wie der Bogen, den eine Schwalbe im Fliegen beschreibt". Und jetzt belebt der Zeichner die Brücke mit einzelnen Gestalten: Wagen, Menschen. Schließlich, mit der allerletzten Silbe: „tönt", gewinnt das Schwingen des Anfangs eine neue Dimension, die des Lauts, der im Schweigen am Ende der Strophe wie eine angezupfte Saite ausklingt.

In Prosa – insofern sie prosaisch ist – werden die Worte nach ihrem Vorstellungsinhalt und ihrem begrifflichen Wert möglichst logisch eingeordnet. „Logisch" kommt von „logos", was ja mit „legein": sammeln, wählen, organisieren, urverwandt ist. Es gibt eine Taktik, eine Strategie, eine Logistik des prosaischen Satzes, der ebenso zweckmäßig gegliedert wird wie eine Legion.

Da die Ordnung und Gliederung des poetischen Satzes nicht nach denselben Grundsätzen verfährt, könnte man meinen, er sei „frei", also ungebunden, und richte sich nach der Phantasie oder der Bequemlichkeit des Poeten. Nichts wäre falscher. Die Ordnung und Gliederung der poetischen Sprache ist nicht weniger streng als die logische; nur daß sie sich nach anderen Prinzipien richtet, weil sie einer anderen Zweckmäßigkeit entspricht. Prosa übermittelt Information: Dichtung dagegen ist Provokation, Anregung. Deswegen ist, wie Hölderlin sagt, die logische Stellung der Worte und der Perioden „dem Dichter nur höchst selten brauchbar".

Man soll aber nicht glauben, die Dichter sprechen so vor sich hin wie ein Trunkener oder wie einer, der „mit Zungen redet" (Paulus, 1. Korinther 14, 2): ohne Zusammenhang. Ganz im Gegenteil: das poetische Reden oder, wie manche sagen, das „hohe Reden" ist ein strengst gebundenes. Die Art seiner Fügung erscheint wohl nicht beim ersten Blick; genauer gesagt: beim Blicken – oder Mit-den-Augen-Lesen – kann man diese Gebundenheit nie gewahr werden; erst beim Vortragen, im Ertönen macht sie sich allmählich fühlbar.

Gedicht ist Gesang; aber Gesang ist Gesetz. In Hölderlins

Konzepten findet man das Wort: „das Gesetz dieses Gesangs ist . . .“ Und bevor er an die Übersetzung eines Chors des Sophokles ging, zeichnete er auf ein Blatt das metrische Schema der Strophen, um ihm möglichst treu zu bleiben. Das Gesetz des Gesangs ist eine Mathematik, die, zum Laut geworden – also qualitativ empfunden –, sich in der zeitlichen Dimension abspielt und mit ihr spielt. Ein Mathematiker meinte, der höchste Genuß sei, die Zahlen intuitiv zu erfassen; solcher Art ist auch die Freude am Gedicht. „Dies ist auch die höchste Poesie, in der auch das Unpoetische, weil es zur rechten Zeit und am rechten Orte im Ganzen des Kunstwerks gesagt ist, poetisch wirkt. Das ist ewige Heiterkeit, ist Gottesfreude, daß man alles Einzelne in die Stelle des Ganzen setzt, wohin es gehört; deswegen ohne Verstand, oder ein durch und durch organisiertes Gefühl keine Vortrefflichkeit, kein Leben.“

Die ewige „Heiterkeit“, die „Gottesfreude“, der Augenblick der Begeisterung, in dem sich die Finalität der Dichtung erfüllt, wird in einer ausgeklammerten, zeitlosen Zeit gefunden. Dem „Transport“ begegnet man in der rhythmischen Kulmination, die im Vers die Zäsur darstellt. Mit Hölderlins eigenen Worten wird sie am besten dargestellt: „Dadurch wird in der rhythmischen Aufeinanderfolge der Vorstellungen, worin der *Transport* sich darstellt, *das, was man im Silbenmaße Zäsur heißt*, das reine Wort, die gegenrhythmische Unterbrechung notwendig, um nämlich dem reißenden Wechsel der Vorstellungen, auf seinem Summum, so zu begegnen, daß alsdann nicht mehr der Wechsel der Vorstellung, sondern die Vorstellung selber erscheint.“ In der Zäsur wird die Stille des reinen Seins hörbar.

Dieses Moment der Begeisterung, wo der Mensch „die Übereinstimmung mit sich selber und mit der Welt, den Frieden, welcher höher ist, als alle Vernunft“ realisiert – dieses Moment, das „ein Leben in dem Leben“ zu sein scheint, das man „ein Lebens-sein“ nennen könnte –, dieses Moment der Begeisterung, das die Grenze des Lebens aufhebt, „unterscheidet sich vom Bewußtsein darin, daß es nicht bloß seiend, sondern auch entstehend, und aufhörend ist“. (Wir folgen hier dem Wortlaut einer von Hölderlin inspirierten Abhandlung von Sinclair.)

Durch die bloße Stellung im Satz und im Vers gewinnt das Wort – das prosaische, ausgetretene, schal gewordene Wort des Alltags – seinen naszierenden Wert von neuem; es wird wieder kraftvoll, „vollwichtig“, wie man von einer Münze sagt, und wie neugeboren.

Wenn Hölderlin das Wort „sich versöhnen" gebraucht, heißt es wirklich „wieder zum Sohn des Vaters werden". Daß, streng historisch betrachtet, das Wort „versöhnen" mit „Sühne" und nicht mit „Sohn" verwandt ist, ändert nichts an der Sache; die dichterische, empfundene Etymologie hat vor der philologischen den Vorrang.

Dasselbe gilt für die Wörter „wohnen" und „Gewohnheit", welche die Philologen als höchstens entfernt verwandt betrachten. Doch bei Hölderlin klingen jedesmal die Nebentöne harmonisch mit. Etwas „gewohnen" ist auch es „bewohnbar" machen, sich darin einleben und es zu einem „Haus" machen; so des Dichters Schmerz in *Menons Klagen*:

> ... noch nicht, o meine Seele! noch kannst dus
> Nicht gewohnen...

Man bemerke auch, wie im *Archipelagus* das Wort dreimal in drei Versen wiederholt wird. Die Athener kommen zurück zur zerstörten Stadt und bauen sie wieder auf:

> ...es schließen die alten
> Nachbarn wieder sich an, und nach des Herzens Gewohnheit
> Ordnen die luftigen Wohnungen sich umher an den Hügeln.
> So indessen wohnen sie nun...

Das „Haus" ist nicht unbedingt ein Dach und vier Wände, sondern ein „Innen", ein irgendwie umschlossener Raum, wo man „wohnt", sei es auch unter freiem Himmel; so in *Der Rhein*:

> Die Liebenden aber
> Sind, was sie waren, sie sind
> Zu Hause, wo die Blume sich freuet...

Wenn Hölderlin die Wörter „Jahr", „Tag", „Stunde" ausspricht, so meint er nicht einfach drei quantitativ aufeinander bezogene Zeitgrößen: das Jahr von 365 Tagen, den Tag von 24 Stunden. Es sind drei verschiedene, qualitativ unterschiedene zeitliche Dimensionen. Das Jahr ist die zyklische Zeit, das Wechseln der Jahreszeiten und ihre periodische Wiederkehr; in diesem Sinn kann am Ende von *Menons Klagen* „von neuem ein Jahr unserer Seele" beginnen. Der Tag ist das historische Ereignis; so die Schlacht bei Salamis:

> Aber an Salamis Ufern, o Tag an Salamis Ufern!

Der Jahrestag ist das Fest, das periodische Feiern des historischen Ereignisses. Die Stunde aber ist die jeweilige Stimmung der einzelnen Menschen: bald eine Stunde der Begeisterung, bald eine der Niedergeschlagenheit:

...es fallen
Die leidenden Menschen
Blindlings von einer
Stunde zur andern...

Diese wenigen Beispiele seien hier beigebracht, um darauf hinzuweisen, daß das dichterische Wort, und sei es das einfachste (selbst das Wörtchen „aber", das meistens eine kategorische Wendung bezeichnet), von besonderem Gewicht ist.

Am Ende des Aufsatzes über Religion schreibt Hölderlin: „So wäre alle Religion ihrem Wesen nach poetisch." Es sei hier bloß darauf hingewiesen, daß das Gedicht mit dem Gebet wenigstens zwei Züge gemeinsam hat. Einmal, daß ein Gedicht, wie ein Gebet, durch den wiederholten Gebrauch, der davon gemacht wird, an Inhalt gewinnt und nicht verliert; was bei der informativen Prosa nicht der Fall ist. Ein gelesenes Telegramm ist verbraucht und gehört in den Papierkorb. Das Gedicht aber ist ein nie zu erschöpfender Reichtum, ein nicht versiegender Quell.

Zweitens: die Frömmigkeit der Andacht wird nicht an der Vielfalt der Gebete, Kirchenlieder oder Chorgesänge gemessen; ebenso genügen auch ganz wenige Gedichte, ja wenige Verse, um den Höhepunkt des poetischen Genusses zu erreichen. Die erste Strophe von *Brot und Wein*, „viel hundertmal seit zwölf Jahren gelesen", hat auf Brentano dauernd eingewirkt und seine Dichtung geprägt. Die Begegnung mit derselben Strophe bezeichnet Hermann Hesse als den Augenblick, der ihn vielleicht zum Dichter hat werden lassen.

Am Anfang seiner poetischen Laufbahn hielt Hölderlin mit Neuffer und Magenau jeden Donnerstag eine poetische Andacht; Magenau berichtet darüber: „Diese Zusammenkünftchen liebte er (Hölderlin) über alles." Feuerrot im Gesicht las Neuffer Klopstocks Oden vor: „und bald hieß es, wenn wir uns zu einem solchen Mahle einluden, ‚wir wollen heute viel von großen Männern sprechen.'

Eines solcher Gesellschäftchen verlegten wir an dem heitersten Tage in den Garten des Lammwirtes. Ein niedliches Gartenhäuschen nahm uns da auf, und an Rheinwein gebrach es nicht. Wir sangen alle Lieder der Freude nach der Reihe durch. Auf die Bowle Punsch hatten wir Schillers Lied an die Freude aufgespart. Ich ging sie zu holen. Neuffer war eingeschlafen, da ich zurückkam, und Hölderlin stand in einer Ecke und rauchte. Dampfend stand die Bowle auf dem Tische. Und nun sollte das Lied beginnen, aber Hölderlin begehrte, daß wir erst an der kastalischen Quelle uns von allen unsern Sünden reinigen sollten. Nächst dem Garten floß der sogenannte Philosophenbrunnen, das war Hölderlins kastalischer Quell; wir gingen hin durch den Garten und wuschen das Gesicht und die Hände; feierlich trat Neuffer einher, dies Lied von Schiller, sagte Hölderlin, darf kein Unreiner singen! Nun sangen wir; bei der Strophe ‚dieses Glas dem guten Geist' traten helle klare Tränen in Hölderlins Auge, voll Glut hob er den Becher zum Fenster hinaus gen Himmel und brüllte ‚dieses Glas dem guten Geist' ins Freie, daß das ganze Neckartal widerscholl. Wie waren wir so selig!"

Am Ende seiner poetischen Laufbahn hat Hölderlin die Absicht gehegt, seine großen Hymnen in Form von Flugblättern drucken zu lassen und in die Öffentlichkeit zu bringen. Dem ersten Gedicht dieser Reihe, der *Friedensfeier*, schickte Hölderlin folgende Zeilen voraus, die als Einleitung zu seinem ganzen Werk dienen können, wenn man sie richtig versteht („gutmütig" bedeutet hier soviel wie „wohlmeinend", „guten Willens", also ohne Voreingenommenheit, in der Einfalt des Herzens):

Ich bitte, dieses Blatt nur gutmütig zu lesen. So wird es sicher nicht unfaßlich, noch weniger anstößig sein. Sollten aber dennoch einige eine solche Sprache zu wenig konventionell finden, so muß ich ihnen gestehen: ich kann nicht anders.

Pierre Bertaux

NAMENREGISTER

Das Register erfaßt die in den Werken mehrfach genannten *mythologischen Namen, antiken Ortsbezeichnungen und Bauwerke* mit ausschließlichem Verweis auf ihre Erläuterung in den Anmerkungen. Aufgenommen sind ferner die in den Briefen und Dokumenten erwähnten *Personen*; bei erschlossenen Namen ist die Seitenangabe in Klammern gesetzt.
Kursive Ziffern verweisen auf die Erläuterung.

ALPHABETISCHES VERZEICHNIS DER GEDICHTE NACH ÜBERSCHRIFTEN UND ANFÄNGEN

INHALT

ANHANG